马 力◎著

中国现代风景散文史 ㊤

中国社会科学出版社

图书在版编目（CIP）数据

中国现代风景散文史/马力著. —北京：中国社会科学
出版社，2011.1

ISBN 978-7-5004-9412-6

Ⅰ.①中… Ⅱ.①马… Ⅲ.①散文－文学史－研究－中国－
现代②散文－文学史－研究－中国－当代 Ⅳ.①I207.6

中国版本图书馆 CIP 数据核字（2010）第 255455 号

责任编辑　张小颐
责任校对　林福国
封面设计　每日出发坊
技术编辑　木　子

出版发行　中国社会科学出版社
社　　址　北京鼓楼西大街甲 158 号　　邮　编　100720
电　　话　010－84029450（邮购）
网　　址　http://www.csspw.cn
经　　销　新华书店
印刷装订　北京一二零一印刷厂
版　　次　2011 年 1 月第 1 版　　　印　次　2011 年 1 月第 1 次印刷
开　　本　710×1000　1/16
印　　张　53.375　　　　　　　　　插　页　4
字　　数　9096 千字
定　　价　95.00 元（上、下）

总　目

余　论

目　录

（上）

中编 繁盛期——瞩望第二个十年(1929—1939)

导　论

一　现代风景散文概念的提出

风景散文是散文的一个品类，反映的对象世界是自然景观和人文景观。

风景散文的创作，是对自然景观和人文景观的审美经验的文学化再现。

中国的风景散文经历了古代、近代和现代三个历史阶段。

上述命题，提供了研究中国现代风景散文产生的基本路径。

风景美学阐释了天然景色——山、水、云、雨、雾、霞、日、月、星、草、树、花、鸟、鱼、虫等和人工景色——楼、阁、亭、台、殿、轩、榭、栏、园、塔、桥、街等同人类欣赏活动的关系。欣赏过程使景色走向心灵化、艺术化，产生精神价值。主体（欣赏者）意志对于客体（对象物）的能动渗透，实现了自然属性的景色与社会属性的景观的本质性跃升。

依照学理性划分，有论者对风景做出自然景观、人文景观、社会景观的大致分类："自然景观包括山水景观、气象景观、动植物景观及其他；人文景观包括人工设施景观、历史景观、加工后的自然景观、文化景观；社会景观包括社会习俗、风土人情、街市面貌、民族氛围等。"[1] 峰、岭、峦、嶂、岩、峡的雄、奇、险、秀、幽、奥、旷、野，江、河、湖、泊、海、泉、瀑的狂、柔、平、软、清、浊、急、缓，还有绚丽艳美的花地，辽远壮阔的草原，苍翠蓊郁的林木等自然景观，愉悦着感官与心神；崖畔水湄的历史遗迹、山麓岩窟间的宗教建筑等人文景观，傲视千古，沉雄苍茫；人类在社会演进中创造的习尚、风俗、行为、心理、情感、智慧、书画、饮食等社会景观，体现了社会主体——人的核心价值，承载着历史的欢欣与苦痛。社会景观在本质上仍然是"人文"的。上述景观，蕴涵着各自的审美特征，在艺术心境中产生不同的美学感悟。它们组构成一个有机的意义系统，作用于欣赏主体的审美感觉、审美

---

[1]　马莹、马国清主编：《新编旅游美学》，中国旅游出版社 2005 年版，第 13 页。

知觉、审美想象，不单在旅游地理学的层面显示资源价值，而且具有社会学的认识意义。

中国的文化结构融渗着风景情结，无论是自然景观还是人文景观，都显示出现实的社会意义，使文化肌理充满柔韧的弹性。

依凭山水风物这一感性形式展开的散文书写，折射了艺术审美本质。中国古代和近代产生的风景散文，描述了以景物为核心的自然与人文形象的演变史。中国现代作家继承前人的创作传统，增扩文学表现的界域，通过自然景观和人文景观的书写，勾绘生命成长印迹，反映社会发展进程，创造出新的文学地理版图与现代散文景象。

一种文学体式的建立，以其创作传统是否深厚、创作题材是否富集、创作成果是否丰硕、创作群体是否强大作为判定的基本依据。新文学的历史成就提供了肯定性结论——文体观念的明确性、文体选择的必然性、文体表现的成熟性，证明风景散文概念，是从题材基础和创作活动出发所做的文学界说。从技术意识的角度审视，建立在叙事文学和抒情文学基础上的文体划类，还可以深入细分，并且提炼具体的研究对象，从而为风景散文研究奠定学理基础。

现代风景散文构成五四新文学的重要部分，在学界逐渐形成现代文学语境中新的散文命题，并且以独异的姿态进入学术视野。把中国现代风景散文确定为研究对象，建立价值系统，开辟散文建设的新领域，是著者的学术目的。

二　近代风景散文概述

近代风景散文的创作遗产，是现代风景散文的直接生成因素。从追溯近代风景散文的创作状貌开始这一文体的研究，可以明晰时代线索，发现历史联系，寻找传统根基。

中国文学由古代向现代转型时期，近代文学以其创作成果做出一种恰当的过渡。在风景散文方面，古代的记游传统至此并未断流，一些文人顺承前人笔路而偶出新作。在语言形态上，起于周秦的书面语言和始自晚唐的早期白话，渐受当代白话的冲荡，隐现着文言式微、语体初兴的文化趋向。语言形式的试验，使得近代风景散文不脱古式风范而又表现出某种新派格调。

鸦片战争之后，古老的封建帝制日趋衰朽，国家逐步走向半殖民地半封建社会。维新派变法，希求中兴图强；改革者取法西方，憧憬共和政体。强国之路的进程清晰地烙印着解放思想、求索真理的印迹。表现在文学创作上，尽管放游山水仍然是风景散文的写作前提，但是出使海外、留学异邦带来国人眼光的开放，必然引起心灵的震撼，出现新的题材选择。"总之可以说，到了清末，中国的散文才为之一变。这是因为，中国三千年来的社会制度，一般思想，到清朝中叶为止，没有多大变化，可是到了清末，开始同外国民族接触，促使西洋的所谓物质文明进入中国。于是，在思想上大为混乱的时代里，出现了各种各样的作家，有的人观察未来，主张思想的革新，有的人则试图墨守三千年传统，这两派之争在清末已成为事实。因此，可以将清代的散文和诗歌视为中国三千年来这两者的缩影。清代也出了各种诗，但散文出的更多，尤其到末期，其倾向更明显。虽然形式照旧，内容却大不相同。再则，发生民国革命，外国文明进入民国以来，直接接受西洋思想，致使三千年来的传统为之一变，以适应急速的世界潮流。当然，散文和诗歌也卷入了这一潮流。"① 中国文学发展的漫长和演变的激剧，影响着近代作家的文化心理，决定着新的创作姿态。

林鍼《西海纪游草》，斌椿《乘槎笔记》，志刚《初使泰西记》，张德彝《航海述奇》、《欧美环游记》、《随使法国记》、《随使英俄记》，容闳《西学东渐记》，祁兆熙《游美洲日记》，林汝耀等《苏格兰游学指南》，罗森《日本日记》，何如璋等《甲午以前日本游记五种》，王韬《扶桑游记》、《漫游随录》，黄遵宪《日本国志》，郭嵩焘《伦敦与巴黎日记》，曾纪泽《出使英法俄国日记》，李圭《环游地球新录》，黎庶昌《西洋杂志》，徐建寅《欧游杂录》，刘锡鸿《英轺私记》，薛福成《出使英法义比四国日记》，蔡尔康等《李鸿章历聘欧美记》，戴鸿慈《出使九国日记》，载泽《考察政治日记》，康有为《欧洲十一国游记二种》，梁启超《新大陆游记》、《欧游心影录》，钱单士厘《癸卯旅行记》②，这些晚清至民国前中国知识分子游历欧美的著作，记见闻，述游录，提供了珍贵的历史文本，产生的阅读影响，促使国人的视线转向海外，实现与西方的精神连接。开启国门，给幽闭的心界照进第一缕光亮。

阮元《西湖诂经精舍记》、《蝶梦园记》、《武昌节署东箭亭记》、《杭州紫阳书院观澜楼记》、《清远峡记》，吴德旋《鹁园记》、《野园记》，龚自珍《己亥六月重过扬州记》、《说京师翠微山》，赵坦《烟霞岭游记》，张鉴《包山葛氏澄波皓月楼藏书记》、《二田斋记》，李兆洛《藤花吟馆记》，黄承吉《我园

---

① 郁达夫：《中国文学的变迁》，《郁达夫文集》第7卷，花城出版社、生活·读书·新知三联书店香港分店1983年版，第22页。

② 参见钟叔河编《走向世界丛书》，岳麓书社1985年版。

记》、《社塘登丘记》，包世臣《问樵上人海上移情图记》、《小倦游阁记》，姚椿《祥符夷山书院壁记》、《游古吹台记》、《苏门山百泉记》、《孤山重建林处士祠记》，梅曾亮《游瓜步山记》，黄爵滋《泸溪县重建来鹤亭记》、《登祝融峰游记》，丁晏《半亩园记》、《城南杨氏园看菊记》，蒋湘南《游龙门记》，张际亮《翠微山记》、《翠微山后记》，何绍基《题吴竹舫少宗伯师龙湫观瀑图》，郑献甫《象州沸泉记》、《桂林诸山别记》，吴嘉宾《游翠微山记》、《南丰浚濠记》，姚燮《壶云阁记》，沈曰富《自怡园饮饯记》、《精实山记》，龙启瑞《过绎山记》、《月牙山记》，舒焘《亦园避雨记》、《绿猗轩记》，宗稷辰《江天风月楼记》、《资江邓氏松荫堂后记》、《九曲山房记》、《高溪义渡记》、《临海龚氏梦园记》、《李园记》、《听雨轩记》，彭洋中《邵阳县学重修夫子庙记》、《青菜山房集序》，费伯雄《游黄山记》，吴敏树《东游草序》、《仙亭倚醉图序》、《南屏山斋记》、《移兰记》、《听雨楼记》、《北庄记》、《樊圃记》、《游大云山记》、《宽乐庐记》、《新修吕仙亭记》、《君山月夜泛舟记》、《定香室记》、《半舫斋记》、《浩然楼记》、《鹤茗堂记》、《恬园游记》、《君山示游客》，罗泽南《游天井峰记》、《游南岳记》、《游龙山记》、《游石门记》、《游洗笔池记》、《罗山记》、《此君楼记》，蒋敦复《游钓台记》、《孤山探梅图记》，张文虎《周浦纪略序》、《复园记》、《孤麓校书图记》、《十三间楼校书图记》，陈澧《菊坡精舍记》、《重修萝峰书院记》，沈用增《陶然亭雅集序》、《游大观亭记》、《秦人宅记》、《万卷楼园亭记》，董思盘《烟波山记》、《九香亭跋》，许宗衡《游云居寺记》、《记大明湖》、《记韩侯岭》、《记树》、《记草》、《饮凌虚阁记》、《我园月夜记》、《游西山记》、《严生鹿溪凌虚阁中秋觞月图记》，莫友芝《登小龙山得左丘记》，左宗棠《陶氏三台山石墓记》、《烈妃庙记》、《忠义祠记》、《饮和池记》、《甘肃督署园池记》、《红蝠山房记》，刘熙载《寓东原记》，孙衣言《枏楷花馆记》、《演下村居记》、《市楼话雨图记》，王拯《武夷山志序》、《泰山纪游图序》、《独曜斋记》、《待苏楼记》、《游百泉记》、《游衡山记》、《游石鱼山记》、《游七星岩记》、《游天湖山记》、《波罗观日记》、《罗浮观瀑记》、《山塘泛舟记》，刘蓉《游君山记》、《修篁寮记》、《天游台记》，刘毓崧《杨石卿泰山纪游序》，方宗诚《颂嘉山亭记》、《观披雪瀑记》，郭嵩焘《岳麓书院碑记》、《船山祠碑记》、《石笋山房记》、《浩园雅集图记》、《金鹗书院记》、《记戒坛僧》，黄彭年《怡怡楼记》、《西畦记》、《即园记》、《蜀游草序》、《书樊云门藏钱松壶画辋川图后》，李元度《超园记》、《超园续记》、《贾太傅井记》、《游连云山记》、《重游岳麓记》、

《游金焦北固山记》、《游天岳山记》、《爽溪村居记》，俞樾《曲园记》、《留园记》，程守谦《方子受凌虚阁舫月图记》、《王星源后舫月图记》、《嵩园记》、《闽游记》、《记第二泉》、《记钱唐江》、《记轿》、《记仙霞岭》、《记建阳山水》、《记延平滩》，刘锡鸿《直布罗陀炮台》、《初至伦敦》、《伦敦》、《阿尔兰之游》，胡凤丹《游暨阳鹅凸山记》、《桃溪垂钓图记》、《紫藤仙馆图记》、《重修汉阳伯牙台记》，张裕钊《游狼山记》、《游虞山记》、《愚园雅集图记》、《北山独游记》，容闳《初游美国》，丁丙《武林坊巷志序》，李慎传《行山路记》，陈熙春《平园续记》，高心夔《游君山记》，王闿运《湘绮楼记》、《牵牛花赋并序》、《巫山天岫峰诗序》、《秋醒词序》，陆心源《是山园记》、《松竹堂记》，施补华《竹屋图记》，熊其英《怡云图记》、《梦游赤壁图记》、《西碛纪游》，黎庶昌《夷牢亭图记》、《介石园记》、《改建五福宫北楼记》、《拙尊园记》、《禹门山铭有序》、《奉使伦敦记》、《卜来敦记》、《巴黎大赛会纪略》、《游日光山记》、《游盐原记》、《访徐福墓记》，薛福成《重建苏州南禅寺钟楼记》、《后乐园记》、《登泰山记》、《白雷登海口避暑记》，徐宗亮《游浮山记》、《燕喜堂记》、《游紫柏山记》、《游西寺记》、《燕喜堂后记》、《游石屋寺记》，王炳燮《东山游记》、《竹轩记》，吴汝纶《游大观亭故址记》、《抱一斋记》，何家琪《游蓬莱阁记》、《怡园记》、《城南感旧图记》、《洛阳熹平残石记》、《趵突泉斜柳记》、《明魏阉石像记》，秦宝玑《晋泉记》，何维栋《拟渊明桃花源记》、《大江东去赋》，冯桂芬《林文忠公祠记》、《耕渔轩记》、《怿园记》、《游祁阳浯溪记》、《五湖渔庄图序》，王韬《游晃日乘序》、《何陋轩记》，谭献《石城薛庐记》、《临安怀古赋》、《定香亭赋》、《登城赋》，冯煦《重建钟山书院记》、《游黄桑峪记》，樊增祥《访采石矶太白楼赋》、《西溪泛舟记》、《荆州城西晓行诗叙》、《萝溪老屋图记》，黄遵宪《小时不识月赋》，皮锡瑞《游空灵峡记》、《游七星岩记》、《山庄玩月记》，陈三立《快阁铭并序》、《崝庐记》、《朱晓南公祠堂记》、《王家坡听瀑亭记》，陈衍《出居庸关记》、《登太山记》、《游明陵记》、《小雄山观瀑记》、《游方广岩记》、《小池赋有叙》，康有为《法兰西游记》、《希腊游记》，易顺鼎《雪赋》、《游龙冈记》，冯开《三岩游记》，林纾《西湖诗序》、《林迪臣太守孤山补梅记》、《浩然堂记》、《畏庐记》、《苍霞精舍后轩记》、《听水第二斋记》、《游方广岩记》、《游栖霞紫云洞记》、《记云楼》、《记九溪十八涧》、《记超山梅花》、《游西溪记》、《记花坞》、《湖心泛月记》、《涛园记》、《记翠微山》、《明湖泛雨记》、《游颐和园记》、《游西海子记》、《游玉泉山记》、《记戒坛》、《记潭柘》，姚永概

《西山精舍记》、《斗影图记》、《竹山城西小潭记》、《堵河记》、《慎宜轩记》，陈去病《西泠新建风雨亭记》，金天翮《颐园记》、《孟楼记》、《天台纪游》、《登劳山记》，王国维《此君轩记》，顾无咎《西湖游记》等篇章，述游、绘景、状物，虽然仍用文言，自抒性灵，却发生了精神气象的变化，创制出新的文境。

从地域分布观察晚清至五四的文学态势，在政治组织勃兴、思想文化活跃、报刊出版发达的近代上海，散文成为阐扬社会理念、发抒个人情感的工具。1905 年 1 月，曾朴、丁芝孙合编的《女子世界》月刊第 2 年第 1 期发表张驾美《游任氏园记》；1905 年 4 月 24 日，《国粹学报》第 3 期发表田北湖《告玄武湖文》；1905 年 4、5 月间，《女子世界》第 16、17 期发表张振亚《燕子矶望江记》；1910 年 5 月 28 日《国粹学报》第 66 期发表李详《辛卯八月游焦山记》、《城南旧游记》；1910 年 8 月 29 日，王蕴章、恽铁樵等主编的《小说月报》创刊号发表我一《西湖游记》（连载于《小说月报》第 1 年第 2 期）；1910 年 10 月 27 日，《小说月报》第 1 年第 3 期发表我一《天平山游记》；1910 年 11 月 26 日，《小说月报》第 1 年第 4 期发表我一《虎邱游记》；1910 年冬，柳亚子、俞剑华代编的《南社丛刻》第 3 集发表庞树柏《说剑门》、《说墨井》，沈颖若《北浜风景图记》、《灵芬馆遗址记》，陈去病《轩亭吊秋侠文》；1911 年 2 月 23 日，《小说月报》第 2 年第 1 期发表我一《虞山游记》；1911 年 6 月 21 日，《小说月报》第 2 年第 5 期发表我一《秦淮游记》；1911 年 9 月 17 日，《小说月报》第 2 年第 7 期发表仇僧《游苏州戒幢寺西园记》；1911 年 10 月 13 日，《民立报》发表于右任《长江上游之水》；1912 年 4 月 25 日，《小说月报》第 3 年第 1 期发表我一《焦山北固山游记》（连载于《小说月报》第 3 年第 2 期）；1912 年 7 月 14 日《南社丛刻》第 5 集发表陈子范《重游鼓山记》，庞树柏《灵岩樵唱自序》；1912 年 9 月，《小说月报》第 3 年第 6 期发表我一《居庸关游记》、《十三陵游记》；1912 年 10 月 1 日《南社丛刻》第 6 集发表马骏声《丁未除夕山居梦记》、《游华盛顿故宫记》；1912 年 11 月，《小说月报》第 3 卷第 8 号发表我一《京华游览记》（连载于《小说月报》第 3 卷第 9、10、11、12 号及次年第 4 卷第 1、2 号）；1913 年 2 月 20 日，康有为在自己创办的《不忍》杂志第 1 册发表《突厥游记》（并序，连载于《不忍》杂志 3 月 22 日第 2 册、4 月 21 日第 3 册）；1913 年 5 月 20 日，《不忍》杂志第 4 册发表康有为《塞耳维亚布加利亚游记序》、《欧东阿连五国游记》；1913 年 8 月 16 日，《不忍》杂志第 7 册发表康有为《补德国游记序》、

《补德国游记》（连载于 11 月 12 日《不忍》杂志第 8 册、1918 年 1 月第 9、10 册）；1914 年 3 月 29 日，《南社丛刻》第 8 集发表黄葆桢《东湖游记》、《兰亭游记》；1914 年 4 月 25 日，继遭袁世凯封禁的《民权报》而改出的月刊《民权素》第 1 期发表天仇《南游杂记》、冠吾《入都纪程》、宋春舫《欧游漫录》、南村《莲花池》；1914 年 5 月，《南社丛刻》第 9 集发表李息霜《西湖夜游记》、柳亚子《拟重修九江琵琶亭记》；1914 年 7 月 15 日，《民权素》第 2 期发表昂孙《送季陶游历南洋群岛序》、天啸《废园记》、烛尘《东游出发记》、定夷《满清时之金陵》、南村《岳麓山》；1914 年 7 月 25 日，《小说月报》第 5 卷第 4 号发表澍生、恽树珏《匈牙利游记》（连载于《小说月报》第 5 卷第 5 号）；1914 年 7 月，《南社丛刻》第 10 集发表潘飞声《越台秋望赋》、《二帝子祠碣》，陈去病《西泠新建风雨亭记》；1914 年 8 月 25 日，《小说月报》第 5 卷第 5 号发表我一《京华游览续记》（连载于《小说月报》第 5 卷第 6 号）；1914 年 9 月 10 日，《民权素》第 3 期发表修曲《游黄鹤楼记》、啸虎《闽游纪略》、济航《云龙山游记》、孤山《兰亭游记》；1914 年 9 月 25 日，《小说月报》第 5 卷第 6 号发表蒋维乔《普陀纪游》；1914 年 10 月，《南社丛刻》第 12 集发表马骏声《谒黄花岗七十二烈士坟记》，宁调元《书醉翁亭记后》，沈道非《帆影楼记》、《友耕轩记》，柳亚子《分湖旧隐图记》；1914 年 12 月 5 日，《雅言》杂志第 1 年第 11 期发表章太炎《旅西京记》；1914 年 12 月，《国学丛选》第 6 集发表陈去病《游北固山记》；1915 年 1 月 10 日，《民权素》第 4 期发表漱岩《快阁记》、匪石《月色斋记》、蒋箸超《西湖里六桥游记》、季陶《沪北两日闻见记》、志群《岭东旅行记》；1915 年 2 月 15 日，《教育杂志》第 7 卷第 2 号发表侯鸿鉴《海州视察记》、《滁州旅行笔记》；1915 年 3 月 15 日，《教育杂志》第 7 卷第 3 号发表侯鸿鉴《芜湖半日间之游记》；1915 年 3 月 22 日，《民权素》第 5 期发表岑楼《爱宕山游记》；1915 年 3 月，《南社丛刻》第 13 集发表胡寄尘《分湖旧隐图跋》；1915 年 4 月 15 日，《教育杂志》第 7 卷第 4 号发表侯鸿鉴《视察江浦记》、《高淳视察记》；1915 年 5 月，《南社丛刻》第 14 集发表马骏声《居庸秋望图记》、程善之《锡兰茶园记》、蒋万里《游安源公园记》；1915 年 8 月 15 日，《教育杂志》第 7 卷第 8 号发表侯鸿鉴《兴化视察记》、黄炎培《游美随笔》（连载于《教育杂志》第 7 卷第 10、11 号）；1915 年 8 月 15 日《民权素》第 9 期发表李开侁《琼游笔记序》；1915 年 9 月 15 日，《教育杂志》第 7 卷第 9 号发表侯鸿鉴《靖江视察记》；1915 年 9 月 25 日，《小说月报》第 6 卷第 9 号发表蒋维乔《南岳纪游》；1915 年 10 月 25 日，《小说月报》第 6 卷第 10 号发表我一《太和殿武英殿游览记》、蒋维乔《泰山纪游》；1915 年 11 月 15 日，《教育杂志》第 7 卷第 11 号发表蒋维乔《鄂省视察教育记》、罗选清《小学校旅行之心得》；1915 年 11 月 15 日，《民权素》第 12 期发表寿鹃《圆明园游记》；1915 年 11 月 25 日，《小说月报》第 6 卷第 11 号发表蒋维乔《居庸关纪游》；1916 年 1 月 25 日，《小说月报》第 7 卷第 1 号发表蒋维乔《西山纪游》；1916 年 1 月，柳亚子编《南社丛刻》第 15 集发表张冥飞《孤山泛雨记》，傅纯根《游三狮记》、《游章龙记》、《游清源山记》、《游石笋记》，潘世谟《游三狮记》；1916 年 2 月 15 日，《民权素》第 15 期发表訢之《龙马山下温泉记》；1916 年 4 月，柳亚子编《南社丛刻》第 16 集发表沈道非《分湖旧隐图记》；1916 年 4 月 20 日，《大中华》杂志第 2 卷第 4 期发表袁希涛《游南岳衡山记》；1916 年 5 月 25 日，《小说月报》第 7 卷第 5 号发表我一《阳羡游览记》；1916 年 6 月，柳亚子编《南社丛刻》第 18 集发表蒋万里《分湖旧隐图序》、《乙卯清明安源山中踏青见杜鹃花记此》，姚石子《记烟霞紫云二洞》、《游西溪记》、《三子游草跋》、《书分湖旧隐图后》，万以增《重游澄照禅院记》；1916 年 6 月 25 日，《小说月报》第 7 卷第 6 号发表钱基博《邓尉山探梅记》（连载于《小说月报》第 7 卷第 8、9 号）；1916 年 11 月，柳亚子编《南社丛刻》第 19 集发表胡韫玉《蕉雨楼记》，周斌《台宕游草自跋》、《燕游草自跋》，冯平《醉乡游记》。上引篇目，以蕴涵自然和人文元素的古迹胜境为题材，表现文化情怀与人生抱负，比较古代文士，近代作家尝试超越寻常的山水表现，而让意识在社会视野中流动，初显思想的开放与精神的延扩。"1917 年初，中国文学发展的中心开始由上海向北京转移。彻底打破传统的旧文学格局，真正产生具有现代意义的新的文学思潮与文学革命，是紧随其后的五四新文学运动，它真正开创了一个崭新的文学发展阶段。"① 五四时期真正开始了古今文学话语系统的历史性革新。白话文取代文言文，对于现代转型阶段的中国文学是一次语言工具的更替，更是文化层面的质变。作为新的语言符号系统的当代白话，经过辞章之士适切的实用性改造（熔炼、修润、排列、调和、杂糅），用组合的严密和格调的雅致，造成艺术的统制与和谐，以适应现代思维逻辑与表达意愿，在国民书写中赢得了正统资格，为新文学的文体建设提供了"以白话（即口语）

---

① 程华平：《〈近代上海散文系年初编〉前言》，《近代上海散文系年初编》，上海教育出版社 2003 年版，第 2 页。

为基本，加入古文（词及成语，并不是成段的文章）方言及外来语，组织适宜，且有论理之精密与艺术之美"① 的语言工具，有力推进了国语文学运动的展开。新的语言工具革命的发生，新的语言工具使用者的出现，促成白话文学运动的兴起。深刻的历史性变革，对于五四新文学地位的确立富于现代性标志意义，对于中国文化建设具有开创价值。

充满改造社会激情的现代作家群体，颠覆民族固有的文化观念和思维模式，建构新的国民话语体系和书写策略。"文学的白话化，不仅仅是个语言形式问题，它直接关系到现代中国人民的思维能力的开拓，关系到新文学生命力的增强和社会影响的扩大，关系到全社会审美心理和文化结构的变化，关系到整个新文学事业的平民化。"② 将宏远目标定位于理想社会图景的再造，其实践意义已超越语言工具范畴。处于这一文学背景下的现代性创作，告别了必经的历史过渡。

中国近代文学的变革，成为五四新文学运动的历史前奏与创作先声，促成一次更加坚决、彻底、深刻的文学转型的出现，推进了古式文体的现代性开创。

三 现代风景散文史的研究对象与范围

本书是一部专题性散文史，对五四时期至新中国成立长达 30 年的风景散文创作史程进行描述，呈示现代风景散文发展的基本轮廓。

五四新文化运动和文学革命发生之前，文学上的启蒙意识已在中国知识界萌育。从胡适的《文学改良刍议》（1917 年 1 月《新青年》第 2 卷第 5 号）到陈独秀的《文学革命论》（1917 年 2 月《新青年》第 2 卷第 6 号），标志着文学改良向文学革命的观念性嬗变。创作立场决定创作实践，崭新的文学思维促生了小说、散文、诗歌、戏剧的现代风貌。新文学的散文虽则始于文学革命，但此期正像还没有新文学的创作小说出现一样，也没有大数量的新体风景散文作品出现，便无根据对其进行严格的历史记录。现代风景散文创作的开始，是在白话文学运动兴起后，并且渐获发达，终于成为五四文学革命的一种直接成绩。本书展开的研究，建立在现代作家的风景散文作品基础之上，依循

① 周作人：《理想的国语》，《周作人文类编·夜读的境界（生活·写作·语文）》，湖南文艺出版社 1998 年版，第 779 页。

② 朱德发：《中国五四文学史》，山东文艺出版社 1986 年版，第 13、14 页。

由创作实际而设定的历史分期，对创作主体与具体文本进行分析归纳，梳理发展脉络，勾勒衍变轨迹，展示创作图景，并凭此建构章节框架与叙述秩序。

　　文本对象的构成，取决于涉及风景因素的社会与个人行为领域的确立，以及相应的散文描述的认定。中国现代文学是和中国现代历史相伴生的文化现象。作为一种社会意识形态，文学的存在反映时代的精神要求，折射社会的发展进程。20 世纪初叶至中叶，是中国历史发生巨变的时期，国家与民族饱受深重的苦难，创立辉煌的伟业，作家个人也经受灵魂的历练。在文学创作上，宏大的外部叙事表现了史诗般的壮阔，细腻的内心抒情表现了小品般的深婉。视阈上的全景纵览与局部谛视，疆界上的故国流连与异邦行览，意兴上的沉湎古昔与陶醉现今，选材上的关注人生与留心风月，都映示着遭变时代中作家的意志情感与行为心理。文学与风景的关系正是在这个节点上显示认识意义。于闲花幽草之中含咀清味雅趣，反映内心和社会生活的距离；于高山大河之间歌啸壮怀，表示个人与民族的心灵联系。上承古代和近代记游传统的观览性质的行记固然是要紧的部分，但随着文体观念的更新，对于风景散文的界说，已突破固有的边际限定而扩大体裁的外延。这里有透过行旅见闻、真实感受折映社会状貌的写实文字，有凭借四时景色、南北风物寄托意绪的抒情文字，有望景感旧、睹物思往的遣怀文字，有亲历动荡岁月烽火、冷观变乱时代风云的战斗文字，有屡旅蹯四海、游痕印八方的记录生命成长的文字。在体验记忆的文学映现中，风景重构起作家们所处的特定时空，再现着具体的生活环境，标刻着富含意蕴的价值符号，在深广的历史视野中铺展出充满质感的精神背景。众多作家在描绘风景的过程中，也进行各自人格形象的刻画，在风景里完成社会史和个人史嬗变的记录，构成文学的意义世界。

　　本书致力于学理的谨严与史料的翔实，注重记叙线索的清晰与论述逻辑的严密；讲究述录的平畅与论说的灵动，追求学术审美价值。作家创作时的艺术心境、情感状态决定创作品质；学人著述时的知识储备、认识限度决定学术品位。因此，著者格外注重科学态度与表述技巧的结合，尝试一种有意味的学术写作。

　　对中国现代风景散文的演进历程做出宏观描述，对众多的作家与浩繁的作品做出微观研析，观照风景语符系统的新型缔构模式，是本书循守的学术理路。

上 编

发生期——遥顾第一个十年
(1919—1929)

第 一 章

现代风景散文的发轫

第一节 体式的确立

五四新文化运动开启了文人英雄的时代。建立"活的文学"，倡扬文字工具的变革；建立"人的文学"，倡扬文学内容的变革，由此确定了新创作的理论基点。

中国现代文学史上的作家经过五四文学革命的变迁，尝试运用当代白话进行创作。他们一方面着眼于社会，表现人生的主题，一方面着眼于自然，表现风景的光影，二者常常谐调地出现在笔下。经过开拓性的创作实践，初步构建一种专重摹画风景的散文体式，并以新的文体面貌和独异的姿态走入现代文学的领界。

社会与自然构成现代作家二元的创作视角，风景元素开始大量进入创作过程，影响着精神指向、审美观念和艺术趣味。

对于书写者，五四文化革命的直接结果之一，是语言的改变。在唐宋以来的口语基础上形成的书面语言，从通俗文学的范围扩展到纯文学以至所有应用文体。这一文化现象的出现，最直观的是报刊文字样式的变化，书写者纷纷使用现代汉语而摈弃文言。受众由此而发生的阅读习惯的改变，以及激生的新的审美效果不断反馈给作家，连同作家自身在创作过程中产生的渐新的艺术感觉，催动着白话文学的影响向整个文化界扩衍。新文学中的白话散文，此间已经初显创作的实绩。虽然对古代散文内蕴的封建内容和外在的文言形式多有批判，以至另擎起革新的旗帜，但是，对文学传统的抗拒精神和对它的潜性依赖，使五四时期的作家不可能彻底摆脱曾对思想成长发生深刻影响的文化环境，由此决定在进行新散文建设时，既有以文学革命自号的无畏气魄，又有同旧式文化或深或浅的关联。综观 20 年代的散文创作，无论是胡适首倡的"白话散文"、还是刘半农提出的"文学的散文"、周作人继以实践的"美文"（后被胡适称作"小品散文"）、王统照致力的"纯散文"，或则胡梦华推重的"絮语散文"，均以实验着的现代汉语来抒写自由的人性，在宣示鲜明的文学主张之时，也用创作实绩表现新异的气象，并且通过接受者的尝试性阅读，在传播中验证白话散文的优长。依循历史逻辑，我们一方面能够从散文演进的史程把握其流变的脉络，一方面能够从具体作品的新元素的注入，辨析处于转折期的散文纷呈的创作现象，从而做出理性的评价与判断。

中国风景散文正是基于这一文学转型的现状而形成的，它的成长模式含蕴于五四散文的整体发展过程中。

五四散文的时代特征，是它对承负着载道责任的文学观念的绝弃。独抒胸臆、张扬个性尤其为一部分作家所实践。构成他们作品精神内核的，是从解放的灵魂深处发抒的理想主义。面对几千年封建文化的重压，他们努力挣脱现实的羁縻，文字一面触着实际的生活，一面转向内心，格局看似小了些，而心灵的容纳却是大的。在人世之外，天地自然进入创作，成为内心表达的载体。在作家的视野里，风景已经被对象化，间接地折映他们宏巨的襟度、微细的情感、深邃的思忖、浪漫的驰想，有形的物质世界已非纯粹的客体，而是被主观化了。山水在审美形态上的变异，一旦进入文学表现，则决定了它的自然属性的人格化，演变为有灵魂的山水。而这一切，均是通过对它的文学性的再现完成的。具有魅力的文学语言，此时闪熠着明暗的光影，晕染着浓淡的色彩，回荡着高低的音响，完美地塑造着山水的形象，而作家自己也充任着风景世界的主人。

中国现代风景散文初期的作品，即表现着文体的成熟。这和大部分作家具有深厚的中国古典文学的根基相关。他们的创作理念受到唐宋明清诸代山水游记的影响，而现代交通的便利，又提供了远游的物质条件。比起"二十而南游江淮，上会稽，探禹穴，窥九疑，浮于沅湘。北涉汶泗，讲业齐鲁之都，观孔子之遗风，乡射邹峄，厄困鄱薛彭城，过梁楚以归"的司马迁，或者凭芒鞋竹杖以度险的徐弘祖，履迹之遥，视野之广，自是殊异。新的社会背景下，游观景物已经衍变为现代文明所胎孕的一种生活方式、一种文化现象。这一代作家中，又以执教鞭的学者和伏书案的文人居多，象牙塔外的世界，扩展了褊狭的眼界，拓宽了幽禁的心胸，使他们在行走中更深切地体察着乡风民俗，而不限于一山一水。吟风物、咏古迹，抚今追昔，忆往怀旧，灵动的思绪在字句间跳荡，青山绿水在反映时代意志、个性情绪中发挥重要作用。这一文学现象是以众多作家的共同创作而产生的，这种集体行为在新文学的萌发期产生创作上的聚合效应。如果说五四散文的革命性裂变所表现的狂飙突进式的激情，是由关切社会的忧愤、人生的悲苦开始的，那么，转向自然山水，寄托襟怀，则拓开了创作表现的崭新方面。

叙写风景，决非做着遁世的消闲文章。尽管作者的主观思想遮隐在山水后面并不直露，然而内容的扎实与感情的深厚，避免了轻飘和空泛之弊。

一切形式都是为了一种文化而存在。现代风景散文从一开始就适应着反对封建礼教钳制的需要，思想的解放必然引发文学表现方式的解放。

第一，在文学观念上，古代素有文、笔的分野。从南北朝至清，一向把无韵散行、专以记述议论为长的散文视作应用文字，即所谓"笔"，而只把有韵偶、富情采的诗赋认作文学，即所谓"文"。北魏郦道元的《水经注》、杨衒之的《洛阳伽蓝记》，明代徐宏祖的《徐霞客游记》，虽然实叙山川形胜、土俗民情，因其是行走观览与勘踏经历的日记集录，只能归入自然地理考察类的人文著述，就学科研究而言，文本价值在于所提供的资料的可珍，但并不属于严格意义上的文学作品。现代作家抒写的对象固然仍是山水胜迹，但是在散文的文学性和艺术性上已经形成了创作自觉。作品的主题既不全像唐代的柳宗元将政治感慨、仕途愁叹寓于山水之乐的描写中，也不全像宋代的苏东坡借江山风月曲陈政治抱负，抒发散淡的意趣，至于明代袁宏道的寄情自然，王思任的诙谐洒脱，张岱的一分浮浪三分清骨，清代方苞的访古观胜仍不忘标举义法，袁枚的寓性灵于清风明月、讽世刺俗，龚自珍的处翠微而忧时伤世，也隐约地在现代作家笔下留着影子。在上承古代典范的同时，现代风景散文表现着更广阔的社会人生，并将这一传统文体的容量最大化，丰富它的时代内涵，拓展它的表现空间，升华了旧式山水宴游文章的品质。因此，笔下充盈着更奔放的激情，更飘逸的想象，更美丽的情思。

第二，在创作手法上，现代风景散文突破了传统游记不定于一格的散漫记叙法，如先秦、汉魏和两晋六朝时期多以山水小品形式出现的非完整的体式，而是自始就显现着独立健全的品貌。五四作家的许多人，曾致力小说、诗歌的创作，他们把叙事、抒情的技法引入风景散文的写作，对于烟霞泉石的多层次的绘写、细致的点染，对于游赏过程的翔实记录，对于情绪的浪漫吟哦，无论工笔还是写意，都增强了语言的密度。意象的丰富、场景的宏大、形象的饱满、生活画幅的宽展，铸造了异于传统的品格；增大的体量、增厚的深度、增强的广度，突显崭新的文体面貌。寄情天地、熔裁自然的精神透力，是实现超越古典的艺术核心。

第三，在结构上，丰富的游历、开阔的视野，使五四作家的创作取得突破。古人的写景作品，一般沿着时间与空间的顺序次第展开，文字陷在过程里。起首多交代季候时辰，中间须摹绘沿途景色，卒章则说理、抒感、寄慨，彰显心志，逐渐定形为架构单一的程式。现代作家则多以延伸的心理路径为支撑，克服传统的以游踪为脉的线性模式所带来的难以展开描述的局限。在他们的笔下，篇章的铺展不只以游踪为导引，也不以某一景物为限围，而常常以内心情感的起伏变化为主轴，经纬交叉，纵横相接，古今错综，远近交叠，正叙、倒叙、穿插、闪回、跳跃，造成意识的流动，文势的跌宕，使得对景物多侧面的描摹成为可能，并且有机地涵括了风景之外的成分。这是现代风景散文在体式的确立之初，就与古代同类文体在外部形态上的差异。

第四，在语言上，精简、省净、雅洁虽是文言足可称道处，但记景述游似非它的最擅，古代游记多为短制即表现出语言的限制。便是柳宗元《永州八记》那样成熟的题记散文，也容易当做咏景小品看待。白话的运用激活了文体内蕴的能量，和这一时期作家奔突的个人情绪、解放的心灵相呼应。文字工具的变易反映着文化观念的革故与鼎新。挣脱了文言在形式上、表达上以至文学感觉上的局限与框束，作家们的创作生产力得到了解放，刻板的句式、沉闷的文调被新语言的狂流冲泻，思想的飙风、感情的潮水自由无羁地充盈在字句间，彰示了文体内在的丰富性。读者在纸上畅快地呼吸着文学革命的空气，在新鲜的文体气象中聆听回响于山水间的清音。

第五，在文体特征上，现代风景散文和同期的一般散文比较，存在独异的方面。即使是同一位作家的作品，也不难看出样式上的分别。五四时期的主流散文是从正面反映社会的真景，勾绘人生的现状，深刻地折射反封建的思想主题。文学研究会诸作家的写实散文如此，创造社诸作家的抒情散文如此，便是语丝、未名、浅草、沉钟、新月、太阳等文学社团的作家，虽然因流派的差异而各持立场、各怀主张、各择视角，文学观念和创作倾向也各有坚守，但是都用力描绘相同或类近的生活图景。在催生新散文的根苗上，诸家大体合流一处。当目光转向风景，笔墨朝山水寄意的一刻，众作家暂且卸去精神的重负，表现出心灵的澄净与笔调的明快，显示了在歌唱世界的重要部分——山水方面的努力。他们谛听自然的清籁，鸣响心弦的雅奏，畅吸一缕远避浊世的清朗空气，直抵内心的是宽慰和舒解的感觉。这同激变的社会、冷暖的世情终像是隔膜的，但在仔细研读，特别是体贴其文心，领悟其用意，推敲其表达之后就会发现，以风光为俦侣的作家，笔锋已经伸触到现实层面，以滚烫的心熨热每一寸山水。透过美的文字，可以隐约地领受恤民的挚诚、忧世的情怀。有的篇章，甚或可以看作在风物背景下的政治感怀的抒写。这仍可归源于以儒教为核心的中国文化传统。

由是观之，中国现代风景散文的初创阶段，一面表现着对于古典文学遗产的承续性，一面表现着面对现实生活的开新的勇气，文体上的实验性探索，鲜明地显示内容和形式上的现代性，形成借风景的框架表现社会内容的散文体式。经过文体实验所取得的现实主义成就，证明现代风景散文是有着独立品性的艺术制作。研究者从丰硕的创作成果出发，在现代文学史的全方位观照中判定其在文学的整体格局中应有的地位。

第二节　作家的略说

文学革命初期，自觉从事风景散文创作的作家为数不多，有些只是偶有篇章问世。随着散文创作的日渐活跃，一些作家在现代风景散文上做着切实的努力，作品的数量逐渐增多，在摆脱了模拟古人记游章法的同时，强调时代性和创造力，在表现社会生活场景的宽展性和思想认识的深广度上获得明显进步。尽管这些作品的思想和艺术成就存在差异性，但是对于新文体的建设具有现代意义。

散文是一切文学样式的基础。在五四作家里面，各有他们的所擅。作为弃绝封建旧文化、旧道德，倡举民主和科学的新文化、新道德的文学样式，白话小说、新体诗歌取得了明显的成绩。文学革命经过早期并无纯粹的文学社团和文学刊物的阶段，于1921年1月经由郑振铎、沈雁冰、叶绍钧、许地山、王统照、周作人等的首倡，在北京发起成立文学研究会，以《小说月报》为会刊，并在上海、北京编辑《文学旬刊》、《诗》月刊，出版文学丛书。同年7月，郭沫若、郁达夫、成仿吾、郑伯奇、田汉、张资平等在日本倡建创造社，接之筹办《创造季刊》、《创造周报》、《洪水》、《创造月刊》、《文化批判》等文学刊物。在此期间，北京的《晨报副镌》、《京报副刊》等也以刊登诗文为主。上述报刊为勃兴的新文学创作提供了主要园地，改变了此前文学作品只能发表在《新青年》、《新潮》、《少年中国》等综合性刊物的局面。而作家集团意识的萌生、创作流派的初显、艺术倾向的细分，使文学革命成为新文化运动中成绩突显的部分。

　　风景是另类的现实。笔墨触着它，可以更热烈地抒发情怀，更畅意地寄托志向，更自由地展开思考。这一时期，作家们固然主要运用小说、诗歌等文学体裁向封建旧营垒发起进击，在这类作品中，也不离关于风景的描写。虽则是整体叙述或者抒情的一部分，如若抽取出来，有些也不妨当做风景小品赏阅，但是在主流创作之余，他们也还是写着相当数量的风景散文。

　　新文化运动和文学革命的发生，促进了中国知识界的交流，现代交通为南北迁徙的便利提供了可能，使作家可以在变化的空间展开新的视野。五四运动使北京成为当时全国的政治与文化中心，一批在大学任教的学者和在校接受正规或者其他形式现代教育的青年学子，以及被吸引来的众多作家，构成这一时期风景散文创作的中坚力量。他们告别各自原有的生活天地，却时时怀想着；颠沛的人生之路深深地印着多彩的旅痕，又常常含味着；尤其在一些南方籍作家那里，京津一带的风物进入他们的视野，显示着种种的鲜活与奇美。新的文化景象、新的异乡风光，震撼着一颗颗艺术的心灵。一切生命经历，一切情感体验，一切入目景象，都在纸上奔泻、流淌，经过文字的固化，初展着现代风景散文早期的风姿。上述作家后来各以小说、诗歌、散文、戏剧创作或者文史研究等术业见长。根据职业角色，可做如下划分。

一　学者

　　以李大钊、胡适、鲁迅、周作人、刘半农、朱自清、郭沫若、郑振铎等在大学任教或者从事文史研究的专家为代表。这些学界才俊，学问精深博洽，治学之余，又对风景倾心。虽则作品数量不多，却产生示范效应。

　　李大钊较著名的写景文章，多向冀东一带的家乡山水倾情。水是滦河，山是五峰。眼扫平原上受旱的高粱和谷黍豆类，穿过石径两边茂密的松林，听着石上泉音的清响，又逢微雨，登至山腹的韩昌黎祠，观渤海以抒胸臆，直要把魏武帝东临碣石的遗篇拿来高诵了（《五峰游记》，1919 年 8 月《新生活》第 2、3 期）。牧童樵子的影子虽一个不见，愈衬出山游的清幽。临风而览辽东锁钥、京畿屏障的蓟、榆关塞，遥眺浩森沧波，犹寄爱国之贞，自谓"予性乐山"的李大钊，此刻是将家乡之山拟作民族的伟丈夫了。文章盈荡一种豪勇气概（《游碣石山杂记》）。

　　胡适在美国康乃尔大学、哥伦比亚大学就读，曾经师从哲学家杜威，获取重要的学术历练。回国后，多年专重中国古典小说的研考求证。学术体例的框束，使得文章逻辑的力量大而感情的因素少，行文冷峻沉着。在此期间，抽暇观览名胜，游而记之。篇数虽然寥寥，却能够领受他在这类文体上的大略风致。一个学人，面对风景，内心是平静的。走出象牙之塔，落在纸上的文字从容不迫，有悠然的气度，却脱不去考据之瘾。游于匡庐，处处留意学问，考据所引起的话题，有较重的分量，总该正襟危坐地谈说，胡适却用随感式的笔墨带过。人到了风景里面，学理的缜密让位于游兴的浪漫（《庐山游记》）。他的风景文章，不经意地显现著述与性情的另一面。

鲁迅的记游文字，现今常被提到的是《辛亥游录》。摹记故里的禹祠小景和秋观海潮的越中乡俗。通篇用文言写成，颇得柳宗元山水记意趣。《长城》一篇，实如散文诗，在写这一篇的前后日子里，他还做着《野草》里的《死火》、《狗的驳诘》、《失掉的好地狱》、《墓碣文》和《颓败线的颤动》诸篇，在创作情绪上自然是接近的。"现在不过一种古迹"的长城，在他心目中只是某种势力的象征。这遗存的古砖和补添的新砖筑起的城壁，横隔在他的眼前，囚禁灵魂，封闭思想，他诅咒这种精神上的包围。数月后，鲁迅写罢短篇小说《伤逝》，在结尾借涓生之口将这种忧愤做了更为痛切的发抒："我要向着新的生路跨进第一步去，我要将真实深深地藏在心的创伤中，默默地前行，用遗忘和说谎做我的前导。"此后，在小说创作上，鲁迅暂时歇手，而续写着《野草》那样的散文诗，并且仍旧在《语丝》周刊上陆续发表。在厦门大学任教期间做出的《从百草园到三味书屋》，在乡园美景间展开童年生活的忆写，于沉重意绪中透出一抹纯净明丽的亮色。碧绿的菜畦，光滑的石井栏，高大的皂荚树，紫红的桑椹，树叶里鸣蝉的长吟，伏在菜花上的肥胖黄蜂，直窜向云霄里去的轻捷的叫天子；短泥墙根一带低唱的油蛉、弹琴的蟋蟀……含着心底无忧的欢趣。而《野草》中《秋夜》、《雪》、《好的故事》、《风筝》、《腊叶》里的某些段落，语言的诗意美、描写的画境感、节奏的音乐性以及描写与叙述手法上的比喻和象征，都是摹景文章的必备要素，传神地表现了作者的梦忆与怀想，清丽隽秀的文字呈射着梦里的光影，无妨作为风景散文的断片欣赏。

周作人1917年任北京大学教授，长年居京，纸窗、瓦檐、笔砚、街市、绍兴的故土风味都成怀恋。绍兴是周作人生长的地方，许多山水风物时时被他忆起，并极想借用闲暇记述一点下来。在他的散文随笔里，可以找出一些同那里的景物人事相牵连的文字，烛亮他的那么暗淡而且也很有点模糊的童年的记忆。故乡城外有座曾为皋社诗人秦秋渔别业的娱园，因为舅父晚年寓居的缘故，少时的周作人有了入园游乐的机会，虽然所见只是废墟。遍地都长了荒草，咸丰年间初筑时"秋夜联吟"的幽雅风趣邈远了，在儿童的感觉里这原也属无须。共住在园内的留鹤庵，撩情的是中表里被他称为"姊"的那一位，同年同月生，"所以我隐密的怀抱着的对于她的情意，当然只是单面的……有一次大家在楼上跳闹，我仿佛无意识的拿起她的一件雪青纺绸衫穿了跳舞起来，她的一个兄弟也一同闹着，不曾看出什么破绽来，是我很得意的一件事"。多年飘流过后，周作人回到故乡，"她也早已出嫁，而且抱着痼疾，已经与死当面立着了，以后相见了几回，我又复出门，她不久就平安过去。至今她只有一张早年的照相在母亲那里"。室迩人遐，少年朦胧的缠绵、成年怅惋的伤悼，颇近同城沈园里演绎千古的陆唐悲欢（《娱园》）。苦雨斋为人，平和散淡；为文，闲适古雅，声色轻易是不肯动的。偏偏《娱园》做得情深意挚，苦、涩、忧交融的滋味，在他一贯的冷调文字中还颇少见。照周氏看，小时在越中乡间，扫墓与香市是逢春的出游里主要的两件事。他在心野上寻找湮失的往迹，重画在纸上。"扫墓时候所常吃的还有一种野菜，俗名草紫，通称紫云英……花紫红色，数十亩接连不断，一片锦绣，如铺着华美的地毯，非常好看，而且花朵状若蝴蝶，又如鸡雏，尤为小孩所喜"（《故乡的野菜》）。香市因是"公众的行事"，它的热闹，在禹庙南镇的香炉峰抬眼可赏。绍兴城里王羲之的躲婆弄、东郭门外同贺知章有关的贺家池，虽然于史地研究未必有用，"但如拿来作传说看，却很有趣味，而且于民俗学是有价值的"，故而周氏也将这些口耳相传的材料当成一卷民间的世说记录留在纸上，因为他能够从这些遗闻里"看见《世说新语》和《齐谐记》的根芽差不多都在这里边"，他就有兴致每逢花辰月夕经过此地不下十次，"既不见水底的瓦楞，也不闻船下的人语，只有一竹篙打不到底的一片碧水平摊眼前而已"，叫他望出了种种故事（《抱犊固的传说》）。鉴湖边的风土人情是写不尽的，特别是水上的一切。他给将访他的故乡的友人详明地介绍起很有趣的乌篷船。在他的心间，"卧在乌篷船里，静听打篷的雨声，加上欸乃的橹声以及'靠塘来，靠下去'的呼声，却是一种梦似的诗境"（《苦雨》）。"你坐在船上，应该是游山的态度，看看四周景物，随处可见的山，岸旁的乌柏，河边的红蓼和白苹，渔舍，各式各样的桥，困倦的时候睡在舱中拿出随笔来看，或者冲一碗清茶喝喝"；而坐夜船，谈闲天，听搅水声、摇橹声，想起兰亭的风雅、庙戏的真趣，逸乐怎能靠文字道尽？（《乌篷船》）宁绍平原给周氏的记忆总是和乡味连在一处的。"我虽是京兆人，却生长在东南的海边，是出产酒的有名地方"，竹叶青、状元红和花雕等名酿，在唇舌间长留着醇和清淡的酒味（《谈酒》）。乡人于曲汊浅渚栽植鲜菱，溪湖近岸处的菱荡随风闪漾，颇涉遐想（《菱角》）。老家怪山上的应天塔也牵引他的目光，"开了前楼窗一望，东南角的一幢塔影最先映到眼里来"，由此发挥议论，本在十字街头踯躅，却幻想当衢造出一座栖居心灵的象牙塔来（《十字街头的塔》）。周作人对于故乡意识做过多次解释，"我的故乡不止一个，我住过的地方都是故乡。故乡对于我并没有什么特别的情分，只因钓于斯游于斯的关系，朝夕会面，遂成相识，正如乡村里的邻舍一样，虽然不是亲属，别后有时也要想念到他。我在浙东住过十几年，南京东京都住过六年，这都是我的故乡；现在住在北京，于是北京就成了我的家乡了"（《故乡的野菜》），又说"照事实讲来，浙东是我的第一故乡，浙西是第二故乡，南京第三，东京第四，北京第五，但我并不一定爱浙江。在中国我觉得还是北京最为愉快，可以居住，除了那春夏的风尘稍为可厌"（《与友人论怀乡书》），故而京师野外的景致，在他多有游述。"燕大开学已有月余，我每星期须出城两天，海淀这一条路已经有点走熟了……今年北京的秋天特别好，在郊外的秋色更是好看，我在寒风中坐洋车上远望鼻烟色的西山，近看树林后的古庙以及河途一带微黄的草木，不觉过了二三十分的时光。最可喜的是大柳树南村与白祥庵南村之间的一段 S 字形的马路，望去真与图画相似的秋色，总是看不厌"（《郊外》）。琉璃厂的市集上，书肆、纸店、印章铺，专卖蜜饯糖食酸梅汤的老字号信远斋，杂售儿童食物玩具的海王村，荟萃古玩珍籍的火神庙，都是他不畏远途而流连过的（《厂甸》，1934 年 4 月 5 日《人间世》第 1 期）。香山的居留养身，让他在般若堂的诵经声和晨昏的清澈磬音里不嫌烦扰反觉清醒，每天傍晚要到碑亭下去散步，顺便恭读乾隆的御制诗，还时常远望香山上迤逦的围墙，想起秦始皇的万里长城。长闲逸豫、平矜释躁的生活暂且把他带入禅境里去，忍不住要将山居的心得写给孙伏园（《山中杂信》）。大明湖的胜景近浮眼前，他拿《老残游记》里的描写来对照，还想望见千佛山入水的倒影，还盼听到那"一声渔唱"趵突泉翻出的三股水只尺许高，已非刘鹗做记时的光景。在茶亭坐待雨霁，也暗合一块门匾上的所书：畅趣游情（《济南道中》）。周作人散文的厚实感，源自他腹笥中的历史和文化，体现着学识的重量；而其文又有来于生活经验的部分，以及在江南山水间养成的闲散悠然态度，显出轻松幽默的一面，正可见出散文趣味的本原。当着笔墨用在烟霞泉石的一刻，这种创作冲动的自主性愈发显明易见，而又与他所力倡的"人的文学"相表里，所以他笔下的风景多是可以接近的。周氏文章，源于企慕内心的平淡的生活立场，颇重趣味，素以雅、拙、朴、涩、重厚、清朗、通达、中庸为上，所做风景散文亦循守同一尺度。

　　刘半农在新文化上的功绩，是对中国语言文字的改革。他的另一个贡献是在文学变革上，写白话诗、采编民歌，在创作上走了开新的路。所谓"自由诗派"即由他领军，北京大学的"语音乐律实验室"也由他发起筹建。他在民歌风味的新诗上所持的观点是"它的好处，在于能用最自然的言词，最自然的声调，把最自然的情感发抒出来"（《〈国外民歌译〉自序》）。在写景散文里，也保持着这样的风格——清新、自然、质朴。行途上，临着火车的窗，他用文字做起画来，"太阳的光线，一丝丝透出来，照见一片平原，罩着层白蒙蒙的薄雾。雾中隐隐约约，有几墩绿油油的矮树。雾顶上，托着些淡淡的远山。几处炊烟，在山坳里徐徐动荡"（《晓》）；静夜将残，对着纸窗上映现的幽幽淡淡的黎明，他听见"乌沉沉的晨风，昨天般的吹来。近地处几片纸灰，打了个小旋儿，便轻轻的飘散。小巷中卖菜的声音，随着血红的朝阳，把睡着的一齐催醒"（《静》）；他从海洋深处、暗礁底里的微波，联想到星光死尽的夜，荒村破庙之中呜呜的哀哭，由自然的边际联想到人间的边际，流露出与社会底层者的隔膜的自谴（《在墨蓝的海洋深处》）。这些写于五四前后的诗化的散文，基调明朗昂奋，表现了一种进取的时代情绪、风发的意气，透过浮映在文字上的景物，可以见到他的内心。长年在北京大学任国文系教授，刘半农对沙滩"红楼"一带景物多抱感情。建校31年纪念刊出版前，应约撰文，把心底的深情流注于北大三院（法学院）前南北河沿的一条河上。在他这生长江南的人看，"初到时，真不把门口的那条小河放在眼里，因为在南方，这种河算得了什么，不是遍地皆是么？到过了几个月，观念渐渐的改变了。因为走遍了北京城，竟找不出同样的一条河来"。他眷恋它，因为能够从一泓穿街的浅水中揣摩一点民间色彩和江南风趣。其时他和胡适正起劲做白话诗，"在这一条河上，彼此都嗡过了好几首"。神意悠远，他还企望这条河能够启发灵思，滋润心田，让毕业的同学在河岸植树，"造成一条绿水涟漪，垂杨飘拂的北大河，它一定能于无形中使北大的文学，美术，及全校同人的精神修养上，得到不少的帮助"（《北大河》）。刘半农留给风景的文字，如同《扬鞭集》、《瓦釜集》里的那些诗与民歌，清新晓畅，率真任情，比之他开设的《古声律学》，别显一种气象。

　　朱自清初来清华大学执教，用他在一篇文章里的话，是在民国十四年夏天。他的《荷塘月色》是写景的名篇。清华园的静夜，月下凄迷的光景、长林碧草的浓绿，都让他作画似的移到纸面上来。在《温州的踪迹》里，他细赏着"一张一尺多宽的小小的横幅"，同样用文句绘写着纸上"淡淡的清光"

和帘边"一枝交缠的海棠花"，那样的妩媚，那样的嫣润，仿佛滴得出墨来。梅雨潭的绿水、白水漈的飞烟，化在他的笔下，回环往复的情调歌一般曼妙。清亮的文字是从风景里幻化出的，情怀是温的，笔墨是软的，虽是作着散文，而充盈的诗歌的那种美，可以舒服地诵在口上。《匆匆》慨叹光阴的易逝，也要借景起兴。《歌声》里的清曲，逗引他神往于明秀的春光。《桨声灯影里的秦淮河》中，黯黯的水波、缕缕的明漪上浮动朦胧的烟霭，悠然的桨声间歇地响起，歌女的唱音远近地飘来。看舷侧，随波流走的是六朝的金粉；观河岸，皎月照着的是明末的艳迹，号为"七板子"的游舫成了历史的重载。枯涩久了的心，在这夏夜的微风里，在这暑气渐消的晚凉的河上，是同冷冷的绿波一样地温润而朗洁了。唱曲歌妓的纠缠，破碎的胡琴声和凄怨的歌调，愈使这清艳的夜景晦暝。游罢归去，心里竟是幻灭的愁情。这岂是一段清游的写真？读来自是怅然了。《航船中的文明》记他在祖籍绍兴坐夜航船的途上见闻。两个女乘客，一个是乡下的黄脸婆，一个是带着五六分城市气的白脸妇，在这离岸的水上，也逃不掉名教缰锁的钳缚，而船家与四旁的看客，也都成了卫道的批评家，终于使得"妇者，服也"。这一则旅程小品，含着讽刺的力量。"所以轩辕氏四万万的子孙，个个都含有正统的气息。现在自然是江河日下了！幸而遗风余韵犹有存者。如佩弦君在航船中所见所闻只不过是沧海的一粟罢。——然而毕竟有可以令人肃然的地方。"①《旅行杂记》不是摹景，而是记事，人物刻画与细节描绘的入微，颇近小说笔法，而散文家的气质配以师者的风度，又使写景述游的文字显出独异的风格，既是诗意的，也是批判的。

风景散文以游历为根基，在艺术表现上不将虚构作为主要手段，因此可以从中看出作者的生命踪迹。郭沫若早期的一些作品，正不妨循着这样的理路来认识。

写于 1922 年初的《今津纪游》，以天涯羁客的心情实录在日本的一段游历见闻，叙游程，记观感，直述中渗入细腻情愫。习见的海景、普通的路遇，都在笔下生动起来，游览的记忆闪射诗性的灵光。1924 年的冬天，他为调查江浙战事的遗迹，兼尝松菌和黄雀的美味而走宜兴，沿途亲睹军阀割据的国况，"江南的各处城市，都带着颓废的灰色的情调"，便是太湖东洞庭有"未经跋涉的荒山，有十分雄浑的自然"，竟至使友人把它和《茵梦湖》连在一起

---

①　俞平伯：《风化的伤痕等于零》，《中国现代作家选集·俞平伯》，人民文学出版社、三联书店（香港）有限公司 1992 年版，第 183 页。

看，不知哪是小说里的情境，哪是中国乡间僻境的国民生活的自然风光。浮着无数小航船的运河边，昏浊的河水、枯槁的杨柳映衬的是肩担黑煤炭的老少……一路关于人文地理的实记，关于底层劳苦者现状的描述，存录着历史的片断、人物的侧影、零碎的世相。内心的清景、身外的浊世，对照得格外鲜明。当年出省的情形也回到他的心中，从家乡乐山坐船到重庆，过宜宾时，青碧的岷江与赤红的金沙江两水相激的壮景，被描摹得豪情横溢，文字结实，富于质感，让读者感受着思想和情绪的波澜（《到宜兴去》）。在篇幅这样长的散文里，叙述视角不断移变，情绪的洪流透过文句溢满纸面，饱满的气韵在长段的对话里，在大篇的议论中，做支撑的是爱国热忱和忧民情怀，凸显精神品质与思想亮度。《山中杂记》、《路畔的蔷薇》均写于 1925 年秋。在前一组忆旧散文里，朴素的叙事分别在菩提树、芭蕉花的题下展开，使充满家常气息的作品隐含着象征意义。后一组作品是散文诗。作者运用诗性的语言营造美丽的意象，仿佛点染一幅幅画意氤氲的写生作品。同年创作的还有《孤山的梅花》。他昔年游今津，过渡时见着清澈的海水，不自主地想起祖国的西子湖，当携着一妻三子从日本归来，真的抵临钱塘山水，他的赞美自然的夙心又苏醒了。郭沫若创作上的浪漫主义虽然突出地表现在诗歌上，而当书写风景散文时，笔墨依然跃动，文思依然畅沛。

　　中国文人的田园情结同古传的隐逸文化相伴生，与善感的心灵对应。山水世界几乎成为中国知识者精神的原乡，这也是风景散文在中国发达的原因之一。在郑振铎的创作里，这一文化特征也隐约地表现着。黄昏时候，他在苏州的观前街散步，"半里多长的一条古式的石板街道，半部车子也没有，你可以安安稳稳的在街心踱方步"，"她假如也像别的都市的街道那样的开朗阔大，那末，你便将永远感不到这种亲切的繁华的况味，你便将永远受不到这种紧紧的箍压于你的全身，你的全心的燠暖而温馥的情趣了"，反倒不觉"一个道地的中国式的小城市的拥挤与纷乱无秩序的情形"，这也正好给他片刻的安闲（《黄昏的观前街》，1929 年 4 月 10 日《小说月报》第 20 卷第 4 期）。乡村的牧歌般的情调总在心头萦绕，比起数年以后到北平琉璃厂书肆的访笺，多了几分悠然气度，几分安逸无虑的亲切。在五四运动的退潮期以至其后的年代，郑振铎坚持革命性的进取立场，在光明与黑暗的抉择中，深情讴歌奋激前行的勇毅者。他用描写自然的笔墨寄托深刻的寓意。独坐于山寺的幽斋中，连日的雨遮暗了天空，凄楚之意占据了心胸，"但是太阳终于来了。接着夜而来的是白昼，接着暴雨而来的是晴光，接着灰暗之天空的是蔚蓝色的天空"，"在黑暗中走着的人，在夏雨中的人，在灰暗的天空之下的人，总要相信光明的必定到来"，锋芒直朝当时政治上、社会上、国际上、家庭上沉沉地罩着的浓厚的阴影刺去，"我们相信光明必定会到来，我们迎上去，我们向着他走去！"（《向光明走去》）文章中洋溢的斗争激情，和他写于五卅惨案后的《街血洗去后》同一种硬朗雄健的气调。发表在 1924 年 4 月《小说月报》第 13 卷第 4 号的《荒芜了的花园》，是一篇充满寓言感的写景小品，是对当时一部分知识分子中流行的"止于呻吟，不做反抗"的时代病的讽刺：从前，美丽的池水淙淙地流过石桥，美丽的花木灿烂微笑地盛开，夜莺也曾飞到园里唱起夜之歌。都是过去的光景了。如今，池子干涸了，花木萎枯了，夜莺好久没有飞来了。一些人来了，要重现园苑的美景，这让"青蛙带着满肚子的喜欢，由池岸下石罅中跳出来听。终夜悲鸣的蟋蟀也暂时停止了它的哭声，由草丛中露出半个头来，看他们讨论"，而他们坐而论道的态度，实在于疗救社会的病症无补，"荒芜了的花园还是照旧荒芜着"。隐喻和象征，使作品具有内在的震撼的力量。怎样改造社会是一个严肃的话题，郑振铎运用文学的手段，让读者从特殊的视角完成一次知与行的思考，并且意识到自己在精神上所负的重任。

二　小说家

以沈从文、鲁彦、王统照、许钦文等为代表。叙事元素的渗入，丰富了风景散文的艺术表现力。

从湘西边远小镇凤凰到北京大学旁听课程，后来成为著名教授的"北大边缘人"沈从文，在银闸胡同公寓的东屋——"窄而霉小斋"写着他的文学习作。在游过了西山之后，他用浪漫的诗心编织了一个童话似的故事，放到月下的山亭，让人心神摇荡："在青玉色的中天里，那些闪闪烁烁的星群，有你的眼睛存在：因你的眼睛也正是这样闪烁不定，且不要风吹。在山谷中的溪涧里，那些清莹透明的出山泉，也有你的眼睛存在：你眼睛我记着比这水还清莹透明，流动不止"，一度的微笑，散逸的清香，是一阕梦里的爱歌（《西山的月》）。年轻的沈从文相约着同样年轻的胡也频和别的同伴"沿着铁轨从崇文门到东便门，又沿着运河从东便门到了二闸"，他不像许许多多的人，"记那一个城里人下乡的记录，且赞美着说是秋来天色草木如何如何美"，而是在满河岸徐飘的粪肥与干草的气味中同船夫、赶骡人和"光身的蹲在补锅匠的炉边看热闹的小孩子"一起沉入古老运河的沧桑了。看着孩子们跳进水里争抢从堤上故意掷下去的铜子和银角，遥忆载粮漕运时丛林似的桅樯昂指天空，身穿新蓝布长衫、头戴红缨帽子的纤夫吆喝着走来的光景，就明白了二闸赋予北京人的意义。家山千里，他恍若看见沱江的一碧清流上，舞桡赛龙舟的场景（《游二闸》）。感觉与思绪的碎片，水一样地漫涌。叙述虽然断续，画面虽然零散，情节虽然琐屑，组接一处，仍然能够看出它的意义的完整。

　　生于浙东海边的鲁彦，曾经在京过着半工半读的求学生活，他的处女作《秋夜》发表于 1923 年 11 月 25 日《东方杂志》第 20 卷第 22 号。和他的小说以及一些"侧重于记叙故乡的习俗风物，回忆故乡的亲人和家园的面貌，追思自己童年和少年时代在乡村生活的情景"的散文里充满的乡土气息不同，这篇早期散文拼续着梦的散片，是在痴醉地写梦。惝悦、幽诡、奇幻、飘忽、迷蒙的意识在景色间流动，轻捷地跳跃。若断若续的线索，使散文具有情节化倾向，偶尔一现的人物，眉目和闪回的夜景一样朦胧、愁惨："一堆一堆小山似的坟墓，团团围住了我，我已镇定的心，不禁又跳了起来。脚旁的草又短又疏，脚轻轻一动，便刷刷的断落了许多。东一株柏树，西一株松树，都离得很远，孤独的站着。在这寂寞的夜里，凄凉的坟墓中，我想起我生活的孤单与漂荡，禁不住悲伤起来，泪儿如雨的落下了"；"一阵冷战，我醒了。睁开眼一看，满天都是闪闪的星。月亮悬在远远的一株松树上。我的四面都是坟墓；我睡在濡湿的草上"。发表于 1924 年 3 月 10 日《东方杂志》第 21 卷第 5 号的散文《狗》，自剖得更为深切，表达了对于处于社会底层的劳苦者的同情，透露着一个青年知识者所具有的社会良知和道德感以及对愆尤的深痛的自责。同此前鲁迅的小说《一件小事》相较，无疑存在主题上的接近性。鲁彦暂离了夜的昏暗、冥茫与幽冷，郊野的山色给文章、给心间添上些明亮："山上青苍的丛林，孤野的茅亭，黄色的寺院，以及山脚下的屋子都渐渐在我们眼前清楚起来。喜悦从我的心底涌了上来……大家望着山景，手指着东，指着西，谈那风景。"而这一切又随着心理的变化而遽然发生转换，风景失去了光艳的色泽，一切欣悦皆遁迹了。"流露在这些作品中的焦灼和苦闷，构成了鲁彦早期散文创作的基调。应该说，这种情调无疑是带有鲁彦的个人特点的，它是由鲁彦不满于现实而又不知道怎样改变这现实所引起的，因而它并非仅是鲁彦个人的，而是代表了五四时期青年知识分子中较为普遍存在的心理状态，这归根结蒂是由社会所造成的。"[1]

　　出生于北方乡村的王统照，因家境的优裕，自幼受着古典文学影响，以明

---

① 沈斯亨：《〈鲁彦散文选集〉序言》，《鲁彦散文选集》，百花文艺出版社 1982 年版，第 18 页。

清小说和文言笔记、诗话、文评等为创作导源，在小说和散文里表现着人性之爱和生活之美，在人生理想世界中开放美丽的生命鲜花，让飞翔的精神超越现实社会的实境，而根底还是"为人生"的。他的创作基本代表着对于"现实人生的认识"，而"理想的诗的境界"主要在作于五四运动高潮期后的散文里面表现着。他曾说："记得那时的思路渐渐地变更，也多少搀入一点辛涩的味道，不过不是一致的。常常感到沉重的生活的威迫，将虚空的蕲求打破了不少，在文字方面，也不全是轻清的叹息与虚渺的惆怅了。这一点是我自己觉得出的。"（《霜痕·自序》）"以《片云集》为代表的早期散文，集中地反映了王统照'变更'中的思想径路，既有烦闷、惆怅的思绪，美化人生的痕迹，又有对黑暗的诅咒，对光明的追求。在艺术风格上，从轻清、细腻的刻画，逐渐转向激越、高亢的倾泄，而对现实人生的认识，通过内心世界的直接感受，并以诗意的笔调抒写出来，则是他二十年代散文的主要特色。"[①]《片云四则》透过生活片段的绘写，含浸着爱的情感，无形的幽思又是紧附在景物上面而得到具象化表现。广阔幽深的艺术思域中展开清美的画图："圆月的银辉，从青阔无际的大圆镜中泻流下来，照在蒙茸的草地上，小小的园林，微微振动的叶影中间，浮现着幽玄静穆的夜色……在静夜的明月的圆姿照彻之下，能使人联想到无端的思与事实。"此刻，他的耳边低响着音乐般的鸣涛和古今咏月的名句。他要在"一棵萋萋的绿草，一杯酽酽的香茗，一声啼鸟，一帘花影"中往寻旧梦，前途上"没有明丽的火炬，也没有暴烈的飓风"来"惊醒了欢乐的喜梦"，他渴望谛听"野鸟的娇歌与树枝儿的细语"，静夜中陷入内心冥思的他，"一时的朦胧，一时的淡漠"不能令他"永远地逃却人间的网罟"，他向往晴朗明丽的瞬间的闪光，欢乐狂喜的情焰的燃烧，雷声中飞洒的急迅猛烈的雨点，打破灰色的云幕，他听见"万马千军的咆哮，金铁击触的互鸣"，他看见"战角挥动军旗"，"激动的奋越的生命之火焰却在隐秘中时时燃着"（《阴雨的夏日之晨》）。五卅事变击碎他歆慕空灵、避世遁迹的心，仰望黯阴的空中层迭与驰逐的灰云，他的奋烈的情绪也如"卷地的狂飙，爽利的冰雹，倾落的骤雨，震惊的疾雷"，他呐喊"我们要实现吐火的梦境；我们要撞碎血铸的洪钟；我们要用这金蛇般的电光遍射出激动的光亮；要用震破大地的雷霆来击散阴霾"，勇毅的他，希冀笑迎疾风暴雨，狂歌起舞，创造"明如日月的

[①]　王锦泉：《〈王统照散文选集〉序言》，《王统照散文选集》，百花文艺出版社 2004 年版，第 8 页。

生活"，"灿如朝花的将来"（《烈风雷雨》）。就作品的笔墨情调和艺术特色看，"王统照二十年代的散文，主要是个人生活的抒情之作……创作大抵结合自然景物的描绘，来抒写内心的感受……这个时期，他的散文景中寓情，情中有景，借景抒情，情景交融"①。王统照创作早期的这些摹景状物词句，浸含着鲜明的文学颖慧力与艺术直觉性，诗意地表达着生命的感伤体验。

许钦文是文学研究会中的乡土小说家，又是语丝社成员，鲁迅的创作给他以很深的影响。他从浙东乡间生活取材，塑造了在艰辛境遇中挣扎的底层人物的忧苦形象，体现了人生派写实小说的基质。在散文创作上，接纳山水到心灵世界里，使风景成为灵感的重要源泉，许钦文较早表现出这种创作意识。景物的美感润化着心灵，培植着新的艺术感觉，使他的散文书写避免了小说语言上的平白浅直，而显示宛曲深邃的韵致。1928 年 6 月 20 日写成，登载于 1928 年 7 月 16 日《语丝》第 4 卷第 29 期的《花园的一角》，绘制出一幅清美图画，闪露的艺术暗示使作品犹似一则美妙的童话。情感系恋着的荷花池和草地，是他展开想象的背景。人间花草的缤纷姿影，在感情的土壤上栽植艺术的根苗。他在水杨上吟味着柔美，在夹竹桃上领略着壮美，"高高地摇摆着的一丈红"，"紧贴在墙上的绿莹莹的叶丛中的红蔷薇"，墙角旁的凤尾草，以及近处的五爪金龙、蒲公英、铺地金、木香、牵牛花、莲房、萍蓬草，明艳的色彩、婀娜的姿态，映示着年轻的心。徘徊于池面的蜻蜓最富生气，因为它可以望见蔚蓝的天空、绚丽的晚霞，还有星星和月亮。池旁草地上飞着的"一只华美的蝴蝶"，也让蜻蜓"不由地心弦剥剥地猛跳，凝思神往，如痴欲狂了"。太阳的余光下，"池水反映着五彩的晚霞，显得很是沉静"，也像他悠闲的心境。浪漫心态主导的细腻描写，从自然美出发，以情感美为归结。当客观景象幻化为理想世界，社会写实所带来的悲苦感就暂且消弭，从而实现了创作的艺术目的。

三　诗人

以徐志摩、朱湘、潘漠华等为代表。浓烈的抒情色彩使自然化的风景显示艺术的生动性。

艺术个性的独特与创作风格的鲜明，决定了徐志摩在中国新诗史中的地

---

① 王锦泉：《〈王统照散文选集〉序言》，《王统照散文选集》，百花文艺出版社 2004 年版，第 14 页。

位。他的诗情浪漫如火，他的想象奇绚如霞，他的风景散文也跳荡着美丽的诗魂。在他心中，山水已经对象化，恰好承载不凡的才情与风调。徐志摩的风景散文，有些发表于《小说月报》、《现代评论》等刊物，更多的则登载于由他自己主编的《晨报副刊》。《印度洋上的秋思》（1922 年 10 月 6 日作，1922 年 12 月 29 日《晨报副刊》）是一阕旅途上吟唱的清歌：落日的光潮、低压的云层、迷蒙的雨色，空中水上，满布着涕泪的痕迹。他从雨声中听出零落萧疏的况味，而无欢的心境又叫催愁的秋意温婉地浸润。沉黑的天色闪动诗的意象：流云惨白的微光、船轮激泛的碧波银沫、云幕豁处一颗鲜翠的明星，放彩的月华让他仿佛听见轻轻的喟息，看见簌簌的情泪。他的幻感中，一对情醉的男女在湖边草地上的古铜香炉旁，凝视那温柔婉恋的烟篆，那沉馥香浓的热气，交织着爱感，飘往云天。河畔的诗人，忧郁写在脸上，这仿佛是作者的自绘。爱尔兰海峡隔不断他对景物的痴思，连一海的银波都深涵着幽秘的彩色、凄清的表情。一句"今夜月明人尽望，不知秋思在谁家"给全篇定了基调。《泰山日出》（1923 年 9 月 10 日《小说月报》第 14 卷第 9 号）是诗性的散文，散发祷祝的巨人——抒情主人公独伫于高峰之上，在天风中狂啸，驱遣着奔云、流霞，峻伟的躯影映现于水浪震荡的生命的浮礁。《北戴河海滨的幻想》（1923 年 8 月中旬作）的文字间，冲荡着涌浪般的激情。独坐的冥想、静定的意境，让他陷入半梦半真、半虚半实之境。眉梢的轻皱、唇边的微哂，是他善感的表情。蕴伏于灵魂的思想在心野飞翔，迎着海风绽开生命的笑靥。《翡冷翠山居闲话》（1925 年 6 月作，1925 年 7 月 4 日《现代评论》第 2 卷第 30 期）娓娓地絮谈山游的清趣，在繁花的山林里，幽邈的淡香、澄净的馨风，不生烟的近谷，不起霭的远山，迷醉他的性灵。无伴的独游方能唤起对于和暖草色的感动，方能聆悟林径莺燕的语音。徐志摩以独语的调式抒写"自然是最伟大的一部书"的实感。《巴黎的鳞爪》（1925 年冬作，1925 年 12 月 16、17、24 日《晨报副刊》）用记忆的颜色喷绘画幅。他的文字流波般轻快地闪漾，萍叶似的含愁怨妇、尖阁里的落魄画家，各述起少欢或自足的经历，勾牵他这久熏于东方文化的游子的意绪。《我所知道的康桥》（1926 年 1 月 14 日至 23 日作，1926 年 1 月 16、25 日《晨报副刊》）则是一个游学海外的诗人的独白，应与《再别康桥》对照着诵读。《南行杂记》（1926 年 8 月作，1926 年 8 月 9、23 日《晨报副刊》）里的西湖，浓青的杨柳、满艳的荷花、朝上的烟雾、向晚的晴霞，虽酿着古今的诗意，在他这里，暂且成了评点的材料，琴笛声里杨柳影下看揉碎的月光，听水面上翻响的幽乐，逸趣虽好，却总添一度伤心。徐志摩写景的笔墨用在武林山水，忽然变了一种风格。刻意的热讽，锋芒直指现实。《天目山中笔记》（1926 年 8 月作，1926 年 9 月 4 日《晨报副刊》）是在风声、松音、竹韵、禽鸣、虫吟合成的清籁中耽入禅境而诵的"如是我闻"。强烈的抒情性、豪放的写意感，浓艳的色彩化，充溢于徐式风景散文，特别是显明的诗化句式，丰富和深化了白话文的表现技法，革新了风景散文的形体。

　　曾获"中国的济慈"诗誉的朱湘，命途蹇窘，终归愤于黑暗社会的磨折，怀着屈原式的幽怨与郁闷，投长江辞世。朱湘的好友柳无忌说他是中国现代诗坛上的一位畸人，"在回忆'五四'时期的新文学作者，我们很难找出一个可与朱湘相比侔的诗人。以历史眼光看来，不要说胡适、汪静之等人都已落伍，徐志摩的影响是局部而有时间性的，象征派诗人如李金发、戴望舒在新诗坛上所掀起的只是海面上的一些浪沫，就是郭沫若与闻一多那些前进的作家，也限于初期的一、二部诗集，他们的成就并非在诗歌方面。可与朱湘媲美的纯诗人，现在看来，有'汉园派'的卞之琳、李广田与何其芳，他们同时代的臧克家与冯至，及较后成名的艾青与田间——后二人的出现已属抗战前夕"①。朱湘写诗，写评论，也写风景里的散文。因其命短，存世的篇章也少，却像他的诗作一样，能够从中阅览精品。《江行的晨暮》清丽如淡彩的画卷，他有着化字句为丹青的手段。发表于《小说月报》并收入《中书集》的《北海纪游》，只就题目看，像是一篇任风景唱主角的文章，实则是朱湘以和诗友泛舟击棹的游历为发端，阐扬自己关于新诗发展的论点，并对"阻梗"新诗生路的学阀施以诘问，风景后面含着深刻的东西。这篇文艺的"檄书"甚或在中国新诗史上都有一提的必要。

　　潘漠华从浙江宣平转至沪上，海行于茫茫烟波，终于被轮船拖、火车载地到了北京，站在灰黄的风沙下，愁闷地叹息，"我的生活的情调，是落日以后的凄凉而迷茫的情调了"；而"进正阳门，看到路旁红墙角残缺的古碑，那枝头开着红花的绿叶树，我就感到喜悦。看见处处庙宇，檐角高敞地掀起，青苔生上檐背，我就钦仰。古色古香，既扑人眉宇，威严伟大也有了。我们感到自己的渺小时，宇宙太浩荡了，或被旧梦抓住不放，哭泣尚不能自已时，我可想到我可是在北方了，或可仿佛感到有所依归了，或者我可端坐而微笑吧"，学子生涯使他把较爱的北方风味"排到江南人的绮罗丛里去"（《心野杂记》），人生途程上的迁徙，南北生活场景的转换，考验着生命的适应性，激荡起心理

<hr>

　　①　钱光培：《现代诗人朱湘研究》，北京燕山出版社 1987 年版，第 1、2 页。

波澜，并产生真纯的青春吟唱。

四　散文家

以郁达夫、俞平伯、钟敬文、孙伏园、叶灵凤、梁遇春、焦菊隐等为代表。颖异的艺术敏觉融合丰富的景物感观，形成风景散文的现代特质。

郁达夫的早期散文，实践着他对于散文的创作主张，即大胆地抒写自我，张扬个性。浓烈的人生况味和鲜明的抒情色彩，明显地带有自叙体的风格。在表现封建道德束缚下青年知识者的精神苦闷和军阀专权的社会暗影笼罩中的悲苦情绪方面，入目的景物成为散文里不可缺少的艺术元素。

青年的郁达夫，内心充满勃然的锐气，理想、光明是他的生命追求，然而冷酷的现实、困顿的生活，挤压着他那颗脆弱的心；而"艺术家对于精神现象方面的黑暗，常常特别敏感"①，善感多愁的天性使他在文学表现上倾近悲情主义。这一时期"他的文学的丰碑正在逐渐地构筑起来，但他仍然以失败者的颓唐倾吐着内心的伤感"，"对于人生的浓重的感伤和失败主义者的颓唐情绪，这就是郁达夫的'自我'，也就是他早期散文的最突出的格调"，"郁达夫热中于游记创作，与他不满现实而又无力抗争有关。他内心追求光明，但又始终摆脱不了颓唐情绪，不能振奋精神投入群众斗争的洪流，因而寄情山水"②。自然山水是郁达夫的精神的原乡，他面对内心，也面对景物，主观与客观的交融，使悲切的情怀表现得更为深彻。此期，这位"永远的旅人"倡扬的浪漫主义，以深刻的忧郁和浓烈的感伤为艺术特征，虽然还没能像后期那样有意识地抒写结构完整的、温和、飘逸、清畅的记游散文。

郁达夫的散文，有时显现出多味的局面。不只记传、日记等"短长杂稿"，就连抒情散文、游记、议论文也呈示多样的风格。他一面醉心于小品文的"细、清、真"，一面又搀入"浓、悲、浊、杂"的成分。病态的、畸形的心理影响着他的创作，"'色情'笔墨、'荒诞'细节夹杂在对大自然、对人性人情的讴歌赞美中：清、浊统一；虚无感和孤独、凄清的苦闷，混合于感时忧国、悲天悯人的愤恨中：思想驳杂"③。他的一些写于20年代的散文，记录自己颠沛的生活经历，情节化的倾向无妨当做小说看待。在朱自清那里，也有同

① 许子东：《郁达夫新论》，浙江文艺出版社1983年版，第140页。
② 杨世伟：《〈郁达夫散文选集〉前言》，上海文艺出版社1985年版，第4、5、13页。
③ 许子东：《郁达夫新论》，浙江文艺出版社1983年版，第107页。

样的情形。他在为自己的散文集《背影》做的序文里曾讲："这本小书里，便是四年来所写的散文。其中有两篇，也许有些像小说；但你最好只当做散文看，那是彼此有益的。"这种认识反映了五四时期的创作在文体界限上混融的状态。

离开日本，站在返回故国的轮船上，跟神户附近风光明媚的海滨村须磨遥别，郁达夫想起"紫式部的同画卷似的文章，蓝苍的海浪，洁白的沙滨，参差淡雅的别庄，别庄内的美人，美人的幽梦……我的十年中积下来的对日本的愤恨与悲哀，不由得化作了数行冰冷的清泪，把海湾一带的风景，染成了模糊像梦里的江山"（《归航》）。在北国沉闷的寒宵，想到漫长的春夜、似水的流年，他不禁把"凄切的孤单"对郭沫若倾诉，对成仿吾倾诉，"在日斜的午后，老跑出城外去独步。这里城外多是黄沙的田野，有几处也有清溪断壁，绝似日本郊外未开辟之先的代代木新宿等处。不过这里一堆一堆的黄土小冢，和有钱的人家的白杨松树的坟茔很多，感视少微与日本不同一点"（《北国的微音》）。向着富春山中、钱塘江曲处的故乡回返，他一边受着归程上人事的扰攘，一边闲赏着乡野的风光，虽然灰色的烟雾里"同坟墓似的江北人的船室，污泥的水潴，晒在坍败的晒台上的女人的小衣、秽布，劳动者的破烂的衣衫等，一幅一幅的呈到我的眼前来"，并且他将自己和投林的倦鸟、返壑的衰狐联想起来。"由现代的物质文明产生出来的贫苦之景，渐渐的被大自然掩盖了下去"，他的笔终于在乡景间自由来去，"天完全变晴了。两旁的绿树枝头，蝉声浑如雨降。我侧耳听听，回想我少年时的景象，像在做梦。悠悠的碧落，只留着几条云影，在空际作霓裳的雅舞。一道阳光，遍洒在浓绿的树叶，匀称的稻秧，和柔软的青草上面。被黄梅雨盛满的小溪，奇形的野桥，水车的茅亭，高低的土堆，与红墙的古庙，洁净的农场，一幅一幅同电影似的尽在那里更换"，连"那弯了背在田里工作的农夫，草原上散放着的羊群，平桥浅渚，野寺村场，都好像在那里作会心的微笑"，而给明秀的江南添了一味和平的景色（《还乡记》）。郁达夫的清丽的写景，是把景物主观化、充任情绪的载体，意在叫人读出他逐渐舒朗起来的内心。同样，当着心境凄清的时候，他的写景也蒙上一层幽怨："是日斜的午后，残冬的日影，大约不久也将收敛光辉了；城外一带的空气，仿佛要凝结拢来的样子。视野中散在那里的灰色的城墙，冰冻的河道，沙土的空地荒田，和几丛枯曲的疏树，都披了淡薄的斜阳，在那里伴人的孤独。"（《零余者》）在衰飒的残秋的日暮，陶然亭"尽是茫茫一片的白色芦花。西北抱冰堂一角，扩张着阴影，西侧面的高处，满挂了夕阳最后的余光，在那里催促农民的息作。穿过了香冢鹦鹉冢的土堆的东面，在一条浅水和墓地的中间，我远远认出了 G 君背后的时候，我忽而气也吐不出来，向西的瞪目呆住了。这样伟大的，这样迷人的落日的远景，我却从来没有看见过。太阳离山，大约不过盈尺的光景，点点的遥山，淡得比春初的嫩草，还要虚无缥缈。监狱里的一架高亭，突出在许多有谐调的树林的枝干高头。芦根的浅水，满浮着芦花的绒穗，也不像积绒，也不像银河。芦萍开处，忽映出一道细狭而金赤的阳光，高冲牛斗。同是在这返光里飞堕的几簇芦绒，半边是红，半边是白"，这撩愁的夕照，又临着荒寒的野水，"心里的那一种莫名其妙的忧郁"，怎能不更深起来呢？（《小春天气》）他是在"用感情统一风景与心理"①。风景成为他寄托内心情绪的负载体，纯粹客观的景物，在他的描写下，或者忧郁，或者凄美，渗透着他那"带伤感的浪漫倾向"。然而，当着情绪异样地悲戚甚至消沉的一刻，他也无心去向风景落下笔墨。北京城里起了秋风，他的遭了凶疾而死去的"龙儿"也在他的回忆里。什刹海的烟波，他不愿去想，那会叫他忆起和亡儿堤上的散步，院子里的一架葡萄、两棵枣树，本是可以托喻的，却也无意同它纠缠，只在风起的半夜，痴听辞枝自落的枣的声响。他此刻记起的，是迟暮的卢骚写出的《孤独散步者的梦想》里的话，纸面也仿佛印上女人憔悴尽的颜色（《一个人在途上》）。书写自然，其实是书写自己的灵魂。郁达夫在他的散文里面常常运用的"寄情于景"的手法并不奇崛，但是像他这样写得深刻、蕴涵深邃的却不多。他自谓写起散文"总要把热情渗入，不能达到忘情忘我的境地"。衰微的国势、艰窘的生活给他文学上的浪漫主义带来的悲剧色彩，使他无法隔弃现实主义的创作倾向。和他在文体上的交混一样，他的早期的散文风格也在两种艺术流派之间游移，这正折射出精神的混沌与人生的迷茫。他在松散自由的篇章结构中恣意任情地宣泄心底的苦闷，通过文字的渠道舒解社会重压下的畸形的灵魂，写作完全成为心理甚或生理的需要。单纯从文学意义的角度评价此期他对于中国现代文学的文体贡献，有论者认为"早期的郁达夫却比朱自清更重视情节，比周作人更讲究构思，比冰心、比俞平伯更注意形象描绘"②。作为小说家的他和作为散文家的他，塑造人物时的形象感、抒发感情时的浓烈性，是互为相济的。有时，在他的小说里可以领受散文的情，而在他的散文里又能够瞥见人物的影。这也无妨看作

---

① 许子东：《郁达夫新论》，浙江文艺出版社1983年版，第111页。

② 同上书，第106页。

郁达夫在艺术样式上的一个创造。到了 30 年代，他的创作重心转向散文，特别专注地抒写风景，文体由混融的姿态而变得单纯，并且趋向成熟。

生长于江南的俞平伯，"而自曾北去以后，对于第二故乡的北京也真不能无所恋恋了"。他把投向秦淮河的深情、送给西子湖的挚感移在京师风物上面，对冬雪里的陶然亭的勾留，一篇文字抵得许多浪漫觞咏。一天沉凝的彤云正酿着雪意，清旷莹明的原野泛起炫眼的寒光。在曲折廓落的游廊间听琅琅的诵书声，倚着北窗高谈妙谛，不去管棉门帘外面呜呜嘶吼的尖风，南郊旷莽的积雪，累累的坟，弯弯的路，枝枝桠桠的树，高高低低的屋顶。他暂且避到炉火一般暖热的冥想中了。苦寒的北方，飘零的暮雪，给他的一丝温暖追忆，犹是"那年江亭玩雪的故事"（《陶然亭的雪》）。趁晚上荷花灯满街点亮的良宵，闲步于什刹海边，坐在茶棚底下品香茗，眺览垂垂拂地的杨柳、出水田田的荷叶，虽则是在北地的京城，"总未免令人有江南之思"（《风化的伤痕等于零》）。他的艺术灵思似乎最牵留于江南的风物。西子湖楼头的春思，是融入半宵潺湲的细雨、遍山明艳的绛桃花的繁蕊里的。葱郁的草木浮闪着一度的韶光。苏堤的桥影、葛岭的异彩……武林胜概"尽数寄在凭阑人的一望了"，而孤山顶上的西泠印社中，那株日本绯樱在他的心上留痕，低眉凝注或者昂首痴瞻，一缕馨香总飘在眷恋中。那个在西泠桥上卖甘蔗的小女孩，手中的野桃花"花瓣如晕脂的曆，绿叶如插鬓的翠钗，绛须又如钗上的流苏坠子"，倒叫他牵挂在心间了（《湖楼小撷·西泠桥上卖甘蔗》）。杭州清丽的湖山让他多情，抬眼一望"则青黛的南屏前，平添了块然的黄垒，千岁的醉翁颓然尽矣"，更叫他"不厌百回读似的细听江南的雨，尤其是洒落在枯叶上的寒雨"，并且在秋的苍凉悲劲中，"你侧着耳，听落叶的嘶叫确是这般的微婉而凄抑，就领会到西风渡江后的情致了"（《芝田留梦记》）。与湖山结伴，做不夜之游，圆朗的月下看荷灯，看"红明的莲花飘流于银碧的夜波上"，听远处的箫鼓声飞上西泠桥头。中宵的月华，皎洁；浮闪的灯火，微茫。波痕、云气、船影，"一切都和心象相溶合"（《西湖的六月十八夜》）。他的情感深处，缱绻着的是对钱塘胜迹"淡如水的一味依恋，一种茫茫无羁泊的依恋，一种在夕阳光里，街灯影旁的依恋"（《清河坊》）。他的怀友，竟也和这景色不能分。湖楼上的隐逸日子里，对着碧天遍浸的冰莹的清光，"我们卧室在楼廊内，短梦初歇，每从窗棂间窥见月色的多少，便起来看看，萧萧的夜风打着惺忪的脸，感到轻微的恶缩。静夜与明湖悄然并卧于圆月下，我们亦无语倦而倚着，终久支不住怆软的眼，撇了它们重寻好梦去"（《眠月》）。太平洋的风涛、京华的尘土浮涌于他的命途，半日之闲中的一场清睡，冷寂的漪园、清绝的祠宇、生了苍苔的庭院、东墙角上秀整的诗迹、西颓的残阳、频繁的语笑、翠紫的南屏、浅红的光霭、鬓秃的枯桑、摇摇的衰草、无尽长的苏堤，都朦胧入梦（《月下老人祠下》）。就连别恨，也少不得严峭的自然、刃似的尖风、阴惨的天色、寥廓苍茫的山野，心间填着的，尽是寒露悲风、重霜淡月，暌隔的滋味若此，真是不伤而自伤了（《冬晚的别》）。俞氏摹景，散句中杂以骈俪，字词略带涩味，读来却觉文拗而意畅。诵之似不甚清顺，阅读的速度缓下来，却恰同闲弛的心境合拍，刚好适宜细细地品赏。

钟敬文的清丽文思，仿佛专向风景而寄。他对旅游感兴趣，并进行有关的写作，一是不满足当时所处的环境的局促，因而萌生了突破樊笼的要求；二是古典文学中记述山川古迹的作品，如郦道元、柳宗元的山水记和宋明作家的文章引起他热心于这方面的写作。"总的看来，在我过去不短的生涯中，除了从事主要的工作（教学、研究）外，我在旅游和相关的写作上，是化去一部分的时间和精力的。因此，在这方面也留下了一些笔墨成绩"（《〈履迹心痕〉自序》）。他的前期作品，主要是西子湖畔的抒情散文。由于一桩"学术罪案"，他被迫离开了广州中山大学，到远离岭南的杭州教书，板结的精神被明秀的山水融化了，文字的清逸掩去了心头的沉郁。"在那里，我除了应付教学和学术的活动外，就把西湖的自然景光和人文古迹作为我精神的寄托所和避难所。海边观潮，山中赏雪，对英雄、隐士的遗迹徘徊凭吊。结习难忘，自然写了许多描述的散文和吟咏的韵语。严格地说，主要的作品是前者——抒情散文"（《〈履迹心痕〉自序》）。《海滨》、《重阳节游灵隐》、《残荷》、《钱塘江的夜潮》、《从西湖谈到珠江南岸》、《西湖的雪景》、《金陵记游》、《太湖游记》、《重游苏州》、《买红墨水之行》、《游龙井》以及稍晚些的《莫干山纪行》，都是在这一时期写下的。这些作品当时辑册刊行，便是《西湖漫拾》和《湖上散记》一类集子，形成钟敬文创作生涯中写作旅游文学的一个高峰期。"以后，由于心情的变化和学艺重点的转移，这种写作游记文学（散文方面）的兴致就很少同程度地再现了"（《〈履迹心痕〉自序》）。其实，在这之前他就已对风景散文倾情。他乡居于临海的小市镇（广东省海丰县公平镇），自然空间和社会空间限制了他的眼界，他希望能够开阔视野，吸些新鲜的空气。学贤从南昌寄来的邮片上写到庐山，更有"游历遍吾国大江南北的名山圣景，以慰平昔遐思"的话，他的游兴蓦地被撩动，前忆古人，不免歆羡起一生好游的司马迁，探奇走险的谢灵运，看尽浙西山景的苏东坡，虽不敢以史上这些文学家自况，并且妄拟他们，却也素怀游山的志向，广州的白云山、潮州的桑浦山、惠州的罗浮山以及雄奇的大庾岭，皆堪神往。他暂且用着宗炳的卧游之法去遥想，还要发些议论才可自足。"'可远观而不可亵玩焉'，周茂叔这句话，用于看山真是恰当。因为一个山岭，总不免有许多凸凹不平之处，而况树木高低疏密不等。若迫近看去，便很显出它的粗糙的面目了。所以，我们越站的远，越看出它文雅秀媚的丰姿"（《游山》）。雨，是天地间飞翔的精灵，最能牵引含情的目光，何况是飘落于写景人的眼前，"雨天，虽然是酿愁的酒娘，但却颇富于浑凝的诗趣。这一阴沉的天气，是天生宜于写作的。好像听见冰心女士说过，落雨天是许多她所喜欢写文字的时候之一，就是这个意思罢。但这种味道，不是平素深于体会事物之人恐未易于感到吧"，他对于天地景致的敏感，还缘于早已消逝的粉红色的童年，丝雨带给他的，只有孤闷、怅触的给予，"欣慰的梦好像永远离开我千里而遥了"（《谈雨》）。对于岭南的胜迹，他随时能够从记忆中提取一点感思，比如写在给岂明老人的羊城风景片上的短记，如古人的题画诗文，约略见出诸佳胜的梗概，也饶画意，笔墨的闲适颇同晚明小品相似。他说五层楼的"楼墙间，长出小树，它的绿叶，和黯淡了的旧日红墙的颜色相掩映，格外显出一种凄惨的情调"；他说松岗"近在咫尺，可以日夕往来。每当晚照初沉，余霞还缭绕天际之顷，轻衣木屐，徘徊其间，胸间所蕴积的扰攘，不觉地随着残余的微光而俱退，刹那间，惟空灵占据了我的心"；他说荔枝湾"两岸竹树丛生，荔枝树尤多，木棉亦挺秀其间。岸上，有人家，别墅，亭馆等建筑物在点缀着。莲池菱塘，也开布于前近。到了夏天，木棉已谢，杂花乱开，荔枝累累然繁结枝头。我们坐着白帆蓝身的小舟，鼓棹荡漾其中，水面南风，轻轻的吹着，胸中豁然，烟雾一般消散了的，岂只熬人的炎氛而已么？"他说广雅书院"石桥在门外，桥下杂生水草，两边则树木葱茏繁密，远望如一座山林，修养游息其中，真可谓幸福"（《羊城风景片题记》）。岂明老人读了这些附在风景片上的清逸文字，虽身不能至，也颇涉遐想，耽于卧游之乐了。传神写意是中国古典游记的优长，在钟氏的上述作品里，体现得较为明显。

钟敬文的另一类游录，是以日记体和书信体相杂的形式完成的。他叙说海行的观感与思索，不刻意结构的严谨和规整，任情而写，实为途中的琐记，有倾谈娓语的风调。清晓，凭船栏怅眺苍茫的海天，"东方已暂显现红白相间的云彩，虽然残月犹莹然斜挂在蓝空，疏疏的星儿也还闪烁着，但夜气总是残余了"，临风凝想，"心潮如海上黑浪一般地翻腾"；静夜灯下，陶靖节《闲情赋》里那些隐逸的风致、丰美的想象和浓湛的情趣，可助孤寂清宵中的散闷；厦门街容的不洁，岂在窄隘的衢巷？闯入妓女簇聚的小街，瞥见那些在门口浮荡地玩笑着的女性，"她们穿着时髦的旗袍，涂着满脸的脂粉，装出迷人的笑容，各尽她们的本领，在那里招讨生意。我笑又不能，哭又不可，只心里感到了一团凝重的哀苦！弟弟，她们每夜里排演在红色的电灯光下的笑影和欢声，是铸融了六州的悲痛而成的！我如有勇气，我当以应有的金钱之外，更用人间最惨苦的心情，去酬偿她们的欢笑"；他参观厦门大学，去"士女游憩"的南普陀寺领受山林清趣，默悟寺中灵肉演绎的情景，"正是人生整体的表现"；抵临福州西湖，他暂且不在文字里表露社会的意义和人生的感慨，只静心绘景，"湖在城西，颇有天然山水之胜。我们到时已届薄暮。远山入雾，湖波微漾，树木倒影水中，宛然有画意。游客来往亭台和园径中，多优游自得，和在马路上所见横冲直撞，忙态可掬的人，大异其致了。湖颇长曲，中横雅小的艇子数只，我想当月明如雪之夜，与素心人一二，缓棹低歌其中，将把人间一切的恩怨是非，忘得干干净净，岂特顿觉神清骨爽而已"（《海行日述》）。在杭州的湖边低徊，对着浩淼的沧波，对着苍碧的林野，他凝睇，深思，灵感和浪花共舞。游丝似的乡思、莫名的哀愁袭上心头（《海滨》）。风景的痕迹深深地印入他的人生。他的偏柔的笔调划过南方明秀的山水，故乡的海浪和西湖的波光接纳着一个知识者忧郁的灵魂。

此期，孙伏园、叶灵凤、梁遇春、焦菊隐等人，尽管分别以编辑副刊、创作小说与戏剧以及译著为业，却写出了一些风景散文。作品的数量虽少于上述几位，但也产生一定的影响。

曾在北京大学旁听，又入国文系学习的孙伏园，曾主编《晨报》和《京报》的副刊，谙熟京师风物，也实录过妙峰山庙会的盛况。在他这个浙江人眼里，这座京西北的名山"又是我生平所见第二次北方的好山"。他像是一位民俗学者，跟随一年一回往山里进香的人们做着田野考察，在乡间体味人情的浓淡、世态的冷暖。香市的烟气缭绕在古朴低陋的物质生活上面，他企盼人人都有丰富的物质生活、知识生活与道德生活，而不是将希望和前途都交给妙峰山的天仙娘娘（《朝山记琐》）。除去这种田野考察记式的散文，在有的作品里，孙伏园又把抒情和议论结合到一处，细致的描写则暂置不顾了。他约友人在鉴湖的交叉的河道两旁鉴赏家乡的红叶，忽然联想到北京的丹柿，"柿叶虽然没有像绍兴柏树那般绿白的衬色，也没有像杭州枫叶那般满树的鲜红，但柿树也有它的特色，就是有与柿叶差不多颜色的柿子陪伴着，使鉴赏者的心中除了感到秋冬的肃杀之外，还感到下一代的柿树将更繁荣的希望"，而"生基斯德"一到，广东的柑子，福州的蜜橘，浙江的黄岩橘和北京的柿子，完全销声匿迹，甚至不敢跑入洋场一步了，"我预料，果子的命运与民族的命运，也许是有一脉相通的"。他在篇末怅叹："趁时看看中国的红叶，大概不久也要没有得看了"（《红叶》）。帝国主义列强对中国民族经济的倾轧，引发他的忧思，景色以外所寄的深意潜含在文字里。

叶灵凤的北国相思，时时缱绻于杂沓的前门、清幽的北海、纸窗外枣树上簌簌的落叶。沉睡的故都对于心的牵动，总也依依，尤其是回到柔媚的南国。在闪耀着万盏银灯的软尘十丈的上海，独坐于听车楼上，每想起居留北京的时光，他还似对着一位熟人，不胜缱绻。他忆起雨中游西山领略的那番景象，"看雨前白云自山腰涌出封锁山尖的情形，看雨后山色的润湿和苍翠"，回望万寿山的颐和园这庞然的前朝繁华的遗迹，起了一阵感慨，"更不敢到昆明湖中去。这大约是我还没有像王国维一样找着我可以尽忠的圣主吧？"（《北游漫笔》）其实，他对于和过往生活相关的一景一物无不留恋。"在异乡的十几日中，我每日白昼昏昏地苟活，每夜一人在枕上掩泣深思，自忏自己的罪过。我不知春光怎样地老去，我也不知异乡景色怎样地可欣，我只知地老天荒，变尽了宇宙的一切，恐怕我的罪还是依然，依然不得解脱。"在红英褪尽枝头的悲抑的空气中，"在一角小楼上的一隅中，暗淡的灯光下，静听那从一个本来是充满了幸福的深心中所发出的低微的幽叹，沉抑的咽鸣"，他在残败的灵魂的幻象、惨淡的梦境间焦愁，"在午夜的回醒中，在晓色还朦胧着的黎明的枕上……真不知有几多次我用手指擦干了凝在我自己眼角上终不会流下的枯泪"（《归来》）。江南才子的易感，在他身上一点也不缺少，反映了散文家的心理共性，"浸压在梅雨势力中的江南，简直消失了盛夏的意味。在绵密紧凑的雨声中，那不时卷进来的一两阵潮湿的凉风，拂到坐在屋子里的人的单薄的衣上，令人止不住索索地有点寥落之感。若不是壁上的日历还分明示着旧历的五月，我真要疑心是飘泊在天涯的浪人，忘记了时节的变迁；是长夏已去，又轮到帘卷西风的时候了"（《灵魂的归来》）。哀时伤季，表露的是对过往生命的不舍。这样的忧思和风景里的物候直接对应，自然成了创作上永恒的主题。秋光底下，他在窗槛闲望街市的夜景，流露一个读书人在都市生活的心情。他仍要把心神放到田园野景里去，"从繁密的树叶中向街下望去，偶然驰过的摩托车尾的红灯，黄黄的似乎在向你送着无限的眷念，使你不自止的要伸身也去向它追随；我相信，灯光若能在隐约中永诱着不使我绝念，我或者不自知的翻身去作坠楼人也未可知";都市的繁华梦恍惚地闪逝,他忍不住发问,"红灯下娇喘的欢乐中,谁又顾到灯残后的寥落?"他就要把眷念转向自然更替的四季,尤其独爱含有"伟大的心情、文学的趣味"的秋天,"风晴微暖的午后,骑驴在斜狭的山道上看红叶;夜寒瑟瑟,拥毯侧耳听窗外的雨声。晨窗下读书,薄暮中间走,稿件急迫时当了西风披绒线衫在灯下走笔,种种秋日可追忆的情调,又都一一在我心上活动了"(《新秋随笔》)。心醉得深,才要用文字撩起情来。关于乡景的怀恋与追想,是对都市生活的一种精神退避。此后,叶灵凤逐渐拓宽视野,在向故土风物倾情的同时,也曾醉心于瘦西湖的芦丛垂柳和布满松林的山冈,以及与草木明瑟的风光相始终的风雅的诗咏(《烟花三月下扬州》);也曾痴迷于西泠桥畔的柳色,玄武湖拂面的堤柳,竟至"初春的新柳,春雨中的烟柳,春风中的柳浪,夏天的柳荫,还有冬天的疏柳,这些不同的形态不仅都富于诗意,而且使人对于如流的岁月和季节的变换有一种切身的感受"(《江南柳》);临着烟波浩荡、峰峦掩映的太湖,走在鼋头渚的松林小径,"放眼一望,脚底下是芙蓉、芦苇,舐着湖波的岩石,远处隐隐约约的青螺点点,也不知道是七十二峰中的那一峰,我知道自己已经置身在画图中了"(《鼋头渚的秋光》);镇江那座宜入画的金山更让他牵动思情(《金山忆旧》);比起在寒冷的北地生活,江南的鹅黄色的流芽,是把春意送到游子心上了(《能不忆江南》)。他在纸上轻移着灵性飞扬的笔,表达着内心的柔弱与敏感。

梁遇春是一个怀着文学向往,行走在人生风景中的青年。"其实我是个最喜欢在十丈红尘里奔走道路的人","所谓行万里路自然是指走遍名山大川,通都大邑,但是我若换一个解释也是可以。一条的路你来往走了几万遍,凑成了万里这个数目,只要你真用了你的眼睛,你就可以算是懂得人生的人了","读书是间接地去了解人生,走路是直接地去了解人生","'行'不单是可以使我们清澈地了解人生同自然,它自身又是带有诗意的,最浪漫不过的"(《途中》)。这样直率地反复强调着"行路"对于生命的意义,这样充满朝气地游走在山川、溪谷、洞岩之间,饱览着四围的风光,结交着同路的旅人,无疑也是一次次心灵的跋涉。他对风景"总有些触目伤心,凄然泪下的意思,大有失恋与伤逝冶于一炉的光景",他心情沉郁地说"我没有走过芳花缤纷的蔷薇的路,我只看见枯树同落叶"(《又是一年春草绿》)。他的情绪是内敛的,散文的基调注定是伤感的,艺术气质偏于凄美,虽然有时也不免朦胧地瞥见"灵魂上的笑涡"。多愁的他却喜欢冥想"凝恨也似的"缠绵春雨,在顾惜爱抚自己的愁绪时悟出别样滋味，苍穹仿佛替懂得人世哀怨的人们流泪，乌云也仿佛为之皱眉，"真好像思乡的客子拍着阑干，看到郭外的牛羊，想起故里的田园，怀念着宿草新坟里当年的竹马之交，泪眼里仿佛模糊辨出龙钟的父老蹒跚走着，或者只瞧见几根靠在破壁上的拐杖的影子"，潇潇的雨，洗去阳光，洗去云雾，也洗去他的欢乐和心上曾经现出的一大片澄蓝（《春雨》）。梁遇春所称冲淡闲逸的"短隽的小品文字"，受着西式随笔的影响，而又不失浓郁的中国情调。他的文体风格、语言特色以至人生态度在上举示例中很可以端详得到。他的抒情与议论相交融的写景文字，反映了当时风景散文创作的一般面貌。

让人默听着心底痛泣的，是焦菊隐的《夜哭》和《他乡》两册散文诗集。社会的病象、潦倒的命途，已在他的心头凝结成忧怨的冰，几度的春暖也化不开似的。灵魂被愁苦笼紧了，艰难地发出低弱的呼吸。他眼前展开的景象是阴惨的、苍白的，他描摹得越精微，越有一种凄紧感："黑色孵着一流徐缓的小溪，和水里影映着的惨淡的晚云，与两三微弱的灯火。星月都沉醉在云后"（《夜哭》）；"昨夜梦里迷离着听见上京的铮锵金铙，幽袅丝竹，和谐着蟾蜍歌舞的余韵。至今夜，却只有一片凄然发光的大气，将嫦娥的银屏展在云边。我微弱的心啊，欲颤已无力"（《人间》）；纵使翻开"栽满了香花的诗集"，看到的依旧是盘留的"充满了愁惨云雾和别离的痛苦的北地"，虽然在梦的团聚里"道着爱慕的芳香言语，如春峡中潺潺的细泉一样清响"，还有载着希望的蓝鸟和翱翔的白鸽，飞过彩云（《幻象的波澜》）；他的笔下是幽冷，是寂灭，是孤凄，是荒古，"清幽的银夜，似秋霜匀染了灰蓝的风景。寒鸦在朦胧的树梢正呻吟着林边的呓语"（《银夜》）；板荡的社会现实，是他这种精神病态的总根源，他怎能不呼喊，不期盼理想世界的降临？"夜风紧了，战云在绘画出惨败的家乡，冷风吹来了湖水的颤动于茫茫之中。山丘都掩了脸伏跪在草野，哭泣着永不能哭泣的曲衷。那和平的音韵，在我战索的心情中，已被军笳的凄声所掩"，他想望着"那以后一片阳光，橙红色照满了洁白的大地，灵芝草和紫罗兰长满了全世界——那世界再不是人寰"（《他乡》）；"山下如烟的枯林，湖里苍颓凝死的苦水，和千年诉不出苦来的瘦石，都被晚雾孵盖着，静默无言"（《寂月》）；望着秋山的青影，从"她那微笑的粉靥上，我看见了千年积下的愁容"，幻境里，一连连的山峰像一个挂了孝的妇人，哭泣在苍白的惨云之下，亦如"饱经了风霜的老人，又好似雨点打了的残荷"，古寺孤清的塔影、佛堂颤响的喃诵、香炉的烟缕儿、单调的木鱼声，不能消解在伟石丛莽下屈伏的悲怨与清愁，他向这伤痛的世界号啕，心灵在震吼，而后又无奈地回到冷寂的内心，"失去的青春，失去的灵魂，失去的欢乐，只能在此一片片苍然的绮梦中追寻"（《西望翠微》）。焦菊隐的写景是主观式的，情绪化的，画面上染着点点的泪痕；他的呼声是沉痛的、微弱的，却也如一团火焰般炽烈。

五　女性作家

五四运动鼓舞广大知识妇女冲破封建礼教的藩篱，勇敢地走出家庭的限囿，在社会人生宽广的舞台上追求个性解放，激扬起时代新潮。在文学界，迅速崛起的一批新锐女性作家，创作出大量表现时代主题的作品。冯沅君、冰心、陈学昭、石评梅等人的风景散文，在沉抑的社会空气中发出清越的激响。

冯沅君出都门向郊野行去，在松林深处的明皇陵和蜿蜒在山岭的长城怀古叹今，抒发个人的感慨。游途上，"我所觉得的，就是我的心灵完全被快乐的感情占领了"（《明陵八达岭游记》）。冰心坐上火车，眺览京北的秋色，也往雄峙的万里长城而去。伟秀的山峦令她赞叹，现实的空中飞闪的血光，使她的心上淌着"平民的血泪"，"我的思潮，那时无限制地升起。无数的观念奔凑，然而时间只不过一瞬"；在暗淡飘忽的日光下，她迎着寂寞与荒凉，独伫于乱山之上的城头，这数千年前的伟大建筑物，竟叫她"一毫感慨都没有"（《到青龙桥去》）。陈学昭骑着驴子，一路流览故城门外、碧水岸旁无数枯黄了的芦荻寂寞孤凄地摇曳，旧京荒苑的残景勾起淡淡的乡愁（《钓鱼台》）；而"北京的矮矮的屋子，闷闷的不通空气的窗户，既不能高眺，又不能远望，这样的拘拘，我终不能自释"的郁阂，催她去北海消解。沙滩的行人，故宫的荷池，白的石桥，红的云霞，登塔的长阶，她在高处尽情俯仰全城的房屋和四围的城楼，目光追随着在景山之巅升起的朝阳（《北海浴日》）。石评梅在黄昏之后的夜里踏雪寻幽，排遣积蓄于心底的忧怨。铺了一层雪粉的街市静美清冷，让她想到荒凉冷静的陶然亭，伟大庄严的天安门，萧疏辽阔的什刹海，富丽娇小的公园，幽雅闲散的北海，而心的深层跃动的是对不清明的世界的诅咒，"奢望人间一切的事物和主持世界的人类，也能给雪以洗涤的机会，那么，我相信比用血来扑灭反叛的火焰还要有效"（《雪夜》）。这些带着复杂感情的文字虽然由一批女性作家写出，却少了轻灵和清逸、柔婉与纤丽，更多的是凄美，是幽怨。具有压迫感和震撼力的笔墨，反映了在急激的社会变革中，女性作家的心灵重负、思想惶惑与精神路径的迷茫。

第三节　创作的综括

　　作为五四文学丛林中的一簇新枝，早期的现代风景散文，体式界定清晰，作家参与广泛，作品数量可观，创作所包摄的社会内容、所构建的艺术品位、所表现的认识限度、所显示的思维能力，和中国现代散文的发展走向相一致。统观这一时期的作家与作品，解析这一文体的演进逻辑，可以得出这样的结论。

　　现代风景散文创作，具有下述特征。

一　对社会状貌的侧录

　　风景散文囿于文体的局限和题材的界域，不能展开宏大的叙事，难以对社会生活进行全景式再现，同叙事艺术的驱离使它只能依循既定的创作轨度应对描述对象。虽然它的抒写主体是不具有社会属性的山水，并且在有些作家笔下，山水被刻意表现得清纯澄明，几乎不染俗世的色彩，但是在更多的作品里，明净的山水与污浊的社会对照，依然能够反映现实的人与客观的自然之间的关系。从创作主体的角度审视，自然景观的变易是一个缓慢的过程，前人和后人身外的山水，形貌处于相对稳定的状态，但是由于不同心灵的参与，就有了不同的文章面目。作家们带着各异的感情上路，旅途上的见闻，构成当时的社会生活景象，并且同步作用于他们的感知。践行着新散文艺术训条的五四作家，以个人的旅行经验为写作原点，透过自然的表象，发掘人生的命题，折映面对严酷社会环境的知识分子苦闷的心理情绪。文学描摹的第一境界是对自然的仿写，第二境界是对灵魂的洞窥；不仅要实写出人人所见的景物，更要呈示仅为作者独有的旅思和游情。把自我意识与大众的生命行为融合，将饱含人文元素的自然映入人生和社会的图景，成为久远的心灵记忆，从而表现超越实际生活的艺术主题。作家的个人履迹，叠印在历史行进的背景中；作家的人生视景，接纳着社会变革的镜像；作家的心灵担受着所处时代的历史痛感。面对生活着的世界，他们无奈地在文字间表露精神的矛盾和内心的挣扎。山水是他们同社会拉开距离，实现精神退避的所在。他们郁积在心底的苦闷需要诉说，需要社会的倾听。比如郁达夫，他的"情感如此丰富，以至于会常独自面对大自然，在丛山野水的怀抱里才能消除忧愁，在清风绿草面前才能求得心灵的宁静"①；比如鲁彦，他曾痛切地疾呼："不能救人，又不能自救，没有勇气杀人，又没有勇气自杀，咒诅着社会，又翻不过这世界，厌恨着生活，又跳不出这地球，还是去求流弹的怜悯，给我幸福罢！"（《秋夜》）"地太小了，地太脏了，到处都黑暗，到处都讨厌。人人只知道爱金钱，不知道爱自由，也不知道美。你们人类的中间没有一点亲爱，只有仇恨。你们人类，夜间像猪一般的甜甜蜜蜜的睡着，白天像狗一般的争斗着，厮打着……"（《秋雨的诉苦》）他们撷取的风景的碎影、游历的片段、生活的点滴，都浮显着鲜明的时代断面，甚至日常生活的细节，并借此显示丰实的人文意义。

李大钊游冀东碣石山，先略述昌黎的形势：明季关东边患起，蓟、榆一带，为辽东咽喉，京畿屏障，昌黎尤为榆关内之要隘。而外寇越关长驱，勇膺疆寄者，放眼苍苍碣石、茫茫溟海，慨而生叹："惟此荏苒十日间，昌黎惨毙路警五人，已孤棺冷落，寄地藏寺中。彼倭奴者，乃洋洋得意，昂头阔步于中华领土，以戕我国士，伤心之士，能无愤慨？自是昌黎遂为国仇纪念地，山盟海誓，愿中原健儿，勿忘此弥天之耻辱，所以不与倭奴不共戴天者，有如碣石。"（《游碣石山杂记》）夹叙夹议，悲慨之气充溢于写景文字中。

郁达夫返乡，本打算回到富春山中、钱塘江曲处的故家高卧，心情应该是舒闲的，可是归途中所带"只有两袖清风，一只空袋，和填在鞋底里的几张钞票"，潦倒的境遇不免使他的心里发起恼来，何况入目景况的不堪，更叫他怀着亦喜亦忧的双重情绪，沿途的印象移到纸上，记景之美固不必说，叙事的如真、议论的深刻更具一种震撼的力量，虽则他走入的是自己的父母之邦，却难以掩恨；他孤零地坐在车里，看月台上的旅人，穿黄色制服的挑夫，北站附近的贫民窟，同坟墓似的江北人的船室，污泥的水潴，晒在坍败的晒台上的女人的小衣，秽布，劳动者的破烂的衣衫……旧上海的生活实景真切地映现；这"由现代的物质文明产生出来的贫苦之景"，反映出西方列强的压迫给中国社会带来的新的苦难。这种生活情状的实写，"一幅一幅的呈到我的眼前来，好像是老天故意把人生的疾苦，编成了这一部有系统的纪录"，逼真而深刻，并且这中国大都市的暗淡的一幕，叫平绿的田畴、美丽的别业、洁净的野路和壮健的农夫构组的"调和的盛夏的野景"一衬，愈加显出它的衰残气象；田里的农夫，草原上散放着的羊群，平桥浅渚，野寺村场，都好像在那里作会心的

---

① 许子东：《郁达夫新论》，浙江文艺出版社1983年版，第146页。

微笑，"穷人的享乐，只有陶醉在大自然怀里的一刹那"（《还乡记》）。在这一刹那，他能够把现实的痛苦忘记得干干净净，与高远的天空、广漠的大地化而为一。这又是何等的残虐，何等的恶毒。后人在郁达夫的旅途所记中，看见了20世纪初叶中国江南的社会侧影。

沈从文自称"是受'五四'运动的余波影响，来到北京追求'知识'实证'个人理想'的"①。他的记景述游，深印着观察和思索的痕迹。在他早期忆写故乡风情的作品里，可以看见高大陡斜的山脚下一个小小乡场的图画：晶亮的雨丝，湿漉漉的河岸，市集上，"买鸡到城里去卖的小贩子，花幞头大耳环丰姿隽逸的苗姑娘，以及一些穿灰色号褂子口上说是来察场讨人烦腻的副爷们，与穿高筒子老牛皮靴的团总，各从附近的乡村来做买卖"，那种稠密无隙、高低起伏的市声，远远听去，疑心是带了生命意味的滩水在不歇地流动；至于卖猪场上的尖锐嘶喊、牛场四面茅棚的吃茶喝酒的喧闹，都和摆列着的黄色草烟、未榨出油来的桐茶子、屠桌上刮得净白的肥猪和红腻腻还在跳动的牛肉混合一处，组成普通湘西集市的一景（《市集》）。对于旧日中国偏远乡镇圩市的勾绘，历历如在目前。这些对于万山丛中俗常光景的摹写，被徐志摩所称赞："这是多美丽多生动的一幅乡村画。作者的笔真像是梦里的一只小艇，在波纹瘦鳞鳞的梦河里荡着，处处有着落，却又处处不留痕迹。这般作品不是写成的，是'想成'的。"② 未受现代物质文明冲荡的自然经济结构和延续于中国古旧农村的原始质朴乡风，被沈从文以原真形态转述到纸面上。

朱自清《航船中的文明》，对于行程中身边细节的捕捉，实是批判毒化民众心灵的封建道德，是对耽溺在"礼仪之邦，文明之古国"旧誉里的国人的劣根性的讥讽，映射出20世纪初国民的思想状态与民主科学精神的相悖。他的著名散文《荷塘月色》，虽写着水木清华的美景，读来也如嗅着微风过处飘溢的缕缕清香，或仿佛远处萦响的渺茫的歌声似的。但是，读他在此前一年所作的《执政府大屠杀记》，看到他和清华学校的队伍行至执政府前空场上，"有鲜红的热血从上面滴到我的手背上，马褂上了，我立刻明白屠杀已在进行"这样的话，读他悲挽在三一八惨案中死去的清华学生的《哀韦杰三君》

---

① 沈从文：《二十年代的中国新文学——1980年11月7日在美国哥伦比亚大学的讲演》，《沈从文文集》第10卷，花城出版社、生活·读书·新知三联书店香港分店1984年版，第326页。

② 《沈从文文集》第10卷，花城出版社、生活·读书·新知三联书店香港分店1984年版，第13页。

和《悼何一公君》，就可知道他从所住的古月堂踱至荷塘作夜月下低回的一刻，心绪是怎样的沉郁。"月光如流水一般，静静地泻在这一片叶子和花上。薄薄的青雾浮起在荷塘里。叶子和花仿佛在牛乳中洗过一样，又像笼着轻纱的梦"，他暂避到这梦里，不去理会纷乱的时局，也在梦中恍若见到逝者含恨的表情。

俞平伯踏进六朝金粉气的销金锅，有游赏西湖的萧闲，而秦淮灯火映着的歌女们的船上，"微波泛滥出甜的暗香"，飘溢在寂寂的河上，"凄厉而繁的弦索，颤岔而涩的歌喉"，"也无非多添些淡薄的影儿葬在我们的心上"。春灯画舫和商女情笑供醉生之客醅嬉，醒者的心却是沉郁的（《桨声灯影里的秦淮河》）。

徐志摩的文章之美，在于意象的瑰奇，到了写他家乡的西湖上面，却吝啬得不肯用着艳词丽句了。官家为要谋利，大慈善家们为要延寿或是求子，或是求财源茂健特为从别的地方买大鱼放生在湖里，把湖里袅袅婷婷的水草全给咬烂了，水浑不用说，还有那鱼腥味儿顶叫人难受，他怒言："什么西湖，这简直是一锅腥臊的热汤！"还有原本清澹宜人的平湖秋月，杨柳影里，倚栏喝清茶，吃藕粉，兼听琴友笛师送上幽乐的逸趣寻不见了，"雷峰也羞跑了，断桥折成了汽车桥，哈得在湖心里造房子，某家大少爷的汽油船在三尺的柔波里兴风作浪，工厂的烟替代了出岫的霞，大世界以及什么舞台的锣鼓充当了湖上的啼莺"；楼外楼也是一样，在揩抹得发白光的旧桌前坐定，品着"活络络的鱼虾，滑齐齐的莼菜，一壶远年，一碟盐水花生，靠在阑干上从堤边杨柳荫里望潋潋的湖光"，又在热酒的微醺中与老堂倌随便讲讲湖上风光，鱼虾行市，自有一种说不出的愉快，"可是连它也变了面目！""翻造了三层楼带屋顶的洋式门面，新漆亮光光的刺眼，在湖中就望见楼上电扇的疾转，客人闹盈盈的挤着，堂倌也换了，穿上西崽的长袍，原来那老朋友也看不见了，什么闲情逸趣都没有了！"他感慨道："如今整个的西湖放在一班大老的手里……他们的确是只图每年'我们杭州'商界收入的总数增加多少的一种头脑！"无怪他每回西湖总添一度伤心，竟至引来泰戈尔的话："世界上再没有第二个民族像你们这样蓄意的制造丑恶的精神。"（《南行杂记·丑西湖》）20 世纪中叶的杭州光景，被徐志摩留在后人的阅读过程中。

钟敬文游赏冬日里的西湖，细述着过眼的风景：林木连接着的野道两边的山岭上，很厚的雪块泛出一片片清白的光彩，清寒、壮旷、纯洁，他所留恋的，是"道旁野人的屋里，时见有衣着破旧而笨重的老人、童子，在围着火炉取暖。看了那种古朴清贫的情况，仿佛令我暂时忘怀了我们所处时代的纷扰、繁遽了"，飞雪的风致尽给茫漠的湖天掩着，在风雪中兀立的孤山楼亭皆白了头，"平日朝夕在此间舒舒地来往着的少男少女，老爷太太，此时大都密藏在'销金帐中，低斟浅酌，饮羊羔美酒'，——至少也靠在腾着红焰的火炉旁，陪伴家人或挚友，无忧虑地在大谈其闲天。——以享受着他们'幸福'的时光，再不愿来这风狂雪乱的水涯，消受贫穷人所惯受的寒冷了！"(《西湖的雪景》) 在这里，已无张陶庵泛舟湖心亭看雪的幽逸情调。

　　郑振铎游归绥城南二十里的昭君墓，墓上青翠的香蒿，给他一种颜色的印象，而老年骡夫的话更使他深记，那话是："前清的生意好做，民国时已远不如前了，洋车抢了不少生意。"(《昭君墓》) 虽是寥寥数语，却道出当时的社会景况。

　　孙伏园的游陕之旅，类近做着田野调查，对于"四周的景物，取一种鉴赏或研究的态度"(《朝山记琐》)，故沿路所记，必非详察细揣不能得之，记历时，又以游踪贯串整个叙述结构，后人当能据此而随他了解昔日秦川以及相邻各省状貌的大略，竟至可以观风俗，知兴废。如"河南西部连年匪乱，所经各地以此为最枯槁，一入潼关便又有江南风味了"，是写豫陕连壤之地的差异；"陕西的物质生活，总算是低到极点了，一切日常应用的衣食工具，全须仰给于外省，而精神生活方面，则理学气如此其重，已尽够使我惊叹了；但在甘肃，据云物质的生活还要降低而理学的空气还要严重哩。夫死守节是极普遍的道德，即十几岁的寡妇也得遵守，而一般苦人的孩子，十几岁还衣不蔽体，这是多么不调和的现象！"豫陕甘三省的一斑被他勾勒出，关于中原和西北地区民众生活的实情，在细节的提供上又胜于史书；对黄河船夫的描述，亦属生动笔墨："他们是赤裸裸一丝不挂的。他们紫黑色的皮肤之下，装着健全的而又美满的骨肉。"这些呼吼于浪涛间的劳动者，剪了头发，不穿鞋子，"他们的形体真与希腊的雕像毫无二致"；这些人代表着一种生活，一种历史；此外，从周秦陵墓而谈到对于陕西古迹印象的模糊，从美术学校、艺术团体"易俗社"和秦腔、皮黄戏园的现状，论及陕西艺术空气的厚薄，能够作为可珍的考察记录；舟经晋豫两省相望的一段黄河，山西在河之北，河南在河之南，船上人是赞成夜泊于北岸的，因为没有土匪；并且在"山西一面果木森森，河南一面牛山濯濯"，一望就可知道彼此大致的优劣 (《长安道上》)。这"将沿途见闻及感想，拉杂书之如右"的文字，不凭虚而记，正含有真实的一面，画片似的复现着往昔的生活情状。这种出诸学者笔下的作品，"虽引古证今，可不落俗套，见解既好，文笔又明白畅达，当成史地辅助读物，对读者有实益"①。

孙福熙在归国途中渴望的"中国式的风景中的中国式人情"，在清华园的菊花前领受着了，而艰危的时世使他无由保持世外闲客的悠然，遂慨叹"一班人叫中国要亡了，为什么不去打仗；一班人叫闭门读书就是爱国。倘若这两种人知道我画了菊花甚且愿消费时间做无聊的笔记，必定要大加训斥的。我很知道中国近来病急乱投药的情形，他们是无足怪的。其实在用武之地非英雄的悲哀远比英雄无用武之地为甚。现在的中国舆论不让人专学乐意的一小部分；因为缺人，所以各人拉弄他人入伍。实在像我这样的人只配画菊花的，本来不必劳这一班人责备的……"（《清华园之菊》）知识者眼中的乱世，虽不是出诸直接的描写，但由感情的深处抒发出来，却别有一种力量。即使将笔锋朝向风景的一刻，作家们也保持着挑战传统的权力秩序与伦常结构的集体性自觉。

此外，王世颖《放生日的东湖》对越州古俗的摹记，也有它的价值。"适逢盛会，冷落的崖壁之下，平空添了一大群一大群仕女的足迹，清碧的池水里，倒映了几许钗光鬓影以及渔夫俗客的影子"，"渔人网罗了无数的田螺，无数的鱼虾，堆满了一船，沿路兜售给放生的游客，被放的田螺鱼虾，这天白白被太阳晒了一天，做了一天任人播弄的玩物。便宜了渔夫，今宵可以陶醉了，受苦的还是田螺鱼虾"。这场景撞着他的眼睛：去途上的远山平水，点水的燕子，容与的双凫，扑面而迎迓；归途上，山也变灰了，水也皱得人心不安，用"一股俗气逼人"来煞尾，对这古老乡俗表明了不屑的态度。庐隐的《月下的回忆》，述写在大连南山之巅俯瞰夕暮下的市景后，忆起"三日前所看见污浊充满的大连"，无数儿童有着憔悴带黄色的面庞，受压迫含抑闷的眼光，在日本帝国主义的精神奴化下，"谁也不晓得有中华民国"；而西岗子街上的一千余家暗娼，"原来是保护治安的警察老爷，和暗探老爷们勾通的棍棒办的，警察老爷和暗探老爷，都是吃了吗啡果子的大连公学校的卒业生"。真实的社会生活的片断，衍射出巴黎和会后沦为日本租界地的大连的景况。讲堂上宣授的日本教科书，"含毒质的教育"软化了国民的灵魂，作者忧叹道："唉，这不是吗啡的种子，开的沉沦的花吗？"此刻，清澄的海景也无法映亮郁悒的内心。凡此种种，对于中国现代社会的研究者未始不是一种材料。

---

① 沈从文：《谈写游记》，《名家谈游记创作》，陕西人民美术出版社1988年版，第12页。

　　从晚清至民国，近代都市的出现，促使市民社会的形成。在新闻出版业迅速兴起的上海，一些报刊也发表迎合市场需求的作品，"表现出与'五四'新文学不同的形态风格，更加世俗，更讲究有趣，更加随便，更加滑稽"[①]，描写的对象世界、选择的价值取向、表现的审美趣味，主动适应市民的阅读消费。多棱的视角折射纷繁的世相。观钦（程瞻庐）的《苏州识小录》（1922年《红杂志》第18期）以姑苏市招、里巷、茶寮为题，根据亲见加以如实介绍，文字客观、朴素，不饰文采。求幸福斋主的《津沽杂记》（1923年《红杂志》第28、29期）是一篇亲历的记叙。作者"从上海回北京的时候，路过天津，下车耽搁了好几天，觉得有好些所见所闻的事，实有可以记载的价值"，租界、娼家、旅馆、商业，一一写出所得的印象，又把天津和北京、上海比较，自具眼光。王逸人的《北平的护国寺》（1929年《红玫瑰》第5卷第29期）所摄取的市景一角，充溢着浓郁的京城风味，"从西四牌楼迤逦向北，你看吧！一路上熙熙攘攘接连不断的游人，大家都呈着不慌不忙的态度，闲闲踱着，大有优哉游哉之势。其实呢，衣服褴褛者居多。从他们鸠鹚笑容里，隐隐犹流露着此时此外的悲哀"。护国寺庙会里，做平民点心的炸糕摊，云里飞表演玩意儿的场所，售草药的郎中、卖膏药的拳师，治牙馆、修脚处、问卜摊，"五花八门，不一而足，直是一片疗养院。每人一副的活神气，你如看过北平万牲园的野兽，当不禁哑然了！"由此产生具体的现实感受，"你如于坐定一思你这趟游观所得，那就是：看了北平的社会状况"，作者的记录便具有认识社会现实的意义。盛震的《虞山游》（1929年《红玫瑰》第5卷第32期）近乎游戏文字，过眼风景全不放在心上，竟像不值得带上一笔似的。对于山寺流露调笑口吻，"四大名寺中的维摩，发现在我们的眼帘中。它已是一个墙色惨淡，神像剥落底古寺了！"行至拂水禅院，"才跨上大殿，咦，少见！希奇！正中佛龛前：八个乡婆子，手拈佛珠，正襟危坐，口中还'南无'着跟腔"，在菩萨前献乐，聊寄"乡民所应的愿心"，腔调俏皮，颇类油滑，却记录了山寺的真实景况。作者也用美的写意来调和文味，"远望着起伏底山峰，被包在幽静中。青白底云雾，当作了天然底背景"。桃源涧、望海楼、剑门、兴福寺等胜景都入观览，写足了这座江南的名山。

---

　　① 袁进：《〈纸片战争——〈红杂志〉〈红玫瑰〉萃编〉前言》，《纸片战争——〈红杂志〉〈红玫瑰〉萃编〉》，上海古籍出版社1999年版，第3页。

二　对天地景观的刻绘

摹写风物是风景散文的主要表现手段，是确定这一文体属性的外化标志。"天人合一"的哲学思考渗化在中国文人的传统心理结构中，并且对模山范水的作品产生主导性的影响。作家们易于从自然山水里揣摩人文情味，在人与自然之间建构某种联系。

首先，五四以后，白话进入创作，在语言上为风景描绘由抽象转为具象，由简括的写意式转为精细的工笔式提供了书写的技术条件，改变了文言在记景述游上的局限，即难以展开形象的描摹和细致的叙录。新式风景散文，摹景段落的频次增多，抒情文字的容量扩展，隐寓的用意更加深微，成为阅读的主要视点，甚至占据中心位置，从而不再是若有若无的旁属部分。只说在叙录的细致上，便可看出古今作品的不同。写景、抒情、叙事时，在结构的完整性、修辞的谨严性上，比之古人的杂记随录有了明显的区别。

其次，作家精神的解放，使得对于景观的感受发生变化。取材的自由、心态的宽适，都使艺术的个人主义得到纵意发挥。创作上的自我表现，促使作家在写景时更注重内心情感的表达与抒发，让山水带有更为浓烈的主观色彩和个人笔调。风景资源具有类型多样的属性，江河湖海、山岳峰岩、林野沙原等等构成的自然景观，宫楼殿宇、舞榭歌台、佛寺道院等等构成的人文景观，作用于内心，会引起不同感应。风景散文的缘起，大都在"触景生情，因事寄兴"八字上，即各有所喜、所怒、所哀、所乐。"情绪是一种富于感染性的东西，用美妙的文字写下来的美妙的情绪，尤其富于感染性。"[1] 抱定"义理、考据、词章"之道的桐城派人物姚鼐，冬日登泰山，坐日观亭中待朝暾，极遣豪兴："亭东自足下皆云漫。稍见云中白若樗蒲数十立者，山也。极天云一线异色，须臾成五采，日上正赤如丹，下有红光动摇承之，或曰，此东海也。回视日观以西峰，或得日，或否，绛皓驳色，而皆若偻。"（《登泰山记》）而徐志摩的情感更恣肆，他用"玫瑰汁，葡萄浆，紫荆液，玛瑙精，霜枫叶"和"光明的神驹"来喻早霞的光色，而"散发祷祝的巨人，他的身影横亘在无边的云海上，已经渐渐的消翳在普遍的欢欣里；现在他雄浑的颂美的歌声，也已在霞彩变幻中，普彻了四方八隅"（《泰山日出》），让抒情主人公跃然于画面的前景，带了双翼的灵魂热奋地驰骋，魂魄昂扬，意气风发。远超古人的正是一种

---

[1]　刘大白：《〈龙山梦痕〉序》，《白马湖散文随笔精选》，中国文联出版社2001年版，第221页。

解放了的精神。作品在风景衣妆的衬饰下，完成了心灵激情的形象演示。这种文章风貌的转型，不单是体式上的，更表现着写作姿态与立场的革新。

这一时期，在时代洪流和新文学思潮的催涌下，女性的自由意识空前觉醒，一些女作家走向山水世界，在笔下表现新女性的豪迈意气。许广平游庐山，见悬濑狂泻，赞叹"真个奇伟的可惊的巨观呀！在这洁白如银练的长虹似的瀑布之下，是鬼斧神工，是天然奥秘；给予我很浅泛的信念，就是真的快乐，常在旅行中得之。而名山大川的印象，足以影响人的，太史公就是我们很好的一个例子了"（《依稀认识的庐山》）。

凌叔华走进山水，如醺醉在甜美的幻梦中，"蓦然觉得我已经伏在美妙宇宙的怀里，我忘去了一切烦扰疲劳和世间种种，像婴儿躺在温软的摇篮里一样"（《登富士山》，1928 年 8 月 18 日至 25 日《现代评论》第 8 卷第 193、194 期），内心情绪完全超乎外在的景物。

曾参加浅草社、语丝社的陈学昭，在追忆自己当时的精神状态时说："回想起来，当初真是何等地疯呀！"畅吸着清华园的芳菲，举目眺览，扑眼的花色满盈着一片春景，透示出逃脱精神的枯寂与沉闷后，迎向大自然时内心的畅爽与欣悦，洋溢着一种解放感。她把"固然我是走着一条荒凉而孤寂的道路"的独语留给了昨天（《忆北平——清华园之游》）。一个生于江南的女子，来到文化中心的北平，性格中添了雄爽的气质。她登临琼华岛上的白塔，在高爽清明的天空下，迎着浮动的晨气纵眺，尽情俯仰，顿生感怀，"是的，我相信，凡人都有向上的雄心，如我看日出一样的决意而勇为！以这种向上的雄心的开扩而成为大事业家，大学问家，这些都是不难待我们去发现的！"（《北海浴日》）她又朝着更远处凝眸，"他乡久客，几成习惯，无羁似的马，我愿放步的走遍全世界"（《钓鱼台》）。在写下这段话的两年以后，即 1927 年，她果然远赴法国留学。便是在巴黎近郊领略清秋的朗润气象，也要发出"这世界好像全是我们的了"的感叹（《山是青的云是白的》）。

石评梅伤悼故人，也把悲感深寄于风景。飞雪中的荒郊野外，乱坟茔中，她孤游在陶然亭畔，迎着一幅最凄清最愁惨的图画，"我真不能描画这个世界的冷静，幽美，我更不能形容我踏入这个世界是如何的冷静，如何的幽美？这是一幅不能画的画，这是一首不能写的诗，我这样想。一切轻笼着白纱，浅浅的雪遮着一堆一堆凸起的孤坟，遮着多少当年红颜皎美的少女，和英姿豪爽的英雄，遮着往日富丽的欢荣，遮着千秋遗迹的情爱，遮着苍松白杨，遮着古庙芦塘，遮着断碣残碑，遮着人们悼亡时遗留在这里的悲哀"

（《我只合独葬荒丘》）。她的哀思凭附意象而存在，情景固然交融，而先让情做了主宰。

　　瘦弱的双肩担着人生悲烦的庐隐，发愿"要收纳宇宙所有悲哀的泪泉，使注入我的灵海"，她逃离"只知有物质，而无精神的环境"，寻得比较清闲而绝俗的光阴，"因为那时，我是离开充满了浊气的城市，而到绝高的山岭上，那里住着质朴的乡民，和天真的牧童村女，不时倒骑牛背，横吹短笛。况且我住房的前后，都满植苍松翠柏，微风穿林，涛声若歌，至于涧底流泉，沙咽石激，别成音韵，更是使我怔坐神驰"（《寄梅窠旧主人》）。在如画的山林中，她暂避了俗世的牢愁。

　　文化性格中永远带着山乡记忆的苏雪林，自认完全是个自然的孩子。她的水样年华少不了皖南村野的映衬。当关闭在"一个又深又窄的天井底"，岑寂中自然"想念着我从前所爱的花，鸟，云，阳光"，可是却"连我的梦境都不来现一现了，于是我的心灵便渐渐陷于枯寂和烦闷之中"；她"幻想那垂枝的青松，带刺的野参华，银色的瀑泉，晚风染紫了的秋山"，外边旷阔清美的景物，可以补偿住屋狭小的缺点；她尤其喜欢新的庭园"长廊围绕，夏可以招凉风，冬可以负暄日"的环境，杂树的蒙密，地上的潮湿，"草里缠纠着许多牵牛花，和茑萝花，猩红万点，映在浅黄浓绿间，画出新秋的诗意。还有白的雏菊，黄的红的大丽花，繁星似的金钱菊，丹砂似的鸡冠，也在这荒园中杂乱的开着，秋花不似春花，桃李之秾华，牡丹芍药的妍艳，不过给人以温馥之感，你想于温馨之外，更领略一种清远的韵致和幽峭的情绪么？你应当认识秋花"，"春风带了新绿来，阳光又抱着树枝接吻，老树的心也温柔了"，是她对春色的真切感受；她喜听清风在密叶里"整天缥缥缈缈地奏出仙乐般的声音"，喜看茂盛的叶儿"苍翠的颜色，好像一层层的绿波"，空翠明净如雨后湖光的晴秋的美境，喜品"林之深处，瀑布如月光般静静泻下，小溪儿带着沿途野花野草的新消息，不知流到什么地方去"的光景，七色的虹霓光、银纱般的雾，浮闪于流泉之畔，这是爱侣建在地上的乐园，红尘世界里的她，暂且忘却过去生命里的伤痕，为"这绿天深处的双影"祝福，宛如飞舞的画眉似的，唱出妙婉的歌声（《绿天》）。她希望在山水中修复心灵创伤，释放生命激情，逃离粗暴、冰冷、沉暗的现实。她的心中叠印着缤纷意象：天空里堆积的湿云映着清冷的月光，深碧里透出淡黄的颜色，又映着暗绿的树影，带了薄雾，像润了水似的，幻作一片融合的光影，伴她一缕凄清渺窈的相思；芬芳的蔷薇花绽放世间最娇美的微笑，清寂的萧晨，初晓的微风吹着田陇，"残蝉抱着枝儿，唱着无力的恋歌"，由绿转黄的树叶"像诗人一样，在秋风里耸着肩儿微吟，感慨自己萧条的身世"；她与游伴"携着手走进林子，溪水漾着笑涡，似乎欢迎我们的双影"，在欢涌的溪流旁，她憧憬着"早晨时向玫瑰色的朝阳微笑"，夜深时"和娟娟的月儿谈心"，她的恋情水一般"泻入溪中，泼靛的波面，便泛出彩虹似的光"，心被浅粉浓翠的花木诱着，一同向自然散吐着清气（《鸽儿的通信》）。她的心境清朗、纯净，映出大自然的明秀与光艳。节令光景象征人生境况，何况"从少在乡村长大，对于田家风味，分外系恋"的苏雪林，"秋来，老柏和香橙还沉郁的绿着，别的树却都憔悴了。年近古稀的老榆，护定他青青的叶，似老年人想保存半生辛苦贮蓄的家私，但那禁得西风如败子，日夕在耳畔絮聒？——现在他的叶儿已去得差不多，园中减了葱茏的绿意，却也添了蔚蓝的天光"，秋风摇着残花，蝴蝶"翩翩飞来，停在花上，好半天不动，幽情凄恋，他要僵了，他愿意僵在花儿的冷香里！"还有那株秃的梧桐，"自然更是一无所有，只有亭亭如青玉的干，兀立在惨淡斜阳中"，盼着来年再度春风，打在桐叶上的寂寞雨声，转诉心中的清愁（《我们的秋天》）。花木清幽、风日晴美的法兰西，烙刻她的求学印迹，在异国怀思"风景本来清绝"的家乡，自愧"我们中国人是缺乏审美观念的，不知享受自然的，有时幸运，躺在自然的怀抱中，他却不安，硬要滚到自然脚底去"，她打量这里的风景，想到遥远的故园，"若以人物来喻来梦和西子两湖，西子，淡抹浓装，固有其自然之美，可是气象太小，来梦清超旷远，气象万千，相对之余，理想中凭空得来一个西方美人的印象，她长裙飘风，轩轩霜举，一种高抗英爽的气概，横溢眉宇间，使人心折，使人意消，决非小家碧玉徒以娇柔见长者可比"，畅想中，她在湖上弦乐清歌之声里沉醉于幻梦似的人生（《来梦湖上的养疴》）。海外学子的无边乡情寄向抚慰心灵的风景，"暮春三月，杂花生树，群莺乱飞，她躺在如茵的芳草地上，樱花的残瓣，随风飘堕，缀在她肩上，发边，衣衫间，夹带着一股醉人的清芬，流泉潺湲，催送她似锦的年华，蝴蝶双双，如挑如逗的在她面前飞舞，她心里每忽忽如有所失。这时候她觉得有一种散漫的轻微的温柔感觉，弥漫于全个心灵，她一缕袅袅的情绪，如不可见的银丝一般，随风飘去，消失于苍苍的寥沉"，精神活泼的一刻，向往着"到湖山明媚的瑞士，到阳光灿烂，花香鸟语的意大利，到森林广野的北欧"作愉快的蜜月旅行，并且坦直地表白心迹，最欣赏"有春水样的柔情，磐石般的意志，春花似的烂漫，大火般的热烈，长江大河似的气魄，泰岱华山似的峻严"的男子风度（《恨》）。她用绵软的调子弹奏浪漫之曲，用温暖的颜色涂染幸福憧憬，用女性纯洁的幻想，对风景进行细腻、柔滑、温情、诗意的处理，拒绝以万物灵长的优越感对山水加以粗暴式安排。感性的书写气质排斥了枯燥的观念演绎，使创作过程始终浸沉于美的理想、爱的情感、活的精神中。她的澄净明洁的心湖上飘漾着艺术化情绪的涟漪，风景深处充溢灵魂的欢乐。

明陵和八达岭这两处北京的古迹，在冯沅君看，"凭眺登临，很可以开拓我们的胸襟"。乘上往那里去的火车，"呜呜的汽笛声和机轮轧轧的声音彼此唱和着，奏出种音波送到我的耳鼓里……我听觉得的，就是我的心灵完全被快乐的感情占领了"；返程中，"沿路的山，时或遮着斜阳，时或又把他显露出来，隐现出没，叫我的精神由实在的状态渐渐趋于空幻虚静，心里想着明年春天出去参观，怎样游西湖，怎样登黄鹤楼，望长江"（《明陵八达岭游记》）。游迹中满是明快欢悦的情绪。这样的旅行，是五四时期的青年亲近自然、接触历史的另一种方式，也为他们的人生记忆增加一抹亮色。

再次，社会结构的急遽变异，引动作家精神的转型。各种思潮的冲撞、汇聚，展现一片新的视界，作家们在新与旧的社会现象和精神现象的眩惑中，思考交织着兴奋、焦虑、苦闷，彷徨着，犹疑着。他们一面审视纷乱的现实，一面转向风景，寻找心灵的慰藉，企盼疏通精神通道上的梗阻。他们喜景，忧景，恋景，伤景，使天地景观人格化、性情化、主观化，让客观世界的山水承载了由情感寄托、理性诉求和审美趣味交构成的人文精神。上述诸因素，结束了古代和近代风景散文的旧体式而别开新格局。这在进入作品的比较时可以约略观之。古今作家面对同样的书写对象，由于所处时代的相异，对景物体味的分别，所以在角度的选取、情感的灌注上是存在差歧的。入清的张岱西湖望月，犹忆明末杭州中元节风习，文章收束处"月色苍凉，东方将白，客方散去。吾辈纵舟酣睡于十里荷花之中，香气拍人，清梦甚惬"，笔抒悲慨兼寄清志（《西湖七月半》）。

徐志摩八月十五也在西湖赏月，"虽则月儿只是若隐若现的……满天堆紧了乌云，密层层的，不见中秋的些微消息"，在日后的一个清夜，他与适之"拿一只轻如秋叶的小舟，悄悄地滑上了夜湖的柔胸，拿一支轻如芦梗的小桨，幽幽的拍着她光润，蜜糯的芳容，挑破她雾縠似的梦壳，扁着身子偷偷的挨了进去，也好分尝她贪饮月光醉了的妙趣！"（《西湖记》，1923 年 10 月 21 日作，刊载于 1934 年 4 月 5 日《人间世》第 1 期）。相隔三百年的张岱和徐志摩，都有落拓不羁的性情，都含着满怀的诗意，却在情感的浓度上有别，而传情文字的密度与厚度亦有不同。沈剑濡的《鸳湖烟雨楼记》（1923 年《红杂志》第 32 期）在景色中含咀旧式才子情调，文言韵味，字俭而多雅，略有古风：“鸳湖在浙江嘉兴县城之东南，以其两湖相接如鸳鸯故名，简称鸳湖，俗呼南湖。然非学界中人，鲜知鸳鸯之名。湖中有屿，而烟雨楼在焉……凭栏而望，钟楼嵯峨，宝塔萃峙，湖波浩荡，烟水苍茫，百丈围城，宛如雉堞。万间家舍，无异蜂房，冷鸟风帆，更添逸致。渔歌牧笛，一洗繁华，真所谓美哉胜景……总之是楼也，风景儵然，四时咸备，春宜吟风，夏宜避暑，秋宜听雨，冬宜赏雪，宜乎称道者之不绝也”，画境歌意俱足，能够满足刚从文言脱胎，初涉白话的读者的阅读感觉。

刘庸伯的《襄阳山水名胜记》（1927 年《红玫瑰》第 4 卷第 29、30 期）记叙对鄂北风物的游感。作者初具市场眼光，自认“那末，若把它的山水胜迹，忠实的记了出来，也未始不足给读者一个印象，而作将来往游时的南针呵！”故把真实景观和真实感受综合写给读者看。记述中饱含情味，体现了记游文章的情景交融之美，“而我每次由樊城坐划子（小舟）渡河，望见襄阳城的一带楼堞，排列在青翠欲滴的山的下面。尤其是夕阳西落的时候，简直似画图一样”（《襄阳山水名胜记·方城汉水》）。去游诸葛亮隐居的茅庐，“正值他祠堂庭中牡丹花盛开。鲜艳的色，馥郁的香，真个熏陶得人的心灵都醉了……纵目四望，果然山秀江清，松篁交翠。时则微飔徐来，衣袂轩举，飘飘乎大有仙意，不更欲溷迹软红尘里了”（《襄阳山水名胜记·隆中》）。城南十里，一片祠宇，一泓池沼，“傍山临流，风景很美……能够移人神态，使成为一种嗜好的癖性。又足见晋代的士大夫，放诞风流，不拘于绳墨，而专向案牍堆里埋头啊！”（《襄阳山水名胜记·习家池》）南城垣上的王粲楼、晋代羊祜的岘山亭、城西北角的夫人城、刘玄德跃马而过的檀溪、梁太子萧统编辑《文选》的昭明台、孟浩然幽处的鹿门、张柬之的墓、米芾的祠、庞士元的凤栖书院都入文章，满纸典故。更有落在樊川上的笔墨：“于是乎我便似武陵渔郎，已懒得再向桃花源里问津了。”写景而不忘寄慨，摹绘与抒情务求相辅而行，怀古咏史之际略寄现代人的襟抱，已经成为实现自我诉求的现实需要。

三　对人生轨迹的勾勒

从山水里面看人生，是风景散文提供的新的艺术视角，也表现着它的文本价值。“文学是不能离开人生而存在的，文学作家离了生活，也便没有真实动人的作品。"① 作家直面山水，在游历中接受各种新鲜生活经验，无遮掩，无虚饰，无矫情，最能袒露内心真实的一面。摹景物兼记人事的叙述法成为通例，使风景散文强烈的主观性畅意地表露作家的心迹，传递生命的讯息，浮显人生之路上跋涉的辙痕。这样的文字，能够洞见真实的灵魂，映现内心的表情，透显相异的人格。风景散文因其"态度的自由与题材的宽广"②，可以融入对于人生的透切体验。在山水小品中注以严肃的成分，就是对社会人生的关切。人在风景里，身后拖带的是生命长途上浅深的行迹。

郁达夫青年时期记述旅程的散文，以反映个人生活为主要内容，带有明显的自叙传的色彩。优美的文笔中，深含颓废的格调，反映人生道路的多艰。"真率的气质，忧郁的性格，纤敏的情感，构成了郁达夫'颓废'倾向的主观内因。"③ "郁达夫的内心痛苦的形成不是偶然的，而是从他整个的生活道路和遭遇中产生的。他幼年丧父，家境贫寒，靠母亲的辛勤劳作维持生计。幼小的心灵，即领略了世态炎凉。他天资聪颖，有旺盛的生命力和创造精神，青春活力要求自由的发展，但封建主义的奴化教育，使他渴求自由的心受到束缚。旧式的家庭婚姻使他苦恼。他孜孜不倦地渴求知识，但这也不能使他的心灵得到满足。随兄东渡，在走上资本主义轨道、逐渐强盛起来的日本，作为一个弱国的子民，深深地感到受蔑视、受轻薄的痛楚。学业已成，本想回到祖国施展抱负，有所作为，但在那军阀专权、愚昧落后的封建社会里，这一切又都成为泡影。从郁达夫这些个人的遭际中，我们可以看出，一个青年人的健康的心灵，是怎样在社会的压榨下变成病态的。"④ 他在从日本回国的前夕，于郊外夕阳下的山野田间散步的时候，也涌起怀乡的悲感。他诅咒这个"十年久住的这海东的岛国"，已将他那玫瑰露似的青春消磨了。上了归国的行船，当"船的前后铁索响的时候，铜锣报知将开船的时候，我的十年中积下来的对日本的愤恨与悲哀，不由得化作了数行冰冷的清泪，把海湾一带的风景，染成了模糊像梦里的江山"（《归航》），凄切的况味已经初显病态的调子。1923 年 7 月 30 日作的《还乡记》，8 月 19 日作、发表于 1923 年 8 月 19 日《中华新报·创造日》第 24 期的《还乡后记》，比较细致地铺叙着他返回富春江畔故家的旅事，

① 李素伯：《什么是小品文》，《小品文艺术谈》，中国广播电视出版社 1990 年版，第 49 页。
② 王以友：《我怎么开始写小品文的》，《小品文艺术谈》，中国广播电视出版社 1990 年版，第24 页。
③ 许子东：《郁达夫新论》，浙江文艺出版社 1983 出版，第 144 页。
④ 杨世伟：《〈郁达夫散文选集〉前言》，上海文艺出版社 1985 年版，第 5、6 页。

记历的线索清晰地贯串长文首尾。"羞涩的阮囊，连买半斤黄酒的余钱也没有"，几个旅费尚不忍破费，真实地反映出他当时生计的艰窘；而这时的他，才格外留意车窗外闪过的贫民窟和污泥的水潴，才真切体验着现实人生的疾苦，才慨叹只有大自然方能掩盖"由现代的物质文明产生出来的贫苦之景"；当他转向美景，心头稍觉宽解，他不禁直抒激愤的情怀，竟至恼恨地自谴："我真想不到野外的自然，竟长得如此的清新，郊原的空气，会酿得如此的爽健的，啊啊，自然呀，大地呀，生生不息的万物呀，我错了，我不应该离开了你们，到那种秽污的人海中间去觅食去的。"（《还乡记》）他对那些执了锄耜、养育世界的农夫的赞颂，皆发乎真诚。旅途上的他，是孤独的，入眼的故乡的景物人事，以至活生生的细节，填补了他——一个行路病者凄清的内心。他只想着钱塘江两岸被烟雨罩得模糊的风景，江边污浊难行的泥路，浮在天上的暗淡的愁云，阶前屋外的雨滴声音，围绕着他的空气和自然的物象，总是带有阴凄的色彩，也更同他当时的心境相接合（《还乡后记》）。从郁达夫的归乡记程里，可以知晓他曾经的身世之悲。

郁达夫于 1923 年秋天应聘到北京大学任教。变化了的环境并没有使他的忧愤消失："不过令人愁闷的贫苦，何以与我这样有缘？使人生快乐的富裕，何以总与我绝对的不来接近？"怀着满腹的牢骚，故都的冬景也凄然地对应着他此刻的心境，"是日斜的午后，残冬的日影，大约不久也将收敛光辉了；城外一带的空气，仿佛要凝结拢来的样子。视野中散在那里的灰色的城墙，冰冻的河道，沙土的空地荒田，和几丛枯曲的疏树，都披了淡薄的斜阳，在那里伴人的孤独"，苍凉的暮色，倾斜的赤日，京绥铁路的周遭，笼着惨伤的寒意（《零余者》）。郁达夫时而无遮拦地狂泻积于胸中的愁闷，时而靠着写景把心底的幽忧、怨愤、抑闷、孤凄带出来。前者痛畅直接，后者虽是间接的，意蕴却更深了一层。京城的生活在他看去也浸着愁。城河里的浅水，依旧映着晴空，反射着日光，"但我觉得总有一种寂寥的感觉"。远近一排半凋的林木，地上枯尽的浅草，西山连亘的峰峦，在他平静的叙述语调里也显得不带生气，虽则当日的空气格外澄鲜，阳光也是和暖的。至于当配得"残秋的日暮"五字名称的那幅画架上的画：沉滞的大道，阴森的墓地，灰黑凋残的古木，半弯下弦的残月，冰冷的月光，浮着一道逼人的寒气，谁看了也要忍不住打一个冷噤，"忽而觉得毛发都竦竖了起来"，心里的那一种莫名其妙的忧郁"又笼罩上我的心来了"（《小春天气》）。1926 年 10 月 5 日写于上海，刊载于《创造月刊》第 1 卷第 5 期，并收录于 1927 年 9 月 15 日《创造月刊汇刊》第 1 集的

《一个人在途上》，抒发对病殁的儿子的思情，兼幽叹自己无归的漂泊。字字浸泪，句句含情。他怀忆在北京什刹海的北岸租屋住下，"闲时也常在北海的荷花深处及门前的杨柳阴中带龙儿走走"；龙儿在他"实在是一个填债的儿子，是当乱离困厄的这几年中间，特来安慰我和他娘的愁闷的使者"。凶疾夺去儿子年幼的生命，他睡在静夜的窗下，滴答的坠枣之声也引起他的思子之痛。这类笔墨，是对明人归有光《项脊轩志》一派文字的传承。他在 1928 年 11 月途中所作，发表于 1929 年 1 月 1 日《北新半月刊》第 3 卷第 1 号的《感伤的行旅》，情节的结构化和人物的小说化，延续了《还乡记》强烈的叙事风格，感伤的气氛也更浓了一些。"江南的风景，处处可爱，江南的人事，事事堪哀"，在一个孤独的旅人那里，行途上的琐屑都值得当成人生体验来笔录，过眼的社会生活的种种，也可作为世情百态图来描绘。作为文学家的郁达夫，便是处于困顿的生活景遇中，依然未忘关注现实社会，表现了一种更为深刻的文化承担。槐柳树林、平桥瓦屋和烂熟将残的秋色，都是他有心着笔的对象。旧游之地的苏州，一帆冷雨过娄门的情趣，奠拜真娘之墓的逸致，日斜的午后，上小吴轩泡一碗清茶，凭栏细数万家烟灶，或在冷红阁的明窗前，静守夕阳晼晚西沉，"也是俗尘都消的一种游法"。没有办法的生活消磨了内心的锐气，旧式才子的放浪散漫却还残存一些，只是味道多少有些苦涩。"本来是从山水中间出来，但为生活所迫，就不得不在看不见山看不见水的上海久住的人们，大约到此总不免要生出异样的感觉来的吧"，郁达夫的感受何尝不如此呢？在无锡，孤愤难抑的他，只想登到无人来得的高山之上去尽情吐泻一番，好把肚皮里的抑郁灰尘都吐吐干净，在一片蓝苍的天色和清淡的山岚间高啸，"放开大口来骂一阵无论哪一个凡为我所疾恶者，骂之不足，还可以吐他的面，吐面不足，还可以小便来浇上他的身头。我可以痛哭，我可以狂歌"，恣肆甚或粗莽的态度虽是向着万顷太湖的波浪去的，却抒泄着一己的政治感怀，根底仍然是理性的。他重现着古代名士清狂超逸的生活情致，更有斗士的勇毅气魄，"于是我就注意看了看四边的景物，想证一证实我这身体究竟还是仍旧活在这卑污满地的阳世呢，还是已经闯入了那个鬼也想革命而谋做阎王的阴间"。创造社的刺世疾邪的灼灼锋芒，重新回到他的字句间。摹绘风景的清妙同对于苦难理解的深透，形成反向的对比，又在作品中那么和谐地相融。

　　孙福熙于 1920 年赴法国勤工俭学，考入法国国立美术专科学校，1925 年回国。1926 年，上海开明书店出版了他的散文集《归航》，对这段海外求学的经历有了片断的记录。在归国的航程上，百感交集的他，经过地中海，在法属哥塞岛与意大利的岸边，纵览"天上散布大小相间颜色不一与岛一样的云彩。太阳就从这云岛间出来"（《地中海上的日出》），沐浴着出入云霞的阳光，疾骤的心音和狂怒的涛声在海天齐鸣，游魂做着一次激情的回归。朝着故国而返的他，迎着旭日，内心有大感动，"我很勇壮，因为我饱餐一切的色彩；我很清醒，因为我畅饮一切光辉。我为我的朋友们喜悦：他们所瞩望的我在这富有壮丽与优秀的大宇宙中了！"（《红海上的一幕》）言辞充满赤子的热情与感奋。

　　曾经留学欧美的徐志摩，也在他的文章中留着鳞爪。印度洋上的航途中，他在"今夜遍走天涯"的月光下默咀清秋的滋味，对着一泻的清辉而凄心滴泪，竟至酸酸地轻吟"今夜月明人尽望，不知秋思在谁家"的唐诗。在他的字句里，闪过印度埂奇河边的小村落，"村外一个榕绒密绣的湖边，生着一对情醉的男女，他们中间草地上放着一尊古铜香炉，烧着上品的水息，那温柔婉恋的烟篆，沉馥香浓的热气，便是他们爱感的象征"；闪过爱尔兰海峡，月光"爬上海尔佛林的高峰，正对着静默的红潭。潭水凝定得像一大块冰，铁青色。四围斜坦的小峰，全都满铺着蟹青和蛋白色的岩片碎石，一株矮树都没有"（《印度洋上的秋思》）。他用散行的文字画着一幅幅浸着诗意的海行的图画；而在《欧游漫录》、《翡冷翠山居闲话》、《巴黎的鳞爪》和《我所知道的康桥》里面，更印着异域的行迹。他的体会落在这样的话上："什么伟大的深沉的鼓舞的清明的优美的思想的根源不是可以在风籁中，云彩里，山势与地形的起伏里，花草的颜色与香息里寻得？自然是最伟大的一部书。"（《翡冷翠山居闲话》）

　　钟敬文于1928年8月，因受着所谓"学术罪案"之诬，辞别广州中山大学到杭州教书。从他在这一时期所做的抒情性极强的关于西湖的散文中，可以体味他心间的幽怨。在急遽的世变中，"因贤人们的痛斥排挤，却教我流落到这山水蜚名的浙西的名郡来"；而水岸禅寺的清游，也是解颐的手段呢，"虽然，此刻我们的民族，我们的社会，我个人自己的身世、家庭，想了起来，要教极端的乐天主义者，都禁不住泪珠儿如雨般淌下，顿消失了一切的欢意。但失望已迷住了我整个的心，悲痛似乎倒也无须了"；山寺中清宵的风趣，令他也愿尝味隐居禅栖的日子，"我想我辈这样纷扰尘秽的生涯，中间有着这么极短促的幽味的一小段，也许不是全无用处的吧"（《重阳节游灵隐》）。清旷的心绪，又使他对残荷有情，依稀呈示着矜傲的文化人格。烟波已冷，一种衰颓的情调笼住清波门外的湖塘，荷花凋零净尽了，酣恣的红香，幽深的碧绿都消，文禽无影，惟深秋的芦苇临风凄语。往日馨梦无处去寻，"对着这悲凉的景况，口角低唱着'香来月白风清里，花放丛祠水驿前'的句子，该使人怎样地发生着多么重的今昔之感呢！"（《残荷》）湖边着了寒意的秋景，同他此间的心境产生了直接的对应。在一篇书信体散文里，他对友人更直截地说"自离开岭大以后，至今年暑假一个长年间，因为种种关系，我竟差不多全舍弃了文艺的园亭，另向着一个幽深荒芜的郊野奔赴"，低回于西子湖畔的他，更怀忆岭南的珠江和昔年的生活，"岭大，啊，永远忘不了那珠江南岸的岭大！我从前虽然曾亲用过尽量憎恶去咒诅她魔化了的黑暗。但此刻在我脑子里，却要忘掉她一切的罪过，幽深地追怀着给予我的美好。我希望她的灵魂日臻于纯洁崇高之境！我写到这里，过去时在彼间生活的画片，不禁一张张着起鲜明的色彩来"（《从西湖谈到珠江南岸》）。透过钟敬文创作于这一时期的记景兼抒情的散文，可以从优美、灵妙、和谐、伤感的风调中了解隐现于自然景色间的个人史的片段。

谢冰莹于1926年冬到武汉，考取设在两湖书院的中央军事政治学校第六期女生部，1927年5月随军北上，在河南参加叶挺率领的中央独立师西征。1927年5月14日至6月22日的武汉《中央日报》副刊发表她的《从军日记》，是对此期戎马生涯的忠实记录。她的一篇写给当时《中央日报》副刊主编孙伏园的文章，记下了许多行军途中的细节。清晨出发时的"晓风残月，潺潺流水，点点星光"，令她不自已地感叹："呵！一切美景都在沉静的晨间深藏着。"战争生活甚至影响着她的文学趣味。她这样说："可惜我的情绪不是从前那种幽美的缠绵的，而是沸腾腾的革命热情，杀敌冲锋的革命热情，我再也写不出什么美的文章美的诗歌来了，伏园先生，我早已说过，要想恢复我以前的文学生涯，一定要等待革命成功后再说。"像《爱晚亭》那么清丽纤婉的散文诗式的作品她暂且无心去做，可是字句间仍透露出对于风景美的留恋，虽则只是火花似的一闪。抵临嘉鱼，"住在高堂大厦的洋楼（天主堂）里，这里有参天的古木，有绿茸茸的地毯，有清风，有泉水，还有松间的明月。呀！还有还有清脆的鸟声，还有……呵，我说不尽了，我可以'桃源仙境'名之，不！这个不好，因为桃源那里赶得上这里呵！"（《寄自嘉鱼》）纸上浮显着大革命时期一个青年女兵的从军旅迹。

此期的有些作品，则反映着那个时期一些青年求学的生活。他们游走于国内和国外，在扩展生活空间中开拓了视野，丰富了阅历。沈从文于1922年来到北平，叩响学识之门。触目所及迥异于六千里外小小山城的古都景象，使得这个来自远壤的乡下人，觉得无一处不深感兴趣。无论住在由清代湘西人出钱修建的酉西会馆，还是迁移到北大红楼附近银闸胡同的蜗居，人生的经历都在文字里留下痕迹。"二十岁青年初入百万市民大城的孤独心情"(《北平的印象和感想》)，主宰了他的灵魂。"初来北京时，我爱听火车汽笛的长鸣。从这声音中我发见了它的伟大。我不驯的野心，牵随那些呜呜声向天涯不可知的辽远渺茫中驰去。但这不过是空虚寂寞的客寓中一种寄托罢了。"(《怯步者笔记》)陈学昭于1927年留学法国，兼任天津《大公报》驻欧特派记者、上海《生活周报》特约撰稿人。在异国的风景里，一个天涯旅人，领受着巴黎近郊的秋天的况味。连日的晚雨使夜天一片湿凉，她"无聊而又一无睡意的不能不睡到床上去，此时听着那潇淅的风雨中隐约的夹着进城去的小火车的汽笛声，自然而然的起了一点乡愁"，当明月正从树梢头露出，"想着那向晚坐在草地上看新月，对着长空，诉说往事的懊恼及惆怅，一种为温情的友谊所起的安慰，直溢满了我的心"(《山是青的云是白的》)，游学海外的赤子之心，含着泪与笑，深印在文字间。

风景散文家运用艺术手段，记载生命周期某一段落的侧影。贯串于作品中的感情线索、精神脉络和人生走向，表现出明显的共趋性。他们记录的旅行过程，隐含着各种人生景况，刻写着个人的生命史。

第 二 章

在山水世界中寻求心灵的放逐

第一节　新异姿态的初展

风景要成为人类视野里的文化映像，须经过作家的文学改造——对抒写对象进行解构和重构方可完成。既重文献，也重田野的治学态度，使一些象牙塔中的学人直接目触社会现实，旅行成了心灵的需求，通过行走获得的内心体验，丰富了精神和情感世界。"自然，凡人对于客观的景物的印象，往往因为主观的不同而不同，而且异乡景物，又很能引起游客们称奇揽胜的雅兴。"①在这个过程中，情感的介入，使得自然的山水实现向艺术的山水的飞跃。20世纪前期的部分作家担承了这一责任。当时，五四新文化的浪潮激活了他们的精神，抒写山川景物，是为了突显丰富起来的心灵世界。他们观察风景的态度发生变化，扫向人间和自然的眼光朝广度和深度延伸，从而引发创作上的突破，改变了旧式格局。这种新变，主要在七个层面上展开。

第一，对历代创作传统实行纵向传承的基础上，对古人记游山水的悠然、宽适、放旷的心怀加以超越，进入更为从容、舒展、浪漫的境界。朱自清论孙福熙的散文集《山野掇拾》时说："我最爱读游记。现在是初夏了；在游记里却可以看见烂漫的春花，舞秋风的落叶……——都是我惦记着，盼望着的！"（《山野掇拾》）四时风景点燃灵魂的光焰，导引写作者迈着浪漫的脚步抵临艺术的至境。现代作家的内心保留着宋代苏轼、明代袁宏道和张岱的超逸情致。这种同现实存在明显距离感的文学精神反映在创作中，虽然承续古典笔调，注重抒写自我的所思所感，却又将个人闲适的情调放在更加深广的社会环境和时代背景中去表现，而非囿于个人经历的狭窄范围。在这样自如的创作状态下，

---

① 刘大白：《〈龙山梦痕〉序》，《白马湖散文随笔精选》，中国文联出版社 2001 年版，第 221 页。

即使不逢世路的坎坷，他们也能够从平凡的山水景观或普通的生活现象中发掘自然与人生的诗意。在现代知识分子眼里，高山流水不再像古代社会那样，具有神祇的约束力和压迫感，在审美的层面上，它们只具备观赏和体验的意义，一旦进入文学表现，则成为创作者的自主精神和解放意识的承载体。有时，景物竟至成了生活的一部分。他们陶然忘忧，暂且把艰难的时世放在一旁。面对同一片山水，一群文化人共生着相近的性灵，并且渗透到字句里，以至形成一定的文学倾向。比如在甬绍铁道驿亭站的白马湖，任春晖中学教席的诸公，结庐湖畔。夏丏尊的平屋、丰子恺的小杨柳屋、李叔同的晚晴山房、经亨颐的山边一楼，成为他们藏养心志的所在。这样美的山水，滋润着清灵的文思，群体性的创作风格，造成一种以山水为标志的地域性的文学力量的出现。"'白马湖风格'的形成，是由一群志同道合、情趣相投的作家，在白马湖的山水熏染下，以作品所凝聚成的一种独特风格。这群作家，在中国现代散文史上通常被归进以周作人为领袖的清淡小品散文流派中……这些作家主要的依托是文学研究会宁波分会，他们和北方的语丝社的美文系统合流，形成以周作人为主的小品散文流派，因此，若从现代散文史的角度来看，将其视为周作人散文流派的一翼比较适切"；在 20 年代中后期，这群在浙江省上虞县白马湖畔的春晖中学任教的作家，"其散文创作确实呈现了一种整体的、以清淡为主的风格……这群作家基本上是以夏丏尊、朱自清、丰子恺为核心，结合了包括王世颖、叶圣陶、刘大白、刘延陵、朱光潜、李叔同、郑振铎、张孟闻、俞平伯、徐蔚南等多位作家，他们或多或少都曾领受过白马湖的灵山秀水……他们在这段时期所写下的一些文章，特别是以白马湖为背景的散文，其清淡、隽永、洁净一如白马湖的湖水，令人陶醉、难忘。因此，在现代散文的审美角度下，'白马湖风格'的作品'几乎成了近乎完美的范本'"①。夏丏尊在这里居住时，领受的是冬日湖山的风的意味。他在《白马湖之冬》里说："白马湖的山水和普通的风景地相差不远，惟有风却与别的地方不同。风的多和大，凡是到过那里的人都知道的。风在冬季的感觉中，自古占着重要的因素，而白马湖的风尤其特别。"只有一颗入寂的心，才能够静闻天籁，在风的旋律中细细地品鉴它的风味。在朱自清的《白马湖》里，黄昏的湖边，"湖上的山笼着一层青色的薄雾，在水里映着参差的模糊的影子。水光微微地暗淡，像是一面古铜

---

① 张堂錡：《清净的热闹》，《白马湖散文随笔精选》，中国文联出版社 2001 年版，第 56、57、58 页。

镜。轻风吹来，有一两缕波纹，但随即平静了。天上偶见几只归鸟，我们看着它们越飞越远，直到不见为止"。潇洒的意态，又是在他喝酒时才有的。他悠然地欣赏这里的春景，"山是青得要滴下来，水是满满的、软软的"，绯艳的桃花像夜空的疏星。夏日里，湖心的小船在月下的青霭间浮荡，又是一幅可赏的画。世间的烟火气哪里嗅得出一丝？丰子恺对于白马湖的感受写在《山水间的生活》里面，他把上海生活与湖山日月做了对比，认为"上海虽热闹，实在寂寞，山中虽冷静，实在热闹，不觉得寂寞。就是上海是骚扰的寂寞，山中是清净的热闹"，深一层看，"我往往觉得山水间的生活，因为需要不便而菜根更香，豆腐更肥。因为寂寞而邻人更亲"。都会生活和山水间的生活优劣利弊，或许只有在无扰的乡间才能够从自然中接受答案。在王世颖那里，气脉直通散淡的苏轼，古人兰亭雅集的风调好像也有一些。他在《既望的白马湖》中说，明月上东山时分，沿河岸而走，在傍水而筑的平台上蹲着，依稀看见"隔溪一带平原，田畦间一片黝黑，稻叶西倾，俯仰中含有自然浑朴的节奏。稀朗的树木，零落的人家，在清光里显得一切都澹泊，凄绝"，柔婉的月光在峰头散荡不去。在这"雄秀调和的一幅错综图画"下，"我们中间的谈话，确乎很和平，宁静。名利的概念，淡远了；倥偬的意味，疏懒了"。初识山间的明月以后，他又邀伴绕着荒屿荡湖一周，翩然地作起逍遥游。文境犹如《赤壁赋》的是他的那篇《黄昏泛舟》。岸上瘦长的菖蒲野草，水面频频点首的波纹，吹入草丛深处的清风，远树上的晚蝉，加上登岸后摇扇而品香茗，饶得田家风味，文字所到处，尽是潇洒的神韵，仿佛世外人的梦语。而"这一个夜里，知识与经验，无形中摄入到我的意识里"一句收尾的话，表明风景里的人仍然呼吸着现世的空气。受着五四新文化风潮影响的他们，蓬勃的文化朝气、新异的理性精神、超卓的艺术风华，消融于白马湖的自然丽景中。

　　第二，这一时期，有些作家的创作素材和心灵体验，来于旅行、游学、社交、归家、出乡、逃难的生活。社会视野的开阔，人生阅历的增加，为风景添入新的认知和欣赏元素，使他们跨过古人专意抒写个人仕途牢愁的阶段，虽然不乏对于命途的怅惘，更多的却寄托忧国、感时、叹世的情绪，折射精神气质的更易。意义因素，包括社会良知、责任意识、道德信条支撑着作品的骨架。社会风景、人生俗常和纯粹的自然景物产生更为深刻的交融。湖畔诗人潘漠华的《心野杂记》简述自己闯到北京的风沙下的漫漫行途。海行之中，披着潮雾起落的朝阳与暮日被他在舱窗前默默地送走，"舟到成山头外，极目西望，才见远山如线，逶迤于云水之间。我又想，大约山的那边是世间，我们是世外的巡游者了"，俗世间寻味脱俗的情调，正是逃避惶惑的妙法。故此，生于浙江的他才格外耽醉于北方都城的风味："进正阳门，看到路旁红墙脚残缺的古碑，那枝头开着红花的绿叶树，我就感到喜悦。看见处处庙宇，檐角高敞地掀起，青苔生上檐背，我就钦仰。古色古香，既扑人眉宇，威严伟大也有了。"旧京的建筑像绘画一样，以历史的姿态表现着景物宽润、浑厚、坚实等各异的质感，和由轻重、多少而呈示的量感。在浙西山里长大的潘漠华看，必感到新鲜的兴味，也在他的心野上留痕。朱自清的《旅行杂记》写由浙江赴南京参加中华教育改进社第三届年会的见闻。他用诙谐的调子，把督军兼巡阅使的齐燮元等的神态活画出来。台上端坐的地方头面人物，如大雄宝殿上的三尊佛像，这是深刻的幽默。《海行杂记》对英国公司轮船肮脏状况的诅咒——"帝国主义的船"，何其痛快。这一篇"诅茶房文"是在安静的白马湖畔做出的，他对船上所见的宁波茶房的灰滞颜色的脸上挂着的倦怠、嘲讽、麻木气分的勾画，对他们"搭了铺抽大烟，或者拖开桌子打牌"的记述，针砭旧社会下层人的劣性，对他们那种"宗法社会而兼梁山泊式的"团结给予讽刺。郁达夫的《给沫若》，记述自己离开厌恶的北京，而上海，而家乡，终又无奈地返回北京的行旅。颠沛的命途上，一个自恨生不逢时的才子，难以忍抑满腹的积怨，自然要让倾诉的潮水漫溢于纸面。他诅咒："美丽的北京城，繁华的帝皇居，我对你绝无半点的依恋！你是王公贵人的行乐之乡，伟人杰士的成名之地！但是 Sodom 的荣华，Pompey 的淫乐，我想看看你的威武，究竟能持续几何时？问去年的皓雪，而今何处？"不公的社会造成了他的消沉，他的颓唐，他的精神的病状，他的灵魂的苦恨。丰子恺发表于 1927 年 7 月 10 日《小说月报》第 18 卷第 7 号的《从孩子得到的启示》，记述国民革命军攻打孙传芳治下的上海的现势，枪炮声里，众人先张皇地逃到附近江湾车站对面的妇孺救济会里去躲避，"那里面地方大，有花园、假山、小川、亭台、曲栏、长廊、花树、白鸽，孩子一进去，登临盘桓，快乐得如入新天地了"。在天真的孩子那里，却从这种全家的出游中感到了快味，人间的一切建设、一切现象，不过是大自然的点缀、装饰，虽然在大人的记忆中，战乱中的逃难"这是多么惊慌、紧张而忧患的一种经历！"丰子恺以悠然的态度回叙生活中曾历的苦难，更把叙述的视角转换到孩子一方，他们对于美的本能的追求与艰危的时世形成鲜明对照，感受愈见真切，简淡情调里略寄浅中蕴深的韵致。一番平静的回溯，记录的虽是离乱生活的片段，饱含的却是对于苦难的痛切理解。巴金在 1927 年1 月赴法途中，眺览朝阳下壮阔的海景，他觉得"这时候光亮的不仅是太阳、云和海水，连我自己也成了光亮的了"（《海上的日出》）。"深蓝色的天空里悬着无数半明半昧的星"，默默地照着海行的长路，星光虽然微小，"然而它使我们觉得光明无处不在"，在展开的文学想象中"我好像看见无数萤火虫在我的周围飞舞。海上的夜是柔和的，是静寂的，是梦幻的……在星的怀抱中我微笑着，我沉睡着"（《繁星》），海行中的他，进入香酣的美境。坚定的自信、蓬勃的朝气支撑他的生命过程。

第三，由于生活视野的宽展，大量新鲜社会内容的进入，使得作品的体量增大，幅度展扩，在创作传统中占主导的小品样式演变为含量宏富的长篇。作家更乐于围绕实像的景物展现社会人生的广阔场面。思想主题已不囿于古人的仕宦悲喜，而是由个人的遭际转向深广的现实图景。这类作品中，以郁达夫《还乡记》，徐志摩《欧游漫录》、《巴黎的鳞爪》，朱自清和俞平伯的同题之作《桨声灯影里的秦淮河》，孙伏园《长安道上》，沈从文《海上通讯》，钟敬文《海行日述》等为典型文本。

第四，在参访山景梵刹的过程中，领受佛界的深义，又上承魏晋名士纵情岁月、恣意山水的风度。记景述游，笔端常带禅味，令作品弥漫或浓或淡的宗教气息。20 世纪初叶，"佛学复兴思潮的中坚人物章太炎和梁启超等，无论政见如何不一致，他们却都将佛学的振兴当做改造国民精神的必要途径；由于章、梁等大师身份的影响，他们从启蒙主义的立场所掀起的佛学复兴思潮给二十世纪中国文学的影响是深刻而久远的，它带给了现代作家们对佛教的一种比较普遍的亲近心态，老舍、叶圣陶、郑振铎、郁达夫、许地山等就是这样。它还启发了现代作家们注意以佛教文化为基点之一来思考中国新文化建构的多元途径。"① 记游述感、绘景抒情、谈理析物杂以说佛论禅，使山川之美平添一种玄远意味，文字愈富古典的东方韵致。丰子恺和夏丏尊同赴杭州招贤寺访李叔同，听他的说教，直待微雨飘进窗来才起身告别。佛谛入心，丰氏说："这次来杭州，我在弘一师的明镜里约略照见了十年来的自己的影子了。我觉得这次好像是连续不断的乱梦中一个欠伸，使我得暂离梦境，拭目一想，又好像是浮生路上的一个车站，使我得到数分钟的静观。"（《法味》）话说得似透非透，有些迷离，有些沉实，却正道足了教谛的三昧。王世颖游访越州东湖，"满望着在幽篁深处清谈一下"（《放生日的东湖》）。钟敬文"因贤人们的痛斥排挤，却教我流落到这山水蜚名的浙西的名郡来"，西湖的寻幽访胜，古寺的清

---

① 青平：《谈二十世纪中国佛教散文》，《西南民族学院学报》1998 年第 1 期。

游闲赏，更消解了内心的挂碍与俗虑，"高渺清虚的蓝空底下，茫漠的湖水，突兀的峰峦，疏落的林木……一切大自然的景况，洗浴了我们的神志，而使它顿然入于苏醒爽朗之境"(《重阳节游灵隐》)，他幻想着在高寒幽寂的山寺中消受清宵的风趣，耽入隐居禅栖之梦，给心绪添几分清旷，暂避生涯中的纷扰尘秽。徐蔚南游会稽山中的香炉峰，山巅有名为南天竺的庙宇，在面对观世音娘娘的一阵求签声里，他眺览"四周的青山如波涛一般地起伏，山下的红色庙宇在万绿丛中更觉非常鲜艳。纵横的田亩碧绿的一方一方接连着，齐整的比图案画还要好几倍。烦嚣的市声一点也听不到了，只有树叶的低语声，枝头小鸟的歌唱声，村犬的遥吠声：这种种声响多么自然，多么感人!"而回头所望的城市"密重重的房屋挤在一起，烟尘缭绕，有如包在浓雾里"，真是"狭的笼"(《香炉峰上鸟瞰》)。他向世间告示，只有梵界才是自然的，清美的，可向往的，不妨将纷乱的都市生活厌弃。此时，在一般文人的意识里，玄佛气味是那么易于和所醉心的乡野情调相融合。他们乐意在宗教里寻找精神的慰藉，这同古时文人将天地山川神祇化，素对自然深怀敬畏之心是相通的。

第五，文体特征出现新变。新散文超越了传统游记侧重舆地记述的模式，在山水风物中探寻文学的存在方式，强化自然景观的文学性描摹和个人情感的诗歌化发抒，在反映游程、游观的实际行为之外，为游兴、游趣、游感、游情找到妥切的表达方式，以此为核心进行现代风景散文的形式建设。

一是改变了传统记游的单一叙事结构，在游踪之外，根据情感表达的需要，多向性、多角度、多层次地设列叙述线索，在思绪的复线交织中，包纳更深的内涵，从外在景物与内在心灵的相合与交融中构建物我相谐、天人合一的立体世界。徐志摩《印度洋上的秋思》，随着灵动的意绪展开跳跃式的叙述。作者所处的第一现场是航行的船上，举头遥见海波上的一轮秋月，又将他的视线引回第二现场——记忆世界：印度的村野，湖边的草地，诗人的神情，爱人的倩影；爱尔兰海峡那边的高峰，静默的红潭……在文章中插入一段幽婉凄美的复调，使这次返国的海上行述回环往复，自含一番诗意的跌宕。沉钟社成员、小说家兼翻译家陈炜谟"从西天外相隔七千余里的故乡，来到这灰沙的北京市上"，牵愁的乡思中，蜀地的风物是那样的渺远。他在故都的陋巷中辗转寓居，北游的生涯就此开端。他于1926年10月11日据旧稿改成的散文《PROEM》，以迁居为脉络，以房客的视角展开对于京城底层生活情状的实记。首先铺设变换的叙事场景，勾勒络绎登场的人物——"沙滩附近一个车不能方轨骑不能并行的小胡同内，首先安放了我的摇篮"，接下转到"东河沿西岸的一户人家里的一间屋子",见识了身为旗人、挺胸凸肚的房东,租住西屋的"一对仪式上还不曾,实际上已结婚的男女学生"和一个给人家幽禁久了,消失了好动的本能,成天的自家关在房里的苗条女人,院门外是黝黑的河水,古旧剥落的城墙,破烂不全的砖瓦堆,褴褛的小孩,蓬头的老妪,笨重的骡车轧轧辚辚地响过,满目鬖黑的车夫坐在上面。继之,N 大学附属的 S 宿舍又成了他新的居处。门内高站着的校警,打煤油的听差,砖墙下的乞丐,骂人如同说唱一般流利的洋车夫……全是挣扎于社会一隅的值得同情的小人物。以无扰的心态观察隐僻的角落,最大限度地保存了历史的真实。观察的多点,线索的交错,形象的迭替,增加了作品的生活厚度。其次,递进式奔涌的思情,折射出一个青年学子忧时伤世的沉抑心情,反映了冷酷的社会现实对灵魂的异化。面对景物人事,不谙世故的他们无法从容镇定,时常表现出复杂的心态,改变了古人在山水面前的澄净单纯的情绪。自然对人心的催化作用已经让位于社会的实际影响力。过着求学生活、客居他乡的陈炜谟"看着糊窗牖的纸由深灰变成浅灰,由浅灰褪为纯白,终于逃走了色彩","看着汗珠点点的滴,雪花飘飘的飞;春去了,夏来。秋去了,冬来",在那鸟笼一样的小室中望着,怅然却不失希望地说:"我亦决不要去回忆。我的生活应该笔直的望着前面","生活在我还在刚开头,有许多命运的猛兽正在那边张牙舞爪等着我在。可是这也不用怕。人虽不必去崇拜太阳,但何至于懦怯得连暗夜也要躲避呢?"对这座明清古都初起的陌生感和敬畏感终于变为对它的种种现状的不满的痛快直陈与宣泄,演示着清晰的心理脉络和情感路径,尽管只是写着一篇生活杂感。这取决于艺术上的认真。他曾说:"对生活的要求无论怎样不奢,但对艺术的希望却一点不俭。"孤寓京华,经了夏和冬,受了雨和雪,看了男和女,摹记生命的片断时,古城四季的景状,便在心里映着皇城高墙下无饰无伪的镜像。

二是改变了以游踪为主脉的传统叙述模式,充分运用顺叙、倒叙、插叙等手法,有时甚至把叙述人称或显或隐起来,以至中断叙述进程,嵌入直接抒情的段落,以实现文学表达的恣肆与自由,造成艺术表现空间的多维。郁达夫于1922 年 7 月 26 日在上海写罢、发表于 1924 年 2 月 28 日《创造季刊》第 2 卷第 2 期的《归航》(发表时题为《中途》),回忆从十年久住的日本航海回国途中的所历所思。通篇虽是倒叙,却能够隐约地梳理出行历的顺序。和东京朋友离前的钱别,门司港的购书,以及在下等酒店吃饭菜,都一一记在归程的行记里。其间对"妇人"的离情的怅抒,对"明石"蓝苍海景的恋意的畅叹,对日本的爱恨交叠的复杂感情,对甲板上的"一个年约十八九的中西杂种的少女"的劝止，是且狂且抑的独白，如一团团炽焰燃烧在字句间。叙述者是他，抒情者也是他，虽则在人称转换、视角移变上来得突兀。

三是改变了古人写意式的描摹手法，在对景观环境、人物心理的描画上，注重用笔的变化，或白描，或细描，或概括描写，或直接描写，或间接描写，或对比描写，凸显摹绘对象的形象性、微细感，以追求表现的立体效果。现代小说家们尤其在这里显出摹景传情的手段。沈从文冷静地观察社会，体悟人生，领略风物，对所睹风景下的一切展开多种描绘，意在从不同侧面进行生活的实录，让文字捉住人事浓淡的影子。《游二闸》中对水岸破旧房屋的勾勒，对村童钻入水瀑争抢银角子场面的描写，加浓了社会景况的实感。《海上通讯》里对上海大石库门房子前把门的威风凛凛而醉意朦胧的白俄将军，广西路"画眉毛成钩形，在鞋铺门前看鞋子"的土娼，闸北四川路上逛玩的无数年青男女，三马路小绸缎铺的大减价拍卖，旅馆里的唱戏推牌声音，跳舞场、跑狗场、回力球场……旧日沪上的众生相繁简浓淡地描画下来，一幅十里洋场的状貌真切如绘。

第六，在唯美化的艺术氛围中表现深刻的社会意识，生动传达书写主体的内心情绪。瞿秋白构筑意象之城，寄寓现实情绪。《那个城》作于1923年11月15日，发表于1923年11月24日《中国青年》第1集第6期。火焚的城中，"一切亭台楼阁砖石瓦砾都煅得煊红"，惨黯的烟苗燎着深深的创痕，"为幸福而斗争的地方——流着鲜红……鲜红的血"，夕阳下的雉堞、塔影消失，"城上喷着光华奇彩，在模模糊糊的雾里"，"那为人类创造这伟大的城的人已经疲乏了，睡着了，失望了，抛弃了一切而去了，或者丧失了信仰——就此死了。那个城呢——活着，热烈至于晕绝的希望着自己完成仙境，高入云霄，接近那光华的太阳"。他的眼底浮显一片丽景，充满生活的美与善："四周静默的农田里，奔流着潺湲的溪涧"，垂覆的苍穹映着红的新光，奋斗的意志驱散精神的苍白，理想的光焰照彻孤独的内心，袒露着一个革命家的自我世界。

蒋光慈为1925年4月22日《新青年》第1号——《列宁号》所做的《在伟大的墓之前》，燃烧着火一样的时代情绪。这篇写在列宁逝世周年纪念日的作品，昂奋激亢，呈示一片革命的风景。他在"红色克里姆林宫的城下"看见"一队一队的经过列宁的灵前……大家眼里含着泪……口里唱着悲哀的悼歌，这悼歌真表示出人间最伟大的、最深邃的悲哀"，在泪海与哀歌中，他"想起那无数万人们送葬的情形，想起那时候天气的奇冷，想起那列宁的灵前堆积如山的奠花，想起那难以言表的悲哀，更想起那白发老妇人克鲁布斯加牙——列宁夫人的演说……"(《在伟大的墓之前·去年今日》)他热烈地赞咏"新的俄罗斯是美丽的、快乐的时代之摇篮；新的俄罗斯是自由的、光明的海岛"(《在伟大的墓之前·苏俄的创造者》)。他冷观"好一个黑暗的东方"，"无数万万的劳苦群众日在奴隶牛马的状态下过生活，日呻吟于帝国主义者的鞭笞下"，渴盼列宁点燃的"民族觉悟的火光"与"民族解放运动的红灯"照亮自己的家园。记忆中的撼人景象化作激进的情绪，全身心、全意识地讴歌十月革命，坚定地表达共产主义的政治理想，热奋地鼓吹无产阶级的人生信念，执起文学的武器投身社会革命。直露的宣抒虽不免使作品带着概念化的痕迹，却自有一种激荡人心的力量。

茅盾的咏景小品，着意在单纯的画面中浸含现实情绪与生命思索。《卖豆腐的哨子》发表于1929年2月10日《小说月报》第20卷第2号。易感的神经随着窗外呜呜吹响的卖豆腐的哨子隐隐地颤跳，诱发了漂泊者的乡愁，更"抑不住胸间那股回荡起伏的怅惘的滋味"。怜悯和同情之外，从"心底里钦佩他们那种求生存的忠实的手段和态度"，听到了"他们的心的哀诉。我仿佛看见他们呼出的热气在天空中凝集为一片灰色的云……我似乎已经从这单调的呜呜中读出了无数文字……我只看见满天白茫茫的愁雾"，眼底光景是社会现状和时代景况在内心的投影。《雾》作于1928年11月14日，发表于1929年2月10日《小说月报》第20卷第2号，抒写了大革命低潮期沉郁抑窒的心绪，他难忍"像陷在烂泥淖中，满心想挣扎，可是无从着力"的愁闷，宁愿迎向能够杀人的寒风和冰雪的天气，因为它能够"刺激人们活动起来奋斗"而不致"只使你苦闷，使你颓唐阑珊"。具有喻示感的语句表达了内心的意志。《红叶》发表于1929年3月10日《小说月报》第20卷第3号，把对大自然的赞美融合在游观过程中。红叶的美是纯净的，赏看它的心情也须是纯净的，否则便辜负了它的一段秋光，优美的抒情语句折射着明朗的心境，"如果说春季是樱花的，那么，秋季便该是红叶的了"，山景被红叶装饰，"青翠中点缀着一簇一簇的红光，便是吸引游人的全部风景"，诗化的美境使景物得到升华。《严霜下的梦》作于1928年1月12日，发表于1928年2月5日《文学周报》第6卷第2期，作品在梦的虚境中倾露内心交织的真实情绪。年轻的灵魂充满憧憬的欢乐、失意的苦闷，在浪漫的梦里寻找精神的安慰、感情的寄寓。自然的光影在眼前迷离地闪烁，"一些红的、绿的、紫的、橙黄的、金碧的、银灰的，圆体和三角体，各自不歇地在颤动，在扩大，在收小，在漂浮的"仿佛梦的接引使者，让人"真心地如实地享乐梦中的快活"，在梦里"看见了庄严，看见了美妙，看见了热烈……看见未来的憧憬凝结而成为现实"，表现了在实境与虚境之间思想的彷徨。《虹》发表于 1929 年 3 月 10 日《小说月报》第 20 卷第 3 号，浮想里幻出缤纷好景，而心绪却浸着微愁，"金红色的太阳光已经铺满了北面的一带山峰。但我的窗前依然洒着绵绵的细雨……凝眸遥瞩东面的披着斜阳的金衣的山峰，我的思想跑得远远的"，但仍然心怀美妙的冀求，"一道彩虹划破了蔚蓝的晚空"，闪映出"美丽的希望的象征"，心灵得到暂时的宽慰。《樱花》作于 1929 年 5 月 15 日，发表于 1929 年 10 月 15 日《新文艺》月刊第 1 卷第 2 号。在日本岚山，他对池畔寒风冻雨中的樱花忽然开出绯艳的花，心头漾起欢欣："在烟雾样的春雨里，忽然有一天抬头望窗外，蓦地看见池西畔的一枝树开放着一些淡红的丛花了……无疑地这就是樱花……秾艳得像一片云霞"，却因林中花下喝酒、唱歌、笑的日本人把果子皮、空酒瓶、木片盆杂乱地丢弃而感到失望，"这秾艳的云霞一片的樱花只宜远观，不堪谛视，很特性地表示着不过是一种东洋货罢了"，即时的游感显示个人的直观体验和价值判断。

刘大白的《心钟》(1925 年 5 月 12 日作于江湾，刊载于《文学周报》第 175 期) 浸含凄美的情味。由于"明早便须从晨光熹微中渡江而东了"，对于杭州所怀的"第二故乡之恋"，就在"一个明月将圆之夜"幽幽地吐露，"湖面的微波，将一片银也似的月光，剪得纷纷碎碎，向踽踽独行的我，软软地闪动着，仿佛作轻轻款款的私语"，淡淡的幻感中，觉得"昨夜独挥的泪"给西湖"添了一痕春涨"，无泪可挥的他"再也禁不起这样的旧梦重温了"。一弯新月、几点疏星浮上朦胧的映像，冷冷地照着怅惘的归途。带着"这很深的感触底伤痕"，觉得"盘旋于我底耳际的"心灵深处的呼声，"也就是一切人类底心灵深处的呼声吧"。水样的愁绪在诗美浓郁的画面中细密地流动，个人意识衍及人类共同情感。

戴望舒的《夜莺》(1926 年 3 月《璎珞》第 1 期) 把内心的风景感受转化为诗性的诵唱："在神秘的银月的光辉中，树叶儿啁啾地似在私语，淬缋地似在潜行；这时候的世界，好似一个不能解答的谜语，处处都含着幽奇和神秘的意味。有一只可爱的夜莺在密荫深处高唪，一时那林中充满了她婉转的歌声"，正像他自己吟咏的自况。意境幽婉、清妙，灵动的语言酿制出美丽的诗境。

罗黑芷的《雨前》(1927 年 7 月 10 日作，1928 年 1 月《小说月报》第 19 卷第 1 期) 借助细致的景物表现人物主观意识的流动，侧重心理感受的传示。

"睡在一间胡乱叫做书斋的房中一张藤躺椅上"的章君，意态闲懒，感觉中"窗外的天空不像是可以教人看了会愉快的天空：说是夏天，总应该是青青朗朗有润凉的西南风吹送着一小片白云过来的，可以起人悠然遐思的天空；可是那在四边地平线上层层叠叠堆上了还要堆上去似的隐藏在树林背后的云，不绝地慢慢向天顶推合"，沉闷暑湿的天气增添心头的落寞，"这种境地，一个人每每能毂瞧着眼前的大小参差的种种物象而寻不出一点意见来"，沉寂中，院里被毛虫吃得快残废的枯叶的月桂，长方形残缺的花坛，蓬蓬杂杂从里面生出的黄瓜的藤蔓，一株幼小的柘树的枝叶，开着小点白花的野草，叶儿一动也不动的凤仙花映入眼帘，站在阶沿的边，"觉得头顶上的云块中间仿佛透下一线明亮的光，在阶下不远的一洼黑色的污水里忽然倒映着那株凤仙花的鲜明的姿影。那黑色的水底，此时看去，仿佛是无穷尽的弯渺，无穷尽的空阔。一种黝黑而蔚蓝的光穿透了那凤仙花的每匹明亮的绿色的叶背，躲在每朵掩盖在叶下的淡红色的花瓣上，刹那间变成了莲青色。那花的全体亭亭地倒植在这个璀璨明净的世界里，倘若落下一瓣一叶，必定是会作破碎的琉璃的响声的。谁能毂移到这个世界里去呢？他想：倘若他能毂立刻像一只蜻蜓，展开翼翅，贴近那水面飞旋，他或许可以看见更辽阔更明净的另一个宇宙，而且倘若他能毂像一个浮尘子，一直向那有光的里面撞了进去，他便可以清凉无汗的在那里面的空中翱翔起来，忘记了这个烦杂昏瞀的现世了"，"从这檐际仰望去，一大块灰色的云横过来了。试想这屋外，人的视野所能吸收进来的树林，山野，屋舍，稻田，必定都扁扁的贴伏在地面上，静听着云端里的低的雷声。忽然几颗很大的雨点飒飒地打在他的额上了。那突然感到凉意而仰望着的脸无端地浮出了些微笑"，超现实的景致，是幻感，是梦境，缥缈，虚无，感觉化的绘写，更深刻地表现了心理真实。"在一切故事里，罗黑芷君的作品，文字也仍多诗的缥缈的美。若抽去了作者的感慨气分，作者能因生活转变而重新创作，得到了头脑的清明"①，以此造成一种清丽明畅的文体特色。罗黑芷细腻的笔致、柔和的韵调，时常流露出对贫困者暗淡人生的同情，并且时常以忧郁自伤。这篇《雨前》却着意在自然美的渲染中表现一种清闲的意态，倾近内心的表现甚至带有玄妙的色彩。在旨趣的设定上，以书写一种理想的心理感觉和生命状态为终极归向。

---

① 沈从文：《论施蛰存与罗黑芷》，《沈从文文集》第 11 卷，花城出版社、生活·读书·新知三联书店香港分店 1984 年版，第 112 页。

第七，叙述方式呈现多元局面，丰富了文体样态。书信、日记、童话也成为记叙行历、书写景物的载体，文字虽披着书信体的外衣，依然文采粲粲，读来尤具一种正统文体所稍欠的亲切风味。这恰同周作人所倡导并且实践着的娓语体的小品散文风格相合。书信体有孙伏园的《长安道上》，郁达夫的《北国的微音》（1924 年 3 月 7 日作，1924 年 3 月 28 日《创造周报》第 46 号）、《给沫若》（1924 年 7 月 29 日作），日记体有钟敬文的《海行日述》（1928 年秋作），郁达夫的《海上通信》（1923 年 10 月 20 日《创造周报》第 24 号）等等。文体的自由带来表达的无拘，对着友人，可以畅快地袒示内心的挣扎。在《北国的微音》里，郁达夫把消沉的意志表露得十足，深切地体味着"凄切的孤单"。对于国政，他说"什么国富兵强，什么和平共荣，都是一班野兽，于饱食之余，在暖梦里织出来的回文锦字。像我这样的生性，在我这样的境遇下的闲人，更有什么可想，什么可做呢？"对于表现人生的艺术，也显露着虚无的颓态，"我觉得艺术并没有十分可以推崇的地方，她和人生的一切，也没有什么特异有区别的地方。努力于艺术，献身于艺术，也不须有特别的表现"。他只想"在日斜的午后，老跑出城外去独步"，从黄沙的田野，从清溪断壑间含咀无常的人生。百感交集，凝于笔端，丝毫不掩心底的波澜。奔苦生活的景遇，在文字间真实地透露着。刘大白的《太阳姑娘和月亮嫂子》（1925 年 10 月 12 日作于江湾，1925 年 11 月 22 日《文学周报》第 200 期）以童话的讲述方式，生动地描绘出日月的性情，并传达出自己的体验。经过一番波折，太阳和月亮"依然同样地把美丽的容光显露在众人面前，让一般人都知道她们底美丽。不过月亮嫂子，是把美丽的面庞，慢慢地一点一点地显露出来，又慢慢地一点一点地隐藏过去；而太阳姑娘，却把她底绣花针，化成千千万万，遍身都是，预备戳瞎那正眼看她的人们底眼睛"，凄婉而优美的叙事笔调，流露出幼年真实的心灵感觉。单纯性的情节设置、拟人化的描写技巧，体现了叙述方式的尝试价值。

此期的作品，既重视对文学遗产的纵向继承，又重视对现实创作的横向借取，不断使自身丰富充实起来，甚至和一些非风景散文模糊了文体界限，风格愈趋纷异，个性愈趋彰显，标志着体式的定型和创作的成熟。

第二节 反叛意识的觉醒

五四运动的发生，激荡着年轻的文化心灵，催动思想世界的革新。从宏观的视角考察，可以肯定它所具有的社会革命的意义；从微观的视角分析，可以肯定它对于个体生命所产生的震撼灵魂的作用。知识界倡导并逐渐为民众广泛接受的新文化，对于颠覆顽梗的旧的道德秩序，构建民主的新的内心世界，做出了启蒙主义的安排。

作家是知识界中思想敏锐的群体，他们站在风景里面，创制的作品从文学的角度审视社会，主观上带有批判的性质，客观上却显现着旁观者的态度，即不直接和所反映的现实发生联系，始终保持文字造成的距离。这种间接性的心灵自守，使他们的文字力量穿透风景和词语的双重交织，在阅读者的深度体验中获得价值的终极实现。

五四文学革命引起的文体创新，基源于新思想、新感情的表达。共性的时代话题是反对封建礼教，鼓吹个性解放，争取婚姻自由，锋芒多指向旧式的伦序纲常。"民初的新文学运动，正是一样，他与礼教问题是密切相关的。"① 逃离封闭的家庭，挣脱家长的缚羁，是当时一些青年知识分子自视的叛逆行为与个性意识的觉醒。他们果敢地绝弃旧文化、旧道德的积弊，敞开自由的胸襟，大胆地追求理想化的生活与光明的未来，一方面在社会的范围内进行，常常表现为个人理想与社会现实的矛盾，一方面在家庭的范围内进行，即囿于亲朋之间，常常表现为爱情的冲突。这种局限于身边一角的抗争，只是反叛的初步，并未将触角伸向复杂纷纭的社会整体，却是新观念的萌芽，他们正是从这一层面开始转向深刻的反叛，最终迈上鼎新之路。当时的一些女性作家，充任了这一潮流的主角。她们大多刚刚走出校门，五四的洪潮已经退去，余波仍然在她们的精神上发生作用。必须看到，几千年的封建专制，造成国民行为的自主性和差异化的程度低下，趋同性和一致性极高。任何倡举都会在短期内导致全民的社会运动，甚至模糊了党派、阶级的界线。在这种历史与文化的背景下，一切自觉和非自觉的观念变革，都具有值得肯定的意义。五四落潮时期的女性青年作家，唱着爱、梦、悲的主调，"中国的女性创作不同程度地受到了西方女权主义（或曰女性主义）的影响……从强调角度而言，女性主义更为关注性别差异，强调性压迫、性歧视、性的不平等给女性带来的种种压抑……女性主义文学不仅必须以女性为创作主体，不是男性作者以女性题材写出的作品；而且女性作家必须自觉以女性意识进行创作，并在作品中鲜明体现出性别立场和

---

① 周作人：《关于近代散文》，《知堂序跋集》，岳麓书社 1987 年版，第 169 页。

女性的美学情愫"①。冯沅君、庐隐、石评梅皆以纤敏、细腻、易感的神经轻触风月，在静幽、凄美的抒情背景下寄托悲凉、忧郁、苦楚之情，甚或怀着一种病态的耽溺怨怼之嗜，表现了一种群体性的时代意识与创作情结。

同样是夜中步月，在冯沅君那里，"日光下的景物是散文的，只能使我们兴奋；雨中月下的景是诗的，它能使我们遐想、幽思"，她独对朦胧的风景有情："月夜原是神秘的，幽静的，凄清的，所以与其在歌吹喧阗、灯光辉煌的地方玩月，无宁在寂寥无人、幽暗阒静的所在。幽暗可以衬出月色皎洁，阒静可使观者的精神舒缓，与月冥合。"(《清音》)

同样是放舟于月下的水上，庐隐的悲愁更深一层："自然，在这展布天衣缺陷的人间，谁曾看见过不谢的好花？只要在静默中掀起心幕，摧毁和焚炙的伤痕斑斑可认，这时全船的人，都觉得灵弦凄紧。"各怀不幸的她们，含泪将深抑的幽怨向苍天倾诉："呵！人间便是梦境，但不幸的人类，为什么永远没有快活的梦……这愁惨，为什么没有焚化的可能？"(《月夜孤舟》)精神的病状，在普通的游景中露出了一端，曲折地表现着对于社会环境和生存状态的愤懑。她的游戏人生，固然出于身世的不幸——少失怙恃和半途丧夫，使她对世间的怨艾在风景中发抒。在北京女子高等师范学校就读期间，她"自名'亚洲侠少'，特别对同学中有恋爱婚姻问题者，必挺身相助"，透出豪爽胸襟，"庐隐说的'人生真谛'，主要指反对封建包办婚姻，主张恋爱至上，婚姻自由"，"由于白天读的是莎士比亚的戏剧故事，其中多关于恋爱婚姻的曲折事迹，使我们不禁联系到各人胸中的苦闷"②。庐隐本人也陷入自己营设的感情公式，做了爱的俘虏，极端理想的爱情观念与沉暗现实桎梏的深刻冲突，注定使命运染上浓重的悲情色彩。离开故乡的教育界，在山林中寻求慰藉，两月的光阴使她消闲而绝俗，枷锁羁縻下的魂灵的挣扎与内心的愁叹化作热盼："那里满蓄着富有弹性的烈火，它要烧毁世界一切不幸者的手铐脚镣，扫尽一切悲惨的阴霾。"(《寄梅窠旧主人》)向往平衡的生活而不得，生活的现实状态又是这样的不如意，必定要发为纸上的声音。这样的情绪表达，虽然不免眼界的局限，但是激情的释放却呈示了一定的时代深度。庐隐的婚姻史是坎坷的，在

---

① 陈漱渝：《〈云霞出海曙，辉映半边天——漫忆女作家丛书〉序》，《海滨故人庐隐》，人民文学出版社 2001 年版，第 3 页。

② 程俊英：《回忆庐隐二三事》，《海滨故人庐隐》，人民文学出版社 2001 年版，第 17、18、23 页。

短暂的一生中，她始终追求纯洁真挚的爱情，不顾礼教的束缚、舆论的非议，魄力之大，断非常人所及，反映了现代新女性的精神风貌。

飘落在旧京的雪花，让看护病友的石评梅怅问："我该诅咒谁呢？是世界还是人类？我望着美丽的雪花，我赞美这世界，然而回头所见病友的呻吟时，我诅咒这世界……这世界虽冷酷无情，然而我们还奢望用我们的热情去温暖；这世界虽残毒狠辣，而我们总祷告用我们的善良心灵去改换。"（《雪夜》）纷乱的浮世、醉梦的人生、困惑的精神、渺茫的事业，添深了心底的怨恨。伤悼亡魂且孤吟着悲艳爱歌的石评梅也想望"用这一纤细的弱玉腕，建设那如意的梦境"，并且"践踏着荆棘的途径，投奔那如花的前程"（《墓畔哀歌》）。对污浊尘世的失望与厌弃的情绪弥散于字句间。

陈学昭回望自己的人生旅迹，"在安徽吃校长的专横野蛮的苦，在绍兴是吃办事人奸恶嫉忌的苦，然而我只是逃避了"，北平西郊的景色更添浓悲恨的心绪，"一路秋野荒漠，麦垅纵横；疏林外，一片淡阳频照，只是一阵一阵的北风吹来，感到不能忍受的冷意。继之又是落叶的飘飞与白杨的萧萧，秋天已是晚了，初冬的严肃与寒冽，将渐渐地增加着悲惨"，竟至疑心自己"终日忙忙地找寻些或追求些什么呢？"凄冷无情的现实折磨和摧毁一颗年轻无暇的心，然而清华园中幽雅、清艳的菊花，在同样环境下展示"各种不同的姿态，各种独具的美丽"，她蓦地明白"一个人的心境有如人的躯体，如果它是强壮而充实的，那么它就能抗敌外来的疾病的侵入"（《忆北平——清华园之游》），感性的体验融入平静的叙述，沉默中潜蕴反抗的情绪。

在牛津剑桥受了多年西方新式教育的袁昌英，对于国内的封建性风气尤抱着批判的态度。"她从 1929 年起就开始在《现代评论》、《现代文艺》等杂志上发表大量的风格清新、语言绚丽的散文"[①]，在游景的作品中表露反叛的情绪。建造起来的江苏大学，空具浩大的形势、繁多的屋宇，却少了建筑上综合的调和的美，零乱拉杂，她说"中国人做事素来没有计划，只图远大的脾气，由此可以见其梗概了。中国土地广阔，人民繁多，然而政治纷歧，秩序荡然的情景，算是被这学府的外貌象征出来了"（《游新都后的感想》）。说得何其沉痛，笔锋直刺向古国的积弊。这些感喟决非依顺于宗法制度的传统妇女所敢发抒，只有被新文化的清风吹醒心灵的新一代知识女性，才会冲破或严密或松散

---

① 俞润泉：《湖南最早的现代女作家袁昌英》，《飞回的孔雀——袁昌英》，人民文学出版社 2002 年版，第 115 页。

的社会组织和社会关系的囚禁，才会勇毅地向着山一般沉重的精神压迫燃射仇恨的火焰，而这种抗击的原动力，直接来自个人的生命体验，更真实地反映着她们生存的状态和命运的真实，更切近地同她们的人生实际相联系。个性意识的苏醒，女权主义的启蒙，也在这一层面上发生，进而成为中国现代女性文学的最初的亮点。

　　上举的女性作家和她们的作品，在表现反封建主题的时刻，笔墨风貌虽然也具有批判性，也充满战斗锋芒，但纸上出现的毕竟不是热辣的、狂放的、喷血的文字，尽管庐隐式的幽愤已经显现女性文学应有的时代高度。由于生活景遇和现实状况的不同，另外一些女作家则在山水中表现一种明朗的心境和新鲜的气象。绿漪（苏雪林）的《绿天》、谢冰莹的《爱晚亭》，都充盈乐观、欢跃、浪漫的情绪，诗意流荡在字句间。新文化运动的影响仍然在她们身上持续，使作品充盈清新向上的精神气氛，而驱除一己的哀愁。写完《爱晚亭》的第二年，谢冰莹就带着憧憬与理想参加北伐战争，在途中写出成名之作《从军日记》，在社会与自然交织的风景中袒示内心的激情。"我要特别声明，当时我写《从军日记》，脑子里根本没有任何希望，并不想拿来发表，只觉得眼前所见的这些可歌可泣的现实题材，假如不写出来，未免太可惜了……""我没有丝毫野心想要发表；更没有想到会出书，会被译成好几种外国文字被发表……我只有一个希望，那就是把我所见所闻的事实，忠实地写出来，寄给伏园先生，让他知道前方的士气，和民众的革命热情，是怎样的如火如荼。"① 林语堂在《从军日记》单行本的序里说："我们读这些文章时，只看见一位年轻女子，身穿军装，足着草鞋，在晨光熹微的沙场上，拿一支自来水笔，靠着膝上振笔直书，不暇改窜，戎马倥偬，束装待发的情景；或是听见在洞庭湖上，笑声与河流相和应，在远地军歌及近旁鼾睡声中，一位蓬头垢面的女兵，手足不停，锋发韵流地写叙她的感触。这种少不更事，气宇轩昂，抱着一手改造宇宙决心的女子所写的，自然也值得一读。"② 她的这种"战地的真实文字"，充溢着青春的热情与笔端的骨气。许广平认为"真的快乐，常在旅行中得之"（《依稀认识的庐山》），足证当时的文学青年，确是从游览的过程中认识社会，体验人生，获得心灵的滋养。

---

① 冰莹：《给青年朋友的信》，参见徐小玉《从军日记、汪德耀、罗曼·罗兰》，《新文学史料》1995 年第 4 期。

② 同上。

　　上述两种创作风貌的形成，固然和每人的家庭环境、成长经历乃至性格心理相关，但在冲破封建伦常的禁锢，满怀热情地投身社会实践并且勇敢地行进于反叛的道路，最终同旧传统告别上，表现出思想的一致性。

　　在男性作家中，表现着更为激烈、决绝叛逆精神的是徐志摩，他把这番意思以烈火狂飙式的猛进姿态鲜明地在作品中表白着："我们不承认已成的一切，不承认一切的现实；不承认现有的社会、政治、法律、家庭、宗教、娱乐、教育；不承认一切的主权与势力。"他要"在生命里寻得一个精神的中心"，要"规复人生原有的精神的价值"，要"离却堕落的文明，回向自然的单纯，离却一切的外骛，回向内心的自由，离却空虚的娱乐，回向真纯的欢欣，离却自私主义，回向友爱的精神，离却一切懈弛的行为，回向郑重的自我的实现"，从而彰显生存的欢悦，自然的热心；爱山水的朴素，爱田野的生活（《青年运动》）。这些意志带有知识分子社会改良的色彩，但在特定的时代环境里却呈示着进步意义，对于旧文化和旧制度具有一定的挑战性。

第三节　社会图景的观照

　　现代意识主导了对于传统的告别。古人的记咏山水，主要表现人同自然的关系，文调大抵和谐、宁适、宽舒，社会矛盾一般不作为重要元素引入作品。至多当文人流露仕途失意的郁悒、发抒宦海浮沉的愤懑时，作为个人牢愁承载物和接纳体的山水，隐约地显映社会背景的断片。魏晋名士、唐宋才子的游景放歌，折射社会转型期文人的心理实态，进而曲折地呈示时代的侧貌。

　　勃兴的新文化运动，启发现代知识分子的精神自觉，唤起他们对负着沉疴的社会进行文化改造的勇气。西方文明的进入，又为他们提供比衡的参照。投映于新视界中的社会图景，晕染冷厉的批判色彩。他们意识到肩负的使命的重要，更加关注国家的前途、民众的命运和现实的生活。他们透视社会的病象，也苦寻疗救的药方，流露在笔端的情绪，开始由热烈变为沉静。因此，从主观层面看，反叛意识的觉醒是这一代知识者思想新生的开端，但是仍然带有感性色彩。随着时代的演进和社会认识的加深，这种觉醒便逐渐闪射理性的光芒。在对社会现象的审视与剖析中，一代新锐作家的作品明显地呈现对旧道德、旧秩序的文化批判姿态。在自然的背景下鞭笞社会的丑相，在表现上愈来得激烈有力。

　　社会图景的观照，反映了作为社会角色的个人同大时代发生的实际联系，明确了作家的参与者身份，强化了角色意识。无论是否出于创作自觉，这些作品构成文化和思想成果的一部分。翻译过《共产党宣言》的陈望道在为开明书店出版的王世颖、徐蔚南的游记合集《龙山梦痕》做的序中，略略地说着风景的事，也融入了社会意识。文字虽然关乎梦，却并不灵妙轻快，甚而在深痛处愈显出激愤。越州山水的清美也被心上的一层忧悒隔膜着了。他以为每当"出门寻访自然时，觉得和那自然的崇高幽深对比的，总是那现实的人事的渺小"。在他的看法里"常划然地现出了两个系统：一是自然，一是人事；一是高岩深潭，一是方脸圆话，满地的坟头，满桌的臭菜，以至无尽的粪坑，无尽的牌坊：两者截然的分裂，成为爱和恶的对象，无法使它们相调和。我们酷爱那崇高的自然，同时也痛恶那卑污的人事！我们酷爱那自然造成的诸多崇高的人物，同时也痛恶那卑污的人境养成的诸多的地痞，流氓，恶棍！不绝地有不可调和的迎拒，不绝地有不可调和的喜怒！要沉沉入梦，也无从；要飘飘若仙，也无从！"陈望道拖着病身断续写下这篇文字，梦里的景色让他心醉，梦外的现实让他且愤且恼。生存环境的恶劣，真枉对有"黄绢幼妇"故事的曹娥，有流觞曲水的兰亭，他只可在遣词幽诉中忿忿地刺世。

留学欧洲，在伦敦大学攻读语音与声韵学的刘半农，此期创作出散文《饿》，记一个荒场边的小孩子坐在夕阳下的空屋前，怔怔地望定那座尖上长着几株小树的破塔。年代不知从何说起的古塔，像受饿的小孩子一样可怜，"他也不懂得爸爸的眼睛，为什么要睁圆着，他也不懂得妈妈的眼泪，为什么要垂下"，天暗下来，远处的破塔看不见了，街头却来了四个兵，穿着红边马褂，拿着军棍打着灯，走在一个骑马的兵官前面。冷冷的场面，通过一个小孩子的观察视角和心理感受铺展，平实真切地勾勒出20年代中国江南乡景的片影，折射出社会的苦难。

叶圣陶的写实主义特别表现在社会批判精神上面。他眼中的十里洋场，呈现出畸形的生活状态，"上海有种种的洋房，高大的，小巧的，红得使人眼前晕眩的，白得使人悠然意远的，实在不少。在洋房的周围，有密叶藏禽的丛树，有交枝叠蕊的砌花，凉椅可以延爽，阳台可以迎月。在那里接待密友，陪伴恋人，背景是那样清妙，登场人物又是那样满怀欢畅，真可谓赏心乐事，神仙不啻了"，而狭窄弄堂里"上是阳台，中称亭子间，下作灶房"的居处却是另一番景况，"住在这种房屋里的人们，差不多跟鸽子箱里的鹁鸽一样，一对对地伏在里边就是了，决说不到舒服，说不到安居，更说不到什么怡神悦性的佳趣"，"试想夜深人睡的时候，这里与那里，上层与下层，都横七竖八躺满了人，这不是与北城郊外，白杨树下，新陈错杂的丛墓相仿佛么？所不同的，死人是错乱纵横躺在泥土之中，这些睡着的人是错乱纵横躺在浑浊不堪而其名尚存的空气之中罢了。丛墓里的死人永远这样躺着，错乱纵横倒还没有什么关系，这些睡着的人可不然，他们夜间的墓场也就是白天的世界。一到晨梦醒来，竖起身子，大家就要在那里作种种活动；图谋生活的工作，维持生活的杂务，都得在这仅够横下身子的领域里干起来"，他不禁发问，"是谁把这什么弄什么里化成丛墓的呢？是谁驱使这许多人投入丛墓的呢？"他呼吁"能够做到所占均等，能够做到人人得有整洁舒适的居所，那么，丛墓就恢复为人间了"；因此，决不能"回复到上古的时代，空间跟清风明月一样，不用一钱买，在山巅水涯自由自在地造起房屋来"，既然"天理可以胜人欲，妙想可以移实感"，阻截住"已出了轨的世运的车"，"飞越旧的轨道，转上那新的轨道。什么事情的新希望都在于转上新的轨道。困在丛墓中而感到悲哀的人们，就为这一点悲哀，已经有奔向新的轨道的必要了"（《丛墓似的人间》，1924年7月19日作，刊于《文学》第132期），从居住情形透视阶级的深刻差别，表现人与人的情感与心灵的距离。虽是人间，却飘散着阴冷的地狱气息，文调沉痛，而又隐现光明的昭示，具有推动现实斗争的积极意义。

川岛出山海关，在奉天勾留十日，目睹政治和教育的情形，回忆起来，觉得无话可说，竟至已经懒得写了。归京途中，所见只是"树上添了些黄叶，高粱穗子比去的时节红了点，京津路上的水还是一样的大"（《关外与关外·京奉道上》），意态闲懒，现实消磨了精神上的生气，正如离开北京的那一天，风雨凄其，天空一片阴沉，记述中透露出消沉的情绪。日租界的压抑气氛，让他想起北京，"倘若我的故乡是北京，并且我是酷爱故乡的；那么，对于奉天城内灰尘飞扬行走维艰的马路，我一定会深深地感到故乡的风味"；租界中的"明治三十七八年战役纪念碑"和"忠魂碑"，以及"炮口指着沈阳城"的一座大炮，令他悚然（《关外与关外·奉天》）。这组反映国家政治情势和民众生活状态的散文，连载于1924年9月15日至20日《晨报副刊》上。文末附着写给编辑孙伏园的话，表明"风云扰攘之中，晏坐反感不宁"的道义自觉。《人的叫卖——呈开明先生》（1925年3月9日《语丝》第17期）的笔意更加沉痛。从北京到太原去的路上，北五省旱灾景况目不忍视，"就在娘子关附近，一个十七八岁的姑娘坐在一匹驴上，连驴带人，物主只要八块钱的代价也没有人要买"。饥饿折磨着灾民，"人如果饿死，家人都不敢哭。因为哭声出去之后就有人拿了明晃晃的刀和篮子来分割人肉"，泣血的文字营造出惨痛的氛围，读而惊心。"川岛人本幽默，性尤冲淡，写写散文，是最适宜也没有的人。"① 这样一种性情的作家，眼观社会现实，也要抒发悲愤的情怀。

植物是风景的一部分，在倾心自然的人那里，最勾魂摄魄。孙伏园在重阳日想起登高的节俗，他在 1925 年 10 月 26 日《京报副刊》第 309 号发表的《重阳》中坦称"陶然亭太不值得一登了，这应该让给身体衰弱的臭名士，他们的能力早已不配登什么高了，他们的脑筋中也早已没有什么风雅了，他们不过逢到这个日子吃一顿照例的酒肉，做几韵照例的没有灵魂又没有词藻的旧诗"，有兴味的还是赏菊，"北海公园，中央公园，京兆公园，城南公园，都应该有菊花会。会中陈列的菊花，都得经艺术家的指导，排成美而整洁的式样"。花事牵情，能够显出爱自然的情怀。1927 年 12 月 15 日《贡献》第 1 卷第 2 期发表的《红叶》里，他说自己"突然发生一种悲哀的预感"，来由可以寻到北京雪天里沿街叫卖的红柿子上面，并联想起上海的苹果、广东的柑子、福州的蜜橘、浙江的黄岩橘在洋货的倾轧下销声匿迹。"岂但柿子的命运如此，衣食住各项的命运无一不如此"，国外商业资本对于中国民族产业的影响豁然可见。文句间流露着危机意识。《红叶》也引起钟敬文的身世之慨。他在山中故居的生活清隽可味，独自竹笠赤足，走在水湄林际，看飞舞于身边或者缭绕于足下的金黄的叶子，思想也和头顶青空一般的宁谧而清旷。但这样的环境飘离远逝，"现在，不但这浮浪的身，未易插翼飞回故乡，就是去得，在那毒烟流弹之下，幽秀的山光，美丽的黄叶都摧毁焚烧以尽了！哦！时间的黑潮啊！你将永恒不会带回我那已逝的清福了么？"（《黄叶小谈》）动情，是因为世路的坎坷，是因为时局的板荡。飘摇的风雨中，一个孤零的知识者，只能以愁叹的文字宣抒心底的怨艾，记录社会的侧影，并且诅咒它的不去了。另外，成仿吾的《太湖纪游》排遣的同是命途的苦闷。他回忆昔年的长沙生活，"多少事使我悲酸，又多少事使我苦笑不已！"灵魂的受摧残，最能够从深处透示畸形社会的沉疴，便是柔弱的呻吟，也是反抗的呐喊。

凌叔华的社会批判意识渗入强烈的民族自尊，讽刺的笔调虽不老辣，却显示了应有的深度。1924 年 2 月 21 日作于燕京大学，发表于 1924 年 4 月 18 日《晨报副刊》的《朝雾中的哈大门大街》，是一则借景寄慨的小品。她从散发着异邦气味的故都景象中，表示了对于列强的厌憎，"放眼看目前景况，咳，

---

① 郁达夫：《〈中国新文学大系·散文二集〉导言》，《中国新文学大系·散文二集》，上海良友图书印刷公司 1935 年版，第 17 页。

想不到那就是我到京城第一天快活的日子呢。只见远远的有些苦力们藏在雾里。哈大门的门楼也不见了，东安市场的国耻碑也没有了，也没有汽车呜呜的招魂，也没有兵马得得的扬威；还有最可观的就是，东交民巷，藏得连影子都望不见了！"客观的描叙渗入主观感受，幽默的议论生出锋芒，刺穿现实的雾障，"我们鼓腹而嬉的大国民，学这个就是不求甚解，也可以作山歌唱一唱呢。我想到这里，觉得时事果然是大变了。仿佛爱中国人为宗旨的关老爷和吕祖大师（北京的宝贝）真个发怒把东交民巷藏起来了。那些黄头发绿眼睛的大使，司令，等等都压在压过孙悟空大圣的大石下，还有那些假独逸主义的矮子，也放回那'可怜焦土'的江户去了"。个性化、感性化的书写，加深了思索和体味的难度，而夹带的诙谐与调侃，又使这一篇恨世的文字产生轻松的意味。

袁昌英离开"尘埃满目，钱臭通衢"的上海，游览遍布旧名胜的南京，她牵情于"动人的古迹、新鲜的空气、明静的远山、荡漾的绿湖、欢喜的鸟声、绿得沁心的园地"，这到底只是自然景色，转对社会实际不免失望。在《游新都后的感想》里，由女子金陵大学富丽的陈设联想到国势的衰弱："我们一路参观，一路耿耿为怀的是：这一班青年女子习惯了这样华侈的生活，将来回到贫困的中国社会里面，怕不容易相安，还许反因教育而惹起一生的烦苦呢。再者教会的学校都有一种共同的缺点，就是它们教出来的学生多不适于中国社会的应用；它们注重洋文化，轻视国粹，它们好像国中之国，独自为政，不管学生所学的于她们将来对于本国社会的贡献，需要不需要，适用不适用，只顾贯注的将西洋货输到她们脑子里去。我们希望教会学校多与中国社会接洽，让学生去寻找她们对于社会切身的问题去问学，不必将我们好好的青年去造成一些纯西化的只会说外国话的女子。"在这种情绪的影响下，游赏的心难以欣悦，入眼的光景蒙上暗影，"秦淮河畔仍是些清瘦的垂杨与泣柳，在那里相对凄然，仿佛怨诉春风的多事，暗示生命的悲凉。那些黑瘦枯篙的船只也仍然在那里执行它们存在的使命。臭污混浊的煤炭水自然也还是孜孜流着"。古河的沿岸消失了曾有的歌笑，使人透过文字洞见社会的真面，作品深刻的意义也获得明示。

苏雪林曾在法国里昂附近的乡村避暑，忆想起来，异域的秋景在她的笔下闪映绚丽的色彩，使她的记忆始终明亮。她凝视金黄的麦垄、安静吃草的牛。她这样热烈地描摹："无数长短距离相等的白杨，似枝枝朝天绿烛，插在淡青朝雾中；白杨外隐约看见一道细细的河流和连绵的云山，不过烟霭尚浓，辨不清楚,只见一线银光,界住空蒙的翠色。天上紫铜色的云像厚被一样,将太阳包掩着;太阳却不甘蛰伏,挣扎着要探出头来,时时从云阵罅处,漏出奇光,似放射了一天银箭。这银箭落在大地上,立刻传明散采,金碧灿烂,渲染出一幅非常奇丽的图画。等到我们都在葡萄地里时,太阳早冲过云阵,高高升起了,红霞也渐渐散尽了,天色蓝艳艳的似一片清的海水;近处黄的栗树红的枫,高高下下的苍松翠柏,并在一处,化为斑斓的古锦;‘秋’供给我们的色彩真丰富呀!”拂过树梢的凉风,田间垄畔的笑语,使空气中充满快乐。她由衷地爱着欧洲的景物,因它兼有北方的爽垲和南方的温柔,她也爱着欧洲的人民,因他们有强壮的体格和秀美的容貌,有刚毅的性质和活泼的精神。但是她的深意却在文章的结尾:“我爱我的祖国,然而我在祖国中只尝到连续不断的‘破灭’的痛苦,却得不到一点收获的愉快;过去的异国之梦,重谈起来,是何等的教我系恋啊!”在她的这篇《收获》里,一面是美妙的醉忆,一面是凄伤的悲叹,这是抒情后的幻灭的苦楚,不直写国家的衰相,而怨怼都含在话里了。

罗淑的《轿夫》记自己的一次山行,很带有小说的情节似的。遇着有好风景的地方,她让轿夫停住,下去看。抬她的那两个青年轿夫就立在一棵树身庞大的古松底下,对着一群找野食的鸡抛石子,“不打赤膊,身上总是挂着一件给汗水灰尘糊紧了的褴褛的衣裳”,眼睛透出的光显得温和一点。“太阳已经沉西,灿烂的彩霞失掉了鲜明的颜色,路上的行人也少了,这时起了一阵凉风,全山的树木全都披头散发的抖擞着,似乎在欢迎临近了的温柔的夜”,她坐的轿子也和前面的那些愈隔愈远,直到不见了踪影。轿夫脚力的不济,让她惊异地发现,抬轿的竟是两个女子,并且哈哈笑道:只为了填饱肚皮才出来充这种本应男人来干的苦工。“这种笑,在她们也许是单纯的,可是我觉得那里面夹杂着讽刺,夹杂着血和泪,愤怒和呼号。”社会苦况的深重,劳动者生存的艰窘,对于一个青年学子的震撼,鲜明而强烈,无异于人生旅途上难忘的一课。

韦素园发表于1925年5月18日《语丝》第27期的《春雨》,忆写一段凄美的故事,隐含着对现存社会秩序的不平情绪,“在干亢的,尘沙飞扬的北京城里”,不意飘落的春雨“想是送暮春的”,善感的心朝着一个悲愁的境界沉陷,“在古老的支那有一块曾经被外人蹂躏过的地方,早年来过了一个这样的异省的少女”,她“注视着远方红光灿烂暮霞;在这暮霞的里面仿佛有一种神秘的,不可言说——尤其对于少女——的东西似的”,她的脑海里“现出一条满生了绿草的蜿蜒的小道向海边迤去。在这小道上，有个青年，穿着海军制服，面孔红白，身体异常秀健"，他们的活动被美丽的海景映衬，"前面是无际涯的大海，两旁环绕了葱茏的丛山，小道上，夕阳下，隐约着两个人影，缓缓地前进"，满溢的情流中活跃着理性精神，吹得正紧的海风和摇动的野木，特别能撩起内心的波澜，"可怜在这异样的衰老的支那古邦的命运压抑着他们，心血异常的沸腾起来了；他们想探一探这神秘的究竟。海天，树木，野草，晚烟，暮霞……作了这奇迹般的陪衬"。青年为朦胧的情感而寻求心灵的自由，然而"美丽的时光和美丽的心情截然逝去"，面海孤仃的少女"只是当晚风从远远的，远远的海边送来晚潮的低低的细语的时候，她却静静地，静静地，若有所感似的，和着沙沙的叶声，暗暗地流下泪来"，"在苦恼而且不敢向别人诉语时，她便将这生命上深刻了痕迹的隐情微微地泄露在洁白的纸上"，"春雨仍滴沥地下着。这从未曾有的刹时的凄然凉爽的意绪仍继续飘浮在陡然的阴沉的暗黑里"。寓言式的讲述，如一阕风月哀歌，人物与故事、描写与叙事都蒙上凄艳色彩，勾画了充溢朦胧爱感的人生阶段，隐约地透显出一定的社会意义。

　　1925 年 5 月 21 日，王以仁在杭州写出《枇杷》，感伤的抒情、诗意的描写中透露纯朴的乡间气息，呈示社会的侧影，略具民俗学的价值。他感叹"迅速的光阴和凄迷的残梦似的永远不肯在人间留着一丝痕迹"，情绪纷歧的心理状态下，对于人间岁月的感觉清美而单纯，"若不是许多家人妇女的车前或轿后飘着几串纸锭；若不是随处荒芜满目的坟茔，有如许摇动着的衣香裙影在那里伸出纤纤的玉指展拜；若不是湖滨有如许的善男信女，买来了整千整万的鱼虾在那边放生；若不是和妇人的嘴唇一般鲜红，和妇人的眼珠一般清润而活动的樱桃，一篮篮的在街上叫卖；若不是那个无聊的男子故意把青梅子拿到我的面前来招呼我的生意，令我的口旁流下了两道酸味的唾涎：我也差不多忘却了那天是称人轻重的立夏。催人老去的岁月，真是令人不堪回首呀！"眼下"清明和立夏都不声不响地埋葬在残灰一般的光阴之下了。回想起来，孤山的梅花飞落的情形，仿佛如在目前，又仿佛和隔世的事情一样。只有令人齿酸的梅子，曾经伴过了朱红的樱桃，现在又在水果店内伴着橙黄的枇杷。可怜孤山上的树树梅花，只留一片青葱的绿叶了"。季节迁换中，寄寓人生感思，有视觉上的色彩，有味觉上的酸甜，而浸润的是生命的滋味，竟至直抒胸臆，"呵！人生和光阴都是不可替换的残梦！都是无形无迹的一缕青烟！"浓重的悲观厌世的情绪，折射出对社会现实的深刻观照，难言的精神创痛显示了孤凄消沉的文字格调。

陈西滢在《南京》里自称"物质文明的毒实在受得太深了，穷乡僻壤里的小乡村是一定住不来的，无论那里的风景怎样的幽雅。只要想生了病找不到一个你能够相信的医生，要用什么图书没有购买的地方！"从择居的角度透示民生建设和文化建设的落后，进而得出对于中国社会的印象："何况现在到处是土匪，到处是比土匪更可怕的军人。像上海天津那样的城市又是住不来的，在那里一个爱闲散自由的人简直喘不过气来。"南京却使他留恋，"我也许选择南京作长住的地方，虽然北京和杭州我也舍不得抛弃"，因为"你如高兴出门游行，那么夏天有莫愁湖的荷花，秋天有玄武湖的芦荻，鸡鸣寺看山巅的日出，清凉山观江上的落日"，精神的解脱、情绪的萧散能够使人暂避沉暗的现实。这也是一个知识分子所能做出的心灵抗争。

梁实秋刊载于1923年《清华周刊》第280期的《南游杂感》，站在北京人的立场评点金陵名胜，"秦淮河也不过是和西直门高梁桥的河水差不多，但是神气不同。秦淮河里船也不过是和万牲园松风水月处的船差不多，但是风味大异"，虽然"这里风景并不见佳"，可是比较在北京马路上吃灰尘而言，"突然到河里荡漾起来，自然觉得格外有趣"。赏景之时，他保持精神的清醒，"我不禁想起从前鼓乐喧天灯火达旦的景象，多少的王孙公子在这里沉沦迷荡！"于清风明月中洞见颓靡的社会风习，感慨之际觉得"我想象中的秦淮河实在要比事实的还要好几倍"。感觉里充满理性的认知。

此期的作品，以多愁善感之笔实记风雨天下之真，反映了时代转型与文化裂变中知识分子的观察感受，以及对于社会大势的基本判断、理解与憬悟。面对独立于社会之外存在的相对静态的景物，道德、良知、责任感使他们少了古人文章中的悠闲雍容的气度，更直接地表现社会实景。

"旧的悠悠退去，新的悠悠上来，一个跟一个，不慌不忙，哪天历史走上了演化的常轨，就不再需要变态的革命了。但目前，我们还要用'挤'来争取'悠悠'，用革命来争取演化。"（闻一多《五四断想》）在新文化运动的潮涌和潮退期，知识分子经历着社会的变革。他们中间的觉悟者，洞彻大时代风云，一时又找寻不到疗救世病的良方，也就更深痛地陷入激愤过后的苦闷当中，然而毕竟开启了思想解放的序幕。在鸦片战争以来的半封建半殖民地的中国，进步作家的创作理路中，鲜明地钤刻着时世变乱的印痕。

第 三 章

游痕印于散文的沃野

第一节 古典精神的赓续

在中国文学演进的长程中，经过古代作家的创作积累而成熟、发达和繁盛的游记，为现代风景散文做出内容和形式上的准备，现代作家在对历史传统进行深度发掘与竭力张扬中，实现了文本体式的再认与文学价值的衡估，完成了这一古老文体的更新。

人文情怀在新文学作家身上愈见炽烈。中国古代风景散文以完整的文体形式独立出现，是在唐德宗贞元年间到唐宪宗元和年间，即韩愈、柳宗元力倡的"古文运动"期间，"爱国壮志的追求和遭际不遇的悲慨，是这时涌现的游记散文在思想内容上的共同特点"①。宋代是古代风景散文的发展期，在文学精神上表现了对于唐代"古文运动"传统承继的坚决性，"因此，仿佛历史的重演，我们看到北宋游记散文的优秀作品大多是作者们政治挫折、仕途贬谪生涯的产物。但由于北宋中叶的政治现实比中唐更为腐败，封建制度益发衰落，因此作者们以山水主题抒发的政治感慨和思想情绪更接近柳宗元"②。受儒学熏陶的文士，心灵上担负一己的忧愤，又不能忘情世间的艰辛、百姓的苦恨，袒示着悲天悯人的心怀。五四作家多把反映民生作为创作的开始，鲜明地亮显新文学的写实主义的标格。文学研究会倡扬为人生的艺术、血与泪的文学，从事精神路标的寻找。创造社成员对于现实的关注同样深切，他们把文学书写当做对世界倾诉思想的一种方式，强烈地突显个人的主观意志和情绪色彩。时间的遥远并未形成五四作家与古代文人的精神距

---

① 《中国古代游记选》，中国旅游出版社 1985 年版，第 13 页。

② 同上书，第 16 页。

离，而是脉络相贯接。新散文的实践者在风景书写中，本我意识得到更鲜明的体现，直接或者间接地表现出忧时伤世的倾向。郭沫若一面受着域外求学的艰窘，一面冷观国内军阀的战乱，恨恨地说："外界的事情变得这样剧烈，我内心的生活也改换了正朔了。在海外漂流了半年，又饱受了异邦人的种种虐待，自己觉得世界虽大，真没有一片干净的土地可以作我们的桃源。"在调查江浙战祸的途程上，他的忧愤更深："上海市向后面退去了，我们也渐渐走到自然中来。假使退返两三年，我就闭着眼睛也可以做出一篇自然的赞颂了。但是，不知道是什么原故，我眼前的自然总是一片的灰色。到底是我自己的心境害了红绿的色盲，还是客观的世界果然是这样呢？那愁容惨淡的冬景，到底还有人不看成愁容惨淡的么？那荒凉一片的大地，到底还有人不看成荒凉的么？啊，颓废的故国，冷落的江南！无情的自然把中国的真相赤裸裸地给剥示了出来，我们的泱泱中华，不是一天一天地在向着一个无底的深渊沦落吗？"(《到宜兴去》)郁达夫在返乡路上排遣恨世的情绪："浙江虽是我的父母之邦，但是浙江的知识阶级的腐败，一班教育家政治家对军人的诌媚，对平民的压制，以及小政客的婢妾的行为，无厌的贪婪，平时想起就要使我作呕。所以我每次回浙江去，总抱了一腔羞嫌的恶怀，障扇而过杭州，不愿在西子湖头作半日的勾留。"(《还乡记》)"天色苍苍，又高又远，不但我们大家醋歌笑舞的声音，达不到天听，就是我们的哀号狂泣，也和耶和华的耳朵，隔着蓬山几千万叠。生逢这样的太平盛世，依理我也应该向长安的落日，遥进一杯祝颂南山的寿酒，但不晓怎么的，我自昨天以来，明镜似的心里，又忽而起了一层翳障。"(《小春天气》)王以仁的心头郁积深重的伤情，不禁忿忿地感世："有时我的幻想被现实的境遇击成粉碎，我的心头便泛起一阵阵失望的悲哀！"(《我的供状》)文学表现的本能固然使他们对于美的风景格外留恋，更使他们将复杂的社会判断、多重的心理向着风景寄托。虽然缺乏震撼社会的力量，但是对于个体，毕竟产生感动心灵的作用。愤世的青年作家能够从沉暗的世间看到自然山水永在的美丽，至少消解了一些苦闷和颓唐的情绪，在阻止沉沦的同时，守护了人性的光辉。

　　文学语言实现了从文言向白话的过渡，在书面语体中保持了优美清畅的汉语言特质，使其进入现代语象世界的结构过程，创设起崭新的文学话语系统。魏晋时代囿于"无韵者笔也，有韵者文也"的文学观念，散文不归属文学范畴，《水经注》等学术性质的地理著述的文字性质更被视为应用体。山水文学的正宗，则是汉末建安至魏晋南北朝时期的诗赋（曹操《步出夏门行·观沧海》、王粲《登楼赋》、木华《海赋》、郭璞《江赋》、孙绰《游天台山赋》）骈文（鲍照《登大雷岸与妹书》、陶宏景《答谢中书书》、吴均《与宋元思书》）。当时泛行的文学现象说明，"独立的、完整的游记散文作品的产生，关键在于文学观念、文学语言上的一种转变，就是需要以散文取代骈文的文风改革"，特别是"古文运动"的领军者"从唐代活的语言中提炼出新的书面散文语言，用大量优秀的散文作品，取代了日趋僵化的骈文语言和空洞浮华的骈文作品，从而使散文从应用范围进入文学领域，改变了传统的文学观念，解决了关键的散文的文学语言问题"①。创新语言的使命，在新文学作家的实践中继续。"从 20 年代中后期起，借助传统话语来设计现代散文的努力也逐渐浮出水面。而与诗、小说、戏剧不同，现代散文一开始就受传统文学的影响比较大。而最早把这种传统文学的影响从文类渊源的角度加以阐述的是周作人"，在他看来，"明末是文化进化上很重要的时期，认为那个时期的文人无意间向着现代语方向进行，如果不被清代古学潮流间断，可以造成近代散文的开始……周作人将晚明公安派的文学视为'五四'新散文的源流，首先是因为它在文学主张与态度上与现代文学有共同的倾向。而这所谓现代文学的倾向，实际上指来自西方当时却已成为新文学合法规则的纯文学（文学独立）观念"②。运用现代汉语进行风景散文的书写，从思想内容到表现形式都发生新的演进，而山水主题的现代性呈示，在精神气质和韵味格调上明显地沿续古典传统，又创造性地表现新时代的语言风貌与心灵感觉，实现了传统汉语的现代性新生。魏晋诗赋骈文的凝练，唐宋散文的雅驯，明代小品的清逸，都在白话散文里留着痕迹，并且适应认知疆域的扩展与深入，以及表现内容的日渐丰富复杂。新词汇的创造，使语言闪现光鲜的色彩，显示澎湃的张力。虽然因出身、经历、性格和性别的差异，每个作家各自表现着独异的词语风格，但是依然可以在阅读上明显地感到语言状态的整体性特征。五四高潮期的昂奋、激越，退潮期的幽美、哀婉，是创作经验集体积累的语言状态。语言生长的自然过程，是在辅助语体文创作的逐步成熟中形成的。

在书写工具的更新时期，新旧语言表现出一种错综的格局。一些文人仍然

---

① 《中国古代游记选》，中国旅游出版社 1985 年版，第 10、12、13 页。

② 洪焌莰：《文学想象与现代散文话语的建立》，《文学语言与文章体式——从晚清到"五四"》，安徽教育出版社 2006 年版，第 126、128 页。

承续语言惯性，对白话表现出接受上的难度。中华书局 1921 年 5 月印行的《新游记汇刊》所载张梅盦《金陵一周记》、黄炎培《栖霞山游记》、单鹤《燕子矶岩山十二洞游记》，中华书局 1923 年 12 月印行的《新游记汇刊续编》所载马元烈《南都揽胜记》等，均用文言述游状景，虽然不失古雅之风，却也透露出新的生活感兴。这种以旧形式表现新内容的创作现象，在一定范围内持续。

　　隐逸风致成为一些新文学作家心迹的表征。"'五四'高潮转瞬即逝，文人'放达'的空间愈益狭小。热情已过，激昂慷慨渐渐成了明日黄花。'五四'作家中一部分人身上或隐或显的'名士气'开始较多地表现出'隐逸'的一面……周作人在内的'五四'文人的'隐逸气'，除了个人气质的原因外（比如像周作人曾津津乐道他为老僧转世借此说明其天性），主要还是由于'五四'退潮特有的时代环境因素的促动。周作人虽然声称'作文极慕平淡自然的境地'，在'五四'高潮期间依旧更近于'叛徒'和'流氓'，是'五四'的退潮滋养了他的'隐逸气'。这和陶潜出现于晋末有些相似……如果说是晋末'篡''乱'之后相对平静的风气造就了陶潜洁身自好的品格，激发了他避世隐逸的动机，那么，'五四'文人的'隐逸气'，则源于'五四'之后剧烈的社会动荡带给文人的思想困惑和精神迷惘。"[①] 以孤清之趣酿造隐逸之酒的，还有朱自清、俞平伯、废名、丰子恺……这是五四文学十年间，在部分作家那里共生的精神现象。"然而，有逃避之嫌的'隐逸气'毕竟弥漫氤氲在一些'五四'文人中间。素朴淡远的山水田园，曾是古代隐逸之士赖以生存的理想空间。'五四'作家因时代环境的局限，不可能像陶渊明真正远离浊世，在幻想的世外桃源度实实在在的自耕自食的生活。但精神的疲倦、情绪的焦虑同样驱使他们去寻求宁静温馨的憩园，寻求内心的平衡。"[②] 他们虽不能真像古人那样归隐山林、栖居田园，却在城市生活中表现了游赏自然风物的闲适态度，试图卸下人生长程上荷载的精神负担。俞平伯消受着秦淮河上的灯影，玩味着仲夏之夜犹皎的圆月，"我们，醉不以涩味的酒，以微漾着，轻晕着的夜的风华。不是什么欣悦，不是什么慰藉，只感到一种怪陌生，怪异样的朦胧。朦胧之中似乎胎孕着一个如花的笑——这么淡，那么淡的倩笑"（《桨声灯影里的秦淮河》）。他也醉心北方冬雪下园景的悄寂，"不用提路上的行

---

① 倪婷婷：《"五四"作家的文化心理》，南京大学出版社 2005 年版，第 73、74 页。
② 同上书，第 76 页。

人，更不用提马足车尘了。惟有背后已热的瓶笙吱吱的响，是为静之独一异品；然依昔人所谓'蝉噪林逾静'的静这种诠释，它虽努力思与岑寂绝缘终久是失败的哟。死样的寂每每促生胎动的潜能，惟万寂之中留下一分两分的喧哗，使就烬的赤灰不致以内炎而重生烟焰；故未全枯寂的外缘正能孕育着止水一泓似的心境。这也无烦高谈妙谛，只当咱们清眠不熟的时光便可以稍稍体验这番悬谈了。闲闲的意想，乍生乍灭，如行云流水一般的不关痛痒，比强制吾心，一念不着的滋味如何？这想必有人能辨别的"（《陶然亭的雪》）。依旧的湖山，更让他的似水流年添深了情致，"在杭州小住，便忽忽六年矣。城市的喧阗，湖山的清丽，或可以说尽情领略过了。其间也有无数的悲欢离合，如微尘一般的跳跃着在。于这一意义上，可以称我为杭州人了。最后的一年，索性移家湖上，也看六七度的圆月。至于朝晖暮霭，日日相逢，却不可数计。这种清趣自然也有值得羡慕之处"（《芝田留梦记》）。他牵留着西湖，也不忘秦淮河那边的光景，"西湖的画舫不如秦淮河的美丽；只今宵一律妆点以温明的灯饰，嘹亮的声歌，在群山互拥，孤月中天，上下莹澈，四顾空灵的湖上，这样的穿梭走动，也觉别具丰致，决不弱于她的姊妹们"，"我们的心因此也不落于全寂，如平时夜泛的光景；只是伴着少一半的兴奋，多一半的怅惘，软软地跳动着。灯影的历乱，波痕的皱皱，云气的奔驰，船身的动荡……一切都和心象相溶合。柔滑是入梦的惟一象征，故在当时已是不多不少的一个梦"（《西湖的六月十八夜》）。徐蔚南忆念陆放翁饮酒赋诗的快阁，"推窗外望：远处是一带青山，近处是隔湖的田亩。田亩间分出红黄绿三色：红的是紫云英，绿的是豌豆叶，黄的是油菜花。一片一片互相间着，美丽得远胜人间锦绣"；加之桨声渔歌，真是天叫他入梦的。还有一朵一朵飘下的花，"它接连着落下来，落在我们的眉上，落在我们的脚上，落在我们的肩上。我们在这又轻又软又香的花雨里几乎睡去了"（《快阁的紫藤花》）。王世颖去越州看湖上的放生，是想寻求心上的宁静，"我们满望着在幽篁深处清谈一下，可是今天底东湖随处都是红男绿女底足印了。我们懊丧之余，大家都说着不快，我尤其会不乐意起来"，"归途和去途，人物风景都依然，兴味却是两样的。去的时候，远山平水，着着入胜，胸襟也就跟着步步开拓，点水的燕子，容与的双凫，扑面来迎迓我们；归途呢，同是一座山，山也会变了灰色，同是一片水，水也会皱得人心儿不安，几只燕子，几对水凫，似乎'尔为尔，我为我'，对我漠不相关了"（《放生日的东湖》）。朱自清出游，叫"梅雨潭闪闪的绿色招引着……开始追捉她那离合的神光了"（《绿》）。钟敬文遭逢急遽的世变，还留恋古代上已修禊、寒食禁火、重阳登高的旧俗。"因贤人们的痛斥排挤,却教我流落到这山水蜚名的浙西的名郡来"的他,"放眼一望,高渺清虚的蓝空底下,茫漠的湖水,突兀的峰峦,疏落的林木,……一切大自然的景况,洗浴了我们的神志,而使它顿然入于苏醒爽朗之境",受着西湖波光的映带,"山寺中清宵的风趣,我如何舍得不来尝味一下呢?——并非敢作长此隐居或禅栖之梦,我想我辈这样纷扰尘秒的生涯,中间有着这么极短促的幽味的一小段,也许不是全无用处的吧"(《重阳节游灵隐》)。西湖雪景也牵情,"油然有一脉浓重而灵秘的诗情,浮上我的心头来,使我幽然意远,漠然神凝",清而不寒的雪天更叫他心幽神静,"湖里除了我们的一只小划子以外,再看不到别的舟楫。平湖漠漠,一切都沉默无哗。舟穿过西泠桥,缓泛里西湖中,孤山和对面诸山及上下的楼亭房屋,都白了头,在风雪中兀立着。山径上,望不见一个人影;湖面连水鸟都没有踪迹,只有乱飘的雪花堕下时,微起些涟漪而已"(《西湖的雪景》)。幽谧、孤寂、安静、闲适,落寞的情致消融在风景中。实际的山水可供触摸,可供低回,比之空幻的想象似乎犹带一点实感。"徜徉于绿草花影,甚至在'野花的瓣上,偷着睡觉','隔绝一切的苦恼'(王森然《野花》),毕竟有诸多的时空限制,要逃脱精神的'罗网',摆脱沉闷的压抑,对于置身书斋的文人来说,最方便不过的是周作人那样信马由缰地'空想'。比如'在江村小屋里,靠玻璃窗,烘着白炭火钵,喝清茶,同友人谈闲话',这种'喝茶'被周作人看作是'得半日之闲,可抵十年的尘梦',是在'不完全的现世享乐一点美与和谐'。因为有'空想',身居京城的西北隅,照样可以听见江南乡间春日黄莺的'翻叫'、勃姑的'换雨',照样可以回味遥远的故乡野菜的鲜美,感怀在那里坐乌篷船'行动自如,要看就看,要睡就睡,要喝酒就喝酒'的'理想的行乐法'……"然而"山水风物,田园果林,其旷洁高远,其宁静平和,确实可令人神清气爽、心无旁骛。但山水风物不能成为从根本上医治'五四'文人烦闷、抑郁、迷茫等精神病痛的良药,它们仅仅只是提供给文人刹那间越过尘世泥淖的麻醉品。所以夏丏尊不得不感慨:'想享受自然的乐趣,结果做了自然的奴隶'。这种'当初万不料及'的新的'苦闷',正是源于作家原本暗淡的心境。因此,'同是一座山,山也会变了灰色,同是一片水,水也会皱得人心儿不安'。可见,'五四'作家在纪游纪风物中表现出的散发着'隐逸气'的闲情逸致,充其量只是他们被挤压在'前进'与'倒退'的时代夹缝中无计可施权且自慰的反映。尽管有回避现实之嫌,但依旧不出寻求尝试个性进一步发展的范畴。无论怎样,独立的人格意志仍然是这些作家赖以支撑的心理基石和精神屏障。正因为如此，他们陶醉于自然风物虚淡、静穆的韵味，也在一定意义上体现了他们对安宁平和的人生理想境界的向往；他们不掩饰喝茶、闲话、谈酒、说鬼的愉悦，也在一定程度上表现了他们对沉闷灰暗的社会现实的反感和不满"[1]。郭沫若求学东瀛，仍旧系念故国，怀想家山，他把这种意识活动称为人类在时空上的骛远性。"我是生长在峨眉山下的人，在家中过活了十多年，却不曾攀登过峨眉山一次。如今身居海外，相隔万余里了，追念起故乡的明月，渴想着山上的风光，昨夜梦中，竟突然飞上了峨眉山顶，在月下做起了诗来。"（《今津纪游》）异国的苦闷，让他在远乡的遥思中略感温暖。俞平伯沉湎于梦境里的悠闲，"湖居的一年中，前半段是清闲极了，后半段是凄恻极了。凉秋九月转瞬去尽，冬又来了。白天看见太阳，只是这么淡淡的。脚尖蹴着堤上的碎沙，眼睛盯着树下成堆的黄叶。偶尔有三三两两乡下人走过去，再不然便是邻居，过后又寂然了。回去，家中人也惨怛无欢，谈话不出感伤的范围，相对神气索然。到图书馆去，无非查检些关于雷峰塔故实的书，出来一望，则青黛的南屏前，平添了块然的黄垄，千岁的醉翁颓然尽矣！"（《芝田留梦记》）话是软软的，味是淡淡的，似无力地说着，甚或几分禅意是掺在里面了，倒也合乎他执著一匹锦，一支彩笔，去含笑画梦的向往。王以仁的归隐，采用远遁的方式，他自称"我是一个天性生成的爱在外面过着流浪生活的畸零者，——或许是我命运注定我一生永无宁居的一日也说不定。——我的行迹绝似那天边飘流不定的浮云"，他认定"孤单的凄清就是艺术的酵素"，并且做着幽深的浮想，"孤独的生活的确是包含着丰富的诗趣的；每当深秋傍晚，独自出没于芦苇丛中的时候；每当更深人静独自在悄无人声的小斋中观书，隐隐的听见了隔墙楼上的少妇在哭她新丧的丈夫的时候；每当冬日晶莹，独自在溪畔的枯柳荫中闲行，偶尔听见隔溪传过来几声捣衣的杵声的时候；每当夏日亭午，沉静的院中，半点人声都没有听见，只听见微风扫过檐前铁马在叮冬的响着的时候；每当月明之夜，独自在旷野之中徘徊，飘飘幻想，仿佛要飞上了半天，而远处的笛声，悠悠扬扬的吹入耳鼓，两眼中的热泪，不期然而然的滴满了衣襟的时候；每当黑夜在阡陌之中踯躅，脚下的泥块阻住了脚步，眼前在闪烁着星光万点的萤火，远村又隐隐的传过了几声犬吠的时候；每当雪月交辉的静夜，独自踏雪夜游，俯看着地面的水涡的积水，在渐渐的结成芭蕉叶孔雀尾的形状的时候；每当独自一人，携着老酒，走

① 倪婷婷：《"五四"作家的文化心理》，南京大学出版社 2005 年版，第 77、78、79 页。

上了死人的墓土，——尤其是少女的墓上，一面狂饮，一面感着人生的飘忽，自己的生命不久也要和地下的死人一样的长眠不醒，而放声高歌痛哭的时候；每当……啊！说不尽，说不尽！"（《我的供状》）他将自己的感情、心灵掩在景物的后面，远避乱世的纷扰，并且希图在这样的精神状态下写出有生命的文章。疾呼过"要飞就得满天飞，风拦不住云挡不住的飞，一翅膀就跳过一座山头，影子下来遮得阴二十亩稻田的飞"的徐志摩，临了西湖，也不免想着清澹宜人的平湖秋月，寻一刻的安歇，"那一方平台，几棵杨柳，几折回廊，在秋月清澈的凉夜去坐着看湖确是别有风味，更好在去的人绝少，你夜间去总可以独占，唤起看守的人来泡一碗清茶，冲一杯藕粉，和几个朋友闲谈着消磨他半夜，真是清福。我三年前一次去有琴友有笛师，躺平在杨树底下看揉碎的月光，听水面上翻响的幽乐，那逸趣真不易"（《南行杂记》）。现代作家虽然不能像古代文人那样遁迹桃源，归栖山林，在避世中求得灵魂的解脱，可是仍耽溺隐逸的气调、闲适的风度，甚或承续明朝名士的散文风格。"以抒情的态度作一切文章"折映他们真实的精神状态，而山水则为内心情感提供了新的阐释空间。

　　把"美人"引入修辞范畴，构成一种指向特定的艺术形象，是古代文士常用的手法，也影响着新文学作家的创作方式。"'五四'文人意识深层的恋旧，同时也折射到审美趣味的选择之中。香草美人，是自古以来骚人墨客用以寄托功名的栖息物。'五四'作家当然不再持同样的胸怀，但美女的意象依然是其中一些文人理想中真善美的化身。郁达夫在坊陌之间寻求慰藉，他即便没有将对女人肉体的占有作为自己人生成功的证明，却至少也是把获得女性的爱情当做他人生成功很重要的一个因素。这种极具'五四'时代特征的表现，在不同层面上显示出传统的色彩。美女的形象，既是情感世界中快乐的源泉，又是审美境界里完美含义的载体。俞平伯在读过白采的长诗《赢疾者的爱》后，不禁感叹'如逢佳丽'，而白采回复对方的称赞时则也相应谦逊地表示'可惜尘姿陋质，不足当君宠爱耳'。这类将佳作喻为佳人的比喻，在古代文人那里常见不鲜，几乎是约定俗成的修辞法。而在'五四'，新文学作家仍然沿用这个比喻，却无疑说明在思维方式和话语系统方面，他们尚未完全与时代同步。在'五四'文人中，朱自清是最擅长用美女的形象来涵盖包容大自然的优美的。在《荷塘月色》里，他以'亭亭的舞女'之美、'刚出浴的美人'之美，'荡着小船，唱着艳歌'的采莲的'少年的女子'之美，来烘托荷塘月色的朦胧幽静。与此相似，在《绿》中，他又以少妇'拖着裙幅'的姿态，

'初恋的处女的心'和'最嫩的皮肤'以及'轻盈的舞女'、'善歌的盲妹'、'十二三岁的小姑娘',来形容梅雨潭的'绿'。朱自清将能给人带来愉悦感受、带来心灵安慰的一切美的事物都蕴涵于女性之美中,将女性之美推至于理想化的极端。在艺术形态的表现上,朱自清与郁达夫大异其趣,而精神世界的一角却同样积淀着自屈原以降千百年文人士子始终解不开的'美女'情结。他们虽然不再以美人香草比作君王,也不再将沉浮于男人的擅宠与冷落中的女人喻为命运坎坷的文人自己,但是,他们照样将自己的情绪指向、趣味偏好融入抽象的美人形象。这种审美心理上无意识的偏执,正是'五四'作家审美思维势态的正常表露,有其深刻的文化内蕴作为前提和基础。"① 在个性气质上,新文学作家"大致也不出郁达夫式的'狂'和朱自清式的'狷'两类,作品的风格也与此相应","'五四'文人大多擅长细微柔弱、幽静安谧境界的刻画,春花秋月,草木虫鱼,桨声灯影,远山近水,即使较为开阔的画面,也难得形成汪洋恣肆的壮阔景象。这种'五四'特有的总体审美风格上的'阴盛阳衰',单纯用作家个人气质的因素是无法说明的……他们虽然在个人行为上傲世蔑俗狂放不羁,心灵深处的辛酸苦涩却不得不借助于创作予以发露宣泄,或沉郁,或悲戚,反正与阳刚大气无缘。'五四'退潮后,新文学作家苦闷彷徨的情绪弥漫丛生,必定也波及到他们对于审美风格的把握,这种影响也许是潜在的,却又是具有普泛性的。朱自清、俞平伯借荷塘月色、桨声灯影来排遣内心的烦闷,周作人、废名在幻想的田园里啜苦茶、听鸟鸣,'忙里偷闲,苦中作乐'"②,相通的艺术观念和审美趣味,可以在古代作家的创作成果里找到精神脉络。

第二节　新兴理念的导扬

五四作家确认的独立精神、自我意识,导引新人格建构的过程,解决了"自我"同自然的关系,形成以主体人格为核心的自然观。这就改变了中国传统文士的退隐山林的逃遁行为意识,树立起导源于五四新文化精神的人本意识。"五四运动的最大成功,第一要算'个人'的发见。从前的人,是为君而存在,为道而存在,为父母而存在的,现在的人才晓得为自我而存在了……所

---

① 倪婷婷:《"五四"作家的文化心理》,南京大学出版社 2005 年版,第 89、90 页。

② 同上书,第 90、91 页。

以，自五四以来，现代的散文是因个性的解放而滋长了"①。由此发生了创作局面的更新，"现代散文的第三个特征，是人性，社会性，与大自然的调和……从前的散文，写自然就专写自然，写个人便专写个人，一议论到天下国家，就只说古今治乱，国计民生，散文里很少人性，及社会性与自然融合在一处的，最多也不过加上一句痛哭流涕长太息，以示作者的感愤而已；现代的散文就不同了，作者处处不忘自我，也处处不忘自然与社会。就是最纯粹的诗人的抒情散文里，写到了风花雪月，也总要点出人与人的关系，或人与社会的关系来，以抒怀抱；一粒沙里见世界，半瓣花上说人情，就是现代的散文的特征之一。从哲理的说来，这原是智与情的合致，但时代的潮流与社会的影响，却是使现代散文不得不趋向到此的两重客观的条件。这一种倾向，尤其是在五卅事件以后的中国散文上，表现得最为显著"②。民主的、科学的、融合了个人主义和人道主义思想精髓的现代意义上的人生观，彰示着进步意义，主导着基本的书写态度。对待自然的态度也就是对待天的态度。以人道代替天道，从山水之乐中获取心灵之欢。欣赏山水之美，是健全人的精神品性和生存本能。现代作家正是从这一本质规定出发，求得自我个性自由解放的思想动机，从而彻底告别了先秦到两汉时期"在人们的思想上、精神上，大自然山水是神祇的化身、君子的寄托，是思想统治、道德教化的象征物，具有超经济的约束作用"的原始认识③。山水不再具有教化的象征意义，对于山水的神性崇拜既已消失，同步伴生的就是新文学作家主体意识的确立。他们没有在山水的怀抱里消失自我，放弃立场的设立与坚守，而是以平等甚或高于自然的态度来体认人与景的固有关联，设定心与物的对应原则，在风景的框架内彰显生命的现代涵义。"狂飙突进的'五四'高潮时期，是'五四'作家最富有青春锐气的时光。传统文化模式的突破，思想文化的多元竞起，为新时代'进取'的'狂者'提供了'放达'的契机。新文学作家对'吃人'的封建文化体系的全面扫荡，尤其是对其中儒家伦理道德思想规范的勇猛批判，充分昭示了'五四'作家人性的觉醒。"④同样，在风景的抒写中愈益呈现自身特殊的文化姿态。徐志摩放飞的心灵，像他浪漫的诗似的，挣脱一切羁绊，精神的羽翼高高地翔

①　郁达夫：《〈中国新文学大系·散文二集〉导言》，《中国新文学大系·散文二集》，上海良友图书印刷公司 1935 年版，第 5、6 页。

②　同上书，第 9 页。

③　《中国古代游记选》，中国旅游出版社 1985 年版，第 2 页。

④　倪婷婷：《〈"五四"作家的文化心理〉》，南京大学出版社 2005 年版，第 66 页。

舞在寥廓青空："飞。人们原来都是会飞的。天使们有翅膀，会飞，我们初来时也有翅膀，会飞。我们最初来就是飞了来的，有的做完了事还是飞了去，他们是可羡慕的……趁这天还有紫色的光，你听他们的翅膀在半空中沙沙的摇响，朵朵的春云跳过来拥着他们的肩背，望着最光明的来处翩翩的，冉冉的，轻烟似的化出了你的视域，像云雀似的只留下一泻光明的骤雨……"他发愿似的说，"是人没有不想飞的。老是在这地面上爬着够多厌烦，不说别的。飞出这圈子，飞出这圈子！到云端里去，到云端里去！那个心里不成天千百遍的这么想？飞上天空去浮着，看地球这弹丸在大空里滚着，从陆地看到海，从海再看回陆地。凌空去看一个明白——这才是做人的趣味，做人的权威，做人的交代"，他的情绪因大胆的玄想而热烈、感奋起来，"人类最大的使命，是制造翅膀；最大的成功是飞！理想的极度，想象的止境，从人到神！诗是翅膀上出世的；哲理是在空中盘旋的。飞：超脱一切，笼盖一切，扫荡一切，吞吐一切"（《想飞》）。内心充满进取的锐气，充满人类的自信，依然是五四时期的精神。

现代作家让山水进入创作，成为书写对象，既承继两汉诗赋借助山水景物发抒主观情感、映衬人物抒情形象的传统，又体现凭借山水元素传达现代性的生命渴求、文化理想乃至政治向往的现实需要。这首先来源于认识的深化与更新。郁达夫从人类起源以及创作的角度出发，看待人与山水的关系。他把人与自然的关系视为平等的、和谐的，"因为人就是上帝所造的物事之一，就是自然的一部分，决不能够离开自然而独立的。所以欣赏自然，欣赏山水，就是人与万物调和，人与宇宙合一的一种谐合作用，照亚里士多德的说法，就是诗的起源的另一个原因，喜欢调和的本能的发露"；他从人的本位俯仰宇宙，认识天体的种种现象，无论"早晨的日出，中午的晴空，傍晚的日落，都是最美也没有的景象；若再配上以云和影的交替，海与山的参错，以及一切由人造的建筑园艺，或种植畜牧的产物，如稻麦、牛羊、飞鸟、家畜之类，则仅在一日之中，就有万千新奇的变化，更不必去说暗夜的群星，月明的普照，或风、雷、雨、雪的突变，与四季寒暖的更迭了"；他的性情的疏狂，不止在人生方面体现着，还在对待自然的态度上面，也就常常"上山水佳处去寻生活"，表现"渴慕烟霞成痼疾"的特性，竟至对心灵的成长发生作用，"后来也登过东海的崂山，上过安徽的黄山，更在天台雁荡之间，逗留过一段时期，每到一处，总没有一次不感到人类的渺小，天地的悠久的；而对于自然的伟大，物欲的无聊之念，也特别的到了高山大水之间，感觉得最切"（《山水及自然景物的欣赏》)。朱自清的话里更满漾着诗意。他把人生看作一场大梦,而这梦里印着斑驳的影子,"满布着黄昏与夜的颜色。夏夜是银白色的,带着栀子花儿的香;秋夜是铁灰色的,有青色的油盏火的微芒;春夜最热闹的是上灯节,有各色灯的辉煌,小烛的摇荡;冬夜是数除夕了,红的,绿的,淡黄的颜色,便是年的衣裳",晃漾在怀忆里的薄薄的影"历历而可画","而梦的颜色加添了梦的滋味"(《〈忆〉跋》),这实在是自然和人文的风景给予生命的美感。俞平伯著文,素带晦涩的气味,却以明白的态度疏通了人类与自然之间的情感通路,他说"山水是美妙的俦侣"(《清河坊》),亲近自然的立场显示了意识的自觉。

五四作家以现代汉语进行文学书写,不单是语言工具的变易,更是一次观念的革新,并以创作的实绩证明,文言文的雅驯、整饬,白话文并非做不到,而且更能够开新创异,表现活泼的现代气息。在推进风景散文的文体建设上,现代性的文学表现,鲜明地显示了新型语体的表征。

首先,白话语体改变了景物抒写上传统的格式局限,不拘守古代风景散文以游踪为贯穿的直线型记叙方式,散射型的形象思维方式使文体结构呈示开放性,摄纳了更为丰富的社会内容,表现了更为复杂的内心情感。新式散文的写景,倾力将外在感觉内化为心灵深处流动的意绪,使古老的文体显现新的艺术风姿。徐志摩的述景文字里,印着淡淡的血痕:"说来是时局也许有关系。我到京几天就逢着空前的血案。五卅事件发生时我正在意大利山中,采茉莉花编花篮儿玩,翡冷翠山中只见明星与流萤的交唤,花香与山色的温存,俗氛是吹不到的。直到七月间到了伦敦,我才理会国内风光的惨淡,等得我赶回来时,设想中的激昂,又早变成了明日黄花,看得见的痕迹只有满城黄墙上墨彩斑斓的'泣告'!"(《自剖》)世事的暗影已经烙刻在景物的深处,鲜明地标示新文学作家道义责任的自觉;而在篇章的结构原则上,旧有的纵式叙述型已朝着横向延展型转变,文章不再拘囿一景一地的机械写照,满足于单义的符号性风景的勾勒,而趋向内心情绪的多元绘真。

其次,白话语体强化了文字对于景物的造型功能和视觉表现,或重外部的自然形态,或重内在的感觉形态,倾力将汉字的象形特质与字面的美感,最优化地反映在阅读意趣上。加之不断丰富的词汇,使组形、构图、写意借助平面文字,通过阅读联想,在视觉世界里造出生动真切的映像。艺术感受力极强的徐志摩尤其重视画面效果,炫目的色彩在眼中游移:"玫瑰汁、葡萄浆、紫荆液、玛瑙精、霜枫叶——大量的染工,在层累的云底工作;无数蜿蜒的鱼龙，爬进了苍白色的云堆。"（《泰山日出》）"我阖紧眼帘内视，只见一斑斑消残的颜色，一似晚霞的余赭，留恋地胶附在天边。廊前的马樱，紫荆，藤萝，青翠的叶与鲜红的花，都将他们的妙影映印在水汀上，幻出幽媚的情态无数；我的臂上与胸前，亦满缀了绿阴的斜纹。从树荫的间隙平望，正见海湾：海波亦似被晨曦唤醒，黄蓝相间的波光，在欣然的舞蹈。滩边不时见白涛涌起，迸射着雪样的水花。"（《北戴河海滨的幻想》）"上帝拿着一把颜色望地面上撒，玫瑰，罗兰，石榴，玉簪，剪秋罗，各样都沾到了一种或几种的彩泽，但决没有一种花包涵所有可能的色调的，那如其有，按理论讲，岂不是又得回复了没颜色的本相？"（《巴黎的鳞爪》）郭沫若的浅笔勾绘，更像给山水小品添色："清晨往松林里去散步，我在林荫路畔发见了一束被人遗弃了的蔷薇。蔷薇的花色还是鲜艳的，一朵紫红，一朵嫩红，一朵是病黄的象牙色中带着几分血晕。"（《路畔的蔷薇》）"我携着三个孩子在屋后草场中嬉戏着的时候，夕阳正烧着海上的天壁，眉痕的新月已经出现在鲜红的云缝里了。"（《夕暮》）俞平伯倾注景物作用于心理的感觉，心上像是盈满了画意似的："轻阴和绯桃真是湖上春来时的双美。桃花仿佛茜红色的嫁衣裳，轻阴仿佛碾珠作尘的柔幂。它们固各有可独立之美，但是合拢来却另见一种新生的韶秀。桃花的粉霞妆被薄阴梳拢上了，无论浓也罢，淡也罢，总像无有不恰好的。姿媚横溢全在离合之间，这不但耐看而已，简直是腻人去想。"（《湖楼小撷·绯桃花下的轻阴》）"湖上的华时显然消减了。'洞庭波兮木叶下'，何必洞庭，即清浅如西子湖也不免被渐劲的北风唤起那一种雄厉悲凉的气魄。"（《芝田留梦记》）朱自清极擅长给景致浸注柔腻的内心情绪，丰富了画面的艺术表现力："曲曲折折的荷塘上面，弥望的是田田的叶子。叶子出水很高，像亭亭的舞女的裙。层层的叶子中间，零星地点缀着些白花，有袅娜地开着的，有羞涩地打着朵儿的；正如一粒粒的明珠，又如碧天里的星星，又如刚出浴的美人。微风过处，送来缕缕清香，仿佛远处高楼上渺茫的歌声似的。"（《荷塘月色》）钟敬文惯于在节奏悠缓的缕述中，调动词语的元素加重艺术的装饰性，可以当做含情的画赏览："遥想当薰风醉人，花开正盛的际候，晚阴中，凉月下，不知多少四方的游客，在这里临流鉴赏，一片芳情，和花儿同其欢笑，但现在花是这样凋零净尽了，叶子也将就次枯干、腐坏，没有酣恣的红香，没有幽深的碧绿，烟波已冷，色相皆空，欲寻往日馨梦，文禽也已无消息了，惟湖旁芦苇，时临风一作凄语，中夜的残月，犹或以苍冷的眼孔下视而已。"（《残荷》）"我们凭窗俯瞰玄武湖。波光片片，洲渚杂出。稍远，见诸山围列，苍碧晴岚，扑赴心眼。一种高寒旷朗的感觉，令人一切的意绪飘销。我们留恋不舍的情思，几欲与天末的寒云同其凝谧了。"（《金陵记游》）"沿路都是莲塘柳陌，那里红艳艳的，这里碧油油的；最迷人的，是软风来时，那清幽的芳气和婀娜的柔姿。"（《买红墨水之行》）"墨蓝的深空，繁星无语地闪着光；轻微的南风不时从头顶的树梢掠过；荷叶的香气杂着别的草香，隐约地经过我们的鼻观。语音越觉响朗了，因为环境的清寂。"（《游龙井》）现代散文家们，用词语设色，用字句构形，运用新异的影像风格创造立体化的景物。

再次，白话语体丰富了新文学作家在风景绘写中的抒情表现。这是五四作家高擎的思想解放旗帜在天空耀眼的闪光，而在情怀上又明显区别于旧式文人悲郁的调子。郭沫若眺览海上的夕阳，欣咏着"欢愉的音波，在金色的暮霭中游泳"（《夕暮》）；即使在革命低潮期，生命的火焰还在燃烧："这是暴风雨前的沉静，革命的前夜。没有眼泪的悲哀是最痛苦的，一看好像呈着一个平静的、冷淡的面孔，但那心中，那看不见的心中，却有回肠的苦痛……但是石头终有开花的时候，至少是要迸出火花来的。火山爆发的时期怕已不远了……这儿是飞跃的准备。飞跃罢！我们飞向自由的王国！"（《水平线下·原版序引》）泰山日出点燃徐志摩心底的光焰，他激奋地高啸："歌唱呀，赞美呀，这是东方之复活，这是光明的胜利……散发祷祝的巨人，他的身影横亘在无边的云海上，已经渐渐的消翳在普遍的欢欣里；现在他雄浑的颂美的歌声，也已在霞彩变幻中，普彻了四方八隅……听呀，这普彻的欢声；看呀，这普照的光明！"（《泰山日出》）渤海的奔浪激起他十丈心潮："青年永远趋向反叛，爱好冒险；永远如初度航海者，幻想黄金机缘于浩淼的烟波之外；想割断系岸的缆绳，扯起风帆，欣欣的投入无垠的怀抱。他厌恶的是平安，自喜的是放纵与豪迈。无颜色的生涯，是他目中的荆棘；绝海与凶巇，是他爱自由的途径……流水之光，星之光，露珠之光，电之光，在青年的妙目中闪耀，我们不能不惊讶造化者艺术之神奇……在这艳丽的日辉中，只见愉悦与欢舞与生趣，希望，闪烁的希望，在荡漾，在无穷的碧空中，在绿叶的光泽里，在虫鸟的歌吟中，在青草的摇曳中——夏之荣华，春之成功。春光与希望，是长驻的；自然与人生，是调谐的。"（《北戴河海滨的幻想》）即使游学英伦，依然伺候着康河两岸的风光，"关心石上的苔痕，关心败草里的花鲜，关心这水流的缓急，关心水草的滋长，关心天上的云霞，关心新来的鸟语"（《我所知道的康桥》）。这种诗化的、浪漫的、闪耀着理想光彩的笔致，又是五四时代激进的精神、轩昂的意气和革新的姿态的文学映现。从这类记叙异国风景的作品里特别能够看出，现代中国与世界的关系发生的重要变化为作家提供了远赴海外游历的契机，并培养起世界眼光。他们开始通过自己的创作建立东方文明与西方文明的联系。

新文学创作上的主体表现证明，咏赞风景，让现实的苦闷在审美满足中消泯，是现代作家在思想启蒙和新文学建设中循守的常则，构成了五四文学的心理状态和创作现实。

第三节　风景与人生的交融

社会运动影响和引发了文学运动，社会理想影响和引发了文学理想，增强了作家对现实的理解力，使他们的认识逐步抵近事物的本质。把握时代变化和社会前进脉搏的五四文化启蒙者，致力进行理论宣导，催动"人"的意识的自觉，让觉醒的生命在山水世界中寻求精神的舒解和情绪的快慰，从而摆脱人生现实的苦恼，实现灵魂的飞升。在烟霞泉石的境界中寻求心情的畅美，属于个人的生命权利，既是人生规范限定之内的行为方式的追求，也是恪守人的本质规定的人格模式的建构。这些原是中国传统的文化遗留，五四作家以个人的作为承续了它，并且赋予现代含义，使山水之乐成为负载具体价值的生命显示。登山临水这一独立行为体现了个性意识的持守，符合自力谋取幸福的人生准则。

五四文化启蒙潮流中初步确立的个性精神，在五卅惨案和三一八血案后，又在现实环境的碾压下消解。作家笔下普遍弥漫的沉郁哀怨的氛围，则是这种扭曲的人格建构过程的文学显现。但是，中国文人狂傲与狷介的精神传统，使处于政治和经济的逆境中的作品愈能闪耀心灵的光泽。景物描写的优美，实则怀有将个人的生活场景和现实处境浪漫化的意味，从独特的角度表现敏感的个性、兀傲的气质，竟至对于现存社会秩序的反叛。

风景元素更多地进入现代作家的人生过程，呈现为相互交融的生存状态，形成一种充溢自然力量的生命哲学，给予他们丰赡的人格滋养，深刻地影响着精神成长的进程。

在远行的途程中进行命运的跋涉，凝定为一些作家生涯中深久的烙痕。"'五四'作家几乎少有例外的都经历过不同程度和幅度的迁徙过程，或为了求学，或为了谋生，他们纷纷走出故乡的视野，进入一个又一个陌生的环境，适应一个又一个新的文化系统和精神气候的规范和制约。"① 自称"我是永远在大地上独行的一个人"的沈从文，从遥远的湘西山乡入京，领受了新异的气象："初来北京时，我爱听火车汽笛的长鸣。从这声音中我发见了它的伟大。我不驯的野心，常随那些呜呜声向天涯不可知的辽远渺茫中驰去。"（《怯步者笔记》）叶灵凤在沪上听车楼中怀忆北游的日子，"北国的相思，几年以来不时在我心中掀动。立在上海这银灯万盏的层楼下，摩托声中，我每会想起那前门的杂沓，北海的清幽，和在虎虎的秋风中听纸窗外那枣树上统统落叶的滋味"，而更叫他觉得沉痛的，是"北京三一八惨案放枪的地点我也总算去看过了。马号中依旧养着马，地上也长着青草。血呢？"（《北游漫笔》）钟敬文体味着远游孤客的沉郁，也领受着善感词人的悲凉，还是雅意未消，"雨天，虽然是酿愁的酒娘，但却颇富于浑凝的诗趣"（《谈雨》）；"远山入雾，湖波微漾，树木倒影水中，宛然有画意。游客来往亭台和园径中，多优游自得，和在马路上所见横冲直撞，忙态可掬的人，大异其致了。湖颇长曲，中横雅小的艇子数只，我想当月明如雪之夜，与素心人一二，缓棹低歌其中，将把人间一切的恩怨是非，忘得干干净净，岂特顿觉神清骨爽而已"（《海行日述》）；他的心灵和风景形成了依赖关系，自然景物对于人生，更能带来特别的意味，即某种暗示和启迪，所以"将与湖光作别的时候，我的心情是怎样比湖上的波澜还要泛滥啊"（《太湖游记》）。鲜明的抗拒旧传统的现代个性意识在郁达夫的精神世界里存在着，他秉持对于最基本的现代原则的坚守立场，虽则他的行为风度、异端倾向和道德尺度悖离世俗，在无意识的袒露中显示了偏异的精神价值，尤其在恨别的一刻。他一面欣赏山水景物，用全部心怀迎纳自然界赐予的美妙：凝望夕照下的海景，陆地平岸衬着的桅影，"绝似画中的远草，依依有惜别的余情"，"清淡的天空，好像是离人的泪眼，周围边上，只带着一道红圈。是薄寒浅冷的时候，是泣别伤离的日暮。扬子江头，数声风笛，我又上了这天涯飘泊的轮船"，他的善感的情，他的易伤的心，在景物里水似的融化了，虽然"轮船愈行愈远了，两岸的风景，一步一步的荒凉起来了，天色也垂暮了，我的怨愤，却终于渐渐的平了下去"，但是仍然无法忍咽心底的悲情，他一面发着恨世的怨调："啊啊，我们本来是反叛时代而生者，吃苦原是前生注定的。我此番北行，你们不要以为我是为寻快乐而去，我的前途风波正

---

① 　倪婷婷：《"五四"作家的文化心理》，南京大学出版社 2005 年版，第 279 页。

多得很哩！……啊啊，大海的波涛，你若能这样的把我吞咽了下去，倒好省却我的一番苦恼。我愿意化成一堆春雪，躺在五月的阳光里，我愿意代替了落花，陷入污泥深处去，我愿意背负了天下青年男女肺痨恶疾，就在此处消灭了我的残生。"（《海上通信》）在上述文字里，眼底河山梦似的美，愈衬出满蕴在心头的家国忧思的深重。这种情与景的浑融，在文学表现上呈现一种复杂错综的状态，也透映现实书写的厚度。

在离家游学的生活中迎送他乡和异国的风景，影响着一些求知路上的作家精神世界的构建。孙福熙赴法勤工俭学，"天空青绿，橘红而微微带紫的云片，缓缓的在这天底下移过，不绝的过去，然而也不绝的继他们而飞来"这一景，深印在记忆中，"船与岸中间的一条水渐渐的阔起来；平静的水也荡漾了，而且在离别者无语的静寂中激动有声"这一景，也浸透命途上的悲欢（《送别》）。自然时常给予作家某种人生暗示，并且作用于情感与气质。孙福熙在归航中放览海景，才生出畅阔的胸襟："我很勇壮，因为我饱餐一切色彩；我很清醒，因为我畅饮一切光辉。我为我的朋友们喜悦：他们所属望的我在这富有壮丽与优秀的大宇宙中了！"（《红海上的一幕》）郭沫若在向着东瀛去的路上，心灵受着沿途遗迹的震撼，"火车过山海关时，我在车中望见山上蜿蜒着的城垒，早曾叹服古人才力之伟大，而今人之碌碌无能……我失悔我穿过万里长城的时候，何不由山海关下车登高壮观，招吊秦皇蒙恬之魂魄？我至今还在渴想……唉，这也算是一种骛远性的适例了。我在福冈住了将近四年，守着有座'元寇防垒'在近旁，我却不曾去凭吊过一回，又在渴想着踏破万里长城呢！"（《今津纪游》）史实的沉重感、民族的本位性，引他朝着岁月的纵深思考；而到了九州岛北端的福冈，博多湾海岸的十里松原、万顷波涛的视觉刺激和心理反应，则给予他激进的气质、浪漫的情怀，扩展了想象空间，增益了创造力度。他和张资平关于约请郁达夫、成仿吾诸同人"来出一种纯粹的文学杂志"的畅谈，就是在箱崎海滨"一片银白的沙原"上展开的，"所以我一想到创造社来，总觉得应该以这一番谈话作为它的受胎期"，他的"本着内心的要求"、"全凭直觉来自行创作"的浪漫主义倾向，也开始形成于此期（《创造十年》）。留日时期所置身的东瀛文化环境，对于郭沫若的创作气质、文学理想以及诗性风度的形成具有重要作用。徐志摩说"我这一生的周折，大都寻得出感情的线索"，感情的波流是在景物里面漾动着的；在求学的康桥，天然的景色叫他觉得"大自然的优美，宁静，调谐在这星光与波光的默契中不期然的淹入了你的性灵"，倚在康河的桥阑上向西天含情凝望四五月间最艳丽的黄昏，"是一服灵魂的补剂"；远树凝寂，暝色轻柔，在他迷眩的视觉中映现着奇妙的风景——在和风中摇头的艳色的蔷薇，胫蹄没入恣蔓的草丛，从容咬嚼的黄牛与白马，还有锦带似的林木，远近的炊烟，清荫与美草……风景燃亮了他的灵思，自称"我是一个生命的信仰者"的他，忽然想到"人是自然的产儿，就比枝头的花与鸟是自然的产儿；但我们不幸是文明人，入世深似一天，离自然远似一天。离开了泥土的花草，离开了水的鱼，能快活吗？能生存吗？从大自然，我们取得我们的生命；从大自然，我们应分取得我们继续的滋养"（《我所知道的康桥》）。留学日本的黎烈文，让风景点亮暗郁的心境。七叶树"浓密的树阴，笼盖着全身。四围林立着许多大的小的种类不一的树木，发散着一种夏日特有的嫩叶的香味。三五只小鸟儿在那上面愉快的嘹亮的交语着。微风吹过时，树叶便摇摆着做成一片幽微的湍鸣"，目光追随"一只在他身边飞舞的黄色的小蝶"，落在"菖蒲上缀着有紫色镶白边的喇叭花"上，他得到了数月来不曾得到的熟眠和愉快，美丽的梦境使"他心中充满着安慰"（《林中》，1926年8月《文学周报》第5卷第8期）。眼底景物常常牵动怀乡的感情。初夏的黄昏，东京小石川植物园草场上一对半老的夫妇和身边玩耍的儿童让他感念"自家也有慈爱的父母，自家也有亲密的弟妹"，"我独自坐在旁边凄凉的茫然的想着……也实在有几分倦鸟思归之感呢，我时时思念着的双亲弟妹呀，我真恨不得即时离了这蓬莱小岛，回到你们的身边呢！"（《夕阳之下》，1927年6月12日作，刊载于1927年7月10日《文学周报》第275期）离沪赴法的途上，日日记下海行的见闻和感受。国家曾受的屈辱使他生出特别的感慨，反映着弱国游子的心态。船抵越南，"迷濛的云雾中，已经看得见模糊的山影了。啊啊，我们已经到了安南了！亡国的山河，看去是怎样黯淡可怜啊！"（《从上海到巴黎·苦雨凄风到越南》）在富于丘陵之美的西贡动植物园，"矮的棕榈树和高的椰子树，使人感到一种迎面而来的热带的风味"，稍稍调适了沉郁的心情。架着石桥的小河有临水的乐趣，对岸青绿的树影"在辉丽的太阳光底下，一直舒展到天末，一片片的白云在那上面流荡着，那景致多美丽！"还有"清凉如水的月夜，在树影扶疏的西贡市街散步闲游，总算是我们这枯燥的行旅生活中之最大安慰了"（《从上海到巴黎·动植物园与堤岸》）。碧油油的印度洋平整光滑，带来的只是寂寞，"方丈大的小小的池沼，也常有一些鳞鳞的澜影，而这茫无际涯的印度洋却是这样的死寂"，只有一些小小的飞鱼跳起，"挨着水面笔直的飞去，把平滑的海面划着一条直线"，成为死寂的印度洋的一道特景（《从上海到巴黎·使人失望的印度洋》）。信奉及时行乐主义的法国人，饱醉后在甲板上的跳舞欢呼，触动了弱国子民脆弱的心（《从上海到巴黎·及时行乐的法国人》），他愈加不安，"不知故国的政局又已变化到甚么地步？我只希望我在长沙的双亲和弟妹，上海的嗣母，都能够平平安安的过日子，不再受兵事的惊扰！"并且隐隐感到了异国岁月的冷酷无情，"啊啊，留学生，留学生，说来好听，其实还不是一种变形的流徙！——不，精神上还比流徙更苦呢！"（《从上海到巴黎·饭饱发牢骚》）忠实记录海行生活，快意宣抒苦闷情绪，平实的书写跳荡着走出封闭国度的游子单纯而真实的心怀。地理空间的更易，不只是简单的生活位置的平面移动，而是意味着精神气候的变化。对于作家而言，更是一种文化行为。异质文化的吸纳，与原初接受的华夏文化形成知识的交汇，作家也在观念和思潮的碰撞、冲突与互融中学会了文化适应。

　　社会现实的冷酷、成长前程的茫然，造成部分新文学作家心理的灰暗和精神的困惑，翳遮着生活的光明与人生方向，而自然和人文风景却展开明秀清丽的一面。不必像对社会资源的占有那样须要凭借权力的魔杖，只靠一双寻美的眼睛就能获取感官和心灵的满足。他们在自己的文学世界里，借助山水进行灵魂的拯救，依凭现代式的诗性叙述解构现实事象，馨力用美丽的风景装饰惨淡的生活。他们不单进行文学描绘，更倾心对于山水背景中的心灵活动做出解释。川岛的爱的心境叫幽美的景色映得清亮，"从深蓝的云幕里，露出残缺之月的面来，颜色是朦胧的。不是中秋，我又何敢苛求呢？伊却说这是伊命运的象征。我一句话也不能答复，而且我知道伊所要的决不是我的泪"（《月夜》，1922 年 12 月 2 日《晨报副刊》），年轻的心像月光一样清纯透明。他凝视一株槐树枝头缀着的残余的花，以及被树荫笼罩的荷花池畔的野花，觉得"当清晨太阳将要来到人间时，就是此地的微风也是香的"，而栖息在荷叶中的露珠，默看"月光在树上仿佛盖了一张银灰色的纱"，喜悦地"拍着他那金色的翅膀"（《莺歌儿》），童话般的清美意境，表露对于光明生活的憧憬。爱的怀想也映显风景美："深深地镌在记忆中到如今还没有褪去微笑的颜色"；薄暮的时节，站在一条河上的桥头，望不见落日，却因伊的出现，而蓦地觉得"那晚霞——晚霞般的美丽便依稀能在西方觑见，见了使我感到幻灭"；还有出坂船"中舱堆着不多的白菜和萝卜，根际还带着泥"，船艄上放着的大箬帽，"箬帽底下露出来一点蓑衣的角……渔夫坐在船头上使桨"，绘出一幅清妙的水乡图画，也衬着少年朦胧的爱感，漾于水上的浮萍，沾在襟上的飞絮，仿若命运的象征，情意缭乱的他回想爱的往事，"虽然一切已经模糊的犹如夜色，但是伊的情影毕竟在我的记忆上撒下了种子，使我忽然感到当时的孤寂"
（《桥上——断藕之一》，1926 年 1 月 11 日《语丝》第 61 期），观览体验中含
着不知恨、只知爱的人生感受。美妙的景色烘衬纯真的心灵，文味却微微地苦
着，浸着过去的生命。许杰忧悒的灵魂在西湖漂泊，清清的湖水边，"团圆的
明月在年老的垂柳梢头闲游，轻风伴着女性的柔语在湖光中沐浴，但是我总觉
得是同样令人厌倦的"，竟然觉得这里"倒是一个自杀的好地方，非但可以沉
沦我的肉体，并且还可以埋葬我的灵魂"（《平湖秋月的红菱》，1924 年 10 月
19 日《民国日报·觉悟》），静美的西湖秋夜烘衬一副潦倒的意态，映示心理
的凄怆和精神的穷困。苏雪林从遭受雷雨劈折的梧桐身上，遥想春天里它
"或者更会长出新枝，不久定可以恢复从前的美荫了"，虽然青青如玉的干
"兀立在惨淡斜阳中"，"但勇敢的梧桐，并不因此挫了它求生的志气"，比起
秋天沉郁地绿着的老柏和香橙，酣饮风霜、"脸儿醉得枫叶般红"的薛荔，
"挣扎着在荒草里开出红艳的花"的大理菊，"冷冷凉露中，泛满嫩红浅紫的
小花"的牵牛花，招惹玉钱蝴蝶翩翩飞来、泛着冷香的几朵凋残的麝香、连
理花、凤仙花，它自会让人体悟到一种生命风景（《秃的梧桐》，1927 年 12 月
31 日《语丝》第 4 卷第 3 期）。"'燕子去了'，'杨柳枯了'，'桃花谢了'，
朱自清照样会感到'我们的日子为什么一去不复返呢'的惶恐（《匆匆》），
'逝者如斯夫'式的伤时之感千年如一。看到秋天黄叶飘落，钟敬文会觉得
'孤冷清寒'、'零落衰飒'（《黄叶小谈》）；望见夏日'青青的田禾里''浮
出咻咻的小鸭'（《夏日农村杂句》），何植三又会想象是田园牧歌式的'农家
乐'。因景而悲、因物而喜，伤春悲秋，多愁善感，苦闷彷徨中的'五四'作
家有时也会不自觉地感染了旧式才子的弱不禁风。他们大多善饮，失意时以酒
浇愁，得意时以酒尽欢；他们无不好游，登山临水，访古问今，好不快活。生
活的幽雅诗意尽在其中。"① 人与景的互动的意义在于，能够有限度地证实自
身的社会价值和真实存在，这几乎成为一种集体认同，并且让他们在浅表的视
觉享受与深度的移情、象征等审美过程中领受山水和历史的温暖，进而用爱的
感情去体味人间的种种，虽则这类情感和心理活动时常交织着殷忧与苦闷，况
且倏忽一闪的景物，意义又仿佛不可捉摸。这实则反映着作家意识的不确定
性。"我想起我可哀的命运，凡事我竟如此固执，不能抓住眼前的一切，享受
刹那的幸福，美的欣赏却总偏到那种恍惚的梦里去"（沈从文《Láomei, zuo-

---

① 倪婷婷：《"五四"作家的文化心理》，南京大学出版社 2005 年版，第 84 页。

hen!》），映示的就是这种纠结着矛盾情绪的心态。

　　从现代作家对古代文士的人格精神承传的角度观照，郁达夫的任放，表示对于世俗的轻蔑，周作人的隐逸，表示对于现实的淡漠，在与生活实境和现存秩序保持心理距离中坚守独立的自我个性和反叛立场。这种文学表现，某种时候正是在对风景的绘写和旅程的记叙中完成的。文字间渗透着他们的风格气度、情怀志向及内心冲突。"古代名士派人物不思衣食温饱的风雅做派，是以坚厚的物质基础为生存前提的。可是，'五四'作家却大多是破落户的子弟，精神的独立也决定了他们必须去自谋其食，必定去饱尝生活的艰辛。于是，在情绪上，他们常常会有受挫的表现，这是他们大不同于古代名士风度的地方。倪贻德因昔日豪门的'零落'而感伤，内心执著于'重振门庭'的幻想（《零落》）。与其说是因为'钟鸣鼎食'的门庭的败落而失落，不如说是因为祖辈那种于亭台楼阁边伺花弄草、泼墨挥毫、结交四方名士诗酒风流的生活，和与此相关的'高雅'、'风趣'神韵的一去不复返，而情不自禁地黯然神伤。郁达夫感叹自己无法衣锦还乡的落拓，忆起'没有去国之先，在岸边花艇里，金尊檀板，也曾醉眠过几场'的潇洒，明月如故，不由对'依旧在那里助长人生的乐趣'的'越郡的鸡酒，佐酒的歌姬'产生愤懑之感（《还乡后记》）。这种愤懑显然是以对旧日'人生的乐趣'的认同为依托的。丰子恺怀念秋日的'围炉、拥衾、浴日'的惬意（《秋》），冯沅君向往清晨能一边在'被筒中展转'，一边随口吟诵李清照'扶头酒醒别是闲滋味'的舒心（《闲暇与文艺》），夏丏尊手捧《陶集》，孜孜以求'心有常闲'的境界（《长闲》）。生活中之不得或难得，遂成为念兹在兹的玄想。人生的失意，谁都难免。'五四'作家的精神痛苦有多种多样，但其中因昔日风光不再而生的失意，也是确确实实的。虽然用现代的眼光去审视，他们的这种精神症状未免有点陈旧颓落，但他们对过去生活难以平复的某种惋惜之情，毕竟是他们作为站在新旧时代分水线上的一代人文化心理变革中留下的真实足迹，是他们人格建构中不可缺失的部分。"[1] 现代作家的人生终究在这样的精神和物质的环境里存续、延展。风景成为他们生命中不可或缺的部分，甚至是思想观念所根植的文化土壤。在这上面，显示着精神的优越和文化的自尊，映衬着多姿的人生图景和个人史的演进过程。

　　以地域风景为重要元素的文化模式和历史环境，形成作家生命初始阶段的

---

① 倪婷婷：《"五四"作家的文化心理》，南京大学出版社 2005 年版，第 85、86 页。

人文地理条件，对于他们的个人气度、精神特征、心理素质、习性偏好等人格因素，对于他们的情感取向、价值判断、创作品性、审美趣味等文字风格产生直接影响。"在《〈中国新文学大系·散文二集〉导言》中，郁达夫评述了一些为他所'佩服'和'喜欢'的'五四'散文作家的创作。在论及冰心'散文的清丽，文字的典雅，思想的纯洁'时，他指出：'女士的故乡是福建，福建的秀丽的山水，自然也影响到了她的作风'；当她二十几岁的时候孤身留学在美国，慰冰湖，青山，沙穰，大西洋海滨，白岭，戚叩落亚，银湖，洁湖等佳山水处，都助长了她的诗思，美化了她的文体'；'对父母之爱，对小弟兄小朋友之爱，以及对异国的弱小儿女，同病者之爱，使她的笔底有了像温泉水似的柔情'。郁达夫有意识地在'地理风土感化'的层面上，分析冰心散文风格形成的原因，揭示了其中所包含的三个重要的因素：首先是出生地的文化烙印，其次是留学国环境的濡染，第三是与前两者相关的创作时段中观念和情思的制约。以类似的视角，郁达夫同时还考察了鲁迅、周作人、林语堂、丰子恺、钟敬文、朱自清、王统照、许地山等人不同的创作风格，比较了他们显现在各自文字里的不同的性情、嗜好、习惯和思想意绪，并对他们的个人气质与地域文化环境和历史传统的关系进行了一番探究"，郁达夫实则拓启了文学批评的一个方面，他对作家的"世系"抱有追溯的热情，是要从作家的文学表现中发现个性成长的环境印迹，解析作品生成的客观因素，他始终信服并坚持的批评原则是"在能够评量那一册著作之先，必须要熟悉那作者的'人'才行"，"在郁达夫看来，了解作者的'人'是把握作者的'文'的前提，而作者的'人'不可能是孤立的存在，必定与他置身的自然和人文环境有密切的联系，因此，把观照的视野扩展至作家所在的地域文化特色，是郁达夫抵达知其然并知其所以然的批评终点的必然途径"①。从文学是作家的自叙传的观点审视，地域化的风土、人情、俗尚，是对作家的心理现实、创作个性、作品风度发生关键作用的，关注风景与人生的联系，就为作家和作品的研究与批评提供了一种新的可能。钟敬文惯爱以清丽秀艳的笔墨点染岭南或者西湖的风雅，这与他自幼及长的亲水生涯相关。虽然他也自认"我有游山的嗜好，也有游山的余暇"，但是广州的白云山，潮州的桑浦山这些家乡的山，都不是高山，更非名山，所以他"不曾登过一个名山，连气势雄大一点的都不曾游过"，故此对于"司马迁一生好游，南北的大山名川，几尽印遍他的足迹，谢灵运探

---

①　倪婷婷：《"五四"作家的文化心理》，南京大学出版社 2005 年版，第 245、246 页。

奇走险，千里游山"的壮举，"我自然不敢妄拟他们"（《游山》）。客观条件的限制，自然影响他的书写风格，在他的记游文章里，基本无激烈的壮怀可感。冰心的故乡临着东南沿海，童年又随任烟台海军学堂校长的父亲谢葆璋来到渤海边，海边的青青草地上留下她活泼的身影和独坐凝思的情态。她说："烟台是我心灵的故乡。"大海的场景开阔了她的胸怀，大海的浪花润湿了她的情感，她用柔婉、透明、灵动、清丽的抒情笔墨，构制寥廓、旷远、纯净的意象世界。郭沫若的家乡背倚峨眉第二峰绥山，面对大渡河。郭舍人苦心笺注的尔雅台，李白月下朗吟的平羌江，苏轼载酒放游的凌云寺，以及嘉州的青碧山水，对郭沫若狂傲个性与浪漫文风的影响是深刻的。风景的滋养，先贤的熏陶，把蜀人乐山乐水、喜诗善歌的行事作风与文化精神深植于他的身上，为他的文化性格和创作理想的形成确立了坚实的根基。地域差异作用于文学创作的一个显著结果，就是作家气质和作品风格的多样性，竟至可以由此追溯作家独异性的本原，甚或成为文学流派的重要缘起。虽然生命早期阶段对于出生环境的人文地理的接受是感性的、无意识的、非自觉的，但是文化母体胎孕的血亲因缘毕竟沉潜在创作心理结构的深层，那些包含了丰富成长经验的作品所呈现的格调、品性、风韵、气度，实则是文化基因的隐性显现。

环境的"遗传"因素固然在作家的文字间深留着风格印记，而共同的文化环境往往还会表现出某种区域性差异。"与山水风土的感化有关，从苏南、浙西来的作家，如郁达夫、茅盾、徐志摩等，文风大多偏秀美；从浙东出来的作家，如鲁迅、许杰、王任叔、许钦文等，文风一般偏刚韧"，即以同一文化区域的作家而论，以越中为家的周作人，曾把上承晚明的浙地文学的传统风尚归结为"飘逸与深刻"，而他自己"主要还是以平和、淡泊、清涩、自然的因素为内核的，它既有别于富阳人郁达夫缠绵纤敏的柔婉之气，也有别于海宁硖石的徐志摩'浓得化不开'的华丽之风"，他"以冲淡朴素为本"，"极慕平淡自然的境地"，这或许可以归因于他"家乡的风物土产和四时八节的习俗礼仪里所蕴含的浙东人质朴无华的生活态度"，越中乡间"不事雕琢、直奔主题的行为做派，充盈着浙东文化任性自然的独特魅力"，也使他"由孩提时不自觉地接受其熏染，到成年后有意识地张扬，直至全身心陶醉其间难以自拔"；被明秀的富春江的碧波映着的郁达夫，善感"水样的春愁"，"在家乡度过的十多个春秋，他每天都可以从他的小书斋的窗口望见那'一川如画'的江面。富春江上风雨晦明、春秋朝夕变幻着的风景，陪伴他走过了'悲凉'而'寂寞'的童年，走过了'对远处的遥念与对乡井的离愁'交杂难解的少年……

富春江成了在故乡时段的郁达夫生命的组成部分，它给了他最初的灵性，使得他成年以后对于水和如水一样的阴柔的意象及情感有着特别的敏感"，家乡的风物"润泽并制约着郁达夫心理和思维空间。他不绝如缕的愁思，春愁、秋愁和闲愁，正宛如那绵延无止、曲折流淌的汩汩江水，营造出一个缠绵柔婉、灵动伤感的诗意境界。那千回百转的心绪，那风情万种的雅致，似乎只能出自富阳人郁达夫笔下，因为他的灵魂在迷蒙、潮润的江雾中浸泡已久，他的思维仍在时曲时直、悠长无尽的江边彳亍徘徊"；茅盾出生在以蚕桑名天下的桐乡乌镇，"与郁达夫、徐志摩热情奔放的文笔相比，茅盾始终是节制柔婉的，尽管在细腻、精致和铺陈方面，他们三个有着相类似的特点"，"他那柔和宁静的个性，就像那洁白如雪的蚕丝，纤细而柔韧，绵长而静远。这种婉约的气质自然也渗透到他艺术思维的矢向"；综观五四文学社群，多山的浙东衍生的民性乡风，刚勇、铁硬、粗犷、强悍，铸造了此地作家"质而强"的气性，多水的浙西孕育的流风俗尚，温润、绵软、柔细、和婉，滋养了此地作家"文以弱"的品性，"相对于吴文化圈内浙西作家如郁达夫、徐志摩和茅盾灵秀、华美、飘逸的文学特性，深受越文化区浙东自然环境和人文精神濡染的作家，如鲁迅、许钦文、王任叔、许杰、魏金枝等，他们的文风更多地显示出沉毅、刚劲、深刻的特性"①。地理分布具有先天的属性，虽然对于作家的心灵成长和文学实践不具有决定意义，但是作为对文化心理发生影响的因素之一，本土特定的文化环境、历史传统、精神风范仍然关涉艺术选择与创作美学的基本走向。

　　出生地文化的熏陶和风物的映像是精神的上游，"童年的记忆最单纯最真切，影响最深最久"（朱自清《我是扬州人》），成年后随着命运转徙而发生的异地情境下的文化接受则是重要的延续。"相对于早期的文化影响，譬如地域胎记的作用，晚期的环境和氛围对个体心理和人格的塑造意义，虽不是最重要的，但也是无法忽视的。文化化过程毕竟是自始至终贯穿个体一生的行为过程"，对于幼小在江苏扬州生活，及长才离开家乡入北京大学读书的朱自清而言，"由于在浙江各地生活过一段时间，那里旖旎迷人的山水风光，积淀着吴越文化底蕴的习俗人情，自然会对他起到某种陶冶和感化的作用。台州朴陋的房子庭院里盛开着的'那样雄伟，那样繁华的紫藤花'（《一封信》），温州仙

　　① 倪婷婷：《"五四"作家的文化心理》，南京大学出版社2005年版，第261、262、263、265、266、267、268、270页。

岩梅雨潭飞流直下的一潭'醉人的绿'（《绿》），上虞白马湖青山绿水环抱中春晖校园的秀美与恬静（《春晖的一月》），无不牵系着朱自清对这片热土的深情，也潜在地导引着他出神入化的笔触染上了清新雅致、精细柔美的景色特征。他不自觉地沉浸在浙江的山水风景中，他自觉地接受着浙江山水风景的感化，原本细腻敏感的气质因此得以强化，语言风格也愈益显示出如山水风景般的秀丽。朱自清的幸运，在于他成年后的环境熏陶十分直接地同他较早阶段无意识形成的素质相吻合。一般已受过最初文化熏陶的个体，在适应新的文化环境时必须付出的刻意的努力，在朱自清这里变得简单而轻松。他是那样主动而积极地将自己融化在新的环境里，因为这是他似曾相识的环境。在他开放的文化视阈中，当下置身的浙江与童年记忆里的扬州汇合成同一片锦绣繁华的江南风景"，故乡记忆和生活经验的融合产生了奇妙的艺术反应，"朱自清对江南风景的钟情当然不单纯是他在扬州时童年生活情绪记忆的积淀，更融入了他成年后对江浙一带自然人文环境的理性认同。这与俞平伯总是惦记着杭州有相仿之处"①。作家的人生迁移在文学历程中具有转折意义，竟至成为精神嬗变的标记。

　　那些从四方村野走进新文化运动中心北京的江浙湘鄂皖赣闽黔等省籍的青年作家，心底总牵绕着凝愁的故乡情结，"故乡是每个游子灵魂的栖息地，因游子性情和他们保留记忆的痕迹的不同，'乡愁'也是多种多样的。除了苦涩、辛酸，也会有甘美、温馨；'乡愁'在泣泪中得以释放，'乡愁'也在诗意的微笑里得到排解。所以，钟敬文一说起'花的故事'，就会情不自禁地联想到'岭南人关于红豆的传说'（《花的故事》）；叶绍钧为'藕与莼菜'的色香味着迷，更为江南水乡男人健康、女人健美的风致而陶醉（《藕与莼菜》）；周作人遥忆夜卧绍兴乌篷船'要看就看，要睡就睡，要喝酒就喝酒'的惬意，在遐想中品味人生的'有意思'和'有趣味'（《乌篷船》）；罗黑芷无法抑制自己对'隔着彭蠡的水，隔着匡庐的云'的故里的眷恋，当寻回幼时的甜蜜和喜悦时，他也获得了余生最大的慰藉（《乡愁》）……无论是愁眉还是欢颜，无论是轻叹还是低吟，那哀乐悲欢的故乡影子已悄悄镌刻在童年心灵的底版上，它静静地躺在那里，等待着成年情感和经验的激活，最终幻化出各自生命的奇光异彩"②。钓游旧地让身为大地之子的作家，常常返顾遥远的儿时生活，

---

① 倪婷婷：《"五四"作家的文化心理》，南京大学出版社 2005 年版，第 279、280 页。

② 同上书，第 259 页。

追寻真纯的精神意趣。可珍的岁月记忆、可恋的乡园风物，并非抽象的存在，而是具象的、实感的、生动的，以带着生命温度的场景和环境充实着暖意人生，并且构设起鲜明的文化人格与恒久的风景图式。

第 四 章

主体作家概观

第一节 徐志摩:天地之间迸燃的精神光焰

徐志摩(1897—1931),浙江海宁人,以唯美诗风和流丽散文在现代文学史上独标高格。在上海沪江大学、天津北洋大学、北京大学以及先后进入美国克拉克大学历史系、哥伦比亚大学经济系学习,又赴英国人剑桥大学研究政治经济学的就读经历,使他饱受中西方教育的熏陶。欧美浪漫主义文学思潮,明显地影响着他的诗文创作。他在1931年出版的《猛虎集》序文中说:"整十年前我吹着了一阵奇异的风,也许照着了什么奇异的月色,从此起我的思想就倾向于分行的抒写。"国内的新文化运动就是"奇异的风",国外的雪莱、歌德、济慈、拜伦的诗歌的光芒,就是"奇异的月色"。东西方的文学力量对他的创作形成最直接的影响。

徐志摩创作新诗始于1921年。1922年秋从英国返抵上海后,"最先发表的文章刊在宋云彬主编的《新浙江报·学园》上。第一篇是《离婚之后》,第二篇是《印度洋上的秋思》。接着他在《时事新报·学灯》、《晨报副镌》、《小说月报》、《努力周报》等报刊上陆续发表了大量的新诗,散文,小说,政论文,以及不少翻译作品"① 1923年3月,他和胡适、黄子美、张君劢、丁文江等留学欧美的青年学子发起成立新月社,同年加入文学研究会。1924年与胡适、陈西滢等创办《现代评论》周刊。1925年3月经西伯利亚访游苏、德、法、意等国。《欧游漫录》、《翡冷翠山居闲话》、《巴黎的鳞爪》等域外散文均于此间写成。从他在旅途上写给陆小曼的信里,可以看出接续的游迹。如"昨夜过满洲里","今天下午三时到赤塔","再过六天,就到莫斯科,我还想

---

① 顾永棣:《诗人徐志摩》,《徐志摩诗集》,浙江文艺出版社1983年版,第469页。

到彼得堡去玩那！""这西伯利亚的充军，真有些儿苦……就只我这傻瓜甘心抛去暖和热闹的北京，到这荒凉境界里来叫苦！""柏林还是柏林，但贵贱差得太远了"，"我一个人在伦敦瞎逛，现在在'采花楼'一个人喝乌龙茶，等吃饭。再隔一点钟，去看 John Barrymore 的 Hamlet。这次到英国来就为看戏"。此番历时五个多月的欧洲旅行，使他的灵魂里有音乐，笔尖上有光芒，心上有新鲜的跳动。吟唱的旅途上，他遥对故国的爱人说："将来我回国后的生活，的确是问题，照我自己理想，简直想丢开北京，你不知道我多么爱山林的清静。前年我在家乡山中，去年在庐山时，我的性灵是天天新鲜天天活动的。创作是一种无上的快乐，何况这自然而然像山溪似的流着——我只要一天出产一首短诗，我就满意。所以我很想望欧洲回去后到西湖山里（离家近些）去住几时。但须有一个条件，至少得有一个人陪着我；在山林清幽处与一如意友人共处——是我理想的幸福，也是培养，保全一个诗人性灵的必要生活……"1926 年在北京主编《晨报副刊·诗镌》，与闻一多、朱湘等人开展新诗格律化运动，对中国新诗艺术的发展产生影响。1928 年主编《新月》月刊，并出国游历英、美、日、印诸国。著有诗集《志摩的诗》（1925 年，中华书局）、《翡冷翠的一夜》（1927 年，新月书店）、《猛虎集》（1931 年，新月书店）、《云游》（1932 年，新月书店），散文集《落叶》（1926 年，北新书局）、《自剖》（1928 年，新月书店）、《秋》（1931 年，良友图书印刷公司），散文翻译小说集《巴黎的鳞爪》（1927 年，新月书店），小说散文集《轮盘》（1930 年，中华书局）、《散文与小说》（1945 年，福建南平复兴出版社），戏剧《卞昆冈》（与陆小曼合著，1928 年，新月书店），书信日记集《爱眉小札》（与陆小曼合著，1936 年，良友图书印刷公司）、《志摩日记》（1947 年，上海晨光出版公司），译著《曼殊斐尔小说集》（1927 年，北新书局）等。

　　作为创作主将，徐志摩的风景散文是文学史上重要的部分。诗性的气息、善良的天性、优雅的情调，源于天赋的资质。他的一颗心为大自然缠裹着。中国文人与天地的和谐关系被他的文字完美地表现。

　　风景里的"自我中心"意识，主导着徐志摩的创作过程。他是自然的宠儿："我只晓天公的喜悦与震怒，从不感人生的痛苦与欢娱；所以我是个自然的婴孩，误入了人间峻险的城围。"（《诗》）他天性好游，曾经表白："我是个好动的人；每回我身体行动的时候，我的思想也仿佛就跟着跳荡。我做的诗，不论它们是怎样的'无聊'，有不少是在行旅期中想起的。我爱动，爱看动的事物，爱活泼的人，爱水，爱空中的飞鸟，爱车窗外掣过的田野山水。星光的闪动，草叶上露珠的颤动，花须在微风中的摇动，雷雨时云空的变动，大海中波涛的汹涌，都是在在触动我感兴的情景。是动，不论是什么性质，就是我的兴趣，我的灵感。是动就会催快我的呼吸，加添我的生命。"（《自剖》）西湖的风色、邓尉的梅香，同他的脾胃最合。走进风景是他挣脱世忧困絷的方剂。"所以每回我们脱离了烦恼打底的生活，接近了自然，对着那宽阔的天空，活动的流水，我们就觉得轻松得多，舒服得多"；他从绿田里豆苗香的风中感到大自然调剂人生的影响，"我自己就不知道曾经有多少自杀类的思想，消灭在青天里，白云间"；他之所以这样想，是因为冷酷的、畸形的、窒灭生机的社会使他恼恨，"人生真是变了一个压得死人的负担，习惯与良心冲突，责任与个性冲突，教育与本能冲突，肉体与灵魂冲突，现实与理想冲突，此外社会、政治、宗教、道德、买卖、外交，都只是混沌，更不必说。这分明不是一块青天，一阵凉风，一流清水，或是几片白云的影响所能治疗与调剂的；更不是宗教式的训道，教育式的讲演，政治式的宣传所能补救与济渡的"，他热烈地呼吁"我们要为我们新的洁净的灵魂造一个新的洁净的躯体，要为我们新的洁净的躯体造一个新的洁净的灵魂；我们也要为这新的洁净的灵魂与肉体造一个新的洁净的生活——我们要求一个'完全的再生'"（《青年运动》）。他的诗歌，他的散文，乃至他并不擅长写的小说，也无不得着自然之助。他在山水间时常表现着静婉和放逸的两重性，坚持以自己的性情为转移。这是他在社会人事前所不尽加显现的。在他的心底，"生命只是个实体的幻梦：/美丽的灵魂，永承上帝的爱宠"，"爱是实现生命之唯一途径"（《哀曼殊斐儿》）。爱，是他生命的核心，他能够从自然里获得爱的真谛。因此，一双盈注着爱意的眼睛收览的种种景物，充实着他的视觉和心灵，使他的文字凝含着山精水华的媚惑、日月星辰的光泽、花草树木的灵性、风烟雨雪的幻感、历史传说的醇味，乃至上接屈骚的风致。《印度洋上的秋思》轻拨着忆想的琴弦，低徐、缠绵、幽婉；《我所知道的康桥》独抒着如缕的情思，清美、灵动、飘逸；而《泰山日出》、《北戴河海滨的幻想》和《想飞》，豪放雄健之气和他的诗歌《灰色的人生》同样魂魄，是浪漫诗人的性情的直现。"志摩是独子，一离娘胎就裹在锦缎之中"[1]，身世的因素对人生之基的奠定发生过作用，"我忘了我的生年与生地，/只记从来处的草青日丽；//青草里满泛我活泼的童心，/好鸟常伴我在艳阳中游戏；//我爱啜野花上的白露清鲜，/爱去流涧边照弄我的童

---

① 顾永棣：《诗人徐志摩》，《徐志摩诗集》，浙江文艺出版社1983年版，第470页。

颜；//我爱与初生的小鹿儿竞赛，/爱聚砂砾仿造梦里的亭园"(《诗》)。优裕家境中的成长，尤其利于一个人教养的形成，乃至影响到他的性格与气质。年轻时的傲气、狂气，更胜过书生气。

徐志摩的自我意识，反映在他对现实生活的态度上面。他的社会批判精神，较集中地呈现在早期介入现实的作品里。他曾经试图用手中的笔去争取理想世界，对旧式的、衰朽的东西做出道义上的蔑视乃至立场上的叛逆，使创作汇入文学革命的主流，在客观上成为社会变革的辅翼。青年时代，涉世未深的他接受西方民主与自由思想的影响，具有鲜明的人道主义精神，看到社会的贫富不均，愤然的情绪激烈地表现在《铁栅歌》、《叫花活该》、《这年头活着不易》、《庐山石工歌》、《一小幅的穷乐图》、《古怪的世界》、《大帅》、《人变兽》等诅咒人间贫苦战乱的诗里。他继承了体恤民瘼、关注世间疾苦的中国文学传统。转向风景，希求呼吸清新的空气，使心底无忧。他的文学世界是向内的，其中的一部分忠实地保存着旅行的心情印记。自然景物对于他，似乎格外能触动纤敏的心。他在致凌叔华的信中怅叹"我准是让西山月色染伤了"；凝视郊外的清景，灵光寺的墓园里，峙立的石亭与墓碑沉默在静肃的微馨的空气中，院墙内外虽然满是树荫的秋爽，他却在紧峭的栗树声、潇洒的菩提树音、海潮登岩似的白杨的狂啸搅扰下，涌起一种悲凉的况味，"只觉得一种异样甜美的清静，像风雨过后的草色与花香，在我的心灵底里缓缓的流出……我恨不能画，辜负这种秋色；我恨不能乐，辜负这秋声，我的笔太粗，我的话太浊，又不能恰好的传神这深秋的情调与这淡里透浓的意味；但我的魂灵却真是醉了"。在致旅居巴黎的刘海粟的信里，他说"世界是大的，做人也未始没有意外的趣味。我因此又动游踪，想逆江而上，直探峨眉"，当整天昏昏的，头也支不起时，便想"到海边或山中去想一半月"。无边风月是调适心灵的妙药。自然的美于精神十分有益，如到梦里去寻欢慰。便是在日记里也未断念，"我形容中秋的西湖，舍不得一个'嫩'字"(《西湖记》)，用词的讲究在这几篇记里，一如他的做诗。这似乎倒在其次，重要的是他的所感。宣情在他皆出于审美的本能，而自然的无量的美，在他看"又不是智力可以分析的"。他只相信直觉给予心灵的一刹那的感受，甚至超过理性的力量。他的记游绘景，是纯然的情感活动，对景物而起的感兴，都由文字符号表示出来。只有在风景里，他才会产生主人般的自足、自适、自得、自信甚至优越的感觉。深层次的原因，恐怕和隐约的避世倾向有关。"我骇诧于市街车马之喧扰，/行路人尽戴着忧惨的面罩；//铅般的烟雾迷障我的心府，/在人丛中反感恐惧与寂寥"

（《诗》）。所以他怅叹："我亦愿意赞美这神奇的宇宙，／我亦愿意忘却了人间有忧愁，／像一只没挂累的梅花雀，／清朝上歌唱，黄昏时跳跃——／假如她清风似的常在我的左右！"（《呻吟语》）所以他啸傲："去罢，人间，去罢！／我独立在高山的峰上；／去罢，人间，去罢！／我面对着无极的穹苍。"（《去罢》）在他的感觉里，山水世界"更无有人事的虚荣，／更无有尘世的仓促与噩梦，／灵魂！记取这从容与伟大，／在五老峰前饱啜自由的山风！"（《五老峰》）这是典型的志摩式的抒情。

山水是他的创作元素，万千风物激动他的情绪，浪漫风华成就他的写景诗；若论笔调的细腻与情味的有致，则在摹绘山水风色的散文。就连他和陆小曼合写的五幕剧《卞昆冈》，场景也设置在晋北云冈附近一个村庄。出现在那里面的草原、远山、斜阳和大佛寺的菩萨、山间的通红的石榴花，都是含着寓意的衬景。烧香的村民、雕佛的石匠就在这样的环境中活动着。这番欣然向上的文调，也只活在青年志摩的笔下。通篇流注的情，清鲜、真纯，不染一点社会的灰色影子似的，个人心底郁积的愁绪也暂且不见，是有意不拿到纸面上以免毁伤动人的美景。他倾心的是晚霭里皎洁的明月，是水面的缕缕银辉，是西湖的芦荻，是花坞的竹林，是黄熟的麦田，是静偃的长堤，是夕阳下的湖亭，是浮雾里的青屿。但是他未曾忘忧，雷峰塔下七八个鹄形鸠面的丐僧、持青蛇以放生为幌子讨钱的乞者，让他触着生活的实际。1926年3月18日，段祺瑞执政府枪杀请愿群众，死伤二百余人，连十三岁的儿童也未能幸免于难，这又火山般地激起他对现世的叛离情绪。4月1日，徐志摩任《晨报副刊·诗镌》主编，做《梅雪争春（纪念三一八）》发表在是日版面。诗云："白的还是那冷翻翻的飞雪，／但梅花是十三龄童的热血！"残杀的是热血青年的生命，也是他的思想。他不可忍地又说："屠杀无辜，远不是年来最平常的现象。自从内战纠结以来，在受战祸的区域内，那一处村落不曾分到过遭奸污的女性，屠残的骨肉，供牺牲的生命财产？这无非是给冤氛团结的地面上多添一团更集中更鲜艳的怨毒。再说那一个民族的解放史能不浓浓的染着 Martyrs（烈士）的腔血？俄国革命的开幕就是二十年前冬宫的血景。只要我们有识力认定，有胆量实行，我们理想中的革命，这回羔羊的血就不会是白涂的。"（《自剖》）这种深寄政治意味的悲吟与忿诉，在他的诗作里不止一首，在他的散文里不止一篇。世间不平事，令他愤怒、呼嗷、咒诅、顿足。融会在山水之间的爱意，暂且被炎凉世态激起的恼恨冲淡了。世局之变，使他估定青年人改造现势的行动"不能不说是黑魆魆的世界里的一泻清辉，不能不说是对现代苟且的厌世的生活一个庄严的警告，不能不说是全人类理想的青年的一个安慰，一个兴奋，为他们开辟了一条新鲜的愉快的路径；不能不说是一个新的洁净的人生观的产生……"（《青年运动》）他神往的健康生活是在宽广的天地间感觉新鲜的生命的跳动，从自然与生活本体接受直接的灵感，像小鹿似的活泼，野鸟似的欢欣。

1924 年秋，徐志摩在北京师范大学做题为《落叶》的演讲，明确地表明，他的感情在俄国革命与日本地震两件事情上起了波澜，引发极深刻的感想。他向往某种主义或是某种理想，而自耻于国民精神的穷乏，悲叹"我们的精神生活没有充分的涵养……我们的生活没有深刻的精神的要求"。无论实际的人生多么艰困，他的神采也是飞扬的，在这篇演讲的末尾，他还向莘莘学子充满激情地高叫："Everlasting yea！"（永远用积极的态度去对待人生）他当然也因现势而凄惶过，1925 年在燕京大学附属中学的演讲稿《海滩上种花》里就含怒含忧地说："我们一群梦人也想在现在比沙漠还要干枯比沙滩更没有生命的社会里，凭着最有限的力量，想下几颗文艺与思想的种子，这不是一样的绝望，一样的傻？想在海砂里种花，想在海砂里种花，多可笑呀！"1929 年秋在上海暨南大学的讲演稿《秋》中，他这样说："我们靠着维持我们生命的不仅是面包，不仅是饭，我们靠着活命的，用一个诗人的话，是情爱，敬仰心，希望。"人生观仍然是积极的。虽然世情充斥着丑恶，下流，黑暗，让火热的胸膛里有爱不能爱，有敬仰心不能敬仰，要希望也无从希望，只能在无边的黑暗中永远沉默。徐志摩毕竟是一个有正义感、有耻辱心的诗人，身上除了几座用文学语言造起的空中楼阁，还有一颗热烈的心。他的思想的起点或许是星光是月是蝴蝶，转身逢着冷森森的拦路墓碑似的人生基本问题，他的思想、感情、人格还要率真地表现着，鲜明地亮出对于时代人生的看法，至少要努力找出思想的混乱、社会的变态、标准的颠倒这些"时代烦闷"的病源，从而阻遏国家生命的枯窘与民族活力的衰耗。他渴盼文化与思想的健全的社会早日到来，"思想非得直接从生命的本体里热烈的迸裂出来才有力量"，才能改造"这毒气充塞的文明社会"，"从这类健全的生命树上，我们可以盼望吃得着美丽鲜甜的思想的果子！"所以他号召青年学生们"要多多接近自然，因为自然是健全的纯正的影响，这里面有无穷尽性灵的资养与启发与灵感"。他追求大自然对人类精神的健全的影响，匡救道义标准沦丧与理想主义缺失的时代病。徐志摩对于家庭的认识，特别是对于父亲徐申如的态度能够证明这一点。"北伐时期斗争土豪劣绅的风暴也曾席卷硖石，徐申如列为土豪劣绅，家产被封，本人外逃……这一切像一阵阵风暴，在志摩胸中掀起了狂澜，后来他终于喊出：'五具残缺的尸体，他们是仁义礼智信，向着时间无尽的海澜里流去，这海是一个不安靖的海，波涛猖獗的翻着，在每个浪头的小白帽上分明写着人欲与兽性。'使他对'贵族，资本家：这类字样一提着就够挖苦！'而感到'劳工，多响亮，多神圣的名词！'所以徐志摩在英美留学期间及返国初期曾自封'是个激烈派，一个社会主义者'。"① 生命的后半期，徐志摩的创作逐渐由天地自然转向自我心灵的一隅。但是必须看到，投入风景的怀抱去找安慰，并非是他对生活缺乏信心，而是在自认最和性情相合的领域抒写生命中有意义的方面，笔墨特别落在最能直接表达主观世界的人生上面："这时候芦雪在明月下翻舞，/我暗地思量人生的奥妙，/我正想谱一折人生的新歌，/啊，那芦笛（碎了）再不成音调！"（《西伯利亚道中忆西湖秋雪庵芦色作歌》）他轻易地就能够在景色和心灵之间寻到契合点。

　　山水间的赤子情怀，表现着徐志摩真纯的生命感。对于自然的感情是测定人的善恶的天然尺度，并且衡估着家国情怀的程度。海外游学的记历，特别能够看出流动在他胸间的爱国的心潮。来自"古文明的乡国"的徐志摩，身处东瀛，虽然想见岛国"雅驯，清洁，壮旷"的往古风尚，却也"不敢不祈祷古家邦的重光"。他在诗里这样歌唱："古唐时的壮健常萦我的梦想；/那时洛邑的月色，那时长安的阳光；/那时蜀道的猿啼，那时巫峡的涛响；/更有那哀怨的琵琶，在深夜的浔阳！"（《留别日本》）欧游的途上，故国之思让他吟出《西伯利亚道中忆西湖秋雪庵芦色作歌》。在《给新月》这篇里，面对云海似的贝加尔湖，面对巉岩绝壁的乌拉尔山，目迎着晚霞中高洁的雪峰，他的心仍然系念远在北京的新月社诸友。为"向着光亮处寻路"，也为新月社的前途，他靠着行车的窗口震震地写着漫游中的通信。在莫斯科，在克里姆林宫（Kremlin）那座宏严的大教寺的平台上初次瞭望莫斯科河两岸的景色，不免动了乡国之思，对北京的朋友说："你们也趁早多去景山或是北海饱看看我们独有的'黄瓦连云'的禁城，那也是一个大观，在现在脆性的世界上，今日不知明日事，'趁早'这句话真有道理，回头北京变了第二个圆明园，你们软心肠的再到交民巷去访着色相片，老皱着眉头说不成，那不是活该！"（《欧游漫录·莫斯科》）说到俄国人对于宗教的虔诚，他又顾恋起故园："到我们绍兴去看看——'五家三酒店，十步九茅坑'，庙也有的，在市梢头，在山顶上，

----

① 顾永棣：《诗人徐志摩》，《徐志摩诗集》，浙江文艺出版社 1983 年版，第 472 页。

到初一月半再会迟——那是何等的近人情，生活何等的有分称；东西的人生观这一比可差得太远了！"（《欧游漫录·莫斯科》）徐志摩在翡冷翠（意大利的佛罗伦萨市）山中写着这些旅途中的感怀和忆想，精神在历史的时空穿度，乡情、亲情、离情细密地交织，轻轻印在纸上的，是花朵般的美的影子，摇映于异国陌生的天底下。在契诃夫墓园，他默念着陶渊明、李太白、苏东坡、陆放翁、曹子建、陈元龙（《欧游漫录·契诃夫的墓园》）；在翡冷翠，他要把"阿尔帕斯与五老峰，雪西里与普陀山，莱茵河与扬子江，梨梦湖与西子湖，建兰与琼花，杭州西溪的芦雪与威尼市夕照的红潮，百灵与夜莺"相谐地调融一处（《翡冷翠山居闲话》）。漂泊天涯，他的精神也走不出中国的文化环境。分析他的作品，综观他的创作历程，在自然怀抱里的昂奋豪纵与婉转低回，在文化思潮的争锋与艺术观念的博弈中所呈现的激进姿态，在动荡时局中所表现的意志消沉、情绪低落和行动退缩，可以看到一个富于理想和激情，性格软弱敏感的作家真实的灵魂。他的行为是复杂的，而在作品中彰示的品性又是单纯的。

在创作中渗透强烈的文体意识，表露着徐志摩的艺术自觉。他首先是一个抒情诗人，他的工作不是重现自然，而是保留对于自然的感受；也不希冀做出某种理念倡导，而是通过风景的桥梁，由感性进入理想的境界，暂时摆脱因无力解决社会的基本问题而产生的现实苦恼。诗人气质体现在风景散文创作中，显明的艺术特征是将散文适度地诗化，即增强抒情性的部分，弱化叙述的部分，篇中不敷设明晰的游踪，只以流动的意识贯穿首尾，这同郁达夫的散文存在明显的叙事痕迹相异。因此，火样的激情、入微的摹记、清美的意境，构成徐志摩在散文抒写上的特色，并且逐步形成区别于他人的文体感。他采撷山水的光影，心情是流动的，视点是变换的，结构是开放的，将风景的视觉信息转化为完美的文字表现，充满生命的色彩和律动感，给阅读者带来的虽然也有理性的启示，却更是情感的鼓舞。

立足个人本位，篇章线索皆以主观情感为发端，也为归宿，是徐志摩写景的明显文体特征。他大量应用抒情元素，使其成为作品支持性的部分。抒情成为文学表达的主要途径，也赋予散文以鲜明的诗体形式。志摩式的抒情形态首先表现为直截的宣示，可说是换一番样式做诗。他自谓"我是一个信仰感情的人，也许我自己天生就是一个感情性的人"，"我的思想——如其我有思想——永远不是成系统的。我没有那样的天才。我的心灵的活动是冲动性的，简直可以说痉挛性的"，他迷信人的感情活动，认为"感情是力量，不是知识。人的心是力量的府库，不是他的逻辑"（《落叶》）。触景伤怀在他原是极平常的，1925年3月11日致陆小曼的信里，他写道："方才遥望锦州城那座塔，有些像西湖上那座雷峰，像那倒坍了的雷峰，这又增添了我无限的惆怅。"这是他游欧时乘火车往西伯利亚去的途中写下的，游子胸坎的依依之情缠绵在文字间。他和自然之间没有距离的空白，心灵与山水是贴近甚至是相融的。他不收拢奔放的情感，一任它们在广阔霄壤旋舞飞翔。在《北戴河海滨的幻想》中，他歆慕像耶稣、释迦牟尼那样，将"一滴最透明的真挚的感情滴落在黑沉沉的宇宙间"，水浪边的长吟，礁岩旁的冥想，喷吐着汹涌的生命怒潮，反叛、冒险，狂飙似的漫卷心头，"他崇拜斗争：从斗争中求剧烈的生命之意义，从斗争中求绝对的实在，在血染的战阵中，呼噉胜利之狂欢或歌败丧的哀曲"，他眼前闪熠的是"流水之光，星之光，露珠之光，电之光"，他耳畔呼啸的是炮烙灵魂的烈焰，摧毁灵魂的狂飙与暴雨，艳丽的日辉中，他的灵魂欢舞，他的心情愉悦，他的生趣盎然，他的希望闪烁，一切都荡漾在无穷的碧空中、绿叶的光泽里，虫鸟的歌吟象征夏之荣华，青草的摇曳代表春之成功，"我亦可以暂时忘却我自身的种种"——清风白水似的天真，热烈的理想的寻求，乐观与悲观的斗争，刹那的启示与澈悟，骤转的生命潮流中危险的旋涡，而前景和希望、自然与人生，永远是驻留于他的文字中不朽的基调。《泰山日出》画出一个高吟于名山顶巅的狂者形象。普彻的欢声、普照的光明，映衬着横亘于无边云海里的散发祷祝的巨人。他仿佛飘游在辽远的天上，完成激情的挥写。《常州天宁寺闻礼忏声》则震响着天界的声音。其次，他也常常有宛妙的抒写，变掀涌的巨澜为潆洄的细流。《印度洋上的秋思》是他返国情绪的写照，联翩的忆想、交叠的画面、流动的意绪，都在绵绵的秋景中交织，倒有一种低回不尽的缠绵。他运用情感的滤色镜，将风景的印象进行转化，创造出心灵化的自然，图记似的幻生并作用于视觉审美。如果从中国古典文学的影响来看徐志摩性格中的抒情特质，他的诗文充溢的是楚人的浪漫气调，吴越家山的悲慨韵致倒不怎样鲜明。多情，爱梦，理想化，这或许也是形成他善感的文体的内因之一。

　　奇特的想象，突出地表现徐志摩浪漫的创作风格。他的想象是一个无限扩展的空间，容纳了穿透一切边界的思维。琐碎的日常细节、断裂的生命记忆，都依照感性逻辑和理性逻辑相谐地连接；而铺张扬厉的修辞热情，巧妙地将阅读感受引入绚烂的想象性世界。《泰山日出》里横亘于云海上的散发祷祝的巨人，玫瑰汁、葡萄浆、紫荆液、玛瑙精、霜枫叶泻染的霞彩间，热奋地飞骋的光明的神驹……想象的瑰丽、诡异、飞动、缥缈，直承浪漫的楚辞。《北戴河海滨的幻想》自不必说，《天目山中笔记》一篇，空山悟语，花界佛香，弥漫深幽禅味，虚静之中不禁朝着松声竹韵、鸣禽吟虫围着的庙宇做起幻美的清梦。他的联想特别容易受着万物的感应，一缕风吹来，霎时间就会在心之湖上激起文采飞闪的珠涟。

华丽的词彩、超炫的色泽，是奇幻想象的艳美外衣；跳跃的语词、浪漫的形容，是彰显神韵的艺术符号。词句的排列形成富含寓意的语言关系，并且构成独特的语境。在徐志摩的语汇流里，情绪潮在腾滚、沸涌，聚成情感的历程。被语词岩浆炙烤的心在熔化，又于广阔的风景中呈现具体而清晰的意义。从语言的运用上看，徐志摩的散文明显地受到诗歌创作的影响，诗化的倾向强烈，常常是诗文互糅。《泰山日出》、《常州天宁寺闻礼忏声》、《灰色的人生》、《毒药》、《白旗》、《婴儿》等，在格式上既有诗歌的严整，又有散文的恣纵，是分行的散文，也是不分行的诗歌，在一些选家那里是划归为散文诗的。徐志摩不被书写条律、体裁界定框限，一切随表达和抒发的需要而大胆挥写。诗性的风格首先来于精神的不受遏抑。他的行文的讲究在现代散文家中也拔乎其萃，比喻、借代、对比、衬托、摹绘、拈连、移就、比拟、象征、婉曲等汉语修辞格的纯熟应用，极大地丰富了白话在现代散文写作中的表现力。这种抒情色彩浓郁、形象感鲜明的语体文，经过徐志摩的努力，显著的发达了。通过文学表达而形成的秾丽艳美的艺术风格，最直接地袒露内心的真实，丰富了现代散文的创作形态与类型。当然，这种"浓得化不开"的雕琢美一旦失去技术理性而超出应有的艺术限度，也会对作品造成某种伤害，"正是因为太浓厚了，太稠密了，下笔太没有节制了，自然就会显得'浓得化不开'，从而影响了鲜明形象的表达，和满腔热情的宣泄。多少读者被这些排山倒海似的词藻所袭击，而很想从中获得的形象和感情，却被淹没了，被阻塞了，这样就不能不造成一种晦涩的印象。正是过于秾丽的色彩，过于稠密的词藻所造成的晦涩，从读者接受的角度来说，在阅读时可能会感到有一种沉重的负担，把自己压抑得有点儿喘不过气来。然而在经过这样紧张的阅读之后，却又感到无法留下清晰和充满层次感的印象，而只是觉得有一座杂乱地堆砌在一起的艺术原料……秾丽和雕琢的风格是自有其长处的。尽管散文创作的最高审美境界，应该是异常流畅和充满光泽的单纯、简洁与精确的美，秾丽和雕琢的美，应该是从原始状态的朴素，走向这种单纯、简洁与精确美的中间环节，是这种趋于完全成熟过程中的'否定之否定'的桥梁……令人惋惜的是徐志摩在这种风格的抒写中，未能充分处理好形象的凸出，和感情的融和这两个方面。从他写作的才能来说，其实是完全可以做到这一步的，而这一点如果真的实现了，他一定会取得更大的艺术成就。由于他英年夭逝，自然是永远也无法做到这一点了"①。徐志摩用天赋的创作才情、展开丰富的美学表现。独异的散文话语形态修饰着传统的文体外观，筑造起精致的文学宫殿，上面镶嵌着情感的珠翠、思想的宝石，中国游记散文自唐宋以降形成的类型化面貌，发生了变异。

第二节　郭沫若：巴山蜀水激响的心灵旋韵

郭沫若（1892—1978），原名郭开贞，生于四川乐山沙湾。1906 年入嘉州高等学堂学习，开始接受民主思想。1914 年春留学日本，先入东京第一高等学校完成三年医学课程，毕业后升入福冈九州帝国大学医科。学习期间接触泰戈尔、歌德、莎士比亚、惠特曼等外国作家的作品。1918 年春开始文学创作，写出第一篇小说《牧羊哀话》，同年初夏写出他的最早的现代诗《死的诱惑》。五四运动爆发，在日本福冈发起组织救国团体夏社，投身于新文化运动，写出《凤凰涅槃》、《地球，我的母亲》、《炉中煤》等新诗。1920 年出版与田汉、宗白华通信合集《三叶集》，1921 年出版诗集《女神》，成为中国新诗的创基人，同年 6 月和郁达夫、张资平、成仿吾等发起组建创造社，编辑《创造季刊》。1923 年在日本帝国大学毕业后回到上海，编辑《创造周报》、《创造日》等刊物。1919 年到 1925 年写出剧作《黎明》、《棠棣之花》（诗剧）、《湘累》、《女神之再生》、《广寒宫》、《月光》、《孤竹君之二子》、《卓文君》、《王昭君》和《聂嫈》等。1928 年 2 月赴日至 1937 年 7 月抗战爆发后回国的旅居期间，从事中国古代史和古文字学的研究工作，著有《中国古代社会研究》、《甲骨文字研究》、《金文丛考》、《卜辞通纂》、《两周金文辞大系图录》、《两周金文辞大系考释》等学术专著。1930 年加入中国左翼作家联盟。1941 到1943 年间写出《棠棣之花》（史剧）、《屈原》、《虎符》、《高渐离》、《孔雀胆》和《南冠草》等剧作。著有散文集《橄榄》（1926 年，上海创造社出版部）、《山中杂记及其他》（1929 年，上海新兴书店）、《今津纪游》（1931 年，上海爱丽书店）、《离沪之前》（1936 年，上海今代书店）、《武昌城下》（1936

---

① 　林非：《徐志摩散文的艺术风格：秾丽和雕琢》，《中国散文》2006 年第 3 期。

年，上海晓明书店)、《豕蹄》(1936年，上海不二书店)、《北伐途次》(1937年，上海潮锋出版社)、《北伐》(1937年，上海北雁出版社)、《在轰炸中来去》(1937年，上海抗战出版部)、《抗战与觉悟》(1937年，上海大时代出版社)、《前线归来》(1938年，汉口星星出版社)、《羽书集》(1941年，香港孟夏书店)、《蒲剑集》(1942年，重庆文学书店)、《今昔集》(1943年，东方书社)、《巴山蜀水》(1945年，重庆读者之友社)、《波》(1945年，重庆群益出版社)、《归去来》(1946年，北新书局)、《历史人物》(1946年，重庆人物杂志社)、《南京印象》(1946年，上海群益出版社)、《苏联纪行》(1946年，上海中苏文化协会研究委员会)、《革命春秋》(1947年，上海海燕书店)、《盲肠炎》(1947年，群益出版社)、《今昔蒲剑》(1947年，上海海燕书店)、《沸羹集》(1947年，上海大孚出版公司)、《创作的道路》(1947年，重庆文光书店)、《春天的信号》(1947年，上海文汇报馆)、《天地玄黄》(1947年，上海大孚出版公司)、《抱箭集》(1948年，上海海燕书店)、《郭沫若文集》(1949年，上海春明书店) 等。生平著述辑为《郭沫若全集》。

若论文学体裁实践的多样，创作经验的丰富，郭沫若应算可数的一位。积极浪漫主义精神在他的诗歌、小说、散文、戏剧、史论诸方面都仿如江河一般流荡。"文学的本质是诗性的"这一理念，是他的全部创作的基源。

青少年时代的郭沫若受到庄子"逍遥"思想的影响，这和他在留学期间接受的西方自由主义精神契合。初到日本学医，接触到泰戈尔、海涅、歌德、斯宾诺莎等人的著作，倾向于泛神论思想，并且直接形成既有先民原始意识，又有现代思想的艺术思维模式。这种创作模式本质上是诗性的，并以强烈的创新精神与浓郁的浪漫气质为外化的艺术特征。

巴蜀的地域条件与文化传统对于郭沫若性格和心理的形成产生隐性的作用。从生态环境乃至家庭环境的角度考察郭沫若文化性格的成因，可以探究融贯于他的创作中的风景情结。"我住在青衣江上的嘉州，/我住在至乐山下的高小。"(《光海》) 大渡河的清流、峨眉山的翠影映着他的眼睛，也晕染他的心灵，赋予文学创作所必需的才调：奇幻的想象、抒情的韵致、缤纷的辞藻，均源于诗性品质。自幼而生的叛逆性格与激愤情绪或许也同他所处的教育氛围、地理条件相关。他说："但我的发蒙是在四岁半的时候。家里有一座家塾，面对着峨眉山的第二峰，先生命名之为'绥山山馆'"，待到上了设在嘉定北门外草堂寺内的高等小学堂，他又感受着风光的好处，"嘉定是适宜于读书的地方，环境很好，山水十分秀丽。星期日在平坦如路的府河上划船。向青衣北岸的凌云山和乌尤山去游览，远望磅礴连绵的峨眉山，近接波涛汹涌的大渡河，在那澄清的空气中令人有追步苏东坡之感。在凌云山上有苏东坡的读书楼，有他的塑像、刻像和题字，也还有好些遗迹，如洗砚池，载酒时游处之类。凌云山的岩壁上，正当着旧大渡河口，与峨眉山正对着，凿了一尊大佛。这是很有名的，是唐代海通和尚所凿。在那大佛脚下河水汇为一个深潭，地方上的人说'是和海相通的'，虽然是荒谬的俗传，适足以表现其处之深。在那深处产一种鱼名叫'墨鱼'，全身黑色，这是因为水太深，罕与太阳光接近而致，但俗传是吃了东坡先生的墨水。这些都觉得富有诗意，而墨鱼也确是可口"，"在嘉定遭了斥退之后，第二年的春初晋省，插入当时成都高等学堂的分设中学丙班……游山玩水、吃酒赋诗的名士习气愈来愈深。东门外的望江楼、薛涛井，南门外的武侯祠、浣花溪、工部草堂，是常游之地。连学校在停课试验期中，都把课本丢在一边，和一些兴趣相投的人在自修室内撞诗钟，和韵，联句，讲小说"（《我的学生时代》）。这是郭沫若自我的性格阐述，从论者的客观角度分析，也得出近似的结论："巴蜀大地盛行的老庄思想，'天府'丰裕的物产条件，使巴蜀人养成一种'耽于享乐'的生活态度。郭沫若父亲精明的经商才能为郭沫若提供了良好的生活条件，慈爱的母亲使郭沫若有着无忧无虑的童年，作为地方豪强的幺叔以及留日归来在省城作大官的大哥，又为郭沫若放纵性情提供着保护，如此等等，'放敞马一样'自由自然的个性，率性而为和大胆创造的人格精神，就于此形成了。中学时代的郭沫若就写有这样的诗句：'人生到处须行乐，沽酒临邛莫用赊。'在乐山、成都求学时期，游山玩水、喝酒赋诗，追羡古代名士的生活。在乌尤山、大佛寺、尔雅台，在望江楼、武侯祠、青羊宫、杜甫草堂等古迹名胜之处，郭沫若接受着巴蜀故乡先贤文化遗迹潜移默化影响，如其《商业场竹枝词》：'新藤小轿碧纱帷，坦道行来快似飞，里面看人明了否，何缘花貌总依稀。'俨然一个晚唐西蜀'花间词'人的口气"①。

风景情怀源于对天地自然的认识。郭沫若以为："人类的精神为占有欲望所扰，人类的一切烦乱争夺尽都从此诞生。欲消除人类的苦厄则在效法自然，于自然的沉默之中听出雷鸣般的说教。自然界中，天旋地转，云行雨施，漫无目的之可言，而活用永远不绝。自然界中，草木榛榛，禽兽狉狉，亦漫无目的

---

① 邓经武：《论郭沫若的"创造"情结——人类文化学的个案研究》，《郭沫若与二十世纪中国文化》，福建人民出版社 2002 年版，第 268 页。

之可言，而生机永远不息。然而自然界中之秩序永远保持着数学的谨严，那又是何等清宁的状态！人能泯却一切的占有欲望而纯任自然，则人类精神自能澄然清明，而人类的创造本能便能自由发挥而含和光大。"（《论中德文化书——致宗白华兄》）由这段宣示，人们可以理解为什么放达无羁的郭沫若抒写起眼底山水，笔端总是凝寄着虔诚的宗教感。在他的精神深处，潜隐着对于自然的敬畏之心。

在郭沫若的作品里，深挚的乡土情结较少浮在表面。明秀的山水固然给他关于家园的记忆，更养成了高傲的心气、宏大的志向和骛远性。他的心是飞在天上的，而不像同时代的沈从文——行走在大地上而时时眷恋着湘西的故土。他一生的主要文学活动都是在家乡之外进行的。不能说他对于故土没有感情，更向往广阔的世界却实在是他的所愿。他曾从地域传统的角度做过解释："四川人的乡谊素来是很淡薄的。这原因怕是由于多是客籍的原故……现在的四川人大概都是外省人，就如我自己的祖籍便是福建。我们这些客籍人在四川是各省有各省的会馆的。因此我们四川人的乡土观念似乎没有广东、浙江那些省份的来得浓厚。这，或许也就是四川人的好处。"（《创造十年续篇》）早在嘉定中学做学生时，他便说："在这儿不是读书，简直是养老。我在这时候只想离开故乡，近则想跑成都，远则想跑北京、上海，更远则想跑日本或美国，但家里不肯让我们跑远，自己也找不到那样远走高飞的机会。"（《我的学生时代》）从性格气质乃至心理的角度寻因，他是一个冲动型的人，一个生命力旺盛的人，一个心中燃烧着炽烈火焰的人。"郭沫若的崛起，有着其独特人生经历和所在区域文化历史的深远原因……郭沫若的'自我意识'首先源自于其所在的区域群体文化意识。巴蜀大盆地历来被视为'西僻之国'，又因物产富足的'天府'优势而常居'蛮夷之长'，自给自足的经济实力使巴蜀人不事外求，而形成一种'天高皇帝远'的傲气和'巴蛇吞象'的骄狂大胆。以'边缘'反叛'中心'……在疆域辽阔而又四周封闭的大盆地中，这种标新立异、大胆反叛、敢于创造的区域人文精神不断得到衍化发展，积淀为独具个性特色的巴蜀文化精神……'见贤思齐'的心理趋向，'乡贤'楷模的范式作用，使郭沫若自觉或不自觉获得区域文化精神，并在其创造活动中复现出来。个体人意识萌发之初，首先感知的内容是其所在社区的民俗风习，即最具有物质性、表象性的民俗文化，这些，对个体人的思维方式和认知格局，模塑作用是终身难以磨灭的。这就是心理学家所强调的，人在童年时期形成的心理图式对其一生行为和性格表现的重要性。巴蜀大盆地历来地方势力割据称霸，近现代巴蜀民间帮会袍哥势力在社会政治活动中扮演着极其重要的角色，这已构成巴蜀大盆地社会运行的基本特征。在蜀南的古嘉州（乐山）尤其是郭沫若的家乡沙湾镇，因邻近马边、峨边等彝族聚居区，原始剽悍的民俗风习极为浓厚，地理的'边缘'和较少受正统礼法规范影响的崇尚自由自然的人文风习，蔑视官府政权，崇慕侠义豪杰的民俗风习，使郭沫若获得了一种区域文化崇尚'土匪'的'集体无意识'。童年时代的郭沫若与同学们结兄弟'拜把子'，遇事强出头，不惜代人受过，就是这种区域民俗风习的体现"，这些都"在童年郭沫若的心灵上留下深深的印痕，并且积淀为他的价值心理，成为他后来文化创造的一种无意识价值判断标准……'五四'时期郭沫若大作'土匪颂'、塑造气吞日月'天狗'形象和'站在地球边上放号'，就正是他蔑视一切权威、大胆反叛一切既定社会秩序的深层文化心理和区域'集体无意识'的表现。其强悍的人格力量表现、狂飙突进式的创造特征以及所体现的时代精神和对于西方外来文化思潮的回应，实际上都带着巴蜀大盆地人文精神和区域文化性格积淀的影响和制约……如果说，故乡沙湾的民俗风习，尤其是民风剽悍、民间帮会各立山头、袍哥盛行的社会构成形态，是作为一种潜隐的文化铸造着郭沫若的人文性格，成为他在无意识中遵循的社会规范和选择判断的价值心理图式，那么，'巴蜀重道'，尤其是重庄老之术的巴蜀文化学术传统，则作为显表形态的文化，进一步铸造着郭沫若的文化人格……也就是说，庄子'攘弃仁义，而天下之德始玄同矣'的基本思想，被郭沫若复活为'五四'新文化那彻底反叛中国封建旧秩序的新思想"[①]。他以文化创造的实绩，努力表现用新文化改造旧文化，创建崭新的文化格局的时代锐气。

在 20 世纪初年新旧文化营垒的颉颃中，保守主义、自由主义、激进主义这三大文化思潮都对郭沫若产生影响，他的人生态度也随着文化进程的演变而有所调整，形成一种复杂的存在。但是在他的早年，却是倾心自由主义的。"就精神气质而言，浪漫派诗人郭沫若与自由主义有一种天然的契合……郭沫若十三四岁开始接触庄子，他与追求个体自由的庄子哲学可谓一拍即合，起初是喜欢他那汪洋恣肆的文章，后来也渐渐为他的思想所陶醉。所以，郭沫若早期思想中，既表现出相当道家气息，又颇与西方自由主义契合"，"郭沫若有一种受自于乐山乡土文化的通脱性格，其思想很容易受环境影响而发生变

---

① 邓经武：《论郭沫若的"创造"情结——人类文化学的个案研究》，《郭沫若与二十世纪中国文化》，福建人民出版社 2002 年版，第 262、263、264、265 页。

化","自由主义者由于对于社会变革持温和渐进态度,所以他们对待传统往往偏于保守。众所周知,郭沫若在'五四'新人中是少有的尊孔崇儒者,他对中国文化传统始终给予非常高的评价"①,在旧学与新学、封闭与开放、复古化与现代化的论争中,郭沫若一方面尊重中国的文化传统,一方面追求西方资本主义文化成果,同时也致力革命文化的建设。在中国文化的现代转型期,郭沫若是在各种思潮的交错状态中表现文化创造上的先锋性。"他的先锋性特别明显,变化也特别快,翻译了一部河上肇的作品,就宣称自己已经是'彻底的马克思主义'的信徒了。他认为哪怕昨天是资产阶级,只要今天接受了无产阶级的洗礼,就可以做出无产阶级文艺,所以常常都在'奥伏赫变'"②,以至投身北伐军旅,直接参加社会革命实践。郭沫若后来说过:"在政治上我虽然有些比较进步的想法,但在文学的活动上和这种想法并没有怎样有机地连络起来。《女神》的序诗上,我说'我是个无产阶级者',又说'我愿意成个共产主义者',但那只是文字上的游戏,实际上连无产阶级和共产主义的概念都还没有认识明白。在《棠棣之花》里面我表示过一些歌颂流血的意思,那也不外是诛锄恶人的思想,很浓重地带着一种无政府主义的色彩。"(《创造十年》)然而在写给成仿吾的信里郭沫若说,迻译河上肇博士的《社会组织与社会革命》一书,"所得的教益殊觉不鲜!我从前只是茫然地对于个人资本主义怀着憎恨,对于社会革命怀着信心,如今更得着理性的背光,而不是一味的感情作用了。这书的译出在我一生中形成了一个转换期。把我从半眠状态里唤醒了的是它,把我从歧路的彷徨里引出了的是它,把我从死的暗影里救出了的是它"(《创造十年续篇》)。五四时期的郭沫若,是在不确定的摸索中树立文化的核心立场。持守这样宏观的整体的文化观,使他在对文化现象的认知和把握上,充满激烈的辩驳气势,而又在已有的认识限度内尽量减少偏误。成仿吾对郭沫若的功绩下过肯定的结论,说他"在这样混沌的学界,能摆脱一切无谓的信条,本科学的精神,据批评的态度而独创一线光明,照彻一个常新的境地"③。他创制的现代文化学统,代表20世纪中国文化和中国文学的重要方

---

① 税海模:《试论郭沫若在自由主义与马克思主义之间的选择》,《郭沫若与二十世纪中国文化》,福建人民出版社2002年版,第49、51、52页。

② 黄修已:《略说郭沫若与20世纪中国文化》,《郭沫若与二十世纪中国文化》,福建人民出版社2002年版,第12页。

③ 孙开泰:《从对三大思潮的态度看20世纪的郭沫若与中国思想文化》,《郭沫若与二十世纪中国文化》,福建人民出版社2002年版,第41页。

面。他向着风景展开自己的文学描绘时，直接表现在"泛神"的艺术思维方式上，观察的视角、思考的内容和反映的对象，共同作用于他的抒写过程。

郭沫若崇奉的理想主义社会观和英雄主义人生观，使他的行为方式必定是感性的、情绪化的；郭沫若遵行的浪漫主义文学倾向，抒情方式必定是热烈的、激昂的，充满创造的力量。郭沫若借着山水的载体进行文学憧憬，完成源于个体自觉的文化再造，并在这个过程中实现生命的展望。

创作的方法论要以认识论作为哲学基础。郭沫若说自己"因为喜欢太戈尔，又因为喜欢歌德，便和哲学上的泛神论（Pantheism）的思想接近了。——或者可以说我本来是有些泛神论的倾向，所以才特别喜欢有那些倾向的诗人的。我由太戈尔的诗认识了印度古诗人伽毕尔（Kabir），接近了印度古代的《乌邦尼塞德》（"Upanisad"）的思想。我由歌德又认识了斯宾诺莎（Spinoza），关于斯宾诺莎的著书，如像他的《伦理学》、《论神学与政治》、《理智之世界改造》等，我直接间接地读了不少。和国外的泛神论思想一接近，便又把少年时分所喜欢的《庄子》再发现了。我在中学的时候便喜欢读《庄子》，但只喜欢文章的汪洋恣肆，那里面所包含的思想，是很茫昧的。待到一和国外的思想参证起来，便真是到了'一旦豁然而贯通'的程度"（《创造十年》）。在郭沫若的《女神》中，凤凰涅槃式的开拓精神与烈火狂飙式的激进气质显映文学革命的决绝姿态，导引他完美地实践泛神的艺术思维——用于创作的原始性与现代性相交融的诗性思维方式。原始性使他展开想象的羽翼，在史前时代的光色中翔舞，神怪、灵兽、日月、大海、巫风弥漫的仪典、宗教魅惑的图腾，承载了他的艺术直觉。现代性使他呼唤时代精神，张扬个性解放的诉求。《女神》的开创意义之一，在于证明"古老的东西可以实现创造性的转化。'返祖性'是郭沫若'泛神'艺术思维方式的重要特征。'返祖性'并不意味着纯粹意义上的原始性。所谓'返'，是站在现代性立场上对原始性的一种认同。'返祖'的基点在于现代。"① 作为抒情主体，他以自我为中心，在景物的世界里构筑心灵的广厦。感性与理性、激情与狂想、非逻辑与超现实，皆导源于此。这种诗学性思维方式的适用体裁固然在新诗歌的创作上，而在散文，特别是风景散文领域也部分地表现着，在形式和内容上形成诗文的交互、物我的合一。郭沫若的易于冲动的性格，正适宜他的筚路蓝缕、开辟洪

---

① 刘悦坦、魏建：《论郭沫若"泛神"艺术思维方式》，《郭沫若与二十世纪中国文化》，福建人民出版社 2002 年版，第 212 页。

荒的文化创造精神。泛神的意识，使他耽溺于往古的美好情境里，形成历史癖。他的"思维方式与上古时代人的思维方式有某种一致性"，他善于以"最原始的思考方法与最现代的思考内容结合"，因为"在原始人的意识中，个人与环境是互渗在一起的。原始人的思维缺乏理性的分析，它的思维因子是互渗在一起的情绪和直觉"；如同郭沫若所认为的"诗的原始细胞只是单纯的直觉，浑然的情绪"，他的创作"更倾向于主观与冲动，听任情绪的自然消长"，"'偏于主观'使他的'想象力比观察力好'，本着内心的要求，从事于文艺的活动，从而无拘无束，自由创造；'偏于冲动'，使他一任'情绪的自然消长'，一任'冲动在那里跳舞'"；"郭沫若的创作动机、欲望、灵感无不是建立在情绪冲动的动力基础上……就思维的运动速度看，它有高速性、突发性的特征……就思维的运动形式看，它又有极端性、逆反性的特征"，诗性的袭击，令他的情感因子异常活跃起来，撩动他在混沌自由的状态中驰骋着文学想象，展开诗性的双翼，他的艺术思维常常是非静态的，而是跃动的，是非单一的，而是多维度的，是非守衡的，而是突变的，是非恒定的，而是常新的。传统的音调经过他的改造，会出现激越的变奏；"郭沫若的'泛神'的艺术思维方式在中国新文学史上的巨大开创意义——它以思维方式的变革掀起了中国现代艺术创作思维，尤其是新诗创作思维的革命。它以其情绪性、突发性、逆反性尤其是'互渗律'的思考方法，突破了中国传统思维的圆满、中和、平衡的封闭系统，各种思维元素的分裂聚合、纠缠渗透，构成一种非稳定性的张力结构。这正是现代的诗性思维方式……'毁坏'了以'圆'为中心的中国传统诗学思维"[①]。

　　泛神的思维方式特别重视人与自然的联系，作品中时常渗入强烈的风景意识。纯质的文字只有在风景里才能产生，甚至形成对于大自然的依赖性。"和小诗运动差不多同时，一支异军突起于日本留学界中，这便是郭沫若氏。他主张诗的本职专在抒情，在自我表现，诗人的利器只有纯粹的直观；他最厌恶形式，而以自然流露为上乘……他的诗有两样新东西，都是我们传统里没有的：——不但诗里没有——泛神论，与二十世纪的动和反抗的精神。中国缺乏冥想诗。诗人虽然多是人本主义者，却没有去摸索人生根本问题的。而对于自然，起初是不懂得理会；渐渐懂得了，又只是观山玩水，写入诗只当背景用。

　　① 刘悦坦、魏建：《论郭沫若"泛神"艺术思维方式》，《郭沫若与二十世纪中国文化》，福建人民出版社 2002 年版，第 212、213、214、215、217、218 页。

看自然作神，作朋友，郭氏诗是第一回。"① 他无法平静谛视天下风光，而要任凭激情的狂泻。他在《女神》中朗吟："我崇拜太阳，崇拜山岳，崇拜海洋；/我崇拜水，崇拜火，崇拜火山，崇拜伟大的江河。"（《我是个偶像崇拜者》）他在《凤凰涅槃》中诵唱："山右有枯槁了的梧桐，/山左有消歇了的醴泉，/山前有浩茫茫的大海，/山后有阴莽莽的平原，/山上是寒风凛冽的冰天。"火中翱翔的凤凰，在凄梦般的幻境里和鸣，欢唱更生的歌。"空中的太阳"是"胸中的灯亮"，郭沫若在"海碧天青，浮云灿烂，蓑草金黄"的海岸边的草场上聆听潮里的歆歙、草里的窸窣，目光追览着头上飞航的雄鹰，闪闪的翅儿向着光明去，他在这样的光景里燃亮自己的心灯（《心灯》）。编入《女神》的风景诗有《笔立山头展望》、《立在地球边上放号》、《怀古——贝加尔湖畔之苏子卿》、《雪朝》、《登临》、《观海》、《梅花树下的醉歌》、《夜步十里松原》、《太阳礼赞》、《沙上的脚印》、《新阳关三叠》、《金字塔》、《晚步》、《霁月》、《晴朝》、《晨兴》、《春之胎动》、《海舟中望日出》、《黄浦江口》和《西湖纪游》等多首，可以和他的风景散文互为表里地看待。

郭沫若对于自我性格保持清醒的认识，他承认自己"是一个冲动性的人……我在一有冲动的时候，就好像一匹奔马，我在冲动窒息了的时候，又好像一只死了的河豚"（《论国内的评坛及我对于创作上的态度》）。在日本留学期间，生活的艰窘，家境的贫困，妻儿的生计，《创造日》、《创造周报》和《创造季刊》这些精神上的儿子的难以存活，"在我自己的思想上也正感受着一种进退维谷的苦闷……从前的一些泛神论的思想，所谓个性的发展，所谓自由，所谓表现，无形无影之间已经遭了清算。从前在意识边沿上的马克思、列宁不知道几时把斯宾诺莎、歌德挤掉了，占据了意识的中心……在那时我自己的确是走到了人生的歧路"（《创造十年》）。人生行程的波折对于性格形成期的他而言，发生明显影响，对于文学创作更是如此。他说的"创造社的人要表现自我，要本着内在的冲动以从事创作"的特点，反映在实际中，便是他带着苦闷情绪写出的《歧路三部曲》。也是在那样的情绪下，他应中华学艺社社友之邀，由上海到杭州开年会。本该在天堂般的美景中涤滤烦愁，然而他说："杭州是一九二一年四月才回国时同仿吾两人去游历过的地方。那时因人地两疏，只在西湖边上玩了一下便算了事。这次，在总讲演之前，才跟着大家

---

① 朱自清：《〈中国新文学大系·诗集〉导言》，《中国新文学大系·诗集》，上海良友图书印刷公司 1935 年版，第 5 页。

去游览了一回栖霞岭，观赏了飞来峰，随喜了灵隐寺。但在自己心里是横亘着一个忧郁的。为着文艺生活与现实生活之不能两全已经和妻子分离了，而且在不久之间更要把年来的工作通统放弃，和最相契的朋友也不得不分离。游山玩水的乐趣怎么也克服不了自己的牢愁。"（《创造十年续篇》）由于心境不佳，他只留下一些零散文字："花坞在西湖背后，那儿的确清静。由马路插入一段荒僻的背径，便到了那个游迹罕至的地方。地在两山之间，中有一道溪流，两岸是深深的竹林。沿途有不少的庵堂，据说在前都是尼庵，但尼姑通已经解放了。"（《创造十年续篇》）他和友人在流水玲琮的溪边走着，在白云庵里赏了一回佛堂前面拢着的两盆素心兰，花在开着，吐着令人沉静的清香；还到了友人曾经遇着的一位身材美好的姑娘走进的花坞尽头的别墅里去，感觉着水月镜花的意味，虽然详细的情形已经不能记忆了；辞离花坞，又在湖里的一家菜馆特别叫了一样西湖所独有的"醋鱼带柄"来吃（《创造十年续篇》）。内心缺少游兴，文字当然也就泛不出什么光彩，却折射出心怀的落寞。

郭沫若说过："我是倾向于浪漫主义的，所以要全凭直觉来自行创作。"（《创造十年》）他又说："我这人的泪腺似乎很发达，自来是多眼泪的人。"（《创造十年》）作为散文家的郭沫若，诗人气质使诗的节奏、意境、通感和比喻、象征等修辞手法在散文中运用，在散文里活着诗的灵魂。记游是叙述文体，在叙述中写景、抒情、议论，成为篇章构成的重要部分。写景也是抒情化的，感情心理、主观意识在情景的交融中被赋予具有内涵的价值意义，在高层次上将散文引入诗的美境，使人在风景中徜徉，甚至风景本身就是情绪。这是郭沫若风景散文的诗化的外显标识。

家山的歌赞，尤能见出心底的真纯。郭沫若的诗文以至其他体裁的作品，即有对峨眉山下、青衣江边那个叫做沙湾的地方的眷恋，更有对祖国的拳拳赤子情怀。在日本留学期间，五四运动的风潮在国内澎湃起来："我自己却是想跑回中国。'五四'以后的中国，在我的心目中就像一位很葱俊的有进取气象的姑娘，她简直就和我的爱人一样。我的那篇《凤凰涅槃》便是象征着中国的再生。'眷念祖国的情绪'的《炉中煤》便是我对于她的恋歌。《晨安》和《匪徒颂》都是对于她的颂词。"（《创造十年》）他的关于家乡的赞美，也是在爱国的情绪背景下抒发的。

在身为剧作家的郭沫若那里，风景拓深了戏剧表现的纵向感。辑入《女神》的诗剧《女神之再生》序幕的场景，是"不周山中断处。巉岩壁立，左右两相对峙，俨然如巫峡两岸，形成天然门阙。阙后现出一片海水，浩淼无际，与天相接。阙前为平地，其上碧草芊绵，上多坠果。阙之两旁石壁上有无数龛穴。龛中各有裸体女像一尊，手中各持种种乐器作吹奏式。山上奇木葱茏，叶如枣，花色金黄，萼如玛瑙，花大如木莲，有硕果形如桃而大。山顶白云暖靆，与天色相含混"，神话里的山水、神话里的人物所构成的优美世界中，回荡着理想的呼号："我要去创造个新鲜的太阳！"情与景的相谐，如同水乳。风景的元素对于诗剧的作用是明显的。《湘累》中，早秋的黄昏下，洞庭湖的波潋映着君山的竹林芦薮，数株银杏伸向天边，簌簌摇荡，三五落叶戏舞空中如金色蛱蝶。洞箫的幽音、曼妙的清歌，是湖岸岩石上的妙龄女子发出的。由这背景衬着，以荷叶为冠、着玄色绢衣的屈原高调长吟："我的诗，我的诗便是我的生命！……我效法造化底精神，我自由创造，自由地表现我自己。我创造尊严的山岳、宏伟的海洋，我创造日月星辰，我驰骋风云雷雨，我萃之虽仅限于我一身，放之则可泛滥乎宇宙。"《棠棣之花》的布景设计也以原野风光为衬："一望田畴半皆荒芜，间有麦秀青青者，远远有带浅山环绕。山脉余势在左近田畴中形成一带高地，上多白杨……"《孤竹君之二子》幕启的一刻，舞台上是"渤海北岸，海水平静，直与天接，天上云峰怒涌"，土人女子、渔父、伯夷、叔齐披着风景的光色登台。戴笠着屦的伯夷欣悦放歌："地上是百花灿烂的郊原，眼前是原始的林木萧森；无边的大海璀璨在太阳光中，五色的庆云在那波间浮动，哦哦，天际簇涌着的云峰哟，那是自由的欢歌，箫韶的九弄！"头上穹隆着的苍天，脚下净凝着的大地，眼前生动着的自然，心中磅礴着的大我，是伯夷的独白，更是郭沫若内心的向往。他凭附古人，好像置身于唐虞时代以前，笑迎岩边天际的自由纯洁高迈的原人。《卓文君》第一景布设出人物的心理环境：月光下池水闪动，池畔四面围绕假山林木，山后耸出屋脊亭瓴，漾虚楼窗轩敞豁，游廊通幽，栏临一片木莲花，恰好烘衬文君多情的心境。《聂嫈》第一幕发生在濮阳桥畔，"濮水横流，两岸遍栽桃柳，桃花将残谢的时候"，波间游船荡桨声、酒店栏外唱歌声，复现上古时代的情境。人物在特定的时空活动，剧情在特定的场景展开，成了具体环境中的艺术存在。郭沫若对历史进行戏剧化的重构，表现了对人物的理解，对年代的认识。

郭沫若的小说，在展开典型环境的描写时，固然笔涉风景，但是在《牧羊哀话》、《地下的笑声》等中国现代抒情小说的早期作品里，他实践着"诗是文学的本质"、"诗的本质专在抒情"的艺术主张，诗化的描摹、流动的意识、浪漫的色调，优化了现代小说的抒情功能；情绪的色彩、心理的节奏、景物的氛围，强化了小说的诗质，描写越过客观的界阈，成为人物心理刻画的一部分。"写景、抒情结合，这是惯有的诗歌思维方式，在叙事中写景、抒情又是散文的优良传统。郭沫若在小说创作中，吸取了前人经验，发扬了这个传统。他在五四前后所作的一系列小说，如《牧羊哀话》、《残春》、《月蚀》、《漂流三部曲》和《行路难》等，或在小说开头，或在结尾，或在交代人物行踪和思想意识线索时，总要插入富有诗意的风景，来反衬人物的感情或某种心境。"①

　　郭沫若善于在非风景散文中嵌入风景元素，表现自我和自然的联系，证明人生的途程是在社会和生态的环境里展开的。尤其在从事文学活动时，他经常在山水中做意义的追寻，在文论中也时常借风景来旁譬自己的观点。"爱尔兰文学里面，尤其约翰沁狐的戏曲里面，有一种普遍的情调，很平淡而又很深湛，颇像秋天的黄昏时在洁净的山崖下静静地流泻着的清泉。日本的旧文艺里面所有的一种'物之哀'（Mono no aware）颇为相近。这是有点近于虚无的哀愁，然而在那哀愁的底层却又含蓄有那么深湛的慈爱。"（《创造十年续篇》）以风景画境譬比文艺的风格，证明眼识的独绝。

　　游学的经历优势，使郭沫若写出对于东瀛风光的独特感受。他于 1918 年夏天由日本第六高等学校毕业，升入九州帝国大学，从冈山转到福冈，厮守在博多湾海岸，漫步于千代松原。箱崎神社的正面展开了一片银白的沙原。就在这个海边，他和张资平拟议要为国内创编一种纯粹的文学杂志。在《创造十年》这部自叙传里，他动情地说："所以我一想到创造社来，总觉得应该以这一番谈话作为它的受胎期。我这部《创造十年》要从这儿叙起，也就是这个原故。"这一片海景深印着郭沫若的文学辙迹，自然也要记在笔下："博多湾的外貌很是像一个大湖。在东北角上有一个细长的土股名叫海中道，一直伸向海中，就像缩小了的意大利半岛一样，把外海的玄界滩和内部的博多湾隔断了。博多湾真是风平浪静的，比太湖的湖水还要平稳。"望着所谓"元寇防垒"、"元寇断首台"的遗迹，遥忆元世祖的大将范文虎东征日本时，遇狂飙而全军覆没的惨象，滋味的复杂无可言述；而"在落着雪又刮着大风的一个早晨，风声和博多湾的海涛，十里松原的松涛，一阵一阵地卷来，把银白的雪团吹得弥天乱舞。但在一阵与一阵之间却因为对照的关系，有一个差不多和死

---

　　①　程国君：《叙事：视角的独特和小说技法的探索》，《郭沫若与二十世纪中国文化》，福建人民出版社 2002 年版，第 248 页。

一样沉寂的间隔。在那间隔期中便连檐溜的滴落都可以听见。那正是一起一伏的律吕"，这天籁形成的节奏被他感应着，"我全身心好像要化为了光明流去"，终于催生了他的那首著名的《雪朝》。

　　经历异乡的磨折，故国景象最能触着激荡的心。1921年4月，郭沫若和成仿吾相约着由日本门司返上海。海行的观览心得，竟至可以当做写景散文来读："海湾中的海水呈着浓蓝的颜色，有好些白鸥在海上翻飞。在晴朗的自然中，与久别的旧友重逢，夜来的忧郁已被清冷的海风吹送到太平洋以外去了。我那时候委实感受着了'新生'的感觉，眼前的一切物象都好像在演奏着生命的颂歌……船进了黄浦江口，两岸的风光的确是迷人的。时节是春天，又是风雨之后晴朗的清晨，黄浦江中的淡黄色的水，像海鸥一样的游船，一望无际的大陆，漾着青翠的柳波，真是一幅活的荷兰画家的风景画。几年来所渴望着的故乡，所焦想着的爱人，毕竟是可以使人的灵魂得到慰安的处所。靠在船围上呈着一种恍惚的状态，很想跳进那爱人的怀里——黄浦江的江心里去。但这个幻觉不一刻便要像满盛着葡萄酒的玻璃杯碰在一个岩石上了……船愈朝前进，水愈见混浊，天空愈见昏朦起来。杨树浦一带的工厂中的作业声，煤烟，汽笛，起重机，香烟广告，接客先生，……中世纪的风景画，一转瞬间便改变成为未来派。假使那些工厂是中国人在主宰，那面未来派的画幅是中国人画出来的，再不然我自己不是生在中国的人，或许也未尝不可以陶醉一下摩登的风物。"（《创造十年》）海外归子的眼中，是亦生亦熟的家国的景物，一踏着它的里面，便感知着世路的艰窘了。这一段文字，在画景里融注了身世之味。回归的激情还在赏看西湖的游程中。固然精粹的诗思留在《西湖纪游》里面，而在这部自叙传里也依稀飘闪过当时的影子："去时我们乘的是晚车。到南站时，天上有赤色的晚霞，有大而明朗的长庚星出在西边，由车头冒出的蒸气在那红色晚景中映成紫色"；在杭州费去的工夫里，游了雷峰塔，坐着塔下的泊着的一只湖船参拜了北岸的一些英雄英雌的坟墓，还不避微雨逛了一回清寂的孤山，又遇着几位杭州女子师范的学生在湖滨公园写生；钱塘山水终究"把所有的迷恋都打破了……我也做了些游西湖的诗，但西湖的好处实在连边际也没有摸到"（《创造十年》）。春日踏青，本是赏心乐事，在他断续的文字里却是无趣、无味和郁郁的愁，但是西湖的游赏在记忆里发生效用，他后来用直译体改译《茵梦湖》，"我能够把那篇小说改译出来，要多谢我游过西湖的那一段经验，我是靠着我自己在西湖所感受的情趣，把那茵梦湖的情趣再现了出来"（《创造十年》）。江南风物，此后又领略了一些。他和郑伯奇在一个七月的下旬从上海到过一次镇江。"在镇江游了金山，登过金山寺的塔。塔是木造的，涂着红色。塔下的门锁着，要缴纳若干钱，和尚才来替你开门。塔上的眺望当然是一个壮观，可惜我的记忆已经完全消逝了。我只记得塔壁上纵横狼籍地有无数的题名，也有些西洋人的题名杂在里面。焦山有定期的小蒸汽船往还。坐船上了焦山，一山都是寺院。那些寺院的和尚就和四马路上的野鸡一样，专门在做拉客的生意……我们两个宝贝看了的'寺宝'也很不少，但只有焦山寺的'无惠鼎'还留在我的记忆里，连'瘗鹤铭'的所在我都是模糊印象了。"（《创造十年》）焦山之北、峙立在江岸上的北固山和那山上的甘露寺，他也是游过的，唐人的诗句颇涉怀想。由镇江折转到无锡，看了友人朱谦之所谓有希腊风味的惠山泉，住了山下丛集着的颓废的节孝祠，挨过一个礼拜的光景，就逃回上海了。这几节"卖钱的文字"，提供了他的发起创造社活动的真切的背景，不应以一般意义的写景段落看待。

　　五四学人所具有的文化背景，一般都显现两个基本特征：一是扎实的国学传统，二是深厚的西学修养。前者决定承旧，后者决定开新。在郭沫若这里，"发蒙时读的书是《三字经》，司空图的《诗品》，《唐诗》，《千家诗》。把这些读了之后便读《诗经》、《书经》、《易经》、《周礼》、《春秋》和《古文观止》。庚子过后，家塾里的教育方法也渐渐起了革命，接着便读过《东莱博议》、《史鉴节要》、《地球韵言》，和上海当时编印的一些新式教科书……在这高小时代，我读到《西厢》、《花月痕》、《西湖佳话》之类的作品"，升入成都高等学堂的分设中学丙班时，"林纾译的小说，梁任公的论说文字，接触得比较多。章太炎的学术著作当时也看看，但不十分看得懂。我自己是喜欢读《庄子》的人，曾经看过章太炎著的《齐物论释》，他用佛学来解《庄子》，觉得比《庄子》的原文还要莫名其妙"；在日本福冈学习医科期间，哲学著书，接触过古印度的《乌邦尼塞德》，斯宾诺莎的《伦理学》、《论神学与政治》、《理智之世界改造》等；文学著书，因为"日本人教外国语，无论是英语、德语，都喜欢用文学作品来做读本。因此，在高等学校的期间，便不期然而然地与欧美文学发生了关系。我接近了太戈尔、雪莱、莎士比亚、海涅、歌德、席勒，更间接地和北欧文学、法国文学、俄国文学，都得到接近的机会"（《我的学生时代》）。他又说，"日本人教语学的先生又多是一些文学士，用的书大多是外国的文学名著。例如我们在高等学校第三年级上所读的德文便是歌德的自叙传《创作与真实》（"Dichtung und Wahrheit"），梅里克（Morike）的小说《向卜拉格旅行途上的穆查特》（"Mozartauf Reise nach Prague"）"，还读了佛罗贝尔的《波娃丽夫人》，左拉的《制作》，莫泊桑的《波南密》、《水上》，哈姆森的《饥饿》，波奕尔的《大饥》；还有好些易卜生的戏剧，霍普特曼的戏剧，高斯华绥的戏剧（《创造十年》）。

中国风景的人文部分，尤其在建筑上面富含着古代艺术精华。郭沫若对待它们，持守赞美和欣赏的态度。一段角直的游历就为他所记忆："角直在江苏吴县的东南境，与昆山接界，那儿的周围都有水环绕着，但也并不是岛子。（这地形，请查看地图自明。）唐开元时的杨惠之所塑的罗汉还有几尊留存在那儿……大约是从正仪下的火车罢，下了火车后还坐了一趟小火轮，然后才到角直。坐船的地方和船本身都不干净，水也照例是江南地方所常见的不甚清洁的水。然而角直于我却有点像物外的桃源。去只一次，住仅半天，已有十年以上的光阴流过去了，回忆自然只是些难于把捉的缥缈，然而却又是这么的亲切。那境地有点像是在梦里的一样。空气是那样澄净，林木是那样青翠；田畴的平坦，居民的朴素，使人于不知不觉之间便撤尽了内外的藩篱，而感到了橄榄回味般的恬适……在傍晚时分，全平把我们引去看了一次杨惠之的塑像。那是被锁在一间新修的矮小的平房里的，门外挂有一道小牌，似乎是杨惠之塑像保存那样的字样。所内靠着后壁，泥塑的几尊罗汉，冷飕飕地坐在土面上，觉得和所谓'保存运动'是有点名实不相符的。那塑像如真的要保存，对于原物的护惜自应再加珍重，此外似乎还应该委托现代的名手把它们模塑下来铸成铜像（原物乃泥质，未便直接铸铜），或则铸成石膏像以事广布，方是道理。不然，尽管怎样宣传为国宝，再不几年，会化为乌有的……惠之，据说，在开元时与吴道子同学画于张僧繇，学成，不屑与吴道子齐名，便转而为塑，皆为天下第一。这话是否可靠，实不敢说。不过，惠之与道子，似乎倒有点像罗马文艺复兴期的米克朗杰洛与拉斐罗，而尤其惠之与米克朗杰洛更有点像一形一影。两人的作品都有力的律吕之横溢，尽管受着宗教的题材束缚，而现实感却以无限的迫力向人逼来，使人不能不感受着一种崇高的美。惠之，我想他对于人体的筋络骨骼之观察乃至解剖，一定是相当周到地做过的。他的艺术的基调，是以极正确的客观现实为粉本而加以典型化的夸张，故而虽夸张而终不失掉它的实感，否，反是因夸张而增加了它的实感。遗像大抵是被人补修过的，有一两尊的头部尤其一眼可辨。那是通常随处都可以见到的平滑无表情的塑像相，也是在我们中国随处都可以见到的活人相，但是看来却总是死的。不夸张者死，夸张者反活，这一对照，似乎把那艺术活动的机微，被某一些人说得神乎其神的东西，是形象化了的。"（《创造十年续篇》）在日本学过医科的郭沫若，熟谙人体构造，又有艺术的鉴赏力，观览唐塑才能了然，并且把自家的识见也道得分明。他的这一节话，虽然穿插在自叙传里，当做一段记游文看，有游踪，有描述，有观感，基本的要素却是齐备的。只是平实晓白，不像他的一些专事摹绘风物的散文，镶嵌着那样华美的语词，抒发着那样浓挚的情感罢了。这里的所记更像"文"，而他的那一些作品更像"诗"。

郭沫若早期的风景散文，是他留学日本时写下的。此期的作品，笔调轻快，意象幽美，又时常夹杂评说，反映了一个中国富家子弟少小无忧的心境，还有点掩饰不住的自大的脾性。像一切远适异邦的游子一样，故国之思火似的在内心发着热。他在1918年夏天由日本第六高等学校毕业而升入九州帝国大学医学部，从冈山转到福冈。四载寒暑过后，他对背倚的博多湾海岸多所熟悉，而自诩的骛远性使他对异国风景具有认知上的敏觉。郭沫若对于日本文化的了解，和岛国的游历经验分不开。写于1922年2月10日的《今津纪游》，便是一篇传深情、述观感、摹景致的文字。他的情来源于乡恋："我是生长在峨眉山下的人，在家中过活了十多年，却不曾攀登过峨眉山一次。如今身居海外，相隔万余里了，追念起故乡的明月，渴想着山上的风光，昨夜梦中，竟突然飞上了峨眉山顶，在月下做起了诗来。"寄情深切。他在1914年初往日本的途中，火车过山海关，望见蜿蜒着的万里长城的战垒，曾慨叹古人才力之伟大，而今人之碌碌无能。待在福冈住了将近四年，守着"元寇防垒"的旧迹，则又叫骛远性驱使，或说被思乡情牵缠，失悔当初"何不由山海关下车登高壮观，招吊秦皇蒙恬之魂魄？……又在渴想着踏破万里长城呢！"渡船在海湾中过渡，"海水异常清彻，有点像西湖"，在"护国的大堤元寇防垒"，他觉得"一条杂乱的矮矮石堤在我国乡村中沟道两旁随处都可以寻出"。堤前的砂岸，衰黄的浅草，让善感的他默望起来，这番景况，便撩他记起杜牧之《赤壁》的四句诗来。只有痴迷中国传统文化，又经过古典诗词熏陶的人，才会身在异乡而常把乡愁寄于低回的幽吟中。

郭沫若的述感，以生活细节来比较中日两国的异同。"日本人说到我们中国人的不好洁净，说到我们中国街市的不整饬，就好像是世界第一。其实就是日本最有名的都会，除去几条繁华的街面，受了些西洋文明的洗礼外，所有的侧街陋巷，其不洁净、不整饬之点也还是不愧为东洋第一的模范国家。"关于风雨之袭中的泥淖灰尘的景象，关于街檐水沟旁跪妇烧卖山榛的叙述，直似横展目前，而他的议论也就愈见讽刺的意味，"坐在站中，望着外面杂沓喧阗的街市，无端地发出了这段敌忾心来，中日两国互相轻蔑的心理，好像成了慢性的疾患，真是无法医治呢"（《今津纪游》），表意深透。

郭沫若的绘景是写意式的，纵笔勾勒而得清新鲜朗的印象。如在火车窗前的眺览："过了一个停车场，两面的街市已经退尽，玻璃窗外开展出一片田野。田地多裸身，有的已抽出麦苗，长达四五寸了。远山在太阳光中燃烧，又好像中了酒的一样。"（《今津纪游》）写海景，"海水一片青碧，海天中有几只白鸥，作种种峻险的无穷曲线，盘旋飞舞。有的突然飞下海面，掠水而飞，飞不多远，又突然盘旋到空中消去"，"堤前为海湾，堤后为松林，有小鸟在松林中啼叫。海风清爽。右手有高峰突起如狮头，树木甚苍翠。海湾中水色青碧，微有涟漪。志贺岛横陈在北，海中道一带白色砂岸，了然可见。西北亦有两小岛，不知名。海湾左右有岩岸环抱，右岸平削如屏，左有峰峦起伏。正北湾口海雾蒙蒙，中有帆影，外海不可见。天际一片灰色的暗云，其上又有一片白色卷层云，又其上天青如海"；状山景，"我又才走上狮子头去。狮头临海，古松森森，秃石累累，俯瞰海湾，青如螺黛。有渔舟一只，长仅尺许，有两人在舟中垂钓"（《今津纪游》），直似唐诗意境，清美的画景令意绪飞扬："浪曼谛克的梦游患者哟！淡淡的月轮在空中发笑了。"不道明深意，反使通篇的情与景愈加朦胧，而愈堪回味不尽。郭沫若的风景散文的基调也由此初步形成。

浓重的社会关注情结，表露出郭沫若的现实情怀。在《创造十年续篇》里他这样写道："宜兴的调查费了一礼拜的功夫。我到过蜀山、兰右、湖父、悬脚岭，也到过浙江境内长兴县界上的尚儒村。我有一篇未完成的《到宜兴去》，便是那次调查的纪录。那次的调查使我于战祸之外却深深地认识了江南地方上的农村凋敝的情形和地主们的对于农民榨取的苛烈。纪录可惜没有写完。"1928年2月合辑出版的《水平线下》和《盲肠炎》，就收录了这篇《到宜兴去》以及《尚儒村》与《百合与番茄》等篇。郭沫若在原版序引里说："这本小册子的内容是很驳杂的，有小说，有随笔，有游记，也有论文。但这些作品在它们的生成上是有历史的必然性的。这儿是以'五卅'为分水岭。第一部的《水平线下》是'五卅'以前一九二四年与一九二五年之交的私人生活（除开《百合与番茄》一篇多少包含着注释的意义编在这儿外），和我对社会的一些清淡的但很痛切的反映。这是暴风雨前的沉静，革命的前夜。没有眼泪的悲哀是最痛苦的，一看好像呈着一个平静的、冷淡的面孔，但那心中，那看不见的心中，却有回肠的苦痛。"把一组游历文章冠名《水平线下》，根底原在里面的这一节话上："我从前的态度是昂头天外的，对于眼前的一切都只有一种拒绝。我以后要改变了，我要把头埋到水平线下，多过活些受难的生活，多领略些受难的人生。"（《到宜兴去》）"我们中国乡间僻境的国民生活的自然风光，尤其是未经开辟的宝藏"在他看"都是绝好的文章的资料"，于是"来调查江浙战事的遗迹，兼带着吃松菌和黄雀的使命"的他，游走宜兴，下笔去写军阀挑起的兵祸灾难，如实地反映20世纪中国社会面貌的一端。江南地方的农村一天一天地衰败下去的原因，他可以知道了；江南的各处城市，都带着颓废的灰色的情调，其原因他也可以知道了。他感叹："唉，像这样的形势，不仅是限于江南，我恐怕我们全中国都是一样罢？泱泱中国一天一天地沉落向一个无底的深渊，唉，我们什么时候才能站起来呢？"宜兴城里周处斩蛟处的长桥，灰色砖块的残垣，城墙外面一片昏茫的湖水，堤岸上的瓦砾，萧条的垂杨，湖畔和濠水中枯败的芦草，黄炎培的"通俗教育馆"，蔡元培题匾的图书馆，都已颓败了，法藏寺大殿在太阳光里扪虱的和尚，同去蜀山的船上，为领略苏东坡《阳羡帖》词句的风味，望着昏黄的水，愁郁的天，衰黄的岸，又是大有怅触了。他自言："这篇到宜兴去的纪行文，就尽它这样成一座未完成的塔罢。"（《到宜兴去》）此后他接触了马克思主义，直接投入大革命的洪流，从军征战。回忆性的作品《北伐途次》、《涂家埠》、《南昌之一夜》、《流沙》和《神泉》等，对于社会现状与情势的记录与描叙更为真切深刻。

幻美的追寻、异乡的情趣、怀古的幽思、青春的怅惘，作为消极浪漫主义的文学元素，进入他的一些唯美色彩浓郁的作品中。1925年秋所做的《山中杂记》和《路畔的蔷薇》，一个轻倚在菩提树下抒写园中养鸡的闲趣，一个则雕琢一组诗化的短品，充盈的都是唯美的格调，和他此期创作的洋溢着狂飙突贯精神的诗歌比较，是那样的清婉柔丽。"郭沫若的《女神》，以狂飙突进和雄壮宏伟的精神，在中国诗歌史上开拓了一个新的时代。然而就在他写《女神》的这个感情爆发时期，也写出过另外一些俊逸蕴藉的诗篇，像是在惊雷骇电之后，出现了一片光风霁月的景色。他在随后写成的不少小说和散文，从总的艺术风格来看，是更接近于后者，而不同于前者的。在他当时写成的散文中，《路畔的蔷薇》等六篇小品相当著名。这些散文在一九二四年至一九二五年间的《晨报副刊》上，以《小品六章》的副题发表时，作者曾冠以这样几行短短的序言：'我在日本时生活虽是赤贫，但时有牧歌的情绪袭来，慰我孤寂的心地，我这几章小品便是随时随处把这样的情绪记录下来的东西。'这六章小品，用清新、优美、洗练和流畅的文笔，抒发了作者对青春的执著和欢愉，也带上一些凄伤和孤寂的感情，在短小的篇幅中充满了诗意，因此是完全可以当做散文诗来阅读的。作者虽然想暂时忘却现实生活的煎熬，让自己的情感在美丽的景色中翱翔，而这种忧虑却又不可能摆脱和忘怀，因此在对田园风光发出赞颂时，往往在欢愉的憧憬中涂上一缕淡淡的愁绪。这大概就是作者所说的'牧歌的情绪'罢。在贫困生活的压迫之下，美丽的牧歌毕竟安慰不了他'孤寂的心地'，于是他将自己的思绪引向更为开阔的境界，感叹着社会和人生的不幸。"[1] 写景时对散文体式的创制，同诗体结构的突破与改造一样，闪烁着泛神论的色彩。《山中杂记》由五则短章构成，其中的《菩提树下》和《芭蕉花》，散淡悠闲，对生活似乎持无虑而不在乎的态度，生计的苦绪掩藏在文字后面。此番淡白而情真的笔墨，虽是排遣着山中度日的寂寞，敷在文字上的色彩又可在以归有光的思亲作品为代表的明代散文里找到渊源。

　　《菩提树下》是对在博多湾居住的日子的侧写，叙述仍然围绕不宁的心绪展开。房外宽大的后园正中生长着一株高大的菩提树，绿树成荫，家鸡也养作一群，鸡雏全身的绒毛如像绒团，一双黑眼如像墨晶，听着它们"啾啾的叫声真的比山泉的响声还要清脆"，心沉到天籁中去，生活也好像暂且无忧了，依稀透露出心底的无奈、伤怀与茫然。但对世界依然不失美好的理解，他从养鸡的经验里悟出"鸡的生活中我觉得很有和人相类似的爱的生活存在"；喂食的一刻，看见一只雄鸡先让母鸡去摄取食物而它自己是决不肯抢吃的，从"这样本是一个很平常的现象"联想开去，"但这个很平常的现象不就有点像欧洲中世纪的游吟诗人（troubadour）的崇拜女性吗？"而在《鸡雏》里，他把鸡雏凄切的叫声想象成"茫茫旷野之中听见迷路孤儿啼哭着的一样哀惨"，是"无边的黑暗之中，闪着几点渺小的生命的光"，身后的背景却充满诗一样的魅惑，"海水是很平静的，团团的夕阳好像月光一样稳定在玫瑰色的薄霞里面"，"夕阳好像贺了我一杯喜酒，海水好像在替我奏着凯歌"，情不能抑，又喷出诗的光焰了。1924 年 8 月 20 日夜写于日本福冈，发表于 1925 年 4 月 1 日《晨报副镌》的《芭蕉花》，更多的是怀亲忆往，在他国对家山故旧做深情的追念，朴素的叙述中含浸人生之味。芭蕉花在作品里不是艺术的衬饰，而是母子之情的象征。清初，郭氏祖上由福建汀州府的宁化县入川，卜居在峨眉山下一个小小的村里，当做会馆的天后宫是福建人子弟读书的地方，"大概是中秋前后了。我们隔着窗看见散馆园内的一簇芭蕉，其中有一株刚好开着一朵大黄

---

[1]　林非：《现代六十家散文札记》，百花文艺出版社 1982 年版，第 24、25 页。

花，就像尖瓣的莲花一样"，孩子眼中的花总是美的，而为疗治母亲的晕病翻窗采折那花，则透露出孩子纯真的天性。为此跪堂挨掌心，是人生的第一回。平静的回叙弥荡着故家的温馨。他的感情不禁在纸上流淌："这样的一段故事，我现在一想到母亲，无端地便涌上了心来。我现在离家已十二三年，值此新秋，又是风雨飘摇的深夜，天涯羁客不胜落寞的情怀，思念着母亲，我一阵阵鼻酸眼胀。"素朴真率的美，在这组《山中杂记》中表现得自然、本色，如静静漾动的溪水，只见到浮闪着夕阳光缕的波纹，而感动的力量却胜过咆哮翻涌的激浪。《路畔的蔷薇》则在素淡的底衬上着意添加光艳的色彩。前者是对往事的记叙，后者是对情感的发抒。两种风格表现着文学创作上的寻索。

抒情诗人的特性，使郭沫若对于风景的描述表现着高度的主观化。出于抒发情感的需要，自然景物成为他人生憧憬的背衬。他挥洒饱蘸激情的彩笔，朝上面纵意晕染浓重的情感色彩。《路畔的蔷薇》包括的六章小品，色调纯净、明艳，感情宁适、温婉，诗的神韵浓于散文的意味。文字所寄托的并非无聊的清愁闲怨，而是现世的困厄给予心灵的反向压力，让陷入烦苦的内心归于短暂的宁帖。一系列静物，意象清美，是他从多样的景物中刻意选拣的：林荫路畔遭人遗弃的蔷薇，紫红与嫩红交映的花色仍透着清鲜的气息，湿翠的叶上凝集着细密的晨露，他不禁把它拟人化了，"这是可怜的少女受了薄幸的男子的欺绐？还是不幸的青年受了轻狂的妇人的玩弄呢？"他"要供养你以清洁的流泉，清洁的素心"（《路畔的蔷薇》），自己的生途虽则困顿，怜花悯人的人道之心却未失去。海上斜坠的夕阳，鲜红的云缝里新月的眉痕，草场中放牧的几条黄牛和曳响的悠长的鸣声，他为恬美的晚景感动，欢愉的心灵，在金色的暮霭中畅泳（《夕暮》）。他从沙岸踱到一只泊系着的渔舟里默坐，海景在眼前画卷一般展开，也给心底的诗情添加了飞动的翎翼："天空一片灰暗，没有丝毫的日光。海水的蓝色浓得惊人，舐岸的微波吐出群鱼喋嗡的声韵……海中的岛屿和乌木的雕刻一样静凝着了。"（《水墨画》）山中晚归，随手摘采的几串茨实、几簇秋楂、几枝蓓蕾着的山茶，"鲜红的楂子和嫩黄的茨实衬着浓碧的山茶叶——这是怎么也不能描画出的一种风味"，他嗅到了投插在铁壶里的花飘溢的清香的花气，感叹"清秋活在我壶里了！"（《山茶花》）他将细微的观察转化为诗性的抒写，给平淡多愁的日子添加诗意。对生活的文学憧憬，慰藉着凄伤的心灵。

在郭沫若的其他一些散文里，也时有吟风咏月之笔。"昨晚月光一样的太阳照在兆丰公园的园地上。一切的树木都在赞美自己的幽闲。白的蝴蝶、黄的蝴蝶，在麝香豌豆的花丛中翻飞，把麝香豌豆的蝶形花当作了自己的姊妹……在这个背景之中，我坐在一株桑树脚下读太戈尔的英文诗"，诗里的盲目的女郎，是自然美的象征，"我一悟到了这样的时候，我眼前的蝴蝶都变成了翩翩的女郎，争把麝香豌豆的花茎作成花圈，向我身上投掷"，虚境的营造、梦中的低回，恰是风月诗的美质，也为接下在民厚南里的东总弄看见一位女丐做了情感的预设，"人到了这步田地也还是要生活下去！人生的悲剧何必向莎士比亚的杰作里去寻找，何必向川湘等处的战地去寻找，何必向大震后的日本东京去寻找呢？"（《梦与现实》）他写寄生树，写细草，更像编述一则寓言。寄生树以大自然的娇宠呈傲，而一场雷雨劈倒了它，枯死后被老樵夫卖到瓦窑里去烧了，"每逢下雨的时候，细草们还在追悼它，为它哀哭"（《寄生树与细草》），在对比中曲喻作者对于人生冷暖和世态炎凉的理解，根基仍然立足于传达真善美。他游杭州，缘起是"一个同情于我的未知的女性，远远写了一封优美的信来，约我在月圆时分去看梅花。啊，单是这件事情自身不已经就是一首好诗么？"他认定自己是赞美自然而且赞美女性的人，怀着一个妙想在圆月下去赏孤山的梅花正是他的所期，虽然在上海北火车站和宝山路一带看见满眼的皮帽兵，知道又是军阀卢永祥和齐燮元在江浙互战也不去理会，在他看，月圆花好时分的游赏令人销魂，"我是要往诗国里去旅行的，我是要去和诗的女神见面的呀！"而"硖石过后，雨也渐渐住了。车外的风物只是着荒凉的景象，没有些儿生意"，纵使天冷，孤山的梅花还没有开，但他的想象依旧是热烈的，"月亮出得很迟了，或者我们在夜半的时候，再往孤山去赏月，那比看梅花是更有趣味的。……假使她是能够弹四弦琴或者曼多琳，那是再好也没有。不消说我是要替她拿着琴去，请她在放鹤亭上对着月亮弹。她一定能够唱歌，不消说我也要请她唱。……但我自己又做甚么呢？……我最好是朗吟我自己的诗罢。就是《残春》中的那一首也好，假使她能够记忆，她一定会跟着我朗诵的。啊，那时会是多么适意哟！"（《孤山的梅花》）而实际回应他的是一场空梦，凄清之味浸透纸面。

风景里的郭沫若，诗人的气质表现得格外强烈。领受他的散文里流荡的诗性风格，还应寻溯由巴山蜀水开始的个人成长史，那是他的艺术精神的上游。

第三节 朱自清：绿色踪迹萦响的自然清籁

朱自清（1898—1948），原名自华，号秋实，后改名自清，字佩弦。原籍浙江绍兴，生于江苏东海，随父母迁居高邮，后定居扬州。幼年入私塾，读经籍、古文、诗词，受中国传统文化的熏陶。1912 年入高等小学，1916 年从江苏省立第八中学毕业后，考入北京大学预科。1919 年 2 月做新诗《睡罢，小小的人》，发表于 12 月 11 日《时事新报·学灯》，这是他的新诗处女作。他直接参加了同年爆发的五四运动，10 月 4 日小说译作《父亲》发表于《晨报》的副刊上，又有《小鸟》、《光明》发表于该副刊。1920 年 5 月毕业于北京大学哲学系，与同学俞平伯到杭州一师任教，从此服务于教育事业。1921年 1 月 4 日，文学研究会成立，成为会员。1922 年 1 月 5 日，与刘延陵、俞平伯、叶圣陶等人创办我国新文学史上最早的诗歌刊物《诗》月刊；3 月 28 日作散文《匆匆》，发表于 4 月 11 日《时事新报》副刊《文学》第 34 期；12月 9 日写完长诗《毁灭》，并发表于次年《小说月报》第 14 卷第 3 号。1923年暑假与俞平伯同游南京秦淮河，10 月 11 日在温州写成散文《桨声灯影里的秦淮河》，发表于 1924 年 1 月 25 日《东方杂志》第 21 卷第 2 号 20 周年纪念号，被赞为"白话美术文的典范"。1924 年 2 月至 4 月间创作散文《温州的踪迹》；3 月 2 日应聘兼任浙江上虞春晖中学国文教员；4 月 12 日作散文《春晖的一月》，发表于 4 月 16 日《春晖》（校刊）第 27 期；5 月 3 日写成散文《航船中的文明》；7 月，他主编的与俞平伯、叶圣陶、刘大白、潘漠华等人的诗文合集《我们的七月》由上海亚东图书馆出版；12 月，诗与散文集《踪迹》由上海亚东图书馆出版。1925 年 8 月由俞平伯推荐，往北京清华学校大学部中文系任教，开始研究中国古典文学，并致力散文创作；10 月在北京写出散文《背影》，发表于 11 月 22 日《文学周报》第 200 期。1926 年 3 月 23日作《执政府大屠杀记》，发表于 3 月 29 日《语丝》第 2 卷第 72 期。1927 年7 月在北京清华园作散文《荷塘月色》，发表于 7 月 10 日《小说月报》第 18卷第 7 号。1928 年 7 月 31 日作《论现代中国的小品文》，发表于 11 月 25 日《文学周报》第 345 期；10 月，散文集《背影》由开明书店出版。1929 年寒假后，讲授由他肇始的课程"中国新文学研究"，编有《中国新文学研究纲要》；7 月 14 日在北平作散文《白马湖》，发表于 11 月 1 日《清华周刊》第32 卷第 3 期。1930 年代理清华大学中文系主任。1931 年 8 月 22 日起程游欧，10 月 9 日在英国的大学里选修语言学及英国文学。1931 年 7 月 7 日从威尼斯归国，31 日抵上海。1932 年 9 月 3 日正式就任清华大学中文系主任，同年，系列散文《欧游杂记》在《中学生》连载。1934 年 1 月 1 日，郑振铎主编的《文学季刊》创刊，参与编辑；3 月 31 日与中文系同学和夫人陈竹隐游京郊潭柘寺、戒坛寺，后写成散文《潭柘寺 戒坛寺》；6 月 30 日游西山松堂，后写出《松堂游记》；9 月，《欧游杂记》由开明书店出版；11 月 20 日，《说扬州》发表于《人间世》第 1 卷第 16 期。1936 年，散文集《你我》由商务印书馆出版。1937 年 7 月抗日战争爆发，10 月 4 日到长沙，主持由北京大学、清华大学、南开大学联合组成的临时大学中国文学系。1938 年 2 月至 3 月，临时大学迁昆明，3 月 14 日，他由长沙抵昆明；5 月 4 日，长沙临时大学改为西南联合大学，他在联大文学院讲授文学批评，后讲授《宋诗》、《文辞研究》等课程。1943 年，《伦敦杂记》由开明书店出版。1946 年 10 月 7 日由重庆飞北平，居清华园。1947 年 8 月，《诗言志辨》由开明书店出版；10 月 2 日与叶圣陶合作的《理想与白话——以上口不上口做标准》发表于《华北日报·国语周刊》第 18 期；12 月，《新诗杂话》由作家书屋出版。1948 年 4 月，文集《标准与尺度》由上海文光书店印行，《语文拾零》由名山书屋出版；5 月，文集《论雅俗共赏》由上海观察社出版；7 月 30 日写《论白话》，未完。

朱自清的散文创作和学术著述表现着一生成就的两个主要方面。他的前期散文，以情感取胜，风格绮丽，是作家化的；后期散文以理致取胜，风格谨严，是学者化的，与有着明晰学术理路的文论接近。在前一部分作品里，书写自然景物的散文占有重要的位置，在侧重写实精神的《执政府大屠杀记》、倾近怀人情绪的《背影》两类散文之外，展示创作的另一面。除开叙事，抒情似乎更是他的所擅。特别当他记录年轻的行旅的一刻，叙事的素朴淡白，描写的俏丽妍美，抒情的清隽沉郁，议论的辛辣真率，融会交集，文雅的调子也更适切一些。"朱自清虽则是一个诗人，可是他的散文，仍能够满贮着那一种诗意，文学研究会的散文作家中，除冰心女士外，文字之美，要算他了。以江北人的坚忍的头脑，能写出江南风景似的秀丽的文章来者，大约是因为他在浙江各地住久了的缘故。"[①] 朱自清的创作个性和文学气质，跟赖以成长的自然与人文环境所带来的地理风土感化紧密关联。

朱自清对于写景文章的态度，首先来于观念化的见解，并将之作为创作的心理依据。1925 年 5 月 9 日，他作《"海阔天空"与"古今中外"》一文，里面有这样的发抒："旅行也是刷新自己的一帖清凉剂。我曾做过一个设计：四川有三峡的幽峭，有栈道的蜿蜒，有峨嵋的雄伟，我是最向慕的！"香港的电

---

① 郁达夫：《〈中国新文学大系·散文二集〉导言》，《中国新文学大系·散文二集》，上海良友图书印刷公司 1935 年版，第 18 页。

车，广州的市政、长堤，珠江的繁华，蒙古的风沙、牛羊、天幕，红墙黄土的北平，六朝烟水的南京，先施公司的上海，以及日本的樱花、富士山，俄国的列宁墓，德国的康德故居，美国的自由神，南美洲莽莽的大平原，南非洲茫茫的大沙漠，南洋群岛郁郁的大森林，都在亲览或神游中进入他的感觉世界；也有这样的表述："心的旅行又不以表面的物质世界为限！它用实实在在的一支钢笔，在实实在在的白瑞典纸簿上一张张写着日记；它马上就能看出钢笔与白纸只是若干若干的微点，叫做电子的——各电子间有许多的空隙，比各电子的总积还大。这正像一张'有结而无线的网'，只是这么空空的；其实说不上什么'一支'与'一张张'的！这看时，心便旅行到物质的内院，电子的世界了……心的旅行并且不以物质世界为限！精神世界是它的老家，不用说是常常光顾的。意识的河流里，它是常常驶着一只小船的。"他强调，"更进一步说，心的旅行也不以存在的世界为限！"他对那里充满神往，因为在那个天地里"有永远不去的春天；在那里鸟能歌唱；水也能歌唱，风也能歌唱"。在他的心里，散文的功能是把风景在灵魂上的投影表现出来，转化为一种文学性的精神存在。其次是和闲适的心情和润朗的胸怀联系着的。朱自清在白马湖畔一边任春晖中学的教席，一边度乡间清幽光阴的日子里，就开始钟情于此种文体："这儿是白马湖读游记的时候，我却能到神圣庄严的罗马城，纯朴幽静的Loisieux村——都是我羡慕着，想象着的！游记里满是梦，'后梦赶走了前梦，前梦又赶走了大前梦。'这样地来了又去，来了又去；像树梢的新月，像山后的晚霞，像田间的萤火，像水上的箫声，像隔座的茶香，像记忆中的少女，这种种都是梦。"（《山野掇拾》）他把风景写成了甜美的梦话，是因为对梦的格外看重。在他的意识里，"飞去的梦便是飞去的生命，所以常常留下十二分的惋惜，在人们心里"（《〈忆〉跋》）。忆的路上，飞闪着薄薄的影，并且敷上心情的颜色，那种眷念，使人如在"腻腻的惆怅之中而难以自解"。山岳景观、水体景观、风俗景观、民情景观，无论是自然的还是人文的物象，都蒙上飘然的纱幔，让人品赏着清雅、素淡、平易的妙味，是白话文的风致，也更贴合温婉的情韵。教育家的身份，使他的记游文，调子偏于稳、清、雅，不入烟火气，又因做诗的经历，使他的字句有了秀与艳。美妍清丽的文笔，正适合他在山水间记述温情的人生。他的写景，不直绘社会实状，更回到纯粹的美文上面，笔致是软的，细的，柔的，文人的幽闲、雅致、从容，全借着风景的外衣加以表露。

朱自清在谈论孙福熙的游记集时讲过："他的分析的描写含有论理的美，

就是精严与圆密；像一个扎缚停当的少年武士，英姿飒爽而又妩媚可人！又像医生用的小解剖刀，银光一闪，骨肉判然！你或者觉得太琐屑了，太腻烦了；但这不是腻烦和琐屑，这乃是悠闲（Idle）。悠闲也是人生的一面，其必要正和不悠闲一样！他的对话的精彩，也正在悠闲这一面！"（《山野掇拾》）这是他性格方面的因素。五四高潮过后，知识分子胸中的激情也退了去，安静的内心蓄着清悠的文致，和晚明文人的心怀很有些接合。风景散文是一种暂供消闲的文字，他爱这样觉得，也爱这样写着，写软调的白话式山水文章。他惯爱独语式的描摹，超越景物限定而做着自由的个体言说。环境决少吵闹，气氛决少喧乱，节奏是沉缓的，情致是安恬的，有一种悠然的静味，颇近于禅。他以闲适的境界调和风景里的心情。这一类作品同他的触及社会现实的随笔相比较，旅程中简单的发现引来的深刻思考，被山水触发的奇丽想象替代了，讽刺时弊的锋芒被清幽的吟哦消隐了。像《歌声》、《温州的踪迹》、《桨声灯影里的秦淮河》与《荷塘月色》诸篇早期文字，更深蕴着静美、纯美、清美的韵致，和纷乱的世界终隔着一层。这样来看，像《航船中的文明》、《旅行杂记》和《海行杂记》等依照时间顺序与空间排列，从容落下笔墨并且表现着素朴叙事手段的旅途随笔，倒并不怎么能够显示他的个人风格了。

景物的对象化，即将客观的风景进行主观处理，高度强调作家在游赏过程中的文学体验。朱自清对于风景散文的贡献，在于他将作为外在世界的自然转化成内心世界的自然，把属于自然标志的景物融为人文精神的一部分。在艺术手法的运用上，一面承继唐宋明清旅游文学记风物、摹山川、绘胜迹、叙风土的传统，一面明显地表现感情的灌注，显示对于自然客体的心灵的服从。把《背影》中的情绪色彩由人生移向山水，依然保持感情的浓度。他运用浓浓的颜色、清清的音响，在纸上晕染"瀼瀼的朝露，皱皱的水波，茫茫的冷月，薄薄的女衫"（《山野掇拾》），浓淡相宜的笔意，围绕人情之美铺展。旅迹到了瑞安的仙岩，目光触着梅雨潭那一汪"浓得化不开"的绿，他的情比幽古的潭水还要深几分："梅雨潭闪闪的绿色招引着我们，我们开始追捉她那离合的神光了……我的心随潭水的绿而摇荡。那醉人的绿呀！仿佛一张极大极大的荷叶铺着，满是奇异的绿呀。我想张开两臂抱住她；但这是怎样一个妄想呀……这平铺着，厚积着的绿，着实可爱。她松松的皱缬着，像少妇拖着的裙幅；她轻轻的摆弄着，像跳动的初恋的处女的心；她滑滑的明亮着，像涂了'明油'一般，有鸡蛋清那样软，那样嫩，令人想着所曾触过的最嫩的皮肤；她又不杂些儿尘滓，宛然一块温润的碧玉，只清清的一色——但你却看不透她！……可爱的，我将什么来比拟你呢？我怎么比拟得出呢？大约潭是很深的，故能蕴蓄着这样奇异的绿；仿佛蔚蓝的天融了一块在里面似的，这才这般的鲜润呀。——那醉人的绿呀！我若能裁你以为带，我将赠给那轻盈的舞女；她必能临风飘举了。我若能挹你以为眼，我将赠给那善歌的盲妹；她必明眸善睐了。"（《温州的踪迹·绿》）激情的墨色飘闪着流瀑的碧影，调入清潭的翠光，他的生命也活在里面了。记述游历，朱自清多有说到自己的地方，风光中或隐或显地有"我"的存在。以抒情的态度写景记游，既凸显真实的个性与自由的风格，又使绮丽的文字和浓挚的情感相呼应，酿成独特的文学景观。

　　景致的图画化。五四作家写景，常常带了浓淡不一的画意。对这种笔法给予明白肯定的，要算朱自清在《山野掇拾》一文里所说的话了，他夸赞孙福熙长于在文字间布设画境："孙先生是画家。他从前有过一篇游记，以'画'名文，题为《赴法途中漫画》；篇首有说明，深以作文不能如作画为恨。其实他只是自谦；他的文几乎全是画，他的作文便是以文字作画！他叙事，抒情，写景，固然是画；就是说理，也还是画。人家说'诗中有画'，孙先生是文中有画；不但文中有画，画中还有诗，诗中还有哲学。"朱自清自己也是这样。写在《温州的踪迹》里的一篇《"月朦胧，鸟朦胧，帘卷海棠红"》，犹如一帧册页："上方的左角，斜着一卷绿色的帘子，稀疏而长；当纸的直处三分之一，横处三分之二。帘子中央，着一黄色的，茶壶嘴似的钩儿——就是所谓软金钩么？'钩弯'垂着双穗，石青色；丝缕微乱，若小曳于轻风中。纸右一圆月，淡淡的青光遍满纸上；月的纯净，柔软与平和，如一张睡美人的脸。从帘的上端向右斜伸而下，是一枝交缠的海棠花。花叶扶疏，上下错落着，共有五丛；或散或密，都玲珑有致。叶嫩绿色，仿佛掐得出水似的；在月光中掩映着，微微有浅深之别。花正盛开，红艳欲流；黄色的雄蕊历历的，闪闪的。衬托在丛绿之间，格外觉着妖娆了。枝欹斜而腾挪，如少女的一只臂膊。枝上歇着一对黑色的八哥，背着月光，向着帘里。一只歇得高些，小小的眼儿半睁半闭的，似乎在入梦之前，还有所留恋似的。那低些的一只别过脸来对着这一只，已缩着颈儿睡了。帘下是空空的，不着一些痕迹。"月光，鸟影，花色，配在一张画里，妩媚而嫣润，布局的经济、设色的柔活，使得情韵风怀、恋念思慕都弥荡于区区尺幅间了。登载于 1929 年 11 月 1 日《清华周刊》第 32 卷第 3 期的《白马湖》，是他在北平的夏日里忆想浙东宁绍平原上的湖畔生活的散文。逝去的时光牵着绵绵情思，用文字绘出印象式的画境也很相宜："白马湖最好的时候是黄昏。湖上的山笼着一层青色的薄雾，在水里映着参差的模糊的影子。水光微微的暗淡，像是一面古铜镜。轻风吹来，有一两缕波纹，但随即平静了。天上偶见几只归鸟，我们看着它们越飞越远，直到不见为止。"满满的、软软的湖水旁，小桃与杨柳也是入画的，"小桃上各缀着几朵重瓣的红花，像夜空的疏星。杨柳在暖风里不住地摇曳"。春天雨中，田里颜色最早鲜艳的菜花招惹多情者的眼睛，夏夜披月在湖上划小船，望四面浮荡的青霭和田野里流曳的萤火，以及隐在水色中的远近村庄，都会沉醉到画里的风景去。刊载于1929年12月11日《白华旬刊》第4期的《扬州的夏日》，是朱自清对于故乡的印象的绘记。"扬州的夏日，好处大半便在水上——有人称为'瘦西湖'"，曼衍开去的流势，"曲折而有些幽静"的光景，是映在心上的一幅画。画里的趣味不淡，"小金山却在水中央。在那里望水最好，看月自然也不错"，五亭桥"最宜远看，或看影子，也好"，登临蜀冈上的平山堂"可见江南诸山淡淡的轮廓"，坐船流览沿路闲寂的景色，"蜿蜒的城墙，在水里倒映着苍黝的影子，小船悠然地撑过去，岸上的喧扰像没有似的"，还有水岸旁茶馆的名字，饶有画意，"如香影廊，绿杨村，红叶山庄，都是到现在还记得的。绿杨村的幌子，挂在绿杨树上，随风飘展，使人想起'绿杨城郭是扬州'的名句。里面还有小池，丛竹，茅亭，景物最幽"。朱自清的"画风"是细腻的、柔和的，虽则隔着文字的一层，却给人直观的视觉感受，更渗透个人化的风味。

朱自清认定"自然的风物便是自然的诗"（《山野掇拾》）。游山川、访古迹、探幽境，实属文人的天性，述游记历更是应有的文学表达。"那时柳子厚的山水诸记，也常常引我入胜。后来得见《洛阳伽蓝记》，记诸寺的繁华壮丽，令我神往；又得见《水经注》，所记奇山异水，或令我惊心动魄，或让我游目骋怀。（我所谓'游记'，意义较通用者稍广，故将后两种也算在内。）这些或记风土人情，或记山川胜迹，或记'美好的昔日'，或记美好的今天，都有或浓或淡的彩色，或工或泼的风致。"（《山野掇拾》）笔无论向着哪里去，都要有上好的语言来转述游程的多彩、风物的多姿。朱自清的白话美文，在现代文学史上以洗练、清妍著称。写起景物来，更显出它的表现力。尤其是青年时代的作品，在"纯味"之中，一缕旧式才子的清雅风调也是找得到的，仿佛同世上的俗氛隔得颇远似的，而这种阅读体验，是读着他的文字并且细细辨味才可得来。他的工笔化的文字是为传自然的神韵、寄心灵的悲欢而生的，是不可快读而只宜慢诵的那种。《桨声灯影里的秦淮河》虽然是早期的同题遣兴之作，却表现了驱策语言的成熟，具有经典性的示范意义。清夜河上明暗的灯彩，船窗上泛出的黄黄的散光，朦胧的烟霭，黯黯的水波，缕缕的明漪，悠然的间歇的桨声……映水的华灯，凌波的画舫中雅谈着明末秦淮的艳迹，漾漾的波涟恬静、委婉，沿河妓楼和水面画船上度来的断续的歌声，"经了夏夜的微风的吹漾和水波的摇拂，袅娜着到我们耳边的时候，已经不单是她们的歌声，而混着微风和河水的密语了。于是我们不得不被牵惹着，震撼着，相与浮沉于这歌声里了"。迎眼过来的，是疏疏的林，淡淡的月，衬着蔚蓝的天。悠扬的笛韵，颤响的胡琴声，渗入清清的水影。句句动心的文字，像层层水浪在心灵相激。婉转、华丽、雍容、缠绵、柔腻的语味，在营造文人化的清韵之外，依然带着文辞的穿透力，把满怀幻灭的情思表现得恰好。

朱自清的写景作品，虽然不像他的一些社会随笔那样具有较强的现实意义，和世界保持着那么直接的关联，但是表现出的生动、亲切、口语化的风格，却为白话散文的建设别开了一种局面，并且证明散文的"漂亮和缜密"的写法，不独为旧文学的特长，白话文学也可以取得这样的成绩。叶绍钧："现在大学里如果开现代本国文学的课程，或者有人编现代本国文学史，谈到文体的完美，文字的会写口语，朱先生该是首先被提及的。"(《朱佩弦先生》)这和徐志摩的雕琢文句相比，自然显现着一种淡朴清新的作风。"朱自清的成功之处是，善于通过精确的观察，细腻地抒写出对自然景色的内心感受。《桨声灯影里的秦淮河》就是如此，它所描绘的秦淮河上的风光，是作者认真观察以后的深刻印象，他把藏在自己内心的感情，融化在自己描写的见闻中间，因此收到情景交融的效果，很有意境。《荷塘月色》、《绿》和《白水漈》，也是运用一连串生动的形象，运用对音乐和色彩的感觉，进行比喻和联想，细腻委婉地勾出了美丽的景色。他在描绘大自然的时候，总是深深地抹上自己的感情色彩，才显得那样的具有诗情画意，耐人寻味。"① 朱自清以抒写自然的现代散文，实证着美文亦可用白话的结论。

朱自清的风景散文保持着传统的格局。《荷塘月色》、《桨声灯影里的秦淮河》和《白马湖》以及写于30年代的《说扬州》、《南京》、《潭柘寺　戒坛寺》、《松堂游记》等，顺承传统的叙述公式——纵向的叙事结构、线性的进程表述。大体以游踪的顺次或者记忆的脉络结构篇章，虽然里面穿插抒情和议论的部分，但基本纵向展开，如同用语言砌造一道"渠"，让"情之流"款款淌过。在守序遵制之外，使文体发生演变。尤其在用顺畅的白话记游、摹景、传情方面，进行着切实而有效的尝试，为现代风景散文做了奠基性的工作。

---

① 林非：《现代六十家散文札记》，百花文艺出版社 1982 年版，第 50 页。

朱自清还写过一些以述感为主的记历文，如《航船中的文明》、《旅行杂记》和《海行杂记》等，以洗练的笔路记实，透过对社会角落或者生活场景的观察与勾绘，表现真实的世况，显示讽刺态度和批判精神。风景的描摹不占主要的部分，一支笔多在俗常细节上用力，直接触到社会的微末处，并善于把琐碎的片影拼接起来，力求在实景中还原现代生活史。他在 30 年代写出的《南行通信》、《南行杂记》、《蒙自杂记》以及记述海外观感的《欧游杂记》等，也坚持了此种风格，这是他的另一面。

第四节　俞平伯：浅吟低唱追怀的似水流年

俞平伯（1900—1990），浙江德清人，原名俞铭衡，字平伯。现代诗人、散文作家、古典文学研究家。1919 年 1 月《新潮》创刊，俞平伯为主要撰稿者；4 月，他的第一篇白话小说《花匠》发表其上；5 月，他"浮慕新学，向往民主"，成为五四文学革命的骁将。1921 年 1 月，文学研究会成立，经郑振铎介绍入会。1922 年 1 月，与朱自清、叶圣陶、刘延陵等人创办了现代文学史上最早的新诗刊物《诗》月刊；6 月，和朱自清、周作人、徐玉诺、叶圣陶、郭绍虞、刘延陵、郑振铎八人的新诗合集《雪朝》由上海商务印书馆出版。1924 年 11 月，《语丝》创刊，他成为主要撰稿人。1922 年至 1925 年间，新诗集《冬夜》、《西还》和《忆》分别由上海亚东图书馆、北京朴社出版。1923 年 4 月，《红楼梦辨》由上海亚东图书馆印行。

俞平伯以新诗为创作发端，诗作多借自然景色抒发对故乡的眷恋和对亲友的思念，常含孤寂，寄闲愁。1918 年到 1924 年，是他在新诗创作上的旺盛期。转向散文后，同样妙融旧诗和词曲的精蕴，朦胧意韵的氤氲照例是他崇尚的。他惯以空灵之句绘迷离惝恍之境，传缥缈虚幻之趣。内心化的创作气质使他的抒情方式呈现内敛、节制、张弛有度的特征，文味冲淡和平，韵调远追晚明小品，与周作人、冯文炳（废名）合为一派，却不似周氏的涩，不似冯氏的简。有些考据、序跋之作，言情析理，饶具娓语风致，而繁缛、晦涩也是有的。20 年代后期至 30 年代中期，散文集《杂拌儿》（1928 年，开明书店）、《燕知草》（1930 年，开明书店）、《杂拌儿之二》（1933 年，开明书店）、《古槐梦遇》（1936 年，世界书局）和《燕郊集》（1936 年，良友图书印刷公司）陆续问世。

1928 年以前，俞平伯的散文风格秾丽、细腻、绵密。他的散文重趣味，重知识，重雅驯，善于从现实生活和古代作品里汲取语言营养，民族气质显明，尤其一些描写杭州城景的文字，一些摹绘月色、忆写梦境的文字，特别有一种清雅凄婉的韵致。朦胧的意境隐约曲折地传示着内蕴的虚无、怅惘、寂寥、枯寂、凄迷、伤感甚或彷徨与矛盾的心愁。此后渐次转向朴拙冲淡，笔致恬逸，语气平和，节奏舒缓，意趣典雅，风格洒脱，词句气势不强烈，感情色彩不浓厚，中国古代名士的雅致风度和悠然气质仿佛回附到他身上。他的早期散文，诗意含在文句间，是以字词直造诗境；后期散文则把诗意留在文字外，是以字词曲化诗境。一个年轻的知识者，一个以白话为语言工具的作家，却偏爱抒写古典化的作品，这在中国现代风景散文史里，几乎也属孤例。

俞平伯的风景小品，多写久居的杭州。钱塘风物，古趣难消，山光水色之间盈荡一种清闲气味，正贴合他落寞孤寂的情怀："杭州的清暇甜适的梦境悠悠然幻现于眼前了。"（《城站》，1924 年）"我所亟亟要显示的是淡如水的一味依恋，一种茫茫无羁泊的依恋，一种在夕阳光里，街灯影傍的依恋。这种微惋而入骨三分的感触，实是无数的前尘前梦酝酿而成的，没有一桩特殊事情可指点，也不是一朝一夕之功。"（《清河坊》，1925 年 10 月 23 日作于北京）《湖楼小撷》、《西湖的六月十八夜》（1925 年 4 月 13 日作于北京，1925 年 5 月 23 日《现代评论》第 1 卷第 24 期）、《清河坊》、《眠月》（1927 年 8 月 10 日《小说月报》第 18 卷第 8 号）、《雪晚归船》和《月下老人祠下》（1927 年 10 月 31 日作于北京）等篇，以含蓄委婉的文笔表现自我与景物的交融，文调平缓、低徐。在周作人看，"然而平伯所写的杭州还是平伯多而杭州少，所以就是由我看来也仍充满着温暖的色彩与空气"（《〈燕知草〉跋》），这是说在他的笔下，内心的东西占上风。《桨声灯影里的秦淮河》与《陶然亭的雪》，一个是品赏南京旧迹，一个是含咀北京故味，情韵深浓而意致绵长。仿佛一个避世的闲人，在深深屋隅做着心灵的独语。新散文兴起之际，在最早使用白话文做着抒情散文的作家里面，俞平伯"在散文里所表现的个性，不仅比一些古典作家来得强，并且同时代的散文作家中，也是属于出类拔萃的"[①]。此种漂亮缜密的写法，最富文学意味。

创作上的私人感觉，转换为作品中个性的投影，使俞平伯的闲情美文显示出鲜明的艺术特质。

[①]　王保生：《俞平伯和他的散文创作》，《俞平伯》，人民文学出版社 1992 年版，第 337 页。

　　其一，意境之美。现代小品文，不专重说理叙事，而以抒情为主，又以注意表现日常暇趣、细小的生活经验和感悟为立足点。这就更需要创作直觉、文体意识和对自然美的感悟力。把知识和趣味交给散文来表现，本是周作人所倡扬的一种写法。在这个流派里，俞平伯是重要的一员。五四退潮期，情怀的落寞固然是一个原因，"愤怒的瀑流，消沉了之后"他也在调整创作的方向，但是在他的性格里，先天地具有江南人的纤柔性，当抒写对象触碰内心的敏感点时，必然表现为驱遣清美的词语来精心营构幽婉的意境。正像朱自清在《冬夜》序里说过的，"风格是诗文里作者个性底透映"。俞平伯写景的抒情性，借用做诗的经验，只是不再有五四高潮期的勃发意气了。如他在自己的第一部新诗集《冬夜》里，曾经怎样地"跳着唱潮底歌"、"笑着唱潮底歌"（《潮歌》），吟哦"刀和火底在人间的功德"和"被忘却的人们底泪血"（《哭声》），疾呼"要用泪洗这罪孽，／要用血溅那魔鬼，／要不住的向前搏击"（《破晓》）等，总是过去的吟唱了。但是，婉约风格在同一部诗集里也存在着。更细腻更深挚的诗思还是"云依依的在我们头上，／小划儿却早懒懒散散地傍着岸了"（《孤山听雨》）这样的句子。毕竟"马缨花发半城红，／振臂扬徽此日同。／一自权门撄众怒，／赵家楼焰已腾空"（《"五四"六十周年忆往事》）的气象已经成昨。他要到放鹤亭边看葛岭的晨妆。远山的云，远天的雨，静默的荷叶，皱面的湖纹，翠叠的屏风如烟雾，襄衣鱼船藕花香，莽苍云气里闪出几点螺黛，缤纷景色胎孕美丽的梦，湿漉漉的笔墨以晕染意境为上。在他看"短诗体裁用以写景最为佳妙；因写景贵在能集中而使读者自得其趣。或疑诗短则叙述描写不能详尽；不知写景物本不是要记路程的"（《〈忆游杂诗〉序》）。他的写景，无论诗歌或散文，都要表现内心。在周作人的认识里，"中国新散文的源流我看是公安派与英国的小品文两者所合成"（《〈燕知草〉跋》）。俞平伯的抒写性灵，是近于明朝人的地方，而短暂的留学英国和赴美考察教育的经历，又使他接受在英语国民里发达的随笔。他的作品不因循旧式的中国散文格局而发生新变。这种所谓的美文，比之明人小品，增多了现代的个性意识，比之西方随笔，添入了东方的抒情气味。看似隐遁的清客避难到艺术世界里去，实则文字表现上越淡然，心情越沉痛，骨子里实在还是反叛的。即是说，追求趣味、闲适，反而显示知识分子内心的一种刚性。收在《燕知草》中的一些记景文字就是这样。里面的多篇是描摹杭州的。天堂之景叫他写来，气味当然是出世一般的。在周作人的阅读感觉里，是让"明净的感情与清澈的智理"（《〈杂拌儿之二〉序》）点染出一片清朗之境。游景的文字里边有梦在也是自然的。这样的创作实践，和他所认为的"文词粗俗，万不能抒发高尚的理想"的主张是相合的。他所喜欢的"逢人说梦"的写作主张，的确也需要相应的语言来调适出一番浑然之感。在白话散文的初兴期，这个认识为中国现代文学提供了一种新的散文观念。

1923 年 8 月，俞平伯任教于上海大学中国文学系前夕，和朱自清共游南京秦淮河，在 1924 年 1 月 25 日《东方杂志》第 21 卷第 2 号发表同题散文《桨声灯影里的秦淮河》。此时五四风潮已退，他的心境也转趋激奋后的宁静，清新之风未失，而增加了清新婉曲、婉转绵密的韵致。在这篇散文里，他刻意节奏的变化、语感的丰盈，古体诗词曲在感物上精细入微的优长渗透于字句间。虽无妨对其做技术性的分析，主导动机终究源自内心情绪的发抒。他在日后面对山水名胜落笔时，也循守此种抒情性，进而摹绘诗化的意境。秦淮河上泻落缕缕夕光，被看做"妆成一抹胭脂的薄媚"，"凄厉而繁的弦索，颤岔而涩的歌喉"萦响在今宵的河面，"初上的灯儿们一点点掠剪柔腻的波心，梭织地往来；把河水都皴得微明了"。淡淡的倩笑也朦胧如花。靓妆的秦淮河姑娘们，映在画船的灯影里，"茉莉的香，白兰花的香，脂粉的香，纱衣裳的香"随微波中的船儿荡，体物的心细到极处。偏重内心，使他对景物的感受力格外强，尤其与内心的敏感点相契，又糅合了自身经验和个人才情，更显出一种内蕴的力度。这和古人写意式的记景述游殊不相似。在《陶然亭的雪》里，冬夜浅浅耀在窗纸上的火光"似比月色还多了些静穆，还多了些凄清"。踏上曲折廓落的游廊，听见小孩子诵书，"使我俯拾眠歌声里的温馨梦痕，并可以减轻北风的尖冷，抚慰素雪的飘零"。倚着北窗，鸟瞰那南郊的旷莽积雪，"酿雪的云，融雪的泥，各有各的意思；但总不如一半留着的雪痕，一半飘着的雪华，上上下下，迷眩难分的尤为美满"。还有"窗外有几分妙绝的素雪装成的册页。累累的坟，弯弯的路，枝枝桠桠的树，高高低低的屋顶，都秃着白头，耸着白肩膀，危立在卷雪的北风之中"。俞平伯的情绪流在文句中盈颤、漾动，大密度的意象营造，高浓度的感思发抒，构成绵密的意识脉络和紧致的段落关系，难寻一丝疏阔处。

借助客观自然表现意境美，寻求象外之象、味外之味，是俞平伯的风景小品的一个特色。这依然延存了他写诗的部分经验。朱自清在为《冬夜》做的序里曾这样评论："选《金藏集》的巴尔格来夫说抒情诗底主要成分是'人的热情底色彩'。在我们的新诗里，正需要这个'人的热情底色彩'。平伯底诗，这色彩颇浓厚。他虽作过几首纯写景诗，但近来很反对这种诗；他说纯写景诗正如摄影，没有作者底性情流露在里面，所以不好。其实景致写到诗里，便已通过了作者底性格，与摄影底全由物理作用不同；不过没有迫切的人的情感罢了。平伯要求这迫切的人的情感，所以主张作写景诗，必用情景相融的写法……"这个看法，完全可以移用到他的写景文上面。他的情感、性灵，一丝一丝地渗入景物。娇艳的花，清媚的月，闲散的云，以及过眼的无言小景，都是进入捕捉范围的形象，皆含愁凝怨似的，经过他的一番妙用，让委婉、缠绵、悱恻、哀艳、飘逸、真挚的风格浑融其上，生活在现实中的读者，在文字间领略艺术的梦。

"今儿醒后，从疏疏朗朗的白罗帐里，窥见山上绛桃花的繁蕊，斗然的明艳欲流"（《湖楼小撷·春晨》），"桃花的粉霞妆被薄阴梳拢上了，无论浓也罢，淡也罢，总像无有不恰好的。姿媚横溢全在离合之间，这不但耐看而已，简直是腻人去想"（《湖楼小撷·绯桃花下的轻阴》），写的是花色。

"我宁耐着心情，不厌百回读似的细听江南的雨，尤其是洒落在枯叶上的寒雨，尤其是在夜分或平旦乍醒的时光，听那雨声的间歇和突发"（《芝田留梦记》），写的是雨声。

"在圆朗的明月中，碧玉的天上漾着几缕银云，有横空一鹤，素翅盘旋，依依欲下"（《芝田留梦记》），"楼南向微西，不遮月色，故其升沉了无翳碍。有时被轻云护着，廊上浅映出乳白的晕华；有时碧天无际，则遍浸着冰莹的清光"（《眠月》），写的是月色。

"也是阴沉沉的天色，仿佛在吴苑西桥旁的旧居里。积雨初收，万象是十分的恬静，只浓酣的白云凝滞不飞，催着新雨来哩。萧寥而明瑟，明瑟而兼荒凉的一片场圃中，有菜畦，晚菘是怎样漂亮的；又有花径，秋菊是怎样憔悴的。环圃曲墙上的蛎粉大半剥落了。离墙四五尺多，离离地植着黄褐的梧桐，紫的柏，丹的枫，及其他的杂树。有几株已光光的打着颤，其余的也摇摇欲坠了。简截说，那旧家的荒圃，被笼络在秋风秋雨间了"（《芝田留梦记》），写的是景象。

还有敷染主观色彩的，如对梦境的绘写，和迷蒙的夜色、如水的月华相交融，造出恍惚迷离的文学效果。记述他从北美返回杭州，吟游于西子湖畔的《月下老人祠下》里说："太平洋的风涛澎湃于耳边未远，而京华的尘土早浮涌于眼下来，却借半日之闲，从湖山最佳处偷得一场清睡；朦胧入梦间，斗然想起昨天匆匆的来时，迢迢的来路，更不得不想到明天将同此匆匆而迢迢的去了。这般魂惊梦怯的心情，真奈何它不得的。"刊载于 1926 年 1 月 26 日《语丝》周刊第 63 期的《梦游》，记闲得一梦，乘小舟夜泛西湖，境殊妍秀，"南屏黛色于乳白月色下扑人眉宇而立。桃杏罗置岸左，不辨孰绯孰赤孰白。着枝成雾凇，委地疑积霰。花气微婉，时翩翩飞度湖水，集衣袂皆香，淡而可醉"，借月色而抒月下之情，借夜景而发梦幻之叹，幽美的文境不单是"涩如青果"（周作人语）的比方那么简单。"一个人对艺术研究得越多，他就越能认识到艺术不是生命的模仿，它永远不可能贴近人的实际经验，它是一种独立的创造，是自然的补充，而不是对它的描摹。"① 俞平伯在散文世界中建构的文学意境，是作为一种艺术现实而存在的。

其二，音韵之美。俞平伯幼年入塾从师，又受家学熏陶，熟谙古典，故在创作上，无论新体诗歌或者新体散文，用语的节奏、声调深受古典诗词的助益。"俞平伯的诗旖旎缠绵，大概得力于词"（康白情语）；"音调、字面、境界，全是旧式诗词的影响"（胡适语）；"俞君能熔铸词曲的音节于其诗中"（闻一多语）；俞平伯"旧诗词功力甚深，所以能有'精炼的词句和音律'"，"能融旧诗的音节入白话"，"平伯这种音律的艺术，大概从旧诗和词曲中得来。他在北京大学时看旧诗，词，曲很多；后来便就他们的腔调去短取长，重以己意熔铸一番，便成了他自己的独特的音律"（朱自清语）。相契的见解都在证明俞平伯以锤炼之语承续词曲境界，又常翻出新意，精练的词句和音律于他的散文里在在可见。语汇、修辞、音韵、格律、节奏，都以传统韵文和民歌做营养的来处。叠字叠句、排句偶句，强化了节奏感和音乐美。古诗词上的审音度曲的功力，使他的行文结构，尤重句法章法的精致，声气音调的谐美，诵读，如听他依调拍曲，进入他制造的美妙的语言现实中。"我们消受得秦淮河上的灯影，当圆月犹皎的仲夏之夜"，"心头，宛转的凄怀；口内，徘徊的低唱；留在夜夜的秦淮河上"，"今天的一晚，且默了滔滔的言说，且舒了侧侧的情怀，暂且学着，姑且学着我们平时认为在醉里梦里他们的憨痴笑语"，"我们，醉不以涩味的酒，以微漾着，轻晕着的夜的风华"，"犹未下弦，一丸鹅蛋似的月，被纤柔的云丝们簇拥上了一碧的遥天。冉冉地行来，冷冷地照着秦淮"（《桨声灯影里的秦淮河》）。"轻阴和绯桃真是湖上春来时的双美。桃花仿佛茜红色的嫁衣裳，轻阴仿佛碾珠作尘的柔幂。它们固各有可独立之美，但是合拢来却另见一种新生的韶秀"（《湖楼小撷·绯桃花下的轻阴》）。"桥

---

① 艾尔弗雷德·凯辛：《查特莱夫人在美国》，《我有一个梦想》，中国社会科学出版社 1993 年版，第 284 页。

上卧着黄绛色的坦平驰道。道傍有几丛芳草，芊绵地绿。走着的，踱着的，徘徊着的，笑语着的，成群搭淘的烧香客人"，"故论西湖的美，单说湖山，不如说湖光山色，更不如说寒暄阴晴中的湖光山色，尤不如说你我他在寒暄阴晴中所感的湖光山色。湖的深广，山的远近，堤的宽窄，屋的多少，……快则百十年，迟则千万年而一变。变迁之后，尚有记载可以稽考，有图画可以追寻。这是西湖在人人心目中的所谓'大同'。或早或晚，或阴或晴，或春夏，或秋冬，或见欢愉，或映酸辛；因是光的明晦，色的浓淡，情感的紧弛，形成亿万重叠的差别相，竟没有同时同地同感这么一回事。这是西湖在人人心目中的所谓'小异'"，"你先记住，我遇它时是在春晨，是在雨后的春晨，是在宿云未散，朝雾犹浓，微阳耀着的春晨"，"西湖的绿已被云收去了，已被雾笼住了，已被朝阳蒸散了"（《湖楼小撷·楼头一瞬》）。"只是今晨所见，春山之顶，清泉之旁，朝阳光影中这一株日本绯樱，树正在盛年，花正在盛年；我虽不知所以赞叹，我亦惟有赞叹了……一心瑟瑟的颤着，微微的欹着，轻轻的踯躅着，在洞彻圆明，娇繁盛满的绯赤光气之中央"（《湖楼小撷·日本樱花》）。他仍如往昔诗人的样子，曼吟低叹。对比他的第二部新诗集《西还》里的一些作品，何其相似。如："歌声发时，/在泪底网中；/在泪底网外；/在踯躅徘徊下；/在忧虑怅惘间；/在梦已阑，醉已醒；/也在梦初酣，醉初沉底时候；/在悲欢交相拥抱底情怀里；/又在愤怒底瀑流，消沉了之后。"（《歌声》）"近了！/碎的是笑语声，/重的是桨声，/断还续的是箫声。/默着的，我们底声。"（《竹箫声里的西湖》）同样的语句，规整排列是诗，散行排列就是文，同有一种舒美的音律回荡，确如朱自清在《忆》的跋语里所说的那样，"像春日的轻风在绿树间微语一般"。又如他在《冬夜》序里夸赞的"平伯诗底音律似乎已到了繁与细底地步；所以凝练，幽深，绵密，有'不可把捉的风韵'"。到了俞平伯的散文里，同样表现着此种风格，彰显着独异的文学品质。

其三，思想之美。俞平伯的散文在总体上大抵是诉于感情的，而他最初写于五四前后的一些散文，则是诉于理知的议论类。刊载于1919年3月1日《新潮》第1卷第3号的《打破中国神怪思想的一种主张——严禁阴历》，刊载于1919年5月1日《新潮》第1卷第5号的《我的道德谈》，刊载于1925年5月17日《文学周报》第173期的《风化的伤痕等于零》等篇，都发表着激切的社会批评性质的议论，从侧面折映时代的演进过程。五四落潮，他虽然不再充任社会批评者的角色，暂且放下精神的重担，回到灵魂里去，成了一个文学领域的寻梦者，却从未丧失精神目标。面对风景，他不完全注重描述景物的外部形态，单纯表现自然的构成元素，而是透过客观物象的物质外壳，抒发一己的情感，寄托主观意识，表现出人性的温暖。

"正在春阴里的，正在桃花下的孩子们，你们自珍重，你们自爱惜！否则春阴中恐不免要夹着飘洒萧疏的泪雨，而桃树下将有成阵的残红了。你们如真不信，你们且觑着罢。春归一度，已少了一度。明年春阴挽着桃花姊妹们的颊红的手重来湖上，你们可不是今年的你们了，它们自然也不是今年的它们了。一切全都是新的。"（《湖楼小撷·绯桃花下的轻阴》）难抑的怀旧情绪和年华倏逝的怅惘漫浸于文字间，也潜含对可期的未来的想象。对于下一代的挂念与希望，艺术化地流露出生命意义的叩问，从而赋予风景以理性价值。

"昔日的靓妆，今朝偏换了缟素衣裳；昔日的憨笑丰肌，今朝又何其掩抑消瘦，若有所思呢？可见年光是不曾饶过谁的，可见芳华水逝是终究没有例外的，可见'如何对摇落，况乃久风尘'这种哀感是万古不易磨灭的。"（《芝田留梦记》）这是在忧叹中表现对人生和命运的思考。

"人和'其他'外缘的关联，打开窗子说亮话，是没有那回事。真的不可须臾离的外缘是人与人的系属，所谓人间便是。我们试想：若没有飘零的游子，则西风下的黄叶，原不妨由它们花花自己去响着。若没有憔悴的女儿，则枯干了红莲花瓣，何必常夹在诗集中呢？人万一没有悲欢离合，月即使有阴晴圆缺，又何为呢？怀中不曾收得美人的倩影，则如画的湖山，其黯淡又将如何呢？……一言蔽之，人对于万有的趣味，都从人间趣味的本身投射出来的。这基本趣味假如消失了，则大地河山及它所有的兰因絮果毕落于渺茫了。在此我想注释我在《鬼劫》中一句费解的话：'一切似吾生，吾生不似那一切。'"（《清河坊》）在北京老君堂居身的他，遥思钱塘山水，蓦然闯进忆之域，念及人生的无常，不禁怅触。儒的入世精神未断灭，佛与道的意识却杂糅一处了。

俞平伯风景散文的思想性，导源于生存的直接体验。他在风景中阐扬个人的生活经验，景物更像是他解释灵魂的承载体。他从自我立场出发，透过寓居或者游历的胜境，调和纤秾朴雅的笔墨，隐曲地反映与社会现实的矛盾关系，频寄人生之忧，多含世路惆怅。生命的思虑、成长的感悟、命途的体认，都关涉人生的根本，也就在人性的层面上显出意义的深刻。

第 五 章

其他作家综论

第一节 狂飙激荡的心灵

一 鲁迅：稽山镜水间的家国情怀

鲁迅（1881—1936），浙江绍兴人。原名周樟寿，字豫山，后改豫才，1898 年改名周树人，1918 年发表《狂人日记》时始用笔名鲁迅。1898 年到南京考取江南水师学堂，次年改入矿务铁路学堂。1902 年毕业后赴日本留学，入东京弘文学院普通科江南班学习，1904 年入仙台医学专门学校。留日 7 年，他广泛涉猎外国的自然科学、社会科学、文学艺术和哲学著作。1909 年回国任教，后到南京、北京任职于教育部。1918 年在《新青年》发表第一篇白话小说《狂人日记》，此后陆续发表《阿 Q 正传》等十几篇小说，1923 年结集《呐喊》出版。随后又创作《祝福》等短篇小说，结集为《彷徨》，散文结集为《野草》。1920 至 1926 年先后在北京大学、北京女子师范大学等校任教，致力于研究和讲授中国小说史，并出版《中国小说史略》。1926 年起先后在厦门、广州任教，1927 年 10 月起定居上海。旅沪 10 年间，写下大量的杂文。1930 年 3 月参加发起并领导中国左翼作家联盟，1933 年参加中国民权保障同盟。鲁迅是中国现代文学的奠基人。《鲁迅全集》包括他的全部创作成就。

鲁迅一生，用情于社会改造，矫治现时的病创。在对待自然的态度上面，并未表示超越性的见识。他说："我对于自然美，自恨并无敏感，所以即使恭逢良辰，也不甚感动。"（《厦门通信》）他的风景散文虽然为数不多，但是他的记游、绘景、状物、抒情，同他的匕首和投枪式的老辣杂文比较，别含一番艳绚。在他的创作早期，有过一篇《辛亥游录》，属于野外游览的日志，语用文言，调子具古风，颇和越中乡间的风味相谐。家山风物的影像被他简略摹绘，并留下纯真的青春记忆。

　　《辛亥游录》刊载于 1912 年 2 月绍兴《越社丛刊》第一辑，适值辛亥革命发生不久。其时，鲁迅任教于绍兴府中学堂，常常在课余到郊野采集植物标本，此组文字即是记其过程的。

　　鲁迅对于生物的兴趣，在他的忆旧散文《百草园和三味书屋》里鲜活地表现着，少年的怀思是印在他的生命中的。到了而立之年，向往自然的兴味仍未减弱。摇动的草树，让他抚触着田野细腻的肌肤。

　　《辛亥游录》的记景分为两节。其一，记会稽山下的游迹。"松杉骈立，束木棘衣。更上则束木亦渐少，仅见卉草，皆常品，获得二种"。登巅伏瞰，"满被古苔，蒙茸如裘，中杂小华，五六成簇者可数十，积广约一丈。掇其近者，皆一叶一华，叶碧而华紫，世称一叶兰；名叶以数，名华以类也"。鲁迅状物，虽是面对细小，笔墨却向大处去，寥寥之语，便绘出大致，而鲜丽颜色、秀逸风姿宛在了。其二，叙海边之游，映入视阈的仍是植物。"沿堤有木，其叶如桑，其华五出，筒状而薄赤，有微香，碎之则臭，殆海州常山类欤？"望过远海之潮，"游步近郊，爱见芦荡中杂野菰，方作紫色华，劚得数本，芦叶伤肤，颇不易致。又得其大者一，欲移植之，然野菰托生芦根，一旦返土壤，不能自为养，必弗活矣"。由观览转为考究，让科学的意味含在里面。

　　群芳的妍秀使鲁迅的记游文字明亮起来。他把草树的生命转化成文学的生命，将人间的情怀投注于绿色的生态，虽无浓烈的抒情字句，而寄予在里面的乡土之恋却是可感的。即使在白话文兴起的时代，他仍然运用熟稔的文言，却和旧式文章在风味上有别。清瘦、劲健，是有骨力的文字。

　　鲁迅在 1924 年 9 月 15 日写下的《秋夜》，也出现了植物，无论是寒月照着的枣树，还是繁霜披着的野花草，在屋外的园里，却是别具象征意义了，风格上化清简而为纤称："我不知道那些花草真叫什么名字，人们叫他们什么名字。我记得有一种开过极细小的粉红花，现在还开着，但是更极细小了，她在冷的夜气中，瑟缩地做梦，梦见春的到来，梦见秋的到来，梦见瘦的诗人将眼泪擦在她最末的花瓣上，告诉她秋虽然来，冬虽然来，而此后接着还是春，胡蝶乱飞，蜜蜂都唱起春词来了。她于是一笑，虽然颜色冻得红惨惨地，仍然瑟缩着。"耸在一边的是枣树，"他知道小粉红花的梦，秋后要有春；他也知道落叶的梦，春后还是秋。他简直落尽叶子，单剩干子，然而脱了当初满树是果实和叶子时候的弧形，欠伸得最舒服。但是，有几枝还低亚着，护定他从打枣的竿梢所得的皮伤，而最直最长的几枝，却已默默地铁似的直刺着奇怪而高的天空，使天空闪闪地鬼䁝眼；直刺着天空中圆满的月亮，使月亮窘得发白"。
论者以为："全篇写的是秋夜所见的室外室内的景物：墙外的两株枣树，这树
的上面的夜的天空，星星，天空洒下的繁霜，被繁霜摧残的小粉红花，月亮，
恶鸟，煤油灯，小青虫等。从表面看，这是一篇写景兼抒情的散文，但又和一
般借景抒情的散文不同，这些景物大都人格化了，都有所比喻或象征，以表现
作者的思想感情。同时这种表现，又是通过每一景物所特有的形象和动作，没
有违反每一景物的自然规律"①。

现代文学在从文言向白话过渡的时候，白话固然新鲜，而文言未必朽掉，
调度得恰适，依然会保持它简洁、省净、优雅、味厚、意浓的优长，比如在鲁
迅这里。

鲁迅的另一些写景文字，虽不成篇，而段落却是极精彩的，成为传世的经
典。由 23 篇散文诗构成的《野草》，是鲁迅在 1924 年 9 月到 1926 年 4 月创作
的，出色的风景描画彰显浓郁的诗性品质。沉抑而又激昂的《雪》，先写江南
的暖雨和雪野上开放的花："江南的雪，可是滋润美艳之至了；那是还在隐约
着的青春的消息，是极壮健的处子的皮肤。雪野中有血红的宝珠山茶，白中隐
青的单瓣梅花，深黄的磬口的腊梅花；雪下面还有冷绿的杂草。蝴蝶确乎没
有；蜜蜂是否来采山茶花和梅花的蜜，我可记不真切了。但我的眼前仿佛看见
冬花开在雪野中，有许多蜜蜂们忙碌地飞着，也听得他们嗡嗡地闹着。"后写
北国的冷雪和天宇下飞闪的精魂："但是，朔方的雪花在纷飞之后，却永远如
粉，如沙，他们决不粘连，撒在屋上，地上，枯草上，就是这样。屋上的雪是
早已就有消化了的，因为屋里居人的火的温热。别的，在晴天之下，旋风忽
来，便蓬勃地奋飞，在日光中灿灿地生光，如包藏火焰的大雾，旋转而且升
腾，弥漫太空，使太空旋转而且升腾地闪烁。"身处北方逆境的鲁迅，格外怀
想温润的江南，那边雪野的静美，这里苍宇的凛冽，那边的明艳与韶秀，这里
的沉暗与阴郁，从地域的远近上，从感觉的差异上，从色调的冷暖上，都构成
强烈的互比关系，也寄托他深重的忧愤。这篇作品的思想意义是通过高技巧的
创作语言来传达的，它体现的审美品位应和包蕴的思想价值同样得到肯定。
"这是一篇写'江南的雪'和'朔方的雪'的极美丽的诗，既写景，又抒情，
又有所象征或寄托。文字的美和思想感情的美都达到了高度，充满了诗情画

---

① 李何林：《鲁迅〈野草〉注解》，陕西人民出版社 1981 年版，第 26 页。

意，给读者以难得的美的享受。"①

发表于 1925 年 2 月 9 日《语丝》周刊上的《好的故事》，深切寄寓鲁迅对光明的憧憬，虽则他面对着昏沉的现实。清美的文字宛如款流的溪水，引人向梦境去："我仿佛记得曾坐小船经过山阴道，两岸边的乌桕，新禾，野花，鸡，狗，丛树和枯树，茅屋，塔，伽蓝，农夫和村妇，村女，晒着的衣裳，和尚，蓑笠，天，云，竹，……都倒影在澄碧的小河中，随着每一打桨，各各夹带了闪烁的日光，并水里的萍藻游鱼，一同荡漾。诸影诸物：无不解散，而且摇动，扩大，互相融和；刚一融和，却又退缩，复近于原形。边缘都参差如夏云头，镶着日光，发出水银色焰。凡是我所经过的河，都是如此……河边枯柳树下的几株瘦削的一丈红，该是村女种的罢。大红花和斑红花，都在水里面浮动，忽而碎散，拉长了，缕缕的胭脂水，然而没有晕。茅屋，狗，塔，村女，云，……也都浮动着。大红花一朵朵全被拉长了，这时是泼剌奔进的红锦带。带织入狗中，狗织入白云中，白云织入村女中……在一瞬间，他们又将退缩了。但斑红花影也已碎散，伸长，就要织进塔，村女，狗，茅屋，云里去。"（《好的故事》）语言的节奏，画面的舒卷，有乐感，有色调，无数美的人和美的事，都在抒情文字营造的美丽幽雅意境中跃动。五四运动的狂潮，还在他的心底叠卷，虽然这感奋因受着黑暗势力的压迫而抑止于内心，却可以在文字中表现。

二　周作人：思忆旧乡，最是那低眉的惆怅

周作人（1885—1967），浙江绍兴人。原名周櫆寿，后改名槐树，字启明，号知堂。1901 年入南京江南水师学堂学习。1906 年赴日本留学，开始学建筑，后走上文学创作的道路。1911 年回国，曾任浙江省教育司视学，浙江第五中学教员。1917 年到北京，先后任北京大学国史编纂处编纂员、文科教授，兼任燕京大学、北京女子师范大学等校教授。1920 年年底参与筹组文学研究会，倡导为人生而艺术的现实主义文学。1921 年后书写许多针砭时弊、批判封建文化的散文。晚年居家从事翻译与写作。著有散文集《自己的园地》（1923 年，北京晨报社）、《雨天的书》（1925 年，北新书局）、《泽泻集》（1927 年，北新书局）、《谈龙集》（1927 年，开明书店）、《谈虎集》（1928年，北新书局）、《永日集》（1929 年，北新书局）、《看云集》（1932 年，开

---

① 李何林：《鲁迅〈野草〉注解》，陕西人民出版社 1981 年版，第 73 页。

明书店)、《知堂文集》(1933 年,上海天马书店)、《夜读抄》(1934 年,北新书局)、《苦茶随笔》(1935 年,北新书局)、《苦竹杂记》(1936 年,良友图书印刷公司)、《风雨谈》(1936 年,北新书局)、《瓜豆集》(1937 年,上海宇宙风社)、《秉烛谈》(1940 年,北新书局)、《药堂语录》(1941 年,天津庸报社)、《药味集》(1942 年,北京新民印书馆)、《药堂杂文》(1944 年,北京新民印书馆)、《书房一角》(1944 年,北京新民印书馆)、《秉烛后谈》(1944 年,北京新民印书馆)、《苦口甘口》(1944 年,上海太平书局)、《立春以前》(1945 年,上海太平书局)、《过去的工作》(1959 年,澳门大地出版社)、《知堂乙酉文编》(1961 年,香港三育图书文具公司),小说《孤儿记》(1906 年,小说林社),评论集《异域文谈》(1915 年,墨润堂书坊)、《儿童文学小论》(1932 年,上海儿童书局),专著《欧洲文学史》(1918 年,商务印书馆)、《中国新文学的源流》(1932 年,北京人文书店),诗集《过去的生命》(1929 年,北新书局),书信集《周作人书信》(1933 年,上海青光书店),序跋集《苦雨斋序跋文》(1934 年,上海天马书店)等。

周作人在文学创作上的主要成就,是他的散文。他较早把美文的概念引入中国,他说:"外国文学里有一种所谓论文,其中大约可以分作两类。一批评的,是学术性的。二记述的,是艺术性的,又称作美文,这里边又可以分出叙事与抒情,但也很多两者夹杂的。这种美文似乎在英语国民里最为发达……中国古文里的序,记与说等,也可以说是美文的一类。但在现代的国语文学里,还不曾见有这类文章,治新文学的人为什么不去试试呢?"(《美文》)他自己便是新体散文的践行者之一,并且带动"含讽刺的,析心理的,写自然的"现代小品散文的发达,竟至走在短篇小说和诗歌的前面。"现代散文所受的直接的影响,还是外国的影响;这一层周先生不曾说明。我们看,周先生自己的书,如《泽泻集》等,里面的文章,无论从思想说,从表现说,岂是那些名士派的文章里找得出的?——至多'情趣'有一些相似罢了。我宁可说,他所受的'外国的影响'比中国的多。而其余的作家,外国的影响有时还要多些,像鲁迅先生,徐志摩先生。"[①] 所谓美文,是中国古代散文和外国散文在五四作家那里的一种融合体,而以外国的文学元素发挥着更重要的影响。切而言之,在周作人这里,是中国小品体与西方随笔体结合而成的"言志的小

---

　　①　朱自清:《论中国现代的小品散文》,《小品文艺术谈》,中国广播电视出版社 1990 年版,第38 页。

品"、"抒情的论文"。"他用自己之个性与才华，将西方随笔的谈论风格，中国散文的抒情韵味，乃至日本俳句的笔墨情趣，融合一起，形成其夹叙夹议的抒写体制……这种叙述方式，在结构上便打破了传统散文那严谨的秩序，而形成一种如'名士谈心'、'野老散游'式的自然节奏。其行文信笔而书，如闲云舒卷，看似支离散漫、无迹可求，而内中却有艺术的统制与和谐。"① 他的和平的、冲淡的、自由的、温煦的、徐缓的、轻细的文调，基源于他的创作审美观。他在写作造诣上"是能够寓繁于简，寓浓于淡，寓严整于松散，寓有法于无法"，在文笔上"是平和的心境和清淡的韵味，合起来就含有佛门所说定加慧的美"②。

五四风云曾经激荡周作人那颗年轻的心，他的白话随笔的锋芒刺入封建文化的深处，突显文化斗士的叛逆姿态。《前门遇马队记》、《孙中山先生》和《关于三月十八日的死者》等篇，以勇敢的笔墨直击时弊。但是他的性格又常常是游移的，反映着内心的深刻矛盾性。他自谓"我是极缺少热狂的人，但同时也颇缺少冷静"（《关于三月十八日的死者》）。随着学运的退潮，他的思想的锐气日渐削减，仿佛明清的逸士，退至瓦屋纸窗下做起避世的闲适文字，态度悠恬甚至懒散，却也作为现代散文的一类而存在。"对于深受儒释道文化熏陶，秉赋着中国历代名士夙缘业根的周作人来说，二十年代'五四'落潮后那种交织着失望与追求的时代苦闷，'苦雨斋'那阴阴如雨的环境气氛，似乎都更适于他那古典的、颓废的、神秘的诗意因素的发酵。此时此景，虽感外界之压迫，尚有心灵之自由；'苦雨斋'不是'世外桃源'，却也有镇日的静闲，他那'叛徒'与'隐士'的二重性格，在这里得以微妙的结合。"③ 击触现实、抒发慷慨之气的社会策论和文化批评他也做过，但是更用心写着的，却是在苦茶的幽香中，在屋院的树声里谈人生、论艺术的趣味文章。抒写风物的小品也算在这里面。代表他的风景散文成绩的，是《山中杂信》、《故乡的野菜》、《济南道中》和《乌篷船》诸篇。文字朴美、清醇、婉和、韵深。聊寄乡曲之思中，古越乡间和钓游旧地的风调在笔下幻化出一幅幅淡彩的图卷，间或潜含一缕幽婉余味。而在有时，调子也不免沉重了些，色彩也不免灰暗了些。他曾对友人说："凡怀乡怀国以及怀古，所怀者都无非空想中的情景，若

---

① 佘树森：《艺术的闲谈》，《周作人美文精粹》，作家出版社1991年版，第5、6页。

② 张中行：《〈周作人文选〉序》，《散简集存》，中国社会科学出版社1999年版，第295页。

③ 佘树森：《艺术的闲谈》，《周作人美文精粹》，作家出版社1991年版，第2页。

讲事实一样没有什么可爱……照事实讲来，浙东是我的第一故乡，浙西是第二故乡，南京第三，东京第四，北京第五，但我并不一定爱浙江……以上五处之中常常令我怀念的倒是日本的东京以及九州关西一带的地方，因为在外国与现实社会较为隔离，容易保存美的印象，或者还有别的原因。现在若中国则自然之美辄为人事之丑恶所打破，至于连幻想也不易构成，所以在史迹上很负盛名的於越在我的心中只联想到毛笋、杨梅以及老酒，觉得可以享用，此外只有人民之鄙陋浇薄，天气之潮湿，苦热等等，引起不快的追忆。"（《与友人论怀乡书》）以这种心理看待风物，态度自然是沉郁大于昂奋，黯晦大于明朗，也形成他的这类作品的基调。

　　周作人以闲谈的笔致述说风景。平实的记写见出景物真实的一面。《山中杂信》是他在 1921 年夏写给孙伏园的。在六节文字里，他像一个长闲逸豫的隐士，耐得安静，也耐得寂寞，说碧云寺倚着的西山，也说般若堂里的和尚，更显示自己在安闲中度日的状态，那山里的深幽确是叫人精神清凉的。在杂信的第四节他这样写："近日因为神经不好，夜间睡眠不足，精神很是颓唐，所以好久没有写信，也不曾做诗了。诗思固然不来，日前到大殿后看了御碑亭，更使我诗兴大减。碑亭之北有两块石碑，四面都刻着乾隆御制的律诗和绝句。"寺院周遭的藤萝、柏树、槐树、核桃、石榴，也都是一片幽凉的叶荫覆下来，提鸟笼的游客走过去，却令他不喜欢，"鸟身自为主——这句话的精神何等博大深厚，然而又岂是那些提鸟笼的朋友所能了解的呢?"是佛的慈悲心，还是人的闲愁? 总之都是山居的感思。禅味的浓淡皆在内心的领受，"我的行踪，近来已经推广到东边的'水泉'。这地方确是还好，我于每天清早，没有游客的时候，去徜徉一会，鉴赏那山水之美。"目光落在那里的一棵叶子瑟瑟响着的白杨树上，也要想到"白杨多悲风，萧萧愁杀人"的古诗上去。仿佛他对于静默而蠢的诗碑特别有情，"我每天傍晚到碑亭下去散步，顺便恭读乾隆的御制诗;碑上共有十首，我至少总要读他两首。读之既久，便发生种种感想，其一是觉得语体诗发生的不得已与必要。御制诗中有这几句，如'香山适才游白社，越岭便以至碧云。'又'玉泉十丈瀑，谁识此其源。'似乎都不大高明。但这实在是旧诗的难做，怪不得皇帝。对偶呀，平仄呀，押韵呀，拘束得非常之严，所以便是奉天承运的真龙也挣扎他不过，只落得留下多少打油的痕迹在石头上面"。坐轿游香山的体验真有消闲的趣味，而依他嗜古的偏爱，又转回前朝遗物上去，"我的行踪既然推广到了寺外，寺内各处也都已走到，只剩那可以听松涛的有名的塔上不曾去。但是我平常散步，总只在御诗碑的左近或是弥勒佛前面的路上。这一段泥路来回可一百步，一面走着，一面听着阶下龙嘴里的潺潺的水声（这就是御制诗里的'清波绕砌湲'），倒也很有兴趣。"靠着一泓清波的一个朱门里，他也曾去过，对面的山景和在溪滩积水中洗衣的女人们，是山中的一幅画。人在此间，烟火气全消，极富逸乐。苦雨斋的所仪，也表明在这里了，虽然说起他的岁数，其时还未到中年。纵使在京郊的山中与同乡以文字晤谈，周作人也不忘情于故园："香山不很高大，仿佛只是故乡城内的卧龙山模样，但在北京近郊，已经要算是很好的山了"，"上月里我到香山去了两趟，都是坐了四人轿去的。我们在家乡的时候，知道四人轿是只有知县坐的，现在自己却坐了两回，也是'出于意表之外'的"。这种对家园的恋顾，缠绵着，缱绻着，氤氲着，形成他的小品文章中或浓或淡的抒情味。

绍兴城里的躲婆弄，东郭门外的贺家池，掌故来历都被周作人含笑闲述。花辰月夕，游荡于桥下的河上，天朗气清，凭舷默坐，竹篙轻点一片碧水，令他欣然有会（《抱犊固的传说》）。浙东人在春天从田里采来炒年糕吃的荠菜，通称黄花麦果的鼠曲草，扫墓时所常吃的紫云英，虽是生在山林乡野的菜和草，和童谣俗谚以及往事相联系，忆想中浸着极深的乡情；古越乡俗在小孩的歌调里活着，在"上坟船里看姣姣"的笑脸上挂着；三月初暖的天气，船头上篷窗下露出的紫云英和杜鹃的花束，使怀乡的文字明亮起来（《故乡的野菜》，1924 年 4 月 5 日《晨报副镌》）。渗含在他的风景散文里的，不单是眼观风物的感思与怀乡的清愁，还是幽微的人生滋味，于古雅简素中透示出现代人的复杂心态。"周作人散文的最可人处，就在它那一缕幽隽的趣味。其中有人生的况味，亦有内心的情趣。"[1] 他凭借这样的文字，依偎着故乡的山水，把自己的心灵安顿在诗性的美的世界里。

《济南道中》照例是写给孙伏园的，书信体。周作人认定记游是消闲的一种，便用着娓娓的调子把路上的见闻直述下来，文字也不见什么曲折，平实浅近的风格倒是贴近千百年正宗游记的路数，而绘写景物如在目前。但是大明湖这处胜迹他并未怎样着笔，因为"大明湖在《老残游记》里很有一段描写，我觉得写不出更好的文章来"。这一节他可以不絮说，而游踪总要略述，"我也同老残一样，走到历下亭铁公祠各处，但可惜不曾在明湖居听得白妞说梨花大鼓。我们又去看'大帅张少轩'捐资倡修的曾子固的祠堂，以及张公祠，

---

① 佘树森：《艺术的闲谈》，《周作人美文精粹》，作家出版社 1991 年版，第 4 页。

祠里还挂有一幅他的'门下子婿'的长髯照相和好些'圣朝柱石'等等的孙公德政碑。随后又到北极祠去一看，照例是那些塑像，正殿右侧一个大鬼，一手倒提着一个小妖，一手掐着一个，神气非常活现，右脚下踏着一个女子，它的脚跟正落在腰间，把她踹得目瞪口呆，似乎喘不过气来，不知是到底犯了什么罪。大明湖的印象仿佛像南京的玄武湖，不过这湖是在城里，很是别致。清人铁保有一联云：'四面荷花三面柳，一城山色半城湖'，实在说得湖好（据老残说这是铁公祠大门的楹联，现今却已掉下，在亭内倚墙放着了），虽然我们这回看不到荷花，而且湖边渐渐地填为平地，面积大不如前，水路也很窄狭，两旁变了私产，一区一区地用苇塘围绕，都是人家种蒲养鱼的地方，所以《老残游记》里所记千佛山倒影入湖的景象已经无从得见，至于'一声渔唱'尤其是听不到了。但是济南城里有一个湖，即使较前已经不如，总是很好的事；这实在可以代一个大公园，而且比公园更为有趣"。清淡的风致仿佛小说家的白描功夫，景物如绘，叙写也就告成了。

《乌篷船》依然是这种艺术的闲谈。对要往绍兴去的朋友介绍起故乡，如同含咀心底温暖的记忆。"我所要告诉你的，并不是那里的风土人情，那是写不尽"，他专意讲的却是乌篷船，在他看，依桥顺岸而缓行河上，覆着黑色竹箬之篷的船，是水乡风情的一种代表，最值得以骄傲口气对人说起。平实的叙谈中，亲水意识也如一股情流，漾动于字句间，似能见着微笑："小船则真是一叶扁舟，你坐在船底席上，篷顶离你的头有两三寸，你的两手可以搁在左右的舷上，还把手都露出在外边。在这种船里仿佛是在水面上坐，靠近田岸去时泥土便和你的眼鼻接近，而且遇着风浪，或是坐得少不小心，就会船底朝天，发生危险，但是也颇有趣味，是水乡的一种特色。"展开的画卷式的描述更加温馨："你坐在船上，应该是游山的态度，看看四周物色，随处可见的山，岸旁的乌桕，河边的红蓼和白苹，渔舍，各式各样的桥，困倦的时候睡在舱中拿出随笔来看，或者冲一碗清茶喝喝。偏门外的鉴湖一带，贺家池，壶觞左近，我都是喜欢的，或者往娄公埠骑驴去游兰亭（但我劝你还是步行，骑驴或者于你不很相宜），到得暮色苍然的时候进城上都挂着薜荔的东门来，倒是颇有趣味的事。倘若路上不平静，你往杭州去时可于下午开船，黄昏时候的景色正最好看，只可惜这一带地方的名字我都忘记了。夜间睡在舱中，听水声橹声，来往船只的招呼声，以及乡间的犬吠鸡鸣，也都很有意思，雇一只船到乡下去看庙戏，可以了解中国旧戏的真趣味，而且在船上行动自如，要看就看，要睡就睡，要喝酒就喝酒，我觉得也可以算是理想的行乐法。"他这般闲话似的写着，折射在纸上的，是他苦寻的精神趣味，若不经意，却抵得着意的抒情。这本是写给友人的书信，也把自己带回故乡去了。感受性强，是因为所述都是真切经历过的，他便兴致浓厚地讲着行船所见的好景，明秀如画，悠然而多乡趣，连昔年的情调也唤回了。

　　闲逸的兴味调适着周作人的内心秩序和精神逻辑。舒缓的叙述节奏，深长的生活滋味，强化着个人性的经验感觉。隐喻的力量，让人从略带凝涩的语句中发现多义的风景。自然在他的身上表现为内质化，无痕迹地融合在生命过程中，甚至演化为可珍的精神资源。他从其间寻求心灵的抚慰与内心的宁静，并且形成恒定的心理状态。进入中年之境，冬日的阴雨，让他"觉得如在江村小屋里，靠玻璃窗，烘着白炭火钵，喝清茶，同友人谈闲话，那是颇愉快的事"（《〈雨天的书〉自序一》）。在他，生活器物的实用价值不抵精神的享受，"我们于日用必需的东西以外，必须还有一点无用的游戏与享乐，生活才觉得有意思。我们看夕阳，看秋河，看花，听雨，闻香，喝不求解渴的酒，吃不求饱的点心，都是生活上必要的——虽然是无用的装点，而且是愈精炼愈好"（《北京的茶食》）。他不能耐受中国生活中的干燥粗鄙，而沉醉于艺术的虚境。久居京城，听说有荠菜在西单菜市场里卖着，就想起浙东的事来，家乡的景物自然浮上眼前："扫墓时候所常吃的还有一种野菜，俗名草紫，通称紫云英。农人在收获后，播种田内，用作肥料，是一种很被贱视的植物，但采取嫩茎瀹食，味颇鲜美，似豌豆苗。花紫红色，数十亩接连不断，一片锦绣，如铺着华美的地毯，非常好看，而且花朵状若蝴蝶，又如鸡雏，尤为小孩所喜。"（《故乡的野菜》）他耽溺一种焚香静坐的安闲而丰腴的生活幻想，"喝茶当于瓦屋纸窗下，清泉绿茶，用素雅的陶瓷茶具，同二三人共饮，得半日之闲，可抵十年的尘梦。"（《喝茶》）他神往"瓦屋纸窗，灯檠茗碗，室外有竹有棕榈"的清闲幽寂的读书雅境（《〈夜读抄〉小引》）。读他的这些苦、涩、闲的话，似见着一个温厚有礼的夫子独自在夕阳暮色中坐卧，乡野的游嬉，田村的风味，山寺的幽景，都是他所喜欢的。在香山碧云寺中："我于每天清早，没有游客的时候，去徜徉一会，赏鉴那山水之美"，有时"一面听着阶下龙嘴里的潺潺的水声"，一面"望对面的山景和在溪滩积水中洗衣的女人们"（《山中杂信》）；家亲病况的忧心，也靠景物缓舒，"紧张透了的心一时殊不容易松放开来……在院子里散步，这才见到白的紫的丁香都已盛开，山桃烂漫得开始憔悴了，东边路旁爱罗先珂君回俄国前手植作为纪念的一株杏花已经零落净尽，只剩有好些绿蒂隐藏嫩叶的底下。春天过去了，在我们彷徨惊恐的几天里，北京这好像敷衍人似地短促的春光早已偷偷地走过去了"（《若子的病》），世间的一切，皆由他散淡地说，就连遇着北京七月的淫雨，枯坐老屋中的他也要忧苦，也会把此番感受遥对着坐骡车走在长安道上的孙伏园细细说起："雨中旅行不一定是很愉快的，我以前在杭沪车上时常遇雨，每感困难，所以我于火车的雨不能感到什么兴味，但卧在乌篷船里，静听打篷的雨声，加上欸乃的橹声，以及'靠塘来，靠下去'的呼声，却是一种梦似的诗境。倘若更大胆一点，仰卧在脚划小船内，冒雨夜行，更显出水乡住民的风趣，虽然较为危险，一不小心，拙劣地转一个身，便要使船底朝天。"（《苦雨》，1924 年 7 月 16 日写于北京，1924 年 7 月 22 日《晨报副镌》）还有京城的鸟声，听来辄涉思忖，他既嫌老鸹的叫声"一点风雅气也没有"，又夸赞"麻雀和啄木鸟虽然唱不出好的歌来，在那琐碎和干枯之中到底还含一些春气"（《鸟声》），表明心灵与自然的贴近。但是他对景物的感情是有明确选择的，"我生长于海边的水乡，现在虽不能说对于水完全没有情愫，但也并不怎么恋慕，去对着什刹海的池塘发怔。绍兴的应天塔，南京的北极阁，都是我极熟的旧地，但回想起来也不能令我如何感动，反不如东京浅草的十二阶更有一种亲密之感……我这种的感想或者也不大合理亦未可知，不过各人有独自经验，感情往往受其影响而生变化，实在是没法的事情"（《与友人论怀乡书》），虽然他的心底怀着很深的故乡情结，可是乡景在他终究还是情感与思想的载体。他在景观的选择与控制中展开文学表现。

周作人观世相，闻天籁，"用平实自然的话把合于物理人情的意思原样写出来"[1]，行文少带凌厉的锐气与浮躁的性情，意态甚自若。天理物趣、故情往迹、掌故逸闻连同身世经验、人生况味，皆含在他平淡自然、婉曲幽默的"艺术的闲谈"中，似乎听不见声韵腔调，看不到语色词彩，在简单的技法中显示意思的圆融，在蔼然的风味里包孕历练后的沉稳，而又不藏老于世故的机心。无迹可求，文章的表面自然也看不出精心结构来。周作人的写景文字恰好折映他"寒斋吃苦茶"的平淡生存状态、古典的内心情致与颓废的审美格调。他的作品被徐志摩称为"温驯的文体"（《致周作人信》），说明时人早有评价；而在他自己的创作意识里，也具体实践着"努力用人力发展自然与人生之美，使它成为可爱的世界"（《与友人论怀乡书》）的艺术准则。

现代散文的发展中，在人生世道的认知和文学表达的风格上，周作人的

---

① 张中行：《再谈苦雨斋并序》，《负暄续话》，黑龙江人民出版社 1990 年版，第 71 页。

"疑"与"和平冲淡"，正可对应鲁迅的"信"与"冷厉刚劲"。"鲁迅的文体简练得像一把匕首，能以寸铁杀人，一刀见血。重要之点，抓住了之后，只消三言两语就可以把主题道破——这是鲁迅作文的秘诀……次要之点，或者也一样的重要，但不能使敌人致命之点，他是一概轻轻放过，由它去而不问的。与此相反，周作人的文体，又来得舒徐自在，信笔所至，初看似乎散漫支离，过于繁琐！但仔细一读，却觉得他的漫谈，句句含有分量，一篇之中，少一句就不对，一句之中，易一字也不可，读完之后，还想翻转来从头再读的。当然这是指他从前的散文而说的，近几年来，一变而为枯涩苍老，炉火纯青，归入古雅遒劲的一途了。"① 周氏兄弟的创作，渐成一种独异的文学局面，并且对五四以降的创作历程发生影响。

三　成仿吾：万顷烟波　一缕春思

成仿吾（1897—1984），湖南新化人。原名成灏，早年留学日本，五四运动后，与郭沫若、郁达夫等人开始新文学活动，组织创造社。1921年4月，他与郭沫若一起从日本回到上海，筹备出版文学刊物，先后编辑出版《创造季刊》、《创造周刊》、《创造日》、《洪水》、《创造月刊》等多种文学刊物，发表大量文学评论、小说和诗歌。著有短篇小说、诗歌合集《流浪》（1927年，创造社），评论集《使命》（1927年，创造社）、《仿吾文存》（1928年，创造社）、《从文学革命到革命文学》（与郭沫若合著，1928年，创造社），评论、游记合集《新兴文艺论集》（1930年，创造社），译著《德国诗选》（与郭沫若合译，1927年，创造社）、《共产党宣言》（与徐冰合译，1938年，香港中国出版社）等。

游学经历使成仿吾对自然风景得出真切的感受，当进行文学表现时，一颗年轻的心所感悟的身世之情便渗入作品中。他的文学理论批评体现的是"注重社会政治功利的价值取向和权力话语方式"与"湖湘文化经世致用的学统，湖南人'霸蛮'的文化性格"②，而当心灵转向风景时，社会道义和公共责任虽不能忘怀，却又不乏含情的抒写。

---

① 郁达夫：《〈中国新文学大系·散文二集〉导言》，《中国新文学大系·散文二集》，上海良友图书印刷公司1935年版，第14页。

② 薛朝晖、王莉：《毛泽东、周扬、成仿吾文论的湖湘文化品格》，《广西社会科学》2005年第4期。

1924年3月9日完稿，刊载于1924年3月23日《创造周报》第45号的《太湖纪游》，是他和爱牟（郭沫若）一次出游的记录。作为创造社的批评家和理论家，成仿吾的散文写作同他的文学理论批评的经验性融会一处。文学理论批评的写作影响他的文学表述，但在这一篇里，交融的痕迹并不明显，却是对自己倡导的"文学上的创作，本来只要是出自内心的要求，原不必有什么预定的目的"的主张的一次实践。

他坦承以自己湖南人的脾性，对于江南较难实现心灵的进入，"我从长沙来到上海，不觉已经一年有半，我常常对江浙的朋友们诉我这一年余还不曾感到江南的情调……不过杭州与苏州我曾去过，结果是使我失望了，我更不知尚有何处可去，我也不曾有过许多的余闲"。虽然他一面说"我们如果要领略江南的情调，我们不应当向俗人麇集的地方去寻，我们反应当向时人罕识的赤裸裸的大自然中去欣赏"，而关注社会的热情未消，他仍然认为"无锡是一个小小县治，太湖尤是强盗出没之所。它们或能使我感到江南的情调"。到底是走入爽人神魄的慈惠自然之中，便是有散落在田亩中的棺材与高冢过眼，使人看了不快，他也只是把英国诗人葛雷的《墓畔哀歌》低吟几遍，不可遏的悲音从心中响过后，就暂且从车窗外闪逝的昆山、天平山与姑苏的城郭中找寻一点新的刺激了。待到踏着惠泉山的阶径时，悲酸的事，成败与荣辱，浅薄无聊的世人，不可救药的群盲，从他的记忆中涌来又退去。采桑时节，艳阳从云间照下来，晴光映空，媚人的小枝牵着他的衣袖，更有含烟吐翠的春景、桑园萦绕的低唱，让他初识江南的情调。诗人的气质兼社会学者的观察力，使他在秀丽烟景中恢复旧时微妙的生活感受性。视觉因素的调用，强化了作品的抒情手段。晶明柔和的桑树映着年轻的红颜，碧玉般的水径左右，卧着雪白的小桥，柳树下三五个小儿迎着飞来的梅花香在喧叫。连山隐隐，横亘于那边的天际。动感的画面是有声的，飞扬的笑语传递欢愉的情绪。五里湖波光辉闪，帆影飘移；鼋头渚横斜水滨，远岛如黛。水的世界呈示大自然的静默，而多忧的他又觉得眼前的一切忽然杳无痕迹了，"一片茫漠的'虚无'逼近我来，我如一只小鸟在昏暗之中升沉，又如一片孤帆在荒海之上漂泊"，文字间总卸不下心灵的沉重感。但是在风景中，他也尽力调适着思与情，让理性和感性对位。遥瞰浩阔的太湖，每一新鲜的呼吸都令他神清气爽，仿佛要振翼高翔。"这时候夕阳已将下山，好像一个将溺的人红着脸独在云海之中奋斗。东边的连山映在夕照中，显出了他们的色彩的变化之丰富"，一片片的青烟缭绕着，薄暮的天空越发低下来了，而他的情绪也平静了一些。归途上，无缝的暗夜又锁紧他的心。移换的景物对起伏的情感起着烘衬作用，使得微细的心理变化富有层次，而思考的脉络、抒情的节奏，也都通过摹景的过程获得表现，使文字进入一种融通的境界。

《江南的春讯》是一篇书信体散文，发表于 1924 年 4 月 13 日《创造周报》第 48 号。成仿吾在读过郁达夫《北国的微音》之后，饶有感兴，回复了这则文字，倾吐青年知识者内心的苦闷，表现对于时代与社会的精神抗争。"一个人生在世间，本来只是孤孤单单地在走各人的路；纵然眼见有许多的人同自己在一起，好像是自己的同伴，然而仔细看起来，自己与别人的中间实有一个无限大的空域，一个人就好像物质构造上的一个分子，只能任自己的微细的躯体在自己的孤寂的世界之内盘旋，永远不能跑出一步。一个人只要复归到了自己，便没有不痛切地感到这种'孤独感'的，实在也只有这种感觉是人类最后的实感"。他深感"人类的生活，我以为是一部反抗的历史"，"人类是在反抗着而生活"，"我们要随时随地地与社会战争"，他的情绪炽烈地燃烧，恨恨地宣泄，"在我回国后的这三年之间，我的全身神差不多要被悲愤烧毁了。这两种激荡不宁的感情就好像两条恶狠狠的火蛇，只是牢牢地缠住我不肯松放。奄奄待毙的国家，醒醒醯醢的社会，虚伪的人们，渺茫的身世，无处不使人一想起了便要悲愤起来"。春天的景色蕴涵着希望，映亮了黯淡的心，"春光又回到江南来了，梅花已经反抗着春风，登场演了她的一回手势戏。再过些时，龙华的桃花就要开了。黄浦江的浊水常在激荡着反抗它们的运命。新落成的欧战纪念塔上的女神常在放着光反抗旁边的高塔的威压"，借助景物增加情感的浓度，形象地表现"在一间破陋而漫无秩序的长方形的房子里，三个方正的男子常在商量周报周年后改良的方法，预备反抗一切未来的困苦"的精神状态。

《春游》发表于 1924 年 4 月 27 日《创造周报》第 51 号。都市生活的幽囚感和田野的舒畅感显示着情绪的变化，视角的主观性与感受的真切性，生动地表现了微妙的心理转折。"住在上海好像坐牢，孤独的我又没有什么娱乐，在外人庇荫下嘻嘻恣欲的男女又使我心头作呕"，为求精神的逃离，"渐次离开了窒息的尘烟，渐次走上了田间的土路……我开始注意路旁的桑树，开始注意田间的人家，开始注意远方的缓舞风前的弱柳……渐渐有一株一株盛开的桃树掩映在陌上人家了"，感到写生姑娘的红颊"美过桃花，她的心情更是优美无比"，感到"到处有一种醉人的香气，我深深吸入胸中，自己觉得快要醉了"。色彩明艳的风景增添了文字的感性元素，情景化的特定设置，使深蕴的情怀传达得细腻入微。

《上海滩上》发表于 1926 年《洪水》第 2 卷第 1 期。这篇书信体散文，表现了精神困境中的心灵挣扎和不屈服于现实的抗争意志。他和他的同志拒绝意气消沉，"因为这种自我革命实是我们的生命活跃的一种表现；我们变成现实的，就如同永恒的生命在和暖的春风里渐渐地苏醒转来，带了一倍的朝气。我们自觉我们的全身全由新的生命力充满着，我们将不断地自我革命，将不断地创造着前往"。呼告式的语势，把自身所属的文学社团的政治态度和人生理想昭告世间，显示出凌厉的风格和激进的姿态。

在创造社成员里，成仿吾的记景述游，不似郁达夫在小说式的叙述中表现才子的萧散清高，也不似郭沫若在诗性的抒情中表现骚客的狂放孤傲。他的叙述常因跳跃而中断，他的抒情又有所节制而不肯恣肆。他的内心，不像郁达夫那样孤独；他的情感，不像郭沫若那样浓烈，这大约和他更注重文论的写作而偏于理性的思考有关。到了告别青年时代，是连这样的闪耀着创作色彩的记游作品也鲜见了。

第二节　学府之外的徜徉

一　李大钊：燕赵风骨

李大钊（1889—1927），河北乐亭人，字守常，中国共产党主要创始人之一。1913 年入日本早稻田大学政治科，接触社会主义思想。1916 年 5 月回国，在北京创办《晨钟报》，任总编辑。又任《甲寅日刊》、《新青年》编辑，与陈独秀创办《每周评论》，主编《晨报》副刊，投身于新文化运动。曾任北京大学图书馆主任，经济系、历史系教授。著作编为《李大钊文集》。

在政治上，李大钊以"矢志努力于民族解放之事业"，寻求"挽救民族、振奋国群之良策"为己任。《法俄革命之比较观》、《庶民的胜利》、《布尔什维主义的胜利》、《我的马克思主义观》等政论和演说，建立起社会批判的逻辑架构，激烈抨击辛亥革命后，军阀官僚统治下的中国社会的黑暗现实。在他的性格中，又不乏知识分子喜游山水，在书卷之外寻索生命体悟的情趣。"予性乐山，遇崇丘峻岭，每流连弗忍去"，表露的正是他在课余的浪漫心志。形诸文字，便在现代风景散文史上留下游山记叙的名篇《游碣石山杂记》和《五峰游记》。前者发表于 1913 年 11 月 1 日《言治》月刊第 1 年第 6 期，后者发表于 1919 年 8 月 31 日、9 月 7 日《新生活》第 2、3 期。两篇作品的笔墨都落在家乡附近的昌黎山水上面。

1907年夏，李大钊和"童年昕夕遥见之碣石"结下"初度之缘"，自认"生平此游最乐"。他在《游碣石山杂记》中追忆："曩者与二三友辈归自津门，卸装昌黎，游兴勃发，时适溽夏，虽盛炎不以泥斯志，相率竟至西五峰韩昌黎祠一憩。是日零雨不止，山中浓雾荡胸，途次所经半石径，崎岖不易行，惟奇花异卉，铺地参天，骤见惊为世外桃源，故不以为苦。"1913年9月，他在赴日留学前夕，复游碣石，入五峰山韩文公祠小居十日，姑且算是对故园山水的辞别之举。所作《游碣石山杂记》浸着依依离情。此前，他在给天津北洋法政专门学校的学友郁嶷的信中这样写："入山以来，晨莫呼吸烟霞，日必攀松披榛，寻登绝巘，白云从足下飞去飞来。梨园正值果熟，一枝低压，盈千累百，所至憩息，园主辄赠十数颗，坐石磴食之。泉自高山流下，激动碎石，声响清越，奉手仰吸，然有羽化登仙之概矣。"这一节书信文字，和他的游述一样，用文字在灵魂与山水之间架设一条路径，心境清朗而饱含家园之情。此时的作者，是一位青年学子，意气风发，充满人生理想和生命热情。他的内心不能平静，海山气象正适合豪兴的抒发。山行景物入眼，无论是缥缈云树，还是古寺崖刻，自然的、人文的，他都有游观的兴致，并且以未化的文言详略摹记，颇具古人手法。用笔不事雕琢，北方山野多朴素气象，配以的笔墨必不可奢华。大略一看，浓厚的朴茂意味使通篇染上凝重的色彩。

李大钊的记游，循着古代文士的矩范，以游踪为脉络，用他的心带着读者的心在山里走。因为写着家乡的景物，详熟自不待言，尤其对地理、历史和人物，都写得大有来历。叙录起来，笔势稳当，从容有致，有老成之态，而不似青年文字。作为核心的仍然是蕴积在心中的情，虽则是有节制的抒写。

此回复游故地，深寄感旧之思。"予以重来五峰，青山依旧，森树丛茂，不减当年，守祠人仍为前度刘郎……回首旧游，天涯零散……而予尚得汗漫到此，不胜今昔之感也已！"此间所寄为身世之叹。

观览海山能增心底的豪情。登韩昌黎祠，身处缥缈云树间，"凭垣一眺，东南天海一碧，茫无涯际。俯视人寰，炊烟树影，渺然微矣"，算是全篇突兀之语，也和蕴蓄在心中的民主主义者的急进情怀相谐。此间所寄为旷放之情。

挂月峰下"石门半掩，苍苔满地，白云出入其中"的范公洞顺笔一写。凝视洞中石刻像，对这位明末遗老参与购置圆通禅寺而为唐贤韩文公建祠的作为表示钦敬，并且将据传卒于山中、祠内配享之范志完的《游水岩歌（并序）》引录过来，"颇足记此山景物之一般"外，对于这位握兵柄、守卫重镇的强臣的感佩含入字句间。在驱马入关、首攻昌黎的满清之人来犯时，"虽不能摧败强敌，捍卫疆土，而当亡国之际，尚能死守孤城，厥功亦不可没"，记下此段故事，恢复了历史的弹性。此间所寄为燕赵文士的慷慨之气。

过文公祠，绕至东五峰，见果树山村在白云间闪现，秋梨树下与园主闲话后，跟跄寻故路，"途次摘采山花，兼拾松子，不知夕阳已西下岭，倦游归去。长歌采薇，悄然有慕古之思矣"，尘襟荡涤。此间所寄为逍遥之乐。

比起《游碣石山杂记》笔笔都到的写法，李大钊在数年后所作的《五峰游记》，则出以白话，用笔颇清简。笔墨虽变，而对家山的挚情依旧。其时，他携长子葆华到昌黎山中避居。文章记途中见闻，对于冀东乡野景色的描写，大有画意："山路崎岖，水路两岸万山重叠，暗崖很多，行舟最要留神，而景致绝美。"滦河的舟游，看遍地茂盛的禾苗，看射在水面的一片斜阳，看一种金色的浅光衬着岸上的绿野，并且听着舟人的摇橹声和远村透出的犬吠，大异人间烟火气。久居都市者绝难领受山陬间清味。但是世上苦况他避不开。五峰山下并不清净：绑票的土匪在各村骚扰，"从前昌黎的铁路警察，因在车站干涉日本驻屯军的无礼的行动，曾有五警士为日兵残杀"。清妙的记游中忽然加进沉痛的几笔，大增深意。这可以同他此时在山中写出的《再论问题与主义》和《我的马克思主义观》等政论文章相互参看。

碣石山诸胜迹中，李大钊尤对西五峰上那座据圆通寺旧址而建起的韩昌黎祠有情，这是他多次入山的居处，成为心目中的一个名胜，更多笔墨也就用在它的上面。在给北京的少年中国学会负责人王光祈、曾琦的信中，他略状山居之况："我所居的地方叫五峰，距昌黎车站十里左右，在山腹树林深密处，东南可览大海，五峰环抱如椅，韩文公祠在其怀中。守祠人为一双老夫妇，年近七旬，为我们烧茶煮饭，不辞辛苦。山中饮的是泉水，烧的是松枝，一草一木都有幽趣……"最牵情的还是看守祠宇的一对老夫妇。李大钊多次用感性文字将他们写入作品。祠内的山泉，作柴的松枝，苹果、桃、杏、梨、葡萄、黑枣、胡桃等佳果，虽然一笔带过，但是放在文章里，语言稀而意味浓，微处含情。身为思想家、革命先驱，作者既坚持理性的精神，又热爱有温度的生活。这种真实的心迹，在《五峰游记》的字句中有所透露。

李大钊眷恋钓游旧地的情怀，还在他的另一些诗文中表现着。"李大钊去国三载，由日本归来后身羁京华，尽管学业紧张，工作繁忙，他仍不忘寻找机会再度到昌黎'披榛攀石，拨雾荡云，以舒积郁，以涤俗烦，以接自然，以领美趣'。1917 年春天到来之际，他触景生情，又深深怀念起碣石山中的美景来。在是年 4 月 7 日的《甲寅》日刊上，他特撰《都会少年与新春旅行》一文，着重介绍了昌黎的山光水色：'就北京附近而寻足供旅行之名所，若西山，途程最近。次若津浦路线之济南，就近可登泰山；京张路线之居庸关，京奉路线之山海关，中途可登碣石山（即昌黎山）、莲峰山（即北戴河），皆为铁路经行之地，路程不过一二日即可抵达。就中以昌黎县之碣石山，余知之最稔。其中胜境颇多，登五峰绝顶，茫茫渤海，一览无既。逢春则梨杏桃李之华，灿烂满山；入秋则果实累累，香馥扑鼻；余如松风泉石，皆足涤人尘襟。距京约以一日乘汽车可达昌黎，山在城北八里许。余频年浪迹都会，每岁归里，辄过昌黎入山一憩。久涸于机械诈伪之人世中，骤与此不知不识纯洁优静之草木泉石为邻为友，其快愉清醒正如乍释重荷，刚出泥途，有非居都会者所能梦见者矣！'事有凑巧，就在李大钊将多年对碣石山中的奇景妙境无比厚爱的心迹流露得几乎点滴无遗之后不到一个月，他就有了春游碣石山的机会。是年 5 月 6 日，他借回乡探望生病的妻子途经昌黎之机，'雇骡车一辆，驱之入碣石山'。他'先到隐仙庵'，后又去登五峰山。他把此次与昌黎山水久别重逢的游历悉数写进了《游行日记》（载 1917 年 5 月 9、10、11 日《甲寅》日刊）。他写道：'……一路松风飒飒作响，与唤啭铿锵之山鸟相应和，恰如山中之自然的军乐，所以慰安游人攀登之疲倦，并助奋其进行之勇气者也。比至韩文公祠，汗已浃背，守祠人刘翁克顺年已六九，不相见者三年于兹矣，渠尚能相识。彼于去岁续娶一老媪为之作伴，故久居空山亦不寂寞。翁媳为余用松枝烹茶，并煮米粥一盂，菜蔬则盐馈椿芽与酱脆鸡子而已，食之颇有清趣。余由东面登望海峰，以天气不甚清明，但见东南一带，茫茫无际，天水莫辨也。二时许，下山驱车返大德增客栈……'《旅行日记》堪称是《都会少年与新春旅行》的姊妹篇，也是李大钊为昌黎山水写的又一篇游记。"① 步出京城街衢，郊野的点点新绿"绚缀枯寂若死之北京"，碣石山中的梨花春雨、泉林天趣盈动着自然之美，引发他畅叹："盖新春者，少年之灵魂；少年者，新春之化身也"，"我爱少年，我爱新春，我爱自然；我尤爱我少年以新春旅行记，为少年与新春与自然缔结神交之盟书。行矣，都会少年！行矣，新春旅行之少年！"革命者的豪情与文学家的激情相交融，在他的内心涌动，并转换为激扬的文字。在五峰山中潜居的日子里，李大钊还创作了《山中即景》、《悲犬》、《岭上的羊》、《山峰》和《山中落雨》等白话诗，朴素、平易、意纯、味真，

---

① 董宝瑞：《李大钊笔下的昌黎山水》，《中国黄金海岸开发研究》，科学出版社 1994 年版。

和他的游记同一气调。

二　胡适：流憩以娱逸

胡适（1891—1962），安徽绩溪人，字适之。早年就读于上海梅溪学堂、澄衷学堂，先后读梁启超的《新民说》、严复译的《天演论》，接触西方思想文化。1910 年赴美入康乃尔大学农学院、文学院学习。1915 年入哥伦比亚大学哲学系，师从哲学家杜威，深受实验主义哲学影响。1917 年回国任北京大学教授，编辑《新青年》，宣传个性自由、民主和科学思想，反对封建主义。1917 年 1 月在《新青年》发表《文学改良刍议》，1918 年 3 月在《新青年》发表《建设的文学革命论》，热衷文学改良，倡导白话文学，成为新文化运动的重要人物。1920 年出版的《尝试集》，是中国文学史上第一部白话新诗集。1923 年和徐志摩等组织新月社。1924 年与陈西滢、王世杰等创办《现代评论》周刊。著有散文集《庐山游记》（1928 年，上海新月书店）、《南游杂忆》（1935 年，上海国民出版社），论著《中国哲学史大纲》（上卷）（1919 年，上海商务印书馆）、《白话文学史》（上卷）（1928 年，上海新月书店）、《胡适论学近著》（1935 年，上海商务印书馆）等。

1928 年 6 月由上海新月书店出版的《庐山游记》，是胡适的一部重要的日记体风景散文作品。

1928 年 4 月，胡适作庐山之游。走出学府，他的考据癖习到了山里也不丢掉。入归宗寺，向寺僧借得《志》参阅一番，以供深掘这座文化名山的历史根系之用。白鹿洞、万杉寺、秀峰寺一路说下来，由旧史及故人，中国书院的发展大略也简笔叙出。周（敦颐）、邵（雍）、程（颢、颐）、朱（熹）、王（阳明）、许（慎）、郑（玄）都不漏过，儒释道三家皆点到。文章陷在史识之海里，而性灵文字也在开篇略见数行，写松涛，写雨声，都能如绘。清艳景色中透露出翩然风致："从海会寺到白鹿洞的路上，树木很多，雨后清翠可爱。满山满谷都是杜鹃花，有两种颜色，红的和轻紫的，后者更鲜艳可喜。"浪漫的意绪漾动，学者也能吟出好诗。白鹿洞外的风景愈加让他动情："有小溪，浅水急流，铮淙可听……桥上望见洞后诸松中一松有紫藤花直上到树杪，藤花正盛开，艳丽可喜。"显见的是，秀峻的匡庐对于胡适的诱力并非在此。有限的情致在笔下收敛，他的心还是转回到史实上面。他倾情于庐山丰厚的历史底蕴，专力在风景中提炼文化元素。他对白鹿洞用心，完全是从学界的角度出发，看重它在中国教育史上的地位："第一，因为白鹿洞书院是最早的一个书院……与睢阳石鼓岳麓三书院并称为'四大书院'，为书院的四个祖宗。第二，因为朱子重建白鹿洞书院，明定学规，遂成后世几百年'讲学式'的书院的规模。"朱子据此山立书院，并且"定的《白鹿洞规》，简要明白，遂成为后世七百年的教育宗旨"，这尤为胡适钦仰，他的祀宗的情绪便从此中来，索性停住记游的笔做起评断："庐山有三处史迹代表三大趋势：（一）慧远的东林，代表中国'佛教化'与佛教'中国化'的大趋势。（二）白鹿洞，代表中国近世七百年的宋学大趋势。（三）牯岭，代表西方文化侵入中国的大趋势。"虽入风景，学理还是胜过感怀。一篇文章，仿佛学堂上的讲词，不见风云之色，也不表现对于社会人生的关切，但是能够穿透表面，朝向深底的一层，从风景中发现实证学问的东西，供他取材，并且依凭已有的研究，得出概括性的结论。他虽在消闲的心境中做着散淡的记游，却为自然风景提供了认识意义，不乏学术的价值。胡适又是努力运用白话行文，便是谈着学问，也明白晓畅，自然流利，没有生硬的文句梗在里边。

在文学上，抒情、写景的文体，胡适鲜有其作，怀人、论理的文字倒有一些，而在篇数不多的记游文中，很能施展交融着哲学与历史学问的论说功夫，虽然不必将风景转化为文学形象，却有学术的背景作为支撑。文字受着史料的牵引，言据有实，并且抱着温和平易的态度，力量仍不逊于单纯的文学性绘写。胡适的这篇风景记，或者绘山景抒幽情，或者谈古今论学理，闪烁智性的光芒，是典型的学者的记游。到了 1935 年 2 月，他开始写《南游杂记》，陆续刊载于《独立评论》上面，大体延续了这种笔致，表现了那个时代知识精英阶层特定的心态、观念、立场，塑造出清雅的文化形象。

三　刘半农：裁景入画

刘半农（1891—1934），江苏江阴人，原名刘复。1917 年任北京大学法课预科教授，并参加《新青年》编辑工作，是五四新文化运动的积极倡导者之一。1920 年到英国伦敦大学学习实验语音学，次年夏转读于法国巴黎大学。1925 年年初写成《汉语字声实验录》和《国语运动史》两篇论文，同年获法国国家文学博士学位，并回国任北京大学国文系教授，讲授语音学。著有专著《中国文法通论》（1919 年，群益书社）、《四声实验录》（1924 年，群益书社），诗集《瓦釜集》（1926 年，北新书局）、《扬鞭集》（1926 年，北新书局），杂文集《半农杂文》（1934 年，北京星云堂书店）、《半农杂文二集》（1935 年，良友图书印刷公司）等。

刘半农不但把语言学科的种子深深地扎在汉语里，务实地做着新文化建设，而且把文学创作的灵感放到风景里面。

刘半农受新诗创作方面的民歌性影响，在风景散文创作上显现三种特色，这在为北京大学31周年纪念刊所作的《北大河》一文中体现出来。

其一，自然。在《半农杂文·自序》中，刘半农说："我是怎样一个人，在文章里就还他是怎样一个人。"《北大河》既然是为本校而作，文字间带着教谕的口气也应是自然的，却一点看不到。他在文章里忆及儿时在南方生活的一段旧事，很带趣味："在八九岁时，我父亲因为我喜欢瞎涂，买了两部小画谱，给我学习……时时找几个懂画的朋友到家里来赏鉴我的杰作。记得有一天，一位老伯向我说：'画山水，最重要的是要有水。有水无山，也可以凑成一幅。有山无水，无论怎样画，总是死板板的，令人透气不得。因为水是表显聪明和秀媚的。画中一有水，就可以使人神意悠远了。'他这话，就现在看来，也未必是画学中的金科玉律；但在当时，却飞也似的向我幼小的心窝眼儿里一钻，钻进去了再也不肯跑出来；因而养成了我的爱水的观念，直到'此刻现在'，还是根深蒂固。"他的自然，多半是含着天趣的，而又巧妙地融于画境，这是很得中国山水文章妙谛的地方。

其二，畅达。他写着旧京的这条河，情绪之流也在内心奔涌，文笔的清畅和平日在学堂上宣授的讲义不同。字句间贯注着一种饱满气韵。说到这种应命文章的缘起，锋芒显现："我想：这纪念刊上的文章，大概有两种做法。第一种是说好话……第二种说老话……好话既不能说，老话又不敢说，故而真有点尴尬哉！叫！有啦！说说三院面前的那条河罢！"此样开篇，论说气重了些，不以绘景着笔，或许在气象上不够所谓的"美"，却已用气势夺人心魄。接下落在《北大河》上面的那番笔墨，便有了情绪和心理的依托。

其三，诙谐。文中时用谐谑之气调和文味："真要考定这条河的名字，亦许拿几本旧书翻翻，可以翻得出。但考据这玩艺儿，最好让给胡适之顾颉刚两先生'卖独份'，我们要'玩票'，总不免吃力不讨好"，这是同道间的戏语；"只是十多年的工夫，我就亲眼看着这条河起了这样的一个大变化。所以人生虽然是朝露，在北平地方，却也大可以略阅沧桑！"这是生命的况味之语；"在十年前，河水永远满满的，亮晶晶的，反映着岸上的人物草木房屋，觉得分外玲珑，分外明净……两岸的杨柳，别说是春天的青青的嫩芽，夏天的浓条密缕，便是秋天的枯枝，也总饱含着诗意。现在呢，春天还你个没有水，河底正对着老天；秋天又还你个没有水，老天正对着河底！夏天有了一些水了，可是臭气冲天，做了附近一带的蚊蚋的大本营"，他又把话往深处引，"再过十多年，这条河一定可以没有，一定可以化为平地。到那时，现在在蒙藏院前面一带河底里练习掷手榴弹的丘八太爷们，一定可以移到我们三院面前来练习了！"这是嘲讽之语，是对生活中诗意美的丧失的痛切，是对逝去的古老生活的怀念。城市文明的进程中，生存的诗性在同步沦落，人与自然的疏离状态让他抱着忧虑之思、惆怅之惑。他在追挽的叹息中寄深望于莘莘学子。深刻的意思潜含于文字后面。

天地挚情，在刘半农毕竟是不可缺少的。身居北京，家乡的印象从心中抹不掉，也仿佛依稀看见故园的山水。"归根结底说一句，你若要在北京城里，找到一点带有民间色彩的，带有江南风趣的水，就只有三院前面的那条河"，他坦承"自此以后，我对于这条河的感情一天好一天；不但对于河，便对于河岸上的一草一木，也都有特别的趣味。那时我同胡适之，正起劲做白话诗。在这一条河上，彼此都嗡过了好几首"。他自然也希望这条"河面日见其窄，河身日见其高，水量日见其少，有水的部分日见其短"的北大河，在学生们的努力下，"绿水涟漪，垂杨飘拂"，让它"能于无形中使北大的文学，美术，及全校同人的精神修养上，得到不少的帮助"。他在未来判断中寄予自己的畅想，在对环境的建设性行为的赞许里，显示价值立场，将物质现实在虚设和想象世界中美化，表现了一个新知识者对于世界的态度，更是将一颗爱自然、爱人类、爱生活的心放在风景里了。他对于江南的少年岁月的忆叙充满美丽的留恋之情，而回到对于北大河的描述中，又是沉着的写实了。文学世界和现实世界的共构交融，虽然在段落上有着基本的界分，但在情绪逻辑上却浑然无碍。

《北大河》的文调是平缓的，不兴波澜，也无华丽的词彩敷设在表面，保持了朴直的话语特色，冲淡中自有一种兴味盈漾。所表现的是文人内心的安静、格调的清雅，而这，一面是江南环境所养成，一面是学界环境所熏陶。前者来于自然，后者来于社会。从中可见刘半农的散文形态：基本不抒情，而以叙事和述理作为文章的支撑，这是要有学理涵养为根底的。

四　朱湘：桨声里的激辩

朱湘（1904—1933），字子沅。祖籍原为湖北，后迁入安徽太湖县，出生于湖南沅陵县。1919 年秋考入北京清华学校，参加闻一多、梁实秋、顾一樵等人组织的清华文学社。1922 年开始在《小说月报》上发表新诗，并加入文学研究会，专于诗歌创作和翻译。1926 年和闻一多、刘梦苇、徐志摩等创办

《晨报副刊·诗镌》，致力以格律为核心的新诗形式运动。1927 年 9 月入美国威斯康辛州劳伦斯大学、芝加哥大学、俄亥俄大学学习。1929 年 9 月回国，应聘到安庆安徽大学任外国文学系主任。1932 年夏天去职，在武汉、长沙、上海、杭州、北平等地漂泊辗转。窘困的生活、穷愁的境遇，以及社会的冷酷、对文人的漠视，使他愤懑填胸，失意绝望，踏上"死的抗议"的绝径，到现世之外寻他的梦想去了，于 1933 年 12 月 5 日晨在上海开往南京的吉和轮上投江自杀。著有诗集《夏天》（1925 年，上海商务印书馆）、《草莽集》（1927 年，上海开明书店）、《石门集》（1934 年，上海商务印书馆）、《永言集》（1936 年，上海时代图书公司），散文和评论集《中书集》（1934 年，上海生活书店），评论集《文学闲谈》（1934 年，上海北新书局），书信集《海外寄霓君》（1934 年，上海北新书局）、《朱湘书信集》（罗念生编，1936 年，天津人生与文学社），译作《番石榴集》（1936 年，上海商务印书馆）等。

朱湘一生为诗歌倾力，散文篇数不多，写景散文更为有限。《北海纪游》是他留下的一篇，因其折映中国现代新诗发展上的某些史痕，所以格外值得重视。此文发表于 1926 年 9 月《小说月报》第 17 卷第 9 期。他的新诗创作上的探索精神，也渗透到散文上面。他认为"好的散文同好的诗并美"[①]，在散文创作中，仍然以新诗创作上的实验的勇气，让作品呈现独异的光彩。

结构的刻意，是《北海纪游》彰显的鲜明的艺术特质。朱湘在创制格律体新诗上，专力于音节与外形的构建，无论音韵、节调的谐和，还是诗行、诗章的布置，都含匠心。沈从文评价他在新诗外形的完整与音调的柔和上，已经得到了非常的成功。应用在散文上，也特别能够看出在结构上的安排。对北海的情景化描写，构筑了诗性世界；对新诗实验上异论的激辩，构筑了现实世界。二元世界在抒情和述理的逻辑线上有机交错着，延展着，使作品呈示复式结构。文本形式的独特性来源于诗质的思维方式，来源于文学创造的经验和自身存在的现状，是在现实感受和社会体验的层面进行思考的结果，是受着现代主义文学思潮影响的创作理念，升华到感觉化层次的文学构思的结果。创作过程摆脱了俗世的物质领域和事物外表，相信"只有依靠情绪、体验、直觉、无意识等主观性的世界和非理性的内在形式，才能找到生命的本质和灵魂的归宿"[②]。相应的段落配置，完全服从于表现的需要，在现代风景散文中，朱湘

---

① 钱光培：《现代诗人朱湘研究》，北京燕山出版社 1987 年版，第 73 页。

② 赵凌河：《新文学现代主义思想史论》，辽宁人民出版社 2006 年版，第 21 页。

不经意间显示了自具的独创力。

　　景物描写中诗意的渗入，是本篇在文学表现上的又一特色。表现灵魂超过图解自然，是作品自身提供的艺术暗示。这座元明清的帝王宫苑，这座城市山林，论起它的风景，正宜于一个诗人激活灵思，调动情感，驰骋才气，何况到了朱湘的笔下。他写雨，写风，写云，写月，写槐树，写岸草，写游鱼，写水蚓；他吟春波，唱夏荷，歌秋月，咏冬雪。临着荡漾的波流，秀润的山色，莲叶映着的白塔，心境一片清朗，而正值创作高潮期的他，明媚的春色充盈于心中，人生理想撩动他看这个世界上美好的种种。虽是阴雨的天气，但他"仰望是一片凉润的青碧，旁视是一片渺茫的波浪，波上有黄白各色的小艇往来其间，衬着水边的芦获，路上的小红桥，枝叶之间偶尔瞧得见白塔高耸在远方，与它的赭色的塔门，黄金的塔尖，这条槐路的景致也可说是兼有清幽与富丽之美了"。他欣然地流览，并感动于过眼的光景。他的描写视角是个人化的，带有浓厚的自我色彩。在接续的景语中，依然贯穿这种浪漫的、非理性的自由意趣。感悟、体验、直觉等心理因素活跃着，借助客观的景与象传达主观的情与意。诗人的气质又使他特别重视刹那的感觉、短暂的印象、零碎的片断、即兴的体悟，即心灵与官能的二重感应。山水中闪烁的光影，萦响的清籁，飘溢的芳馨，丰富他的感觉形式，知觉和灵感支撑他的艺术表达。在自由的文学状态下，他做着超感觉的、印象式的写作，追求艺术的最高真实——心灵真实。精神本体随着这种文学表述的完成而臻飞升。笔墨渲染的濠濮园的山柏、池鱼，以及含着光的雨点、夕空未尽的灰云、暗青的海水、嫩绿色的芦苇、玄脊白腹的水鸟、深翠的远山、琼岛亮着的灯光、佛殿峥嵘的廊柱和庄严的塑像、桥下出水的荷叶……朱湘发现了它们之间内在的自然关系，以及同人类心灵的对应，组合成有意涵的图式。本是具象的、生动的景观，在这里却产生抽象的、喻示的意味。朱湘着意把诗的见解放进风景里去说，以景物的映衬展开理性的论辩，以具体物象的描绘倾露内心的诉求。其实朱湘是在沿用诗歌的经验。刊载于1925年3月《京报副刊》第84号的《南归》，便借助景物寄植人生的感慨："殊不知我只是东方一只小鸟，/我只想见荷花阴里的鸳鸯，/我只想闻泰岳松间的白鹤，/我只想听九华山上的凤凰。"他在诗中寄情、言志，感情强烈，心绪激愤；北方的冰冷世情令他向往江南的梦境，一切都充满诗化的温暖与美丽："江南的夏日有楼阴下莫愁湖荷，/一足的白鹭立于柳岸的平沙，/蝉声度过湖水，声音柔了：/归去罢！江南正是我的故家。/江南的秋天有遮檐的桂树，/争蜜的蜂声仍噪于黄花之丛间；/江南冬季有浮于溪面的梅馨：/归去罢！江南正是我的故园。"绚烂的幻景弥漫理想的色彩，或可冲淡萦怀的苦闷，但忧伤而低郁的音调仍深蕴尖锐炽烈的情绪，表现了遭清华学校校方开除后，绝然南去的意志。孤愤、傲世、不苟且、重气节的性格特征，也可约略窥见。

充沛的诗意，还在对景物细节的特写式描摹上。他这样看雨、写雨："雨点落在水面之上，激起一个小涡，涡的外缘凸起，向中心凹下去，但是到了中心的时候，又突然的高起来，形成一个白的圆锥，上联着雨丝。这不过是刹那中的事。雨涡接着迅捷的向四周展开去，波纹越远越淡，以至于无。我此时不觉的联想起济慈的四行诗来……"而他更避在水心的席棚下，对着浪花唱诵起优美和谐、节奏舒缓、充满旋律性的《棹歌》。诗行安排、用韵方式、音律手段、章法结构，可以见出他在重塑中国新格律诗体上所做的努力。音乐与图画般的情境里，渗透东方古典审美趣味。使诗的韵味，调和着文章的深致，又相谐得愈见美妙，是朱湘的散文。

以剀切的思维表述构设文章核心，是本篇突显的写作手法，也成为现代风景散文的话语形态的一个罕例。朱湘认可"文以载道"的创作传统，"无论是古代文学、中代文学，还是近代文学，都是载道的，所不同的，只是有载神道、载世道与载人道之分罢了"①。在北海荡舟的桨声里，他激切地发表关乎诗的闲话，这些对于诗坛的意见，放在他的《文学闲谈》里也是合适的，却写进纪游文章。这些在抽象化层面上展开的理性言说，对应着摹山绘水的情绪化文字。复调思维熔铸成精致的散文形态。后人为了解朱湘的诗歌观，是可以到这里面来寻心迹的。由于诗论占去两大段，故而显明地表现载道的创作立场。他做出的文学判断，具有批判性的力量，昭示一个青年诗人对于诗坛的态度，从而确定了本篇的文学价值。

1925 年秋，朱湘辞去上海大学教职，返京任教适存中学，住在西单梯子胡同，和"清华四子"的另外三人（孙大雨、饶孟侃、杨世恩）挤居一处。《草莽集》的多数诗作便是此期创作的。"除此之外，他还就胡适的《尝试集》、郭沫若的《女神》、康白情的《草儿》以及闻一多的新诗等，写了评论文章，并写了一篇旨在谈诗的《北海纪游》。从这些文章中，可以看出，他在当时，对于'五四'以来新诗发展中出现的问题，以及新诗发展的前景，都做了认真的思考。在朱湘写这些文章的当时，中国新诗的第一高潮即新诗的草

---

① 钱光培：《现代诗人朱湘研究》，北京燕山出版社 1987 年版，第 279 页。

创期，已经过去。当初曾经轰轰烈烈过一阵子的新诗人，如胡适、俞平伯、康白情等，有的出了一个或两个集子以后，便销声匿迹了，有的则拿了新诗作进身之阶，作学阀与权威去了。诗坛自然显得沉寂起来。朱湘对此十分感慨。"①那时的朱湘，洋溢着大胆的文化勇气，正如他给适存中学写出的校歌中所高唱的："我们是新人，／我们要翻一阕新声。／来呀，挽起手，／少年歌在口／同行入灿烂的前程！"（刊载于1925年9月《京报副刊》第269号）他的讥刺之锋直指五四新文化运动发生不久，出现的以胡适为首领的一批新学阀、新文霸。尤其在新诗的发展道路上，这种势力成了一个"大阻梗"。在《北海纪游》中，朱湘明确表示自己的态度："浅尝的倾向，抒情的偏重"是这种阻梗的直接表现；"我所说的浅尝者，便是那班本来不打算终身致力于诗，不过因了一时的风气而舍些工夫来此尝试一下的人。他们当中虽然不能说是竟无一人有诗的禀赋、涵养、见解、毅力，但是即使有的时候，也不深。等到这一点子热心与能耐用完之后，他们也就从此销声匿迹了。诗，与旁的学问旁的艺术一般，是一种终身的事业，并非靠了浅尝可以兴盛得起来的。最可恨的便是这些浅尝者之中有人居然连一点自知之明都没有，他们居然坚执着他们的荒谬主张，溺爱着他们的浅陋作品，对于真正的方在萌芽的新诗加以热骂与冷嘲，并且挂起他们的新诗老前辈的招牌来蒙蔽大众：这是新诗发达上的一个大阻梗。还有一个阻梗便是胡适的一种浅薄可笑的主张，他说，现代的诗应当偏重抒情的一方面，庶几可以适应忙碌的现代人的需要。殊不知诗之长短与其需时之多寡当中毫无比例可言"。一个情绪化的诗人终于向一个冷静的学者发出勇敢的声音，雄论之气有如势焰熊熊的檄文。朱湘对待胡适的批评态度，直率而毫不婉曲，没留任何情面，保持一贯的话语特色。他曾经评述《尝试集》说："'内容粗浅，艺术幼稚。'这是我试加在《尝试集》上的八个字。"狷介、孤高的性格，任率、激进的行事，还表现在他的那篇《刘梦苇与新诗形式运动》中，"也就在这篇文章中，朱湘第一次公开地指出了徐志摩'是一个假诗人，不过凭藉着学阀的积势和惑众的浅陋在那里招摇'"②。尖苛的文字，流露感世愤俗之情。以朱湘的为人，于1926年4月下旬跟徐志摩主持笔政的《晨报副刊·诗镌》决裂，也是可以理解的。（按：《晨报副刊·诗镌》于1926年4月1日创刊，6月10日停刊，共出版11期。）

① 钱光培：《现代诗人朱湘研究》，北京燕山出版社1987年版，第48、49页。
② 同上书，第69页。

就论说的两个段落看，前者侧重诗坛的批判，后者专意新诗的建设，阐发重构诗体的意义。他这样写："诗的本质是一成不变万古长新的；它便是人性。诗的形体则是一代有一代的：一种形体的长处发展完了，便应当另外创造一种形体来代替；一种形体的时代之长短完全由这种形体的含性之大小而定。诗的本质是向内发展的；诗的形体是向外发展的……拿中国的诗来讲，赋体在楚汉发展到了极点，便有'诗'体代之而兴。'诗'体的含性最大，它的时代也最长；自汉代上溯战国下达唐代，都是它的时代。在这长的时代当中，四言盛于战国，五古盛于汉魏六朝唐代，七古盛于唐宋，乐府盛的时代与五古相同，律绝盛于唐。到了五代两宋，便有词体代'诗'体而兴。到了元明与清，词体又一衍而成曲体……我们的新诗不过说是一种代曲体而兴的诗体，将来它的内含一齐发展出来了的时候，自然会有另一种别的更新的诗体来代替它。但是如今正是新诗的时代，我们应当尽力来搜求，发展它的长处。就文学史上看来，差不多每种诗体的最盛时期都是这种诗体运用的初期；所以现在工具是有了，看我们会不会运用它。我们要是争气，那我们便有身预或目击盛况的福气；要是不争气，那新诗的兴盛只好再等五十年甚至一百年了。"坦陈的仍然是对于诗界的革新态度，希望以切近的技术努力，挣脱为中国现代新诗开元的胡适的羁牵，在诗歌的体式建构上求得更新的前进。虽然这些穿插的诗论，不是遵沿严格的学术规范而阐释与论证，并经过学理性演绎的结果，却也颠覆学阀的理论界定，而呈现诗意化、智性化、主观化和经验式、感悟式、印象式的理论表述特征，"表现出鲜明的政治功利性、社会实践性和现实指向性"[1]。研究者可以据此寻识朱湘在诗式探索上的基本路径，也更加显示这篇作品的个人深度以及在中国新诗史上的标本意义。

朱湘的其他散文，格局较小，取材寻常，却能于平凡中发掘诗意，传达悠长的兴味。《空中楼阁》发表于1927年2月《新文》月刊第2期，朱湘以诗性的想象描绘天上宫阙，浪漫、奇丽、美妙。在那里，宫殿"都是拿蔚蓝的玉石铺地，黄金的暮云筑墙，灯是圆大的朝阳，烛是辉煌的彗星"，园囿中"有白的梅花鹿，遨游月宫的白兔，耸着耳朵坐在钵前，用一对前掌握着玉杵捣霜，还有填桥的喜鹊鼓噪，衔书的青鸟飞翔，萧史跨着的凤凰在空中巧啭着她那比箫还悠扬宛转的歌声。银白的天河在平原中无声的流过，岸旁茂生着梨花一般白的碧桃，累累垂有长生之果的蟠桃，引刘阮人天台的绛桃"，神话传

---

① 赵凌河：《新文学现代主义思想史论》，辽宁人民出版社2006年版，第31页。

说、仙界幻境，一片绚烂光景。可惜一切只是瞬间的光影，"空中的楼阁，海上的蜃楼，深山的洞府，世外的桃源，完了，都完了，生在现代的人，既没有琴高的鲤，太白的鲸鱼，骑着去访海外的仙山；也没有黄帝的龙，后羿的金鸟，跨了去游空中的楼阁"，他难掩弥漫于心头的哀感，受着现实困迫的他，沉入更深的苦痛。收入《中书集》而未注明出处的《胡同》，用意不在详考北京胡同来历，而要从许多有意味的名字上细品出优美的诗韵，"京中胡同的名称，与词牌名一样，也常时在寥寥的两三字里面，充满了色彩与暗示，好像龙头井、骑河楼等等名字，它们的美是毫不差似《夜行船》、《恋绣衾》等等词牌名的"；他赞叹胡同取名"暗示出京人的生活与想象"，谁看了户部街、太仆寺街、兵马司、织机卫这些名字"能不联想起那辉煌的过去，而感觉一种超现实的兴趣？"将来的人也只好凭了皇城根这一类街名，来揣想已将拆毁尽了的黄龙瓦、朱垩墙的皇城了，话语间又含着一缕怀忆的惆怅，韵味也更悠深。《日与月的神话》作于 1928 年 3 月 12 日，在这封写给赵景深的信中，他展开对于神境的奇幻想象，认为"日起落时的霞彩是宇宙中美景之一"，而月宫旁桂树缥缈的香息可稍解望月的人烦绪。他在吴刚斫桂、后羿射日的古远传说里感受中国神话传说的美丽意韵。"使诗的风度，显着平湖的微波那种小小的皱纹，然而却因这皱纹，更见出寂静，是朱湘的诗歌"[1]，他的部分散文漾动的轻盈感，显示诗品对于文品的影响。

　　朱湘和漂泊于北京的流浪诗人刘梦苇泛舟北海，击棹论诗，所作《北海纪游》，叙游和述理并重，提供一种现代风景散文的书写范式，一个典型样本，比起他的另几篇作品，更具艺术价值。朱湘所做的文体贡献，对于现代散文的史程无疑产生了重要影响。

第三节　静美热烈的吟唱

一　冰心：曼妙的清姿

　　冰心（1900—1999），福建长乐人，原名谢婉莹。1919 年 5 月参加五四运动，8 月发表第一篇作品《二十一日听审感想》，9 月发表第一篇小说《两个家庭》，首次以"冰心"为笔名。1921 年由许地山、瞿世英介绍加入文学研究

---

[1]　沈从文：《论朱湘的诗》，《沈从文文集》第 11 卷，花城出版社、生活·读书·新知三联书店香港分店 1984 年版，第 113 页。

会。1922 年 1 月发表诗歌《繁星》，3 月至 6 月发表诗歌《春水》。1923 年夏毕业于燕京大学文本科，同年 8 月赴美，9 月入威尔斯利女子大学研究院学习。1926 年 7 月获硕士学位归国，9 月回燕京大学国文系任教。1930 年在北平女子文理学院任教。1933 年在清华大学任教。1938 年暑期离开北平，9 月到达云南省昆明市。1939 年夏由昆明迁至呈贡县。1940 年迁往重庆。1946 年 5 月抵南京，7 月返北平，11 月到东京。1951 年回国。著有诗集《繁星》（1923 年，商务印书馆）、《春水》（1923 年，新潮社），散文集《寄小读者》（1926 年，北新书局）、《南归》（1931 年，北新书局）、《平绥沿线旅行记》（1935 年，平绥铁路管理局）、《冰心选集》（徐沉泗、叶忘忧编，1936 年，上海万象书屋）、《关于女人》（1943 年，重庆天地出版社）、《还乡杂记》（1957 年，上海少年儿童出版社）、《归来以后》（1958 年，作家出版社）、《我们把春天吵醒了》（1960 年，百花文艺出版社）、《樱花赞》（1962 年，百花文艺出版社）、《拾麦穗小札》（1964 年，作家出版社），小说集《姑姑》（1932 年，北新书局）、《去国》（1933 年，北新书局）、《冰心游记》（1935 年，北新书局）、《冬儿姑娘》（1935 年，北新书局），小说、散文集《超人》（1923 年，商务印书馆）、《往事》（1930 年，开明书店），诗歌、散文集《闲情》（1932 年，北新书局），小说、散文、诗歌合集《小桔灯》（1960 年，作家出版社），译诗集《先知》（1931 年，新月书店）、《吉檀迦利》（1955 年，人民文学出版社）等。

冰心的社会观以爱的哲学为核心，和暖的爱表现在文学上便是温醇的诗意。她以为自己心底涌淌的幸福爱流能够给寒冷的现实加温，水似的柔绪似乎轻敷着一层神秘主义的色彩。这种思想认识是由谐美的家庭环境与平顺的个人成长的生活经验决定的。在创作上，她唯愿自由挥写，抒发自己的快乐，消解自己的忧愁，独自对着自然倾吐心迹，不必让人听闻念诵而在人间闪露光芒。"在所有'五四'期的作家中，只有冰心女士最最属于她自己。她的作品中，不反映社会，却反映了她自己。她把自己反映得再清楚也没有。在这一点上，我们觉得她的散文的价值比小说高，长些的诗篇比《繁星》和《春水》高。"① 对于自我内心的注视，转为清婉流丽的文学表达，终于酿为一种"体"而具有文学史的意义。

---

① 茅盾：《冰心论》，1934 年 8 月 1 日《文学》第 3 卷第 2 号，《中国现代文学百家·茅盾》，华夏出版社 1997 年版，第 373 页。

　　冰心体散文，以爱为内容，以美为形式。爱，直接表现为母爱、童心、恋自然。综观起来，是普乐济世的情怀，即人类之爱。这种文学上的宗教感，来自深嵌于她的人格模式中的基督教义。美，直接表现为清灵的文体样式和抒情的语体风格，或可看作是《繁星》、《春水》一类小诗的延展。这种温婉的情味、幽丽的画境，来自五四新文化和古典诗词的影响。她的文字"满蕴着温柔，微带着忧愁"，构成独立的文学精神和语体特征。她的心灵表达一面融合天性之爱，一面交织现世之恨。既然人与人不调和，人与社会不调和，那就只有人与自然相调和了。在他的一些非风景散文里，优美的写景段落也颇多出现，无论是诗，无论是小说，她都不禁要把对景色的直觉的美感，用文字凝定下来，可见山水风物是怎样地进入她的感性经验。就当时青年读者的赏阅期待看，在诗界，除去勃兴的白话诗，散文诗和小诗成为五四以后颇为流行的抒情体式，画意与乐感又是其中重要的艺术元素。冰心意识到这一点，自觉地将它们带到散文里。她把世界看成一幅画，一阕歌。写色彩，用着画家的手眼；写声音，用着音乐家的本领。印象世界闪映在她的眼前，经了心的纯化，融聚着个人独特的感觉和情感体验，表现给读者看。性灵的发抒源于对自然之爱，对生命之恋，这是她的创作的泉源与动力。作为思深善怀的女子，对景物有一种特别纤敏的感受力，并将其转化成文学形象。

　　冰心加入文学研究会后，1月10日即在会刊《小说月报》第12卷第1号上发表散文《笑》。爱，是一种青春态度，使她面对世界微笑。音乐般的语言、色彩化的文字，晕染出极致的美韵——雨霁。天边的清光，流散的凉云，挂叶的残滴，萤光般闪烁的月色，交织成一幅清美的图画，形成视觉核心，"一片幽辉，只浸着墙上画中的安琪儿。——这白衣的安琪儿，抱着花儿，扬着翅儿，向着我微微的笑"。如画的还有印着驴迹的古道，田沟里潺潺的流水，近村笼在湿烟中的绿树，挂在树梢的弓儿似的新月，一个孩子抱着一堆灿白的东西，"赤着脚儿，向着我微微的笑"。更有茅檐下的雨水，土阶边的水泡儿，门前的麦垄和葡萄架子，茅屋里的老妇人"她倚着门儿，抱着花儿，向着我微微的笑"。冰心用结构美妙的象形汉字来做散文书写，制造梦一样的美境，寄托朦胧的爱感。在爱的暖流里，不远足，只是户中窗前的小伫，也饶画意。默默的孤赏中，她的笔底流淌出人生箴言。

　　1921年6月，在燕京大学理预科读书的冰心，放怀恣赏卧佛寺之夏，写出散文《山中杂感》，25日由《晨报》发表时，孙伏园特意加了按语："这篇小文，很饶诗趣，把他一行行的分写了放在诗里也没有不可……"这是一篇感受性强烈、充满纯挚爱感的诗体风景小品：溶溶的水月，深碧的树影、清亮的水声、欢悦的笑语；夕照里，牛羊下山了，绿树的嫩黄叶子衬在红墙边；早晨的深谷中，岩石似在点头，草花似在欢笑……宁静感、绘画感深浸于一片情绪世界中。冰心固然注重感觉的要素，也注重理智的要素，她的思考突破山、水、远村、云树的物质外壳，俯视一切，"人的思想可以超越到太空里去"的豪语，表现了年轻的冰心在创作起步阶段，新文学的现代主义和她的天性产生了某种程度上的契合与共鸣。虽然感知在暗示着人与自然构成依存关系，但是在情与景的文学选择上，她尽心于由内而外的"表现"，而非由外而内的"再现"。作为美的内质的"真"，是作家心灵的真，所以冰心在对客观景物进行特性化的文学表现时，不求忠实于自然，却要求忠实于自己，追求内在的真实，显示了内心灵魂的主观性、内向性倾向。她向山水择取富于精神启示的直感，重构"有意味的自然"，使物质世界经过精神的滤化与升华易变为象征世界，在物我的和谐感应中求得意义——用爱心描摹青春图景，一方面使营造的美丽意象有了思想力的支撑，一方面实现自我人格塑造，水一样明澈的诗境，映着作家纯洁的灵魂。这种理论认知和艺术倾向，直接呈示散文话语的先锋性，在书写样式上，对中国传统记游的文体形态实现了超升。

　　1922 年 10 月 10 日的《小说月报》第 13 卷第 10 号发表冰心的散文诗《往事》（一）。作品浸满年轻的生命意识，诗情浓郁："将我短小的生命的树，一节一节的斩断了，圆片般堆在童年的草地上。我要一片一片的拾起来看：含泪的看，微笑的看，口里吹着短歌的看。"她写萌芽生长生命树的大海，她写最初恋慕的每一根小草，每一粒沙砾；她写"无数快乐的图画，憨嬉的图画，愚拙的图画，和泛着无着的图画"。她涂绘画面的色彩，是那绿荫烘托出来的"许多生命表现的幽花"，浓红的，淡白的，不可名色的……然而，她仍不忘"晚晴的绿荫，朝雾的绿荫，繁星下指点着的绿荫，月夜花棚秋千架下的绿荫！"雪中的故宫，云中的月，甍瓦上的兽头，"是第一次这样照澈生动的人到我的眼中，心中"。情感或热烈，或凄清，都是心绪的象征。

　　1922 年 10 月 26 日，冰心在《晨报副镌》发表散文《到青龙桥去》，那是她转入燕京大学文本科后的事情。一次寻常的出游在她写来，景物描绘的美中之爱与现实记述的忧中之恨，形成对照关系。随着游踪的延展，她在真实的社会背景上构设了一个特定的人物环境，观察的细致、体验的入微、勾勒的逼真、笔触的深刻，使文学话语产生反讽写实和心理写实的透力，也印证了她的美体散文的理性内核——美是一种意义，而意义是观念性的产物。

车窗仿佛一个画框，容纳的风景不断流动、变换，这正适宜冰心展开描述："只是无际的苍黄色的平野，和连接不断的天末的远山。——愈往北走，山愈深了。壁立的岩石，屏风般从车前飞过。不时有很浅的浓绿色的山泉，在岩下流着。山半柿树的叶子，经了秋风，已经零落了，只剩有几个青色半熟的柿子挂在上面。山上的枯草，迎着晨风，一片的和山偃动，如同一领极大的毛毡一般。"在她的眺览中，自然带有南方人的感受。远处的山岭，近处的泉树，都染着秋天的颜色，叫心头隐隐地落寞。文章的基调也就此定下。或许受父亲谢葆璋的军旅生涯影响，和幼年在烟台海边跟父亲学打枪、骑马的缘故，此刻，她对于车上所见的军人是抱有同情的："我深深地悲哀了！在我心中，数年来潜在的隐伏着不能言说的怜悯和抑屈！文学家呵！怎么呈现在你们笔底的佩刀荷枪的人，竟尽是这样的疯狂而残忍？平民的血泪流出来了，军人的血泪，却洒向何处？""笔尖下抹杀了所有的军人，被混沌的，一团黑暗暴虐的群众，铭刻在人们心里。从此严肃的军衣，成了赤血的标识；忠诚的兵士，成了撒旦的随从。可怜的军人，从此在人们心天中，没有光明之日了！"她记录了头戴粉红色帽箍、身穿深黄呢外套的察哈尔总站军警稽查和两个助手同几个老少兵丁的对话。一个中人身材的兵丁"低头的站着，微麻的脸上，充满了彷徨，无主，可怜。侧面只看见他很长的睫毛，不住的上下瞬动"，"火车仍旧风驰电掣的走着。他至终无言的坐下，呆呆的望着窗外。背后看去，只有那戴着军帽，剪得很短头发的头，和我们在同一的速率中，左右微微摇动"；另一个较老一点的兵丁"很瘦的脸，眉目间处处显出困倦无力"；他俩是遵令被撵到车下去了，还有两个很年轻的兵丁"惭愧的低头无语"。细节的力量，让冰心立时起了一种极异样的感觉："一共是七个人：这般凝重，这般温柔，这样的服从无抵抗！我不信这些情景，只呈露在我的面前……"这是让人的内心泛起隐痛的文字。她的表达，引人的思想往深里去，"也讲一讲人道罢！将这些勇健的血性的青年，从教育的田地上夺出来，关闭在黑暗恶虐的势力范围里，叫他们不住地吸收冷酷残忍的习惯，消灭他友爱怜悯的本能。有事的时候，驱他们到残杀同类的死地上去；无事的时候，叫他穿着破烂的军衣，吃的是黑面，喝的是冷水，三更半夜的起来守更走队，在悲笳声中度生活。家里的信来了：'我们要吃饭！'回信说：'没有钱，我们欠饷七个月了！——'可怜的中华民国的青年男子呵！山穷水尽的途上，哪里是你们的歧路？……"这番激切的感慨，写在"如火如荼的国庆日"里，语义自深。满怀这样的心绪看风景，更添一番胸臆："登上万里长城了！乱山中的城头上，暗淡飘忽的日光下，迎风独立。四围充满了寂寞与荒凉。除了浅黄色一串的骆驼，从深黄色的山脚下，徐徐走过之外，一切都是单调的！看她们头上白色的丝巾，三三两两的，在城上更远更高处拂拂吹动。我自己留在城半。在我理想中易起感慨的，数千年前伟大建筑物的长城上，呆呆的站着，竟一毫感慨都没有起！"她回想着"那几个军人严肃而温柔的神情，平和而庄重的言语"，竟觉得"重重的压在我弱小的灵魂上"。冰心式的书写中，很少盈荡这种慷慨悲歌之气，在此宕出笔墨，表明青年时代的她，当感应生命之痛时，也有着落拓不羁的心性。在她清美温婉的写作风格中，《到青龙桥去》确属一个异样的文本。文字深处渗透精神思索。旅迹只是作为一种背景的叙写，她刻意表现的是精神的行走、思想的到达，含隐的仍旧是对人的命运的关切，对时代病象与暗疾的探析，使作品具有深刻的现实感和叙述力量。从文学研究会"为人生"的艺术主张出发，这是一般的文学意境比不起的。究其根底，是"爱的哲学"的另一种表达。

1924 年，冰心在美留学期间，因病住沙穰青山疗养院，2 月 30 日夜、3 月 7 日分别作散文诗《往事》（二），发表于同年 7 月 10 日《小说月报》第 15 卷第 7 号。她凝视夜色，林中月下的青山，"似娟娟的静女，虽是照人的明艳，却不飞扬妖冶；是低眉垂袖，璎珞矜严"，这是拟人；"流动的光辉之中，一切都失了正色，松林是一片浓黑的，天空是莹白的，无边的雪地，竟是浅蓝色的了"，这是绘彩。在凝静、超逸、庄严与幽哀的神意里，夜林中的静冷的月光底下，是如怨如慕的诗的世界，只宜于病中倚枕看月的女孩子，低吟晶莹的雪月、空阔的山林；光雾凄迷之中，也最宜聊寄抑郁缠绵的情调。"有幽感，有澈悟，有祈祷，有忏悔，有万千种话……"山光松影撩动月下的乡魂旅思，让她遥忆往者之迹，"或在罗马故宫，颓垣废柱之旁；或在万里长城，缺堞断阶之上；或在约旦河边，或在麦加城里；或超渡莱因河，或飞越落玑山……"她还祈愿"万能的上帝，我诚何福？我又何辜？"这是宗教的清澈襟怀；"生命的历史一页一页的翻下去，渐渐翻近中叶；页页佳妙，图画的色彩也加倍的鲜明，动摇了我的心灵与眼目"，"人生经得起追写几次的往事？生命刻刻消磨于把笔之顷……"这是生命的深婉写意。

1924 年 6 月 23 日，冰心在沙穰作《山中杂记》，并于 8 月 8 日至 10 日的《晨报副镌》连载。作品依然注重主观的感受与内心的表现，延续了诗化风格与哲理气质。清寂的山林使她的内心情爱格外明澈，清泉般流入风景："病中不必装大人，自然不妨重做小孩子！游山多半是独行，于是随时随地留下许多纪念，名片，西湖风景画，用过的纱巾等等，几乎满山中星罗棋布。经过芍药花下，流泉边，山亭里，都使我微笑……"（《埋存与发掘》）小时在烟台海边的生活，使她极易对海景生情，在异国的山里，仍然向往大海，尽管慰冰湖的波滟也曾美在她的心头："若完全的叫湖光代替了海色，我似乎不大甘心。"她在纸上画起深沉的海色："海是蓝色灰色的。山是黄色绿色的。拿颜色来比，山也比海不过，蓝色灰色含着庄严淡远的意味，黄色绿色却未免浅显小方一些"，"海上没有红白紫黄的野花，没有蓝雀红襟等等美丽的小鸟。然而野花到秋冬之间，便偶萎谢，反予人以凋落的凄凉。海上的朝霞晚霞，天上水里反映到不止红白紫黄这几个颜色。这一片花，却是四时不断的。说到飞鸟，蓝雀红襟自然也可爱，而海上的沙鸥，白胸翠羽，轻盈的飘浮在浪花之上，'凌波微步，罗袜生尘'"（《说几句爱海的孩子气的话》）。色彩感里蕴涵天地意识、宇宙意识、生命意识。基督教义让她对自然充满敬畏感，对人类抱定怜悯心，寻求灵魂的皈依与托付；家世影响、成长经历，让她对海洋怀有亲近感，找到自我生命的根脉；五四新文化理念的接受，让她以新异的文学姿态完成对客观环境的主观选择，将爱感、诗性转寄在自然物象上，实现自我感悟的表达，才创造出优雅柔美的乐感、清新明丽的画境。

1923 年 7 月 25 日到 1926 年 8 月 31 日，冰心先后于北京、津浦道中、上海、神户、慰冰湖畔、闭壁楼、圣卜生疗养院、青山沙穰、默特佛、白岭、伍岛、娜安辟迦楼、圆恩寺等地写出通讯体散文《寄小读者》，共 29 篇。这些写在旅途和留美时期的作品，清灵隽丽、如诗似画的艺术手法与上举诸作相同，而爱亲朋、爱童真、爱自然的情绪更为浓烈。在这组烙刻人生标记的作品中，她抒写命运的感悟，表达深秘的理知——"爱的哲学"，而落在风景上的笔墨，更丰富了文学表现力，增强了感性的厚度与理性的深度。

她对海景是那么亲熟："我自少住在海滨，却没有看见过海平如镜。这次出了吴淞口，一天的航程，一望无际尽是粼粼的微波。凉风习习，舟如在冰上行。到过了高丽界，海水竟似湖光。蓝极绿极，凝成一片。斜阳的金光，长蛇般自天边直接到阑旁人立处。上自穹苍，下至船前的水，自浅红至于深翠，幻成几十色，一层层，一片片的漾开了来。……小朋友，恨我不能画，文字竟是世界上最无用的东西，写不出这空灵的妙景！"（《通讯七》）

她对雨景是那么敏感："波士顿一天一天的下着秋雨，好像永没有开晴的日子。落叶红的黄的堆积在小径上，有一寸来厚，踏下去又湿又软。湖畔是少去的了，然而还是一天一遭。很长很静的道上，自己走着，听着雨点打在伞上的声音。有时自笑不知这般独往独来，冒雨迎风，是何目的！走到了，石矶上，树根上，都是湿的，没有坐处，只能站立一会，望着蒙蒙的雾。湖水白极淡极，四围湖岸的树，都隐没不见，看不出湖的大小，倒觉得神秘。"（《通讯八》）

她对湖光是那么依恋："真的，最难忘的是自然之美！今日黄昏时，窗外的慰冰湖，银海一般的闪烁，意态何等清寒？秋风中的枯枝，丛立在湖岸上，何等疏远？秋云又是如何的幻丽？这广场上忽阴忽晴，我病中的心情，又是何等的飘忽无着？"（《通讯九》）

她对朝霞是那么深情："说到朝霞，我要搁笔，只能有无言的赞美。我所能说的就是朝霞颜色的变换，和晚霞恰恰相反。晚霞的颜色是自淡而浓，自金红而碧紫。朝霞的颜色是自浓而深，自青紫而深红，然后一轮朝日，从松岭捧将上来，大地上一切都从梦中醒觉。"（《通讯十一》）

她对生活的感觉是那么细腻："如今呢？过的是花的生活，生长于光天化日之下，微风细雨之中；过的是鸟的生活，游息于山巅水涯，寄身于上下左右空气环围的巢床里；过的是水的生活，自在的潺潺流走；过的是云的生活，随意的袅袅卷舒。"（《通讯十四》）

她对景物的领略是那么深婉："离开黄浦江岸，在太平洋舟中，青天碧海，独往独来之间，我常常忆起'海水直下万里深，谁人不言此离苦'两句。因为我无意中看到同舟众人，当倚阑俯视着船头飞溅的浪花的时候，眉宇间似乎都含着轻微的凄恻的意绪。"（《通讯十六》）

冰心散文的艺术美及其与自然的关系曾受到恰切的评价："冰心女士散文的清丽，文字的典雅，思想的纯洁，在中国好算是独一无二的作家了……我以为读了冰心女士作品，就能够了解中国一切历史上的才女的心情；意在言外，文必己出，哀而不伤，动中法度，是女士的生平，亦即是女士的文章之极致。"[①] 冰心美质散文的清丽风格、秀雅气韵和古典意致，显示出在风景中开掘艺术深度的优势。"情绪多于文字"的女性主义抒写模式，充盈爱的温暖，创造出个人化的感觉形态，为五四文学时代酿造了葱茏的诗意，在现代风景散文的发轫期，代表一种文体初建过程中的典范意义。

---

① 郁达夫：《〈中国新文学大系·散文二集〉导言》，《中国新文学大系·散文二集》，上海良友图书印刷公司 1935 年版，第 16 页。

二 陈衡哲：心底的涛澜

陈衡哲（1890—1976），笔名莎菲，祖籍湖南衡山，生于江苏武进。1914年考取清华学校留学生班，同年入纽约瓦沙女子大学史学系，主修西洋历史，副修西洋文学。1918 年毕业，获文学学士学位。后入芝加哥大学史学系，研究历史、文学，1920 年毕业，获英文文学硕士学位。同年回国，应蔡元培之聘任北京大学西洋史兼英语系教授，成为北京大学第一位女教授，后兼任北京女子师范大学教授。1924 年任南京东南大学西洋史讲师。1930 年北京大学复校，重任史学系教授约一年。1932 年为《独立评论》发起人之一。1936 年任国立四川大学西洋史教授。

陈衡哲致力西方历史与文学的研究，曾在《留美学生季报》、《新青年》、《晨报副镌》、《努力周报》、《独立评论》、《东方杂志》和《现代评论》等报刊尝试用白话语体进行新诗和小说创作。著有短篇小说集《小雨点》（1928年，新月书店）、《西风》（1933 年，商务印书馆），散文集《衡哲散文集》（1938 年，开明书店），专著《西洋史》（1925 年、1926 年，商务印书馆）、《文艺复兴小史》（1926 年，商务印书馆）、《欧洲文艺复兴小史》（1930 年，商务印书馆）等。

受着文化理想的前引而进入自造的艺术梦境，是陈衡哲在文学革命中呈现的先锋姿态。她勇毅地将自己的身影屹立于新文学运动的前端。司马长风在所著《中国新文学史》中认为："首先响应拿起笔写小说的作家最先是鲁迅，第二个就是陈衡哲。她实是新文学运动第一个女作家。"胡适在为陈衡哲的短篇小说集《小雨点》做的序文里说："当我们还在讨论新文学问题的时候，莎菲却已开始用白话作文学了。《一日》便是文学革命讨论初期中最早的作品。《小雨点》也是《新青年》时期最早创作的一篇。民国六年以后，莎菲也做了不少的白话诗。我们试回想那时期的新文学运动的状况，试想鲁迅先生的第一篇创作——《狂人日记》——是何时发表的，试想当日有意作白话文学的人怎样稀少，便可以了解莎菲的这几篇小说在新文学运动史上的地位了。"[1]《一日》即是她在中国新文学史上最早以白话语体写出的一篇带有实验性质的小说，并在 1917 年刊于任叔永、胡适编辑的一期《留美学生季报》上，比鲁迅发表于 1918 年 5 月《新青年》第 4 卷第 5 号的白话小说《狂人日记》还提早

---

① 夏志清：《小论陈衡哲》，《新文学的传统》，新星出版社 2005 年版，第 90 页。

一年。

陈衡哲专力于治史，文学在她倒居了次席。但是建筑在艺术天赋之上的创作，又是多姿多彩的，并且不断获取文学技术上的提升。她的文学成就先以小说和新诗称名，后以散文较著，写人论事，亦绘自然。"那时期，人们对文学的散文概念还不很清楚，往往和小说相混，《小雨点》被称为小说集，其实其中多篇不如称为散文。"① 在创作早期，她当做小说来写的一些作品，在结构经营、情节设计、人物刻画上，还不具有完备的小说要素，并且白话与文言杂糅，显出变迁过程中语言的硬拙感，留下白话新文学初创期的历史印迹。

在陈衡哲大约百余篇散文里，有一些和风景相关。作于 1919 年 9 月的《加拿大露营记》，叙写在美国留学期间去加拿大安达丽省北部鹿湖岛屿游憩的经历。她曾认定自己"是一个最容易受感动的孩子"（《我幼时求学的经过》），触着异国的美丽风景，仍然表现出这种天性。岛上洪荒的景象让她悬想行云和飞鸟的家园便在这荒野空漠中。荒莽未辟的岛树提供了静僻的一角，她或读书，或写信，或倚着冈石、树根看湖波云光、远处的岛屿和往来湖面的小船，欣赏落日与新月，或者在树下听着四弦琴，口译些中国诗词，还"围着一堆红火，在那漆黑的树林下面唱歌谈笑，和湖波震荡声，互相答应……差不多忘记自己是二十世纪的人了！"清闲时光唤起她的艺术感觉，眼底景物渗透审美体验力。荒野的湖上，暮色弥漫很久，"湖上和天上，都有一种半明不灭的浮光。若把颜色来代表它，要算灰色最近了。我平常以为灰色是极可厌的，直到得了这个经历，才觉得它真是一种极静雅，极高尚的颜色。这样的颜色，夹着那湖水轻轻打岸的声音，便造成了一个精神界的'乌托邦'；凡是属于世俗的思想，到了那里，便立刻被逐出来了！"现实观感和直觉印象即时依循心理逻辑转化为审美判断，自然完成情感化向理性化的过渡。

1924 年，陈衡哲创作了《运河与扬子江》。其时，年已 34 岁的她正在南京大学任教，晨昏望着滔滔扬子江，经受了人生奋斗和社会历练的她，特别是受着西方科学和文化知识、民主与自由精神深刻影响的她，不禁抒发对于生命的思考，并且调动景物的力量，传扬"造命"的精神立场。从艺术样式上看，《运河与扬子江》更像是散文诗，美妙的技巧给了内心激情一个恰切的表达形式。通篇拟人化。人工挖凿的运河安分守命，自然成川的扬子江奋斗造命，截

---

① 朱维之：《〈陈衡哲散文选集〉序言》，《陈衡哲散文选集》，百花文艺出版社 2004 年版，第 2页。

然不同的人生态度形成对峙。虚拟的两个文学形象，理念相悖的对话，实在是两种人生观的龃龉。自然景物转为精神象征，使作品具有寓言化的色彩而更倾近理想主义。陈衡哲以诗化的抒情语句表达对生命力的赞颂，对创造力的崇拜："于是扬子江与运河作别，且唱且向东海流去。/奋斗的辛苦呵！筋断骨折；/奋斗的悲痛呵！心摧肺裂；/奋斗的快乐呵！打倒了阻力，羞退了讥笑，征服了疑惑痛苦的安慰，愉悦的悲伤，从火山的烈焰中，探取生命的真谛！/泪是酸的，血是红的，生命的奋斗是彻底的！/生命的奋斗是彻底的，奋斗来的生命是美丽的！"一个从小走出顺适家境，由自主力主宰而完成心灵成长的知识女性，在山水世界中，表现浓烈的激情、沉潜的理智、冷峻的思考、独立的人格、苦斗的意志和无畏的自然精神。她的笔端有烈火的燃烧，有浪涛的奔涌，有抗争的歌吼，而非一般女作家的细腻、缠绵、哀艳与凄清。从陈衡哲的生命烙印看，求学出于自主，择婚也出于自主，女性意识的觉醒，使她在文学、史学和社会学上面，更多地把女性命题作为重要关注，并从自我中心论出发给予探究。据此视角，也不妨说"运河"与"扬子江"分别代表在封建困境中顺受的旧女性和挣脱传统桎梏的新女性。凭借不屈的奋斗，争取精神解放和生命自由的主题，赋予这篇作品积极的现代意义。从文学作品的多义性出发进行解读，也不妨将一路奔腾前进的扬子江，看作在苦难中坚强不屈的中华民族的象征。

从陈衡哲的成长纪程看，她是中国新文学运动的第一位女作家，又是中国现代教育史上的第一位女教授，在文坛和学界并创其功。反叛传统，需要创造的勇气作为内心支撑。从创作心理探析，她的这篇作品，意气如此昂扬，感情如此浓烈，思想如此犀利，境界如此之大，视野如此之阔，恰和澎湃的大江同一气势，正是纯粹的精神活动的直接体现。她的自然观、社会观和艺术观映射的感性风采和理性气象，既呈示她的作风的两面，又常常是浑融的，形成完整的文化品性。女性灵魂的苏醒，对陈衡哲创作观念的影响是持久的。

《老柏与野蔷薇》也是一篇拟人化的对话体小品。心理情绪在童话性时空展开，舞台表演式的对白交融诗意和哲理，带有浓郁的诗剧风格。老柏树艳羡野蔷薇的美丽和柔媚，"假如我能像你那样的美丽，我就只活一天也愿意"；野蔷薇则自叹水月似的美丽、朝露似的生命禁不起风雨的吹打与烈日的熏炙，歆慕老柏树"伟大英俊，坚贞不朽，风打不折，雨淋不腐，日炙不枯"。核心精神渗透在赅括的评点里：老柏树"永青的枝叶，萧疏的风骨"固然可赞，却比不过野蔷薇的"天才和美丽"，虽然它的生命是那样的短促，"终究完成了生命的意义：圆满，彻底，和尽量的陶醉"，代表了对自然生物的审美评价，也关涉生死的古老命题，更坦示五四初期青年知识者苦寻生命意义的心理现象。

1924年9月3日，陈衡哲在南京写出《西风》。她在文后的注里称"时战云方漫空弥野，想把清丽的秋色逐出人间去"，可以测知写作背景的一斑。她的情丝却缠在梦里，描画出一个色彩绚烂的花的世界、一个美丽的清秋。红枫谷是她的理想国，寄托清远的憧憬。这里"冬天有白雪，春天有红花，夏天更是绿树成荫，鲜明圆润……秋天如镜，秋花缤纷，山果累累，点缀着幽山旷野。蝴蝶儿，黄叶儿，红叶儿，他们终日的翩跹飞舞"，月亮住的桂宫，西风住的芙蓉穴，蝴蝶和秋虫住的蓼花塘，涧水住的薜荔谷，红叶和黄叶住的野菊圃，是她日夜梦想的天堂；而"下面的世界太恶浊了，住在那里的人们，只有下降的机会，没有上升的希望"，因此"最恋恋那个下面的世界"的月亮"宁愿牺牲了红枫谷里的快乐，常常下去看看他们，想利用我这一点的爱力，去洗涤洗涤他们的心胸，并且去陪伴陪伴那比较高尚一点的人们的孤寂"；他听见下界传来凄凉幽怨的笛声，暗诉着尘世的毒气正熏染着吹笛的少年，便为伴慰寂寞而飞降尘寰，撩得轻飘的薄云、淡黄的蝴蝶、振着琴翅的秋虫、涧里的秋水、红黄的落叶"漫空弥谷，翩跹回翔，转展地飞向下界去了"；孤高的西风"也由一个厌世者变为一个悯世者"，做了一个自由使者和幸福的贡献者，"他知道下界的人民，是十分需要他的帮助的"，他有责任带一点自由和美感去。作品在表露无瑕的内心境界中传布着浪漫的生活信念和完美的社会理想。

作于1926年8月的《北戴河一周游记》，带有实录色彩。壮阔的海天固然容纳跃动的生命思考与深沉的阅世体悟，而她此时的写景，却不附杂绪，因意念单纯，使得文字明净透亮。她和任叔永从北京出发时的心情是宽适的，这在文字中有所表现："沿途高粱满野，绿杨夹道，小桥下流水潺潺，大有江南风味。"对于北戴河的称颂，实是借海景表示自我胸襟："那苍苍的，浩漫的，弧形的一片汪洋，立刻使你回想到那个漫无涯际的太平洋。她是那样的平静，那样的从容，那样的满而不溢；它岂仅仅为你荡涤一点尘氛的俗虑？它的伟大与恬静，岂不是我们生命的最好模型？"她对海景的涂绘，显示强烈的影像风格，再现真实的环境背景：与海水一样灰暗的天色，霞光染出的漫天的胭脂红，雨水淋洗的草木泛出的青葱与妖媚，改变了大海的恬静与苍翠。海景是叠印于心中的图画，影调绚美：白云青天，绿树红屋，碧蓝水浪，紫色远山。

"这幅图画的颜色虽多，但自有他们的天然和谐……比了人工所作的，更为活动，更为妩媚"，"人工的最大成效，也不过是模仿这个和谐罢了"。作品的欣赏价值在于她的抒情与描写，也在于所提供的一种艺术感知。此外，海边骑驴徐行，"从驴背上放眼四瞻，远山近海，尽收眼底，而晚风徐来，更觉凉意翛然。因想，假如我能骑马，岂不更将飘飘欲仙吗？""早在廊上静赏山海的晴光"；"仰卧沙滩上，闲看天上白云来去"；在旷野水畔蹈月，"一时歌声语声，与海潮的声音，互相唱和"；更有入莲花山中，领略"苍松夹道，野花迎人，不减深山风味"的幽趣，涵蓄的都是悠然风度与内心境界。风景又是她寄情的所在，晚踱海滨，"去与银波碧海，作一度最后的默契"，于月光波影间怅望天涯，思念远在他洲的故人，"'一水牵愁万里长'，遂忘凉露的沾衣了"，深浸女性如水的心绪和幽婉的思致，显示出放达而又内敛的书写品性。

　　"陈衡哲从 1917 年到 1926 年这十年中所写的新文学作品，大多数是寓言、童话、白描、特写等，可说是小品散文时期。这十年的作品，经作者自编为一个集子，叫做《小雨点》，就是她前期散文的代表作的集录"，"《小雨点》的特色，还在于近半数的寓言，关于大自然的寓言。凡是寓言都是象征的，暗喻的，含有想象的成分。每一古老的寓言都含有一个教训。而陈衡哲的寓言则比较复杂，在一则寓言中往往有很多的拟人化人物，寓有比较复杂的哲理"①。从她的早期作品带来的阅读体验中，能够真确地领受作品包孕的精神含量。

　　陈衡哲倾心理性主义和人道精神，同情苦弱的民众，但囿于个人生活范围的局限和生命空间的狭小，创作缺乏对于广阔社会场景的直接观察、亲身体验和冷静透视，作品的抗争意义主要来于自然的悲悯、本能的爱恨、天真的冲动与活跃的思维，但是在风景世界，她却舒展自己的心之翼，在山水中寻找精神余地，放大生命空间。摆脱情绪的遏抑后，审美想象激活了已往的生活经验，写得清新隽美、激扬峭厉，填补了经验世界的苍白，使作品显示出精神的饱满度，也增强了艺术的亮色。

　　陈衡哲在《小雨点·自序》中表述过创作上的道义感："我既不是文学家，更不是什么小说家，我的小说不过是一种内心冲动的产品。他们既没有师承，也没有派别，它们是不中文学家的规矩绳墨的。他们存在的唯一理由，是真诚，是人类感情的共同与至诚。"所论虽是关于小说的，也适用于她的风景

---

　　①　朱维之：《〈陈衡哲散文选集〉序言》，《陈衡哲散文选集》，百花文艺出版社 2004 年版，第 2、9、10 页。

散文。这样的文字，是陈衡哲在新文学活动中留下的创作印痕。

三　冯沅君：故史的流览

冯沅君（1900—1974），原名冯淑兰，河南唐河人。笔名淦女士。1922 年毕业于北京国立女子高等师范学校。1925 年毕业于北京大学国学研究所。1932 年留学法国。1935 年在巴黎大学研究院获文学博士学位。曾在金陵大学、北京大学、暨南大学、复旦大学、天津女子师范学院、武汉大学、中山大学、东北大学、山东大学任教。著有短篇小说集《卷葹》（1927 年，北新书局）、《春痕》（1929 年，北新书局）、《劫灰》（1929 年，北新书局），专著《中国诗史》（与陆侃如合著，1932 年，开明书店）、《中国文学史简编》（与陆侃如合著，1932 年，开明书店）、《沅君卅前选集》（1933 年，上海女子书店）、《孤本元明杂剧题记》（1944 年，商务印书馆）、《古优解》（1944 年，商务印书馆）、《古剧说汇》（1947 年，商务印书馆）、《冯沅君古典文学论文集》（1974 年，山东人民出版社）、《冯沅君创作译文集》（1983 年，山东人民出版社）等。

作为新文学第一代女作家的重要成员，冯沅君的风景散文虽然不像她的早期小说流露强烈的女性意识，书写抗争封建礼教，争取精神解放与生命自由的女性命题，却明显地表现出作者自身的角色特征和强烈的内心体验感。写于 1921 年 10 月 13 日夜的《明陵八达岭游记》，是有代表性的一篇。其时她在北京女子高等师范学校读书，秋游的意趣中交织知识女性对于自然和古迹的向往，也暗含暂离社会环境的轻松与悦乐。浸沉于这样的心境，她的眼睛为郊野风光所吸引，描绘的笔墨清新而流丽，文字虽然发乎一颗年轻的心，却显示了手法的纯熟。比之在小说描述上表现的委婉清畅、亲切自然的风格，更有一种写景的高超处。

冯沅君对于明陵和八达岭这两处名胜的访游之意，是早就蕴蓄着了，而且成为"到北京四年来的宿愿"，"本是素怀仰止之心的"。人在遗迹前，如面对历史，一时之间，感慨是要超过思想的，特别"因为这两个所在是北京附近的著名的古迹，凭眺登临，很可以开拓我们的胸襟"。开篇的这番话，明白地道出一个青年学生出游的本愿。校园里的读诵，她流连于纸上，走近风景，她触摸立体的史痕。沿途的风物景色便是用笔的地方，特别显示出她在写景上的天赋。京郊的秋景以平野山岭的雄旷为胜，而冯沅君却观察得静，体验得深，转换到描绘的文字上面，呈示一种细密明净的风格。她忆叙火车上的感觉：

"我所觉得的，就是我的心灵完全被快乐的感情占领了。道旁的草，已被霜染而半变成浅黄色，杨柳因敌不住风的摇撼，不住地向火车窗子前披拂……平原茫茫所有的稼穑，因为节序变更的缘故，已经大半收获，所存的也不过此晚菱的植物，甚至路旁田边的丛生的野草，也无复如茵的，青翠的，美丽像春夏时的样子。但是板桥、清溪、茅舍、竹篱、青黄相间的村树，配上这萧条原野，宛然倪云林的秋景图。那天的天气，原不十分清朗，霭霭的云气，如远处的峰峦，竟氤氲不分。我到此际，始倾然得古人云山二字连用的妙处。"秋思的伤愁，在年轻自由的心上是不在的，而她的对景写生似的描绘，又带着鲜明的自我个性特征，深浸的古典意致，在唐宋诗词里可以找到根。骑驴往明陵去的一程，正好流览傍晚的山色："这时候的太阳，已经带西下倾向。回光反照，映射在东方的峰头，现出一片浅黄而且有光亮的颜色。而且在日光所不到的地方却依然是青的青灰的灰……经霜不凋的树、木一排一排的在山坡上，远远看去，仿佛米元章画石头时的点子，又仿佛园中太湖石上所生的青苔。荒草封去的小路，蜿蜒曲折，卧在山根下，引导着我们穿村越桥地进行。'四围山色中，一鞭残照里'，真写尽了秋日旅行的风光。"在情绪的程度上，和唐人格律诗的表现力相类。这是出于一种无意识的内心感应，一种非理性的直觉和想象。景色的外在表象和人物的内蕴灵魂的关系，在写意的文字中表明与传达。心灵领地的感性体验、主观世界的情绪含咀，隐潜于她的描画之间。她自己的心情已经深印到那片风景的古意里去，眼前真实的景物经过慧心的滤化，即感情的酝酿，洇染在纸上，让风景带着历史的映像在心域回归，让客观的景与象和主观的情与意谐调相融。外物和内心的完美契合，使她的沿途感受表露心灵活动的程序。

从内在感觉出发的书写，极具艺术的暗示性与象征性，并且将风景引向主观化、意志化。冯沅君不拘限于景物的形与象，而着意于自我的情与意。落在明陵上的笔墨，是对历史过程的追问，是对帝王政治的审视，在自然风光上面表现出的感性的悠然，转变为理性的冷静。隐约的前尘在岁月的浮尘中复现，从"破坏不完的石阶，砌道，上面刻的龙文"间，她细认沧桑变换的痕迹，她怀疑森森的宫殿式的建筑"这种对于死者而用生人式的建筑仪式，也许是受了孔先生'事死如事生事亡如似存'的礼教的影响"。五四新文化运动的锋芒指向之一，就是封建旧礼教，冯沅君愤慨它的贻害："唉！人死了就算了，何必这样费了许多人工，多占了有用的地皮，或者大地盘主义，连古代死了的帝王也免不了，何况现在的野心军阀呢。"从风景散文的文体特征看，写景寄慨是重要的构成部分，表现对自然的观察力，抒发心灵的感思，竟至深入到现实人生的道理上去，而具有社会批判的色彩。黄昏沉阴天色下的思陵，笼罩在灰白的云和苍然的暝色之下，"殿门深锁，可知久绝游人的踪迹"。暗淡无色的林壑使心头愈添凄然，"更足给我们个衰飒不欢的印象。西风古道，直令客魂欲断"，此刻从年轻的喉咙中激响的歌声，彼此呼应，是于沉寂荒凉的历史风景中跃动的青春朝气。"人生的终结不过是向光明走而已，何止行路？"风景是人物活动的环境，是灵魂翔舞的背景，显明的自审性与内向性，使冯沅君以一个青年学生的角色，生发这样的感思，既获得精神的自足，也增强作品的深度。这种对现实的反诘气魄与叛逆意识，在她此后发表于《创造周刊》上以《卷葹》为名的系列小说《隔绝》、《旅行》、《慈母》和《隔绝之后》中，表现得更加直接、大胆与强烈。为爱而创作的"淦女士"，笔端也时常闪烁匕首的锋芒，及至到了以"沅君"为笔名，给孙伏园主持笔政的《语丝》写稿时，社会批判的力度加大，题材由初始的青年恋爱转向更为深广的现实矛盾。

　　自然和人文风景，养育了冯沅君的审美精神，使她在作品的意境与格调的营造上特别用力。她的写景，从古典诗词意境中脱胎，表明她在这上面的学养。此篇记叙往八达岭去的一段，尤饶画意："京绥路自南口而北，即已交了山路，所以这一路的风景，不是以明秀称胜，而是以雄壮见美……山坳深处，绝涧岸上，时或有几个村落，错杂其间。树上枯叶，圃内寒菜，以及茅舍竹篱等配衬起来，绿的碧绿，黄的金黄，红的鲜红，加以一曲清溪，莹澈可鉴，触危石而作响，似摧琅玕，我恐怕著名的画师，也写不出这样可爱的景致。乱山巅上，横拖着几千年的古长城，虽然已经大半都颓败的不堪，但其完固处犹能使我们观瞻的人佩服它的工程的浩大。"鲜明的色彩感在她的心灵充溢，敷设于古典画境。归程上，"看窗外的暮景。这时候太阳已沉得看不见了，只有余光变成几缕如血的晚霞，挂在淡青的天上，远山由青而紫，而苍灰，归结于我们视线之外。我的幻想，经这番奇景的刺激，又想着王勃的'烟光凝而暮色紫'一句真非虚话，但是为什么同时我们又觉得太白的'寒山一带伤心碧'也是千古的绝调呢？中国旧文学上所用的字眼，固然有许多不合实景实情的地方，但是天才文学家当其情感为美景所触动时，其遣辞造句也未尝不能描写实在的景物"。诗词的熟谙使她有能力把文章写成古人的格调，表现为风景所缠绕的心。

　　冯沅君在这篇记游里还写道："沿路的山，时或遮着斜阳，时又把他显露出来，隐现出没，叫我的精神由实在的状态渐渐趋于空幻虚静，心里想着明年春天出去参观，怎样游西湖，怎样登黄鹤楼，望长江……"而她的另一篇写江南风景的散文《清音》，就是这个预想的产物。《清音》全篇，着眼一个"清"字。晋冀之间的太行山中，溪流潺潺。水光树色，添了清意；农人就急湍作水打磨，添了清趣。她喜欢朦胧的美境。雨雾中的远山近林，涵容审美意韵："这种迷离惝恍的景物，在自然的美中最称蕴藉，较之天朗气清时所见者，格外美妙。"她喜雨，赞颂雨，"我以为无论什么景物，在太阳的强烈的光线下，总有几分太清晰，太现实，给我们的视觉的刺激太强；这种过分的刺激，只能使人由疲倦而厌恶；只有阴雨时或晚间，一切景物的色调都暗淡了，甚或轮廓也迷离了，我们的心弦便也因之弛缓下去。在此外静而内闲的境地，我们可以微微的喜悦，轻轻的惆怅，悠然，怡然，物我都冥合了，都诗化了。简单的说，日光下的景物是散文的，只能使我们兴奋；雨中月下的景是诗的，它能使我们遐想、幽思。"她直言自己的审美立场。在内心精神的指引下，她带着心灵出发。南行的访察山水在她看，意义在于品格的修养和情感的陶冶。一路上"汉口的洋楼，武昌的城堞，汉阳的烟树"令她迷离；旅馆后园的鱼池、芭蕉、玫瑰和太湖石，以及精雅的小斋、轩敞的大厅和水榭，给予她病中的清逸与安闲；西湖水又惹动诗思，仿佛凝看一位眉黛轻颦的温柔闺秀，把"春慵恰似春塘水，一片縠纹愁，融融泄泄，东风无力，欲绉还休"的词境给它，真是配得好，仍是间接传达自己的感情。至于葛岭的晨暮、平湖的秋月，更让胸襟有了寄托："西湖诸山林木甚繁盛，葛岭的树尤多。黄昏中由树叶隙里远望灯火辉煌的彼岸，一灯如一明珠；这些明珠缀成的有璎珞，有游龙，有宝塔……""是时月刚从东方升起，尚未到中天，清辉斜射湖面，漾成一道金光，涟漪微动，金光也因之忽聚忽散"，清夜湖楼上的玩月，神秘、幽静、凄清，气度自有无尽的闲雅，这也恰是她一向贪恋的，"所以与其在歌吹喧阗、灯光辉煌的地方玩月，无宁在寂寥无人、幽暗阒静的所在。幽暗可以衬出月色皎洁，阒静可使观者的精神舒缓，与月冥合"。感性的抒臆中有思索的影子在，但终究是缥缈的。这点感悟，更如夜月湖空中萦响的清切心音。渺茫的烟波、长空的明月、寥廓的水天，让她的心只在"年年月华如练，长是人千里"的幻境里醉着，社会未及在视野展开全部的复杂与丰富，所以她的摹景是纯净的、透明的、澄澈的。地域对于感情和体验的影响略可见出。江南风物使她的心更柔了一些，却也酝酿寂寞。湖山的软媚，更让她领受的清韵深浓几分，文调也显出细腻清婉的一面，比起在京郊之野的雄厉光景下作出的沉郁章句，似少了沉实的史感和文字的硬度。

五四文学革命时期和其后若干年，比起诗歌、小说、戏剧，白话散文尚未形成自己完整的文体形式和写作规范，尚不受新文学界的重视。正是在这样的文学背景下，冯沅君在接受西方文学观念影响之时，不废中国本土文学的传统美感，有意识地将家学传授和校园新式教育的成果相结合，强调文体自觉，倾心基于汉字特点的辞章之美，重视"艺术的组织"而求得"普遍性的美感"，取径古典文学，将古文写成的各种体裁的传统文学资源，以及古典文学含蕴的情趣、风致、文气、滋味、神韵等审美元素应用于现代散文的创造；尤其经过吸收、改造和转化，将诗词意境融纳到新散文的书写中，作品虽然不如冰心的"流丽清脆"、"晶莹透彻"，却另有一种"余香与回味"，以此造成有文学价值的风景散文的一个特色。这和当时一般新文学家"重质轻文"的文化态度是不同的。她并非一味措意于文词，沾沾于声调字句之间，刻意从传统诗文里面摘选一些好看难懂的字面对自己的作品做浮浅的装潢，固袭旧学，以耀观览。从宏观角度看，她要用古代汉语的资源，即富有生命力的词汇经营散文，刻意增加文辞句调的美感，推动尚处于生长期的白话散文的进步与成熟，并且促进现代文学语言的建设。从微观角度看，她要在散句中增加韵律感，让句式、文词、音调、节奏在微妙的交互关系中产生情绪流的曲线波动，一方面使中国古诗词典雅高古的形式特征得到新的表现，丰富白话写景散文的文学蕴涵，服务于表现自我情感的抒写重心，一方面又从现代视角观察和体验风景，以今日之新思想、新观念、新感觉、新材料，反映新的人生现实和精神诉求，虽则反对和摆脱旧的文学传统是五四文学革命的主要任务。

在书面文体由传统文言向现代白话迁转的变革期，从古文学里借助前人经验的帮助，实现完美的文学表达，促成现代国语文学的发展，是冯沅君的一项创作功绩，明确的散文书写策略和文学传承意识，也为她以后专意从事中国古代诗史和戏曲史的研究，留下早期的艺术痕迹。

四　石评梅：凄美的心曲

石评梅（1902—1928），原名汝璧，笔名波微。山西省平定县人。1919年从山西省立女子师范学校毕业后，考入北京女子高等师范学校体育科，1923年秋毕业。1924年11月，与陆晶清等编辑出版《京报·妇女周刊》。1926年上半年，又与陆晶清等编辑《世界日报·蔷薇周刊》，并从事文学创作，诗歌、散文、小说皆有尝试。在短短六年的创作期中，陆续在《晨报副刊》、《国风日报·学汇副刊》、《京报·诗学半月刊》、《京报·妇女周刊》、《世界日报·蔷薇周刊》和《语丝》等报刊发表小说、诗歌、散文和剧本，但其成功却在散文。逝后，她的小说、散文集《偶然草》（1929 年，北平华严书店），散文集《涛语》（1931 年，上海神州国光社）等，由庐隐、陆晶清等好友编辑出版。

石评梅是在风景中发抒感伤情绪的散文家。年华匆促，纯情的生命未及领受生活的复杂况味。她的灵魂单纯，文章凄美，精神痛感多半来于情感生活的磨折，特别是爱情的煎熬。她用幽怨孤冷的笔调传达对于亡友的伤悼，实是源于内心深处燃烧的爱。如果还有其他，是她不免自恨命途的多舛。"……明了了她思想上的所以悲观与厌世，我们也就更易透解她的哀婉凄怆的诗文。"[①]能让景物渗出血泪的，是她的写景散文，其间包孕爱情、友谊和苦闷三大人生主题。她的断肠文字闪映景物的光影，景物是她的浪漫和忧戚情感的载体。

石评梅的散文，记录她的情感历史。心是她的世界，其间映现她越过娘子关走向京城，离别学窗走向社会的历程。"她生活在她的已逝底梦境……所有她的诗文几乎多半是她奋斗以后失了望底哀词，在那里她的始元的精神超过了我们今日所谓底颓废文学，无病而吟底作家与前代消极的愁吟底女子。她的情感几乎高尚到神圣的程度……"[②] 她曾发出凄伤而孤傲的心语："当我的心坠在荆棘丛生的山涧下时，我的血染成了极美丽的杜鹃花！"（《梅花小鹿——寄晶清》）和新文化运动中的青年人一样，石评梅的心间奔腾激情的狂流，尽享五四高潮期精神解放的快意。作为知识精英，她属于最先觉醒的一群，立志以鼎新革故的激情冲击旧的社会秩序。改造社会的勇毅气概使她不肯向恶势力低头："我们都是负着创痛倒了又扎挣，倒了又扎挣，失败中还希冀胜利的战士，这世界虽冷酷无情，然而我们还奢望用我们的热情去温暖，这世界虽残毒狠辣，而我们总祷告用我们的善良心灵去改换。"（《雪夜》）而当从校门走向社会时，面临五四运动的退潮期，加之身世的不幸遭逢、现实的触目痛创，终让她在文学表现上转至内向性的悲情抒写，走出实际的世界，沉落到另一个幽静、孤寂、悲哀、凄枯的世界里去。由她默自创制的心灵风景是幽冷凄清的，是安静沉默的，是浸着月光的，是漾着水影的，正对照她哀艳清幽的一生。"她了解什么是人生，她了解深刻的悲哀。她懂得社会是怎样一个东西了。但是因为她的遭遇太驳杂，所以形成她一种悲哀的人生观，因之她赞美死，她诅

① 李健吾：《悼评梅先生》，《魂归陶然亭——石评梅》，人民文学出版社 2002 年版，第 14 页。
② 同上书，第 16 页。

咒生。"① 她表达忧伤情绪的直接，近乎内心独语。幽夜孤眠，让她难寐："深夜梦回的枕上，我常闻到一种飘浮的清香，不是冷艳的梅香，不是清馨的兰香，不是金炉里的檀香，更不是野外雨后的草香。不知它来自何处，去至何方？它们伴着皎月游云而来，随着冷风凄雨而来，无可比拟，凄迷辗转之中，认它为一缕愁丝，认它为几束恋感，是这般悲壮而缠绵。世界既这般空寂，何必追求物象的因果。"（《醒后的惆怅》）普通的一片红叶，能撩动她的凄感："在这黑暗阴森的夜幕下，窗下蝙蝠飞掠过的声音，更令我觉着战栗！我揭起窗纱见月华满地，斑驳的树影，死卧在地下不动，特别现出宇宙的清冷和幽静。"（《一片红叶》）她约着陆晶清到雨华春，谈起死去的天辛（高君宇），是在"一个枫叶如荼，黄花含笑的深秋天气"，飞越的神思，迎向天边的晚霞，而心底的凄楚，只因为"一个光华灿烂的命运，轻轻地束在这惨白枯冷的环内"（《象牙戒指》）。她慨叹命运的无常："人生骑着灰色马和日月齐驰，在尘落沙飞的时候，除了几点依稀可辨的蹄痕外，遗留下什么？如我这样整天整夜的在车轮上回旋，经过荒野，经过闹市，经过古庙，经过小溪；但那鸿飞一掠的残影又遗留在哪里？……我自己常怨恨我愚傻——或是聪明，将世界的现在和未来都分析成只有秋风枯叶，只有荒冢白骨；虽然是花开红紫，叶浮碧翠，人当红颜，景当美丽的时候。"（《最后的一幕》）料峭寒风里雪片飞落，凄凉的景色愈让她添哀："车过了三门阁，便有一幅最冷静最幽美的图画展在面前，那坚冰寒雪的来侵令我的心更冷更僵连抖颤都不能"，在"望见挂着银花的芦苇，望见隐约一角红墙的陶然亭，望见高峰突起的黑窑台，望见天辛坟前的白玉碑"时，她回视零乱的足印，深深地忏悔起来，"我真不能描画这个世界的冷静，幽美，我更不能形容我踏入这个世界是如何的冷静，如何的幽美？这是一幅不能画的画，这是一首不能写的诗，我这样想。一切轻笼着白纱，浅浅的雪遮着一堆一堆凸起的孤坟，遮着多少当年红颜皎美的少女，和英姿豪爽的英雄，遮着往日富丽的欢荣，遮着千秋遗迹的情爱，遮着苍松白杨，遮着古庙芦塘，遮着断碣残碑，遮着人们悼亡时遗留在这里的悲哀"（《我只合独葬荒丘》）。清明时节的墓边景色让她写得凄艳如歌："黯淡的天幕下，没有明月也无星光，这宇宙像数千年的古墓，皑皑白骨上，飞动闪映着惨绿的磷花"，"我镇天跚蹰于垒垒荒冢，看遍了春花秋月不同的风景，抛弃了一切名利虚荣，来到此无人烟的旷野，哀吟缓行。我登了高岭，向云天苍茫的西方招

①　庐隐：《石评梅略传》，《魂归陶然亭——石评梅》，人民文学出版社 2002 年版，第 28 页。

魂,在绚烂的彩霞里,望见了我沉落的希望之陨星","我的心是深夜梦里,寒光闪灼的残月,我的情是青碧冷静永不再流的湖水。残月照着你的墓碑,湖水环绕着你的坟,我爱,这是我的梦,也是你的梦,安息吧,敬爱的灵魂!""这是碧草绿水的春郊。墓畔有白发老翁,有红颜年少,向这一抔黄土致不尽的怀忆和哀悼,云天苍茫处我将魂招;白杨萧条,暮鸦声声,怕孤魂归路迢迢"(《墓畔哀歌》)。病怜的风景,病怜的气息,病怜的心境,一切都是悒悒的。她常常陷入漫长的苦忆,在自我营造的虚幻的梦影里蹒跚着,舞蹈着,满含泪。在她的文字间,伤感的成分太多。抒发伤感成了五四退潮期文学青年的一种普遍倾向。笔端的惆怅折射人间的哀恸,浓缩的个人情绪的后面,总存有社会的因素。"石先生是女子。但是她的精神是男性的,只有心是妇女的。她是孤独者,这几年石先生可以说没有知心的朋友。在这冷酷无趣的社会中,感情丰富的青年们,都感觉着'孤独''苦闷',尤其是多情的女子,怎不伤感?她们只有用笔在自己的作品中发泄。"[1] 处于生命矛盾中的年轻的灵魂,要在文学的呐喊和歌唱中走过崎岖难行的生之旅途,而不甘思想与意志如残花落叶般在秋风中飘坠。"走向前便向前走吧!前边不一定有桃红色的希望;然而人生只是走向前,虽崎岖荆棘明知险途,也只好走向前。渺茫的前途,归宿何处?这岂是我们所知道,也只好付之命运去主持。人生惟其善变,才有这离合悲欢,因之'生'才有意义,有兴趣……"(《爆竹声中的除夕》)石评梅的这些,都在笔下表现着。

石评梅的缠绵哀感文字,充满病态的抒情美,造成一种朦胧、恍惚、幽深的意境。她构塑的宇宙"极寂静、极美丽、极惨淡、极悲哀"。她耳边萦响病友的呻吟,走上雪裹的京城的夜街,静思景物的内蕴:"这粉妆玉琢的街市,是多么幽美清冷值得人鉴赏和赞美!这时候我想到荒凉冷静的陶然亭,伟大庄严的天安门,萧疏辽阔的什刹海,富丽娇小的公园,幽雅闲散的北海,就是这热闹多忙的十字街头,也另有一种雪后的幽韵。"(《雪夜》)虽则心浸苦液,但是春光依然映亮她的错综的世界,让她凝望到血泪中的美:"一样在寒冻中欢迎了春来,抱着无限的抖颤惊悸欢迎春来,然而阵阵风沙里夹着的不是馨香而是血腥。片片如云雾般的群花,也正在哀呼呻吟于狂飙尘沙之下,不是死的惨白,便是血的鲜红","这时花也许开的正鲜艳,草也许生的很青翠,潮

---

[1] 李健吾:《评梅先生及其文艺》,《魂归陶然亭——石评梅》,人民文学出版社 2002 年版,第18 页。

水碧油油的，山色绿葱葱的；但是灰尘烟火中，埋葬着无穷娇艳青春的生命"（《无穷红艳烟尘里》）。她可以"清坐在菊花堆满的碧纱窗下，品着淡淡的清茶，焚着浓浓的檀香"（《绿屋》），也可以在夤夜顾恋深山明月下的友人和漂泊在尘沙之梦中的自己，不禁怆然动了幽思。忆及往日所度的碧峦翠峰中看明月繁星、听松涛泉声的生活，寻找到生命的真实形态，"你现在是在松下望月沉思着你凄凉的倦旅之梦吗？是伫立在溪水前，端详那冷静空幻的月影？""我们睡在柔嫩的草地上等待月亮。远远黑压压一片松林，我们足底山峰下便是一道清泉，因为岩石的冲击，所以泉水激荡出碎玉般的声音。那真是令人忘忧沉醉的调子……过一会半弯的明月，姗姗地由淡青的幕中出来，照的一切都现着冷淡凄凉。夜深了，风涛声，流水声，回应在山谷里发出巨大的声音"，"我们走到了亭前，晚风由四面山谷中吹来，舒畅极了！不仅把我的炎热吹去，连我心底的忧愁，也似乎都变成蝴蝶飞向远处去了。可以看见灯光闪烁的北京，可以看见碧云寺尖塔上中山灵前的红旗，更能看见你现在栖息的静宜园"，"山中古庙钟音，松林残月，涧石泉声，处处都令人神思飞越而超脱，轻飘飘灵魂感到了自由"（《寄山中的玉薇》）。她流览北京西郊景色，用色彩感极强的文字表现悠然的心情，内心跳荡的欢悦显示幽怆与沉痛之外的表述风格："细雨蒙蒙里，骑着驴儿踏上了龙潭道。雨珠也解人意，只像沙霰一般落着，湿了的是崎岖不平的青石山路。半山岭的桃花正开着，一堆一堆远望去像青空中叠浮的桃色云；又像一个翠玉的篮儿里，满盛着红白的花。烟雾迷漫中，似一幅粉纱，轻轻地笼罩了青翠的山峰和卧崖"，"天边絮云一块块叠重着，雨丝被风吹着像细柳飘拂。远山翠碧如黛。如削的山峰里，涌出的乳泉，汇成我驴蹄下一池清水。我骑在驴背上，望着这如画的河山，似醉似痴，轻轻颤动我心弦的凄音；往事如梦，不禁对着这高山流水深深地叹了一口气！惭愧我既不会画，又不能诗，只任着秀丽的山水由我眼底逝去，像一只口衔落花的燕子，飞掠进深林"（《烟霞余影·龙潭之滨》）。"这条路的景致非常好，在平坦的马路上，两旁的垂柳常系拂着我的鬓角，迎面吹着五月的和风，夹着野花的清香。翠绿的远山望去像几个青螺，淙淙的水音在桥下流过，似琴弦在月下弹出的凄音，碧清的池塘，水底平铺着翠色的水藻，波上被风吹起一弧一弧的皱纹，里边游影着玉泉山的塔影；最好看是垂杨荫里，黄墙碧瓦的官房，点缀着这一条芳草萋萋的古道。"（《烟霞余影·翠峦清潭畔的石床》）她写乡情，则用着朴素、清朗、明净的调子："我看见一片翠挺披拂的玉米田，玉米田后是一畦畦的瓜田，瓜田尽头处是望不断的青山，青山的西面是烟火，人家，楼台城郭，背着一带黑森森的树林，树梢头飘游着逍遥的流云。静悄悄不见一点儿嘈杂的声音，只觉一阵阵凉风吹摩着鬓角衣袂，几只小鸟在白云下飞来飞去。"（《归来》）她的笔致切合这样的评赞："评梅的作品，有一种清妙的文风，她所采用的字句都是很美丽的。在她短篇的文章里，往往含有诗意，这是她的长处。她的缺点是在字句方面，有时失之堆砌。"①雪光、月华、暮色、深夜、清秋、残冬、冷洁的白、清鲜的绿、水似的幽、波似的静……都为她所痴恋而偏爱抒写，进而化为承载愁情与哀思的幽美幻觉，在她的散文中组构成弥漫凄美、清艳、幽冷气氛的系列意象。她偏嗜和耽溺荒寒、冷寂、孤清、空廓、萧森等具有颓废美特征的物象，忧苦的目光扫向陶然亭的飞落的晚霞、沁凉的月华、摇荡的芦花、微漾的湖水、幽暗的林影，为心灵的坟场构建起凄美的布景。导源于这样的心理情绪，她的文字才在浓情之外具有更鲜明的画面感和音乐性，才把一个受伤的灵魂、一个脆弱的生命沉重的压抑感表露得如此真切。

在新文学的园地中，石评梅的风景散文表现出独异的风格。在生命的花篮里，她培植一朵"香艳似碧桃一般的心花"，摇曳于苍翠的松枝和红艳的玫瑰间。如她自己所觉得的一样："生命虽然是倏忽的，但我已得到生命的一瞥灵光，人世纵然是虚幻的，但我已找到永存的不灭之花！"（《梅花小鹿——寄晶清》）石评梅写在风景间的文字，表现了她在散文书写上的特殊姿态，建立了独属自己的美丽、忧伤、冷艳的文体。苦涩的心壤上长出娇弱的生命之树，幽怨的情绪汁液滋润着素淡的花与叶，飘溢心底的清馨。

1923年5月下旬到6月下旬，石评梅曾与北京女子高等师范学校体育系12人、博物系14人组成女高师第二组国内旅行团沿京汉铁路南下旅游，经保定、武汉、南京、上海，从青岛、济南返回北京。潋滟的西湖、莹澈的莫愁湖等江南诸胜多所观览。其后，石评梅写了一篇5万余字的长篇游记《模糊的余影——女高师第二组国内旅行团的游记》，连载于1923年9月4日到10月7日的《晨报副刊》。其中写莫愁湖是这样的一节："……凭窗一望，镜水平铺，荷花映日，远山含翠，荫木如森，真的古往今来，英雄美人能有几何？而更能香迹遗千古，事业安天下，则英雄美人今虽泥灭躯壳，但苟有足令人回忆的，仍然可以在宇宙中永存。余友绚秋常羡英雄美人！但未知英雄常困草昧，美人罕遇知音，同为天涯憾事！……莫愁俗人，或以为楼阁平淡，荷池无奇，湖光

---

① 庐隐：《石评梅略传》，《魂归陶然亭——石评梅》，人民文学出版社2002年版，第28页。

山色亦不能独擅胜概。但仁者见仁，智者见智；胸有怀抱的人登临，则大可作毕生逗留！湖光花影，血泪染江山半片，琼楼跨阁。又何非昙花空梦！据古证今，则此雪泥鸿爪，草草游踪，安知不为后人所凭吊云。未游秦淮河，未登清凉山；雨花台草厅数间，沙土小石，堆集成丘。带回几粒晶洁美颜的石子……"这可算纯粹的记游，在抒情时空中寄托青春襟怀，清畅纯净，而古典化的意致又仿佛未染世间烟火。自闭的情感世界，使她的抒情感觉愈趋清寂、幽奥、神秘，不及她的那些融合爱恨悲苦主题的伤景感物文字深婉动人。

五 庐隐：幽婉的哀歌

庐隐（1898—1934）原名黄淑仪，又名黄英，福建闽侯人。1918年秋考入北京高等女子师范学校国文系。1921年加入文学研究会。五四运动发生期，她在学潮中心的北京读书，并在五四全盛期开始发表作品。她的文学创作生涯虽然只短短十几年，却著有短篇小说集《海滨故人》（1925年，商务印书馆）、《曼丽》（1928年，古城书社）、《灵海潮汐》（1931年，开明书店）、《玫瑰的刺》（1933年，中华书局）、《庐隐短篇小说选》（1935年，上海女子书店），长篇小说《归雁》（1930年，神州国光社）、《女人的心》（1933年，上海四社出版部）、《象牙戒指》（1934年，商务印书馆）、《火焰》（1936年，北新书局），散文、小说集《东京小品》（1935年，北新书局），书信集《云鸥情书集》（与李唯建合著，1931年，神州国光社）、《庐隐自传》（1934年，上海第一出版社）、《庐隐选集》（徐沉泗、叶忘忧编，1936年，上海万象书屋；1947年，上海中央书店）、《庐隐创作选》（少候编，1936年，上海仿古书店）、《庐隐佳作选》（巴雷、朱绍之编，1946年，上海新象书店），译著《格列佛游记》（1935年，上海中华书局）等多部。

庐隐用深刻的悲哀反映人生，又让苦闷的心思披上风景的花衫。她写景的笔致，是幽冷的，而非热烈的，是伤怀的，而非温情的。

庐隐自幼在山清水秀的乡下沐浴村野的空气和阳光，她把美丽的记忆写进小说："朝霞幻成的画景，成了她灵魂的安慰者。斜阳里唱歌的牧童，是她的良友，她这时精神身体都十分焕发。"（《海滨故人》）婚恋上的悲感，也在小说的写景段落中流露："我们徘徊在雷峰塔下，地上芊芊碧草，间杂着几朵黄花，我们并肩坐在那软绵的草上……黄昏的落照，正射在塔尖，红霞漾射于湖心，轻舟兰桨，又有一双双情侣，在我们面前泛过……山脚上忽涌起一朵黑云，远远的送过雷声，——湖上的天气，晴雨最是无凭，但我们凄恋着，忘记风雨无情的吹淋……"（《雷峰塔下——寄到碧落》）她怀忆北京"东交民巷的皎月馨风，万牲园的幽廊斜晖，中央公园的薄霜淡雾"，沉醉上海"蓼荻绕宅，梧桐当户，荒坟蔓草，白杨晚鸦"的寂静环境，觉得"悲哀才是一种美妙的快感，因为悲哀的纤维，是特别的精细。它无论是触于怎样温柔的玫瑰花朵上，也能明切的感觉到"，神往瑰琦灿烂的世界，"那时美丽的太阳，正射着玫瑰色的玻璃窗上，天边浮动着变幻的浅蓝的飞云"，驱走秋风秋雨下的四境的冷涩（《寄燕北故人》）。这些抒情性的文字，强化她的小说的自叙传和散文化倾向。

　　庐隐倾情山水，那里面有她的爱。"难忘的是蓬莱的秋色，翠微的山峰，森森的松柏，一流涧水环绕我们的茅庐，院中的桂花吐出醉人的芳馨，席地上成堆的书卷，我们痛吟古人的名作，细谈我们的情书，明窗净儿，各自抒写心胸，发为灿烂的文章……你记得西子湖畔的情景，那些快意的散步，酒家的沉醉，轻舟溜过残桥，灵隐的钟声，玉泉的观鱼，九溪的跋涉，十八涧的迂曲……严冬的大雪，纷纷飘下，一切都在冷静中，湖上游人寥落，黛色的山峰被浓雾所遮，但我们破陋的屋内有的是春光。"[①]庐隐回忆道："从日本回来后，我们就寄寓西子湖滨。我们决意不作事，修养半年，写半年文章。——本来这地方最是好写文章的地方，山清水秀，生活又非常松散，被压迫的灵感，在这美丽的环境里，随时随地都有触发的可能。"（《庐隐自传》）山水名胜，给了她艺术的真趣和笔墨的灵气。在心灵感受上，益发映衬现实中的凄苦，也给予文学表现的另类角度。在庐隐这里，个人生活的哀愁时常透过景物绘写来表现，或者说是自身经验的风景化描述。发表于 1923 年 6 月 1 日《晨报副刊·文学旬刊》第 1 号的《最后的命运》，宣泄情绪，是一则典型的内倾式的散文小品："突如其来的怅惘，不知何时潜踪，来到她的心房。她默默无语，她凄凄似悲，那时正是微雨晴后，斜阳正艳，葡萄叶上滚着圆珠，荼蘼花儿含着余泪，凉飕呜咽正苦，好似和她表深刻的同情！"她以为"人们驾着一叶扁舟，来到世上，东边漂泊，西边流荡，没有着落困难是苦，但有了结束，也何尝不感到平庸的无聊呢？"她"回想到独立苍溟的晨光里，东望滔滔江流，觉得此心赤裸裸毫无牵扯。呵！这是如何的壮美呵！"她在情感的醇醪里沉醉，干枯的生命也渐渐复苏，在心上泛起绿意。然而这只是一瞬，最后又不免陷入

---

　　①　李唯建：《忆庐隐》，1935 年 12 月 1 日《文学》第 5 卷第 6 期，《海滨故人庐隐》，人民文学出版社 2001 年版，第 71 页。

哀感，"她凄楚着，沉思着，不觉得把雨后的美景轻轻放过，黄昏的灰色幕，罩住世界的万有，一切都消沉在寂寞里，她不久就被睡魔引入胜境了!"但也聊可宽慰人间的悲苦者。

庐隐的悲哀与苦闷，来自美好的生活理想与沉暗的社会现实的深刻矛盾。《月下的回忆》发表于1922年《小说月报》第13卷第10号，大连的自然景象映示她内心的单纯清明。暮色苍茫，她留恋娇媚的夕阳的影子，市区的电灯如"中宵的繁星般，密密层层满布太空"，仿佛到了清虚上界，引动天真幻想。月亮将出的红润现在两个山峰的中间，"半边灼灼的天，像是着了火"，多情的心"立刻破了深山的寂静，和夜的消沉"，清澈的月下与妩媚的花前，响起吟诵古典诗词的苍凉声音，"这声调随着空气震荡，更轻轻浸进我的心灵深处"，明净的风景反衬充满污浊的大连，无数儿童涌进学校，"憔悴带黄色的面庞，受压迫含抑闷的眼光，一色色都从我面前过去了，印入心幕了"，课堂上的奴化教育，把含毒质的思想渗入历史宣讲，"大连的孩子谁也不晓得有中华民国呵! 他们已经中了玛啡果的毒了!"她哀叹玛啡果的种子，开出沉沦的花。这样的心境下，远远的海水也放出寒栗的光芒，她要寄深愁于流水，付苦闷于清光，竟至恼恨印在白石上的自己尘浊的影子，怜惜受尽苦痛折磨的灵魂。作品反映弥漫于殖民地的普遍情绪，透显受奴役者的情感状态与心理焦虑。《灵魂的伤痕》刊载于1922年8月11日《时事新报·文学旬刊》第46期，同样表现民族抗争的文学主题。在京都市立高等女学校，"我站在月亮光底下，月亮光的澄澈便照见了我的全灵魂"，月亮中的她是透明的。松林里吹来的风，绿草送过来的草花香充溢校园，树荫下一株血般的红的杜鹃花使她陡添兴奋的情绪，饱受民族苦况的有血气的中国人，"一定要为应得的自由而奋起，不至像夜般的消沉!"她要让热血不住地沸，泪泉不竭地流。灵魂的苦痛中，她没有丧失信念的坚守。多情的性格中显示思想的硬度，文字间闪耀精神的亮色。庐隐的有些作品，不取激切的抒情姿态，而是表现着冷静客观的态度，在实际观察中做出现实评判。《扶桑印影》登载于1923年3月《学艺杂志》第4卷第10号，记述1922年春和女高师的同窗赴日本游历"蓬莱仙岛"的见闻与感受，西京、东京、大阪、神户、奈良、横滨、日光、广岛之外，归途又经釜山、汉城、平壤、大连、旅顺诸胜地，万影灿烂，印入心幕。她说日本"无论到那处，都没有感到飞沙扬尘，满目苍凉的况味，就是坐在火车上，也是目不断青山的倩影，耳不绝松涛的幽韵，更有碧绿的麦垄，如荼的杜鹃，点缀田野，快目爽心"，她却说"其实中国江南川北，也何尝没有好风景，何值得我如是沉醉，不过‘蓬莱’另有‘蓬莱’之景，其潇洒风流，纤巧灵秀，不可与中国流丽中含端庄的西子湖同日而语，所以我虽赞许‘蓬莱’之佳，亦不敢抹煞西子之胜，盖燕瘦环肥，各有可以使人沉醉之处呢！”风景之外，日本的教育、风俗、思想界、国民外交的政策，也拉杂叙录，理性的识见构成作品的精神核心。对于爱美景如生命的她，抑止心涛的波动，是一种智慧的选择。

　　庐隐的幽怨与愁苦，源于感情和理智的剧烈冲突。五四运动的反封建狂潮冲击无数青年知识者的心，倡扬个性解放，挣脱旧道德的牢笼是一个时代主题。“如果我们可以说，‘五四’时代是古典主义崩溃，浪漫精神和人权运动的新生，那末庐隐便是一个时代的典型人物。”① 涉世未深的她要以极大的适应力去应对急遽的嬗变，在思想、观念和文化的迁易中，种种身世的变故也同时发生，个性极强的她，性情就向悲观的一面倾斜。“生在二十世纪写实的时代却憧憬于中世纪浪漫时代幻梦的美丽，很少不痛苦的，更很少不失败。庐隐的苦闷，现代有几个人不曾感觉到？ 经验过？”② 如果她的心底没有那样热烈的感情，对于人生的感觉不是那样直接，则会减去许多忧悒，可她偏不是这样。《华严泷下》刊登于 1922 年 9 月 11 日《时事新报·文学旬刊》第 49 号。她在日本的风景中发抒内心孤清的意绪，阐释自己的生命哲学。山水世界使她暂时为一种神秘的静寞支配，沉默中“把心灵交给白云了，交给流水了；我万千的柔情，和沉迷的深恋，也都交给这一刹那的自然了”，而美好的心情只是一瞬，“人事有完的时候，水流没有竭的时候”的体悟与阅世经验相交缠，使人陷入感伤。未见飞烟软雾般的瀑布时，心中充满无限渴望，“我有时坐在葡萄架下看云天飘渺，我便在云端里造无穷的意象，那时白云作了我温柔的褥子，蓝天作了我遮日的屏风，月亮作了我的枕头；我安静睡在那里，永远不会想到失望的苦痛”，而寻到三千尺的飞泷之后，“我平日觉得人生事业的成功，是有无上的光荣，而这时我总觉成功实在是最伤心的事，并且是最有限的事”，“一个人被认识是最不容易的事，也是最不幸的事，我永不希望人们知道我，因为我是流动的，是矛盾的，是有限的；人们认识了我，便是苦了自

---

　　① 刘大杰：《黄庐隐》，1934 年 6 月 5 日《人间世》第 5 期，《海滨故人庐隐》，人民文学出版社 2001 年版，第 98 页。

　　② 苏雪林：《关于庐隐的回忆》，1934 年 8 月 1 日《文学》第 3 卷第 2 号，《海滨故人庐隐》，人民文学出版社 2001 年版，第 13、14 页。

己"。好思虑的心几乎到绝路上去，而美好记忆又把她从心理暗影中唤回：斜阳从一带深碧的树林里放射出光芒，映出疏淡的树影，阵阵微风吹过醉人的玫瑰花香，"在我麻木的心里，又起了变动，我仿佛看见，那飞泷里，所喷出来的水烟，都含着神秘的暗示"，使尘俗的心变得清纯，"而投降了伟大的自然"。身游是形的移动，心游是神的飞翔，作品的价值在于对风景的精神含义的发现。

悲郁的心境使庐隐对于幽凄的景物异常敏感，总能从中发现同心灵的对应。刊载于1926年《小说月报》第17卷第10号的《寄天涯一孤鸿》，弥漫冷寂、苍凉、凄黯的空气。星月皎洁、微风拂煦之夜，美丽庄严的外国坟场"只见坟牌莹洁，石墓纯白；墓旁安琪儿有的低头沉默，似为死者之幽灵祝福；有的仰瞩天容，似伴飘忽的魂魄上游天国"，夜莺唱起悲凉的曲子，"一只孤鸿，停驻于天水交接的云中，四顾苍茫，无枝可栖"的心魂凄感，冷到了骨子里，呜咽的悲风像灵魂深重的叹息。发表于1927年5月24日《蔷薇周刊》第2卷第26期的《月夜孤舟》，在凄美的吟唱中流露渺茫、幻灭的情绪。景山巅上流泻的斜辉散霞和紫罗兰似的云幔染亮晚空，松荫下乘上轻舟，慢摇兰桨，荡向碧玉似的河心，如此清幽的美境却无法消散盘结在心底的忧郁，在凄凉的歌声里"呆望天涯，悄数陨堕的生命之花"，"仿佛万千愁恨，都要向清流洗涤，都要向河底深埋"。她们仿佛看不见波滟上漾闪的美的颜色，潺湲的细水在凉云淡雾、月影波光下流成依稀的梦痕，记忆世界中满是深深的鳞伤，"细听没有灵隐深处的钟磬声，细认也没有雷峰塔痕"。爱情的破灭、理想的渺茫、前程的无望，带来沉重的生命愁叹，一声一声消融于幽蓝的清夜，映示着青年知识者的苍白内心和生存状态。发表在1927年7月26日《蔷薇周刊》第2卷第35期的《愁情一缕付征鸿》，泪水浸湿文字，充溢愁惨的情调、灰冷的色彩、沉郁的心绪。从黎明到黄昏，天色阴森，"沉重的愁云紧压着山尖，不由得我的眉峰蹙起"，这是癖性自闭者耽溺的况味，"我是喜欢暗淡的光线，和模糊的轮廓，我喜欢远树笼烟的画境，我喜欢晨光熹微中的一切，天地间的美，都在这不可捉摸的前途里"，就醉心"翠碧的树影，横映于窗间，涮涮的雨滴声，如古琴的幽韵"的冷爽的雨境。陶然亭的万顷芦田摇荡，鹦鹉冢埋葬着不朽的残痕，离别垂泪的人"隐隐透出啜泣之声，这旷野荒郊充满了幽厉之凄音"，颤动的灵海轻响悲郁的长叹。泪液般的细雨飘落，伴着晚风中的悲嘘，心中却忽然展开一座紫罗兰花装点的憧憬的爱园，含笑向着圣洁的爱神踯躅。感情的悲喜全被无形的力量牵掣，在绕水的芦堤和翠碧的野丛间深深眷怀，心魂依依地萦绕孤墓。深郁的烦纡和抑积的愁情寄向朦胧的景物。刊载于 1929 年 1 月 20 日《华严月刊》第 1 卷第 1 期的《夜的奇迹》，是一首唱在风景里的哀歌。对于现实的逃避情绪，使字句间弥漫一种死寂感和幻灭感："宇宙僵卧在夜的暗影之下，我悄悄的逃到这黑黑的林丛，——群星无言，孤月沉默，只有山隙中的流泉潺潺溅溅的悲鸣，仿佛孤独的夜莺在哀泣。"同样的意绪也弥漫于她的其他抒情小品里。《星夜》(《华严月刊》1929年第 1 卷第 2 期)中"丛林危立如鬼影，星光闪烁如幽萤"的意象，寒星、冷雾、夜莺的眼、幽灵的狞羡、黑暗中的灵光、伤毁者的呻吟与悲哭的暗寓性，幻化为深刻惨凄的心情、血迹狼藉的心和身的黯淡映像。她伤青春花朵凋零，叹如梦繁华永逝，《春的警钟》(《华严月刊》1929 年第 1 卷第 4 期)唱出惜春的恋歌，企盼"花神用她挽回春光的手段，剪裁绫罗，将宇宙装饰得柔绿，胜似天上宫阙，她悄立万花丛中，赞叹这失而复得的青春!"在《秋声》(《华严月刊》1929 年第 1 卷第 6 期)里，她梦想"酣睡于温柔芬芳的花心，周围环绕着旖旎的花魂，和美丽的梦影"，歌唱生命的神秘，在如茵的芳草中陶醉于浪漫青春，也就愈加恼恨青葱的叶片在深秋里枯萎，随风飘零于哀伤的荒冢。但是，她的情绪又是复杂的。"庐隐与五四运动，有'血统'的关系。庐隐，她是被'五四'的怒潮从封建的氛围中掀起来的，觉醒了的一个女性;庐隐，她是'五四'的产儿。"[①]庐隐毕竟接受过五四的新文化、新思潮、新学说，社会理论影响她的"为人生"的文学观念，并且使天性狷介的她，灵魂里更加深了叛逆性，欲以时代的激情改造现存的社会秩序。她因而这样写："山巅古寺危立在白云间，刺心的钟磬，断续的穿过寒林，我如受弹伤的猛虎，奋力的跃起，由山麓窜到山巅，我追寻完整的生命，我追寻自由的灵魂，但是夜的暗影，如厚幔般围裹住，一切都显示着不可挽救的悲哀。吁!我何爱惜这被苦难剥蚀将尽的尸骸，我发狂似的奔回林丛，脱去身上血迹斑斓的征衣，我向群星忏悔。我向悲涛哭诉!""我伫立海滨，注视那岛屿上的美景，忽然从海里涌起一股凶浪，将岛屿全个淹没，一切一切又都沉入在死寂!我依然回到黝黑的林丛……吁!宇宙布满了罗网，任我百般挣扎，努力的追寻，而完整的生命只如昙花一现，最后依然消逝于恶浪，埋葬于尘海之心，自由的灵魂，永远是夜的奇迹!——在色相的人间，只有污秽与残酷，吁!我何爱惜这

---

① 茅盾：《庐隐论》，1934 年 7 月 1 日《文学》第 3 卷第 1 号，《海滨故人庐隐》，人民文学出版社 2001 年版，第 153、154 页。

被苦难剥蚀将尽的尸骸——总有一天，我将焚毁于我自己郁怒的灵焰，抛这不值一钱的脓血之躯，因此而释放我可怜的灵魂！”（《夜的奇迹》）流泉的悲鸣，夜莺的哀泣，伴着她——抒情女主人公，在星辰清幽的亮光下，向着沉暗的苍宇发问。她企愿自由的灵魂飞升于茫茫尘海之上，她希冀“五彩缤纷的花丛中隐约见美丽的仙女在歌舞。她们显示着生命的活跃与神妙”（《夜的奇迹》）。不见静婉的意态、柔腻的笔调、浮艳的光影，却是直抒悲愤而热烈的胸襟。这是年轻的庐隐真实的内心情绪。茅盾这样评价她的创作：“我们现在读庐隐的全部著作，就仿佛再呼吸着‘五四’时期的空气，我们看见一些‘追求人生意义’的热情的然而空想的青年们在书中苦闷地徘徊，我们又看见一些负荷着几千年传统思想束缚的青年们在书中叫着‘自我发展’，可是他们的脆弱的心灵却又动辄多所顾忌。这些青年，是‘五四’时期的‘时代儿’，庐隐，她带着他们从《海滨故人》到《曼丽》，到《玫瑰的刺》，到《女人的心》，首尾有十三四年之久！”茅盾甚至说：“但‘五四’时期的女作家能够注目在革命性的社会题材的，不能不推庐隐是第一人。”①

　　哀感是庐隐散文清丽面貌的艺术元素，尤其当她把笔墨向着自然挥写的一刻。茅盾认为“庐隐未尝以‘小品’文出名。可是在我看来，她的几篇小品文如《月下的回忆》和《雷峰塔下》似乎比她的小说更好。那篇‘散记’式的《玫瑰的刺》也是清丽可爱的……在小品文中，庐隐很天真地把她的‘心’给我们看。比我们在她的小说中看她更觉明白”②。从庐隐的个人经历看，婚恋的挫折、家庭的不睦令她忧伤，这是她作为一个感伤主义与悲观主义者的生活根据。她的短篇小说和散文，记载多舛命途上暗淡的心情。当郭梦良一病而逝，尤其如此。她说：“在这半年中，我所过的生活，所谓极人世之黯淡生活。但是我的心倒比较清闲了，于是又继续写文章。在这时所写的，如《寄天涯一孤鸿》，《秋风秋雨》和《灵海潮汐致梅姊》等短篇，共收集一册名为《灵海潮汐》，约六七万字，在开明出版。”（《庐隐自传》）苏雪林说，庐隐的作品“总是充满了悲哀，苦闷，愤世，嫉邪，视世间事无一当意，世间人无一惬心”（《二三十年代作家与作品》）。庐隐自己也承认这些：“在文章里，我是一个易感多愁脆弱的人，——因为一切的伤痕、和上当的事实，我只有在

---

　　① 茅盾：《庐隐论》，1934 年 7 月 1 日《文学》第 3 卷第 1 号，《海滨故人庐隐》，人民文学出版社 2001 年版，第 154、155 页。

　　② 同上书，第 160 页。

写文章的时候，才想得起来，而也是我写文章唯一的对象，但在实际生活上，我却是一个爽朗旷达的人……在我写文章的时候，也不是故意的无病呻吟，说也奇怪，只要我什么时候想写文章，什么时候我的心便被阴翳渐渐的遮满，深深的沉到悲伤的境地去。只要文章一写完我放下笔，我的灵魂便立刻转变了色彩，我无挂碍的生活。我发出真心的笑来。"（《庐隐自传》）她始终自守着创作的责任、文学的立场和道德的良知。庐隐终究没有拘囿于私人感情生活，尽管这曾是她抒写的重要部分，她在更宽展的视野中完成着自己的创作。她的《著作家应有的修养》一文里有这样的话，作家内质方面的修养应该有二："一应对于人类的生活，有透澈的观察，能找出人间的症结，把浮光下的丑恶，不客气的，忠实的披露出来，使人们感觉到找寻新路的必要。二应把他所想象的未来世界，指示给那些正在歧路上彷徨的人们，引导他们向前去，同时更应以你的热情，去温慰人间悲苦者，鼓励世上的怯懦者。"这是她的创作自白，是一个女性作家在生活的磨折和社会的残虐下发出的真纯心音。

山光水色、花香月影里，深蕴庐隐式的感伤。"黄庐隐的创作的内容，大都是她自己生活（也可以说是一个女性的生活）的叙述，是一个女性自身的抒情的作品，也可以说，就是一个女性在几个时期里的自序传。"[①] 从这一视角来看庐隐留在风景里的散文，或可得到较为恰切的诠解，并能理会她自谓"悲哀的叹美者"的用意。

第四节　履迹上的散墨

五四时期的作家，行走于大地，倾听自然的呼吸，创设新的生命存在形式。社会变动，时局板荡，社会和思想面临王纲解纽的乱局，颠覆了担负思想启蒙使命的新文学家的心理秩序，只有山水是恒定的，常常成为觉醒的知识者的精神避难所。他们记叙社会苦难、抒发内心矛盾，笔端是沉重的，而转向风景，却又是一番清妙美丽，心灵暂且在山水的怀抱里栖息。此外，从社会观念随着运输方式的改变而发生改变这一认识看，现代交通业的发达为文人广远的出行提供了可能，使他们走出家乡，走出国门，实现了空间的位移，更实现了眼界的延扩。正是处于这样的时代背景和思潮交混期，五四作家一面秉承精神深处的传统文化基因，一面接受西方文化观念，在山水背景下书写自己的人生

---

① 阿英：《黄庐隐》，《海滨故人庐隐》，人民文学出版社2001年版，第167页。

经历，运用现代意识诠释交织着现实体验的风景，并在这个过程中尝试进行具有独立精神、自我意识的新型主体人格的建构，形成以主体人格为核心的现代自然观，从而解决"自我"与自然的关系。

现代文学的发生期，在创作和编辑双方面做出显著劳绩的作家里，孙伏园是重要一员。他擅以散记的形式对个人的游历生涯展开现实描述，折映社会的真实图景，成为对历史的一种叙说。孙伏园（1894—1966），原名孙福源，字养泉，笔名伏庐、柏生、桐柏、松年。浙江绍兴人。1918年入北京大学读书，曾参与编辑由北京大学文科和法科学生创办的《新潮》杂志。俞平伯有过一段回忆：《新潮》杂志是1919年1月创办的，"新潮社设在沙滩北大红楼东北角的一个小房间里，与北大图书馆毗邻。参加新潮社的有：法科同学汪敬熙、何思源；文科的傅斯年、罗家伦、杨振声、顾颉刚、江绍原、康白情、李小峰、孙伏园、俞平伯。因年久，我已记不得谁是主编了。我们办刊物曾得到校方的资助。校长蔡元培先生亲自为我们的刊物题写'新潮'两字。英文名 Renaissance 是'文艺复兴'的意思"。1919年参加五四运动，并任《国民公报》副刊编辑。1920年7月任北京《晨报》文艺栏编辑。1921年10月12日，将该栏目增扩为四版单张，定名《晨报副刊》，亲任主编。1924年11月17日，以发表散文为主的周刊《语丝》在北京创办，作为语丝社重要成员的孙伏园曾做刊物的编辑工作，并且和鲁迅、周作人、川岛、江绍原、冯沅君、顾颉刚、钱玄同、林语堂、俞平伯、刘半农等担任撰稿人，在对社会现象的批评上形成"破一点中国的生活和思想界的昏浊停滞的空气"，反抗"一切专断与卑劣"，"提倡自由思想，独立判断和美的生活"，"文字大抵的以简短的感想和批评为主"的"语丝文体"①。1924年12月，应邵飘萍之邀任《京报副刊》主编，被尊为中国副刊之父。1926年在厦门大学任教职，又到广州任《民国日报》副刊编辑。1927年2月到武汉，任《中央日报》副刊总编辑，与编辑英文《中央日报》的林语堂，主编汉口《民国日报》的沈雁冰，主编《血花世界》的蒋光慈、顾仲起，在《中央日报》副刊创办《上游》文艺周刊。1929年3月赴法国巴黎留学，1931年回国，曾任河北定县平民教育促进会平民文学部主任。1940年初到重庆，任《中央日报》副刊主编、《士兵半月刊》社社长、重庆中外出版社社长，以及《时事新报》和《文汇周报》主编。抗

---

① 周作人：《〈语丝〉发刊词》，《知堂序跋》，岳麓书社1987年版，第477页、478页。

战胜利后曾在成都齐鲁大学、华西大学、中西文化研究所、铭贤学院、重庆平教会乡建学院执教，并担任成都《新民报》主编。著有散文集《伏园游记》（李小峰辑录、蔡元培题签，1926 年，北新书局）、《三湖游记》（与曾仲鸣、孙福熙合著，1931 年，开明书店）、《鲁迅先生二三事》（1942 年，重庆作家书屋）等。

　　孙伏园早期记游性质的散文，在平和的心境中实录世相，在实际功用上表现出有效的社会力和积极参与姿态；在文学再现上，又有着明晰、流畅的风格，醇正、纯粹的文味，敦厚、真诚的感情，故而提升了作品的认识价值。《南行杂记》作于 1920 年 9 月。7 月 30 日下午，孙伏园从北京动身，经安徽、江苏、上海、杭州，回到绍兴探望病重的母亲。这部综合往返路上四十多天的观察和感想的长篇散文，所依赖的正是健全的精神与客观的态度。采录林林总总的社会见闻，被他看成一个多元知识与动态信息的感受过程。本不应含有复杂目的性的纯粹旅行，就减少了轻松的心情，也凭此具有记录现实的价值，"但因为保存他的本色，有许多地方索性照着感想时录出，并没有修改，因此文中侧重感情的话或者更多了"。他提供一种平静的影像，采录者自身形象从描述的场景中淡出，基本没有想象，使社会光影与历史镜像呈现不被干扰的原生状态。这种陈述方式完好地保留着生活的纯粹和心理的真实。社会现象引起他对人与人、人与自然相互关系的理性思考，并由此切入主题。他说"人与人的战氛几等于零，而人与自然的战氛却达于最高度的，这是好的；反是，人与自然的战氛几等于零，而人与人的战氛几达于极高度的，便是坏的"，并用"这个根本观念做标准，去观察评判这次经过各地的种种感受"。南行途中，长江大水的遗痕和上海飓风的惨景令人惊心，"稻穗已经成熟了，只待人早晚便可收获，水却把他淹没了半茎；低的地方，连成熟不成熟也看不出了，只露着几片青叶，表示这水下面原来也是稻田"。津浦路旁白茫茫的，"一片无风浪的水面上边映着满天的白云"，水害光景与当年冬季旅行时京汉道上的大雪毫无两样。痛心的是"我们只要看成灾以后，那班人的态度，便可知道他们对于生命的不以为意了"。故乡的报馆使人寒心，"只就社会新闻而论，满篇都是刻板的文字，与刻板的内容。材料中最占大多数的，自然是金钱的争执，与男女的关系，而用一种幸灾乐祸的文笔记载出来"，进而想到"现在中国的报纸，无论如何的能手，看见社会新闻也难免卷锋"；在教育上，"乡人的瞻望将来的眼光，还放在不可捉摸的来世，着实无暇顾及脚跟前活泼的小孩儿"；新文化的影响上，"新思想传播到乡曲，色彩本已不见得浓厚了，再加上多少的误解，结果自然只落得一场短期的空热闹"。故乡给他如此的印象，以致"觉得他对于我也未免太薄待了"，带着浓厚感情的怀念与带着愤怒情绪的憎恶，交织成深刻的心理矛盾，并产生对于故乡的评价。绍兴的实际，折映中国南方乡镇的一般状况。他的笔触伸向小人物。卖鲜菜的妇人担了绿白相间的韭菜与小白菜，"在满水的街道上徒涉"，头上首饰"染着翠点又极其新鲜。土布衣服，土布裤子，深蓝都没有褪色"，在寻常的生活状态中透出一缕清新空气。消解抑郁心情的还有坐在轮船上"看见他也如月走云端一般，乘势在凉风与月色中飞渡"的情景，扬子江畔的韩信将台颇涉遐想，使他在沉闷气氛中透出一口气。普利律寺神龛前簇新的匾额让他发问"为什么杀人不怕血腥气的军官，竟肯到老和尚的死尸面前来称弟子"。在现实批判的尺度之下，由今日世道透视国家的末世景象，把琐细见闻组合成一幅社会风景的鲜活拼图，显露文字喻示的深意。

　　冷峻的眼光适于观照世相，孙伏园也有感官的敏觉与体物的灵犀，大处落墨之外，慧心时常于细微中流露，引发瞬间的启悟：津浦车中的一家三人，生活在猜忌、恐惧、厌憎的空气里，"我从他们眼光里，看出他们的脑子也不绝的在那里工作，我痴痴的想，要是此刻没有机轮转动的声音，我们一定能够听出各人思想转动的声音了"；冬夜，"雪地里散布着灯火，远望去如星星一般，仿佛正在等待东方的发白。每一颗星星都会发出叫声，隐隐约约的又可辨得出来，是：落花生，水果糖，硬面饽饽……"艺术的通感突破历史环境的隔膜感，超越时空限定，激发美妙的联想，酿造丰沛的诗意，形成纤敏的情绪体验与感受沉浸，在写实的文字风格之外别显一种细腻的韵致。

　　《长安道上》是收在《伏园游记》里的一篇散文，以写行走陕西的见闻为主，关乎人文，涉及地域。1924 年 7 月，鲁迅和王桐龄、林砺儒、夏浮筠、陈定谟、陈钟凡等十几位教授"应陕西教育厅及西北联合大学合组的暑期学校的邀请，赴西安讲学，鲁迅讲《中国小说之历史的变迁》。孙伏园以《晨报》记者的身份与鲁迅同行"[1]。此次的离京西去，是一次人文地图上的思想远行，一次心理历练。新闻记者的身份和凝视社会的眼睛，使他的笔端担承责任的重量，也使他的书写选择了另一种角度。孙伏园是周作人在浙江省立第一中学任教时的学生，师生关系甚笃。1924 年 7 月 17 日，周作人写自北京的

---

[1]　商金林：《〈孙伏园散文选集〉序言》，《孙伏园散文选集》，百花文艺出版社 2004 年版，第 7 页。

《苦雨》是专给自己昔年学生的信,开头即说:"伏园兄:北京近日多雨,你在长安道上不知也遇到否,想必能增你旅行的许多佳趣。"又在结尾说:"我本等着看你的秦游记,现在却由我先写给你看,这也可以算是'意表之外'的事罢。"孙伏园在行途中读到这样的文字,以这篇实录沿途见闻与感想的《长安道上》作复:"生平不善为文,而先生却以《秦游记》见勖,乃用偷懒的方法,将沿途见闻及感想,拉杂书之如右,敬请教正。"出都门,行走外省,是现代作家进行社会实践的方式之一,也同文学研究会的艺术宗旨相切合:增进知识,"助成个人及国民文学的进步"①。多录实境实情实状,为社会写真,忠实地履行展示外在世界的职责,孙伏园创造了一种实录体记游风景的模式。在这篇近于田野调查的长文中,他以亲见的社会事实作为书写的根基。黄河流域的豫陕风光胜似江南景色,而渭河两岸陕甘人民的物质与精神生活的状态同风景的不调和,以及对于汉唐文物甲华夏的关中之地的感喟,促成他的议论:"累代的兵乱把陕西人的民族性都弄得沉静和顺了,古迹当然也免不了这同样的灾厄。秦都咸阳,第一次就遭项羽的焚毁。唐都并不是现在的长安,现在的长安城里几乎看不见一点唐人的遗迹。只有一点,长安差不多家家户户,门上都贴诗贴画,式如门对而较短阔,大抵共有四方,上面是四首律诗,或四幅山水等类,是别处没有见过的,或者还是唐人的遗风罢。至于古迹,大抵模糊得很,例如古人陵墓,秦始皇的只是像小山的那么一座,什么痕迹也没有,只凭一句相传的古话;周文武的只是一块毕秋帆题的墓碑,他的根据也无非是一句相传的古话。况且陵墓的价值,全在有系统的发掘与研究。现在只凭传说,不求确知墓中究竟是否秦皇汉武,而姑妄以秦皇汉武崇拜之,即使有认贼作父的嫌疑也不在意。无论在知识上,感情上,这种盲目的崇拜都是无聊的……陵墓而外,古代建筑物,如大小二雁塔,名声虽然甚为好听,但细看他的重修碑记,至早也不过是清之乾嘉,叫人如何引得起古代的印象?……就是函谷关这样的古迹,远望去也已经是新式洋楼气象。"陕西的艺术空气的厚薄也是他所要知道的。从唐人诗画遗风到美术教育、秦腔旧戏的现况,都考察得细。通篇看下来,颇有风俗记的意味。在这其中,对生活现实的具体记录到内在情绪的心理展示,孙伏园是通过印象的描述、旁侧的评骘来实现的,笔墨所至,含孕理知性的意识,不无历史的厚重感。

写于1925年5月的《朝山记琐》,同样运用写实的笔致。"1925年农历四

　　①　周作人:《文学研究会宣言》,《知堂序跋》,岳麓书社1987年版,第475页。

月初八至初十，受北京大学研究所国学门风俗调查会的委派，孙伏园、顾颉刚、容肇祖、容庚、庄尚严一行五人，'去了洋服'、'套上黄布袋'，扮成'香客'，'沿途一概随俗'，'跟着往妙峰山进香的人们'，去观赏妙峰山的香市，对妙峰山的信奉、庙会、幡会以及进香人的情况作详细的考察，这是读书人接近劳动大众，了解他们生活的一次有意识的学术调查活动。"① 在孙伏园看，"妙峰山又是我生平所见第二次北方的好山"。他随进香的老少凑热闹似的游了山。他这种江浙那边过来的知识者，看了敬神的香烛、纸糊的元宝、会众跪拜祈祷的身影，或者唱大鼓演戏，"对于这种呼声，磬声，这种来往的香客，四周的景物，取一种鉴赏或研究的态度"，因为"妙峰山香市是代表北京一带的真的民众宗教"，而"三家店渡河的用具，也可借以想见京西北一带物质生活之古朴低陋了"。观察是他的出发点，终于又回到内心："总之，这些地方的用具几乎无一不是原始的，我所以说这种旅行最容易令人想起祖宗们的艰难困苦了"，他愿"人人都有丰富的物质生活，也都有丰富的知识生活与道德生活"，这是一个知识者充满道义感的呼喊；他还愿"我们依旧保存妙峰山进香的风俗"，表现明确的文化史意识。现代散文家中，对于前代文化抱定尊重的态度，孙伏园无疑是较为突出的一位。他的笔墨体现一种文化自觉，虽则做着新文学的语体文，却可以品读出和旧文学的文言文在气脉上的顺承。

《丽芒湖》是孙伏园在法国勤工俭学期间与人合写的一部四万字的散文。法国三大名湖的秀美风光撩引他们的创作冲动，孙福熙写安纳西湖，曾仲鸣写蒲尔志湖，孙伏园则写丽芒湖。他调整了前期书写北京风物时惯用的随笔式技法，在美的心灵感觉中酿制轻盈、细腻、浪漫、飘逸的文境，在缱绻的温情里营造均衡、严饬、雅丽、精致的结构，雕琢一种艺术理想中的柔软文体。

湖畔时光是安静的，心是沉潜的。山水间产生的文字也沾着宁恬的气息。纯美的物象在流动的意绪中闪映，透显一种刻意的精致。这些都来自精神的清澈与情感的纯净，所以他的文字会漾动温情的美。

孙伏园从巴黎动身，前往法国与瑞士分壤处的丽芒湖游览，动因来自文化传统。在他的认识里，"中国的士大夫阶级了解风景本比西洋人早过多年，对于风景地的点缀，能力也远出西方之上。游览山水，在西洋人是趋时，在中国读书人是本色"，这决定他的观赏眼光与审美情趣必定带有明显的中国气派。

---

① 商金林：《〈孙伏园散文选集〉序言》，《孙伏园散文选集》，百花文艺出版社2004年版，第8、9页。

他打量丽芒湖，如同端详西子湖，一样一样地比较起来，竟至起了一缕故乡之恋。爱维昂的矿泉水，让他想起清醇的龙井茶；放眼卢梭的故乡日内瓦，透过清静、富丽的气象仿佛眺见净慈寺雷峰塔的一角；似在山脚下，又宛在水中央的西蓉古堡，玲珑楼阁好像国立艺术院；异国似曾相识的城景，让他恍若回到钱王祠的处所和钱塘门的傍近；泛湖也能分出"丽芒式"和"西湖式"两种，"丽芒式的人跑到西湖去，垂拱而天下平的事是谁也会干的，我一个西湖式的人跑上丽芒却束手无策了"；晚饭没有咸食可吃，又会心馋西湖碧梧轩的鲞品鸡；"十九世纪初年又经过摆仑的歌咏，所以如此闻名世界"的西蓉古堡，幽暗阴沉的监狱气氛不散，"我们不禁想到了中国。古堡建筑的时代，正当中国南宋，西湖也正出着风头。但那时有谁歌咏丽芒呢，看古堡的遗迹，沙维华公爵所豢养的，武士以外还轮不到诗人。而他们毕竟脱出了中古黑暗的时代，古堡只供后人的赏玩了，中国即使早把西湖歌咏到烂熟，现代文明的曙光始终未见奈何！"政治建设与民主进程的比较，给故国之思添加深切的理知；湖边的垂柳撩动游兴，"我们在柳阴下坐了许久，照着相，谈着天，忆念着中国风景"，访柳的情味透显传自汉唐宋明文人的悠闲意态；湖上周游，水岸的面积感让他联想钱塘门到苏小墓那一段路；活泼的溪流声音，摇曳的奇花异草，使掩在丛树之中一层一层盘向高处的路"如此清幽，如此静穆，几条清幽静穆到令人不敢走了"，在中国游览的经验告诉他们"一直到略见村宅的地方，溪流渐收渐小，只要一棵杨树倒在溪上便可以渡岸了"；他觉得"丽芒湖上色彩的变幻，本较西湖复杂，其中尤以南山的变幻为最动人"，神采的焕发，景物的映带，又是拿故园的印象来做比的；瑞士伯尔尼的大庙，光线幽暗，不为跪地的忏悔，而是"去赏鉴这庙宇的宗教上乃至艺术上的价值"，这种痴想昔年逛妙峰山时也曾有过，思绪快速跳转到中国的故宫博物院，"什么都仍王宫之旧，只去掉了一个皇帝。政治上可以如此，宗教上安有不可以如此的：什么都仍庙宇之旧，只去掉了一个神明"。循国内的旧例，他在瑞士游览许多不设神明的古庙，"真是感着十分的满意"。在浸润现代文明的欧陆，学子们流露的却是古典化的东方情怀。

　　文化上的趋新意识落实到文字上，描摹出优美的意境。法瑞两国邻界处的一条山溪充溢活泼的生命感，"两方都恭恭敬敬的静听着桥下两国共有的潺潺的水声"；山中幽居，可听一夜的水声，"溪水就从他房间的窗外流过"，自然意韵的清赏，显示美的纯粹性；丽芒湖到了日内瓦，流成一条河，"所以日内瓦两岸相望，已有如在苏彝士那般的风味了"，他幻想一个文学巨人饱蘸碧蓝的湖水，"写出能使普天下人讴歌的文字"；寻到丽芒之源，"体味着一种达到目的时的快乐。看上流，这样富厚的来源，往古来今抒写着，我不赞叹，我只体味。看下流，这样汹涌的声势，一霎那间消灭了，我不惊愕，我只体味"，笔意清新，传示着美妙的心灵感觉。

　　风景的联想是一种文化的比较，反映思维理性；而在美景中曼妙的歌咏，则是一种心灵的怡悦，折映创作感性。在情与理的转化、渗透、融合过程中，孙伏园完成了巧妙的艺术调和。他的艺术性情浸润在生命中。知性与感性的双重因子作用于他的精神，又善于灵活运用爽直和清丽的言语表现不同物象与感觉，或锋芒闪烁，或宛转流丽，以展示内心真实作为直接的文学目的。他的创作落点是实现超越物象实体的情感升华与精神飞跃，只有时间和距离才能给他的风景书写提供审美意义上的文化评断。

　　孙福熙是新文学运动的一位主要作家。他的写景作品，以《山野掇拾》（1925 年，开明书店）、《大西洋之滨》（1925 年，北新书局）、《归航》（1926年，开明书店）、《北京乎》（1927 年，开明书店）、《三湖游记》（与曾仲鸣、孙伏园合著，1931 年，开明书店）、《庐山避暑》（1933 年，上海女子书店）等散文集著名。另有中篇小说《春城》（1931 年，开明书店）行世。孙福熙（1898—1962），字春苔，笔名丁一、明斋、寿明斋。浙江绍兴人。1912 年考入浙江省立第五师范学校。1919 年因受新思潮影响，随其兄孙伏园来北京，经鲁迅介绍到北京大学图书馆工作，并选听文史哲各系课程。1920 年 12 月由蔡元培介绍赴法国勤工俭学，考入法国国立美术专科学校学习绘画和雕塑。1925 年回国。1926 年任上海北新书局编辑，主编《北新》半月刊。1928 年任国立西湖艺术学院教授。1929 年 3 月再度赴法，和其兄孙伏园在巴黎大学文学系攻读文学和艺术理论。1931 年 5 月回国，任杭州艺术专科学校教授，编辑《艺术杂志》、《文艺茶话》、《南华文艺》等刊物。1946 年任《侨务通讯》编辑，又在浙江大学、中山大学任教。

　　海外求学生活给予精神的充养，开阔了孙福熙的胸襟，使他挣脱中国文化传统的缚羁。《归航》是一部早期的留学生文学作品。其中，通过描画地中海上日出的壮景（《地中海上的日出》），勾绘红海上云与霞、日与月的光影（《红海上的一幕》），透露出经过西式教育后的年轻知识者的豪迈意气；而对于故国的怀思，又是那样的缠绻。他想起夏日家院中的鸡冠花、美人蕉，浮上绿叶的绯红的荷花，萍藻间摇尾的游鱼，忆念中满是梦（《乡思》）。水样的微愁，依循情绪的节奏有序地晃漾，显示本能的怀乡冲动。《北京乎》里的多篇，荡动深婉的情致。他投怀于深爱的北京，"我曾屡登阿尔卑斯高山，我曾荡漾在浩瀚的印度洋中……然而我不因他们而减少对于北京城的崇高与广大的爱慕"，"在北京大学中我望见学问的门墙，而扩大我的道德者是这庄严宽大的北京城"（《北京乎》），这是一个青年学子唱给故都的唯美的恋歌。对客观存在的清晰描述，满蕴着现实主义的创作因素；对主观经验的深透传达，则初显着现代主义文学的倾向。当他以一个南人的眼光打量北京的月色，独有一番深趣。在他看"最柔和的是新月，在淡绿的天中，嫩黄的一弯，如小桃的新叶……最哀艳的是阴历月梢后半夜初出的缺月"，静寂的四周、凛冽的夜寒，衬映着它的光色。最可留恋的却是圆满、皎洁而且容易看到的今夜月。在南城的先农坛和游艺园的水边，或者在经过忙乱的前门火车站前的一刻，"你将看见东面起来一个大而且圆的月，为平日所没有的"。北城的京兆公园什刹海固然是赏月的所在，"然而最好是在北海。晚上六点钟以前，你走到琼岛的塔上，如海的缥缈而且有绿波的北京，罩在暮霭中，看太阳渐渐的落去……你下山来，过桥，沿北海，在濠濮涧的前面，你会看见，高大的柳枝中间，白塔的旁边，一轮明月照临水上。水边漪澜堂的灯火丛中，游人攒聚着等候花炮的起来"（《今夜月》）。生存状态带给他美妙的心理印象，从这样的文字底下幻化出的，是昔年旧京风情的绘本，更是一种超现实的心灵感受，而散文诗式的抒写，则给内心激情一个自由畅美的感觉化的表达形式，暗示、象征和隐喻的艺术力量，直接增强心灵状态和情绪感觉的真实性。从诗美的角度出发，"因为一切文艺底目的固不是纯粹外界的描写，也不是客观的情感底表现，而是无数的景象和情思交融和提炼出来的一个更高的真实"[1]，"必须要从景物的描写中表现出作者对于其所描写的景物的情绪，或是感应，才是诗。故诗决不仅仅是一幅文字的画，诗是比图画更具有反射性的"[2]。每忆及留学法国时的秋游，孙福熙不免要在古城不高的屋宇中，把感兴写在书信里，寄给友人读："路边的槐树与栗树的叶色正在转黄了，山中静寂，时闻落叶到地的声音。小鸟枝东枝西的唱和，他们恨秋景将残，所以有意加工。听到这种声音，我们知道催人

---

① 梁宗岱：《试论直觉与表现》，《新文学现代主义思想史论》，辽宁人民出版社2006年版，第170页。

② 施蛰存：《〈现代〉杂忆》，《新文学现代主义思想史论》，辽宁人民出版社2006年版，第206页。

努力的老年人们的方法是何等拙劣呢。"（《出游》）他还告诉友人，法国的风景远不及家乡乃至中国的，他要瞻仰奇伟的蜀山，游赏清美的西湖，"当明陵的红叶将默默的落去"，幽思会愈加深切，体现出中国传统式的情景相谐、物我交融的文学境界。

海外游学历练给予孙福熙的人生感觉、心理情绪和内在体验，丰富了作品的意蕴和形式；文化批判意识增加了作品的深刻性。观察现实，他发出痛切的感喟："我们还想在各地设立旅行招待所，改革现在龌龊与凶横的旅馆，某城市范围内与附近有什么古迹风景或工商机关可游，轮船火车轿马之雇佣，均由招待所指导而且负责。最要紧的一句话，我说得小一点，全中国交通便利的时候，一切必呈新的活气象，战争可免，生产可丰，金融可流动，你我的疆界可消失，国民的智识可提高而推广，那时，决不是现在沉死的中国了，这是我可预定的。"（《出游》）辛亥革命推翻清朝帝制，是形式上的颠覆，灵魂和心理层次上的深度打破，尚须持久的努力。这是他在中西对比中获得的结论，也是在风景中获得的思考。作为具有现代感的知识者，他一面说着"野游的快乐在于勤工之后，非游荡者所能懂得的"感性言语，一面对社会现实进行理性思考。作为新文化运动和文学革命中的觉悟者，在叙景中，孙福熙偏于心理状态的情感化描述，而又含有适度的社会评判色彩，显示个人生命活动与精神成长的脉记。

在行为方式上，孙福熙自称"细磨细琢的脾气，还是时常发现出来"（《细磨细琢的春台》），"我虽然刻刻竭力勉励从阔大处落墨，然而爱好细微的性质总像不可改易的了"（《清华园之菊》）。这种细磨细琢的功夫，是天生的气质和禀赋，也是一种勤苦的创作精神，并在文学上产生个人的艺术经验。

其一，充满艺趣的精细绘景。孙福熙的游历是对自然美的连续性的主观接受过程，他巧妙地把散文作为画图工具，运用视觉语言将吸收的风景元素转化为文学映像。绘画式的书写与文字性的绘画，叠加成一种文带画意、画含文味的风致。作于1920年12月至1921年1月的《赴法途中漫画》，记录去法国途上的海行生活及沿途见闻，于1921年1月11日至3月21日陆续在孙伏园主编的《晨报副刊》的《游记》栏目上发表。把行旅的述录题作"漫画"，鲜明地表现以文字做画的态度。海船上所见的风光激荡胸襟，也使心中存憾，"浮海以来，屡以不携书具，不能使这景象留得长久些为恨"，遂以小楷羊毫代画笔写了一幅，足见绘画冲动的强烈。这不是简单的景色摄取，也并非流露单纯的艺术情趣，而是反映外部世界对一个初出国门的青年的视觉刺激和心理震动下产生的新异感觉。他把绘画的艺术本领在文字中完满地表现出来，色彩的深浅、影调的浓淡、光度的强弱、比例的大小、景物的远近，都是他刻意的地方。词语富于色彩感，使作品独具美术眼光。在构图上，"圆直径的五分之三是天，以下是水。水与天的境界，为几乎平直的弧线"。在画面的颜色上，太阳近旁全衬青色，强光的红黄合色渐远渐淡。线条形状的云，受着太阳光的缘故，黄紫而渐灰绿，又因分布的差别，各个显出红黄中含青，红中含绿，或是深青，或是红赭，或是灰色中带了赭紫绿。水波的鳞片留出青的皱纹外，背日光的一面都是青绿，波峰更深蓝，"由峰至谷，都沿下几条深蓝的线。最近的一个波峰上鸡冠状的浪花，与飞跃而起的一大一小的两点水珠，都是白的无色的"。书写风景旨在表现感觉，他用艺术的灵思仔细感受景色的细微变化，综合成总的认识与理解。

　　《归航》中的篇章，以更流利的风格透现风景画家的艺术气质，色彩的浓淡、光度的明暗，显示他的审美选择。海景变幻，"愈近水涯愈是红色。衬在这天上的云是深紫的，愈高愈是粉青而愈淡。岛是紫褐色的，愈近船身者愈绿而愈浓。太阳将起时，近水的云片下各呈红色的线条，重叠刻画，钩出无数层次"（《地中海上的日出》），敏觉的色彩感增加了文学表现性，传达出抒情的力量。

　　孙福熙驾驭如绘的文字，仿佛熟练地调和油彩，眼光扫向景物，总带着构图的意思。太阳的照射下，岩石、矮树、山径和石隙间的苔藓融成一气，"各不失其所有的高下，曲直，远近，精粗，新旧，浅满，清浊，刚柔，肥瘦，冷暖，动静，敏顽与哀乐等等的本色"，美景中响起的游人的步声，音乐般悦耳，"倘若听到这音乐的人是真的美术家，他的纸上当已留着这真的乐谱与歌曲了"（《扣动心弦深处》）。法国的湖山给他的感觉，印象派的画一样美，"苍老的果树层层罗列在嫩绿的牧场上，再远去，是挺直的白杨，从行列而远为点线，色调亦渐带蓝色，消失在淡蓝的空气中"（《安纳西湖》）。他对于颜色特别敏感，图画的生命似乎都在油彩里面浸着，"呵，满幅的红紫，除了薄绿的远天，除了白鸥几点，红紫的水，红紫的山，又是红紫的满天霞彩"（《安纳西湖》）；"天空本是碧蓝的，但渐远渐带铜绿，在此幕前便有无数层次的云彩。近处的灰白带紫，四周多有玫瑰淡边；稍远则银灰与虾青相间，微有珠色；远去，浮现在闹市的炉焰似的光辉上者，如柠檬与橘子混和，是无数细片，轻浮散迸，消失在远山之后，呵湖水，与云块相应和，块青块绿，这里面又捣散了许多紫罗兰的溶汁。风之所至，忽然波皱幽暗，忽然镜光闪耀。而云山投影其中，又成万种情态"（《安纳西湖》）；"这时的夕阳正好，从云后射出辐轴的光线，大小云片如海上渔舟，在此金液炫煌的大海中徜徉。其色彩之丰富匀和，极天然的能事了。紫绿的山岭衬在前景，使这幻梦的天空更显得铤铤溏溏。有如浓色的粉袋，在此山间振拍，无处不现松软蒸腾之感，而随处分其绿褐红紫的层次，这又是天工夺画家的能事了。这样一幕一幕的变换景色，一刻不停的产出瑰丽的情调，非笔墨所能尽致"（《安纳西湖》）。质感强烈的色块对比和光度调和，使影像更加生动鲜明。画家同时放出心底的浓郁色彩与浪漫感情，酿成美丽的诗景。

在画境中渗含审美意识，也是孙福熙绘制景物的独到之处，"走到渔船边，看见渔人捉来的青鱼，天青的背，银白的腹，他们知道与海天相调和用了海天的颜色。山岩的旁边，常见就是这岩石的碎块堆垒成的石屋，芦苇的中间，常见就是这芦苇的枯秆遮盖成的茅屋，这是调和，这是美"（《大西洋之滨》），比起一般的写景，显然多具一番眼光。他比较中法风景的异同，"中国山水总像中国美人，轻柔委婉；而西洋风景则起伏浓郁"（《安纳西湖》），评赏烟霞，臧否泉石，发表的自然也是对于艺术的意见。

生活意趣的寄寓是孙福熙所刻意的，旨在为画境寻找灵魂。北京的春光在花枝上吐露，"春的第一声是梅花报来的，他在铁劲的骨格上化出轻飘的花瓣，活的珊瑚似的放射他的生命。日光柔抚他，春风滋养他，一朵又一朵，一枝又一枝的培植得春光十分的热闹"（《春雪》），沛然的意兴映示内心的明亮。他挥洒笔墨绘写菊花，"'春水绿波'：洁白的花朵浮在翠绿的叶上，这已够妩媚的了，还有细管的花瓣抱蕉黄的花心而射向四周，管的下端放开，其轻柔起伏有如水波的荡漾……'夕阳楼'高丈余，宽阔的瓣，内红而外如晚霞；'快雪时晴'直径有一尺，是这样庞大的一个雪球，闪着银光；'碧窗纱'细软而嫩绿，丝丝如垂帘；'银红龙须'从遒劲的细条中染出红芽的柔嫩"（《清华园之菊》），显示着'做艺'人手段的巧妙。花色缤纷，满眼各种性质不同的美丽，让他尽兴挥写，并且从群花的殊形异貌上品味各具的神韵。

其二，还原现场的翔实录影。仔细观览，用心体物，使孙福熙能够生动地再现外界的种种形貌。《赴法途中漫画》里西贡菜场中的韭、芋、春笋、冬笋、青瓜、白菜、芥菜、茄子、蒲瓜、香菜、蒜头、椰子、萝卜、槟榔和鸡、鸭、鹅、兔，公园里"一二丈高的大铁蕉，掌状叶射出叶脉的棕榈，更有扇状叶灌木的，种类更是繁复"，以及满生老刺的仙人掌，黄干绿纹的竹，"其余开红色甜蜜香气的花，结坚硬木质的果的乔木；长着光滑浓绿而椭圆形的叶，垂着细小茂密而成穗的花的藤"，一一展陈热带植物。"可惜我没有植物知识，更不长记忆，不能将他们的名称和性状写出来；但各种蔷薇和池中开红花结莲蓬的荷花，却是我脑中留着很深的印象的"，经过文学转述，带着异乡风味的旅途气息飘溢纸上，清晰地铺展海外风情的映画。《中央观象台记游》中对赤道经纬仪、纪限仪、地平经纬表、地平经仪、黄道经纬仪、天体仪、象限仪、玑衡拱辰仪等陈列仪器的记录及制造年代的解说，细微而认真。

其三，流贯意韵的幽微写情。风景感受不宜一律以理性的态度对待，人类情感是吸纳景物美的内在因素。《山野掇拾》这组旅行日记，将青春体验融合于异国风景中，荡动情感的微澜。1922年夏秋，孙福熙从里昂来到一个小村庄，描绘乡景，体验乡风，感受乡情。他写有形的景，寄寓无形的情。寻景途中遇雨，他注意云的变化："微风几阵，云雾渐渐的沉下来，而山景渐渐的推远去，终而至于不见，只有云雾占领一切的空间"，继而"包围四周的云雾渐渐的显出破绽，刚才被云雾渐渐的推远的山景，隐约的又在远处了，不久且渐渐的走近来，将所有的云雾一挤而散，红日挂在空中了"，这是印在心中的画境，"我虽没有画一笔，画景却无数的如流的过去，流到不知在那里的大瀛海去了"（《找寻画景》），艺术情绪从风景中直接流淌出来，细腻的内心体验转化为文学书写，具有明显的个人风格。有时看似写景，实是写情，"这时云雾捣成碎片，如流水上的落花与浮萍，落花被流水所爱，牵了手去了，浮萍打着回旋等候流水们送来的知己"，景色显示活泼的动象，也流荡人情的暖意。他眺望如海的天际和浮出云雾的山峰，"一样的景象，一样的相思"的感慨激荡游子情怀，从画境醉入梦境，"忽聚忽散的细花，忽有忽无的微香，在云雾中飘动，我愿永远的醉在这个梦中！"（《野花香醉后》）随感式的笔墨，同样凝含感情的浓度。

异国的浩荡海风，撩引孙福熙的乡愁，"就是这个风，吹动风车磨麦粉；就是这个风，为了未婚情人送密语；就是这个风，奔逐大戈壁的沙石，掩没行旅者与骆驼的队伍，夹着骆驼囊中的水与行旅者囊中的粮食；就是这个风，击撞中国深宫中檐马，荡摇思妇心，滴滴冷泪声与铃相应；就是这个风，飞到喜马拉雅山之顶，大雪阵阵飘，长夜漫漫只有猿猴断续的悲鸣"（《大西洋之滨》），排比句式，使宕动的怀国恋乡的思情更深婉动人。他也乐意引着异国人游逛自己的乡土，"我虽是小草，我虽是小鸟，我还要问问游人对于这乡村的爱好"，南门外的大禹陵，龙山上的越王台，可以介绍出种种历史上的光荣，"在别乡，在别省，多有各时代的中国人的遗迹，……我们的民族在黄河上流发育，繁衍到长江沿岸，珠江沿岸，我虽没有见到他们的伟业，但金石古书上都这样记述"（《大西洋之滨》），深久的历史想象提供论说的激情，使概念性的语词闪现感性的亮色。海外的月色水一样淌入心田，"新月将往大西洋沉下去了。这新月，是母亲看过而来的"，他仿佛望见母亲站在新开的桂花香充塞的庭中，"我不但闻到我们庭院中的桂花香，听到母亲的语音，而且他们的容貌与一切，都清楚的在我的眼前，蛾眉月渐渐的在青淡的龙山上香炉似的望海亭后下去，桂花树，红蓼，与鸡冠花等的形色渐渐的模糊起来"，母亲带着夜的微凉"又于梦中读'西出阳关无故人'之句"的爱感他体贴到了，"而这新月便留着让我独看了"（《大西洋之滨》），语境清婉、幽美、深沉，年轻的心印着思乡的泪痕。黑暗与空虚的交混状态下，他的心是一个风筝，飘荡在朦胧云雾之中。残骨埋入荒草下，灵魂沉进大海中，等待遥远的希望，近似一种折磨，捕捉的是刹那即逝的微妙的心理感觉。异国的秀丽湖景，让他含咀在这湖上产出的无数名诗，"在这湖上体味爱情与人生的甘苦"，更深刻地理解"风景就是最好的书本，你一页一页的看过去，凡各人所需要的，都可在这字句间求得"（《安纳西湖》）这话的人文意蕴。

故园情景每次清晰地浮现，总浸着依依的怀恋。在孙福熙的世界里，家乡就是院中满栽的鸡冠花、老少年、美人蕉，就是乘着凉快浮在绿叶上开放的绯红的荷花，就是在水上几点绿萍的中间摇动尾巴的鱼秧，就是"早晨的太阳斜照水上，又返射到河埠的椽子间，轻松的棉花似的依水的动荡而跳舞"的光景（《乡思》），甜蜜的忆恋会使怅惘的意绪消散。

《归航》里的作品，侧重情感的发抒和韵致的流露。其中，《地中海上的日出》描画灿烂的日出，《红海上的一幕》描画壮美的日落，是《归航》中最富艺术气质的篇章，而情调却像水一样地流动。《地中海上的日出》在夜与昼的更替中寄托情绪，"深蓝的水上覆以深蓝的天，天上满撒星点，水上遍起波澜"，凄切的月色消隐了，"似乎，在黑暗所渗透的一切的包围中等候日出，总不免有一种比清净更甚的感觉，这感觉不只是觉得清净一句话所能尽的"，内心牵缠着孤独与寂寞，是幽情；"人们总以为太阳之来是惊天动地的；其实不然，他初来的时候也只有一线微光的。然而，这一线微光从黑暗中透出，怀着无穷的勇气，显然划出黑暗与光明的界限。这是他的大功绩"，心境的开阔与壮伟，是豪情。内在的种种情感都在伸缩的光芒、掩映的色彩中漾动，仿佛出入云霞的太阳，演绎无穷的精致。《红海上的一幕》中，面对浩瀚的大海，孙福熙呈示豪情壮概：夕暮景象原本蕴涵苍凉意味，可是做完了竟日普照的事业的太阳，"在万物送别他的时候，他还显出十分的壮丽"，落日依旧光耀万丈，激荡心魄，给他饱餐一切色彩的勇壮，畅饮一切光辉的清醒；也流露纤细的感思：暮色笼罩下，"海如青绒的地毯，依微风的韵调而抑扬吟咏。薄霭是紫绢的背景，衬托皎月，愈显丰姿"，他迎着一轮圆润的月亮，仿佛对着一缕清澈的目光。

孙福熙的情感投向北京的怀抱，"北河沿的槐树与柳树丛中我常于晚间去散步，枝条拂我的头顶，而红色的夕阳照在东安门一带的墙上，使我感觉自己的渺小，于是卑劣社会中所养成的傲慢完全消融了，然而精神上增加十分的倔强，我从此仍旧觉得自己的高大了"（《北京乎》），思情缠绵，流露出深挚的文化情缘。他与菊花结了极好的感情，清华园的秋菊让他心花怒放，走进花圃，"我静下心来体察，满室的庄严与和蔼，他们个个在接纳我。在温和而清丽的气流中，众香轻扑过来，更不必说叶片的向我招展与花头的向我顾盼了。于是我证明在归航中所渴望的画中国花鸟不只是梦想了"（《清华园之菊》），爱美、爱自然的情结融入花的光色中。他的情感之水更活泼地奔泻，"一人在远隔人群的花房中，听晚来归去的水鸟单独的在长空中飞鸣，枯去的芦叶惊风而哀怨，花房的茅蓬也丝丝飘动，我自问是否比孤鸟衰草较有些希望，满眼的菊花是我的师范，而且做了陪伴我的好友。他们偏不与众草同尽，挺身抗寒，且留给人间永不磨灭的壮丽的印象"（《清华园之菊》），深情的花的礼赞，寄寓的是一种人格意义。

其四，闪烁哲思的深邃述理。孙福熙的"'人生哲理'既精严、圆密，又通达、调和，恰到好处地交融在事中情中景中"[①]。他以有智慧的文字表现对风景的理解，对自然的尊重。留洋的航程中，望见两岸广漠的黄沙，遂发生联想，"倘有世界自来未有的景象发现，人必不因祖先没有见过而不加注意，反之，惯居沙漠的人，见原野，未必不发生喜悦。况且人有自己在安乐中而喜看他人困苦的心理的"（《赴法途中漫画》），率直的笔锋触及人类的心理属性。1922 年 10 月 1 日至 1923 年 7 月 20 日在《晨报副刊》连载的《山野掇拾》计 72 篇，这组法国乡村旅行记，是习画录，也是思想录。孙福熙的说理衬着画的背景。在物质文明发达的法国，猫山的世外桃源景象，让他思忖城乡生活与人的精神状态的异同，"现在的城市中确是常见争夺的现象，但争夺不是城市

---

① 商金林：《〈孙福熙散文选集〉序言》，《孙福熙散文选集》，百花文艺出版社 2004 年版，第 14 页。

的要素，城市不必借争夺而成立；倘欲与世隔绝，就是在乡间，也是难能的"（《猫山之民》），折映资本主义竞争的社会现实在初涉者心理上的投影。入山游逛，涉险而论人性之美，来自对同行女子行为的观察（《"你在中国也常常这样的游逛高山的吗?"》），发乎慧心的睿智，增加了游历的思想厚度。他能品味出风景的表情，"曲折起伏的山径，夹在岩壁间，从十分静寂中表示严肃"（《扣动心弦深处》），流露着自己独特的情绪体验。

《大西洋之滨》也闪烁理性的光泽。法国小城居民对于古迹的态度，令他钦佩，"不只因为他们能保存古迹，却在于他们能保存古迹而又能建设新事业……新的不害旧，也不因为与旧的并存而不新"，进而反思故国的思维传统，依然秉持思想启蒙时期的文化批判的态度，游荡于思想激进与文化保守的旋涡之中。

《北京乎》里的多篇作品表现鲜明的文化理性。故都之恋的根底在于从四方城中获得思考的力量。静沐月亮的清辉，他沉浸在优美、温雅、安恬、和悦的情境中，也不失有意味的沉思，"月光是不分等次的普照一切恩人与仇人的。怕看他人凶恶的面庞时，最好对镜看看自己的，您会发现原来自己恼怒时的面庞也是这样凶恶的；以人心凶恶为可恨的人，能在月光下照见自己的心的凶恶，看月是洗涤心肠的好方法"（《今月夜》），这番机智的理趣虽然还像是一种吟味，却比单纯的月下抒情别有精神的厚度。紫禁城代表建筑化的中国历史，"四千余年的中国文明自然也可以夸耀的，然而四千余年的重担压得转折不灵，所以，虽然是民主国，还是老少相恨，贫富相恨，男女相恨，不恨的也相互轻视，造成许多阶级，这是因为久年的压制后而且还是毫无训练之故。这样大规模的博物院在中国是首创的，大家可以在那里开始做这种训练，而且看看这许多年来帝国的遗骸，用了这个做参考，从新建立政治文艺的基础"（《故宫博物院》），历史视野下的思维向社会景观扫描。

心细，情幽，理深，在随感化、印象式的片断叙记中透出散漫疏宕的风致，记述详细，说理平和，抒情婉转，笔端充溢阴柔之美，孙福熙在书写中熔铸个人的文学品性。孙伏园在 1934 年 6 月 1 日出版的《艺风月刊》第 2 卷第 6 期刊载《三弟手足》一文，从精神传统的源头论述孙福熙的思想和艺术。一是颂扬伟大的情怀对于创作力的重要影响，"你会在大雷雨中到野外去画风景，你会不为名利所拘牵而牺牲无数的时间与精力去换取一件兴会所注的小事。这种性情表现在你的艺术上，使你少画静物，少画肖像，少画人体，而使你趋向大自然而成为风景画家，看不起繁荣的枝叶与浓艳的花朵而成为傲霜的菊与伴雪的梅的爱好者";二是认同精细的品性在创作上发生的作用,"这种性情表现在你的艺术上,使你少用极大的篇幅,少用猛烈和幽暗的色彩,少用粗野与凶辣的笔触,而使你在画面上表现的只是温和的,娇嫩的,古典的空气";三是强调认真的操行对于创作的要紧,"这种性情表现在你的艺术上,使你少有想象的拼图,新奇的装饰,和空虚的画材,而使你的作品充分表现真实的描写"。精当的评说,明晰了一个具有美术家气质的文学家和一个具有文学家才华的美术家的孙福熙的文化身份,归纳了他的文学与美术创作的基本特色。"不难看出,那时的孙福熙是一位充满了才华和朝气的青年。他的二十年代的散文创作,不仅为后人留下了一些优美的作品,而且还为散文创作提供了很好的经验:一是观察细致,能分辨出色、光、形、态等极其细微的差别;一是体会深刻,能够透过事物的外象发觉其内在的意蕴和情致。"[①] 生活范围的延展,直接增广见闻,深入认识世界的真实与多彩,迅速扩大心理空间,着眼精神意义,更加接近人生的理想高度。

徐蔚南的散文创作,从自我艺术本位出发,个人风格鲜明,尤倾情于风景。他的写景,纸面上满浸江南文士细腻清畅的才调。徐蔚南(1899—1953),江苏吴江人,原名毓麟,笔名半梅。生于儒医之家。1925年经沈雁冰介绍加入文学研究会。曾在浙江大学国文系任教。又在上海世界书局任编辑。著有散文集《龙山梦痕》(与王世颖合著,1926年,上海开明书店)、《春之花》(1929年,上海世界书局)、《水面落花》(上海黎明书局)、《乍浦游简——奇云的信》(1934年,开明书店)、《从上海到重庆》(1944年,重庆独立出版社)。因熟谙法国文学,译有莫泊桑《她的一生》、《法国名家小说选》。另有小说集《奔波》、《都市的男女》、《水面桃花》等行世。

徐蔚南善于着眼寻常,凭附一景一物的形相世界展开精神的遨游。不追境界的阔大而求意兴的深幽,是他的美学趣味,字句间深蕴典型的南人笔致。他从《花间集》里夹着的一朵枯槁的紫藤花生出葱茏的诗意,追忆畅游过的快阁——陆游饮酒赋诗的故居,填充百无聊赖的心。放翁远逝,花是主人。他的笔上全是对于明秀景色的感觉:"田亩间分出红黄绿三色:红的是紫云英,绿的是豌豆叶,黄的是油菜花。一片一片互相间着,美丽得远胜人间锦绣……池

---

① 商金林:《〈孙福熙散文选集〉序言》,《孙福熙散文选集》,百花文艺出版社2004年版,第24页。

中植荷花；如在夏日，红莲白莲，盖满一地，自当另有一番风味……我们一踏进后花园，便有一架紫藤呈在我们眼前。这架紫藤正在开最盛的时候，一球一球重叠盖在架上的，俯垂在架旁的尽是花朵。花心是黄的，花瓣是洁白的，而且看上去似乎很肥厚的。更有无数的野蜂在花朵上下左右嗡嗡地叫着——乱哄哄地飞着。它们是在采蜜吗？它们是在舞蹈吗？它们是在和花朵游戏吗？……我在架下仰望这一堆花，一群蜂，我便想象这无数的白花朵是一群天真无垢的女孩子，伊们赤裸裸地在一块儿拥着，抱着，偎着，卧着，吻着，戏着；那无数的野蜂便是一大群底男孩，他们正在唱歌给伊们听，正在奏乐给伊们听。渠们是结恋了。渠们是在痛快地享乐那阳春。渠们是在创造只有青春只有恋爱的乐土。"（《快阁的紫藤花》）这是一曲在香软的花雨里欣然的唱颂，一曲献给自然的爱歌。内心的茫然、苦恼、焦虑，忧心的时代病象、苦闷的精神症候，不属于这里。年轻的意绪、青春的朝气流溢在描画中。同样是以古越州的风景为描写对象，徐蔚南记香炉峰之游，却叫人物占了前景的位置，风景反成了人物活动的背景。摹景的文字虽寥寥数行，还是一派逍遥与乐观："在香炉峰顶瞭望四周底风景毕竟不差，四周底青山如波涛一般地起伏，山下的红色庙宇在万绿丛中更觉非常鲜艳。纵横的田亩碧绿的一方一方接连着，齐整的比图案画还要好几倍。烦嚣的市声一点也听不到了，只有树叶底低语声，枝头小鸟底歌唱声，村犬底遥吠声：这种种声响多么自然，多么感人！"（《香炉峰上鸟瞰》）清切的风景映射内心的宁静，流露中国文人传统的绝俗孤高的情绪。以上两篇均收在《龙山梦痕》中。龙山是绍兴西北的一处名迹，徐蔚南、王世颖以其为散文集命名，独有寓意。明朝张岱、徐渭在龙山读书求学，王守仁亦记其胜。先人超逸的清襟一直延至现代散文家，地域文化风气对于他们文学观念和审美情趣的影响，直接决定创作过程和文本形态。

徐蔚南人生历程的演进，清晰地烙印在文踪墨迹上面，也使他摆脱了明人小品范式的钤束，将在生命潮涌中激发的情绪在更为深广的社会与自然的背景中畅抒，实现古典传统与现代语境的转接。

陈炜谟擅以小说抒写青年知识者的内心苦闷和忧郁情怀。陈炜谟（1903—1955），四川泸县人。短篇小说集《信号》（1925年，沉钟社）、《炉边》（1927年，北新书局）可作为他的创作成就的代表。1921年入北京大学英语系的就学经历，使他有能力从事外国文学的介绍工作，译有莱蒙托夫《当代英雄》，高尔基《在世界上》、《我的大学时代》等。亦有散文行世。

1922 年与林如稷、陈翔鹤等四川籍文学青年在上海发起成立浅草社，1923 年 3 月 25 日创办《浅草》文学季刊，由泰东图书局发行。创刊号《卷首小语》表明了创作抱负：愿做辛勤劳作的农人，在沙漠和荒土中，致力培植文艺之浅草。"1924 年中发祥于上海的浅草社，其实也是'为艺术而艺术'的作家团体，但他们的季刊，每一期都显示着努力：向外，在摄取异域的营养，向内，在挖掘自己的魂灵，要发见心灵的眼睛和喉舌，来凝视这世界，将真和美歌唱给寂寞的人们"，"但那时觉醒起来的智识青年的心情，是大抵热烈，然而悲凉的。即使寻到一点光明……却是分明的看见了周围的无涯际的黑暗……低唱着饱经忧患的不欲明言的断肠之曲"①。《浅草》停刊后，他和林如稷、陈翔鹤、冯至等浅草社成员来到北京，1925 年秋与杨晦等成立沉钟社，创办《沉钟》周刊、半月刊，仍然坚持浅草时期的风格，以热烈而悲凉的笔触表现对于现实的抗争。《沉钟》半月刊于 1934 年 2 月 28 日出完第 34 期后停刊。这个现代文学史上著名的文学社团被鲁迅赞为"确是中国的最坚韧、最诚实、挣扎得最久的团体"。

陈炜谟在短篇小说中塑造"从未受人爱抚"者，这些社会边缘人"在寂寞中生下来，在寂寞中长大，也要在寂寞中埋葬"，在他们身上，陈炜谟寄予深切的现实关注，而对于作者自己的心灵，又具有生命的内审意味。1926 年 10 月 11 日据旧稿改成的《PROEM——北京市上杂掇》，可视为直抒这种感怀的作品。由浅草社另组沉钟社的活动过程是在北京发生的，加上此前在北京大学的就读经历，陈炜谟认识了自己的文学经验和社会视野之外的世界，这篇散文便是在此种背景下创作的。作品是对浅草、沉钟社从早期创造社那里借取的"为人生"艺术观的一种坚持。以人为归趋的创作思想，决定将主观情感置于文学表现的中心，显示出主情主义的艺术倾向，而个性主题和社会主题的结合，又在自我表现中浸润深度的现实关怀。灰沙的北京市上，他"感到了寂寞直达灵府的中枢"，在深隐于沙滩近处胡同里的公寓，"胡琴的弦音，麻雀牌的震颤这两种常听的乐音"低闷地萦响，窗纸逃走了色彩，"我看着汗珠点点的滴，雪花飘飘的飞；春去了，夏来，秋去了，冬来，足足的一载——终于耐不住这'上午米饭，下午馒头'的寂寞"。在这种心境中，他凝望"阵阵的雪花，斜欹的从空中飞舞；飘泊的鸟儿，也不禁收起它的翅子来"，对于居住

---

① 鲁迅：《〈中国新文学大系·小说二集〉导言》，《中国新文学大系·小说二集》，上海良友图书印刷公司 1935 年版，第 5 页。

在鸟笼一样的小室中的他，这极像是一种自况。他留下这样的话语："我要试验我狭小的胸怀对于外来的苦恼的容量。我要试验我的过敏而又不敏的神经，对于那不可捉摸的美的幻觉。有过多的过去经验的人，许真是幸福的罢；他们打开他们记忆的箱，可以展出一幅一幅过去的图画，供他们的忆赏。我是没有什么可以回忆的人；我亦决不要去回忆。我的生活应该笔直的望着前面，我想。"知识青年心中所怀的理想主义和对生活的热爱渗透在字句间，虽然不免激愤与感伤："啊，我要反抗。我岂能尽这样拘在鸟笼中么？——而且让过去，现在，未来都漠然，甚至不给我一瞥的走过？"宣武门一带高尖的西式的建筑，褪色的古旧的牌楼，街心风驰电掣地跑着的汽车，两旁便道上缓行的笨重的骡车，垢面的本地人，拉车的车夫顽谑的像音乐一般的骂声……让他又掉到现实生活里去了。内心的光焰和外界的沉霾之间的差别，令他思绪错综，情感交集，转化成文学表现，可以见出纵意的落拓与悲情的柔婉互见的风格形式。前者似乎更为强烈。他发出勇毅的心灵呐喊："但我不要这样；生活在我还在刚开头，有许多命运的猛兽正在那边张牙舞爪等着我在。可是这也不用怕。人虽不必去崇拜太阳，但何至于怯懦得连暗夜也要躲避呢？"不确定的年代，艰难自主的命运，让彷徨失意的他在室内燃烧的炉火中领受温暖感，将其看作"一个伴侣，一个灵感"，引领他奔赴憧憬的光明。年轻的陈炜谟，从个人本位出发，表现着炽旺的文学创造力，也实践着从浅草社到沉钟社十年间所坚执的文化思想与创作信念。

潘漠华的散文里满漾着诗味的梦，在对身外世界的描述上表现出强烈的内倾性。潘漠华（1902—1934），浙江宣平人，原名潘训，又名恺尧。1920 年夏考入浙江省立第一师范学校，受五四新文化运动影响，笔涉文学，尝试白话小说、新体诗的创作。1921 年与柔石、汪静之、冯雪峰、魏金枝等发起组织新文学团体晨光社，后在《新浙江报》上创办《晨光》文学周刊。1922 年与应修人、汪静之、冯雪峰等晤谈于杭州西湖，成立湖畔诗社，同年 4 月出版新诗集《湖畔》（与应修人、冯雪峰、汪静之合著），次年 12 月出版第二辑《春的歌集》（与应修人、冯雪峰合著）。他们以纯稚眼光和少年气度表现爱，抒发情，态度大胆、真率、热烈、坦诚，风格清新、明朗、自然、灵秀。湖畔诗人的新型抒情短诗，在高扬诗歌旗帜的五四时代，自有值得肯定的方面。含咀人间之情、品味心灵之爱的潘漠华，也将散文的韵致与自然的清趣和谐相融，唱着风景的情歌。但在另一面，初涉世事带来的心灵之苦，也使他在敏感脆弱的神经之弦上弹响对社会和时代的幽愤之音，他的稳练、缜密的诗风也是在这个过程中形成的。"但真正专心致志做情诗的，是'湖畔'的四个年轻人。他们那时候差不多可以说生活在诗里。潘漠华氏最是凄苦，不胜掩抑之致。"① 随着生命的成长，面对命运的波折、社会的病状，又熟蕴着质直的批判姿态，并且由格局狭小的个人情爱之吟转为境界阔大的社会政治情怀之咏。他于1924年8月入北京大学就读。1927年初赴武汉参加北伐革命军。30年代初在北平加入左联。另有短篇小说集《雨点集》（1930年，上海亚东图书馆）、译著《沙宁》（1930年，光华书局）代表其文学成就。

　　发表于1924年7月27日《晨报副镌》上的《心野杂记》，是一篇离沪北上航途中的短记。面临人生转折，移动的不仅是空间，变换的不仅是景色，更是对旧有生存秩序的突围。独抒式的语境，激荡的是高傲而又伤感的情绪。海行的幻景映入他的心理现实，甲板上的他，站在人生的节点上，以诗人的心体味命运的波折，"暗淡的光景中，正合我的居留，热情的阳光，照拂到我底身上时，我飘零的心将颤抖而饮泣的"，逶迤于云水之间的成山头，也让他顿生出世之想。厌倦了杭州的他，面对庄严的北京城，眼前开启了一扇新生活的窗，诗情又回到他的心中，折映强烈的主观精神与心灵感受："进正阳门，看到路旁红墙脚残缺的古碑，那枝头开着红花的绿叶树，我就感到喜悦。看见处处庙宇，檐角高敞地掀起，青苔生上檐背，我就钦仰。古色古香，既扑人眉宇，威严伟大也有了。我们感到自己的渺小时，宇宙太浩荡了；或被旧梦抓住不放，哭泣尚不能自已时，我可想到我可是在北方了，或可仿佛感到有所依归了，或者我可端坐而微笑吧……"波动的情之流，随着心理的内在情绪的节奏潆洄。这番抒情性言说，可说是潘漠华青春时期一次心灵仪式上的自白，一次自我精神的宣示。虽则生活在潘漠华的私人理解中还停留在浅层，但是毕竟他在客观景物中看见自己的心理现实，并将诗意的情绪状态渗入风景。"必须要从景物的描写中表现出作者对于其所描写的景物的情绪，或是感应，才是诗。故诗决不仅仅是一幅文字的画，诗是比图画更具有反射性的。"② 正是因为浓情的贯注，使在生活中寻索的潘漠华摆脱现实存在，抵临一个超现实的精

---

① 朱自清：《〈中国新文学大系·诗集〉导言》，《中国新文学大系·诗集》，上海良友图书印刷公司1935年版，第4页。

② 吴霆锐：《答吴霆锐问》，《新文学现代主义思想史论》，辽宁人民出版社2006年版，第206页。

神领地，在现代情绪的幻境中自足。感受他的文字，会领略到一种病弱的气质。"我记得波特莱尔曾说：'生活的地方，仿佛是病人的床。'我希望我这个'病人'，换了这次床后，能找到新的'病趣'——'雨中雾中的你们！'祝我有新的'病趣'吧！"全篇这样收尾，留下呻吟般的余音。"'五四'作家和他们精心刻画的人物一样，在思想观念上无疑是世俗社会的叛徒，可是他们的人格结构却决定了他们在行动上并不具备相应的反抗力度。"[①] 而在文学表现上，潘漠华却彰显风格的鲜明性，昭示在理想与现实相交的边缘区，灵魂挣扎的痛苦。他在散文里坚持诗质的品性，把对景物的感觉转化为视象，运用文字的组合、段落的排列，构成作品的存在形式，并通过这种精神性的结构现实和形式关系，实现具有审美感受的情感形式。这得益于天赋的主观自我对客观现实的文学感受力。

　　1925 年，湖畔诗人在上海创办了一种小型文艺月刊《支那二月》，共出版 4 期。潘漠华的散文《白鸥的哀声》发表于同年雨水节《支那二月》第 1 期，敷设灰冷色彩的文字，表现一个彷徨于苍茫世路上的青年孤凄幽暗的心境。寂静的北京之夜，枯守的房间里"炉火也早已歇了，寒气由外面渐渐浸进来。如潮有汛似的悲哀，又在这人静夜深的时候，从四方扫来，像南方初秋朝上的大雾一样，幕住我的心野"，"本有些虚无悲感的，此时更抑遏不住地，想起人生的无意义，人生的虚幻来"，静听白鸥牵长的哀声从远空绵绵地飘落，"我渐渐想到人间的哀声了！"他悟到哀声的意义，"负着悲哀的重负的人，带着生活的伤痕的人"，听着白鸥在冬日寒空里凄凉的哀嘶，"仿佛在追寻一种再不可得的幻影似的，却更是使人茫然了，直使人想向那哀声追去！直使人回忆里人生原上可伤心的事迹都重温起来！"他只盼"能有时使我心平无波地听听空中的风声，理悟理悟这宇宙呼语的玄虚的意义"，以免自己的生命在哀嘶里"一节一节地短了"，"段段地逝了"，"永远地逝灭了"；幻感中浮闪梦的影，"仿佛美丽而光彩的鸿已向溟蒙飞去"，忧伤的灵魂"在一种凄悲绝望的境地里，不歇地挣扎着，断续地喘吁着，竭力想要重创造我自己，让使我有意义的走尽这无意义的人生之原。我知道这种努力是虚无的，人生只是虚无地向虚无里辗转地前进！"吐露的个人幽怀，充满伤怨，隐曲地勾勒出真实的内心图景。

　　《在我们这巷里》刊载于 1925 年 4 月《支那二月》第 3 期。这篇居京琐记，以一个南方学子的心，体贴故都的人情世态，让文字担承起精神的重量。

---

①　倪婷婷：《五四作家的文化心理》，南京大学出版社 2005 年版，第 30 页。

他清晰而细微地描写景物环境和本我的精神活动，表现主观内在心理与客观外在世界的依存关系，直接反映心灵状态和情绪感觉的真实性。此篇由北京的居所引出，描画陷入精神困境的知识者收敛奋进的锋芒，退回内心深处的心理状态。"生命的灰茫的感觉"让他有些无聊。沉郁的灵魂、风寒阴霾的天，寄寓在这冷寂幽静的一条巷里，心也是落寞的，愈加感到时序的迁流、人生的无常。在颠弄的命运前，他无奈地愁叹："由春搬到夏，由夏搬到秋，一直搬到忧伤的深处去吧！一直搬到坟墓里去！"他感到无边的幻灭，"——我生命在灰茫的风色下渐渐消歇下去了"，现实处境中灵魂的苦闷，梦魇一般"像蛇似地缠绕着我"。作为心灵活动背衬的，是自晨至夜半的小贩的呼卖声，因其"不论何时何地，每呼声里都有悲哀的涵义"而具有极强的象征性；是熹微的晨光下响起的沉厚朴重的车声。他和左邻右舍一样，"辗转在这崎岖的人生路上"。底层阶级日常的一切，浸透生活的滋味。卖雅梨的，卖肉的，卖花生糖果的，弹三弦老人指间颤出的调音，这些经过辛苦生活的人的影子，"暗淡，涩苦，凄楚"，在寂寞而又空茫的人生的网中徘徊。灰茫的风色暗喻灰茫的人生。"'五四'悲观主义的人生态度常常通过厌世的情绪表露出来，这种厌世不只是反映在个体对现世存在的绝望行为里，更反映在作家对个体生存环境的不满和否定中。"[①]潘漠华还只停留于单纯的苦情的宣抒，笔端较少具有哲学蕴涵的理性思辨的色彩，从而减弱了对于社会现实的证明意义并缺乏对于自我人生价值的显示。虽然根底上不免恨世的意味，而在人格理念上，潘漠华却始终以五四高潮期所倡导的积极进取的新人生观为精神核心。命运无奈的消极意识依然服从于积极乐观的时代精神的主潮。现世的磨砺使这种主体精神更显悲壮，对于人生前景的憧憬也更切实。他深切地觉得"巷里的风色，虽有时觉得冷寂，但我也常常做梦的。蓬蓬地飞起来，火焰似地腾上去，有时我的梦有至于将我燃烧着的时候"。他的思绪在深巷的里外飘动，忽而枯寂，忽而昂奋，幽沉的灵魂带着无限的忧悒低回于生与死的界缘。他从自我感知出发，调动听觉、视觉、触觉和想象认知世界。对战乱频仍的时局，对飞闪斑斓血光的惨苦现实，对屠场上"暴风、血雨、尸体、破的头颅、死者的眼珠"堆积成的可诅咒的世界，他内心的愤慨如火。他专意感觉的传示、内心状态的描摹，以生活的真实场景传达内心的真实体验。

潘漠华善于在寻常风景和平淡生活中发现诗意，用以充实心灵空间，使笔

---

① 倪婷婷：《五四作家的文化心理》，南京大学出版社 2005 年版，第 57 页。

端充溢哀与恨交汇的基调。他走出一己单纯的经验世界，把自我人生连向社会人生，进而呈露现代人生意识。以五四觉醒者独立的个人意志统摄客观现象，将青春的热情化为挣扎的呼喊，是潘漠华的风景散文。

钟敬文唱着风景的恋歌走过漫长的文学生涯，他的风景散文成为 20 世纪20 年代中国现代散文史上重要的文学资源。钟敬文（1903—2002），广东海丰人。1922 年毕业于陆安师范学校。1927 年到中山大学任教，与顾颉刚等组织民俗学会，编辑《民间文艺》、《民俗》周刊及民俗丛书。1928 年到浙江大学任教，编辑《民间月刊》、《民俗学集镌》等。1934 年到日本早稻田大学研究院研究民间文艺和民俗，1936 年回国。1949 年 5 月起至逝世，执教于北京师范大学，从事民间文学、民俗学研究和教学工作。20 世纪 40 年代提出民间文艺学的理论，创建民俗学结构体系，是我国民俗学和民间文艺学的创始者和奠基人之一。著有散文集《荔枝小品》（1927 年，北新书局）、《西湖漫拾》（1929 年，北新书局）、《柳花集》（1929 年，上海群众图书公司）、《湖上散记》（1930 年，上海明日书店），诗集《海滨的二月》（1929 年，北新书局）、《未来的春》（1940 年，上海言行社）等。

钟敬文对于风景的偏爱和抒写的冲动，带有原生与本真的色彩。他曾经回忆说：“大概，我略懂人事时，就朦胧地怀有出外游历的愿望。”（《〈履迹心痕〉自序》）五四运动之前，他到祖上居住地避乱，“村前是平原，村后排列着高低不平的山岭，当然是树木丛生的……因此，这时不免产生一种新鲜的感觉，涌起一种特异的心情……自然要产生吟咏的要求”（《〈履迹心痕〉自序》）。他的模山范水，还来于社会环境和文化教育的影响。他对风景的体认，伴随日常的职业生活，是从知识青年敏感脆弱的神经之弦上弹响的幽音怨调，而这对于自然景物，更能带来特别的意味。风景散文尤能融合人与自然的文体特征，恰好让他寻找到宜于表现情感特质的方式。在人生的逆境中，情绪低迷，却更能潜入景物的深层，传达物象的生动图景，创造出纯美的艺术境界，即有意味的情感形式，真实地复现人对于生活的感受。这也就是他所祈望的艺术目的。“从文学作品的创作过程的视角来看，作家把自己对外部世界的直觉认知化做自己内在的体验，这种‘内在的体验力’又通过创作过程转化为文学作品的感觉形式或情调氛围，从而引发读者的一种直观感受，一种情感的波澜。”① 进入创作过

---

① 赵凌河：《新文学现代主义思想史论》，辽宁人民出版社 2006 年版，第 219 页。

程，钟敬文的心始终深浸在情绪里和审美生活中。他抒写心中之景，是将内在情绪客观化的转迁过程，是将个人体验通过传播变为受众体验的转迁过程，是将客体映像通过文学想象变为艺术化的形象状态的转迁过程，从而熔铸感情存在、心理存在和精神存在的艺术复合体。

钟敬文早期的写景作品，是借着他的生活记忆中具体的感官印象，透示生命成长的精神历程。"如果一个作家在选材的时候，能够选取那些'在我们的情感生活里最可以产生强烈回声的元素'，即选取那些'直观内容和感觉印象'，就可以给读者构成'一种活泼的表象'，让读者看见'一种直观的形象'，从而使读者更深刻地感受到'那充满在形象中的生命'。"[1] 以情感为魂魄的艺术形象，已非原始的自然物，而是成为作家心灵的象征，富含他的精神品质。自然的色彩固然作用于读者的直观印象，更能折射作家灵魂上的情感光影。

钟敬文的意识里充满这样的创作自觉："'雨天本是愁天'，云心这话，谁都要承认的。尤其是在夜里——春风淡荡的夜里，秋意萧条的夜里——觉得更不好消受。若你是远游的孤客，或善感的词人，那么你是不能免的，云拥的沉郁与悲凉，重压在你的心胸之上。"（《谈雨》）清美的风月也是灵魂的家园："每当晚照初沉，余霞还缭绕天际之顷，轻衣木屐，徘徊其间，胸间所蕴积的扰攘，不觉地随着残余的微光而俱退，刹那间，惟空灵占据了我的心。若眉月已有薄辉，或皎月正当团圆，这类的夜晚，一人微行其下，阴影匝地，凉风在树梢衣角掠过，神爽意清，悠然遥想。松树始终以幽默的容态相对，我不免因之感到自己日常的蠢动为可怜了。"（《羊城风景片题记》）

他心中的风景深寄着思情："总之，北园的夕照，东郊的月明，暮春时满城的红棉，以及轻装健步，神色飞跃的青年男女，……这一切都牢牢的印入我的心坎深处，将长遗作别后相思的资料。"（《海行日述》）"我是喜欢自个儿在幽冷的地方徘徊和思索的人。当我没有功课的时候，我往往一个人在那公园前近的山上和海滨踯躅着。那里正面对的海是一个港湾，港湾的那边是一带连绵青碧的峰峦；海湾中的水，大概是平静的时候多。常常在白色的太阳或月亮的银光底下，闪烁着如一面明镜。我对着她有时感觉到空虚，有时感觉到伟大，有时撩动了如游丝似的乡思，有时搅起了莫名的哀愁……啊，海，现在和我隔得远远的南天的海，让我系念着你，也让我在此玩赏你灵魂化身的湖

---

[1]　赵凌河：《新文学现代主义思想史论》，辽宁人民出版社 2006 年版，第 220 页。

荡！"（《海滨》）"从车窗望出去，清朗的月光下，桑麻、松柏、池沼、平原、村落、远山，……都梦一样的浸没在肃静里。我不禁悠然的浮动了乡思。凝盼移时，心更有些怅惘无所依。加以西风峭寒，车身不息的摆动，我颓然不胜睡意的侵袭了。"（《钱塘江的夜潮》）真实的情绪显示出景物的饱满度，凸现着精神游动的痕迹。

美景给予他心灵的宽慰和情绪的舒解："山寺中清宵的风趣，我如何舍得不来尝味一下呢？——并非敢作长此隐居或禅栖之梦，我想我辈这样纷扰尘秽的生涯，中间有着这么极短促的幽味的一小段，也许不是全无用处的吧。"（《重阳节游灵隐》）至于幽秀的西湖，"湖中的水那样温柔，又那样澄碧。环湖的山峰，则娟媚如天寒倚翠竹的美人，没有一点粗鲁恶俗的姿态。最可爱的尤其是湖滨路和两堤的杨柳，碧条翠缕，鬖鬖下垂，倒影池中如名家淡墨画稿，看了令人神移。若逢良夜，朗月当空，银光轻舒水上，像冰绡薄笼，幽逸的情态，不给她陶醉了的人是很少的……她朴素、宁静、柔婉，可以调和着我暂时汹腾、决裂的心"（《从西湖谈到珠江南岸》）。景物前的驰思兴感，是以一个青年知识者的话语身份做出精神成长的艺术传达。"车过西泠桥以后，暂暂驶行于两边山岭林木连接着的野道中。所有的山上，都堆积着很厚的雪块，虽然不能如瓦屋上那样铺填得均匀普遍，那一片片清白的光彩，却尽够使我感到宇宙的清寒、壮旷与纯洁了。"（《西湖的雪景》）"在亭上凭栏眺望，可以见到明波晃漾的太湖，和左右兀立的山岭。我至此，紧张烦扰的心益发豁然开朗了。口里非意识地念着昔年读过的'放鹤亭中一杯酒，楚山蟹蟹水粼粼'的诗句，与其说是清醒了悟，还不如说是沉醉忘形更来得恰当些吧。"（《太湖游记》）江南风景给钟敬文的感受，影响着他的生活、感情和观念。

钟敬文对于风景的感受细腻入微。"西风吹来，败叶萧瑟作响；水藻也带寒意，一种衰颓的情调，在水上重重地笼盖着，想水底的鱼虾们，也应该感到而愁思了……对着这悲凉的景况，口角低唱着'香来月白风清里，花放丛祠水驿前'的句子，该使人怎样地发生着多么重的今昔之感呢！"（《残荷》）"时候是隆冬了，地方虽说是在优秀的江南，但却已颇带着江北的风调。此际山野中的草色，是一例地赤褐着；树木大半也枯秃了；只有些常绿树，还在忍寒死保守着他的叶子，可是形象上已显然地表露着一种畏缩与愁惨……我们凭窗俯瞰玄武湖。波光片片，洲渚杂出。稍远，见诸山围列，苍碧晴岚，扑赴心眼。一种高寒旷朗的感觉，令人一切的意绪飘销。我们留恋不舍的情思，几欲与天末的寒云同其凝谧了。"（《金陵记游》）精细幽微的体贴，使他领受一种谐和深湛的韵味，从眼前风物上面，依稀看见古色斑斓的历史的色彩。

　　"描摹生动的风物，抒写诡幻的情思"，钟敬文的生命感和创造力被自然激活了。浓艳的色彩使文字熠熠生辉。他说："大自然的宫庭中，怎样美丽的装饰着啊！鲜绿了柳丝，澄碧了湖水，柔蓝了山峰，这就算尽了主宰者设色之工吗？不，不，还有那缀雪的李花，铺金的菜花，整园地连畦地灿烂着。这芳菲、这绮丽、这饱满的生意，不但天真的年轻朋友，除了高声的欢呼与鼓掌以外，再也没有话可说，就是我又怎能为它找到适当的赞美之词呢？"(《重游苏州》)眼底的山川、酣畅的风情，由他这般吟味，不觉情移意远。快意的文调、朗畅的情致、高旷的襟抱，和折映忧悒的心灵之苦的一派气调迥不相同。游情所向，当风痴想，他自叹"在暮秋枫叶醉红，或隆冬柏涛澎湃的时候，与会心悠远的友侣徘徊此间，风情的酣美，更将使我无能用笨拙的言词记述出其十一啊"(《重游苏州》)。他倾心游景，是想在山光水影、花香草色之间寻求灵魂的慰藉，摆脱精神的困境。这些情韵幽逸的文字，充盈山水的灵性，他暂避于此，似无挂碍，却怎能消得种种牵记呢？探触深底的一层，受着新文化运动影响的他，心间仍燃烧着社会理想的火焰。他从个人坎坷的命运和生活的磨难来认识世界，山水的明秀和社会的污浊，自然生态的美好与社会生态的丑劣，正映示个人遭际与现实环境的差异。精神距离的无法解释性，前景的不确定性，以及受约的种种，皆转化成内心的幽怨，却成就他的清婉哀艳的散文风格，尤其表现在写景上面。

　　钟敬文对于山水的文学转述，带有原初经验的色彩和生命直观的品性。鲜明的绘画感和浓郁的抒情性成为其风景散文的艺术现实。风景构成记叙的主体，而他的神思已经突破题材的边界，在更为广阔的时空翱翔。

　　叶灵凤以散文见才学，他的文学贡献多在这上面。他的杂谈札记，喜说风景、花鸟、小食，尤爱品书，蕴蓄深致，多风流自赏之气。文字属善感易愁而清新本色的一路。叶灵凤(1904—1975)，江苏南京人。原名叶韫璞，笔名霜崖。1924年进上海美术专科学校读书。1925年加入创造社，参与编辑《洪水》半月刊。1926年10月与潘汉年合编《幻洲》半月刊。1927年从事《创作月刊》和上海泰东图书局的装帧工作。1928年1月与潘汉年合编由现代书局出版的《现代小说》月刊。1928年5月主编由光华书局出版的《戈壁》半月刊。1930年加入左联。1934年与穆时英合编《文艺画报》。1935年入邵洵美主持的时代图书公司做编辑。1937年八一三事变爆发，编辑《救亡日报》

（上海文化界救亡协会主办）。1937 年 11 月 21 日上海沦陷，随报社南迁广州。1938 年抵香港，先后编辑过《星岛日报》副刊《星座》、《立报》副刊《言林》、《国民日报》副刊与《万人周刊》等。著有短篇小说集《菊子夫人》（1927 年，上海光华书局）、《女娲氏之遗孽》（1927 年，上海光华书局）、《鸠绿媚》（1928 年，上海光华书局）、《处女的梦》（1929 年，上海现代书局）、《灵凤小说集》（1931 年，上海现代书局）、《紫丁香》（1934 年，上海现代书局），中篇小说《红的天使》（1930 年，上海现代书局），长篇小说《穷愁的自传》（1931 年，上海光华书局）、《我的生活》（1931 年，上海光华书局）、《时代姑娘》（1933 年，上海四社出版部）、《未完成的忏悔录》（1936 年，上海今代书店），散文集《白叶杂记》（1927 年，上海光华书局）、《天竹》（1928 年，上海现代书局）、《灵凤小品集》（1933 年，上海现代书局）、《读书随笔》（1946 年，上海复兴杂志公司）、《文艺随笔》（1963 年，香港南苑书屋）、《晚晴杂记》（1970 年，香港上海书局），译著《新俄罗斯小说集》（1928 年，上海光华书局）、《白利与露西》（1928 年，上海现代书局）、《蒙地加罗》（1928 年，上海光华书局）、《九月的玫瑰》（1931 年，上海现代书局）等。

　　叶灵凤开始新文学创作，自称是受了冰心《繁星》"那种婉约的文体和轻淡的哀愁气氛"的影响（《读少作》），倾心在空幻的迷思、黯淡的心境、狭窄的视阈中流露心理情绪，而柔滑静婉的笔致使艺术表现显示细腻和精致，倒不像一个"任是听过了多少遍春暮乌啼，经过了多少次劲疾的西风都木然无感"的人，"我正是被倚间期待着早日归来的游子，我真有一种极渴烈依恋家庭生活的心"，他孤寂地在荒酷的人生沙漠中做还乡的沉梦，"正不必再听鹃声暮笛，也禁不住潸然要动归思了"（《乡愁》）。一阵有凉意的秋风叫他"霎时间心中便会有一种溶溶欲断的柔感。四周的情调立时都变了，水银一般的只是在心中到处都扰动"，牵情的旧事"像睡莲在月下悠悠地从水里舒开了一般，又浮到了我的心头"，不禁"蒙上双眸，率性去沉浸在这种可味的情怀中"，安慰身世之苦和漂泊之感的，是随窗外缓缓吹动的风而飘来的"无数满溢着流霞的明盏"，是迷蒙中明闪的"一双晶莹的眼睛，从被一只丰润的手掌支撑着的温静的脸上抬起，在拂下的疏散的短发中向我深深地望了一下。眼中充满了甜蜜的笑意，似是谢我对于她的未曾遗忘"，于是他拥有一个"耐人追忆的寂静的秋夜"（《秋怀》）。恍惚中的希望"已化成了一缕轻烟，飘飘地向上飞去。淡青的烟痕，在空中袅袅地消散，将归到寂灭"（《金镜》），凄凉的回味里，感叹年华似水，只好从西风落叶的秋宵体味人生的冷意（《小楼》，1926年9月作）。清寂的街头，从眼前的一片黄叶悟到了秋意，"不觉便有些零落之感"，"觉得身上似乎已有些瑟瑟的意味；街上的清凉，也给了我一个萧条的感象"，遂慨叹"秋竟潜到了人间"（《秋意》）。从雾的风景中，看出"雾的趣味与月光一样，是在使清晰的化成模糊，使人有玩味的余地，不觉一览无余。然而月光与雾比起来，月是清幽，雾是沉滞，月光使人潇洒，雾却使人烦恼；不过至终，月光只宜于高人雅士，雾却带有世纪末的趣味"，就连镇江、庐山的生活印象也飘飞着雾影，"这种雾景，常常会在我脑中浮起，然而逝水年华，一去不再，我只好在梦中追寻它的痕迹了！"（《雾》）生性的善感，使他由一束天竹子散落的血红颗粒"仿佛又看见了昨夜你眼中滴下的泪珠"，"心上便止不住涌出了许多无名的哀愁"，脑海里浮闪着悲抑的面孔、紧闭的嘴唇、润湿的眼睛（《天竹》）。欢乐的心情在梦中幻化为粉霞的光晕，"轻风过处，凋残了的玫瑰又都怒放起来，夜莺不敢再怨唱，已落下的树叶，匆匆又都归上自己的原枝……满房的玫瑰都因我的笑声而显得格外的红艳"，灵扉开启，闪现一幅美丽的画，"在海波微扬的堤岸上，在自然的寂静与拥抱中，在苍茫落日的烟霭下，在薄暮的归途，在昏黄的村市的灯影里"，静候纯洁的笑声传来，"在春的脸上，我发现了那永远忘不去的笑痕"（《笑——为纪念与U. K. 的认识而作》）。雨丝似的愁绪、飘云似的感思、流光似的心象，不寄寓深刻的社会意义，却折射怀有新思想、新感觉的青年知识者的内心真实，在幽闭的个人空间里寻找精神慰藉与情感满足。他偏爱选取乡愁、秋怀、清夜、月光、云雾等最易触惹人类共同情感的心绪与物象加以抒写，让澄澈的心泉流淌于纸上，浮闪起内心的幻象。这些早期抒情小品，让无形意绪凭附有形景观，让流动思致依托凝固物象，在文学情境的精心创设中实现美的艺术表达。

　　风景散文在叶灵凤的创作中占了一部分。内容上强调主观心理的表现，形式上偏重诗化的风格。

　　1925年8月10日写就的《新秋随笔》，萌发于静夜之思。抒写风格单纯、优美、明净，只是借景寄一丝幽怀，没有具体实际的生活内容，主观化抒情是它的核心。他闲望雨夜中城市风景的细节，融入思绪的涟漪："对面高楼顶上小窗中的法国戍兵，不时有幽怨的梵俄铃声从树梢飞下，凄颤颤的似乎在抽抒着他的乡思。"他寄意苍辽的夜空："仰首望天，星光熠熠，横亘的银河似乎是舞女卸下的一条衣带。风过处，一阵新凉，使人想起热情腾沸的夏季已经在查点着她的残妆了。繁华似梦，梦也不长，红灯下娇喘的欢乐中，谁又顾到灯残后的寥落？"他抒发对于四季的感受："不知是怎样，一年四时中我所最留恋的独是秋天；夏是伧夫，春是艳妹，冬是鳌妇，只有秋天才是一位宜浓宜淡，亦庄亦喜，不带俗气，有伟大的心情，文学的趣味，能领略你的一位少女。然而秋天也是最足动人愁思的一个；红颜薄命，这大约是无可奈何的事了。"他表露倾心的境界："风晴微暖的午后，骑驴在斜狭的山道上看红叶；夜寒瑟瑟，拥毯侧耳听窗外的雨声。晨窗下读书，薄暮中间走，稿件急迫时当了西风披绒线衫在灯下走笔，种种秋日可追忆的情调，又都一一在我心上活动了。"心理活动浮漾情绪的波流，而又是以眼底风物为触媒的。

1927年9月16日在上海听车楼写成，刊载于《幻洲》杂志第2卷第1期的《北游漫笔》，是一篇回叙性质的散记，以在北京勾留的日子里居住地的搬移为脉络，写出了"一个江南的惨绿少年"在陌生的故都环境下的感受，心情的消闲状态又和当时一般的知识青年没有什么不同。他在篇中坦称"我爱红灯影下男女杂沓酒精香烟的疯狂混乱的欢乐，我也爱一人黄昏中独坐在就圮的城墙上默看万古苍凉的落日烟景"，这是海派生活和旧京生活给予他的不同体验。他的心情在其间羼游。他设譬说："柔媚的南国，好像灯红酒绿间不时可以纵身到你怀中来的迷人的少妇，北地的冰霜，却是一位使你一见倾心而又无辞可通的拘谨的姑娘。你沉醉时你当然迷恋那妖娆的少妇，然而在幻影消灭后酒醒的明朝，你却又会圣洁地去寤寐你那倾心的姑娘了。"回到上海，京华的印象留给他的，是那么的富有深味，弥漫在文章里的尽是悠闲之气。北京的四合院"完全洗清了我南方的旧眼"，他觉得"在屋内隔了竹帘看院中烈日下的几盆夹竹桃和几只瓦雀往返地上争食的情形，实在是我那几日中最心赏的一件乐事。入晚后在群星密布的天幕下，大家踞在藤椅上信口闲谈，听夜风掠过院中槐树枝的声音，我真咒诅这上海几年所度的市井的生活"。走入北海公园，倚在柳树的阴下，做岸上水边的闲眺，"我想象着假若到了愁人的深秋，在斜阳映着衰柳的余晖中，去看将涸的水中的残荷，和败叶披离的倒影，当更有深趣。假若再有一两只禹步的白鹭在这凄凉的景象中点缀着，那即使自己不是诗人，也尽够你出神遐想了"。这样的闲，同听车楼中的寂寞总是趣味相异的。暂居的所得，在忆想中写来，也是缠绵在心的。但是，在他内心颠倒多年的北国相思梦终是实现了。其时叶灵凤所寻求的，是读书之外的市井趣味，是对平民化生活的接触。北地的牵留，提供了新的人生经验。

比起客观化的风景直摹，叶灵凤更爱凭借直觉印象叙写主观感受，自认这样做，能够更深刻地反映心灵同景物的对应关系，表现二者之间的情感与逻辑的流程。他在文体的现代性尝试上表现出较强的艺术自觉。在小说题材的处理上，"加以现代背景的交织，使它发生精神错综的效果"，加上"修辞的精炼，场面的美丽"，是他觉得很可以自满的地方（《〈灵凤小说集〉前记》）。转到散文，他倾心风调的轻逸与隽美，认为"小品文是应该无中生有的，以一点点小引为中心，由这上面忽远忽近的放射出去，最后仍然能收到自己的笔上，那样才是上品"（《我的小品作家》）。往来于不同体裁之间，尝试新鲜技法的应用，使创作活动接受文艺思潮的统驭，逐渐衍为一种自觉意识。叙述方式中的人称转换、视角变化、客观描绘、主观抒情等现代主义手法，都传达着对艺术的精致感觉，写尽了自家的灵性。他的文学实践带有前期创造社的艺术痕迹，又成为 20 世纪 30 年代前期戴望舒、施蛰存、穆时英等倡扬并践行的现代派文学的前导。

焦菊隐以戏剧导演的功绩立身艺坛。他最先把莎士比亚的悲剧《哈姆雷特》搬上中国话剧舞台，所著《焦菊隐戏剧论文集》、《焦菊隐戏剧散论》代表其专业成就；而纤敏的文学感觉，在他的青年时代即已表现在诗化的散文里，又是用着哀婉的调子写着情绪化的风景。著有散文集《夜哭》（1926 年，北新书局）、《他乡》（1928 年，北新书局）。焦菊隐（1905—1975），天津人。原名承志，笔名居颖，艺名菊影，后改为菊隐。1924 年入燕京大学读书。和赵景深、叶鼎洛、于赓虞等组织成立新文学社团绿波社，编辑《微波》、《蚊纹》、《绿波周报》等刊物。天津绿波社诗人群一时蔚成风气。1935 年秋赴法国留学，1938 年获文学博士学位。回国后长期从事文学教育和翻译工作，终以戏剧导演为业。

焦菊隐的散文创作，多在青年时期。受着五四新文学运动的影响，用抒情的文字表露个性化的内心情绪——在一代青年先觉者心灵弥漫的时代痛感，而风景又是他的内感与外物相契合的纯粹的受体。他为此倾情，在感觉自由的状态下，写着泪里的文字。"艾略特创造了一个概念：'客观关联物'。即，在艺术形式中表达情感的唯一方法，就是寻求一种'客观关联物'。例如，一组客体，一种情况，一连串的事件，都可以成为一种特殊的情感公式。当自我主观内在的感官经验与客观外在的事物发生'契合'的时候，那些客体和事件所蕴涵的某种情感便立即被引发出来。在艾略特看来，客观的事物以及环境背景都是可以作为引发个人特殊情绪的'对应物'，这些客观的事物和背景都可以间接地用来暗示人的主观的情绪，诗就是这些'对应物'所以引起的暗示。

同时，诗和诗人也可以通过这样一组客体、一种情况，或一连串的事件把自己隐喻的情感和思绪传递到读者的心灵之中。"① 西方现代主义思潮以一种新异的话语姿态和创作主张影响着中国的新文学，在焦菊隐的作品里同样可以寻到融注的痕迹。

写于1928年的《西望翠微》，明显地表现出在燕京大学度着学子生涯的焦菊隐的心态：愁闷、悲惋，耽于幻想。外界景物经过情绪渗透、情感体验，已经变成感觉意象，承载主观心灵上的经验。

在《西望翠微》里，焦菊隐是在写着感伤的诗。凝视中，"西山像个美女，美女都不配拟它，像个美貌的女伶，雪朝，雪夜，红日的早晨，清风的白天，微沙的下午，朦胧的黄昏，大风狂吼的深夜，浓雾迷蒙的终日，还有，春云变幻中，秋雨连绵里，或者远处军筛豪壮，幻忆中寺钟沉默，小桥下流水哀婉时分……及梦中醒来睡不着的子夜，你随时去看她，她随时给你微笑，憨笑，苦笑，愁容，怒容，壮容，或者她竟全然埋向穹苍里，不给你看见。"一连串的意象，表露心迹与感怀。由此，六节富于诗意效果的短章均围绕这种核心情绪展开。自然风景渐渐淡去，已非现实世界的客观存在，逼至近前且色彩愈加浓烈的是他勾绘的来自内心情绪的精神风景，是他企望的另一伤痛世界。贯穿首尾的总是影像模糊的女子，游魂似的在山野间闪现。或"似一个挂了孝的妇人，在昏黑的分明里，她哭泣在惨云之下"，或"又绝似一个妇人，舞罢归来，斜倚在床侧，珠衫未解，灯光下，闪耀着一条条的珠串，那鹅毛的大扇斜放在洁白的右臂上"，或是"一片紫色的晨装，饰着当日舞罢掩泣的歌女。狭眉处，闪着一副惺忪的娇态，她是刚从好梦中被晨光惊醒，笑涡，自然可以窥看后边的苦容，像画眉的柔啼"，或是"骤见那远山如黑衣的寡妇，幻念着她的丈夫。她幻忆着从前她丈夫的红唇，紧紧压在她的黑发上，那时何等甜蜜！"牵念不去的，还有孤仃于飘飞云烟中的"那座积满了忧怨的塔"。这些充满幻灭感的意象，和作者唱叹的西山存在深刻的心理联系，西山成了情感表现的有深味的背景。象征、隐示的意义，皆归因于心灵感觉。他怅叹"失去的青春，失去的灵魂，失去的欢乐，只能在此一片片苍然的绮梦中追寻"。他的心思很深，他不是按照写景散文的逻辑习惯给西山绘制写意的图画，而是凭借视觉设计营造心底的幻境，在其中含咀、品味世间的悲苦和人生的深意，竟至唤醒相关的种种情绪。"使诗歌放在一个'易于为读者所接受的平常风

---

① 赵凌河：《新文学现代主义思想史论》，辽宁人民出版社2006年版，第238、239页。

格'下存在，用字，措词，处置那些句子末尾的韵，无一不平常，因而得到极多的读者，是焦菊隐的诗歌。"① 这种平常，却含着诗的深味。

文学的要义在于表达内心的感觉和情绪。外界景物，如山中的塔、内心人物、如飘梦似的怨妇的影，都是一种主观感觉和心灵经验共生的情绪化的具象性表现。客观原物脱离自身的物质性，在作者连贯的激情幻想中显示隐喻的艺术功效，这是符合焦菊隐当时的青春感觉和情绪状态的。风景更像是解释灵魂的承载体，他以精敏的知觉、深透的体味和诗性美的文学传达，在风景中阐扬个人的生活体验，表现对于现世的主观感觉和心理印象，而这种文学目的是依凭用心灵精心建设的景观体系实现的。

采用诗意的调式做着乡归路上清美的吟唱，流泉似的沁入游子的心怀，梁宗岱筑构起象征的灵境。梁宗岱（1903—1983），笔名岳泰。广东新会人。1921 年冬由郑振铎介绍加入文学研究会。1923 年入广州岭南大学文科学习，创办《广州文学》旬刊。1924 年赴欧洲留学。先在日内瓦大学学习法语，后转入巴黎大学。1929 年夏到德国海德堡大学学习德语，同年结识罗曼·罗兰。1931 年夏赴意大利翡冷翠大学进修意大利语。九一八事变后回国，在北京大学任法语教授兼清华大学讲师。1935 年至 1944 年，先后任教于南开大学英语系和重庆复旦大学外文系。抗战胜利后任广西西江学院教务长兼教授。1956年任广州中山大学西语系教授。1970 年起在广州外语学院任教。著有诗集《晚祷》（1924 年，商务印书馆），词集《芦笛风》（1943 年，桂林华胥社），论著《诗与真》（1933 年，商务印书馆）、《诗与真二集》（1935 年，商务印书馆）、《屈原》（1941 年，桂林华胥社），译著《水仙辞》（1930 年，中华书局）、《一切的顶峰》（1936 年，商务印书馆）、《蒙田试笔》（1936 年，重庆出版社）、《罗丹》（1941 年，正中书局）、《商籁六首》（1943 年，桂林华胥社）、《歌德与悲多汶》（1943 年，桂林华胥社）等。

梁宗岱散文的诗意想象，特别能和乡村抒情相洽。作于 1923 年 5 月 13日，刊载于《小说月报》第 14 卷第 7 期的《归梦》，回旋着牧歌似的甜美韵律，朦胧地映现纯真的心灵表情，成为一阕著名的乡吟曲。

映画似的梦景幻作象征的灵境。"关于'灵境'，梁宗岱引用歌德的话说：

---

① 沈从文：《论焦菊隐的〈夜哭〉》，《沈从文文集》第 11 卷，花城出版社、生活·读书·新知三联书店香港分店 1984 年版，第 125 页。

"我写诗之道，从不曾试去赋形给一些抽象的东西。我从我的内心接收种种的印象——肉感的，活跃的，妩媚的，绚烂的——由一种敏捷的想象力把它们呈现给我。我做诗人的唯一任务，只是在我里面摹拟，塑造这些观察和印象，并且用一种鲜明的图像把它们活现出来"，这"正是梁宗岱说的象征所'赋形的，蕴藏的，不是兴味索然的抽象观念，而是丰富，复杂，深邃的灵境'。"①艺术灵境的象征性表现，显示内涵的暗示性、多义性、交融性，在这种状态下，"'我们的最隐秘和最深沉的灵境都与时节，景色和气候很密切地互相缠结的。一线阳光，一片飞花，空气的最轻微的动荡，和我们眼前无量数的重大或幽微的事物与现象，无不时时刻刻在影响我们的精神生活，及提醒我们和宇宙的关系，使我们确认我们只是大自然的交响乐里的一个音波'"②。进入他的诗境，迢迢旅路的终点是牵情的乡园，乡园那边有倚间望儿的母亲，她的慈颜"已添上无限的憔悴"，烘衬心境的景色充满忧悒的意绪，潜融进流光似的闪念。春暮夜静，"碧纱窗外，剩月朦胧，子规哀啼。从惨散凄恻的留春曲里，犹声声的度来阵阵落红的碎香"。梦里闪跳的意象，变形、扭曲，浸含愁郁的思绪：荒野赤沙，凄烟迷雾，朔风怒号，寒月苦照，惊鸿凄泣，怪鸥悲鸣，他的精神在"孤苦崎岖的旷野"流浪。疲倦的心灵渴盼母亲"把那乳露一般的淘米的水浆给我喝了，温温的给我慰安偎存了"，在柔软的母怀里接受甜温的抚爱。内心生长的爱的情感，融浸在闪回的影像里。情感化的场景成为心灵表达的艺术符号。年轻的梁宗岱沉浸于直觉与感受构置的心理境界，在诗性的咏叹中描画缠绵于内心深处的乡恋情结。

陈学昭的散文，以情调的清丽温婉在现代文学史上占着自己的地位。陈学昭（1906—1991），浙江海宁人。原名陈淑英，笔名野渠、式微、惠玖、陈芳。1923 年在上海爱国女学文科毕业，同年发表处女作《我所理想的新女性》。曾参加浅草社、语丝社等文学团体。1927 年赴法国留学，兼任天津《大公报》驻欧洲特派记者。1934 年获克莱蒙大学文学博士学位。1935 年初归国。1940 年冬赴延安，任《解放日报》社编辑。著有散文集《倦旅》（1925年，上海梁溪书局）、《烟霞伴侣》（1927 年，上海北新书局）、《寸草心》（1927 年，上海新月书店）、《如梦》（1929 年，上海真美善书店）、《忆巴黎》

---

① 陈太胜：《梁宗岱与中国象征主义诗学》，北京师范大学出版社 2004 年版，第 103 页。
② 同上书，第 112、113 页。

（1929 年，上海北新书局）、《败絮集》（1932 年，上海大东书局）、《时代妇女》（1932 年，上海生活书店）、《延安访问记》（1940 年，香港北极书店）、《漫步解放区》（1949 年，上海出版公司），长篇小说《南风的梦》（1929 年，上海真美善书店）、《工作着是美丽的》（上卷，1949 年，大连新中国书局），中篇小说《海上》（1933 年，上海中庸书店），短篇小说集《新柜中缘》（1948 年，东北光华书店），译著《阿细雅》（1929 年，上海商务印书馆），论著《列宁与文学及其他》（1946 年，东北书店）等。

陈学昭的风景散文，虽然保留传统的叙述模式，但是开放式的结构强化了主观思情的宣抒，折映着五四作家热衷精神解放的文化姿态。从一些篇目即可观其一斑：《琐细的回忆》、《雨夜》、《间行》、《归思》、《寒山》、《忆道村之夏夜》、《春梦》、《春宵》、《清明时节》、《别绪》（收《寸草心》），《月夜》、《山里》、《湖上》、《海边》（收《烟霞伴侣》），《多少事昨夜梦魂中》、《只有相随无别离》、《夜程》、《今年与去年还是一样的忆想》、《不能与上海作最后的握手》、《我留恋于为我好友所留恋过的地方——如见我的好友》、《初晴时到北京》、《几次领略，几次波动》、《在无人处，几个绰约的影重现在目前》、《静夜》、《木落山空》、《此处别离同落叶》、《归来秋风吹客梦》（收《如梦》）等，略可透露她在抒写风格方面的消息。

《一夜》刊载于 1924 年 8 月《京报副刊》。青春少女的梦里浮闪清美的映像，传示细腻的心理感觉，"江中的晚阳映着水光，成了不可言喻的色彩，两岸的高山，仿佛是接着水似的，一片隐约，一片迷茫"，水声中，岸野的蛙音和着田垄麦秧响在夜风里，凝视"一弯新月挂在山坳，满天繁星，在碧澄的水波之上，映成无数的银针，一上一下的闪动"，纯净和美的光景折射出内心的适意，"安适而舒服，如像水洗过的一块丝绢，经烫斗烫过而十分地整齐了"，温静、宛转、曼妙，表现柔性的书写特征。

《北海浴日》写于 1925 年 10 月 25 日，发表于当日《京报副刊》第 308 号。这是一篇洋溢着青春激情的散文。虽则在这后面衬着的是暗晦的环境，"一阵大风刮起，飞尘浓郁的转旋"，但是掩不住她激奋的情绪。年轻的心，向着入目的景物，不含特别的深意，却是纯净的、明朗的："在中央公园一带，听秋风吹着恋枝的黄叶，未尽的绿意，潇潇然作声"，只要能够在白洁干净而少灰尘的石板上安睡，哪怕没有"月明风清的良夜"和"露薄星闪的静夜"，也算不得怎样。浊与清的分辨，内心和外界的区隔，在她涉世之初就已开始。陈学昭对于景物细微的变化，对于色彩浓淡的点染，具有纤敏的观察力和感受力，她觉得到"雨声息了，窗上有反映着淡淡的红色的云彩"，她看得见"到故宫的城池边，看着慢慢的云彩，倒映着在衬着短短的残荷的绿叶边，平静的水如起了金翻银闪的波动了"，"过积翠前的石桥，红色而杂着各色的云霞已是弥漫了太空了！"她直似用心去体贴一番。更有登塔后的俯仰。浮在晨气中的四围的城楼，"近塔的松柏如针般细小的无数的松针，更如孔雀毛的花纹的一丛丛，在初晴时更加纯绿了！地下的小草，在它残余的生命，也微微的笑了"。平野淡绿，天色蔚蓝，在鲜明的色彩的狂流冲击下，她的灵魂欣悦无边。精神之翼在风景里的飞翔，正切合向上开扩的雄心。年轻的意志、解放的思想，在纸面显示勃然的激情。

　　1925 年 11 月 15 日，陈学昭写了一篇京郊游览记《钓鱼台》。摹景的美妙，如同绘制心灵地图。南北景象的不同，牵惹绵绵思感："一泓碧水岸旁有无数的枯黄了的芦荻，在无风亦无浪的河边，它是寂寞地，孤凄地轻轻地摇曳着。我看着这么样的平波浅水，远树斜阳，不能自已的使我想到旧游；我想徽河，想兰亭，想西湖，都在我梦寐似的沉醉里。"晕染的意境颇近古典的诗词。风景元素活跃于字句段落，也成为心绪表露的凭借。沿途眺览，不论是辞去了故枝的绿叶，还是零零落落的残叶，在她的感觉里，都"朦胧的如像浮泛着的薄云"，清秋的景象原本容易生哀，何况又在这人家疏落、茅屋和麦垄稀稀的郊野，又在这径间长着青苔、小桥上积着灰尘、亭榭深深地闭着、衰草与残花乱乱地堆着的寂寥的庭院。徘徊其间的她自会添愁。她对于赏景的态度，是随时将内生的情感渗入。"两旁的景色这么的多情而留恋呀……"情感化的描写使风景愈加生姿，表现了对客观风景更深刻的尊重。

　　《忆北平——清华园之游》作于 1929 年 1 月 26 日，发表于当日天津《大公报·小公园》。游历的线索清晰地展开，但是负载的依然是内蕴的心理感受，潜含于字句间的叙事因素则是隐约的。晚秋的萧瑟、初冬的寒冽，以及景色的苍凉，最宜和陈学昭当时无定的心境对应。依稀的游迹、隐约的哀感，从她的心里转到文字上，比起几年前京郊之游的兴致，似乎又冷了几分。在《钓鱼台》中，她曾叹自己是"这样软绵绵的一个人"，在这里，她仍叹自己是"一个没有力量的人"，连自己的朋友们也"均是带忧郁的人"。命运的茫然感笼罩着她的心。故此一路的秋野荒漠，疏林外的一抹淡阳，带着冷意的北风，飘飞的落叶与萧萧的白杨，甚至低隐的麦垄中参错的新坟旧墓，都引起她落笔的兴趣，而外面的这一切又反衬着清华园内菊花的幽雅与清艳。浅黄的瓣，纯绿的枝，纯绿的叶，纯绿的花，"它们各种不同的姿态，各种独具的美丽。有些如少妇的艳丽；有些如少女的绰约；有些是如浪漫诗人文学家的疏阔；有些是如隐士般的高洁与超脱，小孩子似的活泼与玲珑，大人家的端正与温和"。在这里，她呼吸着温暖的、和谐的自然空气。至于时光中的生命感慨，记忆中皖南和浙东的清景，是怎样地盈着一片欢情："坐着望朝霞起来，旭日高升；牧童驱牛缓缓地走过，枇杷担也稀稀落落地挑入镇去。我们才慢步从侧径归来。沿途那些白色的野蔷薇，十分娟娟地映入眼里，香气更是阵阵清幽，我们采了几朵插在发上。"还有"从一条狭弄里走到江边，一线青碧的水，两边都是细碎的鹅卵石的水滩，望着对面的几十亩的果树的绿叶，红红的花色，满盈着一片春景"。四面美丽的颜色，浓淡的花香，愈加深了现实的枯寂与苦闷。绘景的精微，实则是和抒情的细腻与专深相谐着了。比起同时代的女性作家，陈学昭表现在风景上的散文笔致，更为清幽畅美。

夜泛西湖，让年轻的陈学昭触景兴感，她在《月夜》里做着静美温婉的记叙，一面感叹"这南山北山东西的环湖的若黛的远山中衬出的晚云，如此的美丽！"一面沉醉于"船过苏堤进里湖，小小的塘，两岸茭白芦苇在十分静默中，索索地摇曳，不时地闪着两三萤火。茭荷的清香在寂夜里自赏，暮蝉是为了它而歌唱"的意境。澄碧的夜空下，她的感觉也变得纯洁透明。

留学法国的精神与情感印记，融入陈学昭的异域散文。这些作品记述她留法的生活片段，可以看出西方文化影响的痕迹。登载于1927年7月号《妇女生活》的《献给我的爱母》，在他国的风景里抒发忆乡思亲的情绪。晨雨的清凉添深了梦里的凄凉与冷寂，她的心"飞过了地中海，红海，印度洋，湄公河，太平洋，在上海登陆"，又坐在沪杭车中，和母亲在梦境中相逢。她觉得弯弯地行在塞纳河里的小小的汽油船"绝对不像西湖上之划子，秦淮中之书舫有趣"，河畔"一片苍绿的树林，碧澄的山"惹她深爱，"因它酷似皖游所见，背山临水，这印象深留在我心脑里了！……在晚色的凄迷中，夕阳临照着柔绿的河波"，心灵受着自然抚慰的她适意而归。《拉斐德墅之游》发表于1928年第5卷第30期《国闻周报》。作品于记游中抒情寄慨，流露一个海外学子澄澈的心怀。村中盛开的花映亮她的眼睛，心中漾动春的欢悦，"美景的复活好像新生命的再来，因着婉转抑扬唱澈了天空的鸟声觉醒了"，游途上"望着沿路的乡景往后消逝，我的心不禁也如风的吹拂"，春野飘泛"露草的清芬与花的芳味"，她欣喜地欢迎大地的苏醒。法国美丽的园林体现"对于公众娱乐的设备与关心……不像中国人，有钱的拥着高厦大屋花园等等，关闭着不许闲人观看分享。贫苦的人只好永远的伏处在潮湿低矮的泥屋里，也永不能享一点自然的乐趣，更无须说到什么正当的娱乐了"，这样的叙说具有比较国民性的意味。她又联想到"故乡一带的南方村镇的高低不平的狭窄的石块路，北京城里城外的泥土路，无论是晴天或雨天，无论是步履或车马，都是难于行走的，我想在这里，中国人也消耗了不少的有用的精神"。她在国家景况的对比中，对不同文明传统进行冷静的思考。1929 年 8 月 11 日作，发表于 1929 年 9 月 21 日《朝花旬刊》第 1 卷第 12 期的《山是青的云是白的》，表现风景里的欢愉心境，笔下的文字纯净明亮。同样选择秋景来写，巴黎近郊的情调和北京的自是不同："这世界好像全是我们的了，我们真高兴……我们的头好像都宽松了起来，真的好像要飞了的样子……""同时我想着那向晚坐在草地上看新月，对着长空，诉说往事的懊恼及惆怅，一种为温情的友谊所起的安慰，直溢满了我的心……"她不是一个悲观主义者，也较少受到封建伦理观念的钳束，环境能够让她迅速摆脱哀怨的困扰，甚至改变对于世界的认知。《老秋》捕捉异国留学的纤敏的心灵感觉。巴黎街旁的水流声"在寥寂的清晨是成了绝妙的音乐"，目光"透过朝雾与晨气融调在一处的树林里，红色的黄色的大理菊，开得硕大的花，十分高傲，细草也新绿得润丽。落叶沙沙的跟了我的脚步一起奏动"，她从树尖的叶色中看出不同的秋容；"青色的还满显出少年的精神，青青的欢跃；褐色的，便有点颓败的气象，虽然他们是最努力的想延长自己的生命力，与这不可避免的肃杀的秋的命运战斗"。她耽于"夜来秋露润透的草的清芬，花的香艳"，也醉于"在冷凄的园中，晨风过去，一阵飘飘的落叶，霏霏地如霉雨，嗖嗖的落下，又萧萧地辗起"，当晒枯的落叶"在热阳中发出金色的光闪"时，她深情地叹颂："呵！我沉醉在这妩媚的秋园。惆怅的秋！清丽的秋！安娴的秋！柔和的秋！冷静的秋！秋老了，留在我心里的，永远是年青的！"宣泄的一瞬，自然风景直接点燃内心的激情。

在陈学昭的风景散文里，可以找寻到一个处于文化解放时代的女性的生命侧影、心灵成长和文学感觉的清晰印痕。

浓郁的诗性和静美画意是倪贻德写景文字的核心要素，显现抒写魅力与艺术格调。倪贻德（1901—1970），浙江杭州人。1922 年毕业于上海美术专科学校。1927 年赴日本学习绘画。归国后致力于美术教育工作。著有短篇小说集《玄武湖之秋》（1924 年，上海泰东图书局）、《东海之滨》（1926 年，上海光

华书局），长篇小说《残夜》（1928 年，北新书局），散文集《百合集》（1929
年，北新书局）、《画人行脚》（1934 年，上海良友图书印刷公司）、《艺苑交
游集》（1936 年，上海良友图书印刷公司）等。

在风景中表现幽情凄恋，构成倪贻德的散文主题，成为重要的生命表达。
"倪贻德的作风相当是一贯的。他始终保持着他的感伤的情调。他也带着欷歔
叙述自己的身世，有时还带点低调的愤慨。"① 伤感的情调中总还带些写实的
笔致。亲近山水世界，色彩的灵妙旋律感染他，形状的生长节奏打动他，心中
永远充盈新鲜的生命气息。在艺术经验上，表现出鲜明的个性特征。

其一，诗人气质与清绝的心灵独唱。发表于 1924 年 3 月 9 日、16 日《创
造周报》第 43、44 号的《秦淮暮雨》，选取幽凄的场景，寄寓内心恋情受到
外界猜忌时的苦恼意绪，清丽柔美的文字渗透哀感的丝缕。流动的主观情绪漫
溢纸上，对于人和景的依恋与惆怅缠绕于怀，"只要是一个人孤零零走上了旅
路的时候，多少总要觉得寂寞无聊，而感到一种生世飘泊的悲哀呢！"而清美
的景物能够调适心绪，"要是正值风和日丽，山川明媚的时候，使一个怨离惜
别的征人，看看大自然光明灿烂的表现，听听候虫时鸟嘹亮的清歌，也可以减
去几分黯淡消魂之感，而使各种无谓的愁思忘怀了呢！反之，倘君在细雨潇潇
之下，在残年暮冬之季，天宇暗淡，草木凋零，所有接触到我们眼中来的，都
是催人泪下的资料；况又是西风频来催打，远郊的哀声时起，你想一个飘零多
感的旅客，遭到这样凄惨的情景，他脑里的愁思，他心中的悲怀，是怎样难以
形容得出来的哟！"忧郁的气质使他对外界格外敏感，天气的变化也易触神
经，并且产生纷乱的联想，"那苍天好像故意要和我的生活调和似的，每逢在
旅途之中……不是刮着风雪，就是洒着雨丝，这正像我灰色生活的一幅写照，
这也是我一生命运偃蹇的象征吧！"病恹似的心理状态使内心的呼喊愈显凄
切，"啊，今朝！正北国严风，吹过江南的时候，正潇潇暮雨，打在秦淮河上
的时候，可怜乘车儿，一肩行李，又送到孤寂的旅路上来了。想金陵一去，他
年难再重来！从此白鹭洲前，乌衣巷口，又不能容我的低回踯躅了！车过桃叶
渡头，我看见两岸的楼台水榭，酒旗垂杨，以及秦淮河中停泊着的游艇画舫，
笼罩在烟雨之中的那种情调，又想起半年来在外作客，被人嘲笑，被人辱骂，
甚至被人视为洪水猛兽而遭驱逐的那种委曲，我的眼泪竟禁不住一颗一颗的流

---

① 郑伯奇：《〈中国新文学大系·小说三集〉导言》，《中国新文学大系·小说三集》，上海良友
图书印刷公司 1935 年版，第 20 页。

了出来"（《秦淮暮雨·途中》），艰难的灵魂挣扎、凄怆的人生情绪，借助主观化、情感化的景物获得真实表现。特定的景物提供直抒的空间，"想我初到这秦淮河畔来的时候，正当秋蝉声苦，月桂香清。这秋色的故都，自不免有一番萧条落寞的景象；何况是生世飘泊，抑郁多愁的我，逢到这样的时节，处在这样的异乡，这客中的苦况，更要比别人加倍难受呢！"不禁悲而怀古，"雨花台上，还剩有前朝战血的痕迹，深深的壕沟，高高的堡垒，令人犹想见当年横刀跃马，金鼓喧天时豪壮的气概；而今衰黄的枯草，和颓败的瓦砾，默默躺在午后秋光之下的那种情景，则又令人想到沙场白骨，战士头颅的惨状"，荒凉古战场上，有一种浩荡荡、莽苍苍的气概直逼人来。心魄飞荡，满怀胸襟的笔墨转向眷念的杭州，"我是曾经沧海难为水的！这些干燥无味的景色，那里及得来我故乡的百一呢？故乡有杜鹃花开遍的春山，故乡有黄莺鸟鸣彻的柳堤，故乡有六桥三竺中缥缈的云烟，故乡有绿水中柔波清丽的人影，故乡有……啊啊！我可爱的故乡哟！你终竟是我儿时青梅竹马的伴侣，你那明媚的容颜，你那纤纤的清影，你那婉曼的歌声，是早已深深地印在我的心目之中了，虽有异乡的花草，时来引诱我，但是我无论如何不会把你忘记了的哟！可不知何日里，我能够飘然归来，投在你的怀中，把我的相思苦痛来和你从头细数呢？"（《秦淮暮雨·乡愁》）心语脉脉，犹似在半规的凉月底下孤仃湖边，暗暗私泣。他领受亲密可爱的白鹭洲畔闲游的清趣，"那儿是一片优秀的水乡，有清可鉴人的溪流，也有迂回曲折的堤岸，有风来潇潇的芦荻，也有朦朦含烟的白杨，有临水的小阁精椽，也有隔岸的农家草屋……在落日这一边呢，好的是深暗昏濛的林木和晚烟濛住的远景，衬在橙红的天空上的那种黄昏情调"，而在另一面"则又是一别种样的风光，那正是因为受着对面落日返照的原故，所以一切的景物，都在灼灼地闪烁，都在耀耀地发光，那背景的天空，更觉得昏暗下来了。这两者所呈的色调既如此不同，然而他给我们的诗意，却是一样能使我们低回咏叹，徘徊而不忍遽去的。当那个时候，我快乐得把一切都忘怀了，一个人不知不觉的哼起郑板桥的几首道情来，自己也好像变成了一个樵夫渔父，在山林烟水之间逍遥的一般"，而娼妓游民行乐之地，三教九流聚会之场的夫子庙，情调趣味恰恰绝对相反，"那些六街灯火的辉煌，楼头的清歌曼舞，妖艳的肉体的倾轧，以及隔江一声声的檀板丝弦，街心夜游者欢狂的嘈音，都足以使人心荡目迷，而陶醉在醇酒一般的境地里的"（《秦淮暮雨·白鹭洲》），细腻的内心吐露，准确表达了他乡之客的心怀。浸沉于六朝金粉之境，个人情绪极易凄婉而哀苦。玄武湖也关情，"这玄武湖上，原是桃李争艳之地，荷花柳丝之乡，所以她的华年，是在烂漫的芳春，是在蓬勃的长夏。一到了深秋，华年逝了，游人也散了，所遗留下来的，只有一些寂寞与悲调。然而倘若由诗人的眼光来看，那么，这些衰柳，残荷，败芦，枯叶，以及冷落的孤棹，苍茫的远山是如何的含着高超的诗意！又如何的现着低回的情调呢？"所以我在这秋的玄武湖上，昏昏濛濛度了几个朝暮，也不知道昼和夜，也不知道晴和雨，又忘却了一切世上的荣名禄利；我只愿在这一片荒凉如死的湖边上，结一间小小的孤屋，把我几年来飘泊的生涯，收拾起来，归宿在那里；等到我死了之后，也把我的枯骨，埋葬在那里，那末我在这一生，也就心满意足的了……"他心里酿制着"美妙而悲凉的诗的情味"，于孤寂与幽静中"时时在一种幻影的追想里面生活着"（《秦淮暮雨·玄武湖之秋》），内心弥漫着凄惶的情绪，诗意地折射人生心态。时序迁流，物候轮转，撩动他易感的神经，"寒冬的日子一天一天的拉近了，秋天的幻景已经隐灭了去，所剩下来的只有一些可怕的悲哀"，望着"那密布着的冻云，昏濛濛的黄尘，西北风在高处的盘旋，灰调的色彩，号吼般的声音，已经够使人愁惨终朝了"，联想到自身受到"野火般四起"的各方攻击，更陷入悲愁绝望之境。他创作小说《玄武湖之秋》"原是不满于现实的苦痛，想在艺术的世界中，建起空中的楼阁，求我理想中的人，来安慰我的寂寞，减轻我的欲求。现实的社会，纵使是一座不容人飞翔的牢笼，纵使是一处监禁思想的魔窟，然而在艺术的天国里，却是绝对容人以自由，凡是宇宙的市民，谁都可到这里来尽情地翱翔，尽情地欢唱的。而不料一到了万恶的中国社会里，竟连这一点点的自由也要被束缚！竟连这一点点的享乐也要被摧残！"《秦淮暮雨·寒冬》胸中更萦响"飘流者心内的悲调"（《秦淮暮雨·暮雨》）。个人的孤凄与落寞，反映深刻的社会情绪。

其二，美术修养与幽婉的情感写意。文学语言是另一种颜料，晕染心灵的色彩。倪贻德的风景描摹，泗润强烈的情感意识，清新的意象浮凸散文化的心境。他喜欢重阳节前后那几天，骑驴到郊野赏秋，"在驴背上看见缓缓地从你两旁经过的秋山野景。知道大自然是如何的在那里表现着庄严灿烂的精神，又如何的在那里发挥着崇高悠远的诗意了……寥廓的天空，只是那般蔚蓝一碧，灿烂的骄阳，想已把青春的郊原，晒成一片锦绣的华毯；葱郁的林木，染为几丛灼嫩的红叶了罢。紫金山麓，灵谷寺前，正是秋色方酣的时候。当这样的佳景，这样的令节，我们应当怎样的去遨游寻乐，才不致辜负这大自然赐给与我们的幸福呢？"审美感受真切而多情，"在驴背上一路的贪看着荒山野景，饱尝了许多以前所未曾接触过的清新的美点来，这美点倘若要精细的描写出来，抽象的文字恐怕还嫌不足，最好是用具象的绘画，或者可以更直接更真确些。哦哦，这秋阳中倾斜的山坡，山坡上铺满着不知名的野花——那五色斑斓的野花，远远的一角城墙，城墙上的天空，天空中流荡着的白云，这不是一幅极好的风景画的题材吗？哦哦，这几间古旧的茅舍，茅舍旁有垂着苍黄头颅的向日葵，茅舍前有半开半掩的年久的柴扉，柴扉前立着一个孩子，他抱了一束薪，在那里对我们呆看的神情，那又好像在什么地方的一张名画里看见过的样子。哦哦，这一带疏林枫叶，枫叶经了秋阳的薰染，经了秋风的吹拂，也有红的了，红得如玛瑙般的鲜明；也有黄的了，黄得如油菜花般的娇艳；也还有绿的，那仿佛还在长夏时一般的滴翠；后面有红墙古屋的衬托，上面有蓝天的掩映！……这又好像是我的一个好友曾经在那里表现过的一幅画境……"空山之中，鸟唱，虫鸣，人语都消，只有得得的蹄声，"我们好像已经不是现世的人，而变成了中古世纪浪漫时代的人了；我们已经不是现实的人，而变成了山水画中点缀的人物了"（《秦淮暮雨·红叶》），直抒的情感使画面生动起来，显示他的笔墨特色，更曲折地流露潜隐的情愫。

　　游学东瀛的经历使倪贻德产生异域生活的感受，在创作中反映了现代留学生文学的怀乡情绪与批判意识。1928 年春写于东京，发表于 1929 年 3 月 1 日《金屋》第 1 卷第 3 期的《樱花》，在花景的描绘中渗透弱国子民的伤怀，充满忧郁气息。"正在凉秋九月，芳草木叶，正在一天一天的凋零下去，秋雨秋风，尽在无情地吹打着，只使人引起深切的乡愁"，岛国的初春，和暖的日光照来，樱花开了，但在赏樱处，"这儿的游人，大抵是粗野素朴，平时在劳苦操作中的农工，和一般平凡而庸俗的小市民，这儿寻不出一个风雅优秀的富人绅士，这儿寻不出一个温文细腻的淑女闺秀"，"那里找不到幽趣的诗情，而却看出了他们民族艺术的表现"，身为一个异国的流浪人，一个局外的旁观者，"我于是想起了故国。桃花时节，那最有名的上海附近龙华的桃林，当花开的时候，我是每次都要乘兴往游的，那儿曾有我少年时代浪漫的踪迹，那儿曾洒过我少年时代的眼泪，如今回想起来，只觉得痴愚的可笑，从今以后我怕再不会如当年的沉醉在幽怨的诗情中了。我又想起了故国也有可以赞颂的民族艺术，就像乡间的迎神赛会，五月间的端阳竞渡，在那种时候，也有所谓我们的民族艺术在充分地表现着，这种借着佳节而谋大众共同的欢娱，在民族中是不可以少的，是应当光大而发扬之的。可惜我们的民众，近年以来，因为外受列强帝国主义的压迫，内受军阀武人的蹂躏，以致民不聊生，民生饥渴，更那里顾得到生活余暇后的艺术的享乐呢？"于是景物也含悲氛，"春光老了，春色残了，游人也兴尽而返，只剩纸屑残皮，和片片的落花散满了一地"，明秀清丽的春景，缤纷艳美的花容，都在愁绪与哀感中失去颜色。深刻的忧郁影响倪贻德清婉隽秀的散文风格的形成。他勾绘文学里的风景，创造风景里的文学。

附 录

本期风景散文集书目

1928 年

王夫凡《东西南北》上海现代书局

徐鹤林《新都的赠品》北新书局

章衣萍《樱花集》北新书局

王茨荪《憔悴的杯》北新书局

于赓虞《魔鬼的舞蹈》北新书局

黄天石《献心》香港受匡出版部

何秋绮《焚烬》上海新时代书局

曹雪松《红桥集》上海南星书店

芳草《苦酒集》北新书局

钱海岳《海岳游记》无锡能史阁

许同莘《石步山人游记》上海简素堂

金满成《鬼的谈话》上海民众日报社民间
丛书出版部

中　编

繁盛期——瞩望第二个十年
（1929—1939）

第 六 章

现代风景散文的流变

第一节　从幽雅的林泉风致到
深切的人世忧患

　　新文学的实践到了 30 年代，上一个十年以文学社团为组织形式引发的文艺思潮的论争，随着时局的严峻化而转为鲜明的政治分野。经历了五四运动的作家，逐渐告别幻想主义和激进立场，精神状态发生转折，带来创作态度的移变。在散文一脉，不同的派别呈示各自的主导倾向。以鲁迅为代表的左翼散文作家群，以林语堂为代表的自由主义散文作家群，以沈从文、何其芳为代表的京派散文作家群，构成此期基本的文学队伍格局。

　　中国现代风景散文进入第二个十年。以社会现实性为根基的文化觉识朝着更加广阔的领域伸展，基源于生活经验的文学经验，也向着更加丰富的范围增益。在风景散文的创作方面，逐渐告别古代个人情致和自然山水单一的融合式书写，激情横溢的青春想象也被冷静沉着的现实思考取代。作家们借助山水符号的建立，实现对社会的再认识，并且赋予风景新鲜的意义，从而实现社会意义、文学品性和客观自然三者的构成。比起上一个十年的创作，在行为状态上，由个人化的对封建制度的抗争，转变为集体化的对外侮的反击，在思想的深度、视阈的广度和取材的丰富上，都做出新的超越，标志着中国风景散文的一种现代性的转折。

　　历史性的变衍，还表现在一些五四作家实现了由文学革命到革命文学的角色转换，并对五四新文化运动成果进行直接的继承。无论是在国内革命战争还是抗日战争中，都表现出鲜明的主体特征。一个是它的战斗性："五四运动，是在广泛的文化领域中，把文化这一种武器的战斗性，给发挥出来的。在文艺这一部门里，五四运动，特别地肯定出来它的战斗性。'五四'的新文艺运动，就是把文艺作为一种战斗的武器而提出来的一种战斗的表现了。白话文学的提出，就是从以文艺作战斗的武器这个前提之下出发的。白话文学运动的实践，就是在要把文艺作为战斗的武器的目标之下，而实践起来的"；一个是它的大众性："文学，是一种武器，但是，必须把文学深入到大众里边，这一种武器，才能发生效力"，才能"建立为民族革命而战斗的新文化队伍"，而这正是"我们从'五四'的斗士们所承继过来的伟大的遗产"，所以"我们要继续'五四'的精神，去加强我们文艺上的抗日战争。我们要发挥我们文艺的战斗性。我们要建立我们的大众文艺。我们要建立我们的战斗的语言，大众的话语。战斗的'五四'，是我们的民族的战斗的开始，今后，我们应该是要拿着我们的文艺武器，把从'五四'开始的战斗更有力地开展下去"（穆木天《"五四"文艺的战斗》，1938 年 5 月《抗战文艺》第 1 卷第 1 期）。尤其在民族解放斗争中，五四时代倡立的现代白话文学，成为民众斗争的武器，更加彰显了它的平民性质。这既显示具体的历史情势对于新文学的迫切要求，也表明现局的驱策下作家觉悟到自己担承的使命。表现抗战，成为新文学界磅礴奔涌的创作主流。"到'九一八'和华北事变之后，反帝，特别是反日的作品才渐渐占着优势，在那些作品里面反映了亡国灭种的危险，和一种新颖的，动人的爱国主义，形成了革命文学的新的内容……在今天，全国的抗战已遭受了暂时的部分的失败，只有坚持抗战，中华民族才能生存下去的这样一个时候，文学的最大使命就是在各方面来反映和鼓吹这个抗战，影响并教育群众来参加这个神圣的战争，要达到这目的就需要把文学和民族自卫战争更密切地结合起来"（周扬《抗战时期的文学》，1938 年 4 月 1 日《自由中国》创刊号），方能迎着忙迫的生活与急变的现实而表现文学自身的强大力量，并以这种力量提升广大民众的抗战情绪。抗日旗帜之下集结的作家群体，心怀宏愿，确定奋进的方向，创造现代中国文学的新局面。

以 1937 年 7 月 7 日卢沟桥事变至 1938 年 10 月 27 日武汉失守为时段性标志，全民抗战进入初期，文学创作依衬壮阔的历史景深突显共同的救亡主题。伟大的民族解放战争熔炼新的国民性格，作家的文学活动充满社会激情，创作理想贯穿爱国的时代基调。尽管因宣传与号召的需要，为了振奋民族精神，重塑国家意志，在鲜明和单纯的创作色彩中添入功利性因素，一度出现公式化、概念化的倾向，却是非本质的现象。肩负文学责任的作家群体，在新的历史环境中自觉发扬五四文学的战斗精神，坚持务实立场，通过具体的文学实践探索符合艺术规律的表现形式，推动现代文学的发展进程。

五四的文学所反抗的，是扼杀民主精神的封建势力；现时的文学所进击的，是威胁民族生存的外侮强寇。许多作家直接感受到战争的破坏力和摧残性。他们凭借对真实世界的观察做出文学描述，以文学的名义体现民族的群体意志，对世界发出正义的呐喊。第一次淞沪抗战不久，"然而对于我，我是痛切地感觉到夏天来了。我依旧留在自己底坟墓般的房间里，而如今坟墓外面却被人燃起了野火，坟头的草已经被烧枯了，坟墓里就变成了蒸笼似地热。我底心像炭一般燃烧起来，我底身子差不多要被蒸得不能动弹了"，心中的火焰在腾燃，"不，我是坐在一张破旧的书桌前面创造我底《新生》。这《新生》是我底一部长篇小说，却跟着小说月报社在闸北的大火中化成了灰烬。那火是日本兵士放的火，它烧毁了坚实的建筑，烧毁了人底血肉的身躯，但它却不能够毁灭我底创造冲动，更不能够毁灭我底精力。我要来重新造出那被日本的爆炸弹所毁灭了的东西。我要来试验我底精力究竟是否会被那帝国主义的爆炸弹所克服"（巴金《我的夏天》，1932 年 7 月 15 日作，1932 年 9 月《现代》第 1 卷第 5 期 9 月号），他决意重建证明日寇暴行的精神纪念碑，永立在这都市中间。"在我写《大明湖》的时候，就写过一段：在千佛山上北望济南全城，城河带柳，远水生烟，鹊华对立，夹卫大河，是何等气象。可是市声隐隐，尘雾微茫，房贴着房，巷联着巷，全城笼罩在灰色之中。敌人已经在山巅投过重炮，轰过几昼夜了，以后还可以随时地重演一次；第一次的炮火既没能打破那灰色的大梦，那么总会有一天全城化为灰烬，冲天的红焰赶走了灰色，烧完了梦中人灰色的城，灰色的人，一切是统制，也就是因循，自己不干，不会干，而反倒把要干与会干的人的手捆起来；这是死城！此书的原稿已在上海随着一二八的毒火殉了难。"（老舍《吊济南》）"我家的房子——缘缘堂——于去冬吾乡失守时被敌寇的烧夷弹焚毁了。我率全眷避居萍乡，一两个月后才知道这消息。"（丰子恺《佛无灵》）国家和民族的灾难，转化为痛切的个人经验，使他们的笔尖喷射着怒焰，滴淌着血泪。思想在燃烧，跳荡的文学灵魂更具沉重感和使命意识。因此，在作品表现上，幅度的广阔伸展和意义的深刻开掘，都是更进一步的任务，并且在实际的努力中显示新的创作进步。这也说明"五四以来的新文学的社会影响，多产生在文化思想方面，而不只是在文学艺术的领域。所以，新文学的出现、存在与发展，它的文化性超过了它作为纯文学的价值"①。一切有民族自尊的中国作家都意识到，凶蛮的的外寇更是一股对于

---

① 赵凌河：《新文学现代主义思想史论》，辽宁人民出版社 2006 年版，第 289 页。

绵延几千年的中华文明的巨大的毁灭性力量，以文学的利器做出抵抗性的回应，无疑是神圣的文化责任。这是民族衰弱史带来的现代启示。

五四文学的一项重要实绩，是散文小品的发达，而在此期，合成叙事与抒情元素的风景散文，以创作者数量的众多与作品质量的上乘逐步走向成熟。山水文学固然重视直觉体验的强调，但社会生活更是作家进行风景书写的依据。本期标志性的事件，是抗日战争的酝酿和全面爆发。反映民族解放事业的宏大场景和感人细节，成为众多爱国作家的创作自觉。相比上一个十年，作品中的优游气度和纯美色彩减淡，血脉的搏动使文学格调的软性渐渐被刚性替代。个体生命、自我意识与民族命运、社会现实形成更为紧密的联系。国家的艰危折映在作家心理上所形成的忧愤情绪，在社会转型过程的全景呈现中，成为许多作品的核心主题，竟至扩衍为一种主导倾向。

1936年3月16日《宇宙风》第13期发表春风的《沈阳的春天》，在往昔的怀想里发抒失国的悲恨，"居留在关里的关外人，一想起从前的家乡，不禁都有世界遍处流亡的犹太人的呼声"，忆念着"塞外娇艳的蓝天，绿树，高山深谷，清溪湍流"，特别是沈阳"小河沿的成行绿柳，都抽起嫩黄新芽，万泉河的清水也融得净净，淙淙而响，市上的街树也绿透了，空气变成清新有活力"，去三百里地以外的千山旅行，"松涛，云雨，山林古刹，清夜磬声，都是千山的特出景象，游人们在深山和杏花香里，常是乐不思归"，使得"暖和幸福的春天，人人可以吃饱饭的春天，都在老幼的心窝里闪烁着"，怎奈这些都是从前的光景，只能在躲入墙角落泪时"望着可爱温暖的春天，发着悠悠平和的心思，追昔慕古"，只因九一八以后，日本人治理下的沈阳"处处都是苦逼，压迫，饥饿，钱紧，闹穷！饱肚子都是难事，谁有心想甚么春天！"在前后光景的对比中倾吐亡国之恨。东北沦陷后的城市实况，转化为春风的心理投影，1936年4月《宇宙风》第14期发表的《请看今日之沈阳》，观照在日寇奴化下，社会的混乱和民众的屈辱："今日的沈阳城完全改变了前四年的旧观，如果有外国的游客在沈阳下车，他第一句话或者就是：'到底沈阳是不是中国的？'这句倒问得有理，根本沈阳的景况，都已经笼在'和'气之下了"，"至于夜市，更是属于女人的了，明门，暗娼，家禽，野鸡，触目尽是"，亡国之恨在笔端流露。1936年4月16日《宇宙风》第15期发表苹等的《剪影金陵春》，以深刻的幽默调侃南京现状，"紫金山的白银色，焕然映出中山陵的辉煌灿烂。那三百多石级，令人高山仰止；设计的壮丽堂皇，令人自信国力不凡"；从建筑谈到人世沧桑，明故宫经过"风吹雨打，最后变作农田"，御道两旁被农田掩映，这里"从前是文武百官弯腰屈膝的地方，如今却是农夫弯腰屈膝的地方了"，外寇进逼，古都却照例笼罩着麻木的情绪，作者对国民的精神状态抱着深深的忧虑。周黎庵（周劭）的《春天的虎丘道上》也流露出相近的情绪。苏州依旧山温水软，往虎丘去的路上，"你可以见到穿制服的中学学生，穿红红绿绿运动衣的中学女生，三五一群，在松软的黄沙途上笑着，骑着，他们的景象的确是安适和美丽，好像升平时代如剑桥的学生，早已忘怀去年风雪中奔走呼号，热血沸腾情况。时期才从冬季到春季，而他们变得这样快，从风雪和热血孤愤并合中的京沪线上，搬到春光旖旎的虎丘道上"，而虎丘的古真娘墓和古鸳鸯冢之外，新添了孝子墓，"看看这些大人先生的墓志，又像煞是十九世纪的笔调，不像是墓碑所题民国二十三年。总之，这班维持风教的大人先生还要借虎丘一块地来提倡愚孝，来保持他们的地位"，面对满口世道人心者要在名胜之区遍竖贞节劝孝牌坊，以期风俗的敦厚，他表示"非把这些丑不堪言的水泥新坟铲平不可"，愤然的心情燃烧在字句间。1937年12月1日《宇宙风》第53期发表徐迟的《南浔作战场》，怀叙家乡风物，寄寓对惨遭敌侵的江南的忧念，"日军二千人到了震泽，这与我的故乡南浔镇相距仅十二华里……现在和平的村子是一个一个的被破坏了。旅行过这一带运河的人都知道这一运河上的村子的和平气象，有的是异常地美丽可爱的风景。论风景那是名胜之区也赛不上她的天真素朴。那是真真的大自然的现身……以园林驰名遐迩的，宜园、适园、小莲庄、张园，亭台楼阁，竹林荷池，现在无疑要毁于敌人的炮火。以教育驰称于湖属各地的一个贫儿院，十六个小学，一个中学，一个民众教育馆，现在无疑的要成为敌人的最初的射击靶子"，联想到文化受创的历史教训，心底更被亡国的痛感扰袭，"例如罗马亡，文化给野蛮人摧毁了，欧洲立刻是五六百年的黑暗时期，而美索博达米亚的原野上，住着的是野蛮人，地层里却是古昔小亚细亚文明的宝藏。那末南浔是太贵重的一个所在。刘氏嘉业堂的藏书，庞氏的藏画，无价的书画墨宝，这次是否要遭到浩劫了呢？是否它们已迁移到什么地方了呢？"对中华文化与世界文明的认知，增加了民族感情的深度，也为观照战争提供了一个新的视角。1938年6月1日《宇宙风》第69期发表沧一的《重庆现状》，流露战时流离奔波的苦绪，"别来上海，转瞬已经有几月了，她的一切，几乎无时不在念中。四马路上许多使人留恋的书店，想来目前已很凄凉了吧？在遥远的山国里看了《西风》、《集纳》、《国际知识》等寥寥的几种刊物，是多么令人为这失去了活力的孤岛而悲感啊！"真实地传达了一个身处山城的知识者对于战争的切身体验。1938年7月16日《宇宙风》第70期发表林娜的《血泪话金陵》，惨遭浩劫的南京进入作家的记录，日军攻陷古都，纵火烧杀，"全南京堆积着的都是尸骸……尸骸都是老百姓，他们的手被用铁丝反绑着，在无情的机关枪炮火底下死亡了"，一个朋友"我们把他埋掉时已经死了，但是眼睛还是愤恨的睁着"，记实的书写燃烧着心底的愤焰。

众多作家从各自经验出发，书写共同的主题。

谢冰莹凝视月夜碧海，独享丰沛的诗意，而烟台港口小火轮上一个水手帮外国人欺侮中国人的一幕令她愤懑："我的血液沸腾起来了，我的怒火在内心燃烧着，我紧握着拳头，几乎要大叫了起来。我不懂，替帝国主义者当走狗的人，何以这样不知耻辱，他自己不也是中国人吗！不也是被压迫民众之一吗！为什么他还狐假虎威，帮助帝国主义来压迫他的同类呢？"（《海上孤鸿》）刺心的侮辱和深沉的苦痛折磨着民族自尊；眼见美丽、静穆、雅致、富足的姑苏城在日寇的侵逼下，呈现一派凄惨、荒凉、恐怖的景象，她万分悲恨："苏州，你这饱受敌机践踏的天堂，两个多月来，你已经受够了轰炸，受够了机关枪的扫射，你已成为百孔千疮，奄奄一息的死城了。我并不为你悲哀，我只有愤怒。整个的中国，多少锦绣山河，多少像天堂般的城市，都变成了一堆堆的瓦砾，都变成了一片片的焦土，都变成了血肉横飞的战场，鬼哭神号的地狱！"（《地狱中的天堂》）

上海的都市之夜闪烁迷幻的光影，丁玲的心绪却陷入深深的忧郁，来自西方列强的贬辱，来自剥削阶级的压榨，使国家和民众痛苦地挣扎，"是一个都市的夜，一个殖民地的夜，一个五月的夜。恬静的微风，从海上吹来，踏过荡荡的水面；在江边的大厦上，飘拂着那些旗帜；那些三色旗，那些星条旗，那些太阳旗，还有那些大英帝国的旗帜"；夜的凉风吹着码头上的苦力，吹着从大水里逃来的农民，还有那些被炮火毁去家室的难民，那些因日本兵打来而在战区里失去归宿的贫民（《五月》），她在文字里排遣悲愤与沉痛。

孟斯根眼中的上海"虽然是世界繁华大埠之一，虽然有爵士音乐，有土耳其浴室，舞女的唇和腿，电影明星的《毛毛雨》。但这些都还不能迷醉我这青年时代的心。那蓝眼睛水兵的皮鞋脚、那被踢肿了脊背的洋车夫、那恶魔似的灰色军舰、那油油的西洋浪人的胖脸、那大肚子，……总使我感觉这不是一个合理的人的世界，于是我憎厌上海"，而哈尔滨"表面主权虽属于中国人，实际治权却还是操在俄国人手里。这个地方一向也好像中东铁路一样是一个分析不清的谜网"（《忆哈尔滨》），语气里充满受奴役民族的耻辱感和怨愤情绪。

刘庆文盛赞扬州瘦西湖之美，"呀！物华天宝，那晴空怎么幻出彩云明霞来，多么灿烂绚丽，莫是锦绣罗裳吗？"然而游罢此湖风景，遂感叹"现在列强竞争，莫不有狰狞鬼怪之恶面具，互相残杀，违背天道的自然。国际和平，等于梦境呓语"（《瘦西湖追感》，1934 年《人间世》第 7 期）。

谢国桢游览陷落后的扬州，梅花岭阁部墓旁小树上贴了一个纸条，才知梅花"被日本鬼子斫了不少，不久，这里又驻了兵，虽然有白部长保护民族英雄煌煌的告示，但是剩余的几棵梅花树，全都斫去当柴烧了"，"闻之不禁愀然。吾想不但梅花岭上的梅花岂堪再折！就是吾国的人民，屡经事变，疮痍未复，也正应如爱护梅花的心理，不堪再折了！"（《扬州纪游》，上海《永安月刊》）维扬旅迹，化作一段愁郁的心情记事。

萧军从哈尔滨向青岛去，在船上遭到警察屈辱性的盘查，这时"微微听到海水激荡着船底的声音。末春的阳光和着风，愉快地从舷板上的圆孔窗投到舱内的席子上"，海景并不能消尽他的内心的刺痛，"海是多么美丽和广茫！我们的心和整个的身，却始终是狭窄的，被什么封锁了一样"（《大连丸上》，1935 年 5 月 2 日作于上海，1936 年 1 月 20 日《海燕》月刊创刊号），在逃离满洲国的旅途上，仍旧难以摆脱失国的哀痛。当他从船上第一眼看到青岛青青的山角时，从冻结里蠕活过来的心，因祖国而梦一般地感动，发出激情的赞美。可是尽管青岛"有碧油油的海水；翠叠叠的群山和树林"和红瓦的洋房，"可怜我这颗赞美底心，在第六天上就被一只锤子敲得粉碎！我知道了这也是和别的都市一样，充分具备着别的都市所具备的'不美丽'啊——有人作马，有人拖人……"（《好美丽的地方》）美丽的幻梦终于被饥饿的锤子击碎。萧军更看到外国列强对于普通中国百姓灵魂的毒化。从青岛去往水灵山岛的船上，那个驼背的司舵老人"脸上每条纹皱全是单纯而真挚的，从他的脸上，我读不到一点人类卑污的痕迹，他这单纯洗濯了我的灵魂"，然而这个温良和善的老人却是个教徒，并且信仰了三十年，"这使我感到惊诧，我惊诧帝国主义的布道者的手指竟是这样尖锐而坚牢地探到了我们的内腑！捉紧了我们的心肝！"他为老人"那愚蠢地有着夸耀意味的自信"而悲哀，一边因河山壮美的关东沦陷敌手而痛心，一边因国人精神遭受的戕害而愤懑，"当我们从水灵山岛归来，我倚在船尾的一条铁梁旁边，看着那浸浸地沉下着的落日，风吹摆着我的头发，海波上闪动着金属样的光，天西的云霞，红得相同胭脂，相同嫩玫瑰，每个帆船轻轻地驶过，它们的帆影长长的漂在海上……这是怎样的一幅美丽的画图！但是今天我却没有心肠鉴赏它们"（《水灵山岛》，1936 年 8 月 10

日作，刊载于 1936 年 9 月 5 日《中流》创刊号）。

端木蕻良在海边观察到"时局的紧张，可以从海滩上洗澡人的减少来推断出来。深褐色的皮肤不见了。只白沙一片，和盐水打岸声"，落寞的心情里，他"在北平的情形很恶劣的那天晚上，就是说我们的土地又失去了的那天晚上，我在礁石山看着脚下一节一节扑上来的潮水……我想是在海的远方，也许就是卢沟桥吧，他们的爱子在火线上消失了"，他的心底充满感愤，"青岛之夜，以后将以血腥扰混蓝碧，以人类的呐喊来代替'水流'的呜咽吧！我再来时，我希望这里是一片焦土，只在岩石上有一朵白色的小花，受着空气和阳光的抚养"（《青岛之夜》，1937 年 9 月 5 日《烽火》创刊号）。

钱歌川目睹上海租界的繁昌光景，满怀愤懑："这里的外国商人、教士，高车驷马，生活豪奢，住的是高楼大厦，吃的是美酒佳肴，简直把他们从前在本国的穷苦完全忘记了……然而，他们在中国却是何等的有钱有势啊。他们的地位都是建筑在金钱上的，他们的富裕便形成了租界的繁华。世界上文明所赐予人类的工具，都可以在这里发见。"（《洋场零语》）他记叙第一次淞沪抗战后的凄况："一二八一战，尤给予上海一个很大的创痕，至今疮痍未复，北四川路一带，已经没有神秘可寻，只剩得破瓦颓垣，增人萧索之感而已。"（《洋场零语》）

骆宾基写出了战时上海的创痛，他望见"徐家汇教堂，那两只直插云霄的塔尖，已被金阳渲染了刺目色彩，傲岸地俯视着，漫布低空的硫磺质浓烟，烈火。从中山桥长长绕来的难民群，携老抱幼地拥挤着……焦灼的火焰，燃沸每人的血流"；然而，白昼刚过，"夜，燃起商店、公司、舞场的灿烂的霓虹灯，电车线也爆发出绿焰，回力球场的炫耀的彩色吸入了大量的赌客"，喝醉的英兵，含雪茄烟的绅士，金发妙女从花摊主人那里接过色彩鲜美的鸡爪菊，空气里回响着卖报人迫切与激忿的叫喊，三弦琴、梵雅铃让走进维也纳舞厅的情人沉醉（《大上海的一日》，1937 年 11 月 7 日《烽火》第 12 期）。

柯灵含忿记述战火燃焚的黄浦江畔："自从南市也随闸北成了灰，这一方小小的土地上就多了十几万难民。他们背后是漫天的大火，是无底的恐怖；前面是铁蒺藜，是木棍的挥舞。求生的欲望驱使着他们，穿过尖刺和鞭击，抱着血痕涔然的头，向租界拥进来，被掷在寒风如割的街头巷口，开始跟生存的威胁肉搏。"（《长街》）他在苏州河畔追寻战争的影子，诅咒屈辱，讴歌抗争，怀思与感奋集注于笔端：河水"在船底呜咽。流不尽的是黑色的罪恶，是红色的仇恨"，"巍然矗立在苍茫中的却是四行仓库。它教人想起窜天的黑烟，满空的红焰。在火海包围，弹雨横飞中，有我们的国徽迎风独立，猎猎地唱出自信和骄傲……战争史上绚烂的一笔！如今是空洞的巨厦历尽风霜，弹痕遍体，有如罗马城中繁华的遗迹"（《凭栏》）。他惯于在风景中体贴自我的情感况味，而烽火岁月使他转向沉重的民族忧虑，风景仿佛也变了颜色。他怅叹"地上的乐园早经失去，人间的天堂都已毁灭……"并且发出含泪的幽默："如今我们闲情的士女，只要略略破费，在'孤岛'上也得从容地欣赏沦陷了的西子风光了。"柔腻脂粉香中的灵隐古刹，小沟里浮着的游艇，比湖上更加美艳的船娘，都还如常，"先别管世乱年衰，万人失所，我们也得有一夜狂欢。你看这电炬下的长堤蜿蜒，楼台隐约，这一池子的水还不够我们幻想的游泳吗？……"默望连天烟水，想着钱塘江上的那座钢铁大桥，他的心在阵阵发痛，"桥呢，毁了，当然。我想得出那残断的骨架，在呜咽的江声中傲然独对西风。堤岸寂静，除却天边的云树，沙滩上的铁蒺藜，江上失去了白色的帆影，岸畔也不见一个行人。夜来了，涛声拍岸。子夜的潮头狂怒地涌起，迎着下弦的月色，唱出它满腔悲愤"；"一湖的烟波，一堤的细柳，一带的层峦"间，深寄他的欢喜与哀愁，"美色对于女人，在乱世只是一面招揽暴客的酒帘，秀丽的湖山胜迹，在炮火下更不堪闻问，西湖的劫数，谁又能够想象呢？前夜有客自湖畔来，问起消息，他只有摇头与叹惋，眼睛泫然了，可是射出来的是愤怒和复仇的光。他说一切伤心都无从说起"，如梦的湖山，"风里是夹着血腥气的，我们闻得出。湖畔的一根草一朵花，我们也应当看得出那含愁的颜色"（《西湖的风》）。战争添在柯灵心头的愁苦，也曾透过怀故思亲的家庭生活的视角来表现，虽然人物活动的背景是"在那水软山温的苏州城里"。在"普遍地将不幸散给人们"的苦难时代，"战士的心里也许只有搏斗，我却时时想起我的不幸的母亲，和这战争中一切母亲的悲运"（《苏州拾梦记》）。他更被"悒郁而又固执地倾泻"的雨撩触着忧情，他怜悯蜷缩在街头的露宿者，"多么残酷的生活的战争呵，可是人们面对着战争。他们就是这样地活着，而且还要生存下去……"（《雨街小景》）

方令孺访问伤兵，微雨时分的天色愈加给心情添了愁闷："满天低垂着湿润欲滴的云，时时像是忍着眼泪的样子，竟或有一阵雨丝，追着飒飒的秋风扑上你的脸，但立刻又戛然停止，像不屑哭泣似的。江水和天空像是一双愁容相对的朋友，带着沉痛的忧郁，和黯淡无光的灰色：横卧在江天之间的绿洲，也觉得很无味，收去了它的颜色。"但是，救亡斗争中的她，表现了意志的坚忍与顽强，虽然"这古城，将近二十年我没有回来过，一切都还像一湾塘水似的凝滞不动，现在送来从敌人炮弹当中留下来的几千残废的躯体，却个个都有活跃英勇的灵魂，这灵魂该是最新鲜的雨水，冲净这一塘陈积的浮萍"（《古城的呻吟》）。

楼适夷为外敌的侵凌情势和国内的政治现实而焦虑，在被暴风雨蹂躏的惨淡、阴郁的都市，内心震响"冲破了暴风雨向新的世界去"的勇敢呐喊："我们经历着暴风雨的年头，从沈阳的炮声，全东三省的火烟，上海的血的洗炼，以至最近东北平原中嘶杀的悲号，已濒垂危的热河与平津的呻吟的声音，在第二次大屠杀威胁下的上海，南京以及长江一带民众的恐怖，这一切不是日帝国主义所卷起的血的暴风雨么？从东三省一直无抵抗到退出淞沪，从珍珠桥一直扫射到内地农村中每一块泥土中的每一个百姓，为着替国际帝国主义扫清瓜分的障碍，为着消灭世界劳苦大众的堡垒，为着使更大更大的强盗战争的大屠杀，落在全世界饥饿失业的劳苦者的头上，在中国的土地中，所进行着的屠杀，焚掠，这不是包围在我们四周的血的暴风雨么？和这些血腥的暴风雨一起，许多扮着各种面谱的政治家，学者，文士，使弄着各式各样的辞藻，为着他们主人的屠杀阴谋的顺利的进行，不是正向我们卷起威胁与欺骗的暴风雨么？"他感奋"无千无万的群，都在暴风雨之中，作着英勇的行进，只有到他们的队伍里去，和他们一起，向着暴风雨前进，我们才能真正的冲破这个暴风雨"（《向着暴风雨前进》），为遭受屈辱与苦难的民族发出激愤的呼吼。

曹聚仁以讽刺之笔描写自然灾害下不同的社会心态。恫心怵目的洪水弥天满野地朝汉口涨来，危难关头，有人却怀着在洪波巨浪上赏月喝酒的闲情，"社会有什么事故，国家有什么急难，和他们全不相干"，进而由这种"别致的风雅"联想到外侮情势下某种人的作为，从明朝倭寇"流转焚掠屠杀，动辄千万人，牵连了几省几州"，到"满洲人入关，英人陷定海，英法联军攻天津，八国进北京，'顺民旗'成为国难期中应有的点缀"，忧虑"汉口市民都这么做，岂非国家将亡的另一特征？"由此得出结论，"大水，在某一点看来是天灾，在另一点看来正是人祸"（《大水中》），在借古讽今中对国民的精神劣性表示愤激，更因日寇进逼的危殆国势而深忧，让沉郁的悲慨浸润字句。

民族危亡让曹靖华愈加感到深冬的冷峭，疾骤的寒风迎面吹来，他的情绪和学生的抗议浪潮相呼应，他反复呼喊："在北平，十二月的风是多么狂暴呵！它卷起了青年的血潮，洒遍了故都！它卷起了争自由的怒吼滚遍了全中国，滚遍了全世界！侵略者及其走狗们在这狂暴的血潮与怒吼前边都抖颤，胆寒。"（《十二月的风》）

蹇先艾被驳船拖到塘沽，在"黑暗涂了满船舱的空间"里，听着"有的人在谈着他们怎样从北平化装逃出来；有的人在谈着他们怎样在天津车站被日本宪兵带到宪兵司令部去扣留了几个钟头，还挨打了好几个耳光"，他认定"从天津到塘沽的驳船上，乘客们脸上看不见一丝笑容，这可以说是必然的事"（《塘沽的三天》）。

老向在危如累卵的北平城里，记录着市民不安、骚动与惶遽的景况，"从上月'友机'飞至通县侦察以后，故都已陷于浓重的危险氛围中……街上红十字会的救护车穿梭似的来回跑。城外聚集着无数的伤兵与难民"，紧张的局势下，"东西车站又拥挤不堪了。市民似敲窗的苍蝇，不知何处有隙可钻。北平的逃至天津，天津的又逃至北平。东城的搬至西城，北城的又迁到南城。乐土到底在哪儿？"竟至哀叹"中国人连逃命的本领都没有了！"（《危城琐记》，1933 年 5 月作于北平，1935 年 12 月 16 日《宇宙风》第 7 期）

如愚游览南京牛首山，遥想岳飞于此大破金兵，顿生壮怀，"当此外侮日亟，国势凌夷之秋，凭吊往事，殊令人感慨不置！"（《游牛首山记》，1934 年 5 月《人间世》第 2 期）

杨刚在沦陷的北平发出悲愤的心声："七月里的罡风过来时，我见北平的绿槐滴下了冷涩的泪珠，粉红绒球状的红绒花，黄着脸儿，变得寡妇一样的颓丧了。那时天安门赤身露体躺在强人面前，中华门下玉白的大街，毫无遮饰的躺在贼人脚下。她们昔日的尊严华贵完全为裸露的侮辱所代替了。中国的皇后被强盗摘去了她尊贵的冕毓，而抛弃在泥尘里，像一个随营公娼一样蒙受着万骑蹂躏！那是无抵拒的摧残，那是绝望的强奸！死亡，严重耻辱的死亡，坐在北平头上。北平，我们庄严华贵的伟大母亲！"（《北平呵，我的母亲！》）

王西彦从北平表面的和平透视深层的危情，"今年夏天，敌人的军队源源不绝地开进这个古城，那竖着日文路牌和巡逻着'友邦'宪兵的东车站，差不多每隔两三天就要为黄制服的'客人'的光临而戒一次严"；而"丁香花谢了，牡丹和芍药却正当娇艳逼人的时候"，又招致旅客"来观光这富于生活美的古城"；鼙鼓频敲本可见出故都的繁荣景象，但是现今，敌军的机关枪和迫击炮却演奏着另一种交响乐，"有时候，崇文门大街和王府井大街（东城两条最繁盛的马路）竟成为'友邦'军队的演习场所。自从友邦的铁甲车两次从丰台驶进北京城来观光以后，这种音乐也就变得更其频繁了"；他看到"即如长安街上，中华门前的白石桥上，红肩章武士们趾高气扬地蹀躞着，欢呼着，并且殴打着苦力和洋车夫"，并且在中山公园"任意蹂躏草坪，采折花木"

（《和平的古城》）；丰台一带，"红心旗在晚风里威胁地飘拂着……红心旗下面，一片灰色的营房，紧紧地互相挨在一起；土色的房顶，承受着最后的阳光，明显地绘出阴阳面。无线电的高杆子直指着空漠的天心。看着这些，胸口被塞进沉重而酸苦的情绪"（《屈辱的旅程——记一九三七年七月十九日下午》），他强烈地感到家国沦陷带来的深重的灵魂痛觉；在湘江之滨的长沙，古城受难的惨景同样震悚心灵，"这一天，长沙市就在凄厉的汽笛声中停止呼吸，期待着一个巨大而悲惨的运命"，空气在铁翼下震颤，日本法西斯兽性的残暴的血手把长沙屠成一片劫墟，烟火中的瓦砾，焦黑的弹窟，呈现在无数悲恨的眼前，"一个白发苍苍的老太婆，她那干瘪的脸孔完全被涕水和皱纹弄得模糊不清了，仿佛那不是人脸，而是一个悲惨的符号"，另一个受难者"失了光彩的眼睛在说明他行将和生命告别，但必须用自己最后的痛苦表情向人世间诉说出他的仇恨"，"巨大的火舌残忍地舐着危墙，断梁，折柱，将要倒坍的房屋……黑色的泥土，如同是一个痈毒裂了口，抛出破碎的焦灼的肌肤"（《十月十九日长沙》），蘸着饱满的油彩绘出的虐杀惨景，色调凝重，逼真的特写效果产生强力的情感震撼。

老舍对于面临亡城之危的济南，情感复杂。承受艰难时世的磨折，哀痛尤为沉重："敌人的炮火是厉害的，敌人的经济侵略是毒辣的，可是我们的捆束百姓的政策就更可怕。济南是久已死去，美丽的湖山只好默然蒙羞了！"而在他的内心，希望未泯，依然燃烧着火样的激情，他认定"灰色的济南，可爱的济南，已被敌人的炮火打碎。可是湖山难改，我们且去用血把它刷新重建个美丽庄严的新都市"，他憧憬古城"把它的智慧热诚的清醒的串送到东海之滨与泰山之麓"，他坚信"济南，今日之死是脱胎换骨，取得新的生命；那明湖上的新蒲绿柳自会有我们重来欣赏啊！"（《吊济南》）

王元化心底郁积的愁闷借着清夜的雨来发泄，这雨"……咆哮着！……怒吼着！……好像汹涌澎湃的海涛。那声音是又庄严又激烈！"（《雨夜》）默眺柔弱的西湖山水，想到敌虏的劫夺，钟敬文胸中激荡民族气性："今天，敌人的铁骑正驰骋在六桥三竺之间，辉煌的楼阁亭榭，做了凶手们豪宴游息的场所。鲜血染红了堤边的青草，柳荫中躺卧着无名者的尸骸。民族的宝物成了敌人的劫掠品，古代传下来的优美的建筑被随意地火葬了。昔日自由的市民，此刻已经变为和马来岛人或土著般的异族奴隶，少数无耻的民族败类，正在敌人的鼻息下做着甜软的梦。杭州！提起你今天的劫难，谁能抑得住胸头的悲愤？中华的子民，特别曾在你怀中温暖过来的人，不能够不发誓用血来洗清这难以名状的耻辱！越王的沉毅，钱王的雄武，岳武穆将军的精忠，秋瑾女士的豪侠，……这一切的英风伟烈，决不会在我们这时代里消歇了的！汹涌哟，八月的钱塘潮！奋斗哟，越国千万豪俊的儿女！"（《怀杭州》）

　　刘思慕的情绪抒发是借了寇兵的乡愁，从独特的视角表现抗敌意志的，"樱花的狂欢，梅雨的幽寂，再度在我的感觉中渗流，何况敌人本是世界上最工于'乡愁'的民族，而又跑到中国来作'深闺梦里人'呢？"细腻的情绪、绵密的思致，在艰危的世局下愈加显出一种深刻的惆怅。对于日本社会情形的了解，对于日本国民心理的体察，以及生活风俗的熟谙，更使他思考得深透，"'皇军'在中国的兽行，也许有几分是和'花见'的社会根源——虚伪的礼教社会里的变态——有关吧？"（《樱花和梅雨》，1938 年 6 月 1 日《文艺阵地》第 1 卷第 4 期）

　　彭慧用甜美的语调述写后方田园诗般的乡景，用意也在对比。她望见"排成列的嫩绿的新苗，在蓄着三四寸深水的水田中，迎着和暖的春风，在轻轻飘动着了"，质朴的乡下农夫在插秧，"一边在工作着，还一边在唱着十八岁姐、三岁郎那类的老调山歌"，他们也听见过"省里有东洋鬼子的飞机来丢炸弹"，可还是认定"东洋人一天没来，我们就要种一天田"的道理，仿佛浮出一幅世外桃源图，而现势的背景那么严酷地衬在后面，正显出笔墨的冷峻深刻，"远处是山丘，两旁是田野和阡陌，大路上有老树，小路旁有野花，牧童还是唱着老调的山歌。谁也没有告诉他们：他们的生活是在一个惊人的大时代里动荡着"（《后方的乡村——回乡杂写之一》，1938 年 6 月 7 日夜追记于武昌，1938 年 6 月《抗战文艺》第 1 卷第 9 期）。她眺览"披着绿色的衣裳的层层叠叠的峻岭，前面可以俯视碧水接烟云的幽静的滇池！在昆明，这里本是名胜，就在国内，这里也何尝不是壮丽的景观呢！可惜，目前中国是一个民族自卫的抗战的时代"（《滇池岸上——关于聂耳纪念会的报告》，1938 年 8 月《抗战文艺》第 2 卷第 4 期），战争令优美的自然风景失色。

　　力群的笔下，太湖的美景醉人，"春兰在山崖间吐着幽香；不知名的红花开遍了山野；黑色的蝌蚪摆着小尾游动在田池里……""太湖的山间是丰美的：在春天，农家的竹林里跳出了肥硕的愉快的嫩笋；活泼的小牛奔鸣在茅檐下；山坡上覆盖着豌豆的绿色……"而社会的状貌却是"农民们带着一副忧郁的脸，小孩子头上生着癫痢疮，臂上长着黄水泡。黑色的跳蚤在他们身上爬行着"，虽然他们"不晓得敌人的飞机是怎样的，敌人的国旗是怎样的。但他们，最喜欢听我们唱救亡的歌"，相比之下，那些阔气的绅士，吃得非常胖的区长老爷，嘴里喷着酒味的联保主任，才是最可憎的。（《在太湖的山间》，1938 年 6 月《抗战文艺》第 1 卷第 7 期）

国难使丽尼愈加追忆江南平和的往日，"人民是那么和平，有些人，在他们一整生也不曾听见过枪声"，伴着这些善良百姓生活的自然环境，也如他们的性情一样和顺，"湖水是那么温柔，永远只是私语着无穷尽的温柔的故事。大地总是静寂，人们耕作着，从祖父的时代起，在同样的田地"，"然而，强盗们用火与炮侵略到家园里来了，连湖水也从湖面翻腾着，直到湖底"。在死寂的大地上，他发出深沉的心音："江南，美丽的土地，我们的！"漫漫暗夜里，乳白色的月光映照着微漾的湖水和寂寞的远山，想起产着鱼和茶的湖山，产着丝和米的田亩，他的心更叫悲感包围，"离别了，遍地的翠绿和金黄，离别了，故园，家乡；离别了，竹林里的祖先的坟场，离别了，水色，湖光"。（《江南的记忆》，1938 年 12 月作，1938 年《文丛》第 2 卷第 5、6 期合刊）

萧乾的眼前，徐徐铺展潮汕的河山，"岭东的大平原，静谧寂寥得像深夜。由车窗探出头去，鼻孔里沁入一股蜜柑的香味，多么使人沉醉啊！"战争的烽烟下，原本和平的农村景象尤其叫他感动，但是"布满炸弹伤痕的古桥"边，"谁家伤心人拉起悲凉的二胡，且还呜呜咽咽地唱了起来"，被炸毁的糖厂，唤起伤痛的回忆，"船过镇江，出吴淞口时，那情景又有什么不同呢？"河堤上的竹枝，蓝天浮着的白云，本应使人欣悦，可是水上飘来的清幽细锐的竹笛声"温馨而又辛酸"。（《潮汕鱼米乡》）

晋陕的清晨，"曙色像一片翠蓝的湖水，流动在原野的尽头"，可是杨朔却"疑心自己跌进污浊的泥塘里，见不到一滴清水"，因为"日本强盗已经侵入介休，夸口说准备在二十天里攻到风陵渡"（《昨日的临汾》）。

范长江"常常在晋北战地旅行"，在他的记忆和感受中，"云岗为北方第一等古代佛教文化宝藏地，它不但引起中国人的注意，而且招徕了世界的青睐"，并且"古老富庶安闲的大同城"是容许"享乐生活的存在"的，"可是 8 月 9 日南口战争把大同变质了"。（《吊大同》）

陆晶清向异国友人控诉强敌的肆意轰炸："朋友，你所游览过的重庆市区所遇见过的许多和善的东方老人，代表东方美的妇女，天真活泼的中国小孩子，都已牺牲了他们的生命，在大火下化作了灰烬！请你闭下眼来想想，这是一幅什么样的图画？这是一个什么样的世界？"（《重庆在烈焰中——致阿登·夏洛蒂夫人》，1939 年 5 月 7 日作于重庆，1939 年 5 月《抗战文艺》第 4 卷第 3、4 期合刊）

宗珏的忧愤，深隐于抒情性的诗意描写中。作者"浴着清晨的微风……静悄悄地溜到那幽娴的湖畔"，开始"向着清新的地带的旅行"，"然而时令使我记起了那副忧郁的面貌：是那样娴静和庄严。但是如今她失去了祖国的温暖，在暴戾者的爪里过着污辱的日子"，"这只魔爪不但污辱了这儿的秀色，出现在已荒乱的湖畔和山头，而且，那个魔影也徘徊在幕阜山麓了"，但是这湖山"有个不屈的灵魂，她不让暴力来蹂躏她的情操，在那荒乱的湖滨、堤畔和山前，都烙印着那些决斗的痕迹"（《湖山梦语》），粼粼的湖水、巍巍的山岭，作为象征性元素出现，代表作者深爱的祖国。

钟望阳的热血在故乡猛烈燃烧的烽火中沸腾，"记得一·二八时我回家去的时候，在一叶孤舟中，我翻滚在你的浪涛之上，那时我的心境，即使在一百年之后想来，也是不会忘怀的；我只觉得我是暴风雨中的一只海燕似的，我呼啸了，对着这英伟的，有人称为凶险的风湖！"强盗们的毒火"总有一天会被风湖中的浪涛卷熄的！"（《故乡在燃烧中》，1938 年 7 月 29 日《文汇报·世纪风》）激越的语词振奋民族的斗争精神。

这些以自然风景为背景展开主题绘写的散文，摆脱偏重一己愁怨的发抒所带来的柔腻缠绵的软性格调，而注入勇壮劲健的刚性气质。从文学的传播意义上观照，个性化作品正在自觉发挥社会化表达的功能。

作家的文字间也充满乐观精神，燃烧着火焰一般的战斗激情，洋溢的铁血气概热烈而澎湃。

东北沦陷，作为时代的忠实记录者，文学家和失去乡园的受难者一同苦嚼民族的酸辛，更在爱国情绪的驱动下向那里去，年轻的心境一片明朗：一线如银的曙色中，绯红霞光下展开的青青田野在晨风中微笑，围在朝阳四周的云彩"由浓紫，而淡紫，而深红，而轻红，而金黄，淡黄，而缓缓地作淡白色，散开了，像鱼鳞，像浪花，又聚合起来，像草原上的羊群，而又分散开，散得薄薄的，倒像一大幅雪白的窗纱，可是又给晨风吹皱了，吹碎了，吹远了，吹入无垠的碧空里去，只留下淡绿色的影子，最后，连影子也悄悄地消失了。而那个披着黄金袍子的太阳，也已扬长地走上了高岗，走上了天空，向大地放射着可爱的光和热。大地也迎着晨曦在微笑。田野上也疏疏落落，或远或近地，点缀着一些灰色的劳苦的人们"（戴平万《长春道中》，1935 年 5 月《星火》第 1 卷第 1 期）。

东北义勇军的抗敌斗争鼓舞着中华儿女，"这些义勇军都是真正从民众里面，由工人们、农民们组织成的。他们为打倒帝国主义，为反对政府的不抵抗，为争取民族的解放，和劳苦大众的利益而组织在一块，用革命战争回答着帝国主义的侵略"（丁玲《五月》）。

"不错，目前的中国，固然是江山破碎，国弊民穷，但谁能断言，中国没有一个光明的前途呢？不，决不会的，我们相信，中国一定有个可赞美的光明前途。中国民族在很早以前，就造起了一座万里长城和开凿了几千里的运河，这就证明中国民族伟大无比的创造力！中国在战斗之中一旦斩去了帝国主义的锁链，肃清自己阵线内的汉奸卖国贼，得到了自由与解放，这种创造力，将会无限的发挥出来……到那时，到处都是活跃跃的创造，到处都是日新月异的进步，欢歌将代替了悲叹，笑脸将代替了哭脸，富裕将代替了贫穷，康健将代替了疾苦，智慧将代替了愚昧，友爱将代替了仇杀，生之快乐将代替了死之悲哀，明媚的花园，将代替了凄凉的荒地！"（方志敏《可爱的中国》）身为革命家的作者，在沉暗的社会现实面前，描绘心中浪漫的政治理想。

即使身陷囹圄，心怀民族气节的作家，面对狱警的淫威也毫不畏惧，"我的血管几乎要涨破了，我咬紧了牙根，恨不得一拳打开铁门，冲出去杀死这侮辱我的帝国主义的走狗，杀尽这班狼心狗肺的人类之敌！""从铁窗望过去，外面是一片红的。呵，暖和的太阳出来了，虽然照不到冰冷、潮湿、黑暗的牢狱，但只要有太阳，是会温暖我冰冷的心、医治我受创的心的"（谢冰莹《雨》）。

无数喷闪战斗光焰的笔森林般直竖，热烈的文字化作心底的誓愿，"一场争夺母亲的血战已经包围着北平，腾起了它的火焰！弟兄们，动身吧！今天晚上！动身背上我们的枪支，勒上我们的子弹，撒下马儿朝那北平道上驰去罢……我们必需要收回我们的家乡，在那里，母亲是苦楚的倚着门儿在凝望！……在我们有生命的日子里，我们一定能杀尽敌人，回到家乡"（杨刚《北平呵，我的母亲！》），决死一战的意志燃烧在文字间。在作家的意识中，奋起抗战的人民好像晶子一样透明的星，在它的光芒下，黑暗不能永远霸占光明的位置，将人生埋葬得不见天日，"宇宙神奇中之神奇者莫过于我民族里巨万的星星。在黑暗——抗战的洗礼——要临到的时候，他们各自站好了自己的地方准备着。他们是丰繁得无比，在战场上，在壕沟里，在大炮旁边，机关枪底下，也在水火死亡，流离破散中间，在 X 人的刺刀尖和靴尖上，在 X 人间谍，汉奸的侦逐网下，总之在一切失去了漂亮背境的场合中，他们谦逊的屏绝了自我狂和虚荣感而生活在大时代黑暗的一面，用自己的光明作光明，用自己的能力当启示，作为永恒光明的保障"（杨刚《星》，1938 年 11 月 7 日《大公报》）。坚强的抗敌军民又像"深夜的黑暗里从地心底层吼射出来的北风"，壮猛、狂烈、暴激，驱逐死寂，鞭捶疲弱，扫荡一切死亡和虚伪，"你是永不许冬日死亡的大神，是生命的红旗先使……没有你，没有北风的狂吼，没有北风的军号，谁知道这宇宙还存在着？谁知道这宇宙还有无疆的雄厚，无穷的力，刚猛万变的美！"因而"我以我的胸脯敞露在北风雄猛的鞭击底下，在北风尖锐的指锋的刺割之下，我愿北风排剑一般的牙齿咬住我的心，拖我上那生命的战场！"（杨刚《北风》，1938 年 11 月 18 日《大公报》）

在敌寇侵逼，城街市巷魔影幢幢的北平，作家发出心底的忿吼，"在奴化气息浓厚的北平城里，每个份子依然还在死水中跳动着"，爱国学生"是慢慢的在这个高压得透不出气来的环境中，促成了一个坚强的动力"，他们在"朔风的怒号打破了黑夜的沉寂"时分，迎着太阳的光芒，呼喊着悲壮激昂的口号，沸腾的热血抵抗着袭人的寒气，英雄的群体手挽手"在长安道上向西冲过去，红绿的传单在空中翻飞着"，傍晚的斜阳在他们眼睛里映出闪烁的光辉，"沸腾的心房，流出鲜红的热血……这样为解放民族斗争的一幕流血剧，便正面的展开在我们的眼前……地上可以看到遗留着滴滴的血痕，大众的热气随着北国的烈风，依然在天空中吹荡着"（李凌《朔风吹荡中的呐喊》，1935年 12 月 10 日作于北平，1935 年 12 月 21 日《大众生活》周刊第 1 卷第 6期）。

作家们在城市中进行意志的坚守，"但是我们不能离开这座城，已经离开这城的，也要以重回罗马的精神，重回到这座城来，用愤火烧毁那些污秽之灵的巢穴，并各样污秽可憎之雀鸟的巢穴，在焦土里重建起真正的和平的大城"（王西彦《和平的古城》）。在侵略者铁蹄下的北平城里，"有我们自己的勇士和武器，有像 C 那样的人，他们正在屠刀下面做着庄严而神圣的工作，既不希冀和平，也不屑于逃难，而以重回罗马的精神，准备走向牺牲者的圣地"（王西彦《屈辱的旅程——记一九三七年七月十九日下午》）。

八一三淞沪战事中，人民"惋惜着悲痛着沪东区的精华付之一炬"，"但是敌人的一把火烧得了我们的庐舍和厂房，却烧不了我们举国一致的抗战的力量！……三日三夜的赤焰是敌人的毒火，然而也是我们出地狱升天堂的净火！在炮火的洗礼中，中国民族就更生了！让不断的炮火洗净了我们民族数千年来专制政治下所造成的缺点，也让不断的炮火洗净了我们民族百年来所受帝国主义的侮辱。古老的伟大的中华民族，需要在炮火里洗一个澡！"（茅盾《炮火的洗礼》，1937 年 8 月 23 日作，1937 年 8 月 24 日《救亡日报》第 1 号）

　　孤岛上的阴惨气氛并未消弭国人的斗争意志,"这是阴天。这里老是看不见阳光的;只有日夜不熄的霓虹灯,像鬼火一样,在人们面前闪眼",然而"敌忾同仇,人心不死。孤岛不是一潭死水……虽然头上还有乌云,虽然现在还是阴天,但是我隐约地感到阳光的存在,隐约地意识到有雨露的日子总要到来。我们苍白暗淡的青春,有一天总将发出光彩"(徐开垒《阴天》)。

　　在沿海的城市厦门,"九月三日的这天,厦门便很荣幸地接受了炮的'恭鸣'。原来那天才破晓,日本的三军舰,还想要堂皇如故驶入港来;可是我们的炮台,却不和他讲客气了,立刻升起'火旗'警止,无如难服'皇威',三舰仍持强欲入,且先发炮制人,于是我们的大炮,便轰……轰,开始向他猛击了……厦门,现在悲寂的气象,已渐渐消失去了。而今仍是繁华、热闹、美丽的好景"(穆悠《厦门景象》,1937 年 11 月 21 日《宇宙风》第 52 期)。

　　文风炽盛、生活富庶的江南小镇面临侵凌,作家对家园心怀深忧的同时,也充满自信,"南浔的抵抗必定是强大的,于是她的毁灭也是必然的了。是的,我宁愿她毁灭,不愿她苟安图存。如果我今后回到故乡,她依然是一片完'玉',找不到半片碎'瓦',这将是我一生的大耻"(徐迟《南浔作战场》),果决的语气中,饱含奋激的战斗情绪。

　　在沦陷的暗夜里,作家的反抗意志并未消泯,"南京也正如这孤岛一样,暂时失去了阳光。经过光辉的毁灭,她静悄悄地躺在波涛起伏如山峦似的扬子江边。但不久,我相信她会像巨人般的又站了起来";古都曾冲破历史上"那些充满了中古世纪黑暗时代的气味",从"军阀底手里挣扎出来,向革命的光明的大路上走去",尽管"黑暗统治着最后的深夜的空间",但是"新鲜活泼的阳光已笼罩着古老的城市了。光明撵走了黑暗的势力",一种巨大的力量昭示民族解放战争的光明前途,虽然满城"现在都变做了瓦砾场。毁灭吧,毁灭吧,这古老的城市。在荒芜的废墟上,我们已建下了新的希望"(周而复《我怀念着南京》,1938 年 1 月 31 日作于孤岛上,1938 年 4 月 1 日《宇宙风》第 65 期),长夜里,内心发出对于黎明的呼唤。

　　作家投身前线,记录激荡人心的战争场面,"就在这个夜里,我们的军队怒吼了,扫荡着这些奇丑的侵略者。雄伟的炮声推动了抗日的大上海的民众,和怒潮一般地冲击起来了","我在霞飞路的一座三层楼上见到了我们的空军轰炸敌舰的雄姿,一声声要求民族解放的炸弹在黄浦中的出云舰上爆炸,晴空中幻出一朵朵的黑烟和隆隆的巨声","倘使日本帝国主义不这样嗜好战争,恣意侵略,我想我们决不会遭受到这样的苦楚的,我希望逃亡的人们都反过来吧，向日本帝国主义的手里去夺回我们的自由和幸福！"（钱君匋《东战场纪行——从上海到江阴》，1938 年 7 月 1 日《宇宙风》第 70 期）情绪高昂，表达了全面抗战初期的民族意志。

战时的迁徙，扩充了作家的视野，有人随长沙临时大学迁滇，历经一个半月的长途跋涉，过广州、香港、安南、河口等处，国内外见闻，激励心灵，深感"在外的侨胞因为时时受到外人的侮辱和压迫，爱护祖国的心，也就特别深切。这次抗战，华侨时有大批捐款汇到祖国，奋勉同胞努力抗战，取得最后胜利，他们在外国，也可有扬眉吐气的一天！"（文栋《海防见闻》，1938 年 8 月 1 日《宇宙风》第 72 期）

在保留苏三遗迹的洪洞县，在高耸着莺莺塔的虞乡城外，在坚筑着伯夷叔齐二贤祠的首阳山，晋南百姓"生活得简单而闭塞，十五里外的村庄对于他们就是另一个世界"，但是杀戮惊醒了沉梦，战火洗礼了精神，那些头上梳着唐代的髻，古趣盎然的中条山的女人都站起来了，剪了发，参加妇女救国会，村民们从等着被敌杀到计划着去杀敌，他们"进步了几百年，几世纪……这是山西老百姓的跳跃，恐怕也是全中国老百姓的跳跃吧……当那个压在他们身上的墙一旦坍毁了，他们便抬起头来！"敌寇的炮火下，民族的自觉、民族的仇恨在老百姓心里爆发了，他们发出意气高昂的声音，"旧的墙坍毁了，新的墙却正建筑着。到旧墙的痕迹全部消灭的时候，新墙的基础也就巩固，而敌人也就要瘐毙狱中了"（宋之的《墙》）。

在遥远的大西南，"在波平如镜的滇池上，掀起了高大的救亡的声浪，这怕还是有史以来的第一遭吧！"热烈的呼唤激响着，"争取抗战的最后胜利，为实现自由的新中国而奋斗"，澎湃的豪情汇流到壮观的景象中，"每个人，都凭着热烈的心胸，与饥饿的肚肠在斗争着。大家排着队，沿着山路，在发狂地吼唱着义勇军进行曲！滇池掀起狂风急浪了，西山发出怒吼了！谁说昆明是沉寂的呢！"（彭慧《滇池岸上——关于聂耳纪念会的报告》）

吕梁山下、黄河岸边，"许多救亡团体利用百姓们积习难除的旧习惯，举行一次提灯大会，游行，喊口号，宣传。队伍像是一条龙，游走在夜的市街上，群众的情绪，同挥舞着的火炬一样的炽烈和明亮"，尽管敌人"逼近这座古城，在汾河上扬起险恶的风涛。虽然他们会得到这个城池，但他们永远得不到我们的民众。瞧吧，在吕梁山，在石楼山，在姑射山，我们将有广大的游击战展开。我们不怕任何利器，我们有坚强的精神堡垒建筑在民众的火热的心脏上！"（杨朔《昨日的临汾》）

　　风暴的年代，危困的时势点燃作家的心头之火："就让美人在屈辱下用着热泪来洗涤那污辱的创痕吗？回答是否定的。两只巨大的手臂展了开来，从大别山脉到幕阜山，它要用那坚强的拳头来痛击那疯魔，让美人回到这英雄的怀抱。这英雄，是个伟大的象征——祖国的儿女之坚决的结合。"（宗珏《湖山梦语》）

　　渴念中的松花江在作家心头激涌起情感的浪花："虽然故乡仍在虎口，松花江也将被吞蚀，可是，我们并不灰心，并不焦虑。我们相信，组织起来就是力量，如果我们坚决地奋斗到底，故乡终会失而复得；而且，面前的光明，也正在向我们招手呢。"（白朗《沦陷前后》）战斗的激情也在文字间燃烧："侧听着急驶过去那一列列的军车，我的心在激动。血液亢进着，他们就是捍卫祖国的勇士，他们就是收复失地的先锋。不久的将来，我们将高唱着凯旋的歌子踏进故乡的土地重温着旧梦，那支悲凄的别离之曲将永不再唱了。"（白朗《西行散记》）

　　民众的抗战意志，给作品增添力量："我坚决地相信，中华民族绝对不会灭亡，侵略者的失败，也是命运注定的。"（苏雪林《〈屠龙集〉自序》）她发出充满感召力的呼唤："理想世界一天不能实现，当然我们每人一天少不了一个家。但是我们莫忘记现在中国处的是什么时代，整个国土笼罩在火光里，浸渍在血海里；整个民族在敌人刀锋枪刺之下苟延残喘。我们有生之年莫想再过从前的太平岁月了。我们应当将小己的家的观念束之高阁，而同心合意地来抢救同胞大众的家要紧。"（苏雪林《家》）

　　壮伟的华山，激起作家的抗敌热情："当火车经过华阴，那峻峭的山岳，也好像愤怒地站起来，阻遏敌人的南渡。"飞沙撼动着潼关，凄厉的风声感召着魂魄，"我们的军队决不南退，我们要从东西南北四面八方围攻暴虐的日寇。山西还是我们的！"怀着这样的心情，心中蓦地升腾起一种解放感，"鸡公山上的葱茏佳木，峦影黛绿，山花的怒放，小鸟的清鸣——这是劳顿的征人的第一次'春'的感觉"，并且"在明朗的天空下，火车疾驰穿过沼泽地带的鄂南，浑厚凝重的湘中红土层，妩媚的武水清流，多山的粤北……当白云山的峰顶重又接触我的眼帘，我知道我真的回来了！"（舒湮《南归》）。

　　翻越大山的险阻，朝着革命圣地进发的知识青年，意气风发，"我们一行十人奔赴陕北，走悬崖险道，喝山中的流水"，欣快的感觉里，"比那山流，我们是欢喜的。我们是多欢喜穿山渡水报告'山外'的灾难和抗战。咆哮的狂流是挟着树木、房屋、人畜来报告。我们是带着歌曲、眼泪和一个走山走水的身体来叙说"（柳杞《山流·秦岭征途记事》，1938 年 9 月 4 日汉口《大公报·战线》），奋行的姿态，洋溢着豪迈的神情。

"群山像滚滚的波涛，重重叠叠的浪峰，向辽远的天边奔涌。川水整日唱歌，悲愤中充满喜悦"，作家瞩望"屹立在这风暴的海洋里"的延安，"宝塔山上的宝塔是延安的标志，山上古代的庙宇和亭榭，是延安的回顾。南门外、北门外和东门外无数错综着的窑洞，是延安新的动力和生命！"不禁讴歌延安这座"像钢铁一样的山城"，这里"容纳着全世界最进步的人们，创造着全世界最伟大的革命力量，铸成了人类最完整的思想，给日本帝国主义敲着丧钟，给世界法西斯掘着坟墓；为新中国而歌唱，为新中国而呼喊，为新中国而战斗"（师田手《延安》）。刚勇的气概，显现着民族解放斗争的精神特征。

作家的笔触也凝聚深情，歌唱饱受外敌欺凌的家园："中国许多有名的崇山大岭，长江巨河，以及大大小小湖泊，岂不象征着我们母亲丰满坚实的肥肤上之健美的肉纹和肉窝？……至于说到中国天然风景的美丽，我可以说，不但是雄巍的峨嵋，妩媚的西湖，幽雅的雁荡，与夫'秀丽甲天下'的桂林山水，可以傲睨一世，令人称羡；其实中国是无地不美，到处皆景，自城市以至乡村，一山一水，一丘一壑，只要稍加修饰和培植，都可以成流连难舍的胜景；这好像我们的母亲，她是一个天资玉质的美人，她的身体的每一部分，都有令人爱慕之美。"（方志敏《可爱的中国》）塞上草原的壮美风光，拓展作家的胸次，"一望无边的青绿，其中没有一丛林，或者一棵树，来打破这种青茵的平顺。前面，向任何方的前面看去，总是悦目的绿色铺好的野景。波形的绿地，犹如微浪的海洋。矮小的山岗，正如海中细岛……到了夕阳疲挂在西方，灰白的光幕斜罩着大地……夕阳草上奔群马，鬃飞尾直眼回顾，这是多好的写生题材！"（范长江《再渡阴山》）大戈壁的夜色笼罩四野，"天是慢慢由太阳的世界，走入月亮的世界，朦胧的月光射在紧密的沙浪上，半明半暗的浪头，无禁的绵连着，起伏着，四望都是茫茫"，明月和星光冷冷地照着空寂的大漠，"太阳刚从地平线的东方放出红光，我们已经骑上骆驼随沙梁而起伏"，沿途青嫩的红柳，引得骆驼以轻快而平顺的步调向前迈进，"它们希望永远优游于水草之间"（范长江《匆离额济纳》）。他们迎着战斗烽火，描画边区充满希望的明丽景象。这里有直接的发抒："所以我说延安这个名字包括着不断的进步。所以我们成天工作着，笑着，而且歌唱着。"（何其芳《我歌唱延安》）这里有赞美性的挥写，营造出曼妙的音画效果："周围是山。山被草丛埋着，一片苍绿色。草丛里有花朵一样美丽的果实：杜梨子，马茄子，榭子，血红的像珊瑚,黄的像金子,蓝的像珠宝;山鹰,野鸡,猪獾,在里面栖息着;老鸹,不时地排着黑衫队伍,来这里瞭望,却寂寞而失望地走了;黄羊的脚爪踏着干枯了的权棵,发出脆断的响声。山洼里有人家,轻淡的炊烟飘渺着。田地点缀在坡岗上,高粱、大豆、玉米、谷子,在微风里懒洋洋地点着头。傍近菜圃,回芋花摇曳着。熟饱了的辣椒,绘着通红的笑脸……庄头下的溪水,澄清而碧蓝,淙淙地流着;奏着儿童团的歌声。岸上芭蕉一样的大麻子田里,叫哥哥唱着",陕北的秋色,笼盖着远处的山川,乳白色的雾轻飘着,"晚上月亮出来了,照彻了山峰。于是在那绿田野上,出现了庄稼的影子,树棵的行列,菜园里回芋花的阴影。蟋蟀叫着,谷田里有嗦嗦的声音。露珠滴滴地打在草叶上,寂静寂静……忽而银铃般的笑,从路的那边传出来,扭扭娓娓,娇滴滴地,女自卫军在放哨……"(野蕻《山水·人物——边区映图》,1938 年 11 月 1 日《文艺突击》第 1 卷第 2 期)清新、优美、自然的图画,容纳了新的社会内容,表现出新的政治主题,洋溢着解放的气息。新美如诗的山水,折射的是一种明朗欣悦的心境,也反映作家新的抒写态度。乐观的战斗情绪使作家的心理图景格外明艳,虚拟的境界真实地折映精神世界的光明,在梦里"我进入了一片广野的辽原。天上是云团,白的云团,红的云团,青的云团,澄碧的天的海洋透明到和绿水晶一样。地下是活鲜的草,绿的草,金黄的稻穗子,肥赭的土地,苍茫辽远",明艳的背景下,"每一个星球抱着一个红如玛瑙,热如火焰,光明如疾电的心",狂欢着的火花、火叶、火苗沉酣于生命的舞蹈,战场上、田原间,响彻欢悦的创造之歌(杨刚《沸腾的梦》)。这篇为纪念"五卅"惨案 13 周年而写的作品,在新的历史条件与现实情境下继续弘扬反抗帝国主义的不屈意志。

即使在一些叙事散文中,风景段落也成为典型环境的重要构成。"黄土岭的南山目空一切地矗立在天空,四面的高山在它前面都显得渺小而低下了,如一头一头的粗暴的巨兽驯服在它的脚下。下面是一条深阔的山沟,像一条游龙,向四面奔驰而去,弯弯曲曲地,终于隐没在起伏的山峦里"(周而复《黄土岭的夕暮》),激战的场面展开前,这一段细腻的描写,山河美中更交织一种壮烈美。雄阔幽深的太行山,"连天,都被遥远的山阻住了。那些山,躲在暗影里在天边画着一条弧线",青色的斑石上,酸枣树"倒还结了些红实绿果,却难免在秋风里偷弹着自己的寂寞",劲硬的凉风扫着山尖,"丛生在崖际的细草,就在山腰里翻起一片金浪。——像湖水一样柔静的金浪。草,已经是适应着秋的节令,黄了",眺览荒漠了几千年的大山,"我尽着自己的思想随着那辽阔的山，奇瑰的云去飘逸，飘逸"，眼睛被山野里遍开的淡红色的荞麦花、嫩黄色的野菊花映亮了，"蟋蟀和一些不知名的小鸟，躲在花丛里，细着声音寻觅着侣伴"，一对蝴蝶"带着春季里的闲情，在鲜嫩的花丛里飞舞着。我闻到了一种淡薄的春季里的气息。秋天里，我想着春天。不是荒漠，乃是瑰丽"；沉浸于这样优美的境界，"当月在天涯以巨大的一环抚慰着山颠的时候"，觉得战地中秋夜"是幸福的夜"，皎洁的月光下，"对那些月夜出击拂晓归来的军民战士有着无限的依怀"；清晓，"寒鸦已上畏缩的树梢了"，湿薄的雾气和太阳的金光里，闪出山尖上零落的白松和弯曲坚硬的枝桠，以及野灶上袅着的几缕青烟；平静安谧的景象也出现在黄龙山，尽管山后的敌人爆豆似的响着枪，但是让他们在望远镜里惊诧和胆寒的是"羊，却是依了生活的定律，啮着草，睡着觉的。而牧羊童子也依然在扬鞭漫唱之余发挥着自己的闲情逸致"（宋之的《长子风景线》），叙事、摹景、绘色、状形，浸含浓郁的抒情意韵，晋南的战地风光，映现英雄主义的乐观心境。

作家的灵魂也在斗争的炉火中得到冶炼。谢冰莹临海生情："……我把海潮比成了时代，革命的怒潮正像海水一般，潮来时谁也不能抵抗，它可以扫荡一切障碍，洗净一切龌龊，冲毁一切坚固的堤坝。我爱海，就是因了海的伟大，海水的雄壮，每一个浪花相击的声音，我认为都是生命之力，非但海，而且是人们的生命之力。我是要投身在革命的洪炉中，牺牲在鲜红的血泊里的。"（《海滨之夜》）聂绀弩虽然自谓"我不是流连风景的人，我不喜欢游山玩水……我不知道自然景色怎样会有迷人的力量"，但并不缺少描绘它们的能力，站在透过清晨薄雾的朝晖里，听咆哮的流泉，看峭壁上的野草、杂树和丛竹带着晶莹的露珠在晨风里徜徉，群山迤逦在天边，白云缭绕，他不禁赞叹"广大的祖国，多少土地上都有如此美好的春光"，他不忍停下笔，他要继续乡土的速写，因为"从夏到冬，从秋到春，每天每天都有青山绿树，板桥流水，送到我的眼前。我曾经看见过疏林的落日，踏过良夜的月光；玩赏过春初的山花，秋后的枫色。绿杨妩媚，如青春少女；孤松傲岸，似百战英雄。高峰奇诡，平岭蕴藉，各各给人一种无言的启示"，他又忆起隆冬时节到过的遥远的北荒，"那里没有一根草，也几乎没有一根有叶子的树，没有花，没有鸟，没有河水，没有碧绿的气味；一望无垠，是黄色的尘土，是尘土的烟雾；不然就是白得耀眼的雪的山，雪的海，雪的一切……就是这样的一个北荒，当我第一眼看见它的时候，我就爱上它了。我的血为它而沸腾，我的心为它而跳跃，我的眼泪在眼眶外变成了黑色的泥土！为什么呢？它是我们祖国的土地呀！是真正的古老的祖国的土地呀！"苦恋的心魄、故国的情结，使他发出吼声，"今天倭寇的海盗踏进了祖国的田园。祖国的禾苗被他们的战马啮食了，车轮碾倒了，炮火烧焦了！祖国的森林房舍被焚烧了，牛羊鸡犬被宰杀了，没有成年的姑娘，也变成了妇人死或活在他们的淫虐之下了！祖国的大地整块整块地在魔手底下，铁蹄底下，喘息，呻吟，颤抖，挣扎，愤怒！"严酷的现实唤醒了沉睡的意识，"三十几年来，我都过的一种个人生活，不知道什么东西把我和别人隔绝了。我不知道世界是什么，人类是什么，它们和我有什么关系：它们也从来不曾感觉到我的存在"，"可是今天，我多么高兴呵，从那些农妇们、兵们、学兵、战士、壮丁们那里，突然发现了我自己！我和他们在一块儿工作，我是他们中间的一个；从他们身上，可以找到我的心和手的直接或间接的痕迹。我不再是一个孤独的个体，我和世界，和人类是一起的，尤其是和这些为祖国争生存争自由的人们，抢救着祖国的每一块失去的土地的人们，创造新中国、新人类的人们是一起的！我多幸福哇……我第一次感到自己生活在世界上，生活在人们中间"，他蓦地感到胸襟壮阔起来，"朝日从远天用黄金的光箭装潢着我，用母亲似的手掌摸抚着我的头，我的脸，我的周身；白云在我头上飘过，苍鹰在我头上盘旋，草、木、流泉和小鸟在我的脚下。晨风拂着崖边的小树的柔枝，却吹不动我的军装和披在身上的棉大衣。我一时觉得我是如此地伟大，崇高；幻想我是一尊人类英雄的巨像，昂然地耸立云端，为万众所瞻仰"（《巨像》）。血性的直抒祖示着内心，理想主义和奋斗热情，火焰似的腾燃。舒湮踏过茫茫雪野，眺望黄土丘陵，俯瞰淙淙流水，"洛阳城静静地站在脚边，暮色遮断了我的视线，寒风还不时送来安乐窝上驻军野操晚唱的雄壮歌声。北邙山是一带隆起的青色暗影，那里埋葬着上万公侯将相的墓寝，也埋葬掉千百年盛衰成败的可歌可泣史迹，使你感到人世的浮华，使你感到历史命运的残酷……只有为着万千大众的美好生活而奋战的旷代伟业，只有为民族自由和解放的百世英名，才能永垂青史，万古流芳，为子孙代代所景仰崇敬！"（《天津桥上望洛阳》）深沉的历史感透现民族解放战争岁月中磊落的现代情怀。艰难时世中，严辰走在崎岖的乡野小路上，"天上没有月亮，一片灰黯的雪，像烟那么地糊满了天宇"，夜途跋涉的困苦"像梦一般会全盘忘掉的。因为，我知道光亮的太阳，不多久便会把她慈惠的温暖抚沐我了"（《流亡之什》，1937年1月15日《中流》第1卷第9期），思想在斗争的历练中升华。白曙在五月的风里，听到了"一支荡漾着激人心肺的号角"，"它带着血的芳香和花的蜜息，越过了山，荡过了水，从辽阔的广原上吹来，紧迫着人们的心，像是在胸膈里横梗着一块铁块似的，叫你喘着，嚷着……"他"像做梦一样地倾听着那刚才从街上流来的合唱的歌声。它简直是一把火在燃烧着我"，在"中国的土地上，那碧蓝的山峦的崎岖不平的山路上和茂密的丛林中"，他"看见有人高擎着火把，照得没有皱褶的天野都红爆爆的，像朝霞那么绚丽"，他"撕去往日常唱的那些带着忧郁性的歌曲，花花绿绿撒满了一地……我在上面走着，使劲地践踏着它。复用颤动着的唇儿开始唱新学会的：'我们祖国……'于是我感到压不住的兴奋！"觉得自己的"血沸滚着"，"心显然被照透了"（《红月》）。一个知识分子从工农大众那里汲取力量，精神在民族解放事业中升华，意志也铁一样坚强。从文学表现上看，浪漫的抒情立场，具有强烈的象征意味。在情势危殆、劫火炽燃的世变面前，这样的作品，实现了创作意识上的一次集体转型，具有显明的时代特征，成为抗战文学的重要部分。

五四时期有过骁勇作为的一些作家，在严危的时局下仍然不失民族气节和道德热诚。九一八事变发生后，俞平伯"曾与胡适晤谈时事。三十日，又致胡适函，述忧国忧民之心，以为知识分子救国之道惟有出普及性的单行周刊，从精神上开发民智，抵御外侮"[1]。"五四时代勃发的反帝反封建的意气，在俞平伯身上并没有完全泯灭，作为一个爱国的有良心的作家，他不可能在国家危亡面前闭上眼睛，不可能在风沙扑面、虎狼窥伺的情景下，一味寻求所谓'雅致'。俞平伯终究不是'深闺梦里人'，他是醒着的，因此在他的文章中，也有着时代精神的回响，这是并不奇怪的。"[2] 但是，发生在俞平伯创作上的变化，却呈现较为复杂的情形，它的状态是隐约的、含蓄的，这又同他的性格、气质、心理相关。素以朦胧为诗文的美学准则的俞平伯，在 1928 年以后，散文"从细腻绵密一变而为冲淡和朴拙"，文趣渐臻老境，怀如花美眷，忆似水流年的情味虽未减尽，昔日秦淮河上宛转曼妙、缠绵流丽的风调终究隐逝了，文字间虽氤氲古淡之气、枯涩之味、简雅之风，却多少稀薄一些，流畅舒徐的节奏显出对清新风格的有所刻意，尽管风致韵调仍旧深婉悠然甚或质直朴讷。

在俞平伯那里，朦胧也是酿制风景美的艺术捷径。他向梦里烟霞倾情，大庙里的殿阁、回廊，空阔、荒秽、寂寞，而"天宇老是这么莹澈，树木老是

---

① 孙玉蓉：《俞平伯年表》，《俞平伯》，人民文学出版社 1992 年版，第 364 页。

② 王保生：《俞平伯和他的散文创作》，《俞平伯》，人民文学出版社 1992 年版，第 350 页。

这么苍蔚"（《梦记·庙里》），这是现实与梦境的对比在心理上的折映，也愈加添深了精神的空虚。他在郊游路上，尽管春物一新，心情也是落寞的。乡野的山景刹貌，似被他记得枯而失味，惟余一派清冷。意气消沉归于虚无甚而寡欲少求，恰与禅境贴合。雅致清幽的文调，又可见出未失的古典名士的气度（《阳台山大觉寺》）。这种情致在随后写成的《中年》里有过剖白："生于自然里，死于自然里，咱们的生活，咱们的心情，永久是平静的。"他不认为自己的中年之惑"好像有一些宗教的心情了"，却是"不值一笑的平淡呢。——有得活不妨多活几天，还愿意好好的活着；不幸活不下去，算了"。据此，也就不难明白他其后又写了《古槐梦遇》百则的原由。他也感觉到，俗氛是一天天逼近清凉世界了，便将失望在笔下表现出来，游寺，"我非但闻不着纯粹的沉檀，反而时刻被浓厚的金银气，铜臭，吞没那空门的憧憬"。他的喟叹并不明示，却于平常话里暗藏机锋，"况且游山玩水，也就罢了，伤今吊古，毋乃多事"（《戒坛琐记》），其意更深。南方本是他的故园，山光水色、名迹胜概理应更牵他的心，却有意收敛情绪。把泰山、太湖游罢，所记也全是冷静的缕述，竟至"无聊之至"、"心绪颇劣"，徒消磨山水中的光阴似的。姑苏城中访旧兼赏园林，在嘉兴，倚栏唱清曲，舟渡鸳鸯湖，品茗烟雨楼，也让他觉得"竟日未离曲与笛，亦旅游中一快"；入杭州，登北高峰，访灵隐寺，过滴翠岩，临西子湖，"坐对钱塘，望过江山色青翠层层，偶有帆船。窗前一桂方花，颇足流连"（《癸酉年南归日记》）。山水易入他的文，似已难入他的心。他的作品，在色彩上，变浓艳为浅白；在情味上，变幽涩为冲淡；在文趣上，变纤丽为质拙；在格调上，变细腻为疏阔，反映的是心怀的寂寞与枯淡。俞平伯终归还是乐观的，依然对人生抱守肯定的态度，诚如五四时期的振作。在为《清华年刊》所作的《赋得早春》一文里，他说："'假使冬天来了，春天还能远吗？'然则风霜花鸟互为因缘，四序如环，浮生一往。打开窗子说，春只是春，秋只是秋，悲伤作啥呢？"又扪心自道："寻行数墨地检查自己，与昨日之我又有什么不同呢？往好里说，感伤的调子似乎已在那边减退了——不，不曾加多起来，这大概就是中年以来第二件成绩了。"他还含着感情讲："人之一生，梦跟着梦。虽然夹书包上学堂的梦是残了，而在一脚踏到社会上这一点看，未必不是另外一个梦的起头，未必不是一杯满满的酒，那就好好地喝去罢。"固然俞平伯又做了《秋荔亭记》那样古意浓郁的文字，但其所寄也还是散淡的兴味。综括而言，俞平伯在此期创作风格的移变，源自他在那个年代心与环境不相容的精神苦闷，既然要把灵魂放置在特定的空间里，就有必要对写作姿态做出调整，这未始不是一种适意并且具有积极意义的选择。勇于抗争压迫，表示人的生命力的存在，只是俞平伯的文学抗争的外在表现，不是激奋的呐喊，而是一种温和的默示，具有明显的自我性，刻印着中国旧式文化对他的性格塑造的钤记。

郑振铎于 1931 年 9 月到北平教书，致力于在琉璃厂搜访笺纸，并进行编印笺谱的工作，"而热河的战事开始了；接着发生喜峰口，冷口，古北口的争夺战。沿长城线上的炮声，炸弹声，震撼得这古城的人们寝食不安。坐立不宁。哪里还有心绪来继续这'可怜无补费精神'的事呢？一搁置便是一年。九月初，战事告一段落，我又回到上海。和鲁迅先生相见时，带着说不出的凄惋的感情，我们又提到印这笺谱的事。这场可怖可耻的大战，刺激我们有立刻进行这工作的必要"，他在《访笺杂记》中的这番记述，见证着法西斯点燃的战火对于文化工作的戕毁，词句中充满义愤。

对于十里洋场的现代型都市景况，郁达夫冷观其变质的文化、异化的生活，本能地产生文化归属失落的痛感。发表于《良友》1935 年 12 月号第 112 期的《上海的茶楼》，仍然坚持文化上的批判锋芒："小时候在乡下，每听见去过上海的人，谈到四马路青莲阁四海升平楼的人肉市场，同在听天方夜谭一样，往往不能够相信。现在因国民经济破产，人口集中都市的结果，这一种肉阵的排列和拉撕的悲喜剧，都不必限于茶楼，也不必限于四马路一角才看得见了，所以不谈。"闲雅的茶楼，也飘起恶浊的空气，冷静的随谈中透出对社会现状的影射力。日本军国主义对于中国的觊觎，郁达夫看在眼里。作于 1933 年 1 月 4 日、发表于 1933 年 1 月 8 日《申江日报·海潮》的《山海关》，让心底的愤恨落在字句上面："'炮竹一声除旧，桃符万户更新'，我们小百姓同土二小似的小心翼翼地过了年，正在祷祝着政府不要再加租税，外国人不要再打进来的一月三日，忽而在报上又见了一张照相。这照相上的相貌倒也像是一个人，一双鼠目，满含着淫猥的劣意，鼻下的一簇小胡子，似乎在证明他的血统，像是大和民族的小浪人的落胤，可惜这照相只登了半截，所以心肺究竟是狼是狗却看不出来"，这是含怒的冷嘲；"山海关是河北临榆县之所辖，系属于中国本部十八省的地域，日本人是宽宏量大，对中国决没有领土野心的——这是日本人的宣言——可是中国人却比日本人更是宽宏量大，对自己的领土，更没有野心，所以日本人大约也是迫不得已，只好进关来替中国人来代行管理管理"，这是辛辣的热讽。发表于 1933 年 4 月 18 日《申报·自由谈》的《说春游》，幽默笔调中透出辛辣的讽鉴意味："回头来一看我们中国目下的现状，却是如何？但远火似乎终于烧不着近水，华北的烽烟，当然是与我们无关，所以沪杭路局，尽可以开游春的特别专车，电影皇后，也可以张永夜的舞场清宴。说到游，原并不是坏事……况且孔子北游，喟然而叹，迫二三子之各言其志。太史公游览名山大川，而文章以著……像这一种游历，是有所得的远游，是点缀太平的人事，原也未可厚非。不过中国到了目下的这一个现状，饿骨满郊而烽烟遍地，有闲有产的阶级，该不该这么的浪费，倒还是一个问题。虽然，游春可以不忘救国，救国也可以不忘游春，但这句话是真的么？"严危局势下，性情潇洒、风神超逸的郁达夫也表现出忧国的沉重心绪。1934年11月28日作于杭州大学路寓所的《青岛、济南、北平、北戴河的巡游》，在谈史之间表现民族气节。由青岛去济南的道上，从车窗里遥望首阳山，"因为地近田横岛，联想起来，也着实富于诗意。洁身自好之士，处到了这一种乱世，谁能保得住不至饿死？我虽不敢仰慕夷齐之清高，也决没有他们的节操与大志，但是饿死的一点，却是日像一日，尽可以与这两位孤竹国的王子比比了，所以车过首阳之后，走得老远老远，我还探头窗外，在对荒山的一个野庙默表敬意"；行驶在冀东大地，"看看阳山碣石山等不断的青峰，与夫滦河蜿蜒的姿势，就觉得山水的秀丽，不仅是江南的特产了，在关以内和关以外，何尝没有明媚的山川？但大好的山河，现在都拱手让人拿去筑路开矿，来打我们中国了，叫我们小百姓又有什么法子去拼命呢？"流露出对于国势的悲恨情绪。1935年2月4日所写《寂寞的春朝》，忧怀更趋沉痛，"觉得中国的现状，同南宋当时，实在还是一样。外患的迭来，朝廷的蒙昧，百姓的无智，志士的悲哽，在这中华民国的二十四年，和孝宗的乾道淳熙，的确也没有什么绝大的差别"，年岁很荒，国事更坏，风雨晦暝的时候他只能上杭州的城隍山对花溅泪。《北平的四季》作于战氛日浓之际，心绪原本牵连故都旧史，却也难脱现境的纠缠。他"略写一点春和夏以及秋季的感怀梦境，聊作我的对这日就沦亡的故国的哀歌"，并且"北平市内外的新绿，琼岛春阴，西山抱翠诸景里的新绿，真是一幅何等奇伟的风光派的妙画！但是这画的框子，或者简直说这画的画布，现在却已经完全掌握在一只满长着黑毛的巨魔的手里了！北望中原，究竟要到哪一日才能够重见得到天日呢？"笔书北平，悠长的历史怀忆中流露深沉的现实悲感。为了慰劳抗敌将士和视察战区，郁达夫曾亲临鲁南火线。发表于1938年5月汉口《抗战文艺》第1卷第2期的《平汉陇海津浦的一带》，述录的真实，使作品带有战地通讯的性质："黄河南岸的景色，单调得非凡，春意虽则渐渐浓了，但堤上堤下，总仍是一片的黄色；树林青草的绿阴，终掩不住几百里路的泥沙地壳；所以守河防的将士们，大家都希望我们在后方的执笔者，能多送些士兵的读物，及足以娱乐暇时的图画刊物等印刷品去，藉资消遣。文人在战时所应做的工作，我想当以此事为最重要"，并且号召"大家来发动一种书的运动"，来为抗战做出切实的努力。他认为"我们的机械化部队虽则不多，但是我们的血肉弹丸与精神堡垒，却比敌人的要坚强到三百倍，四百倍"，他抱定"中华民族复兴的信念"，因为看到了"兵士们的精诚奋勇！老百姓们的扶助协力！反过来，一面却又是敌人们的畏缩与不振！卑劣与残暴！"这篇写于五四纪念日的作品，在特殊的年月中，显示了特殊的现实意义。1938 年 12 月 28 日，郁达夫携妻将子到了新加坡，他"本来是为《星洲日报》编副刊"而下南洋的。在编辑工作全面展开之先，曾经去马来西亚游览。朝着升旗山的绝顶登临，"路上的岩石、清溪、花木、别墅，多得来记不胜记"，而观景的一刻就想到战火下的祖国，他借友人的话说："这景象有点儿像庐山，大好河山，要几时才收复得来！"（《槟城三宿记》，1939 年 1 月 4 日《星槟日报》地方新闻版）系念家国的拳拳之忧，火一般燃烧在心间。

朱自清寓居云南蒙自，小城虽然养闲，但是抗敌的现局使他在平静的文势中突然宕开一笔，激奋心胸："蒙自有个火把节……一处处一堆堆熊熊的火光，围着些男男女女大人小孩……冷静的城顿然热闹起来。这火是光，是热，是力量，是青年。四乡地方空阔，都用一棵棵小树烧；想象着一片茫茫的大黑暗里涌起一团团的热火，光景够雄伟的……在这抗战时期，需要鼓舞精神的时期，它的意义更是深厚。"（《蒙自杂记》）生活力的伟大，民心的坚强，显示在语句间。许地山的意识里固然敷着虚无的佛教色彩，但在直指社会现实的腐恶时，笔锋明锐而尖利。他在北平万春亭上坐着，望着严闭的神武门，想到幽深的禁苑，"皇帝也是强盗的一种，是个白痴强盗。他抢了天下把自己监禁在宫中，把一切宝物聚在身边，以为他是富有天下"（《上景山》），这是刺古；转而北眺鼓楼，"明耻不难，雪耻得努力。只怕市民能明白那耻底还不多，想来是多么可怜。记得前几年'三民主义'、'帝国主义'这套名词随着北伐军到北平底时候，市民看些篆字标语，好像都明白各人蒙着无上的耻辱，而这耻辱是由于帝国主义底压迫。所以大家也随声附和唱着打倒和推翻"，这是讽今（《上景山》）。祭祀先农神的地方，早无观耕的遗风，"只见大兵们在广场上练国技。望南再走，排地摊底犹如往日，只是好东西越来越少，到处都看见外国来底空酒瓶，香水樽，胭脂盒，乃至簇新的东洋瓷器"（《先农坛》）。抱着"这次底出游本是为访求另一尊铜佛而来底"的初愿，他在永定河上驰想，

"从卢沟桥上经过底可悲可恨可歌可泣的事迹，岂止被金人所掠底江南妇女那一件？可惜桥栏上蹲着底石狮子个个只会张牙咧眦结舌无言，以致许多可以稍留印迹底史实，若不随蹄尘飞散，也教轮辐压碎了"，这座多次系着民族安危的古桥，"纵使你把桥拆掉，卢沟桥底神影是永不会被中国人忘记底。这个在'七七'事件发生以后，更使人觉得是如此"(《忆卢沟桥》)。在山水和古迹前产生的家国思虑，火焰般地燃烧在他们的文字间。他们是知识者，更是爱国者，在军阀的淫威或外敌的强权下，矢志坚守道义责任和民族立场。

此期的有些散文，摹景中仍旧闪露批判的锋芒，努力表现新的意义，显示出受过五四新思潮砥砺的精神印记。周作人坐上骡子拉的大车下乡，从平民知识者立场出发，访游不慕风雅，朴素姿态如同进行田野调查。在中山靖王的坟前，"我坐在碑脚下，仿佛是在发思古之幽情的神气，只可惜这碑是乾隆年间官立的，俗而不古"(《保定定县之游》)，对于为政者强势主导的社会治理文化，他有一种本能的抗拒，而对平民教育促进会却"很有一种敬意"，只因这个平凡的社会组织"认清它的工作的对象是农民，不是那一方面的空想中的愚鲁或是英勇的人物，乃是眼前生活着行动着的农村的住民"(《保定定县之游》)，由表及里，由浅入深，关于乡村的吃饭、医疗、教育的严肃论说增强了作品的现实感。"我们看了一下农村的情形，得到极大的一个益处，便是觉悟中国现在有许多事都还无从做起，许多好话空想都是白说，都是迷信。定县在河北不是很苦的县分，我们不过走了几个村庄，这也都是较好的，我们所得到的印象却只是农民生活的寒苦……所以照现在情形，衣食住药都不满足，仁义道德便是空谈，此外许多大事业，如打倒帝国主义，抗日，民族复兴，理工救国，义务教育等等，也都一样的空虚，没有基础，无可下手"(《保定定县之游》)，真实的观感表明朴素实在的人生态度。文中穿插的社会时评，浸透深切的现实关怀，在纸上发出个人微弱却有力量的声音。

废名在国庆日里依然驱散不尽落寞的感觉，发表于 1930 年 10 月 13 日《骆驼草》第 23 期的《国庆日之朝》，在故都景物里含咀世间况味，"从早醒时起就听见冷风刮着落叶在院子的砖瓦上起一种干枯之声。'桂花香里'，在北方真是迅速的三二天罢，这早已是过去完了。'丛菊纷披'，这尚属未来。走到枯败的院子里益深萧索之感了"，街头点缀的旗彩也嫌单调之至，车过天安门，"见到'普天同庆'，'薄海腾欢'的彩牌楼，心弘上起出异样的难受……实在已足够表明那种比较复杂的情绪了罢"，流露出内心郁积的社会感思。

法国的传统风俗让孙伏园比较中法文化传统与观念的异同，"中国人现在的生活，仿佛是一群被赶急了的鸡，闭了眼睛向四方面找去路，原因就在后面有一条好利害的竹竿，这竹竿就是自鸦片战争以来八十年的外患"（《自巴黎西行》），而从法国勃勒搭尼一带人民的脸上，似乎看见了理想社会的光影，"我的意思是要说我到了独立国了，然而要不从空间上旅行，却要从时间上旅行，那么不是只要航过了鸦片战争这一道险隘，便到了乾嘉时代的独立国了吗？我们是因为后面有一支竹竿，所以把我们乱赶乱赶的，从乾嘉时代一直赶到 XX 时代了；人家后面既没有一支竹竿，还不是开着眼睛走他们的旧路，与我们的乾嘉时代一样？"又由法国杜亚纳尼县的知事"便是一个共产党，所以满街张贴的都是共产党告人民书之类"，而像北京妙峰山那样盛大的香市，也可以和共产党同时存在的乾嘉盛世般的宽松环境，联想到国内惨酷的政治现实，"我们中国是，共产党例须杀头，现在大概连上庙烧香也快要杀头了！竹竿呵！竹竿呵！你要赶我们到什么时候才休止呢？"（《自巴黎西行》）中西历史传统、政治理念和人文生态的差异，令他在精神困境中产生深沉的思考，又鲜明地基于强烈的爱国情怀，"我的精神却时时向着中国的风景萦回"，而以"做了浙东人而尚未游天台雁荡"为终身憾事（《自巴黎西行》），真实地表露出一个海外学子在中西文化撞击中的复杂、矛盾、彷徨的心理现实。孙伏园记景，多有地理考察的风味，这个特点仍旧被他坚持，而好为议论的习性也未改变。在一次为调研新教育前往乡下的途中，"我们一路鉴赏风景，讨论人事，批评上下古今"（《博野行》），表现着平民教育促进会同人社会调查的倡举和了解民众苦乐的热忱。

庐山风光本应给孙福熙带来逸乐的情怀，但是美国教士购买牯岭的一块地面，却并无界石立在那里，他愤然道："至今牯岭俨如租界，欲收回而不得。其实这完全是弱国的笑话……所以大家乐得做一做亡国民，谁也不想去收回这牯岭的行政权了。恐怕还很有人希望这种租界的扩大呢！"对庐山现状的观感里充满不解和不满："牯岭市大礼拜堂旁边的游泳池，系外国人经营，所以造作种种的刁难，须经过医生的检验，方准入浴"，而医生必由洋人担当。体检定要出钱，"经济的制限，就压死了大部分的中国人……这种现象，在上海天津汉口等各地，凡与外国人杂处者，都是感受很深，视为平常了"，他叹道"这是亡国的必然现象，将来真正地道亡国了的时候，举凡吃的穿的住的日用的，尤其是消遣的，游戏的，都有上下等之分。惟有洋奴与财主，可以面皮与钞票买得高等华人的地位，在外国人冷笑的鼻息声中，享受与外国人一样的权利"（《庐山避暑》）。匡庐之上，半殖民地的况味也体会得到。同为社会的一角，避世的桃花源无处去寻。在看似宁静的山林，他绘出一幅笔墨凝重的世态画。对于故乡绍兴城建上的拆改，惹起他激烈的抗辩："'有破坏然后有建设，'，这明言正与'有战争然后有和平'，一样的有英雄的气概。不过屠夫未必就是英雄，做英雄也不必一定要杀人，我觉得，在宽阔的平地上去建设起新屋新市，更是英雄气概一点……外国不见得像中国的多英雄，也不见得像中国大气量，肯把固有的东西在建设的美名之下白白的丢了"，"中国是最会摇尾巴的国家。所憾现在没有钱，有一天手头宽裕了，也要学学阔气，造几座五十层八十层的摩天楼，以示与世界上最阔气的国家并坐并行了，至于有没有人爱住这高楼，倒是不关紧要的"（《绍兴通讯》）。在海潮的拍岸声中，他听出了深意，并且借此表示了对于诗艺的一点看法："我觉得，所谓低诉仍然是怒吼，低诉是他自谦之词。如果真的只是低诉，这种世界里，有谁理你呢？"（《普陀海浴》）所论似已超出诗歌的字句音节的范围。

在茅盾的生命记忆里，家乡东邻的纸扎店糊成的阴屋虽"不过三尺见方，两尺高。但是有正厅，有边厢，有楼，有庭园；庭园有花坛，有树木。一切都很精致，很完备"，店老板"用他那熟练的手指头折一根篾，捞一朵浆糊，或是裁一张纸，都是那样从容不迫，很有艺术家的风度"，只是这种乡间"手工业生产制度下的'艺术品'"被都市那种"在组织上，方法上，都是道地的现代工业化"的分工精密的流水式制作代替了，"时代的印痕也烙在这些封建的迷信的仪式上"（《冥屋》，1932年11月8日作，1932年12月16日《东方杂志》第29卷第8号），文字记述是为时代录影。在他的人生经验里，清明过后，家乡老镇上的香市正是借佛游春的日子，但是革命以后，这种乡俗成了迷信而遭禁，忽然又获准举行，得以重温儿时旧梦，只是市面飘着阴惨的空气，锣鼓的声音也仿佛单调，"庙前的乌龙潭一泓清水依然如昔，可是潭后那座戏台却坍塌了，屋椽子像瘦人的肋骨似的暴露在'光风化日'之下。一切都不像我儿时所见的香市了！"（《香市》，1933年7月15日《申报月刊》第2卷第7期）以讽刺的笔调透过乡僻俗景折射社会变迁。

庐隐于1930年秋和李唯建东渡扶桑，心境由抑郁转向明朗。四个月的东京生活中，她留心观察世态风俗，凭借切实感受，创作出氤氲清新风格、流闪雅淡色彩、充满生活意兴的《东京小品》。虽则是一组小品，笔锋却映显情感倾向与现实批评精神。她不适应东京市区的繁闹，尤其当烈炎飞腾似的太阳从早晨到黄昏光顾住房的时候，"而我的脆弱的神经，仿佛是林丛里的飞萤，喜欢忧郁的青葱，怕那太厉害的阳光，只要太阳来统领了世界，我就变成了冬令的蛰虫，了无生气。这时只有烦躁疲弱无聊占据了我的全意识界；永不见如春波般的灵感荡漾"，东洋音乐在她听来非常刺耳，"使听神经起了一阵痉挛。唉！这是多么奇异的音调，不像幽谷里多灵韵的风声，不像丛林里清脆婉转的鸣鸟之声，也不像碧海青崖旁的激越澎湃之声……而只是为衣食而奋斗的劳苦挣扎之声"，是久受生之困厄的人们无告的呻吟和沉重的叹息（《东京小品·咖啡店》，《妇女杂志》1930年第16卷第12号）。秋天的郊外，将要枯黄的毛豆叶子和白色的小野菊"一丛丛由草堆里钻出头来，还有小朵的黄色紫色的野花，在凉劲的秋风中抖颤"，她的秋思被勾起了，"一种幽秘的意味萦缠着我们的心情，使人想象到深山的古林中，一个披着黄金色柔发赤足娇靥而拖着丝质白色的长袍的仙女，举着短笛在白毛如雪的羊群中远眺沉思。或是孤独的诗人，抱着满腔的诗思，徘徊于这浓绿森翠的帷幔下歌颂自然"；冬青树的颜色，风里的青草香令人心神爽疏，尘虑都消，而感怀昨天的情绪唤醒潜伏于心底的印象，"胸膈间充塞着怅惘，心脉紧急地搏动着，眼前分明的现出那些曾被流年蹂躏过的往事"，她不能回到自己毕业前的那一年夏天，"带着欢乐的心情渡过日本海，来访蓬莱的名胜"，也回不到那个怡然的暮春天气，在温和的杨柳风吹拂下游赏到处花开如锦的景色；她留恋幸福的少女时光，"憧憬于未来的希望中，享乐于眼前的风光里……充满了青春的爱娇和快乐活泼的心情"，只能低徊感叹，"哦，流年，残刻的流年哟！它带走了我的青春，它蹂躏了我的欢乐，而今旧地重游，当年的幸福都变成可诅咒的回忆了！"人生之路就像攀缘陡峭的崖壁，她曾陨坠于险恶的幽谷，野草丛中、花径深处也响起悲恻的欷歔，凝涩的眼光扫向潺湲的碧水，波心摇动的画桨和情侣在倩丽秋景下的低语，使她喉头硬塞，禁不住流出辛酸的泪滴；人生的伤惋外，更有家国的深忧，自拟被摒弃在异国的漂泊者，"她却晨夕常怀着祖国……她竟会想到树叶凋落的北平市，凄风吹着，冷雨洒着那些穷苦无告的同胞，正向阴黯的苍穹哭号。唉！破碎紊乱的祖国呵，北海的风光能掩盖那凄凉的气象吗？来今雨轩的灯红酒绿能够安慰忧惧的人心吗？这一切我都深深地怀念着呵！"（《东京小品·井之头公园》，1931年2月25日北平《晨报》副刊《学园》第16号，又经修润，改题为《异国秋思》，发表于1932年9月25日《申江日报·海潮》第2号）浸泪泣血的文字，忧思深切。发表于《华年周刊》1932年第1卷第25期的《给我的小鸟儿们》，把忧苦的思虑转化成闪光的希望，自由的飞鸟成为精神的载体，"世路太崎岖……在我感到生活过分的严重时，我就想躲在你们美丽的羽翼下，求些许时的安息"，对比人类寒伧的灵魂，鸟儿"实是这世界上最高明的先生。你们有世人久已遗失的灵魂，你们有世人所绝无的纯真"，她诅咒残忍的时光与转变的流年，向往春风带来的鸟声和秋雨洒遍的田野，愿自由翔空的鸟儿用"大公无私的纯情来拯救沉沦的人类"，江南温柔女儿心弦的繁音中，希冀斑斓的美羽飞入自己的梦魂。灵妙的譬喻充满象征意味。发表于 1933 年 8 月 2 日《时事新报》副刊《青光》的《夏的歌颂》，由季节物候的变易生发人世联想，"二十世纪的人类，正度着夏天的生活——纵然有少数阶级，他们是超越天然，而过着四季如春享乐的生活，但这太暂时了，时代的轮子，不久就要把这特殊的阶级碎为齑粉！"她歌颂夏天，实际是赞扬"喘着气，出着汗，与紧张压迫的生活拼命"的中国的士农工商军，他们的生命之力化作的汗液，"便是甘霖的源泉，这炎威逼人的夏天，将被这无尽的甘霖所毁灭，世界变成清明爽朗"，激情挥写寄寓深刻的社会意义。以季节入笔，写世间的情感，是庐隐常用的手法。发表于 1933 年 8 月 18 日《时事新报》副刊《青光》的《我愿求常驻人间》，表达的是励志的意向。她认为秋的凄迷哀凉的色调是美的元素，这是盛夏的闷热和严冬的苦寒所不具有的，"这种色调，实可以苏醒现代困闷人群的灵魂"，向上的精神在当时的思想界与文艺界，具有惊破沉寂空气的积极意义，"当霜薄风清的秋晨，漫步郊野。你便可以看见如火般的颜色染在枫林、柿丛，和浓紫的颜色泼满了山巅天际，简直是一个气魄伟大的画家的大手笔，任意趣之所之，勾抹涂染，自有其雄伟的丰姿，又岂是纤细的春景所能望其项背？"意象清丽，映显新美的心灵图画。

陈衡哲作于 1932 年 9 月的《再游北戴河》，纸上依然充满水的气息、浪的风韵。渤海的浪涛激起情感的波澜，只是变单纯的外显的呼啸为复杂的内心的体验了。传统观念和现代意识的交锋，东方精神与西方文明的抵牾，分野鲜明，而对于海景月色的描摹，对于人生命途的感慨，又在思想的高度上加深情感的浓度，复现女性作家细腻清婉的风格。夕阳下的海空，远飞的三只孤鸟，消失在天际浮烟中，她的心"忽然起了一阵深刻的寂寞与悲哀"，海天苍茫，暮色凄凉，天涯孤客之思，表现的是忧郁之境；"沧波万里，银光如泻，一丸冷月，傲视天空……松林之下，卧看天上海面的光辉。那晚的云是特别的可爱，疏散的是那样的潇洒轻盈，浓厚的是那样的整齐，那样的有层次，它们使得那圆月时时变换形态与光辉，使得它更加可爱。不过若从水面上看，却又愿天空净碧，方能见到万里银波的伟大与清丽"，表现的是悠远之境，仍然坚持早在 1916 年所做五绝体诗《月》的清幽风格，让初月、轻云、寒林、清溪等意象飘映纸上，独辟非寻常的艺术蹊径。殖民地化的社会现实在海边的存在，叫她的内心起了厌憎、不安和愤懑的情绪。东部以美国人为主的教会派，中部石岭的经商暴发的德俄商人，西部联峰山的中国的富翁和修养林泉的贵人，相异的习性，表现的是失落之境。自然风景给予中年的她，有形象直觉，有美感经验，加上对世相的痛切感知和对社会的深微分析，使作品忠实地担承社会表现的责任，显示更深刻的文化意义。作于 1934 年 7 月的《从北平飞到太原》，平实的记叙中暗含讽世意味。从太谷城孔氏老宅的"峻宇高墙，重门叠户，想见大家族制度的势力"，见着"才在金陵女大的高中卒业，正想去考沪江，读文学或是历史"的孔家小姐时，思忖"这样一位向前的年轻女子，在我的想象中，是无论怎样也不能把她安置到那个高墙插天的孔氏旧宅中去的"，觉得"这种大家族真有点可怕，都会中的大家族那能和它相比？有天才的人在都会的家族中，尚有出头的希望，犹之一枝根蒂深固的花草，尚能在石隙之中透芽发苞一样。但这样的家庭却是水门汀，任何坚固的花草，也休想找得出一隙一缝来，作为它发芽的门洞"。恒久的建筑形制是一定文化观念的物质性存在，凝固的形态产生的保守感与封闭感，沉重地困压着灵魂的喘息，信奉民主与自由的她，自感若生处此境"打不出一条活路，便只有三件事可做，其一是自杀，其二是发狂，其三是吸鸦片烟！"表示着很深的厌恨情绪，反叛态度迥异于传统闺范。乘飞艇翔天之际，片片白云像杨花的絮球一样在广漠苍空中荡漾，"天风冷冷，吹入衣襟，到此真有点感到羽化而登仙的意味了"，但低降到了关外的平原上，空气骤变重浊，热度忽然加添，"这虽不是从天堂降到地狱，至少也是从天上降到人间世"，以致"脸上都苍白憔悴得像病后一样了"。沉重的现实打破美妙理想的幻灭感袭上心头。恋世、厌世、弃世的意识交混在文字间，呈现复杂的情绪反应和微妙的心理状态。但她并非一味刺世，仍怀着图强的热忱参观农场和工厂，关注动物繁育和农产品种植上耕法与耕具的改良，赞佩主人创办实业的举动，表现了一个受过西式教育的中国知识分子的精神本色。

凌叔华的现实关切投向民瘼。1934 年 8 月 28 日写于北京，发表于 1934 年 10 月 15 日《国闻周报》第 11 卷第 41 期的《泰山曲阜纪游》，显示了一个善良正直的知识分子的文化思考，流露出临民的情怀，"回去兖州的路上，我闭目坐在车里，细想孔子的教义，想一想《论语》的句子（我只背过一部《论语》），我是觉得中国人生活得太苦，孔子帮不了什么忙。况且他做了几千年帝王的清客，此刻忽然要他老人家脱去宽袍大袖，穿上套轻便的二十世纪服装，只凭这一点来说，未免使这好好先生太难为情了"，现实苦难使她对尊孔读经的传统发生怀疑，并加以揶揄；"一会儿车子仍行田陇中，今年山东年成不坏，豆子高粱都好。只是田里男妇老幼，做着工的，胳膊都瘦得像麻秸，不见一些壮实筋肉。大约乡人食物营养太不够了。女的仍裹着小脚。这里顶着眼的是世家墓地之多，种百来棵柏树的墓地随处可见。松柏修整，树下细草如茵的佳境反映着田里瘦癯的人，令人有'不问苍生问鬼神'之感"。深切的忧虑化作一缕无奈的叹息，愈显出文化反思的深度。

　　冷酷的社会现实对于心灵的压迫，让赵清阁在白鹭洲上也难消释悲悯的情怀，作于1936年7月22日的《白鹭洲钓鱼》，在绘景叙事中掺入思想意义。南京西南隅的这处名胜，环境清幽，是养性的好地方，又"仿佛是慈母的怀抱！"可是一个倚亭独坐者划破寂寞的长吁，使亭内充满令人窒息的沉闷，"我已经明白，在他的心里有着不平凡的悲哀；我也看出了，他是属于贫困阶层的人，他准是遭受到饥饿，和比饥饿更严酷的灾难！"她关注底层的平凡人物，并且呼唤改造环境的勇气，鼓舞苦闷者在创造新生活的奋斗中实现心灵的解放。半明半暗地点出的文旨，使全文有一个明亮的精神内核。

　　倪贻德的《画人行脚》记录了自己的游历观感，其中的《佛国巡礼》作于1933年春，作品重在书写主观感受。他在海天佛国寻求生活之外的心灵自由与精神的宽闲。生活与艺术的态度，综合地表现一个知识分子的精神存在。可是"观音的灵场，佛教的圣地"也飘溢现实的空气，"尤其那些上海的资本家，那些杀人放火的强盗，他们干了许多奸淫劫掠的勾当，积下了丰富的资产。然放下屠刀，就一变而为菩萨心肠，不惜以巨量的金钱，供献给佛门中，以求获得无量的功德。因此，这里的寺僧，他们的逢迎富豪，献媚女性的丑态，和市侩没有两样；而他们的生活优裕，物质的享乐，不下于富商豪绅。谁说佛门尽是清净土呢？"以致"看了这样的情形，每使我想起一种人生的孤寂感来"，不再对世外桃源无限怀慕，却"感到这孤岛上的枯燥而荒凉了。这里，太缺少人间味了。沉寂的空气层层包围了我，使我的呼吸也要窒息似的。我好像被放逐在荒岛上，永远不能回到人间去的样子"，就沉浸于"都市的亲切味"里。他在弃世与恋世的感情迁易中，清晰地勾描出这一递嬗的心理逻辑。

　　曹聚仁的《南京印象》从阶级差别引致的社会不公讽刺南京世相，"南京住着这样三种人：一种不必递名片的，一种是有名片可递的。还有一种是无名片可递有劳细密检查的"，入城的待遇反映了人间的炎凉。而从居住条件上能够清楚地分辨身份和地位的差异，那些宫殿式建筑的主人应是"不必递名片的"，"高楼门一带，错落的别墅散在那边，这大概都是有名片可递的"，那些不雅观的"淹没在水潭里的茅屋"，是无名片可递的穷苦人的家所。行为细节和生活场景中暗含着社会批判意义。

蒋牧良的《龙山》发表于 1936 年 12 月 5 日《中流》第 1 卷第 7 期，透过山行的观察，再现了动荡时局下湘中山乡的生活实景。明秀的山色，朴素的山民，一派世外桃源风光，笔底不兴波澜，简单而至纯粹。可是这里也躲不开生活的惊扰，那个到茅屋人家催税的和尚一脸的倨傲神情，突显着民生的苦况。文字间暗含的愤懑与同情，流露出这篇游山记述的深刻用意。"等到我们走下山来，整个龙山，都已笼在苍茫的暮色里"一笔，表示了一种无奈和怅惘的情绪。

孟超的《拾穗——农村杂写》发表于 1936 年 7 月《文学》月刊第 7 卷第 1 号，以平实的文字表现意义深刻的社会主题，通过秋收场景，反映 30 年代中国农村不平等的劳动关系。每逢收获时节，农人看着像珍珠一般的黄澄澄的粮粒，如同见到"自己亲身养育成人的孩子那样，那里由得自己心里不滋润呢？"多少年岁以前就传下，真不知几世祖的"拾庄稼"的风俗，"不管是五六月的割麦，或者是七八月的割稻"，一直延续，后来又添了专门监视拾穗者的"看边人"，宣告了老风俗的破毁。故乡的老农哀叹，"这两年来，那里是'看边'，简直是打架；那里是'拾庄稼'，简直是抢劫——本来庄户人家日子一天比一天坏，又有谁还去显仁德装老实呢！儒家倡扬的原始淳朴的遗俗随着"农村封建力量渐渐的摧毁破灭"难得保留下去，"那末，将来怎么样？"他的精神向惶惑的深渊倾陷，"然而，在目前，尤其是在乡村已经失了脚的中国，还是先慢慢的去想将来吧……我从'拾庄稼'与'看边'的风俗的消灭中，微验出农村的颜色是逐渐的在变着了"。这是社会责任在文学上的表现，也是一个作家面临社会演进时应有的文化反应。

靳以给弥漫着俄国空气的哈尔滨做着素描，旁观的角度、客观的立场，使平静的记述因真实而如一幅都市状貌的录影，在对比中表现中外民众生存状态的差异，情绪沉厚凝重。"走在南岗马家沟道里的街上，会立刻引起对异国的追想。一切都仿佛是在外国，来往的行人也多半不是中国人"，屋舍也像"一些俄国作家所描写的乡间建筑"，"轻婉的琴声，如仙乐一样地从房子里飘出来"；入夜的基达伊斯基大街上，"窗橱里却明着耀眼的灯"，灯光照着小贩拿的花朵，"美丽的夜，把美丽的衣裳披在一切的上面，什么都像是很美好的了"；太阳岛的冷饮店里，"很多穿了美丽游泳衣的女人坐在那里，喝着冷饮。她们的衣服没有一点水，也没有一点沙子，只是坐在那里瞟着来往的男人"，温煦的阳光斜映起江波上闪耀的金花，柔曼的歌声飘在水上，也泛漾起沉潜的愤懑情绪，因为"想到住满了中国人的道外区，立刻就有一副污秽的景象在脑中涌起来，就没有法子使我不感到厌恶"，味臭的阴沟里卧着涂满泥水的猪，"沿着江边的一条路，是排满了土娼的街"（《哈尔滨》），卑陋的景况折磨着民族自尊，沉静的记实浮凸严肃的心理表情，拷问着国人的灵魂。在一个寒冷的天，他感知到"那近北的古旧的大城里冬日自有它的威严"，"茫茫地立在路边，颇有无可适从之苦"，而年少的车夫"好像由于过度的寒冷，他的声音发着一点颤，在阴暗的灯光下，我看见他那瘦小的脸。他的身子又显得是那么单薄，像是害着病的样子"，彼此言语的龃龉，表现了心的距离，"我觉得我只是活在一个陌生的世界中，我一点也不懂得别人，别人也许不懂得我……我的心也冻结了，在这寒冷的冬夜，在那严酷而恨急的眼光里"（《冬晚》），都市寓言式的记述，反映了冷酷社会里的精神现实，也激起更深切的同情，"他们有走不完的长途，一个苦痛的日子过去了，有另外的一个已经在等候，他们不敢生出一点点凌空的妄想，在夏天，火一样的太阳会晒得人晕眩，可是他们要跋涉着，柏油路上溶出的沥青在烫着他们的脚心。秋尽冬来的日子，雨雪和着寒风，湿透了他们的短棉袄，加重了它的分量，压在他们的身上。刺骨的寒冷，在使他们的心打着战。这也是得忍的"（《在车上》），他的心已经紧附在车夫身上。在一条污秽的浅溪的岸上，简陋房舍里住着的造车人拉动风箱，炉火一下一下闪亮，映着"星星像珠子一样地洒满了天"，而"他仍然是穷困的，虽然他每天都是勤苦地工作着"，美丽的夜把心境烘衬得愈加阴郁凄黯，而"在他前面的那条河，有时候为太阳晒得没有一滴水，还裂着不成形的龟纹。人老了，河也干涸了！"（《造车的人》）伤叹中满溢着内心的悲郁。一次在严寒和浓雾中渡河的经历，让靳以感念渡家的诚朴，"我的幻想消失了，我的想念却殷切了，我的心中一直记着：他是当我站在渡头茫然四顾的时候，把我安稳地渡到对岸的一个穷苦而极其善良的人"（《渡家》），在行为细节的描叙中表现知识者由衷的情感认同。

姚雪垠亲睹黄河边发生的一场冤杀，用悲情文字做着真实的复述，反映了暴政的黑暗与民心的麻木，景色为特定环境做出铺衬，浩森而混浊的水面上，"浊浪哗哗地笑起来，在渡船的周围肆意翻腾，推拥"，恐怖的感觉抓紧人们的眉头和心头，阴沉的秋雨天气使人忧郁，掌舵的老头子"望着天空，像要从浓云里把多年的记忆都找出来"，眼前浮映涂染血色的画面，"一片树林，一群乱坟，夕阳里有几百双乌鸦旋着飞"，十月的霜风在吹，枯树叶萧萧作声，愁惨的光景下，从衙门口押赴刑场受斩的扒墓贼"脸黄得像一张黄表纸，胡子稀疏而苍白。赤裸的光身上，紫青的伤痕朣肿着。显然，他死在眼前，对生命还没有完全绝望"，拼命哀哭的女犯和小孩"一道嘶哑的，一道尖嫩的；嘶哑的呼着儿，尖嫩的叫着妈；有时一替一声地，有时凄惨地合在一起"，当刽子手的大刀砍飞脑袋，"拥挤在杀人场上和城头上的观众照例地爆发出一声喝彩"，昏昧的声音惊得"几百只乌鸦从坟园里掠起来，在夕阳里旋着飞"，"黄昏落下来，灰色的暮霭笼罩着三具死尸。一群吃惯死尸的野狗在奔跑，争夺，互相仇恨地发出威胁的怒叫。那时天上的云朵正像如今一般暗，霜风在吹，树叶在萧萧"，情感牵出的往昔印象在水影间闪动，黄河上又掀卷起混浊的浪花，"闪电在邱山尖上扯鞭；雷在远远的山头和天际吼叫着……云愈浓愈近了，沉重地压住河面，几乎又压着船"（《渡船上》），泣血的冤魂游荡在乱世的天空，阴惨的场景、悲凄的声音，混合着，浮映一幅暴虐百姓的社会图像。

舒新城入蜀途中，流连成都锦江之滨的望江楼，凝视薛涛井，虽在咏史忆古，却也思考现实，"我们坐在楼上饮茶，眼看得对河市上商贾与河中船夫的劳碌，忽然联想到薛涛的孤苦可怜，好像一个纯洁的美女，站在我面前受摧残而我无力援救者一般。她过了一生迎来送往的生活，总算是历尽了人世之苦，然而除了几个所谓词人骚客借着她的姓名舞文弄墨以自鸣风雅外，当时以至后世何曾有人为她洒同情之泪！她的遗迹又何尝不是风流自命的人捏造的，她的真正的血和泪的苦况，我们又何从得知？"（《薛涛井》）历史眼光投向古迹，夹缠复杂的感慨，用心还在影射现局。

板荡的时政，在宋之的笔下转化为对于春景的深情怀恋，这种情绪反衬出现实空气的恶浊。发表于1936年9月5日《中流》半月刊第1卷第1期的《一九三六年春在太原》，闷困于太原的他慨叹"春被关在城外了。只有时候，从野外吹来的风，使你嗅到一点春的气息，很细微，很新鲜，很温暖，并且很有生气。在这种感觉里，你可以想到，河许已解冻了，草已经发芽了，桃花也在吐蕊了吧！"可是却出不了城，"一整天，我所看见的，是灰色的墙，灰色的土，和穿着灰色衣裳在街头守望的兵"，他愈加气闷而且窒息，"望着院内扬着沙尘，所有的思想和情感全麻木了"；他还从城市空气中嗅到了恐怖的死味，火一样燃烧的谣言和传布的消息"使得全城都颤栗着，连太阳似乎也变了颜色了"，真实地勾画出一座城市的现状以及人的生存处境与情绪状态。

　　青年时代的储安平，心中郁结着现实幽愤，书写尚未以挥斥的姿态出现，而是以幽婉深沉的诗意表达社会认识。发表于1933年6月1日《新月》第4卷第7期的《豁蒙楼暮色》，刻画了一个精神彷徨者的形象，气氛孤寂而凄清，意绪缠绵而忧郁。"我向台城走去，沿路风雨交集，还疏疏落落夹些雪珠。这衰弱的身子不够这样的摧残吧，但也只有风雨的狂暴可以杀威我的伤时之感……玄武湖偎着城墙，若稍带一些书卷之气看来，俨然是横条一幅。村庄如睡，树木安静，湖水没有言语。纵然有雨点在逗，但在全景上，也仅仅因此加重一点灰色"，在他的心理感觉中，"天十分惨淡，云是灰暗的，一层一层泛起，在远山之顶上厮摩着。紫金山一带都隐约的躲在迷雾里，仅仅看出一些轮廓"。在鸡鸣寺的豁蒙楼上靠窗口坐定，庙堂里的晚钟"那样沉着的破空而来……在空中持久的回荡，若有无限禅机"，感叹"生老病死之外，再加上因近代都市文明的加速而增加的幻影消灭之悲哀，真是人生无往不苦"，殊觉"无声的叹息比叹息更惨。我之上台城，想略略减少我一些无声之叹息吧，但我恍惚又需要更多之无声的叹息，好用以来延续自己残破的生命：人世一切真是非理可喻"，便生出更深的愁怀。幻感中去看湖光暮色，"湖面被夕光耀得加倍平软，加倍清新，同时又加重惨白。纵然天地立刻将成黑暗，但如果能在黑暗前有这样一次美丽的夕光，则虽将陷于黑暗，似亦心甘"。远山浸入凄惨浓暗的暮色中，"仅仅水面上还腾起一种白色，但也极暮霭苍茫之致了。我沉下心来听禅堂里的钟声。我的幽魂像寄托在这钟声里，一个圈子一个圈子地波荡出去，虽然微弱到仿佛灭亡，但仍永远存在在那空间的哪"，内心产生一种入悟的宁静。作品收敛青春意气，审视生命意义，抒性灵，寄感怀，寓哲理。

　　丰子恺从风景里引出民瘼的关切。1935年4月22日作于杭州的《半篇莫干山游记》，是一则充满社会思考的旅途随感。从杭州去莫干山的路上，对路边朴陋茅屋旁的樱桃树叹佩起来，"我只吃过红了的樱桃，不曾见过枝头上青青的樱桃。只知道'红了樱桃，绿了芭蕉'的颜色对照的鲜美，不知道樱桃是怎样红起来的"，他在寻常旅途中的寻常场景中挖掘美，给平淡日子以情感补偿，创造诗意的生活；而忧世的情怀也在内心沉潜，从民众寒苦的处境中意识到"我们这国家的基础，还是建设在大多数简陋生活的工农上面的"，对于世间苦，涌起一阵深沉的哀感。发表于1935年10月1日《论语》第73期的《钱江看潮记》，幽默的笔调中潜含悲悯情绪。观览钱塘潮原本是一桩雅事，可是拥挤杂沓的人群使观潮减色，"除旧有的一片江景外毫无可述的美景。只有一种光景不能忘却：当波浪淹没沙堤时，有一群人正站在沙堤上看潮。浪来时，大家仓皇奔回，半身浸入水中，举手大哭，幸有大人转身去救，未遭没顶。这光景大类一幅水灾图。看了这图，使人想起最近黄河长江流域各处的水灾，败兴而归"，深切的人道关怀的流露，体现出强烈的现实精神。作于1936年2月27日的《西湖船》，眼光扫向习见的物体，从变化中揣摩社会意味。他喜欢西湖船的原始形式，认为"是最合格的游船形式……先给游人以恰好的心情呢！"往后船的坐位改了样子，"藤式木框被撤去，改用了长的藤椅子"，使得船家"当着料峭的东风，坐在船头上很狭窄的尖角里，为了我们的悦目赏心而劳动着。我们的衣服与他的衣服，我们的坐位与他的坐位，我们的生活与他的生活，同在一叶扁舟之中，相距咫尺之间，两两对比之下，怎不令人心情不快？"再往后，船家委曲迎合"游湖来的富绅，贵客，公子，小姐"贪图安逸的心理，"索性在船里放两把躺藤椅，让他们在湖面上躺来躺去，像浮尸一般。我在这里看见了世纪末的痼疾的影迹"，颓废主义的遗毒、贪闲好逸的风习，给美丽的湖山增加一种精神的病态。更往后，"前此的躺藤椅已被撤去，改用了沙发……使人看了发生'时代错误'之感"；船总是朝坏处变去，"游客的坐位愈变愈舒服，愈变愈奢华；而船身愈变愈旧，摇船人的脸孔愈变愈憔悴，摇船人的衣服愈变愈褴褛。因此形成了许多不调和的可悲的现象，点缀在西湖的骀荡春光之下，明山秀水之中"。以倡慈劝善为怀的他，游赏山水时，一颗心仍关切现实社会，怜恤贫苦众生，世事批判含融于清缓的述说，寄寓深沉的现实情感。

林风眠以美术家的眼光赏鉴西湖，在专为1932年《时事新报》浙江建设运动特刊所写的《美术的杭州》里，他认为"如果把艺术放在美的环境中，岂不将使艺术的感动力更有力量吗？"在他看"西湖，无论一石之微，一亭之小实在都各有其娓娓动人的掌故"，因此，飞来峰上宋元以来的大小雕刻"有的被人凿去头面，有的被无识的僧侣满涂以金漆；在洞口上者，已为大自然的力量侵凌到几乎泐破的地步；在对灵隐寺天王殿之一面，则满盖了杂树荒草，有些竟因植物根部逐渐膨胀，弄得手裂腹绽"的惨状令他格外痛心。从文化责任出发，希望国家"能略微留意到西湖对于中国之历史的、文化的、经济的、古迹的、美术的以及教育的关系"，采取具体的治理措施，为城市建设做出切实努力，"在固有的美的对象之外，创造出一种新生的美来"，表示了对于湖山胜境的殷忧与深爱。

1934 年 3 月《人言周刊》第 1 卷第 4 期发表岳仁的《姑苏印象》，假期中小游"这久悠梦想"之地，"我就觉到苏州并不是像自己所理想一般"，这座"衔着天堂虚名"的城市，"住着有前清的遗老，息影的军人，土豪，劣绅，更有一班年轻的公子哥儿，他们依靠着父祖的遗产，每天除吴苑吃茶，看影戏，逛街外，就不做一些事"，私娼"大多数是苏州四乡的人，由此可知虽在天堂的农村，大部分也都破产了"，繁华的观前街"悬挂着大减价大廉价不惜血本的旗帜，但是并不能增大他们的生意，反而觉到营业一天不如一天，这惟一的原因，是受了农村的影响所致；从这点也就可以知道苏州的百业凋零了"，以致天平、灵岩等山"盗匪很多，抢劫是司空见惯的事"，作者也由此参透了"人间天堂"的底细。虽是记游的闲文，却发散现实的穿透力。

1934 年 3 月《人言周刊》第 1 卷第 6 期发表碧星的《苏州一瞥》，也有相同命意，言辞更为辛辣，文气更为直截。苏州既为江浙交通枢要，"帝国主义势力的涉及，也便首当其冲。城墙虽有二三丈高，但是怎能抵得住那洪水样的汹涌呢？""农村经济的破产，也使这古旧的城池，遭了最大的打击"。这样的政治和经济环境冲荡清明的文化风习，而滋生种种丑陋现象，"苏州的文化能代表了全中国的文化，苏州人的劣性也就是中国人劣性的代表"，痛切的直陈竟至失去应有的文化自信，愈发显示抨击弊政的决绝态度。

1934 年 6 月《人言周刊》第 1 卷第 19 期发表冷眼的《卖花女郎的神秘》，留心苏州昌亭晨市上"一种卖花的声浪"，鄙夷"一般公子哥儿，家中放了妻妾那里，不去欣赏品评，欢喜到阊门城外，住在旅社中领略卖花风味"的劣行，是"所谓嗜痂有癖了"；质疑"苏州的公安局，在烟赌娼的三害，差不多能够禁绝，不过含有卖娼性质的卖花女郎，未能严厉的干涉吧？"恶浊的风气弥漫于风景之区，显示出精神的颓靡与现实的阴暗。作者的笔锋直刺社会隐秘角落的罪恶。

1934 年 9 月 29 日《人言周刊》第 1 卷第 33 期、1934 年 10 月 6 日《人言周刊》第 1 卷第 34 期连载象恭的《杭州之行》，以记者的职业敏感记述亲见的社会景状。作者夜游街市，"据说杭州自推行新生活运动以来，政府执行甚严，新生活标语到处可以看见"；翻阅当日《杭州》报，而想到本地出版的《东南日报》、《浙江新闻》、《之江日报》多种，着意说到《东南日报》由前《杭州民国日报》脱胎的来历，"副刊每日出版的计有《沙发》及《吴越春秋》，惟内容贫乏，不足一睹"，虽则作者的态度隐蔽着，也能聊见社会景况的一斑。

1935 年 12 月《大众知识》第 1 卷第 9 期发表《苏州印象》，作者顾自珍记录了南返家园的感受，"听说故乡已经随着时流改变了，不知改变得如何，心里很关怀着"，可是他不赞成苏州人"一味的安逸无劲"的生活态度，"对于故乡的生活实在感到过于贪求舒适，而失去了进取的志气"，"近年田地出产不佳，丝绸的销路大减，靠这方面生活的人家，都受到经济的恐慌，渐趋贫乏了；然而依然不见他们计划和努力作为"，以致"我们可以看出苏州是和其他都市一样的萧条"，在不胜眷恋的思念中，进行冷峻的思考。

风景散文的现实关怀，散射着灵魂的温度。创作动能源自人生经历中产生的心理感受与文学气质。在中国社会的深度转型期，铁笔是有正义感的作家的武器，他们在困境中以作品中蕴涵的凛然气度，承续并光大五四的精神传统，而中国作家的职业理想，更成为创作精神的主导。

第二节　从实录体向多元审美形态的演化

中国现代文学在常规性发展中，逐渐形成一个多元的审美体系。风景散文的创作经验，为认识这一体系的内部构成，提供了一个重要参照。

中国风景散文的源流，一方面承续古典文学的传统，尤其受着明代小品的影响。周作人在为俞平伯的散文集《杂拌儿》写的跋里说："但是明代的文艺美术比较地稍有活气，文学上颇有革新的气象，公安派的人能够无视古文的正统，以抒情的态度作一切的文章，虽然后代批评家贬斥它为浅率空疏，实际却是真正的个性的表现，其价值在竟陵派之上。以前的文人对于著作的态度，可以说是二元的，而他们则是一元的，在这一点上与现代写文章的人正是一致。"另一方面，也受着世界性的影响。周作人在《美文》里表示过对于西方学术性的批评文章和艺术性的记述文章的见解，并且对后者在叙事与抒情上的功能做出细分，他希望治新文学的人"可以看了外国的模范做去，但是须用自己的文句与思想……给新文学开辟出一块新的土地来"。中外文学的创作潮流反映在现代散文上，根底还在以自我为中心、以灵魂为本位的精神指向。

周作人的观点一以贯之，他后来在《关于〈近代散文〉》里说，明末散文"虽然已是三百年前，其思想精神却是新的，这就是李卓吾的一点非圣无法气之留遗，说得简单一点，不承认权威，疾虚妄，重情理，这也就是现代精神，现代新文学如无此精神也是不能生长的"。现代作家里面，也有赞同这个看法的："我以为做小品文，有两个主要的元素，便是情绪与智慧。平常的感情和智识，有时很可用以写小说做议论文的，移到小品文，则要病其不纯粹，不深刻。它需要湛醇的情绪，它需要超越的智慧，没有这些，它将终于成了木制的美人，即使怎样披上华美的服装。"① 也有论者结合时代的前进而阐述这一文体的演变："九一八以后，中国现代的小品文，才算是发展到了第三阶段……它的发展，是惊人的。小品文作者进一步的有了非常明确的观点，反对帝国主义与封建势力的要求更热烈，而它的短小精悍的体制也更有力量。这当然是因为在这紧急的时期，是随时需要强有力的短小的明快的文学作品的缘故。从那时起，小品文是更加精练，在质量双方，都有很大的开展，不过，小品文所能采用的说话的方式，一般的是和以前不同了。林语堂序《大荒集》云：'书之内容，料想已无《剪拂集》之坦白了。'实在的，近来的小品文，是没有以前的坦白，在文字上，总是弯弯曲曲，越弄越晦涩。另一部分作家也就更发展他们的风花雪月，身边琐事了。忙者自忙，闲者自闲；你可以看到天空翱翔的爆炸机，而另一种作家，是可以把它诗化的作为壮志凌云，呼吸大自然空气的飞鸟。你感到一肚子的闷气，拿起笔来写小品，而另一种作家，却闲对美人花草，作画弹琴，遣此有涯之生。是这样的一种对立，一方面是发展，一方面是停滞。"② 如果从文学的非功利主义的角度审视，这样的局面，恰好反映了创作观念、审美意识、风格样式、表现形态的多元，由此促生处于成长期的中国现代散文的分蘖，并能约略衡估和推断其流脉的基本走向。

富于开创性的五四文学，催生新作家创作行为中的现代精神。进入新的十年，命途的变易，锻炼了他们的性格，时局的复杂，提升了他们的判断力，屐痕的广远，扩大了他们的观察范围，游历的丰富，夯牢了他们的经验基础。在对风景美的文学表现上，他们一面顺应 20 年代的写实主流，一面改变人生自叙状的写作模式，构建新的审美空间，使现代风景散文呈现多姿的美学风范，表现了群体性的价值共识与审美认同。尽管仍然有人沿袭古代记游笔法，以游踪为纵贯线结构篇章，如王桐龄《杭州之观察》，对西湖、玉泉寺、天竺寺、灵隐寺、钱塘江、六和塔都加点染；克士《杭游杂记》，虎跑寺、栖霞岭五洞、云栖梵径、龙井、花坞、江干秋潮、九溪十八涧以及图书馆、学校、市肆等无一不到；1937 年 4 月《旅行杂志》第 11 卷第 4 号发表秋雁的《武林纪游》以细密笔法详述杭城各个景点来历，探幽发微，犹同一部史话。更有一

---

① 　钟敬文：《试谈小品文》，《小品文艺术谈》，中国广播电视出版社 1990 年版，第 32 页。
② 　阿英：《小品文谈》，《小品文艺术谈》，中国广播电视出版社 1990 年版，第 79 页。

些述游文字耽于文言风味，如姚石子《吴门游记》，莲影《苏州的茶食店》（1931 年 5 月《红玫瑰》第 7 卷第 14 期）、《苏州小食志》（1934 年《珊瑚》第 45 期），二我《邓尉山》（1935 年 12 月《工读周刊》第 1 卷第 4 期）、陈栩《杭谚隽谈》（1936 年《越风》第 15 期）、《涌金门外谈旧》（1937 年《越风》增刊一集）等，弥漫隔世之感。这类作品失之板滞沉闷，缺少灵动跳脱，不避对旧典的烦冗叙记，而湮没了个人新颖清新的领受，较少情感意味。阅读需求的转型，注定复古主义的式微。新阶段的文化主流和文学语境，使创作审美形态出现多种路向选择。

情趣美。在绘写山水的过程中更加着意于情感的表现，更加强化作品的抒情意义和浪漫特征，成为风景散文家的集体性认同。加强文字的感情负载，是因为比客观的实录倾近内心状态的表达，能够在艺术真实的层面上塑造心灵的风景，实现作品的文学意义。尽管世危时艰，作家们仍然保持对于美的新鲜的感受力。心灵所发生的每一次美的感应，都引起内蕴情绪的激荡。物候的细微变化，自然引起他们情感的敏觉。

周作人的精神成长曾受日语环境的影响，使他在与日本的较深关系中形成一种细腻、温和、静婉、闲雅的笔调，虽则在文字风格上又有中国古典文学的敦厚朴拙。这种自赏化的书写恒式，反映了个人的文化心理和美学品格。清淡朴讷的笔致触着美丽风景，特别能够产生一种温润的意韵，一种原始的简单味。他从越中乡间来到北平，呼吸着古城的文化空气，一切都新鲜有趣。刊载于 1936 年 3 月 16 日《宇宙风》第 13 期的《北平的春天》里有这样的认识："我自己的关于春的经验，都是与游有相关的"，水与花木染绿生命记忆，也映亮了心，"我们本是水乡的居民，平常对于水不觉得怎么新奇，要去临流赏玩一番，可是生平与水太相习了，自有一种情分，仿佛觉得生活的美与悦乐之背景里都有水在，由水而生的草木次之，禽虫又次之"。从多水的南方北上，已将二十年过去，"对于春游却并无什么经验。妙峰山虽热闹，尚无暇瞻仰，清明郊游只有野哭可听耳。北平缺少水气，使春光减了成色，而气候变化稍剧，春天似不曾独立存在，如不算他是夏的头，亦不妨称为冬的尾"，燕京的春景实难叫他称赏，"所以北平到底还是有他的春天，不过太慌张一点了，又欠腴润一点，叫人有时来不及尝他的味儿，有时尝了觉得稍枯燥了，虽然名字还叫作春天"，恋乡的他深感"春天总是故乡的有意思"。对于风光物候，感情的浓淡实在以个人的生命体验为转移，他在《北平的好坏》中说，"绍兴是我生长的地方，有好许多山水风物至今还时时记起"，对留下六年读书生活印迹的南京，则冷落了一些，"我对于龙蟠虎踞的钟山与浩荡奔流的长江总没有什么感情，自从一九〇六年肩铺盖出仪凤门之后，一直没有进城去瞻礼过，虽似薄情实在也无怪的"，他认定"归根结蒂在现今说来还是北平与我最有关系"，故而觉得"北平的天色特别蓝，太阳特别猛，月亮特别亮"。融合了具体生命感的书写，使景物生动地接续或者阻断同个人史的一切联系。

废名散文里有周作人的笔墨风调，厚味虽不及，涩味却更重些。他以文人之心体会景物，在表现时格外在意境上用力。刊载于 1936 年 6 月 16 日《宇宙风》第 19 期的《北平通信》里，他说自己"同北平始终是隔膜的"，落在纸上的字句却说明已将己心融合在景物里面，是"不隔"的，由此酿制隽美的诗意和清朗的画境，笔下便漾动情致美："我是长江边生长大的，因此我爱北方，因此我爱江南。北平之于北方，大约如美人之有眸子"；也漾动意味美："我们在北平总看不见湿意的云……此刻暮春已过初夏来了，这里还是刮冬天的风"，北平夏雨的风趣让他成了"雨之赞美者"，浸入"隔江人在雨声中"的诗境里；还漾动风俗美：东城隆福寺或西城护国寺白塔寺庙会里的耍叉老汉，"一个人在高台上自己的买卖范围里大显其武艺，抛叉入云"，"再有一男子一女子仿佛是两口子伸着脖子清唱的，男的每唱旦，女的每唱生，两人都不大有气力"，还有"天篷鱼缸石榴树"代表的北平人家光景，京师近乎素朴的一面显示在此种场景里。废名记述这些，是觉得"倒很可以表现北平的空气。北平在无论什么场合，总不见得怎样伤人的心"，"我在北平郊外旷野上走路，总不觉得它单调，她只是令我想起江南草长"，言语间透出个人的性情。诗情转成幻境，他梦见生平经验中的鹦鹉洲，春天的草色，秋朝的牵牛，所寄就更绵邈。

梁遇春的散文，不以思想的深刻著称，而以情绪的感染见长，"能字字调和、透出一己的人生情调"①。他曾说："我们还是陶醉在人生里，幻出些红霞般的好梦罢，何苦睁着眼睛，垂头叹气地过日子呢？所以在这急景流年里，我愿意高举盛到杯缘的春醪畅饮。"(《〈春醪集〉序》)他自认承继着以情趣为宗的中国散文传统，"所以我爱我自己心里流出，笔下写出的文字，尤其爱自己醒时流泪醉时歌这两种情怀凑合成的东西"(《破晓》)。因此，他最喜"闲暇的环境同余裕的心情"，最爱英国小品文"那迷人的悠然情调"(《蒙旦的旅行日记》)。梁遇春散文的"简单味"，在表现形态上，一是直抒式的，因情而

①　吴福辉：《〈梁遇春散文〉前言》，《梁遇春散文》，浙江文艺出版社 2001 年版，第 3 页。

宣。他坦承"我是个常带笑脸的人，虽然心绪凄其的时候居多"，便是如此，他写出的"娓娓酸语"并非"拿来点缀风光，更增生活的妩媚"（《又是一年春草绿》），却有他自家的情怀在。芳花缤纷的蔷薇，枯树同落叶，象征生之遭逢，梅花凋尽，雪月空明，又"映出无可为欢处的心境了"（《又是一年春草绿》）。他由此摹绘出的春景，欢欣中似含着世事无常的愁叹，"在这个无时无地都有哭声回响着的世界里年年偏有这么一个春天；在这个满天澄蓝，泼地草绿的季节毒蛇却也换了一套春装睡眼朦胧地来跟人们作伴了，禁闭于层冰底下的秽气也随着春水的绿波传到情侣的身旁了……笑涡里贮着泪珠儿的我活在这个乌云里夹着闪电，早上彩霞暮雨凄凄的宇宙里，天人合一，也可以说是无憾了，何必再去寻找那个无根的解释呢。'满眼春风百事非'，这般就是这般"（《又是一年春草绿》），他从自然物候里品尝到的滋味近于禅。一是寄情式的，缘物而发。春雨霏霏，撩惹情绪的丝缕，"至于懂得人世哀怨的人们，黯淡的日子可说是他们惟一光荣的时光。穹苍替他们流泪，乌云替他们皱眉，他们觉到四围都是同情的空气，仿佛一个堕落的女子躺在母亲怀中，看见慈母一滴滴的热泪溅到自己的泪痕，真是润遍了枯萎的心田"（《春雨》）。如晦的风雨更来添愁，"真好像思乡的客子拍着阑干，看到郭外的牛羊，想起故里的田园，怀念着宿草新坟里当年的竹马之交，泪眼里仿佛模糊辨出龙钟的父老蹒跚走着，或者只瞧见几根靠在破壁上的拐杖的影子……无论是风雨横来，无论是澄江一练，始终好像惦记着一个花一般的家乡，那可说就是生平理想的结晶，蕴在心头的诗情，也就是明哲保身的最后壁垒了；可是同时还能够认清眼底的江山"（《春雨》）。此种景况下的他，"能够忍受，却没有麻木，能够多情，却不流于感伤，仿佛楼前的春雨，悄悄下着，遮着耀目的阳光，却滋润了百草同千花。檐前的燕子躲在巢中，对着如丝如梦的细雨呢喃，真有点像也向我道出此中的消息"（《春雨》）。不同的雨，给了他不同的感受，濛濛茸茸的细雨固然值得眷爱，但是"我也爱大刀阔斧的急雨，纷至沓来，洗去阳光，同时也洗去云雾，使我们想起也许此后永无风恬日美的光阴了……焦躁同倦怠的心情在此都得到涅槃的妙悟"（《春雨》）。美的意象深处，氤氲着诗的韵致。梁遇春的描写叙事，旨在主情。纵使走在坎坷的世路上，他的内心也充满光明，纸面漾动着灵魂上的笑痕。

李广田体验秋天的况味，流露出生命的感怀。"生活，总是这样散文似地过去了，虽然在那早春时节，有如初恋者的心情一样，也曾经有过所谓'狂飙突起'，但过此以往，船便永浮在了缓流上"，虽则"春天是走向'生'的路，也"不愿意说秋天是走向'死'的路"，因为"那落叶是为生而落"的，甚至在黑暗的冬天，"那冰雪之下的枝条里面正在酝酿着生命之液"(《秋天》)。枝头的几片黄叶，篱畔的几朵残花，都联系着过去与未来，使人在凝视中感到真实的世界和实在的人生，不再因生命体的凋亡而悲秋。他的眼里，"故乡的桃李，是有着很好的景色的"，春天里"遍野红花，又恰好有绿柳相衬，早晚烟霞中，罩一片锦绣图画"，逢夏日，"茂密的秀长桃叶间"会闪出"刚刚点了一滴红唇的桃子"(《桃园杂记》)，纯挚的乡恋深含在绚美的字句中。色彩也添浓了游山的情味，泰山石径上，衣裳飞舞，"一个穿雨过天晴的蓝色，一个穿粉蝴蝶般的雪白，另一个则穿了三春桃花的红色"(《扇子崖》)，李广田运用对于色彩纤敏的感觉，轻加点染，山景即刻便活了，也酿成一个美丽的记忆。心有所恋，回首顾盼，崖上青碧的颜色愈显深郁，缭绕的一脉淡淡青烟也更虚灵缥缈。抗战时期，在穷山荒水之中的流亡，因为心境的不同，也并未失去美的感受。"我们一路沿着汉水，踏着山脚，前进着。我们的歌声，和着水声，在晴空之下彻响着……月儿湾——又是一个好名字，还有黄龙滩、花果园……我忘记我是在流亡，忘记是为我们的敌人追赶出来的，我竟是一个旅行者的心情了，我愿意去访问这些荒山里的村落，我愿意知道每一个地方的建立，兴旺，贫困与衰亡，我愿意知道每一个地名的来源，我猜想那都藏着一个很美的故事"(《冷水河》)，行走的间隙，精神在山水中舒展，也获取心灵的宽慰。奔波的长途上，他望见"山渐渐低、水渐渐阔，眼界逐渐扩大，心情也就更觉得舒畅些了"，而江边高高山头上雄踞着的几座碉堡，"让我们想象，这里的青山绿水也曾经染过人们的鲜血"(《江边夜话》)，陡添几分凝重色彩。

柯灵笔底的风华适切地表露于景物上。他在水润灵动的江南习见小景中默咀平凡的韵味，发掘自然细节的抒情功能。故乡曲折幽静的小巷，围墙上斑驳的苔痕，墙头娇艳的桃花、杏花，酿制了"无比的悠闲"与"和平的静穆"(《巷》)。他善于传达寻常景物引发的微细感觉，细雨飘落在寂静的田径，"雨丝湿了衣裳，还往往怀着微妙的心情，兀立在花浦桥上，俯瞰潺潺的流水，和水面无数圆圈四面连续的图案"，而"旅居浔阳江畔，在那孤立江边的小楼一角，更觉得雨声的亲切"(《雨》)，牵情的烟雨把连绵的思绪形象化了。流动的情绪如水，梦似的龙山之夜，苍茫的暮色里残留落日的余晖，更鼓初传，悠扬的琴声，婉转的歌声，袅袅不断，凄颤的声调里，浸着歌女的悲愁(《越王台畔》)。他牵挂柔阳拨逗的春意，似乎又在默解花语，"紫槿花红出墙头，我终于发现望春的残葩零落在院中的草地上了"，带着心头浸蚀的无名怅惘，他要为"这素馨的花树写一篇童话"，感谢它跋涉无数山水，饱尝无限苦辛，"向天涯海角寻觅春天"，待到"风暖了，草绿了，花开了"，"自己却已经憔悴，在春阳温暖的怀中，作了个含泪的微笑，悄悄地离开了人间"（《望春》），他以灵动的笔趣展开对于理想人格的抒写。枕着浔阳江的波流，他泛起清夜之思，而"歌声如风，如一缕摇曳的游丝，在夜空中遥远地传来"，又轻烟般地消失，他品出了歌音里的意味，"歌声是轻快飘忽的，但听起来却觉得苍凉。因为歌者是夜行的舟子，在长夜迢迢的旅途中，为破除岑寂而歌。这是最动人心弦、耐人寻味的人间天籁"（《忆江楼·枕畔歌声》）。他的心底萦响着一阕春之曲，"故乡的三月，是田园中最美的段落"，笑靥迎人的桃花，冬眠的草木，金黄的油菜花、妍红的紫云英，让他望见溪边山脚、屋前篱落浓淡得宜的春色，更有"软风里吹送着青草和豌豆花的香气，燕子和黄莺忘忧的歌声"（《故园春》），他深情地眷恋梦里的家山。姑苏旧梦牵动他的亲情，慈母的温热又微熨着他的心，"悠悠五十年，她在人海中浮荡……驴背的夕阳，渡头的晓月，雨雨风风都不打理这未亡人的哀乐"，"越过千山万水，迷路的倦鸟如今无意中飞近了旧枝，她应当去重温一次故园风物！可是一天的风云已经过去，她疲倦得连一片归帆也懒得挂起"（《苏州拾梦记》），思亲的哀伤、命运的凄怨化作旧景中的泪痕。

　　杨刚迎着抗敌烽火，在美的文境中抒发对于祖国的挚爱。"起来！起来！中国的孩子们，上北平去吧，北平是我们自己的家乡。北平的太阳不会有云翳遮盖，她总是满脸亲切的笑容和蔼。北平的空气是永恒的葡萄酒，浸润着你们的鼻角和嘴隈"，在古街上行走，犹如乘上夕阳撒开的彩色透明的翅翼"在浩荡的金波中浮泳，在无限精丽的、北平的伟大自由里徘徊。你要在太液池面的荷叶丛里打着桨儿歌唱，你又好去文津街上那巍峨的三座红门下曲意徘徊。所过之处，每一匹细叶会在你脚边嘤然嬉跳。那絮云似的素白丁香，有香味如爱人的唇吻，会偷偷触上你敏感的面庞。你会留连在太和殿的白玉阶前，凝视每一级莹白坦率的长阶，你情不自禁的要坐在它旁边，用食指尖恋好的在石上轻轻摸捻。贴近那云龙交逐的云石，你会俯下你的脸儿去俯听云头里怒龙的沉吟"，四月的春风里，看"轻云在北平净蓝的天空波动了绿色的细涛"，纵开驴儿的缰绳畅驰在西山道上，想到"八大处的杏丛已经开醉了饱满的红白花球，三家店的桃林对着永定河的绿波，已经把口红抹透"（《北平呵，我的母亲！》），美好的情感含蕴赤子的爱国心怀，也成为在血战中搏杀的将士们深厚的情感基础。

梁思成、林徽因的建筑考察记具有资料价值，笔法却是散文化的，浸含浓淡的情味。作品把建筑学家的专业知识和文学家的艺术眼光相调谐，融合了历史叙事和文学想象。审视遗构，方位感觉、空间意识极强，平实记述中穿插诗意描写，偶有浪漫抒情。发表于 1932 年《中国营造学社汇刊》第 3 卷第 4 期的《平郊建筑杂录》，从建筑审美者的立场出发，眼观名胜，在诗意和画意之外，还"感到一种'建筑意'的愉快……一种特殊的性灵的融会，神志的感触"。在赏鉴者心目中，"无论哪一个巍峨的古城楼，或一角倾颓的殿基的灵魂里，无形中都在诉说，乃至歌唱，时间上漫不可信的变迁；由温雅的儿女佳话，到流血成渠的杀戮。他们所给的'意'的确是'诗'与'画'的。但是建筑师要郑重郑重的声明，那里面还有超出这'诗'、'画'以外的'意'存在"，"在光影可人中，和谐的轮廓，披着风露所赐予的层层生动的色彩"，潜意识里更有凭吊与兴衰的感慨，这些"便是那无穷的建筑意的收获"。在这种建筑美学观念的导引下，走近杏子口，就会觉得"一出口则豁然开朗一片平原田壤，海似的平铺着，远处浮出同孤岛一般的玉泉山，托住山塔"，更有三座石龛"分峙两崖，虽然很小，却顶着一种超然的庄严，镶在碧澄澄的天宇里，给辛苦的行人一种神异的快感和美感"。至于"在龛前，高高地往下望着那刻着几百年车辙的杏子口石路，看一个小泥人大小的农人挑着担过去，又一个带朵鬓花的老婆子，夹着黄色包袱，弯着背慢慢地踱过来……一串骆驼正在一个跟着一个的，穿出杏子口转下一个斜坡"（《平郊建筑杂录·杏子口的三个石佛龛》），极富画趣，正似映入眼底的一幅村野风情图。

出于建筑学家的职业责任和对都门之外名胜的爱慕，他们不能让"所关怀的平郊胜迹，那许多美丽的塔影，城角，小楼，残碣……全都淡淡的，委曲的在角落里、初稿中尽睡着下去"（《平郊建筑杂录（续）·天宁寺塔建筑年代之鉴别问题》，1935 年《中国营造学社汇刊》第 5 卷第 4 期），勤苦踏访，精心寻勘，在图影实测之外，还留下情感化的述记。

1934 年乘暑假之便，梁思成、林徽因应费正清夫妇邀约游晋。沿汾阳城外峪道河向邻近诸县旅行后，二人合撰考察报告《晋汾古建筑预查纪略》，发表于 1935 年《中国营造学社汇刊》。建筑实物的观览、地理概况的记叙在他俩笔下，随处可见文学修养的根底。汾阳龙天庙"蔓草晚照，伴着殿庑石级，静穆神秘，如在画中……天晴日美时，周围风景全可入览。此带山势和缓，平趋连接汾河东西区域；远望绵山峰峦，竟似天外烟霞，但傍晚时，默立高处，实不竟古原夕阳之感"（《晋汾古建筑预查纪略·汾阳县 峪道河 龙天庙》）；汾阳灵岩寺"远在村后，一塔秀挺，楼阁巍然，殿瓦琉璃，辉映闪烁夕阳中，望去易知为明清物，但景物婉丽可人"，院内"野草丛生，幽静如梦……夕阳落漠，淡影随人转移，处处是诗情画趣，一时记忆几不及于建筑结构形状"（《晋汾古建筑预查纪略·汾阳县 小相村 灵岩寺》）；孝义县东岳庙"小殿向着东门，在田野中间镇座，好像乡间新娘，满头花钿，正要回门的神气"，"我们夜宿廊下，仰首静观檐底黑影，看凉月出没云底，星斗时现时隐，人工自然，悠然溶合入梦，滋味深长"（《晋汾古建筑预查纪略·孝义县 吴屯村 东岳庙》）；行于赵城郊外平原"既可前望山峦屏嶂，俯瞰田陇农舍，及又穿行几处山庄村落，中间小庙城楼，街巷里井，均极幽雅有画意，树亦渐多渐茂，古干有合抱的，底下必供着树神，留着香火的痕迹。山中甘泉至此已成溪，所经地域，妇人童子多在濯菜浣衣，利用天然。泉清如琉璃，常可见底，见之使人顿觉清凉，风景是越前进越妩媚可爱"，浩荡辽阔平原上"霍山如屏，晚照斜阳早已在望，气象仅开朗宏壮，现出北方风景的性格来"（《晋汾古建筑预查纪略·赵城县 广胜寺下寺》）；山西"窑穴时常据在削壁之旁，成一幅雄壮的风景画"（《晋汾古建筑预查纪略·山西民居》）。考察性质的文字，却让性灵跳荡于眼底建筑。生动描摹与传神形容，皆出于文人之心。语言上，词句简古，韵味清雅，含蕴唐宋文章遗味、明清笔记风致，又略见中国山水画里常见的布局。这种"在木造建筑的中国里探访遗迹"（《晋汾古建筑预查纪略·汾阳县 小相村 灵岩寺》）的文字，漾动盈盈的艺术灵趣，使冰冷古朽的建筑遗构产生情感的温热与新鲜的生命。

熊适逸的《角直观塑记》发表于 1930 年 1 月 15 日《东方杂志》第 27 卷第 2 号，详记苏州保圣寺中唐杨惠之的泥塑罗汉，于塑艺的赏鉴中抒发情感。如说一尊塑像"真有天竺人的模样。不但它的身体五官像，连他眉宇间那副神气都像极了！要是妆銮没有剥落，和活的没有多大分别"，以散文笔法做美术考证文字，格调略近梁、林夫妇文章。

冰心于 1934 年和丈夫吴文藻及郑振铎、顾颉刚、雷洁琼等好友作平绥之行，她的《平绥沿线旅行记》写青龙桥、张家口、平地泉诸胜景。这组旅途杂记客观摹绘当地风物，用笔疏阔。对云泉寺、地藏寺略述印象，意不在做清美婉丽的诗意之文，而显示旅行记的平实作风，流露新知识女性的文化意趣；"大境门上有清人高维岳写的'大好河山'四大字。出门至西沟，山岭峰峦，重叠围抱，西北门户的元宝山已横在眼前，两峰夹峙，气象雄伟"（《张家口》),更显示眷爱祖国山河的深味。

曹聚仁以学识的博雅为根基,评点风物、叙记掌故,都含一点幽默趣味,而不流于浮滑。刊载于1934年《人间世》第10期的《闲话扬州》,品论绿杨城郭,不像易君左的同名书对扬州看法的偏颇,不温不火,态度中庸。朱自清便以曹聚仁的此文为发端,表达见解,"他没有去那里,所说的只是从诗赋中、历史上得来的印象"(《说扬州》,1934年《人间世》第1卷第16期)。曹聚仁从历史的视角审视扬州的变迁,"自吴晋以来,占据中国经济中心,为诗人骚客所讴歌的扬州,在这短短百年间,已踢出于一般人记忆之外,让上海代替了她的地位;这在有过光荣历史养成那么自尊心的扬州人看来,该是多么悲凉的事!"时光迁转,"二十四桥边明月,只照见一片荒凉,几树白杨了!以眼前论,盐的命运这样可怕,扬州的命运将随农业破产盐业破产而更黑暗",扬州人重读南朝鲍照《芜城赋》"不知作何感想也?"却又释然,"试看巴比伦沦于蔓草,罗马化作废墟,有些地方,搭客不必认真也!"他的意图并非摹记扬州社会实际,而是抒发一种历史感怀,沉重的话题转瞬云淡风轻。这样的表达效果证明,"闲话"的力量在于深蕴的趣味。

田汉小游扬州,归来应赵景深之约做《镇扬日记》,发表于1937年《青年界》第12卷第1号。文中略抒山河之感,可以窥见烽火时世中作者未泯的自然之爱。"好久没有亲近长江的风涛"导致的精神窒闷,在"甲板上纵览四周云物"中得到舒放。可是情绪又陷入沉重的现实,"扬州号称'江北的江南',郊景本不算坏,而最使人不快的却是那无数的土馒头。但现在有什么办法?"沉痛的一句流露出心头的凄感。游景的意趣在严酷的现实前瞬间消弭。

陈友琴的身体和心灵与山水保持近距离的接触,在情趣流露上带有古典文学研究家的职业特征,文字间盈贯古代文士的风雅才调。刊载于1935年上海《青年界》杂志第7卷第4期的《山乡水国说池州》,流露秋览皖南风光的悠然闲适的情怀。长江上空"碧沉沉的没有一丝儿浮云,皓月悬空,光临江面,闪出千万朵银花来。我和几个伴侣,一同被搬上一只大划子,坐在月白风清的江心里,渚浅港深,荻芦瑟瑟,此时倘有一曲琵琶,简直便是浔阳江畔了",景美、境幽、意远。"肩舆在乱山中行了七八里,野花杂草,发出幽香",过的又是文选楼、杏花村这种雅意十足的胜迹,幽处芸窗的静雅风味,牧童遥指的逍遥意态,都是可羡的旧式生活状态;而"短堤疏柳,秋水长天"的乡野风光,"一层一层眼波似的水,一叠一叠眉峰似的山,绿的绿,青的青,淡的淡,浓的浓"的水光山色,又是理想的诗词境界。心怀沉浸在秋之月、春之水、冬之雪、夏之云酿成的种种美趣里。着重趣味的表达，显露的是一种现实面前的生活态度与人生原则。

梁得所眼里的西湖，层层波漪即充满画意，又荡漾人间情味。刊载于1930年12月《良友图画杂志》第52期的《忆西湖·倘若冬来 If Winter Comes》，以四季光景寄托人生感怀："我想，冬天的西湖必定有一种笔墨所难形容的情调，这种情调倘若必要形容出来，大概好比一个青年，他所爱的人儿已经逝去。而他所辜负的又在别人爱护之下得了归宿。这样一个青年的心情，必定感伤而又安慰，就像湖畔之冬，一辈子肃穆，宁静"，他在春歌、夏梦、秋燕、冬雪中重温寄旅江南的旧梦，怀忆青春岁月的片段，洋溢着生命的欢欣与惆怅。

舒新城游观巴蜀胜迹，时常流露欣赏的兴致，笔底流出的虽是寻常的旅行杂录，却在纸上留下心的踪影，"经过滟滪堆与白帝城，很有恋恋之感：我恋滟滪堆，是因为它屹立江中，昂首天外，好像富有闲情逸致的诗人在那里赏玩山水，找寻诗料"，竟至幻想青山流水旁的阅读和暇时的垂钓荡舟，涤清脑中的尘俗思想；白帝城上的历史遗貌虽芜败不堪，"但若亲去游览，当亦可得些英雄陈迹帮助我参澈人生"（《滟滪堆》），述录渝蓉纪程，流露悠闲、从容、宽适的文人意趣。

孟超在苏鲁边壤追寻北中国的早春气息，疏疏落落的村子"大半都是黄土墙，麦秸盖顶的房舍；忽地看见每家土墙上都用红土画着牛头牛角，虽然画的很粗糙，但也分分明明，极清显的"（《立春画壁》），画壁迎春的风俗反映了中国农民淳朴的生活趣味和久远的文化精神，他深有兴味地追问、揣想，使一次平凡的乡间访游具有文化寻根的意义，同时产生切实的旅行文字。

浮萍徜徉于黄昏的观前街，领略市民社会的趣味。刊载于1935年1月《太白》第1卷第9期的《苏州观前大街的黄昏》，从苏州人"荡观前"的生活场景中发掘生活意义，"徘徊的人像血脉的流动，使观前大街活起来"。时新的衣样、行路的步式、闲适的神情，显示老街的生动表情。玄妙观里，茶馆区的算命先生，娱乐场中的苏州滩簧，热闹"可以比拟上海的城隍庙"，而店铺的整齐和堂皇为北平的天桥所不可及。市井见闻的实述，浸含着平民生活的情味。

情绪的有机渗入，构成此期风景散文常态化的抒写模式，使风景成为情感的载体，而风景的阅读性与表现力也得到强力的拉升与扩张。

理趣美。从平凡场景中开掘具有社会或者人生价值的深度意义，让观览过程中的理性思考超越景物的自然意义，使散文阅读在美感享受之外，具有对于世界的阐释力量，是现代散文家智性的文学表现。中国式的思想表达，在文学范畴里，普遍是印象式、感悟式的，经常呈现为琐词杂言的语体，虽则碎片化、非逻辑化，无严密精整的系统，却如一天星星随处闪，灵动正是智慧外化的征象。抽象的观念一经美的装饰，就强化了理性的亮度，并使解悟过程具象化。

梁遇春的议论性散文，善于在看似浅近的物事中发现深刻的道理，纵意而谈，旨在思辨。他又借鉴以理趣为上的西方散文特性，所以也欣赏"对于人间世一切物事的冷静深刻的批评"（《蒙旦的旅行日记》），而这批评，又是非抽象地将思想加以美化。人们可以在文字间追踪一个具有现代品性的知识者的思想痕迹，观察作品返照的真实的生命状态。发表在 1929 年 11 月 11 日《语丝》第 5 卷第 35 期上的《途中》，就显示了明快的论说笔法。"途中是认识人生最方便的地方。车中，船上同人行道可说是人生博览会的三张入场券"，"自己培养有一个易感的心境，那么走路的确是了解自然的捷径"，"'行'不单是可以使我们清澈地了解人生同自然，它自身又是带有诗意的，最浪漫不过的。雨雪霏霏，杨柳依依，这些境界只有行人才有福享受的"，"我们从摇篮到坟墓也不过是一条道路，当我们正寝以前，我们可说是老在途中。途中自然有许多的苦辛，然而四围的风光和同路的旅人都是极有趣的，值得我们跋涉这程路来细细地鉴赏。除开这条悠长的道路外，我们并没有别的目的地，走完了这段征程，我们也走出了这个世界，重回到起点的地方了"，都是奔波于命途的旅人聆听到的益智箴言。

人生的希望失掉了，怅惘中却在内心酿制不能实现的幻梦，"于是乎，天天在心里建起七宝楼台，天天又看到前天架起的灿烂的建筑物消失在云雾里，化作命运的狞笑，仿佛《亚俪丝异乡游记》里所说的空中里一个猫的笑脸"，只是"一件美的东西的告成就是一个幻觉的破灭，一场好梦的勾销"（《破晓》），一切都像是虚无得不可捉摸。理想的实现固然是成功，但在另一面，不成功也属自然，"所以失败是幻梦的保守者，怅惘是梦的结晶，是最愉快的，洒下甘露的情绪。我们做人无非为着多做些依依的心怀，才能逃开现实的压迫，剩些青春的想头，来滋润这将干枯的心灵。成功的人们劳碌一生最后的收获是一个空虚，一种极无聊赖的感觉，厌倦于一切的胸怀"（《破晓》），直视人生的成败，不避偏颇地坦陈见解，显示了率真无伪的性情。抱持这样悠然的心境，他才像从前说过的那样"我天天起来总是心满意足的，觉得我们住的世界无日不是春天，无处不是乐园"，竟至在北方的天气里贪恋清早的床头，也会感到"静听流莺的巧啭，细看花影的慢移，这真是迟起的绝好时光"（《"春朝"一刻值千金》）。虽非社会问题的深刻论述，但因其关涉切实的人生成长经验，就显出积极的意义。

缪崇群受着景物的感动，既善于勾绘画境，又善于生发思考："我们尽看山下那条如带的长江，远处画般的山影，烟和树木……人生渴想的美梦，实现罢，那是增加了追忆时的惆怅；不实现罢，在心上又多了一条创痕。"（《南行杂记·赭山》）对于善感多思的他，风景是孕育睿思的温床。诗化的表达，使文体具有理性的清洁。

李广田的视角投向普通的劳苦者："这是一个没有故事的人物。这人与一只载重的老渡船无异，坚实、稳固，而又最能适应水面上一切颠颠簸簸，风风雨雨。其实，从这个人眼里看出来的一切事物，都好像在一种风平浪静的情形中一样，他是那样安于他所遇到的一切，无所谓满意，更无所谓不满意，只是天天负了一身别人的重载，耐劳、耐苦、耐一切屈辱，而无一点怨尤，永被一个叫做'命运'的东西任意渡到这边，又渡到那边。"（《老渡船》）文字间蕴涵人生风景的深味。他对常人普遍的想法表示独异的见解："你为什么尽把你们的山水写得那样美好呢？难道你从来就不曾想到过：就是那些可爱的山水也自有不可爱的理由吗？……你们喜欢写帆，写桥，写浪花或涛声，但在我平原人看来，却还不如秋风禾黍或古道鞍马更为好看……我读了你那些山水文章，我乃想起了我的故乡，我在那里消磨过十数个春秋，我不能忘记那块平原的忧愁。"（《山水》）说理中饱含农民的质朴以及故乡给予的温暖的感情，也隐隐地透露世道的艰辛。创作理性有时还以讽刺之笔传导出来。在官方召集的抗日宣传大会上，肥胖的主席在公园操场的台上发着空泛的议论，警察却用指挥棒挥退"许多穿着破烂衣裤打着赤脚的人们"，这些"挑着粪篮，扶着菜担，面孔黧黑而肮脏的人"，仿佛是站在一个玩把戏的场子外面，在感情上同官吏是隔膜的，而此时的景物却犹如荡起一阵清新的空气，"雨继续下着，东南风送来花的香气、绿叶的气味。公园里的桃花、山茶，尤其是楠树的花，开得正好。小学生在想着什么事呢？他们也许想到散会之后去折一枝桃花，并想起他的一个可以插花的小瓶"，而毫不在意会上的一切（《圈外》）。景色的点染，透出幽默机智的慧心，加深了作品的讽世疾恶意味。

柯灵在得意于越中乡村"有些山和水，点缀平原景色，就像村姑鬓边的野花。小街平静如太古，田野间铺开一片锦绣"的同时，赞叹故乡人"用劳动创造了历史,却又从不在历史家笔底出现",他们"胼手胝足,辛苦而乐天地工作着,顽强得好像水牛。他们平凡地生活,平凡地老死;死了被埋入土丘,活着也无人注意,连从这乡土间生根吐芽后来又流落异地的游子,也容易把这些亲切的面貌模糊了",可是他又有点忧郁,因为长留着夏禹治水遗迹的会稽,"那些在阳光下,在风雪中,在灰色的小屋子里劳动着的乡亲们,各自负着'乱世草民'的烦恼,谨厚而麻木地活着,他们生长在土壤肥美的福地,却忘记了先代祖宗斗争的历史,忘记了人类的双手可以改变自己的命运"(《闸》),激愤的议论,指向愚钝的灵魂,直刺落后的国民性。作者一向清丽柔婉的笔墨,在这里却如闪闪的锐锋,显示出批判的力量。

钱歌川的散文,论理常带幽默的作风,冷静的默察、深刻的思考,也在记游文字上面表现着。"认真说,中国人不是不能做事,而是不肯做事,无论什么惊天动地的事,中国人都可以做得出来,而常使西洋人为之咋舌。譬如詹天佑的这种工程,就是一个显明的例子。我们今日能这样方便地出塞,就是由于他的恩赐"(《北门锁钥》);他惊叹人力的伟大,"众志成城,只要大家合力,又有什么事做不到呢?这样绵亘万里的长城,尚且能在这种悬崖绝壁之上,山峰起伏之间,建筑成功,垂千年而不朽"(《北门锁钥》);八达岭长城下的青龙桥边,前人创建的工程让他自豪,"那时候,人人都是詹天佑;而我们所造成的万里长城,自然坚牢无比,不仅日本的炮弹不能摧毁,而且在国防上可以永远地抵御一切胡人呢"(《北门锁钥》)。他谈到京剧,也生出一些议论:"原来世界上的事情,若认起真来,真的也就是假的了。舞台上演的戏实在都是人世间日常所见的事情,一点都不假,不过看戏或听戏的人却把它当作戏看,而不以为是事实罢了。戏迷便把它看得太真,而时时要应用到自己的生活上去,遇有机会就照伶人演戏一般地'演'出来,这样转一个弯,他的行径反又变成笑话了。"(《演戏之都》)看似不经意的闲人闲话,却透出机智的趣味,敲点的恰是人性的弱点、社会的痼习,锋芒虽未必老辣犀利,但是对于世道人心,也能产生一定的教化作用。帝都的景象也被钱歌川看出破绽:"这些伟大的宫殿和城墙都是替一个人装声势,而作威作福的。有了这些排场,才能使老百姓知道皇帝的尊严,于是四方之人,咸来朝拜,要晋过京的人,才算见过世面,等他们由京兆归来,也就自视不凡",用心只在"想借此以提高他个人的身价,听者却信以为真,而益坚定他们对圣天子的敬畏心。于是只要得了一点异乎寻常的东西,便不远千里都要拿到京里去进贡,而讨到一点恩赏"(《帝王遗物》),对于民智未开时社会生活中的畸形心态,这无疑是古趣盎然的冷嘲热讽。

丰子恺仰察天象，生发人世思考。当"大热的苦闷和大旱的恐慌充塞了人间"时，焦渴的人们苦苦盼雨，而天上挂着的几朵云霓"忽浮忽沉，忽大忽小，忽明忽暗，忽聚忽散，向人们显示种种欲雨的现象，维持着他们的一线希望……原来这些云霓只是挂着给人看看，空空地给人安慰和勉励而已"，五色灿烂地飘游于天的云霓，似乎在嘲弄低着头和热与旱奋斗的人，延伸思绪，现代的民间"始终充塞着大热似的苦闷和大旱似的恐慌，而且也有几朵'云霓'始终挂在我们的眼前，时时用美好的形态来安慰我们，勉励我们，维持我们生活前途的一线希望"（《云霓》）。这篇作为画册代序的文字，着眼民间生活，画眼观象，浅中见深，静观人间的态度显示爱憎情感和独有的思想力。季节变化对于精神的影响，他持有辩证的观点，竟至理智屈服，感觉仍不屈服。炎凉递变引起异样感觉，"这仿佛是太阳已经落山而天还没有全黑的傍晚时光：我们还可以感到昼，同时已可以感到夜。又好比一脚已跨上船而一脚尚在岸上的登舟时光：我们还可以感到陆，同时已可以感到水。我们在夜里固皆知道有昼，在船上固皆知道有陆，但只是'知道'而已，不是'实感'"；由此敬畏自然的力量，"夏天不由你不爱风，冬天不由你不爱日……在夏天定要你赞颂冬天所诅咒的，在冬天定要你诅咒夏天所赞颂的"，进而思考生命过程，"人生也有冬夏。童年如夏，成年如冬；或少壮如夏，老大如冬。在人生的冬夏，自然也常教人的感觉变叛"（《初冬欲日漫感》），观察的感悟被深刻化，经验性判断被警句化，充满睿智的风趣。

傅东华在静观中体悟景物的艺术趣味，表明自己的审美思维。刊载于1932 年 3 月 16 日《东方杂志》第 30 卷第 6 号的《杭江之秋》，评点山水，使行走中的闲望透露出学者的理性眼光和文学家的艺术慧心："寻常，风景是由山水两种要素构成的，平畴不是风景的因素。所以山水画者大都由水畔起山，山脚带水，断没有把一片平畴画入山水之间的。在这一带，有山，有水，有溪滩，却也有平畴，但都布置得那么错落，支配得那么调和，并不因有平畴而破坏了山水自然的结构，这就又是这最精彩部分的风景的一个特色。"刊载于1933 年 1 月《现代》第 2 卷第 3 期新年号的《山核桃》，借物寓理，从吃剥山核桃悟到"人生的意义就在这个过程上。你要细细体认和玩味这过程中的每一节，无论它是一节黄金或一节铁；你要认识每节的充分价值。人生的丰富就是经验的丰富，而所谓经验，就是人生过程中每个细节之严肃的认识"，结论是"山核桃要层层的剥才能吃到肉，人要息息的做才能得到经验"，把细微的心思传达得真实可悟。

梁得所病居山中，触山景而悟人生之道。1936 年 4 月作于连县双喜山，刊载于《良友》1936 年 5 月号第 117 期的《山居闲感——答国亮书》，在闲散的意态中略寄个人感怀与民族思虑。池塘中心的板屋"四壁有纱窗，望出去，每窗自成一幅镶金框子的画，颜色随着季节而变换。这儿并不寂寞，夏庭的飞萤常到窗前开跳舞会，秋虫的乐队每晚依时演奏；冬天的北风在树木旁边呼啸着；春来青蛙睡醒了，唱着它们自以为好听的 Baritone。在这里可以忘记今天礼拜几，或现在几点钟。有时睡得朦胧，连这是什么地方都弄不清楚"；隐逸的环境并未限制思考，他向往"自己认为值得以生命相寄与的目标"，深感"一个人若找不着一种值得固执的目标，死固不甘，生亦无趣，只有一辈子沉闷而已。大多数人情景如此，民族复兴是谈不到的。现在又撇下民族复兴大问题，回到个人养病的小事。因为我有我的信仰，还觉有值得再造健康的目标"，书写意图直指疗救国民精神的主题，在民族濒临危亡之秋，他凭借风景诗化地表达他的哲学。

黄金瑞的《旅人》刊载于 1933 年 2 月《现代》第 2 卷第 4 期 2 月号。作者潜入一个流浪人的内心，剖析他的隐意识，暗示畸形社会对普通灵魂的深度扭曲。在狭窄而龌龊的市街的角落里，出现了一个瘦污的流浪人，"一种奇特的心理状态纷乱了他内在的意识……他没有仇恨，没有羞耻，却有着类于仇恨与羞耻的，或即是两种混合起来的某种近于毁灭的情感燃烧着"，困惑的环境造就了流浪人的矛盾心理，"无论什么人，在他底生命的演进中，总是潜流着二个不同的——对于一切刺击他的印象的反感而形成的屈服与反抗二个气质。而这两个气质因为个性以及社会伦理的关系，而有殊异发展的机会。从而这两个气质在这环象中，必有一个显得较为隐晦，而另一个显得较为强烈。甚至于这一个完全压服了那一个也是可能的。于是所谓勇敢与怯弱就在这状态中造成了"，伸向现代都市底层的笔触，不仅含有感性的同情，更富于理性的认知。

何章陆的《山》刊载于 1933 年 9 月《现代》第 3 卷第 5 期 9 月号。作者从大山沉静的姿态上悟出自然和生命之理，"自然景物中占着很大地位的便是山。我们每提到风景，必山水并称。其实没有山那里会有好风景呢？山之唯一的特性便是静，所以玩山便是寻静"，山虽然"静得如雪天的深夜一样，但并不如夜那样静得一无生气。她还是活活泼泼的。只要你一看见山这种静就可隐隐地感到了……我相信一个暴躁如雷的悍夫，如果把他带到如此恬静的景界来，他也只得心平气静下来了。所以静对于人性的感化真是有意想不到之妙。

山之能擒住了人们的心，全靠了这种伟大的静"，整日被人事俗务浸倦的人，因山的恬静自在而感动，"我知道陶渊明'悠然见南山'时的心境气概必与南山一样泰然雄伟"。自吐胸臆，独抒怀抱，朴实的话语讲出了景物默化人心的道理。

倪贻德从画家的艺术经验出发进行述理，以画眼相看风景，偶出灵妙的画论。1933年10月中旬曾作常熟之游，1934年11月《现代》第6卷第1期11月号刊载他的《虞山秋旅记》。忆写起来，以为虞山的"剑门，桃源涧，言子墓，这些只是名胜，可以供游览，而作为绘画的对象，并不怎样绝妙"，他认为绘画上的题材，不以奇险的、著名的，或是有历史意义的为佳，"其实一幅画的价值，并不是以题材的如何而定其高下，乃是系于技巧的高明与否。即使是很平凡的风景，经过作者的技巧的纯化，净化之后，自能成为另一世界。所以我以为作画的题材什么都可以，只要是自己认为满意的，和自己的作风颇相吻合的，再用自己的理想加以洗练，自然能出好的画境……即如西湖的平湖秋月、柳浪闻莺，苏州的寒山寺等，地名何等动听，而实际上描写起来索然无味，所以我以为选择风景的对象总以避去名胜古迹为宜"。他选择描画对象就以此为原则，眼底便展开一幅极妙的风景："大部分是一片河水，河岸一面是小小的码头，一面是临水的茶楼，远近的河边都停着些大大小小的船只，中景的右面，有一块土地直伸到河的中央，有如半岛，上面有一间破落的土地庙，但看上去还是很坚实的样子。庙旁有一棵生根在河岸的垂杨，再远过去，是一片黄色的稻田，和一簇一簇的丛树。这日正值日暖天晴，一切都在明艳的阳光底下，湖水是澄碧而透明的；微风吹过，略略有些皱纹，空气是那样的清洁……啊，好一幅江南秋色！"受着故园杭州湖光的浸润，爱水的性情渗透于创作理念中，"描写水，要透明清澈，要流动活泼，要表出深度的感觉，冷冽的感觉"。水的柔性也影响着审美趣味，他对阴天的风景格外倾心，这"正是我所爱好描写的。这是因为阴天的色彩，比较的沉静，幽雅，和我的画面上的色调颇相一致"，独有的艺术感觉，结合自我的风景体验畅尽宣示。

朱剑芒的《狮林游记》刊载于1931年6月《红玫瑰》第7卷第17期。他擅长在景物观赏中渗透艺术理趣。身为姑苏人，"在这五六年中间，城外底虎丘、天平、枫桥，城内底沧浪亭、拙政园，等等，倒也游历过好几次。但是，很著名的狮子林，却始终没有到过"，园内高高叠起玲珑的假山，"相传这些假山，还是元代大画家倪云林打的图样。我所经游底园林，凡是人工堆叠的假山，果然要推狮子林的最为奇特了！倪老先生毕竟胸有丘壑，才能打此图样！"园的西部那座金碧辉煌的真趣亭，连着清朝乾隆帝下江南游历的掌故，"究竟确不确，也不必去考求它；但是何等地有趣啊！我可要把真趣底'有'字收回来，再把'真'字删去，连连的喊他几声'有趣''有趣'了！"酷喜文墨的乾隆帝的题咏，也敢调弄一下，彰显现代文人的胆气。

叶鼎洛在遥远的星光下，寄托现实思情。刊载于 1935 年 5 月《现代》第 6 卷第 4 期 5 月号的《我仰望天上的星星》，思致悠远，情怀沉实，"夏夜，仰望天上的星星，是苦恼人生的暂时舒适，也可以说快乐的。不，是既无苦恼，且连快乐也不觉得的恬静的心情，这才是真的人的心情，婴儿般的心情，太古时人的心情"，"如果想到人们为什么要成仙的道理，再想仙人的生活，便能领略到这仰望天上的星星的快乐了！"思考又和幻感相错综，"如果我能上天，回顾大地，将看视永远弥漫着黑暗，在此中充满了残杀！但如果人们都能仰望着天，那末便将都是心境平和，寂灭欲望，既不求生，也不怕死，是普遍的和平！"祈愿中不禁流露哲学意味，"白天的太阳的光，使我们勇往直前，但惟有晚上的星光，才使我们得到反省，反省是一切人类错误的'救星'，没有星将不能得救"。摇摇的银汉、闪闪的星辰，映亮无际的、广漠的天空，也映亮沉郁的、深邃的灵魂。风景的外部描摹转向内心，勾勒思想的背景，使瞬间的闪念星光一样明亮，放射理想光泽。

柴扉善于将感性观察上升为理性思考。1934 年 3 月作于杭州，刊载于 1934 年 3 月 24 日《人言周刊》第 1 卷第 6 期的《杭州人》，从地域特色和文化传统的角度判定行为心理。"杭州人无勇气打先锋……如说有一天日本军队打到杭州，杭州人必定会学锦州资产阶级的样——恳求国军无条件不抵抗地退走，将领土白送给日本人，免得战事蹂躏地方也！"自然环境使杭州人"春天可上孤山去赏梅；到夏天，随处可看见莲花，秋天不妨上满觉陇闻桂香；到了冬天则有西溪的芦花"，温文尔雅的民性使得"在过去革命的历史中，杭州人稍露头角的亦不多"，"杭州人是文弱，中庸而且是苟安。杭州人很多是'罗亭'型的"。战氛日浓的时刻，对于国民弊性的针砭具有警示意义。

郭挹清的《话说杭州》刊载于 1934 年 12 月 20 日《太白》半月刊第 1 卷第 7 期，文字间也蕴涵相近的理知，讽刺的语调带着峻厉的批判意味。杭州"在现在的中国，真够得上称做'天堂福地'了"，在这里的日子"真过得舒服，舒服得像躺在'大汤'里，打不起精神爬出来，也不想爬出来"，"杭州人想，只要西湖不变陆地，钱塘江的潮水不泛进凤山门，杭州总是永远太平的，杭州人的生活总是永远舒服的"，语气平和，似无烟火气，暗示的语句中却深怀对于国势的担忧和郁愤。

　　游历即是生活，写作在本质上是对文明的解释。随着游程的不断广远，现代散文家的视阈逐渐开扩。在经验理性的启悟下，他们不断对人生做出新的领略，对世界的感受与认知日渐深刻，为创作打下坚牢的实践基础，并提升思想判断的能力。品尝人间的苦味，关切普世的忧乐，逐渐成为众多作家的行为范式，凭此滋育了浓厚的人文情怀，却始终未曾模糊理性的边缘。进入涵蓄深厚的风景，闲品中有散鉴，悠赏中有漫评，笔下便源源不断地生出渗透理趣的文字，呈示智性之美。艺术思维的系统性与层次性，显示出心灵的深度，表现着风景所包蕴的哲理主题。

　　画意美。现代散文家承继古典山水文学描绘物象真实的传统，并且使文学语言的造型功能得到空前发挥，字词因而产生美术的视觉欣赏效果。作家们对景物的可视化的精致勾绘，使写生的段落和篇幅明显扩张，引致作品的体量增大，容量更丰，寄予也更深沉。

　　风景因素进入作品，并非孤立的存在，而是关涉到主题表现与情景再现。粗细的线条、浓淡的色彩参与环境的晕染，对于强化心灵感受具有功能意义。景凄则情凄，景明则心朗，成为一般的表达效果。

　　黎烈文的散文，主要以叙事、记人为主，没有专意做风俗画式的景物描写，可是穿插性的描写也有一些，而且适切地成为全篇的调剂性元素。他描绘清明刚过的春景，使得对故人的悼思，诗一样艳美："现在展开在眼前的，是一望无边的，盛放着黄色菜花。两三座低矮的农舍，一半埋在菜花底下，一半露出春雨迷濛的空中，就像几只小艇飘流在布满着浮萍的湖面一样。"在他的眺览中，"明晰地刻画在薄云的画底上的，多年不见的龙华塔，这时在我的眼中显得非常秀美"，春野的明媚映亮他的双眸，"汽车穿过一道小溪。沿溪两行桃柳，不多几天以前，还不过在枝头缀着一些青色的嫩芽而已，现在却是花花绿绿的，披着娇艳的春装。几株长得快的柳树，竟已有着婀娜的长条临风摇曳了"，画境折映心境，他握着花束走向行程的尽头——墓场，"这儿现在是妻的家，也就是自己将来的家啊！"（《回家途中》）归结性的一笔，点明画意中氤氲的深味，也添浓字句间弥漫的悲情。细雨中游西子湖，也如做了一场凄婉的梦。湖上景色撩起他的幻忆，孤山顶上打着树叶的淅沥的雨声，踏着石块的鞋音，桥亭周边漫笼的幽寂，丛林飘漾的悦人的凉意和香味，正与他寂寞的心情相洽，"仰卧在藤椅上，看着千千万万的雨点，忽疏忽密地洒落湖面；四围山峦，半截被云雾隐没了，剩下半截，映入水中，使得湖面更加灰暗，愁惨。我却在这灰暗，愁惨的景色中，发掘着许多深埋在脑海里的、晴明、快适的画面"，留法期间和妻子的相恋时光，闪动着色彩浮近，"好像那葱郁的森林，清澈的湖水，爽朗的天空，都只是给他们两人享受的；异种人的惊奇，羡望，都不在他们的眼里。他们那时只愿享受着当前的美景，绝没有闲暇念及未来，他们更料不到他们的未来会如此悲惨！——隔不多久，那女的便会奄然殂化，留下一个小孩给那男的作伤心的慰藉！"（《湖上》）他仿佛在印象派油画闪烁的光影中，以独语的方式吐露一段内心凄情，此刻，再也不感觉别的，只是默默地接受残忍的现实。寂寞恍惚的心情，化成心底风景上黯淡的颜色，荒凉的景色格外引触他的情绪：瘦削的枝丫、枯黄的叶子摇动在初冬的寒风里，"踏上草坪，焦褐的浅草在你的脚下凄响；行过荷塘，枯秃的荷梗在你的面前抖战。到处都使人感到萧条，冷落"，不曾多多体味夏的繁荣，秋的绚烂，便已达到阴暗寒冷的冬日，但是，当孩子跳着，笑着"看到一株苍翠的松树下面开着一丛鲜艳的菊花"时，饱尝世味的他"突然感到一种可爱的微温，一种生命的热"，一个声音落在耳畔，"人生是既不像一般人所想象的那么好，也不像一般人所想象的那么坏"（《花与树》），风景给了他生命的暗示，而哲学意味深化了画面的内涵。

柯灵善于将人物放置在特定的情境中描绘，宛如轻妙地点染一抹水粉，画境深邈而幽邃："兀立在西风残照中的那一座大宅"，阴黯，幽寂，倚门独立的少妇，轻愁宛转，修长的眉下凝着一抹哀戚，"如黛色的远山笼了一层银雾"，眼睛总是止水样的沉滞，"那样地沉静，那样寒梅似的素状！鬓边簪上一簇白花——是玉兰，是茉莉呢？"很深的屋子，灰黯的窗和壁，破旧的家具，颓唐的脸，引他想起一个寂寞的深闺，帘幕低垂，"在芭蕉投绿的窗前，有人俯首默默地刺绣，纤纤的双指千针万针地不断牵引。倦来时一手支颐，沉思般呆着。屋后还该有个遍种修竹的园子；梧桐院落，满地爬着苍苔，颓败的花坛里，杂乱地种了些芍药和秋海棠"（《古宅》），妆容姣好，衬景幽美，娴雅的情调里流出悠悠古韵，虽是幻想的炫惑，而梦似的景象反能浮现艺术之真。

钱歌川有着灵敏的透察力，能够将浸润着自己独特感受的景物真实地再现出来："譬如在夏天，北海的晨光，确是美丽可爱的。空气是那般清鲜，鸟儿正啭着歌喉，在树上合奏！鱼儿有时要跃出水面来，再落下去，发出一声清凉的水响，花儿在晓风中轻轻地摆动，花瓣和荷叶上未干的露水，就像珍珠一样，圆转自如。太阳从白塔后面，先翻拥出一股朝霞，然后慢慢射出金光来，白色的塔影衬在红色的天际，格外觉得有一片清凉情味。等我们走过桥去，在东岸仰头望时，便可看见淡紫色的西山，耸立在前面，清晰如画。这时公园内的树木花鸟，固不待言，就是园外的云光山色，仿佛都在向这园中的游人献媚。可惜一般人都贪着早眠，不愿在日出之前跑进北海去，而辜负了那一幅良晨美景。"（《闲中滋味》）形象化的语词载着清晓的鲜润光景，像一道晶亮的光，直映进心里。

于黑丁的笔墨泼泻着色彩，跃动着线条，演映出美丽的山乡画境，寄予着对于浪迹北荒的深切思恋，关东大地苍茫的山野景色成为视觉中心，也成为情感中心。北荒的浑莽中也有一丝温润，"天空涂抹了一片暗紫色的彩霞。轻薄的西斜的阳光，从群山怀抱中间穿过来，照着额尔古纳河的水，闪出一片鱼鳞似的金光。那水缓缓地流着，发出音乐般的声音。河岸上丛茂的青草，在六月的不冷不热的季节里滋生着，活跃地随风摇动着。四野里散放着一股清新的馥郁的气息"（《夏》）。优美的忆述中，他暂且逃离煤烟缭绕、市声喧嚣的大都会，向着记忆中的北方开始精神的流浪。

一定的物理空间形成一定的心理架构，即展示具体的现实图景，又折射特定的内心状态，陈廷瓒所勾勒的古城画境，其美感价值就在于此。"在太阳西下，暮色苍茫时，一大群乌鸦飞舞天空，都在唤着'归呀，归呀！'这时你如果登上西安那座数丈宽的古城，你就会望见血一般红的阳光，返照在荒城的雉堞上，城内房舍栉比，万缕炊烟缭绕天空，乌鸦点点飘荡于暮霭炊烟之中。这时一座古长安城的图画，就开展在你的眼前"（《西安素描》（1937 年 1 月 1 日《论语》第 103 期），沉重的情绪浸在浓郁的画意中，酿制出具有指向性的意象。王莹把影像之美带入散文，表现着清纯灵妙、温婉明丽的感觉，纸上闪映的景物光影童话般美丽，"园内，晶莹的细雨吻着垂到地的柳条。春底风，轻轻地吹拂着，便那么软软地，温柔地摇摆起来——是春底纤手织成的锦障。那么恬美，又是那么寂静，没有一个人，什么好像都在做着期待的梦"，枝头跳跃的小鸟唱着富有温情调子的恋歌，因此盼望生出羽翼，和鸟儿们"一同地飞到那迢迢的蔚蓝的海岸，青色的天空"（《春雨》，1933 年 5 月《现代》第 3 卷第 1 期 5 月特大号），理想化的渴望融浸于心灵化的描摹中；登临华山，浓绿色的山野小径，长着带刺野花的陡峭石壁，山脚下白棉似的厚云，歌唱的小鸟，山石上流动的溪水，变成入心的画意，映示着感伤的梦，倾诉着一缕幽思，"记忆是流在黄昏的泪滴里的。哀愁是织在悠久的怀慕里的"，七弦琴弹奏忧郁的音符，"一朵凄艳的六月雪在苦痛中憔悴了"（《云的故事》，1933 年

9 月 11 日作于华山青柯坪），自然山水幻化为一幅情感的图景，寄寓着细腻幽微的情愫。王克洵关于乡间风物的白描，朴素、清淡，色彩与线条酿制清美的意象。在道旁寂寞地开着白色、紫色花的剪秋罗含着"似轻烟般的哀愁，和淡淡的怀慕"，初夏的风吹落的花瓣，受伤似的，插在鬓上，让心头"感到了微微地凄惘"；芦苇生长在温和而平静的水面，荡桨人喜欢它生疏却是那么熟稔的气息，"碧绿的，一道满着浮萍的小河，沿岸长着那么深深的芦苇，从芦苇里露出了人家，几间茅屋，却绕着了高高的桑树，叶子茂盛着呢。农人们正筛着麦子"；"金色的阳光，悄悄地在玫瑰丛中隐没了。淡蓝的天空，浮着了上弦月。感到了微微的冷……路是长长的，平坦而宽阔，青的田野，恬美的茅屋，在天幕下，那么静静地，乡野是睡熟了"（《剪秋罗》，1933 年 5 月 31 日作，1933 年 8 月《现代》第 3 卷第 4 期 8 月号），画境如梦，一缕清美的气息在心底波荡。绝句般的吟咏与抒情化的表达，使诗情流淌。意识朦胧，情感却明艳起来。

内情与外物的和谐交集，勾绘有体积和轮廓的形，更创设饱满与深邃的神。从书写者和阅读者的角度进行双向审视，画面上流动的视觉之美，直抵心灵纵深。基于视觉经验的文学书写，已经超越景观审美的范畴。

联想美。在自然景物中驰骋主观想象，最大限度地将关联元素凝结于情感的核心，在虚化世界的创造中建立一种关于自然真实的想象方式，成为统摄写作过程的潜在意识。李广田说："想象把经验集合而溶化之，终于造成一个新世界。"（《创作论·创作是怎么一回事》）"真诚的想象，是李广田散文创作中的又一'分泌液'。李广田始终保持着天真无邪的稚气，他常面对某种事物驰骋清新、邈远的想象……他的想象出于诚，生于真实，亲切自然，带有诗意。"[①] 他写家乡平原的子孙们"从流水的车辙想象长江大河，又从稍稍宽大的水潦想象海洋"，远山人带来小小的光滑石卵，他们会"在梦里画出自己的山峦"；他也认识到故乡人"对于远方山水真有些好想象，而他们的寂寞也正如平原之无边"，正是这种深刻的寂寞，使"他们常常想到些远方的风候，或者是远古的事物，那是梦想，也就是梦忆，因为他们仿佛在前生曾看见些美好的去处"（《山水》）。"黄河有多长，河堤也有多长……而这道河堤，这道从西天边伸到东天边的河堤，便是我最喜欢的一张长琴：堤身即琴身，堤上的电

---

① 蔡清富：《〈李广田散文选集〉序言》，《李广田散文选集》，百花文艺出版社 2004 年版，第 31 页。

杆木就是琴柱，电杆木上的电线就是琴弦了"，他又"从那黄河发源地的深山，缘着琴弦，想到那黄河所倾注的大海"，进而想到青色的山岭和山里的奇花异草，珍禽怪兽，绿色的海水和海上飘移的白帆，水中浮闪的翠藻银鳞，"而我自己呢，仿佛觉得自己很轻，很轻，我就缘着那条琴弦飞行。我看见那条琴弦在月光中发着银光，我可以看到它的两端，却又觉得那琴弦长到无限"（《回声》）。丽尼体验着平原荒漠上纤夫的生活感受，他们顶着火烧一般的阳光，拉着船，艰难地行进在一条无限长的赤练蛇似的旅程上，"在夕照下面，天边涌着云山，奇拔而且险峻。望望云层堆成的山景，想起了山里和水里的事情"（《歌声》），离乡的他们怀念被黄沙夺去的家园。钱歌川也善于借助丰富的联想来凸显文字的表现力，形成他的散文语言特色。"比喻、排比、渲染、烘托、反衬、对比，这是任何一个作家都要经常使用的修辞手段，但是钱歌川往往是以他丰富的想象力把这些手段的功能发挥到了极致。"① 他说北京城南的天桥"没有风景"，却遥想到了游牧遗风，"我们用不着到西北的塞外去寻求古痕古迹，就在北平，都可以找到很多的。北平真是一个怪地方，新的新到裸腿露臂，旧的旧到结幕而居。天桥便是这样一个还有几分游牧民族之遗风的地方。我们在那儿一眼望去，只看见一所高房子巍然耸立，仿佛是平地上突起的一座宝塔，我在正多佳日的春时来游，看了这种情形，不禁想起了古楹联中的'西北有高楼'之句"（《游牧遗风》），现实场景引触的是怀古的幽思。他把足迹印到颐和园里时，也应用着相似的笔法："这园子建筑得很是华丽，雕梁画栋，固不待言，就是池畔的石栏都雕琢得十分精细，牌楼大殿到处都是慈禧的御笔，虽说是用公帑建立的，实在就是慈禧个人的园地，也可以说是她的佛堂。"钱歌川却联想到幽囚光绪的史实，"太阳底下有的是奇闻怪事。你尽管不相信佛阁中有风流艳史的流传，但那赫然存在的御牢，却随时都可以供我们去实地观察"（《帝王遗物》），触景驰思，延展了观察的视野，深掘了物象的内涵。文学的基本功能"在于把个人的特殊经验，化为普遍的体会，引起共鸣。钱歌川的散文语言，确实充分发挥了文学艺术的功用。精细的观察力，促成了他丰富的想象力，丰富的想象力，又增强了他文字的表现力"②，扩大了景物的表现空间。秦瘦鸥游览西湖，触景兴感，写出《三度最痛快的杭州

---

① 杜学忠：《〈钱歌川散文选集〉序言》，《钱歌川散文选集》，百花文艺出版社 2004 年版，第 29 页。

② 同上书，第 31 页。

之游》,刊载于 1935 年 1 月《旅行杂志》第 9 卷第 1 号。当年的"雪蝶旧事"
牵缠着思绪,"不幸得很!写到这一段,我又要提起林雪怀君和胡蝶女士的旧
事……明星公司出品'白云塔'在杭州城站大戏院开演,郑正秋君特约胡女
士和她的令妹胡珊,一起到那里去登台表演,以资号召",事后做西湖阮公墩
(也许是湖心亭)、平湖秋月之游,浮现的音容笑貌,消弭时间的阻隔,自由
地联通今昔,使平实的忆述产生深沉的情味。

　　联想是作家生活热情的艺术化体现,它可以超越现实场景而进入异度空
间,在新的领域实现自我精神的生存。这一文学思维导引下的风景,得以在客
观和主观的双重维度上进行构思选择,从而获得多向意义表现的可能。

　　语象美。华丽的词彩在对景物表现的优美程度上,具有工具性的意义。现
代白话散文的创作,使文学语言在实际运用中产生进化,叙事、绘形、传情、
言志、达意等技术功能在可能的限度内得到发挥,调用汉字的象形之美,在风
景中实现最接近诗意和理想的精神飞翔。在新散文的创始期,这种语言转型,
对于传统散文用语而言是一种富有朝气的创异,展示了语言风景一切美的可
能。同是书写庐山,清人恽敬的笔墨不纠缠于细微,率略直述,得其梗概则
止。孙福熙行文朴实平易,行迹也印着万杉、秀峰、归宗、栖贤诸寺的影子,
也观云海,望群峰,用笔却趋细了。九江水边听胡琴伴唱的歌,驱走长夜的沉
闷;王家坡的欢浴,艳丽与喜悦撩惹着眼目和心情。便是迎着云,所记也不像
恽敬那样概以状之:"顷之,香炉峰下白云一缕起,遂团团相衔出;复顷之,
遍山皆团团然;复顷之,则相与为一,山之腰皆奔之,其上下仍苍酽一色,生
平所未睹也。"(《游庐山记》)孙福熙本有绘画的手段,"在御碑亭前看到庐
山的云雾,我们各以铅笔勾勒在云雾中出没的山水峰谷",并且感动于"云霞
阵阵飞舞,透露日光的万缕金丝"(《庐山避暑》)的水天幻境,直似把视感强
烈的画境托到眼前。恽敬是只对景物,得之单纯;孙福熙是在景物之外,加入
了对人与社会的关注,更具人文关怀的意味。另一位在语词上表现着艺术追求
的是徐志摩,他以繁复的形容、刻意的雕琢、精致的修饰和高密度堆砌的意
象,酿出浓艳腻滞的风调,经营着个人化的瑰奇富丽的语苑,拒绝僵硬、苍
白、沉滞的语感的粗暴侵入。

　　进入新的十年,风景的绘写,无论是疏阔的写意,还是绵密的工笔,都因
词语的丰富发达而使文学呈现愈趋精细化。丰赡的词汇能够担承起表现更加多
姿的生活场景、更加复杂的内心状态、更加细腻的私人情感、更加多彩的自然
风物的书写责任,将文学语言的美感价值固化为完美的书面形式,构筑起宏丽

斑斓的文字体系和语汇世界。

　　细密的文思、纤微的敏觉，都来于心灵的颤动，高质量的文学性字词就在适切的表达中产生。更深地开掘文字意义，激活话语表现力，扩展其内涵，成为现代作家新的实践目的，进一步丰富了现代国语散文的语体结构。

　　运用动势的语言绘写细小的形象，丝丝入微："萤火虫像流星般穿飞在丛草的深处和莲叶的浪堆中"，跳闪的光亮让"心境也变得很宽畅和宁静"（钟敬文《怀杭州》），在想象中展开的竟是整个的江南。"流星"、"浪堆"的修辞意义作用于感觉，突显描画的魅力。"暮春，桃花开始零落的时际。池边，微皱的涟波上面，浮着一些残败的花瓣，使人禁不住生出惋惜的心情"（丽尼《池畔》），落英缤纷，春是将残了，人的心绪也消减了。一瓣花含着一丝情，别无更多言语。"云是常有的，然而是轻松的，片断的，流动的彩云在空中时时作翩翩的摆舞，似乎是微笑，又似乎是微醉的神态"（王统照《青岛素描》），阳春与清秋，海空明丽的蔚蓝色宛如晶莹的宝石般的底衬，流荡着轻软的云片，对景的描摹，交集着作者许多思感和幻想。直接传输的文字符号幻化出可感知的景物，种种表象在字面浮动，引起心神的浮荡和阅读的快感。

　　运用静态的语言来写明秀的形象，笔笔如绘："沿湖一带都是乌桕，桕叶正在由翠绿渐转霜红。纹风不动，草木无声，天地澄澈。晚霞落入水底，南湖沉醉在金紫辉煌的梦里"（柯灵《忆江楼·采菱》），设色浓艳，语感强烈。树的颜色、湖的颜色，酣畅泼洒，晕染出迷离的梦境。"海水是一片明蓝，水晶宫殿大概也就是这样，眉黛一般的一抹云山衬在远处，当中点缀着螺髻似的赭色礁石"（柯灵《岛国新秋——青岛印象之一》），"明蓝"是海色，"眉黛"是山容，"螺髻"是礁姿，词彩明亮、绚烂，滨海之城的影像真切地映现在美丽的语境中。经过文字的处置，从自然空间移置到纸面的风景，依然保留具有图案效果的简单或复杂的外形，成为阅读想象中的审美存在。

　　描画性语段凭借色彩的晕染和形象的勾勒，提高了景物再现的程度，调动了生活经验，唤起了欣赏联觉，在风景与心理之间建立特殊的、能动的、有机的艺术联系，仿佛可以从纸上听到声音，看到影像，闻到气味，延展度超越文字量的限定。从阅读体验考量，完全可以将其视为增强情感表现浓度的抒情性句群。

　　奇崛的语言又能将生命感悟作出形象化表达："生活负载在一叶微笑的扁舟上"（缪崇群《碑下随笔·老》），感性的字词映射着抒写者明朗的心境。语言的魅力，是以深邃的人生思考为支撑的，这样的文字，用在纯粹的内涵性质的小品上面，特别来得适切。

运用美化的语言表露人类感思、结构景物模型，是作家们精心创造的书写范式。具有情感之质、建筑之形、色彩之衣的语象，容纳新萌的创作理念，导引思维的路径和情绪的流向，推进风景散文语言系统的现代性建构，催生文本气象的新变。

新文学家发展的以描摹景观为核心的散文艺术，扩衍了现代风景美学的内涵，做出超越文学意义的贡献。

第三节　从真实的自然走向诗化的风景

诗意的创造是文学生产的本质属性。"所谓诗情，非指人们具体情境中的喜怒哀乐，而是从具体情绪中提炼抽取的高级情感，这种高级情感是艺术化的情感寄托，能超出原来的具体情境而辐射到更多的事态情境中去，即寄情托思，成为人们情感生活的一种格式。"① 现代作家延续古代骚人墨客长于抒情的文学传统，刻意表现山水的美感特质。构塑浸润着浪漫情味的生活世界，成为此期许多作家的创作自觉。感觉形态的新异，是现代风景散文趋向成熟的艺术标志之一。

这一时期的散文家中，许多兼有诗人的身份，进入散文创作，他们的情感模式、艺术感觉的核心都是诗性的，酿制出唯美的话语气度。一些作品出现边界模糊的特征，或可看作诗化的散文，或可看作散文化的诗。但是，跨文体写作并未超越品式的规定性，在文学本质的坚守上，美的诗质无疑成为风景的首要价值，由此厘定写作的清晰路向。

诗意的指向，是在风景的描述空间中实现自然山水向文学形象的转换，完成一次完整的艺术胎孕。作家将原始的客体经过情感的滤化，运用文学语言的魔力，使其生命得到新的创生，即把存在于人们视界里的自然转变为人们想象中的自然，把无感世界里的自然转变为有感世界中的自然。被文学化的始源性自然衍异为新创性形象，担承每个写作者的价值判断、精神取向，更散射各自的情感温度。年轻的刘白羽在心灵体验的表现中，刻意酿制诗意化的抒情氛围，勾绘一片梦幻般的纯色风景。他的印象世界染着艳美的花色，"三月的桃

---

① 吴欢章、张祖建：《〈丽尼散文选集〉序言》，《丽尼散文选集》，百花文艺出版社 2004 年版，第 24、25 页。

花，五月的柘榴，以及那海棠，马樱，白的槐花，一簇花，一片草，遮蔽了院落"，飘着清芬的草香，"最使我依恋不忘的是六月间，从后窗上往往有一阵泥土青草混合的淡淡的清香吹进来"，觉得"是这绿的影像触着了我的心灵"，"我的心也给绿色浸湿了一层"，虽则"二十年的青春里，绿的庭园是荒芜了"，可是他仍带着"深深的印在记忆中的一团绿色"向着大戈壁深处跋涉，对生命绿洲做永远的寻求，让"幸福的绿的庭园，来装下长途疲倦了的心灵"（《绿》）。绿色的梦忆，造出一种朦胧的艺境，寄寓幽深的象征意味。李蕤通过对家乡柿树的描写，表现游子深切的乡思，"铅色的天，灰白的老云，寒风里抖索的芦草，远远的迷茫的山脚的烟尘"是印象里的秋景，故乡的柿树园"就站在远远的记忆的背后"。满天落着的红色柿叶，枝头裸坠的金黄色柿实，加上"穿着柿花，把柿叶子卷成口笛，在树上摘取红灯笼，用竹签穿取落了的红叶……嘻嘻笑笑，几年从童年中碾过去了"，永久的记忆让他感到"秋风凄凉地从树枝里刷过去，铅色的天空锈着苍老的白云，不拘是秋声秋色，都是悒郁的，凄冷的"，故园的残秋里，谷割后零落的高粱残茎，几块马铃薯田，远山淹没在昏晕里，烟尘轻卷的狭路上，响着琐碎的蹄声，"而夕阳秋郊的映衬中，柿树是垂着赤红的果实，果实被红叶掩护着"，血红的柿叶飞舞的时候，"我的神思在树的交拢处睡着了，但怅惘的是我是羁留在沙漠的古城"，命途多舛的人，更怅触于"陌头上落叶如坟，秋色渐老"的光景，一面赞美"多富有诗感的柿树园，多富有诗感的红叶呵！"一面伤叹"一年老旧一年的桌椅，一年昏黄一年的灯光，一年破落一年的家景，一年烦琐一年的账目"（《柿园》），断不了的是对绵长乡味的深情咀嚼。他在诗境中演绎物象，寄寓内心纯净的情感。自然之爱使谢冰莹对季候独有会心，她爱秋月、秋雨、秋风，"觉得秋天是一年中最快乐最美丽的季节。无论站在气候、景象、情感各方面讲都是调和的，完美的。我爱秋，我更爱随风飘舞的秋天的落叶！"（《秋天的落叶》）在大自然的女儿心里，"什么烦闷都没有了，太阳，只有太阳能温暖我冰冷的心，能燃烧起我熊熊的火焰！"（《秋之晨》）她也会"迎着将要消逝的残阳，漫步地欣赏着快要来到的迷茫晚景"，让浪迹的心在诗意的氛围里栖息，"看着被晚风吹绉的湖水"和"一个个倒映在水里的人影，一群群的肥鸭，一缕缕的炊烟"，凝视妙高峰下像仙女似的临风飘舞的槐树，"雪白的花，衬在翠绿的树叶下更显得清秀、纯洁"，畅吸微风送来的芬芳的香气，她的情绪向眼底奔流的湘江、峻秀的麓山涌去，长沙城闪灼的电灯"在点缀着黄昏时的光明，在暗示着未来社会的灿烂"（《黄昏》）。即使在异域生起乡愁，美的景色也能调适情绪。她喜欢留学日本时居所的清美环境，"寂静、清洁自不待言，最令人怀恋的是黄昏时晚风吹动的松涛和在清晨听到的一声声告春鸟的歌唱"，月夜描画着唐人山居的诗境，一湾溪水"永远在潺潺地流着，经过深邃的森林，也经过粉红色的房子"（《樱之家》），一切使她归于安静。自然的情爱也会冲淡忧悒，让心头拂过故园温暖的南风，眼前映现绿树苍然的山坡，"在那儿，有雄壮的松涛，有小鸟的歌唱，有翩翩飞舞的蝴蝶，有沁人心脾的花香"，飘进记忆的还有"翱翔在半空中的、像蜻蜓一般的纸鸢"（《湖南的风》），灵魂也轻燕似的飞上遐想的晴空。在人生旋涡中奋争的她，精心守护着心灵家园最后的纯美。即便面对战争烽烟，茅盾依然秉持诗意的书写，日寇的进逼使熟悉的乡园景象失去颜色，"没有星，没有月亮，也不像有云。秋的夜空特有一种灰茫茫的微光"，除去"密密地，像连绵的春雷一样"的高射炮声，他听着看着"青蛙间歇地阁阁地叫。河边一簇一簇的小树轻轻摇摆"，"草间似乎有秋虫也还在叫。虽不怎样放纵，却与永无片刻静定的人声，凝成了厚重的一片，压在这夜的原野。远处，昏茫茫的背景前有几点萤火忽上忽下互相追逐"（《苏嘉路上》），特定情境下的短暂的宁静，更衬出战时的紧张气氛。

另有一些作品，倾力表现个人的岁月忧思和心灵感觉，而不寄深沉的时代情绪，致使主题缺乏思想深度，但是自得单纯明净的风调。国桢抒写青年冶游之乐，明畅的语言营造诗性的氛围，传示欢愉的心境。万人称颂的春光让"大地又要换上一套鲜艳娇嫩的服饰，耀得人们眼花缭乱，心悬意荡了。桃花娘子把脸儿染得红红地迎人生笑，杨柳姐姐披上绿色的衣裙把腰肢一扭一摇地骄夸舞态的婀娜，黄莺儿一声声奏着春之歌曲，小草儿偷偷地在地间透出尖尖的嫩叶迎着和风尽自东摇西摆，绿的水反映着青的天，枯黄的山岭还复了它青春的年龄"，作者呼唤人们面对美丽的世界，"快睁开眼睛，放些精神出来，走到幽密的山林，走到静寂的河溪，走到蜜蜂儿正在采取的花丛之中，走到银灰色照映着树梢的月明之下"，这不是"忘却了人生奋斗的精神而故意这样颓废无聊"，只因"青春是一去不来的，我们不是必定要爱惜这春光，我们是不能不爱惜自己的青春啊！"灵魂深处不禁生出一缕哀感，"我也知道桃花是血一般红了，杨柳是一丝丝绿了，一切的红的绿的，都被春风一阵阵的催出地面了。但是这些，不是我所有的，像我，只配等桃花一瓣瓣逐着流水飘浮，杨柳一丝丝变成了焦黄面皮，那时候，贮着我一副欲流无从流起的酸泪，走到一个人迹不到的荒冢古墓旁边，站立在稀星暗月之下，用自己的两只手，抱住自己的一颗头，痛哭一番，算是凭吊我自己未灭的灵魂罢！天呀！"（《据说春光又到了人间》，1931年《红玫瑰》第7卷第5期）以这般凄怆的心音点缀春光，加深了诗化风景的精神意义。许幸之笔下的姑苏，一派温软的水乡风光，迷离如梦。篷船过山塘，河房的石坡上有洗浣衣纱的妇女，"两岸间，那些复杂的角楼里有时送出些歌女的歌声，还有搭着路栅的酒肆间堆满着酒坛，更令人憧憬着中世纪的威尼斯的往事"，水乡办起了贫民夜校、通俗演讲所、民众阅报社、民众图书馆，有着良好的教育空气，茶馆前"村妇们有些抱着孩子们倚在门前，有些坐在树荫下刺绣或纺纱，常常听到她们在闲谈别村的趣事。当我们穿过村巷的时候，鸡鸭和鹅群往往从脚边绕过，村犬并不咬人，耕牛伏在稻场上打盹"（《渔村》，1932年3月《现代》第4卷第5期3月号），和乐的光景流荡着静美的诗意。唐锡如对着南方的景色，心底涌出季节的颂歌、花朵的礼赞，"五月，在南国是木棉花的季节，是暴风雨的季节"，没有了温柔与缠绵，在这里"风，像发了狂，树像发了狂，草像发了狂，一切都站起来，奔过去，跑过来呐喊，呼号"；在这里"雨像是再也不能忍耐的瀑布，像是奋跃的狮子，像是威廉退尔里的急奏，像是长城倒了，黄河翻了"，耳畔没有悠闲的蝉声，四周回荡着愉快、宏壮、舒扬的音乐（《南国的五月》，1934年5月《现代》第5卷第1期5月号），劲朗的气势充溢纸面，浪一般激涌，成为内心诗情的折射。朱萓在宇宙的音籁中产生心的律动，"春天第一次雷后，地下的虫子们，便由蛰眠而醒来了，蠕动，而且翻身了"，自己则"好像重游之下，那浅浅的山，那全浴着阳光的梅花林子，睡眠般脉动的湖水，兴奋的游客等，都是索然无味地撩拨起人心底愁味来了"，一段清愁中，人虫相较，内心在春雷中"抛却希求着的熟睡，兴奋了。虽然为了风雨而又复寒冷，但总觉到春天真是满着活跃"，苏醒的意识提示"我永不曾冬蛰，恐也将永没苏醒"（《春雷》，1934年6月《现代》第5卷第2期6月号），自我宣抒式的灵魂告慰，传达着独异的文字感觉。甘永柏也采取这种独白式的书写进行情感表现，凄惶的情绪下，觉得"远处，暧暧的暮云慢慢在起了"，"踏着凄动的旋律，我知道，我们的心都在飘着：飘在万里外的故乡，飘在日落的江上，飘在军号凄厉的古城头"，无定的命运让凄楚的意绪弥漫心间，"飘海而远渡北国的人，可能再念及一个人的寂寞呢？"凝眸"盈盈的皓月"，心情浸沉到安静的海一般的悠悠长夜中（《黄昏之忆》，1934年9月《现代》第5卷第5期9月号），默默地流露心底的怆痛。诗性的描叙并未疏离现实约束，只是以从容的心态构设一片心灵的呼吸空间，表示对于文学的日常坚持，显现作家应有的职业态度。

在自然山水中实现心灵图景的呈示，通过情感逻辑的阐述，不但希冀获得明晰的自我定义，还力求做出生命体验的诗化表达，进而获得情感满足并使文字产生体验价值和认识意义，这已成为精神风景制作的基本动因与旺盛的内生力。

美的风景是作家情感的物化体。作家的心灵状态和情感表现，在景色前是无遮的，尤其在颠沛的生活途程中，灵魂陷入忧苦孤寂的一刻，他们更加不自主地把自然景象视为交流的对象物，竟至对其他的一切无感似的，这是一种深度的情感沉浸。朱湘的创作风格随着蹇涩的运命而渐趋哀怨，也愈显清美凄艳。发表于1934年2月5日《青年界》第5卷第2期的《江行的晨暮》，凭借一种精美单纯的抒情风格，而走向纯粹的诗化。他的心灵感应着暮秋夜里的冷风，晃动在江水之上的一条水银色的光带，一盏红色的渔灯，一些顺流而下的黝黯的帆船，黏在浅碧的天空里的几大片鳞云。受着苦涩心绪、绝望情感折磨的他，仍在做着生命途程上最后的寻美，依然觉得"山岭披着古铜色的衣，褶痕是大有画意的"，江上"颜色十分清润的，是远洲上的列树，水平线上的帆船……在船影里，淡青，米色，苍白；在斜映着的阳光里，棕黄。清晨时候的江行是色彩的"，风景感动了心灵，命运的风暴卷去，他的内心迎来短暂的平静与明朗。待到这些留在纸上的文字发表时，朱湘已经离开这个令他陷入厄境的世界。在制度性强力的挤压下，内心坚强的诗人，无法消解社会真实与文学想象的对立，勇决地承担起牺牲者的角色，完成了个人生命悲剧的最后哀唱。

庐隐本能地意识到创作活动的个体身份，独立坚持抒情化的写景风格。刊载于1932年11月13日《申江日报》副刊《海潮》第9号的《秋光中的西湖》，把自然的山水幻化成情感的映像。美景对于心灵的净化和情绪的舒慰，只是短暂的，静态化的优美绘写反衬灵魂的不安。虽然"我们坐在藤椅上，东望西湖，漾着滟滟光波；南望钱塘，孤帆飞逝，激起白沫般的银浪。把四围无限的景色，都收罗眼底"，但是未能消解因现实处境的无法逃脱而导致的精神上的无奈感，愁绪含混着欢情在幽秀的湖山间轻烟似的飘。"虽然满地不少黄色的野花，半红的枫叶，但那透骨的秋风，唱出飒飒瑟瑟的悲调，不禁使我又悲又喜。像我这样劳碌的生命，居然能够抽出空闲的时间来听秋蝉最后的哀调，看枫叶鲜艳的色彩，领略丹桂清绝的残香，——灵魂绝对的解放，这真是万千之喜。但是再一深念，国家危难，人生如寄，此景此色只是增加人们的哀痛，又不禁悲从中来了……"欢娱如梦，消失于顷刻，从艺术的虚境回归社会的实境，让她的情绪冷下来，"我们翱翔着的灵魂，重新被摔到满是陷阱的人间。于是疲乏无聊，一切的情感围困了我们……这秋光中的西湖又成了灵魂上的一点印痕，生命的一页残史了。可怜被解放的灵魂眼看着它垂头丧气的又进了牢囚"，情绪的起落，意气的低昂，随风物宛转。敏感的心境，忽而在山水中年轻，忽而又老去。她在忧惧和愁苦的旋涡中挣斗，拗傲的脾性，愈使心海里悲恨的浪花飞溅。

　　尽管浸着忧苦的味道，但是庐隐笔下的风景不失纯净的美。天真的童心像一股明亮的小溪潜流在她的情感深处。刊载于《人间世》1934 年第 1 期的《窗外的春光》，透过一个小女孩的眼睛，来观察和认识世界，写得清醇透明，带有童话的风致，实际是庐隐的人生感喟："本来人生如梦，在她过去的生活中，有多少梦影已经模糊了，就是从前曾使她惆怅过，甚至于流泪的那种情绪，现在也差不多消逝净尽，就是不曾消逝的而在她心头的意义上，也已经变了色调……"阴暗的地窖、明媚的花园，构成象征意味的对比。花园是飘溢着馨香的天地，"平板的周遭，立刻涌起波动，春神的薄翼，似乎已扇动了全世界凝滞的灵魂"，"她觉得自己变成一只蝴蝶，在那盛开着美丽的花丛中翱翔着，有时她觉得自己是一只小鸟，直扑天空，伏在柔软的白云间甜睡着"，这是萦绕在庐隐精神田园上的美境。现实的冰冷与残酷，摧折了梦里的花，更让这位久受着燕赵之风吹拂的南国女子，添深了慷慨悲歌的气概。庐隐的风景书写，超越时间型和空间型两种模式，而从个人心理出发，向着主观型与内向型偏转，着重感觉的表露，情绪的发抒，带有现代主义的创作意识，虽则她未必对此抱有清醒的理论认知。强调主观的、心理的倾向，和她奉行的客观的写实主义并不发生隔膜，反而增添了作品的表现力。

　　诗性的抒情风格，在同时代的散文实践中扩衍。"我如同望痴了一样，不是望一望海，就是望一望天边，默默地伫立着，我也不知道经过多少时候"，心底的凄感涌动着，"'唉！别了，凄凉的雪都！别了，凄凉的雪都！……'我曾在京津道上念了上百的遍数，但今朝啊，黄浦江上也同样落的是雪花，而且这些和漠北一样的寒风，也是吹得我冷透了心骨"（缪崇群《南行杂记·雪》），畸零人的浪迹心态，使作家犹若从空阔的景色里听到缥缈的风月哀歌，而心灵上刹那感觉引致的创作冲动，正是酿制诗意风景的基源。年轻作家过早地尝味生活的苦乐，本能地在景观中寻求内心感情的寄存，"在这遥远，遥远的江南，我听了一夜秋风。这秋风里，也许裹了多少片落叶"，憔悴的落叶引动一缕乡愁，清泪影中浮闪几千年的长城愁悒的面容，风沙吹过冷硬的砖堞、绿锈的箭镞、柔细的黄草、干枯的荆棘，卷向起伏不定的丘陵和黄漫漫的沙壤，苦汁般的回忆里，一对男女留在城头的凄艳故事，给古迹的胜概别添一种况味，"望着苍苍的蓝云，和莽然的，没有止境的荒野"，经过这次秋天的旅行，"我渐渐锻炼出一颗坚强的心了，我不再向别人身上去寻安慰。我只把我自己的心深深的埋在书页里"，何况"长城现在已经落在侵略者的手里，现出了悒郁的面容"（刘白羽《关于长城的回忆》），他希冀用情感化语言在风景中寻找心灵对应。对于名胜的主观想象，充满浪漫的诗意，并且在现实的反衬下更添入惆怅情味。心中萦绕着唐人诗境，往枫桥去，灰黯的低空下，立着几行衰老的垂杨，玄裳的乌鸦向凄迷的天野飞去，愁人的风雨落在悱恻的心境，使飘忽的哀怨更深，"我想象那枫桥高耸的弓影，流水潺潺，有一二客船在桥畔；我想象那云水苍茫、烟波浩淼的一片秋江，沿江的红树沉醉在夕阳影里。更想象着寒山寺的梵宇，矗立在丛树之间，钟楼高耸天际"，然而所见却是殿上炉冷香烬，荒败的院落里，"断瓦颓垣，探头在瓦缝间的疏疏的秋草"，以致"在依然是秋雨潇潇的归途中，惆怅的心里又加了一些重量。我不知道是受了古诗人的欺骗，还是受了自己的欺骗？"（柯灵《枫桥的梦》）梦境与现实的反差，蕴涵苦涩的诗意，并且转化成人生旅途上的感思。

　　将风景场面转化为深度情感表现的力量，是艺术处理的重要手段。作家们意识到，对于物象的机械性摹写不具有文学意义，从心灵出发的模山范水，才能再造精神自然。在物质的风景面前，作家们展开将内心情感符号化的过程，使物化风景升华为作家情感美的存在，因此，山水章节完全可以当做情感历程的段落阅读。

　　吴组缃以皖南乡村生活为题材的小说充满写实主义风格。在散文创作上，他擅长凭借山水显示情感的浓度。刊载于1934年4月《清华周刊》第41卷第3、4期合刊的《扬州杂记》，运用以人物语言刻画形象、描摹心理的小说技法，又显现鲜明的记事性。他不将瘦西湖直接引为摹本，在湖光上多添笔墨，倒是对寻常小景做了有画意的描绘，穿插在情节中的景物段落，映显出另一种醇厚的扬州风味，给琐细的乡间叙事添入诗化色彩，虽然他说自己在游山玩水上"是个很没风趣的人。对于自然景物往往不会领略"。运河的河道旁淘米、洗菜、浣衣的女人让他"一时觉得那些杨柳树，这渡船，这座古旧的城垣，和城垣上的门，……都和她们有相同的调子：丰腴，浑厚"。渡口光景也浮荡清幽的诗意，"只见河上矗立着一片染满夕阳的桅樯，天空上散乱着大块的褐色云霞。那些云霞镶着皎亮的银边，像是一块块顶在桅樯头上，一座黑色的城垣反照得格外苍茫疏老"，真实地折射出风景里的心灵感觉。这样的情绪疏解着凝集于心底的抑郁，"多年以来，我都为现实的生活紧紧桎梏，像一只在笼里关久了的鸟雀，弄得我不会飞，也不想飞"的沮丧，风一样飘逝于浓浓淡淡的美感中，体验到一种超越自然的诗性愉悦。作于 1935 年 8 月 10 日，刊载于 1935 年 10 月《文学》第 5 卷第 4 号的《泰山风光》，真实地再现岱宗山麓的乡风民情，朝山进香的农民，游山逛景的华洋绅商学，行为、举止、仪态、谈吐，生的苦乐，命的蹇涩，活画出一幅芸芸众生图。也有一缕诗意的光束调和朴素的叙事风格，给"连空气阳光都变成灰黑色"的世界添入一抹微淡的亮色。从生长一株夭矫婆娑汉柏的庙里眺览，是展开在屋脊之上的半个泰安城，"闾阎扑地，万家在望。东南西三面都是一望无涯的漠漠平畴，东一堆西一块地缀着些七零八落的村庄。这时夕阳映照，淡青的原野抹上一层浅黄，各处村落缭绕着淡淡的炊烟。对面徂徕山泛了淡蓝颜色，弄得变成瑞士风景照片的派头。汶河弯弯曲曲，从那一头绕过山后，又从这一头钻了出来。再远处，是漠漠平原；更远处，还是漠漠平原。渐渐入了缥缈虚无之间，似乎仍是平原。忽然前面几块晶莹夺目的橙黄色东西，山也似地矗立着，旁边衬护着几抹紫红颜色，分外鲜艳美丽"，在领受北方之山雄阔气象的一刻，心头蓦地滑过甜柔的感觉，沉醉于泰山风光的美妙处。他的诗意表现，优美和朴素相错综。写风景，笔墨虽经济，却极感性，极入画；写乡闻，极碎烦，极俚俗，却是乡间最习见的场面。这种风景与人文元素的不对称排列与非均衡组合，构成一种艺术思维模式，表示出对于 30 年代中国北方乡村文明落后一面的反讽，使特定性书写能够在更深的意义上获得阅读认知，从而衬显诗意的隽永。

　　丰子恺文字的诗意蕴涵在对景物的独特认知中。1935 年 3 月 4 日作于杭州的《杨柳》，借物咏怀。他自称生长于穷乡，"只见桑麻、禾黍、烟片、棉花、小麦、大豆，不曾亲近过万花如绣的园林"，而"走到西湖边的长椅子里去坐了一会。看见湖岸的杨柳树上，好像挂着几万串嫩绿的珠子，在温暖的春风中飘来飘去，飘出许多弯度微微的 S 线来，觉得这一种植物实在美丽可爱"，它的美丽可赞，全在一种精神，"它不是不会向上生长。它长得很快，而且很高；但是越长得高，越垂得低。千万条陌头细柳，条条不忘根本，常常俯首顾着下面，时时借了春风之力，向处在泥土中的根本拜舞，或者和它亲吻"，这种特殊的姿态"与和平美丽的春光十分调和"，也就在诗文里做了春的主人，因此"最能象征春的神意的，只有垂杨"。心底浮闪色彩清淡而情意浓挚的春景，诗意也浸在平实的描叙里。

身居北平的冰心，在季节的景观里寄寓变化的情感。作于 1936 年 5 月 8 日夜，刊载于 1936 年 6 月 1 日《宇宙风》第 18 期的《一日春光》，抒发恶劣环境下对于美好春色的向往。夜里的"北风又卷起漫天匝地的黄沙，忿怒的扑着我的窗户，把我心中的春意，又吹得四散"，东南的天边，顷刻布满了惨暗的黄云，将"这刚放蕊的春英，又都埋罩在漠漠的黄尘里"，一切使"我不信了春天！"而斜阳里，坐在海棠的繁花下，又蓦地觉得满树浓红、花蕊相间的情态，心灵挣脱昏晦空气的摧残，幽曲的隐衷在细腻的表达中渐次消解，产生一种诗意的宽适感。

何家槐的《绝境》表现了寒夜山行的情绪体验，流露出生命途程上的艰辛感。山风狂暴的吼声"仿佛发自漆黑的半空，又像是从深山冷坞中卷起，我们只觉得一阵阵的阴寒，刀割似的彻人肌骨"，冻僵的流泉在树林、岩石间失去了影子，"听不到它那低声的，温柔的，像嗳嚅似的歌唱"，无望恐惧攫紧了灵魂，溶释悚然心理的是驰思中的风景，"我想在晴朗的晚上，那清澈的月光，照着这蓊郁的，四季长青的树林，当山风吹过的时候，就到处哗然地响着波涛澎湃似的声音，到处黑白分明地动着松枝的，映画似的影子，那种情景该是非常的富于诗意的吧"，在寒冷凝冻的深山，这番意境抗拒着像狂暴的虎啸、凄厉的猿啼、嘈杂的狼嗥般的松风，支撑着前行的信念。陷入"一片迷濛，一片混浊，一个未经开辟的，不分南北的鸿荒"，希望会驱走寒冷与黑黯，平常的一声鸡叫也是"人间的声音，人间的音乐"，温暖瑟缩的心；"半夜的风雪，泥滑艰险的岭脊，迂回曲折的山路，无边无际的云雾，都会得变成诗料，变成画意"。他向往蔚蓝的天色、斑斓的云彩，期盼翻完这横亘的、无尽头的崇山峻岭，"逃出这重重封锁的人生绝境"。他把山景设定为一种深刻的象征，隐曲地寄托沉重的生命意绪。

唐弢的《故乡的雨》，让温婉细腻的思情在朴素的乡景中流动。"投荒到都市，每值雨天，听着那滞涩枯燥的调子"，心头起着微微的怅惘，故乡的雨景就充满温暖的诗意，"当春雨像鹅毛一般落着的时候，登楼一望，远处的山色被一片烟雨笼住，疏零的村落恍惚若有若无，雨中的原野新鲜而幽静，使人不易去怀！"更堪留恋的是看罢社戏归家的夜行船上，"船在河塘中缓缓前进，灯火暗到辨不出人面，船身擦着河岸的藤草，发出沙沙的声音；雨打乌篷，悠扬疾徐，如听音乐，和着长工们土著的歌谣，'河桥风雨夜推篷'，真够使人神往"。雨天的清美画意，含浸游子深挚的乡情，反映朴素的乡村情感与现代都会意识在内心产生的抵牾，情感的注入使熟见的景物漾动丰沛的诗意。唐弢所作的《海》内蕴深沉，展现在流荡的人生中领受风景的不同色彩、不同表情：清晨的大海献上壮丽的图画，"碧澄澄的水波微漾着，海面罩着淡淡的雾气，渔帆在迷濛中开始出现；随后太阳上来了，海波闪烁出黄色的，蓝色的，紫色的花纹"，这是映在记忆中的画面。流光如梦，他又"遇见同样的海，同样的晴和雨，同样的幽静和雄伟，但从不曾再遇见我那黧黑而健康的童年"。他乡怀旧，保留着对故园的感受，温暖的情流给文字添加美丽的生命。

李一冰的《故居》作于1932年花朝日，刊载于1932年5月《现代》第1卷第1期·创刊号，绵绵思情水一样淌入明净的梦境。回到清净寂寞的小巷中的故居，"似乎每天的夕阳从梧桐树梢上慢慢地消隐，每次新月冷冷地照着露台，每次底霖雨在那白铁皮的露台上敲击的声音，都一样地在衍续。都一样是旧时光罢？"新鲜的记忆"还是那么含着一种迷人的味，深深地引人向往、充溢着一种缠绵之情的童年追忆，总有一种无限亲切的感念，似乎有一络微笑在心头荡漾，是永远地一想到的时候总那么勾人销魂的"。童年是作者记忆里的音响，"晚上，听小巷里叫卖的声音，听命卜的人弹着三弦的那凄楚调子，无限的青春的哀愁，缠绵着小小的灵魂；于是，该丰富着天真情趣的童年，是匆匆地远去了，远去了"，易于感伤的心，充满无限寥落，无限怨艾，"今天，我走过这六年前的故居，我不禁惘然回忆起旧时底光景来。我心里漾着一重微笑，是那么一种亲切的感念，也是那么一种缠绵的情味"，蓝灰色的墙垣和墙垣下的芊芊春草，装点魅人的小巷，思致绵密，意趣深婉，表明情感的浓度。

比喻、比拟、象征、对比、衬托、夸张等修辞频度的繁密，是诗性美的一个鲜明表征。郁达夫在修辞上纯熟地运用明喻手法，表达充沛的情感："以女人来比青岛，她像是一个大家的闺秀；以人种来说青岛，她像是一个在情热之中隐藏着身分的南欧美妇人。"（《青岛、济南、北平、北戴河的巡游》）形象地传示对于一座城市的理解与感情；而对于杭州郊外的花坞景致的赞美，他也用着同样口吻："将人来比花坞，就像浔阳商妇，老抱琵琶；将花来比花坞，更像碧桃开谢，未死春心；将菜来比花坞，只好说冬菇烧豆腐，汤清而味隽了。"（《花坞》）幽深清绝的迷人风韵，叫他修润得意浓而味永。他夸赞闽江，"总之江上的景色，一切都可以做一种江水的秀逸的代表；扬子江没有她的绿，富春江不及她的曲，珠江比不上她的静。人家在把她譬作中国的莱茵，我想这譬喻总只有过之，决不会得不及"（《闽游滴沥之二》）。较喻中，闽江（本体）的美感超过扬子江、富春江、珠江、莱茵河（喻体），凸显闽江的胜境。他放游福州鼓岭，在积翠庵一望，"大树下尽是些白石清泉，前临大江，后靠峻岭，看起来四平八稳，与白云洞一路的奇岩怪石一比，又觉得这里是一篇堂而皇之的唐宋八大家的文章，而白云洞那面却是鬼气阴森的李长吉的歌曲"(《闽游滴沥之四》)，隐喻中传达出山水神韵。

出于表达的需要，同一位散文家在不同或者同一篇作品中常常使用多种修辞格式美化语言，造成瑰丽多彩的艺术效果。抒写者浪漫的眼光里，春之美映在桃花的艳红中，它"如同处女的唇一样的，使我沉醉着，不断地寻找"(丽尼《春的心》)，本体、喻词、喻体之间建立起特定的艺术联系，喻示年轻的理想求索者心境的清朗与明艳；有的暗喻能够造出清美的意境："天是一片大海，月亮浮在海当中。夜深了呢。"(丽尼《乌夜啼》)幽蓝的清夜景象，蓦地就如画似的浮映了；将有生物、无生物拟人化，能够寄予深沉的感情："沉默来了。天色已经傍晚。山坡上，一带松林晃动着深密而浓重的黑影，说着不可了解的怨语，一时如同哀楚的呜咽，一时又变成愤怒的喊叫。池水也在岸边击碰着，发出波波的不清白的低诉。"(丽尼《池畔》)游子归乡，触目景象在心底引发的悲酸与惋伤，借着人物化的景物，表达得分外真切；运用象征，勾勒宏壮雄阔的场景，能够营造新鲜的文学效果："鹰在赤红的天空之中盘旋，作出短促而悠远的歌唱，嘹喉地，清脆地"，而那样的年代，那样热情如同火焰一般的她，"展开了两只修长的手臂，旋舞一般地飞着了，是飞得那么天真，飞得那么热情，使她的脸面也现出了夕阳一般的霞彩"，可是"在一个黎明，我在那已经成了废墟的公园之中发现了她的被六个枪弹贯穿了的身体，如同一只被猎人从赤红的天空击落了下来的鹰雏，披散了毛发在那里躺着了。那正是她为我展开了手臂而热情地飞过的一块地方"(丽尼《鹰之歌》)，为人类解放而奋斗的革命者，像年轻的鹰朝着寥廓的远方飞去，苍鹰般矫健的灵魂，总在飞之旅程中做出新的跃进。作家提炼的抒情形象，既昂奋、热烈、急进，又凄恻、哀惨、悲抑，寓意深隽，形成强烈的情感震撼；"如今，这一切的声音全都死去，所余下的只有风雨和一个黑暗的夜"，那渐渐大起来的雨"滴滴答答地打在薄铁皮的舱顶上，非常焦急似的。风，悲愤地吼着，似乎大自然也有着无数的苦恼，要愤恨地倾泻出来了"(丽尼《秋》)，声音也有生命，也有性格，字句里渗透幽微灵妙的心灵感觉，被感觉化的自然，在折射人的精神状态上，更显示了力量和深度；"窗外落着初春的寒雨，心情也越发被他低压下去了。雨声是听惯了的，倒不觉得什么，只有天窗上的雨水，潺潺地隔着玻璃流着，看着好像是一个阴泣的面庞，把人也带得烦恼了"，而"雨过了，蔚蓝静穆带着慈祥的天空，又悬在头顶了，然而我的心，却依旧的阴霾，他像没有消尽的朝雾，又好像黄昏时候渐深的霭色"（缪崇群《南行杂记·赭山》），"海水是深黑了，像一个墨池，黑得可怕"（缪崇群《南行杂记·归途》），明喻的手法，恰切地表现游子忧戚的情绪状态；怀着光明的人生理想，而又在现实面前产生忧郁情调的文学青年，沉浸于灵魂孤独的一隅，而放飞想象："狂奔的猛兽寻找着壮士的刀，美丽的飞鸟寻找着牢笼，青春不羁之心寻找着毒色的眼睛。"（何其芳《黄昏》）运用分峙的意象，来做反向的对比，强化着表达力；"天色像一张阴晦的脸压在窗前，发出令人窒息的呼吸"（何其芳《独语》），比喻、比拟的交叠运用，极力发抒的是心底的幽怨和愁闷的情调；被景物激发情绪，而做着同样文学表达的还有游览海天佛国的青年散文家："海在我们脚下沉吟着，诗人一般。那声音像是朦胧的月光和玫瑰花间的晨雾那样的温柔，像是情人的蜜语那样的甜美。低低地，轻轻地，像微风拂过琴弦，像落花飘到水上。海睡熟了。大小的岛屿拥抱着，依偎着，也静静地朦胧地入了睡乡。星星在头上也眨着疲倦的眼，也将睡了……不晓得过了多少时候，远处一个寺院里的钟声突然惊醒了海的沉睡。它现在激起了海水的兴奋，渐渐向我们脚下的岩石推了过来，发出哺哺的声音，仿佛谁在海里吐着气……没有风，海自己醒了，动着。它转侧着，打着呵欠，伸着腰和脚，抹着眼睛。因为岛屿挡住了它的转动，它在用脚踢着，用手拍着，用牙咬着。它一刻比一刻兴奋，一刻比一刻用力。岩石渐渐起了战栗，发出抵抗的叫声，打碎了海的鳞片。海受了创伤，愤怒了。它叫吼着，猛烈地往岸边袭击了过来，冲进了岩石的每一个罅隙里，扰乱岩石的后方，接着又来了正面的攻击，刺打着岩石的壁垒。"（鲁彦《听潮的故事》）风景犹具人的性情，浪石相激的壮景宛然映目，更见抒写者勃然的豪兴；学子远涉重洋，游览欧陆胜迹，漫漫海程上"放眼乾坤，茫无涯际"，娱目驰怀之时，觉得"朝云暮霭，其设色绮丽像美人的玉颜；落日流星，其悲壮豪放像英雄的热血"（钱歌川《初渡红海》），壮美的比喻，折映着满怀江海之志，再度扬起理想之帆远赴英伦求学的精神状态；游览北京雄丽的宫殿，始觉它"凌空高耸，显得气魄格外的大"，拿上海层砌的洋楼来比，"就和在一张八尺纸上，有的写满了多少行小字，有的却写着一个大鹅字，虽笔墨所到占着同样大的面积，一个擘窠大字无论如何也比那许多小字来得惊人。看到这种中国建筑觉得比洋楼来得伟大，也就和我们看了一个大鹅字的八尺立轴时所感觉的一样"（钱歌川《帝王遗物》），形象化的对比、衬托，使建筑形神殊显；更有夸张性的表达，"平素自视很高大的人类，一下走到这殿基之下，就顿觉自身之藐小，蠕蠕而动，直如虫豸一般"（钱歌川《帝王遗物》），大与小、繁与密形成鲜明的映衬，强化了描写物的符号特征，对于阅读视觉的冲击和心灵感觉的震荡，是作品产生的直接的文学效果，竟叫作者也"震骇"、"瞠目"和"神昏颠倒"了；"我会爱凝恨也似的缠绵春雨"，"穹苍替他们流泪，乌云替他们皱眉"（梁遇春《春雨》），大胆地借天象来做心境的比拟；"灼热的阳光，憔悴的霜林，浓密的乌云，这些东西跟满目创痍的人世是这么相称，真可算做这出永远演不完的悲剧的绝好背景"（梁遇春《又是一年春草绿》），这是从景物和现实的逻辑关联中寻找衬体与本体的类似点进行正衬；"可是一看到阶前草绿，窗外花红，我就感到宇宙的不调和"（梁遇春《又是一年春草绿》），这是利用衬体和本体的不同点进行反衬；"好像在弥留病人的榻旁听到少女的轻脆的笑声，不，简直好像参加婚礼时候听到凄楚的丧钟"、"坟墓旁年年开遍了春花"、"可是我就没有走过芳花缤纷的蔷薇的路，我只看见枯树同落叶"、"狂欢的宴席上排了一个白森森的人头"、"骷髅搂着如花的少女跳舞"、"在这个满天澄蓝，泼地草绿的季节毒蛇却也换了一套春装睡眼朦胧地来跟人们作伴了，禁闭于层冰底下的秽气也随着春水的绿波传到情侣的身旁了"（梁遇春《又是一年春草绿》），累进出现的是一连串矛盾而丰盈的意象，强烈的艺术张力，产生鲜明的对比效果。新散文家刻意增强景物的"形"与感情的"质"，说明积极修辞已经成为提升现代风景散文审美品质的重要语言手段。

超卓的幻想性，是诗性美的又一个鲜明表征。闻一多希望作家能够"跨在幻想的狂恣的翅膀上遨游，然后大着胆引吭高歌，他一定能拈得更加开扩的艺术"（《冬夜评论》）。幻想是比联想更浪漫的思维活动，近于无意识的梦，又非纯粹的虚渺，而是能够直抵心灵的真实，而时代投映在作家感觉世界里的影子也依稀闪现："假若说那是一个梦，那么，我们是生活过了一个悲惨的梦呢"，云端的月亮照下来，清淡的光辉漫罩着幽凄的坟场，"我想着只在不久以后你就会在坟墓之间，衣着白色的梦一般的衣裳，在那里徘徊着……然而，你哟，那时你是在梦中，就是我也在梦中。梦一般的生活，露水的世呀！"（丽尼《春夜之献》）在一些时候，幻觉主导着意识："松林不断地喟叹着，说着我父亲的声音。乌鹊在月下鸣噪了——不安定的今夜晚啊！有我父亲的脸面出现出来，朦胧地，好像是挂在松林的那一端，一个枝丫上头。父亲仍然是有着一张忧郁的脸。被遗忘了的死去的父亲的脸面，又出现在这异乡的松林之中了"（丽尼《松林》），情到深处，作家们只在非现实的状态下展开如缕的思忆，意念可以超越生与死、今与昨的分界。在一些青年知识者眼里，无论是生的赞美，还是死的挽悼，无论是爱的唱叹，还是恨的苦吟，都倾近在梦境中展示真实的内心图景。他们醉心于幻梦的抒写，他们沉潜于虚拟的描画，创作心态更偏重主观与直觉、内倾与感受。"那时，我织着自己的梦"，漫度的生涯也是一片恍惚，"过去犹如梦一般地依稀"，无法解脱的牢怨让他们低垂着沉默的眼，在"这植满了哀愁与寂寞的道路"上，"作出一个渺茫的摸索"（丽尼《长夜》）。然而，新散文家的内心又是焦灼的，情绪又是矛盾的，在压倒性的现实面前，梦的沉浸又是一种无奈的选择，"唉，我们是怎样地失望了于我们自己制造出来的梦境呢？……在我们的旅途之上我们已经行到了这个绝境？……我们用血与眼泪制造着我们的梦。我们作着青春之幻想，如同想从已被挤干了的柠檬之中再来榨出一些液汁作为我们自己的安慰"（丽尼《残梦与怅惘》）。虽然忧叹生命的枯涸，感觉的绿叶却没有萎落。山光水影、日月星辰、四时物候引起种种情绪变化和心理反映，更进一层的自由幻想正可在这种不确定状态中进行，才可能萌动原初的感兴，胎孕作品的雏形。幻想已成为创作过程中经常性的情绪表达方式，特别在久凝深聚的感情瞬间释放的一刻，"不可遏制的苦闷和忧郁罩住了整个的空江。一些原始人的哀愁从那枯嘎的嗓音之中放送了出来，弥漫着，回荡着，形成了许多幻想与阴影，向着我的心头攻击，几乎使我昏迷"（丽尼《江之歌》），恰是这样的状态，才产生文学的激情。延展的思想超出目光可以抵达的风景视界，而使心境更远。虚隐的情境后面，透映出明晰的思维脉络和精神行进的印痕。

　　幻想是对具体的现实世界暂时的脱离，超越寻常想象的限度，在流动的情绪中升华作家对于景物的感受和印象。"沪宁道上一点也不感觉寂寞，窗外尽是可爱的菜田，茅屋，井栏……我不再想那岛国的武藏野了。苏州到了，苏州城外是一片垒垒的墓地。常州到了，常州城外是一片垒垒的墓地……也许苏州常州的城里是天堂。他们正为着他们的事业奔忙，他们正在赞美或歌咏他们的人生。但城外的墓地不再增长了么？我只默默地冥想。"（缪崇群《南行杂记·沦落人》）离乡远走的途程上，个性孤寂的缪崇群，触景兴感，"垒垒的墓地"成了一个孤冷的意象。幻想中渗浸着凄感，文字间萦回着悲咽，这样的心境下，石头城的风景也黯然了，"秦淮河，是那样一渠污水，莫愁湖上的烈士墓是那样的荒废而凄凉"（缪崇群《南行杂记·赭山》）。神游的境界里，作家卸下灵魂的忧劳，放情驰思，在景物幻觉的形体间产生新异的创想，他们眼前幻化出"云雀飞翔在空际，新晴的天色照着黎明的彩霞"的灿景，虽则他们怅然地"如同由一个梦里觉醒"（丽尼《朝晨》），严霜与浓雾的包裹中，脸色是这样的憔悴，惆怅是这样的深。对于虚境大胆奇妙的想望，是一种浪漫的生活态度，"想起生平种种的坎坷，一身经历的苦楚，倾听窗外檐前凄清的滴沥，仰观波涛浪涌，似无止期的雨云，这时一切的荆棘都化做洁净的白莲花了"（梁遇春《春雨》），一切生命负累，都在艺术的思感里瞬间消解。现实的迷茫反衬梦境的真实，幻觉中浮出的甜美微笑，暂且远离对于苦涩的含咀，"我想最苦的，是看到一种心爱的东西，却不能得到手时的焦急。这种经验，我在枇杷的身上，尝得很透"，沉浸于梦乡，"觉得自己早已飞出窗外，爬在那株翠绿色的树上，在密层层的叶丛中摘着枇杷"（何家槐《枇杷》），金黄色的累累果实，是金色的希望。内心的光明与外界的暗浊，正在这种非写实的笔墨中透显强烈的对照效果。挥写时沉潜于景物并令神思飞越的情绪状态明示：文学创想的禀赋，滋养新散文家的艺术灵魂。

运用汉字在摹绘声音、色彩、形体、情状上天然的乐感，造成调式的谐协，也是诗性美的一个鲜明表征。风景激荡的情绪引起内心的律动，让心灵合着无声的旋韵起舞。和谐的音律使对山水的书写像诗一样地富有节奏感。钱歌川是一位自觉地对语言进行音乐化处理的散文家。"钱歌川非常讲究语言文字的音乐美。他说：'我们写散文，虽不必像写诗一样地格律谨严，但节奏还是需要讲求的。文章要有节奏之美，读来始觉顺口，够得上称流利。现在许多作家，把文字中音乐的成分完全抛却了，结果写出来的文章，噪音满纸，毫无美感。若再加上许多误用的辞句，使意义含糊不清，那还怎样可以叫做文学作品呢？'（《文人的词藻》）钱歌川的不少作品，非常讲究语言的音乐美。"[1] 文字在他笔下，变成具有表现力的音符，能够弹奏出美妙的乐声，这在散淡清雅的遣趣文字上面，特别来得适合："夏天的午睡，如果是在清风徐来的绿杨堤畔，树梢有断续的蝉声在唱着歌，脚底有潺湲的流水在奏着乐，心中无半点挂虑闲愁，身畔有凉床一架，蒲扇一把，再携一卷靖节的诗，低吟到不知不觉之中一枕睡去，个中滋味，可想而知。冬天的早眠，情形当然和这不同，但此中之乐也就不减于夏天的午睡"，啁啾的小雀屋檐前的私语"是轻弹的琵琶，或是曼陀林的小曲吧！"太阳光下，闭目"想起夏天早晨所见的花草上的那一层薄薄的露水。或甚至疑心自己乘着陆放翁的烟艇在雾锁的湖上荡漾，于是乎一

---

① 杜学忠：《〈钱歌川散文选集〉序言》，《钱歌川散文选集》，百花文艺出版社2004年版，第27页。

幕幕的良辰美景便在眼前展开着，你可以嗅到出水新莲的清香，看到各种野花争妍斗艳的颜色，乃至起伏的朝云隐现的山峰，小舟荡来惊起了戏水的群凫，一齐飞去，没入烟波深处；直到太阳驱散了晨雾，把眼前的湖光山色毕现出来的时候，你朝南的卧室中已被阳光占满了"，"你要是住在乡下的话，这时便可走出到町畦上去，看长天中飘忽的白云，田地上傲霜的野草，而透明的空气正招待着一个透明的心怀，枯叶无声地落到你的脚边，你才感到果然有一片微风掠过你的面颊。银杏经霜而变得金黄的叶子，远远望去就像一树黄金在太阳光中闪耀，谁说冬天的原野是空虚的呢？"（《冬天的情调》）在这些抒情段落中，"有长句，有短句，有排比，有对偶，整齐中有参差，参差中有整齐……读起来，抑扬顿挫，节奏铿锵；听起来，和谐悦耳，韵味很浓。钱歌川还吸取了古典诗词的双声叠韵、平仄相间，以助成文句的音乐美"[①]，具体显示了风景的文学表现的多种艺术可能。

依照文学法式进行语句的营造，仍是诗性美的一个鲜明表征。有的作品，虽然用着散句，但在空间排列上刻意布置，营造一种诗似的建筑格式。形式的美感辅助诗意的表达。在丽尼的《春的心》里，"我寻找着，在春的怀中，想得到一枝桃花；春是这般地美丽的"，出现在全篇三个段落的开头，在纵的关系上形成呼应，依节循韵而唱叹，饶具古诗重言迭字、复沓联章之美，强化了主题表现上的浪漫色彩与理想光辉。钱歌川在《闲中滋味》里，也精心构设整饬的语段形制，见出结构处置的匠心："北海是四季咸宜的。春天是桃红柳绿，鸟语花香，可以散步，可以醉眠。夏天是荷香袭人，凉风拂面，可以划船，可以钓鱼。秋天是天高气爽，红叶如花，可以赏心，可以郊宴。冬天是冰天冻地，六出花飞，可以溜冰，可以赏雪。"字句层层构设，文思排贯而下，酿成一种气韵。

新散文家对原始性质、粗糙形态的风景进行精细化的文学加工，酿造的诗意浸润着浓烈的现代意识和情感，表现着社会的境况与时代的风尚。这种艺术性的布设，强化了风景构成中的人文元素，使作品更加抵近文学表现的终极目的。

---

① 杜学忠：《〈钱歌川散文选集〉序言》，《钱歌川散文选集》，百花文艺出版社 2004 年版，第 28 页。

第 七 章

在无疆的心野中纵意抒写

第一节　熔裁自然与文体风格

文学经验的成熟和创作心态的稳定，使散文家对于书写对象物——风景的艺术重塑跃升到新的高点。负载文学意义的山水，越趋作为精神性的物象而体现存在的价值。

众多活跃于文坛的作家中，有些是新近从事散文创作的，自始就闪烁新异的光芒，有些则继续五四时期的文学经历，越发显出创作的实力。风景散文的成绩主要出现于这一个十年。

新的创作期，文学观念的变化深刻地影响文学书写。自然山水作为有生命感的文学表现体，以新的姿态进入作家的灵魂，并且鲜明地以独立完整的形态出现在作品中，而不再是聊寄一时感兴的零碎附着物。它能够独自担承表现主题的功能，能够深刻反映现实社会生活中观念化的种种——意志、理念、思辨；情感化的种种——欣喜、哀乐、忧虑。生活形态的多样性，也为文学表达的繁富提供新的可能。作家创作个性的发展，使得作品在同一的外部形制下，内中的趣味、格调、气韵明显趋异。相映共生的文体风格，更新了固有的文类概念。文体的外部形态与内部组织的重构，促成现代风景散文在客观自然与精神风景的形象表现上承旧开新。

"写下来的语言的效果，更多地取决于文体，而不是思想内容。"（亚里士多德语）文体的意义在于它是创作观念的直接呈现。作品的外在形态，显示了作家的艺术选择。"我们大致上给文体这样一个界说：文体是指一定的话语秩序所形成的文本体式，它折射出作家、批评家独特的精神结构、体验方式、思维方式和其他社会历史、文化精神。上述文体定义实际上可分为两层来理解，从表层看，文体是作品的语言秩序、语言体式，从里层看，文体负载着社会的文化精神和作家、批评家的个体的人格内涵。"① 现代文学的形式美感，也随着创作经验的丰富而引起创作界和批评界的重视。"在中国三十年代的文坛上，以李长之为代表的思想家提出了'感情的批评主义'、'感情的型'等文学理论，这些学说也都携带着一种浓郁的形式主义倾向，它们同样强调主观内在心理的体验，强调精神主体的情感活动和知觉活动，强调纯粹结构形式的重要意义。他们所探究的主观精神同样既不在客观的现实世界之中，也不在文学作品所表现的思想内容之中，而是在作家的精神主体活动中，在文学作品的结构形式中，在作家精神主体活动形态与文学作品存在形式之间的关系之中"，"文学作品的目的是为了唤起人们独特的情感，这种情感是与现实完全脱离的纯美的、纯艺术的境界，是一种关于形式和形式意味的情感境界。而文学作品的根本性质就在于这种'有意味的形式'，它是文学作品独特组合构成的存在形式，或是线条色彩，或是形式与形式之间的关系，就是这种形式和形式之间的关系构成了激发人们审美感受的情感形式……这种文学艺术中的形式的情感或情感的形式……构成一切文学艺术的基础、评价一切文艺的标准……这种形式既是蕴涵着文学作品的内容的形式，又是兼容着文学作品的艺术技巧的形式，并且形成了一种超越形式本身的形式"，创作者的主观精神，以物质事实之上的思想和情绪作为内涵，在呈示状态上，是模糊的情感存在，而非清晰的物质存在，在表现样态上，是内在的情感形式，而非外在的物质形式，"情感是形式的命脉，情感孕育在形式之中。于是，这种蕴涵着情感的形式便构成了一种超情感、超形式的形式象征"②。作家进入创作状态的一刻，就处于外物与内感的关系之中，"李长之说：'内在的体验力，乃是一切艺术制作的母怀'……是一种精神主体世界的主观性、内在性、直观性的感觉、体验、情绪，它既存在于作家的主观情感之中，也存在于文学作品之中，存在于读者的经验感觉之中。而且文艺的效应就取决于作家的这种主观的内在体验的能量。文学艺术的创作过程就是'内在的体验力'的表现过程和转化过程……作家把自己对外部世界的直觉认知化做自己内在的体验，这种'内在的体验力'又通过创作过程转化为文学艺术作品的感觉形式或情调氛围，从而引发

① 童庆炳：《〈文体与文体的创造〉导言》，《文体与文体的创造》，云南人民出版社1994年版，第1页。

② 赵凌河：《新文学现代主义思想史论》，辽宁人民出版社2006年版，第210、211、212、213页。

读者的一种直观感受、一种情感波澜"①，主观意识、心理情绪连接书写体验和阅读感受。

注重形式结构的绝对意义，认为文学作品乃是完成一种纯粹的形式的表现，以西方形式主义美学为核心的现代主义文学思潮，已经作为一种艺术倾向进入创作实践，并对新散文的文体构成发生深刻影响。新文学的实践者中，一些较先接受现代主义文学意识的散文家，开始尝试提炼一种高纯度的语言，创造一种有意味的形式。在表现客观自然和主观精神时，强化作品的形式寓意。他们在遵守白话文体规定性的前提下，"熟练地操作构成白话文体的符号系统，并把新的经验和见解编织到白话文体中去，扩大其白话文的文化意义含量和表现力，使白话文具有更丰富的内容和层次，并由此创造出新文体来"②。工具意义上的白话只有在服务于文学目的时，即进入文体学时，才能显示它在语言体式创新上的作用，才标示明确的实践路向。现代风景散文的创作中，以目的化书写谋变传统作品的文体秩序，决定了择取对象物的清晰的指向性与明确的选择性，在白话文体的创造中突显精神主导力。

倾近诗歌的凝缩化，是从诗的内核发散开来进行抒写，篇幅上注意节制，使文章体量短小。不以思想的演绎为重，而以诗情的酝酿为上，倾心意境世界的筑造。何其芳表现了以短小的作品形制描绘风景的天赋，《画梦录》中及以外的一些风格华美的短章，是这一类文体的典型。何其芳的创作意识里刻着中国古典诗词的印记，又先后受到英国浪漫派诗歌、法国象征派诗歌的影响，形成偏重内心感应和直觉的抒情个性。当他运用散文的样式向着山水风物进行形象描摹时，则呈现诗歌化的特征。精致的体式内，意象与意象之间的连锁线上，跳跃着情感的音符。他专注于幻想、感觉、情感的表现，在意象间展开自己丰富的内心世界，而非单纯的客观现象的描述。《雨前》在景色里抒发淡淡的乡愁，文字间容纳的意象主体，是美丽的心灵投影，浸透华艳的幻想色彩：带着低弱笛声在微风里划过的鸽群；冻土里怒苗并且在细柔雨声温存抚摩中开出红色花的春之芽；清浅的水，两岸的青草，游牧在溪流间的一大群鹅黄色的雏鸭；天空低垂的灰色雾幕下一只远来的鹰隼……呈示一幅含隐着怀乡者忧郁情调的春景，排列的意境则蕴蓄着与情绪的直接关联。"鸽群"的意象，拟喻

① 赵凌河：《新文学现代主义思想史论》，辽宁人民出版社 2006 年版，第 217、218、219 页。

② 曹而云：《白话文体与现代性——以胡适的白话文理论为个案》，上海三联书店 2006 年版，第 146、147、148 页。

漂泊的灵魂；"春芽"的意象，拟喻萦怀的乡思；"雏鸭"的意象，拟喻故园无忧的生活；"鹰隼"的意象，拟喻挣脱现实牢笼的心之翼。枯涩的眼里"一滴温柔的泪"，闪映"辽远的想象"和滴落一点幽凉雨声的"憔悴的梦"；而"在这多尘土的国度里"一句最为沉痛，依稀显示朦胧的社会理想，在浓烈的抒情中开始注重理性色彩的敷设。

深浸象征意味的字句和段落，凝练、紧凑，意韵悠远、绵长。清晨良夜，"虽没有窥见人影，却听见过白色的花一样的叹息从那里面飘坠下来"（《扇上的烟云》），"马蹄声，孤独又忧郁地自远至近，洒落在沉默的街上如白色的小花朵"，"我醒来，看见第一颗亮着纯洁的爱情的朝露无声地坠地"（《黄昏》），"黑色的门紧闭着：一个永远期待的灵魂死在门内，一个永远找寻的灵魂死在门外。每一个灵魂是一个世界，没有窗户"（《独语》），"水从青青的浅草根暗流着寒冷"（《梦后》），都是用"一支梦中的彩笔"，"在刹那间捉住了永恒"。美丽的意象奇妙糅合，扭结成意义的链环，交缠出凄艳的梦境。

张爱玲醉心于都市知识女性小感觉、小情调的发抒，书写的重心倾近以自我为原点的内心世界，刻意让精致的结构容纳灵秀的感觉，让玲珑的体式包孕隽雅的趣味。身边景物最易成为情绪投射的对象。《秋雨》里缠结着绵柔的感情丝缕，凝定的视线里，"雨，像银灰色黏湿的蛛丝，织成一片轻柔的网，网住了整个秋的世界。天地是暗沉沉的，像古老的住宅里缠满着蛛丝网的屋顶"，充满质感的譬喻映示心底的孤凄忧苦，幽微的光影闪烁现实的晦黯色彩。沉闷的心绪和瑟缩的灵魂，在忧郁而苍黄的草色上看得出；恹恹的情态在"垂了头，含着满眼的泪珠，在那里叹息它们的薄命"的娇嫩的洋水仙上看得出。宁静、幽美、轻盈、曼妙的调子传示的却是寂寞、伤感、愁闷、郁悒的心理状态。思致的表现内敛而非发散，取决于简纯凝练的文字感觉。

以此类体式为写作路向的，其时还有马国亮（《昨夜之歌》、《黄昏》、《中秋》），茅盾（《雾》、《虹》、《雷雨前》、《黄昏》），刘宇（《乡愁》），丽尼（《黎明》、《黄昏之献》、《春的心》、《朝晨》、《素描》、《二月的原上》、《长夜》、《鹰之歌》、《江南的记忆》），陆蠡（《桥》、《黑夜》、《海星》），陈敬容（《陨落》），方敬（《城垣》、《忆念》、《初雪》），徐迟（《理想树》），田一文（《我穿走在红土上》），唐弢（《拾得的梦》、《黎明之前》），阿垅（《总方向》）等人。苦难的岁月中，他们通过热烈的抒情流露鲜明的精神意向，组合的意象营构起理想化的生命境界。预设的文学目标的实现，表明思想表达和情感宣泄不一定在铺张扬厉的写作姿态中完成，诗意的文本形式更能接近创作旨趣，为散文在诗性氛围中的精美化提供了可能。

倾近随笔的疏放化，不谨守中国旧式散文的结构，但这只是一种表面性的创作形态。梁遇春唠叨的、散漫的、絮语式小品，虽则貌似"笔滑"，在纵意放谈、任情闲聊的深处却自有它刻意的结构。对于梁遇春受着英国小品文（Essay）影响的笔法，叶公超曾经说过认同的话："西洋散文往往可以在结构上，在一大段的节奏上显出来，虽然词藻本身却很平凡。法国人最称赞的散文中的 Clarte 和英国人每常标榜的 Lucidity 也就是指字句间关系的严紧和一种轻松的流动性。这种美在中国散文里不容易做到，因为我们在这方面的工具根本不如它们。"（《谈白话散文》）朱光潜说："西方思想本长于推证与分析，所以西方文学大半以结构擅长。"（《随感录（上）——小品文略谈之二》）梁遇春的说理小品，结构恰是这样。他把深入的思索、细腻的体验看似随意地放在文章里，实则是将深微的灵思暗示给人们。他苦心琢磨的语调、气韵，盈盈浮上纸面，犹如一个眼神、一个表情，期待读者会心的微笑，文章结构自然呈示一种"隐"的状态。梁遇春对小品文做过这样的表述："小品文是用轻松的文笔，随随便便地来谈人生，并没有俨然地排出冠冕堂皇的神气，所以这些漫话絮语能够分明地将作者的性格烘托出来，小品文的妙处也全在于我们能够从一个具有美好的性格的作者眼睛里去看一看人生。许多批评家拿抒情诗同小品文相比，这的确是一双很可喜的孪生兄弟，不过小品文更是洒脱，更胡闹些罢！小品文像信手拈来，信笔写去；好像是漫不经心的，可是他们自己奇特的性格会把这些零碎的话儿熔成一气，使他们所写的篇篇小品文都仿佛是在那里对着我们拈花微笑。"（《〈小品文选〉序》）他的文学观念，对于专重辞藻之美，而不擅在散漫中表现结构之美的中国传统散文，具有革新意义。

句子长度的明显增加、句法关系的明显复杂、修辞格式的明显繁多、外来词汇的明显引入，以及利用标点符号来对词语逻辑进行调整，都是梁遇春积极摄纳西式语言营养于中国文学环境的新鲜尝试，在议论性杂文、抒情性散文之外，他以融合了中西文学格调的特异文风，出现在现代国语文学的田园里。

在以精短为文体特征的小品文中，大量引入结构复杂的长句，必然造成一种突兀的阅读效果和新奇的欣赏体验。句式的延长，在表现细密的思考和沛然的情感上，显示了优越的一面，虽然它移易了中国传统的语言范式。"梁遇春把这种长篇散文和长句带入中国散文，改变了中国散文谋篇布局之精巧，使文章由精致变得芜杂，从而能容纳更丰富的内容，进行更曲折、深刻的思想分析，描述更细微、全面的景致，能从各角度解释、定位事物。"① 梁遇春曾用修饰关系复杂、层层递进的长句自述凄伤的情怀："我的辛酸心境并不是年轻人常有的那种略带诗意的感伤情调，那是生命之杯盛满后溅出来的泡花，那是无上的快乐呀，释迦牟尼佛所以会那么陶然，也就是为着他具了那个清风朗月的慈悲境界吧。走入人生迷园而不能自拔的我怎么会有这种的闲情逸致呢！我的辛酸心境也不是像丁尼生所说的'天下最沉痛的事情莫过于回忆起欣欢的日子'。这位诗人自己却又说道：'曾经亲爱过，后来永诀了，总比绝没有亲爱过好多了。'我是没有过这么一度的鸟语花香，我的生涯好比没有绿洲的空旷沙漠，好比没有棕榈的热带国土，简直是挂着蛛网，未曾听过管弦声的一所空屋。我的辛酸心境更不是像近代仕女们脸上故意贴上的'黑点'，朋友们看到我微笑着道出许多伤心话，总是不能见谅，以为这些娓娓酸语无非拿来点缀风光，更增生活的妩媚罢了。"（《又是一年春草绿》）在旧式国语文学中鲜有其例。

在重视字句逻辑关系的同时，梁遇春又调遣形象语言来增加思辨的力度，强化了诗性文体的质感："可是我就没有走过芳花缤纷的蔷薇的路，我只看见枯树同落叶；狂欢的宴席上排了一个白森森的人头固然可以叫古代的波斯人感到人生的悠忽而更见沉醉，骷髅搂着如花的少女跳舞固然可以使荒山上月光里的撒但摇着头上的两角哈哈大笑，但是八百里的荆棘岭总不能算做愉快的旅程吧；梅花落后，雪月空明，当然是个好境界，可是牛山濯濯的峭壁上一年到底只有一阵一阵的狂风瞎吹着，那就会叫人思之欲泣了。"（《又是一年春草绿》）"这段话妙处在于它综合了许多矛盾的意象，同时结构紧凑，短短一段文字却有很强的包容性。这是在受到英语句式影响以后出现的长句。首先，我们看到了几个复杂的长定语。'狂欢的宴席上排了一个白森森的人头'这样复杂的结构成为主语，在中文中是少见的，'荒山上月光里的撒但'，这样的意象显然来自英国文学，可是作者又把它和中国的常见意象，如'梅花'、'雪月'等并置，形成一种复杂的效果。"② 梁遇春的文学语言的构成，作用着他的文章体式，在语句多变的结构关系里尽显诗人的才情。

朱自清于 1931 年到 1932 年利用清华大学提供的休假机会，到欧洲居住近

---

① 陈洁：《梁遇春与"新文学中的六朝文"》，《文学语言与文章体式——从晚清到"五四"》，安徽教育出版社 2006 年版，第 329 页。

② 同上书，第 334 页。

一年，回国后写出《欧游杂记》，记述欧陆游历见闻。他以一个东方文人的眼光和心态全程观照异域景物人事，不关灵魂的痛痒与人生的悲欢，自由轻松的随笔式韵致透出一种淡雅的闲赏风味，衬托着和悦的心境。威尼斯明媚的天色，圣马克方场的建筑，河中唱夜歌的船，美妙的视听效果撩触心灵的丝缕（《威尼斯》，1932年7月13日作，1932年9月1日《中学生第27号》）。佛罗伦司色调鲜明的大教堂和高耸入云的钟楼，纪念碑上的密凯安杰罗的雕像，画院中意大利的画作显映的丰富颜色与柔和节奏，是映在脑子里的画（《佛罗伦司》，1932年9月1日《中学生》第27号）。"带着当年的尘土，寂寞地陷在大坑里"的罗马废墟，"虽然在夏天中午的太阳，照上去也黯黯淡淡，没有多少劲儿"，无力的光影透映出潜存在心里的古老幻象；中古的教堂，光景大约和南朝的寺庙有些相像，"只可惜初夏去的人无从领略那烟雨罢了"；圣保罗堂旁的一个小柱廊"精工可以说像湘绣，秀美却又像王羲之的书法"，游赏品鉴中脱不去中国趣味；雪莱与济兹的墓地让他感动于"罗马富有诗意的一角"（《罗马》，1932年10月1日《中学生》第28号）。滂卑故城的酒店"有些像杭州绍兴一带的"，魏提家"饭厅里画着些各行手艺，仿佛宋人《懋迁图》的味儿"，却不全是写实；富裕的滂卑人生活非常奢侈，思淫欲、好纵酒、会享福的俗尚融入民族性格（《滂卑故城》，1932年10月1日《中学生》第28号）。有时一句看似散漫的话，就有传神的力量。他所知道的瑞士"起初以为有些好风景而已；到了那里，才知无处不是好风景，而且除了好风景似乎就没有什么别的"；瑞士淡蓝的湖逢着雨天，"人如在睡里梦里"，风来，水上皱起粼粼细纹，"有点像颦眉的西子"；可是逛山的味道实在比游湖好，"阿尔卑斯有的是重峦叠嶂，怎么看也不会穷"；勃吕尼山峡的谷地"是从来没有看见过的山水画……到处是深的绿，在风里微微波动着。路似乎颇弯曲的样子，一座大山峰老是看不完"，瀑布"让山顶上的云掩护着，清淡到像一些声音都没有"（《瑞士》，1932年10月17日作，1932年11月1日《中学生》第29号），写的全是瞬间灵动的感觉。对于荷兰的印象也清新如绘，"一个在欧洲没住过夏天的中国人，在初夏的时候，上北国的荷兰去，他简直觉得是新秋的样子"；到了清净的海牙，"走在街上，在淡淡的太阳光里，觉得什么都可以忘记了的样子"；至于荷兰的民性，又是"有名地会画画"，给生活点缀一点风雅，"他们只要小幅头画着本地风光的。人像也好，风俗也好，景物也好，只要'荷兰的'就行。在这些画里，他们亲亲切切地看见自己"；都是贴着心温和地写出的，一种亲切和蔼的空气弥漫在纸面上，满漾着生活的暖意，意思也单纯得好，没有一些笔墨不熨帖，这实在又是朱自清的笔致，就像品论17世纪荷兰最大的画家冉伯让，"他与一般人不同，创造了个性的艺术；将自己的思想感情，自己这个人放进他画里去"（《荷兰》，1932年11月17日作，1932年12月1日《中学生》第30号）。他受着内隐的感情支配，把异国风景谐调地安排在作品中。他尤感于柏林人"赞美身体，赞美运动，已成了他们的道德"的气质，运动的姿势衬着长天大海的背景，"确是美的，和谐的"；浏览皇储旧邸的存画，他叹服德国表现画派"原始的精神，狂热的色调，粗野模糊的构图，你像在大野里大风里大火里"，艺术精神直接浸润于描述中，延伸向建筑，又见出审美的差异，"德国的建筑与荷兰不同。他们注重实用，以简单为美，有时未免太朴素些。近年来柏林这种新房子造得不少。这已不是少数艺术家的试验而是一般人的需要了"（《柏林》，1933年12月22日作，1934年2月1日《中学生》第32号），他总能从寻常景物里获得新的发现。他品评巴洛克式建筑"重曲线，重装饰，以华丽炫目为佳"，堡宫里繁细的雕饰，映现着穿越世纪风云的恒久的美；拉飞尔的歇司陀的《圣母图》"美而秀雅，几乎是女性美的最完全的表现"，"端庄与和蔼都够味，一个与耶稣教毫不相干的游客也会起多少敬爱的意思"（《德瑞司登》，1933年3月13日作，1933年5月1日《中学生》第35号），流露着艺术趣味与鉴赏眼光。在他看来，莱茵河的"天然风景并不异乎寻常地好"，有意味的是"坐在轮船上两边看，那些古色古香各种各样的堡垒历历的从眼前过去；仿佛自己已经跳出了这个时代而在那些堡垒里过着无拘无束的日子"（《莱茵河》，1933年3月14日作，1933年5月1日《中学生》第35号），逝者如斯之叹只靠这清淡的一句便抒尽了。塞纳河岸畔的风情带着巴黎的繁华迷醉游人的心，"我们不妨说整个儿巴黎是一座艺术城。从前人说'六朝'卖菜佣都有烟水气，巴黎人谁身上大概都长着一两根雅骨吧……他们几乎像呼吸空气一样呼吸着艺术气，自然而然就雅起来了"；悠闲的仪态折射清雅的品性，四道大街"沿街安着座儿，有点像北平中山公园里的茶座儿。客人慢慢地喝着咖啡或别的，慢慢地抽烟，看来往的人"，一带河墙那边的旧书摊儿"也是左岸特有的风光。有点像北平东安市场里旧书摊儿。可是背景太好了。河水终日悠悠地流着，两头一眼望不尽"；枫丹白露的林子流荡着巴黎的野味，"坐着小马车在里面走，幽静如远古的时代"（《巴黎》，1933年6月30日作，1933年9月1日《中学生》第37号）。朱自清借助现场描述和点评表现自己的观感，并将灵思珠玉般撒向纸面，让掇拾者串接艺术的璎珞。他对风景的感受力极强，景物酿出的心感，也幽微，也飘逸，一闪一闪的使文字放出光彩，烘衬一颗干净的灵魂。要看一个东方学者的风雅与悠然，这便是个样子。

倾近小说的情节化，是在布设的清晰的叙述主线上，选择性地展开人物活动的记录和景物环境的描写，实现对于社会生活现象的深度审视。这是一种由心灵出发，透析生活实状的写作技法，它巧融散文的记叙性与小说的故事性而合一，创制出新的文体姿态。比起内倾化的心灵独语式的诗性抒写，它用如真、写实替代了朦胧、隐晦；它更直接、更形象地再现社会生活，而把思考、追问留置于文字之外的空间。沈从文以他抗战前后两次还乡后所写的《湘行散记》和《湘西》创造了此类文本的典型范式。"对于在时间、空间、物性上各不相同的众多表现对象，任何一种已有的散文文体，或游记，或一般抒情散文，或通讯，或报告文学所拥有的表现手段，都显得不敷所用。《湘行散记》《湘西》在文体上不拘一格，具有抒情散文、游记、小说、通讯等各种文体因素，但又突破了其中任何一种文体的固有格局。它是散文中的'四不像'。然而，正是这'四不像'，表现出沈从文在散文文体上的大胆创造……游记、散文、小说是三个具有不同特征的文学种类。糅合三者而为一，即吸取这三种文学体裁的长处，融铸成一种新的散文样式。游记以写景、状物为主，散文适于即景即事而抒情，小说重在人物和情节的完整。在《湘行散记》《湘西》中，作者对地理物产、山光水色、历史遗迹的介绍，采用游记的写法，尤其是景物的描写十分出色。景物描写贯串《湘行散记》始终，《湘西》更通篇皆是，虽多达数十处，却富于变化，毫不雷同。他能以敏锐的艺术感觉，捕捉各地景物中最具特色的部分，传递出各自特有的神韵。"[①] 在故事情节和人物活动的设计中，风景显示了存在的意义。经过仿真化和拟实化的文学安排，生活于沅水边的那些有血有肉的人、发生于武陵山麓的那些离奇的事，活现了一幅三四十年代湘西社会生活图景。对此，沈从文的体验是切身的："鸭窠围是个深潭，两山翠色逼人，恰如我写到翠翠的家乡。"（《湘行书简·夜泊鸭窠围》）可见，他的小说中的人物原型和感情色彩，甚至也可以在散文中找到某些端绪。"一切光，一切声音，到这时节已为黑夜所抚慰而安静了，只有水面上那一分红光与那一派声音"，阅读者宛然进到这画卷里面，"看他们在那里把每个日子打发下去，也是眼泪也是笑，离我虽那么远，同时又与我那么相近。这正同读一

---

① 凌宇：《从边城走向世界——对作为文学家的沈从文的研究》，生活·读书·新知三联书店1985年版，第386、387页。

篇描写西伯利亚的农人生活动人作品一样，使人掩卷引起无言的哀戚。我如今只用想象去领味这些人生活的表面姿态，却用过去一分经验，接触着这种人的灵魂"（《湘行散记·鸭窠围的夜》）；在"两岸小山作浅绿色，山水秀雅明丽如西湖"的景象下，"望着汤汤的流水，我心中好像忽然彻悟了一点人生，同时又好像从这条河上，新得到了一点智慧。的的确确，这河水过去给我的是'知识'，如今给我的却是'智慧'"，"我想起'历史'，一套用文字写成的历史，除了告给我们一些另一时代另一群人在这地面上相斫相杀的故事以外，我们决不会再多知道一些要知道的事情。但这条河流，却告给了我若干年来若干人类的哀乐！"（《湘行散记·一九三四年一月十八》）"为了这再来的春天，我有点忧郁，有点寂寞。黑暗河面起了缥缈快乐的橹歌。河中心一只商船正想靠码头停泊，歌声在黑暗中流动，从歌声里我俨然彻悟了什么。我明白'我不应当翻阅历史，温习历史'。在历史面前，谁人能够不感惆怅？"（《湘行散记·老伴》）在心物交感中，沈从文明白现实人生的道理，思索多方社会的奥秘。他忠实地还原单纯的生活现象，终于又在来自内心的强大思想力的驱动下，回到复杂的精神深处去，并用散文语言在那片僻远的风景中构建自己的意义世界。

沈从文把普通水手纤夫的生命传奇放置在楚风流荡、巫俗诡奇的湘西自然背景中。在《湘行散记》里，无论是"平堤远处，薄雾里错落有致的平田、房子、树木，全如敷了一层蓝灰，一切极爽心悦目"，还是辰河沿岸码头景象，那"潇洒秀丽中带点雄浑苍莽气概"的远远近近风物，全在衬托一位"懂人情有趣味"的活鲜鲜的"牯子大哥"（《湘行散记·一个戴水獭皮帽子的朋友》）；无论是雇妥一只桃源划子在清明透澈的沅水溯流而至出产香草香花的沅州，还是来到"那种黛色无际的崖石，那种一丛丛幽香眩目的奇葩，那种小小洄旋的溪流，合成一个如何不可言说迷人心目的圣境"的白燕溪，皆为烘托心慕古桃源之名而寻访遗民或神仙的风雅人（《湘行散记·桃源与沅州》）；无论是长潭转折处壁立千丈的山，和山头竹子长年逼人的翠色，还是黑夜河面"木筏上的火光，吊脚楼窗口的灯光，以及上岸下船在河岸大石间飘忽动人的火炬红光"，都是映衬"长年与流水斗争的水手，寄身船中枯闷成疾的旅行者，以及其他过路人"和"在黯淡灯光下唱小曲的妇人"（《湘行散记·鸭窠围的夜》）；无论是"水面人语声，以及橹桨激水声，与橹桨本身被扳动时咿咿呀呀声。河岸吊脚楼上妇人在晓气迷蒙中锐声的喊人，正如同音乐中的笙管一样，超越众声而上。河面杂声的综合，交织了庄严与流动，一切真是一个圣境"，还是"曲调卑陋声音却清圆悦耳"的《十想郎》小曲，尽是给小船上蓝布短衣的青年水手和"头上裹着大格子花布首巾，身穿葱绿色土布袄子，系一条蓝色围裙，胸前还绣了一朵小小白花"的年事极轻的妇人做衬景（《湘行散记·一个多情水手与一个多情妇人》）；无论是"沿河两岸连山皆深碧一色，山头常戴了点白雪，河水则清明如玉"，还是街市尽头河下游的长潭，或者黄昏薄暮，"天上暮云为落日余晖所烘炙，剩余一片深紫"，弥漫雾气的河面浮荡壮丽稀有的催橹歌声，都在布置船上掌艄水手同拦头水手以及河街吊脚楼那些宽脸大奶子女人的生活场景（《湘行散记·辰河小船上的水手》）；无论是"一列青黛崭削的石壁，夹江高矗，被夕阳烘炙成为一个五彩屏障"，还是"且有好事者，从后山爬到悬岩顶上去，把'铺地锦'百子边炮从高岩上抛下，尽边炮在半空中爆裂，形成一团团五彩碎纸云尘，彭彭彭彭的边炮声与水面船中锣鼓声相应和"，都是诱人走进大端午节河上龙船竞渡的热闹景象里去，并且在感情上同"一群会寻快乐的正直善良乡下人"产生一点联系，"引起人对于历史回溯发生一种幻想，一点感慨"（《湘行散记·箱子岩》）；无论是"恰在两条河流的交汇处，小小石头城临水倚山，建立在河口滩脚崖壁上"的辰溪县，还是"河水深到三丈尚清可见底。河面长年来往着湘黔边境各种形体美丽的船只。山头为石灰岩，无论晴雨，总可见到烧石灰人窑上飘扬的青烟与白烟。房屋多黑瓦白墙，接瓦连椽紧密如精巧图案"的平凡景色，均是为那个戮杀哨兵，"在辰溪与芷江两县交界处的土匪队伍中称小舵把子"的狡猾强悍的矿工安排的带着宿命情味的故事背景（《湘行散记·五个军官与一个煤矿工人》）；无论是"四面是山，对河的高山逼近河边，壁立拔峰，河水在山峡中流去。县城位置在洞河与沅水汇流处"的泸溪，还是洞河上长年弄船的"头包格子花帕，腰围短短裙子"的短小精悍的花帕苗，以及"靠岸停泊时正当傍晚，紫绛山头为落日镀上一层金色，乳色薄雾在河面流动。船只拢岸时摇船人照例促橹长歌，那歌声揉合了庄严与瑰丽，在当前景象中，真是一曲不可形容的音乐"的景致，都是沈从文经历的生活，含着的一点情节也染上了人生自叙的色彩，而那个"为人伶俐勇敢，稀有少见"，梦想作个上尉副官的"赵姓成衣人的独生子"，那个"绒线铺的和他年龄差不多的女孩子"之间的故事，让人难于想象，又俨然彻悟（《湘行散记·老伴》）。

在《湘西》里，沈从文把熟稔的人文地理知识融入风景，和那些拉篷、摇橹、撑篙的船家一起活在水上似的。武陵长河两岸浮泊的船只各有姿态：由长江载盐越湖而来的三桅"大鳅鱼头"，两桅或单桅、船身异常秀气的"乌江子"，方头高尾、颜色鲜明、尾梢有舵楼的"洪江油船"，平头大尾、十分坚实的"白河船"，运载辰溪出产的石灰和黑煤的"广舶子"，泸溪上轻巧的"洞河船"，"在河上显得极活动，极有生气，而且数量极多的""麻阳船"，以及常德水码头"飘浮水面如一片叶子"、专载客人用的"桃源划子"，叫他一一记在文章里面，更有不同船上性情气度殊异的水手、船家、舵公等水上人，各被带上传神一笔（《湘西·常德的船》）；由常德到沅陵的盘旋转折山路上，旅行者不禁赞叹自然风物的美秀，又要"对于数年前裹粮负水来在这高山峻岭修路的壮丁表示敬仰和感谢。这是一群默默无闻沉默不语真正的战士！……中国几年来一点点建设基础，就是这种无名英雄作成的。他们什么都不知道，可是所完成的工作却十分伟大"，还有车站边劳动的女子，舌底翻莲、大谈赶尸传说的有道之士阚五老，登岸后成为有势力小贩的麻阳水手，留下住家变作当地有产业的客居者的凤凰屯垦子弟兵官佐，以及风流俊俏的卖菜的周家夭妹，年高有德的老绅士，更是沈从文心神最为专注处（《湘西·沅陵的人》）；乌宿的古木丛竹，高大宏敞的大酉洞，山水木石最美丽清奇的永顺王村"夹河高山，壁立拔峰，竹木青翠，岩石黛黑。水深而清，鱼大如人。河岸两旁黛色庞大石头上，在晴朗冬天里，尚有野莺画眉鸟，从山谷中竹篁里飞出来，休息在石头上晒太阳，悠然自得啭唱悦耳的曲子，直到有船近身时，方从从容容一齐向林中飞去"，"景物清疏，有渐江和尚画意"的保靖风光，以及各恃永顺、保靖、永绥且呼为向、彭、宋三姓的土司巨族，"川盐入湘，在这个地方上税。边地若干处桐油，都在这个码头集中"的里耶，"山水清寒，鱼味甘美"的龙山，有些详述文字，则照直从小说《边城》里摘引下来（《湘西·白河流域几个码头》）；由沅陵沿沅水上行，"在浦市镇头上向西望，可以看见远山上一个白塔，尖尖的向透蓝天空矗着。白塔属辰溪县的风水，位置在辰溪县下边一点。塔在河边山上，河名'斤丝潭'，打鱼人传说要放一斤生丝方能到底。斤丝潭一面是一列悬崖，五色斑驳，如锦如绣。崖下常停泊百十只小渔船，每只船上照例蓄养五七只黑色鱼鹰。这水鸟无事可作时，常蹲在船舷船顶上扇翅膀，或沉默无声打瞌盹。盈千累百一齐在平潭中下水捕鱼时，堪称一种奇观，可见出人类与另一种生物合作，在自然中竞争生存的方式，虽处处必需争斗，却又处处见出谐和……遇晴明天气，白日西落，天上薄云由银红转成灰紫。停泊崖下的小渔船，烧湿柴煮饭，炊烟受湿，平贴水面，如平摊一块白幕。绿头水凫三只五只，排阵掠水飞去，消失在微茫烟波里。一切光景静美而略带忧郁。随意割切一段勾勒纸上，就可成一绝好宋人画本。满眼是诗，一种纯粹的诗。生命另一形式的表现，即人与自然契合，彼此不分的表现，在这里可以和感官接触。一个人若沉得住气，在这种情境里，会觉得自己即或不能将全人格融化，至少乐于暂时忘了一切浮世的营扰"，他的耳目所得，转为文字，也就成了历史（《湘西·泸溪·浦市·箱子岩》）；"车由辰溪过渡，沿麻阳河南岸上行时，但见河身平远静穆，嘉树四合，绿竹成林，郁郁葱葱，别有一种境界。沿河多油坊、祠堂，房子多用砖砌成立体方形或长方形，同峻拔不群的枫杉相衬，另是一种格局，有江浙风景的清秀，同时兼北方风景的厚重……有一个地方名'失马湾'，四围是山，山下有大小村落无数，都隐在树丛中。河面宽而平，平潭中黄昏时静寂无声，惟见水鸟掠水飞去，消失在苍茫烟浦里。一切光景美丽而忧郁，见到时不免令人生'大好河山'之感"，但是"地方民性强悍，好械斗，多相互仇杀，强梁好事者既容易生事，老实循良的为生存也就力图自卫……一座光头山顶上留下一列堡垒形的石头房子，不像庙宇也不像住户人家，与山下简陋小市镇对照时，尤其显得两不调和。一望而知这房子是有个动人故事的……这座房子同中国许多地方堂皇富丽的建筑相似，大部分可说是用人血作成的，这房子结束了当地人对于由土匪而大王作军官成巨富的浪漫情绪。如今业已成为一个古迹，只能供过路人凭吊了"，他从怀化镇的过去，看到"中国三十年来的缩影"，另有芷江、晃县的人事物态、风俗民情，均反映着历史面影并且交合着陷入生命挣扎的各层人物的日常哀乐（《湘西·沅水上游几个县份》）；和放蛊的传说、辰溪符的实验、"个人的浪漫情绪与历史的宗教情绪结合为一"的游侠者精神都有关联的凤凰，苗族半原人的神怪观所致女子"在人神恋与自我恋情形中消耗其如花生命，终于衰弱死去"的落洞的哀艳凄美，人神错综背后的变态恋爱和变形自渎，亦能见出"浪漫与严肃，美丽与残忍，爱与怨交缚不可分"，他从自然地理角度诠解乡民心理特征，认定"山高水急，地苦雾多，为本地人性格形成之另一面。游侠者精神的浸润，产生过去，且将形成未来"（《湘西·凤凰》）。

　　沈从文的民间知识分子的叙事视角，完全基于成熟的生活经验和性格里朴素的人类之爱。湘西世界映入他明澈的视野，底层的生活情状在他眼前浮闪。他成功地对山遥水远的乡僻之地复杂的实际生活进行绘制与传达，以最个人化的外在视角赢取了宏阔广远的内在空间。在多个记述段落里，清晰的叙事虽然含有小说元素，但就长篇的格局看，并未铺设连贯的线索，构置完整的情节，而主要依凭情绪的推动。品读《湘西·凤凰》里"落日黄昏时节，站到那个巍然独在万山环绕的孤城高处，眺望那些远近残毁碉堡，还可依稀想见当时角鼓火炬传警告急的光景"这一节文字，就能体悟面对时光中流逝的一切，他内心无法安慰的寂寞，"我觉得忧郁起来了。我仿佛触着了这世界上一点东西，看明白了这世界上一点东西，心里软和得很"（《湘行散记·鸭窠围的夜》），"山头一抹淡淡的午后阳光感动我，水底各色圆如棋子的石头也感动我。我心中似乎毫无渣滓，透明烛照，对万汇百物，对拉船人与小小船只，一切都那么爱着，十分温暖的爱着！我的感情早已融入这第二故乡一切光景声色里了"（《湘行散记·一九三四年一月十八》）。悲悯的情怀、感动的力量，是心灵的直接产物，隐约闪现着沈从文生命遭遇和精神境遇的印迹。而《湘行散记》和《湘西》里自然环境与人物肖像的描写方式，则显明地呈示着小说化的特征。

沈从文"十四岁后在沅水流域上下千里各个地方大约住过五六年。我的'青年人生教育'恰如在这条水上毕的业。我对于湘西的认识，自然较偏于人事方面，活在这片土地上的老幼贵贱，生死哀乐种种状况，我因性之所近，注意较多，也较熟习。去乡约十五年，去年回到沅陵住了约四个月，社会新陈代谢，人事今昔情形不同已很多。然而另外又似乎有些情形还是一成不变。我心想：这些人被历史习惯所范围、所形成的一切，若写它出来，当不是一种徒劳"（《湘西·题记》）。他以个人感受的独创性，在平凡、琐碎、俗常的生活根基上虚构散文化的风景视象与文学图示，追求心灵的诗性存在与精神的哲学式延续。由人物主导的情节，透显出灵魂同景物真正的意义关联，在日常描述中创造一种高度的主观真实，一种注重自我心理感受的内在现实。乡土、乡风、乡情浸润着他的笔墨，温暖的文字使人文与自然的风景明亮。

曹靖华的《到赤松林去——访〈铁流〉作者》（1933 年 3 月 20 日作于列宁格勒，1933 年 7 月 1 日《文学》第 1 卷第 1 期，题为《绥拉菲摩维奇访问记》）在平实的访游记叙中素描人物形象，述录活动细节，绘写生活环境，贯穿性线索河水一般充满生气地流淌。

曹靖华于 1928 年到 1933 年在苏联列宁格勒大学及东方语言学院任教。他"时刻不忘瞿秋白同志要他'应当把介绍苏联革命文艺作品和文艺理论的工作，当做庄严的革命任务来完成'的叮嘱，在教学之余，也旁听大学的俄国与苏联文学课，并翻译了早在国内就准备翻译的高尔基的《一月九日》，拉甫列涅夫的《第四十一》、《星花》，涅维罗夫的《不走正路的安得伦》等文学作品"，并将译稿"寄往莫斯科中央出版局，由他们出版了中译本的单行本"，他还"设法与国内鲁迅先生及'未名社'同仁联系，争取在国内出版，使国内读者能尽快读到这些作品"①。1929 年 11 月 6 日鲁迅托李霁野转寄一笺给曹靖华，约他翻译绥拉菲摩维奇的长篇小说《铁流》，编入辑十种世界上早有定评的剧本和小说的《现代文学丛书》。曹靖华遂"在鲁迅先生殷切期盼与关怀下，争分夺秒，赶译着《铁流》……终于在 1931 年五一节译完"，"然而，对左翼作家和左翼文学的压迫一天天加剧，以致书店都不敢承印这些作品了。神州国光社也声明废约"，鲁迅"自己出资一千大洋，假托一个并不存在的'三闲书屋'的名义，将《铁流》印出了"，鲁迅通过内山书店"'从柜台下面'，一本一本地将初版一千册《铁流》，渗透到读者中间去。诚如鲁迅先生所说：'在这样的岩石似的重压之下，我们就只得宛委曲折，但还是使她在读者眼前开出了鲜艳而铁一般的新花'"②。《到赤松林去——访〈铁流〉作者》就是在这样的时代背景和文学环境下创作的。访问过程的顺叙，自然形成单纯的记述结构。作品展现了苏联"一望无际的葱翠的松海和晶莹的白雪"，莫斯科的河岸上，两三年前"隔河相望的废墟上，现在屹立着黑灰色的十层楼的大厦，这是'政府大厦'，是政府人员的住宅，这里就住着《铁流》的作者绥拉菲摩维奇同志"，真实的环境描写，渲染着特定年代的氛围。绥拉菲摩维奇"从中国左联问到苏区，问到工农红军，问到……满怀兴奋、渴望、关切的心情询问着"，又把中文版的《铁流》"接到手里，前后翻阅着，炯炯的目光，再三细看着一切插画、装潢、纸张等等"，简单的举止折射着漾动的心理情绪。对话、动作、环境、细节，小说要素的有机融入，有利于特定情绪体验的表现。

现代作家在新的文体架构内剪裁自然，在富有寓意的形式中蕴涵精神主题，进一步锻炼了形式结构上的组织力。在记叙的展开上，无论采取纵式、横式、复式结构，还是运用连环式、串连式、包孕式结构，都以对于景物的个性化理解为组成要素。文章体式上的私人风格，丰富了散文语汇的表现力，延展了风景的视界。

第二节　新式的话语气度

五四新文化运动中，中国文学转型的发生，使新文学倡导者意识到作品传播过程中阅读者的参与意义，考量的积极结果是书写姿态的平民化和语言工具

---

① 彭龄、章谊：《伏牛山的儿子——曹靖华传》，人民文学出版社 2008 年版，第 95、101 页。

② 同上书，第 106、107、108、109、110 页。

的白话化，以便更加切近阅读消费。"白话文革命拉开了中国文化从古典形态向现代形态转化的序幕。它把人们的注意力从语言形式转向审美情趣，从语言转向思想的心理机制及自我意识，使人们重新思考语言的变革对文化价值体系以及思维的变换作用，语言革新促使了中国文化价值的全面变更……白话所代表的现代文化显示了它所特有的精神特征，使得文言文的存在状态和古典文化形态变得模糊而暧昧。就胡适的白话文理论在文学范围内影响而言，将清末开始酝酿的语言工具的变革引向文学及文化的内部，重新界定了诗歌、戏剧、小说、散文等各种文类的内涵，全面更新了中国文学本体的结构形式，引起了文学观念、审美意识、情感表现方式、文学语言等全面的深层变革。"① 现代散文由开创期转向渐变期的过程中，在以风景为叙述载体时，新散文的创作者在作品里渗透的话语气度，显露出语言文体的变革给山水书写带来的新面貌。尽管在某些作家那里，或许是出于一种创作本能，而非带有明确书写动机的主观预构。

新式词语符号，创制了新的语言体系，当它服务于散文写作目的时，便带来文本外在形态与内部结构的变易。"语言的内部层次来看，白话大致有两个层面的意义。第一层指作为工具层面的文字符号；第二层是文体意义，即白话作为文学语言的思想审美层面。"② 作为汉语书面符号的文言与白话，不只是文字形式的分别，二者的深层差异在于思想、观念、意识的文体表达（语言的思想功能），而不仅是语言学意义上的字句和语法的不同（语言的工具功能）。在传统的载道文学的语境下，古文的晦涩难懂，白话文的明畅易读，是十分显见的，证明着文言作为文学书写的专用器具已不适用，新起的语体文替代古朽的文言文，提升了作家的表达力，增进了读者的理解力，无疑最切合文学发展的实际。在语言理念转向、实际应用更新的背景下，产生了现代风景散文的中国式书写。进入 30 年代，这一书写形态又增加了语言表现的时代性元素。在文字的技术功能上，比起上一个十年尚在进行中的白话文体实验，更显示了成熟的一面。

新式的话语气度作用于风景散文，是作家运用文学性的文字工具传达感情、阐说思想的直接成果。文学革命时期，散文小品的书写者以实验的姿态出

---

① 曹而云：《白话文体与现代性——以胡适的白话文理论为个案》，上海三联书店 2006 年版，第133 页。

② 同上书，第 134、135 页。

现，在文字工具的使用上，开始摆脱古代文言的书写习惯与思维定式，尝试驾驭现代白话。文白杂糅的语言现象是共有的，这种文字工具操作上的集体化生疏归因于体裁结构的限定和文化的同源性，书写者个体的散文并未形成明显相异的特征。30年代之后，一方面，散文家对于白话文体的掌握渐趋熟练，他们运用新式语言，更自如地表达思想与情感的直接现实，更真实地显现个人的经历、性格、气质、禀赋以至成长道路和生活环境。白话文体已经对他们的创作心理、精神姿态、文章结构、语言特征发生影响，他们中的一些人开始有意识地进行风格探索。另一方面，随着散文家群体愈见扩大，写作状态的分别、作品特征的多样、创作个性的趋异，以及文学词汇的增加，使散文家走向整体的成熟，而文学语言的风格化则是这一演进的直接显示。

话语的自我主体性，显示了创作界新的生机。同上一个十年风景散文偏重自叙性的书写不同，此期的作家更强调在山水世界里个人内心和感觉的表现，过程的记述渐趋模糊，风景后移，而让自我前置，成为主题传达或者情绪渲染的中心。从直观的阅读效应审视，便是多姿的语言呈现。

平实。胡适基本沿用学者化的行文风格。《平绥路旅行小记》述闻、溯史、摹景，通篇叙写，不见抒情。史料的信实，征引的谨严，稽考的详明，议论的精当，几有考察报告的风味。平绥铁路曾是"全国最破坏最腐败的铁路"，而在几位康乃尔大学旧同学的整顿下，这"一条最没有希望的路"竟然"有了一种奇迹的变换"。如实的记录在胡适看会更有力量，所以他细数枕木的改换、造桥、改线以及债务清理的成就，辅证"在最短时期中把一条最腐败的铁路变换成一条最有成绩的铁路"的事实。主观因素之外，他还着眼于外部环境，得出"政治统一是内政一切革新的基本条件"的结论，给事与理以剀切的证明。云冈石窟是沿途的一处胜迹，在记叙上，胡适仅照实留一个残损的面目下来。这座很简陋的破寺，"寺外一道残破的短墙，包围着七八处大石窟；短墙之西，还有九个大窟，许多小窟，面前都有贫民的土屋茅棚，猪粪狗粪满路都是，石窟内也往往满地是鸽翎与鸽粪，又往往可以看见乞丐住宿过的痕迹"，并未着意添加美丽的字词，而据实直写的表现力正可将实貌显示得真切。归结的观点同样老实地说出："昙曜凿石作大佛像，要使佛教和岩石有同样的坚久，永永不受政治势力的毁坏。这个志愿是很可钦敬的。只可惜人们的愚昧和狂热都不能和岩石一样的坚久！时势变了，愚昧渐渐被理智风蚀了，狂热也渐渐变冷静了。岩石凿的六丈大佛依然挺立在风沙里，而佛教早已不用'三武一宗'的摧残而自己毁灭了，销散了。云岗伊阙只够增加我们吊古的感唱，使我们感叹古人之愚昧与狂热真不可及而已。"大胆的历史批判，显示了不拟古的文化勇气。

简劲。废名的散文，语言很瘦，省俭字词一如唐人写绝句，却常于清简古奥中暗含思想的硬度。他说"我现在只喜欢事实，不喜欢想象"（《散文》），一方面反映着他思想的沉实，一方面道出了他的美学立场。《五祖寺》里，有小孩子的天真想象，有成年人的静心思考，似乎又都是混合了一种禅味似的："这个忍耐之德，是我的好处。最可赞美的，他忍耐着他不觉苦恼，忍耐又给了他许多涵养……现在我总觉得到五祖寺进香是一个奇迹，仿佛昼与夜似的完全，一天门以上乃是我的夜之神秘了"，"不过小孩子的'残照'乃是朝阳的憧憬罢了"，从往事得来的生活启示，以一种近乎隐语的方式说出，加上句子或段落之间强烈的跳跃感，幽秘得不可测知一般，宛如身浸无扰的净界。其间滋味只有作家自己能解，读者只是表浅地领略即止。以简胜繁，以经济胜宽裕，显示了废名用语的刻意处。他后来在此文附记的末尾说："《五祖寺》这一篇是二十八年写的，希望以后写得好些，不要显得'庄严'相。"表示了要让语言丰腴一些，使文章饱满的意思，而这又证明他已进入生命的圆融境界。

朴拙。沈从文的恋乡情结和质直思感，与朴拙的语言交融一体。他的思想和情感蕴涵在语言中，强化语言营造的形式感。"他的文字虽然很有疵病，而永远不肯落他人窠臼，永远新鲜活泼，永远表现自己。他获得这套工具后，无论什么平凡的题材也能写出不平凡的文字来。"（苏雪林《沈从文论》）"这从得失两方面的立论，基本符合沈从文早期创作的实际。由于缺乏长期的学校式的正规文字训练，文法上出现一些疵病，自不可免。但同时也带来文字上的长处，语言多山野气息，新鲜、活泼。"[①]沈从文中年时期的散文作品，文字间仍然浸润远乡气味，独特风貌一如他的成熟期的小说语言，"格调古朴，句式简峭，主干凸出，少夸饰，不铺张，单纯而又厚实，朴讷却又传神"；从语源上看，沈从文式语言的母体为湘西地方话，这是"湘西根源古老的民族文化发展与自身社会经济发展同步的产物。这种语言的现代化程度较低，带有中国古代白话的风貌"，"这种语言的一个重要特点，便是结构助词'的'字的使用大大低于现代白话文的使用频率。这不是细微末节。牵一发而动全身，它能逼迫口语成分增加，使句式简短，让风格古朴。人们历来常说，不用浮字，少

---

① 凌宇：《从边城走向世界——对作为文学家的沈从文的研究》，生活·读书·新知三联书店1985年版，第316页。

用虚字，文章便不古自古了。沈从文深知这一点"，运用这种短峭简洁、古朴清新的语言，来表现湘西"那种原始的、蒙茸的自然与人生现象……那份特有的神气就更加凸现出来"；尽管用现代白话的标准去衡量，沈从文的散文语言"算不得纯粹，正如他自己就说，文字一部分见出‘文白杂糅’——明显地承受中国古典文学语言的影响却又未能完全融化为现代白话的结果。但同时，这又带来了沈从文的凝练与简洁"，他的写景文字，不做繁复修饰与刻意雕琢，"画面疏朗，注意使景物的颜色互为补色。其文字表达效果，直逼中国古典诗词意境，与中国画意相吻合"①。从常德到沅陵一段山路上，风光异常秀美，幻作他笔下的奇彩："在自然景致中见出宋院画的神采奕奕处，是太平铺过河时入目的光景。溪流萦回，水清而浅，在大石细沙间漱流。群峰竞秀，积翠凝蓝，在细雨中或阳光下看来，颜色真无可形容。山脚下一带树林，一些俨如有意为之布局恰到好处的小小房子，绕河洲树林边一湾溪水，一道长桥，一片烟。香草山花，随手可以掇拾。《楚辞》中的山鬼，云中君，仿佛如在眼前。"（《湘西·沅陵的人》）沈从文根植于湘西民间语言的文辞风格，由这里可以稍作领略。

清雅。郁达夫进入中年期，心态趋于平和，在杭州住下后，暂别了流寓生活。特别是游历江浙后写下的一组散文，年轻时的清狂气性和忧愤情绪已消，带有生活印迹的自叙性质也淡得若无，文调缓，语势稳，理想年代的烂漫憧憬，青春岁月的高贵心怀，都被谈故史、摹风月的文字掩去，似乎只弥散着清远与淡泊。但在清拔的文辞间，脱不尽的是放旷的情调和未抽去的恣肆，依旧显示着旧式才子的才情与风雅。

郁达夫的文章趣味同明公安、竟陵两派投合，袁中郎、张陶庵的文字也多所称赏，以为"大约描写田园野景，和闲适的自然生活以及纯粹的情感之类，当以这一种文体为最美而最合"，也就格外喜爱中国古典小品文字的细、清、真的好处，视"情景兼到，既细且清，而又真切灵活的小品文字"为散文语言正宗的典则（《清新的小品文字》）。他自己的创作，便朝着这个方向尽心，也真就给他做到了。他的清秀脱俗的字句里伸展着情感的触须，阅读者能够从他描绘的山水间听到灵魂的呼吸。他笔下的北平的秋景，实则渗透对于生命阶段的感悟。不去说"陶然亭的芦花，钓鱼台的柳影，西山的虫唱，玉泉的夜

① 凌宇：《从边城走向世界——对作为文学家的沈从文的研究》，生活·读书·新知三联书店1985年版，第318、319、322、323页。

月，潭柘寺的钟声"，只消望望槐树上飘落的"像花而又不是花的那一种落蕊"，听听"秋蝉的衰弱的残声"，就大约领受了里面所寄的略带轻愁的秋情；他甚至能够从"灰土上留下来的一条条扫帚的丝纹"上觉出细腻与清闲，"潜意识下并且还觉得有点儿落寞"，北方的秋雨"也似乎比南方的下得奇，下得有味，下得更像样"，连雨后的斜桥影里传响的缓慢悠闲的声调，也格外显出都市闲人的做派，所以"足见有感觉的动物，有情趣的人类，对于秋，总是一样的能特别引起深沉，幽远，严厉，萧索的感触来的"（《故都的秋》）。至于江南"微雨寒村里的冬霖景象，又是一种说不出的悠闲境界"，"在这一幅冬日农村的图上，再洒上一层细得同粉也似的白雨，加上一层淡得几不成墨的背景，你说还够不够悠闲？"（《江南的冬景》）这种以季节为题结撰的语词，清闲、优雅，终归在"情"字上落脚，特别可以拿到田园牧歌式的风月小品中一用。

　　冲淡。以朴素的词语传达闲适恬静的思感，余留绵长的情味，是朱自清此期散文风格上的特色。1931 年 3 月，他作《论无话可说》一文，表露生命感思："中年人无论怎样不好，但看事看得清楚，看得开，却是可取的。这时候眼前没有雾，顶上没有云彩，有的只是自己的路。他负着经验的担子，一步步踏上这条无尽的然而实在的路。他回看少年人那些情感的玩意，觉得一种轻松的意味……中年人若还打着少年人的调子——姑且不论调子的好坏——原也未尝不可，只总觉'像煞有介事'。他要用很大力量去写出那冒着热气或流着眼泪的话。"同 1923 年 10 月 11 日作完的《桨声灯影里的秦淮河》比较，浮着幻感的愁梦淡化了；同 1926 年 7 月在白马湖畔写《海行杂记》时相比，心间的怨怒消减了一些。悠恬、闲静、清雅的学界氛围，给他增添了沉着与淡然的气度，而中年情怀含浸在一些回忆性文字里了。他借着文字温习曾经领略的花的趣味：孤山看梅，坐入放鹤亭喝茶；黄昏时分倚着望海亭的栏杆畅吸梅林浮动的暗香，在山殿传响的梵呗声里眺览钱塘江与西湖的波滟；白马湖"沿湖与杨柳相间着种了一行小桃树，春天花发时，在风里娇媚地笑着。还有山里的杜鹃花也不少"；朋友家的院里"一株紫薇花很好，我们在花旁喝酒，不知多少次"；清华园的秋菊虽好，"但那种一盆一干一花的养法，花是好了，总觉没有天然的风趣"；春闲的花下徘徊，却添了他的兴味，"我爱繁花老干的杏，临风婀娜的小红桃，贴梗累累如珠的紫荆；但最恋恋的是西府海棠。海棠的花繁得好，也淡得好；艳极了，却没有一丝荡意。疏疏的高干子，英气隐隐逼人。可惜没有趁着月色看过"；他在这期间的心境，与写在本文里的话形成比喻关系："栀子花的香，浓而不烈，清而不淡，也是我乐意的。"（《看花》，1930 年 4 月作，1930 年 5 月 4 日《清华周刊》第 33 卷第 9 期文艺专号）朱自清说过，"我也喜欢近代的忙，对于中古的闲却似乎更亲近些"（《南行通信》，1930 年 7 月 28 日《骆驼草》第 12 期），这让他的心沉醉于自然风物中。他觉得"青岛之所以好，在海和海上的山。青岛的好在夏天，在夏天的海滨生活；凡是在那一条大胳膊似的海滨上的，多少都有点意思"，他喜欢"隔着竹帘的海和山，有些朦胧味儿；在夏天的太阳里，只有这样看，凉味最足。自然，黄昏和月下应该别有境界"，他留恋"满满的月光照在船的一面的海上，海水黑白分明，我们在狭狭一片白光里"的情景，还赞叹海边曲折的长林"延绵得好，幽曲得很，低得好，密得好"（《南行杂记》，1930 年 9 月 22 日《骆驼草》第 20 期），欣赏的趣味是清的，静的，闲的，雅的，也是美的。这样的情致也让他产生追史溯古的余兴，绘记胜概中更渗入怀往的思致，娓娓道来，以委婉平和的语风承载理性精神和美学观念。他对"一住十三年"的扬州有情，那里菜品的香味诱着他的神儿，"扬州菜若是让盐商家的厨子做起来，虽不到山东菜的清淡，却也滋润，利落，决不腻嘴腻舌。不但味道鲜美，颜色也清丽悦目"；茶馆也是好去处，茶食味美，瓜子花生炒盐豆，外加又热又香的炒白果，把摊在干荷叶上的五香牛肉拌入好麻酱油，让茶房烫好干丝一并下酒，或者再添些小笼点心，特别是"蒸得白生生的，热腾腾的，到口轻松地化去，留下一丝余味"的干菜包子，"细细地咬嚼，可以嚼出一点橄榄般的回味来"，水上坐船寻幽访古，也要带上这些吃食，正是扬州风味的醉心处（《说扬州》，1934 年 10 月 14 日作，1934 年 11 月 20 日《人间世》第 1 卷第 16 期）。语意醇厚，细腻地传达出温寻旧梦的内心感觉。

朱自清以古城、古迹为题的散文，充满曼声吟咏的意味。内心感觉以悠缓的调子抒出，仿佛一切都入桑麻闲话。话题不显得沉重，于自然舒徐的姿态中强化历史记忆。这来自对传统文化的深刻认同，也来自根植于古典文学土壤的创作心理。他在没有花的早春去潭柘寺，看覆盖的松枝，听清雅的泉声，觉得那里"简直有海上蓬莱的意味了"，半山上的戒坛一派平旷，添了空阔疏朗的感觉，老干槎枒的九龙松，"若在月光底下，森森然的松影当更有可看。此地最宜低徊流连，不是匆匆一览所可领略"（《潭柘寺 戒坛寺》，1934 年 3 月作，1934 年 8 月 6 日《清华暑期周刊》第 9 卷第 3、4 期合刊）。"六朝的兴废，王谢的风流，秦淮的艳迹"让他对南京悠然遐想；上鸡鸣寺"最好选一个微雨天或月夜。在朦胧里，才酝酿着那一缕幽幽的古味"；豁蒙楼上对着"苍然蜿蜓着的台城"和"明净荒寒的玄武湖"吃茶，尤可体贴含有深致的远情；清凉山"一片滴绿的树"，莫愁湖的夏荷，明故宫的瓦砾斜阳，燕子矶临江绝壁上翼然的危亭，都让他像逛古董铺子似的历览"时代侵蚀的遗痕"（《南京》，1934 年 8 月 12 日作，1934 年 10 月 1 日《中学生》第 48 号）。游至西山的一角，"山上还残留着些旧碉堡，是乾隆打金川时在西山练健锐云梯营用的，在阴雨天或斜阳中看最有味"，夜宿时，"外面是连天漫地一片黑，海似的。只有远近几声犬吠，教我们知道还在人间世里"（《松堂游记》，1935 年 5 月 15 日《清华周刊》第 43 卷第 1 期）。行走在北平西边的郊野，"只有远处淡淡的西山——那天没有太阳——略略可解闷儿"，路旁像穿门一般的两行高柳，它的深秀胜过什刹海的垂杨，"长林碧草"的"浓绿真可醉人"（《初到清华记》，1936 年 4 月 18 日作，1936 年《清华周刊》副刊第 44 卷第 3 期）。住在云南的小城，让他感到"整个儿天地仿佛是自己的；自我扩展到无穷远，无穷大。这教我想起了台州和白马湖，在那两处住的时候，也有这种静味"；南湖湖堤上成行的由加利树，"细而长的叶子，像惯于拂水的垂杨"，"菘岛那一带田田的荷叶，亭亭的荷花"，几个朴素小亭，树木掩映，"看上去也罢，走起来也罢，都让人有点余味可以咀嚼似的"（《蒙自杂记》，1939 年 2 月 5、6 日作，1939 年 4 月 30 日《新云南》第 3 期）。朱自清的散文风格随着心境的变迁而做着相宜的调适。早期带着青春意气的细腻和绚烂，归于中年期的雅淡与写意。前者是鲜丽的春花，后者是静美的秋叶。

绮丽。诗歌化的铺绘凸显色彩感与逼真性，是朱湘的散文智巧。在他的感知世界里，歆羡游观风物，每有所闻，"我总在心上泛起一种辽远的感觉，觉得这些徒步旅行者是属于另一个世界——一个浪漫的世界"（《徒步旅行者》）。浪漫的故事要用妍美的笔墨述录，奇妙的感兴也应以绚丽的词语叙记。他于 1927 年 8 月 18 日离上海赴美，9 月 7 日抵檀香山，亲逢岛上盛大庄重的祭祀活动。他描叙充满强烈仪式感的场面。弦月之夜，"白色的祈塔与巨石的祭坛竖立在海岸沙滩上。晚汐舐黄沙之声，一道道的潮水好像些白龙自海底应召而来。干如垩过的伞形棕榈静立在微光之下。朦胧中可以看见祭场四隅及中央的木雕与石镌的窄长而幻怪的神首"，岛民绕着闪灼的鲸膏之燎狂舞高歌，"沉重郁闷的葫芦声响，嘹亮嘈杂的金器铿锵，杂着坛上燎火中柴木的爆裂，融合成了一曲热烈而奇异的迎神之歌"，祭坛上陈设的牺牲形色纷杂，"白如处女的兔子、披着彩衣的野鸡、四掌有如鱼鳍的玳瑁、花皮有如人工的鱼类、顶戴王冠的波罗蜜、芬芳远溢的五谷"，又都"投入了跳跃着伸舌的燎火之中。白烟挟着香味,像一条蜿蜒的白蛇升上了天空"(《迎神——过檀香山岛作》,1934年5月5日《人间世》第4期),高密度的语言构塑物象的质感,色彩、声音、形体,视觉、听觉、味觉,组合成宇宙的实体,又交混成迷幻的世界,撞击感官与心灵。他编织一条华丽的语言纽带,连接人与神的世界。长于将风景的美丽处转化为秾艳的个性化语汇,是何其芳的散文。诗意的语言营造的画境,极易唤起读者对于美的想象。将散文进行诗化处理,对于丰富现代散文品类,探求新的表现方式,具有明显的实验意义。从心理特征和创作个性观察,符合"对于人生我动心的不过是它的表现"(《扇上的烟云》)的强烈自我意识。他的语言晶莹、莹澈、透明,水洗过一样,描绘的风景,带着淡淡的愁情,映衬明净的心境,清婉的韵致,自然有着一般语言无法折射出的美感。语言泛射的缤纷色彩,来于纤敏的艺术感觉,即体物的精微。在他的谛听里,雨声"细草样柔",忧梦也会病似的憔悴(《雨前》);马蹄声"孤独又忧郁"地"洒落在沉默的街上如白色的小花朵",情无形,梦虚幻,而他分别以"带伤感之黄色的欢乐"、"三月的夜晚的微风"将其熔铸为可感的意象(《黄昏》)。何其芳散文中的感性力量,呈现为一种幽隐的状态,也就特别含着独异的深刻性,而这一文学目的的实现,得益于词彩华艳的语言表现。

幽峭。钱歌川的文字保持深远沉静的风调,又时常于散淡中透出峻厉的锋芒。"在他的散文里,洋溢着一种苦涩幽默的风韵。钱歌川喜欢幽默,而不赞成直接的嘲讽,认为'冷嘲热骂的文章,使人一读即知为冷嘲热骂,所以不免浅薄庸俗。唯有在字面上毫无嘲骂的痕迹,而骨子里实在是嘲骂,这才是最高明的写法。'(《秋风吹梦录·小品文写作技巧》)所以他主张'把悲剧去喜剧化',去'苦中寻乐'(《悼学仪》)。这是他的美学追求,也和时代环境,本人性格,以及他的处世态度相关联。"[1] 他的文章,隐在字面背后的意思是悠长的,他用过的"味橄"的笔名,恰好代表在文学上的美学追求。他说"日本的大军虽则曾到过离北平只有三十里路,半个钟头的火车,侵略华北的野心似乎随时可以实现,这种场合如果发生在南方,居民的避难必已络绎于途,全市呈恐慌之象,可是住在北平的人却满不在乎,他们一点不惊惶,好听戏的还是照常上戏院,讲究吃的还是照常上馆子。太庙后面擎鸟笼的人并不因之减少,至多只是公园中增加了几个打太极拳的罢了",平静的言说中含着深

---

① 杜学忠:《〈钱歌川散文选集〉序言》,《钱歌川散文选集》,百花文艺出版社2004年版,第13页。

刻的讽刺，他由此推论，"世界上最有保守性的民族，除了英国人而外，恐怕只有中国人了。中国人中保守性最著的是华侨，以国内而论，便要首推北平人"（《最初的印象》）。这种文化性格的形成依赖生存环境的滋育，"北平的美就美在一个'古'字上。二千年的古柏，到处皆是，三百年的古店，也有几家。人民古朴，器物古雅，一切都是古色古香的……一个代表的中国人，一定能赏鉴北平的古色古香，一定能在灰尘中喝'酸梅汤'，在大街口嚼'硬面饽饽'，赞美'当炉女'，反对'女招待'，说到古物的保存，尤其要拥护古代传下来的风沙"，更证明"北平却有它伟大的力量，可以把一切新的东西，于其无可奈何之中使之归真返璞，化为旧的，古的。新思想的人到北平住上几年，自然腐化了，说得确切些，自然古朴了"（《飞霞妆》），赞美的话语似乎象征文化的胜利。虽然他"在文风上，也不像鲁迅那样老吏断狱般的深刻犀利，泼辣沉重，更缺少鲁迅那种指手斥敌的战斗风采和英姿"[1]，但是，平和语势间透示的力量，依然触压着忧患中的民族灵魂。

凝静。徐蔚南着意在静态的图象化勾绘中渗入美的情感。他的写景风格在30年代发生变化。1933年秋，他以病身赴浙北平原的乍浦海滨疗养，一月光阴，为杭州湾的景色感动，写成书信体散文《乍浦游简》，在摹绘的笔墨上，无论内蕴与外显，皆延续美的风致，梦幻似的景色保持鲜明的色彩感，实现了文字描述的视觉化与图像化。"太阳正在西下，高一点的云还给阳光照着，便红艳艳地一片片一卷卷挂在空中，低一点的云，照不着阳光，便是白的。红霞的外面罩着薄薄的白云，真像小姑娘桃色的脸上薄薄地施了一层白粉。无边的海际，已是像蒙着白雾似的灰暗了。但灰暗中，有几处还隐隐约约透露一点红霞，闪着淡的光。再前面一点，既不是灰暗，也不是像霞那么红艳，却是薄紫色的一抹。"（《乍浦游简·晚霞》）"光亮的海面既不是黄澄澄的一片混浊，也不是纯青，却像倒翻了几桶油彩，近处是黄色的，稍远一点是青色的，再远一点是青里泛红了，更远是白色。这样各色相间的海面又像铺着各式的绸缎了。在这一切色彩上还闪动着无数的波光。阳光被山遮荫的地方是透明的黑色，但镶着金黄的边。"（《乍浦游简·海阔天空》）此期，他的朗丽秀雅的文字开始浸上一缕轻愁。在晚霞、长虹、海潮、月夜、雨天的交替间，他默视"灰暗中几堆更黑的暗影"，他望着落雨的海面，"黄澄澄的像尽是黄泥汤，浓

---

[1]　杜学忠：《〈钱歌川散文选集〉序言》，《钱歌川散文选集》，百花文艺出版社2004年版，第11页。

厚而混浊!海边没有一片帆,也不见半个岛影,浩瀚而单调! 荒凉而寂寞!"
(《乍浦游简·雨天》)深切的悲恨也袭上心头,看山,看海,看云,看月,听
风,听潮,听雨,听虫鸣的耳目之娱以及口福之乐外,"有时却还要叫你见证
着悲惨的故事呢";在海滩上漫步时,看见一块一块带着断折痕迹的破船板,
"就叫你不得不想象那难船的一切了",想到水手老年的父母在叹气,年轻的
妻子在流泪,并且诅咒那大海,"你还可以想象关于难船的其他的一切悲
惨……啊! 在一天里,要你经验着时而欣喜,时而悲痛,时而微笑,时而忧郁
的种种事故,这就是山间海边生活的丰富哪!"(《乍浦游简·丰富的生活》)
闪光的海景,让他感到光的趣味;澎湃的潮势,让他感到力的气魄;墨青的海
空下,他宣泄充满现代意识的疾进式的激情:"我这时表面上,你看我多么平
静,心上却如潮水一样起落着思想呢。我有无数的感情要发抒,我要绘画,我
要唱歌,我要做诗,我要跳舞,总之,我要创作一切了。关不住了! 我还是海
阔天空地来作诗吧。"(《乍浦游简·海阔天空》)凝静的外象包裹着内涌的情
绪,增加了深沉的意味。徐蔚南浓郁的艺术趣味,使他的文字凸显着风景的质
感,强化着内心的情感,丰富了个人性的文体实验。

　　叙述态度和抒情方式的不同引致的话语气度的趋异性,在代表作家和经典
作品里鲜明地表现着,这是散文家思想成熟和情感丰富的外在呈示与直观显
现,意味着个体风格的基本定型。鲜明的创作个性融入景物表现,构成风景散
文语言多元的风格形态,激活了文体自身的能量。作家们以集群性的规模,用
词语砌筑文学的建筑体,创造出差异化的风景现实。

第三节　个性与感觉化

　　强调风景领悟的私人感觉,并将这种感觉转换为个性化的文学言语,是新
散文家锻造的一种艺术品质。

　　如同在现代小说界存在新感觉派一样,在现代散文界,也有一个感觉派存
在。"这些作家不愿意单纯描写外部现实,而是强调直觉,强调主观感受,力
图把主观的感觉印象投进客体中去,以创造对事物的新的感受方法,创造所谓
由智力构成的'新现实'。"[1] 在欧洲现代派文学思潮中占主流地位的德国表现

---

　　[1]　严家炎:《〈新感觉派小说选〉前言》,《新感觉派小说选》,人民文学出版社 1985 年版,第 2
页。

主义文学，是新感觉派的源头。"古典艺术把有机世界看作是人类劳作的宁静的环境，把艺术看作是对这个世界的和谐反映，而北欧传统则要求用感情去夸张自然形象，'把现实转化为神奇、变形的东西'，追求'一种幽灵似的、变形的真实'……画面上可描写的物象只是作为作者主观激情而存在，是形、色、线三要素根据主观感情的需要而作出的抽象的组合。"① 特别是以自然作为书写客体的现代散文家，身心沉潜于风景，并且进行形象表现，这是一种内心情感的演化过程。空间环境考验着作家对形象美的感受力。创作中显示的性格特征、感觉方式的个性印记，是解读作家心灵奥秘的文字化依据。

创作运行中，那些具有气质忧郁、性情内敛的个性特征的作家，尤其偏爱在自然中构筑私性空间。他们沉浸于各自的感觉世界，让感觉主导着运思。他们的文学表现的终极目标，是追求客观物象的主观化、心灵化、意识化、情绪化，达到我与物、人与景的高度交融。感觉活动成为创作的隐型推力。

直觉表现拉近了心与景之间疏远的距离，精神与自然相交融，创制出新异的空间。对经验局限的超越，又为文学表现的开新提供了可能。具有这一新流派特点的作家，其创作意图"既不是外部现实的单纯模写和再现，也不是内心活动的细腻追踪和展示，而是要将感觉外化……通过视觉、听觉、嗅觉、味觉、触觉的客体化、对象化，使艺术描写具有更强的可感性，具有某种立体感"②，作用于感官的形体、声音、光线、色彩，发挥艺术元素的功能，同情绪、感受、体验、印象、潜意识形成复合、交叉、互渗，并配以幻觉与想象。无论是流动的风景还是静止的物象，都炫示充满个体意识色彩的主观情境，创造新奇的文学效果。行为的怪诞、动作的夸张、意识的恍惚、物象的变形，是基本的文学表征。

其一，潜入感觉世界的深层，在精神和物象的交互作用下，体验心理幽妙的波动和灵魂刹那的震撼。

穆时英善于给文字敷设强烈的主观色彩，表现飘忽游移的心理感觉。快节奏的都市生活在他身上引起逆反感觉，便吟味牧歌式的乡村调子，希图拖慢日常节奏。他嫌五月节里的都市"天还不够蓝，太阳还不够明亮"，要去找寻"一个更广阔的田野，一个更高大的天空，一点我顶年轻的时间"，"把城市丢

---

① 薛迪之：《表现主义文学》，《欧美现代派文学三十讲》，贵州人民出版社1982年版，第60页。
② 严家炎：《〈新感觉派小说选〉前言》，《新感觉派小说选》，人民文学出版社1985年版，第21页。

在城市里，我们在初夏的和风里，到了郊外"，眼前映现的物象，展开一个憧憬的世界，那里有"一片草地，一道河，一座红屋子，一个音乐台，还有白的桌布，黑的咖啡，一溜婆娑的老树，一些梦"，划着双桨游艇荡到水中央，头上"是一个流质的天空，没有云。一阵暖风，就从天边吹来了布谷鸟的双重的歌声，吹着，吹着，从天边吹到天边，从麦田吹到麦田"，包围心灵的，是"静的水，静的天，静的田野，静的船"(《丽娃栗姐村》，1933年2月27日《申报·自由谈》)。他的心幕上有一幅画："黄昏挂到林梢的时候，天边有一层紫色的薄霭，淡淡的，像季节梦似的。"静谧的、愉快的黄昏里，柳树叶子里的紫色燕子"轻盈地扑着翅膀，在那儿说着它们南国的私语"，便忆想过往的日子，春天里温柔的风，麦田的香味，松脂的焦香，平静的天空，平静的阳光和潇潇的细雨，一起"飘到我的愁思里，飘到我的梦里"(《燕子》，1933年3月11日《申报·自由谈》)，乡野风光消融着灵魂负荷的沉重与精神的惶惑。他浸沉于深沉的乡恋中，"我是那么地怀念着家乡啊！院子里的那棵橘树，那几盆种在庭前的山茶花，马兰花；那阴暗的纸窗；门前那池塘里的绿苔……时常从我心里边引起一种淡淡的思恋的"，意象单纯、明净、透亮，感情美好、真纯、挚热，倚着船栏的他，思绪飞向故园，赞叹"我们的家乡是鱼和盐之国，我们家乡那儿有真的澄澈的蓝天，青的水，白的云；我们的家乡是那么地素朴的国土啊！"(《故乡杂记》，1933年4月19、20、21、23、25、26日《申报·自由谈》)乡情渗入他的心灵体验中，"对于广阔的田野，对于望不到尽头的，悠长的郊外路，我是以一种罗曼谛克的心情爱好着的"，幻想与感情像鸽子一样飞翔起来，"于是，想着些辽远的地方的花圃，向别的城市驶去的列车，愉快地，在灵魂里边笑着"(《新秋散记》，1935年9月12日上海《小晨报》)，闪跃的、易逝的感觉被他准确地把握着，灵妙地表现着。空气中颤响的声音也留下微细而悠远的心灵记忆，"童年时读过的唐诗，到现在还能记起来的就是这两句：姑苏城外寒山寺，夜半钟声到客船"，潇潇夜雨中"忽然听见一声清越的钟，觉得太瑟索了……第二天在窗前，我看见了在新晴的澄澈的天边描着一座天主教寺的峻拔的钟楼，和钟楼顶上的那个崇高的十字架。此后，为了这钟声，我时常在窗前坐到午夜。这钟声到今天还清晰地留在我记忆里边"，竟至行走于人生路上，"在半夜里一枕梦醒的时候，我是怎样地怀念着这安谧的钟声之来临啊！"(《钟声》，1935年9月15日上海《小晨报》)无形的感思交融于物体构成的画面中，造成可视化的艺术效果。他的思绪总处于动势中，如同在精神的行程上跋涉。在感觉的主导下，意识在光和影中流动，理想的乡野风景折射着瞬间的心灵感动，语言比梦还轻飘。

　　在叶灵凤的意象里，窗前的白杨挺立在四野寥廓的郊外，"沁凉的绿意，沙沙的雨声，却使枯涩的生活添了不少的滋润"，"高耸的树干，匀称的枝叶，高度和姿势完全相等，像两个历尽了甘苦的患难朋友一样，在这平阔的郊外，划破了始终沉郁着的上海天空，寂寞的并立着。有时，西面天边夕阳的余晖，金色的光线透过了被晚风摇着的树枝，细小的树叶上便都镶上了一缕金线"（《白杨》），更有振翅的晚鸦、夕暮的云空组合成苍茫意象，暗喻内心的孤寂。清秋动人乡思的愁绪，融入"哑然的黄昏，惨白的街灯，黑的树影中"，漂泊的女艺人"她的三弦的哀音便像晚来无巢可归的鸟儿一般，在黄昏沉寂上午空气里徘徊着"，她"曳着街灯从树隙投下长长的一条沉重的黑影……是在幽灵一般的慢慢的移动……断续的弦声还在黄昏沉寂的空气里残留着"，他从无曲谱、无歌音的零碎弦声中听出了无限的哀韵，独倚楼头，"当着萧瑟的新寒，我于乡怀之外不禁又添了一重无名的眷念"，觉得"秋光老了，憔悴的弦声大约也随着这憔悴的秋光一同老去了"（《憔悴的弦声》，1932 年 12 月 18 日《申报·自由谈》），凭着感觉的支配，画出别一种都市影像。

　　自然界的雷雨唤起茅盾心底的激情，发出"让大雷雨冲洗出个干净清凉的世界"的呼喊（《雷雨前》，1934 年 9 月 20 日《漫画生活》月刊第 1 号），宇宙万象演示着心灵图景。江浙农野耕耘的真实光景图画般展开，"从'端阳'那时候起，小河的两岸就排满了水车……就像精壮的小伙子似的，它那'杭育，杭育'的喊声里带点儿轻松的笑意。水车的尾巴浸着浅绿色的河水，辘辘地从上滚下去的叶子板格格地憨笑似的一边跟小河亲一下嘴，一边就喝了满满的一口，即刻又辘辘地上去，高兴得嘻嘻哈哈地把水吐了出来，马上又辘辘地再滚了下去。小河也温柔地微笑，河面漾满了一圈一圈的的笑涡"（《戽水》，1934 年 9 月 8 日作），一幅乡村风俗图。描写的拟人化使画面充满活泼的生活气息，也传达出漾在心头的美妙感觉。

　　在上海开明书店任编辑，又在松江女子中学讲授图画课程的丰子恺，临而立之年，心情悄悄发生变化。他从大地的节候上感触生命的沧桑，觉得"心情与秋最容易调和而融合"，他明白须得入了生命之秋，"围炉、拥衾、浴日等知识方能渐渐融入体验界中而化为体感"，意识到"心境中所起的最特殊的状态"是对于死的体感，方才领悟"以为春可以常在人间，人可以永在青年"的思虑真疏浅，也敬谢"仗了秋的慈光的鉴照，死的灵气钟育，才知道生的甘苦悲欢"（《秋》，1929 年秋作）。他以带着画意的眼光赏春，体味个人化的心灵感受，"我觉得自然景色中，青草与白雪是最伟大的现象。造物者描写'自然'这幅大图画时，对于春红、秋艳，都只是略蘸些胭脂、硃磲，轻描淡写。到了描写白雪与青草，他就毫不吝惜颜料，用刷子蘸了铅粉、藤黄和花青而大块地涂抹，使屋屋皆白，山山皆青。这仿佛是米派山水的点染法，又好像是 Cèzanne（塞尚）风景画的'色的块'，何等泼辣的画风！而草色青青，连天遍野，尤为和平可亲，大公无私的春色"，由此赞颂精神上的春，并且判别东西方文化观念的差异（《春》，1934 年 3 月 12 日夜 10 时作），骨子里倾近东方趣味。复杂的生活现实使他形成阴暗与明亮、满意与不满相融的精神世界，并在春与秋的咏叹中寄寓人生感怀。发掘节令物候的精神品质，耽好感觉而化作性灵文字，传示悠然的内心表情，让语言符号飘泛清醇的色香味，是丰子恺的又一番用心，"到一偏僻的小乡镇中的一个古风的高楼中"歇宿，"黄昏一深，这小市镇里的人都睡静了"，夜空中响起馄饨担、圆子担的号音，细细吟味，颇涉遐想，"馄饨担上所敲的是一个大毛竹管，其声低，而大，而缓，其音色混浊、肥厚、沉重、而模糊。处处与馄饨的性状相似。午夜高楼，灯昏人静，饥肠辘辘转响的时候，听到这悠长的'柝——柝——柝'自远而近，即使我是不吃肉的人，心目中也会浮出同那声音一样混浊、肥厚、沉重、而模糊的一碗馄饨来"（《午夜高楼》，作于 1935 年残暑，1935 年 10 月 1 日《宇宙风》第 1 卷第 2 期）。高低、大小、缓急各异的声音飘萦耳畔，直将古镇风味在心中酿作一坛味醇的老酒。西湖山中游玩遇雨，在庙门口三家村中小茶店的雨窗下，用胡琴从容地拉响种种西洋小曲，感觉中"一时把这苦雨荒山闹得十分温暖……有生以来，没有尝过今日般的音乐的趣味"（《山中避雨》，1935年秋日作），微细的情绪水一般轻缓地流淌，滋养心灵。

靳以调用清纯简淡的文字描画乡间小景，自含一番玲珑精致的风韵，"远远地看着瘦长的像尖刀一样的鱼在网上跳跃着，搅碎了和平的夕阳不是更引人么？银子一样的鱼鳞，在阳光中闪映着，使人感觉到美丽得眩目了"（《渔》），文字妙在趣味的朴素。他爱散发温煦之感的灯，"像晨间的微光一样，像映在水中的晚霞一样的"，浮闪在少时记忆中"摇摇晃晃的光晕会使我的眼睛温柔地疲倦了。而那摆着的黄黄的光亮，却一直好像在我的眼前"，行走于城中的夜路，"一些窗间的灯光给着希有的温暖"，对于如孤灵一样的夜行人，"那光几乎是一直照在我的心上"（《灯》），他调动视觉经验，传达纤敏的心灵感受。

其二，从精神源头出发，在超越现实的广阔空间进行主观感受的挖掘，寄寓强烈的社会情绪和深刻的内心体验。

瞿秋白以变幻的宇宙天象喻示社会内部的运动，拟人化的描写浸润强烈的主观色彩。在晃动的映像里，"天总是皱着眉头"，月亮"用他那惨淡的眼光看一看这罪孽的人间，这是寡妇孤儿的眼光，眼睛里含着总算还没有流干的眼泪"，黄河、长江"也不知道怎么变了心，对于他们的亲骨肉，都摆出一副冷酷的面孔"，四季轮转，"淫虐的雨，凄厉的风和肃杀的霜雪更番的来去，一点儿光明也没有"，他渴盼打开层层乌云的太阳，期望"小小的雷电"变成"惊天动地的霹雳"，拨开"这些愁云惨雾"（《一种云》，1931 年 9 月 3 日作，刊载于 1931 年 10 月 20 日《北斗》第 1 卷第 2 期），愤激的呼唤刺破漫漫长夜，文字化作一团暗空里燃烧的火焰，成为充满反抗精神的檄书。

鲁彦较早地进行感觉化的文体实验。他和爱罗先柯同游西山，路遇一个衣衫褴褛的妇人，竟不予理睬，事后产生深深的自咎："西山有如何的好玩，我不知道。在山间，我们曾喝过溪水，但是在水中，我照见了我自己是一只狗；在岩石上我曾躺了一会，但是我觉得我那种躺着的样子与别的狗完全一样。"（《狗》）"作者移情于物，缘物寄情，随着'我'的心情的骤然变化，不但无心赏玩山水，而且山水景物中间，竟然映现出自己变成狗的幻影。用前后主观感受和不同心情的强烈对照，越是谴责自己缺乏同情心，甚至罕见地咒骂自己'我才是一只狗'，就越发显出作者沉重悔恨的心理和沉痛不安的灵魂，也愈加把作者深厚的人道主义思想渲染得淋漓尽致。"[1] 把客观景物涂抹上主观心理色彩，强化自然风景的感性气氛，是鲁彦的用心处，他一直信守这个美学原则。在南京玄武湖，望着摇波的菱菜、荷花与水草，他被幻觉带向了遥远的太平洋："我们都的确觉得到了真正的太平洋了。梦呵！我们已经占据了半个地球了！我们已经很疲乏，我们现在要在太平洋里休息了。任你把我们飘到地球的那一角去吧，太平洋上的风！我们丢了桨，躺在船上，仰望着空间的浮云，不复注意到时间的流动。我们把脚拖在太平洋里，听着默默的波声，呼吸着最清新的空气。我们暂时的静默了。我们已经和大自然融合在一起。还有什么比太平洋更可爱，更伟大呢？而我们是，每次每次在那里飘漾着，在那里梦想着未来，在那里观望着宇宙间的幻变，在那里倾听着地球的转动，在那里消磨它幸福的青春。我们完全占有太平洋了……"（《我们的太平洋》）生动地传导出内蕴的生命体验和心理波澜。他在年少时和父亲出远门的情景，忆想起来，也梦一般迷离："完全是个美丽的早晨。东边山头上的天空全红了，紫红的云像

① 沈斯亨：《〈鲁彦散文选集〉序言》，《鲁彦散文选集》，百花文艺出版社 1982 年版，第 13 页。

是被小孩用毛笔乱涂出的一样，无意地成了巨大的天使的翅膀。山顶上一团浓云的中间露出了一个血红的可爱的紧合着的嘴唇，像在等待着谁去接吻。西边的最高峰上已经涂上了明耀的光辉。"（《旅人的心》）一颗年轻的心，一种快乐的情绪，在心理作用下，幻作奇丽诡异的想象。景致由现实状态向非现实状态转变，更趋近主观的真实。

在茅盾的都市感受里，"上海的秋的公园有它特殊的意义；它是都市式高速恋爱的旧战场！"淡青色的天空下，快老的秋光浮动苍凉的意味，"春是萌芽，夏是蓬勃，秋是结实；然而也就是衰落！感情意识上颓废没落的都市摩登男女跳不出这甜酸苦辣的天罗地网"，感伤主义诗人会在这里寻到绝妙诗材，歌咏感情的波动（《秋的公园》，1932 年 11 月 8 日作，1932 年 12 月 16 日《东方杂志》第 29 卷第 8 号），都市生活的节奏、韵律、色调、光影在文字间跳荡、回旋、闪烁。在他的意识里，四季体味和乡间生活经验相联系，游春、消夏、悲秋的况味已叫古今诗人品尝尽了，"我就觉得冬天的味儿好像特别耐咀嚼"，冬天野外灰黄的枯草可以放火烧，狂风中的"那些草就像发狂似的腾腾地叫着……看着那烈焰像潮水样涌过来，涌过来，于是我们大声笑着嚷着在火焰中间跳"；而成了都市人，放野火的趣味不再有，冬天安静的黎明，他"让思想象野马一般飞跑"，感觉到一种愉快；而阅世一久，对于冬的认识，由感性转向理性，"我知道'冬'毕竟是'冬'，摧毁了许多嫩芽，在地面上造成恐怖；我又知道'冬'只不过是'冬'，北风和霜雪虽然凶猛，终不能永远的统治这大地。相反的，冬天的寒冷愈甚，就是冬的运命快要告终，'春'已在叩门"（《冬天》，1934 年 1 月 15 日《申报月刊》第 3 卷第 1 期），反映了社会困压下的抗争心态。现实的沉重使美的对象产生异化，"我只觉得那月亮的好像温情似的淡光，反而把黑暗潜藏着的一切丑相幻化为神秘的美"，那宛如美人眉毛的弯弯新月的"冷光正好像是一把磨的锋快的杀人的钢刀"；他在月下沉入哲学式的思忖，"我觉得我们向来有的一些关于月亮的文学好像几乎全是幽怨的，恬退隐逸的，或者缥缈游仙的。跟月亮特别有感情的，好像就是高山里的隐士，深闺里的怨妇，求仙的道士。他们借月亮发了牢骚，又从月亮得到了自欺的安慰，又从月亮想象出'广寒宫'的缥缈神秘……自然界现象对于人的情绪有种种不同的感应，我以为月亮引起的感应多半是消极。而把这一点畸形发挥得'透彻'的，恐怕就是我们中国的月亮文学"（《谈月亮》，1934 年中秋后作，1934 年 10 月 15 日《申报月刊》第 8 卷第 10 期），神秘的驰想和文学的批评表现在词语上，具有明显的设计感。薄暮时分的海面摇荡起最后的激情，夕阳染在水浪间燃烧血色的赤焰，"风带着永远不会死的太阳的宣言到全世界。高的喜马拉雅山的最高峰，汪洋的太平洋，阴郁的古老的小村落，银的白光冻凝了的都市"（《黄昏》，1934 年 11 月 2 日《太白》半月刊第 1 卷第 5 期），漾动的海，奔跃的浪，激荡的心，主观化的色彩浸染着景物。

其三，在瑰奇的想象中，表现现代都市人的生活状态和心理情绪。

穆时英出色地描画着"悲哀的脸上戴了快乐的面具"的人物的生活环境。情绪的真空里，看不出他们的哀愁和欢喜，闪烁的光影折射着散乱不定的内心情绪："街上泛滥着霓虹灯的幻异的光，七色的光：爵士乐队不知在那里传送着，跑马厅的黯黑的大草原上，'色士风'的颤抖的韵律，一阵热病的风似地吹动着；身边掠过的汽车遗留了贵妇人的钻石的流光，眸子的流光，和出色的香水的飘渺的香气；穿了蓝布的衣裤的工人们和黑棉布的旧袍的店员们抬起了蒙古种的圆脑袋，背着手站在广告场前面，用迟钝的眼望着被探照灯的白光照射着的，广告牌上的女人"（《速写》，1935 年 10 月 9 日上海《小晨报》），印象式的观感，想象性的描绘，展示着闲暇的市民，懒惰的都市。他把细腻的生活感觉转换成灵妙的摹状和颖异的比喻，更真实地传达出幽微的心理表情。传响到耳畔的夜晚的琴音"像散坠到水面的花瓣似的，那轻盈的钢琴声又开始洒落到夜空里来了"；紫色瓷瓶里的栀子花繁盛地开放在窗前，"洁白得像一朵朵修女的心脏。这里，那里，到处泛滥着柔弱而纤美的芳香"；天空明亮而清澈，"挂在远处的夜云也轻渺而晶莹得像庞大的蓝宝石一样"；"广漠的海上闪烁着空灵的流光。整个宇宙是月华织成的，丝样的梦"；幻感之中，觉得"这静谧的，睡熟了的都市，这丑陋的人间，古怪地溶化起来，变成一节快乐的旋律，一首快乐的小诗，白鸽似地向天外，向在人类所不知道的地方飞翔"（《夜间音乐》，1938 年 9 月 9 日香港《星岛日报》），他像一个精神游荡症患者似的，在琴的音色、栀子花的芳香和海面的流光中，让灵魂起舞。他的神情恍惚，视野朦胧，只感到"海面上散布着柔和的不澄澈的，银灰色的光。是夜雾还是月光，我不知道。我看不见雾，也看不见月亮，在我眼前的只是这一片柔和而不澄澈的光"，仿佛喁喁呓语，迷离的景物瞬间变作梦幻泡影；而内心的迷恋并未消解，"静谧时常给我愉悦"，"静谧也给与我感伤"，轻轻抚触着"僵直的心房，寒冷的灵魂"，怅叹"现在正是连诗也没有了的中年！"（《雾中沉思》，1939 年 4 月香港《大地画报》第 5 期）心灵的怅触来自忧世的情怀，他向万花筒似的缤纷现象投出怀疑的眼光，"这是一个苦难的时代，是一个产生尼采，产生托尔斯泰，阿尔志跋绥夫，产生高尔基，产生一切企图把明日和今日结合起来，把金色的梦和人类结合起来的狂人的时代"（《作家群的迷惘心理》，1935 年 9 月 13 日上海《晨报》），混乱岁月中的忧愤，给作品增加了浓郁的感世色彩。

鲁彦"喜欢眼前飞舞着的上海的雪花"，它"像夏天黄昏时候的成群的蚊蚋，像春天流蜜时期的蜜蜂，它的忙碌的飞翔，或上或下，或快或慢，或粘着人身，或拥入窗隙，仿佛自有它自己的意志和目的。它静默无声。但在它飞舞的时候，我们似乎听见了千百万人马的呼号和脚步声，大海的汹涌的波涛声，森林的狂吼声，有时又似乎听见了情人的切切的密语声，礼拜堂的平静的晚祷声，花园里的欢乐的鸟歌声……它所带来的是阴沉与严寒。但在它的飞舞的姿态中，我们看见了慈善的母亲，柔和的情人，活泼的孩子，微笑的花，温暖的太阳，静默的晚霞……它没有气息。但当它扑到我们面上的时候，我们似乎闻到了旷野间鲜洁的空气的气息，山谷中幽雅的兰花的气息，花园里浓郁的玫瑰的气息，清淡的茉莉花的气息……在白天，它做出千百种婀娜的姿态；夜间，它发出银色的光辉，照耀着我们行路的人，又在我们的玻璃窗上札札地绘就了各式各样的花卉和树木，斜的，直的，弯的，倒的。还有那河流，那天上的云……"（《雪》）在这里，鲁彦不直接涉笔艰辛的羁旅生活，记叙一般的生活情状，而是借助移情、通感的美学手段，在景物面前抒发沉郁中勃发的感情，更深刻地表达一个青年知识分子的生命境遇。

其四，在符号化的象征和隐喻中，呈露表象描述所无法传示的深刻情绪。

王统照在日寇侵凌、情势危急之秋，内心蒙上浓重的阴影。灵魂仿佛无可归依，他觉得自己行走于"萧森荒冷的深秋之夜"，灯、明光、渔火，一切光亮都消隐了，"甚至连黑沉沉的云幕中也闪不出一道两道的电光"，在他恍惚的意识里，"黑暗如同一只在峭峰上蹲踞的大鹰的翅子，用力往下垂压。遮盖住小草的舞姿，石头的眼睛，悬在空间，伸张着它的怒劲。在翅子上面，藏在昏冥中的钢嘴预备着吞蚀生物；翅子下，有两只利爪等待获拿。那盖住一切的大翅，仿佛正在从容中煽动这黑暗的来临。黑暗如同一只感染了鼠疫的老鼠，静静地，大方地，躺在霉湿的土地上。周身一点点的力量没了。它的精灵，它的乖巧，它的狡猾，都完全葬在毒疫的细菌中间。和厚得那么毫无气息，皮毛是滑得连一滴露水也沾濡不上，它安心专候死亡的支配。它在平安中散布这黑暗的告白"（《夜行》）。恐怖、阴森、诡谲，沉黑的翅翼构成一个巨大的象征意义的语符，磐石般地坠压人心；感染毒疫的病鼠，则是一个强烈的隐喻体，在板荡的时局和病弱的社会下，民族肌体上的创伤，正在层层累添着耻辱的瘢痕。这是灵魂陷入绝境时含恨的书写，是抑制状态下的激怒的宣泄。他在人物与景物的关系里，调动自我感觉和意识本能，纵情支配文字，希求在心灵直觉的导引下寻找到终极答案，凭借文学所能提供的唯一的心理现实，展示中国青年知识者的经验，从确立的精神高度出发，来慰藉写者与观者寂寞的灵魂。

严文井在《山寺暮》里营构出一个不染尘俗气息的清凉世界，"多霉湿的地方，连山地也是潮湿的"，一天比一天陷入沉静。游山人的意识在幽古的环境中流动，忽而"想着原始人与林子的故事"，神往于"林子供给了原始人的生活，也供给了他们的梦"，忽而想逃避"述说着一段高深的禅语"的残蚀的刻字。曲折的山路像长长的思绪盘绕在心里，他的"思想如一段论文，他想用这一段论文来抑制一个内在的冲动"，他看见"黑沉沉的佛脸"，"佛殿大部都是阴暗的，人像影子站在其中"，不免"内心有点空洞"，四围"几声夜鸦凄凉的鸣叫从林子内升起。塔尖上卷过了疾奔的黑云"，他的"心里飘着一个寺庙的阴影"。朦胧的思维、灰冷的色彩、黯淡的影调，形成游山人特定的心理感觉。抽象的出尘意识依托实存的具体物象，构筑一个现实世界之外的灵性天地。他的《黑色鸟》提供了一种复杂的情绪、一种梦似的感觉，缥缈的幻象里隐含单纯的意象。因为"我倦于没有结果的思想"，才留意沉静站立的黑色鸟"眼睛显出富于思索的神气"，愈加觉得"我的头脑像无云的天空一样的空"，并且凝视它"羽毛上令人眩惑的光辉，那光辉脱离了它的羽毛，射出长长的芒刺在空中。我那个将要来临的思想停在不可知的地方了"，就沉湎在深长的回忆中。他在私人的精神空间驰骋想象，字句间流荡自我情绪的缓流。超现实的视阈中，幻影明暗地浮闪，夜晚"漠漠的天空，三五小星时隐时现，淡淡的一条白色宽带穿过薄雾，无始无终"，黑暗中响过几声女郎轻脆的笑语，"就剩下空巷里的沉寂"，他"遥望天河，凝神玄想世上一些奇异的事"，幻想"穿透一个神秘的境界"，厚重的云遮满了夜空，"一个肥胖的月亮，射出凌厉的、惨白的光芒"（《三个晚上》）；他觉得自己"曾经乘着月光在一个午夜里漫步"，在旷野、山旁和一些寂静的小街小巷里穿行，"没有青草，更没有黄雀。有一点月色，也临近灭绝"（《枯黑的手》），对现实物象的感觉化提炼，让思想的羽翼飞进如梦的幻境，产生了写实之外的文字力量。

叶永蓁的内心纠缠着苦闷情绪，在沉抑的都市生活中愈加神往自然美景，"山间开满了杜鹃花，有几处简直红得像火一样。田野里的轻风很柔和地吹着，把你的脸吹成了一个笑靥"，思绪飘向童年的梦境，"晚夏的深夜，一条淡漠的天河在天上横贯着，那旁边嵌了许多在向人们做媚眼的星星；萤火在低空之中随意地飞……森林中远远地传来了一阵夏蝉所唱的晚曲"，绵密的思致波缕般荡散，都市人的困惑、苦恼更深地折磨着心灵，"心里的空虚之感，孤寂之感，是全不能以如何的譬解或设想填补满了的，这人间生活的丑态已经使我懂得了一点点，我在厌倦它，憎恶它，唾弃它，但怎样，不能使我跳出了它啊！一切的憧憬之于我，一切的幻想之于我，一切的希冀之于我，都在实生活中绝了缘。而我，也决不打算再以这憧憬，再以这幻想再以这希冀来欺骗自己了！"一夜静思，他"都想再不让这种空虚的孤寂的情绪在心境里占据着"（《心境的秋》，1933 年 7 月 21 日作于上海，1933 年 11 月《现代》第 4 卷第 1 期 11 月狂大号），渴望在精神的罅隙中呼吸一点自由的空气。

风景散文里的感觉因素，在文本中体现出显明的艺术特质。非理性的感觉、直觉、体验的方式，对于客观自然向主观自然进行文学转化具有实在意义。"感觉是一切认知的基点，人们接触一草一木，首先便是感觉反应，感觉的真实是唯一的真实……人的生活出发于感觉，最高享受也是感觉。直到现在为止，人的'感觉'及'直觉'的特征，还远过于'思辨'的特征"，"我们的日常生活，是以感觉为基础，而不以思维为基础。这些感觉的认识虽只是一种假定，一种符号，甚至一种错觉。……但也正由于这些错觉，我们的生活才能美丽点儿"[1]。山水动情，在直觉体验阶段即可实现，而不一定要凭借逻辑思辨，所以，作家极尽笔墨写出山水之韵、物态之美，在文字转述中形成阅读想象，以诉诸读者的灵魂。另外，深邃的情感能引起丰富的观念，通过内心状态的变化、内在的情绪力量，以感觉的方式实现对于生命价值、生存意义的体认。纳入文学形式的风景存在的意义，是为了唤回人对自然的感受，"艺术的目的就是把对事物的感觉作为视象，而不是作为认知提供出来"，"感觉始终都是轴心。生命意志是感觉，理论思辨是感觉，艺术形式的表现也是感觉，万事万物都建立在人的感觉的基础上"，"感觉体验、幻觉印象、直觉潜意识，它以繁复的意象、无可理喻的意识去感知喧嚣浮躁的生活和个体生命的存在"，也以浪漫的诗意参与风景描述，"它使有限的现实生命进入到无限的精神本体之中，使具体的创作手段走向无限的延伸或变形"，完成对现实的时间和空间的超越，在"轻灵的想象"的叙述形式中映现"主流的感觉"的艺术

---

[1] 赵凌河：《新文学现代主义思想史论》，辽宁人民出版社 2006 年版，第 307、310 页。

形式，把美丽的梦、浪漫的诗直诉读者的感官而达于心灵①。基于上述言说，可以认为，感觉化代表了现代风景散文在书写行为和方式上的创新性，它跳离常规，在传统式书写习惯的另一面，开辟了特异的心灵空间。明确的自我主观性，使作家常常按照自身的艺术性格表现世界，用美丽的感觉来叙述自己的哲理思考，成为个性的强烈表现者；诗意的描绘，使现存的汉字符码，组合排列出新式语词秩序，担承的文学意义与形成的视觉表达，拼构出风景图示的新状态。纸上风景实则成为作家心灵的映像，彰显了独立于物质世界之外的人类精神的价值。

①　赵凌河：《新文学现代主义思想史论》，辽宁人民出版社 2006 年版，第 211、212、329、331 页。

第 八 章

主体作家概观

第一节　郁达夫：富春山水孕育的风雅才调

郁达夫自 1933 年清明时分在杭州定下他的家宅"风雨茅庐"后，一面编选《中国新文学大系·散文二集》，一面开始浙江省内的游历。"浙江的山水玩过，玩够，甚至玩腻了；写山水写风土人情，写景物写历史变迁亦写得不少了，已经编成出版了《屐痕处处》，足迹遍及浙东、江西、安徽和福建交界的崇山峻岭。"① 他的散文创作接迹于过去的经验，又显示新的气象。这时的他，已进了生命的中年时段，阅历和人生经验的丰富，使心态趋于平和，与游学东瀛的青年时期有了性情上的差异，激情消退，牢愁减淡，亦少忿忿地恨世，感性让位于理性，在文字上更多地表现着清美的风格。他刻意在抒写中构建心灵的感觉形态，一些篇章成为现代风景散文成熟期的代表作。

郁达夫（1896—1945），原名郁文，字达夫，浙江富阳人。1919 年考入日本东京帝国大学经济学部。1921 年与郭沫若、成仿吾、张资平组织新文学社团创造社，并于此际创作以留日生活为题材的短篇小说《银灰色的死》、《沉沦》、《南迁》、《怀乡病者》、《风铃》等。1922 年毕业归国，曾主编《创造季刊》、《创造周报》、《创造日》、《创造月刊》和《洪水》半月刊等。1930 年 3 月，参与发起成立中国左翼作家联盟。1938 年 12 月赴新加坡，主编《星洲日报》副刊《晨星》和《繁星》。短篇小说集《沉沦》（1921 年，上海泰东图书局）、《茑萝集》（1923 年，上海泰东图书局），散文集《奇零集》（1928 年，开明书店）、《断残集》（1933 年，北新书局）、《浙东景物纪略》（1933 年，杭江铁路局）、《屐痕处处》（1934 年，上海现代书局）、《闲书》（1936 年，

---

① 王观泉：《颓废中隐现辉煌——郁达夫》，上海书店出版社 2001 年版，第 214 页。

上海良友图书印刷公司）、《达夫游记》（1936 年，上海文学创作社）、《达夫散文集》（1936 年，北新书局）、《郁达夫文集》（1948 年，上海春明书店），小说散文集《忏余集》（1933 年，上海天马书店）和论著《小说论》（1926年，上海光华书局）、《文学概说》（1927 年，上海商务印书馆）、《文艺论集》（1929 年，上海光华书局）等，代表郁达夫的主要文学成就。

创造社同人在创作上外显着抒情的气质，或者热烈如朝阳，或者忧郁如晚月。郁达夫显然倾近后者。"他的大胆的描写，在当时作者中，是一个惊异。他也写了几篇寄托小说……富于社会问题的短篇，他也写过，可是作者依然是其中的主要人物，而且写作态度也是很主观的，非常富于伤感的情调。"[1] 这种创作特质同样表现在散文上面。郁达夫的性格偏于脆弱，又有敏感的天性，习惯于四时物候中寄托感慨，面对"年去年来，花月风云的现象，是一度一番，会重新过去，从前是常常如此将来也决不会改变的"，而忧叹"号为万物之灵的人呢？却一年比一年的老了"；伤时过后又惜春，想起"从前住在上海，春天看不见花草，听不到鸟声，每以为无四季变换的洋场十里，是劳动者们的永久地狱。对于春，非但感到了恐怖，并且也感到了敌意，这当然是春愁。现在住上了杭州，到处可以看湖山，到处可以听黄鸟，但春浓反显得人老，对于春又新起了一番妒意，春愁可更加厚了"，而且"一遇到春，就只有愁虑，只有恐惧"，以致旅行、读书、作文、喝酒、恋爱都不能消解，只好抱着一种"无望之望"在少年时代的幻想里娱春了（《春愁》，1935 年 2 月 15日作，1935 年 3 月 5 日《文饭小品》第 2 期）。已非青年的他，性情不仅没有愈趋沉毅，反倒愈加柔腻善感，"北国的人，欢迎春天，南国的人，至少也不怕春天，只有生长在中部中国的我们，觉得春天实在是一段无可奈何的受难时节……我已经有两三个星期，感到了精神的异状，心里只在暗暗地担忧，怕神经纤弱，受不了这浓春的压迫"，想写东西，又"因为空气沉浊，晴光里似乎含有着雷电的威胁的样子"而意懒（《惜掌之歌》，1935 年 3 月 20 日《东南日报·沙发》第 2270 期），精神的、环境的双重压抑，击毁染着疯症的柔弱心灵。这种悲观消极的人生观的形成，可以从他的生命经验中寻觅根源。"十年的异国生活，使他饱受屈辱和歧视，激发了爱国热忱，也养成了忧伤、愤

---

① 郑伯奇：《〈中国新文学大系·小说三集〉导言》，《中国新文学大系·小说三集》，上海良友图书印刷公司 1935 年版，第 14 页。

世、过敏而近于病态的心理。"①《沉沦》作为新文学第一本小说集，带有浓厚的人生自叙传意味，郁达夫曾怀着这样的心情投入创作："人生从十八九到二十余，总是要经过一个浪漫的抒情时代的，当这时候，就是不会说话的哑鸟，尚且要开放喉咙来歌唱，何况乎感情丰富的人类呢？我的这抒情的时代，是在那荒淫惨酷，军阀夺权的岛国里过的。眼看到的故国的陆沉，身受到的异乡的屈辱，与夫所感所思，所经历的一切，剔刮起来没有一点不是失望，没有一处不是忧伤，同初丧失了夫主的少妇一般，毫无气力，毫无勇毅，哀哀切切，悲鸣出来的，就是那一卷当时很惹起了许多非议的《沉沦》。"（《忏余独白——〈忏余集·代序〉》）"《沉沦》中的'他'正值青春年华，在异邦文化濡染中个性意识觉醒了。但礼教和宗教的禁欲主义教育早就给他埋下了有缺陷的心理结构，弱国子民的卑怯心理又使这个结构发生更严重的倾斜，这就使他的个性意识无可逃避地蒙上感伤情调和悲剧色彩了。他的个性主义追求，只能把自己病态的生命献上反叛社会的祭坛。"② 人到中年，这种心理性格上的特质仍未改变。他一度意志消沉，从上海移住杭州三个寒暑，就有政治强压和文人龃龉的原因，"风雨茅庐"里的寂寞聊可想见。他自道当时的打算："我的来住杭州，本不是想上西湖来寻梦，更不是想弯强弩来射潮；不过妻杭人也，雅擅杭音，父祖富春产也，歌哭于斯，叶落归根，人穷返里，故乡鱼米较廉，借债亦易，——今年可不敢说，——屋租尤其便宜，铩羽归来，正好在此地偷安苟活，坐以待亡。"（《杭州》，1934 年 3 月作，1934 年 11 月 1 日《中学生》第49 号）郁达夫不是伪饰文辞的人，这番话决无装弄出来的腔调，足见他当时的心绪颇不安宁。"其时的郁达夫只得沉浸在湖光山色之间，文人么，总得动笔写点什么。况且杭州的无聊文坛也真会寻开心，《东南日报》的文学副刊叫《沙发》，躺在沙发上写的或给《沙发》的应当是什么呢？于是就留下了一批脍炙人口的游记。当年惋惜郁达夫离开文坛是一回事，如今见到中国旅游文学中留下的一笔可观的遗产，则又是可以重新认识的另一回事了。对于郁达夫这样一位似乎也可以称之为'同路人'的作家，在文坛遭受了一系列的不愉快之后，能以在创作上另辟蹊径，'居然成了一个做做游记的专家'（《屐痕处处·自序》），还是值得称道的……郁达夫对于浙、皖、赣、闽一带山川地理

---

① 唐弢主编：《中国现代文学史》（一），人民文学出版社 1979 年版，第 227、228 页。
② 杨义主笔，中井政喜、张中良合著：《中国新文学图志》（上），人民文学出版社 1996 年版，第 212 页。

历史文物典章制度，作过潜心的研究，加上秀丽的文笔，他的游记就不只如他自谦说的是'对徐霞客的东施之效'，他兼而有柳宗元托物言志的智慧和黄仲则的柔情蜜意的感怀……抓住大自然的景色和气质，联系自己即时即景的心情，交插进古人对于此景此情的认识，有时还引入西方作家抒写西方山水的文字，三者浑然一体，树立了游记文学的高峰，具有非同一般的可读性"，他自如地调动笔墨，"忽而实写景色，忽而历史典故，忽而倾诉衷肠，简直是现实与虚幻、实景与心情的奇妙的结合，用郁达夫在《西游日录》中的话说是'Wahrheit 上面又加了许许多多 Dichtung'。这前一个德语语词是'真情实景'，后一个词大概可以译成诗情画意吧，两者不可缺一。单写景，单调，只有加上丰富的想象才能寓情于景，情景交融。古人写记游诗文或画山水，最高的原则是一卷在握，足供'卧游'。这就要求作者具有捕捉景物特色的高度的形象感：要使躺在炕上读游记的人有山阴道上目不暇接之感，该有多大的能耐"①。这种艺术效果的极致，郁达夫达到了，而且超乎古人。例如载入 1933 年 12 月杭江铁路局初版的"杭江铁路导游丛书之一"的系列散文《杭江小历纪程》，写诸暨、金华、兰溪等地；载入同一本书并在 1933 年 12 月《申报·自由谈》和 1934 年 1 月《良友图画杂志》第 84 期发表的《浙东景物纪略》，写方岩、烂柯山、仙霞岭等地；1934 年 4 月 13 日至 25 日在《申报·自由谈》陆续刊登的《西游日录》，写临安、天目山等地；1936 年 3 月至 8 月在《宇宙风》陆续刊载的《闽游滴沥》，写福州山水风物。他对于风景的感悟是机敏的，在文学表现上坚持以自我为中心，因而他的风景呈现是主观的、内视的。丰富的游览阅历支持了他的本能判断。他用文字的方式勾绘景物，实则是完成一种思想在社会空间中的表现。

郁达夫的才子气质和风景的天趣特别配置得适切，有些颓唐，有些放诞，而骨子里却是傲岸与清高。比方即使身临太阳照耀的胶州湾的青山绿水，也不移情志，"我无官守，我无恒业，一个四大皆空，长年病废的惰民，在这里，也有他的自得之处，就是同候鸟一样，只教翅膀完全，便能享受着南来北往的高飞的自由"（《北航短信》，1934 年 7 月 13 日作于青岛，1934 年 7 月 19 日《东南日报·沙发》第 2033 期），自嘲的语调里暗含悲辛酸苦的心绪。他的风景抒写中又有深沉的乡恋情结，拳拳的赤子情怀表现了性格的另一面。这类叙录收敛狂气，拒绝嬉笑，不傲世，也不厌世，更不弃世，特别具有感人的力

---

① 王观泉：《颓废中隐现辉煌——郁达夫》，上海书店出版社 2001 年版，第 227、228、229 页。

量，便是对浙江省内的山，也存有感情上的亲疏。浙西的昱岭山脉、莫干山脉、天目山脉，浙东的括苍山脉、天台山脉、会稽山脉，浙南的雁荡山脉，浙中的金华山脉，连同缙云的仙都山、绍兴的吼山，以及四明、雪窦、象山，一一过眼，也都发表总括的感想，载入杂感漫录，最终的心思还在乡情上，以至对浙江山水、特别是对钓游之地富阳的挥写成为他的风景散文的重要部分。1934 年 12 月作，刊载于 1935 年 1 月《太白》半月刊第 2 卷第 8 期的《两浙漫游后记》里有这样的表述："我在浙江，还想取富春江的山水为压卷。天台只有高山，没有大水；雁荡虽在海滨，然其奇在岩在石，那些黑白云母片麻岩的形状，实在奇不过，至于水，却也不见得丰富；大龙湫、西石梁、梅雨潭等瀑布，未始不是伟观，可是比起横流曲折的富春江来，趣味总觉得要差些，就是失在单调。天目山以山来论，原系浙江的主脉，但讲风景的变化，却又赶不上富春山的明媚了。"山水之恋的纯、乡园之情的深，更在游后的回思中，"觉得龚定庵的'踏破中原窥两戒，无双毕竟是家山'的两句话，仿佛是为我而做的。因为我的'家山'，是在富春江上，和杭州的盆景似的湖山，相差还远得很"。游屐所向，深笃的乡情伴随他踏访山巅水畔，寻找作品的性灵。

　　在郁达夫的意识里，保留着中国传统的自然观，看见好的风景，"我就想起了古人所说的智者与仁者，以及乐山与乐水之分。山和水本来是一样可爱的大自然，但稍稍有一点奢望的人，总想把山水的总绩，平均地同时来享受，鱼与熊掌，若得兼有，岂不是智仁之极致？"（《两浙漫游后记》）竟至一阵雨也能在心湖上溅起情感的涟漪："我生长江南，按理是应该不喜欢雨的；但春日暝蒙，花枝枯竭的时候，得几点微雨，又是一件多么可爱的事情！"（《雨》，1935 年 10 月 27 日《立报·言林》）抱有这种性情的人，特别适合来做风景文章。在山水美感的熏陶下，郁达夫逐渐形成自己的旅游观："旅行，实在是有闲有钱有健康的人的最好的娱乐……我想旅行的快乐，第一当然是在精神的解放……第二，旅行的快乐，大约是在好奇心的满足"（《二十二年的旅行》，1933 年 12 月作，1934 年 1 月 1 日《十日谈》旬刊新年特辑），"游高山大水，是要有阔大的胸襟，深远的理想，饱吸的准备，再现的才能，才称合格；此外还须有徐霞客似的一双铁脚，孙行者似的一身本领"（《送王余杞去黄山》，1935 年 9 月 21 日《东南日报·沙发》第 2453 期）。他平生所作三十多篇、约三万多字的游记，就是这种认识的文学显现。

　　郁达夫的文学精神是"五四"的，虽则他的中年时期的散文在风格情调上发生了变化，但是仍然坚持以自我为本位的立场，也就仍然可以从里面看出他的生命迹象。正如他自己说过的："现代散文之最大特征，是每一个作家的每一篇散文里所表现的个性，比从前的任何散文都来得强。古人说，小说都带些自叙传的色彩的，因为小说的作风里人物里可以见到作者自己的写照；但现代的散文，却更是带有自叙传的色彩了，我们只消把现代作家的散文集一翻，则这些作家的世系，性格，嗜好，思想，信仰，以及生活习惯等等，无不活活泼泼地显现在我们的眼前。这一种自叙传的色彩是什么呢？就是文学里所最可宝贵的个性的表现。"① 郁达夫的文章做派，保持着旧式才子的纯粹性，风神超逸，纵意挥写，不拘守文体格式的限定，一切皆随氤氲于字句间萧散的总气氛而铺展，似乎没有什么能够为他放任不羁的气质设定精神的疆界。陈西滢在《新文学运动以来的十部著作》（上）中说："郁先生的作品，严格说起来，简直是生活的片断……一篇文字开始时，我们往往不知道为什么那时开始，收来时，也不知为什么到那时就结束，因为在开始以先，在结束以后，我们知道还是有许多同样的情调，只要作者继续的写下去，几乎可以永远不绝的。所以有一次他把一篇没有写完的文章发表了，读了也不感缺少。"这种散漫的行文风调，正是作家性情的真情流露，他的散文特性也恰在这上面显明地表现出来。

清异的风景配着雅秀的文字，郁达夫的心灵和故园的山水相交融。风调如此闲雅，和这一段游历的心情放松有一定关系。"郁达夫这几年游山玩水大都是私家铁路企业'有请'，或浙江省交通公用事业'奉宪'旅行，不仅有杭州方面的官员陪同，有听差使唤，还有志同道合的游伴如散文家林语堂、考古学家陈万里、摄影师郎静山、生物学家潘光旦等等，这些文人结伴旅游，沿途有人迎送，随着山水景物翻翻古书，发发议论，吟吟古诗，好不快乐！"② 他自己也说："两三年来，因为病废的结果，既不能出去做一点事情，又不敢隐遁发一点议论，所以只好闲居为不善，读些最无聊的小说诗文，以娱旦夕。然而蛰居久了，当然也想动一动；不过失业到如今将近十年，连几个酒钱也难办了，不得已只好利用双脚，去爬山涉水，聊以寄啸傲于虚空。而机会凑巧，去年今年，却接连来了几次公家的招待，舟车是不要钱的，膳宿也不要钱的，只教有一个身体，几日健康，就可以安然的去游山而玩水。两年之中，浙东浙西的山水，虽然还不能遍历，但在浙江，也差不多是走到了十分之六七了。"

---

① 郁达夫：《〈中国新文学大系·散文二集〉导言》，《中国新文学大系·散文二集》，上海良友图书印刷公司 1935 年版，第 5 页。

② 王观泉：《颓废中隐现辉煌——郁达夫》，上海书店出版社 2001 年版，第 230 页。

（《两浙漫游后记》）游历安排得这样舒适，作家又有这样的修养，产生的散文，注定浸润旧式文章的优雅与新式体验的清丽。游息山水，则如古逸民避世遁迹，栖隐的风致弥散于笔墨，气调清和，犹见晚明小品的性灵，精神气质却又是现代的。

在郁达夫的文学世界里，异邦新式教育的枝叶嫁接于中国古典文学的根系上，所以他的早期散文，总有一种中与外、新与旧交融的情味；到了散文创作的成熟期，特别是走进明秀的故园山水，总体艺术感觉则充溢中国古典文学的韵致，做出创作风格的本土化回归。

浓郁的名士风，是此期郁达夫风景散文显现的重要特征。避居钱塘，退隐山水之间，享受清幽暇逸的时光，耽于对风物的玩味，不再利用文章服务于具体的社会目的，也少了人生的忧叹，而是纯粹地表现自在悠闲的趣味，那种浓重的感伤色彩，那种情绪化的宣泄，被一种交合着委婉、含蓄、幽曲、温和、平静的心境替代，情感表达由外显转向内隐，有意识地节制青春时代特有的爆发力，流贯于篇章的气韵，从张扬变为内敛，从恣肆变为清和，从跌宕变为平顺，话语节奏也从快速趋于舒徐，这些都反映创作心理上发生的重要变化：由强烈的社会责任意识与个人的利益关切转向对于现实的大胆超离。态度的变易来得如此迅疾、显明，在现代作家中为数也属寥寥。

苍莽的天目山，浩荡的富春江，调适着郁达夫的创作心态，强化着对于风景资源的感受力，激发起新的艺术创想。他暂时抛却半世奔劳的忧苦，倾心于本省山水。他歆羡自然的感觉，同他的心境贴合得最近的，是魏晋清流的逍遥意态与溺乐情趣，竟至远接谢灵运的永嘉诗风的徽绪，而他的自由精神、萧爽才性，也在闲静的环境里借着文学的手段尽情地表现出来，又格外看重自我的感觉和体验。"浙东一带，所给予我的混合印象，是在山的秀里带雄，水的清能见底，与沿途处处，柏树红叶的美似春花。百姓都很勤俭，所以乡下人家，家家都整洁堂皇，比起杭嘉湖的乡村坍败衰落来，实在相差得很远。地势极高，山峰绵亘，斜坡上谷底里，竹树最多，间有几棵纤纤的枫树，经霜之后，叶尽红了，微风一动，更能显出万绿丛中红一点的迷人诗意"（《二十二年的旅行》），过眼风物，着上这几笔，就有了感情的浓度。杭州旧历年底，家中客散了，他"偷上了城隍山的极顶。一个人立在那里举目看看钱塘江的水，和隔岸的山"（《婿乡年节》，1934年3月3日《人言周刊》第1卷第3期），在畅览中一滤心怀，焕发激情，活现十足的文士意态。自富阳至桐庐道上，"朝西看看夕照下的群山，朝南朝东看看明镜似的大江与西湖，也忘记了疲

倦，忘记了世界"《桐君山的再到》（1934 年 10 月 22 日作，1935 年 2 月 1 日
《生生月刊》创刊号），不禁含咀起富春江的散文味和黄子久《富春山居图卷》
粉本简淡天真的笔墨意趣，用文学想象皴擦烘染一片烟树云山、沙汀村舍。杭
州吴山，近而不高，游人稀少，殊觉有味，"可以尽情地享受我的孤独"，并
且"自迁到杭州来后，这城隍山的一角，仿佛是变了我的野外的情人，凡遇
到胸怀悒郁，工作倦颓，或风雨晦暝，气候不正的时候，只消上山去走它半
天，喝一碗茶两杯酒，坐两三个钟头，就可以恢复元气，爽飒地回来，好像是
洗了一个澡"（《城里的吴山》，1935 年 5 月 8 日作，1935 年 7 月 15 日《创作
月刊》创刊号），清妙的山景带给他美好的精神体验。逢着秋日，他想起杭城
的热闹，"而满觉陇南高峰翁家山一带的桂花，更开得来香气醉人"，钱塘的
秋潮也激荡在心头（《杭州的八月》，1933 年 9 月 27 日《申报·自由谈》）。
超山的梅香自古含韵，花色如雪海，"也无怪乎从前的文人骚客，都要向杭州
的东面跑，而超山皋亭山的名字每散见于诸名士的歌咏里了"（《超山的梅
花》），他当然也要来添加一篇，以凑雅趣。杭州城郊的山景诱着他的心，"在
拱宸桥下车，遥望着皋亭的山色，向北向东，穿桑林，过小桥，一路的走去，
那一种萧疏的野景，实在也满含着牧歌式的情趣"（《皋亭山》，1935 年 3 月
27 日作，1935 年 4 月 5 日《文饭小品》第 3 期），流露一派闲逸的情致；而
钱塘江畔的景致"有点像日本的濑户内海。江潮落了，江水绿得迷人；而那
一天午后，又是淡云微日的暮秋天，在太阳底下走起路来……满望是稻田的杭
富交界的平原里，景象又变了一变"，及至登临鹳山上的春江第一楼眺望青山
平谷、茅舍枫林与错落人家，"就可以看见这一幅山重水复的黄子久的图画
的"（《过富春江》，1935 年 10 月 9 日作），意气尤见超逸。他喜欢西湖的秋，
觉得这一湖水到了秋后格外美丽、沉静、可爱。粼粼碧波映着的一抹青山，
"木叶稍稍染一点黄色，看上去仿佛是嫩草的初生"，早晨的几缕朝霞，晚上
的一圈红晕，飞舞在天边，"但是皎洁的日中，与深沉的半夜，总是青天浑同
碧海，教人举头越看越感到幽深"，若有几声草虫的微吟低唱添在这中间，再
配上山间的鸡鸣和湖中的棹响，"那湖上的清秋静境，就可以使你感味到点滴
都无余滓的地步"（《里西湖的一角落》，1937 年 3 月 4 日作于福州，1937 年
《越风》增刊第 1 集），迷人的时季，萌生幽雅的情致，而体物的细、感怀的
深，则显示心灵之妙。途经义乌之野，他欣悦于车路两旁的美丽景色，"夕阳
返照，红叶如花，农民驾驶黄牛在耕种的一种风情，也很含有着牧歌式的画
意"（《杭江小历纪程·诸暨 苎萝村》）。他能够从气概并不大的小南海，历史

也并不古的竹林禅院上面，吟味"但纤丽的地方，却有点像六朝人的小品文字"（《杭江小历纪程·龙游　小南海》），别有会心，赏景意趣和倾情处再明白不过。"微雨朦胧，江南草长的春或秋的半中间"，游赏于芦花浅水和一带湖上的青山，他"自然会想起瘦西湖边，竹西歌吹的闲情"，游景的心情全在一个"闲"字上面（《西溪的晴雨》，1935年10月22日作，1935年10月24日《东南日报·沙发》）。他自谓"不要之人无产之众"，乐效那些深孚时望、不肯向权贵折腰的先贤。从此种认识出发，便在记游文字里吐露自己的风景观："你试想想，既有山，复有水，又有美人，又有名士，在这里中国的胜景的条件，岂不是样样齐备了么？"（《西游日录·游临安县玲珑山及钱王墓》）寄予关于风景美的判断。更有记述春游临安玲珑山一节文字，把溪泉之间苏东坡的那块醉眠石写得深有滋味，又笔不停挥，抄引一段东坡与琴操的问答，全是禅家意味。意兴若此，郁达夫的胸襟尽偏向这一面。那种充满忧愤意识的个人化的灵魂呐喊与社会性的底层叙述，已经潜隐到另外的角落。既然寻求精神的逃离，世间忧苦似乎已看不出。在描叙技术上，风流气度与悠然韵致贯注于文章的记述节奏与词语力度中，长与短、疾与徐、张与弛、强与弱，自有调和与掌控，一切从自我表现的需要出发，不去机械地适应读者的阅读速率，而让他人的心理节奏顺从自己的情感律动。郁达夫的文字，永远给人新鲜的阅读经验，牵诱读者进入一种异样的体验漩流，而改变原有的阅读惯性。他的记叙似乎总在一种非确定性中进行，延展的边缘与立意的中心的分界仿佛也是模糊的，呈示着跳荡、自由的文体状态。实则在郁达夫的意识中，散与聚、分与合、收与放、藏与露、显与隐、远与近、动与静、虚与实，始终做着辨证的艺术限制。他的一颗心，自如地在人与景、心与物、古与今、情与理之间游弋，特异的文学气质恰适地融合其间。

潇洒的心境和遄飞的逸兴，使游赏风景的郁达夫目光跳荡，观山览水既有较强的位置感，又不拘于一个角度，而是在放情纵意中变换多方，运用大尺度的物象结构营造立体化的视觉感，浮显景物的空间格局，更可以洞见他的脱略性情。在眺览山野水岸的远景上最能表现出他的特异："从余杭的小和山走到了午潮山顶，你向四面一看，就有点可以看出浙西山脉的大势来了。天晴的时候，西北你能够看得见天目，南面脚下的横流一线，东下海门，就是钱塘江的出口，龛赭二山，小得来像天文镜里的游星。若嫌时间太费，脚力不继的话，那至少你也该坐车下江干，过范村，上五云山头去看看隔岸的越山，与钱塘江上游的不断的峰峦。况且五云山足，西下是云栖，竹木清幽：地方实在还可以。从五云山向北若沿郎当岭而下天竺，在岭脊你就可以看到西岭下梅家坞的别有天地，与东岭下西湖全面的镜样的湖光。"（《杭州》）"北面数峰，远近环拱，至西面而南偏，绝壁千丈，成了一条上突下缩的倒覆危墙"，"石桥下南洞口，有一块圆形岩石蹲伏在那里，石的右旁的一个八角亭，就是所谓迟日亭。这亭的高度，总也有三五丈的样子，但你若跑上北面离柯山略远的小山顶上去瞭望过来，只觉得是一小小的木堆，塞在洞的旁边"（《浙东景物纪略·烂柯纪梦》），这是伫立四望；"长山的连峰，缭绕在西南，北望青山一发，牵延不断，按县志所述，应该是杭乌山的余脉，但据车夫所说，则又是最高峰鸡冠山拖下来的峰峦"（《杭江小历纪程·诸暨 五泄》），这是车行中的闲眺；攀上海宁临平山的一道青嶂，"肚子里自然会感到一种清空，更何况在山顶上坐下的一瞬间，远远地又看得出钱塘江一线的空明缭绕，越山隔岸的无数青峰，以及脚下头临平一带的烟树人家来了呢！"（《临平登山记》）这是俯视而意逗；在富春山上"居高临下，远望望钓台，远望望钓台上下的山峡清溪，这飞鹰的下瞰，可以使严陵来得更加幽美，更加卓越"（《桐君山的再到》），这是临古迹而驰怀；"登高而远望，风景总不会坏的，我们在皋亭山顶，自然也看见了杭州城里的烟树人家与钱塘江南岸的青山"（《皋亭山》），这是登巅而纵目。到了南临的福建，打量风景的眼光同在浙江时更有几分近似处，"福建的山水，实在也真美丽；北峙仙霞，西耸武夷，蜿蜒东南直下，便分成无数的山区"，并且"鼓山自北而东而南，绵亘数十里，襟闽江而带东海"（《闽游滴沥之二》，1936 年 3 月作于福州，1936 年 4 月 1 日《宇宙风》第 14 期），笔墨纵横，大开大阖，极显胸襟的开豁。足踏福州山水，在苍翠里拾级下山，目光迎送鼓岭至鼓山的一簇层峦叠嶂，"鼓岭南下，是一条弯曲的清溪，深埋在岩石与乱峰的怀里；狭长的一谷，也散点着几树桃花，花瓣浮漾在水面，静静地向西流去，去报告山外的居民以春尽的消息了；到了谷底，回头来再向谷岭一看，各人的脑里，才涌起了一种惜别的浓情"（《闽游滴沥之四》，1936 年 4 月 13 日作，1936 年 5 月 1 日《宇宙风》第 16 期），俯仰之际，山容水态发生变化，距离感调谐着观览心理。"屏山亦即越王山的妙处，是在它的能西眺闽江上游，如洪塘桥以上的风景；登碉楼而北望，莲花峰以下的乱山起伏，又像是万马千军，南驰赴海的样子。若在阴雨初霁，残阳欲落的时候，去登高一望，包管你立不上十五分钟，就会得怆然而泪下，因为前不见古人，后不见来者，天地悠悠之念，惟在这北门管钥的越王台上，感觉得最切"（《闽游滴沥之五》，1936 年 5 月 15 日作，1936 年 6 月 1 日《宇宙风》第 18 期），看似目移，实为心游、神荡，意态甚暇。他不会把自己的心神陷于一个固定的视角，他要在山陬水湄与自然共往来，并且忍不住要来臧否它们的高下，自显十足的名士风气。

郁达夫骨子里的清高，在社会生活中暂时收敛一些，却转向省内外的山水风物，姿态甚至是倨傲的。他此期写下的散文，如在印象式书写中浸入心理感受的《故都的秋》（1934 年 8 月作于北平，1934 年 9 月 1 日《当代文学》第 1 卷第 3 期）、《北平的四季》（1936 年 5 月 27 日作，1936 年 7 月 1 日《宇宙风》第 20 期）、《江南的冬景》（1935 年 12 月 1 日作，1936 年 1 月 1 日《文学》第 6 卷第 1 号），在胜迹佳景间聊寄游兴的《钓台的春昼》（1932 年 8 月作于上海，1932 年 9 月 16 日《论语》第 1 期）、《半日的游程》（1933 年 5 月 21 日作，1933 年 6 月《良友图画杂志》第 77 期）、《临平登山记》（1934 年 3 月作，1934 年 4 月 5 日《人间世》第 1 期）、《出昱岭关记》（1934 年 4 月 18 日作，1934 年 5 月 5 日《人间世》第 3 期）、《雁荡山的秋月》（1934 年 11 月 9 日作，1934 年 12 月 15 日《良友图画杂志》第 100 期）、《超山的梅花》（1935 年 1 月 9 日作，1935 年 2 月 15 日《新小说》创刊号）、《扬州旧梦寄语堂》（1935 年 5 月作，1935 年 5 月 20 日《人间世》第 28 期）、《玉皇山》（1935 年 11 月作，1936 年 1 月《文学时代》第 1 卷第 3 期）、《福州的西湖》（1937 年 7 月作于福州，1938 年 7 月 1 日广州《宇宙风》第 70 期）诸篇，写景段落大于抒情段落，状景文字成为全篇最耐吟味的部分。他一面以文字代彩墨，绘制视图感强烈的风景画片，一面有意在指点景观与论说历史上透显情感的张力。既谈风月，又评史实。这种结合性的文字，是即兴的，随意的，不特别用力，流云飘雾似的，只投一片淡影，只发一声清响，却在游录里调谐着心理情绪与环境气氛，特别能够表现气度的自如与从容，乃至成为构塑私人风格的显明元素。他寓居尘沙灰土的北方，想到迢遥家山的清秋，会对比着说："南国之秋，当然是也有它的特异的地方的，譬如廿四桥的明月，钱塘江的秋潮，普陀山的凉雾，荔枝湾的残荷等等，可是色彩不浓，回味不永。比起北国的秋来，正像是黄酒之与白干，稀饭之与馍馍，鲈鱼之与大蟹，黄犬之与骆驼。"（《故都的秋》）他在游过魂销魄荡的扬州后，把余下的梦感写上纸面，且不忘给那里的景物留迹："瘦西湖的好处，全在水树的交映，与游程的曲折；秋柳影下，有红蓼青萍，散浮在水面，扁舟擦过，还听得见水草的鸣声，似在暗泣。而几个湾一绕，水面阔了，猛然间闯入眼来的，就是那一座有五个整齐金碧的亭子排立着的白石平桥，比金鳌玉蝀，虽则短些，可是东方建筑的古典趣味，却完全荟萃在这一座桥，这五个亭上。"(《扬州旧梦寄语堂》)一个浙人，品论评点而自感得意的，终究还是本地的风物。他登桐君山，往日的游感不免浮上心头，"我当十几年前，在放浪的游程里，曾向瓜州京口一带，消磨过不少的时日，那时觉得果然名不虚传的，确是甘露寺外的江山，而现在到了桐庐，昏夜上这桐君山来一看，又觉得这江山的秀而且静，风景的整而不散，却非那天下第一江山的北固山所可与比拟的了"；待到身临严子陵钓台，磐石东西屏列，中夹幽谷，萧寂的清景和富春江湄散漫的风物，又让他于恍惚中疑视不定，"我虽则没有到过瑞士，但到了西台，朝西一看，立时就想起了曾在照片上看见过的威廉退儿的祠堂。这四山的幽静，这江水的青蓝，简直同在画片上的珂罗版色彩，一色也没有两样，所不同的，就是在这儿的变化更多一点，周围的环境更芜杂不整齐一点而已，但这却是好处，这正是足以代表东方民族性的颓废荒凉的美"(《钓台的春昼》)。他的游屐到了方岩，思绪连向中国的艺术史，"从前看中国画里的奇岩绝壁，皴法皱叠，苍劲雄伟到不可思议的地步，现在到了方岩，向各山略一举目，才知道南宗北派的画山点石，都还有未到之处"(《浙东景物纪略·方岩纪静》)。他入玉山，郭家洲的景色犹如画境，"单就这一角的风景来说，有山有水，还有水车，磨房，渔梁，石墈，水闸，长堤，凡中国画或水彩画里所用得着的各种点景的品物，都已经齐备了；在这样小的一个背景里，能具备着这么些个秀丽的点缀品的地方，我觉得行尽了江浙的两地，也是很不多见的。而尤其是出乎我们的意料之外的，是郭家洲这一个三角洲上的那些树林的疏散的逸韵"(《浙东景物纪略·冰川纪秀》)。他从东天目山昭明禅院出发，入昱岭山脉盘旋起来，面对劈面迎来的水色山光，他觉得"绩溪与歙县的山水，本来也是清秀无比，尽可以敌得过浙西的"(《出昱岭关记》)。他游雁荡山，蹀至隐藏在峰嶂深处的灵岩寺前，说它"地位的好，峰岩的多而且奇，只有永康方岩的五峰书院，可以与它比比；但方岩，只是伟大了一点，紧凑却还不及这里"；还有"在江南瀑布当中真可以称霸"的大龙湫，"因为石壁的高，瀑身的大，潭影的清而且深，实在是江浙皖几省的瀑布中所少有的……凉风的飒爽，潭水的清澄，和四围山岭的重叠，是当然的事情了，在大龙湫瀑布近旁，这些点景的余文，都似乎丧失了它们的价值，瀑布近旁的磨崖石刻，很多很多，然而无一语，能写得出这大龙湫的真景。《广雁荡山志》上，虽则也载了不少的诗词歌赋，来咏叹此景，但是身到了此间，哪里还看得起这些秀才的文章呢？至于画画，我想也一定不能把它的全神传写出来的，因为画纸决没有这么长，而溅珠也决没有这样的匀而且细"，更有"……在残月下，晨曦里的灵峰山，景也着实可观，着实不错；比起灵岩的紧凑来，只稍稍觉得疏散一点而已"（《雁荡山的秋月》）。他会趁着悠闲逸乐的感兴，娓娓地列叙西子湖四时幽赏的简目：春天"孤山月下看梅花，八卦田看菜花，虎跑泉试新茶，西溪楼啖煨笋，宝俶塔看晓山，苏堤看桃花"，夏时"苏堤看新绿，三生石谈月，飞来洞避暑，湖心亭采莼"，秋日"满家巷赏桂花，胜果寺望月，水乐洞雨后听泉，六和塔夜玩风潮"，冬季"三茅山顶望江天雪霁，西溪道中玩雪，雪后镇海楼观晚炊，除夕登吴山看松盆"；他觉得西湖四围景致"南山终胜于北山，凤凰山胜果寺的荒凉远大，比起灵隐、葛岭来，终觉回味要浓厚一点。还有北面秦亭山法华山下的西溪一带呢，如花坞秋血庵，茭芦庵等处，散疏雅逸之致，原是有的，可是不懂得南画，不懂得王维，韦应物的诗意的人，即使去看了，也是毫无所得的"（《杭州》），古典趣味直似张岱《陶庵梦忆》和《西湖梦寻》的风调。他登天台山，心叫平谷的远景、村落的稻田与菜圃诱引了去。醉入桃源，景色如在梦里一闪，指点的癖习就不可止："这瀑布与石梁的上面，远远还看得见几条溪流，一簇远山，与半角的天光；在瀑布石梁及溪流的两旁，尽是些青青的竹，红绿的树，以及黄的墙头。可惜在飞瀑上树林里撑出在那里的一只中方广寺悬花亭的飞角，还欠玲珑还欠缥缈一点，若再把这亭的挑脚造一造过，另外加上一些合这景致的朱黄涂漆，那这一幅画，真可以说是天下无双了。"（《南游日记》）他看五泄的山"一步一峰，一转一溪，山峰的尖削，奇特，深幽，灵巧，从我所经历过的山水比较起来，只有广东肇庆以西的诸峰岩，差能和它们比比，但秀丽怕还不及几分"（《杭江小历纪程·诸暨　五泄》）。他对杭州的花坞别具品鉴的眼力："花坞的好处，是在它的三面环山，一谷直下的地理位置，石人坞不及它的深，龙归坞没有它的秀。而竹木萧疏，清溪蜿绕，庵堂错落，尼媪翩翩，更是花坞独有的迷人风韵。"（《花坞》，1935 年 3 月 24 日作）写在风景边上的眉批，语清新而形传神。北平的霜天给他清美的印象："秋高气爽，风日晴和的早晨，你且骑着一匹驴子，上西山八大处或玉泉山碧云寺去走走看；山上的红柿，远处的烟树人家，郊野里的芦苇黍稷，以及在驴背上驮着生果进城来卖的农户佃家，包管你看一个月也不会看厌。春秋两季，本来是到处都好的，但是北方的秋空，看起来似乎更高一点，北方的空气，吸起来似乎更干燥健全一点。而那一种草木摇落，金风肃杀之感，在北方似乎也更觉得要严肃，凄凉，沉静得多。"（《北平的四季》）旧都城的情趣与风味，漾动在画意中。1936 年春节过后，他应福建省主席陈仪之邀，再度游观八闽山水，榕城之西的那一片水，引动情思："水中间有一堆小山，山旁边有几条堤，几条桥，与许多楼阁与亭台。远一点，是附廓的乡村；再远一点，是四周的山，连续不断的山。并且福州的西湖之与闽江，也却有杭州的西湖与钱塘江那么的关系，所以要说像，正是再像也没有。"《福州的西湖》郁达夫的风景品题，笔笔见胸襟，见性情，见风调，见才气，灵动而不凝滞，虽是游乐间的即景言语，却无浮浪之气，山水主人的姿态也颇俨然。

浓厚的儒雅气，显示了郁达夫在中国传统文化上的底蕴。游赏名迹，含咀历史掌故，洞彻人情事理，他于不经意间进行文化人格的自我塑造，让山容水貌映衬一个知识者的精神影像。

中国的山水，为游览中的审美活动提供了天然基础，中国的建筑，为山水增添了人文内涵。礼制型、宗教型、风水型等建筑物，以物质化的景观形式承载人类的精神和凝固的历史，映现前代王朝的背影。探幽抉奇，钩沉发微，核查史料，稽考典源，又是郁达夫所潜心的地方，他从中发现丰富的散文资源。自然景观遗留的人文铃记，同他的文化性格水乳般交融。他考证宋兵部侍郎胡则和方岩的渊源，以及传说的奇迹灵异（《浙东景物纪略·方岩纪静》）。他对梁时创建的石桥寺的毁圮和坍为瓦砾的古塔唏嘘不已，更想着去看衢州城里孔子家庙所藏子贡手刻的楷木孔子及夫人亓官氏像（《浙东景物纪略·烂柯纪梦》）。他往游休宁，忽发考证山史的雅兴，"我们平常，总只说黄山，白岳，是皖南的名山。而休宁人，除读书识掌故者外，一般百姓，都不知白岳，只晓得齐云。实白岳齐云，是连在一起的许多山的两个名字。白岳山中的一处，名齐云岩，以后山上敕建道观，又适在这齐云岩下，明清五六百年下来，香火一直到现在未绝，一般老百姓的只知道有齐云，不知道有白岳，原因就在这里"，并把康熙年间《休宁县志》上的记载抄录数节，以佐其说，更不惮烦地将山间的真身洞、雷祖殿、圣帝殿、通明殿、圆通岩、真仙洞、文昌宫、玄芝洞、雨君洞、碧莲池等弥漫道教之气的景观一一写下，认为"凡沿碧莲池的这半圆圈上，约里把来路的中间，一处一处的名目，还不止这几个，而嵌在壁上的石碣，立在壁前的古碑，以及壁头高处，摩崖刻着的擘窠大字，若一一收录起来，我想总有一部伟大的《齐云金石志》好编"，正殿太素宫以及史上的传说，更入他的雅赏（《游白岳齐云之记》，1934 年 4 月 29 日作）。他往杭州塘栖镇南探梅，不能舍的是咸淳的《临安志》与何春渚删成的《塘栖志略》，见了大明堂的碑铭，又记起一部叫做《桂苑丛谈》的笔记（《超山的梅花》）。他伫立廿四桥头，痴想着"竹西歌吹，应是玉树后庭花的遗音；萤苑迷楼，当更是临春结绮等沉檀香阁的进一步的建筑。此外的锦帆十里，殿脚三千，后土祠琼花万朵，玉钩斜青冢双行，计算起来，扬州的古迹，名区，以及山水佳丽的地方总要有三年零六个月才逛得遍"，至于唐宋文人的诗咏，更给他添了意兴（《扬州旧梦寄语堂》）。西湖与钱塘江之间屹立的玉皇山上，有一个住着道士的大寺观，他为其不能和灵隐三竺一样的兴盛抱不平，"理由自然是有的，就是因为它的高，它的孤峰独立，不和其他的低峦浅阜联结在一道。特立独行之士，孤高傲物之辈，大抵不为世谅，终不免饮恨而终的事例，就可以以这玉皇山的冷落来做证明"，连光绪年间一位监院的道士托人编撰的那册薄薄的《玉皇山志》也不入他的眼，因为"它的目的，只在搜集公文案牍而已，记兴革，述山川的文字是没有的，与其称它作志，倒还不如说它是契据的好"（《玉皇山》）。他游至五泄山中，心为世外桃源的风光所动，更对万历《绍兴府志》所载"晋时刘姓一男子，钓于五泄溪，得骊珠吞之，化龙飞去"的传说发生兴趣，"到了这里，古人的想象力就起了作用，创造出神话来了……同这一样的传说，凡在海之滨，山之瀑，与夫湖水江水深大的地方，处处都有，所略异者，只名姓年代及成龙的原因等稍有变易而已"（《杭江小历纪程·诸暨　五泄》）。东天目的山景固然一壮胸怀，昭明禅院的历史也有心从《东山志》里查知，竟至"抄了几个东天目八景的名目"，以寄雅兴（《西游日录·游东天目》）。江舟上的歇泊，仍不能忘情于高情雅意，他从微雨黄昏的街上"回到了残灯无焰的船舱之内，向几位没有同去的诗人们报告了一番消息，余事只好躺下去睡觉了，但青衫憔悴的才子，既遇着了红粉飘零的美女，虽然没有后化园赠金，妓堂前碰壁的两幕情景，一首诗却是少不得的；斜依着枕头，合着船篷上的雨韵，哼哼唧唧，我就在朦胧的梦里念成了一首'新安江水碧悠悠，两岸人家散瑞舟，几夜屯溪桥下梦，断肠春色似扬州'的七言绝句"，愈见萦怀的风雅（《屯溪夜泊记》，1934 年 5 月作，1934 年 6 月 1 日《文艺风景》创刊号）。屐痕印在山阴道上，"车路两旁的道路树颇整齐，秋柳萧条，摇曳着送车远去，倒很像是王实甫曲本里的妙句杂文"，相似的文句也在他的其他作品里写到；而歇宿国清寺中，心念天台八景，神飞僧人传灯的遗迹，"晚上躺在床上，翻阅着徐霞客的游记及《天台山全志》里的王思任（季重）、王士性（恒叔）、潘耒（稼堂）等的《游天台山记》"，更显出游山的悠闲意态（《南游日记》，1934 年 11 月 3 日作，1935 年 1 月 1 日《文学》第 4 卷第 1 号）。他有心考证浙江的历史，感到"然而既生为浙人，则知道知道这一点掌故，也当然是足以自慰的一件快事"（《浙江的今古》，1936 年 1 月 16 日《越风》第 6 期），体现了一种充满乡情的文化自觉。福建的文脉引起他发掘的兴致，"在这里只能在皮相的观察上，加以一味本身的行动，写些似记事又似介绍之类的文字，倒还不觉得费力，所以先从福建的文化谈起。福建的文化，萌芽于唐，极盛于宋，以后五六百年，就一直的传下来，没有断过"（《记闽中的风雅》，1936 年 3 月末日作，1936 年 4 月 1 日《立报·言林》），以一个暂居福州的外省人眼光发表自家灼见。优雅、高逸的情韵使写景不止于浮面，因有了史实、传说与诗文的引述而平添深远之致。

落在山水上的文墨，若讲它的清异流丽，郁达夫的记游之作又是笔意超绝的一种，尤见艺术的风华。对于景物，本能的绘画感觉，让他调遣有色彩的文字，用到风景上去，纵意做着浪漫的图咏。行经兰溪与横山，山水飘逸的线条与饱满的色块让他迷醉，"三面的远山，脚下的清溪，东南面隔江的红叶，与正东稍北兰溪市上的人家，无不一一收在眼底，像是挂在四面用玻璃造成的屋外的水彩画幅"（《杭江小历纪程·兰溪 横山》），而"衢州的千岩万壑和近乡的烟树溪流，这又是一幅王摩诘的山水横额"，溪中岩石、水上波纹，和两岸白沙青树的倒影相交互，"又像是吴绫蜀锦上的纵横绣迹"（《杭江小历纪程·龙游 小南海》）。皖南山野的清美，倒也不逊浙西，"到一支小岭脊的中和亭（或为真气亭）后梦就非醒不可，因从这亭子前向北一回望，来路曲折就在目下，稍远是菜花满地的平楚千顷，更远就是那条数溪汇聚的夹源夹溪了，水色蔚蓝，和四面的农村花树，成了一个最美也没有的杂色对称"（《游白岳齐云之记》）。杭州郊野的游春，最觉感动的也是着了色彩的清明之景："满途的翠雾，当然是可以不必说，而把这翠雾衬托得更加可爱更加生色的，却是万紫千红的映山红与紫藤花。你即使还不曾到过这一处地方，你且先闭上眼睛，想一想这一个混合的色彩！上面当然是青天，游人的衣服是白的，太阳光有时也红，有时也黑（在树荫下），有时也七色调和，而你的眼睛，却在这杂色丛中做乱舞乱跳的飞花蝴蝶，这大约也可以说是够风流了罢！"（《龙门山路》，1935 年 4 月 5 日作，1935 年 4 月 10 日《学校生活》第 101 期）清切的春景经过美的描绘，宛然在目。江南冬景的那一种明朗的情调，也是色彩调制出来的，"江南的地质丰腴而润泽，所以含得住热气，养得住植物；因而长江一带，芦花可以到冬至而不败，红叶亦有时候会保持得三个月以上的生命。像钱塘江两岸的乌桕树，则红叶落后，还有雪白的桕子着在枝头，一点一丛，用照相机照将出来，可以乱梅花之真。草色顶多成了赭色，根边总带点绿意，非但野火烧不尽，就是寒风也吹不倒的"（《江南的冬景》）。车过太湖，岸边"那些草舍田畴，农夫牛马，以及青青的草色，矮矮的树林，白练的湖波，蜿蜒的溪谷，更像是由一位有艺术趣味的模型制作家手捏出来的山谷的缩图"，而"一路之遥山近水，太湖的倒映青天，回来过拱埠时之几点疏雨，尤其是文中的佳作，意外的收成"（《国道飞车记》，1935 年 7 月 24 日作，1935 年 7 月 30、31，8 月 1 日《东南日报·沙发》），景色明秀，在他心中唤起的最是图与文的感觉。他觉得雁荡山的重峰叠嶂在"眼前又呈出了一幅更清幽，更奇怪，更伟大的画本……也是雁荡山水杰作里的顶点"，静凝不动的石体让他心有所触，舍得把一段字句给它，"西石梁是一块因风化而中空下坠的大石梁，下有一个老尼在住的庵，西面就是大瀑布。这瀑布的高大，与大龙湫瀑布等，但不同之处，是在它的自成一景，在石壁中流。一块数千丈的石壁，经过了几千万年的冲击，中间成了一个圆形大柱式的空洞，两面围抱突出，中间是一数丈宽数千丈高的圆洞，瀑布就从上面沿壁在这空圆洞里直泻下来。下面的潭，四壁的石，和草树清溪，都同大龙湫差仿不多。但西面连山，雁荡山的西尽头，差不多就快到了，而这瀑布之上，山顶平处，却又是一大村落；山上复有山，世外是桃源的情景，正和天台山的桐柏乡，曲异而工同"（《雁荡山的秋月》），富于穿透力的笔锋嵌入岩嶂的幽邃内部，在空间展开的山石结构与随着时间延伸的精神结构形成内在的艺术联系。细细的品鉴中，郁达夫丈量着人与自然的距离。他出浙赴闽，心里总带着故园山水的印象，不忘在文章里向人夸说，"杭州的西湖，若是一个理想中的粉本，那么可以说颐和园得了她的紧凑，而福州的西湖，独得了她的疏散。各有点相像，各有各的好处，而各在当地的环境里，却又很位置的得当"（《福州的西湖》）。郁达夫的抒情化描写渗透了图画意味，强烈的视觉意识辅助诗意效果的实现。他以赤子之心，体验山水客体的灵性，走进风景内里，营造浓郁的诗性氛围和真实的生命境界。他把心灵中的山川放入画境，也把感物的风怀融进游望之际深情的摹景。山岭、峰岩、石壁、崖涧、瀑流、江河、泉溪、花草、林树、田野、村舍，都以浓艳的色彩感、逼真的立体感、强烈的视觉感浮映于纸面，似在画里见过的那样。他探寻写意性的话语方式，用心凸显物象的质感，更着意刻绘有韵味的图景，使其经得百回读。

郁达夫情绪化的写景，来自心灵的直感。温情的语词飘溢生活的清馨，感性的色彩充盈生命的暖意。忠实于内心的描画姿态，使绘景段落飘闪明朗的基色，显示艺术的纯净性，根底还在心灵的明澈。富春江岸野的人家烟树、十里长洲和艳美的花田，是青碧山水画所取材的景物，高低不定的山峦、阔远的桑麻沃地，以及"隐而复现，出没盘曲在桃花杨柳洋槐榆树的中间"的一条长蛇似的官道，更适宜淡彩水墨的点染；江边的清夜，"空旷的天空里，流涨着的只是些灰白的云，云层缺处，原也看得出半角的天，和一点两点的星，但看起来最饶风趣的，却仍是欲藏还露，将见仍无的那半规月影"，江天的静谧，催他沉入浩无边际的无聊的幻梦，翌日侵晨"觉得昨天在桐君观前做过的残梦正还没有续完的时候，窗外面忽而传来了一阵吹角的声音。好梦虽被打破，但因这同吹筚篥似的商音哀咽，却很含着些荒凉的古意，并且晓风残月，杨柳岸边，也正好候船待发，上严陵去；所以心里纵怀了些儿怨恨，但脸上却只现出了一痕微笑"（《钓台的春昼》），清丽秀异的文字，氤氲着一个闲静孤寂的清境，青衿夜思的雅意、狂客放舟的逸兴，都在勾绘的景致里了。他在某个平常的秋晴的午后，"看看青天，看看江岸，觉得一个人有点寂寞起来了"，而"沿溪入谷，在风和日暖，山近天高的田塍道上……向青翠还像初春似的四山一看，我的心坎里不知怎么，竟充满了一股说不出的飒爽的清气"（《半日的游程》），敏感的艺术神经一旦被山水拨动，自然化作内心的感怀。他"立在五峰书院的楼上，只听得见四围飞瀑的清音，仰视天小，鸟飞不渡，对视五峰，青紫无言，向东展望，略见白云远树，浮漾在楔形阔处的空中。一种幽静，清新，伟大的感觉，自然而然地袭向人来"（《浙东景物纪略·方岩纪静》），主观性体验使对于物象的感受愈加沉郁、深邃。夜宿雁荡山，寤寐之际，他只觉得"周围上下，只是同海水似的月光，月光下又只是同神话中的巨人似的石壁，天色苍苍，但余一线，四围岑寂，远远地也听得见些断续的人声。奇异，神秘，幽寂，诡怪，当时的那一种感觉，我真不知道要用些什么字来才形容得出！"他在朦胧的月光、沉沉的山影中看出了梦里的畸形，而凝睇嶙峋的石峰和峰头的一片残月"觉得又太明晰，太正确，绝不像似梦里的神情"（《雁荡山的秋月》），物我交融，是景语，更是情语。抵临福州，船进马尾港的一刻，眺望名胜故垒，又在高楼上"推窗一看，就看见了那一轮将次圆满的元宵前的皓月，流照在碎银子似的闽江细浪的高头，天气暖极，在夜空气里着实感到了一种春意，在这一个南国里的春宵，想该是'虫声新透绿窗纱'的时候了……于是每逢佳节思亲的感触，自然也就从这几列灯火的光芒上，传染到了我的心里，又想起闺中的小儿女来了"（《闽游滴沥之一》，1936年2月28日作，1936年3月16日《宇宙风》第13期），远行中思恋家亲的深情，丝丝缕缕渗进一泓柔波之中，异乡山水犹能承载他内心的凄伤和浓炽的爱感。他以文士的清狂气性、浪漫才调欣赏起榕城的女子，夸赞"福州的健康少女，是雕塑式的，希腊式的"，人到中年的他"所以要再三记述福州的美女，也不过是隔雨望红楼，聊以留取一点少年的梦迹而已"（《闽游滴沥之六》，1936 年 6 月 15 日作，1936 年 8 月 1 日《宇宙风》第 22 期），把女子之美当做特别的风景看待，追寻梦里的青春时光，欣悦的情调难掩生命的感怀。

郁达夫在 1936 年 1 月 19 日《申报·每周增刊》第 1 卷第 3 期发表《山水及自然景物的欣赏》，表明在欣赏自然美，特别是山水美上的观点。他观赏和描写风景的心情，显示天人合一的观念已经融入创作意识的深层。他对于风景的超卓的欣赏力和表现力来于生命的本能。神圣的自然既然与人类存在不可须臾分离的关系，就可以明白，欣赏自然景物是人类的天性，因而游乐自然就非烟霞高致、泉石逸趣的风雅人独擅，如郁达夫所说"乡下愚夫愚妇的千里进香，都市里寄住的小市民的窗槛栽花，都是欣赏自然的心情的一丝表白"。在郁达夫，更是出于一种理想主义的审美自觉，"因为山水、自然，是可以使人性发现，使名利心减淡，使人格净化的陶冶工具"，"而对于自然的伟大，物欲的无聊之念，也特别的到了高山大水之间，感觉得最切"。他从创作心理出发，断言"自然景物以及山水，对于人生，对于艺术，都有绝大的影响，绝大的威力，却是一件千真万确的事情；所以欣赏山水以及自然景物的心情，就是欣赏艺术与人生的心情"，如此，才能让风景如同电光石火一样，闪耀到性灵上来。他才能够在创作的成熟期，尽心于风景散文的体式，将人生理想和创作追求物化在山水中，才会像一个旧式才子，深怀古典式的高情雅意，足登游屐，沐着风和雨，披着星和月，迎着云和霞，放步踏往"上山水佳处去寻生活"的文学旅途，让满溢着浪漫才情和飞闪着华美词彩的篇章，为南北山水做着不绝的咏赞，也装点自己的风雅岁月。郁达夫的建设性的文学创造，在现代风景散文的生长进程中具有标志意义。

第二节　沈从文：湘西远空萦绕的朴野清歌

在中国现代文学史上，沈从文以一个具有湘西精神的京派作家的主体姿态，调动想象和情感，在散文的体式内进行艺术的组织，创制原始宗教意味和纯粹情感记忆相交融的生命风景。

沈从文（1902—1988），原名沈岳焕，笔名休芸芸、甲辰、炯之、上官碧等。湖南凤凰人。1917 年小学毕业后，抱着"到世界上去学习生存。在各样机会上去做人，在各种生活上去得到知识与教训……走出家庭到广大社会中去竞争生存"(《从文自传·一个老战兵》)的信念，即随土著军阀部队在川湘鄂黔四省边区及沅水流域各地辗转，开始积存他的人生经验，"我原是个不折不扣的乡巴佬，辗转于川黔湘鄂二十八县一片土地上"(《从现实学习》)。涉世之初，乡村中国的社会与政治现实，给予他生命信念，也把对于自然的单纯感觉与社会的复杂知觉印入他的内心，使他从更深处对生活的种种加以注意，"我赞美我这故乡的河，正因为它同都市相隔绝，一切极朴野，一切不普遍化，生活形式生活态度皆有点原人意味，对于一个作者的教训太好了。我倘若还有什么成就，我常想，教给我思索人生，教给我体念人生，教给我智慧同品德，不是某一个人，却实实在在是这一条河"(《湘行书简·滩上挣扎)。生活的另一面也强烈地震撼着他，忿忿地意识到"六年中我眼看在脚边杀了上万无辜平民，除对被杀的和杀人的留下个愚蠢残忍印象，什么都学不到！"(《从现实学习》)惨苦的政治现实改变他的观念意识，让他产生北上学习文学和文化的念头，寻找获得心灵自由的新空间。1923年秋只身进京，开始一个"乡下人"的都市生活，如他自己所说，"方从那个半匪半军部队中走出。不意一走便撞进了住有一百五十万市民的北京城"(《从现实学习》)。1924年以"休芸芸"为笔名发表文学作品，编辑《京报副刊》和《民众文艺》周刊。曾任西南联合大学、北京大学教授。自1926年出版第一本创作集《鸭子》(1926年，北新书局)起，共有70余种作品集面世。短篇小说集《蜜柑》(1927年，上海新月店)、《龙珠》(1931年，上海晓星书店)、《阿黑小史》(1933年，新时代书局)、《月下小景》(1933年，上海现代书局)、《八骏图》(1935年，上海文化生活出版社)，中篇小说《边城》(1934年，上海生活书店)，长篇小说《旧梦》(1930年，上海商务印书馆)、《长河》(1948年，开明书店)，为中国现代小说史贡献了珍贵的作品资源。尤其是1934年12月作的《湘行散记》(1936年，商务印书馆)、1938年8月25日至11月17日在香港《大公报·文艺》连载的《湘西》(1939年，长沙文史丛书编辑部)，是现代风景散文的奠基性著作。他的小说、散文和文论，表现了体式结构的大胆尝试与创造，显示了新异的文体姿态。

　　沈从文的湘西精神向两极延展，一是自然的现实，一是神性的想象。他的小说创作观认为："个人只把小说看成是'用文字很恰当记录下来的人事'，这定义说它简单也并不十分简单。因为既然是人事，就容许包含了两个部分：一是社会现象，即是说人与人相互之间的种种关系；二是梦的现象，即是说人的心或意识的单独种种活动。单是第一部分不大够，它太容易成为日常报纸记事。单是第二部分也不够，它又容易成为诗歌。必需把'现实'和'梦'两种成分相混合，用语言文字来好好装饰、剪裁，处理得极为恰当，方可望成为一个小说。"（《小说作者和读者》）这段富含意味的话，虽是作为小说家的经验谈，也可视为他对散文做法的一种宣叙。社会记写，凝注于人；梦境描摹，凝注于神。

　　一　关于自然现实。在沈从文的经验世界里，社会是非理想化的，而他熔铸的自然天地却充满浪漫的理想，甚至浸润着散发蛮性气息的宗教情怀。山水会使灵魂美化，生活美化，境界美化。固然，他的文学活动充满创造的难度，而他所刻意构建的文体模式，本旨正是要在跻越中让文字显示现实的力量，使思想价值和生命意义达到应有的高度。一座沉静的山，一片漾动的水，就是思想的外形。他绘制的湘西图画，将生命的本真状态与自然的原始状态完美地融会，如同在小说中营构"全篇贯串以透明的智慧，交织了诗情与画意"（《湘行书简·滩上挣扎》）的境界一样，以"贴近自然，认识人生"（《从现实学习》）为文学信条，创造了一片属于自己也属于世界的独特风景。

　　独异的观察世界与理解人的过程，培养了沈从文对于现实的精敏的感受力，也影响了他的气质。他说："我大部提到水上的文章，是从河街认识人物的。我爱这种地方、这些人物。他们生活的单纯，使我永远有点忧郁。我同他们那么'熟'——一个中国人对他们发生特别兴味，我以为我可以算第一位！但同时我又与他们那么'陌生'，永远无法同他们过日子，真古怪！我多爱他们，'五四'以来用他们作对象我还是唯一的一人！"（《湘行书简·河街想象》）河上木筏传响的唱曲声，以及如动人图画的灯下夜景，让他反复想"提到这些时我是很忧郁的，因为我认识他们的哀乐，看他们也依然在那里把每个日子打发下去，我不知道怎么样总有点忧郁"，"我还听到唱曲子的声音，一个年纪极轻的女子喉咙，使我感动得很。我极力想去听明白那个曲子，却始终听不明白。我懂许多曲子。想起这些人的哀乐，我有点忧郁"（《湘行书简·夜泊鸭窠围》）。除去性情的敏感，沈从文还对视觉形象有一种精确、持久、鲜明的记忆力，这固然是由他的文学天性决定的，更是对于生活细节做出纤腻的心灵体味的直接结果。鲜活的情绪记忆、深邃的历史追思，使描绘清切景物图像的语言迸溢精神张力。

　　他的以湘西风情为题材的系列散文，呈示了鲜明的地域特征，尤以对那里的山水、风俗、民情和人物的描写最为出色，既表现了真实的地理美，也表现了清新的图画美，又表现了流畅的叙事美，更表现了人生的形态美。他自如地调动散文的抒情功能和小说的记述手段，在艺术上造成一种跨文体的综合性效果。

他把自然当做一本大书，最先学习到的，是强烈的生命意识。自然山水意味生命的永恒，是中国古人抱守的神圣的宗教感。湘西的荒山野渡给了外表文弱的沈从文以执拗、坚韧的品性，正与那些生活在沅水流域的水手、船夫等等平凡人物融入同一文化血脉，原始本能的欲望冲动、神圣单纯的宗教情绪，合成一种火焰般燃烧的自然生命力，这是他对底层特定的生存状态进行文学表达的精神能源。

二　关于神性想象。由文学观念决定，沈从文倾心表现文学与生命的关系，而非与社会和时代的关系，他是借描写乡村中国的自然风物来展示生动真实的人生景象。这种疏离于 30 年代文学主流的创作倾向，使他得以在文学边缘地带的游走中确立独异的作品风貌，实现内心认定的善与美的文学理想。在他的湘西记录中，不见公共化与集体性的判断式话语，闪现理性光芒的睿言，则突显自我意识的特征，并且浸润或浓或淡的情绪。"在文学的视野中，我们必然看到通过不同的作家个体捕捉到的自然和社会生活的千姿百态，这些无不被作为'风景'在文化的历史背景中得到展现和演示。而且，只有在现代社会中，文学存在于文化史上的地位才日益由它的历史背景，而不是现实背景所决定"，"就像历史上人们为了使自然成为'风景'而用文学和艺术的手段表现自然：山水画、田园诗，其中的'自然'无不代表着人们的想象和憧憬，因而不能和真实的自然同日而语"①，这一观念，成为沈从文创作意识的重要支点。他在写作《湘行散记》之前就已做着相关思考："近日来在研究一种无用东西，就是中国在儒、道二教以前，支配我们中国的观念与信仰的巫，如何存在、如何发展，从有史以至于今，关于它的源流、变化，同到在一切情形下的仪式，作一种系统的研究。"（《致王际真》）"这里所说的'巫'或'巫文化'，就是巫鬼文化或巫楚文化。这是一种主要存在于中国史前社会的非儒学、非主流形态的文化（以后则被视之为少数民族文化或民间文化），却正是深蕴于沈从文文学世界的文化命脉。"② 故此，沈从文依托那个奔涌着五条支流、十几个县份、百个河码头的沅水流域，讲述神性的山水、灵异的花草、淳朴的民风、传奇的人物、古老的故事。这不是一般意义上的实际风景，而是作

———————

① 周仁政：《巫觋人文——沈从文与巫楚文化》，岳麓书社 2005 年版，第 100、101 页。

② 同上书，第 411 页。

家主观化的心灵现实。他在缤纷的景观里寻索先民的足痕,一步步地向着湘西精神的源头漫溯。他的湘西系列散文,表层意义是为山水塑型造影,底里则喻示史前时代的巫楚文化实为他的文学意识的核心。"他不是把目光投向'当前',而是把目光投向了遥远的'过去'——甘愿忽略'当前',而一意从'过去'的世界里探寻那些维系生命本质的东西,以期将其发扬光大。"① 在技术选择上,取法长幅画卷的形式,又强化风景的宽延度和历史的深广性,使文学视界更具开阔气象。他虽是湘人,但在地域文化的传承上,则有别于近代以儒家经世致用为法的湖湘文化。他以独特的文化视角,反映地域和民族的历史形态。

　　沈从文以沅水流域为环境背景的湘西散文,主要包括由 1934 年回乡探病途中写给张兆和的一组信札集成的《湘行书简》,和以此为母本写成的《湘行散记》,以及 1938 年经由湘西赴云南时摹记沿途风光物产、风土民情的《湘西》。这种充满独创意味的散文长卷,具有较强的记录性。在沈从文看,"因为好像只要把苗乡生活平铺直叙的写,秩序上不坏,就比写其他文章有味多了的"(《致王际真》)。朴素的直写,能够真切地表现湘西生活的原态。他觉得"耳目经验所及,属于人事一方面,好和坏都若离奇不经"(《从现实学习》),笔涉其间,仿佛无所经营,即造成传奇意味。这里面的原因,一是原初现实生动如此,二是作家体验的深切,三是写作上的不露痕迹。这些,在沈从文的艺术传达中独得其妙。对于世间无从解释的自然与人生现象,他的态度也是不确定的。他似乎满足于这种惶惑,创作所凭借的艺术化状态大约正从这里产生,"我现在方明白住在湘西上游的人,出门回家家中人敬神的理由。从那么一大堆滩里上行,所依赖的固然是船伕,船伕的一切,可真靠天了"(《湘行书简·滩上挣扎》)。具体化书写造成的生活真实感,透露出一种形而上的意味,使平俗的人事风物深处蕴蓄着超现实的力量。

　　作为人类的观念化存在,神代表了抽象性的终极文化信仰。沈从文认为"东方宗教信仰的本来,乃出于对自然壮美与奇谲的惊讶……由皈依自然而重返自然,即是边民宗教信仰的本旨,因此我这个故事给人的印象,也将不免近于一种风景画集成"(《〈断虹〉引言》),虽是针对自己的小说创作说的,用到他的散文上,也具有相应的意义。"生活于现代社会的沈从文追随两千多年前的屈原,沿着同样一条沅水顺流而下或溯河西上时,他感悟到的正是一份来

---

① 　周仁政:《巫觋人文——沈从文与巫楚文化》,岳麓书社 2005 年版,第 402 页。

自自然的美与出之历史的‘静’——泥涂陌巷、深山幽谷中，烈火硝烟早已经散尽，鸡鸣狗吠、人烟花树都成为点缀，天地一片静美。这就是进入作家艺术视野里的人与自然的和谐。"① 这是充满原始神秘气氛的境界，沈从文深浸其间，竟至使情感产生宗教化倾向。迷蒙的幻景中，历史的时间性消失了，景观的空间感也消失了，如他所说过的，只看到"一些符号，一片形，一把线，一种无声的音乐，无文字的诗歌"（《生命》），一种最完整的生命形式；"我一定要放弃任何抵抗的愿望，一直向下沉。不管它是带咸味的海水，还是带苦味的人生，我要沉到底为止。这才像是生命。我需要的就是绝对的皈依，从皈依中见到神"（《水云——我怎么创造故事，故事怎么创造我》）。他用文字手段表现形而上的意义，主宰创作意识的惟有光明的神性。所以就连普通的歌声进入作品，也因含情而变得那么缥缈，那么灵动："又听到极好的歌声了……简直是诗。简直是最悦耳的音乐……在这条河上最多的是歌声，麻阳人好像完全吃歌声长大的"（《湘行书简·河街想象》）。一切感觉、一切表达，都被充满神性的心灵主宰，不仅反映了山水与人的形式关系，更深刻地表现着山水与人的内在联结，使人与自然体在结构形式上实现了合一。

自然界的神性给予沈从文非物化的精神启示，并且影响着物化的文学表现，使他直接从自然资源中获取造型的灵感，探溯形式的本源。他构塑的风景，已经超越客观属性，成为一种象征化的自然，因融合了圣洁的信仰，而升华为凌驾于人的生命本体之上的神。山水风物一旦接受审美理性的观照，一旦进入情感化的创作视野，就在文学符号表达中具有美的内涵。

古老的巫术文化中，神即自然，表示的是将作为自然象征的神视作抽象的人类力量的原始意识，敬畏神就是敬畏自然，热爱自然也就是热爱人生。这是深刻的美。沈从文说："一个人过于爱有生一切时，必因为在一切有生中发现了‘美’，亦即发现了‘神’。必觉得那点光与色，形与线，即足代表一种最高的德性，使人乐于受它的统制，受它的处治。人类的智慧亦即由其影响而来，然而典雅词令和华美仪表，与之相比都见得黯淡无光，如细碎星点在朗月照耀下一样情形。它或者是一个人，一件物，一种抽象符号的结集排比，令人都只能低首表示虔敬。正若因此一来，虽不会接近上帝，至少已接近上帝造物"，"美固无所不在，凡属造形，如用泛神情感去接近，即无不可见出其精巧和完整处。生命之最高意义，即此种‘神在生命中’的认识"（《美与

---

① 周仁政：《巫觋人文——沈从文与巫楚文化》，岳麓书社 2005 年版，第 114 页。

爱》）。他于参透后实现了新的自我觉悟，丰富了此前的生命理念、情感意识和艺术襟怀，又将明慧的眼光向风景投射。从文学精神的本原推断，他的书写意图，当然不是反映纯粹的自然生命形式，而要创造性地寄予更强烈的生命意识，体验生命重造的快乐，真正找寻到生活与自然相契处。这也反映了他在景物的文学再现中将自然想象化和意象化的心理过程。"我因为天气太好了一点，故站在船后舱看了许久水，我心中忽然好像彻悟了一些，同时又好像从这条河中得到了许多智慧……的的确确，得到了许多智慧，不是知识。我轻轻的叹息了好些次。山头夕阳极感动我，水底各色圆石也极感动我，我心中似乎毫无什么渣滓，透明烛照，对河水，对夕阳，对拉船人同船，皆那么爱着，十分温暖的爱着！"由此他充满创作自信，"我会用我自己的力量，为所谓人生，解释得比任何人皆庄严些与透入些"（《湘行书简·历史是一条河》）。智力因素被秀丽风景激发，缤纷灵感、明澈智慧，皆在美丽的语词中映现出来。神性的力量，更使他的灵魂为故乡感动。情绪久久沉浸于旧时光景，如他所说"我却常常生活在那个小城过去给我的印象里"（《我所生长的地方》）。

　　历史、民俗和地理元素渗入沈从文的情感世界，形成个性鲜明的文学表达。印象里的风景能够在他的文学转化中产生神性的魅惑，由自然化向自觉化演变。长河汤汤，山岸苍苍，他写那里长年逼人的翠色，自含一种俨然的气度。《湘行散记·桃源与沅州》刊载于 1935 年 3 月 25 日《国闻周报》第 12 卷第 11 期，作品将乡野景物做了心灵化描写，仿佛梦里的一幅画："沅州上游不远有个白燕溪，小溪谷里生长芷草，到如今还随处可见。这种兰科植物生根在悬崖罅隙间，或蔓延到松树枝桠上，长叶飘拂，花朵下垂成一长串，风致楚楚。花叶形体较建兰柔和，香味较建兰淡远。游白燕溪的可坐小船去，船上人若伸手可及，多随意伸手摘花，顷刻就成一束。若崖石过高，还可以用竹篙将花打下，尽它堕入清溪洄流里，再从溪里把花捞起。除了兰芷以外，还有不少香草香花，在溪边崖下繁殖。那种黛色无际的崖石，那种一丛丛幽香眩目的奇葩，那种小小洄旋的溪流，合成一个如何不可言说迷人心目的圣境！若没有这种地方，屈原便再疯一点，据我想来，他文章未必就能写得那么美丽。"意态悠然、萧散，朴野气息中略带一点风雅韵致。《湘行散记·鸭窠围的夜》，刊载于 1934 年 4 月 1 日《文学》第 2 卷第 4 号，写意笔触摹绘一派神奇幻境："这时节两山只剩余一抹深黑，赖天空微明为画出一个轮廓。但在黄昏里看来如一种奇迹的，却是两岸高处去水已三十丈上下的吊脚楼。这些房子莫不俨然悬挂在半空中，借着黄昏的余光，还可以把这些希奇的楼房形体，看得出个大略。"实际存在的景物，在他的视界里发生整体性变形，他像是在描绘梦里的影像，而非展示客观性的物象，景物折映着心灵的光影。映衬这一切的，还有河面上笼罩的夜色，"木筏上的火光，吊脚楼窗口的灯光，以及上岸下船在河岸大石间飘忽动人的火炬红光"，就连"妇人在黯淡灯光下唱小曲的声音"也是那么缥缈空灵。这一切让他忧郁起来，"仿佛触着了这世界上一点东西，看明白了这世界上一点东西，心里软和得很"。迷蒙的夜色消隐了景物清晰的轮廓，情绪安宁了，意识和感觉却异常活跃起来。

在《湘行散记》这组系列散文中，沈从文构建自己的风景世界。宇宙的沉默性蕴涵巨大的神秘力，沉默中生长的宗教情绪水一样漫过他的心，一种超越道德视野的宇宙生命意识萌醒了，他的想象也在飞动中变得奇妙，产生灵光四射的笔墨。河面上浮响的声音感动他，内心一派圣洁，"我卧在船舱中，就只听到水面人语声，以及橹桨激水声，与橹桨本身被扳动的咿咿呀呀声。河岸吊脚楼上妇人在晓气迷蒙中锐声的喊人，正如同音乐中的笙管一样，超越众声而上。河面杂声的综合，交织了庄严与流动，一切真是一个圣境"；而雪霁的清寒又刺激他的情绪，"眼看这些船筏各戴上白雪浮江而下，这里那里扬着红红的火焰同白烟，两岸高山则直矗而上，如对立巨魔，颜色淡白，无雪处皆作一片墨绿。奇景当前，有不可形容的瑰丽"；还有悬在半山、结构美丽悦目的飞楼高阁，岸上枯树边妇人幽幽的说话声，况且"地方静得很，河边无一只船，无一个人，无一堆柴"（《湘行散记·一个多情水手与一个多情妇人》），更要在寂寞中把这风景添入也是眼泪也是微笑的生活中去。在清明如玉的河水里旅行，"望着水光山色，体会水手们在工作上与饮食上的勇敢处，使我在寂寞里不由得不常作微笑"，只有见了吃酸菜臭牛肉说野话，常于高兴时在长潭中摇橹唱起美丽动人歌子的划船人，他才有了这种心绪，也才深浸于一种至美境界，捉到一个极其动人的印象："街市尽头河下游为一长潭，河上游为一小滩，每当黄昏薄暮，落日沉入大地，天上暮云为落日余晖所烘炙，剩余一片深紫时，大帮货船从上而下，摇船人泊船近岸，在充满了薄雾的河面，浮荡的催橹歌声，又正是一种如何壮丽稀有的歌声！"（《湘行散记·辰河小船上的水手》）他把"水上所领略的印象保留到心上"，竟"重新感到人类文字语言的贫俭。那一派声音，那一种情调，真不是用文字语言可以形容的事情"，只有神境才叫人的情志如此恍惚，甚至愈加觉出自然界的神奇，因为在他的凝望中"黄昏已逐渐腐蚀了山峦与树石轮廓，占领了屋角隅"，微弱的人力究竟是抵不过天的，而暗夜里的火光和龙船上的低语，让他认定"这些人生活却仿佛同'自然'已相融合，很从容的各在那里尽其性命之理，与其他无生命物质一样，惟在日月升降寒暑交替中放射，分解……这些不辜负自然的人，与自然妥协，对历史毫无负担，活在这无人知道的地方，另外尚有一批人，与自然毫不妥协，想出种种方法来支配自然，违反自然的习惯，同样也那么尽寒暑交替，看日月升降。然而后者却在慢慢改变历史，创造历史。一份新的日月，行将消灭旧的一切"(《湘行散记·箱子岩》)。他从平凡朴素风景中领受的朦胧启悟甚至清晰哲思，来于边地独异的自然力量。从自然中寻找生命意义，阐释精神现象，是现代人所放弃的原始性价值，沈从文坚守人类思想古老的源头，并且以成功的文学书写实现了它的回归。由此，他的文学触角伸向古老的风俗，力求突破历史惯性，颠覆违害天伦、残虐人性的旧的道德秩序，揭示常规掩盖的舛谬，警醒麻木的灵魂。这缕神性的折光，闪耀着批判的锋芒。

　　着眼沈从文的生活经验，可以发现他的思想积累与观念形成的脉迹。他沿沅水而泛，流域识小，有些记录却正切中古今的要害。在这"古代荆蛮由云梦洞庭湖泽地带被汉人逼迫退守的一隅……战国时被放逐的楚国诗人屈原，驾舟溯流而上，许多地方还约略可以推测得出。便是这个伟大诗人用作题材的山精洞灵，篇章中常借喻的臭草香花，也俨然随处可以发现。尤其是与《楚辞》不可分的酬神宗教仪式，据个人私意，如用凤凰县苗巫主持的大傩酬神仪式作根据，加以研究比较，必尚有好些事可以由今会古"(《湘西·题记》)。历史上的物迹人事，地理上的山形水态，让他远远地、慢慢地说来，对于这个苗区兼匪区"妇人多会放蛊，男子特别欢喜杀人"的根底，也就明白一点渊源。以至听到"辰州地方是以辰州符闻名的，辰州符的传说奇迹中又以赶尸著闻"这一句，也不再感到夸过其实，不免还要生出见识的兴趣，"几件事都是人的事情，与人生活不可分，却又杂糅神性和魔性。湘西的传说与神话，无不古艳动人。同这样差不多的还很多。湘西的神秘，和民族性的特殊大有关系。历史上'楚'人的幻想情绪，必然孕育在这种环境中，方能滋长成为动人的诗歌。想保存它，同样需要这种环境"(《湘西·沅陵的人》)。沈从文着意从自然环境与生存状态的角度表现弥漫乡间的神性气息，以现实精神做着逆时空的文学叙述。抽象的神话与艺术，作为符号化表达所具有的隐喻内涵，更深刻地昭示地域文化的特质。

　　着眼沈从文的身世，可以看出那个"黔北、川东、湘西一处极偏僻的角隅上"名为镇箪的古镇（入民国后改名凤凰县）对于他的精神成长的影响，"苗人放蛊的传说，由这个地方出发。辰州符的实验者，以这个地方为集中地。三楚子弟的游侠气概，这个地方因屯丁子弟兵制度，所以保留得特别多。在宗教仪式上，这个地方有很多特别处，宗教情绪（好鬼信巫的情绪）因社会环境特殊，热烈专诚到不可想象"（《湘西·凤凰》）。在他的述录里，"典籍上关于云贵放蛊的记载，放蛊必与仇怨有关，仇怨又与男女之事有关……蛊可以应用作争夺工具或报复工具……但蛊在湘西却有另外一种意义，与巫，与此外少女的落洞致死，三者同源而异流，都源于人神错综，一种情绪被压抑后变态的发展"，至于"不必学习，无从传授"的行巫方式以及对"仙娘"的迷信，表明"当地妇女实为生活所困苦，感情无所归宿，将希望与梦想寄在她的法术上，靠她得到安慰"的无奈，而落洞悲剧，表明"地方习惯是女子在性行为方面的极端压制，成为最高的道德。这种道德观念的形成，由于军人成为地方整个的统治者"（《湘西·凤凰》）。宗教情绪衍生的种种变异怪诞现象，皆对妇女实行着严酷戕害。深重的苦难让沈从文惨怛于心，不需特别用力，如实的记述和冷静的评说，即是对古旧的巫觋文化的道义层面的批判。他又不忘在书写中敷设一抹浪漫色彩，"凡属落洞的女子，必眼睛光亮，性情纯和，聪明而美丽。必未婚，必爱好，善修饰，平时贞静自处，情感热烈不外露，转多幻想。间或出门，即自以为某一时无意中从某处洞穴旁经过，为洞神一瞥见到，欢喜了她。因此更加爱独处，爱静坐，爱清洁，有时且会自言自语，常以为那个洞神已驾云乘虹前来看她……死时女子必觉得洞神已派人前来迎接她，或觉得洞神亲自换了新衣骑了白马来接她，耳中有箫鼓竞奏，眼睛发光，脸色发红，间或在肉体上放散一种奇异香味，含笑死去。死时且显得神气清明，美艳照人"，这实则是女人"在人间无可爱悦，却爱上了神，在人神恋与自我恋情形中消耗其如花生命"（《湘西·凤凰》），是灵魂的变形的自渎。从创作立场出发，沈从文从中发现了艺术的价值，"湘西女性在三种阶段的年龄中，产生蛊婆女巫和落洞女子。三种女性的歇思底里亚，就形成湘西的神秘之一部分。这神秘背后隐藏了动人的悲剧，同时也隐藏了动人的诗"；从人性原则出发，他又对在神怪阴影下受难的乡间女性抱以深切的同情，"地方即在边区苗乡，苗族半原人的神怪观影响到一切人，形成一种绝大力量。大树、洞穴、岩石，无处无神。狐、虎、蛇、龟，无物不怪。神或怪在传说中美丑善恶不一，无不赋以人性。因人与人相互爱悦，和当前道德观念极端冲突，便产生人和神怪爱悦的传说，女性在性方面的压抑情绪，方借此得到一条出路。落洞即人神错综之一种形式。背面所隐藏的悲惨，正与表面所见出的美丽成分相等"（《湘西·凤凰》）。然而，他从弥漫于乡间生活传统中的神性中体味到的是深重的悲感,他不过是把宗教成分当做艺术元素融入地域风景,神性只作为情绪的构成存在。赋予无形情绪以抽象意义,并且化作创作的心理背景,而非成为他的自觉理性。在坚持非神化信仰观的沈从文的意识里,真正的和天地、悦人神的道德担当者,决不是猖行巫术的蛊婆觋师,而是另外一群怀着社会理想与救世热情的知识精英。在历史的长河里辨识缥缈的神迹,在人类的创造中消隐凌厉的神威,从普世的情怀间理解生命价值与自然意义,已成为他的一种文化自觉。

沈从文以神话意味的书写建构情感形式的核心——对自然和人类的爱。他的文学行为的最高意义,是向人的心灵本原——情感生命回归。他申言:"墙壁上一方黄色阳光,庭院里一点花草,蓝天中一粒星子,人人都有机会见到的事事物物,多用平常感情去接近它。对于我,却因为和'偶然'某一时的生命同时嵌入我记忆中印象中,它们的光辉和色泽,就都若有了神性,成为一种神迹了。不仅这些与'偶然'间一时浸入我生命中的东西,含有一种神性,即对于一切自然景物,到我单独默会它们本身的存在和宇宙微妙关系时,也无一不感到生命的庄严。一种由生物的美与爱有所启示,在沉静中生长的宗教情绪,无可归纳,我因之一部分生命,竟完全消失在对于一切自然的皈依中。这种简单的情感,很可能是一切生物在生命和谐时所同具的,且必然是比较高级生物所不能少的。然而人若保有这种情感时,却产生了伟大的宗教,或一切形式精美而情感深致的艺术品。"(《水云——我怎么创造故事,故事怎么创造我》)他坦称"然而我想这个泛神倾向若用之与自然面对,很可给我对现世光色有更多理解机会"(《水云——我怎么创造故事,故事怎么创造我》)。由这些纤细微妙感觉和灵动活跃思索,可知他的宗教观念被深浓的感性浸润着,而他的理性表达从来都不呈示漠然冷傲的姿态,却像燃烧的光焰温暖着现实。"他以文学为手段,所要表现和探寻的始终不是属于直接现实性的人的社会本质,而是有着深远人性内涵的人的生命本质或文化属性……这就像他所面对的自然世界——湘西社会和所钟情的巫楚文化,亦不是从其直接现实性上,而是从历史反思性上予以新的认识,才能凸现其价值","作为巫楚文化的遗留,近现代湘西社会所具有的那种文化的独特性在整个现代社会中都有其不可替代的历史价值和审美价值,而惟有生于斯、长于斯的沈从文,才能恰如其分地将其表现出来。由于其本身并不属于任何'文字的历史',而仅属于生命或情感的历史,因此,也只有依托其神话原型,用现代艺术的手段加以错综复杂的表达或展现……它已不是属于现实的'历史',而只是属于历史的'现实'。在现实中它将作为‘审美乌托邦’的艺术世界而独立存在，展现的却是犹如其神话原型似的‘情真事不真’的存在方式；在历史上它将作为现代人审美化地认识世界的独特范本，启迪人们重新以情感化的视野看待人与人、人与自然的关系，从而作出长久而有效的思想反思和历史反思。在此，一个偏远的湘西世界就像当初陶渊明笔下的那个小小的似真实幻的桃花源，带给人的同样是一份强烈的憧憬，一种美好如梦的向往”①。基于自然体验而萌动的生命意识，以及由此而生发的对自然的情感认知，使沈从文的文学实践突破了神与人、历史和社会的相互关系所形成的精神困缚。他在自然的母体中吸吮情感之源，灌注到自己的文字里面；他希图为生命创造一种永恒的存在形式——情感，而非像宗教、道德、政治、经济一样，无法祛离发生、成熟、衰落的周期性循环；他认定“生命中还有比理性更具势力的‘情感’”，拥有判断准则式的情感；他自信“一切来到我命运中的事事物物，我有我自己的尺寸和分量，来证实生命的价值和意义”（《水云——我怎么创造故事，故事怎么创造我》）；他感到“世界上一切都俨然为他而存在”；他也充满激情地“用一颗心去为一切光色声音气味而跳跃”，“只觉得生命和一切都交互溶解在光影中”；他明白“世界上不可能用任何人力材料建筑的宫殿和城堡，原可以用文字作成功的。有人用文字写人类行为的历史。我要写我自己的心和梦的历史”（《水云——我怎么创造故事，故事怎么创造我》）。他要让这份情感在精神生命中延传，“想在生前死后使生命发生一点特殊意义和永久价值”（《时间》），从中获得灵魂上的骄傲。

人之爱、神之美，交融为一种古朴的宗教式情绪流，在沈从文的文学图景中涌动。如绘的写实与如歌的漫想相综合的边远乡村叙述，创造了风景书写新颖的类型示范，表明一个作家为中国现代文学提供的独异的样板价值。

第三节　郑振铎：从学屋到史迹

历览中国新文学运动史，郑振铎以他切实的践行、丰硕的实绩引起关注。从现代文化史的角度看，他致力中外文化研究，做出卓异的贡献。作家和学者的双重身份，使他的作品除了灵性和激情外，还富有深湛的学识。旧学国故增益开掘的深度，异域文化拓宽观察的眼界，从而在创作中形成鲜明的个性品质

---

① 周仁政：《巫觋人文——沈从文与巫楚文化》，岳麓书社 2005 年版，第 402、403、404 页。

与精神气质。在风景散文上面，仰赖丰厚的学识，融入时间与历史的要素，以优游的气度沉潜学海，涵泳风物，玩索义味，创制文章，是他优于一般作家的地方。

郑振铎（1898—1958），原籍福建长乐，生于浙江永嘉，笔名西谛、郭源新。1917 年就读于北京铁路管理学校，参加过五四运动。1920 年 11 月与周作人、耿济之、沈雁冰、叶绍钧等发起成立文学研究会，由他起草会章。1921年 3 月至 1922 年 1 月在上海协编和主编《时事新报》副刊《学灯》，其间经沈雁冰介绍，到商务印书馆编译所工作。1921 年 5 月 10 日创办并主编文学研究会机关报《文学旬刊》。置身文学革命潮流中的他，1922 年发表《整理中国文学的提议》，具体地提出整理的范围和方法。1923 年 1 月接替沈雁冰主编《小说月报》，力倡"为人生"的写实主义文学，实践"血与泪"的创作主张，同时在上海大学任教。1927 年 6 月至 1928 年底旅居欧洲。1929 年初归国，先后在燕京大学、复旦大学、暨南大学执教，并主编《文学》、《文学季刊》、《世界文库》等杂志和丛书。他的《俄国文学史略》（1924 年，商务印书馆）、《文学大纲》（1927 年，商务印书馆）、《插图本中国文学史》（1932年，北平朴社）、《中国文学论集》（1934 年，开明书店）、《中国俗文学史》（1938 年，商务印书馆）、《民族文话》（1946 年，上海国际文化服务社）等论著，标示在文学理论、文学史和史学史方面的建树。他在 40 年代以后编著《中国历史参考图谱》、《中国古明器陶俑图录》和《中国版画史图录》等，又为中国的文化建设做着基础性的工作。

文化身份使郑振铎在研究和创作的不同领域，具有角色意识的自觉。"郑振铎本来是个最好的杂志编辑者，转入考古，就成了中国古文学鉴定剔别的人。按理而论，学者是该不会写文章的，但他的散文，却也富有着细腻的风光。且取他的叙别离之苦的文字，来和冰心的一比，就可以见得一个是男性的，一个是女性的了。大约此后，他在这一方面总还有着惊人的长进，因为他的素养，他的经验，都已经到了百分之百的缘故。"① 创作经验为学养注入灵动的气质，学养积累又为创作增添厚重的成分。

郑振铎的散文类别，一是社会批评型和文学杂谈型的议论体散文，以《佝偻集》（1934 年，生活书店），《短剑集》（1936 年，上海文化生活出版

① 郁达夫：《〈中国新文学大系·散文二集〉导言》，《中国新文学大系·散文二集》，上海良友图书印刷公司 1935 年版，第 18 页。

社），在上海沦陷、困居孤岛时写的《蛰居散记》（1951 年，上海出版公司）为代表；二是抒情体散文，以写于 1927 年的《海燕》（后收入《海燕》集，1932 年，新中国书局）为代表；三是日记体散文，以写于 1927 年的《欧行日记》（1934 年，上海良友图书印刷公司）为代表。

郑振铎在风景散文上的创作开始较早，1927 年即由上海开明书店出版《山中杂记》，全书收《避暑会》、《三死》、《月夜之话》、《山中的历日》、《塔山公园》、《蝉与纺织》、《苦鸦子》、《不速之客》和《山市》等篇，记 1926 年夏在莫干山的一段清居生活。《海燕》则是 1927 年 5 月下旬离开大革命失败后的祖国，在赴欧的船上写出的，和其他一些篇章寄到上海的《文学周报》发表。作品望景兴感，既生发去国怀乡之思，又畅抒勇健翔天之情，塑造了一个年轻无畏、奋勇前行的革命者的生动形象。但他在这一体式上取得的成就主要集中于 30 年代。那些以文化学者的眼光访胜记游的篇章，显示出学人化的艺术精神。

《访笺杂记》作于 1933 年 11 月 15 日，附于鲁迅、郑振铎合编，北京荣宝斋刻印的全六册《北平笺谱》尾册之末。郑振铎访求彩印笺纸上的名家绘稿，从美术角度赏鉴花卉、山水、蔬果、彝器、人物诸画图，循着中国艺术史的发展轨迹展开精神活动。"我搜求明代雕版画已十余年。初仅留意小说戏曲的插图，后更推及于画谱及他书之有插图者"，宋元以来的版画史、清代木刻画籍也有旁骛，说明他对于古国艺术的热诚。搜访笺样的过程中，他呼吸着琉璃厂的古雅之气，"由清秘阁向西走，路北第一家是淳菁阁。在那里，很惊奇的发见了许多清隽绝伦的诗笺，特别是陈师曾氏所作的；虽仅寥寥数笔，而笔触却是那样的潇洒不俗"。在松华斋里又见到陈师曾的八幅花果笺，"陈半丁，齐白石二氏所作，其笔触和色调，和师曾有些同流，惟较为繁缛燠暖。他们的大胆的涂抹，颇足以代表中国现代文人画的倾向；自吴昌硕以下，无不是这样的粗枝大叶的不屑屑于形似的"，数句点评，带着画论的意思。松古斋、懿文斋、荣宝斋、静文斋、荣禄堂、宝晋斋、成兴斋、彝宝斋等笺肆都一一访到，也透现他三次进琉璃厂访笺时孕生的艺术心情，而景色也生动地映衬现场背景和特定心绪，"第三次到琉璃厂，已是九月底；那一天狂飙怒号，飞沙蔽天；天色是那样惨澹可怜；顶头的风和尘吹得人连呼吸都透不过来"，飘逸的精神回到沉暗的生活世界，而在荣宝斋看到仿古和新笺，特别是"见到林琴南的山水笺，齐白石的花果笺，吴待秋的梅花笺，以及齐，王诸人合作的壬申笺，癸酉笺等等"，是做着艺术风景的观览，"归来的时候，已是风平尘静。地上薄薄地敷上了一层黄色的细泥"，访笺带来的"未消逝的快慰"，使心境熨帖了一些，透露出一个文化工作者对祖国的艺术遗产很深的关系和感情。

　　1934 年 7 月 7 日晨，在燕京大学任教授的郑振铎受平绥铁路局局长沈昌之邀，与冰心、吴文藻、雷洁琼、顾颉刚、陈其田、赵澄、文国鼐等八人从北京清华园车站出发，开始沿平绥线的社会调查性质的旅行。18 日到平地泉，因故折回。8 月 8 日再次出发，文国鼐赴北戴河未偕行，故约容庚加入。途经居庸关、宣化、张家口、大同、呼和浩特、包头等地，两次共历时六个星期。平绥沿线风景、古迹、风俗、宗教、经济、物产等皆入视野。访查西北边况的途中，他以书信形式把塞外见闻详述给夫人高君箴，计十余篇。1934 年 1 月，郑振铎和章靳以合编的大型文学刊物《文学季刊》在北平出版；10 月，由文学季刊社主办的文学月刊《水星》问世，该刊风格淡泊而致远，以游记随笔为最有特色，郑振铎遂把这组通信在《水星》上发表，尔后编为《西行书简》，作为"文学研究会创作丛书第二种"出版（1937 年，商务印书馆）。"他不仅生动地描写了沿途景色、风土人情、民众困苦等等，同时，每到一处总凭借其渊博的知识，介绍当地的历史、古迹。有时，他引用古籍上的记载和传说中的故事，与所到之处相对照，令人益增趣味；有时，他把云冈的佛像与法国洛夫博物院的'维纳斯'相比较，更显示前者的伟大；有时，他略作考证语，却有重要的发见（如他认为'大茹茹即蠕蠕国'等）。而这一切，又都是与他热烈的爱国精神融合在一起的。作者的艺术想象力伴随着他的知识学力而发挥"[1]。在内容上，他以史实作为创作要素；在形式上，他采用书简的结构样式；在表现上，他怀着浓厚的历史兴趣观察、记录，虽然讲求稳练的逻辑思考与信实的实证经验，却更尽心情感的发抒、想象的飞升，使作品独呈异美。

　　《云冈》是《西行书简》里的一篇重要作品。郑振铎以学者的专注与细致循着历史的踪迹探赜索隐，表现了玩味古典、搜求史料的兴趣。起首申明"云冈石窟的庄严伟大是我们所不能想象得出的"，就只有以老实的态度把它当成一部大书来研读。他将深厚的文化内蕴与细致谨严的学术作风带进写作过程，注重在记景摹物中融入历史知识、考证眼光，在学术视野里展开平实叙录，增强了古迹的学问含量，闪烁起知性的光芒，突显着学人书写的特质。虽

---

　　①　陈福康：《〈郑振铎散文选集〉序言》，《郑振铎散文选集》，百花文艺出版社 2004 年版，第 18 页。

则考证嫌多，学识性削弱了艺术性，但是具体到这类以钩稽故实为核心而非侧重抒发感情的作品，史与文还是有机相谐的。冷静的述古引据中渗透了对于祖国文化遗产的挚爱，使描写情真而文美。

云冈石窟是造于北魏时期的胜迹，郑振铎落笔时，像一个精心的设计家，格外留意这处古窟方位感的准确、历史性的深邃。他用文字在前面导引着，用专业眼光解析石窟群的结构，神情是那样端庄，因为这样迷人的艺术宝库"你不能草草的、浮光掠影的、跑着、走着看。你得仔细的去欣赏……每一个石窟，每一尊石像，每一个头部，每一个姿态，甚至每一条衣襞，每一部的火轮或图饰，都值得你仔细的流连观赏，仔细的远观近察，仔细的分析研究……全部分的结构，固然可称是最大的一个雕刻的博物院，仅就一洞、一方、一隅的气氛而研究之，也足以得着温腻柔和、慈祥秀丽之感"，最终在印象世界里留下"一个大略的、美丽的轮廓"。他的述史，由北魏高僧昙曜在武州山掘洞造像讲起。《魏书·释老志》、《续高僧传》、《魏书·显祖记》、《水经注》等典籍，被他不惮烦地征引节录，算是把云冈雕凿的经过情形说出一个梗概。抱着不尽信前史的求实态度，还略略做些考证工作，如《大清一统志》引《山西通志》一节记载，颇成疑问："那十寺不知是那一代的建筑。所谓元载云云，到底指的是元代呢，还是指的唐时宰相元载？或为元魏二字之误吧？云冈石刻的作风，完全是元魏的，并没有后代的作品参杂在内。则所谓元载一定是元魏之误。十寺云云，也不会是虚无之谈。正可和《水经注》的'山堂烟寺相望'的话相证。"出入经史，求证本原，也为后继访游者破了迷障。通篇写实，景物平实，游程平实，较少抒情。但是初望"云冈全景展布在我们之前。几个大佛的头和肩也远远的见到"，还是难掩心头的兴奋。竟至晚饭后在石窟寺东邻的云冈别墅小亭上闲谈，听到山下人家击筑奏筝及吹笛声音，情不能抑，"在这古窟宝洞之前，在这天黑星稀的时候，在当前便是一千五百年前雕刻的大佛，便是经历了不知多少次的人世浩劫的佛室，听得了这一声声的呜呜托托的乐调，这情怀是怎样可以分析呢？凄惋？眷恋？舒畅？忧郁？沉闷？啊，这飘荡着的轻纱似的无端的薄愁呀！啊，在罗马斗兽场见到黑衫党聚会，在埃及的金字塔下听到土人们作乐，在雅典处女庙的古址上见旅客们乘汽车而过，是矛盾？是调和？这永古不能分析的轻纱似的薄愁的情怀！"在记实的书写氛围里，不多的抒情笔墨，更衬出善感心思的浓重。

标位的清楚，记写的翔实，表明治学的精细态度。在朝对象物落下笔墨时，郑振铎谨守这一点。他先沿大道向东直走，再回头向西来，依次周览各个佛窟的奥妙。凌杂的古窟残佛，窃盗者留在洞壁上的刀斧斫削之痕，字迹剥落的明人题刻，触鼻的霉土之气，显出景况的凄清。有的洞窟虽被堵塞，"但从洞外罅隙处，可见其中彩色黝红，极为古艳"。佛面的模糊与毁损，让人徒叹岁月的无情。而"碧霞洞以西，是另成一个局面的结构。那结构的规模的宏伟，在云冈诸窟中，当为第一"。积满古尘、泥渣和石屑的阴冷的窟中，端坐的大佛、侍立的菩萨，虽然"腰部以下皆剥落不堪，连形态都不存，但上半身却仍是完好如新。那头部美妙庄严，赞之不尽。反较大佛寺、五佛洞诸大佛之曾经修补者为更真朴可爱"。字句里流露对祖国遗珍的深浓之情。西边的一窟"浮雕尚有规模可见。窟顶上刻有'飞天'不少，那半裸体的在空中飞舞着的姿态，是除了希腊浮雕外，他处少见的，肉体的丰满柔和，手足腰肢的曲线的圆融生动，都不是东方诸国的古石刻上所有的。我抬了头，站在那里，好久没有移开。有时，换了一个方向看去。但无论在那个方向看去，那美妙、圆融的姿态总是令人满意、赞赏的"。这里，他止于记述，并无抒情，但是情感还是深浸在字句中。耐看的景观继续在他的眼前清显地呈示，撩动心旌：大佛殿中的大佛，虽然身上都装了金，"还不失其美妙慈祥的面姿"，如来殿里的方形立柱上，"四边浮雕极多，皆是侍像及花饰，有极美者。这个方柱当是云冈最完好的最精致的一个"，弥勒殿里"每龛的帏饰，各有不同；都极生动可爱。有的是圆帏半悬，有的是绣带轻飘，无不柔软圆和，一点石刻的生硬之感也没有。顶壁的'飞天'及莲花最为完整。六朵莲花，以雕柱隔为六部。每一朵莲花，四周皆绕以正在飞行的半裸体的'飞天'，隔柱上也都雕刻着'飞天'。总有四十位'飞天'，那姿态却没有一个相同的；处处都是美，都是最圆融的曲线"。至于其他石窟寺中坐态秀美、面姿清俊的佛像，彩色古艳的浮雕，还有那尊"被袈裟而手执水瓶的一像，面貌极似阿述利亚人，袈裟上的红色，至今尚新艳无比"，以及西部一窟中"顶壁的色彩也极隽美。再西有一佛龛，佛像已为风雨所侵剥，而龛上的悬帏却是细腻轻软若可以手揽取"，都让他对这个繁颐富丽的佛窟叹为观止。他以如实的眼光为云冈诸窟录影，有疑问，有推测，有思忖，有判断，有点评，有品鉴。他在相近的场景物象中区分不同处，讲求观察的仔细与写法的变化，得其滋味而避免铺叙的平淡、表述的浅直。他调和明艳的色彩绘制新美的图画，写出了石雕造像具有质感的生命。

平绥沿线旅行，神思在历史时空翱翔。《西行书简》中，《从清华园到宣化》、《张家口》、《大同》、《口泉镇》、《大同的再游》、《从丰镇到平地泉》、《百灵庙》、《昭君墓》、《包头》诸篇，和《云冈》共同构成书简体文学系列，这些作品渗透强烈的历史意识，坚持说文谈史的雍容态度，笔致沉实。他不做历史的评价者，不空寄感怀，偶作现代意义的点评，也带着史家眼光。思想以学养为根基，向深久悠远的历史时空延伸衍射，表明学者身份的纯粹性。《大同》充满对古物的赞美，代王邸前的九龙壁"古色斑斓，恬暗幽静，没有一点火气"，上华严寺壁画的"佛像及布置的景色却浑朴异常，饶有古意……像后的焰光极繁缛绚丽，和永乐时代的木板雕刻的佛像有些相同"，下华严寺更让他诧异和赞叹，"啊！这里是一个宝藏，一个最伟大的塑像的宝藏！从不曾见过那末多那末美丽的塑像拥挤在一起的……简直像个博物院……上寺的佛像是庄严的，但这里的佛像，特别是倚立着的几尊菩萨像，却是那样的美丽。那脸部，那眼睛，那耳朵，那双肩，那双唇，那手指，那赤裸的双足，那婀娜的细腰，几乎无一处不是最美的制造品，最漂亮的范型。那倚立着的姿态，娇媚无比啊……那衣服的褶痕、线条，那一处不是柔和若最柔软的丝布的，不像是泥塑的，是翩翩欲活的美人"。在他庄重的历史感里，也飞荡着艺术的激情。相似的情感，也因塞外风光的壮美而发抒。《百灵庙》三篇，写景笔墨颇多，尤见浪漫之情。车经绥远旧城，进入大青山脉，"兴致很好，觉得什么都是新鲜的。朝阳的光线是那末柔和的晒着。那长长的路，充满了奇异的未知的事物，继续的展开于我们的面前……不怎么高峻的山坡和山头，平铺着嫩绿的不知名的小草，无穷无尽的展开着，展开着，很像极大的一幅绿色地毯，缀以不知名的红、黄、紫、白色的野花，显得那末样的娇艳。露不出半块骨突的酱色岩来。有时，一大片的紫花，盛开着，望着像地毡上的一条阔的镶边。在山坡上有不少已开垦的耕地。种植着荞麦、油麦、小麦以及罂粟。荞麦青青，小麦已黄，油麦是开着淡白色的小花，罂粟是一片的红或白，远远的望着，一方块青，一方块黄，一方块白，整齐的间隔的排列着，大似一幅极弘丽的图案画"。漫行的成群的牛羊点缀着如歌的画境，天空上飞着的百灵鸟"鸣声清婉而爽脆，异常的悦耳"，绕山流着的百灵河里，"极细小的游鱼，一群群的在水里游着"，更有"雨后夕阳如新浴似的，格外鲜洁的照在绿山上，光色娇艳之至！天空是那末蔚蓝。两条虹霓，在东方的天空，打了两个大半圈，彩色可分别得很清晰。那彩圈，没有一点含糊，没有一点断裂。这是我们在雨后的北平和南方所罕见的；根本上，我们便不曾置身于那末广阔无垠的平原上过"。极易冷硬沉闷的述史文字，被他巧妙地调和笔趣，敷设一层浓郁的抒情色彩，透显风物自身的美感，让寻史的过程充溢动人的情致，绵和而温适。入夜，洪浊悲壮的马头琴声响起，听成吉思汗西征时所制之曲《托伦托》，"确具骑士在大平原上仰天长歌的情怀", 又听情歌《美的花》, "则若泣若诉, 郁而不伸, 反复的悲叹其情人的被夺他嫁。但叹息声里, 也带着慷慨的气概, 不那末靡靡自卑"。旷莽的草原上, 幽冷的夜色里, 内心的感动来自凄切的弦歌, 郑振铎准确地传达了这种感觉。康熙征伐准格尔的遗迹犹可寻觅, 宝座不见, 四周大石堆叠的营子内, "山势平衍, 香草之味极烈, 大约皆是蒿艾之属。草虫唧唧而鸣……红翼的蚱蜢不断的嗤嗤的飞过。蒙古鹰成群的在山顶的蓝天上打旋", 水边挺立着两三株树, 清旷的场景使他的心情寂寥而孤凄, "一个人独坐于最高的山上, 实在舍不得便走开"。临去, "车将出九龙口, 回望百灵庙, 犹觉恋恋。庙顶的金色, 照耀在初阳里, 和庙墙的白色相映, 绝分外的显得可爱, 其美丽远胜于近睹。有一喇嘛着红色衣, 牵一白马, 在绿色草原上走着, 颜色是那样的鲜明", 纸上施彩, 一片明艳。他把散文做成了画。《昭君墓》中对碑石的考证, 使字句担承历史的重量。演绎昭君旧事的唐人变文、元人杂剧、明人传奇被他一一点到。古冢草色青碧, 亡灵无言, 在他看, 碑碣数行字, 传递岁月的回声, 似与他的心灵相通。对骡夫的关切, 是把底层民众的情感编织进历史的图卷, 正同他的"为人生而文学"的创作主张相一致, 表现了一个文化学子应有的人道情怀。如此, 他也算奉行了该次考察所担负的收集古迹故事的分工。郑振铎的西行漫记, 综合学识、思想、情趣与智慧, 学术精神彰显鲜明的现代品格, 不但在史学考察上有所贡献, 承担起一个知识分子对社会文明负有的责任, 更在现代风景散文领域成功地创制了书简文学的体式, 实现了历史图景的文学化延展。

郑振铎在 1934 年 11 月 3 日写成, 发表于同年 12 月《中学生》第 50 号的《北平》, 是一篇表现旧京风情的作品。他依旧坚持一个文化学者的立场, 以一个外乡人的文化视角来看待北平的种种, 感情是平静的, 态度是客观的, 眼光是理性的。说至激切处, 甚或衍为一种文化的批判。春天的北平, 大风吹着灰黑的土地, 卷扬起黄灰色的沙垢, 布设的氛围似乎预示全文注定不会在赞美的情绪中展开。但是文调忽然一转, 画出风静后晒在墙头、晒进窗里的黄亮亮的太阳光, 字词里带着"那份温暖和平的气息儿"。细碎的鸟声响着, "院子里有一株杏花或桃花, 正涵着苞, 浓红色的一朵朵, 将放未放。枣树的叶子正在努力的向外崛起……柳树的柔枝儿已经是透露出嫩嫩的黄色来", 新鲜的空气捎来春的消息, "仿佛在那里面便挟带着生命力似的"。他投给大自然的感情是欣悦而真挚的。对于象征封建文化的皇城建筑, 笔墨又变得诙谐而调侃不恭。天安门内"那两支白石盘龙的华表, 屹立在中间, 恰好烘托着那一长排的白石栏杆和三座白石拱桥，表现出很调和的华贵而苍老的气象来，活像一位年老有德、饱历世故、火气全消的学士大夫，没有丝毫的火辣辣的暴发户的讨厌样儿"，而"午门之前，杂草丛生，正如一位不加粉黛的村姑，自有一种风趣。那左右两排小屋，仿佛将要开出口来，告诉你以明清的若干次的政变，和若干大臣、大将雍雍锵锵的随驾而出入"，流年烟云都付谈笑间似的。护城河的绿水映着太庙或中山公园后面苍苍郁郁的柏树林，消闲无事的人，无目的地漫踱，心上并不担着历史的重量，"他们穿了大袖的过时的衣服，足上登着古式的鞋，手上托着一只鸟笼，或臂上栖着一只被长链锁住的鸟，懒懒散散的在那里走着。有时也可遇到带着一群小哈巴狗的人，有气势的在赶着路"。他揶揄道："遛跶，是北平人生活的主要的一部分；他们可以在这同一的水边，城墙下，遛跶整个半天，天天如此，年年如此，除了刮大风，下大雪，天气过于寒冷的时候。你将永远猜想不出，他们是怎样过活的。你也许在幻想着，他们必定是没落的公子王孙，也许你便因此凄怆的怀念着他们的过去的豪华和今日的沦落。"辛辣的嘲讽，直刺苟活于旧京的一群的灵魂。高大的城楼下，"黄色的迎春花正在盛开，一片的喧闹的春意。红刺梅也在含苞。晚开的花树，枝头也都有了绿色。在这灌木林子里，你也许可以徘徊个几个小时。在红刺梅盛开的时候，连你的脸色和衣彩也都会映上红色的笑影"，蓬勃的春意恰和那些失去生命活力的麻木的魂灵形成对照。中山公园里的海棠、牡丹、芍药、菊花正逢花期，在茶座旁"舒适的把身体堆放在藤椅里，太阳光满晒在身上，棉衣的背上"，一阵和风里轻响着高谈低语。光景是这样的好，"在那里，你可以见到社会上各种各样的人物。——当然无产者是不在内，他们是被几分大洋的门票摈在园外的"。于是，心中的郁怒渐浓，竟至觉得相邻的太庙所陈列的清代各帝的祭殿和寝宫，尽管是如何的辉煌显赫，如何的富丽堂皇，"其实，却不值一看，一色黄缎绣花的被褥衣垫，并没有什么足令人羡慕。每张供桌上所列的木雕的杯碗几烛盘等等，还不如豪富人家的祖先堂的讲究……是帝王和平民，不仅在坟墓里同为枯骨，即所馨享的也不过如此如此而已"。什刹海的稻田和荷花荡让他着迷，因为"这海是平民的夏天的娱乐场"。他的心里浸着幽情："夏天，荷花盛开时，确很可观。倚在会贤堂的楼栏上，望着骤雨打在荷盖上，那喷人的荷香和刹刹的细碎的响声，在别处是闻不到、听不到的。"走入临近的北海公园，"在晴天，倚在漪澜堂前的白石栏杆上，静观着一泓平静不波的湖水，受着太阳光，闪闪的反射着金光出来，湖面上偶然泛着几只游艇，飞过几只鹭鸶，惊起一串的呷呷的野鸭，都足够使你留恋个若干时候"，心境是一样的欣然。曾为帝王家的故宫博物院，"处处觉得寂寥如古庙，一点生气都没有"，武英殿等建筑宏伟异常，"在殿廊上，下望白石的'丹墀'，不能不令你想到那过去的充满了神秘气象的'朝廷'和叔孙通定下的'朝仪'的如何能够维持着帝王的神秘的尊严性。你如果富于幻想，闭了眼，也许还可以如见那静穆而紧张的随班朝见的文武百官们的精灵的往来"。南城可供流连的是陶然亭、夕照寺、拈花寺和万柳堂，"从前都是文人们雅集之地，如今也都败坏不堪，成为工人们编麻索、织丝线之地……别看清人诗集里所歌咏的是那末美好，他们是不得已而思其次的呢！"笔端略含一缕惆怅。更深的忧叹中，他把目光转向杂合院里黑暗的生活，泥地上爬的孩子，脸多菜色的妇女，劳工、车夫奔劳的身影使他感慨："有人说，北平生活舒服，第一件是房屋宽敞，院落深沉，多得阳光和空气。但那是中产以上的人物的话。百分之八九十以上的人口，是住着龌龊的'杂合院'里的，你得明白。"遑论北城和南城的僻巷里的景况了。尽管他说北平人的生活情调是"舒适、缓慢、吟味、享受，却绝对的不紧张"，像骆驼一样安稳、和平、不匆忙、不停顿地前行，"表现的是那末和平而宽容，负重而忍辱的性情。这便是北平生活的象征"，但是，他认识到"北平的表面，虽是冷落破败下去，尚未减都市之繁华。而其里面，却想不到是那样的破烂、痛苦、黑暗"。他不是细数旧京风情，抒发浅淡的兴感，求一点清雅的风致，而是以隐含的批判力量，介入都市生活的内部，唤醒民众的觉悟，开启他们的思考力。全文起于自然光景，止于思想言说，既有文化散文的历史知识内涵，又有议论散文的社会批判锋芒。学识融入现实，显示了精神内涵的深刻。

同为探究都市文化底里的《黄昏的观前街》，也是引人注意的作品。城市独特的成长进程，形成自具的历史身份和文化背景，在这一视景上展开的现实描述，带有显明的书写特征。郑振铎面对的不是故纸里的学问，却是学屋之外真切的日常情景。生活流替代知识流，内心充满新鲜感与温暖感，加上欧游的见闻，自然会在东方文明与西方文明的差异间进行深刻的文化审视。通过对分处不同地理和历史环境的中外都市的观察，在感情上做出对苏州古老文明的历史认定。他并未显示述史的端严姿态，具有逻辑力量的论说也较少用在上面，而是带着感情来写，笔调轻松，想象丰富，透露学者的另一番才情，又从情的深度彰显书写意义。

在郑振铎的印象里，苏州城繁华中心的观前街，因有一座"未必有胜于北平的隆福寺，南京的夫子庙，扬州的教场"的玄妙观"那末粗俗的一个所在"，自先减去几分颜色，"再加以没头苍蝇似的乱钻而前的人力车，或箩或桶的一担担的水与蔬菜，混合成了一个道地的中国式的小城市的拥挤与纷乱无秩序的情形"。可是改变他的旧印象，并且对这条小街和街上过客投以深情的，却是这里的黄昏。笔轻轻落下，缓缓写来，自有一种悠然意态："然而，这一个黄昏时候的观前街，却与白昼大殊。我们在这条街上舒适的散着步，男人，女人，小孩子，老年人，摩肩接踵而过，却不喧哗，也不推拥。我所得到的苏州印象，这一次可说是最好。——从前不曾于黄昏时候在观前街散步过。"清静、温馨，是一般学屋里的青衿适应的环境，由此形成读书人的习惯性心态和喜好。其时的郑振铎正应如是。耀耀煌煌的灯光，铜的、布的、黑漆金字的市招，亮晶晶的在繁灯之下发光的茶食店里的玻璃匣，野味店的一串一挂的山鸡野兔，都让他欣喜不禁，"你如在暮春三月，迎神赛会的当儿，挤在人群里，跟着他们跑，兴奋而感到浓趣"，才觉得这条街狭小得妙，"她将所有的宝藏，所有的繁华，所有的可引动人的东西，都陈列在你的面前，即在你的眼下，相去不到三尺左右，而别用一种黄昏的灯纱笼罩了起来，使它们更显得隐约而动情，如一位对窗里面的美人，如一位躲于绿帘后的少女"。平素抱怨街上闲人过多而造成拥挤，此刻却显出人多的特别的好处，"大家都感到一种的亲切，一种的无损害，一种的无忧无虑的生活；大家都似躲在一个乐园中，在明月之下，绿林之间，优闲的微步着，忘记了园外的一切"。灯火照耀下，他想起"不夜之城"的巴黎和伦敦，"你假如走惯了黄昏时候的观前街，你在那里准得要大吃苦头"，一刻半秒的安逸也得不到，黑漆漆的天空闪着几颗冷星，"大都市的荣华终敌不住黑夜的侵袭。你在那里，立了一会，只要一会，你便将完全的领受到夜的凄凉了。像观前街那样的燠暖温馥之感，你是永远得不到的"，他似乎又回忆起旅欧的艰辛，感到往日的孤零与寂寞，盈漾心头的闲逸之致隐隐地被冲淡了。亲历的岁月使跨越时空的比较浸含一种文化自信，温情的描述显示中国学者的气骨。

传统中国文学和现代西方文化营造的知识结构，给予郑振铎的创作思维以新异的视角，使他所绘取的历史风景呈现鲜明的创作主体风格与独特的美学品质。

第四节　巴金：生命边缘上的行阅

以洋溢着青春激情与反叛现实的创作姿态抒写风景，酿制出巴金散文的艺术美感。

　　巴金（1904—2005），四川成都人，祖籍浙江嘉兴。原名李尧棠，字芾甘。五四运动的新思潮唤起他对封建制度的叛逆意识。1927 年 1 月离上海赴法国留学，受无政府主义影响，社会观念充满激进的理想主义色彩。在现实矛盾中，他也曾发生心理的躁动，也曾涌动失落的情绪。他在文学中转移内心的困惑与痛苦，寻求精神的创生，自觉塑造真纯、热诚、明朗的创作品性。1928 年在巴黎写出长篇小说《灭亡》（1929 年，开明书店）。1928 年 12 月回到上海，创作中篇小说《雾》（1931 年，新中国书局）、《雨》（1933 年，良友图书印刷公司）、《电》（1935 年，良友图书印刷公司），构成"爱情三部曲"；长篇小说《家》（1933 年，开明书店）、《春》（1938 年，开明书店）、《秋》（1940 年，开明书店），构成"激流三部曲"。1934 年从上海到北平后海三座门大街 14 号，与郑振铎、章靳以、冰心、朱自清、沉缨、吴晗、李长之、林庚等编辑《文学季刊》，形成京派与海派作家的融合，他还推荐发表曹禺的剧本《雷雨》，10 月，和卞之琳、沈从文、李健吾、靳以、郑振铎等创编《水星》文学月刊，同年秋天东渡日本。1935 年 8 月归国后，主持上海文化生活出版社编辑业务。1938 年 5 月至 1943 年 9 月，创作长篇小说《火》（1940—1945，开明书店），构成"抗战三部曲"。1944 年 5 月至 7 月，创作长篇小说《憩园》（1944 年，上海文化生活出版社）。1945 年 5 月至 7 月，创作长篇小说《第四病室》（1946 年，良友复兴图书公司）。1944 年冬至 1946 年底，创作长篇小说《寒夜》（1947 年，上海晨光出版公司），构成"人生三部曲"。另著有长篇小说《秋天里的春天》（1932 年，开明书店）、《父与子》（1943 年，文化生活出版社）、《处女地》（1944 年，文化生活出版社），短篇小说集《复仇》（1931 年，新中国书局）、《光明》（1932 年，新中国书局）、《电椅》（1933 年，新中国书局）、《抹布》（1933 年，星云堂书店）、《发的故事》（1936 年，上海文化生活出版社）、《还魂草》（1942 年，上海文化生活出版社）、《小人小事》（1943 年，上海文化生活出版社），散文集《海行》（1932 年，上海新中国书局）、《旅途随笔》（1934 年，生活书店）、《点滴》（1935 年，开明书店）、《生之忏悔》（1936 年，上海商务印书馆）、《忆》（1936 年，上海文化生活出版社）、《控诉》（1937 年，上海烽火社）、《短简》（1937 年，良友图书印刷公司）、《梦与醉》（1938 年，开明书店）、《旅途通讯》（1939 年，上海文化生活出版社）、《感想》（1939 年，烽火社）、《黑土》（1939 年，上海文化生活出版社）、《无题》（1941 年，上海文化生活出版社）、《龙·

虎·狗》（1942 年，上海文化生活出版社）、《废园外》（1942 年，上海文化生活出版社）、《巴金散文集》（1944 年，上海艺光出版社）、《旅途杂记》（1946 年，上海万叶书店）、《怀念》（1947 年，开明书店）、《我的幼年》（1947 年，上海新生书店）、《巴金文集》（1948 年，上海春明书店）、《静夜的悲剧》（1948 年，上海文化生活出版社），译作《前夜》（1930 年，上海启智书局）、《丹东之死》（1930 年，开明书店）、《过客之花》（1933 年，开明书店），回忆录《回忆托尔斯泰》（1950 年，平明出版社）、《回忆屠格涅夫》（1950 年，平明出版社）等。

新文化运动唤起的对于未来的向往，对于光明的追求，使巴金更加厌憎旧的社会制度、旧的生存环境，他要用文学的手段创造理想的生活。他的创作过程直接反映漫长的生命体验。巴金在命运的旋涡里做着灵魂的挣扎，内心翻涌情感的湍流，自然风光构成实际生活的多彩背景，让真实的生命段落呈现清晰的脉迹，文学想象又使现实的一切发生飞腾与坠落，在展示社会状况的同时，刻绘出个人的精神境域与生命景观。

深情如歌的生命咏赞。青春的情怀在巴金年轻的心中蕴蓄。1933 年 9 月作于北平，发表在 1933 年 11 月《现代》第 4 卷第 1 期 11 月狂大号的《平津道上——旅途随笔之一》，记录一段精神的旅程。巴金坐在从天津东站开往北平正阳门站的火车上，读着斯托姆的短篇小说《迟开的蔷薇》最后一句诗"啊，青春啊！美丽的蔷薇花开的时候"，他的心里得了感动，不禁赞颂年轻的生命，"……我知道我的青春是不会消失的"，在阅读境界里升华情感，暂且摆脱苦闷的现实。这种热烈的生命情感，是创作的永久泉源。他的作品里，永远闪烁亮丽的青春光彩。在为自己的中篇小说《春天里的秋天》做的序里，他抒发过这样的欣喜：春野间，"阳光温柔地对着每个人微笑，鸟儿在歌唱飞翔。花开放着，红的花，白的花，紫的花。星闪耀着，红的星，绿的星，白的星。蔚蓝的天，自由的风，梦一般美丽的爱情"。他歌颂春天，歌颂自由，歌颂旺盛的生命力，并且意识到自己的文学使命，"我的生活的目标无一不是在：帮助人，使每个人都得着春天，每颗心都得着光明，每个人的生活都得着幸福，每个人的发展都得着自由"，表明对自我生命价值的认定。

1933 年 6 月，巴金在广州写出《鸟的天堂》（1933 年 8 月 1 日《文学》第 1 卷第 2 号），以畅快的心情营造明朗的基调，表现对自然的眷爱。南国葱茏的诗意，在字句间盈盈漾动，"这棵榕树好像在把它的全部生命力展览给我们看。那么多的绿叶，一簇堆在另一簇上面，不留一点缝隙。翠绿的颜色明亮地在我们的眼前闪耀，似乎每一片树叶上都有一个新的生命在颤动，这美丽的南国的树！"他谛听清妙的音籁，感动更深了，"到处都是鸟声，到处都是鸟影。大的，小的，花的，黑的，有的站在枝上叫，有的飞起来，有的在扑翅膀"，大自然跃荡着生机，呈现一幅动感的画。巴金通过细腻的景物描摹，传达接近人类心灵的原始感觉。他不是用文字，而是用情感来理解风景，自觉接受一种纯粹自然意义的高度。《机器的诗》（1933 年 6 月作于广州，1933 年 7 月 1 日《东方杂志》第 30 卷第 13 号，发表时题为《机械的诗》）是一则旅途印象的小品。虽然"南国的风物的确有一种迷人的力量。在我的眼里一切都显出一种梦境般的美：那样茂盛的绿树，那样明亮的红土，那一块一块的稻田，那一堆一堆的房屋，还有明镜似的河水，高耸的碉楼"，然而更美的是充满创造力的劳动者。火车被轮船载渡过江的一刻，见到"新宁铁路上的一段最美丽的工程"，他从抬铁链、管机器的工人们昂头自如的神情上生出了感动，"我感到了一种诗情。我仿佛读了一首真正的诗……这机器的诗的动人的力量，比任何诗人的作品都大得多……只有机器的诗才能够给人以一种创造的喜悦……这种喜悦的感情，也就是诗的感情"。《一个车夫》（1934 年 6 月作于北平，1934 年 9 月 20 日《太白》第 1 卷第 1 期）也表现相似的主题。在去往公园的路上，他慨叹年幼的人力车夫坚强的生命意志，虽然他"没有家，没有爱，没有温暖，只有一根生活的鞭子在赶他。然而他能够倔强！他能够恨！他能够用自己的两只手举起生活的担子，不害怕，不悲哀。他能够做别的生在富裕的环境里的小孩所不能够做的事情，而且有着他们所不敢有的思想。生活毕竟是一个洪炉。它能够锻炼出这样倔强的孩子来。甚至人世间最惨痛的遭遇也打不倒他……这个世界里存在着的一切，在他的眼里都是不存在的。在那一对眼睛里，我找不到承认任何权威的表示。我从没有见过这么骄傲、这么倔强、这么坚定的眼光"。他对社会底层的劳动者充满同情，发出赞美，因为从他们身上，得到了一种精神的鼓舞与信念的支撑。

　　1934 年秋，巴金东渡日本。《海的梦》（1934 年 11 月作于横滨，1934 年 12 月 20 日《漫画生活》第 4 期）表现一种生命的激情。凌越滔滔海浪的他，像法国小说家大仲马笔下的人物那样，在新的地方开始对于自己内心的探索，"避开动的大自然去跟静的大自然接近。然而甚至在那些地方，在一切静的表面下，我依旧找到了生气，活力，精力。这都是那个就要到来的春天的先驱。新芽长出来了，地球开始披上了新绿的衣衫，一切都苏醒了起来；在我四周无处不看见生命在畅发的景象"，可是巴金没有想到死亡，"不，我还有勇气，我还有活力，而且我还有信仰。我求的只是生命！生命！"个人勇敢的心声，像一片暗夜中透显的希望的微光，升起在遥远的天边。《神》（1934 年 12 月作于横滨，1935 年 3 月 16 日《文学季刊》第 2 卷第 1 号）表明持守无神观念的他，不肯把自己的命运交给空虚里的神。他赞美人的生命力，"那无数的能够面对生活的勇敢的人，他们在语言和行动里表现了真理，他们把历史从泥淖里拾了起来。他们给我们的东西比那般信神的人希望从神那里得到的还更多。无论在什么时候，人的力量都显得比假想的神更伟大"，对于怀着社会信仰的知识者而言，"信神的路终于是懦弱的路。不满意现状，而逃避现实去求救于神，这样愚蠢的行为是不会有好处的"，他鼓动人们"起来，更努力地从事你们的工作！显出比神的更伟大的力量来！"他倡言"从空虚里出来的神还是把它送回到空虚里去罢"，表现了对于自我人生的现实把握。《沉落》（1935 年 1 月作于横滨，1935 年 2 月 1 日《文学》第 4 卷第 2 号）回响心灵的独语，实则是对生命理想的一种激奋的张扬，"我只是一个平凡的人。但是和无数的平凡人一样，我有血，有肉，有感情，有激情"。从表层阅读，上述写于日本的作品固然反映了青春活动中的异国经验，从深度审视，这些喷火的文字，都可以在勃勃的生命激情中寻索到精神的源头。

苦难年代的奋激呐喊。在日本期间，巴金虽然觉得自己整日是在白纸上消磨自己生命，可是面对腐朽的现局，抗争之焰仍然在心底燃烧，他在《沉落》里激扬文字："我的血依旧要沸腾，我的激情依旧要燃烧，我依旧要哭，我依旧要笑，我依旧要发怒，我依旧要诅咒"，也"的确想过拿我的笔尖做武器"，"对于目前的种种阻碍社会进步的倾向、风气和努力，我无论如何也不能够闭着眼睛放过它们"；他强烈地渴求，"要是我们能够把这个正在'沉落'的途中挣扎的民族拉起来，那么将来才有黎明留给我们"；他坦陈，"假如说我写文章是为着泄气，那么我是替现在和未来的无数的青年悲愤地叫出了一声：'少为我们造下一点孽罢！'或者更狂妄地嚷道：'我们要活！'"他的理想中充溢强烈的愤世精神和鲜明的社会革命的色彩，具有极强的感召力。在《繁星》（1935 年 1 月作于横滨，1935 年 1 月 1 日《文学》第 4 卷第 1 号）里，他让一天明亮的星光反衬在东瀛度日的苦闷，"疲倦的眼睛里的幻影"像他彷徨的心，"我好久没有见过这样的繁星了，而且夜又是这么柔和，这么静寂"，却不能掩去心底的创痛。在星月朗照的夜晚，在樱花的岛国，他疑心地自问："我为什么要来到这个地方？我所要求的自由这里不是也没有吗？离开了崎岖的道路到一个陌生的地方来求暂时的安静，在一些无用的书本里消磨光阴：我这样的生活不就是放逐的生活吗?”更像是做着深刻的自责。凝望永远不会坠落的繁星，他的痛苦愈深了，透露对自己的生命行程的批判精神。

抗战岁月，巴金的足迹印在上海、广州、桂林、重庆等地。《广州在轰炸中》宣示在死亡的威胁下，人与人之间更团结，“它把数十万人的心变成一颗心，鼓舞他们向着一个伟大的目标前进”；《从广州到乐昌》（1938年10月16日、11月1日《少年读物》第4、5号）述说敌机轰炸银盏坳，“在这里长住的人自然会知道何处是新伤，何处是旧痕。每一颗炸弹都会留下一个不灭的伤疤。然而我们这些陌生的眼睛看见的却只是一片断瓦颓垣”，战争惨象并未使他畏怯，“明天，新的旅程要开始了。我知道，以后走的一定是坦途，这以前的可以说是崎岖的山道”，他迈开勇毅的脚步；《广州在包围中》（1938年11月16日《少年读物》第6号，发表时题为《最后的消息》）在海珠桥前发抒愤吼：“火炬带着熊熊的烈火在黑暗中晃动。有人对我说，这真像一条火龙。广州在怒吼了，到处都在唱保卫大广东的歌曲。”激奋地传示内心情绪，真切地摹绘现实场景。《广武道上》（1938年12月1日《少年读物》第7号）在劫后的景物中寄寓铁一般的抗争意志，“我们就看见轰炸后车站的废墟从稀疏的树木中露了出来。在废墟上新的葵叶作屋顶的竹篱茅舍傲然耸立着，似乎在向敌机挑战”；《民富渡上》（1939年3月5日《文艺新潮》第1卷第6号）在暂时的宁静中展开想象，“我打开窗户望，大海似的天空泛着灯火似的星星。我们的头上很静。这时连自己的飞机也去远了。那声音是从我的记忆的彼岸过来的。我想，在受够了敌机轰炸的人们的梦里，自己的飞机也会时常出现罢”，希冀在想望中闪现一抹亮色；《桂林的受难》（1939年1月中旬作于桂林）抒发亲历战火的慨叹。他在漓江东岸目睹桂林城的艰窘情状，心底回响着正义的愤吼。战事改变了人们对于自然风景的态度，“在桂林人不大喜欢看见晴天。晴天的一青无际的蓝空和温暖明亮的阳光虽然使人想笑，想唱歌，想活动。但是凄厉的警报声会给人带走一切”。山水甲天下的胜地在劫火中熬煎，在痛苦地呻吟，惨烈的一幕映在他的心屏上，“我亲眼看见桂林市区的房屋有一半变成了废墟。几条整齐马路的两旁大都剩下断壁颓垣……在月牙山上我看见半个天空的黑烟，火光笼罩了整个桂林城。黑烟中闪动着红光，红的风，红的巨舌……我只看见一片焦土。自然还有几堵摇摇欲坠的断墙勉强立在瓦砾堆中”，听得见诉冤的哀号，望得见升腾的浓焰，他的情感也炽盛地燃烧，“从这个城市你们会想到其他许多中国的城市。它们全在受难。不过它们咬紧牙关在受难，它们是不会屈服的。在那些城市的面貌上我看不见一点阴影。在那些地方我过的并不是悲观绝望的日子。甚至在它们的受难中我还看见中国城市的欢笑。中国的城市是炸不怕的"。艰难时世中，他发出文学号召，让战争时期失去国家庇护的平民，自发地构筑起精神的保护体，坚定国民的抗敌意志，以战士的身姿挺立于生命洪流中。《桂林的微雨》（1939年1月下旬作于桂林，1939年3月22日《文汇报·世纪风》）发抒战时的忧闷情绪，虽然"绵绵的细雨成天落着"，可是"我觉得自己被包围在火焰中"；马路上一个女人焦急气愤的表情"我在我走过的每一个中国的地方都目击过。这里有悲愤，有痛苦，有焦虑，但是还有一种坚忍的力量……"《在柳州》（1939年4月5日《文艺新潮》第1卷第7期）表明知识者坚定的情怀。在"还没有受到战争损害的城市"柳州，他们谈论抗战的前途，"现实的黑暗面投掷了阴影在我们的心上，使我们的心不时发痛。但是光明永远在我们的眼前闪耀。我们始终不曾失去对未来的信仰。公园里飘荡着南国的香气，明绿色的茂盛的树木给我们遮盖了焦热的日光"，旺盛的意志力在心头唤起清新的感觉。这些旅途通讯，强调情感性；而一些和抗战有关的杂感、短论，则强调思想力，激发困苦旋涡中的受难者的斗志。《做一个战士》（1938年7月16日作于上海，1938年9月1日《少年读物》创刊号）激励孤岛上的青年坚守的意志，发出励志的强音："这样的战士并不一定要持枪上战场。他的武器也不一定是枪弹。他的武器还可以是知识、信仰和坚强的意志……战士永远不会失去青春的活力"，他用催人奋进的话语"来激励那些在彷徨、苦闷中的年轻朋友"为民族的解放而斗争。《"重进罗马"的精神》（1938年7月19日作于汕头，1938年9月16日《少年读物》第2号）对于"许多人怀着恐惧与不安离开了上海"的现状，和弥漫在孤岛上的绝望情绪，他引用圣徒彼得不畏尼罗王屠杀基督教徒的淫威，在耶稣精神的感召下毅然返回罗马城赴死的壮举来鼓舞国人的斗志，"尼罗王虽然用了火与剑，用了铁钉和猛兽，也不能摧毁这种'重进罗马'的精神。像这样的故事正是孤岛上的中国人应当牢牢记住的"，面对张皇匆遽的逃亡，他沉痛地说，"固然可以使人呼吸自由空气的内地是我们的地方，但是被视作黑暗地狱的孤岛又何尝不是我们的土地！……真正酷爱自由的人并不奔赴已有自由的地方，他们要在没有自由或者失去自由的地方创造自由，夺回自由……惟其失去自由，更需要人为它夺回自由。惟其黑暗，更需要人为它带来光明……'重进罗马'的精神倒是建立新中国的基石"。对祖国的宗教般圣洁的感情，使巴金在文学世界中展开光明的畅想，为陷入苦闷泥淖中的孤岛青年点燃精神的火花，为迷失行进方向的他们竖起前行的路标。绝境中的希望火焰在内心腾燃，他用文学性话语留下民族苦难的忠实记录，以乐观昂奋的情绪铸造战火里的中国形象，表达对于现实追问的文学回应。

人生景观的鲜丽映衬。凭借风景表现人物的心理状态，是巴金散文里成熟运用的手法。《海上》(1933 年 5 月底作于广州，1933 年 7 月 1 日《大陆杂志》第 2 卷第 1 期)中出现的景象，折射行旅中的情感状态："五月里，一个晴朗的早晨我离开了上海。那只和山东省城同名的轮船载着我缓缓地驶出黄浦江，向南方流去"，在他的耳际"海的吼声和人的鼾声响成了一片。只有我一个人不能够闭眼，思想折磨我，热情折磨我……"意识在流动，涌荡的江水、城市的楼影在心中铺展生动的衬景。《南国的梦》(1933 年 5 月作，1933 年 7 月 1 日《大陆杂志》第 2 卷第 1 期)让美丽的梦境在风光中洋溢青春感，"南国的景物的确是很迷人的。单是那明亮的阳光就够使人怀念了"，站在过海的小火轮上，"我们看了红的土块、青的海水、绿的田畴、茂盛的榕树和龙眼树，我觉得我是一刻一刻地变得年轻了"，心理感觉和精神领受漾动在画意中。《长堤之夜》(1933 年 6 月作于广州，1933 年 9 月 23 日《生活》第 8 卷第 38 期)把自己的心灵感觉融入江流中。夜静时分，"长堤静静地躺在珠江旁边。珠江也是静静的。江上只有稀疏的星星似的灯火，许多只篷船都睡了"，他在黑暗的江面展开幻想的行程，仿佛脚踏在顿河岸上，虽然"这里并没有顿河的夜景"，飘飞的神思充实生命体悟。《游了佛国》(1933 年 8 月作于上海，1933 年 11 月 2、3、4、5 日《申报·自由谈》)在海天香界展示清净的情怀。不是佛教徒和山林隐士的他身临普陀山，"山上长满了树，阳光照在树叶上，给它们镀了一层金色……山坡躺在我的脚下，全被绿树掩住，山坡尽处，是一片黄沙。蓝色的海水正向沙滩流过来，海水蓝得可爱，像一匹缎子，但是没有一只汽船来剪破它"，洁美的色彩映亮透明的感觉。《在普陀》(1933 年 8 月作于上海，1934 年 7 月《大众》月刊第 7 期)强化这种观览体验，"潮打湿的沙地是柔软的，脚踏在上面，使人起一种舒服的感觉"，爬上滨海的岩石，谛听潮水怒吼，细看白浪腾跃，"那奇妙的声音，那四溅的水花"把声响与色彩落向心里，鼓荡起生命的激情。《月夜》(1933 年夏作于广州)情节的布构、悬念的伏设，带有小说的风味，尤其强化景物在折射人物的感觉、情绪、意识上的衬映作用，突显这个以阶级抗争为主题的故事的悲剧意味。在作品中，月亮是作为衬景反复出现的。一个平常的夜晚，月静静地照着，水静静地流着，船静静地泊着，只有人在动，还有他们不安的心。"月光是柔软的"，这是触觉；"白银似的水面上灿烂地闪着金光"，这是视觉；"女人的尖锐的声音在静夜的空气里飞着，飞到远的地方去了……孩子的声音马上就消失了，在空气里不曾留下一点痕迹。空气倒是给女人的哀叫占据了。一丝，一丝，新的，旧的，仿佛银白的月光全是这些哀叫聚合而成的"，这是听觉。还有复合性的感觉，错综地交混起来，"根生嫂的哭声不停地在空中撞击，好像许多颗心碎在那里面，碎成了一丝一丝，一粒一粒似的。它们渗透了整个月夜。空中、地上、水里仿佛一切全哭了起来，一棵树，一片草，一朵花，一张水莲叶"。紧贴船头的丛密的水莲依旧开放紫色的花，而活泼的生命却给戕毁了。自然界沉入安恬，"这晚是一个很美丽的月夜。没有风雨"，而人物内心却飞卷愁云惨雾。色彩从风景上褪去，一片苍白。《雪》（1935年2月作于横滨，1935年3月1日《水星》第1卷第6期）包蕴深沉的寓意。1933年1月，他创作描写矿工苦难的中篇小说《萌芽》，8月由现代书局出版，却被禁止发行；1934年8月改名《煤》，在上海开明书店排好后，又因图书杂志审查会干涉停印；同年底改名《雪》自费印行，托词在美国旧金山出版。接到朋友寄来的书，压抑的情绪只有在皑皑白雪上排遣，雪景也映衬着沉郁的心境，"窗外院子里堆着雪，像洒满了白糖似的。山下面也是白茫茫的一片。平时看见的灰色、红色、绿色的屋顶都没有了。但是长春树的绿叶还遮不尽，就像画在白绸子上一样"，在"天空仍旧没有开展希望的灰色"中，他想起"从许多历史的记载上看出来"的法国宫廷的荒淫，想起路易王朝在凡尔赛宫演绎的故事，从历史到现实，能够发现相似的方面，他隐曲地说："今天落的雪和一百几十年前落的不会是不同的罢。而且和一百几十年后还要落的也不会有什么差别罢。那么这真理和一百几十年以前或以后的又会有什么差异呢？窗外的雪明后天就会溶化。窗内的雪却是任何强烈的阳光也不能使它消灭的。"积存在心底的郁闷、幽愤，迎着晶亮的雪光消隐了，也表达了对于自己思想的恒久生命力的确信。《月夜》（1935年2月作于横滨，1935年3月1日《水星》第1卷第6期）中，透明的夜色水一样晕染着年轻的心。他"像怀了移山之志的愚公一样"，肩负着"为人类找幸福"的责任，命途的坎坷与失败的打击没有改变奋斗的信念，美丽的月夜更衬托憧憬的高远，"龙眼花开的时候，我也曾嗅着迷人的南方的香气；繁星的夜里我也曾坐了划子在海上看星星。我也曾跨过生着龙舌兰的颓垣。我也曾打着火把走过黑暗的窄巷。我也曾踏着长春树的绿影子，捧着大把龙眼剥着吃，走过一些小村镇。我也曾在海滨的旅馆里听着隔房南国女郎弹奏的南方音乐，推开窗户就听见从海边码头上送来的年轻男女的笑声"。美妙的情景可以撩动青年诗人的灵感，可是对他却另有一种兴奋和紧张情怀，甚至流泪似的感动，因为"山水的美丽在我们的眼前都变得渺小了。我们的眼睛所看见的只是那在新的巨灵前战栗着的旧社会的垂死的状态"。此刻，他的生命意志增强了硬度，虽然"我自己在一阵绝望之际也曾发出过痛苦的叫号"，可是"如今在这安静的月夜里，望着眼前这陌生的，但又美丽的景物，望着天际的和日光岩下的海面类似的海，望着那七颗随时随地都看见的猎户星，虽然因此想到了以前的一切和现在横在那里的废墟，我也没有一点感伤，反而我又一次在这里听见旧社会的垂死的呻吟了"。托景而寄情、言志、抒慨、咏怀，阐释基本的人生命题，显现的是精神行进的轨迹。《雨》（1935年2月作于横滨，1935年4月10日《水星》第2卷第1期，本篇是散文集《点滴》的序）中渗透的情绪融入风景。他的记忆里，"在那些时候，海的颜色总是浅蓝的。海水的颜色常常在变换，有时是白色，有时深蓝得和黑夜的天空差不多。在清朗的月夜里，海横在天边就像一根光亮的白带，或者像一片发亮的浅色云彩。初看，绝不会想到是海。然而这时的海却是最美丽的"，可是雨声"却使我的心更加寂寞。我最不喜欢这种好像把一切都埋葬了的环境。一遇到这个我就不舒服。这时我的确有点悲哀。但并非怀恋过去，也不是忧虑将来，只是因现在的环境引起的悲愤"。他认为自己"并不是看见花残月缺就会落泪的人"，听着狂风在山茶树和松林间怒吼，写作是他排遣"因这风雨而起的心的寂寞"的最好方法。巴金在中篇小说《海的梦——给一个女孩的童话》的序文里说"我爱海。我也爱梦"，浮想"星一般发光的头发，海一般深沉的眼睛，铃子一般清脆的声音。青的天，蓝的海，图画似的岛屿，图画似的帆船"，无论创作小说或是散文，都充溢浪漫的画意。他的心情已经走向风景化。

创作成为巴金的主要生命形式。在体裁选择上，尤以小说直面惨淡的人生。自然和人文风景是在生命的边缘地带辟设的心灵憩园，向着旧势力勇敢进击的他，在这里暂栖、低回，调适着前行的状态，并未降低精神的层次。他在这方面的散文，仍然以动势的语风、清艳的词彩，坚持激情化的抒写风格，闪烁着心灵的亮度，构设起青春型的文学审美境界。

马 力◉著

中国现代风景散文史 下

中国社会科学出版社

目　录

（下）

下编　延展期——凝眸第三个十年（1939—1949）

余　论

第 九 章

其他作家综论

第一节　颠沛与游走

一　许地山：怀古的愁思

许地山在文学创作和学术研究两方面做出了重要的文化贡献。《缀网劳蛛》（1925 年 1 月，商务印书馆）、《危巢坠简》（1947 年，商务印书馆）等小说集，《空山灵雨》（1925 年 6 月，商务印书馆）、《杂感集》（1946 年，商务印书馆）等散文集，显示其文学成绩；《道教史》（上册）（1934 年，商务印书馆）、《国粹与国学》（1946 年，商务印书馆）等论著，显示其学术成绩。综观他的著述，特别是散文的气韵、风骨、格调、理趣，可以推知中西求学的文化背景、宗教与哲学的知识结构，孕育了独特的文学修养，由此产生了许地山的散文构成。异国风情的浓郁和宗教色彩的强烈，使作品呈现显明的身世痕迹和成长脉络。"在中国，以异教特殊民族生活作为创作基本，以佛经中邃智明辨笔墨，显示散文的美与光，色香中不缺少诗，落华生为最本质的使散文发展到一个和谐的境界的作者之一（另外的周作人、徐志摩、冯文炳诸人当另论）。这和谐，所指的是把基督教的爱欲，佛教的明慧，近代文明与古旧情绪糅合在一处，毫不牵强的融成一片。作者的风格是由此显示特异而存在的。"①抒情论学的个人性的创作品质，在五四文学中是异常特出的。

许地山（1893—1941），原籍广东潮阳，生于台湾台南。日寇犯台，1895 年随父母内迁至福建龙溪。1917 年入燕京大学文学院读书，曾与郑振铎、瞿秋白、耿济之、瞿世英等编辑《新社会》旬刊，以学生代表身份参加五四运

---

① 沈从文：《论落华生》，《沈从文文集》第 11 卷，花城出版社、生活·读书·新知三联书店香港分店 1984 年版，第 103 页。

动。1920 年毕业后，又入燕京大学神学院研读宗教。1921 年参与发起成立文学研究会，并开始以落华生的笔名在革新后的《小说月报》首期上发表第一篇小说《命命鸟》。1923 年 8 月与谢冰心、梁实秋一同留美，入美国纽约哥伦比亚大学研究院哲学系研习宗教史和比较宗教学，1924 年 9 月转入英国伦敦牛津大学研究院研习宗教史、印度哲学、梵文及民俗学。1926 年 10 月，到印度罗奈城印度大学研究梵文及佛学。1927 年回国后，执教于燕京大学、北京大学、清华大学，以讲授宗教学、印度哲学、人类学、民俗学等课程为业。1935 年应香港大学聘请，任中文学院主任教授。

许地山一生游走多方，幼年的离台，即是因为甲午战事起，父亲遭日寇追杀，举家踏上向大陆奔逃的途程；及长的跨洋留学，进一步丰富了他的人生经验，使书写具有扎实的生活与学术根底。

许地山的前期散文，纯朴、明净，追求单纯自然的艺术理想，向慕散文的哲理化、诗意化。以哲学和诗学为双核，"其长处不在于哲学的通俗化或文学的抽象化，而在于借助诗的语言和情感的潮汐，表达人类对世界永恒探索和对知识不懈追求的决心和热望"① 这样的创作感觉与意识固然能够产生清美的文字，但是作品对于心灵的净化作用，除了情感力量之外，还要凭借弥漫于字句间的宗教意象、玄想色彩与宿命气息，而他的精神状态的缘起，又和家世经历相关联。他说"自入世以来，屡遭变难，四方流离，未尝宽怀就枕"（《〈空山灵雨〉弁言》），严酷的现实与他的生而求乐，向往安适的生活理想存在巨大差异，自身又无实际抗争的能力，佛教的虚空淡泊观念恰好和他的抑郁消沉情调相表里，他借此给自己的内心寻找到永恒的依托。《空山灵雨》发表于 1922年 4 月至 8 月《小说月报》第 13 卷，虽然他自谓"杂沓纷纭，毫无线索"，但是综观这 44 则小品，"希冀极乐"而不能之后的巨大失望与空虚，仍然成为贯串首尾的情绪基调与精神主旨。他品味"在香烟绕缭之中，得有清谈"的佛趣（《香》）；走进雨后的南陀寺，他细瞧大石上的绿苔、树林里的虹气，"天涯底淡霞好像给我们一个天晴底信"，可是心情的舒朗还要到祈望中去寻，"我愿你作无边宝华盖，能普荫一切世间诸有情。愿你为如意净明珠，能普照一切世间诸有情。愿你为降魔金刚杵，能破坏一切世间诸障碍。愿你为多宝盂兰盆，能盛百味，滋养一切世间诸饥渴者。愿你有六手，十二手，百手，千万手，无量数那由他如意手，能成全一切世间等等美善事"（《愿》）；他酝酿的

---

① 陈平原：《〈许地山散文〉前言》，《许地山散文》，浙江文艺出版社 2001 年版，第 5 页。

人物情绪幽微而潜隐，"在绿荫月影底下，朗日和风之中，或急雨飘雪底时候"，内心深处总要盈着爱情的痛苦，"暮雨要来，带着愁容底云片，急急飞避"，也喻示着心境的忧悒，而一旦受了某种抚慰，"也就忘了痛苦"（《爱底痛苦》）；他表现更阑人静之际，对着心中乐神企盼灵感的音乐家的创作情态（《信仰底哀伤》）；他写在飞虫、野兽的声音中踏着蔓草夜行的孤独者（《暗途》）；他觉得"人底自由和希望，一到海面就完全失掉了！"忧心的人"在风狂浪骇底海面上……只能把性命先保住，随着波涛颠来播去便了"，让精神陷入无意志状态（《海》）；阴郁的天气使他笔下的人物也陷入厌世的精神困境，觉得"生命即是缺陷底苗圃，是烦恼底秧田；若要补修缺陷，拔除烦恼，除弃绝生命外，没有别条道路"（《债》）；他的一颗单纯的心逃往清寂的山中，"破晓起来，不但可以静观彩云底变幻；和细听鸟语底婉转；有时还从山巅、树表、溪影、村容之中给我们许多可说不可说的愉快"，寻找灵魂的逸乐（《暾将出兮东方》）；他的心灵视境中，映过凄凉月夜下鬼的幽影，清冷的空山里，有"远处寒潭底鱼跃出水声"，幽闭一切的冷露锁不住祭坛旁幽魂的歌唱（《鬼赞》）；漫游的薄云、天中的云雀、林间的金莺、桃花的粉泪，让他童心飞荡，"万物把春光领略得心眼都迷蒙了"（《春底原野》，1922 年 5 月 10 日《小说月报》第 13 卷第 5 号）；他描画清明境界，映示内心的宁静，"在城市住久了，每要害起村庄的相思病来。我喜欢到村庄去，不单是贪玩那不染尘垢的山水，并且爱和村里底人攀谈"，坐在篱外的瓜棚底下，凝神看着"横空的长虹从前山底凹处吐出来，七色的影印在清潭的水面"，闲谈声音"不觉把印在水面的长虹惊跑了……鹅见着水也就发狂了。它们互叫了两声，便拍着翅膀趋入水里，把静明的镜面踏破"（《乡曲的狂言》，1922 年 8 月 10 日《小说月报》第 13 卷第 8 号）；他在芳馨中沉入清幽的梦境，"在覆茅涂泥底山居里，那阻不住底花香和雾气从疏帘窜进来，直扑到一对梦人身上"，清梦里闪映微雨中游戏的女郎，她们乱撒向花叶的珠子，变成五彩的零露，幻界的美境是灵魂安恬的栖所（《花香雾气中底梦》）；极乐世界颤响凄切的泣声，悲啼从坐在宝莲上的少妇那里发出，"我底故土是在人间，怎能教我不哭着想？"世上的苦难竟然惊动了宁静的天国（《七宝池上底乡思》）；他幻想把自己幽囚在一所美的牢狱里，听任自然的安排，许多好的想象、好的理想，不过是"从古人曾经建筑过底牢狱里检出其中底残片"（《美底牢狱》）；他爱静谧的桃溪畔，因为"一到水边就把一切的烦闷都洗掉了"，明媚的景色能够涤除人生的劳忧（《桥边》）；他因"我心里本有一条达到极乐园地底路"而自得，可叹

"日子一久,我连那条路底方向也忘记了。我只能日日跑到路口那个小池底岸边静坐,在那里怅望,和沉思那草掩、藤封底道途",失路的惶惑占据了内心(《我想》);眉头担愁的人,"他底心负了无量的愁闷。外面底月亮虽然还像去年那么圆满,那么光明,可是他对于月亮底情绪就大不如去年了",他只能把自己的抽噎声当成一曲催眠歌,让天真的孩子发出微细的鼾息(《爱流汐涨》)。行为的无争,是命运的无助,更是境况的无奈。许地山把人世的种种悲苦以轻缓柔细的语调讲给读者听,在心弦造成持久的鸣颤,而寓言般的隐义则在赏阅品味中产生内在的艺术震撼。

许地山的文学精神的现实回归,是在创作的中后期。他突破佛陀真义形成的心界障碍,在转向世俗的过程中实现对于人生实境的关切,以中国文人的传统思维方式对黑暗现状作内心的抵抗。"二十年代中期以后,许地山的散文明显转向。一个突出的标志是,作者的关注点从哲理移向现实人生和民俗风情,风格上也日趋平实自然。由'文人之文'转为'学者之文'……长期的书斋生活,使得许地山的散文必然日趋学者化。"① 批判精神、励志态度、忧患意识成为作品主调。发表于 1934 年 12 月 5 日《太白》第 1 卷第 6 期的《上景山》,对数千年的封建文化作了狠力鞭挞,富有檄文意味。他回到历史里去,却并未复述历史,而是用一个现代知识分子充满激进色彩的视角批判荒谬的皇权政治。旧景古迹,处处引发感慨。思维的理性和对历史新的认知,表现了民主意识与精神觉醒。他愤言"皇帝也是强盗底一种,是个白痴强盗。他抢了天下把自己监禁在宫中,把一切宝物聚在身边,以为他是富有天下",这样的文学勇气,显然是对五四精神的发扬。他更关注国民意识的启蒙,"从亭后底树缝里远远看见鼓楼",想到含辱蒙耻的近代史,"明耻不难,雪耻得努力。只怕市民能明白那耻底还不多,想来是多么可怜"。他以知识者居高临下的清超姿态去看民众,"记得前几年'三民主义'、'帝国主义'这套名词随着北伐军到北平底时候,市民看些篆字标语,好像都明白各人蒙着无上的耻辱,而这耻辱是由于帝国主义底压迫。所以大家也随声附和唱着打倒和推翻",先知的优越感浸在字句间,表现了一种眼界,也表现了一种局限,率真地示现着他的历史观与思想力,以及对于国民现实觉悟的基本衡估与评断。发表于 1935 年 1 月 20 日《太白》第 1 卷第 9 期的《先农坛》,不溯祭坛的古源,而朝现状用笔,夹叙夹议,带有现实谴责的意味。冬景的衰象是由眼前的种种画面拼接成

---

① 陈平原:《〈许地山散文〉前言》,《许地山散文》,浙江文艺出版社 2001 年版,第 8 页。

的。政治情绪的表露中，暗含对于统治性的主流社会势力的批判。他在路上的所见，是"曾经一度繁华过底香厂，现在剩下些破烂不堪的房子，偶尔经过，只见大兵们在广场上练国技"，先农坛里"古柏依旧，茶座全空。大兵们住在大殿里，很好看底门窗，都被拆作柴火烧了"。偶然所见，触击心目，沉痛处正在现实与历史的隔膜。引发的虽是无系统、无深思的杂感，却因与生活实景结合的紧密而尤具现实穿透力。景况虽冷，仍扑不灭内心的热。他能够从满布在砖缝瓦罅之间的干蒿败叶上嗅到"一种清越的香味"，对于"在夕阳底下默然站着"的老松，不禁发出心底的赞语，表达在凄清环境中抱持的文化情怀，"松是中国人底理想性格……中国人爱松并不尽是因为它长寿，乃是因它当飘风飞雪底时节能够站得住，生机不断，可发荣底时间一到，便又青绿起来。人对着松树是不会失望的，它能给人一种兴奋，虽然树上留着许多枯枝丫，看来越发增加它底壮美。就是枯死，也不像别的树木等闲地倒下来。千年百年是那么立着，藤萝缠它，薜荔粘它，都不怕，反而使它更优越更秀丽"。松的形象喻示坚劲人格、刚硬气骨，比起把松籁当成龙吟来听的古人，在领略逸韵之外，更着意"学松柏底抵抗力，忍耐力，和增进力；到年衰的时候，也不妨送出清越的籁"。在当时的现实政治生活中，他塑造着强健的文化品格，在幽深的古坛中调和出一种新的生命色彩。发表于 1939 年 7 月《大风》旬刊第 42期的《忆卢沟桥》，记他在卢沟桥上的一次旧游。虽然略述古桥来历，而精彩处却在七七事变以后对这座桥的新感觉、新体验、新认识。记述昔年春日的宛平之游，成了抒发感慨的一个契机。纸上字句把思绪引向"从卢沟桥上经过底可悲可恨可歌可泣的事迹"，显示的是个人的劲节，更是民族的刚勇。沉默的石桥"它不必记历史，反而是历史记着它"，因为它承载着沉重的世事沧桑。这桥在工程的规模与气派上，与泉州的洛阳桥、漳州的虎渡桥不同，但是它的价值在于负托着永生的国魂，"然而在史迹上，它是多次系着民族安危。纵使你把桥拆掉，卢沟桥底神影是永不会被中国人忘记底。这个在'七七'事件发生以后，更使人觉得是如此"。同年 7 月 7 日，许地山还在香港《大公报》发表《"七七"感言》，把这种果决的民族意志做了更加直接醒豁的示现。他希望身处危难的国民"人人在力量上能自救，在知识上能自存，在意志上能自决，然后配称为轩辕底子孙"，如此，"才不辜负两年来为这共同理想而牺牲底将士和民众"。这种直接抒情、直接议论的作风，大胆舍弃结构经营的技巧，强力触击灵魂的笔法，对于曾让作品敷着梦一般缥缈的玄虚色彩的许地山而言，无疑是散文作风的明显移变，也超出风格意义上的平实自然，学者的恬淡更不足以涵括所表现的战士气概。在时代的洪流中，运用幽邃笔墨涂染的"宗教意味的神秘的哲理色彩"，调动华丽词语营构的"呈异域情调的朦胧的童话氛围"暂且消隐了，便是述史也不再流连于盎然的古意，而是在胜迹面前保持内心的沉静，向现实投以冷峻的眼光。

古今的精彩互映，渗透对民族的爱恋，对苦难的思索，在新的高度上表露对于历史的温情与敬意，这就是许地山留下的散文印象。

二　梁遇春：春意的邂逅

梁遇春的创作中，写于1929年的《途中》可以视为他的风景散文的起点。在这篇作品里，他以一个无人无我的"流浪汉"的视角解读生途的真义。他短促的年华，就是寻索人生春天的过程。尽管受着失意情绪的坠压，内心充满悲情的怅叹，可是他毕竟在生命的某个瞬间，与春意有过美好的精神邂逅，闪映于心灵视镜上的蓬勃的自然景观，是青春幻梦的象征，为有着敏感神经的他适度消解了几分心情的抑郁。梁遇春的内心腾跃着青春冲动，身上洋溢着少年意气，年轻作家的青春型创作的一切特质，都强烈地外显着。他爱"晨曦，雨声，月光，舞影，鸟鸣，波纹，桨声，山色，暮霭"勾起的轻梦，也爱热烈的火焰，"我只要一走到火旁，立刻感到现实世界的重压——消失，自己浸在梦的空气之中了"，他说"生命的确是像一朵火焰……我们的生活也该像火焰这样无拘无束，顺着自己的意志狂奔，才会有生气，有趣味……我们的精神真该如火焰一般地飘忽莫定……任情飞舞，才会迸出火花，幻出五色的美焰"（《观火》）。他的任情随兴的挥写，显示着情绪化的创作气质。

梁遇春（1906—1932），福建闽侯人，笔名秋心、驭聪。散文编为《春醪集》（1930年，北新书局）、《泪与笑》（1934年，开明书店）。他的和风景有关的散文，是那些对于旅程的记写。其艺术特征不在形象性的画面描摹，不在游历的述录，却在议论中对于意念的强化。他的絮语式文字提供的不是作用于感觉的视图享受，而是作用于知性和理趣。他以为"从崭新的立脚点去看人生，深深地感到人生的乐趣"（《〈小品文选〉序》）。他能够缓缓地谈出知识的风趣，能够细细地说出哲理的奥妙。论知的渊深，剖世的睿智，显示对学问勤敏的探究，对人生微妙的观察。他认定"思想无非是情感的具体表现"（《第二度的青春》），议论后面寄着很深的情感。他不直接抒情，却又尽说着牵情的话，由此形成作品显明的议论特质，感染的力量便在这种轻松随便的小品文字中产生，"所以这些漫话絮语能够分明地将作者的性格烘托出来，小品文的妙处也全在于我们能够从一个具有美好的性格的作者眼睛里去看一看人生"（《〈小品文选〉序》），由此体现对小品艺术的自觉追求。

着眼中国新散文整体创作视阈，梁遇春是五四时期具有新鲜气质的一位。在北京大学英文系的学业背景，使他较早接受西方文化环境的熏陶。在译路上，他从英国小品文里获得观察人生的眼光；在诗途上，他从中国古典诗词中获得品味人生的底蕴。博览深思使年轻的他心灵早慧，多行广见，丰富了生活阅历和处世经验。通过内蕴情感的发抒来表现人生况味，是梁遇春的絮语式散文格调的特色。"他是个充分内省型的人，耽于冥想"，这种性格"造成他散文笔调的'内视'特色"[1]。他回到内心，一面畅饮春醪，幻想"红霞般的好梦"（《〈春醪集〉序》），一面又含咀"穿过心灵的悲哀"，在酸苦的笑中流下"伤逝的清泪"（《泪与笑》）。他引用莎士比亚的妙句"对着悲哀微笑"，正反映了对现世界的黑暗绝望而又默自隐忍的矛盾与痛苦。他拒绝做"只会感到苦痛，而绝不知悲哀"的人，也拒绝"日常无意识的生活状态"（《黑暗》），思索是他精神生命不竭的动源，从而使作品充满理性力量，闪烁人品光芒。

梁遇春的行走记录，对应着他的感觉结构，虽然文字表现并非浓烈的抒情，理性论说的根底却依然不离感性元素的贯串。他凭此把星散的文字组织成形，"小品文像信手拈来，信笔写去，好像是漫不经心的，可是他们自己奇特的性格会把这些零碎的话儿熔成一气，使他们所写的篇篇小品文都仿佛是在那里对着我们拈花微笑"（《〈小品文选〉序》）。形制短隽，风味冲淡闲逸，在松散的阅读中捉来一些关于人生观察的启悟，实现价值表达，求得心灵的畅适，是他的理想文字。

思想的纯实是文章的基本，"他的小品文也是默默地将人生拿来仔细解剖，轻轻地把所得的结果放在读者面前"，而绵密的构制则显出艺术的才华，"里面的思想一个一个紧紧地衔接着，却又是那么不费力气的样子"，"他的笔轻松得好像不是着纸面的"（《〈小品文选〉序》），梁遇春这些称赞英国小品文作家的话，也在自己那些伶俐生姿、珠圆玉润的作品里适用。

1932 年 11 月 1 日《新月》第 4 卷第 4 号发表梁遇春的《又是一年春草绿》，而此时他已因病故去数月了。上述创作特点在这篇遗稿中清晰地显现。"一年四季，我最怕的却是春天。夏的沉闷，秋的枯燥，冬的寂寞，我都能够忍受，有时还感到片刻的欣欢。灼热的阳光，憔悴的霜林，浓密的乌云，这些

---

① 吴福辉：《〈梁遇春散文〉前言》，《梁遇春散文》，浙江文艺出版社 2001 年版，第 6、7 页。

东西跟满目创痍的人世是这么相称，真可算做这出永远演不完的悲剧的绝好背景"，他借自然物候说出讽世的话；"传出灵魂上的笑涡了"极能表露神意。逆向的思维、反转的情感，酿成一股异常的文字流，反衬着心思，在他的字句里边表现着创作的颖慧。在认识上，二元对立的世界观使他以为"宇宙永远是这样二元，两者错综起来，就构成了这个杂乱下劣的人世了"；在性情上，"我是个常带笑脸的人，虽然心绪凄其的时候居多"。矛盾的交织，感情的纠结，让他的文字脱不去理想主义幻灭的感伤意味。他的意绪随着浪迹的心情连贯而下，文思里浸着诙谐与忧伤的调子，哪怕说到"笑"："可是我的笑并不是百无聊赖时的苦笑，假使人生单使我们觉得无可奈何，'独闭空斋画大圈'，那么这个世界也不值得一笑了。我的笑也不是世故老人的冷笑，忙忙扰扰的哀乐虽然尝过了不少，鬼鬼祟祟的把戏虽然也窥破了一二，我却总不拿这类下流的伎俩放在眼里，以为不值得尊称为世故的对象，所以不管我多么焦头烂额，立在这片瓦砾场中，我向来不屑对于这些加之以冷笑。我的笑也不是哀莫大于心死以后的狞笑，我现在最感到苦痛的就是我的心太活跃了，不知怎的，无论到哪儿去，总有些触目伤心，凄然泪下的意思，大有失恋与伤逝冶于一炉的光景，怎么还会狞笑呢。"说到辛酸，他用"生命之杯盛满后溅出来的泡花"譬喻"年轻人常有的那种略带诗意的感伤情调"，用"没有绿洲的空旷沙漠……没有棕榈的热带国土"譬喻自己的生涯。闪烁思想光泽的意象一个接一个地紧衔，在有序的关系结构中串联成情绪逻辑的链条。

1932 年 11 月 1 日《新月》第 4 卷第 5 号刊载的《春雨》，也坚持揶揄不恭的态度，"我向来厌恶晴朗的日子，尤其是骄阳的春天；在这个悲惨的地球上忽然来了这么一个欣欢的气象，简直像无聊赖的主人宴饮生客时拿出来的那副古怪笑脸，完全显出宇宙里的白痴成分"，可是他又陷在一片幽情里，在如丝如梦的春雨中寻找"生平理想的结晶，蕴在心头的诗情"。这里有远游的乡愁，"真好像思乡的客子拍着阑干，看到郭外的牛羊，想起故里的田园，怀念着宿草新坟里当年的竹马之交，泪眼里仿佛模糊辨出龙钟的父老蹒跚走着，或者只瞧见几根靠在破壁上的拐杖的影子"；这里有人生的闲愁，"盛年时候好梦无多，到现在彩云已散，一片白茫茫，生活不着边际，如堕五里雾中，对于春雨的怅惘只好算做内中的一小节吧，可是仿佛这一点很可以代表我整个的悲哀情绪"。境由心生，"我会爱凝恨也似的缠绵春雨"，是把自己整个地交给自然了。他从天地自然中领略哀伤的情感，使理趣也蒙上忧悒的色彩，"当一个人的悲哀变成灰色时，他整个人溶在悲哀里面去了，惆怅的情绪既为他日常心境"（《毋忘草》），触物伤情，出入意识的一切，自然萦响一个阅世未深的青年才俊的忧叹。

梁遇春引理入文，倾注心力营造炉边絮语的作风。在他看，本无目的的人生中，"我们做人无非为着多做些依依的心怀，才能逃开现实的压迫，剩些青春的想头，来滋润这将干枯的心灵"（《破晓》）。作为议论主体，年轻的梁遇春表现出成熟的精神耐力，理性地调控心中滋长的情绪和意念，使其凭附着自然物象，实现从抽象向具象的艺术衍化。他的风景散文虽然基本不写景，然而充溢的理趣却又是借着景物而得以表现的。虽然没有勾勒山水的实形，在欣赏感受中，读者却能够体验到赋予精神含义的山水的力量。

梁遇春发着途中的怅叹，也被春意的邂逅激起欣悦的情绪，虽则里面潜渗的情思仍不免伤春。他的议论多从感觉出发，以心灵对命途产生明确的感知，因此他的运思是感性和知性的综合。他在观察力、感受力、思想力、玩味力上表现的成熟做派，超越生命阶段的限囿，折映出摆脱现境的心理要求。作为新文化滋养的知识精英，梁遇春创作的直接目标不是要以纯粹的思想者的姿态做出意识形态化的理论表述，而是力图在人生的行途中寻找具有现代价值的终极答案，来破解一代知识者陷入的心理僵局，走出群体性精神困境。他率真地表现着所感、所思，将文字的珠玑纵意铺洒，幻作晶亮的星斗满天闪，绚美的光芒折射他的创作理想。颖异的作品构型，则标示新锐的文学立场。他力求调和中国文化的儒雅与西方文化的优雅，创造包含深刻精神的隽美文体。遗憾的是未及完成自己的文学话语体系和表达性框架的构设，他就遽然离世。但是，梁遇春的创作过程毕竟为现代风景散文的论说品式提供了充分的说明，为这一文体拓展了更大的选择空间。他的作品具有对于整个中国现代创作界的语言投射力，理应获得关注的眼光。

三 缪崇群：途中的沉吟

生活在动荡岁月的缪崇群，挣脱病身弱体的拘囿，带着心灵的伤痕寻味美好的青春感，在悲情的风景描写里给苦难生活润饰诗意，以艰辛的文学劳动赢取可观的散文成就。

缪崇群（1907—1945），江苏六合人，笔名终一。在北平读小学和初中，1923 年入天津南开中学读高中。1925 年赴日本庆应大学文学系读书。1928 年回国后开始文学创作，作品发表于《北新》、《语丝》、《奔流》等期刊。1930 年在南京参加中国文艺社，曾编辑《文艺月刊》。生前出版《晞露集》（1932

年，北平星云堂）、《寄健康人》（1933 年，上海良友图书公司）、《废墟集》
（1939 年，上海文化生活出版社）、《夏虫集》（1940 年，上海文化生活出版
社）、《石屏随笔》（1942 年，上海文化生活出版社）、《眷眷草》（1942 年，
上海文化生活出版社）等散文集。去世后，他的部分散文被好友巴金、韩侍
桁辑为《晞露新收》（1946 年，上海国际文化服务出版社）、《碑下随笔》
（1948 年，上海文化生活出版社）问世。

　　具体环境和自身条件，是影响缪崇群文学走向的重要因素。他的散文创
作，以 1937 年 7 月卢沟桥事变爆发分为前后两期。"在缪崇群的前期创作里，
主要写自己的生活和发生在周围的凡人小事。如对亡母、情人的追怀之恋，对
师长、同学的思念之情，对异邦社会的感慨描绘等等。他写来如叙家常，明白
晓畅，而又时时处处散发着深沉真挚的感情。显示了他平实、精细的风格和善
于抒情的特长。"① 前期作品里，留学日本的散文，写景的清新、内心的忧郁
融合成一种唯美的艺术情调。从小因家境变故带来的心理创痛，直接导致孤寂
个性的形成。离家远走和东渡求学的经历，都在他身上发生着。初涉人世的经
验，在纯净的心灵上添加了忧苦的色彩，文字就带着伤情："今年侥幸没有他
乡做客，也不曾颠沛在那迢遥的异邦，身子就在自己的家里；但这个陋小低晦
的四围，没有一点生气，也没有一点温情，只有像垂死般地宁静，冰雪般地寒
冷。一种寥寂与没落的悲哀，于是更深地把我笼罩了，我永日沉默在冥想的世
界里。"（《守岁烛》）消极的生存意识，使他的心灵与社会疏远；孤冷的行为
模式，让他更深地陷入幻想假定的情境，并借此排遣内心积郁，寻求心理宽
慰。个人性格决定创作心态，忧郁的影子一直笼罩在心间，也袭上他的文字。

　　1930 年 6 月改作的《楸之寮》是一篇忆写留日映像的作品，哀伤、幽怨、
自然、清美，突出代表着缪崇群早期的散文风格。一所住了五个多月的居处，
给他的印象是美的，他从自然风景中获取深深的爱感，"我所爱的是西窗外的
一片景色；那峰影，那对面山冈上的疏松，那稀稀透出树隙处的几片红色炼
瓦；还有，那高渺渺的碧空，那轻飘飘的游云，那悠闲的飞鸟，那荷锄的农
人……没有一样不是画材，也没有一棵是可以缺少的！假如你已经把窗外当作
了一幅整个的图画的时候"。心灵和自然融合一处，他才会"感到生命好像有
了它的意义与价值；并且蓦地会给人一种幸福美满与愉快的情味"，比梦还

---

① 熊融、张伟：《〈缪崇群散文选集〉序言》，《缪崇群散文选集》，百花文艺出版社 2004 年版，
第 5 页。

美。明秀的自然环境中，却也有人事的哀感。一个叫良子的侍女，在劳苦生涯中似乎还在追求着什么，这和作者那颗冰凉的、饱经世故的心竟能产生一种相契，四围景物的变化也会牵惹纤敏的神经，撩动微细的情感。她的爱，是夜天里晶亮的流萤，高空的繁星微微向她闪一闪同情的泪光。阴霾的天气里，"细细的雨丝，好像把郊外织成一层薄灰的，浅碧的轻纱，轻纱里还像混着缕缕的烟纹"，愁更深了。炭光里的低语，让两颗年轻的心陷入沉郁，"宇宙已经是清凉皓白的了，远处，靠近轨道旁边的灯光，模模糊糊地在苍苍茫茫雪的世界里照耀，天盖是一片乌黑的"，仿佛为映衬黯淡心绪在眼前铺展。"人生无缘无故地相逢，又常常是静悄悄地便永别了"，凄楚的思绪带着心里的快快，融化在景色里。但是，年轻的心依旧跃动在畅想里，更深地被风景感动。阵阵微雨洗亮了春天，"树木，野草，一天比一天地茵绿了，当初像鹿皮似的山坡，现在已经添了一番葱茏的气象了。梅，桃，都随着花信风吹得先后的开放，我要回国的时候，正传说上野的樱花，已有三分开意的消息"，他眷恋异国的春景，"那落日时分的天上的彩霞，由橙黄而桃红而深红，而绛紫而茄紫"，独倚西窗而做最后一度的默眺，他把静美的印象永留在记忆里，"落日已经沉在地平线下了，还有幅形的余晖，在富士峰后映射。夕霭已经浓厚了，不久就蕴满了冈下那一片低田，望过去真仿佛是一片茫茫的烟海，那几点藏在松林背后的灯光，陪衬得如同几个扁叶渔舟，送过荧荧的灯火一般"，情调幽婉，凄迷的景观里低回着他的心语："明天此时，虽然窗外景色如旧，可是这房里已经变成空空的了。"他心上印着良子的倩影，也留着难忘的生命记忆，而这缕充溢青春气息的萍水之情又融进异域那片明丽的风光。雨影、残照里，飘曳情感的丝缕，是心灵的诗意的写真。

缪崇群前期的旅行叙述中，时有意味精警的诗性议论，表达了人生喟叹和世态感慨，又烙刻着风景的印记。沪宁道上可爱的菜田，茅屋，井栏……从车窗前闪过，使行览不感寂寞，可是他的视线触着另一番光景，"苏州到了，苏州城外是一片垒垒的墓地。常州到了，常州城外是一片垒垒的墓地……也许苏州常州的城里是天堂。他们正为着他们的事业奔忙，他们正在赞美或歌咏他们的人生。但城外的墓地不再增长了么？"（《南行杂记·沦落人》）追问中他陷入冥想。行旅的长程中，他刚在黎明中渡江到了浦口，默望着灰黯的天色与水色，就乘着黑黝黝的一长列车迎着风雪北上，"那些已经冻僵了的驿站，路灯，都仿佛同情于我的苦楚"，面对"漠野的山岗，枯树，茅草房子"，恍若坐在流刑车上到了西伯利亚，他痛苦地哀叫，充满怨悔，"我想哭，但不知怎么我又笑起来了,我笑自己,我更笑这一车的人们,为什么拿了金钱来换西北风,来聚了这么一个餐雪受罪的旅行大会!——啊!可怜的中国人!可怜连畜生都不如的中国人哟!"(《南行杂记·到了西伯利亚》)"雨过了,蔚蓝静穆带着慈祥的天空,又悬在头顶了,然而我的心,却依旧的阴霾,他像没有消尽的朝雾,又好像黄昏时候渐深的霭色",以这样的心绪"尽看山下那条如带的长江,远处画般的山影,烟和树木……"连绵的春雨牵惹他的感思,"人生渴想的美梦,实现罢,那是增加了追忆时的惆怅;不实现罢,在心上又多了一条创痕"(《南行杂记·赭山》)。"贫与病,孤独与悲哀,都能给人们不少的启示。有了它,你可以知道人生的表与里;有了它,你可以知道更多一点的生之意义与神秘"(《南行杂记·珠江之畔》)。"铁一般的重量,负在旅人的肩上;铁一般的寒气,沁着旅人的心,铁的镣铐锁住了旅人的手和足,听到了那钉镗的铁之音,怕旅人的灵魂也会激烈地被震撼了罢?"(《从旅到旅》)在他的笔下,战时景象催生深刻的思考,"几面粉白的残壁,近的远的,像低沉的云朵遮住眼界。焦黑的椽柱,枒槎交错着,折毁的电杆,还把它带着磁瓶的肩背倾垂着,兀自孤立的危墙,仿佛是这片灾区里的惟一的表率者……踏着瓦砾,我知道在踏着比这瓦砾更多的更破碎的人们的心",在窒息的空气里,高扬的是不屈的意志的旗帜,"在人类求生存的意念以上,我想还有一种什么素质存在着,这素质并没有它的形骸,而仅只是一种脉脉的气息,它使有血有肉的东西温暖起来,它使每一个生物对另一个生物一呼一吸地相关系着;如同一道温温的交流,如同春夕里从到处吹拂来的阵阵的微风",站在废墟上的"心灵被蹂躏了的,被凌辱了的,家产被摧毁了的,被烧残了的邻人们",呐喊着"让'皇军'继续来'征服',来'歼灭'罢,徒然的,这种气息是永也不会丧亡!"(《废墟上》)他塑造着一个勇敢的战斗者的抒情形象。

像许多青年作家一样,缪崇群也写春景,寄托青春之思。但是在社会的重压下,他的游春的情调是清婉的,也必是愁戚的。他欣喜地凝望春雨"濛濛地遮迷了远近的山,悄悄地油绿了郊野的草;不断地在窗外织着一条轻薄闪光的丝帘",也伤情地吟哦春雨"滴在花瓣上的成了香泪,滢滢地,象征着薄命的哀怨。落在地上的相和泥土,虽然是无言地,但在足底,轮下,也发出一种最后的嘶声。平明,薄暮,静静地听啊……雨的幽灵在人们的足下诅咒了"(《春雨》)。温软的春雨,滴落在心上,感觉却是那样的冷硬。春风里的希望在他是渺茫的,虽然曾经怀着勃然的意兴热烈地憧憬过。现实面前的失落感弥漫于他的内心,明媚的春色里却是百转的愁肠。他无心咏春,却诅咒春的消歇，蕴涵对社会现实的愤懑："一年四季都是春天，春天的名字将从此消逝了。三百六十天的炎夏或隆冬，没有春天啊，春天的名字将从此消逝了。整个的世纪是不景气的，消逝了的是整个世纪里的春天罢?"他甚至产生了宗教情绪，仿佛看见"耶稣，基督在春天里受难，在春天里复活"的场景（《春天的消逝》）。真实的春景，在他眼底一片朦胧。性情孤僻而耽于内心幻想，身体柔弱而无力投入生活狂流的他，具有这样冷峻的批判眼光，也能发出这样充溢愤激情绪的心声，表明时代赋予他生命的激情。他在1932年9月8日夜写下的《夜过御河桥》，同样唱着凄美的歌。这则清隽的小品，在意境上可说是一首散文诗，又含着那样沉痛的感情。衰老的精神背负沉重的沧桑感，他说自己"像一个暮年的商贾"，或者"只是一个漂泊江湖的走贩"，在身与心的双重梦魇的折磨下，他的灵魂发生了异化，无奈地蜷缩在幽暗的世界，"我久已怕了明晃晃的白日，我最喜欢的是无边的昏暗。在昏暗里我仿佛才有力睁一睁自己的枯涩的眼"。古旧都城里的风沙与黑烟，充塞了他的世界，而太液池上清新的荷风"沁凉了我的周身"，他终于还是沉浸到感情的孤独的角落去了。坐在人力车上，黑黝黝的都市扑向他。他觉得灯光像"梦魇的迷迷的眼"；他听见"夜在阴自啜泣"，感觉自己"如今一个行囊也没有，就只剩了这一副病残的躯壳，空空洞洞地装在吱呀的车上"。内心的空虚，精神的苍白，情绪的低落，使默耸于幽冷波光上的金鳌玉蝀牌坊，也失去形象魅力。

饱尝人间苦味，使缪崇群加深了对于人世的关切。"从'九·一八'起，缪崇群目睹了国土的沦亡，自己也遭受了妻死家破的祸灾，这对他寂寞的心灵起着莫大的撞击；'七·七事变'以后，他东转西徙，日夜奔波，过着颠沛流离的生活。"[①] 奔波四方的他，心情是落寞的，"憧憬着一切的未来都是一个梦，是美丽的也是渺茫的；追忆着一切的过往的那是一座坟墓，是寂灭了的却还埋藏着一堆骸骨"（《北南西东·车上散记》）。他挣扎在惨烈的时代漩流中，视野的扩大，使他自觉地在拓宽的题材范围内展开描写，从个人幽怨的发抒转变为民族仇恨的倾吐："大好的河山被敌人的铁蹄践踏着，被炮火轰击着；有的已经改变了颜色，有的正用同胞们的尸骨去填垒沟壕，用血肉去涂搨沙场，去染红流水……"（《北南西东·凄凉夜》）他仰视乌云盖满的黑茫茫的天空，对夜色深处"一种最可怖的符号"般的闪光和杀杀的雨声最为易感，而震撼

① 熊融、张伟：《〈缪崇群散文选集〉序言》，《缪崇群散文选集》，百花文艺出版社2004年版，第10、11页。

灵魂的，是从火车辘辘的轮声中听出"那些为国难而牺牲的烈士们的呜咽"（《北南西东·凄凉夜》）。行路中，错车的一刻，他看见一只毛茸茸的手，"仿佛从我心里攫夺了什么东西去的，我的心，觉得有些痉挛起来"，又从这手端起的杯中红酒，想到"红酒里面，是不是浸着我们的一些血汗呢？"（《北南西东·红酒》）民族凌辱让他的神经敏感，生活细节让他产生现实联想，在微细处表现浓烈的情绪。体物的精敏，既显露他的性格心理特征，也呈示他的文学个性。

缪崇群善于设定一个场景，寄予一点思考，以寓言式的隐喻和象征流露深刻的意味。《苦行》里，那个热带的土人"高举着他的手，直等待着鸟雀在他掌上搭起了一个巢窠"，造型感强烈，他从其间"陡然悟觉了苦行的道理，它好像一道闪光，照明了我在生命途中的一个指向"，在前方"天堂和地狱，都是离我们一样的遥远，也许是一样临近"，为着行抵至善的终极，"苦行，便是我们生命途上的一盏明灯。带着它可以走向任何遥远，任何广大的地方去，可以走到那个真理的家乡去"，他要使生命发出纯洁的闪光。《夜行》中，一个盲眼老人、一个赤足孩子成为他的讲述对象。古老的木桥，寂静的街道，映在河床上的灯光，凝滞的河水，构成人物活动的背景。深沉的夜里，哭泣似的音调里含着全部的苦痛和烦恼，他们仍怀着一个单纯的冀求在寻找，在顽强地前行，"黑暗占领了他们，可是黑暗被他们征服着：因为他们并不停留，穿过了黑暗，一定有一个目的所在的地方"，这是人物的想望，也是作者的愿景。流徙途中的他，渴盼安定的生活，却看不到切近的目标，但他没有丧失希望，对未来的信念成为坚牢的精神支撑，萦绕的意念便系附于动感的画面和人物造型上。精心营构的场景，寓意感强烈，充满象征意味，深刻地折射民族的苦难。《火》中，遭受敌寇焚焰的桂林，哀绝地颤抖、挣扎，作者的心也剧烈地蜷缩、痉挛，纸上淌着血，"整个的空间被黑的烟、白的烟盖得满满的，她们好像完全凝冻在一团了。整个的地面上，飞腾着几万条凶猛的毒蛇，一齐吐着它们那贪婪无厌的血红的舌头，一齐向空中舔着"，海一样的火中，一切都闪着银色光芒冲飞不见了，他激愤地呼吼，"看看我们这些不设防的城市，一处一处成了废墟，成了焦土，一度火的海，一度火的山"，杀戮与焚烧造成了毁灭，活在焦土之上的人们，仍然发出争取再生的呼声，表明抗争强敌的雄心。从这篇诗化短章中能够感受他的心灵热度。这也印证了后世对他的评论："抗战爆发后，他拖着虚弱的病体，流亡于湖北、广西、云南和贵州等地，以教书为生，一度当过《宇宙风》的编辑，最后落脚在四川重庆。他于流亡途中，饱经风霜，世态百相，尽收眼底。随着生活的巨变，视野的开阔，他的散文风格也发生了可喜的变化。虽然平实、精细、真挚和亲切的基本格调未变，但是作品中原来比较狭小的天地逐渐变得开阔，纤细的感情逐渐变得坚实，爱憎更显分明，作品也更具时代性和战斗性。"① 即使像《夏虫之什》这种偏重内涵的咏物小品，也不掩锋芒。他说"在这个火药弥天的伟大时代里，偶检破篮，忽然得到这篇旧作"（《夏虫之什·楔子》），拿它出来，看似应应景物，实则还是含着另外意味的。他凭借明锐的悟性，通过对寻常物体的描写，释放被沉暗现状压抑的生活兴趣，传达富有社会意义的深刻内涵。面对爬行或者飞舞的虫子，他以自我经验为中心，展开描述和议论。蛇让他"憧憬起一切热带的景物来"，而且以淡然的态度说"虽然，象征着中国历代帝王的那种动物，龙，也不过比他多生了几根胡须，多长了几条腿和爪子罢了"，语调是冷的，毫无中国传统性的权力崇拜的气味。和他的浪漫性情相契合的，是闪闪的流萤，抒写中极尽绚美清丽，"在月光下的池畔，也常常瞥见他的踪影，真好像一条美丽的白鱼。细鳞被微风邅吹翻了，散在水上，荡漾着，闪动着……静静地凝视着他，他把星星招引来了，他也会牵人到黑暗的角落里去。自己仿佛眩迷了，灵魂如同披了一件轻细的纱衣，恍惚地溶在黑暗里，又恍惚地在空中飘舞了一阵"，萤火虫在他心目中是"会飞的，会流的星子，夏夜里常常无言地为我画下灵感的符号"，导引他去寻觅向往的路迹。蝉"像一个阔别的友人，从远远的地方归来"，可是，夏日的蝉鸣让他微微地感伤春天的不可挽留，厌烦"他把长的日子拖着来了，他又把天气鼓噪得这么闷热"，然而又体贴"他们不能受着缚束与囚笼里的日子，他们所需要的惟有空气与露水与自由"的天性。冰冷的现实又促生思考，"人们常常说'自鸣'就近于得意，是一件招祸的事；但又把不平则鸣当作一种必然的道理。我看这个世界上顶好的还是作个哑巴，才合乎中庸之道吧？"文字间还浸着对弱者的深切同情。一声长长的嘶音掠空而过，仰头望见一只飞鸟嘴里衔着的蝉，"这哀惨的声音，唤起了我的深痛的感觉……我很想把他叫作一个歌者，他的歌，是唱给我们流汗的劳动者的"，吟咏自然生物而生发现实思考，流露人世关切。他写臭虫，引出深刻的社会主题，"像这样侵略不厌，吃人不够的小敌人，我敢断定他们的发祥地绝不是属于我们的国土之上的"，"他们国度里的所谓'皇军'真面目"也就

---

① 熊融、张伟：《〈缪崇群散文选集〉序言》，《缪崇群散文选集》，百花文艺出版社 2004 年版，第 5、6 页。

可以想见一斑了，"把这个其恶无比的吃血的小虫子和军人相提并论起来，武士道……一类的大名词，也就毋庸代为宣扬了"。对这种非血不饱的小虫施以"捏死，踩死，或是烧死"的极刑，甚至"想尽了方法给他凌迟处死……在一滴血色中，我才感到报复后的喜悦与畅快！"饱含深恨的文字，燃烧着对敌寇的怒焰。含毒的蝎子"大大方方地翘着他的尾巴沿壁而来，毫不躲闪"，架势固然张狂，但"不是比那些武装走私的，作幕后之宾的，以及那些'洋行门面'里面却暗设着销魂馆，福寿院的；穿了西装，留着仁丹胡子，腰间却藏着红丸，吗啡，海洛英的绅士们，更光明磊落些么？"他在嘲讽之时，也会自然插入一缕闲情，转接是那样自如，"什么时候回到我那个北方的家里，在夏夜，摇着葵扇，呷一两口灌在小壶里的冰镇酸梅汤，听听棚壁上偶尔响起了的司拉司拉的声音……也是一件颇使我心旷神怡的事哩"，自含一种亲切温婉的笔趣。他说蜘蛛"像一个穿黑色衣服的法西斯信徒，在一边觊觎着，仿佛伺隙而进"，但是"压倒了他们那一大群"的是"我的奋斗的警句"。总之，缪崇群善于调用物质的微妙能量，从细微之处折射精神的光辉；又运用比喻、比拟等修辞格，美化语言，强化文学表现力。"在这组咏物小品中，缪崇群自如地把蕴藏在内心深处的感受融化到所描述的客体景物中，并且用色彩鲜明的形象表现出来，想象丰富、寓意深刻，既具有浪漫主义的风格，又保持特有的哲理思考，从而给人一种情调隽永，韵味悠然的艺术享受。"① 敏锐的观察力和细腻的感悟力，表现着他的艺术慧心，也显示着精神省思的深透。

　　缪崇群在山水间抒发性灵，于风景中阐释哲理，既追求文体之美，也刻意精神之深。《江户帖》是一组在异域风景中沉思生命的哲理小品，而清淡的情味又同他的感思相谐调，情绪的捕捉精微而准确。他说清晨和凉夕响在檐头的风铃儿声"那是大气的私语，那是过路的幽灵的蛮音……在这声音里，年老的将沉思到他的生命的冬天；年青的将怅惘着他的生命之春愈去愈远了"（《江户帖·风铃》）。雪中的欢跃与狂喜，曾经让年轻的心灵飞翔，岁月流逝，飘舞的雪不会总带来希望，"一切都是那么阴沉的寂寞的"，回想雪林里的手印和足迹，"像是想到昨天夜里有几颗流星，在寥廓的空际闪过去几条微微的光芒"（《江户帖·雪》）。墓地周围茂生着长青的树林，沉香的气息能够使人的心情镇定，"那里立着无数的碑碣，在每个碑碣底下都盛着一勺清水，水里

---

　　① 熊融、张伟：《〈缪崇群散文选集〉序言》，《缪崇群散文选集》，百花文艺出版社 2004 年版，第 14 页。

插着几枝不知名的小花，花是那样寂寞地开着，看着它们，便仿佛看见每个死者在地下宁静地微笑着似的了"，静谧的一角，给了他心灵的空间，他在一片蔚蓝的天幔中"憧憬着无限，憧憬着空虚"（《江户帖·桥》）。易感的他，更觉景物有情，"池子里面永远印着一颗天的心——是那么沉静，是那么寂寞而无言的"，眼底的山川草木也让他感叹，其间"产生过多少名与不名的人物，埋葬了多少名与不名的尸骨。古人、今人、后人，踏着垒着……然而山川还自山川，草木还自草木"；春天的薰风、秋天的红叶间有他们清谈的影子，夏天的泥泞、冬天的雪地伴着他们池畔的沉思，"时光像从极细的筛子里轻轻地透了过去，心也像是被滤过的了，感觉到有说不出来的松适和宁和"，在这里消磨着青春韶华和少年幻梦的他们，用眸子"在钓着周遭的一切，钓着那持竿的钓者，钓着池中的悠悠的白云，并且连披裹在白云里的那一颗天的心"（《江户帖·池畔》）。高原的草走出古人诗句，"在我的眼底招展着，在我的心里招展着"；他把草喻作"母亲的心"，辉耀着生的力，"蕴藏着一种无限的慈和的慰藉"；他咏赞"高原上的野草，是多么伟大多么严肃的啊！"在"心壁上是塑着了一个永不腐蚀的形象了！"（《江户帖·高原的草》）一幅残缺的古帖充溢鲜活的性灵，表现出缠绵委婉的笔趣和清丽妍美的姿韵，人性挣扎的悲苦意味渐趋消淡了。

在散文里寻索缪崇群创作的历史痕迹，从文章里找出生命，可以发现刚劲激奋的笔致只是阶段性地呈露着，他总体上还是以内倾式的艺术特性作为创作风格的主导，内心久久地缱绻着温情柔软。比如那篇三百余字的《蛙》，表达的不是一种确定的思想，而是一种情绪。已经不能记忆究竟在什么季候的蛙叫，在他的听觉里，幻作一根"清脆而单调地震动宇宙的寥寂的弦"，又像"一条似断还连的锁链，顿时沉重而冰凉地箍在我的脑上了"。蛙声把思绪带向"过去了的那些深夜的傍晚，梦里的池旁水边"，让他在忆念中怅然，"好友们去远了，去远了！今番的蛙声，使我牢记着是从薰风里吹来的"。幽婉、凄清、感伤，他善于随着景物的移变调整自我的情绪状态。这种韵致在他后期创作的《石屏随笔》那类玲珑清隽的风景小品中表现得更加鲜明。

四　冯至：江行的惆怅

将海外的游学见闻和国内的颠沛经历，以诗意的文字映入阅读视野，是冯至对于现代风景散文的贡献。

冯至（1905—1993），原名冯承植，字君培。河北涿县人。1921 年考入北京大学。1923 年加入浅草社。1925 年与杨晦、陈翔鹤、陈炜谟创立沉钟社，编辑《沉钟》周刊、半月刊和《沉钟丛刊》。1930 年赴德国留学，研读德国文学，兼修哲学与艺术史。1935 年 9 月获海德堡大学哲学博士学位后回国。1939 年至 1946 年受聘于西南联合大学外文系，荣享"教师诗人"的美誉。充溢感伤情味的《昨日之歌》（1927 年，北新书局）、在哈尔滨闯荡时所写的《北游及其他》（1929 年，沉钟社）等自由体诗集；由散放转向整饬，借鉴欧洲商籁体诗律，尝试创建中国新格律诗体的《十四行集》（1942 年，桂林明日出版社）；以自由的抒情与生命的沉思为基调的散文集《山水》（1943 年，重庆国民图书出版社）；中篇历史小说《伍子胥》（1946 年，文化生活出版社）等，代表他的文学成就，更显示实创精神。

　　冯至倾情熔塑灵魂里的山川，一是得自他的诗性气质，一是得自他的生活经验。在战争烽火遍燃的中国，迁转至昆明的西南联合大学，暂时成为一块相对宁静的文苑。诗歌之花在校园中盛开得尤为娇艳。"是历史（战争）的机遇把中国新诗史上的主要代表集中于这简陋而丰富、狭小而广阔的天地里，中国的成名的、不成名的、已经成型的、尚未成型的诗人，一起进入了人生与艺术道路上难得、少遇的'沉潜'状态。这首先是生命的'沉潜'——这是一种经历了战乱中的流亡，有了丰富的生命体验（这正是他们的前辈 30 年代的校园诗人所匮缺的）以后的生命沉潜：他们面对现实与自然凝然默思，将中国土地上的生活的沉重与灾难潜入内心深处，将民族本位的、更具感性（非理性）的战争体验转化为（融入）个人与人类本位的、更具形而上色彩的生命体验与思考"；被命运的潮水推送而来的冯至，相似的生命经验同样渗入创作过程，"最早实现这样的新时代的校园诗歌理想，并且显示出鲜明个性特征的，是教师辈的老诗人冯至。他行程几千里，观看了许多城市与乡村，经历了许多生命的死亡与挣扎以后，来到大后方的西南联大，获得了一块生命的栖息地：那将永远留在新诗史上的昆明郊外的'林间小屋'。诗人冯至正是在林间小屋的凝神默思里，获得那辉煌而庄严的瞬间体验，达到生命与艺术的豁然贯通"；他在战争年代里，依然以内倾型、个性化的吟唱，表现"关于个体与人类的生存状态"，并将亲历的种种 "自觉上升到生命哲学的层次"①。冯至在 30 年代后期发生的诗风转型，也表现在散文上面。"又如冯至先生，他近年来

---

　　①　钱理群、温儒敏、吴福辉：《中国现代文学三十年》，北京大学出版社 1998 年版，第 579、580、581 页。

写了若干散文，实在都是诗的，那么明净，那么含蓄，在平凡事物中见出崇高，在朴素文字中见出华美，实在是散文中的精品。"（李广田《谈散文》）《昨日之歌》中深味的青春与爱情的基本主题淡去了，发抒的知识青年个人的生活苦闷与内心哀感真实地反映了时代的苦难。1939年写于昆明的《在赣江上》，是对战乱期间逃难生活的真实记录，却能在灰色记忆中融浸深浓的诗情，并在超离现实情境的视角下对自然的神秘性、生命的孤独感做出冷静的观照，对生命体验和风景内蕴做出平行审视，在深度意义上表达哲学思考。寥廓的江天、清寂的感觉，造成空间结构与主体意识的有机交互。在他的文学视野中，浮升一种苍茫、幽寂、辽远、清旷的情境，"既看不见村庄，水上也没有邻船，一片沙地接连着没有树木的荒山"，战时的硝烟远去了，惶遽的神色随着渐渐阴晦的天气而添了无名的恐惧。这番意绪又同他青年时代常常浮上心头，并且吟咏的如烟如梦的哀愁相似。春情曾无声地牵缠着心怀："丁香、海棠、燕子，我还是想啊，/想为她唱些'春的歌'，/无奈已近暮春的时候！"（《春的歌》）夜思如水似的在心上波动："绿树外/红窗内，/是谁家肯把/这样轻惋的幽思，/寂寂地写在静夜里。"（《绿树外》）凄惶的情绪里，飘云也牵愁："我怎能够将它/也撕成千丝万缕？"（《孤云》）河水曾经是他年轻诗心的载体："我是一条小河/我无心由你的身边绕过，/你无心把你彩霞般的影儿/投入了我软软的柔波。"（《我是一条小河》）命途渺茫的困惑也浸入诗意："爱啊，我一人游荡在郊原，/将运命比作了青山淡淡——/续了又断的/是我的琴弦，/我放下又拾起/是你的眉盼！"（《在郊原》）他精心雕刻心理的纹缕，以轻逸的笔调写出一种会呼吸的文字。

转徙途中，能够带来一丝慰安的，是深婉的亲情，"妻在赣州病了两个月，现在在这小船里，她也只是躺着，不能坐起。当她病得最重，不省人事的那几天，我坐在病榻旁，摸着她冰凉的手，好像被她牵引着，到阴影的国度里旅行了一番"，感受的深切和表现的细腻，是特别打动人心的地方。此刻，江水又接受他一颗奔波的灵魂。江天的空廓又让他重温低回孤寂的情绪："我的寂寞是一条长蛇，/冰冷地没有言语。"（《蛇》）"世界呀，早已不是乐园，/人生是一所无边的牢狱；/我日日夜夜地高筑我的狱墙，/我日日夜夜地不能停息——/我却又日日夜夜地思量，/怎样才能从这狱中逃去？"（《湖滨》）"我的灵魂是琴声似地跳动，/我的脚步是江水一般地奔跑，/我向着一切欢呼，/我向着一切拥抱。"（《月下欢歌》）"我说，水流着我们的青春，/风拂着远远的秋天……/如果我在松荫下谈到了寒冬，/我们心头可能同时地起了震颤？"

(《暮春的花园》)"这时的燕子轻轻地掠过水面,/零乱了满湖的星影。——/请你看一看吧这湖中的星像,/南方的星夜便是这样的景象。"(《南方的夜》)江行的清景、孤苦的心境,使月下的他陷入遐思,"风吹着水,水激动着船,天空将圆未圆的月被浮云遮去。同船的孩子们最先睡着了。我也在此起伏不定的幻想里忘却这周围的小世界。睡了不久,好像自己迷失在一座森林里,焦躁地寻不到出路",内心的忧烦、生活的动荡,幻作梦里的焦灼状态。叙述虽然平缓,却暗含一种力量。漂泊的心刚刚暂归宁静,却又起了一阵扰动。他调用富于诗美的语言,营造迷离、朦胧、缥缈、清冷、幽旷的意境,折射恍惚的心绪。船上的狗吠,船外的语声在静夜里听更有一种惊心的感觉,"忽然黑暗的船舱出现了一道光,是外边河上从船篷缝里射进来的;这光慢慢地移动,从舱前移到舱后,分明是那河上放光的物体从我们船后已移到船头了。这光在船舱后消逝了不久,又有一道光射到舱前,仍然是那样的移动。全船在静默里骚动着……暗银色的月光照彻山川,两团火光在急流的水上越走越远了"。表现的妙谛在于文字上裹着一层神秘,亦真亦幻,迷梦一般。当渔夫"好像是慰问我们昨夜的虚惊,卖给我们两条又肥又美的鳜鱼"时,妻子"脸上浮现出病后的第一次健康的微笑",字句间盈满丝丝暖意。在烽火岁月里,人世的真情产生一种深深的感动。

如同在一吟一咏中对日常事物进行诗性思考一样,冯至以幽冷的眼光对途程上的风物做出诗性观照。他一面从江水的刚与柔、急与缓、动与静、光与影的和谐变幻中发现天成的景观意象,并且产生美的表达,一面穿过风景的表层,透视复杂而苍白的内心,深深地品味寂寞与牢愁,抒发大时代背景下个体生存的孤独感,在哲学意义上进入宁静的生命沉思,也完成自我世界的蜕变与转化。

在德国留学期间,冯至游走欧陆风景。异域山水给他生命的滋养。求学海外或在西南联大教学的余暇,经过心灵上的准备,他把这些印象式的观感转化为散文,展示一片抒情性的文字风景。《赛纳河畔的无名少女》是1932年在柏林写成的。寓言式的结构里,叙述成为主导元素。凄美哀伤的情调、幽婉深长的意韵,渗透于平静的文字间。神的国土上的天使,那"没有苦乐的表情,只洋溢着一种超凡的微笑,同时又像是人间一切的升华",使人飞动浪漫的想象。深居修道院里的少女,她的清纯表情"不是悲,不是喜,而是超乎悲喜的无边的永久的微笑",谜一样圣洁、灿烂的情感,在赛纳河"两岸弹着哀凉的琴调"中消隐了。星影灯光在河里交织成一片美丽的世界,更衬出"雕刻家一晚的梦境是异样地荒凉"。复活节的钟声里，溺亡少女"带着永久的无边的微笑好像在向我们谈讲着死的三昧"。作品在直面香魂消殒的残酷境况中，显示人性尊严与美的价值。年轻的冯至已开始朦胧地在生命哲学的意义上表现希望和幻灭、生存与死亡的主题。1937 年完稿的《罗迦诺的乡村》，记他在意大利和瑞士两国分领的一座爪形的湖畔暂居的生活片段。狂热的法西斯主义与自由和平的空气，隔湖"对比起来，煞是有趣"。他记得在"湖边的一个小村落里住过一个晚夏的八月"间见过的人、经过的事。湖山寂静，"脚刚踏上轻松的土地，举目一望两旁的浓绿，便深深嗅到浓郁的故乡气味。不只是气候和北平夏季的乡间很相似，就是几种违阔许久的生物，也在这里重逢了……这可以说是在故乡一样的乡间"，还有送信的少女、年老的邮夫、松缓随便的生活，"人、动物、植物，好像站在一个行列上，人人守着自己的既不能减损，也不能扩张的范围：各自有他的勤勉，他的懒惰，但是没有欺骗。这样，湖山才露出它们的雄壮。一片湖水，四围是默默无语的青山，山间的云，层出不穷地在变幻。有时远远驶来一只汽船，转个圈子，不久又不见了，与这里的世界好像不发生一点关系"。冯至描画着遥远异国的原始古朴的田园境界，表达了战时人们对于和平生活的深切忆念，这种感受，对于有过流离经历的他而言，特别能够触引文学表达的渴望。虽是如实的记叙，却间接地反映了战争的主题。

冯至以沉思的姿态，默察物象的形，体认物象的神，将人生行程中经验到的生命景观在文学里表现出来。他调和诗化的笔墨为风景写照，包孕流转迁徙的途程中关于人生哲学的思考。他善于从个人平凡的生命活动中发掘诗性意义，在题材表现上，无论是个人苦闷，还是民族命运，总是那样谐调、宁静、美好。人与自然、人与社会的文学主题，在他那里和谐地融为一体，汇成诗韵美的泉溪，淙淙地流淌，奔向情感的海洋。

五　艾芜：浪迹的行吟

在人生漂泊的朴素记录中展示西南边地的美丽乡景、原始乡风、淳厚乡俗、真挚乡情，以及多彩的异域风光，是艾芜散文的韵致。

艾芜（1904—1992），四川新繁人。原名汤道耕。1921 年入成都省立第一师范学校。1925 年放弃学业，远走云南。1927 年漂泊缅甸，又流浪至新加坡，不久返回缅甸。1931 年夏定居上海。1932 年春加入左联，曾任执委。抗战期间任中华全国文艺界抗敌协会桂林分会理事，后到重庆主编抗敌协会重庆分会会刊《半月文艺》（附在重庆《大公报》副刊上）。1948 年冬，任教于重庆大学中文系。著有短篇小说集《南国之夜》（1935 年，上海良友图书印刷公司）、《山中牧歌》（1935 年，上海天马书店）、《南行记》（1935 年，上海文化生活出版社）、《夜景》（1936 年，上海文化生活出版社）、《芭蕉谷》（1937 年，上海商务印书馆）、《海岛上》（1939 年，上海文化生活出版社）、《逃荒》（1939 年，上海文化生活出版社）、《萌芽》（1939 年，上海文化生活出版社）、《荒地》（1942 年，桂林文化供应社）、《黄昏》（1942 年，桂林文献出版社）、《秋收》（1942 年，重庆读书出版社）、《冬夜》（1943 年，桂林三户图书社）、《爱》（1943 年，桂林大地图书公司）、《锻炼》（1945 年，重庆华美书屋）、《童年的故事》（1945 年，重庆建国书店）、《烟雾》（1948 年，上海中原出版社）、《夜归》（1958 年，作家出版社）、《南行记续篇》（1964 年，作家出版社），中篇小说《江上行》（1943 年，重庆新群出版社）、《我的旅伴》（1945 年，世界编译所）、《我的青年时代》（1948 年，上海开明书店）、《乡愁》（1948 年，上海中兴出版社）、《一个女人的悲剧》（1949 年，香港新中国书局），长篇小说《春天》（1937 年，上海良友图书印刷公司）、《丰饶的原野》（1946 年，重庆自强出版社）、《故乡》（1947 年，重庆自强出版社）、《山野》（1948 年，上海文化生活出版社）、《百炼成钢》（1958 年，作家出版社），散文集《漂泊杂记》（1935 年，上海生活书店）、《杂草集》（1940 年，福建改进出版社）、《缅甸小景》（1943 年，桂林文学书店）、《艾芜创作集》（1947 年，上海新新出版社）、《欧行记》（1959 年，天津百花文艺出版社），散文特写集《初春时节》（1958 年，天津百花文艺出版社），论著《文学手册》（1941 年，桂林文化供应社）等。

　　从艾芜的文字里，可以看出好游的天性："我欢喜东西南北漂流，更喜欢常常能到一个未曾相识的大城市。自然，我爱无边无际的碧海，峰峦重叠的青山，但同时也忘不了那充满了红男绿女的通都大埠。"（《香港之一夜》，1931 年 6 月《读书月刊》第 2 卷第 3 期）他观赏的兴趣广泛，领略的事物多端，浏览的景观复杂。但是时代的局限使他的人生旅途遍布荆棘，世况的苦味过早地浸入一颗青涩的心。贫困流浪中艰辛的前途寻求，使艾芜的作品回响社会主流视阈之外的底层民众痛苦的喘息，反映这个生命群体求生的欲念和本能的抗争。命运的挣扎中，他所取的态度，也并非旁观，而是有着感情与行动的融合。

　　1930 年冬，艾芜在缅甸被英帝国主义逮捕，1931 年春被押送至香港，驱逐到厦门。在《香港之一夜》里，他以一个南洋归客的视角抒发对于殖民统治的愤懑。英国警察对于由南洋发配回来的犯人"像关猪关牛一样"关进猪栏，"没有恢复自由的希望了，大家都痛苦地重陷落于深渊里"，他恨恨地想，"难道自称为文明国的法律，是这般不讲理吗？"同室的囚徒是些"善良的失业工人，不知在海外流了多少血汗，才造成了繁华的马来半岛及海峡殖民地。让那些忘恩负义的猪狗——帝国主义者，去享幸福"。惨苦的现实击碎了曾在脑里描画的"许多美的幻影"，及至翌日早上被匆匆押着登上海船，心底发出低沉惨淡的哀音，"唉，我所爱的香港，就这样地别了，直有点忿然，而又凄然！我所爱的香港，给我最深刻的印象，仅只是——凶恶的帝国主义，肮脏的臭马桶！永远不会忘记！永远不会忘记！"屈辱，羞愧，强烈地折磨着民族自尊心与起码的人格。

国内的光景也使他失望，凝愁的文字愈显沉重。

《滇东旅迹》（1934年1月16日《申报·自由谈》）里勾勒的云南山岭可怕得"像病了的水牛，一条条躺在荒漠的天野里……人家不多，到处都是荒凉的，萧条的"。保商队的弟兄"也学起大兵的威风，把山里人拉来挑行李，走三十里，四十里，不给半文钱，却一路上奉以拳和脚……他们拉不着伕子，就破口大骂，对着远处丛草中闪现的人影，生气地乱放枪。太古一样沉寂的山中，噪起了野鸟之群"，晚上，到了息夜的地方，又"提着枪，朝人家户里乱钻，粗暴地吩咐屋主，借铺陈，借席子，借稻草"，蛮野与强横的一班人，把悲哀和苦痛长久地留在行过的路上，并且逼出新的盗贼，"于是，保商队的需要便越发成为不可少的了，而云南东部的山，大约也就由此更见荒凉，更见萧条了吧"。以一角山乡的景况映示旧中国的社会腐恶，以链式的因果效应做纵向的逻辑推衍，使朴素的直观化实写更具一种沉重的震撼力。

《走夷方》（1934年1月16日《申报·自由谈》）从听着一个"暂时聚会的旅伴，拖起漫长的声音，在唱镇南州人唱的歌谣时，轻烟也似的忧郁，便悄悄地绕在我的心上了"起首，展开旅途记事，笼罩着粗犷、浪漫的传奇气息。而在心里，他"是由于讨厌现实的环境，才像吉卜赛人似的，到处漂泊去"，忧郁的情绪始终缠绕在心间，而"我的老好的旅伴，是私贩鸦片烟的……连同禁物带到牢中去了"，又使在僻远边地极易产生的浪漫之心，蓦地沉坠到现实的深谷中。情感在悲喜的变故中经受摧折。

《马来旅感》（1934年4月11日《申报·自由谈》）折射着内心的矛盾。本来"在异国旅行，似乎总很容易惹起异国情调吧"，可是"一路看见的，几乎全是中国老乡"，"携着简单的行李，说是要回广东去的。他们不洁的衣衫，忧郁的脸子，围在我的周遭，使我记起了'富贵而归故乡'的古语，心呵，便和他们的心一样地哀愁起来了"。在同情和凄惶的心境中，沿途山野的景象也一派愁惨，胶林掩不住荒凉，"树脚下长着深深的蔓草。偶然也可以看见十里的山林，烧得光光的，焦黑的丫干，到处立着，仿佛战场一样，倘若再点缀一些残肢断体的话，依窗而望的远方过客，就会禁不住起着凭吊之感吧？"寥寥数句，勾画出世界经济恐慌的真实场景。

《大佛岩》（1934年5月10日《申报·自由谈》）写出和江山胜迹极不谐和的现实光景。他"偏遇着大佛寺乌尤寺内，都有军官一类的阔人，在里面大作宴饮。使人在苍松笑佛间，看见了挂盒子炮的，极为不快，什么游兴也没有了。在中国大抵如是吧，一切名山胜地，都逐渐由诗人名士的手中，化为武人的地盘。所以今日的苏东坡之流，只有躲在'寒斋'吃'苦茶'了"，真是大伤古来的风雅。语含讥讽，直刺社会的积弊。

《孝陵游感》（1934年6月4日《申报·自由谈》）在荒颓的古迹前表达了热烈纯真和狂放不羁的性格。他欣赏"城外大道两旁，漫生着年青的松树"，并且在雨后澄清的空气中散溢浓烈的芬香"特别能激起泼辣的生趣"；而走进衰残的墓地，驱散败草残瓦引起的凄凉与寂寞的，却是激昂的《马赛曲》，"歌声在台下隧道也似的石阶上回荡着时，天然增大了的音量，就将我们一行人的青年之气，猛地壮起，接着唱起别的歌曲。牧牛儿尚能占有大地河山，全无愧色，则我辈在此地的放肆高唱，当然是要毫无忌惮的了"。阅尽沧桑、睥睨威权的傲态狂姿，化作熊熊心焰，燃烧在文字间。

《鼓浪屿》（1934年7月10日《申报·自由谈》）在清美的画境中映现深层情感的冲突。他在"寂寞时，打开窗子遥望，鼓浪屿的洋式建筑和坡头绿荫，便像谁在使用绘画那样手法似的，在对面的水上分明地展画出来，表露着一种诱人心目的风姿"，游船上阔男女的华丽衣衫，花朵一般点缀在港湾的水上，"依着海岸或是爬到坡上去的马路，都有着静寂和清雅的南国风味。一些带着白色窗幔的别墅窗眼，则从绿树枝叶的稀疏处，悄悄地窥着缓步而行的游人。车马的喧嚣，市声的繁噪，简直是没有的。大约镇日可以听见海风徐徐踱过林间，和早晚泛在街头的学童的欢笑吧"。他"打算顺便兑换一两张从南洋带回来的外国纸币"，在这租界里面寻来寻去，"只找到了中国人开的银行，而汇丰之类的外国金融机关，相反地却是设在比较鼓浪屿为不甚安全的厦门市上"，他怅叹"的的确确需要安全的，倒是中国人自己"，更感喟"先前由南洋回来，搭乘华侨的轮船，看见泊厦门时，竖起了大不列颠的旗帜，心里颇以为怪，等到游了鼓浪屿，瞥见了一眼古老的中国后"，则在心中默念着"老中国呵，满心依恋着你的，大概目前单是那些赤了足的爱儿吧"。殖民化的故国，让海外归来的赤子产生心理隔膜和情感距离。焦虑和惶惑凝成浓重的失望感，抑塞着灵魂的呼吸。

《川行回忆记》（1934 年 7 月《新语林》半月刊创刊号）把忧闷的情绪表露得更为实际。在岷江边，"白天看一船一船的兵士，从山那边渡过江来，看船伕子和邻近的乡民，在一张白木桌上打麻将。晚间睡在干稻草铺就的床上，听夏天的急雨，和远处低沉的炮声"，荷着土枪的便衣汉子横路盘查，混乱的四川币制造成的麻烦，真实地暴露社会的阴暗面，使归乡的旅程浸着苦味。

《旧地重游》（1934 年 9 月 26 日《申报·自由谈》）记写第一次淞沪抗战几年后宝山一带的光景："在城外，远远的，就望见东南角上，从无数灰黑的屋脊中，巍然耸出一阁，正搭着篷，在重新修盖着，使人觉得一切都在炎天下静静睡着的古城，只有那儿才是略略透出活气的地方。街道，房屋，仍旧和'一二八'以前一样，没什么更改，仅在旧游者的心里，似乎引出了越发灰颓的感觉来"，反映侵略战争带来的巨大物质性毁坏和深重的精神性灾难。

《仰光小景》（1934 年 12 月 7 日《申报·自由谈》）记叙宗教环境里发生的不平等的一幕。仰光安静的宗教气氛，水一样流动，产生感动的力量。那个每天一早披着嫩黄的阳光，徐徐走在街头的缅甸僧人，连化缘也充满庄重的仪式感；而"衣衫不整的同胞，垂着短发不洁的头，立在和尚去过的那家门前的台阶上，呢喃地说着大概是要求那家施舍的话语"，却惹得"嘴角吊着香烟身穿华式短装的男人，举起肥大的手来，不高兴地摆摆"，一个瘦小的印度仆人也"连叱带吼地做出掀攘的姿势"，零落在异国的乞怜者，颓丧地走下门阶。过旧历年的时候，这家却"挂起一大张中华的国旗来，飘飘拂拂地展在檐下"，证明"的的确确他们还是中国人呢"。海外漂泊的艰辛，因穷困而潦倒的苦命人，感同身受的艾芜，特别能引起深切的怜恤，也仿佛映射自己的颠沛生涯。

《趵突泉》（1934 年 12 月 31 日《申报·自由谈》）将审视的冷眼投向泉城，胜景也难以改变忧悒的心情。卖各种货物的摊子，唱犁铧大鼓的茶馆，卖小玩意的，算命的，污浊之气弥漫，仿佛到了上海的蓬莱市场和城隍庙，"倘若没有水柱一样的泉水，翻白地涌出，响着山中涧水似的声音，我觉得，周遭的景象，是会完全给人以颓唐之感的"。游而无味，加上命途的漂泊感，覆在心上的暗影越发浓重。

《别上海》(1937 年 12 月《国闻周报》第 14 卷第 48 期)以自己逃难路上的经历,再现对于战争苦难的真实体验。第二次淞沪之战的阴影笼罩在上海市民身上,"笼在烟雨中的都市,已没有衬托在秋空底下的壮丽,也没有掩映在朝阳中的明媚了,到处都是朦朦胧胧,暗暗淡淡的",南站"近边炸倒了的房屋,还将支离破碎的姿影,模模糊糊地显示出来",奔往镇江和南京的难民留在屋顶破烂的月台上,蹲在泥水中候车。"半夜后天空浮云散去,疏星显露出来,这是明日天将晴朗的预兆,但等车的人们,仰头望望之后,却反而抑郁了……已经困顿在泥水中了,还希望着下雨,这是何等悲苦的心情!"大家无奈地把空袭的担忧寄托在天气的阴晴上。战争的贻害,在于给惊恐的无辜者烙刻难以疗愈的心理隐疾。如实记叙的文字正触着深刻的一层。

奇美的西南边陲和东南亚风光成为传奇性的人生履历的背景,富有地域特色的风物本身就具有艺术的诱惑。"坡脚下,正躺着湿雾凄迷的狭长的原野,延长到灰暗的天尽头,这就是我要走去的夷方呵,蛮烟瘴雨的夷方呵。高山,黑郁郁的高山,头上包着帕子也似的白雾,绵亘在原野的两侧,现出蛮狠凶恶的样子",而"路上的傣族妇女,多是眉清目秀的,而且有的农家姑娘,竟比汉族女子反要美丽些"(《走夷方》),仿佛在一轴画上绘出苍莽山野与清秀人物的鲜明对比。蜀中的山川形胜让他动情,"岷江与大渡河汇流在一块儿的地方,屹然挺出一堵庞大的岩石,将汹涌直冲的水势,猛地杀住,硬叫它另转了一个方向",笔势简、劲、疾、辣,又倏忽一转,细润、柔曼、清丽起来。他留意阶形山道的"苔痕润湿",领受树丛间现出的凉亭、古碑、寺院氤氲的清幽风景,"江声隐没在脚下边了,镇日唯闻深林中不知名的小鸟,在清清润润地低唤着……由岩上的树疏处,放怀远瞩,便望见岷江与大渡河紧紧挟着的嘉定城市,仿佛摇摇不定,临水欲飞,向人作出劈面奔来的光景"(《大佛岩》),笔浸古典意趣,仿佛化文字为清茶,悠然而斟,奉客尝味。

在大的社会背景下,艾芜善于展开细腻的景物描写。走进战后的上海。宝山城外的一片丰盛的菜圃挽留他的目光,"藤藤叶,已开着白色漏斗形的花了;青辣椒正在矮矮的茎上,转变成秋天的红色;冬瓜胀着胖胖的大肚子,挤在蛮大的青叶中间,像喘不出气那么似的躺着;芦苇则在沟边,潇洒地摇着白头,仿佛独自儿首先领略着初秋的凉味一样"(《旧地重游》),葱茏的诗意在劫火焚烧过后,透露一种生活的希望,昭示民族自信力。名泉过眼,美妙的映像蓦地一闪,"泉水约五六股,直径均有一尺来宽,水柱似的从青苔水藻的池中，带着银白的水花，翻冒起来，突出水面二尺来的光景。响声活活地吼着，将周遭的喧嚣，都一齐掩没下去。游人的心情，也仿佛一下子从城市移到山间去了一样"（《趵突泉》）。随眼一看，略加体悟，落在字句上，便能传神如绘。笔触疏中有密，放中有收，散中有聚，潇洒的语风显现文学的天赋。

艾芜的写景，不求刻意之美，能够在自然舒展的状态下展现风光的原色，又时时浮闪自身苦难心灵的投影。漂泊心灵的刻画，实是自塑动荡时代的游子形象。海内外景物，清晰地映衬多舛而又富于生命色彩的个人史。

第二节　平淡与悠然

一　夏丏尊：湖边的清闲时光

夏丏尊的散文在现代文学史上的意义，在于为新体风景散文的写作练习提供了具体范本和成功示例。

夏丏尊（1886—1946），浙江上虞人。名铸，字勉旃，号闷庵。1903 年入绍兴府学堂。1905 年赴日，入东京弘文学院补习，又考入东京高等工业学校，因未申请到留学官费，于 1907 年辍学回国。1908 年应聘为浙江省两级师范学堂通译助教，曾与鲁迅、李叔同、陈望道、刘大白等共事。1921 年回乡，在春晖学校任教。1927 年任上海暨南大学中国文学系主任，并编辑立达学会会刊《一般》，又任开明书店总编辑。1930 年创办《中学生》杂志。1936 年 1 月任新创刊的《新少年》杂志社社长，6 月任新成立的中国文艺家协会主席。1937 年 1 月《月报》创刊，任社长，8 月任上海文化界救亡协会机关报《救亡日报》编委。1939 年与傅东华等发起成立中国语文教育会。著有散文集《平屋杂文》（1935 年，开明书店），专著《文章作法》（与刘薰宇合著，1926 年，开明书店）、《文艺论 ABC》（1928 年，上海世界书局）、《文心》（与叶圣陶合著，1933 年，开明书店）、《文章讲话》（与叶圣陶合著，1938 年，开明书店）、《阅读与写作》（与叶圣陶合著，1938 年，开明书店）等。

1921 年，夏丏尊从湖南第一师范学校教授国文之职退返家乡，在经亨颐主持的春晖中学任教。筑平房于风景秀丽的白马湖畔。题室名"平屋"，寓示平民、平凡、平淡的意思，与丰子恺的"小杨柳屋"相近。厮守山光水色，诵读声里送日月，"因为需要不便而菜根更香，豆腐更肥。因为寂寥而邻人更亲"（丰子恺《山水间的生活》），极富淡远之致。在《白马湖之冬》（1933 年 12 月作，《中学生》第 40 号）里，夏丏尊细听湖边的风声，静览映目的雪光，展开对冬日情味的含咀，对往日生活的忆想。在文学表现上，悠然的笔致恰与淡净的心绪相合。他"把自己拟诸山水画中的人物，作种种幽邈的遐想"，苍然的古意愈添得浓了。创作风格和他所持守的文学观念直接相关。王统照认为："他对于文艺另有见解，以兴趣所在，最欣赏寄托深远，清澹冲和的作品……他要清，要挚，又要真切要多含蓄。他不长于分析不长于深刻激动，但一切疏宕，浮薄，叫嚣芜杂的文章；或者加重意气，矫枉过正做作虚撑的作品，他绝不加首肯。我常感到他是掺和道家的'空虚'与佛家的'透彻'，建立了他的人生观，——也在间接的酿发中成为他的文艺之观念。"（《丏尊先生故后追忆》）这种创作上的坚持，使他的散文语体流露一种淡白的风味。

在文章作法上，夏丏尊主张写出绘画式的文字。这必然需要观察的精细入微。在他和刘薰宇合著的《文章作法》关于小品文一章里，有这样的话："要作小品文，无论写情写景，非注意到眼前事物的小部分，将它的特色生命来捕捉不可。这么一来，结果就可使观察力细密而且锐敏。细密而且锐敏的观察力，实在是文人最重要条件之一"；由精细的观察转向印象的描写，认为"我们要作绘画样的文字，不需要地图式的文字。因为从绘画上才有情趣可得，从地图上是不能得到的"，又说"我们精细的部分的描写，胜于粗略的全体的叙述和说明"。依这番见解，以描写部分为目的的文字，是着眼细处的，又须以自己的心情为中心来侧重表现。《长闲》是夏丏尊1926年9月写成，登载在《一般》第1卷第1号上的作品，即实践着绘画式的描写手段："新鲜的阳光把隔湖诸山的皱折照得非常清澈，望去好像移近了一些。新绿杂在旧绿中，带着些黄味"，这是衬托午睡醒来的人物的悠闲心态；"昨日在屋后山上采来的红杜鹃，已在壁间花插上怒放，屋外时而送入低而疏的蛙声，一切都使他感觉到春的烂熟"，这是让花色映亮人物的憧憬；"所有的时间都消磨在风景的留恋上。在他，朝日果然好看，夕阳也好看，新月是妩媚，满月是清澈，风来不禁倾耳到屋后的松籁，雨霁不禁放眼到墙外的山光，一切的一切，都把他牢牢地捉住了"，以及"才出书斋，见半庭都是淡黄的月色，花木的影映在墙上，轮廓分明地微微摇动着"，都是人物心中的画意。在夏丏尊的印象里，冬日的白马湖，"最严寒的几天，泥地看去惨白如水门汀，山色冻得发紫而黯，湖波泛深蓝色"，不正面写冬季之寒，只侧面着笔，语虽寥寥，然而，山有感——冻得发紫而黯，水有色——泛深蓝色，表现的全是人的心情。至于心情的闲适，当然是和天气联系着的，"太阳好的时候，只要不刮风，那真和暖得不像冬天。一家人都坐在庭间曝日，甚至于吃午饭也在屋外，像夏天的晚饭一样。

日光晒到哪里，就把椅凳移到哪里"。乡叟闲话桑麻的意趣蕴涵在朴素家常画面中，而文辞省净，抵得繁言复语。选择性地描写眼前的风景，实则抒述心中的情绪。

夏丏尊还主张写出以情调为中心的文字，以为"表示感情的语句，要简劲有余情，能含蓄丰富才好"（《文章作法》）。写于1934年4月，刊载于《中学生》第44号的《春的欢悦与感伤》，是一篇触景兴感之作。1932年一二八淞沪战事中，开明书店和立达学园遭受战火之劫，刺痛夏丏尊的心。他这篇"以情调为中心"的文字，在春日里抒发愁与愤。他说"自然与人事并不一定调和"，"都市中没有'燕子'，也没有'垂杨'。局促在都市中的人，是难得见到春日的景物的"，他不禁发出"春在哪里呢"的慨叹。对于艰危时局的深忧，对于抑郁生活的不满，都通过春的书写折映出来。这种落寞心境，还和中年之伤联系着。他自谓"我已是一个中年的人。一到中年，就有许多不愉快的现象，眼睛昏花了，记忆力减退了，头发开始秃脱而且变白了，意兴，体力，什么都不如年青的时候，常不禁会感觉到难以名言的寂寞的情味。尤其觉得难堪的是知友的逐渐减少和疏远，缺乏交际上的温暖的慰藉"（《中年人的寂寞》），就要发生感情的转移，用文学词语与自然风景连接。"文字的好坏本不在材料的性质，而在表现的技能"（《文章作法》），他片断地收取景物的侧影，细述深沉的感思，把重事实的"记述行事"和重心情的"记述内面生活"谐调一体而不枝蔓，创制出习写散文的示范文本。

现代散文史上对于文学小品普通的看法是，"最上乘的小品文，是从纯文学的立场，作生活的记录，以闲话的方式，写自己的心情。其特征第一是要有人性，其次要有社会性，再次要能与大自然调和。静观万物，摄取机微，由一粒沙子中间来看世界"[1]，夏丏尊正是以自己的作品做着印证，也同他倡扬的文学要求相符合。1933年8月31日，夏丏尊曾做题为《文学的力量》的演讲，认为从文学的本质审视，作家应该以具象与真实的情绪显示感化力，引起读者心理和感情的共鸣，"文学是有力量的。文学的力量由具象、情绪和作者的敏感而来；文学的力量，其性质是感染的，不是强迫的；文学作品对于读者发生力量，要以共鸣作用为条件"。面对文化和民众心理上的差异，他综合现代散文家和教育家的身份特点，因此，欣赏白马湖的明秀静美风光，忆想过往的教书生涯，笔端既含着散文抒写所必有的深婉情致，又浸着园丁育人所应具

[1]　味橄：《谈小品文》，《小品文艺术谈》，中国广播电视出版社1990年版，第310页。

的高雅品性，始终依凭阅读者的接受程度做出价值选择。真切的生命感受使他的风景行文显现本我性的文学感觉、话语色彩、情绪律动与心理节奏。

二　叶圣陶：放情于钓游旧地

冷静地谛视人生，在客观质朴的书写中调和温婉情调，悠然地寄托深浓的乡味，是叶圣陶风景散文显示的美。

叶圣陶（1894—1988），江苏苏州人，原名叶绍钧。1919 年，受新文化运动影响，参加由北京大学学生傅斯年、罗家伦等组织的新潮社，在《新潮》杂志登载小说、散文，以切实的创作标举文学的新旗。1921 年参与发起组织文学研究会，在《小说月报》、《文学旬刊》上发表作品。1927 年 5 月起主编《小说月报》。1930 年任开明书店编辑。著有短篇小说集《隔膜》（1922 年，商务印书馆）、《火灾》（1923 年，商务印书馆）、《线下》（1925 年，商务印书馆）、《城中》（1926 年，开明书店）、《未厌集》（1928 年，商务印书馆），长篇小说《倪焕之》（1929 年，开明书店），散文集《剑鞘》（与俞平伯合著，1924 年，霜枫社）、《脚步集》（1931 年，新中国书局）、《未厌居习作》（1935 年，开明书店）、《圣陶随笔》（1940 年，上海三通书局）、《西川集》（1945 年，重庆文光书店），专著《文心》（与夏丏尊合著，1933 年，开明书店）、《阅读与写作》（与夏丏尊合著，1938 年，开明书店）、《文章讲话》（与夏丏尊合著，1938 年，开明书店）等。

叶圣陶散文的现实品格和朴素作风，来于早期接受并遵行的创作上的写实主义。"叶绍钧风格谨严，思想每把握得住现实，所以他所写的，不问是小说，是散文，都令人有脚踏实地，造次不苟的感触。所作的散文虽则不多，而他所特有的风致，却早在短短的几篇文字里具备了：我以为一般的高中学生，要取作散文的模范，当以叶绍钧氏的作品最为适当。"① 根植于现实生活土壤的规范书写与纯正气派，使叶圣陶的散文具有经典文本的价值。来自同时代的创作界的评价，大都注意到了他的充满现实精神的创作特色。"圣陶谈到他作小说的态度，常喜欢说：我只是如实地写。这是作者的自白，我们应该相信。但他初期的创作，在'如实地'取材与描写之外，确还有些别的，我们称为理想，这理想有相当的一致，不能逃过细心的读者的眼目。后来经历渐渐多

---

① 郁达夫：《〈中国新文学大系·散文二集〉导言》，《中国新文学大系·散文二集》，上海良友图书印刷公司 1935 年版，第 18 页。

了，思想渐渐结实了，手法也渐渐老练了，这才有真个'如实地写'的作品……因为是'如实地写'，所以是客观的。"（朱自清《叶圣陶的短篇小说》）评说的落点虽是小说，当然也适用于他的散文。叶圣陶坚持写作态度的客观性，观察方式的精细性，题材选择的平凡性，感情表达的真实性，价值判断的潜隐性，并将这种创作精神引入所描述的虚构的、想象性的人文世界。即使在拥有广阔抒情空间的风景散文上面，仍然坚持客观性书写态度，可以看出质朴文风的单纯表现。在他的认识中，客观景象是人文世界的一部分，文学描述实则带有反映社会、表现人生、启蒙心智的性质。"爱与自由的理想是他初期小说的两块基石。这正是新文化运动开始时的思潮；但他能用艺术表现，便较一般人为深入……圣陶小说的另一面是理想与现实的冲突。"（朱自清《叶圣陶的短篇小说》）评论的指向虽然仍在小说上面，在他的散文里，这些因素也在发生着作用。叶圣陶从都市生活的状貌中挖掘心灵感受，表现自己的现实观察。崇尚自由的他以为，"自由的一面是解放，还有一面是尊重个性"（朱自清《叶圣陶的短篇小说》），而从古风浓郁的姑苏来到中国工商业中心的沪上，眼底景象与他所憧憬的理想世界产生了矛盾。"上海的马路上，来来往往的，谁能计算他们的数目。车马的喧闹，屋宇的高大，相形之下，显出人们的浑沌和微小。我们看蚂蚁纷纷往来，总不能相信他们是有思想的。马路上的行人和蚂蚁有什么分别呢？挺立的巡捕，挤满电车的乘客，忽然驰过的乘汽车者，急急忙忙横穿过马路的老人，徐步看玻璃窗内货品的游客，鲜衣自炫的妇女，谁不是一个蚂蚁？我们看蚂蚁个个一样，马路上的过客又哪里有各自的个性？我们倘若审视一会儿，且将不辨谁是巡捕，谁是乘客，谁是老人，谁是游客，谁是妇女，只见无数同样的没有思想的动物散布在一条大道上罢了"，哀叹的气息、喜愉的脸庞、寒噤的颦蹙，是要细心体贴才能够担在心上的，感到"雪样明耀的电灯光从高大的建筑里放射出来，机器的声响均匀而单调"（《生活》，1921 年 10 月 27 日《时事新报》）。他在"阶前看不见一茎绿草，窗外望不见一只蝴蝶"的枯燥清秋里，寻索一点感动心情的趣味，仿佛听见乡间的虫鸣，忆想起白天"嫩暖的阳光和轻淡的云影覆盖在场上"和入夜"明耀的星月和轻微的凉风"；此番景况易于撩引"劳人的感叹，秋士的伤怀，独客的微喟，思妇的低泣"，可是他却看做"无上的美的境界，绝好的自然诗篇"（《没有秋虫的地方》，1923 年 8 月 31 日作，1923 年 9 月 3 日《时事新报》副刊《文学》第 86 期），能够吟味出隽永的情致。他在城里"嚼着薄片的雪藕，忽然怀念起故乡来了"，新秋的早晨，门前经过许多乡人，紫赤胳膊的男人，使人起健康的感觉，裹着白地青花头巾，穿短短夏布裙的女人，别有一种美的风致，各挑的担子里"盛着鲜嫩的玉色的长节的藕。在产藕的池塘里，在城外曲曲弯弯的小河边，他们把这些藕一再洗濯……这是清晨的画境里的重要题材"；故乡的春天，莼菜"嫩绿的颜色与丰富的诗意，无味之味真足令人心醉"；家园物产，引动深浓的爱感——对故土的恋念，对乡人的牵系，不禁发出"所恋在哪里，哪里就是我们的故乡了"的感慨（《藕与莼菜》，1923年9月7日作，1923年9月10日《时事新报》副刊《文学》第87期）。乡思、乡情、乡恋的心怀，表现得那么深切、幽婉、细腻，间接折射出五四运动过后，一些处于彷徨状态中的青年知识分子逃离精神苦闷、寻找灵魂家园的心志。远游途中，船行水上，他在"没有觉知而没有思想没有情绪"的状态下，反而更能亲近江山，并且觉出它的丰富趣味；他眺览窗外一片草场，闲闲地流着的闽江，彼岸绵延重叠的山，"有时露出青翠的新妆，有时披上轻薄的雾帔"，裸露的黑石、平矮的松林，泉水冲过的洞道，樵采的人影，装点山麓，月下的山谷"苍苍的，暗暗的，更见得深郁"；一派松涛里，忽然忆起童年时与同学们远足天平山的旧事，而且回味那种欣赏山水的心情，及长，望山依然能够引动不衰的兴味，遥看"胭脂似的西边的暮云"，"渐渐地四围昏暗了，远处的山只像几笔极淡的墨痕染渍在灰色的纸上"，乡间女人浑朴的意态、奇异的装束，"都使我想到古代的人。同时又想，什么现代精神，什么种种的纠纷，都渺茫得像此刻的远山一样，仿佛沉在梦幻里了"，而"所谓客绪，正像冬天的浓云一般，风吹不散，只是越凝集越厚"，内心寥落，心底的微吟好像颤响于"一个广大的永寂的虚空中，仅仅荡漾着这一些声音，音波散了，便又回复它的永寂"（《客语》，1923年10月1日作，《文学》第91期）。平缓的语调表现了在风景怀抱里安适的情绪。他看到生活的表面，不做观念层面的评断，只试图品尝人们内心的苦乐，从而显示文学的力量，因此也基本形成平实素朴的文字格调。叶圣陶也写过由情绪主导的散文，景物里寄托怀人的感伤。沧浪亭前"尚未凋残的荷盖"，文庙"泮池上没踝的丛草，蚱蜢之类便三三两两飞起来"，森然峙立的大成殿下，"微闻秋虫丝丝的声音，更显得这境界的寂寥"（《白采》，1926年10月《一般》第2号），笔笔浸含对亡友的细腻思情。无论何种取材，他都能通过文字实践，凭借风景构建文学趣味。

　　叶圣陶作于30年代的写景散文，不见岁月磨蚀的痕迹，特别带着一种幽淡的意兴。从语言层面审视，随着写实主义手法的完成，从容平缓而不兴波澜的话语模式，荡起一派余闲的悠然，让情感的发抒更趋稳实、凝重。刊于

1934 年 12 月 20 日《太白》第 1 卷第 7 期的《三种船》，寄托一个水乡人对于船的特殊情分。他把苏州城里的"快船"、绍兴人的"当当船"的形状与装饰描述得细致入微，船夫的身手与情态也勾画得传神。"天气好，逃出城圈子，在清气充塞的河面上畅快地呼吸一天半天，确是非常舒服的事"，"或逢春秋好日子游山玩景"，尝着船家做的花样繁多、"自然每样有它的真味"的船菜，以及水程上"买了烧酒豆腐干花生米来，预备一路独酌"，句句都含滋味。人间好景中领受清闲意趣，笔调深浸欣赏的情韵。刊于 1936 年 5 月 5 日《越风》第 13 期的《记游洞庭西山》，游苏州写风景，笔向家园山水，尤能于清雅的叙说中见出浓淡的乡味。对旅程不忘落笔，也是为着调和文章的节奏。对花色树影动了一点心思，也就涂染几笔上去："远处水接着天，间或界着一线的远岸或是断断续续的远树。晴光照着远近的岛屿，淡蓝、深翠、嫩绿，色彩不一，眼界中就不觉得单调，寂寞"。他希望生活中充满鲜艳的颜色。纯然的自然物象组构他的文学风景。在篇章结构上，一条明晰的游历线索随着时空的转换贯串首尾，标明写作上的逻辑思路。时间概念的清楚，又是写实态度在记叙上的反映，并且借助流荡的语势，造成层层递进的表达效果。循着文字的引领，心灵进入太湖浩茫的烟水。叶圣陶当然不缺少江南才子的雅趣，而又以家常言语记其乐。茶房为备晚酌，从渔人手里买到的"一小篮活虾，一尾很大的鲫鱼"，以及"味道很清，只嫌薄些"的竹叶青，似是不经意落下的闲笔，却颇得文章滋味。倒挂塔、明月浦、来鹤亭、节烈祠、石公寺、翠屏轩、归云洞诸多胜迹，过眼而略记，虽寥寥数字，却含清趣。览后熄灯就寝，"听湖上波涛声，好似风过松林，不久就入梦"，也只有怀了闲情雅意的人，才可体味得深。连"在面馆吃了面，买了本山的碧螺春茶叶，上小茶楼喝了两杯茶，向附近的山径散步了一会儿"等细微活动，都聊可遣兴。写得那样闲逸，那样平和，那样安静，毫无烟火气。刊于 1936 年 10 月 16 日《宇宙风》第 27 期的《假山》，重景物的鉴赏趣味，内里含浸故乡之恋。他陪朱自清看苏州园林，对于假山的布设做出建筑审美的评点，"据说假山在花园中起障蔽的作用。如果全园的景物一目了然，东边望得到西边，南边望得到北边，那就太不曲折，太没有深致了。有假山障蔽着，峰回路转，又是一番景象，这才引人入胜"。他进而做出生活观念的思考，"假山并不重在真有山林之趣，假山本来是假山。路径的盘曲，层次的繁复，凡是山上所有的景物，如绝壁，危梁，岩洞，石屋，应有尽有，正合'麻雀虽小，五脏俱全'的谚语，在这等地方，显出设计人的匠心。而假山的可贵也就在此"，他认为"真山真水若是自然手创的艺术品，假山便是人类的难能而不可贵的'匠'制。凡是可以从真山真水得到的趣味，假山完全没有"，但在园主心目中，"堆了假山，虽然眼中所见的到底不是山，而心中总之有了山了，于是并无遗憾"，言语间暗含对优游自适于亭台轩榭、荷塘莲池之畔的绅富之流的讥讽。记游摹景，于浅显中见深意，在平淡中显灵趣，不仅是叶圣陶示范的一种文章作法，更显现艺术的真诚。他的内心充溢的人性爱意和自然生趣，汇成一泓清美真纯的情流，冲荡一切附生物的遮蔽与纠缠，超离枯燥社会的隔膜，维系多方的世界，并化作精魂在现实的上空飞舞。在这个意义上阅读叶圣陶的风味淡白的游景文字，可以洞见他内心的强大和对生活的乐观的温情。

　　身为苏州人，叶圣陶对本乡艺术有漫谈的兴味。"'小书'要说得细腻"，"'大书'比较'小书'尤其着重表演"；过去，书场设在茶馆里，现在又设到无线电播音室里，"非现代的人生经验却利用了现代的利器来传播，这真是时代的讽刺"（《说书》，1934年10月5日《太白》第1卷第2期），亲切有味又不乏理性的评断。对于昆曲的见识也如此，"昆曲彻头彻尾是士大夫阶级的娱乐品。宴饮的当儿，叫养着的戏班子出来串演几出，自然是满写意的。而那些戏本子虽然也有幽期蜜约，劫盗篡夺，但是总之归结到教忠教孝，劝贞劝节，神佛有灵，人力微薄，这除了供给娱乐以外，对于士大夫阶级也尽了相当的使命"（《昆曲》，1934年10月20日《太白》第1卷第3期），从腔曲中看出阶级性，浅中见深。

　　叶圣陶还写过一些意味隽永的咏物小品，颇见风致。刊于1931年9月20日《北斗》第1卷第1期的《牵牛花》，从寻常微细景物中发现深刻的人生哲思，宛转动人，余意缭绕。瓦盆里牵牛花的藤蔓，攀顺麻线向上悄默地缠绕，"明晨竟爬到了斑驳痕之上；好努力的一夜功夫！"他赞美蓬勃的"生之力"，形象单纯，颇富理趣，可以领受内蕴的象征色彩和启迪意味。刊于1933年9月1日《中学生》第37号的《看月》，闪映出内心的明亮。往日闲看的月景被他写得那样优美，画意鲜明："闽江正在上潮，受着月亮，成为水银的洪流。江岸诸山略微笼罩着雾气，好像不是平日看惯的那几座山了。月亮高高停在天空，非常舒泰的样子。从江岸直到我的楼下是一大片沙坪，月光照着，茫然一白，但带点儿青的意味。不知什么地方送来晚香玉的香气。也许是月亮的香气吧，我这么想。"体贴细致，情思浸到如水的月光里了。作者通过望月的回忆，折射出都市人对大自然感受力的退化与神经的麻木，呼唤重建美好的情感生活与欣赏趣味。

叶圣陶散文的现实主义特色一如他的小说"朴实、冷隽、自然的风格。它们没有去刻意追求曲折情节或新奇形式，却致力于再现生活本身，揭示出人物的内心世界、精神面貌。描写细致真切，很少主观感兴。作者自己的见解往往'寄托在不著文字的处所'……语言纯净洗练，没有华丽的词藻，也没有随便使用方言土语，却都确切而富于表现力"①。叶圣陶还特别善于利用篇章结构表现游景观物的余韵，刻意于卒章处显志寄情，"他最擅长的是结尾，他的作品的结尾，几乎没有一篇不波俏的。他自己曾戏以此自诩；钱杏邨先生也说他的小说，'往往在收束的地方，使人有悠然不尽之感'"（朱自清《叶圣陶的短篇小说》）。谨严而不单调的文章布局、语言的洁净、文味的质朴、情感的敦厚，形成叶圣陶散文的重要艺术特征，这恰同他的悠然看取自然的态度相谐。叶圣陶说自己"斟酌字句的癖习越来越深"，正表明他对于语言的温情与敬畏，由此才能对中国现代白话语体的建设做出实际的贡献。

江南久远的人文历史传统和温软的山水地理环境，构设了独特的文学语境。叶圣陶以得自家山风土滋养的笔致，在景色挥写中呈示个人化的文体姿态。

三　周瘦鹃：新版鸳鸯蝴蝶

周瘦鹃的小说染着鸳鸯蝴蝶派言情哀艳的色彩，文字流丽，语感娴静，调子柔软，境界幽婉，鲜有谛视人生的深刻眼光和对社会现象冷静评判的态度，似乎也不去宣泄郁结的情怀，而是用着悠然的态度、雅洁的文辞描画吴调山水，透过自然景象折映世间的温暖。他以个人风调鲜明的文学劳绩在30年代的散文创作中另开一个局面。

周瘦鹃（1894—1968），苏州人。原名周国贤。年少时就读于上海民立中学，此期开始文学创作，剧本《爱之花》发表于《小说月报》。毕业后留校任课，并致力著译小说。1920年在申报馆编辑《自由谈》、《春秋》副刊。曾主编上海中华图书馆发行的《礼拜六》周刊，几乎每期都在上面登载自己的作品，"那时我东涂西抹出货最多，一百期中足有八九十篇。内中尽有描写我少时影事的作品，确是一把眼泪一把鼻涕的，十分悲哀。而借用昔人诗句作小说题目的风气，也就在那时由我开始"（周瘦鹃《礼拜六旧话》），流露了他当年的创作指向和审美趣味。《礼拜六》并非当时流行的以溺情消闲为业的一类刊

---

① 唐弢主编：《中国现代文学史》（一），人民文学出版社1979年版，第224页。

物,因为"前后共出版二百期中所刊登的创作小说和杂文等等,大抵是暴露社会黑暗,军阀的横暴,家庭的专制,婚姻的不自由等等,不一定都是些鸳鸯蝴蝶派的才子佳人小说……总之《礼拜六》虽不高谈革命,但也并没有把诲淫海盗的作品来毒害读者"(周瘦鹃《闲话〈礼拜六〉》)。"这是编者本人数十年后从新的社会思想体系上重新的辩解和阐释,并不能代表它数十年前的出版动机和阅读效果,它当时给人们的情感导向是庸人的消遣、生意经的媚俗和迷惘的感伤。"① 他曾自创纯粹个人化的袖珍刊物《紫兰花片》,"第一年是直式六十四开本,封面用三色版精印中西时装仕女图,仕女或擎伞游春,或倚花看书,或在紫罗兰丛中弹月琴,或在雅舍里整理花篮。第二年换作横式六十四开本,封面精印古装仕女图,古树绿竹,小桥绣阁,带点《红楼梦》的趣味"②,山温水软、空气中萦响评弹和昆曲腔调的姑苏城,滋养他清幽凄艳的心境、缠绵悱恻的情韵以及旧式的欣赏格调,民国初年在言情小说里用着的"有词皆艳,无字不香"的靡丽笔致,只残余一抹淡影,浸着的那缕哀怨感与苦涩味,似乎也消解了一些。他还编辑过《半月》、《紫罗兰》、《游戏世界》等杂志。其间结识包天笑,加入南社。后辞去申报馆编务,迁居苏州,买下葑门内清代书家何绍基裔孙的默园,改建平屋为紫兰小筑,植花艺卉,栽育盆景,于缤纷花影和馥郁芳馨中赏阅图籍、评鉴古董、细品香茗、吟诵诗词,自得一派清凉。他在紫兰庭院中涵养自然,葆育性情,调和充满雅趣的文意笔致,景况正如他的友人所说:"'九·一八'以后,感慨国事日非,文笔不济于世,乃投笔毁砚,凑多年卖文余蓄,在苏州营'紫罗兰庵',广蓄古今书画文玩,亲手培植花木水石盆景,终年陶醉其间,自比陶渊明、林和靖。"③ 著有散文集《湖上》(1929年,上海大东书局)、《花前琐记》(1955年,北京通俗文艺出版社)、《花前续记》(1956年,江苏人民出版社)、《花花草草》(1956年,上海文化出版社)、《行云集》(1962年,江苏人民出版社),小说《瘦鹃短篇小说》(1915年,中华书局)、《红颜知己》(1917年,中华书局)、《空中飞弹》(1920年,北京交通图书馆)、《新秋海棠》(1944年,上海晨钟出版社),译作《欧美名家短篇小说丛刻》(1917年,中华书局)等。

① 杨义主笔,中井政喜、张中良合著:《中国新文学图志》(上),人民文学出版社1996年版,第73页。

② 同上书,第74页。

③ 谢孝思:《〈苏州游踪〉前言》,《苏州游踪》,金陵书画社1981年版,第1页。

　　周瘦鹃的故乡情结盘桓心中，"只因我偏爱着苏州，也就心甘情愿的打算老死牖下了。当二十六年冬间避寇皖南黟县的南屏山村时，曾做了不少怀念苏州歌颂苏州的诗词，绝句中如'我亦他乡权作客，寒衾夜夜梦苏州'，'瞥眼春来花似海，魂牵梦役到苏州'，'愿托新安江上月，照人归梦下苏州'等，都足以表示我对于苏州相思之切"（周瘦鹃《姑苏台畔秋光好》）。苏州地域文化成为他的描述对象，琪花瑶草在文字间闪映艳美的辉泽。他把内心的阳光投射在烟霞泉石和草圃花苑上，使审美体验由个人的专属转为自身经验的大众分享。

　　幽居自号"紫罗兰庵"书屋的周瘦鹃，深仰中国的文学传统，从中寻到了自己的艺术根缘。在山水花草上多用笔墨的他，承遗流，续余脉，把古典诗词的韵致融入个人趣味浓郁的清雅小品，使感情的表达尤具文人才调。

　　写于1938年1月的《绿水青山两相映带的富春江》，是周瘦鹃在外敌侵凌期间的一篇记游性质的作品。战乱对于内心平静的搅扰，并未使他失去鉴赏自然的心情，只是温润的笔致带上一丝苦涩的意味。昔年的富春之游，给周瘦鹃"留下了一个很深刻的印象"。在他的感觉里，富春江的清幽胜过西子湖的繁华。可惜没能"溯江而上，一路游到严州为止"。重续旧游的机会，是"八一三事变以后，在浙江南浔镇蛰伏了三个月，转往安徽黟县的南屏村，道出杭州，搭了江山船，经过了整整一条富春江，十足享受了绿水青山的幽趣，才弥补了我往年的缺憾；恍如身入黄子久富春长卷，诗情画意，不断的奔凑在心头眼底，真个是飘飘然的，好像要羽化而登仙了"，可是思绪落回严酷的现实，又感叹"当年到此，是结队寻春，而现在却为的避乱，令人不胜今昔之感"。姑苏水乡养出了他湿漉漉的灵思，再度的流览，心给了绿水，给了青山，语词便清透得带着波光的莹润。富春江上风光最美的七里泷，"两岸都是一迭迭的青山，仿佛一座座的翠屏一样。那水又浅又清，可以见水中的游鱼，水底的石子。遇到滩的所在，可以瞧到滚滚的急流，圈圈的漩涡，实在是难得欣赏的奇观"。自家笔墨不足寄意，就远"借昔人的好诗好词来印证一下"，篷窗坐眺的快意，江树樵歌的纵乐，斜阳帆影的画境，藤葛履险的心志，酝酿山雨的狂飙，遍啼峰峦的画眉，如沐的新黛，入水的岚影，野水投竿的逍遥，高台啸月的狂放，都使他的精神遥接古人胸次。船承载了江南人的生命，对于舟楫的情分，就是对于水乡的恋意，并且调和着周瘦鹃的笔致。航行于富春江中的江山船，芦叶和竹片编成的船棚"低低的罩在船上，作半月形"，和北方船只的异同，明白地显了出来。"船上撑篙把舵，打桨摇橹的"，在江滩或浅水处背纤的景象让他感动，"看了他们同心协力的合作精神，真够使人兴奋！"略带风云之气的情绪基调，同软性文学相疏离，对于笔端曾染鸳蝴派色彩的他来说，有着另外一种意义，表现了社会潮流中积极前行的姿态。

数日的江行，过桐庐、富阳、建德、屯溪，富春江和新安江流域风光，作用于视觉、听觉，情舒意畅，"青山绿水间的无边好景，真个是够我们享受了。我们曾经迎朝阳，挹彩云，看晚霞，送夕阳，数繁星，延素月，沐山雨，栉江风。也曾听滩声，听瀑声，听渔唱声，听樵歌声，听画眉百啭声，听松风谡谡声。耳目的供养，尽善尽美"。一寸一尺的好山水，印在心的画幅中。哪怕入夜，也能在村镇岸旁的泊宿时，于"短篷低烛之下，听着水声汩汩，人语喁喁，也自别有一种佳趣"。江上明月系恋着心，"两岸山野中的乌桕树，都已红酣如醉，掩映着绿水青山，分外娇艳"，清景宛若图绘，叫他咏叹，所以才有"船从富阳到严州的一段，沿江数百里，真个如在图画中行。那青青的山，可以明你的眼，那绿绿的水，可以洗净你的脏腑"的赞叹。严子陵钓台这一处胜迹，他不及登览，却留下它"可使富春山水，增光不少"这一句评语。

自然的音籁演奏着音乐化的风景，"你的船一路在青山绿水间悠悠驶去，只听得夹岸柔美的鸟鸣声，作千百啭，悦耳动听，这就是画眉"，富春江的画眉"那宛转的鸣声，仿佛是含着水在舌尖上滚，又像百结连环似的，连绵不绝，觉得这种天籁，比了人为的音乐，曼妙得多了"，他写出了一种味深的风景感觉。富春鲥、桃花鳜的美味也一一记述，在以太湖为家的他看来，亲切入心。

垦辟苗圃、种花育卉的园艺爱好，给周瘦鹃的文学性情添加独特的艺术感受。风景里的他，像一个赏鉴家，探山之隐，寻水之幽，少作热烈的抒情，多作悠然的寄趣，词彩不是繁艳，而是简素，透出古典诗词雅洁清绝的风致。南人笔下的古吴风调，形成他的文字气韵，一直延续到他以后写出的姑苏游记中。《邓尉梅花锦作堆》、《洞庭碧螺春》、《石湖》、《花光一片紫云堆》、《姑苏城外寒山寺》、《杨梅时节到西山》、《姑苏台畔秋光好》、《探梅香雪海》、《恰夏果杨梅万紫稠》、《观莲拙政园》、《观光玄妙观》、《赏菊狮子林》、《江上三山记》、《访古虎丘山》、《阳春白雪满苏城》、《奋步梅亭展望遥》、《一时春满爱莲堂》和《丹青妙笔出苏州》等篇，气清、调雅、韵深、味隽、色明、语秀。他的《听风听雨入雁山》和随二十四番花信书写梅花、山茶、水仙、瑞香、菊花、山矾、迎春、樱桃、望春、菜花、杏花、李花、桃花、棠棣、蔷薇、海棠、梨花、木兰、桐花、麦花、柳花、牡丹、酴醾、楝花、茉莉、素馨、杜鹃、紫藤、玉兰、樱花、芍药、夜来香、晚香玉、仙客来、蒲公英的一些闲适小品，明丽的山川、韶秀的草木映带左右，文境与画意相谐，纯净的人文和自然情怀成为核心支撑。山水深处和花木丛中的徜徉，令他触机而发，幽处爱莲堂和紫罗兰庵中，花色叶影成为晨暮相对的良性心理环境，滋润着性灵，字句便如缤纷花雨洒落纸面，字字生香，一派清凉。他在文学意趣的表现中，融合知性与感性，营构传统文人的生命境界。

四　阿英：书苑寻芳

身份上附着小说家、散文家、戏剧家、评论家、文学史家和藏书家多种文化符号的阿英，所流连的风景飘溢阵阵书香，清雅的气息吹拂纸上，表现了艰难时代中，一个肩承历史传统的知识者对于古典文学的守护精神。

阿英（1900—1977），原名钱德富，又名钱杏邨。笔名寒星、徐衍存、鹰隼等。安徽芜湖人。1927年与蒋光慈等人组织太阳社，编辑《太阳月刊》、《海风周报》。1930年加入左联。上海沦为孤岛时期，与郭沫若、夏衍创办《救亡时报》，主编《文献》杂志。著有短篇小说集《革命的故事》（1928年，上海春野书店）、《义冢》（1928年，上海亚东图书馆）、《玛露莎》（1930年，上海现代书局），中篇小说《一条鞭痕》（1928年，上海泰东图书局），小说戏剧集《欢乐的舞蹈》（1928年，上海现代书局），诗集《暴风雨的前夜》（1928年，上海泰东图书局）、《饿人与饥鹰》（1928年，上海现代书局）、《荒土》（1929年，上海泰东书局），散文集《儿童书信》（1928年，新民图书馆）、《流离》（1928年，上海亚东图书馆）、《麦穗集》（1928年，上海落叶书店）、《灰色之家》（1933年，上海良友图书印刷公司）、《夜航集》（1935年，上海良友图书印刷公司）、《剑腥集》（1939年，上海风雨书屋），论著《现代中国文学作家》（第1卷）（1928年，上海泰东图书局）、《力的文艺》（1929年，上海泰东图书局）、《作品论》（1929年，上海沪滨书店）、《现代中国文学作家》（第2卷）（1930年，上海泰东图书局）、《文艺批评集》（1930年，上海神州国光社）、《现代文艺研究》（1930年，上海泰东图书局）、《怎样研究新兴文学》（1930年，上海南强书局）、《文艺与社会倾向》（1930年，上海泰东图书局）、《安特列夫评传》（1931年，上海文艺书局）、《现代中国女作家》（1931年，上海北新书局）、《青年作家ABC丛书》（1931年，上海文艺书局）、《创作与生活》（1932年，上海良友图书印刷公司）、《现代中国文学论》（1933 年，上海合众书店）、《中国新文坛秘录》（1933 年，上海南强书局）、《小说闲谈》（1936 年，上海良友图书印刷公司）、《海市集》（1936 年，上海北新书局）、《晚清小说史》（1937 年，上海商务印书馆）、《弹词小说评考》（1937 年，上海中华书局）、《抗战期间的文学》（1938 年，广州战时出版社）、《中国俗文学研究》（1944 年，上海中国联合出版公司），话剧《春风秋雨》（1937 年，上海一般书店）、《群莺乱飞》（1937 年，上海戏剧时代出版社）、《桃花源》（1938 年，上海亚星书店）、《碧血花》（1939 年，上海国民书店）、《五姊妹》（1940 年，上海亚星书店）、《海国英雄》（1940 年，上海国民书店）、《不夜城》（1941 年，上海剧艺出版社）、《洪宣娇》（1941 年，上海国民书店）、《李闯王》（1946 年，华中新华书店），译著《高尔基印象记》（1932 年，上海南强书局）、《托尔斯泰印象记》（1932 年，上海南强书局）、《劳动的音乐》（1932 年，上海合众书店）、《母亲的结婚》（1935 年，上海龙虎书店），编著《新文艺描写辞典》（1930 年，上海南强书局）、《中国新文学运动史料》（1934 年，上海光明书局）、《现代十六家小品》（1935 年，上海光明书局）、《中国新文学大系·史料索引》（1936 年，上海良友图书印刷公司）、《晚明四十家小品集》（1936 年，上海杂志公司）、《近代国难史丛钞》（1940 年，上海潮锋出版社）、《文艺创作辞典》（1947 年，上海光明书局）、《中法战争文学集》（1948 年，上海北新书局）、《中日战争文学集》（1948 年，上海北新书局）等。

　　阿英的文学活动主要在上海进行，余暇的淘书活动被他以闲散的文字记录下来，亲切的笔调似在做着现场讲述，导引读者一道流连于书市风景。常规性书写中展现的对于文化根性的执著秉持，在现代散文中显示出独特性。

　　作于 1934 年的《城隍庙的书市》，字句间渗透一个传统文化人的清雅性情。他的见解是"要是你把城隍庙的拐拐角角都找到，玩得幽深一点，你就会相信不仅是百货杂陈的商场，也是一个文化的中心区域，有很大的古董铺，书画碑帖店，书局，书摊，说书场，画像店，书画展览会，以至于图书馆，不仅有，而且很多，而且另具一番风趣。对于这一方面，我是当然熟习的，就让我来引你们畅游一番吧"，市井趣味、风俗习性都可窥视一斑，更可体会海上繁华的究竟。饱墨斋"一直抵到楼板的经史子集"和东西洋的典籍、中国旧杂书，以及二十年来的杂志书报，"在这'翻'的过程中，可以看到不曾见到听到过的许多图书杂志，会像过眼烟云似的温习现代史的许多断片"，怅惘地走出菊盦书店，对隔壁"还是城隍庙书店的老祖宗"的葆光书铺的歇业，"发出一些静默的同情"，流露一丝文化感情。护龙桥边的书店、古玩店、刻字店，充满平民气息。顺便逛逛城隍庙，"先看看最后一进的城隍娘娘的卧室，两廊用布画像代塑佛的二殿，香烟迷漫佛像高大的正殿，虔诚进香的信男信女，看中国妇女如何敬神的外国绅士，充满了'海味'的和尚，在这里认识认识封建势力，是如何仍旧的在支配着中国的民众，想一想我们还得走过怎样艰苦的道程，才能走向我们的理想"，等于品读一部现实的书。娓娓闲话里含着社会批判的深意。

作于 1936 年的《西门买书记——城隍庙的书市续篇》，在游观感觉的记述中延续对于册籍的痴迷态度，"只要身边还剩余两元钱，而那一天下午又没有什么事，总会有一个念头向我袭来，何不到城里去看看旧书？于是在一小时或者半小时之后，我便置身在那好像是自己的'乐园'似的旧书市场之中了"，流露真实的个人趣味。闲逛于卖古旧书的传经堂，横马路上的地摊，西门电车轨道一带的新旧书店，以及辣斐德路，"几毛钱买到《洪水》二卷的合订本"，还有一部禁掉的《新青年》，托尔斯泰的小说，《小说林》一类的小说期刊，新的章回小说之类，鸳鸯蝴蝶派小说，以至"要买些文房四宝，不妨在这里寻觅。要买书架、书桌，也可以在这里买。虽然没有真正端溪砚，他们开价到六七元的好砚，也可以找出几方"。访物的细心，充满人文意味。

作于 1936 年的《海上买书记》，依旧以个人的细微体验传达文化承续的命题。他表示了与郑振铎的同感，"获得了不经见的珍秘书籍，有如占领了整个世界，这说法虽不免有些夸张，但欢快的心情，确实不是语言文字所能表达的"。买书生活的一段回忆烙印在个人生命史中，"最使我不能忘怀的，是一部《三袁集》的买到"，"那是什么时候，已经不能记起了"，而去来青阁论价买书时，得到传经堂主帮助，补齐《三袁集》中缺少的《中郎集》所费的周折，也耐回味。此外，《潇碧堂集续集》、《珊瑚林》、《徐文长集》、《梅花草堂全集》、《婆罗园清语》、《游唤》、《游庐山记》、《海天鸿雪记》、《文明小史》、《新繁华梦》等书，满足了搜求之嗜，竟至"在我个人想，总还有一篇《上海卖书记》好写吧。正是：孜孜写作缘何事？烂额焦头为买书"。散淡的兴味浸润字句，表露了传统的人文情怀。

1936 年 4 月 19 日写出的《浙东访小说记》，述录前往余姚采收木版本小说的经历，心中也含着山水之思，"我没有去过浙东，也想利用此时机，便道一游"，笔下境界比起上海书市越发壮阔一些。"乘车往闸口，渡江先到绍兴。那知快到杭州的时候，却又想在那里停留些时。于是，先到旗下吃了饭，到石渠阁、周氏善本书室、复初斋支店跑了一回，买了一部抄本《金闺杰》，一部《麒麟现》。看看时间快近三点，便赶到钱塘江边，乘义渡过了江"；过萧山、衙前抵五云，宿大方栈，看见"绍兴有的是酒，城外各处空地上，堆积如小山的，全是些酒坛。城内小酒店，很容易使人想到鲁迅先生的《孔乙己》"；往曹娥江去，"车经东湖，巉岩削壁，春色湖光，秀丽中颇具雄伟气，与西子湖宛然不同。而从钱塘江边，直到曹娥，浙东山色，不断涌入眼帘，尤足游目骋怀。层峰叠峦，上接苍穹，更令人时涉遐想。仙都渺渺不可至，然吾终盼有一机缘，能以了却天台、雁荡漫游之宿愿也"。及至回返旗下，临湖散步，"湖光山色，一如当年，回忆与胡蝶等一行在此冒雨泛舟，转瞬已是四个年头了"，言语间含浸愁绪。乘杭平路汽车到澉浦，"一路都是旧游之地"，"这一天下午，我们只在南北湖划了一回船，看了一回作为拍摄《盐湖》纪念的张公堤上的《明星亭》，到西海头访问了一回盐区。今年阴雨日甚多，盐的收获不见佳，湖上居民，大都旧相识，欢然道故，但一提及当年同来之数十人，却不免有点嘿然。晚饭后，到鸡龙山董小宛葬花处玩了些时"，又"去金粟寺，看秦始皇的剑池，过秦始皇东巡停舟的泊櫓山。金粟是当时的四大丛林之一，经兵燹后，现在是只剩下残败的遗基了，除掉焚余的依旧矗立着的石柱而外，仅有少数明以后的残碑，无可读也无可考"，语中尽是沧桑。而访书所见"这些人都是'世家'，都是'书香后代'，但每一家的那种破败情形，是无往而不令人兴感"，"终不免为遗憾者，是许多文化上的重要典籍因此散佚耳"；聊可慰情的是晚饭后"泛舟作湖上游，天上星月俱无，四周暗黑，惟有浓重的映入湖中的山影，从四面袭来。回想此番浙东之行，虽感到不少的失望，然借此得以小休，且漫游了几个地方，而总算又收了近七百册的小说，也不能不说是'失之东隅，收之桑榆'了。打桨归来，遂欢然入梦"。过程的描述充溢文化感，字句间又略含古人记游风味。

1936 年写出的《苏常买书记》，让心灵在中华文明史中漫游，满溢着耽溺书海的文化情味。友人作虎丘之游，他却"进城看书。先到玄庙观，在摊头买得清初刊本《玉娇梨》一残册，字较予收藏明刊本为大，然无其工致。又买得清末小说《新痴婆子传》二册"，又至"护龙街看旧书。于摊头得《小说七日报》一部，系前所未见者，亦晚清文学刊物之一。又《品花宝鉴》一部。弹词小说，收到乾隆四十一年原刊本《陶朱富》一部，二十卷。今年在苏所收弹词，当以此种及兰蕙轩刊本《芭蕉扇》二十八回为最佳"，显示出藏书家的独特眼光与识见。过常熟，在一新书肆"买得顺治京都文兴堂刻毛声山评本《第一才子书》一百二十回一部，及顺治刻桐庵老人评本七十回本《水浒传》一部，又买得旧刻木板本小调一百余种"。不厌平面数字的罗列和琐细过程的记述，呈现一种平实的书写态度，藏书之乐充盈字句之间。

发表于1938年5月9日《文汇报》上的《苏州书市》，依旧以书为媒，表达书生意气，只因世局巨变，加强了时代情绪的渲染。他由苏州沦陷而惦念"杭州书肆储书，已全为日人运去。不知护龙街诸家，亦曾遭受同样之命运否？"感叹"过去欢乐，宛如一梦，吾心目中之苏州今不知究变成若何状态矣"，指出日寇侵凌的现势给全民的深刻教训，"无国防即无文化。由今视之，无国防且并买书之乐亦不能获得"。这篇短文，真实地表现了危殆国势下的个人感受，透出精神的沉痛。

阿英的书信体散文《盐乡杂信》，记叙在浙江澉浦的游历，运用白描笔法实录盐区的生产和生活状况，反映劳动人民的疾苦。"我不是和一般人相似，跑到海滨来换一换生活的调子，我是想因着这一个偶然的机会，来了解生活着在广大的盐乡里的盐民们的生活情形"，笔墨深挚而沉重，"你要是雅人，走到这里，就会感到风景是秀丽的……沿着护城河一路看去，有山有水，有树有田，还有那古朴的农民，庞大的耕牛，有君子风的鹅鸭，以及不系的轻舟，很适合的配置在风景里面，令你快活无穷。颇是遗憾，我没有做《笑林广记》中人，不然，看过了这如画的景物，也要对这一带城墙，做一首什么'一齿一齿又一齿，五齿六齿七八齿'的诗"。他感慨盐乡"有人与大自然的争斗，有人与豪绅的肉搏"，深切地感味"假若你了解盐的制造过程，盐又何尝不是粒粒自血汗得来呢？"灶董、官厅、盐商、盐警的欺蒙，派捐派税的敲诈、盘剥，让盐民感受着痛苦，黑暗势力石头一样重压在心上。渗血的文字还原盐区的苦况，而穿插的景物描摹却极清美朗畅，反衬社会现实的愁惨悲苦，而心情上发生的变化，又使景物绘写敷上浓郁的心理色彩。

他从归葬着诗人徐志摩遗骸的硖石，想到"月白风清之夜，登山啸傲"和"秋坟鬼唱诗"的凄怆意境，想到"秦始皇、始皇妃、孙权、王阳明、吴麟征和许多仙仙侠侠的遗迹"。游大湖山，"坐涧旁吃茶，看覆涧搭成的葡萄架，以至沿屋的茑萝，红花，诗兴有点勃发"，倏忽又沉陷到郁达夫"写茑萝行时的悲哀心境"里去。登临谈仙岭，走近残破的石城，"在一面的城门上，你可以看南北湖，可以看盐场，看到海，看到海中有名的古迹长帆以及秦始皇住过的秦注山。在另一面的城门上，你更可以看到九十里外的海宁的海，大尖山，多么浩淼幽远的海啊"，现实的苦难引发感慨，"中国海啊！中国海啊！

在这里，我们了解你的伟大了，但是，你震荡着人们心魄的怒潮，要到什么时候才来呢？"他在南北湖上"照例的清晨乘船通过两湖到盐区，黄昏时再打桨归来。湖上的生涯，当然有许多可记的，如月夜的湖山，如采菱的趣事，如暴风雨中的归途，如对变幻的湖光山色而引起的一些冥想。但客中的清趣，我是不想一一的涉及了"，现实影响着心绪，乃至"荡漾于微波之上，作一回清快的湖游"，也"不知什么原故，在笑语歌唱，幽咽的洞箫声中，竟使我想起了一首旧词……低低的吟着这首词，居然忍不住的悲从中来，觉得今日的胜游，其结果，不过是增加来日的悲痛而已，自己竟陷于沉默的境地"，并且觉得比起盐民，"为着生存而奋斗的苦恼，和他们是并没有什么两样呢？"去杭州，"一路上的景物，颇为幽胜。特殊是那不断的点缀在青绿的树林之中的丹枫红树，以及绵延数里的竹林，使我们有'身在图画中'之感"。鲈鱼、莼菜不消说，数年不见的西湖"并不能令我对它起什么亲切之感。满天飞着雨后的乌黑的云层，我心里感到的，只是不尽的压迫。此山此水，此亭此桥，既引不起我的诗思，更唤不起我归向田园之感。仔细的欣赏之下，什么地方，我都感着是抹上了一层灰色的忧郁，充满了矛盾，不安。尤其是那污浊，甚至于发臭的湖水，仿佛给了我一个巨大的启示：西湖也是在没落过程之中。在湖上，我的心头无所快"，竟至在归舟上快意地感到"风雨晦暝，仿佛天空就将有一回大的变动"，自然真切的情绪流露，产生感动的力量。

阿英的性情极易受着自然景物的撩拨，以寒星为笔名出版的散文集《流离》中，《这一千里的艰苦的旅途》、《"七一三"以后的武昌》、《柘涧山的山居生活》和《又是几番的飘泊》等篇，用日记体述录特殊岁月的难忘历程，穿插的景物描写折射幽隐的情怀。即使处置起寻常题材，也因表现上的深情而生动有趣。《夜航小引》说："1933 年一个深秋的黄昏。我们一行有二十多人，从 K 埠西乡滨海的许家村，分乘了五只小舟，冒着雨，沿着小河流回城。有的身上披着从农家借来的蓑衣，有的用扎成把的稻草罩在头上，预先带伞的，不过两三个人。在风雨中行进，路程是艰苦的，但一听到那汩汩的溪流声，一看到那愈加青润的两岸，白雾弥漫了山峰，心头却不禁感到了愉快。"他在渐渐的暗黑的天色中想起"燃烧着希望的科洛涟柯的《爝火》"，对照沈启无《现代散文钞》目次中张宗子的《夜航船序》一文，颇有会心，找到自己文集的根底。这是景物触发灵感的一例。

悠然的情调、清雅的书香，显示阿英的文化追求，而在创作风格的另一面，阿英又赞扬那种把"天空翱翔的爆炸机……诗化的作为壮志凌云，呼吸大自然空气的飞鸟"（《小品文谈》）的文章风骨，激扬的语言充溢的写实精神，震荡着现实的灵魂。

第三节　小说的背面

一　王统照：挥别林下的散淡幽致

王统照主要以小说的创作样式表达现实关注，从正面昭示"爱"与"美"的力量。中篇小说《一叶》（1922 年，商务印书馆）、《黄昏》（1929 年，商务印书馆），长篇小说《山雨》（1933 年，开明书店）、《春花》（1936 年，上海良友图书公司），短篇小说集《春雨之夜》（1924 年，商务印书馆）、《号声》（1928 年，上海复旦书店）、《霜痕》（1932 年，上海新中国书局）、《银龙集》（1936 年，上海文化生活出版社）、《华亭鹤》（1941 年，上海文化生活出版社），都是中国现代小说史上的重要实绩。

王统照（1897—1957），山东诸城人，字剑三。1918 年入北京中国大学学习，次年参加五四运动。他认为"'五四'是民国以来学生运动的第一声，也是震惊全国传遍世界划时代的青年群体的觉悟行动……与后来无数次的青年运动相比，真不愧是开辟第一次"，以沸腾的热血"给全中国一个震雷"（《"五四"之日》）。他以切实的行动投身新文化热潮。1921 年参与发起成立文学研究会，倡扬为人生而艺术的创作旨趣，并且在《晨报》、《文学旬刊》等报刊上发表小说、散文与诗歌，践行现实主义的文学主张。1927 年由北京迁居青岛，又赴日本观览。1934 年在英国剑桥大学研读文学，其间游览法国、意大利、德国、荷兰、瑞士、波兰等国家。1935 年回到上海，主编《文学》月刊，后在上海美术专科学校与暨南大学执教。1941 年任开明书店编辑。抗战胜利后，回到青岛，任山东大学中文系教授。《北国之春》（1933 年，神州国光社）、《片云集》（1934 年，生活书店）、《青纱帐》（1936 年，上海文学出版社）、《游痕》（1939 年，文化生活出版社）、《欧游散记》（1939 年，开明书店）、《繁辞集》（1939 年，世界书局）、《去来今》（1940 年，文化生活出版社）等作品，显示了他在散文创作上的成功。《童心》（1925 年，商务印书馆）、《这时代》（1934 年，自印）、《夜行集》（1936 年，生活书店）、《横吹集》（1939 年，文化生活出版社）、《江南曲》（1940 年，文化生活出版社）则代表诗歌创作的成绩。

王统照在散文表现上，开始于五四运动退潮期的散文创作，带有理想之梦幻灭的伤怨色彩，笔力倾注于私人生活景遇的细述与内心冥想的表露。抒情性和诗意化成为此期作品的艺术表征。清冷的秋风中，他的神思飞向"连绵矗立的峰峦，与蜿蜒崎岖的涧壑"，在人迹寥落的山中，"清切地听到彼此的叹息"和相互的低语；他感受夜幕笼罩下暗中滋长、繁荣的万物，身心未能彻底清脱，愈加觉得"挺立在这个枯干冷静的世界里"的可怜，悲秋的情调在老树惨然的叹声里更浓了一些，端严的历史成了"安慰人们心理的符箓"，是"悲惨的记录"；他以旁者的口吻诅恨灵明的人类，"自然是轮回的，人类却是巧妙而强硬的剥夺……他们撷取了我们的智慧，却永远使我们作了沉默的奴隶。嗳！严厉与自私，这是人类的历史！"他听到有力的申诉，"多少年轻的树木都引起喝啸的赞美之音，山谷中有凄风的酬和"，清夜的露水在将近枯落的叶子上幽泣，他却在力之鼓舞下，"心意全被投到辽远的愿望之中"（《林语》）。压抑的环境、沉滞的语势、低回的情思，造成肃杀的秋色中悲愁的气氛。明朗的色调从词句间淡去，弥漫一缕辛涩的情味。受到政治现实的影响，王统照调整了创作姿态，从对爱与美的诗的境界的吟味转向对血与泪的社会情状的言述，写实的艺术精神成为主导，实现了激情的回归。"三十年代，内忧外患的国运民生，饿殍遍野的社会现实，使一个具有正义感的作家，不能长久地滞留在感伤、苦闷的歧途，王统照终于从所谓理想走到现实人生中来，他的散文创作也从抒写内心感受转向了直接反映社会生活。"① 朴素的叙事和明畅的抒情替代此前的艰涩隐晦，他以显豁明确的表白，坚持触及社会矛盾的现实主义精神。1931 年春，王统照到吉林四平东北第一交通中学短期执教，其间对东北的一些地方做了实地观览，所写《北国之春》从具体生活图景中透视病态的社会状况以及日本帝国主义对华的侵略迹象。鸦片烟枪让人骤然堕入迷香洞，"满屋子中的香气，那异样的香，异样的刺激的味道，一点不漏地向各个人的呼吸器官中投入。沉沉的微醉的感觉似是麻木了神经，一切全是模糊的世界……多少躺在芙蓉花的幻光边的中国人，当然听不到门外劲吹的辽东半岛的特有的风"，缭绕的烟气里，"慢板的胡琴"与卖唱女"十字句的戏词同时将音波颤动"，一瞬间得来的反省是，"在这'劫外桃源'的地方是中国人的相当娱乐。香烟中的半仙态度，性的糟践的生活，甚么都不管的心思，这是这地方暂时的主人的教条"（《小卖所中的氛围》）。透过一个阴暗的角落，折射

---

① 王观泉：《〈王统照散文选集〉序言》，《王统照散文选集》，百花文艺出版社 2004 年版，第 15 页。

当时的城市生活形态，活现出一些国民灵魂的麻木状态和日本人统治下的大连的社会实景。"看不清的垃圾在雪泥融化的街道中四处翻扬，如同是地狱的一角的陈列品"，又描画出这里晦暗的光景，"有蓬发包头穿了不能合体青衣的女人，——她们的脸上被风沙划上了多少折纹，被忧伤抹上了多少痕迹"，伛背老人的穿戴，也披着劳苦的风霜，过眼的一切"总之是中国民族的到处一样的陈列品……到处都是画图，到处都是小说的背景。但这困苦饥饿压迫下的非邻人的种种表现只有使我们俯首而已，欲加描写先不禁提笔时的怅怅！"于冷吹的风中走向这条街，想买铁制的书夹而难觅，"一样的道理，在上海南京路上讲种地的经验，在山村里讲柏格森与罗素的哲学，商人不能如此的不知时宜啊！这边只能说日本话，听金票行市，吃关东白干，与终日的狂风战斗，如此而已……中国的市街不过是买不到书夹子而已，而邻人的炮台却雄立在大道的旁边"，还有"二簧戏片唱了半打，在暗淡的黄昏中已听见道东邻人的兵营的喇叭吹出悲壮的声调"（《生活的对照》）。人物的形象、逼真的情景，形成情绪的急流，冲荡着作者的心，实感着亡国的悲切。担负灵魂重量的他，还以谈话录的形式营构一番激奋心灵的精神现实。在屯垦区和十年前的旧同学的遇合，实则是一次思想的交逢——"战争是人类的罪恶，不错，可是这一个大错不能加在现代的军人身上！还得找哲学家，人类学家追究追究人类的本性的问题……日本人预备战争久了，自从日俄在我们这一带拼过生死之后，他们一步都不肯放松……日本人图谋中国的野心，早晚须有一战的决定！"他还听到游击式战法的具体表述，"这须要中国将海岸线的口岸抛弃，诱敌作陆上战争，以中国兵民的力量避免正面的大战，作袭击与不定形的争斗，确能胜任，可是相当的牺牲自不能免"，他钦佩这位老同学在荒寒苦冷的边地开发利源，创造新生活，"用铁一般的意志咬着牙干下去……沉默地在这冷僻地方努力"；他还体味社会与人生的道理，"只有智识的教育却没有品格的修养者的人，很容易腐化"；三个静静的春宵，"在香烟气味弥满的客厅中，我听他说了这些所谓'语重心长'的话，颇觉得人类的前途茫茫，而多难的中国究竟要走到甚么地步？"忧切之余，更获得一种生命的力量，"所以这老朋友的会谈，使我的精神上快慰不少，而且觉得一个人的生活无论照那面走，应分是这样活泼，有力，才不会感到空虚与失望……我认为在中国的各地方中很需要这样咬着牙硬干的人"（《夜话》）。缠绵的抒情变为劲健的论说，字句间清晰地贯通一条精神线索，塑造了一个社稷干城的坚强形象。一个智慧的头脑，一颗忠诚的灵魂，穿透时局的迷障，善于在政治运行和社会生活的细节层面发掘认识意义与参考价值，辐射强烈的思想力和感召力。

1933 年 7 月 4 日，王统照写出现实感强烈的抒情散文《青纱帐》，由早年的个人幽怨的发抒转为对北方乡村实情的关注，透露出在帝国主义和军阀深重压迫下中国农村的尖锐矛盾。"那幽幽地，沉沉地，如烟如雾的趣味"，叫"汗喘，气力，光着身子的农夫，横飞的子弹，枪，杀，劫掳，火光"替代，"多少年来帝国主义的迫压，与连年内战，捐税重重，官吏，地主的剥削，现在的农村已经成了一个待爆发的空壳"，纯洁的乡村消亡了，预示收获希望的青纱帐充满恐怖，"徒然留下了极淡漠的，如烟如雾的一个表象在人人的心中，而内里面却藏有炸药的引子！"青纱帐这个暗喻格的字眼，引起愤恨情绪的宣抒，也交集对于田野景象的深情咏赞，"本来如刀的长叶，连接起来恰像一个大的帐幔，微风过处，干，叶摇拂，用青纱的色彩作比，谁能说是不对？然而高粱在北方的农产植物中是具有雄伟壮丽的姿态的。它不像黄云般的麦穗那么轻袅，也不是谷子穗垂头委琐的神气，高高独立，昂首在毒日的灼热之下，周身碧绿，满布着新鲜的生机"，明朗的抒情，使遍野的高粱成为一个内涵丰富的意象，喻示中华民族精神的伟大和坚强。在另一篇散文里，王统照对高粱仍有余情，"单讲高粱这种农产食物，我欢迎它的劲节直上，不屈不挠；我赞美它的宽叶，松穗，风度阔大；尤其可爱的是将熟的红米迎风飐动，真与那位诗人所比拟的珊瑚珠相似，在秋阳中露出它的成熟丰满来"，勃生的高粱自具它的风骨，"粗糙是有的，可颇富于滋养力。爽直是它的特性，却不委琐，不柔靡，易生，易熟，不似别的农产品娇弱。这很具有北方性"（《蜀黍》）。经过艺术化的文字安排，高粱已经成为北方农民刚劲品性的象征体。对于土地和人民的深情，流贯于礼赞性语句的深处。他所擅长运用的抒情语段，增强了情感表现的浓度。

1934 年 3 月 19 日，王统照写成《青岛素描》。对于这座海滨城市的殖民化过程，先做了简要的历史描述。动情的还在风景里的感慨的抒发。春末的黄昏，他为青岛的幽静、平和而沉醉，却又因日本人的野心而担忧，"这是每个在青岛住久稍有点知识的人时时容易想到这一个严重问题……兵舰是朝发夕至，对于这个好地方的未来，谁也怕××人再来伸手！"他的忧思也渗进眼底山水，"从靠山面海的凉台上向四方看去。稀稀疏疏的电灯光映着那些一堆一撮，高下错落的楼房。海边就在我们坐的楼下。银色的波涛有节奏似的撞着石堆作响。静静的海面只有几只不知那国的军舰，静静的泊着。黑暗中海面的胸衣慢慢起落。在安闲平静中却包藏着甚么中国，日本，农村，商业的重大问题"。海景也因心境的忧悒而失去浪漫情调。人间的苦恼、永久的争斗胜过面前"这么好听的涛声,这样好的境界"。虽然"凉台下面的几棵樱花树,电光下摇动她的花瓣落在青草地上",海浴场上"一层层泛荡过来的层波,轻柔地在沙边吞啮着",带来一番悠然的意味,可是对比德日帝国主义铁骑下的中国居民所受的压迫,"不禁使自己也有点惘然之感!"但是,王统照仍然抱守对自然的爱意,描绘这座新都市的光景。对景物特有的敏感,让他做着诗意的摹写。春与秋,朝与夕,云光与山色,都画似的浮映在纸上,"在这海边的天空是最可爱的,尤其是春秋的时候,晴天的日子那么多,高高的空中,明丽的蔚蓝色,像一片彩色的蓝宝石将这个海边的都市全罩住,云是常有的,然而是轻松的,片断的,流动的彩云在空中时时作翩翩的摆舞,似乎是微笑,又似乎是微醉的神态……映着初出海面的太阳淡褐色的微绛色的云片轻轻点缀于太空中……如果你是一个风景画家,便可以随时捉到新鲜,奇丽的印象"。这一刻,思感和幻想也像"一团团白絮随意流荡"。自然风景的轻灵愈加衬出人文风景的沉重,"日落时马车转到青市的最西偏处。那是著名的马虎窝。海岸上的木板屋与草棚,中间有不少的家庭在这荒凉的地方度日",忧郁也更深了,"澎湃的涛声在这片荒凉的海岸下响着单调的音乐",这座有缺陷的都市"虽然静美,却使人感到并不十分强健"。游观的所见,映现出中国都市普遍的病象。语句里包含对殖民状态下的都市情状、生活程度和市民精神的评判,显示游思的现实意义。

　　写实之外,王统照在风景摹绘中重构抒情与哲理的散文意象,在新的文学基点上修正早期创作的艺术经验,尝试风景图式的再造。在《听潮梦语》里,他把内心深蕴的情思寄植于片断的景物中,从暗雾下的潮音里听出"沉重,浑厚,无畔岸的的阴郁",领略每个"具有一份严肃的生力"的泡沫"由四面合来不可分离的力向上腾翻着,并非耀显的光亮与打滚身般的旋舞"(《听潮梦语·泡沫》);他期盼沉静的山体"飞石喷火"(《听潮梦语·山与崖》);一粒沙"掷到大漠里去,那些无量数世界中平添了又一个世界",他"便多觉出这一粒沙的力量"(《听潮梦语·一粒沙》)。在凭虚构想的非现实世界里,他以明慧的创思,布置一片遥远幽美的风景,"碧绿的浮上一层热气的水面,映着几个突出山峰的倒影。湖边满是高大纷披的热带植物,阴森蔽日",这片东非洲的湖景,成为鹦鹉和鳄鱼关于所谓文化的对话的衬景,增浓了这篇寓言式作品的灵异感,隐曲的手法强化了思想表达的艺术效果,酿制出语深意晦的风致,而写景的明朗反衬出述理的幽深,"星星在湖水上面耀动晶光,虽是夜空，而淡蓝色的天幔还可约略映出如珍珠的大小星星嵌在上面，可惜没有月亮……四面望望，一点的火光没有，空中的星光映在荡荡的湖面上，像一匹发亮的黑软缎罩住一个悍妇的前胸……湿雾在湖面，山峰，草地，泥沼上到处散布，霉湿中挟着腥凉的气味"。对于惯以傲慢的文化歧视奴役他国的帝国主义侵略行径的辛辣讽刺，是采用这种体式完成的，反映出王统照艺术变化的奇妙。此篇的收束，也借着自然的背景，"夜深了，湖上隐约地浮罩着一层淡淡的银光，在高大的热带植物的密丛后面，初升起了微眩着虹彩的明月"，意境清美，仿佛是为长久的余味而刻意设置。他尝试将一种包含风景元素的寓言化的思想叙述模式引入创作。

　　写于1936年4月末旬的《古刹》，记春游沧浪亭和孔庙的一点印象，依稀映现他在姑苏城中留下的游痕。沧浪亭的寂寥使人孤清，而孔庙的荒颓则令人生哀。尊孔读经难以再享金声玉振的荣耀，正说明儒家文化传统的式微。"阴沉沉的天气又像要落雨。沧浪亭外的弯腰垂柳与别的杂树交织成一层浓绿色的柔幕，已仿佛到了盛夏。可是水池中的小荷叶还没露面……在这残春时，那土山的亭子旁边，一树碧桃还缀着淡红色的繁英，花瓣静静地贴在泥苔湿润的土石上"。花将落尽的山茶的叶子间，送出宛转的鸟音，他走进立在荒墟中的孔庙，端详"石碑半卧在剥落了颜色的红墙根下，大字深刻的甚么训戒话也满长了苔藓"的凄凉景色，至于"空洞的廊下只有鸟粪，土藓……一阵拍拍的飞声，梁栋上有许多小灰色动物在阴暗中自营生活。木龛里，'至圣先师'的神位孤独地在大殿正中享受这霉湿的气息……石阶上，蚂蚁，小虫在鸟粪堆中跑来跑去，细草由砖缝中向上生长，两行古柏苍干皴皮，沉默地对立"的情状，更使心绪沉郁；立在圮颓的庑下，遥想"仿古音乐的奏弄，宗教仪式的宰牲，和血，燃起干枝'庭燎'"，加深了心理上的不调和。"荒烟，蔓草，真变做'空山古刹'。偶来的游人对于这阔大而荒凉破败的建筑物有何感动？"凄清的视觉记忆使无奈的心境显得更加真切，几声悦耳的鸟鸣和洒到身上的微微丝雨，只能让他"颇感到春寒的料峭"。孔教久远的精神统治力和意识的封建性，组构成延续几千年的观念形态，教化一代一代的中国人。作品流露的是一种复杂的文化情绪。

　　王统照将赴欧的印象写成散记。《荷兰鸿爪》以一个东方学人的文化眼光，把异国城市的美景收到画境里，"几条主要的道都是河流。两岸的房屋整齐明丽，门外树荫掩翳，与高高的窗台上的盆花相映。墙以纯白色者居多，由居室内可以俯看下面的绿波，——河水的清柔，明澈，如果船不经过时，岸上的倒影浸在水底是永远画不出的一幅图画"，情调闲逸；"把自然美与物质建设调和在一起"，透过风景的表层，审视一个国家的民性和文化心理，自己也跟着往古世界里探寻思想家和艺术家的内心，"如美人对镜，空空怅惜过去的韶颜；如烈士暮年，想到从前沙场卧月血染铁衣的梦景，所剩下的是一缕幽怀，几声微叹"。触景兴感的情绪化过程，体现着东方知识者的思维特征，而他也意识到，在亚姆司特丹"蔚蓝的晴空，碧绿的城河，活动健康的青年男女，为生活忙，为事业忙"，示现了一种宜居的自然环境，一种和谐的人文状态。荷兰王宫的朴素厚重而非奢靡浮华的气概，让他的情绪单纯自然起来，"城外的河道郊原，花树丛中的渔村，田舍，尤其是弯弯曲曲的海堤，镶在那些浓绿的牧场旁边，形成天然的屏障。而荷兰特别多的风车，伸着长臂，如看守田地的巨人，一个个矗立着。我不禁想，这真是从画面上看到的荷兰风景"，他描摹一幅恬美的画图给读者赏玩。17世纪写实风格调和浪漫情调的荷兰绘画，也是一道艺术风景，他尤其赞赏产生这种绘画艺术的地理环境，"晴朗而多变化的天空，大海，飞雪，阴郁的田野，到处灌注的河流，牧歌的沉醉与风车的静响，杂花如带围绕着的农村，牧舍，杨柳垂拂的沟渠，不沉郁也不粗犷，不狂热也不冷酷，就在这样天时与地利中造成他们独有的艺术性"，所以在他们的绘画里多以"荷兰乡野的风景：以牛群，酒肆，风车，河堤，渔帆，灌木丛，阴沉的天空，荡云，枯木的题材为多"，明朗中的变化，安闲里的清趣，对他的心灵产生艺术感染，竟至"这一夜有好多片断的梦景，可记不清是甚么颜色在梦里跃动"（《荷兰鸿爪·亚姆司特丹之初旅》），他已经沉浸到艺术的神境中去。他还从中国古老的桃花源传说出发，看待异国的渔村保存的老习惯与古旧风俗，在心灵上极能相通。他理解"仿佛世界上尽管有何变动与他们毫无关系……对于生活没有更高的奢望，对于智识也无所谓有无的满足"的悠然态度；他想起中国沿海的山东、浙江、福建等地渔乡的景况，笔端也带感情；他陶醉于"海波清碧，时见有翩飞的海鸥……一堆堆的绿洲，草色，树色与海色互相渲染，互相拂动"的海景；他从瓦林丹村人的服饰上看出习性的特异，从屋舍的布置看出乡俗的趣味，"村中的男女虽然生活上不很丰裕，但面容并不现憔悴，精神亦不似愁烦"，又是他可以领受的；在去马尔孔村的海程上，"夕阳映射着海上奇丽的色彩，偶然看见一片蚌壳似的银光，与幽远，变化的晕蓝色互相闪动"，呈现动人的自然风景，而在斜坡的海岸上丛生的青草中，"小姑娘们穿着白练麻的长裙，绣花的红围巾，压发的花帽在草坡上逗着小猫作耍。当我们经过时，她们都站起来拖着猫对我们睁大了眼睛看"，则产生一种原始真挚的情愫，"离开这古老的渔村时，日光渐渐淡薄了。水光上轻拖着一片片的霞光……那如画的木房子，古装的纯朴男女"，对于"多从纷扰，绮靡，争斗，幻变的大都市中来此"的远方游客，"半日游痕，或可略略清洗他们的胸怀"（《荷兰鸿爪·两个异样的渔村》）。王统照细致入微的海外风情描写，凝聚一种感动力，跨越历史和文化的距离，形成精神与情绪的连接。

抗战之火蔓延，王统照一面抒发着战时情绪，一面继续着人生思考。1937年4月创作的《去来今》，在参悟岁月时传达文化意念，于议论中表明历史观。穿插的景物描写，使理性阐释特别具有一种感性的魅力。清美的春晨，"碧桃落尽，柳枝的影子反映水面已显出丰润的柔姿"，若断若连的朝霭漫布在山头、密林，宛转的啼音，淡笼的烟痕，"光与色的融合无从辨别，却像有神奇的爱力黏合在一起"，他觉得"林檎树的大圆叶子，层叠如波浪的马尾松，玲珑楼房窗前的盆花，绿漪上飘浮的碎萍，它们都微笑着"，他感到"一切都有生力的跃动与活气的蓬勃"。瞬间的享受来自"看风景的一点，割人生的一段"，风景能够增加会心的兴感，人生能够带来哲理的思考，并且引起"心情的抖动"。他在昨天、今天、明天的时间延续中看见"一条韧力的链环"，发现了伏设其中的思想者前进的痕迹。对于已逝的，他不持虚无主义的摈弃态度。追忆和怀思，前瞻与开新，成为一种文化自觉，"因有已逝的'过去'，才分外对正在逝的'现在'加意珍惜；加意整顿全神对它生发出甚深的感动；同时也加意倾向于不免终为逝者的'未来'"。概念化的述理，获取的是逻辑意义上的教益；形象化的抒情，获取的是感思层面上的撩动。鲜活的比喻、奇丽的遐想，为抽象的理念添上炫美的装饰，"在明丽的光景中，'过去'曾给我的是一片生机，是欣欣向荣，奋发活动的兴趣。那刚从碧海里出浴的阳光；那四周都像忻忻微笑的面容；那在氛围中遏抑不住，掩藏不了的青春生活力的进跃，过去么？年光不能倒流，无尽的时间中几个年头又是若何的迅速，短促！但轻烟柳影，啼鸟，绿林，海潮的壮歌，苍天的明洁，自然界与生物的黏着，密接，酝酿，融和，过去么？触于目，动于心，激奋在'嗜好的灵魂'中……一样把生力的跃动包住我的全身，挑起我的应感"。在自我的精神行程中，"一样的残春风物却一样把过去的生命力在我的思念与感受中重交与我"，一条光亮的道路映现于人间世，也映现于内心。

《去来今》主理趣，而写于30年代末期的《卢沟晓月》则主情趣。忆卢沟桥之史，透露中华民族坚久的文化根基；溯永定河之源，显示古老神州磅礴的山川形胜；绘清风晓月之景，映衬传统文人诗意的审美特质；抒慷慨悲郁之情，燃烧华夏儿女危亡之秋的心焰。同样是抒情，面对卢沟桥，王统照走出早期抒情散文的个人化限囿，在历史、国家和民族的视野里驰思兴感，遣怀寄意。寻史迹、探文脉、述地理、谈建筑、摹景观，开阖自如，张弛有度，显示出把握历史的自信与调控情绪的从容。关于卢沟桥的由来，他用平实笔致做出历史讲述，约略勾勒建造脉络与营构形制，如同翻开一部厚重的图典，娓娓地"谈考证，讲水经"。思绪从"金人与南宋南北相争"跳转到眼底景色，"朝气清蒙，烘托出那钩人思感的月亮，——上浮青天，下嵌白石的巨桥。京城的雉堞若隐若现，西山的云翳似近似远，大野无边，黄流激奔，……这样光，这样色彩，这样地点与建筑，不管是料峭的春晨，凄冷的秋晓，景物虽然随时有变，但若无雨雪的降临，每月末五更头的月亮，白石桥，大野，黄流，总可凑成一幅佳画，渲染飘浮于行旅者的心灵深处，发生出多少反射的美感"，笔底荡出一派清妙韵致。继之以情感的喷发，硬朗的笔力表现出劲健的风骨，"无论你是否身经其地，现在，你对于这名标历史的胜迹，大约不止于'发思古之幽情'罢？其实，即以思古而论也尽够你深思，咏叹，有无穷的兴感！何况血痕染过那些石狮的鬈鬣，白骨在桥上的轮迹里腐化，漠漠风沙，呜咽河流，自然会造成一篇悲壮的史诗。就是万古长存的'晓月'，也必定对你惨笑，对你冷觑，不是昔日的温柔，幽丽，只引动你的'清念'。桥下的黄流，日夜呜咽，泛把着青空的灏气，伴守着沉默的郊原。……他们都等待着有明光大来与洪涛冲荡的一日，——那一日的清晓"。虽然不直写血光飞闪与炮火裂空的激战场面，但是雄武的气骨、悲壮的气概已凝集在景物中。心底燃烧的情焰，凭借充满流荡和动感的语势，如同永定河水一样奔涌。悠久岁月产生沉稳的历史表述，民族自信激发昂奋的情感宣抒。抗日战争的全面爆发，是中国现代史上具有标志意义的事变。国破之秋产生的强烈的困境意识，以及在文学上做出的行为反应，表现了一个中国文人坚贞的节操。字句间渗透对于抗战胜利的渴盼，因此，在文本阅读中特别能获得情与景互应、心与文相感的艺术效果。

"孤岛时期，王统照的散文创作不仅数量少，而且流露着苦闷、忧伤的迷惘心情，三十年代前期那种揭露社会矛盾的现实主义精神，已经减弱，思想深处潜藏的消极情绪，在新的历史条件下又有所滋长。这在那些以象征的手法，寓言的形式抒写内心冥想的小品里，表现得尤为明显……不过，作者毕竟不是世外的游仙，中国人民浴血疆场的抗战热情，孤岛人民的爱国活动，必然要渗入他那苦闷、窒息的心扉，现实主义的创作态度也促使他不能完全回避严酷的现实"①，他才会选取爆发全面抗战的典型景物卢沟桥，寄托深沉的思绪、炽烈的情感。在他的意识里，"杜鹃的哀啼，夜莺的幽唱，这些鸟音虽会颤动过多少诗人，旅客，易感伤的青年，情思宛转的女孩子的心，使他们神迷，泪落，心情嵌在缠绵的幻影，时间付与冥想的哀，乐，甚则比以灵魂，听似仙乐。……但现在呢？即有他们的娇歌，哀唱，再不会引你遐想，惹你惆怅！……现实的重负，一支针一滴血地压上苦难者的肩头，火灼，水湮，每个人都分尝到"，"凡是一个逃不出现实的苦难者，他情愿在暗夜披衣独起；他的心在热血交流中跃动；他的泪灼烫的堕入肚肠；他的想象是：草莽中，平原中，森林中，河岸港湾上的鲜血；是自由的洪流泛滥过激怒的田野；是暴风疾雨挟着战神的飞羽传遍各地"，那"一分略从容的时间，略悠闲的情趣，略轻微的忧郁"毕竟暂离他的身心，他自己也宛若"永向着青空向着光辉伸展的枝叶"，期待"这昏暗的夜有破晓的时候"（《不易安眠》），就像憧憬心中的光明一样。凭借经验暗示，阅读者据此可以寻索到王统照此期的文学感觉的源头，并且推览其散文风格与时演化的轨迹。

二　老舍：风景里的白描

以平民化的叙事精神书写城市人物的生活状态，是老舍小说的旨趣。

老舍散文中的城市景物描写，朴素、清朗，明白如画，充溢浓郁的市井实感。语意文雅，无俚俗之气；口语化的表述添浓了亲切的风味，近似他在小说里熟练运用的白描手法。

老舍（1899—1966），北京人。原名舒庆春，字舍予。1913年夏考入北京师范学校。1922年在南开中学讲授国文。1923年1月在《南开季刊》第2、3合期发表自己的第一篇短篇小说《小铃儿》。1924年夏赴英国伦敦大学东方学院任汉语教师。1929年夏离英，在新加坡任中学教师。1930年春回国，到山东济南齐鲁大学文学院任教。1934年9月到青岛山东大学任中国文学系教授。1936年辞去教职，从事专业创作。著有长篇小说《老张的哲学》（1926年7月在《小说月报》第17卷第7号至12号连载，1928年由商务印书馆出版）、《赵子曰》（1927年3月在《小说月报》第18卷第3号至8、10、11号连载，

---

① 王观泉：《〈王统照散文选集〉序言》，《王统照散文选集》，百花文艺出版社2004年版，第30、31页。

1928 年由商务印书馆出版）、《二马》（1929 年 5 月在《小说月报》第 20 卷第 5 号至 12 号连载，1931 年由商务印书馆出版）、《小坡的生日》（1931 年 1 月在《小说月报》第 22 卷第 1 号至第 4 号连载，1934 年由生活书店出版）、《猫城记》（1932 年 8 月在《现代》第 1 卷第 4 期至第 2 卷第 6 期连载，1933 年由现代书局出版）、《离婚》（1933 年，良友图书印刷公司）、《骆驼祥子》（1936 年 9 月在《宇宙风》第 25 期至第 48 期连载，1939 年由人间书屋出版）、《惶惑》（《四世同堂》第 1 部）（在 1944 年 11 月 10 日至 1945 年 9 月 2 日《扫荡报》上连载，1946 年由良友复兴图书印刷公司出版）、《偷生》（《四世同堂》第 2 部）（1946 年，晨光出版公司）、《饥荒》（《四世同堂》第 3 部）（1950 年 5 月在《小说》第 4 卷第 1 期至第 6 期连载）；中篇小说《月牙儿》（1935 年 4 月，天津《国闻周报》）；短篇小说集《赶集》（1934 年，良友图书印刷公司）、《樱海集》（1935 年，人间书屋）、《蛤藻集》（1936 年，开明书店）。

　　在散文里，对于一座城市，老舍注意的不是它的空间格局，演进的历史似乎也不须特意要说，倾力表现的是这里的自然和人文环境给居住者的生活与灵魂的影响。他只找一个具体切口，很深地进到里面去，把滋味品透了，感觉找准了，语言揉碎了，技巧用熟了。写在纸上，无故弄的高深，无做作的矫饰，极自然地将风景给予自己的感情陶冶与心灵暗示进行文学转述，最大限度地发挥其扩散效应，使产生于景物的语句和婉、深切、真挚，化为一泓滋润阅读者心田的清流。自然的表达反映了态度的坦诚。描写风景，成为老舍对世界倾诉自己情感的一种方式。

　　作为北京人，老舍对于故都的感情是深厚的。他在刊载于 1936 年 6 月 16 日《宇宙风》第 19 期的《想北平》里动情地说，"我所爱的北平不是枝枝节节的一些什么，而是整个儿与我的心灵相粘合的一段历史，一大块地方，多少风景名胜，从雨后什刹海的蜻蜓一直到我梦里的玉泉山的塔影，都积凑到一块，每一小时的事件中有个我，我的每一思念中有个北平，这只有说不出而已"，并且把这种挚爱揉进对家常生活的温情记叙中：北平"使我能摸着——那长着红酸枣的老城墙！面向着积水潭，背后是城墙，坐在石上看水中的小蝌蚪或菜叶上的嫩蜻蜓，我可以快乐的坐一天，心中完全安适，无所求也无可怕，像小儿安睡在摇篮里"；融入对寻常景物的朴素白描里：家家的四合院中，"墙上的牵牛，墙根的靠山竹与草茉莉，是多么省钱省事而也足以招来蝴蝶呀！至于青菜，白菜，扁豆，毛豆角，黄瓜，菠菜等等，大多数是直接由城外担来而送到家门口的。雨后，韭菜叶上还往往带着雨时溅起的泥点。青菜摊子上的红红绿绿几乎有诗似的美丽。果子有不少是由西山与北山来的，西山的沙果，海棠，北山的黑枣，柿子，进了城还带着一层白霜儿呀！"远在青岛的他，忆写家乡，情愫深挚，纸面要落上泪。

老舍写济南，有一种贴心的感觉。1930 年 10 月至 1931 年 2 月《齐大月刊》第 1 卷第 1、2、4 期登载他的散文《一些印象》。作品对泉城做了初感式的书写，幽默语调中透出从寻常物事上领受的智趣，含义深隽。到了济南，他从拉车之马的身上悟出善于应付环境的东方文化的妙处，又从坐洋车而想到济南的路况，认为"浪漫派的文人也一定喜爱这些石路，因为块块石头带着慷慨不平的气味，且满有幽默"，致使济南的车夫丧失了自由意志。他对山东的葱极尽夸赞，甚至发现诗意，说葱白"最美是那个晶亮，含着水，细润，纯洁的白颜色。这个纯洁的白色好像只有看见过古代希腊女神的乳房者才能明白其中的奥妙，鲜，白，带着滋养生命的乳浆！这个白色叫你舍不得吃它，而拿在手中颠着，赞叹着，好像对于宇宙的伟大有所领悟"。1931 年 3 月至 6 月《齐大月刊》第 1 卷第 5、6、7、8 期延续《一些印象》散文系列，泉城风物主宰了感觉。从季节入笔，是老舍刻意的心理选择。他吟味济南的秋天，唱出一首关于古城的歌。济南的秋景，美在水色上，又以秋水最好，好在它的清和绿，"不管是泉是河是湖，全是那么清，全是那么甜，哎呀，济南是'自然'的 Sweet heart 吧？大明湖夏日的莲花，城河的绿柳，自然是美好的了。可是看水，是要看秋水的。济南有秋山，又有秋水，这个秋才算个秋，因为秋神是在济南住家的"。视觉、味觉上的细微体会，产生纤敏的文学感觉，这种贴着心写出的文字，是活的，动的，可感，可品。老舍的感情融化在色彩里，"那份儿绿色，除了上帝心中的绿色，恐怕没有别的东西能比拟的。这种鲜绿色借着水的清澄显露出来，好像美人借着镜子鉴赏自己的美"。绿的心事，绿色的香梦，叫平静的心湖起了微微的波皱，他不禁说出"那中古的老城，带着这片秋色秋声，是济南，是诗"的话来。他在这城里教书，而风景也教着他，并且使他在散文里做出情感表现。对济南的冬天，老舍又晕染另一种色调。北中国的冬天，万物本应僵死无生机，可是经了老舍的描述，济南的冬天却是灵动的，醒着的，带着寒气的景致被温暖的语句焐热了。老舍眼睛里的济南冬景，有斜射在山腰上的微黄的余晖，有罩在山的肌肤上的薄雪，水墨画的感觉自会产生。最提神的还是鲜翠的颜色，"那水呢，不但不结冰，反倒在绿藻上冒着点热气。水藻真绿，把终年贮蓄的绿色全拿出来了。天儿越晴，水藻越绿，就凭这些绿的精神，水也不忍得冻上；况且那长枝的垂柳还要在水里照个影儿呢。看吧，由澄清的河水慢慢往上看吧，空中，半空中，天上，自上而下全是那么清亮，那么蓝汪汪的，整个的是块空灵的蓝水晶。这块水晶里，包着红屋顶，黄草山，像地毯上的小团花的小灰色树影；这就是冬天的济南"。还有"在日光下张着翅叫的百灵们"，"成群的在树上啼，扯着浅蓝的尾巴飞"的山喜鹊，再"听着溪水活活的流"，不等春风把老城唤醒，人早已含笑浸到和暖安适的梦境里。老舍的写景并不复杂，用语简单干净，却能够幻生缤纷的意象。在他看，景物也带感情，故此他把心放进景色里，词句便活起来，素淡中媚姿跃出。这就是老舍白描的魔力。

齐鲁大学的任教生活，充实了老舍的自然情感。刊载于 1932 年 7 月《华年》第 1 卷第 12 期的《非正式的公园》，赞美校园的夏天景色。绿草和绿树在风中"横着竖着都动得有规律，一片竖立的绿浪"，高壁上的绿蔓、短墙上的蔷薇不必去说，"你看见南面的群山，绿的。山前的田，绿的。一个绿海，山是那些高的绿浪"，比较之下，春天的丁香和玫瑰绿得不到家，秋天的红叶美，可是草却黄了，冬天树叶落净，"又欠深远的意味。只有夏天，一切颜色消沉在绿的中间，由地上一直绿到树上浮着的绿山峰，成功以绿为主色的一景"，并且衬着"有声有色有香味的梦"，动势的语感流露优美的爱意。

老舍在济南住熟了，他看见和美景不谐调的一面。有来自世道的。刊载于1932 年 8 月《华年》第 1 卷第 17 期的《趵突泉的欣赏》，素笔勾画出与清美的泉景不相称的情形，"但是泉的所在地，并不是我们理想中的一个美景。这又是中国人的征服自然的办法，那就是说，凡是自然的恩赐交到中国人手里就会把它弄得丑陋不堪。这块地方已经成了个市场。南门外是一片喊声，几阵臭气，从卖大碗面条与肉包子的棚子里出来。进了门有个小院，差不多是四方的，这里，'一毛钱四块！'和'两毛钱一双！'的喊声，与外面的'吃来'联成一片。一座假山奇丑；穿过山洞，接联不断的棚子与地摊，东洋布，东洋磁，东洋玩具，东洋……加劲的表示着中国人怎样热烈的'不'抵制劣货。这里很不易走过去，乡下人一群跟着一群的来提倡日货，把路塞住。他们没有例外的全张着嘴，葱味四射。没有例外的全买一件东西还三次价，走开又回来摸索四五次。小脚妇女更了不得。你往左躲，她往左扭；你往右躲，她往右扭，反正不许你痛快的过去"。这个场景的描写，客观再现中含着讽刺意味，表示对这种凭附于景观而衍生的自发式、非组织化的商业行为的恶感，对现代都会市民世界的文化批判。可是趵突泉的美还是令他感动，"泉太好了……永远那么纯洁，永远那么活泼，永远那么鲜明，冒，冒，冒，永不疲乏，永不退缩，只是自然有这样的力量！"自然的伟大更衬映出现实的忧虑。有来自节令的。刊载于 1937 年 3 月《宇宙风》第 37 期的《大明湖之春》，则流露不爱济南春天的情绪，"济南的桃李丁香与海棠什么的，差不多年年被黄风吹得一干二净，地暗天昏，落花与黄沙卷在一处，再睁眼时，春已过去了！"他印象里的大明湖"春天，则下有黑汤，旁有破烂的土坝；风又那么野，绿柳新蒲东倒西歪，恰似挣命。所以，它既不大，又不明，也不湖"。题目虽是写湖上春景，笔却滑向秋光，"对了，只是在秋天，大明湖才有些美呀。济南的四季，惟有秋天最好，晴暖无风，处处明朗。这时候，请到城墙上走走，俯视秋湖，败柳残荷，水平如镜；惟其是秋色，所以连那些残破的土坝也似乎正与一切景物配合：土坝上偶尔有一两截断藕，或一些黄叶的野蔓，配着三五枝芦花，确是有些画意"。从总体看，老舍的这些写济南的文字，风景基本不涂抹过浓的现实色彩，在爱的玩味下绘制的梦景，饱含对家国深挚的眷恋。刊载于 1938 年 1 月《大时代》第 3 号上的《吊济南》，词语间则明显弥漫艰危时局的气氛："我初到济南那年，那被敌人击破的城楼还挂着'勿忘国耻'的破布条在那儿含羞的立着。不久，城楼拆去，国耻布条也被撤去，同被忘掉。拆去城楼本无不可，但是别无建设或者就是表示着忘去烦恼最为简便；结果呢，敌人今日就又在那里唱凯歌了"。他"每次由市里到山上去，总会把市内所见的灰色景象带在心中，而后登高一望，自然会起了忧思。湖山是多么美呢，却始终被灰色笼罩着，谁能不由爱而畏，由失望而颤抖呢？再说，破碎的城楼可以拆去，而敌人并未曾退出；眼不见心不烦，可是小鬼们就在眼前，怎能疏忽过去，视而不见呢？敌人的医院，公司，铺户，旅馆，分散在商埠各处。哪一个买卖也带"白面"，即使不是专售，也多少要预备一些，余利作为妇女与孩子们的零钱。大批的劣货垄断着市场，零整批发的吗啡白面毒化着市民，此外还不时的暗放传染病的毒菌，甚至于把他们国内穿残的破裤烂袄也整船的运来销卖。这够多么可怕呢？"从对一座受劫城市的悲悼表现了民族的苦难。殷切的表达，展示了一个作家忧国的时代气度。

转往青岛执教后，老舍又把对于山水的情分带过去。他起先用幽默的眼光观察这里陌生的一切。刊载于 1935 年 8 月 16 日《论语》第 70 期的《青岛与我》，写海边的浴场和跳舞场。这里弥漫一派享乐之气，同他的感情相隔膜，"我简直和青岛不发生关系，虽然是住在这里。有钱的人来青岛，好。上青岛来结婚，妙。爱玩的人来青岛，行。对于我，它是片美丽的沙漠"。居住日久，由表显的一层进入城市深处，探寻到一种深刻的精神存在，态度出现转化。刊载于《山大年刊》1936年版的《青岛与山大》，从赞赏山海自然之美，转向对于山东大学精神的尽情叹赏："北中国的景物是由大漠的风与黄河的水得到色彩与情调"，雾"轻轻的在花林中流转，愁人的雾笛仿佛像一种特有的鹃声"；山大"既在青岛，就不能不带些青岛味儿"，而"所表现的精神是青岛的冬"，虽然惯看"春山上的野花，秋海上的晴霞"，"至于冬日寒风恶月里的寂苦，或者也只有我们的读书声与足球场上的欢笑可与相抗"，在这样的环境中成长，会养成静肃的态度，恰像学校后面小山上挺立的青松，却不是柔媚的那一种，正符合"'山东'二字满可以用作朴俭静肃的象征"一句话的意思。泰山般的精神"使我们朴素，使我们能吃苦，使我们静默。往好里说，我们是有一种强毅的精神"。列强的经济入侵又"时时刻刻刺激着我们，警告着我们，我们的外表朴素，我们的生活单纯，我们却有颗红热的心。我们眼前的青山碧海时时对我们说：国破山河在！"言词里浸润强烈的时代情绪。

1937年6月16日《宇宙风》第43期发表的《五月的青岛》，绘出一幅幅有画意的景。一是彩花："樱花一开，青岛的风雾也挡不住草木的生长了。海棠，丁香，桃，梨，苹果，藤萝，杜鹃，都争着开放……五月的岛上，到处花香"，绿树篱上开满白花，"似绿枝上挂了一层春雪"。一是绿海："五月的海就仿佛特别的绿，特别的可爱……绿，鲜绿，浅绿，深绿，黄绿，灰绿，各种的绿色，联接着，交错着，变化着，波动着，一直绿到天边，绿到山脚，绿到渔帆的外边去"。花香与海色搭配，酝酿出浓浓的诗意，"这才明白了什么叫作'春深似海'"。可是避暑的外国战舰与各处的阔人一来，"青岛几乎不属于青岛的人了，谁的钱多谁更威风，汽车的眼是不会看山水的。那么，且让我们自己尽量的欣赏五月的青岛吧！"卒章的这一笔，冷漠的人性关系、艰困的民族处境，隐约地浮现着，浸含酸涩、苦楚、无奈的滋味，风景也凄然了。老舍描画出那么美妙的好景，又忽然被风吹去了。

济南和青岛都是老舍倾心的所在，而又有所比较。他在1935年3月24日《益世报》上发表的《春风》里说，"济南与青岛是多么不相同的地方呢！一个设若比作穿肥袖马褂的老先生，那一个便应当是摩登的少女"，"济南的秋是在山上，青岛的是海边"，济南秋山上的草色、石层与日影"能配合出种种的条纹，种种的影色。配上那光暖的蓝空，我觉到一种舒适安全，只想在山坡上似睡非睡的躺着，躺到永远"，而青岛"秋海的波还是春样的绿，可是被清凉的蓝空给开拓出老远，平日看不见的小岛清楚的点在帆外。这远到天边的绿水使我不愿思想而不得不思想；一种无目的的思虑，要思虑而心中反倒空虚了些"，感情的丝缕难以割舍，"济南的秋给我安全之感，青岛的秋引起我甜美的悲哀。我不知应当爱哪个"。写的虽是小感觉，却真挚入微。

　　无论写北京，还是写济南与青岛，老舍都以北京文化心理结构作为艺术基准。他尊重生活情味甚于理想原则，对一景一物怀有欣赏的雅兴。"老舍性情温厚，其写作姿态也比较平和，常常处于非激情状态，更像是中年的艺术"①，也透露出在皇城之中、帝辇之下养成的文化优越感和心理习性，由此形成他的风景散文的审美特征：优雅、清高、平和，充满生命的暖意。这种精神基质的浸润，增强了作品的感情浓度，也形成老舍创作的京味特色。"'京味'作为一种风格现象，包括作家对北京特有风韵、特具的人文景观的展示及展示中所注入的文化趣味。因此'京味'首先表现为取材的特色。老舍聚集其北京的生活经验写大小杂院、四合院和胡同，写市民凡俗生活中所呈现的场景风致，写已经斑驳破败仍不失雍容气度的文化情趣，还有那构成古城景观的各种职业活动和寻常世相，为读者提供了丰富多彩的北京风俗画卷。这画卷所充溢着的北京味儿有浓郁的地域文化特色，具有很高的民俗学价值。"② 他描绘的静止与动态的景物，也成为世情景况的有机部分。虽然从事跨文体写作，但是在文学目的上，和他的京味小说对市民阶层日常生活的真切描写一样，照例反映了叙事世界中表现的"城与人"关系的现代性主题。老舍突破文体观念的制约，表现"城与人"的矛盾关系，不是通过故事情节的设计、生活细节的描写来实现，而是透过自我与自然的对应结构和依存状态，传达严肃的社会性内容。他在风景中渗入大量情感分子和心理因素，从而实践对人与物、心与景二元关系的探究。

　　老舍的散文语言，和他的京味小说同其源流。"老舍远离二三十年代的'新文艺腔'，他的作品的'北京味儿'、幽默风，以及以北京话为基础的俗白、凝练、纯净的语言，在现代作家中独具一格。"③ 在风景描写上，老舍的文字色彩浓郁，虽然字眼看似那么平常，表现力却是超卓的。在他的创作观念里，"文字不怕朴实，朴实也会生动，也会有色彩"（《人物、语言及其他》）；力求"用现成的、普通的语言，写出风格来"，认定只有"简单、经济、亲切的文字，才是有生命的文字"，所以"不乱形容，不乱用修辞，从现成语里掏

---

① 钱理群、温儒敏、吴福辉：《中国现代文学三十年》，北京大学出版社1998年版，第253页。
② 同上书，第251、252页。
③ 同上书，第243页。

东西"（《关于文学的语言问题》），力避五四文学片面追求外国语法，使语言结构复杂化的倾向。他的散文语法构成单纯、明了、清顺，那样白、那样俗的字句，显示了特异的文体风格，从而以心灵化的风景实现人性的升华。

三　张恨水：并非虚构的章回

张恨水以平民的话语身份和叙述语态，创作上百部中长篇小说，约三千万字；又以传统文人的描述姿态与美学趣味，创作约四百万字的散文。他长期执编报纸，许多散文小品是在辟设的专栏上发表的补白之作。职业习惯并未使他混淆新闻和文学的边界。他有清醒的文体自觉。他的小说保持了文学语言的纯粹性，降低了民间说书体的口语化影响；同样，他的散文也力避报章时文的新闻化影响。他又不是机械地进行艺术隔离与文体分化，而是运用艺术创造力，有机地融合各方的优长，形成带有鲜明个性印记的文体风格，借此体现作品的基本价值。小说的叙事功能和散文的描摹功能，合成他的文学品质。

张恨水（1895—1967）祖籍安徽潜山县，生于江西广信县。原名张心远。1913 年考入孙中山创办的蒙藏垦殖学校。1919 年在上海《民国日报》发表短篇小说《真假宝玉》，并在芜湖《皖江报》副刊连载长篇小说《南国相思谱》。后到北京，在《益世报》、《朝报》任职，主编《世界晚报》、《世界日报》副刊。一生创作章回体长篇小说 60 部。著有长篇小说《春明外史》（1930 年，上海世界书局）、《啼笑因缘》（1931 年，上海三友书社）、《春明新史》（1932 年，北平远恒书社）、《金粉世家》（1933 年，上海世界书局）、《夜深沉》（1941 年，上海三友书社）、《燕归来》（1942 年，天津唯一书店）、《纸醉金迷》（1949 年，上海百新书店）、《魍魉世界》（1957 年，上海文化出版社），中篇小说《八十一梦》（1943 年，重庆新民报社），散文集《山窗小品》（1945 年，上海杂志公司）等。

张恨水的社会小说、历史小说、抗战小说、言情小说，标志着变化的创作背景和文化环境下，旧派俗文学融合新式雅文学的现代性渐变。作为创作个体，表现了担承文学使命的自觉意识。他认识到，旧体通俗小说的文学市场面向的阅读群体分布于广大的市民阶层，他在创作观念的自我调整中延续这一传统小说样式的文体生命，提升自身的娱乐功能，满足新起的大众读者的阅读期待，实现市场效应的规模化。因此，他把对社会现实的真实观察，所肩负的文化责任，所生发的现代情绪，融入创作的实际行为，以丰富的写作实践，建构现代性章回小说体式，使其闪映新的艺术妍姿。

　　立足于作家本位的张恨水，创作的目标感防止了心理迷失，成功地突破了文体限制，无论小说还是散文，都传达着人生的命意。他说："小说有两个境界，一种是叙述人生，一种是幻想人生，大概我的写作，总是取径于叙述人生的。"（《写作生涯回忆·〈金粉世家〉的背景》）

　　和小说里浸润的通俗情调不同，张恨水的散文呈现清雅韵致和通俗趣味相错综的局面，这一方面同他的文学与新闻的双重职业身份有关联，一方面也由选取的题材所决定。他的社会批评性质的散文，词锋锐敏，谈趣幽默，笔势恣纵，具有强烈的新闻化元素；而抒发内心情愫、含咀生活思感、追怀个人身世的散文，则笔意清婉，词调雅丽，表现着浓郁的文学性色彩。他在散文里，暂且让神经从小说世界呈现的复杂的社会结构、森严的权力体系、交错的人物关系、多元的行为意识、变换的心理情绪中松弛下来，舒缓而闲雅的笔致像流漪般明澈，飘絮般轻盈，飞烟般缥缈。同时，他的散文一样充满道德理想的深情寄予、善良人性的倾心赞美，一样洋溢市民精神、底层气质，一样渗透现实关注、人文心怀。虽时有闲趣一闪，却没有那样深的鸳蝴做派。统观他的创作风格，小说里的俗、散文里的雅，谐调相济，适应着不同的文体需要，也可据此测定他的作品的现代意义的实现程度。

　　张恨水以散文的文体书写风景，虽然主要采取写实的态度，记叙成为最常用的技法，但是深入分析其散文的艺术构成，可以发现，当笔锋转向山水时，依然表现出格调的差异性。对于自然景观的雅洁幽婉，对于人文景观的平实浅易，构设一种复合化的散文秩序。综观他的文学格调和艺术心灵的形成过程，可以看出秀丽的自然山川产生的深刻影响，这在少年时代就已经开始。他说："十三岁的时候，我又回到了江西，并随家回到新淦县三湖镇。那个地方，终年是满眼的绿树。一条赣江长时流着平缓而清亮的水，我家住在这平河绿树之中，对于我这个小文人，颇增加了不少的兴趣。"（《写作生涯回忆·跌进小说圈》）在苏州读书期间，心灵也得着景物美的浸润："垦殖学校，设在阊门外留园隔壁盛宣怀家祠里。房子又大又好，我宿舍窗外，就是花木扶疏的花园，隔壁留园的竹林，在游廊的白粉墙上，伸出绿影子来看人。这个读书环境，是我生平最好的待遇。"（《写作生涯回忆·躐等的进修》）他给商务印书馆的《小说月报》写稿，依然有姑苏风光相伴："这理化讲堂，是一幢小洋楼，楼下是花圃，楼外是苏州名胜留园，风景很好。我一个人坐在玻璃窗下，低头猛写。偶然抬头，看到窗外的竹木依依，远远送来一阵花香，好像象征了我的前途乐观，我就更兴奋地写。"（《写作生涯回忆·第一次投稿》）独自闷在家乡老屋子里看线装书，也有景致来调适心绪："窗外是个小院子，满地青苔，墙上长些隐花植物瓦松，象征了屋子的年岁。而值得大书一笔的，就是这院子里，有一株老桂树。终年院子里绿荫荫的，颇足以点缀文思。"（《写作生涯回忆·第一部长篇》）他的《山窗小品》是在重庆简陋的茅屋里写成的，自然也有风景映目："窗子外是走廊，走廊下是道干涸的山溪，上面架有木桥，直通走廊，木桥那头，是丛竹子。竹子后面，是赶集的石板路，石板路后面是大山……下雨，溪里有洪流；出月，山上有虫声；下雾，眼前现出变幻的风景。这里还是很有趣的。虽然，这里却不会引起高人隐士之风。"（《写作生涯回忆·茅屋风光》）自然风景蕴涵的美趣，激活了创作灵感，润化了体物的情绪，使笔调不枯。

《湖山怀旧录》是一组由43节精短小品构制的散文系列，连载于1929年《世界日报》上。文言风味，弥荡古雅之气，显见明清小品的文章神韵和艺术趣味，在白话成为主流的文化语境下，重拾古典散文形态，自然显出一种别样的风致，也表示了从中国土壤上获取灵感的原始思想。忆写游杭见闻，"则诗情如出岫之云，漾欲成章矣"。记事、抒情、写景，短小活泼，流丽清新，尤承张岱《陶庵梦忆》、《西湖梦寻》徽绪。雅致、简约、恬静、清香的文字，在广阔的风景空间游弋，文味淡白而情韵浓厚，显扬中国古典文学传统的纯正气质。武林山水、钱塘风韵，增广阅历，也深化识见，数百字短文多可吟味，如"大概江北之山，多雄浑险峻，意态庄严；江南之山则重峦叠嶂，风姿潇洒"。亲临风景，他的心情非常写意，落在文字上，有意识地淡化载道的正统文学观念，刻意营造视觉美感，复现传统的章采之文的美质。他说南北二峰"层翠如描，淡云微抹"；他隔湖谛听南屏晚钟，夕阳下，雷峰、保俶二塔"倒影波心，残霞断霭，映水如绘"，梅竹野柳、斜枝杂草点缀水景，"蒹葭缥缈，烟波无际，远望小岫林，如图画开展"。人在画境，不禁眼界开阔，胸襟豪壮，仰攀灵隐寺后的北高峰，"登临俯视，钱塘江小如一带，江尽处为海，只觉苍茫一片，云雾相接而已"。婉约的幽情也被他细腻地表现着，走进与孤山之梅齐名的云栖之竹中，"小径曲折，迤逦而入翠丛……林中目光不到，清凉袭人，背手缓步，襟怀如涤……山鸟间啼一二声，真有物我皆忘之慨"；自孤山而望小瀛洲，"如浮林一片，略露楼园"，驾小舟，入青芦而抵临，湖光花影中，空灵、清幽的韵致入怀，"若夫清潭泛影，皓月窥人，一曲洞箫，凭栏独立，居然世外，岂复人间？"湖畔多筑名人坟茔，他觉得"墓地最清幽动人者，莫如小青坟……由林和靖墓至此，草深覆径，人迹罕到。白午风清，轻絮自飞，凄然兴感，令人不知身在何所"，见湖心亭壁上冷香女士咏小青坟题句，殊觉"清丽可诵"。文言之衣，包裹古典之魂，劲健刚厉的风骨，交融和婉幽闲的情味，同柔靡绮艳的浮风相异，体现着传统文化人格。

《西游小记》是张恨水1934年夏首次西北之行后写出的游记体散文，发表于1934年9月至1935年7月中国旅行社编印的《旅行杂志》第8卷第9期至第9卷第7期。日寇侵占东北三省，现势艰危。在这样的时代背景下，开发西北作为抗日后方成为一项临敌的主张。张恨水对于形势的看法是清醒的，他曾经回忆说："自'九·一八'以后，东北整个沦陷，国人鉴于国土日蹙，就有开发西北，以资补救的想法……想用西北的土地，来补救东北所失的生产，那根本是不可能的事。西北无水，无森林，无矿产，无交通，一切都谈不上。但开发西北这个呼吁，究竟是不错的，便是东北没有沦陷，也该去开发。所以那个时候，很多人都想到西北去看看，以求先得一个认识。我这时除了写作，没有固定的职业，倒是落得趁机一行，于是我就赶写好了约一个月足够用的稿件，于二十三年五月十八日由北平到西北去。"（《写作生涯回忆·西北行》）张恨水出于作家和新闻人的职业理想、本能与责任，以及对国家的公共价值、民族的核心理念的执著追求，走上田野调查的远途。他从北京起程，西去豫陕甘。"这一次旅行，虽然没有完全符合我的愿望，但是我拜访了我们的祖先的发祥地。在历史上，在儿童时代所读的经书上，许多不可解的事，都给我解答了。我的游历，向来是不着重游山玩水。因为山水是静的东西，在人生过程中，除了大遭难，很少有变迁。唐宋人看了那山水，作下了一篇游记，可能现在去看，还是那样，你再写一遍，也不见得有什么新鲜。何况那里的山水名胜，也不断的有人记载。我的游历，是要看动的，看活的，看和国计民生有关系的。我写出来，当然也是如此。这种见解，也许因为我是个新闻记者的关系，新闻记者是不写静的、死的事物的。"（《写作生涯回忆·西北行》）旅途的见闻，对他的心灵产生了震撼："在陕甘一度旅行，自然是得着关于历史的教训不少。但我更认识了中国老百姓真有苦的呀。陕甘人的苦，不是华南人所能想象，也不是华北、东北人所能想象，更切实一点的说，我所经过的那条路，可说大部分的同胞，还不够人类起码的生活……人总是有人性的，这一些事实，引着我的思想，起了极大的变迁。文字是生活和思想的反映，所以在西北之行以后，我不讳言我的思想完全变了，文字自然也变了……对西北的印象，我毕生不能磨灭。"（《写作生涯回忆·西北回来》）他在谈到《西游小记》创作缘起时说：“今岁五月，予作陕甘之游，意在调查西北民生疾苦，写入稗官。至于风景名胜，旅程起居，则非稗官所能尽收，乃另为一记游之文，投之本志。”长篇小说《燕归来》（发表于上海《新闻报》）、《小西天》（发表于上海《申报》）即采用了西行调查的素材。“乃另为一记游之文“的《西游小记》，也不属轻飘随便的文字，作品不重模山范水，而倾心民瘼，饱含深切的现实关注。对于西北的景物胜迹、风土人情、历史沿革、物产饮食、掌故传说、地理形势一一道来，极有述说的耐性。社会写实的立场、勇毅的思想锐气，使笔触进入广远的人文与自然空间，深具现实价值。

《西游小记》在篇章结构上，按照时间先后、地域分布、旅程线索顺次展开，大致为一处胜迹，一篇记叙，游踪为经，景物为纬，有机交织，如同章回小说，眉目清楚；在题材表现上，既描绘西北景色，也再现民生凋敝，还穿插心理感受；在艺术风格上，不重渗入视觉元素的画境美和景物质感的表现，而是突显旅行观察的真实感兼及知识性，具有行走笔记的文体特点——考察性、实证性、深入性、现场性。虽然未能提供作用于视觉识别的具象的客体，但是通过想象，依然可以产生心灵的感悟。文字则显示了张恨水散文平实朴素的一面。他曾表白写作心迹：“三十五岁以后，对散文我有两个主张，一是言之有物，也就是意识是正确的（自己看来如此），二是取径冲淡。小品文本来可分两条路径，一条是辛辣的，一条是冲淡的，正如词一样，一条路是豪放的，一条路是婉约的。对这两条路，并不能加以轩轾。只是看作者自己的喜好。”（《写作生涯回忆·散文》）在《西游小记》这部以采录西北民生疾苦为要旨的作品里，他不用色彩过浓的词汇，少做精细的景物勾绘，主要靠平白的叙述再现沿途的真境实况，同样显示了成熟的辞章功力，完成了一次担承使命感的书面采写。但作品又是略带通讯色彩的文学性书写，善于从寻常景物中发现灵趣，表达主观感受，而非一般的新闻转述。选取的视角是个人化的，却进入公众领域，较好地表现了社会话题。

关于洛阳的一组文字，于平常景中写出趣味，重在传达个人心理感觉。一到那里，入眼并且留在印象里的，是各种灯。月台上长木头竿子挂着“一盏小小的汽油灯，只是些混混的光，照着纷乱的人影子乱挤。在空厂子南方，有了新鲜的玩艺儿了，长的、方的、圆的、扁的，大大小小，罗列着一堆灯笼”，窄的土街两边人家“在那矮矮的屋檐下挂着一个白纸的方形吊灯，有的写着安寓客商，有的写着油盐杂货，仿佛我由二十世纪一跃而回到十八世纪了”，理发店和洋货店的几盏汽油灯，旅馆的圆纸灯笼，让中原古城变成一片朦胧的灯影，引他进入千年帝都褪色的史卷（《灯笼晃荡中到了洛阳》）。他所注意的自然是汉朝的白马寺、北魏的龙门石窟这两处胜迹。行途上的记载，笔墨随意来去，史实掌故透出学识的根底，也深浸文味："寺旁有破的过街楼一间，旁边树立一幢碑，大书夹马营三字。士大夫之流，对于这个地名，或者有些生疏，可是爱说赵匡胤故事的老百姓，他就知道，这是赵匡胤出世的地方"，大路旁很深的麦田里"横着一块石碑，上书管鲍分金处"，令他心怀疑忌（《白马寺及其他名胜》）。落在白马寺上的文字，重在沿革的介绍，不在寺貌的描绘。粗线条勾勒，像一个对佛学不抱过深感情的人，以从容平静的心态动着笔。但是这座大伽蓝"中国佛教发源地"的价值还是留在心中的。印度和尚摩腾竺法兰东土传道留迹，毕竟是西行路上的遗珍，值得让他一记。关帝冢、龙门石刻等名胜，他也以这种外似随意、内有经营的文字略加叙记，生动地将旅行观感从眼目移到纸面。在他心里，"若以现在的洛阳而论，关于风景方面，实在没有什么可写的。就把我向白马寺这条路说，所经过的，全是麦田……再找不出有兴趣的了"（《洛阳并无秀丽风景》），他要寻的趣，是旧式文人的雅趣，也是散文里重要的美学元素。既然趣味寡淡，就转向历史，搜求新的发现，从周朝说起，历东汉、西晋、北魏、隋、唐、五代至宋，值得发抒一点怀古幽思的周汉都城残破废圮，"这便是洛阳城有名无实的原因了"（《历史上的洛阳》）。过了潼关，雄奇的山河让他如入画境。华山"一个山顶上的庙配着两三棵老松，一株零落的古柏，在夕阳影里，我真觉得是一幅画了"（《北峰》）；飞架于绝壁上的古栈道让他感慨，"于此也可以看到我先民伟大的精神"（《华山之游·南天门与念念喘》）；对于人物，也有传神之笔，华山金天宫的"老道似乎有点论语派的幽默，向我作了个会心的微笑"（《华山之游·南峰》）；莲花峰下的道观圣母宫，撩起他对"宝莲灯这出戏"的兴味（《华山之游·西峰》）；从潼关到西安，"西北人都认为风景似江南"，他的心情也是写意的，将人带入画境："在这一段上，向北看去，遥遥的可以看到渭河，向南便是华山，高低不齐的峰头，拖着向西南而去。偶然遇到成群的白杨树，也结成很丛密的林子。"（《潼西道上·渭南的一瞥》）华清池的来历他也要考证，又悟到，水木清华的骊山汤虽好，"回想当年的繁华，都在那里，觉得人生真不过这么回事"（《潼西道上·华清池的历史》）；灞桥的过去引起他的注意，因为"灞桥这两个字，那是充满着诗情画意的……在春夏之交，杨柳飞花，人行桥上，回想着那古代的风味，这景致是有些意思的……所以在当年步着长桥，看着柳色，望着流水，那离别的人，是激增了不少情绪的。而灞桥也就因袭了古人这点情绪，为后人所称道"（《潼西道上·灞桥》）。

关于西安的一组文字，文人的雅趣，全在过眼景物的评点上面。他说开元寺的十八罗汉像，"其中有几尊，姿态很好，和北平西山碧云寺的塑像不相上下"，又认为"因为塑像这种艺术，清朝三百年来，是绝对不考究，所以没有好塑匠"，在他看，"清塑是粗俗臃肿，乱涂颜色，清以上的塑像，大概都刻画精细，饶有画意"（《到了长安·开元寺》）；他说"秦是宜春院，汉是曲江，隋是芙蓉池"的曲江，时下光景"虽不及现在的西湖，至少是可以比北平的北海的"，而乐游原四围尽是荒草黄尘，"在这黄黄的斜阳影里，说不出来是一种什么情趣"（《到了长安·曲江与乐游原》）。至于碑林、武家坡、雁塔、小雁塔、新城与小碑林、第一图书馆、华塔、莲花池、西五台诸景物，都是顺带一叙。对于西安人的衣食起居、道德观念、陕西方言，"在浮面上观察过了，就作骨子里面批评的"（《到了长安·西安风俗之一斑》）。他以现代眼光平视历史，目送历代王朝远去的背影，以理性穿透岁月的苍茫，把独自的认知、理解和评断带进文字，颇富意趣而又不失思想力度。他坚持人民性的价值立场，面对社会而创作，努力从真实的物质生活场景中提炼精神意义，表达对于生命群体的情感和意愿。这种感性与理性交融的思维，主导他的写作心态。秦汉都城遗影残存于黄土高坡，"上面有几户颓墙破壁的人家，那就是最有名的未央宫故址，正和南门外的曲江池一样，是一无所有的"，渭水东岸，"周的灵囿，秦的阿房宫，咸阳古城，都在这前后，现在可没有什么，不过一片平原，种着麦粟而已……在咸阳城外，渭河西岸，立有一幢木牌坊，上写着咸阳古渡四个字。这咸阳古渡四个字，是含着多么浓厚的苍凉诗意呵！"（《西兰公路上·咸阳古渡》）他的思绪又从历史情境转向现实光景。在陕西醴泉县，他惊异于这个"唐朝曾属于京兆区，后来西安建省会，也相去不远"的地方的现状，醴泉"本来是相当富庶的地方。自从这二十年以来，在土匪手上，糟蹋过不少的时间，因之现在这城里头，只剩两条冷巷，黄土墙的人家，很零落的点缀着，竟找不出一家像样子的店铺"（《西兰公路上·醴泉县》）；永寿县城一派荒芜景象，"只看到那土筑的城墙，在几个高低不齐的土山上，或隐或显，城里上上下下的土丘，有的栽着麦，有的长着乱草，几堵秃墙，在荒丘乱草中间撑着而外，便是斜坡上，几个窑洞"，他以为"生平所经过的城市，要算这是第一个荒凉之城了"（《西兰公路上·八户人家的永寿城》）。入甘肃境，陇东风物给他留下很深的印象："左宗棠平西的旧军道，两行杨柳，密密的达到泾水之旁，风景不坏"（西兰公路上·泾川县）；西王母的瑶池"却有小半池子黄泥汤。此外,奇花瑶草,琼枝玉树,却一点没有点缀"(《西兰公路上·瑶池》);平凉因"同治五年,西北大乱,本县的县志,完全失去,所以一切史料无考,连名胜也不得而知",街市"也无可描写","在桥上,看平凉全市,黄尘扑地,矮屋偎城,骡鸣车响,另是一种风味,也就算是风景区了"(《西兰公路上·平凉》),略含怆然意味;清和的天气里过六盘山,"山上遍地长着青草,虽没有树木,却也很好看",他遥忆"最有名的是成吉思汗,曾在这里避过暑"(《西兰公路上·六盘山》);山下的隆德、静宁也都着笔,可是寻趣的心还表现在对于景致的批评上:他说华家岭"实在太长了,长有二百四十华里。照说游山,是一件乐事,我们并不觉得讨厌的。然而旅行的人要经过两次华家岭以后,那么,字典上关于讨厌的形容词,都可以取来形容华家岭……向高处望,那更是山梁。山梁又永远是像懒龙似的浑圆,漫长,没有一点曲折的风景"(《西兰公路上·谁都头痛的华家岭》);对于兰州的印象是"这个边城,墨守古风",黄河北岸是白塔山,"山上有几处庙宇,参差着山的各层。那上面并没有草木,淡黄色的土被强烈的太阳光照着,只觉银光射目,显然不是中原景象",河畔"很大的水车,直列着圆形的轮子,让黄河的水去推动……还有那牛皮筏子,在水面上顺流而下,去得很快",而这些又"是东南人,最会感到兴趣的";五泉山"山势是很挺拔的,虽然山上还缺少着石头,然而满山满谷都盖有草木,在远远的望去,一片青葱的颜色,在西北这地方,有这样的青山可看,那是很可以让人满意的了"(《西兰公路上·到了兰州》)。行走愈远,眼界愈开阔,他的思情在古与今之间游动,也决定了夹叙夹议的写法。

壮阔西北的淳朴乡风,给张恨水的行文添浓了自然、松弛和疏放的笔调,而记游的文体性质,也使写作心境从容不迫。《西游小记》开篇语说:"今征尘小歇,寄居牿岭,虽寓楼斗大,然开窗北视,远及百里,但见长江如带,后湖如镜。烟云缥缈,胸襟豁然……遂即趁此逸兴,把笔追志。文以白话为之,取其通俗。而其内容,着重于旅行常识,俾为将来西北游者,略作参考。间以风土穿插之,以增阅者兴趣而已。"关于历史和自然的章节,体现对先民和土地的温情与敬意。在文学表现上,不止视感的满足,还包括情绪与哲学的意义。张恨水成功地将个人记忆在广阔的公共空间转化为共同记忆,深切的现实关注、丰实的历史追怀,以及述记的浅近平易,使《西游小记》成为一部产生较大文学影响、引起广泛社会注意的作品。群体性的文学阅读,造就了承担岁月记忆的主体。

张恨水在迁徙的生活中游走于艺术的广域。他忠实恪守中国文学的传统，在大自然的宏远背景下驰骋文学才思。他的旅程记历，绘制出刻印于生命景观中的个人情节，也在古典菁华的传续中，构塑中国散文的现代精神。

四　林语堂：幽默的力量

在景物的描摹中特别添入幽默的笔意，是林语堂为现代风景散文提供的独特文学价值。

林语堂（1895—1976），福建龙溪人。1912 年入上海圣约翰大学读书，毕业后任教于清华大学。1919 年秋就读于美国哈佛大学文学系，1922 年获得文学硕士学位，并赴德国莱比锡大学研读语言学，1923 年获得博士学位后回国，执教北京大学。1926 年任厦门大学文学院院长。1932 年主编《论语》半月刊。1934 年创办《人间世》。1935 年创办《宇宙风》。散文集有《剪拂集》（1928 年，北新书局）、《大荒集》（1934 年，生活书店）、《我的话·披荆集》（1934 年，时代图书公司）、《我的话·行素集》（1934 年，时代图书公司）、《语堂幽默文选》（1937 年，万象书屋）、《语堂随笔》（1941 年，上海人间书屋）、《讽颂集》（1942 年，上海国华编译社）、《爱与刺》（1942 年，明日出版社）等。

生性憨直、浑朴天真的林语堂，也曾有过真诚勇猛的笔势，显示出书生本色。"至于近来的耽溺风雅，提倡性灵，亦是时势使然，或可视为消极的反抗，有意的孤行。周作人常喜引外国人所说的隐士和叛逆者混处在一道的话，来作解嘲；这话在周作人身上原用得着，在林语堂身上，尤其用得着……他的性格上的矛盾，思想上的前进，行为上的合理，混合起来，就造成了他的幽默……他的幽默，是有牛油气的，并不是中国向来所固有的《笑林广记》。他的文章，虽说是模仿语录的体裁，但奔放处，也赶得上那位疯狂致死的超人尼采。"[1] 透过幽默笔调的表层加以审视，他的创作的内里，仍有一种风骨上的坚持。"在新文学史上，'以提倡幽默为目标'，《论语》半月刊要算第一家。《论语》于 1932 年 9 月 16 日在上海创刊，林语堂主编，中国美术刊行社发行，每月一日、十六日出刊。后因林语堂另有编辑计划，主编之责移交给陶亢德，但林语堂仍为《论语》主要撰稿人之一，

[1]　郁达夫：《〈中国新文学大系·散文二集〉导言》，《中国新文学大系·散文二集》，上海良友图书印刷公司 1935 年版，第 17 页。

特辟'我的话'专栏逐期推出小品。"① 他的行文风格和艺术趣味，在编辑和创作的道路上并行发展，逐渐趋于定型化。

林语堂在《论语》、《人间世》时期形成了心境冲淡、意气平和的艺术性格，而"30 年代是林语堂散文创作的高峰期，从 1932 年《论语》创刊，到 1936 年去美国，他发表的各种文章（多为散文）近 300 篇……如林语堂自评所言，他是'两脚踏东西文化，一心评宇宙文章'，他的散文题材非常庞杂，'宇宙之大，苍蝇之微'，皆可入其毫颠，几乎无所不谈。林语堂国学和西学的底子都比较厚实，熟悉中西文化，后来还用中英文双语写作，他惯用中西比较的眼光看问题。他的小品文常常都是从一件具体事物谈开去，引发出对传统文化与外来文明比较冲突的许多联想。对国民性改造以及传统文化转型的思考，贯穿在他许多小品文的写作中"，"林语堂的多数小品文都追求幽默的情味，这成了他突出的艺术个性。如果比照'五四'以来现代散文较多存在的感伤浪漫或教化的色彩，林语堂的幽默便显得从容睿智，行文结构也化板滞为轻松，变矫情为自然，从另一个方面拓展了现代散文的审美领域"②。除了自身的创作实践，林语堂的文学思想还体现在办刊主张上面，"以畅谈人生为主旨，以言必近情为戒约；幽默也好，小品也好，不拘定裁；议论则主通俗清新，记述则取夹叙夹议……无论何种写作，皆可有幽默成分夹入其中，如此使幽默更普遍化"（《说〈宇宙风〉》）；"提倡小品文笔调，即娓语式笔调，亦曰个人笔调，闲适笔调……其目标仍是使人'开卷有益，掩卷有味'八个大字"（《关于〈人间世〉》）。从心慕的创作理想出发，他的散文里的写景，不循守传统的正面落笔的套路，而是以随笔体的自然状态结构文章，体现他所偏爱的"甜畅的围炉闲话的风致"（《散文》）。创作意识决定了以闲话风、幽默感为主要艺术特征的散文品格；文艺思想决定了机智而闲雅、巧慧而清淡的个人笔调。这种在海外游学时得自西方文化影响的观念，注定现实关怀与社会批判不是他的文字承担的文学重量，虽然他的作品里也时常闪过烛照中国社会环境的光束，角度却多是旁侧的，已和他在 20 年代奋勇地践行语丝文体时写下的一些值得注意的文字不同。那时"他斥文妖，讽名流，抉摘国民劣根性，支持

---

① 杨义主笔，中井政喜、张中良合著：《中国新文学图志》（下），人民文学出版社1996年版，第418页。

② 钱理群、温儒敏、吴福辉：《中国现代文学三十年》，北京大学出版社1998年版，第396、397页。

学生反压迫、反卖国的风潮"①。他自己也回忆说:"在这太平的寂寞中,回想到两年前'革命政府'时代的北京,真使我们追忆往日青年勇气的壮毅及与政府演出惨剧的热闹。天安门前的大会,五光十色旗帜的飘扬,眉宇扬扬的男女学生的面目,西长安街揭竿抛瓦的巷战,哈达门大街赤足冒雨的游行,这是何等的悲壮!国务院前哔剥的枪声,东四牌楼沿途的血迹,各医院的奔走异尸,北大第三院的追悼大会,这是何等的激昂!"(《〈剪拂集〉序》)世异时移,"勇气是没有了,但是留恋还有半分",使他"也颇感觉隔日黄花时代越远越有保存之必要,有时夹在书中,正是引起往日郊游感兴的好纪念品。愈在龌龊的城市中过活的人,愈会想念留恋野外春光明媚的风味"(《〈剪拂集〉序》)。他遂向往"由草泽而逃入大荒中"的境况,"大荒过后,是怎样,这山水景物,无从知道。但是好就在无人知道,就这样走,走,走吧"(《〈大荒集〉自序》)。他也自我辩白,"大荒旅行者与深林遁世者不同。遁世实在太清高了,其文逸,其诗仙,含有不吃人间烟火意味,而我尚未能",所以他以"在大荒中孤游"而自安,"或是观草虫,察秋毫,或是看鸟迹,观天象,都听我自由。我行吾素,其中自有乐趣。而且在这种寂寞的孤游中,是容易认识自己及认识宇宙与人生的"(《〈大荒集〉自序》)。如果说林语堂以娓语式的谈话笔调和自我化的闲适风度提高了随笔体散文的文体地位,那么,他的风景散文则创制了一种随笔式风格。

林语堂对山水有情,融合着身世和环境的因素,以至深刻地影响了他的人生观和文艺观。"充满家庭的爱情和美丽的自然环境"给了他"一个快乐的孩童时期",他珍视这种赠予,"在童时我的居处逼近自然,有山、有水、有农家生活。因为我是个农家的儿子,我很以此自诩。这样与自然得有密切的接触,令我的心思和嗜好俱得十分简朴。这一点,我视为极端重要,令我建树一种立身处世的超然的观点,而不至流为政治的、文艺的、学院的和其他种种式式的骗子。在我一生,直迄今日,我从前所常见的青山和儿时常在那里捡拾石子的河边,种种意象仍然依附着我的脑中……如果我有一些健全的观念和简朴的思想,那完全是得之于闽南坂仔之秀美的山陵,因为我相信我仍然是用一个简朴的农家子的眼睛来观看人生。那些青山,如果没有其他影响,至少曾令我远离政治,这已经是其功不小了",他认定"如果我会爱真、爱美,那就是因

① 杨义主笔,中井政喜、张中良合著:《中国新文学图志》(上),人民文学出版社1996年版,第286页。

为我爱那些青山的缘故了。如果我能够向着社会上一般士绅阶级之孤立无助，依赖成性和不诚不实而微笑，也是因为那些青山。如果我能够窃笑踞居高位之愚妄和学院讨论之笨拙，都是因为那些青山。如果我自己能与我的祖先同信农村生活之美满和简朴，又如果我读中国诗歌而得有本能的感应，又如果我知各种形式的骗子，而相信简朴的生活与高尚的思想，总是因为那些青山的缘故"（《林语堂自传》）。生命阶段的烙印留痕于文化性格中。林语堂说自己"本质上就是来自乡村的男孩"，哪怕"在曼哈顿士敏土的行人道上行走，我的眼仍看见山巅未受拘束的太空，我的耳朵仍听到山泉甜蜜的笑声"（《大旅行的开始》）。他在心智上永远亲近自然，"大自然的景物声音气味和滋味，实在是和我们的看听闻吃器官具有一种神秘的和谐"，"所以许多中国人都以为游山玩水有一种化积效验，能使人清心静虑，扫除不少的妄想"，"在另一方面，常和大自然的伟大为伍，当真可以使人的心境渐渐也成为伟大"，自然的幽静，又是绝好的精神治疗，"如幽静的峰、幽静的石、幽静的树，一切都是幽静而伟大的。凡是环抱形的山都是一所疗养院，人居其中即好似依偎在母亲的怀里。我虽不信基督教科学，但我确信伟大年久的树木和山居，实具有精神上的治疗功效"（《享受大自然》）。他追求心灵的逍遥，认为"流浪精神使人能在旅行中和大自然更加接近。所以这一类旅行家每喜欢到阒无人迹的山中去，以便可以幽然享受和大自然融合之乐"（《旅行的享受》）。他的文章中特有的幽默趣味，渗透在景物描写中，又添上一些朗润清丽的色调，形成自家的写作品质与精神。

林语堂的《纪春园琐事》，写在游山归来不久。郁达夫1933年作《游西天目》一文，记此游历："侵晨七点，诗人们的梦就为山鸟的清唱所打破，大家起来梳洗早餐后，便预备着坐轿上山去游山。语堂受了一点寒，不愿行动，只想在禅源寺的僧榻上卧读《野叟曝言》，所以不去。"林语堂的游兴本不浅，开篇仍由那次未能尽美的游历说起，"我未到浙西以前，尚是乍寒乍暖时候，及天目回来，已是满园春色了。篱间阶上，有春的踪影，窗前檐下，有春的淑气"，他感动于"树上枝头红苞绿叶，恍惚受过春的抚摩温存"，以及晴日里"地上的叶影在阳光中波动"的景象。自然观主导着情感倾向，把文字的光影投向自己居住的园子时，咏春的情怀中流露着山水之爱。他感谢医好了自身"春疟"的古城徽州，他不住夸赞新安江畔秀丽的小城屯溪的风景，更倾心园中人物的现实光景，排解漾动在心底的伤春的愁绪。他让佣人阿经——一位壮大的江北乡人去外游，"还是到大世界或新世界去走一遭，或立在黄浦滩上看看河水吧"。在灵动的心感中，他自觉春已在自己小小园中，家常琐事的屑谈里依然充溢着春趣。

1933年5月16日《论语》第2卷第17期上登载的《春日游杭记》，似乎不在描摹吟味上用心，西湖的风景只略略带过几笔，但文字明秀，饶富隽趣："凭窗远眺，内湖、孤山、长堤、宝俶塔、游艇、行人，都一一如画中。近窗的树木，雨后特别苍翠，细草茸绿的可爱。细雨蒙蒙的几乎看不见，只听见草叶上及田陌上浑成一片点滴声。村屋五六座，排布山下，屋虽矮陋，而前后簇拥的却是疏朗可爱的高树与错综天然的丛芜、蹊径、草坪。其经营毫不费工夫，而清华朗润，胜于上海愚园路寓公精舍万倍。"景语中透出闲散的意态，而意味的深长则在续上的几句里，"回想上海居民，家资十万始敢购置一二亩宅地，把草地碾平，花木剪成三角、圆锥、平头等体，花圃砌成几何学怪状，造一五尺假山，七尺鱼池，便有不可一世之概，真要令人痛哭流涕"，是以宁静的乡村心灵来反衬烦乱的都市感。同一笔调在描叙中接续采用。他"半夜听西洋浪人和女子高声笑谑，吵的不能成寐"，清晨游虎跑，方才换了感觉，"路过苏堤，两面湖光潋滟，绿洲葱翠，宛如由水中浮出，倒影明如照镜。其时远处尽为烟霞所掩，绿洲之后，一片茫茫，不复知是山是湖，是人间，是仙界，画画之难，全在画此种气韵，但画气韵最莫如画湖景，尤莫如画雨中的湖山；能攫得住此波光回影，便能气韵生动"。美景堪赏，却对博览会纪念塔旁加含刺的一笔，"在这一幅天然景物中，只有一座灯塔式的建筑物，丑陋不堪，十分碍目，落在西子湖上，真同美人脸上贴膏药……我由是立志，何时率领军队打到杭州，必先对准野炮，先把这西子脸上的烂疮疤，击个粉碎"。他跟老和尚池畔观鱼，大谈起现代婚姻的问题，引出对方关于独身主义的伟论："一人孤身，要到泰山、妙峰山、普渡、汕头，多么自由自在！"由此想到保罗、康德、柏拉图和叔本华。人到了山水间，心情无羁，正可放纵思想，散漫而谈。在知识活动期接受过西式教育的林语堂，临景评点，没有一个固定的视点，却始终以针砭社会病作为述说核心，并且不掩洋调的幽默。谐谑的笔趣、调笑的口吻，同他"披肝沥胆，慷慨激昂，公开抗议"并无什么技巧和细心的初期文字相比，透露出为文的圆熟和处世的老练，恰是沉实、稳健、老辣的《论语》风。探其底里，说的又都是"得自经验、出自胸襟"的话，足证倾心的幽默与浅薄的无聊相异。如同哲学家观察人生，林语堂以文学家的艺术眼光观察风景，仿佛隔着一层薄纱或一层烟雾。因此，这种风景里产生的幽默感，由于并非直面社会的创痛，而有了一种浓度上的调和，不过度显露社会批评的深刻，而透出一缕婉讽的机趣，潜含为文的慧心。

林语堂以他的创作力，酿制出随笔体式的写景小品。灵慧的文思、幽默的情味、雅洁的风致、活泼的笔路，调适出心灵与大自然的融协氛围，在现代风景散文中自显其艺术独特性。这固然从别样角度表现着闲适的文学格调，而作品深层的实践意义是，林语堂在一种传统文学格式内浸入新的生命意识，并且获得成功的表达。

五　师陀：刻在大地的步痕

以小说的京派风味引起文学界重视的师陀，在散文上也以对乡土中国的感伤凝视和凄美抒写，完成对乡村世界生存状态的深切关注，使作品充满人性与价值关怀。

师陀（1910—1988），河南杞县人。原名王长简，笔名芦焚、君西、康了斋、韩孤、佩芳。1931年秋，高中毕业的师陀到北平踏寻文学创作之路。1932年和汪金丁等人创办文学杂志《尖锐》。1936年秋到上海。1941年至1947年任苏联上海广播电台文学编辑，其间曾兼任上海文华电影制片公司特约编剧。著有短篇小说集《谷》（1936年，上海文化生活出版社）、《里门拾记》（1937年，上海文化生活出版社）、《落日光》（1937年，开明书店）、《野鸟集》（1938年，上海文化生活出版社）、《无名氏》（1939年，上海文化生活出版社）、《果园城记》（1946年，上海出版公司）、《春梦》（1956年，香港艺美图书公司）、《石匠》（1959年，作家出版社），中篇小说《无望村的馆主》（1941年，开明书店），长篇小说《结婚》（1947年，上海晨光出版公司）、《马兰》（1948年，上海文化生活出版社）、《历史无情》（1951年，上海出版公司），散文集《黄花苔》（1937年，良友图书印刷公司）、《江湖集》（1938年，开明书店）、《看人集》（1939年，开明书店）、《上海手札》（1941年，上海文化生活出版社）、《保加利亚行记》（1960年，上海文艺出版社）、《山川·历史·人物》（1979年，上海文艺出版社）等。

乡景和人物是师陀散文构型的主要艺术材质。风景描写和人物勾勒上带有小说的叙事痕迹，为满足文学想象而运用的语言策略，又决定着文本充满抒情气质的形式特征。在特定的空间书写中，他善于暂离烦乱的现实，把对故乡的眷恋转化成美的风景，画面深浸着情感浓度，体现出善良心性。从古老农村走向现代都市的人生旅程中，他的时间意识里始终呈示着生命自觉，心理变迁中依然恒守着"我是从乡下来的人"（《黄花苔·序》）的身份认同，外界影响无法更易他对故乡的真实态度和从理想出发的诗性气质。主题演变的多样恰好表现对于社会生活的丰富体验与灵敏感受，也构设了创作的基本范式。

领略景物形神、感知人物性情，组成师陀散文题材的主要方面，为实现主题表现，在具体的文学场景里常常形成艺术的有机浑融。

其一，在行走记叙中构设美景空间，折映心理亮色。师陀能够对寻常景物产生灵敏而独特的感受。月白风清，没有花朵在开的深深的静夜里，他听见了泪声，内心发出温情的慰安，"假如是忘归的鸟，深山去吧；假如是迷路的骆驼，沙漠去吧；假如是行旅的人，广原去吧，海的汪洋去吧……"（《风铃》）关切的心情像一缕柔风，动人的天籁响在人的心间。在别人那里，"许多人将做着美满的梦"，孩子的梦漾溢幸福，"是绛色的，在彩色的虹与霞的上面"，而他的梦"却充满着人的尖爪，枪杀的呻吟：是黑色而恐怖的梦"，带着梦靥"一个人跋涉着，跋涉着，经过不算少的荒原，也经过不算少的旷野"，现实折磨得心里发痛，他想逃回到夜里去，"因为白天较夜更黑暗，哄笑较含泪更悲怆，喧嚣也远比沉默寂寞……"（《夜》）凝滞的情绪融渗到凄感的字句中，"冬天落第一片雪时"，坐在旧圈椅里度着无味的日子，盼望咯咯的蛙声来打破寂寞，夏的光景忽然成为心头的期待（《蛙鸣》），渴念季节的转换，实则渗透着强烈的生命感。他把依依的乡恋化作影图的演示，仿佛独立存在于纷烦的实际生活之外。从驰骋在乡路上的车中望去，"白杨，翠柳，村落，丰饶的原，向后滑行。绿的，绿的，绿的浩瀚的海。抖的一闪，是火一般的桃，烟雾似的棠梨，鹅黄的菜田，……滑行着。一个颠摆，娇滴滴的阴影罩下来……斑驳陆离的布片，孕着风，拂拂的倏跳。村娘绞着手，在笑语。笑声在绿色里激荡……丁咚！桶卸下井中去了。鸡娴雅的叫。从路中吃惊的隐进麦田。猪仔摆弄着耳朵，蹒跚的走向池塘。车摇摆着，这些都一抖消失了。接着又是白杨，翠柳，村落，丰饶的原……"（《乡路》）如同徐徐展开如梦如幻的乡野风光卷轴，缥缈的意境仿佛产生时空上的错觉。对故乡的恋情这样浓，是因为怕它失去，他的印象里，中国农村是缺少快乐感的，"乡村是荒凉的，尤其冬春两季的夜间，路犬昏鸦间或鸣吠两声，宜增加落漠的情味"，对于人间乐园的向往与身临凄冷景况的矛盾，浸含着"人生不可免的轻飘飘的哀伤"（《失乐园》）和挣脱现实困境的强烈冀求。小小车站的灰色外貌"老在人的血管里注入疲倦"，而这车站也似乎被加进生命气息，"它又衰老又孤单，时时在叹气的样子，像低头回忆儿时曾遭受过一次骚扰，或寻思那如烟如雾的梦境"（《这世界》)。战争年代，夜街笼罩着忧悒，"银的琵琶在树梢弹奏；谁家的寡妇，她是如此年青——低低的吟哦，一阕塞外人家的秋风曲，却没有人能辨识她是唱歌或是泣咽。那声音，透过厚厚的墙，矮矮的家屋，落向茵茵的草地，行人的脚边，忘归的人的心"，亡魂"夜游在沙漠上，山谷里，旷野上，荒冢间，磷火照亮来去无踪的路"，只有"一朵花儿似的年纪，有着满心的幸福和辽阔的前途"的孩子们给凄惶与寂寞的街景带来快乐（《盂兰夜》）。他让感思飘游于空荡荡的夜街，默默含咀眼前的悲愁与逝去的欢慰。在河上堰闸边值守，星光"正熠熠的照着荒寂的两岸，远远的天末，还能看见熹微的白光"，沁凉的北方秋夜里，他的思绪飞向"在微微现出轮廓的旷野上的孤树以及远处村庄的那面，而且更那面"（《河》），凝视无尽展开的大地，默默领受心灵的启悟。

其二，描摹单纯的美景，反衬人物复杂遭际。这时的景物勾勒，不是敷衍性的客观设置，而是主观意识的自觉强化。他对自然怀有特殊的感应，对各有生命传奇的普通人抱有深情的关注。回家的途上，"车单调的在行进，外边绿的莽原上落着雨"，驱去旅程难耐的落寞。特定的环境成为特定的情绪背景和心理氛围，他写起偶遇的旧日同学生活的苦况，"眼落到那单薄的背影上……并为他感到淡淡的，但也是人生平淡的凄凉……感到人生也有如一只白鸽，在灰色的空间翱游，晦暗的阳光给留下了孤单的影，在苍茫的原上"，人生之舟像"一只小艇，却荷着重载，冒着风浪，在险涛里挣扎着慢慢航行"，"幸福的梦曾开过丰满的花"，而沉重的生活把梦园变成一片荒漠（《劳生之舟》）。同学命途的变故让他把"人生是太寂寥了"的慨叹转化为视觉感很强的画面，成为象征的图记。车站上发生着一幕男人捶打女人的惨剧，而一连串渲染的景色也充满愁伤悲郁，"太阳光耀着绿的原野；原野冒起黄烟，患着热病，窒闷的喘着"，"车站同无尽头的绿色的原野在太阳的白光下浮动，发疟疾的一般"，"太阳的白光照耀着，这世界！这忧郁的大地！绿的原野在无限的静寂中喘息……"（《这世界》）太阳的光亮照不进穷苦人幽暗的内心，明艳的阳光、广袤的绿野成为一种意象，反衬苦难的人世。在明媚的大自然里，青年牧人"望着青青的天，飞鸟和流云，望着繁星。日同月轮流的照耀着他……溪谷间应日响着快乐的笛和低微的山歌"，牧人的下场却浸染凄怆的色彩，如此美妙的景致也更具一种沉痛的深意，他的"快乐的笛声不知从何时起变成了忧郁的笛声，像一个人低咽，有时又像叹息"（《谷之夜》），在这山谷的静夜，旅人从这故事里感到长宵的神秘与哀愁。云游的汉子在山中跋涉，清冽的溪水在身边涓涓泻流，明亮的水花散作泡沫，珠玑似的映着霞光，"晚空弥漫着落日的余光，灿霞如火似烟，织遍了天空，与静静的溪水相辉耀。悄寂的壑谷，是已充满了苍茫的暮色"，他熟悉这样的景色，他的生命在这样的景色中度过，"为风雨残蚀的顽强的颜面，好像是生着一层锈。这样的脸，任谁都看得出是漂过大海，走过崇山，见过大的世面，因为经过风浪，被风霜摧老了的"（《行脚人·黄昏》）。林子里吹过叹息似的一阵夜风，像孤寂的心音。骨架粗大的店家和牧女显出山里人的朴实，在静寂的山里，他们看"光耀的星，在耿耿的下窥溪谷。悄寂的夜，沉沉的覆盖着群山"，淡描的云游过和爱而渊深的夜，荒寂中响过溪涧发出的含糊的谵语，"就在这与世界隔离着的谷里，这终年喃喃的溪边，人们上山打柴或牧羊，一年一年的活着，在石头上生根"（《行脚人·宿店》）。景物展示的生存环境和生命过程紧相融合。故事性的记叙虽不着意刻画丰满的人物形象，设计起伏的情节，大致的轮廓勾勒也能在阅读联想中完成性格塑造与故事推演。

　　《山行杂记》绘景、写人、叙事相交融，是一篇具有访乡问俗风味的作品，证明行走对于文学的意义。太行山的壮景出现在笔下，诗意充沛："你且看哪！那隐没在烟雾中的远山；那在两脚下起伏的丘冈；那霖朦于绿柳中间的冷落的野村；然而最迷人的是时时现出孤墓的无际的麦地，那些嫩得耀眼的小麦上凝着的水珠。唉唉，旅行人，你不觉得那遮盖着大地的像满缀了闪闪珍珠的仙衣吗？"（《山行杂记·轿车》）开在山里的旅店"是多少总含着浪漫气味的"（《山行杂记·山店》），抗日的年代，卧餐山色的趣味愈加显出山乡的幽僻。骑马过山，"晚霞发出彩绢样的光，一缕一缕斜横在头顶……回望山下，溪谷间已腾起茫茫的雾色，这就飘飘然一如置身云端"，及至暮色垂笼，"四山飞鸟绝迹。出现于西南天空的巨星，像水银珠似的在灼灼闪耀。远远的天末，一座崇峦后面，还残留着熹微的白光，照耀着积雪的山巅"，朦胧的树影在谷上弥漫的雾气中摇动（《山行杂记·过岭》）。寒冷的春夜里，狭小的宿所"虽没有森林的雄茂，却同森林一样忧郁"，飘散"浓厚的霉腐气息"，幽密的夜色笼罩着平静古老的盆地，"寺里的钟声忽然响了，为了什么而呼喊似的，嘹亮的洪壮的鸣声，越过山岭，弹抖着送入荒谷，诱引着心怀期待的他"走进没有月亮的夜里，去听那旷野上的呼声……"（《山行杂记·宿处》）他坐在崖上，"看着流云，远山和近谷……太阳和煦的照着岭上的树木"，望着摇摇荡荡地绕着石坡，向山岭升了上去，又绕着弯子慢慢地降入溪谷的驮队，听着空山中响过一路嵌铁的蹄脚踏在浑圆或尖利的石上"发出聒耳的戛戛"，"铃铎的叮咚，是极有韵致的和鸣。有时驴子发出一声长叫，便四山回应"（《山行杂记·风土画》)。山乡风景的中心是命运各异的人,师陀用文字把他们的形象长留在心里。年近古稀的车户迎着清明时节纷纷落下的细雨"鞭策着他的驯骡,在沾沾的泥泞中前进"(《山行杂记·轿车》);"决找不出油滑习气"的给店里打杂的高大的壮年男子,从柴门后探出半个头、脸像冬瓜皮、望去似乎也有一点来历的女人,门口石凳上头戴毡笠、口衔旱烟管的老儿和灶前的瘦汉子(《山行杂记·山店》);市镇尽头小山上遇见的那个剃光头、穿灰袍、胁下佩带手枪的人,"说不清是怎样一流人物。不像痞棍,也不是绅士,却镶着一颗光亮的金牙齿",他身后立着一个捎了德国造步枪的青年汉子,"模样是非常出色,那身手的利落,就像一匹小兽,似乎发一声喊就能同狼赛跑;那没有光彩的脸,刮得像刚割过的草地,阴沉沉的眼里则放着凶残的光"(《山行杂记·劫余》);村头学馆里细长身材、穿着老蓝布夹袍和黑马褂、梳着极光滑辫子的老先生,"用破破碎碎的语句诉说着他们村上的痛苦"的青年汉子(《山行杂记·记所见》),都有一段个人史。融进真实风景,磨难中延伸的命运线索就凸显立体感,更加真切生动。

　　师陀散文的小说化笔法,在人物个性、命运转折中娴熟地运用。单纯的抒情性摹景的作品不居主要部分,风景元素时常作为一种艺术陪衬出现。小说创作的经验使他在艺术惯性的推促下,偏爱借助人物遭际的记叙寄寓情志,而且在空幻的情境中展开意识的流动,构设的欣赏空间水一样透明,内蕴却又深邃、悠远。美丽的文思在创作精神控制下暂时超越现实利益,同真实的社会保持距离,成为心灵的养分。他借助语言力量描画生动传神的表情符号,表现独特的审美经验,并将这一切刻写在行经的大地上。

六　萧红:尘世的愁苦

　　稀薄的羽翼托举沉重的灵魂,在女性低暗的天空艰难地飞动,划出一道柔弱而倔强的生命痕迹,萧红的文字是浸泪的,却勇敢地炽燃着自我牺牲精神的光焰。

　　萧红(1911—1942),黑龙江省呼兰县人。原名张秀环、张迺莹。笔名悄吟、田娣。1927年秋入哈尔滨东北特别市第一女子中学就读。1930年初中毕业,逃往北京,入女师大附属中学读书。1931年2月返家。1933年8月,与萧军、罗烽、白朗、金剑啸、达秋、金人等在新京长春《大同报》上创办文艺周刊《夜哨》并撰稿。1934年利用白朗主编哈尔滨《国际协报》副刊《国际公园》之便,在《国际协报》上创办《文艺》周刊并发表作品。1934年6

月 12 日与萧军逃离哈尔滨，经由大连乘船去青岛投奔舒群，10 月底去上海投
奔鲁迅。1935 年和叶紫、萧军等结成"奴隶社"，出版"奴隶丛书"，并和萧
军、罗烽、白朗、舒群等东北作家在《中学生》、《文学》、《太白》、《中流》、
《作家》、《光明》、《海燕》、《文学季刊》等刊物发表作品。1936 年 7 月 16 日
离开上海去日本东京。1937 年 1 月返回上海。八一三淞沪战事爆发，9 月 28
日和萧军撤往武汉。1938 年 1 月应李公朴之邀，和萧军、端木蕻良、艾青、
聂绀弩、田间、塞克一道离开武汉去山西临汾民族革命大学任教，2 月随丁玲
的战地服务团去西安，4 月初跟端木蕻良返回武汉，9 月中旬到重庆，又转往
四川江津县投奔白朗、罗烽。1939 年 1 月初回到重庆，3 月由米花街 1 号迁居
歌乐山，6 月与端木蕻良住在北碚黄桷树镇复旦大学文学院宿舍。1940 年 1 月
底与端木蕻良飞抵香港。1942 年病逝。著有短篇小说集《牛车上》（1937 年，
上海文化生活出版社）、《旷野的呼喊》（1940 年，上海杂志公司）、《手》
（1943 年，桂林远方书店）、《小城三月》（1948 年，香港海洋书屋），中篇小
说《生死场》（1935 年，上海容光书局），长篇小说《马伯乐》（1941 年，重
庆大时代书局）、《呼兰河传》（1941 年，上海杂志公司），散文集《商市街》
（1936 年，上海文化生活出版社）、《萧红散文》（1940 年，重庆大时代书局）、
《回忆鲁迅先生》（1940 年，重庆妇女生活书店），小说、散文集《跋涉》（与
萧军合著，1933 年，哈尔滨五画印刷社）、《桥》（1936 年，上海文化生活出
版社）等。

在萧红的世界里，创作是她的"宗教"，"她经常流露出她对创作有一种
宗教感"①。她在文学中表现的最初情感是纯真的，即使在家庭包办婚姻的不
幸境遇里，也对生活充满美好的憧憬。从家庭出逃到哈尔滨，住在道外十六道
街的东兴旅馆的日子里，在《东三省商报》上发表洋溢青春和爱情气息的诗
歌："那边清溪唱着，/这边树叶绿了，/姑娘啊！/春天到了"（《春曲》），
"疏薄的林丛，/透过来疏薄的歌声；/——弯弯的眉儿似柳叶，/红红的口唇
似樱桃……"（《幻觉》），带着明艳颜色的诗句闪耀浪漫的理想光影。但是生
活的风暴摧折了美丽的心灵之花，"我生活的痛苦，/真是有如青杏般地滋味"
（《偶然想起》），"今后将不再流泪了，/不是我心中没有悲哀，/而是这狂妄的
人间迷惘了我了"（《沙粒》），她的明洁的心灵拒绝沉暗的社会现实，并且自
觉地把这种性情转移到文学上。受到小说创作思维定式的影响，她的散文带有

---

① 端木蕻良：《萧红和创作》，《萧萧落红》，人民文学出版社 2001 年版，第 272 页。

小说化的叙事性，习惯设置一个简单的情节，安排人物在里面活动，闪现他们的面影，飘萦他们的声息，这正如她的小说也有散文化的抒情性一样。风景则成为场景转换、烘衬心理的能动元素。

萧红以幽凄的的散文笔调流露个人感情生活的哀苦。沉重的负向情绪使这类散文的调子低沉、惨戚，格局也不宏大，却真实地映射怆恻的心境。灵魂的流浪极易产生伤怨的心理情绪，景物也充满忧戚色彩。反抗封建包办婚姻，勇敢地叛逆家庭的经历，培育了萧红追求个性解放的精神，而社会现实、生存环境同人性自由的冲突，又使她沉陷于更幽闭的世界。逃婚到北京，忍受饥寒，"望着四面清冷的壁，望着窗外的天"，觉得"森森的天气紧逼着我，好像秋风逼着黄叶样"（《中秋节》，1933 年 10 月 29 日长春《大同报》周刊《夜哨》第 11 期），寄寓不幸的个人生活中的内心孤愤。命运的波折使她偏爱对季候伤怀，"秋风是紧了，秋风的凄凉特别在破落之街道上"，喟叹永远面对苦楚生活景遇的人，"那里淹没着他们的一生，也淹没着他们的子子孙孙，但是这要淹没到什么时代呢？"（《破落之街》，1933 年 12 月 27 日作）青春的蓬勃意气被飘流感替代，她在二十岁那年离开就读的北京返回东北，在阿城县福昌号屯过着幽囚般的日子，灵魂饱受煎熬，好像"停在江边的那一些小船动荡得落叶似的"，期冀"满江上是幸福的船，满江上是幸福了！人间，岸上，没有罪恶了吧！"（《夏夜》，1934 年 3 月 6、7 日哈尔滨《国际协报》副刊《国际公园》）。她"走在清凉的街道上"，仿佛"沉坠在深远的幻想的井里"，眼前出现"一个荒败的枣树园"，只能让亲情微温"散漫与孤独的流荡人的心板"（《初冬》，1936 年 1 月 5 日《生活知识》第 1 卷第 7 期）。天明前"街车稀疏的从远处响起，一直到那声音雷鸣一般地震撼着这房子，直到那声音又远的消灭下去，我都听到的，但感到生疏和广大，我就像睡在马路上一样，孤独并且无所凭据……那夜寒风逼着我非常严厉，眼泪差不多和哭着一般流下"，她在空屋里"听到了自己苍白的叹息"，只感到"昏沉沉和软弱，我的知觉似乎一半存在着，一半失掉了"（《过夜》，1936 年 2 月 20 日《海燕》第 2 期），凄惶无助的感觉攫紧苦弱的心。明丽的自然景色映亮她的心境，笔致也明朗起来，"三月花还没有开，人们嗅不到花香，只是马路上融化了积雪的泥泞干起来。天空打起朦胧的多有春意的云彩；暖风和轻纱一般浮动在街道上，院子里。春末了，关外的人们才知道春来"，她陷进"一切春的梦，春的谜，春的暖力"中，听见"春在歌唱"，满眼阳光，"街树蹿着芽"，心却一沉，"但快乐的人们，不问四季总是快乐；哀哭的人们，不问四季也总是哀哭！"（《春意挂上了树梢》，1936 年 5 月《中学生》第 65 号），个人体验转向民众感受。颠沛命途上的艰窘，饥饿感折磨着灵魂，对于苦难的感觉也特别灵敏，"小窗那样高，囚犯住的屋子一般，我仰起头来，看见那一些纷飞的雪花从天空忙乱地跌落，有的也打在玻璃窗片上，即刻就消融了，变成水珠滚动爬行着，玻璃窗被它画成没有意义、无组织的条纹"，竟至觉得"我不是也和雪花一般没有意义吗？"隔壁的手风琴凄凉地唱着生活的痛苦，飘雪的天空沉重而浓黑（《雪天》），浓重的失意和深刻的悲哀浸透纸面。"天色连日阴沉下去，一点光也没有，完全灰色，灰得怎样程度呢？那和墨汁混到水盆中一样"（《度日》），"雪，带给我不安，带给我恐怖，带给我终夜各种不舒适的梦……这梦是一种心理"，是物质的反映（《飞雪》），沦陷下的哈尔滨，寂寞的长街，凄冷的心头，"再走就快到'商市街'了！然而今夜我还没有走够，'马迭尔'旅馆门前的大时钟孤独挂着。向北望去，松花江就是这条街的尽头"（《十元钞票》），望着"窗前的大雪白绒一般，没有停地在落，整天没有停"，她不能忍受在满洲的被奴役处境，发愿"非回国不可"（《又是冬天》）。萧红的命运融入各类人物的生活旋涡，深切地感知这个血肉世界，在个人遭际的真实描写中闪烁人性的光芒。她的文字里有现实生活的影子，烙印日常境遇的片断和情感波折的痕迹，文字间游荡着一颗凄美而纯善的灵魂。

东北沦陷，使萧红在精神和物质生活上最先承受亡国的苦恨与痛楚。个人精神自由遭受的戕损而迸发的民族反抗意识，使作品反映了社会心态的转型；直接参加反满抗日的文学活动，更以实际行为在笼罩的迷茫空气中表现一种理性自觉。

《天空的点缀》写于 1937 年 8 月 14 日，发表于 1937 年 10 月 16 日《七月》第 1 卷第 1 期。身在上海的萧红对第二次淞沪会战爆发做出迅捷的文学反应。"用了我有点苍白的手，卷起纱窗来，在那灰色的云的后面，我看不到我所要看的东西"，云彩间闪现的是银白色的飞机翅翼，天空震响着，"节拍像唱歌的，是有一定的调子，也或者那在云幕当中撒下来的声音就是一片。好像在夜里听着海涛的声音似的，那就是一片了"。她记录"从昨夜就开始的这战争"，望着成为战地的虹桥机场，愤恨于日寇"没止境的屠杀，一定要像大风里的火焰似的那么没有止境"。战争牵紧她灵敏的神经，"风很大，在游廊上，我拿在手里的家具，感到了点沉重的动摇……至于飞机上的炸弹，落了还是没落呢？我看不见，而且我也听不见，因为东北方面和西北方面炮弹都在开裂着"，蓦然觉得"实在的我的胸口有些疼痛"。紧张的空袭场面，在她的文字里凝定为历史的记忆。

《失眠之夜》写于 1937 年 8 月 23 日，发表于 1937 年 10 月 16 日《七月》第 1 卷第 1 期。卷荡着战争烽烟的天空对她是敏感的，"窗子外面的天空高远了，和白棉一样绵软的云彩低近了，吹来的风好像带点草原的气味，这就是说已经是秋天了。在家乡那边，秋天最可爱"，返乡的心愿飞上辽远的苍穹，"这回若真的打回满洲去，有的说，煮一锅高粱米粥喝；有的说，咱家那地豆多么大！"珍珠米、咸盐豆唤起已经生疏的味觉，撩动比松花江更长的乡愁，"我想我们那门前的蒿草，我想我们那后园里开着的茄子的紫色的小花，黄瓜爬上了架。而那清早，朝阳带着露珠一齐来了！"一幅《东北富源图》在心中铺展，"染着黄色的平原上站着小马，小羊，还有骆驼，还有牵着骆驼的小人；海上就是些小鱼，大鱼，黄色的鱼，红色的好像小瓶似的大肚的鱼，还有黑色的大鲸鱼；而兴安岭和辽宁一带画着许多和海涛似的绿色的山脉"，梦里的乡景优美而多情，而在黎明之前，耳边颤响的却是高射炮的闷吼，"我也听到了一声声和家乡一样的震抖在原野上的鸡鸣"，怀乡的梦里扰动着不安的情绪。

《火线外》（二章）写于 1937 年 8 月 17 日、10 月 22 日，发表于 1937 年 11 月 1 日《七月》第 1 卷第 2 期。其中的《窗边》作于上海，《小生命和战士》作于武汉。《窗边》里有惨烈的战争景象，"那机关枪的声音似乎紧急了，一排一排地爆发，一阵一阵地裂散着，好像听到了在大火中坍下来的家屋"。街上的伤兵"他们的脸色有的是黑的，有的是白的，有的是黄色的，除掉这个，从他们什么也得不到，呼叫，哼声，一点也没有，好像正在受着创痛的不是人类，不是动物……静静地；静得好像是一棵树木"，抗敌的意志铁一样坚硬。深夜的宁静中，她遥想"那北方枪炮的世界"和"高冲起来的火光"。在民族的艰危时刻，爱国的心潮激荡在作品中。《小生命和战士》里流荡着凝重的情愫。撤离上海去武汉的途中，渡轮"好像一座小城似的黑黑地睡在江心上"，她凝视受伤的官兵，"那军官的烟火照红了他过高的鼻子，而后轻轻地好像从指尖上把它一弹，那烟火就掠过了船栏而向着月下的江水奔去了"；她还揣测"那紧贴在兵士胸前的孩子的心跳和那兵士的心跳，是不是他们彼此能够听到？"瞬间细节的描摹，传显着人物微妙的心理活动。默默旁观的她，虽然在凄清的夜江上"背后仍接近着温暖，而我的胸前却向着寒凉的江水"，但仍为战时未泯的人性而感动。黄鹤楼下"船身和码头所激起来的水声，很响的击撞着"，仿佛飘萦邈远的心音。简练的形象刻绘，浓挚的情感宣泄，真切地映现内隐的情绪波动和难忘的历史情境。

《无题》写于 1938 年 5 月 15 日，发表于 1938 年 5 月 16 日《七月》第 3 卷第 2 期。她回到武昌小金龙巷 21 号寓所，忆及年初去山西临汾民族革命大学任艺术指导，又随同战地服务团转赴西安的短暂时日里的心灵感受。往山西去的路上，黄河地带的土层遮漫了辽阔的视野，黄土高原的风沙蒙住了旷荡的天际。火车外边的景象让她不禁想起雄丽、壮美、神奇的白山黑水，"我们那边冬天是白雪，夏天是云、雨、蓝天和绿树……在我们家乡那边都是平原，夏天是青的，冬天是白的，春天大地被太阳蒸发着，好像冒烟一样从冬天活过来了，而秋天收割"，语气充满爱与自豪。西北的风沙和黄土象征豪爽的性格，"我想这对于北方的讴歌就像对于原始的大兽的讴歌一样"，语句间飞荡激情的赞美。在西安八路军办事处，朝夕看到的是同院住着的残废兵，一个"腋下支着两根木棍，同时摆荡着一只空裤管"的女兵，让她产生痛切的人性体验，"对于蛮的东西所遗留下来的痕迹，憎恶在我是会破坏了我的艺术的心意的"，被日本帝国主义凶残切断的肢体，"无管这残缺是光荣过，还是耻辱过，对于作母亲的都一齐会成为灼伤的"，深切的道义感使字句产生情绪的硬度。她也因眼前的景象想到俄国的屠格涅夫、法国的罗曼·罗兰，思考在灵魂通往本能之路上作家们异向行走的步履，并进行严肃的自我追问。

《放火者》发表于 1939 年 7 月 11 日重庆《文摘战时旬刊》第 51、52、53 合期。这是一篇战争惨状的特写。时居歌乐山，亲历五三、五四大轰炸的她，以渗血的笔墨泣诉敌寇的暴行，为民族灾难录影。"带着硫磺气的火焰"焚烧着重庆，"大火的十天以后，那些断墙之下，瓦砾堆中仍冒着烟"，大瓦砾场的近边，"那高坡上仍旧站着被烤干了的小树……完全脱掉了叶子，并且变了颜色，好像是用赭色的石头雕成的。靠着小树那一排房子窗上的玻璃掉了，只有三五块碎片，在夕阳中闪着金光。走廊的门开着，一切可以看得到，门帘扯掉了，墙上的镜框在斜垂着"，哑默的街道上"坐着一个苍白着脸色的恐吓的人……飞尘卷着白沫扫着稀少的行人"，"千百个母亲和小孩子是吼叫着的，哭号着的，他们嫩弱的生命在火里边挣扎着，生命和火在斗争。但最后生命给谋杀了"。敌机又在空中横排着了，"高射炮一串一串的发着，红色和黄色的火球像一条长绳似的扯在公园的上空"，沉重的爆炸声，半天映着的红光，遭过劫难的中央公园里，"水池子旁边连铁狮子都被炸碎了。在弹花飞溅时，那是混合着人的肢体，人的血，人的脑浆"，笔笔描画，真实得刺痛灵魂，考验着善良人的承受力。

《长安寺》写于 1939 年 4 月，发表于 1939 年 9 月 5 日《鲁迅风》第 19 期。她以悲哀的眼光默察这个"安静可喜的，一切都是太平无事"的梵刹，战时的空气笼罩着佛的神情，"大雄宝殿里，也同样哑默默地，每个塑像都站在自己的地盘上忧郁起来，因为黑暗开始挂在他们的脸上"，"香火着在释迦摩尼的脚前，就要熄灭的样子，昏昏暗暗地，若不去寻找，简直看不见了似的，只不过香火的气息缭绕在灰暗的微光里"，压抑窒闷的空气透露出恐怖险恶的时代气氛。向着接引殿去朝拜的老太婆，精神而庄严；卖花生糖、炒米糖、胡桃糖的，卖白瓜籽、盐花生的小贩认真经营着生意；红脸老头冲着茶，话来了，一串一串的，"他谈的和诗句一样"。梵钟和诵经的声音里走着"悠闲而且自得的游庙或烧香的人"，战争景况下的平民，满心期望佛的庇佑，而她却悲哀地想，这个"庄严静妙……没有受到外面侵扰的重庆的唯一的地方"，"可能有一天这上面会落下了敌人的一颗炸弹……那时，那些喝茶的将没有着落了，假如他们不愿意茶摊埋在瓦砾场上"。萧红在歌乐山中的预感不幸应验了，"她写的散文《长安寺》刚刚发表，这座古庙便被炸得踪影全无"[1]。她的文学创作和实际生活似乎存在一种感应关系。

《滑竿》写于 1939 年春。她从生命经验中拣选生动的意象，"黄河边上的驴子，垂着头的，细腿的，穿着自己的破烂的毛皮的，它们划着无边苍老的旷野，如同枯树根又在人间活动了起来。它们的眼睛永远为了遮天的沙土而垂着泪，鼻子的响声永远搅在黄色的大风里，那沙沙的足音，只有在黄昏以后，一切都停息了的时候才能听到"，她联想起四川的轿夫，"他们的腿，轻捷得连他们自己也不能够止住，蹒跚地他们控制了这狭小的山路。他们的血液骄傲的跳动着，好像他们停止了呼吸，只听到草鞋触着石级的声音。在山涧中，在流泉中，在烟雾中，在凄惨的飞着细雨的斜坡上"，担轿的粗重喘息，混合着轿子"像要破碎了似的叫，像是迎着大风向前走，像是海船临靠岸时遇到了潮头一样困难。他们并不是巨象，却发出来巨象呼喘似的声音"，洋溢人的力与美。记述中没有轻鄙的语气，只有深切的同情，因为"来往上下山的人，却担在他们的肩上"。他们也懂得抗战，"小日本不可怕，就怕心不齐。中国人心齐，他就治不了。前几天飞机来炸，炸在朝天门。那好做啥子呀！飞机炸就占了中国？我们可不能讲和，讲和就白亡了国"，朴实的话语，道出民众的意志，也表示坚韧乐观的民性。石板桥那边"隔着这一个山头又看到另外的一

---

[1]　端木蕻良：《萧红和创作》，《萧萧落红》，人民文学出版社 2001 年版，第 272 页。

个山头。云烟从那个山慢慢的沉落下来，沉落到山腰了，仍旧往下沉落，一道深灰色的，一道浅灰色的，大团的游丝似的缚着山腰……山峰在前边那么高，高得插进云霄似的"，山壁挂着流泉，隐入深涧去了，"山风阴森的浸着人的皮肤"，乱草中"女人和孩子在集着野柴"，苍莽、荒旷的山景中流荡原始的蛮性，冲破现实束缚，释放积蓄的自由的力量。社会底层深蕴民族的根性，"在重庆的交通运转却是掌握在他们的肩膀上的，就如黄河北的驴子，垂着头的，细腿的，使马看不起的驴子，也转运着国家的军粮"，她强烈地感到一种震撼与冲动，她用遒劲的笔墨张扬普通生命存在的意义。跳跃的文思、散乱的字句好像根本没有边际，卒章之处才显出深刻的立意与完整的结构，做到线索不紊。景色描写与诗意想象巧妙配称，并在二者之间表现适度的思想张力，寓言式的蕴涵充满象征意味，作品的精神价值也正在这里得到清晰的显示。

　　封建家庭的惨境与沦陷区的苛政，使萧红一颗单纯的心过早地沉入愁苦的深渊。在人生磨难中，被厄运挤倒又挺立的柔弱之身，"向这'温暖'和'爱'的方面，怀着永久的憧憬和追求"（萧红《永远的憧憬和追求》，1936年12月12日作，1937年1月10日《报告》第1卷第1期），以顽韧的文学实践强固了生命意义的确定性。萧红以激楚忧愤的散文笔调记述自己痛苦与挣扎的命途，表达对于民族命运的深挚关切，也用坚实的创作成就自塑短暂的文学人生。

第四节　诗意的表述

一　何其芳：跳荡的诗魂

　　创作的印痕刻在何其芳走过的文学道路上。幻想中，描绘爱的风景；寂寞里，虚构美的梦影。灵魂归落于实地时，现实的鞭子还击到不合理的社会的背上。他的映像世界里，有飘飞的幻想，也有贴切的观察，他的文字混合着梦与现实。朦胧的梦境里，闪射着艺术品质的光泽；清晰的实景中，凝含着思想价值的重量。在新文学的散文实践中，独自坚守纯美的品质，在凄冷的世界里写出温暖的文字，给黑暗的社会投射明亮的思想阳光，是何其芳的创作表征。他的诗性文字背后，渗透着由审视、思考与判断构成的理性。

　　何其芳（1912—1977），四川万县人。原名何永芳，笔名禾止、荻荻、秋若、劳百行、杨应雷、傅履冰等。1929年秋考入上海中国公学预科。1930年秋进清华大学外文系学习。1931年入北京大学哲学系读书。1935年毕业后，执教于天津南开中学、山东莱阳乡村师范学校、四川万县师范学校。抗战时期，创办《川东文艺》、《工作》等杂志。1938 年 9 月赴延安鲁迅艺术学院任教。著有散文集《画梦录》（1936 年，上海文化生活出版社）、《刻意集》（1938 年，上海文化生活出版社）、《还乡日记》（1939 年，上海良友复兴图书印刷公司）、《星火集》（1945 年，重庆群益出版社），诗集《汉园集》（与李广田、卞之琳合著，1936 年，商务印书馆）、《预言》（1945 年，文化生活出版社）《夜歌》（1945 年，重庆诗文学社）等。

自然风景很早就交融在何其芳的思情中。1936 年 6 月 19 日，他在天津为《大公报诗刊》第 1 期写的《梦中道路》里说，在异乡的荒城中，"我常常独自走到颓圮的城堞上去听着流向黄昏的忧郁的江涛，或者深夜坐在小屋子里听着檐间的残滴，然后在一本秘藏的小手册上以早期流行的形式写下我那些幼稚的感情，零碎的思想"；后来，"衰落的北方的旧都成为我的第二乡土……但那无云的蓝天，那鸽笛，那在夕阳里闪耀着凋残的华丽的宫阙确曾使我作过很多的梦……直到一个夏天，一个郁热的多雨的季节带着一阵奇异的风抚摩我，摇撼我，摧折我，最后给我留下一片又凄清又艳丽的秋光，我才像一块经过了磨琢的璞玉发出自己的光辉，在我自己的心灵里听到了自然流露的真纯的音籁"。1936 年 10 月 15 日，他在莱阳写出《街》，里面述说了自己的写作心理："我在北方那个大城里，当黄昏，当深夜，往往喜欢独自踯躅在那些长长的平直的大街上。我觉得它们是大都市的脉搏。我倾听着它们的颤动。我又想象着白昼和夜里走过这些街上的各种不同的人，而且选择出几个特殊的角色来构成一个悲哀的故事，慢慢地我竟很感动于这种虚幻的情节了，我竟觉得自己便是那故事里的一个人物了，于是叹息着世界上为什么充满了不幸和痛苦。于是我的心胸里仿佛充满了对于人类的热爱。"1937 年 5 月 27 日，他在莱阳作《〈刻意集〉序》，表达了相似的看法，虽然在这个北方大城里，"我居住的地方是破旧的会馆，冷僻的古庙和小公寓，然而我成天梦着一些美丽的温柔的东西。每一个夜晚我寂寞得与死接近，每一个早晨却又感到露珠一样的新鲜和生的欢欣"。他开始朦胧地意识到，情与景存在一种内在精神的感应与融合，一种意义上的联系，一种生命的对流，并且逐渐转化为一种行为意识，一种创作感应。他一面用爱的风景装点人生，一面用美的辞藻修饰自然。人生与自然已经融合为一个完整的生命体，映现在他的艺术视野中。1936 年 6 月 8 日他在天津为《新诗》创刊号作的《〈燕泥集〉后话》里说，"当我们年轻时候，我们心灵的眼睛向着天空，向着爱情，向着人间或者梦中的美完全张开地注视，我们仿佛拾得了一些温柔的白色小花朵，一些珍珠，一些不假人工的宝石"，并且自认"我是一个留连光景的人"；1941 年 6 月 17 日写的《饥饿》里，又称"我是一个多梦的人"。所以，他早期的文学理想、艺术趣味、美学情调，都鲜明地表现在《画梦录》的抒情气氛中，赢取了较高的关注度。

《画梦录》的创作主旨，不在包容多少思想，而是容纳一种年轻的意绪，映现心灵的成长状态。从他于 1939 年 12 月 10 日在延安鲁迅艺术学院写的《给艾青先生的一封信——谈〈画梦录〉和我的道路》中可以透视他当时的创作思考，"仅仅依靠自己从生活所得到的一点点感受和经验，从文学作品所接受的一点点教育和梦想"，虽然缺少洞察的深度，流荡的情感却是真实的。这也是文学家走向成熟所必经的阶段。

《画梦录》是何其芳创作道路上的一个纪程碑，而在这部作品集里，也有情绪的异动。1933 年初夏作《黄昏》之前，是他的幻想期，喜欢读美丽、柔和的东西；之后，是他的苦闷期，"此后我便越过了一个界石，从它带着零落的盛夏的记忆走入荒凉的季节里。当我从一次出游回到这北方大城，天空在我眼里变了颜色，它再不能引起我想象一些辽远的温柔的东西。我垂下了翅膀。我发出一些'绝望的姿势，绝望的叫喊'。我读着一些现代英美诗人的诗。我听着啄木鸟的声音，听着更柝，而当我徘徊在那重门锁闭的废宫外，我更仿佛听见了低咽的哭泣，我不知发自那些被禁锢的幽灵还是发自我的心里"（《梦中道路》）。彷徨无计的他陷在幽凄的影里，更喜欢向荒凉、绝望、阴暗的东西倾心。反映到创作上，前期趋于明朗、炽热。在他的笔下，"黄金的稻穗起伏着丰实的波浪，微风传送出成熟的香味。黄昏如晚汐一样淹没了草虫的鸣声，野蜂的翅。快下山的夕阳如柔和的目光，如爱抚的手指从平畴伸过来，从林叶探进来"（《墓》）；静静的庭院里，"夜遂做成了一湖澄静的柔波……波面浮泛着青色的幽辉"，而"就在这铺满了绿苔，不见砌痕的阶下，秋海棠苗长出来了……如同擎出一个古代的甜美的故事"（《秋海棠》）；浓挚的乡情撩动他的心，宛如见到如画的乡景，"一大群鹅黄色的雏鸭游牧在溪流间。清浅的水，两岸青青的草，一根长长的竹竿在牧人的手里。他的小队伍是多么欢欣地发出啁啾声，又多么驯服地随着他的竿头越过一个田野又一个山坡！"（《雨前》）后期趋于暗淡、孤清。他精心编织凄婉、哀伤的故事，渲染静美、幽冷的氛围，借此来抚慰寂寞的心。他做着灵魂的独语，实际却释放"一种被压抑住的无处可以奔注的热情……为着创造一些境界，一些情感来抚慰自己"，因而他选用一种比较晦涩的文体，来表现"一些衰颓的，纤细的，远离现实的题材"，倾吐"对于人生的热爱和不满"，虽则"我从来不喜欢自然，只把它当作一种背景，一种装饰"（《给艾青先生的一封信——谈〈画梦录〉和我的道路》）。主观情绪在客观物象上引起的反应，衍化成创作活动的心理力量。

人生经历的变化引起创作思想的转型，积淀为珍贵的生命记忆。何其芳说："1936年，我到山东半岛上的一个乡村师范里去教书，在那里我才找到我的'精神上的新大陆'……在这一年中，我写了八篇《还乡杂记》……抗战发生了，对于我抗战来到得正是时候。它使我更勇敢。它使我回到四川。它使我投奔到华北。它使我在陕西，山西和河北看见了我们这古老的民族的新生的力量和进步。它使我自己不断地进步，而且再也不感到在这人间我是孤单而寂寞。这就是我的道路"（《给艾青先生的一封信——谈〈画梦录〉和我的道路》），"从此我不复是一个望着天上的星星做梦的人"（《梦中道路》）；即使心中有梦，梦境也充满新的色彩，"我想假若我的梦从那种比较特殊的，少数人才会有的梦渐渐地变得接近了大多数的中国人的梦，贫穷者的梦，饥饿者的梦，那一点也没有什么可羞耻"（《饥饿》）；他终于从幼稚走向成熟，"我丧失了我的充满着寂寞的欢欣的小天地。我的翅膀断折。我从空中坠落到地上。我晚上的梦也变了颜色：从前，一片发着柔和的光辉的白色的花，一道从青草间流着的溪水，或者一个穿着燕子的羽毛一样颜色的衣衫的少女；而现在，一座空洞的房子，一个愁人的雨天，或者一条长长的灰色的路，我走得非常疲乏而又仍得走着的路。我曾经把我的这个改变比作印度王子的出游"，而他又感谢在莱阳从教的经历，因为"在那里我的反抗思想才像果子一样成熟，我才清楚地想到一个诚实的个人主义者除了自杀便只有放弃他的孤独和冷漠，走向人群，走向斗争"（《一个平常的故事》）。观念和情感的质变，使笔触遂由个人灵魂的忧悒的内视转向外部现状的真实的写照，标志着深层的创作意识的转变。他开始把个人的精神自觉融会到集体的、民族的前进潮流中。他走出内心的幽境，畅吸着延安"自由的空气。宽大的空气。快活的空气"（《我歌唱延安》）。生命疆域的扩展，艺术精神的升华，使他在新的文学境界中展开浪漫的游弋。

《画梦录》充溢的唯美气质、诗性品格，映示了何其芳散文达到的艺术高度。从创作心理审视，这来自他幼时对于中国古典文学的接受。"我从童时翻读着那小楼上的木箱里的书籍以来便坠入了文学魔障。我喜欢那种锤炼，那种色彩的配合，那种镜花水月。我喜欢读一些唐人的绝句。那譬如一微笑，一挥手，纵然表达着意思但我欣赏的却是姿态。我自己的写作也带有这种倾向。我不是从一个概念的闪动去寻找它的形体，浮现在我心灵里的原来就是一些颜色，一些图案。"（《梦中道路》）虽然文字本身提供了一些简单的语言意义，但是他并非要在空幻的光影里寻索理性的价值，他追求的是一种心灵表现的艺术。除了用诗歌唱，他尝试以散文叙述故事、抒发情感，以感性化、形象化、技巧化的书写方式描绘内心世界和外部现实。画梦人生的短章，取材单纯，视角狭窄，不负载复杂的社会内容和深刻的思想意向，在同具体现实的有意疏离中，迷恋于隐秘的个人心理世界，而独语体式的自我吟味，心灵语汇的微雕细琢，酿造出纯净幽婉、美丽忧郁的诗意，做到了艺术的精致。

何其芳说："我不是在常态的环境里长起来的。我完全独自地在黑暗中用自己的手摸索着道路。"（《〈刻意集〉序》）。这不仅是对生命历程的反思，也是对个人创作史的评价。人生风雨中开放出飘溢异香的散文之花。在创作路程上，从诗歌转向散文的他，直接进入抒情文体。他"觉得在中国新文学的部门中，散文的生长不能说很荒芜，很屡弱，但除去那些说理的，讽刺的，或者说偏重智慧的之外，抒情的多半流入身边杂事的叙述和感伤的个人遭遇的告白。我愿意以微薄的努力来证明每篇散文应该是一种独立的创作，不是一段未完篇的小说，也不是一首短诗的放大"（《〈还乡杂记〉代序》）。把诗歌的抒情本质寄植在散文的土壤，成为他的创作自觉。内心思感的诗意表现，使情绪流连贯着客观性的景物、事件和主观性的心理、想象，营构出浪漫的意象。丰沛的情绪在美丽的意象世界盈盈流动，充满艺术的生命朝气，熔铸个性品质鲜明的抒情形象。内敛、幽隐的表达方式，平静、柔婉的叙述气度，明艳、绚烂的笔墨色调，精敏、纤细的心理感觉，和幽美、清丽的意象，绵密、细腻的思致，构成作品的抒情特质，做出具有建设性的文体贡献。

大学时代的何其芳，醉心幻想，"在印度哲学的班上，一位勤恳的白发教授讲着胜论，数论，我却望着教室的窗子外的阳光，不自禁地想象着热带的树林，花草，奇异的蝴蝶和巨大的象"（《〈还乡杂记〉代序》）。生活阅历单纯，创作的冲动主要源自心灵的感动，爱美的天性、青春的萌动使他"喜欢想象着一些辽远的东西。一些不存在的人物，和许多在人类的地图上找不出名字的国土"；耽溺幻想的他怅叹"假若没有美丽的少女，世界上是多么寂寞呵"；他希冀用诗思填充内心的空虚，"望着天边的云彩……在刹那间捉住了永恒"（《扇上的烟云》）。他用优美的文字画梦，自己也出神地走入画里去，并且在内心冲动的作用下，营造神秘的意境。在他的笔下，美的精神化作爱的低诉，萦绕于风月哀歌中。他叙说一个爱的童话，让两颗相恋的灵魂，穿过生与死的界线,走进春三月的阳光下,走进"花香与绿阴织成的春夜里",在清甜的梦里相逢,年轻的心在美丽的乡土里欢悦着,憧憬"江南与河水一样平的堤岸,北国四季都是风吹着沙土"的远方,骆驼的铃声敲打在心上,槐花的清芬飘入梦境,红墙黄瓦的宫阙映亮了想象,就更加诅咒"夜是怎样一个荒唐的絮语的梦呵"(《墓》)。静静的庭院里,"仿佛听得见夜是怎样从有蛛网的檐角滑下,落在花砌间纤长的飘带似的兰叶上,微微的颤悸",而他也依稀听到一丝灵魂的幽泣,凝神揣摩"寂寞的思妇凭倚在阶前的石阑干畔"的心怀;早秋的意味是孤独的,"这初秋之夜如一袭藕花色的蝉翼一样的纱衫,飘起淡淡的哀愁",而"她的怀念呢,如迷途的鸟漂流在这叹息的夜之海里",更加忧戚的是"她的灵魂那么无声的坠入黑暗里去了"(《秋海棠》),诗性的词语在他的调用下,凝愁的景况产生了主观化、心绪化、意象化的升华。他把多姿的景色幻化为情绪的象征:那"带着低弱的笛声在微风里划一个圈子"的鸽群,那"被尘土埋掩得有憔悴色了"的柳条,那"如乡愁一样萦绕得使我忧郁了"的怀想,那"滴到我憔悴的梦"中的幽凉的雨声,那带着"对这沉重的天色的怒愤"的远来的鹰隼(《雨前》);那"孤独又忧郁地自远至近,洒落在沉默的街上如白色的小花朵"的马蹄声,那"寻找着壮士的刀"的"狂奔的猛兽"、"寻找着牢笼"的"美丽的飞鸟"、"寻找着毒色的眼睛"的"青春不羁之心"(《黄昏》);那"固执地追随着你,如昏黄的灯光下的黑色影子"的枯寂的声响,那"温柔的独语,悲哀的独语,或者狂暴的独语",那"像一张隐晦的脸压在窗前,发出令人窒息的呼吸"的天色,那"像一个鸣蝉蜕弃的躯壳,向上蹲伏着,嚓默地"的"我的独语的窃听者"(《独语》);那入梦的"穿灰翅色衣衫的女子",那"巫峡旅途间,暗色的天,暗色的水",那"空对东去的怒涛"的"大江之岸的芦苇"(《梦后》);那"常起一种浪漫的怀想"的"异国中古时的骑士与城堡",那"一个个都绿得那样沉默"的岩后的山坡(《岩》);那浮现在想象中的"青色的海,白色的海,金色的海",那苍茫寥廓间的"长春的岛屿,如蜃气所成的楼阁"(《炉边夜话》);那"乳白的,蠕动的"在树林间游行着的雾,和树被伐倒时发出的"一声快乐的叫喊,一种牺牲自己的快乐"(《伐木》);那"在长长的旅途的劳顿后"听见的家宅的门发出的"衰老的呻吟",以及仿佛看见的"一个花园,一座乡村的树林,和那些蒙着灰尘的小树,和那挂在被冬天的烈风吹斜了的木柱上的灯"(《哀歌》);那六月天里"照着白墙和墙外的槐树"的西斜的阳光,那绿得那样深的层层的叶子,那突然停止的"金属的蝉鸣声"酿造出的神秘静寂(《货郎》);那

"白雾似的，划着一圈疆域，像圆墓"的灯光（《魔术草》）；那古庙侧的石桥上"竹林的影子"和桥下"响得凉风生了"的流水（《楼》）；那"已在一种长期的忽略中荒废"的宅后的精致的花园，那遗落在花园里的"无数的足迹，和欢笑，和幻想"，那使人更加忧郁的"辽远的温暖的记忆"（《弦》）；那"仿佛很高很高的飞上天空，又散到很远很远的地方去了"的"快乐的尖锐的"汽笛声（《静静的日午》）；那从圆窗里面飘坠下来的"白色的花一样的叹息"（《扇上的烟云》）……叠错的物象映示复杂的内心情绪，是一种热情的燃烧，让读者用心灵去追踪他的奇妙的想象。"没有关联的奇异的糅合"（《独语》）的表象深处，潜设着情感脉络，隐伏着艺术逻辑，更美妙、更本质地表现心灵。他的想象之翼飞得很远，"我的思想空灵得并不归落于实地"；热爱自然壮景的情绪，使他想望攀上泰山舍身岩，"在落日的光辉里和自己的影子踟蹰一会"；不稳定的情绪又令他幽叹"暮色竟涂上了我思想的领域，我感觉到心在天地之间孤独得很"（《岩》）。狭小的精神界域里，梦境朦胧得像溪水里的影子，他在诗意的情境中寻索幽深的意趣，"我的工作是在为抒情的散文发现一个新的园地。我企图以很少的文字制造出一种情调：有时叙述着一个可以引起许多想象的小故事，有时是一阵伴着深思的情感的波动。正如以前我写诗时一样入迷，我追求着纯粹的柔和，纯粹的美丽"（《〈还乡杂记〉代序·关于〈画梦录〉和那篇代序》）。超卓的联想力使他把抽象的情思在视觉、听觉、触觉、味觉、嗅觉的交互作用下转化为生动可感的对象，他在色彩、图案、线条、光影等视觉信息中，构设美丽的文学意象。

何其芳的早期散文，带有一个诗人向散文创作过渡的痕迹。他说："从《画梦录》中的首篇到末篇有着两年多的时间上的距离，所以无论在写法上或情调上，那些短文章并不一律，而且严格地说来，有许多篇不能算作散文。比如《墓》，那写得最早的一篇，是在读了一位法国作家的几篇小故事之后写的，我写的时候就不曾想到散文这个名字。又比如《独语》和《梦后》，虽说没有分行排列，显然是我的诗歌写作的继续，因为它们过于紧凑而又缺乏散文中应有的联络。"（《〈还乡杂记〉代序·关于〈画梦录〉和那篇代序》）。进入文学阅读时，就像他自己所说："有些作者常常省略去那些从意象到意象之间的链锁，有如他越过了河流并不指点给我们一座桥，假若我们没有心灵的翅膀，便无从追踪。"（《梦中道路》）

《还乡杂记》（1939年8月上海良友复兴图书印刷公司印行的初版本为《还乡日记》，1943年2月桂林工作社印行的再版本为《还乡记》，1949年1

月上海文化生活出版社印行的改订补充本为《还乡杂记》）是何其芳散文演进路径上的又一个纪程碑，标志着创作姿态的自我更新和文学意识的重要转变。

社会现实颠覆着何其芳的观念世界，对照接受的传统教育，自觉开始新的精神塑造。"因为看着无数的人都辗转于饥寒死亡之中，我忘记了个人的哀乐"（《〈还乡杂记〉代序·关于〈还乡杂记〉》），以至"有时我厌弃自己的精致"（《梦中道路》）。自我藩篱的突破，使心灵变得广阔远大。在新的精神状态下，"我再也不忧郁地偏起颈子望着天空或者墙壁做梦。现在我最关心的是人间的事情"（《〈还乡杂记〉代序·关于〈画梦录〉和那篇代序》）。到他"几乎是带着一种凄凉的被流放的心境"独自到偏僻辽远的山东半岛的一个小县里教书期间，"这时一位在南方编杂志的朋友来信问我是否可以写一点游记之类的文章。因为暑假中我曾回家一次。这使我突然有了一个很小的暂时的工作计划，想在上课改卷子之余，用几篇散漫的文章描写出我的家乡的一角土地。这就是《还乡杂记》。一个更偶然的结成的果实。当我陆续写着，陆续读着它们的时候，我很惊讶。出乎自己的意料之外，我的情感粗起来了。它们和《画梦录》中那些雕饰幻想的东西是多么不同啊"（《〈还乡杂记〉代序·关于〈还乡杂记〉》）。他心意恳挚地说："假若尚有在睡梦中者，或梦醒后尚在彷徨，苦闷中者，则希望他缩短这个过程！"（《〈还乡杂记〉附记二》）民间立场的定位，使他明晰了自身的权利意识、角色类别，他的文学表达不再单纯为了消解忧愤、平衡内心，而是要通过民生实景的展现，提供对于现存制度环境的价值评判，并且完成自我精神的重造。以调整过的观念、心态和视角如实地描述寄身的现象世界，为其赋予认识意义，成为他的散文创作新的开始。

《还乡杂记》虽然被作者谦称为"这只是一个抗战以前的落后的知识青年的告白。他从睡梦中醒了过来，但还未找到明确的道路，还带着浓厚的悲观气息和许多错误的思想"，但毕竟"从这个作者极其狭隘的经历也可以看到这个世界不合理得很，需要改造"（《〈还乡杂记〉附记二》）。可见，通过个人的局部观察映现社会的整体状貌，对民众生活图景和国家政治环境做出一次清晰的显影，是《还乡杂记》喻示的文学价值，也提供了作品存在的独立意义。

1936 年的那次还乡，在何其芳的精神生活中是一次庄严的洗礼。长江边上的这个县份储藏了丰富的情感记忆。他在这里寻视自己生命的源头和人生出发的痕迹。触目乡景，体验乡风，引起少时的回忆。现实和怀想交织，片断的思忆、零散的论说，闪回着，映现着。习用的浓色词语出现的频率降低，抒情不再作为作品的核心。这里萦响回忆性的讲述，弥漫天真的童趣，流露沉重的情绪，时间和空间的距离感在心灵上浮颤着本能的反应，而深度的思考成了笔墨传达的重点。归程上，川河船一路行过的景色，调适劳顿的身心，"清晨的江风，两岸的青山，和快到家乡的欢欣，使我们的精神又恢复了"，然而人间风景仍使心情沉重，地域差异背景下激起的心理波动令他无心描绘西陵峡的风光，只觉得两岸是"无尽的山，单调的山"，对于巫峡，"从这狭隘的峡间的急流，我听见了一只呜咽的歌，不平的歌，生存与死亡的歌，期待着自由与幸福的歌"（《呜咽的扬子江》）。想起童年，他心境凄凉，用着诅咒的口吻说，"什么时候我也能拆毁掉我那些老旧的颓朽的童年记忆呢，即使并不能重新建筑？"他踏上乡土，踟蹰在县城狭小、曲折的铺着碎石子的街上，迎着冷淡而陌生的光景，"对于我却显得十分阴暗，十分湫隘，没有声音颜色的荒凉"。在他的感觉里，"黄昏已静静地流泻过来像一条忧郁的河"，他漫溯着，仿佛走进童年，而记忆只能把他再次拖入痛苦。他的批判锋芒刺向现行秩序，恨恨地说"这由人类组成的社会实在是一个阴暗的，污秽的，悲惨的地狱。我几乎要写一本书来证明其他动物都比人类有一种合理的生活"，当现实"击碎我所有的沉重的思想"的一刻，也就更加向往"理想，爱，品德，美，幸福，以及那些可以使我们悲哀时十分温柔，快乐时流出眼泪的东西"（《街》）。江行的晨暮里，他"感到了一种视线和心境都被拓开了的空旷"，红砂碛上"铺满了各种颜色各种形状的石子。白色的鹅卵。玛瑙红的珠子。翡翠绿的耳坠。以及其他无法比拟刻画的琳琅。这在哪一个孩子的眼中不是一片惊心动魄的宝山呢，哪一个孩子路过这里不曾用他小小的手指拾得了一些真纯无暇的欢欣呢。而且他们要带回家去珍藏着，作为梦的遗留，在他们灰色的暗淡的童年里永远发出美丽的光辉，好像是大地给与孩子们唯一的恩物，虽说它们不过是冰冷的沉默的小石子"；乡间风行的吸食罂粟的癖好，小军阀拆毁古城垣等等荒唐事，让他引述历史，烛照现实，更加深了沧桑感。他不再凭借诗意的形象描画梦境，而直接做出哲学意味的议论，"人是可怜的动物，善忘的动物。当我们不满意'现在'时往往怀想着'过去'，仿佛我们也曾有过一段好日子，虽说实际同样坏，或者再坏。我们便这样的活下去。而这便是人的历史"；家乡小县的变迁，象征着整个中国的历史情状，时间的长流中演绎着朝代的兴废更替，"然而我们又看着一些新的建筑物在那灰烬里苗长起来，渐渐的谁也忘记了那一场巨毁，正如忘记一次偶然的火灾一样……人这种动物实在是太多太多，天然的夭折与人为的杀戮同样永远继续着，永远不足惊奇"（《县城风光》）。述理取代抒情，同样强化了作品的表现力度。他还勾勒西南乡景和乡景里的人。村野弥漫阴暗、闭塞的空气，山乡的农人在迷信和谣言中延续窘苦的生活，"在这群峰起伏之间，高高下下都是水田，以稻米为主要的产物。较平坦地方的田亩是较肥沃的，山坡上的则又硗瘠又最怕干旱，六七月间连着几天不下雨便使它的耕种者蹙目叹气。辛勤的农人们便在这较肥沃的或较硗瘠的土地里像蚂蚁一样工作着，生活着，并繁殖着子孙"；他的印象里"壮年的农人都是多么强健啊，站在田野间就仿佛是一些出自名手的雕像。但那些弓一样张着的有力的胳臂将为土地的吝啬而松弛，而萎缩；那些黄铜的肩背将为过重的岁月与不幸的负荷而变成伛偻；最后那些诚实的坚忍的头将枕着永远的休息，宁静，黑暗而睡在坟墓里"，他自问"如果有一座建筑在死尸上的乐园我是不是愿意进去？带血的手所建筑起来的是不是乐园？而不带血的手又能否建筑成任何一个东西？"黄昏来了，他沉陷于思想的迟疑中（《乡下》）。一座巨大的城堡矗立在忧伤的记忆中，"石匠们的凿子声，工人们的打号声，和高高的用树木扎成的楼架"，使修筑城堡的记忆清晰起来，"可赞叹的人力在一个六七岁的孩子的眼中第一次显示了它的奇迹"；城门楼上燃起的守寨的火驱走清夜的寒冷，"那火光仿佛是我们那些寂寞的岁月中的唯一的温暖，唯一的快乐，照亮了那些黑暗的荒凉的夜，使我现在还能从记忆里去烘烤我这寒冷的手"；这座城堡是他的文学之旅的出发地，他着迷于"那些绣像绘图的白话旧小说以至于文言的《聊斋志异》……从它们我走入了古代，走入了一些想象里的国土，我几乎忘记了我像一根小草寄生在干渴的岩石上"；荒岛似的城堡更撩动对外界的神往，"我终日听见的是窗外单调的松涛声，望见的是重叠的由近而远到天际的山岭。我无从想象那山外又白云外是一些什么地方，我的梦也是那样模糊，那样狭小"，少年的心渴望飞离城堡封闭沉闷的空气，成年的心却对它发出惆怅的感喟，"一天下午我带着探访古迹的情怀重去登临一次，我竟无力仔细寻视那些满是尘土的屋子，打开那些堆在楼板上的书箱，或者走到那爬壁碉楼里去坐在那黑漆的长书案前，听着窗外的松涛，思索一会儿我那些昔日。那些寂寞，悠长，有着苍白色的平静的昔日。我已永远丧失了它们，但那倒似乎是一片静止的水，可以照见我憔悴的颜色"（《我们的城堡》），情到深处，又在隐隐地抒怀。城堡如同一个沉重的历史隐喻，依稀复现斑驳的旧影，映示庄严的远景。故家的老宅让他温习过往的年华，"那是一个巨大的古宅，在苍色的山岩的脚下。宅后一片竹林，鞭子似的多节的竹根从墙垣间垂下来。下面一个遮满浮萍的废井，已成了青蛙们最好的隐居地方。我怯惧那僻静而又感到一种吸引，因为在那几乎没有人迹的草径间蝴蝶的彩翅翻飞着，而且有着别处罕见的红色和绿色的蜻蜓。我自己也就和那些无人注意的草木一样静静地生长"；虽然他说寨上岁月"我生长在冰冷的坚硬的石头间"，可是当静谧的黄昏来临时，坐在寨门外的石阶上，依然体味着"夜色像一朵花那样柔和地合拢来……远山渐渐从眼前消失了。蝙蝠在我们头上飞着"的纯美乡趣（《老人》）。在风景里展开的忆想似乎更能增添悠悠的意味，"六月的黄金色的阳光照耀着。在我们眼前，在苍翠的山岩和一片有灰瓦屋顶的屋舍之间，流着浩浩荡荡东去的扬子江"，他想到过去的"和谐的生活"与朋友的"温和的微笑"，含咀春夏时节北方古城"每个院子里的槐树已张开了它的伞。他的窗前已牵满了爬山虎的绿叶……窗纱上抽动着灰色的腿的壁虎"的小景，回忆缓步在"那些曲折的多尘的小胡同里，或者在那开着马缨花的长街上"的情形，并且沉默于"那些寂寞的使人老的岁月"，转而又会慷慨地自励，"我已经开始走入衰老的季节了，却又怀抱着一种很年轻的感觉：仍然不关心我的归宿将在何处，仍然不依恋我的乡土。未必有什么新大陆在遥遥地期待我，但我却甘愿冒着风涛，带着渴望，独自在无涯的海上航行"；让他牵情的童年的乡土在痴想中铺展可哀的景象，"干旱的土地；焦枯得像被火烧过的稻禾；默默地弯着腰，流着汗，在田野里劳作的农夫农妇"，他的怅叹在心底响起了，"是呵，在树荫下，在望着那浩浩荡荡的东去的扬子江的时候，我幻想它是渴望地愤怒地奔向自由的国土，又幻想它在呜咽"（《树荫下的默想》）。记忆虽然充满生活的悲苦，文字却是温暖的，因为这是对过去生命的真情追怀，对远去岁月的最后挽留。

诗意的温情和理性的光芒，熔铸了何其芳独异的散文风景。把个人的成长辙迹清晰地烙印在创作语境中，让文字建筑代表完整的人生，他由此实现了文学与生命的双重建设。

二　陆蠡：叙意和写情

在短暂的生命中燃烧明亮的艺术光焰，使陆蠡的散文充溢温暖人心的力量。

陆蠡（1908—1942），浙江天台人。原名考源，字圣泉，曾用陆蠡、陆敏、卢蠡、大角等笔名。1924年就读于之江大学机械系。1927年考入上海国立劳动大学。1931年毕业后任教于福建泉州平民中学，创办语文学社。1933年开始散文创作。1935年到上海，在巴金创办的文化生活出版社做编辑。1940年夏，巴金远走西南，将出版社托付他照管。孤岛岁月，陆蠡一面主持社务，一面坚持散文写作和翻译外国文学作品，表现出韧性的坚守精神。1942年4月被日本宪兵逮捕，不幸遇害。短暂的文学创作期，不算宏富的作品数目，却提供了可资品味的文学质量。散文集《海星》(1936年，上海文化生活出版社)充满真纯的童稚天趣；《竹刀》(1938年，上海文化生活出版社)寄托沉郁的现实情怀；《囚绿记》(1940年，上海文化生活出版社)表露慧性的生命哲思。他用美丽的文字画出一道心灵的旅迹，带着成长的气息和生命的热度，通往纯净的散文境界。

陆蠡散文，擅长以小巧的格局容纳深刻的主题。他的第一本散文集《海星》，是1933年秋天在泉州教书时开始动笔的。25篇小品在诗体美中咏物寄情，重在抒写童年的铭心记忆和真纯感觉。作品中有乐观情绪中含着的思考："黑夜，是自然的大帷幕，笼罩了过去，笼罩了未来，只教我们怀着无限的希望从心灵一点的光辉中开始进取。"(《黑夜》)有天真烂漫向往中潜浸的忧伤："海边的风有点峭冷。海的外面无路可以追寻。孩子捧着空的贝壳，眼泪点点滴入海中。"(《海星》)有凝视中美妙的静思："描画在空中的，直的线，匀净的弧，平行的瓦棱，对称的庑廊走柱，这古典的和谐。"(《桥》)有现实悲苦在梦境的折射："大自然板起嘴脸俯视下界。没有一点声息。没有一丝笑容。半透明的白云渗下乳色的光，像死人足前微弱的灯光映在白色的丧幕上，冷寂，死静。"(《夏夜》)景物因节候的变易而显现不同色调。在他的朦胧的感觉里，江风吹过的春野是寂寞的，葱茏的，苍郁的，寥落的；畦间的菜花、古废的江台、地上的花草、冢上的纸幡，都和青涩的往事系在一起。心灵的回忆是透明的，一个人"平洁的额际的明眸"，叫他的心底永远印着"高的天和深的湖水"(《春野》)，忧郁的、凄婉的美，漾动在清纯的文字间。他像追寻光明一样憧憬新的社会理想，但"长空是一片黑暗……四周不见边缘"，他的心底生起悲哀，"从心中吐出一声怨怼，恍如一缕的黑雾，没入这漆暗的长空"(《光》)，流露出青年知识者前行中的孤独与彷徨。尽管"没有人陪伴我，我乃不得不踽踽踯躅在这寂寞的山中"，可是他勇敢地走入"蓊密的森林里……分开野草，拿我手里的铁杖敲打一块坚硬的石。一个火星迸发出来……于是便有照着整个森林的红光"(《松明》)，他在引路的灯火照耀下骄傲地凯旋，塑造了一个普罗米修斯式的勇者形象。他在恼人的蝉声里咀嚼生活的艰辛，愈加觉出灵魂的沉重："负了年和月的重累，负了山和水的重累，我已感到迢迢旅途的疲倦。"(《蝉》)"丝绢上放着一颗莹晶可爱的红豆"，让他意识到"这是爱的象征，幸福的象征，诗里面所歌咏的，书里面所写的，这是不易得的东西"（《红豆》）。他在寓言般的语境里思忖"什么地方有美丽的花园"，向往"人们彼此都说着共通的语言"（《榕树》）。缤纷的思绪幻作缕缕细丝飘拂，他"幻想着将来的幸福。梦想着出水以后在大无碍的空气中的自由"（《荷丝》）。他还在作品中再现外国现代工业文明对于中国农村传统的自然经济模式的冲击："在一九二八年的年头，我们乡间第一次进了一架碾米机。这是摧毁人力劳动的第一机声罢，这是第一次伸到农村里都市的触角罢。大桶的柴油作美金元资本侵入的前驱，而破人晓梦的不是鸡声而是机械的吼声了。"（《哑子——故乡杂记之二》）散文诗的玲珑体式，跃动浪漫的青春感思，也涵容具有一定意义的社会内容。

到了写作第二本散文集《竹刀》时，陆蠡的创作态度发生变化，不再"搜寻感怆的比兴"，而用心绘写世界上"更高贵的东西"。况且"该书正待出版时，'八·一三'战事爆发。作者特增写《附记》，并强调指出：'半年间中国版图变色了。多少人死亡了，流离失所了。这神圣的民族解放的斗争将仍继续着，我惭愧这小小的散文集未能予苦难的大众以鼓励和慰藉。'此后，他便尽力使自己的创作对'苦难的大众'起到'鼓励和慰藉'的作用，因性格气质所限，仍未能写出'号角'式的篇章"①。但是他的心灵贴近苦难，眼光投向现实，在理性追求的主观导引下，做着切实的艺术努力。《溪》是一篇清美的小品。"爱水有甚于山"的陆蠡，用诗意的语言描画梦似的风景：静止的潭底、急湍的浅滩闪动金黄色的阳光，"松林的梢际笼着未散尽的烟霭，树脂的气息混和着百草的清香，尖短的柳叶上擎着夜来的雨珠，冰凉的石子摸得出有几分潮湿"。飘游无定的他"如怀恋母亲似的惦记起故乡的山水了。我披着四月的雾，沐着五月的雨，栉着八月的风，踏着腊月的霜，急急忙忙到这溪边来"，凝眸晨曦里的浣妇和曲折的溪流，体味一缕浓幽的乡情。可是每当冷静下来，"想到会有一天仍将随着溪水东流而下，复回复到莽莽的平原去看看被懒欠呵昌了的妇人的妆镜和洗下油脂腻粉的脸水似的湖沼或到带着酒气和血腥的黄浊的河流边去过活时，不胜悲哀"。这沉痛哀切的一笔，同诗化的乡景对照鲜明，愈加衬托出心底蕴积的悲感。《竹刀》叙述一个悲剧性的寻仇故事，略有抒情小说的意韵，而乡野景物的绘写却是那样明丽优美，营造出一幅朗阔的情节背景，疏疏的竹树、淡淡的远山、点点的帆影，从欣赏的角度显出画意

---

① 袁振声：《〈陆蠡散文选集〉序言》，《陆蠡散文选集》，百花文艺出版社2004年版，第4、5页。

的美感。映入视阈的风景充满主观感兴，饶具想象性："多雾或微雨的天，山顶上浮起一缕白烟，一抹烟霭，间或有一道彩色的长虹，从地平尽处一脚跨到山后，于是这山便成了居民憧憬的景物。"诗性风景强化了人物、事件的感染力和对比力度。《秋》的通篇满是对于季节的知觉，对于色彩的敏感，又用充满弹性的语言表现出来。他的艺术灵性和生活兴味浸在描述中，"我爱秋，我爱音乐，也爱绘画"，他的记忆里萦回着秋曲的旋律，浮闪着收获色彩的季节，学校的庭院"处处积着梧桐树和丹枫的广阔的黄地红斑的落叶"，指触琴键飞响的音符，美如清籁，他凝神屏息，谛听"悲壮的，凄凉的，急骤的，幽静的，夏午静睡着的山谷里生物的嘘息，秋宵月光下烟般飘散着的大自然的低吟"，并且自信能够"描出这人间的歌曲，这万籁的声音"，更挥笔画出在溪岸望见的摇曳的芦花，"……在一张中国纸上涂了一层模拟天色的极淡极淡的花青，用淡墨和浓沈斜的纵的撇出长剑似的芦叶，赭黄的勾竖算是穗和梗，点点的白粉是代表一片芦花……水天相接的远处，三三两两地投下一些白点，并且还想在上边加上一笔山影"；晚秋的梦境里，他回到熟悉的溪畔，静听朦胧的星光下有人用芦荻吹奏一支短歌，意境清美如诗。《庙宿》同样讲述一个哀情的故事，景物描写在烘托气氛、表现人物心理上起到作用。温馨的忆想充满童趣："我幻想，假如我能睡在溪边的草地上过夜，四面都没有遮拦，可以任意眺望，草地上到处长满了花，红的，白的，紫的，十字形的，钟形的，蝴蝶形的……都因为露珠的重量把头都压得低了。天上的流星像雨般掉下来，金红色的，橙黄色的，青蓝色的，大的，小的，圆的，五角的……"梦幻般奇妙艳丽。山行途中，"山的巨影压到这庙上来，远处的平畴上闪耀着一片阳光……暮色好像悬浮在浊流中的泥沙，在静止的时候便渐渐沉淀下来。太阳西坠，人归，鸟还林……一只孤独的鹰在高空盘旋着"，冷寂的庙被暮色包围，他的心叫痛苦紧咬着。变换的景物映衬他不安的情绪，可是他的身上到底盈荡艺术的天性，他要追赶新的希望。《苦吟》的篇名虽含着愁绪，他却"颇想唱一阕春的短章：枝头的融雪丁东地滴入静睡的碧潭，惊醒了潜藏的鳞族，大自然运杵捣和五色的浆，东抹西涂地乱洒在百花上，燕蝶忙于访问了。幻想中比牙琴上乱草丛生，绿苔胶满几案，这正是节候，歌人将因快乐而入神了"。情绪郁悒，心灵的键盘上依然飞出欢跃的音符。

在他的第三本散文集《囚绿记》里，真纯的文格直接呈示为生命情感的真率发抒，以及替祖国的解放和人民的自由的热烈歌呼。《囚绿记》是一阕渴望之歌。在北平寂寞的公寓里，"圆窗外面长着常春藤。当太阳照过它繁密的枝叶，透到我房里来的时候，便有一片绿影"。他把心底的阳光投射到葱翠的叶影上，因为从这株常春藤上，他看到自己的生命理想，"绿色是多宝贵的啊！它是生命，它是希望，它是慰安，它是快乐。我怀念着绿色把我的心等焦了。我欢喜看水白，我欢喜看草绿。我疲累于灰暗的都市的天空，和黄漠的平原，我怀念着绿色，如同涸辙的鱼盼等着雨水！我急不暇择的心情即使一枝之绿也视同至宝"。他认为"人是在自然中生长的，绿是自然的颜色"，也就是心灵的颜色，青春的颜色，理想的颜色，希望的颜色。他坦言"我拿绿色来装饰我这简陋的房间，装饰我过于抑郁的心情。我要借绿色来比喻葱茏的爱和幸福，我要借绿色来比喻猗郁的年华"。这番胸臆是迎着卢沟桥事变的现局宣示的，作品的实际阅读意义，就超出个人内心呼唤的限定，而具有时代性和民族性的深度。从这个视角出发，这株"它的尖端总朝着窗外的方向。甚至于一枚细叶，一茎卷须，都朝原来的方向……永远向着阳光生长"的常春藤，就因明确的象征性而获得意义的升华，闪烁着民族意志和国家精神的光芒。《池影》里荡响内心的怂喟："我来这池塘边畔了。我是来作什么的？我天天被愤怒所袭击，天天受新闻纸上消息的磨折：异族的侵陵，祖国蒙极大的耻辱，正义在强权下屈服，理性被残暴所替代……我天天受着无情的鞭挞，我变成暴躁，易怒，态度失检，我暴露了我的弱点……，我所以特地来偷一刻的安闲，来这池塘边散一回步。"只有哀痛到了极点，才会有这般激愤的发抒。

写景、状物、叙事、抒情、议论，酿制诗意、融浸哲思、调协文理、谋虑章法、营构格局，陆蠡运化个人的创作动能，在艺术的限度内进行灵活自由的发挥，呈示精彩的文学生产流程。他在《〈囚绿记〉序》里所羡慕的"丰富的想象，充沛的热情，敏锐的感觉，率真的天性"和"冷静的思维，不移的理智，明察的分析，坚强的意志"等性格元素，都曾在他的文学个性里活跃着。他满怀浪漫的理想"游息于美丽的幻境中"，也坚守现实的信念"垦辟自己的园地"。他用生命的激情创造出温暖人心的文学。硬气与柔性、幻想与沉思、真诚的心与纯挚的情、明洁的童真与美丽的自然，交织成青春的图景。从他的文字里能够听见生命的呼吸。

三 闻一多：律动的波韵

作为现代文学史上新格律诗局面的开拓者，闻一多在风景散文上的建设性贡献，是将诗艺、诗美合成为创作的核心原素，渗入散文的抒写中。

闻一多（1899—1946），湖北浠水人，原名亦多，又名家骅，号友三。

1913 年考入北京清华学校，其间担任《清华周刊》、《清华学报》的编撰人，并尝试新诗创作。1920 年 7 月，他的第一首新诗《西岸》发表于《清华周刊》。1921 年底与梁实秋等人发起成立清华文学社，倾心新诗创作和诗论研究。1922 年赴美国，先后在芝加哥美术学院、科罗拉多大学艺术系、纽约艺术学院攻读美术专业。1925 年回国，任北京艺术专科学校教务长。1926 年 4 月 1 日，他和"清华四子"朱湘（子沅）、饶孟侃（子离）、孙大雨（子潜）、杨世恩（子惠）倡办的《诗镌》，在徐志摩主编的《晨报副刊》上创刊，这是在 1922 年 1 月 5 日朱自清、刘延陵、俞平伯、叶圣陶等人创办的《诗》月刊之后，中国新文学史上的第二个诗刊。1927 年后，历任南京国立第四中山大学外文系主任，武汉大学、青岛大学文学院院长、清华大学中文系主任。抗战爆发后，在西南联合大学任教。著有诗集《红烛》（1923 年，泰东图书局）、《死水》（1928 年，新月书店），论著《楚辞补校》（1942 年，重庆国民图书出版社），《闻一多全集》（1948 年，开明书店）等。

　　身为前期新月派的代表诗人，闻一多在《红烛》、《死水》里营构唯美的诗境，而风景意象是诗美的重要构成。他在诗艺上刻意追求的音乐美、绘画美、建筑美，都在和谐的节奏、明艳的词彩、整饬的格式上表现着。因此他"才是'最有兴味探讨诗的理论和艺术的'……真教人有艺术至上之感……他作诗有点像李贺的雕镂而出，是靠理智的控制比情感的驱遣多些"①。音节的朗亮、辞藻的华艳、节的匀称、句的均齐，极尽讲究，将诗歌形象直接诉诸听觉与视觉，而艺术目的是展现大自然的光色之美："我不骗你，我不是什么诗人，/纵然我爱的是白石的坚贞，/青松和大海，鸦背驮着夕阳，/黄昏里织满了蝙蝠的翅膀"（《口供》）；"那么一沟绝望的死水，/也就夸得上几分鲜明。/如果青蛙耐不住寂寞，/又算死水叫出了歌声"（《死水》）；"静得像入定了的一般，那天竹，/那天竹上密叶遮不住的珊瑚；/那碧桃，在朝暾里运气的麻雀；/春光从一张张的绿叶上爬过"（《春光》）；"谁告诉我戈壁的沉默/和五岳的庄严？又告诉我/泰山的石溜还滴着忍耐，/大江黄河又流着和谐？"（《祈祷》）"玫瑰开不完，荷叶长成了伞；/秧针这样尖，湖水这样绿，/天这样青，鸟声像露珠样圆"（《荒村》）；"记得那回东巡浮江底一个春天——/两岸旌旗引着腾龙飞虎回绕碧山——/果然如是，果然是白练满江……"，"那里

　　① 朱自清：《〈中国新文学大系·诗集〉导言》，《中国新文学大系·诗集》，上海良友图书印刷公司 1935 年版，第 6、7 页。

有鸣泉漱石，玲鳞怪羽，仙花逸条；/又有琼瑶的轩馆同金碧的台榭；/还有吹不满旗的灵风推着云车，/满载霓裳缥缈，彩佩玲珑的仙娥，/给人们颂送着驰魂宕魄的天乐。/啊！是一个绮丽的蓬莱底世界，/被一层银色的梦轻轻地锁着在！"（《李白之死》）"在寥阔的海洋里，/在放网收网之间，/我可以坐在沙岸上做我的梦，/从日出梦到黄昏……"（《剑匣》）"满天糊着无涯的苦雾，/压着满河无期的死睡"，"但不怕那大泽里/风波怎样凶，水兽怎样猛，/总难惊破那浅水芦花里/那些山草的幽梦"（《西岸》）；"我只爱听这自然底壮美底回音"（《睡者》）；"面对一幅淡山明水的画屏，/在一块棋盘似的稻田边上，/蹲着一座看棋的瓦屋——紧紧被捏在小山底拳心里"（《二月庐》）；"啊！那颗大星儿！嫦娥底侣伴！/你无端绊住了我的视线；/我的心鸟立刻停了他的春歌，/因他听了你那无声的天乐"（《美与爱》）；"这是红惨绿骄的暮春时节：/如今到了荷池——/寂静底重量正压着池水/连面皮也皱不动——/一片死静！"（《回顾》）"仿佛一簇白云，朦朦漠漠，/拥着一只素氅朱冠的仙鹤——/在方才淌进的月光里浸着，/那娉婷的模样就是他么？"（《幻中之邂逅》）"青春像只唱着歌的鸟儿，/已从残冬窟里闯出来，/驶入宝蓝的穹隆里去了。//神秘的生命，/在绿嫩的树皮里膨胀着，/快要送出带鞘子的，/翡翠的芽儿来了"（《青春》）；"亭子角上几根瘦硬的/还没赶上春的榆枝，/印在鱼鳞似的天上；/像一页淡蓝的朵云笺，/上面涂了些僧怀素底/铁画银钩的草书"（《春之首章》）；"绿纱窗里筛出的琴声，/又是画家脑子里经营着的/一帧美人春睡图：/细熨的柔情，娇羞的倦致"（《春之末章》）；"是五老峰前的诗人，/还是洞庭湖畔的骚客呢？""花魂啊！/要将崎岖的动底烟波，/织成灿烂的静底绣锦。/然后，高蹈的鸬鹚啊！/热情的鸳鸯啊！/水国烟乡底顾客们啊！"（《红荷之魂》）"归来偃卧在霜染的芦林里，/那里有校猎的西风，/将茸毛似的芦花，/铺就了你的床褥/来温暖起你的甜梦。//归来浮游在一温柔的港淑里，/那里方是你的浴盆。归来徘徊在浪舐的平沙上，/趁着溶银的月色/婆娑着戏弄你的幽影"（《孤雁》）；"太阳啊，我家乡来的太阳！/北京城里底官柳裹上一身秋了罢？/唉！我也憔悴的同深秋一样！"（《太阳吟》）"习习的秋风啊！吹着，吹着！/我要赞美我祖国底花！/我要赞美我如花的祖国！/请将我的字吹成一簇鲜花，/金底黄，玉底白，春酿底绿，秋山底紫，……然后又统统吹散，吹得落英缤纷，/弥漫了高天，铺遍了大地！"（《忆菊——重阳节前一日作》）"啊！斑斓的秋树啊！/我羡煞你们这浪漫的世界，/这波希米亚的生活！/我羡煞你们的色彩！"（《秋色——芝加哥洁阁森公园里》）"铅灰色的树影，/是一长篇恶梦，/横压在昏睡着的/小溪底胸膛上"（《小溪》）；"袅袅的篆烟啊！/是古丽的文章，/淡写相思底诗句"，"深夜若是一口池塘，/这飘在他的黛漪上的/淡白的小菱花儿，/便是相思底花儿了"（《红豆》）。闻一多对于美术的经验，使他的诗境具有绘画美质和色彩感觉。他的艺术情绪在创作酝酿期自然地流露着："我想写一篇秋景，纯粹的写景，——换言之，我要用文字画一张画。"（《致吴景超、梁实秋》）画意使诗境愈加深幽，"美是艺术的核心"的观念在创作原则上获得鲜明表达。闻一多的诗，"比平易质朴的朱自清色彩秾丽，而有飞腾的想象；比典雅深邃的俞平伯，对中国古典诗词的养分，有更完全的吸收和消化；比大气磅礴的郭沫若的情感更深沉雅致"①。书面结构的整饬，形成一种特定的吟咏秩序与规范，不仅有助于五四初期自由体白话新诗散漫无拘的流弊得以匡正，还清晰地映现中国新诗运动走向成熟的创作路径。

闻一多的"意识在时间底路上旅行"（《红豆》），诗人的心灵对于美丽的大自然具有天然的感应性，尤其对于生身的故国，更是这样。在他的感觉里，国家具象为"中国的山川，中国的草木，中国的鸟兽，中国的屋宇——中国的人"（《致吴景超》），他认为"新的形色，新的声音，新的臭味，总在激刺我的感觉，使之仓皇无措，突兀不安。感觉与心灵是一样地真实。人是肉体与灵魂两者合并而成的"（《致吴景超》），这种感觉正是诗性的。

闻一多于1930年秋至1932年夏在青岛大学执教，他把对这里山水的眷恋之情写进散文《青岛》里面，运用的虽然不是诗歌体裁，但是仍然充满诗人的风韵。非激情状态的书写，也流贯着诗意、诗绪。视觉意象和听觉意象的叠加，显示了诗体新的组合样态，塑造了繁复的艺术景观。有节制的抒情并没有减弱歌唱性，反使诗化的自觉程度加深。他把对亘古海景的直觉意识与现代感受融入山光水色中，酿制一种虚实结合、物我相交的神妙的浑融境界。掀卷叠涌的波浪，即是自然界的运动，也是人类生命意志力的象征，"这种主观情感的客观化，使情感的表现蕴藉而含蓄，具有鲜明的形象性，并且能够激起读者更丰富的联想，积极参加审美再创造过程"②。山水世界暂且消融了笔底的批判锋芒，火一样热烈的爱国激情隐伏在感思深处，而表现出一种悠然的赏鉴风度。自然中的形象和心胸中的意象交融，一时超离存在现实危机的生活实境而

---

① 岳洪治：《闻一多诗序》，《现代十八家诗》，中国文联出版公司1991年版，第160页。
② 钱理群、温儒敏、吴福辉：《中国现代文学三十年》，北京大学出版社1998年版，第130页。

做着浪漫的抒怀。他诗化着春光里的花朵，诗化着夏风中的水浪，深情地表现青岛这座海滨城市的内涵之美，待到秋，只余下沉默，却一行笔墨也没留给这里的冬。诗性语言表现的具有穿透感的艺术力量，印证了主导创作走向的个性自觉，而学者修养、诗人气度终究凝集于文化斗士的现实精神上，作品因之深蕴着丰富的人格内涵。

在这篇精致的短文里，依旧体现闻一多对艺术结构形式的迷恋。尽管无法建构诗歌的整齐的格律样体，可是清晰的情感逻辑与时空秩序能够折射内心诗情的律动。青岛的春花成为他的视觉中心，闪耀着诗的异彩，"过清明节以后，从长期的海雾中带回了春色，公园里先是迎春花和连翘，成篱的雪柳，还有好像白亮灯的玉兰，软风一吹来就憩了。四月中旬，奇丽的日本樱花开得像天河，十里长的两行樱花，蜿蜒在山道上，你在树下走，一举首只见樱花绣成的云天。樱花落了，地下铺好一条花蹊。接着海棠花又点亮了，还有踯躅在山坡下的'山踯躅'，丁香，红端木，天天在染织这一大张地毯"。花的风景带给他新鲜的感觉，虽然只是一笔一笔地描绘，却产生抒情的力量。语句间飘闪着色彩、飞扬着线条、漾动着光影，呈现出沛然的情绪流，能够看出他的形象思维的深刻。在心灵感受和情绪体验上，他曾说："就自然美而论，日本的山同树真好极了。像我们清华园里小山上那种伞形的松树，日本遍处都是。有这样一株树，随便凑上一点什么东西——人也可以，车子也可以，房子也可以——就是一幅幽绝的图画。"（《致吴景超、顾毓琇、翟毅夫、梁实秋》）在艺术观念上，他认为"东方之具形美术（即图画、雕刻、建筑）所以比较的不发达，而文学反而发达——这亦非偶然"，其中"一个原因就是中国人贱视具形艺术，因为我们说这是形式的，属感官的，属皮肉的。我们重心灵故曰五色乱目，五声乱耳。这种观念太高，非西人（物质文化的西人）所能攀及"（《致家人》）。而汉字的象形性在视觉意识中转生的物质感、形象感，特别适合景物的再现，所以，闻一多的诗歌里才产生了那样丰美的风景意象。他巧妙地借助象形汉字在结构风景意象上的工具性基础，发挥其造型功能，追求形式美感，而在散文体式内，则突破格律的艺术限定，表现出一种更为纵意、自由、灵活的文体姿态，它与诗的结合，又熔铸了散文的诗性气质，强化了文学语言的精粹性。

闻一多散文的深醇味，明显吸收了诗歌创作的经验："我自己作诗，往往不成于初得某种感触之时，而成于感触已过，历时数日，甚或数月之后，到这时琐碎的枝节往往已经遗忘了，记得的只是最根本最主要的情绪的轮廓。然后再用想象来装成那模糊影响的轮廓，表现在文字上，其结果虽往往失之于空疏，然而刻露的毛病决不会有了。空疏的作品读者看了不发生印象，刻露的作品，往往叫读者发生坏印象。所以与其刻露，不如空疏。"(《致左明》)写景诗文最宜发生的直露、浅白之弊，闻一多是自觉克服着的，故而青岛"街市上和山野间密集的树叶，遮蔽着岛上所有的住屋，向着大海碧绿的波浪"，"堤岸上种植无数株梧桐树，那儿可以坐憩，在晚上凭栏望见海湾里千万只帆船的桅杆，远近一盏盏明灭的红绿灯飘在浮标上，那是海上的星辰"，还有清澄无比的海天的云彩，鲜丽耀眼的山边的夕光，都呈示出诗意情绪酝酿的缤纷意象，闪耀着内心的光辉。诗性的描述也区别于他的青春期诗歌里那种伤感忧怨的基调和幽深婉丽的情致，而表现出一种疏朗明畅的风格。

翩跹的意绪也会从纯美的艺境拉回到现实的痛苦，"但是在榆树丛荫，还埋着十多年前德国人坚伟的炮台，深长的甬道里你可以看见那些地下室，那些被毁的大炮机，和墙壁上血涂的手迹。——欧战时这儿剩有五百德国兵丁和日本争夺我们的小岛，德国人败了，日本的太阳旗曾经一时招展全市，但不久又归还了我们。在青岛，有的是一片绿林下的仙宫和海水泱泱的高歌，不许人想到地下还藏着十多间可怕的暗窟，如今全毁了"，血色的历史记忆，沉重地压着青岛的浪漫，这种情绪的大幅度跳跃，也是诗性的。他说"一切的价值都在比较上，看出来"(《艾青和田间》)，风景里的今昔的反衬，尤能产生沉郁的力量，并增加文字的厚度。

闻一多把山水诗意化的旨趣，存在于观念形态中，"人类由自身的灵魂而推想到大自然的灵魂，本是思想发展过程中极自然的一步。想到这个大自然的灵魂实在说是人类自己的灵魂的一种投射作用，再想到这投射出去的自己，比原来的自己几乎是无限倍数的伟大，并又想到在强化生的信念与促进生的努力中，人类如何利用这投射出去的自己来帮助自己——想到这些复杂而纡回的步骤，更令人惊讶人类的'其愚不可及'，也就是他的其智不可及"，书写风景，也就是"以主观的'生的意识'来补偿客观的'生的事实'之不足"(《从宗教论中西风格》)。但是"主张以美为艺术之核心"(《致梁实秋》)的创作观念深嵌于闻一多的文学实践活动中，诗本位立场的坚守，角色意识的明确，使诗与文融合到一种很深的程度。诗体的样式在散文的框架内发生变格，散文的结构接受诗化的塑型，字句间回荡、飘萦着诗歌内在的节奏、韵律与风致。在他的艺术观念和审美意识里，选择是创造艺术程序中最紧要的一层手续，因为自然的不都是美的，美也不是现成的，所以必须用艺术来补充它。他从山水风物中找到了创作的起点，以艺术的格律来修饰粗朴的自然。他歌咏情采焕然的学者之诗，也书写具有诗美形式的学者之文，正是这种艺术选择的结果。

四　戴望舒：漫想与绘真

戴望舒以现代派诗人的身份走完创作的一生。在他的丰富的写作里，散文数量不多，主要是记叙在法国和西班牙游学经历的几篇作品，然而却充满浪漫想象，飞闪诗性的光芒，又有真实细致的景观描绘，显示着写实主义的品质。

戴望舒（1905—1950），祖籍南京，生于杭州。名丞，字朝宷，后改名望舒。1921 年发起组织兰社，出版文学旬刊《兰友》，并和施蛰存、张天翼等人给上海的《礼拜六》、《半月》、《星期》等刊物投稿，开始文学著译生涯。1922 年，以戴梦鸥的笔名在周瘦鹃主编的《半月》第 1 卷第 18 号上发表文言小说《美人名字》。1923 年秋入上海大学中国文学系读书。1925 年入震旦大学法文特别班读书。1926 年升入震旦大学法科一年级，3 月 17 日与施蛰存、杜衡创办《璎珞》，在第 1 期发表诗歌《凝泪出门》，首次署笔名"望舒"；4 月 7 日在《璎珞》发表诗歌《可知》，署笔名"戴望舒"。1928 年 8 月 10 日，《雨巷》等多首诗歌发表于《小说月报》第 19 卷第 8 号，获得"雨巷诗人"的美称。1932 年 11 月赴法国游学。1933 年入里昂中法大学读书。1934 年 8 月，离开里昂去西班牙旅行。1935 年春返回巴黎，同年夏归国，居上海。1938 年 5 月和徐迟、叶灵凤去香港，在金仲华主编的《星岛日报》创办文艺副刊《星座》，于 8 月 1 日出刊。在他主持《星座》编务的三年时光中，"国内和流亡在港的作家，如郁达夫、穆时英、徐迟、马国亮、许钦文、萧乾、萧军、萧红、端木蕻良、沈从文、罗洪、芦焚、沙汀、施蛰存、卞之琳、方敬、郭沫若、艾青、袁水拍、楼适夷、刘火子、陈残云、叶灵凤、欧阳山、韩北屏、梁宗岱等都向《星座》投稿，正如戴望舒说：'没有一位知名的作家是没有在《星座》里写过文章的'。他们的作品真如繁星点点，照亮了香港文坛，打破报纸副刊的沉寂局面，使《星座》成为抗战文艺重要的据点"[1]。1939 年 7 月和艾青主编诗刊《顶点》。1940 年 4 月在郁风主编的《耕耘》杂志任编委，又与叶君健、徐迟、冯亦代编辑《中国作家》（英文版）杂志。1944 年 1 月 30 日与叶灵凤主编《华侨日报·文艺周刊》。1945 年 7 月 1 日编辑《香岛日报·日曜文艺》。1945 年 12 月 15 日，友人陈君葆任社长的《新生日报》创

---

① 卢玮銮：《戴望舒在香港》，《戴望舒》，人民文学出版社 1993 年版，第 310、311 页。

刊，应荐编辑副刊《新语》。1946 年回到上海，在新陆师范专科学校任教，兼任暨南大学教授。1947 年任新陆师范专科学校中文系主任，兼任上海音乐专科学校教授。1948 年 5 月再赴香港，流离之身遂陷入困顿。1949 年 3 月 11 日乘坐北上的货轮离开香港，经天津抵达北京。著有诗集《我底记忆》（1929 年，上海水沫书店）、《望舒草》（1933 年，上海现代书局）、《望舒诗稿》（1937 年，上海杂志公司）、《灾难的岁月》（1948 年，上海星群出版社），小说《债》（1922 年 8 月 7 日，《半月》第 1 卷第 23 号）、《卖艺童子》（1922 年 12 月 18 日，《半月》第 2 卷第 7 号）、《母爱》（1923 年 1 月 7 日，《星期》第 45 号），译著《鹅妈妈的故事》（1928 年，上海开明书店）、《天女玉丽》（1929 年，上海尚志书屋）、《爱经》（1929 年，上海水沫书店）、《西万提斯的未婚妻》（与徐霞村合译，1930 年，上海神州国光社）、《唯物史观的文学论》（1930 年，上海水沫书店）、《铁甲车》（1932 年，上海现代书局）、《法兰西现代短篇集》（1934 年，上海天马书店）、《高龙芭（附嘉尔曼）》（1935 年，上海中华书局）、《紫恋》（1935 年，上海光明书局）、《弟子》（1936 年，上海中华书局）、《比较文学论》（1937 年，上海商务印书馆）、《〈恶之华〉掇英》（1947 年，上海怀正文化社）等。

戴望舒的风景散文，存世不多，据施蛰存回忆："一九三五年，望舒在上海，开始写他旅游法国和西班牙的游记文，他曾给我看过一个拟定的篇目，有二三十篇，但现在能找到的只有八篇。其他篇目，写成了没有，发表了没有，我都无法知道。"[①] 戴望舒的这些海外旅行记，述录他 1932 年 11 月 8 日离开上海赴法国巴黎游学，又于 1934 年 8 月 22 日至 1935 年春离开里昂，去西班牙旅行的鳞爪。作品呈现诗性的抒情和忠实的记叙相错综的艺术状态，而艺术表征鲜明的主要是前者，它构成作品的核心要素。对于景物的心理直觉与感官体验，则直接导向语言呈现的独异的个人风格。西班牙旅行记，笔调优美明朗，渲染着幽洁恬静的气氛；法兰西旅行记，笔致冷静幽邃，涂绘着暗淡阴郁的色彩，反映出不同的心绪与体验。

戴望舒以诗人的职业角色进入游程。风景在移动，他的心在飞动。他力求通过风光的摹绘传达心理感觉，并且在秀美的异国风光中寻找一种东方式的诗意描述的可能性。散句的深层，漾动的是诗的感觉、诗的情绪。列车驶离里昂，奔向在他"梦想中已变成那样神秘的西班牙"，"车窗外的风景转着圈子，

---

① 施蛰存：《〈戴望舒〉引言》，《戴望舒》，人民文学出版社 1993 年版，第 1 页。

展开去，像是一轴无尽的山水手卷：苍茫的云树，青翠的牧场，起伏的山峦，绵亘的耕地"轻快地从眼前飘忽过去，点缀着永远与生涯相伴的旅途（《我的旅伴——西班牙旅行记之一》，1936 年 1 月 10 日《新中华》第 4 卷第 1 期）。窗前闪过鲍尔陀的葡萄田，同车的旅伴"好像在那些累累的葡萄上看到了他自己的满溢的生命一样"；街头闲走累了的感觉是"一片懒惰的波浪软软地飘荡着我，使我感到有睡意了"（《鲍尔陀一日——西班牙旅行记之二》，1936 年 1 月 25 日《新中华》第 4 卷第 2 期）。从法国进入西班牙，他在伊隆车站觉出了一阵寒意，表述的语句也如诗："是侵晓的冷气呢，是新秋的薄寒呢，还是从比雷奈山间夹着雾吹过来的山风？"踏上西班牙的土地，变化的情景改换了他的心情，"暗沉沉的天空已澄碧起来，而在云里透出来的太阳，也驱散了刚才的薄寒，而带来了温煦"，更深刻的是"却觉得西班牙是永远比法兰西年轻一点"；踯躅于伊隆这个边境小站上，"整个西班牙小镇的灵魂"都可以在"头上裹着包头布的山村的老妇人，面色黝黑的农民，白了头发的老匠人，像是学徒的孩子"这些小小的人物身上找到，又能够从"灰色的砖石，黯黑的木柱子，已经有点腐蚀了的洋船遮檐，贴在墙上在风中飘着的斑剥的招纸，停在车站尽头处的破旧的货车"上看到"西班牙的式微、安命、坚忍"；西班牙在他的诗意想象中跃动着不同的感觉，他认为历史上的和艺术上的西班牙"浓厚地渲染着釉彩，充满了典型人物。在音乐上，绘图上，舞蹈上，文学上，西班牙都在这个面目之下出现于全世界，而做着它的正式代表"，而这只是"开着悠久的岁月的绣花的陈迹……它的实际的存在是已经在一片迷茫的烟雾之中，而行将只在书史和艺术作品中赓续它的生命了"；他畅览着风景中的西班牙，"恬静而笼着雾和阴影的伐斯各尼亚，典雅而充溢着光辉的加斯谛拉，雄警而壮阔的昂达鲁西亚，煦和而明朗的伐朗西亚，会使人'感到心被窃获了'的清澄的喀达鲁涅。在西班牙，我们几乎可以看到欧洲每一个国家的典型。或则草木葱茏，山川明媚；或则大山岌崞，峭壁幽深；或则古堡荒寒，团焦幽独；或则千圌澄碧，百里花香，……这都是能使你目不暇给，而至于留连忘返的。这是更有实际的生命，具有易解性（除非是村夫俗子）而容易取好于人的西班牙，因为它开拓了你对于自然之美的爱好之心，而使你衷心地生出一种舒徐的、悠长的、寂寥的默想来"；他探寻着静默的西班牙蕴藏的底奥，"这是一个式微的、悲剧的、现实的存在，没有光荣，没有梦想"，清晨或是午后，"你在狭窄的小路上，在深深的平静中徘徊着。阳光从静静的闭着门的阳台上坠下来，落着一个砌着碎石的小方场。什么也不来搅扰这寂静；

街坊上的叫卖声在远处寂灭了。寺院的钟声已消沉下去了”，踱至一所大屋子前面，“半开着的门已朽腐了，门环上满是铁锈，涂着石灰的白墙已经斑剥或生满黑霉了，从门间，你望见了被野草和草苔所侵占了的院子”，他觉得“在这墙后面，在这门里面，你会感到有苦痛、沉哀或不遂的愿望静静地躺着”，在寺院响起又消歇的钟声里，他喟叹“这就是最深沉的西班牙，它过着一个寒伧、静默、坚忍而安命的生活，但是它却具有怎样的使人充塞了深深的爱的魅力啊”（《在一个边境的站上——西班牙旅行记之三》，1936 年 3 月 10 日《新中华》第 4 卷第 5 期）。叶赛宁的伤感的、怀旧的田园诗，是“绝望的哀歌”，让他想起“那吹着冰雪的风，飘着忧郁的云”的俄罗斯，而更加沉醉于西班牙的诗情，“在那里，一切都邀人入梦，催人怀古：一溪一石、一树一花，山头碉堡，风际牛羊……当你静静地观察着的时候，你的神思便会飞越到一个更迢遥更幽古的地方去，而感到自己走到了一种恍惚一般的状态之中去，走到了那些古诗人的诗境中去”，尽管“这种恍惚，这种清丽的或雄伟的诗境，是和近代文明绝缘的……我们宁可让自己沉浸在往昔的梦里”，所以他赞美古旧的“梦境一般美丽的自然界”，而与以铁路为标志的近代文明隔膜，“你想吧，近代文明会呈显着怎样的丑陋和不调和，而‘铁的生客’的出现，又会怎样地破坏了那古旧的山川天地之间相互的默契和熟稔，怎样地破坏了人和自然界之间的融和的雰围气！”从“那爱着古旧的西班牙，带着一种深深的怅惘数说着它的一切往昔的事物的阿索林”的描绘中，他忧叹“的确，看见机关车的浓烟染黑了他们的光辉的和朦胧的风景，喧嚣的车声打破了他们的恬静，单调的铁轨毁坏了他们的山川底柔和或刚强的线条，西班牙人是怀着深深的遗憾的”；创造了新的生产方式和生活方式的人类，又在新旧文明的选择上陷入矛盾的旋涡，比如西班牙的一位著名的数学家，“他愿望旅行运输的便利，但他也好像不大愿意机关车的黑烟污了西班牙的青天，不大愿意它的尖锐的汽笛声冲破了西班牙的原野的平静”，“铁的生客”遇到了冷漠的款待、顽强的抵抗，“那些生野的西班牙人宁可让自己深闭在他们的家园里（真的，西班牙是一个大园林），亲切地、沉默地看着那些熟稔的花开出来又凋谢，看着那些祖先所抚摩过的遗物渐渐地涂上了岁月底色泽；而对于一切不速之客，他们都怀着一种隐隐的憎恨”；作为来自“东方古国的梦想者”，他看见铁路“翻过了西班牙的重重的山峦，度过了它的广阔的平原，跨过它的潺湲的溪涧，湛湛的江河，披拂着它的晓雾暮霭，掠过它的松树的针，白杨的叶，橙树的花，喷着浓厚的黑烟，发着刺耳的汽笛声，隆隆的车轮声，每日地，在整个西班牙骤急地驰骋着了。沉在梦想的西班牙人，你们感到有点轻微的怅惘吗，你们感到有点轻微的惋惜吗?"（《西班牙的铁路——西班牙旅行记之四》，1936 年 3 月 25 日《新中华》第 4 卷第 6 期）。诗性品质的语言，写出了人类发展历程中的情绪焦虑、心理迷惘、精神痛苦和突破认识困境与成长危局的渴望，并且在道德意义上突显文明选择的艰难。情绪化的描写、哲学式的议论，加深了主题表达。放弃带有巨大历史惯性的旧有思维模式与情感态度，接受通向未来世界的新的创造成果，是革命性的蜕变。戴望舒传达的意念，表明燃烧诗的火焰又坚守理性立场的他，向人类的伟大的创造力抱以深情的致敬，对社会进程和历史逻辑表示真诚的尊重。

对于西班牙的风情，戴望舒在忆想中总是流溢着诗的情味，多年后的书写仍然不失这种格调。玛德里书市"杂乱而后见繁复，繁复然后生趣味"的妙处，调适着淘书的闲乐情调，引起美妙想象的还有店主"那个坐在书城中，把青春的新鲜和故纸的古老成着奇特的对比的，张着青色忧悒的大眼睛望着远方的云树的，他的美丽的孙女儿"；光阴流逝，到了树叶开始飘落的忧郁的残秋，书市的门都已紧闭了，"凋零的残叶夹杂着纸片书页，给冷冷的风寂寞地吹了过来，又寂寞地吹了过去"（《记玛德里的书市》，1946 年 11 月《文艺春秋》第 3 卷第 5 期）。心绪和景况交融、谐调，真实地映示着海外游子凄惘的心境。

戴望舒的法兰西游记，围绕人文核心展开描述，反映个人的思想背景和情感状态。都德故居的所在"谁知竟是一条阴暗的陋巷"，面对那扇虚掩着的"死板板的门"，他觉得"黝黑的墙壁淌着泪水，像都德所说的一样，伸出手去摸门，居然是发黏的"，"而在罗纳河上，我看见一片浓浓的雾飘舞着，像在一八四九年那幼小的阿尔封思·都德初到里昂的时候一样"（《都德的一个故居》，1938 年 3 月 1 日《宇宙风》第 62 期；本文后经修润，以《巴巴罗特的屋子——记都德的一个故居》为题，又发表于 1945 年 4 月 22 日《华侨日报·文艺周刊》第 64 期）。异国的漂泊，对于书的情分萦绕在心。"在滞留巴黎的时候，在羁旅之情中可以算做我的赏心乐事的有两件：一是看画，二是访书。在索居无聊的下午或傍晚，我总是出去，把我迟迟的时间消磨在各画廊中和河沿上的"，巴黎左岸的书摊让他腿也走乏了，眼睛也看倦了，而"走上须里桥去，倚着桥栏，俯看那满载着古愁并饱和着圣母祠的钟声的，赛纳河的悠悠的流水，然后在华灯初上之中，闲步缓缓归去，倒也是一个经济而又有诗情的办法"（《巴黎的书摊》，1937 年 7 月 16 日《宇宙风》第 45 期）。淌泪的墙壁、空中的飘雾、祠堂的钟声、流动的河水，连贯的思绪隐含在缥缈的意象中，引动海外学子的一缕怀乡清愁，添浓了身世之感和孤独之境。异域的景物与人事提供了新的观察点，又幻作动感的形象映入清梦，"这就使戴望舒从都德的遭遇很自然地联想到自己的命运，他于1932年孑然一身到法国留学，据当年曾与戴望舒一起在法国生活的人回忆，当时他的生活十分清贫，连吃饭钱也要向朋友讨，他唯一的经济来源是寄些稿子给国内的《现代》杂志，随后由施蛰存寄稿费给他。戴望舒在素淡朴讷的文字底下，显露了一段多愁的情思"①。在文学表达上，散文体式中明显见出诗素的浸润。

　　游历过程的记述，表现了戴望舒的艺术观察力。景致特征的勾勒、人物细节的描叙，折射出异域的国民心理和性格。在书写手法上，诗歌的跳跃节奏转换为散文的叙述秩序，表现了自如地驾驭语言的手段。在《巴黎的书摊》里，他能够详实而细致地记述巴黎左岸书摊的布局和书籍的特色："书摊的第一地带，虽然位置在巴黎的贵族的第七区，却一点也找不出冠盖的气味来"；第二地带"书摊老板是兼卖板画图片的，有时小小的书摊上挂得满目琳琅，原张的蚀雕，从书本上拆下的插图，戏院的招贴，花卉鸟兽人物的彩图，地图，风景片，大大小小各色俱全，反而把书列居次位了"；第三地带"是赛纳河左岸书摊中的最繁荣的一段"，太太们要的消闲小说，学生们要的教科书、参考书，文艺爱好者要的新出版的书，学者们要的研究书，藏书家要的善本书，猎奇者要的珍秘书，都可以在这里获致；第四地带"书摊便渐渐地趋于冷落了……卖破旧不堪的通俗小说杂志的也有了，卖陈旧的教科书和一无用处的废纸的也有了，快到须里桥那一带，竟连卖破铜烂铁，旧摆设，假古董的也有了"。客观的记述，生动地复现实际场景，如同一次具体的导览。

　　戴望舒虽然创作"诗人的散文"，但是所致力的却是一种不加无谓修饰的纯粹表达。他的文句散而不整，不追求规则的排列组合，不刻意音韵的回环往复，造成韵律齐整、音节铿锵的阅读美感，这和他的"诗不能借重音乐，它应该去了音乐的成分"（《诗论零札》）的观念一致。他的写景，只求表现对于风光的印象，不慕绘画式的工细笔致，这和他的"诗不能借重绘画的长处"（《诗论零札》）的观念一致。他的书面话语，不染炫奇的装饰癖习，也无繁丽字眼的堆积，更非文字魔术的搬弄，而是表现一种朴素清通的作风，这和他的"单是美的字眼的组合不是诗的特点"（《诗论零札》）的观念一致。阅读者可

---

① 应国靖：《戴望舒的散文》，《戴望舒》，人民文学出版社1993年版，第302页。

以从作品散布的语句中感应一种心理光谱的微妙辐射，一种思想曲线的柔和波动，即完美地表现情绪的艺术和谐。

五 李金发：游荡于怪异和平实之间

李金发在中国新诗史上的象征主义诗派先驱的角色定位，是从朱自清在《〈中国新文学大系·诗集〉导言》里把现代诗歌分作自由诗、格律诗、象征诗三大流派，并称法国象征诗人的手法，"李氏是第一个人介绍它到中国诗里"之后发生的。这个一面雕塑形体，一面吟咏世情的艺术家，让神秘、怪诞的情绪，奇异、诡谲的幻想，隐喻、暗示的意向在青春的阳光里旋转，发出中国新诗界一声震耳的异音。

李金发（1900 年—1976），广东梅县人。曾名淑良、遇安、笔名金发、肩阔、兰帝、华林、弹丸等。小学毕业后入香港罗马学院，呼吸英式文化教育空气。1918 年入上海留法预备班，1919 年入巴黎美术大学学习雕塑。他以东方学子的心灵接受法国象征派诗人波特莱尔、魏尔伦的影响。1923 年春到柏林，倾心新诗创作，一生的近三百首诗歌，几乎都是在这一年前后完成。1925 年初，应刘海粟邀请，经意大利回国，同年加入文学研究会。先后在上海美术专科学校、国立中央大学、杭州国立艺术学院、广东美术学院任职。曾创办《美育》、《文坛》等杂志。著有诗集《微雨》（1925 年，北新书局）、《为幸福而歌》（1926 年，商务印书馆）、《食客与凶年》（1927 年，北新书局），民歌集《岭东情歌》（1928 年，光华书店），诗文集《异国情调》（1942 年，重庆商务印书馆）、《飘零闲笔》（1964 年，侨联出版社），传记《雕刻家米西盎则罗》（1926 年，商务印书馆），艺术史《意大利及其艺术概要》（1928 年，商务印书馆），文学史《德国文学 ABC》（1928 年，世界书局），译著《古希腊恋歌》（1928 年，开明书店）、《托尔斯泰夫人日记》（1931 年，上海华通书局）等。

李金发的诗歌"题材与情调基本是生命的悲凉、命运的颓伤、死亡的无奈和爱情的幻灭"[1]，因此，他接受西方现代派诗歌中的象征手法，就是以具体的物象和事象去暗示和隐喻"心中较为抽象而隐晦的人生感兴和思绪"[2]，故而他的象征体诗歌闪映着新奇晦涩的意象，营造出虚幻的美感和幽冷的格

---

① 张德厚、张福贵、章亚昕：《中国现代诗歌史论》，吉林教育出版社 1995 年版，第 260 页。

② 同上书，第 261 页。

调，流露着人生的感慨与命运的忧叹，让人在沉浸式的氛围中，体验颖异的艺境，领受病态的心象，感知游荡的诗魂。

李金发的风景散文，不是象征主义的。走入风景的他，已过了写诗的年龄，内心明净而宽舒。由寒夜、死亡、荒野、坟墓、失恋、漂泊交织错杂而成的惊恐的幻觉与梦境消逝了，不再统摄他的意识；孤寂、阴郁、颓丧、忧悒、悲凄的生命情调，不再映示自我心灵状况；梦幻、错觉、通感、直觉等不再作为主体运思形式；词语的隐喻、暗示、象征等修辞的错变，不再成为主要的语言表达技法。他从景物里得到直接感受，反映人和风景的现实关系。他的内心悲喜、生命苦乐，都在自然山水中产生正常的情绪反应，较少诗歌中充塞的由现实挤压感衍生的负性情绪与病态意念。他的思维意识遵循通常的事理逻辑和情理逻辑推演与发展，虽则不能绝对排除非推理的跳跃性的自由联想，但是这些又都明晰地映示于一个限定的心理空间，主观情绪可以在客观景物中确定基本的对位，"即由这特异的想象使主体的某种情愫找到客观对应物而物化"，梦幻式的艺术想象世界里，各种叠出闪动的意象"被作为物化结果的通感式比喻大加省略"①，在大幅度跳跃的比喻中，消弭了事物之间的表层联络，而隐含它们在意义或价值上的有机关系，实现了主客体的深度契合。散文话语境界的构设反映了艺术运思过程，清晰与朦胧相融会，明确与含糊相错综，概念与意象相调和，抽象与具象相浸润，理性意识与非理性意识，甚或潜意识相渗透，形成特定的艺术基调。他的构境努力，提供的是一个真实世界的境象，而不是变形与怪谲的现实。

1934 年 9 月 6 日，李金发创作了散文《在玄武湖畔》，发表于 1934 年《人间世》第 13 期。受着诗性思维逻辑的主导，情绪的清澈流动，意象的灵动闪跳，虽然偶尔炫闪的奇特意象和游逸飘忽的思绪表现着一定的诗学特征，但是基本坚持了散文叙述与描写的传统秩序。作品主题意象真确，行文的明畅感、表达的明晰性，正如他在象征体诗歌中也常会"从文言文状事拟物名词中，抽出种种优美处，以幻想的美丽作诗的最高努力"②，以弥补自己在白话文运用上的短拙，整体上未见超越散文的文体结构与抒写规范的反常性。新美画境的营构、主情倾向的流露，使笔墨超越原始的风景临摹，更带有感伤主义

---

① 张德厚、张福贵、章亚昕：《中国现代诗歌史论》，吉林教育出版社 1995 年版，第 259 页。

② 沈从文：《我们怎么样去读新诗》，《沈从文文集》第 12 卷，花城出版社、生活·读书·新知三联书店香港分店 1984 年版，第 98 页。

和浪漫主义的色彩。

秋意渐浓的玄武湖，山光和水色的交感，给了李金发官能和心灵的悠闲的享受，调和着一个美术家的艺术心态。他的记写的基调也是从容自在的，少了一些青春岁月里的哀怨与感伤。尽管"看着大自然逐步失去活泼之态，一面严冬又在准备它的大业"，而他却未减少生活的趣味，并形诸自然吟咏，"他们粗人俗人，常常笑我尚有孩子气，我承认我尚有赤子之心，个中诗意及哲理是他们不能领略的"，他留恋花、草、鸟、虫、鱼，都以对自然的挚爱，对生灵的悲悯为根本。他的景物描写，渗透纯真的天趣与朴淡的情怀。他对居住环境的选择，含着审美眼光，"这个中国式的西洋别墅……四周栽满花草，高纵的树木包围着，在窗外还有芭蕉的绿叶，代替了窗帘"，户外的葡萄藤满生白色果实，西偏成亩的小竹林"一遇下过了雨，翌晨无数的幼芽，从土中如笔般长出"，"杨柳在窗外摇曳……有时柳枝驻下一二个富于气力的蝉儿，引吭高歌，与远处高处的和成一个合奏曲，真是热闹"。这样的光景，他的心境自然清净，似无挂碍，"每个大树下都有石桌石凳，可以在月亮挂在枝间或在紫金山之巅时，一壶清茶，几个知心朋友，纵谈天下事，几不知人世间还有烦恼事"，入了清凉界，愈加觉得四周盛开的簇簇红的白的花枝，"轻淡的微黄的玫瑰花之香，与美人蕉的艳红"以及篱边的许多牵牛花，是风景的珍贵点缀。这种原生态式的景色再现，表示他的内心的短暂宁静。社会的忧苦还会变作心境的投影，映入视野中的景物，染上情绪的色彩，像是暗示，像是隐喻，似乎移用了一些象征体诗歌的手法。他看见"没有涟漪的水，生起如织的波纹，只剩得湖边的杨柳，满带愁思地摇曳"，更有"广漠的曾飘出芳香的荷田，现在也不见淡红的花朵，向人微笑，点首，隐约呈现衰老的黄叶，大概不久也会为人刈割净尽了。昔日无数画艇荡漾地载着鹣鲽漫游之湖心，现在全为高与人齐的野草占据着，出人不意的从草根下飞起一群水鸟，或白鹭，朝向浅渚去窥伺天真的小鱼"，秋光的萧瑟，喻示心情的落寞，"放眼望去，没有一点水模样……不禁令人有沧海桑田之感。薄薄的银灰色的秋云，好像善意来保护我们似的，把太阳遮得没有热力了，黄昏的时候，夕阳在云端舞着最后的步伐，放出鲜艳的橙色，送着绯红的日球徐徐下坠，像忍心一日的暂别"。一切仿佛成了湖山的陪衬品。晚饭后的湖畔，沉静的灯光、蓝黛的长天、点缀的疏星、如眉的新月、苍郁的林木，装饰着夜的神秘。夏蝉寻死似的痴狂地扑向灯光，蟋蟀"在得意地歌唱，也不似了解未来的命运"，"远处的火车汽笛声如魔鬼尖锐之音，投进满怀秋思失恋者之心曲，比塞北胡笳更凄清"，语句间又闪动着风景诗里愁楚的意象。他的笔墨向着更深处一转，透出明锐的锋芒："城之南的天空，映出淡淡的桃红色，不消说那边是车水马龙的繁华世界，许多公子哥儿，正在酒绿灯红中谈着情话，不曾有半点水旱天灾的痕迹在他们脑海里，大人先生也正在兴高采烈，在觥筹交错，说着虚伪的官话，或在作揖啊。"恬愉和逸乐的空气弥漫在城市上空，悄然毒化着民族的灵魂，这实在是更"使人心头有些惧怯"的阴森的景象，它叠印在李金发的心头。清和光景掩不去内心的沉痛，也调整着他的文学表现。比起象征主义诗歌里的隐约、朦胧、婉曲的风致，现实的注视清醒而锐敏，批判的指向明确而直截。面对颓风的深切的感世，显明地宣示了李金发在灰色现实面前的道德情怀与社会责任，他把自己的价值理念融入忧国恤民的公共精神，维护了一个有正义感的作家的文化尊严。

怪谲的诗意和平实的叙写，在不同的生命时段平行式地进入李金发的青年期诗歌和中年期散文。在这种格调的差异化中具有决定意义的不是文学体裁的区别，而应朝着社会动因和个人经验的深层探寻其实现路径。一个作家的创作理路的变易，来自命运的变迁和精神的演进，以及由此孕育的新的人生理想。李金发的创作路径为新文学史提供了一种具有普适性的价值。

第五节　多元的创作景观

新散文家对于风景的视觉关注，实则是心灵视线向现实社会的投射。他们的文学创造，旨在通过原始自然的诗意化过程，建立起和物质世界的情感关系，让古老的天人合一的哲学观念表现在具体的文学活动中。

扎实的写作淬炼，使现代散文家的文体感觉愈加强烈，逐渐形成集群性的文体自觉。丰富的创作积累，表现为作品量的扩容和品质的提升。廓清歧异因素后，新的创作示范推进文体样式走出探索期的模糊状态，并且获得创作实绩的有力支撑。

现代风景散文的文体外在形态的确立，激活了共同身份的作家们的个人变量。许多文化背景、成长历程、职业选择和创作方向各异的现代作家的表达热情和艺术个性得到新的发扬。他们在以散文体式书写景物时，能动地融合自我的生命体验、社会认知、才情学识，带着使命意识突破文体的表显层面，深入认识风景的含义，在创作的意念、感觉、情调、趣味、风格诸方面表现独特的美学追求，实现文体内在品质的纯化，并为传统的散文风景做出现代性的创造。有些作家虽然不以书写风景作为创作起点，却善于借用在其他文学体裁上的经验优势，在这一创作领域做出切实努力。

依托胜迹而展开具有历史深度的文化批判，是孔令境写景的实际意图。孔另境（1904—1972），浙江桐乡人。原名孔令俊、孔若君，笔名东方曦。1925年毕业于上海大学中文系。1927年随北伐革命军北上。1928年到上海从事文学创作，曾与郑振铎、王任叔主编《大时代文艺丛书》，并为世界书局主编《剧本丛刊》，为大地出版社主编《新文学丛刊》，为春明出版社主编《今文学丛刊》。1949年后，任山东齐鲁大学中文系教授、春明出版社总编辑。著有散文小说集《斧声集》（1936年，上海泰山出版社）、《秋窗集》（1937年，上海泰山出版社）、《庸园集》（1946年，上海永祥印书馆），编纂《中国小说史料》（1936年，上海中华书局）、《现代作家书简》（1936年，上海生活书店）等。

孔另境的创作精神充满现实关切和生命忧患，政治批判的锋芒闪动于社会苦难的表现中。作于1934年11月的《故都之旅》，凭借对北平古代建筑的游述，展开对封建帝王文化与传统皇权政治的讥讽。刺世疾邪中蕴涵着明确的现实指向。游程中，他以峻厉的眼光审视中国社会的实境，从亲历的生活经验出发，做出冷静的评判。以前乘平汉车的痛苦记忆，让他发出"中国路政的腐败，中国人性命的不值钱，于此可见一斑"的忧叹。正阳门上边的城楼"飞金画栋，庄严而又伟大"，却引不起他的叹赏，"北平街道的宽度，在我所走过的城市中要算第一的"，可是他明白"这样宽阔的马路自然并不多，大概都是为了从前皇帝御驾经过而设，大部分的北平马路却是十分卑陋的"。记忆和印象的错综，映现一幅帝制下的故都图画。而在此期，封建帝制已被辛亥革命推翻多年，名义上实行了共和制的中华民国，真实景象却出乎民众的预想，他把这种矛盾的感觉通过建筑巧妙地表达出来，紫禁城"虽然并不高大，但建筑得异常坚固。城之四角，都建有城楼，画栋雕梁，雄伟富丽，看去也像近今重修的……那城门高大异常，全部都漆成了朱红色，门上满钉着闪耀金光的铁钉，中间装着有面盆大的两个铁环，也涂着一层金色。总之一看这城门，就会使人们想起帝王的尊严来。我不知北平的执政者，为什么还要把这些前朝遗下来的骨董油漆得如此新鲜，无怪有人说，一进北平城就满眼是封建意味了"。不仅如此，"还有一点也算是北平特色的，就是沿路所见的朱色大门了。北平的住家几乎十之七八都漆有这种朱色的大门，颜色之鲜艳，望之刺耀眼帘，看去固然是华贵悦目，但同时仿佛会暗示出一种浓厚的官僚气息来"。这样一座古老伟大的城市，却游荡着封建亡魂与官僚幽灵，从深处散发出新旧交混的朽烂气味。

皇宫宏丽的外表，遮掩不住荒草没胫的凄凉景象，这"和城外所见的彩色纷飞的城楼城门极不相称"，孔另境的笔锋直刺精神的顽疾，"可见中国人之只图外表，真不虚语呵！"痛感国民性的劣处。北海风景固然会撩起游人悠闲自得的清兴，而五龙亭"天花板的小方格内，绘画着各种不同姿势的金龙。因为年久失修，这几个亭子满现出灰黯斑剥的凄凉气味来"，竟至觉得"整个北平的建筑，就完全象征了目前中国的衰老贫血的姿态"；而从白塔朝景山望去，"那上边，充满了一种颓败和萧条"；古木参天、风景清雅的中南海公园，"它里面可以使游人歇脚瞻仰的地方，一个也不能进去，游人仅只有在露天之下踱踱。有这种种原因，自然不能引起游人们的好评了。看它里面，仅仅几个可以数得清的游人，就可知一般人对它的兴味是多么冷淡了"。他毫不掩饰自己对于中国历史和现状的看法。恨世的锐气、暴露的勇气、谴责的意气，直泄向寄生于封建体制上的肌瘤。接受五四民主思想熏陶的他，对于戕害民族精神的封建余孽、酿成社会恶患的帝制遗毒，表现出决绝的心灵抵抗。

旧京之旅，孔另境从侧面流露出文化情怀，"我这次去北平小游，原是为拜访故都的名胜，调剂生活上的枯燥"，古城的风光确实使他"心情也为之愉畅不少"。晴和的天气里，太液池中荡漾着小艇，池岸上古树夹道，"也有年青的男女，骈坐在树下歇椅上絮语谈笑，一种亲昵快乐的情状，仿佛告诉我们春天到了"；他从北海和中南海的山水布置里体会出自然形胜之美，从中山公园的建筑上则品味出人工纤巧之丽，"我们的身子是的的确确走在华贵的人类之乐园里了"，富丽堂皇的朱漆游廊，隐约于古树丛中的楼台亭榭，"这种优美的景象，自身也会起一种仿佛走入图画之中的感觉"，含情的文辞虽然美妍，毕竟只是侧笔了。

《佛国初旅》刊载于《旅行杂志》第9卷第7号。呼吸着普陀山的宗教空气，孔另境寄托的现世情怀，都在具体的记叙上表现着。精神的苦难、感时忧国的意气，消融在写实趣味里。尽管这样，他依然用生命尺度调谐心灵感觉，写风景里的人，偶尔还会流露世间感慨。他形容普陀山的和尚"个个都是面黄肌瘦，穿着破碎，情形十分可怜"，进而揣摩"现在的普陀山，怕又落入劫运之中了"。他的身子站在虚幻的佛境，思想仍留在真实的凡界。

在书写艺术上，孔另境主要承续传统记游文体的形式，时间顺次的明晰、空间转换的有序、游程记述的清顺，都在叙述主线上一一表现出来，并为游兴的发抒做出结构上的铺设和情绪上的蓄势。游赏的欢乐情绪，不是激情的宣泄，不是心焰的燃烧，而是涓涓清流似的渗到文字中，进入品味性的阅读体验。"一路闲花野草，甚是茂盛，山既不高，路亦自然平坦无险了"，正适合坐在轿上"顺路咀嚼一些野景秋色"，这是心头的逸趣；"这天刚刚没有风，海面上仅仅略起一些折纹。远望海滩，只见金光万点，闪烁其中，初不知是什么东西会如此耀眼，后来经和尚指示，才知道这就是有名的'千步金沙'呵，为普陀胜景之一"，这是神秘的美感；"若要说出普陀山风景的特色，则雄伟不如岱岳，秀丽未及西湖，但它之所以如此出名，第一当然因为它是佛国圣地，终年香雾满山的缘故；其次就要算它特多嶙峋怪石，诡幻古洞了"，这是风雅的情致。情与景的元素，形成交互性的关系，体现风景的人文意义和生命质感，最终实现客观风景自我化、对象化的书写目的。

孔另境的记游，不刻意经营篇章结构，散漫随意中却透显一番不落痕迹的布置。平直的叙写中，单向的延伸线负载历史和现实，穿越变化的时空背景，现在时态和过去时态偶尔交错，增强了主题表现的立体感与深刻性。笔路的风格化尽管不明显，还是表现出艺术上的写实倾向，从而在作品中留下个性气质的标识与精神形成的印迹。

平畅的文字深浸怀亲的伤情，心灵的波痕轻漾岁月的纹缕，黎烈文用轻软的调子在景物里唱着风月哀歌。黎烈文（1904—1972），湖南湘潭人。1922年任商务印书馆编译所国文部助理编辑。1926年6月赴日本留学。1927年11月赴法国，考入地城大学攻读法国文学。1930年初考入巴黎大学研究院，进修法国文学和比较文学，获文学硕士学位。1932年春回到上海，任法国哈瓦斯通讯社上海分社编译，12月任《申报》副刊《自由谈》主编，1934年5月辞职。1935年和鲁迅、茅盾发起创办《译文》杂志。1936年主编《中流》半月刊。1939年在福建永安任改进出版社社长，创办《改进》、《战时民众》、《现代青年》、《现代儿童》、《战时木刻画报》、《现代文艺》等六种刊物，出版《改进文库》、《世界名著译丛》等。抗战胜利后赴台湾任《新生报》副社长兼总主笔，1946年夏辞职，半年后，应台湾大学文学院院长许寿裳之邀，任外文系教授。著有短篇小说集《舟中》（1926年，泰东图书局），散文集《崇高的母性》（1937年，上海文化生活出版社），报告文学集《胜利的曙光》（1940年，重庆烽火社），论著《艺文谈片》（1969年，台湾传记文学出版社)，译著《河童》(1928 年，商务印书馆)、《医学的胜利》(1933 年，商务印书馆)、《企鹅岛》(1935 年，商务印书馆)、《冰岛渔夫》(1936 年，生活书店)、《法国短篇小说集》(1936 年，商务印书馆)、《乡下医生》(1938 年，商务印书馆)、《第三帝国的兵士》(1941 年，福建改进出版社)、《最高勋章》(1945 年，福建改进出版社)、《伟大的命运》(1945 年，福建改进出版社)等。

黎烈文笔下闪动的风景光影，充溢浓挚的怀人情愫。特别在几篇为亡妻严冰之而作的散文里，明秀的风景把心底的怀思烘衬得愈加凄美。

《回家途中》(1933 年 4 月 14 日作，1933 年 4 月 17 日、18 日、19 日《申报·自由谈》)记叙清明后去郊外祭扫亡妻之墓的感思。"天空灰暗，沉郁"，映示着悲凄的心境。轻风细雨中，沪闵道上的景色变换着，他见到"但丁《神曲》第一部里的一幅最动人最可怕的插画"，一片烂泥里"丛集着三四尺高的弓形的船篷，许多缠着褴褛的男女，匍匐着在这些船篷里窜进窜出。这和杂污沼中滚着的猪猡有什么分别呢？……二十世纪的今日，还有人过着这样凄惨的生活，实在很难叫人相信"，显明的记实喻示着深刻的社会批判，和心底牵缠的凄怆感相交融。黄色的菜花、低矮的农舍从眼前掠过，路旁添了几撮新土的坟墓"因为自己最爱的人也踏进这世界里去了，便连不相干的别人家的土馒头也和自己有了什么关系似的，带着一种好意的亲切的眼光瞻顾着"。沿溪的桃柳似含着依依离情，而绿叶的素净可爱又胜过桃圃里红得粗俗的花。凄然的心流连于田畴和菜畦飘泛的青青柳色，默声吟咏缪塞的哀诗，"前尘如梦，能不泫然！"都会的繁喧无法让他牵怀，只因"住着自己唯一的爱人的家在那幽静的郊野"，沉痛的语句显映幽微的心理感受，把哀戚的情感融入凄清的景色。语词的音符弹奏着悲悼之歌、伤逝之曲。

《湖上》(1934 年 5 月 18 日作，1934 年 7 月《文学》第 3 卷第 1 期)是一篇忆溯往昔的伤怀文字。孤身坐在桥亭凝望雨中的西湖，想起莱茵河畔的度夏，"那里也有着和这孤山相似的青草绿杨的堤岸，堤岸的尽头也有一座极富诗意的画桥……但那时我的襟怀是怎样爽朗呢！早上我可以看到一个俊美的女郎从那桥头向我走来；傍晚我可以伴着她经过桥边，缓缓归去……那时我们只想到回国后可以同游西湖，领略领略六桥三竺之胜，却绝没有想到我今天会要一个人在烟雨中对着故国的湖山，追忆起异国的遭遇"，"我宁愿在雨中飘荡，在这寂寞的湖面，回忆着昔日的欢娱"，语浸悲凉；又深自怨艾"并不曾伴着我的爱人游过西湖"，不胜今昔之感中，觉得"我现在所游的虽不是我们从前在海外同游过的湖山，但浮着新荷的西湖的清涟，却同波洛业森林中的湖水一样能引起我往事的追怀"，晃漾在波漪上的仿若一场幽梦。

《琐忆》（1934 年 7 月 6 日作，1934 年 8 月《新语林》第 3 期）里触景伤情的描叙，有美好的怀恋，有抑郁的叹息。法国地城"那容我下榻过一年的古朴的修道院，那在黄昏中堆满暮鸦的 St-Michel 教堂，那古木参天的公园，那些和蔼的居民，都永远铭刻在我的脑里，而尤其使我要终身怀着感激和痛惜的情绪去回忆这一切的原因是：我在这里认识了亡妻冰之"，浸泪的词句里有爱侣的私衷，有甜蜜的恋意；而"在清晨的塘岸，呼吸着草木的芬香，在薄暮的禾场，眺望着云霞的变幻"，也有追忆往迹的暗伤。他对爱情、亲情的艺术表达细致入微，有温度的情感熨帖内心。

《秋外套》（1934 年 10 月《太白》第 1 卷第 3 期）着意渲染怀忆亡妻的情境。独坐于暮霭下的荷池，"昏暗中只见微风吹动低垂的柳枝，像幽灵似的摇摆着，远远近近，一片虫声，听来非常惨戚"，想起"一个正和今天一般晴朗的秋天"同严冰之"由里昂车站乘着火车往墨兰"。露出云端的一轮明月，麦田里各种秋虫的清唱，以及后来独自走进卢森堡公园，赏味"幽雅的花香"和"红红绿绿的洋菊"，还有外套上幽妙缥缈的香味，都牵动情感的丝缕。《花与树》流露的忧悒更深，"我一面跟着孩子在淡淡的阳光下走着，一面想起才入中年的自己。在饱尝世味的今日，心里也真像这园中的林木一样萧条，冷落"，一种孤苦凄怆的情绪弥漫于心。

黎烈文从切身的生存体验出发，用朴素的生命情感表现人性美，触着人类心灵最柔软的部分。他真诚地写实，含蓄地寄情，文字间闪映着个人生活史的背景。

方令孺以一颗善感的心和温婉的笔调，忧伤地唱着内心的曲折，在山光水影间闪熠起现代知识女性理想主义的光辉。方令孺（1897—1976），安徽桐城人。清代桐城派领军人物方苞的后裔。1923 年赴美，先入华盛顿州立大学，又转至威士康辛大学，攻读外国文学专业。1929 年回国。1930 年春，应杨振声聘请，任青岛大学国文系讲师。执教之余，同国文系主任闻一多、外文系主任梁实秋、助教陈梦家、诗人徐志摩、侄儿方玮德、外甥宗白华等相往还，并创作诗和散文，和林徽因一起成为新月社的女诗人。1939 年到重庆北碚，任国立编译馆译员。1942 年辞职，专任内迁的复旦大学中文系教授，抗战胜利后，随校返回上海。著有散文集《信》（1945 年，文化生活出版社）等。

书香世家的矜持风度和文学自信，形成强韧的创作力量，在文字间流贯饱满的艺术气韵。她的前期创作，承续家风，以传统文学的高雅意韵、幽深义理为典则，呈现古典主义的文学风貌。她将义理、考据、辞章作为理论基点的主体，在创作实践上坚持自身的原则，维系文学的健康与尊严。

1936 年 4 月，方令孺在南京写出《琅玡山游记》，提供了桐城派文章的"义法"之则在创作上的具体范式。她的言说中有感情，其发抒也自然地呈示结构上的秩序，能够循着游踪，发现心理线索与情感逻辑。她的记写山水，情感虽然不免流露出青年女性的凄伤，却不是滥情的，而是具有理性的节制。"在创作中'艺术家布置各物，使有秩序，使每一部分和其余各部谐和，以便建设一个有规则的有系统的整体'，这样的艺术品，在接受者的身体与心灵便引发了由秩序与谐和所产生的效果，即'健康'。也就是说，文学的效用'不在于激发读者的狂热，而在引起读者的情绪之后，予以和平的宁静的沉思的一种舒适的感觉'。"① 这种古典美学精神润化着方令孺的散文。病后的游山，她想让自然山水调适沉郁的心情。她所表现的情感，不是燃烧的烈焰，而是潆洄的清流，涓涓的媚姿唤起温润的阅读感觉："我爱的是苍茫的郊野，嵯峨的高山，一片海啸的松林，一泓溪水。常常为发见一条涧水，一片石头，一座高崖，岩上长满了青藤，心中感动得叫起来，恨不得自己是一只鹿在乱石中狂奔。"交融性的描画，情绪中闪映景物的影子，景物中渗透人物的情绪，很难辨清何处是视觉景观的摹写，何处是心灵图像的绘制。寒暖相宜的初春天气，点燃青春的希望，她望见"一簇簇的杏花夹杂在山阿林木的中间，远看像一朵朵的停云，近看那鲜亮的颜色像发出透明的光"，她的心理感觉已经浸到诗的情绪里，而且在和古人心境的遥接中，表现着深厚的古典文学修养。她歆羡欧阳修、蔡君谟、苏子美、梅圣俞在幽谷丛竹间的丰乐亭"饮茶听泉，一种悠闲的风度"，情不能禁地表示"我真想自己也有这样一个'野人'的家，在深林里傍着泉水，昼夜听的是风动竹叶飒飒的声音，流水潺湲的声音，并且一生不遇到一辆'朱毂'"。山中飞花的春景让她"愿意细细的探寻，把山水的神味像饮泉水一样浸到心上去"，而当"月光照满山谷，像有一抹淡淡的蓝色的轻烟罩在树杪上。稍远山峰一层层轻淡下去，渐渐化合在白雾似的游气冥茫之中"时，感性的心理特质触着清寂的景色，再添上身世之忧，立刻引起情绪的波动，"山中的月夜真幽冷，山兰花发出一阵阵的清香。三人中间有一个

---

① 俞兆平：《中国现代三大文学思潮新论》，人民文学出版社 2006 年版，第 311 页。

人心里正填满了苦恨，说不久就要走到寥远的南方入山去了。在这寂静的空山明月下，在这天真无滓的祇园中，这个人把他的悲愁用轻轻地像微风拂草，又从草上悠悠地落到涧底下，跟着泉水在石子中间哽咽的声音向我们诉说。月光与这个人眼中的泪光交相辉映。这正是宜于在这深山里月光底下倾听人说心事！我好像听了一段凄凉的夜曲，默默的站起来，跑到藤萝架那边去徘徊"，山中的静夜里，她的心在瑟缩。感情脉络成为篇章结构的主线，交叠着种种阐释技巧和表述手段。

方令孺追求善良的人性、真挚的人情、纯净的人格，在心灵与社会的调和、与大自然的融会中完成个性的艺术表现。她虽然接受过西方教育，但是对于传统的体认意识，使她在不同的文明形态中实现内心平衡，并且进行一个东方知识女性的文化形象的自我塑造。在山水中平复情感怨愤、疗治精神伤痛、赢得心灵自由的东方哲学方法，反映了自我与自然和谐共融的精神特质，浮动于文字上的古典意韵，在本质上体现着人与自然单纯的原始关系。在这种哲学动机下，她让心灵摆脱现实的烦恼，诗意地在山水间幽憩。对于琅玡山中的这段情感经历的记录，具有样本意义。

方令孺的古典化的文学精神更多地呈示于个性气质、内在情绪和心理特征的表达上。1937年《宇宙风》半月刊第14、36期刊载的《游日杂记》，传达了饱满的情绪状态下细腻的心理感觉与幽妙的精神活动。星光映照的海夜，她脑中萦回李白的诗句，"单说'微茫'，我就觉得这两个字圆滑像两颗水银珠，幽冷像一团磷火，晶亮像闪烁的飞萤……它们的光不像月光照在海上碎金似的激滟，它们的光是幽寂的，凄清的，没有火焰的光。它们在四围树影森立，空潭浅草的中间，匆遽地交织着空幻的梦"，流萤的光影带着生命的温度飘闪于心灵的天空，感觉化的抒写，营造了恬美的梦境。海行的无忧，使她"心上轻松得像一片羽毛，可以趁风飞到秋天的云上"，在翠蓝的晴空和洁白的浪花间栖息。感觉的触须，神经质般纤敏，在幽深的庭院中，"有一晚我燃支白烛安放在石灯里，坐在廊下静静的对灯望着。烛光从石灯的小窗中漏下，射在石步上，四面树木荫森杳邃。只有这一团光，寂寞而幽远的照亮这冰冷的石头；我渐渐觉得身上发一丝丝的寒颤，呼吸就要停止似的，耳边什么声音都没有了，只觉得这团光放大放大笼罩着我的全身。你也许说我在这里说梦？是的，那完全像是在梦里，隔离了过去与现实的时间，沉没在另一个刹那里"。简单的凝思、纯净的遐想，创造着复杂的内容、多义的蕴涵。这种以幽远意境为审美目标的精神活动方式，是东方的、古典的。细腻的神经感应、微妙的心理波动，因为在大自然的背景下而显得清澈透明。在作品中，情绪和理智又是平列式或者交互式地共向存在的。她对于日本文化，也有历史主义的见识，更沉入古典的情致中去。从建筑的结构和形式两方面，她看出"历代政治社会的与外来文化的影响"的痕迹，认为"日本住宅完全是用木造，色彩不施，再加以简朴的式样更觉雅素……现在日本的房屋是根据这种单纯的原始的作风，加上中国宋代传去的禅宗影响，才有这样简雅轩敞，合于他们那种幽静的神味"，并且体味日本人"酷爱自然，崇尚简易"的民性；屋子的装饰也流露出岛国的艺术趣味，"屏门上有画着花鸟的，有画着山水的"，纸障上"照着洁白的阳光，树影横斜的映在纸格子上，像灯笼上一幅淡墨的素描"。她从日本女子"舞起如雨后虹霓一般五彩翩翩的长袖"的神气上，看出"一番东方女子的谦卑，温静，像小猫似的柔驯"，还从"纸窗上映着一个纤瘦凄凉的人影"上，含咀为人妻者的悲哀与浪费的牺牲精神；从修剪树木的园丁"爬到一棵树上细细的端详，最注意枝叶的姿式，不肯略微伤害自然生长的形状；在一枝一叶的去留之间，都好像费了莫大的心事"的工作态度上，领受了"日本人所特有的一种寂寞艰涩的性格"。工业文明的意识与遁世的生活态度并存，"他们的精神还住在古昔的时代，被印度的佛教哲学与唐代典雅的风化熏透了，不是西方物质文明的外表所能洗刷得过来？"疑问透过矛盾的现象，指向国家精神。可是她终究要回归古典的诗情，何况"楼外昏黄的暮色渐渐从天边下降；薄雾如纱笼罩着树林，小屋也朦胧在古庙的钟声里"？她挥洒一片缤纷花雨似的心灵符号，"我像迷梦一般回到千年以上人们忘却了的时光，长安一片月照在我的心上；又像在宋人的画里，缥缈青烟围绕着一座仙阁。忽听邻家的窗里流出一缕三昧弦琴声，琤琤玲玲伴着清歌"。内心寄托的灵妙的文学表现，间接映示了艺术情境中的心灵状态，更是传统的辞章之美的呈现。

方令孺的前期散文，充溢青春的浪漫和中年的感伤，显示着抒情品格，但是主导创作倾向的个人文化心理结构中，仍然渗透簪缨之族、仕宦之门的遗风，"桐城派致力于'文学韩柳，严于义法'……这种传统，正契合于方令孺那特有的灵敏细腻的艺术感受力，而使她的散文作品形成一种以微知著，清新雅致，注重结构布局的艺术特色。即便表现重大事件或主题的，也往往着眼与落笔于细微处平凡处，将自己深沉细腻的内心体验去撼动读者的心灵"①。她

---

① 龙渊、高松年：《〈方令孺散文选集〉序言》，《方令孺散文选集》，百花文艺出版社 2004 年版，第 20 页。

的创作文本，能够言有物，即饱含诗情，言有序，即章法自然。以风景入文，在文字的审美表现上，显示雅洁、清丽、隽逸的品质，凸现纯正的古典作风，而绵密的意绪丝缕，则流露着心底水样的温情。

方令孺的另一些散文，浸含爱国的浓情，是伴随板荡时势而发生的思想变化在创作上的真实反映，也代表了新的文学收获。1937 年 11 月 28 日汉口《大公报》副刊上发表的《古城的呻吟》，就是一篇描写战时景况的作品，显示了写实主义的艺术特色。开篇的写景，营构一派愁惨的气氛："满天低垂着湿润欲滴的云，时时像是忍着眼泪的样子，竟或有一阵雨丝，追着飒飒的秋风扑上你的脸，但立刻又戛然停止，像不屑哭泣似的。江水和天空像是一双愁容相对的朋友，带着沉痛的忧郁，和黯淡无光的灰色：横卧在江天之间的绿洲，也觉得很无味，收去了它的颜色。"挤满江干的伤兵，断手、折足、皮破、血流、呻吟、哽咽，"正合一位大画家成功一幅伟大悲壮的作品"。她的心境容纳更加丰富的感受，胸怀也荡响更加雄壮的声音，"这古城，将近二十年我没有回来过，一切都还像一湾塘水似的凝滞不动，现在送来从敌人炮弹当中留下来的几千残废的躯体，却个个都有活跃英勇的灵魂，这灵魂该是最新鲜的雨水，冲净这一塘陈积的浮萍"。意气勃勃的文字，铸造着时代感鲜明的艺术品质，反映了中国知识分子勇担国难、共克时艰的优秀精神传统，而且以新的文化姿态逾越悲天悯人、感时忧国等道统意义上的评判界域，实现了创作精神的超升。

受着西方文学现代主义潮流影响，而表现着中国传统人文精神，是徐霞村散文显现的艺术情怀。徐霞村（1907—1986），祖籍湖北阳新，生于上海。原名徐元度，笔名方原。1925 年秋入北京中国大学哲学系。1926 年起在《晨报》和《世界日报》副刊、《语丝》和《小说月报》上发表小说、散文与译文。1927 年 5 月赴法国勤工俭学，就读于巴黎大学文学院。1930 年后主要执教于北京大学、北京师范大学、北京女子师范大学、济南齐鲁大学、厦门大学。著有短篇小说集《古国的人们》（1929 年，水沫书店），散文集《巴黎游记》（1931 年，上海光华书局），专著《法国文学史》（1928 年，北新书局）、《南欧文学概观》（1930 年，神州国光社）、《文艺杂论》（1930 年，上海光华书局），译著《菊子夫人》（1928 年，商务印书馆）、《洗澡》（1929 年，开明书店）、《西万提斯的未婚妻》（与戴望舒合译，1931 年，神州国光社）、《法国现代小说选》（1931 年，中华书局）、《意大利小说选》（1934 年，人文书店)、《西班牙小说选》(1934年,人文书店)、《鲁滨逊漂流记》(1934年,商务印书馆)等。

1936年12月,宇宙风社出版《北平一顾》一书,收录徐霞村的《北平的巷头小吃》。这篇谈地方饮食的散文小品,在语言上虽然没有纯正的京味,却始终以一个"前后在北平住了二十年之久"的南方人的眼光体会故都日常的种种,在心理上尽量消弭同这里的生活保持的距离,故而对北平城或微或著的物事有一种冷静独到的见解,文字内涵颇浸风味。

从基本人性出发,发轫于西方的当代存在主义哲学以"存在先于本质"(萨特语)为第一原则,他们尊重客观世界天然状态的合理性,认为人类附加的法则是对自然世界的嘲弄,人为颠倒了世界秩序,制造现实的荒谬,引起心理的焦虑。他们确立反理性化、规定性的生活图式的立场,主张用自我意识把握世界,实则体现了对现实的执著。以存在主义哲学为思想核心的存在主义文学,"努力排除先入为主的理性观念,忠实地再现个人的内心生活,恢复其真实的精神面貌。因此,存在主义文学作品,要求具有它自己的'高度真实性'。故事情节,就是生活中发生的真实事情,原原本本,朴实无华,不必去着意雕琢,作独出心裁的艺术加工,更不允许刻意追求它的曲折离奇。人物形象也是生活中的真实人物,是具体环境中独立存在的'真正的人',不允许集美或丑于一身,比现实中的人更美或更丑,以至于成为某种类型和理想的代表"[①]。存在主义文学所倡扬的现代理念,具有精神上的反传统性,他们反对按照固有观念,将所体验的生活纳入传统心理范围,努力排除潜设的理性观念。与之相适应,存在主义文学的环境描写"和传统文学中的'典型环境'并不相同。它既不为表现时代特点、历史规律,也不为'促使人物行动',替塑造典型性格服务,它只是为存在主义的'真实人物',提供一个主观感受和供自由选择的客观条件"[②],即营构一种非典型化的真实,一种包含自然主义倾向、存在主义化的真实。存在主义文学也有作品形式上对传统结构的继承性,在文学的现实主义基础上,融合现代主义的新因素。

作为受到现代派文学思潮影响的作家,徐霞村在创作心理上隐伏着存在主义文学观念的要素。他相信世界的真实性,热爱生活的具体感。虽然面对比文

---

① 杨昌龙:《存在主义文学》,《欧美现代派文学三十讲》,贵州人民出版社1981年版,第155、156页。

② 同上书,第157页。

学想象还要荒诞的现实，时常流露出对社会既熟悉又陌生的思想情绪，可是处于中西文化边缘界域的自我意识渐渐苏醒，在创作中依然深含对于市民社会的真切感受。他制造的文学背景，洋溢一种鲜活的时代气息，显示一定的社会关系。他的记叙结构，平实自然，不留任何技巧上的痕迹，尽力还原生活的本真状态。

饮食表现趣味。食品不单提供基本生存能源，更能显示生活状态，表明内心志趣，体现人文价值。徐霞村记写北平风俗，笔墨旨趣是解释世俗生活，表现对市民社会的尊重，对底层生活的温情。简约的客观描写，平直的主观叙述，以及罗列式的材料组织，体现了书写方式的朴素作风，也正符合存在主义文学的审美原则，而蕴涵的精敏的诗性智慧和细腻的生活感觉，成为活跃的艺术元素。

徐霞村从"北平各胡同里售卖零食的小贩之多，也为国内任何城市所难望其项背。即到如今，这种风气仍没有随着大清帝国而衰去"的现状，看出在"三百年来满洲旗人聚居之地"上，"当日一般养尊处优的小贵族整日游手好闲，除了犬马声色之外，惟有靠吃零食来消磨他们的时光"的特有民性。他清楚北平的豆汁"以东直门四眼井所产的最纯"，糖葫芦以"东安市场的为最好"，酸梅汤以"琉璃厂信远斋所售的最好"，足见他把这些吃食的根底挂在心上。他说"假如你和一个没落的爱新觉罗氏的后人做着邻人，同时你又是一个细心的人的话，你便可以看到他们有时即使剩了少数卖米的钱，也要把它拿出来在门口买一串毫不解饿的糖葫芦吃吃"，活现出贵胄子弟的闲散神态。他说"在北平，无论你走到那一条胡同，那一个街角，你都可以看到一个被一群小孩围着的豆汁担子"，"下雪天围着炉子吃白薯，是住在北平的人的一桩享福的事"，"在北平，每当夜深人静的时候，往往有一种凄凉而深长的吆喝扰人清梦，那便是卖硬面饽饽的小贩的叫卖声"，摹绘出一幅幅韵深味浓的风俗画，仿佛从岁月深处听到一阵单纯的欢声，还有炉火的温暖和袭人的清寒。他说"但近几年因为猪油的价钱太高，卖灌肠的人只好用些杂质的油来代替，臭气熏天，令人掩鼻"；切糕"是一种比较'实惠'的零食，因为既价廉又解饿"；热挑子里的炸豆腐和丸子"这两种东西的价钱都很便宜，但是却没有什么厚味"；奶酪的"制法是由蒙古人那里传来的，而最嗜酪的是旗人"；买硬面饽饽吃的"多半是吸鸦片的人或五更饥的患者"，悠悠的缕述中，透显社会形势与经济状况的侧影，更能映示弥漫的世风人情。新的文学观认为，作品要贴近人情才是现代的，"西洋杂志文已演出畅谈人生之通俗文体，中国若要知识普及，也非走此条路不可。杂志之意义，在能使专门知识用通俗体裁贯入普通读者，使专门知识与人生相衔接，而后人生愈丰富"①，《北平一顾》恰好契合《宇宙风》杂志"以畅谈人生为主旨，以言必近情为戒约"的创作理念的规定，这也正是它得以选用的因由。如真地描绘出一卷京师坊巷图志，形象地传达城市特征和文化特征，是这篇散文意匠的本旨，从传播效应上看，鲜明的东方意韵更能表现一定的世界意义。

　　从美学家的立场出发，在山水中寻找自我，构筑心灵的风景；以美感经验观照直觉中的物象，并对其做出主观意识与艺术情趣导引下的赏鉴，是朱光潜的风景散文创作的特质。朱光潜（1897—1986），安徽桐城人。笔名孟实、盟石。1918 年入武昌高级师范学校国文系。1919 年考入香港大学教育系。1922 年毕业，先后在上海吴淞中国公学中学部、浙江上虞春晖中学、上海立达学园任教。1925 年冬赴欧洲留学，先后就读于英国爱丁堡大学、伦敦大学，法国巴黎大学、斯塔斯堡大学，获文学硕士、博士学位。1933 年回国，陆续在北京大学、四川大学、武汉大学任教。曾经在上海和夏丏尊、丰子恺、朱自清、叶圣陶等人创办开明书店，和叶圣陶等人创办《一般》（后改名为《中学生》）等杂志。著有《给青年的十二封信》（1929 年，开明书店）、《文艺心理学》（1936 年，开明书店）、《孟实文钞》（1936 年，上海良友图书印刷公司）、《谈修养》（1943 年，重庆中周出版社）、《西方美学史》（1963 年，人民文学出版社），译著《美学原理》（1947 年，正中书局）、《美学》（1958年，商务印书馆）、《文艺对话集》（1963 年，人民文学出版社）、《拉奥孔》（1979 年，人民文学出版社）等。

　　1936 年，朱光潜在《论语》半月刊第 94 期发表《慈慧殿三号》，这是他的北京杂写系列之一。这篇散文记录了一个来自安徽乡村，又有英法留学背景的中年知识者对北平的真实心理感受。平缓的语调构成低回的氛围，文字间流溢着清婉的气质，显示了一种忧郁的美感。

　　身为外省人的朱光潜，打量眼前的旧都光景，自己的感情不掺融到里面，而略带些从旁评说的意味。他的艺术视线凝注于人的趣味：煤栈对面的车房里，"晚上回来，你总可以看见车夫和他的大肚子的妻子'举案齐眉'式的蹲在地上用晚饭，房东的看门的老太婆捧着长烟杆，闭着眼睛，坐在旁边吸旱

---

①　林语堂：《说〈宇宙风〉》，《林语堂文选》，中国广播电视出版社 1990 年版，第 16 页。

烟。有时他们围着那位精明强干的车夫听他演说时事或故事。虽无瓜架豆棚，却是乡村式的太平岁月"，流露对于田园生活怀想与欣赏的意趣；"进二道门一直望进去是一座高大而空阔的四合房子……这里面七八口之家怎样撑持他们的槁木死灰的生命是谁也猜不出来的疑案"，这种人家"在三十年以前他们是声威煊赫的'皇代子'，杀人不用偿命的"，可是时世更易，"他们的'大爷'偶尔拿一部宋拓圣教序或是一块端砚来向我换一点烟资，他们的小姐们每年照例到我的园子里来一两次，春天来摘一次丁香花，秋天来打一次枣子"，贵胄子弟的颓萎风气，活现一幅末世图像，比园子的荒凉景况有更深的喻示性。京城建筑也能让他品味出苍老的趣味。他"舍不得煤栈车房所给我的那一点劳动生活的景象，舍不得进门时那一点曲折和跨进园子时那一点突然惊讶。如果自营一个独立门户，这几个美点就全毁了"；院子里几株臃肿卷曲的老楸树"到春天来会开类似牵牛的白花，到夏天来会放类似桑榆的碧绿的嫩叶……在杂乱中辟出一个头绪来，替园子注定一个很明显的个性"。他栽养植物的兴趣，浸着生活美感，体现着审美态度，"如果任我自己的脾胃，我觉得对于园子还是取绝对的放任主义较好。我的理由并不像浪漫时代诗人们所怀想的，并不是要找一个荒凉凄惨的境界来配合一种可笑的伤感。我喜欢一切生物和无生物尽量地维持它们的本来面目，我喜欢自然的粗率和芜乱，所以我始终不能真正地欣赏一个很整齐有秩序，路像棋盘，长青树剪成几何形体的园子，这正如我不喜欢赵子昂的字，仇英的画，或是一个中年妇女的油头粉面"；他细品不祥之鸟老鸹的叫声，"但是永远听不出一点叫声是表现它对于生命的欣悦"。精致的艺术感觉，让他从一阵清风里听出心灵的叹息，从一缕花香中嗅出生活的滋味，巧妙地完成美学观念的浸润。

发表于 1936 年《论语》半月刊第 101 期的北平杂写之二《后门大街》，同样是这种城市文化意识的强化。走上十字街头的朱光潜，依然坚持对残旧美的单纯性观照。他对一条风晨雨夕相对的老街产生了感情，如同朋友亲密的契合，"对于一个怕周旋而又不甘寂寞的人，你是多么亲切的一个朋友！"老街是精神生活的一个补充，也是情感依恋的所在，核心是接受过民主思想的现代知识分子的平民立场。故而，他才能从俗常的景物里提炼精粹的艺术形象。街头游荡的贩夫走卒，使他可以无虑地"牺牲北海的朱梁画栋和香荷绿柳而独行踽踽于后门大街"，古玩铺、荒货摊、旧书店，让他拣选繁华过后的文化遗珍，"我花过四块钱买了一部明初拓本《史晨碑》，六块钱买了二十几锭乾隆御墨，两块钱买了两把七星双刀，有时候花几毛钱买一个磁瓶，一张旧纸，或是一个香炉"，他享受这些价廉的小物件"到手时那一阵高兴实在是很值得追求"的精神愉悦。"平民的最基本的需要是吃，后门大街上许多活动都是根据这个基本需要而在那里川流不息地进行"，现代知识者的精神最深刻处在于以这种平民化作为行为的启动点，他才会在看似漫不经心的浏览中确定最适景观的选择。在沿街的青葱大蒜、油条烧饼、卤肉肥肠、苍蝇骆驼，或是站在炉边嚼烧饼的洋车夫和坐在扁担上看守大蒜咸鱼的小贩中间，搜求心上的影子，"那里所有的颜色和气味都是很强烈的。这些混乱而又秽浊的景象有如陈年牛酪和臭豆腐乳，在初次接触时自然不免惹起你的嫌恶；但是如果你尝惯了它的滋味，它对于你却有一种不可抵御的引诱"，根本在于这条大街在平凡中活跃着生命，演绎着变化，"可以不断地发现新世界"。尤其在夏天上灯时分，视野的复杂性形成连贯的视觉感受，引起的心理反应与情绪波动，映示了正在形成的审美心理结构。朱光潜没有逃避现实的心态，而是在笔墨中生动地勾勒现实生活的真切场景，"理发馆和航空奖券经理所的门前悬着一排又一排的百支烛光的电灯，照像馆的玻璃窗里所陈设的时装少女和京戏名角的照片也越发显得光彩夺目。家家洋货铺门上都张着无线电的大口喇叭，放送京戏鼓书相声和说不尽的许多其他热闹玩艺儿"，逛夜市的"少奶奶牵着她的花簇簇的小女儿，羊肉店的老板扑着他的芭蕉扇叶，白衫黑裙和翻领卷袖的学生们抱着膀子或是靠着电线杆，泥瓦匠坐在阶石上敲去旱烟筒里的灰，大家一齐心领神会似的在听，在看，在发呆"，而朱光潜也在过眼景物里寄托自由意志，"在这种时候，我丢开几十年教育和几千年文化在我身上所加的重压，自自在在地沉没在贤愚一体，皂白不分的人群中，尽量地满足牛要跟牛在一块儿，蚂蚁要跟蚂蚁在一块儿那一种原始的要求。我觉得自己是这一大群人中的一个人，我在我自己的心腔血管中感觉到这一大群人的脉搏的跳动"，这条苍然的老街"古老躯干之上尽量地炫耀近代文明"，他徜徉着，默默地体味厚重的文化价值，残旧的景观向着崇高美的境界升华。

　　以客观记述为主线之外，朱光潜还为作品敷上一层迷幻清玄的心理色彩，增加审美的情感层次。"有一位朋友的太太说慈慧殿三号颇类似《聊斋志异》中所常见的故家第宅"，在一个一切都沉在寂静里的夜晚，他"猛然间听见一位穿革履的女人滴滴搭搭地从外面走廊的砖地上一步一步地走进来"，可是"我走到门前掀帘子去迎她，声音却没有了，什么也没有看见"，在这个空旷的园子，在这个清幽的静夜，神秘感袭上心头，也带来思考，"我仿佛得到一种启示，觉得我在这城市中所听到的一切声音都像那一夜所听到的步声，听起来那么近，而实在却又那么远"（《慈慧殿三号》），既流露内心的孤寂和精神的彷徨，也表明对都市生活的陌生与隔膜。显示相同艺术力量的，是他对那个在一家旧书铺里以哀颜和巧言向店主人讨得一个铜子的装跛者的怜叹："在这个世界里的人们，无论他们的生活是复杂或简单，关于谁你能够说，'我真正明白他的底细'呢？"（《后门大街》）现实的惶惑添深了思想的困扰，暗淡的杂色，证明美的生活并非一片纯净。这样的文字，富于象征和讽喻的表达效果，具有都市寓言的艺术意味。这些显现在作品中的艺术表征，都以美学精神作为坚实的根基。他认为，寂居文艺之宫而迎向十字街头，"我们要能于叫嚣扰攘中：以冷静态度灼见世弊；以深沉思考规划方略；以坚强意志征服障碍。总而言之，我们要自由伸张自我，不要泯没在十字街头的影响里去"（《给青年的十二封信·谈十字街头》）。北平的世俗影像经过他的心灵的滤网，映射出美的光华，使他真正"在生活中寻出趣味"，因为他认定"能处处领略到趣味的人决不至于岑寂，也决不至于烦闷"。他能够以"心界的空灵"应对"物界的沉寂"，用超强的领略力在尘市喧嚷中悠然遐想，忙中得趣，"心中便蓦然似有一道灵光闪烁，无穷妙悟便源源而来"（《给青年的十二封信·谈静》），他就在寻常的世上完成美的发现，并在文学中实现美的塑造。

　　朱光潜关于北平的杂写发表在担承社会文化批评责任的散文杂志《论语》上，基本符合该刊"以提倡幽默为目标"的编辑宗旨，而文章中浸透的个人情致，也表现了论语社同人"不评论我们看不起的，但我们所爱护的，要尽量批评"和"不主张公道，只谈老实的私见"的创作戒条。观察视角的自我化，情感表达的真实性，以及笔墨间含蕴的关切情态和矜持气度，表明"儒家的入世精神与超脱的英美式幽默"构成朱光潜创作美学的核心要素。

　　调和清淡的笔墨，在山水美的悠然抒写中充溢温润的文味，是许钦文在风景中寻取的散文风格。浙东作家文化精神里所浸透的刚韧血性和劲健风骨，暂且消融于吴越之外的山水风物与地域环境中。许钦文（1897—1984），浙江绍兴人。原名许绳尧，笔名钦文、蜀宾、田耳、湖山客。1917年毕业于浙江省立第五师范学校。1920年受五四运动影响，到北京半工半读，聆教于鲁迅、李大钊等人，接受新文化思潮，并开始文学创作。1922年发表短篇小说《晕》，又陆续在《晨报副刊》发表小说和散文。著有短篇小说集《故乡》（1925年，北新书局）、《毛线袜及其他》（1926年，北新书局）、《回家》（1926年，北新书局）、《幻象的残象》（1928年，北新书局），中篇小说《鼻涕阿二》（1927 年，北新书局），长篇小说《赵先生的烦恼》（1927 年，北新书局）、《西湖之月》（1929 年，北新书局），散文集《蝴蝶》（1928 年，北新书局）、《无妻之累》（1937 年，宇宙风社）、《风筝》（1948 年，上海怀正文化社）等。

发表于 1934 年 8 月 25 日《新中华》第 2 卷第 16 期的《峨眉山上的景物》，代表许钦文风景散文的一般风格。他对于这座名山的绘写，不追求雄阔的气象、悠远的意境、苍茫的古韵，只在峨眉山的自然景观、宗教建筑、民间传说上落下淡白的笔墨。细致的讲解、通俗的诠释，驱散了神秘诡异的空气，带有科学小品的风味。在文学意味中渗透科学精神，体现了创作上的现实观念，纯熟的文学化传达，更使自然中的形象与心胸中的意象巧妙融合，显现一种平和之味与内涵之美。即便容易写成说明性的文字，也让它含有味道。对于"万盏明灯朝普贤"这个带有佛教意味的景观，他解释有一种灯火源自"峨眉县城附近和青龙场一带的水田和河流所映成的星星的倒影。如果水很深，倒影很长，所谓水蛇，那就不像灯火了。水田和那些河流的水都不深，所以倒影像灯火，只是淡点，水被风吹了以后要波动，所以摇宕"。道理得到常识的认同，而宗教的神秘感更被文学的美感替代。他的记景，没有单纯营造诗意而流于空疏。他解说佛光的奥秘是"因为峨眉山的金顶上，简直没有一小时以上的时间可以脱尽云雾，刚见着太阳，忽然云到天暗，马上下起雨来，是常事。而且云雾常在金顶的下面，金顶的上面天气很晴，下面都满布着云雾，叫做'云海'。在太阳光的斜度可以因为折光的关系发生虹的时候，云海里就显现佛光了"。他向大自然寻求精神资源，在传统的散文体式内驰骋现代思维，以科学的理性向玄想告别。

挥写秀甲天下的峨眉，许钦文用着一种从容的态度，绘声、摹色、状景都用简笔，文字间浓浸着诗情。他说"伏虎寺的风景很好，山门面前，古树丛中响着溪流，有如天台山的国清寺，只是没有那样高大的塔"；"清音阁正当两溪汇合的地方，站在那面前的双飞桥上，可以饱听流水的声音"；"左望华严寺和遇仙寺，宛如一幅幽美的中国画。遇仙寺在一个小小的峰尖上，有大的山做着背景，更觉玲珑秀丽"。文字的雅驯、清素，使描摹的画面明洁、爽净，温润而决不枯瘦。畅快的写意，几有明清笔记的简古作风。虽然偶记山寺，意思却不在阐释玄奥的宗教哲理上面，就别添一种凡尘的亲切韵味。

《菜市口》刊载于 1936 年 10 月 16 日《宇宙风》第 27 期。作品浮现的风物映像，传达出故都的文化性格，也闪动着作者在北平从事文学活动的身影。

作品不重细致的绘景，只重身边景物带来的具体人生感受，注意挑选对自己生命发生过实际影响的地方写。记景叙事，文字不加修饰，朴素、自然、清畅的笔致透映出生活的真实。旧京风情愈表现得浓郁，心灵境界愈显得开阔。无论是"南半截胡同里卖果儿冰糖和油硬面饽饽的叫声"在静夜响起，还是迎着熹微的晨光出入广安市场"蓬着头发，挽着篮子"的好家婆所显示的"生活情趣"，或是中秋节前从丞相胡同一直摆到南半截胡同的"成串的葡萄，血红的柿子"和"耸着两耳，翘着嘴巴"神气活现的"兔二爷"，都让他为京味感动。而"故都的道路广而直，建筑雄壮，空气又清，很远的景物一望可见，形成着伟大的气魄"，则令他"以为人生的路本来很广"。平凡中见情趣，见道理，景物具有了认识生活、理解生活的意义。许钦文把观览中的感悟化作积极的生活启迪，滋润一己的心灵，并且用着婉和的语调，在南北风物的背景下完成文学转述。

　　带着新月派清美的诗风歌唱生命的风景，又怀着现代派的艺魂做着新诗精湛技巧与玲珑体式试验的卞之琳，在他的散文里，流动的、弹性的文字间回旋着诗的韵律。卞之琳（1910—2000），江苏海门人。笔名季陵。1929年入北京大学英文系，呼吸着英国浪漫派、法国象征派的诗歌空气，尝试诗歌创作，浸染新月诗派唯美色彩的作品，在徐志摩编辑的《诗刊》上发表。1934年毕业，任附属于《文学季刊》的《水星》月刊编辑。1936年任《新诗》杂志编委。1938年在延安鲁迅艺术学院任教。1940年起，先后执教于四川大学、西南联合大学、天津南开大学。1947年赴英国牛津大学任研究员。1949年任北京大学西语系教授。著有诗集《三秋草》（1933年，新月书店）、《鱼目集》（1935年，文化生活出版社）、《汉园集》（与李广田、何其芳合著，1936年，商务印书馆）、《十年诗草》（1942年，桂林明日出版社），译著《阿左林小集》（1943年，重庆国民图书出版社）等。

　　卞之琳的风景诗，显示着美妙的构境艺术，以心灵的穿透力和情绪的感染力，在中国新诗史上占取应有的位置。"潮来了，浪花捧给她／一块破船片。／不说话，／她又在崖石上坐定，／让夕阳把她的发影／描上破船片"（《一块破船片》），凄伤的情愫流动着，调动对于画面的想象；"古镇上有两种声音／一样的寂寥：／白天是算命锣，／夜里是梆子"（《古镇的梦》），落在心上的敲击声，扰了别人的清梦，思绪好像桥下流水；尺八的清音在夜半萦响，"想一个孤馆寄居的番客／听了雁声，动了乡愁，／得了慰藉于邻家的尺八，／次朝在长安市的繁华里/独访取一支凄凉的竹管……"（《尺八》）人的思感陷入古曲的幽婉意境，含蓄的思致、缠绵的情调，潜设着艺术暗示；"你站在桥上看风景，/看风景人在楼上看你。//明月装饰了你的窗子，/你装饰了别人的梦"（《断章》），深婉的寓意隐在诗之外，清幽的景致含着悠远的韵味；"用窗帘藏却大海吧/怕来客又遥望出帆"（《半岛》），想象奇异，静思中飞扬着动感。其他如"我的忧愁随草绿天涯"（《雨同我》），"'昨夜付一片轻喟，/今朝收两朵微笑，/付一枝镜花，收一轮水月……'"（《隔江泥》）意趣新颖，诗思清逸，彰显抒情短章的特质。从艺术构成看，卞之琳的诗歌呈现"凝缩"的品质，散文则呈现"舒展"的气象。

抗战期间，卞之琳曾随军在太行山工作，连续创作多篇描绘山西风物的散文。这些对战时生活的文学记录，生动地表现了抗日根据地充满朝气的新生活。这时的他，已告别青年时期"由于方向不明，小处敏感，大处茫然，面对历史事件、时代风云，我总不知要表达或如何表达自己的悲喜反映。这时期写诗，总像是身在幽谷，虽然是心在峰巅"（《〈雕虫纪历〉自序》）的创作状态，而沉浸于一种明朗乐观的心境。题材由小趋大，视野由狭窄变为开阔，情调由清冷转向欢快，实现了从个人内心的徘徊向人民生活的讴歌的飞升。作品的质朴来自情感的质朴。在艺术表现上，不再刻意营构幽邃的意境，也摆脱做诗的内敛和克制，文字趋近平易、朴实、清畅，显示一种自由与解放感。从诗歌转向散文，不同体裁的驾驭中透露出思想和风格的演变。

《垣曲风光》写于1938年12月3日，发表于1939年4月《文艺战线》第3期。这篇战时的观感，表现着朴素明朗的风格，标志卞之琳创作思想的转变。其中的景物描写，仍然保留优美的诗性，"初冬的垣曲城郊还只是晚秋景象，天气暖和。树叶还颇有些绿的。黑河流在城西，清极了。修长的白杨到处都是。站定了望望黄河南岸一座特别奇峻的蓝色的远山，听听近旁的水声，树声，你会想到这里有江南的秀丽而又是道地的北方。尤其是，一听到黄河湾里的特别多的雁声，看到像别处农家挂在檐前的红辣椒一样，一大串一大串挂在村树上，预备做柿饼的红柿子，那么鲜明的，你会想起这里又确是垣曲"，横岭关敌人的大炮虽然距此只有五六十里，但是"在城外见到的还是太平景象。农人在田里照常恬静的工作"，种种光景都显示健康坚韧的民族精神。受着感动的卞之琳，观览中也不失艺术的眼光。废墟上残留着敌人洗劫的痕迹，"除了断垣破瓦外，已经不留什么，干干净净了。杂草在这里长了，又黄了，枯了。从前的窗子现在还有，未曾豁开，尚存完整的方洞的，仿佛镜框，由街上的过路人，随便镶外面一块秀丽的郊景，譬如说一株白杨，一片鹊巢，半片远山。有一家屋子里，现在应该说院子里了，一只破缸，里面还有些水，大开了眼界，饱看蓝天里的白云。一家破屋，看来原先是一家颇不小的铺子，门头还留着‘陶朱事业’的字迹遥对斜阳"，时间停止流动，一切都静止了，凝定的景物里充满自然界的肃杀，宁静的画面中弥漫战争的惨烈气氛，而受难者与战斗者的双重角色，使作品充满鼓舞的力量，催人在民族的忧苦中挺起不屈的脊梁。

《长治马路宽》写于 1938 年 12 月 22 日，发表于 1939 年 9 月 16 日《文艺战线》第 1 卷第 4 号，记写晋东南古城长治的市貌和社会现实，实则颂扬中国民心的坚强。真实的描述使这篇散文带有通讯的色彩。他怀念历史上"金兵破城的时候，自刎而死，尸立不倒，一直等金兀术来拜了三拜"的宋朝将军，感喟四五百年后"长治城里又自杀了一位民族英雄"，日寇到了城下，"旅长带了一营兵在城里死守。北城的门楼被大炮打穿了，城破了，完了吗？不，还有巷战。兵士在被解决之前，把枪枝毁了，或投到井里。一场壮烈的战斗，博得了长治一带老百姓简单而可贵的一声：‘四川军打得好。’长治老百姓异口同声的说出这一句话也算得不容易吧"。晋察冀边区的生活景象、抗战军民的精神面貌，热烈、昂扬、勇敢、坚定，赞颂与战斗成为作品的主调。"长治马路宽，街道上走来了许多穿灰色和黄绿色军装的年轻人。在北平，在上海分手的又在这里街上拉了手，带了意外的欢欣，相互看看身上穿的军衣"，街头的潞酒、驴肉、小火烧和"长春园饭馆里又响出了铲刀敲锅子的声音"，还有"大街的中心搭起了戏台，老老少少，男男女女，都出来看本地戏"，还有油印报纸上登载的社论、战讯、要闻、通讯、副刊，石印翻版的《论持久战》、《抗日游击战的一般问题》等被传阅着，民众"精神上和实际上的空间老是填不满，而时间永远是那么短"，反映了战时人民的积极情绪，对于胜利的渴望与自信，表明现实的苦难并未消泯内心的光明。

《煤窑探胜》写于 1938 年 12 月 31 日。在壶关，卞之琳经历了一次特殊的游历，对煤窑工人的艰辛劳动抱以深切同情，对"热和力的来源"的煤炭发出颂诗般的哲理性赞美。这个普通的煤窑给他留下深刻的记忆，"我游过的洞也记不清已经有多少了，深深浅浅。现在，在一步步深入的时候，我的模糊的记忆中浮现了北海公园里很小的土洞，济南附近的龙洞，江之岛的忘了名字的长洞，西湖旁边的那些山洞，尤其是今年夏天在峨嵋山游过的黑虎洞"，可是都没有这里的工人给他的心灵如此强烈的震撼，因为"我们沿铁路线附近的有组织的工人，已经差不多经常到敌人所不断修补的铁路上去搬铁轨到山中去打造手枪和步枪了"，文字间荡响铿锵的抗敌强音。

《石门阵》发表于1939年《文艺战线》第1卷第1号，人物的设置、情节的安排，带有小说化倾向，或说精心营构一种戏剧性情境。叙事结构的中心是一个叫王生枝的木匠，他从"诸葛孔明在蜀国的大门口，在两面高山把长江夹成一道水沟的地方，摆下了'八阵图'"，说到"石门阵摆退鬼子兵"，诙谐风趣的讲述，幽默狡黠的调侃，表现了本分善良的百姓对于敌寇的憎恨，对于平安日子的向往，以及战争夺不去的乐观精神，形象地表现淳朴坚忍的民风。卞之琳这些以地域风物为书写对象的散文，用清俗的文字表达隽美的幽思，诗的光泽在曼妙地闪烁、摇荡、流曳。他的作品表面上较近于普通的叙事，而本质上却更是抒情的，并有资格以个人化的艺术价值存在于抗战文学的整体中。

从文艺批评家的立场出发，运用深邃的哲学思维揭示自然风光的内蕴，又闪熠浪漫的诗的光束，是李长之在现代风景散文上的投影。李长之（1910—1978），原名李长治、李长植，笔名何逢、方棱。山东利津人。1929年入北京大学预科读书。1931年秋考入清华大学生物系，后转哲学系。1933年至1936年，担任《文学季刊》编委、主编并创办《清华周刊》文艺栏、《文学评论》双月刊和《益世报》副刊。1936年毕业，留校任教，并先后在京华美术学院、云南大学、重庆中央大学任教职。1944年主编《时与潮》文艺副刊。1945年任国立编译馆编审。抗战胜利后，随编译馆从重庆迁至南京，主编《和平日报》副刊。1946年10月赴北京师范大学任教，并参与《时报》、《世界日报》编务。此期文学活动的重点转为古典文学研究和文艺批评。著有诗集《夜宴》（1934年，北平文学批评社）、《星的颂歌》（1942年，独立出版社），评论、散文合集《苦雾集》（1942年，商务印书馆）、《梦雨集》（1945年，商务印书馆），专著《鲁迅批判》（1936年，北新书局）、《道教徒的诗人李白及其痛苦》（1941年，商务印书馆）、《西洋哲学史》（1941年，正中书局）、《批评精神》（1942年，南方印书馆）、《北欧文学》（1944年，商务印书馆）、《文史通义删存》（1945年，文化书社）、《迎中国的文艺复兴》（1946年，商务印书馆）、《中国画论体系及其批评》（1946年，独立出版社）、《司马迁之人格与风格》（1948年，开明书店）、《李白》（1951年，生活·读书·新知三联书店）、《中国文学史略稿》（1954年—1955年，五十年代出版社）、《司马迁》

（1956 年，通俗读物出版社），译著《德国的古典精神》（1943 年，东方书社）、《文艺史学与文艺科学》（1943 年，商务印书馆）等。

李长之对大自然有一种微妙的感应，一种温润的亲和。他把自然引为可以互相融通的对象，在艺术心灵与永恒自然的直接来往中，激发巨大的超感效能。他认为"大自然，有情感，也有意志。她不盲目，也不麻木。她不是没有智慧，她的智慧乃是溶化于情感、意志之中。情感最可靠，大自然是任情感的……而且喜欢表现出来，你就看浓绿如油的春水吧，这是她的情感的表现，高空淡远的秋云呢，也是她情感的表现。她处处在流露，她处处似乎情不自禁"（《大自然的礼赞》）。李长之的思绪越过人类和自然之间的边界，进行哲学意义的游弋，表现着在客观世界面前的从容心态和艺术智慧。他还赋予物质化的自然以美学内涵，表明对于自然的敬畏与爱恋，"大自然是感官的，是色相的。她忘不掉美，丑的出现，只是在人们对于美的破坏之际。她要点缀一切，她要种种色调，而且那色调要纯粹，要单一，你瞧吧，雪、红叶、云、秋霁的文岚，夏木的浓荫……大自然就是艺术家。音乐和绘画，她天天在创造。人间一切艺术，不过是大自然的艺术的副本。在人们忘掉，或者忽视了大自然的艺术的时候，往往是人间艺术堕落的时候，一旦携手，那才可以抬头"（《大自然的礼赞》）。在这里，他不是认同对风景放纵官能的趋向，而是在形而上的层面反映人类和自然的初始关系，也是最本质的关系，因此决不掩饰把哲学与文学的价值添加到自然里去的意图。在他看，"艺术家必有意匠，大自然的意志就表现在她创造的艺术品的意匠里。大自然的意志是生，所以所有大自然的艺术，是生的表现的艺术"（《大自然的礼赞》），正是"生"这个世间万物的本原意义，使他归结出"大自然、天才、艺术，是宇宙间最永恒的，最伟大的，最庄严的"（《大自然的礼赞》）欣赏性判断，并且做出文学化表述。

《大自然的礼赞》登载于 1935 年 6 月出版于上海的《星火》月刊第 1 卷第 2 期，这篇谈论自然、天才与艺术的辩证关系，渗透哲学精神的散文，曾在当时的文坛引起观点上的歧异，更从某种意义上旁证自然因素同艺术创造的不可分离，也显示了这篇作品的多义性并增加了理解的深度。

李长之发掘自然的情感特质，捕捉人对风景的真实感受，艺术目的是突破表现客体本身，把对于物象的感觉转化成文学视象，进入纯美的情感境界。

将客观表现物升华为非物质的存在，是创作主体产生的一种能动的思维活动，展示了在某种文艺观主导下的演绎流程。这种艺术异变，主要凭恃心灵的感应和情感的体验，而非清晰的理性认知。李长之强调的文艺创造中"内在的体验力"是"一种存在于或潜藏于作家内在心理的一种体验或感觉，是'个人的天赋使他不得不然'"，它"在文学艺术中具体表现为直观性和情调性两个方面的特征。所谓直观性是主观内在自我的一种直觉性或直感性，它既是一种视觉形象也是一种感觉印象，既是一种心灵上建造的形象状态，也是一种感官的符号……而情调性则是创作主体携带着的或文学作品浸润着的一种主观性极强的感情色调。直观性和情调性这两者共同构成了'内在的体验力'的组成部分，这两者又互为因果，相辅相成，共同构成了一种'感觉复合体'"①，这一烙刻西方形式主义美学特征的"感情的批评主义"，研求形式与内容、艺术与现实之间的逻辑关系，构设着李长之的审美原则，以及对于风景的描写、欣赏、品鉴的立场。他在自己的散文创作中，虽然没能直接提供更多的文本，却以文艺批评的现代性视角，对自然风景的散文化书写给予建设性的理论贡献，具有创作的实用意义。现代散文家的笔触伸向美丽的山水，舒放无羁是一种理想的情绪状态，神意逍遥自由，只听凭内心和灵性的召唤，让山水托载单纯的向往归返心灵的故乡，作品也更能闪映风景的亮度，并且为李长之的艺术主张做出实际的证明。

让文字充溢乡土文学的质朴韵味，山花一般摇曳于心灵的沃野上，是蹇先艾向着城乡风物寄予的散文理想。蹇先艾（1906—1994），贵州遵义人。笔名罗辉、赵休宁、陈艾新、蔼生。1919年冬到北京读书。1921年入北京师范大学附中学习。1925年和李健吾等人组织文学社团曦社，出版文学刊物《爝火》。1926年由《文学旬刊》主编王统照介绍加入文学研究会，在《晨报》、《京报》、《大公报》的副刊以及《小说月报》上发表作品。1931年毕业于北平大学法学院经济系，任北京松坡图书馆编纂主任，并在《文学》、《水星》、《文学季刊》、《文艺月刊》上发表作品。1937年抗日战争爆发后，从北京返回贵阳，与谢六逸、李青崖、齐同等人组织每周文艺社，主编《每周文艺》。1945年3月主编《贵州日报》副刊《新垒》。1942年至1949年，任贵州大学、贵阳师范学院中文系教授。著有短篇小说集《朝雾》（1926年，北新书局）、《一位英雄》（1930年，北新书局）、《酒家》（1934年，新中国书局）、《还乡集》（1934年，中华书局）、《蹒跚集》（1936年，良友图书公司）、《盐

---

① 赵凌河：《新文学现代主义思想史论》，辽宁人民出版社2006年版，第218、219页。

的故事》（1937 年，文化生活出版社）、《乡间的悲剧》（1937 年，商务印书馆）、《幸福》（1941 年）（永安改进出版社），中篇小说《古城儿女》（1946年，上海万叶书店），散文集《城下集》（1936 年，开明书店）、《离散集》（1941 年，桂林今日文艺社）、《乡谈集》（1942 年，贵阳文通书局）等。

　　蹇先艾秉持文学研究会面向人生的写实精神，始终走在现实主义的创作道路上。他的小说，以简朴的笔墨进行乡间叙事，地域色彩的鲜明勾绘、人物性格的真实塑造，使作品具有一种健朗朴野的风格。他的散文，叙述平实，即使表现都市生活，也飘溢边远山地的淳厚乡风。抗战爆发后，他的作品更忠实地反映生活，记录历史。俯首式的人生姿态、高洁的内心光辉和勤谨的写作劳动，使他不炫耀华丽的艺术技巧，不渲染离奇的戏剧性情节，只求写出个人、故土与民族的真实一面。

　　《城下——纪念一九三三年的五月》作于 1934 年 4 月，发表于 1934 年 5月 1 日《现代》第 5 卷第 1 期 5 月号，是对 1933 年 5 月的北平生活的追忆。日记体式，增强了人生的自叙意味和历史的现场感。作品细致地勾绘东北沦陷之后，北平城弥漫惶遽气氛的情状下，一般市民的复杂心态。他身边是"一点虚惊都担不起的人"，看见的是逃出死城圈子的青年学生，是低价出售房产，打算去乡下避难的房东，是"见着面的时候全仿佛失去了灵魂"的学院里的教员，是街头"面容上描画得有忧伤地奔忙着，谁也不看谁地低着头走路"的人们，是面对古城上空盘桓的敌机而噤若寒蝉的高射炮和机关枪，是"一般人期望可以打破华北危险局面"却迟迟其行的"H 委员长"。"像被箍的水桶渐渐加紧起来"的时局，充满纷扰的空气，"各方面的消息都很恶劣，平常最是以镇定自处的人，忧虑很横蛮地现在已经完全占据了心中……在归途中遥听宣武门外火车的汽笛的长嗥也比往日刺耳！"亲人执手相对，这时只有"含着满腔的眼泪"，只有"心头泛滥着悲感"，他不禁对西单市面哀叹："唉，繁荣的商场，凄凉的国家！"笼罩紧张气氛的街景出现在笔下："这几天街上的行人简直稀疏得像冬天的麻雀了。大放盘大赛卖的绸缎铺的牌楼上的纸花全褪了颜色，一朵一朵地掉下来，被风卷着乱飞。无线电和音乐队也不再发出声音来了。米面的价钱是一天一个行市。马路中间奔驰着搬家的排子车和上车站的行李车。柳条箱子和网篮在北平城中开着流动的展览会……火车的汽笛和轮声的齐奏，都象征着离别的况味。凄寂的空气掺杂着隐隐的恐怖，弥漫了夜的空间。"平实的笔触渲染出沉郁的氛围。他也表现爱国知识者的良知和血性、风骨与气度："'宁为玉碎勿为瓦全'也可以，我们个人的幸福是可以牺牲的，为了可爱的祖国",“中国的领空竟听凭敌军的飞机自由翱翔,这是多么大的耻辱!”此刻,只有大自然是安详的,“天气晴美一如春日,决不像亡国的天气”一句,流露的是凄惶忧苦之余的自适和无奈的情绪。

《平津道上》的记实性叙事,是战时境遇和心情的真实表露。七七事变发生两月后,蹇先艾逃离生活了 17 年的北平,开始南归的流亡历程。文字间弥漫惊怯和悲愤交织的情绪。沦陷的古城渐渐远去,阴影却一直笼罩在心头。火车上的场景,始终在亡国弱民紧张的心理感受中隐隐发痛。从登车检查“日本宪兵竟会把我在车站扣留了十分钟才放行”的恼恨,到“车厢里几乎听不到一句中国话,到处都是单调沉闷的日语,在抑扬着,仿佛到了敌人的国土”的感觉,从四五个日本联络员很坏的坐姿、放浪的言笑、猥陋的举止,到“车窗外各处都是太阳旗在飘扬着”的风景,他的内心充满亡国之恨,并且责怨车上“有的在靠着窗壁假寐,有的沉沉地垂下头,像斗败了的鸡一样”的中国客人“胆怯、奴隶性,没有血气,漠不关心”,竟至自斥“我只有空洞的义愤,仍然没有勇气去把那车壁上挂着的插着锋利的刺刀的枪支抢下来,猛一下扎到那个黑矮子的胸腔里去。我是一个多么卑鄙的人!”精神病苦折磨他的灵魂,这是更深的哀痛。景象也浸上感情色彩,“天气突然变得特别阴霾起来……而我的心里却永远密布着悲愤的乌云”,他呼吸着一种愁惨的空气。随后的《塘沽的三天》,续写这种哀感:“从天津到塘沽的驳船上,乘客们脸上看不见一丝笑容”,“我全身都在疲乏中包围着,用手巾不住地拭着脸上的汗珠,仿佛要拭去两个多月来在北平所蒙受的污垢似的”。途中见闻和真切感受,形象地见证了中华民族在战争岁月蒙受的深重苦难。

《城下》、《平津道上》和《塘沽的三天》等作品,反映了北平沦陷前后的生活侧影。1941 年 7 月,在贵州修文县度日的蹇先艾应贵阳某报的稿约,丰富了这两篇散文的内容,并且加以情节化,创作出抗战题材的中篇小说《古城儿女》。

蹇先艾的散文,在战争背景下书写内心苦闷和民族怨愤,以及对于祖国山河的眷爱。从个人叙事的视角出发,把民族的苦难、国家的艰危、时代的变迁,从抽象转为具象,还原生活的实际状态,具有鲜明的历史感,表现了强烈的使命意识。

调用细致的艺术观察力、朴素的文学表现法,透过生活的表层,描绘社会图景,记载人生历程,增强认识现实的深切度和文学呈示的深刻性,是蹇先艾散文创作的特色,也显现他的创作个性与文学气质。从战前写出的山水游记里，也能够品鉴出这样的艺术元素。

《海滨小景》、《济南的一夜》、《千佛山》、《大明湖上》等组成鲁游散文系列。在他的观览体验中，比起故乡黔北山乡的壮美景色，齐鲁的山光海色，尤能激发浪漫想象，驰骋云水情怀，可是他的笔致依然平实，艺术上的节制更使锋芒不外显，平静的审视带点乡土型文人的本分和老实。虽无才子式的诗性气象、学生式的青春激情、智者式的玄妙遐思，却意趣清远。他说"我是一个三等车的拥护者，崇拜者。我认为一个人旅行，火车坐头二等，轮船坐官舱房舱的，那是天下第一等傻子；他根本不懂得旅行的意义，更不能领略旅行的趣味；充其量，不过表现自己的阔绰而已"，他从二等卧车里出来，"好像鸟儿跳出了幽闭的竹笼，我受不了那种闷郁与拘束！我回到了我赞美的三等车，我便宛若到了天堂。三等车，严格地说，完全是一个中国小社会的缩影。没有房间的限制，大家都好像坐在一座大厅之中，享受着平等的待遇，打破了一切界限，阶级的观念"，又有"美丽的风景片一幕一幕地在眼前开演……在中途却接受了许多景象，使我对于人生更多了一层认识"（《三等车中——鲁游随笔之一》，《文季月刊》第1卷第6期），平民的心态与视角，传达着临民的热情。他对于北地的风景"态度很淡漠，生长在南方的人，单调呆滞的山水是不易吸引起他的注意的。河北境内四望都是一片平铺的绿野田畴，没有丛集的树木，没有层叠的岗峦，没有萦带的河流，没有一点诗思与画意：平庸，沉闷，刻板，都是最好的形容词。到了山东境界，景致才渐渐起了一些变化，才望得见一抹苍苍的远山的影子，北方的怪石嶙峋的峰岭的典型；有时也陪衬着一泓清溪，不过略略缺少蓊郁的森林"（《车窗外——鲁游随笔之二》，1934年10月《水星》第1卷第1期），描绘出一幅画意浓郁的乡野图卷。曲阜古城中的老派人物，引起他的描写兴趣。听着曲阜夜店里一位"头上盘着辫子的白胡子"私塾先生说的"你们念书的人不要忘记孔子，没有他的'四书'、'五经'，不用说你们学生，中国早就亡了"（《茅店塾师——鲁游随笔之三》，1934年8月23日《文史》第1卷第3号）这样的训词，足见敬圣崇经的儒家意识已在民间扎下深牢的根，折射出中国文化传统的力量。他以一个山乡人的审美眼光看齐鲁之山，"我的视线在这山野间任意地起落着，从高而低，由南而北。'心旷神怡'这四个字，我觉得它们太抽象了，绝对描写不出我内心神秘的感觉来。眼底的近处，展开了一大片葱茏油绿的田畴，稍远便望见那中西房屋相间、依稀点缀着一些绿树的济南府。在淡烟飘动之下，果然有几点小小的山峰的影子，却数不出它们的数目是几个。黄河如带，在更远的田垄后缭绕着……千佛山本身并没有什么景物可赏。若从山岭四望，倒是空旷盛大可喜"（《千佛山》），他把在黔北万山丛中眺览的记忆移用到这里，视距和角度的调整，体现了审美经验的交叠。

塞先艾在山水中调适自身与现实的关系，视线越过黔北群山的阻隔，在文学世界里改变看待风景的方式，而风景也进入创作风格形成的路径。他的内心情感以一种直接的形式表达，不借重辞藻的装饰，却体现了自己的景观美学："我爱山，我也爱海；我爱山的崇高，雄浑，威严，我也爱海的宽容，伟大，汪洋。如果拿这两种东西来象征人格的话，我也就最崇拜这两种人格"（《青岛海景》）；山之子对于水尤其敏感，"说句真话，有时候我更偏爱我们的祖国的黄河和扬子江；那两条水的天险，波涛，泥沙，与鸣咽，能够给我们以更深的刺戟，引起我们对于国家的命运的兴叹。我们目前需要的是生命的呼号，巨浪掀起，挣扎，搏斗，像我们那古老的江河一样。不过，海，在宁静的时候，我们也同样需要它的宽大，海涵，来培养或扩充我们的人格。我觉得我们在国难严重的时期，应当学咆哮的江河；在太平时代，才应当学浩淼的海水"（《青岛海景》）。纯朴、率真、坦荡，燃烧的文字裸示山石一般的硬骨，也显现浓烈的人文意识。

塞先艾作品的一般风格虽然简朴，很少文饰，可是他从切身的创作经验出发，承认自己"写小说，个人有一种偏嗜，总爱着眼小处，尽力在字句上修饰"（《我与文学》），他在散文里记述过往生命中的人物和风景，有时也是这样。《忆松坡图书馆》，选取记忆中的北平城里的往事来写，尤浸感情，因为"我的文学趣味，是在这个图书馆里培养起来的"，描摹不独细腻，还特别带上一些婉丽。蔡松坡、梁任公、徐志摩、丁文江等人物对他的精神成长发生过直接或者间接的影响，而编纂生涯也切合他的理想。图书馆四近的风景带着明艳的色彩染亮记忆，追述起来也就格外详而美："松坡图书馆的原址，是前清时代北海的快雪堂，慈禧太后冬天到这里来赏雪的地方。位置在北海北岸的一个斜坡上，被一簇翁郁的槐林围绕着，右侧是黄瓦红柱的五龙亭，佛像满坐的小西天，左侧是五彩斑斓的九龙壁和建筑很雄伟的天王殿。我们在门口站着，便与一带长廊的漪澜堂摇摇相对，堂后树丛中高崎着一座白塔，它们的倒影在海心微微动荡。海上常常有过渡的画舫与瓜皮似的小艇往来。景山也在远处起伏着，有时驮着夕阳，更显出山景的美丽。"快雪堂的盆花，鱼缸，花畦，檐雀的低唱，石上的苔痕野草，映衬出一院的幽静。他在这里建立起心灵与自然的文学上的联系，平静的记叙表现了静雅环境下的精神自足。这种幽闲自在心境的文字传达，本应是经过生命挣扎的人才有的情感体验，却过早地出现在他的笔下，反映了心态的老成。悠闲意兴恰是在自我心性与山水世界的情感互动中产生的，故此，他自然要把深情的文字献给晨夕互晤的北海风景，勾绘出笔致细腻、意境清美的图画。得着清暇，他"便挟着一本书，走出门，在海边大树下的长椅上去坐着，看看书，又看看风景"，十个春夏秋冬里，"我看见春花怒放，春水绿波；我听见各种鸟类的歌喉的婉转，知了不断的长吟，秋虫在古宫殿的石砌中，草堆里唧唧的悲鸣，它们好像凭吊着琼楼玉宇的荒凉；我有时和几个朋友泛着小舟，从五龙亭出发，用船桨拍打着残荷，经过'琼岛春阴'，往金鳌玉蝀桥下穿过，又缓缓地归来，只听见一船的轻碎的笑声与咿哑的桨声。冬天来到，我很喜欢孤独地踏过冰海，跨上白塔去俯瞰负雪的古城，故宫的红墙黄瓦，迤逦的西山，都换上了银装。雪慢慢的溶化了，紫禁城的朱垣，松柏的青苍，琉璃屋顶的澄黄，和东一片西一片的皓雪交映着，更觉得眩目动心。我以前对于自然是比较淡漠的，从那个时期起，才知道自然的伟大，才开始领略自然的伟大"。此时的他，心是自由的，仿佛世界上不存在权力的枷锁，所以才有这般倾心的风光描绘，才有这般深挚的情感发抒。因为涉世未深，得以在精神上同现实政治保持距离，也使自己的散文因人生经历的分期和写作取材的偏异，导向艺术元素的丰富与风格状态的多元。

吴伯箫的散文以 1938 年为分界，呈现不同的艺术风格。前期多锦绣之文，极尽抒情艺术的精致化；后期多质朴之文，极尽记叙艺术的通俗化。这是人生经历在创作上的反映。走出狭窄的个人情感世界，进入宽广的社会生活天地；跨越生命的畛域，赢得创作观念和心灵感觉的自由。具体的创作文本，验证着他的文学实践的理论意义。吴伯箫（1906—1982），山东莱芜人。原名熙成，字伯箫。笔名山屋、天荪。1925 年入北京师范大学英语系读书，并开始文学创作，处女作《白天与黑夜》发表于《京报副刊》上。此后曾陆续在《晨报》、《新生》等报刊上发表作品。1931 年毕业，先后在青岛大学、济南乡村师范、山东教育厅、莱阳乡村师范任职。1938 年 4 月到延安，进入抗日军政大学学习，又随军赴晋东南工作。1939 年 5 月回到延安，任陕甘宁边区文化协会秘书长。著有散文集《羽书》（1941 年，上海文化生活出版社）、《潞安风物》（1947 年，香港海洋书屋）、《黑红点》（1947 年，佳木斯东北书店）、《出发集》（1954 年，上海新文艺出版社）、《烟尘集》（1955 年，上海新文艺出版社）、《北极星》（1963 年，作家出版社），译著《波罗的海》（1957 年，上海新文艺出版社）等。

写于 1933 年夏的《话故都》，是一阕诵给北平的献词。感情深挚，抒情意味浓烈。情感融化于形象中，文字深处微浸一缕世路上的轻愁。归来的兴奋与离去的伤感交融成一种复杂的心绪。面对熟悉又生疏、留着自己生命影迹的古城，他隐隐地产生美丽忧郁的感慨，"生怕被万种缱绻，牵惹得茶苦饭淡"；觉得"在这里像远古的化石似的，永远烙印着我多少万亿数的踪迹；像早春的鸟声，炎夏的鸣蝉，深秋的虫吟似的，在天空里也永远浮荡着我一阵阵笑，一缕缕愁，及偶尔的半声长叹"。无论漂泊到天涯，或是流浪到地角，总有神妙的瞬间温暖记忆。他念着西郊的山峦，念着城正中昂然的白塔、伟大的城阙、壮丽的宫院，念着坐镇南城的天坛那一派庄严，念着颐和园昆明湖畔的铜牛在夕阳里矫健的雄姿，念着陶然亭四周的芦苇和秋天来时一抹的萧瑟，念着北城的什刹海，南城的天桥，念着市场的旧书摊，"只要是你苍然的老城的，都在我神经的秘处结了很牢的结了"。他在风物中发掘诗思，完成艺术精神的提纯，"富有历史涵养的地方，草木都是古色古香"，是对故都深刻的感悟，故而他才把自己托付给古城，"明朝行时，但愿你满罩了一天红霞，光明里，照顾我到远远的天涯"，诗的字句闪烁青年的光辉，流露略含惆怅的恋情。他凭借青春想象构设灵妙的心灵视野。他不企图以风景描写去促成阅读者的情感认同，而要以风景描写来激发自己的心灵力量，实现主观精神与客观山水的对话的单纯目标，因此，他用散文语言链接日常生活中不易发现，却被自我认识与体验到的美，就具有强烈的符号感。

在平凡景物中深入采掘精神的矿藏，朴素真切的记叙蕴涵悠长的韵致，闪烁起心灵的微光，来烛照沉暗的世界，吴伯箫大学毕业后写在青岛的散文，具有这样的艺术质地。1934 年，随春光、夏景、秋色、冬境的递变而在青岛万年兵营创作的一组咏叹风物的小品，初涉社会时热烈的生活憧憬、脆弱的青春情感和幽沉的精神苦闷，交织成清晰的心理映像，唯美的艺术倾向使情感表达更显沉郁。《山屋》流露一种怅怅的情绪。阳春三月的煦暖天气里，慵倦的状态下，昏睡中连"梦味儿都是淡淡的"；唤醒神志的是洒下一屋愉快的阳光，"那山上一抹嫩绿的颜色"让浑身清爽，"瞧着那窗外的一丛迎春花，你自己也仿佛变作了它的一枝"，"戴了朝露的那山草野花，遍山弥漫着"，临山眺览清朝静穆的美景，"自然融化了你，你也将自然融化了"；在四周山松的荫凉里，不禁自问"山屋里的人，不该是无怀氏之民么？"夏夜的点点流萤，像飞花；抽丝似的秋雨落下，"人的愁绪可就细细的长了"，潇潇的雨声、冷冷的虫声，更添浓了清宵的幽寂滋味。《岛上的季节》同样写青岛四季风光，单纯的笔墨绘着静美的图画，不寄什么深意。报春的是透出一层新翠的苍然的山松，是街里边住户人家墙头篱畔探出的明黄的迎春花、艳红的蔷薇花和满壁葱绿的爬山虎，更有"真像一抹桃色的彩云"似的樱花，"醉眠樱树下，半被落花埋，不是很有意趣么？"夏天的光景极诱人，"海上的落日最美：碧涛映着红霞，银浪掩着金沙，云霓的颜色也是瞬息万变的。加以海鸥飞回，翠羽翩翻，远远的帆影参差，舟楫来往，那晚景真值得使人流连忘返。太阳落后，天上满挂了星斗，市上满亮了街灯，夜景也很宜人"。至于烂漫的秋，则更是色彩的王国，"单看重九后那遍野的红叶就抵得过阳春天那满山的花草不是？那不只是美丽，简直是灿烂；活像一大蓬火，一整坡笑，看了是会令人感慨，奋发，狂热的"，而"野菊的香，弥漫在山岩谷壑间，又颇饶田家风韵，樵夫生涯"。他从四时物候里认识青岛，倾心不经文饰的天然野味，也透露出他的审美趋向。《天冬草》属个人趣味的文章，于花草世界里见人间哀乐。天冬草让他"回瞩远远的过去"，忆想一位"光艳照人的，印象像一朵春花，像夏夜的一颗星"的园主姑娘，感喟岁月"望回去多么渺茫想来又多么迅速"。由草思人，由人寄慨，"有天冬草在，我便有壮志，便有美梦，便有作伴丽人；书，文章，爱情友谊也有吧，自己就是宇宙了呢"，并愿座侧的天冬草"给一切抑郁人铺衬一条坦荡的路吧"。幽思中阐悟人生哲理，在他的写海文字里有一种情理交融的韵致。在《海》里，他觉得海是和生命时光连在一起的，"一大把日子撒手作轻云散去，海也就慢慢认识了，熟了，亲昵起来了"；他"爱海，是爱它的雄伟，爱它的壮丽……因为海的根底里就蕴藏着雄伟蕴藏着壮丽"；他看出了海的性格，"原来海不止是水的总汇，那也是力的总合呢"；他发出深情的咏赞，把自己的情感投向海的怀抱，"海风最硬。海雾最浓。海天最远。海的情调最令人憧憬迷恋。海波是旖旎多姿的。海潮是势头汹涌的。海的呼声是悲壮哀婉，匋然悠长的。啊，海！谁能一口气说完它的瑰伟与奇丽呢？且问问那停泊浅滩对了皎皎星月吸旱烟的渔翁吧。且问问那初春骄阳下跑着跳着拣蚌壳的弄潮儿吧"，凝神遥感之际，心胸飞溅思想的浪花。

《海上鸥》是一篇书信体散文，在大海的背景下，更有一种壮勇的豪气、遄飞的逸兴，又别含一缕深婉的思致："雪似的飞沫溅上满岸白了，那陶醉不是花香粉香可比的，可惜你在山遥水远千里外的塞北，不然一曲清商不又洒向了那眠愁的渔家么？"同样表现了浪漫胸臆和生活思索。

吴伯箫的散文风格随着国运与时局的动荡发生改变，激荡的情势成为创作基调改变的心理根源。写于 1936 年 2 月 17 日的《我还没有见过长城》,歌咏胜迹,寄托情志,不耽于幽孤意兴的抒发,而趋近阔大境界的表现,语词风调由清美婉丽转为硬朗劲健。他站在社稷的高度赞美"万里长城至今亮在祖国人民的心里,矗立在祖国连绵的山上,成为四千余年文明古国的标志";又站在人本的角度感叹"江南风物假若可以赋人以清秀的姿容,艳丽的才藻,塞北的山峦与旷野是会给人以结实的体魄,雄厚的灵魂的。啊,长城!"字句跳荡,闪现一个鲜明的抒情形象;而"秋天的芦荻,冬天的皓雪;天桥,听云里飞,人丛里瞧踢毽子的,说相声的;故宫与天坛,我赞叹过它的壮丽与雄伟;走过长长的西长安街,与挤满了旧书及骨董的厂甸;西郊赶过正月十五白云观的庙会,也趁三月春好游过慈禧用海军费建造的颐和园,那里万寿山下有昆明湖,湖畔有铜牛骄蹇。东郊南郊都作过漫游,即无名胜,近畿小馆里也可以喝茶,吃满汉饽饽。还有走走就到的东安市场,更是闲下来蹓跶的大好地方"的那种吟味,尽管也有它的悠悒气度与清闲情味在,相比之下就显出了视阈的局限。敌寇侵凌,他改唱的是一阕洋溢奋勇气概的爱国壮歌,在新的创作基点上表明知识分子的精神生命的延续。

　　吴伯箫以晋东南的随军经历为素材,创作了一组战地散文。1938 年 12 月 1 日写于潞城的《夜发灵宝站》,以散漫的笔致记叙途中见闻,渲染战争状态下特异的环境氛围,通过普通百姓的言说,反映创巨痛深的中华民族的乐观自信。古老的函谷关、川流的弘农河,象征久远厚重的历史。"黄河水翻滚着混浊的泥浆,忿怒似的发着汹涌汩汩的声音",传达着不屈的人们的心理感受。站台上"只零零落落三几个候车人,兵、难民,在焦躁而又忧戚地徘徊着","天黑了,夜幕盖下来,也刮起了凛冽的风……虽也有说笑,总觉无限寂寞与凄凉。望望天上的星,冷冷的,满怀说不出的凄苦",添深了凄切冷寞的心情。但是"黄河是天险,老百姓是血肉长城",是民众心底的呐喊,"黑暗中希望在每个旅人的心里抬了头,自己的忧郁也不知到哪儿去了。车突突地向前冲着,虽然还是夜里,战地却在眼前开了花。血腥的敌人后方,变成了无畏者的乐园",从容平稳的叙述中显露激切的战斗锋芒。《潞安城》引述关于晋东南第一座大城的碑记,自古迄今,扩延了历史的景深。"这座长治城气象也就不凡:宽宽的街道,宏阔的建筑,庙宇多半像故宫一样用黄琉璃瓦盖顶的。城里还有一座土围子皇城。处处都显得它大方、雄壮。就气氛来说,有些地方像西安,又有些地方像北京"的几笔素描,是一种情绪的铺垫,"但立在垂槐的左侧,东望太行山,望太行山上的积雪,遥想虹梯关与玉峡关的险阻,百里外青山的峻秀，再俯视脚下拆毁了的城墙，与紧接了城墙为厚雪所掩盖所抚育的蔚林沃野，倒很容易激发人一股爱河山爱国家的赤诚。是啊，自由的人也许感觉不到自由是幸福，等到自由人做了奴隶的时候，那才知道自由的确是可贵的。光复了的城池，也才容易使人想到它过去的繁荣与沦陷时的悲惨啊"。真实的感怀反映了时代体验的深度和痛感，让读者浸沉于特定的情绪状态，抵达一个民族的抗争现场，触及不屈的灵魂。1939 年 6 月 13 日创作的《神头岭》，展现了战场之外的生活画面，构成了抗战斗争中的生动风景。走进山西黎城、潞城之间这个"神勇的八路军歼灭倭寇的战场"神头岭，他以乐观自信的精神姿态说"一道战场，像一部灿烂的史书，那丰饶的页数里蕴蓄着无尽的宝藏的"，欢愉的心情使眼前一片明丽："浊漳河石子作底，石子激着流水发出豁朗豁朗碎马蹄的声音。两岸沙滩有密匝匝绿到梢头的杨柳树。稍远是麦色青青的田垅。田垅里有雉鸡乱飞。春的气息洋溢着，杏树也已绽了红红蕚的苞了"，增添清明时节好光景的，还有漫流河的社戏，"半里外就听见锣鼓喧天的声音了。踏着那素朴雄壮的音乐，走近去，是拥挤的男女在看抬黄杠，踩高跷。男的白布裹头，女的红喷喷的面庞挑一握发髻。看来他们都是健壮的，快乐的"，明朗的心境折射出精神的光辉。"等社戏的鼓吹渐渐沉落下去的时候"，勇毅的情绪在夕照下呈露，"余晖返照，马骨丛中像开了惨白的花，艳红的花，恰象征隔年的烟尘与褪色了的鲜血。是啊，神头岭战斗是精彩的哩！"苍茫的战争画境，笼罩着惨烈和悲壮的色彩，飞扬起英雄主义的美感。

吴伯箫写于抗日年代的散文，带有战时速写的文体特征。在题材选择和文学表现、心灵感觉与笔墨气韵上，完成了从学子情怀到战士胸襟的跃升。

在风景抒写中营造鲜明的画境，形成穆木天散文的诗性风格。穆木天（1900—1971），原名穆敬熙，吉林伊通人。1918 年毕业于天津南开中学。1920 年入日本京都第三高等学校文科，并在《新潮》第 3 卷第 1 期发表处女作《蔷薇花》。1921 年参加创造社。1923 年入东京大学研读法国文学，受到法国象征派诗歌影响。1926 年夏归国，曾在广东中山大学、北京孔德学校、吉林省立大学执教。1931 年参加左联，9 月与杨骚、蒲风等发起成立中国诗歌会。1933 年 2 月创办《新诗歌》旬刊。1937 年加入中华全国文艺界抗敌协会，主编诗刊《时调》和《五月》。1938 年后，先后在昆明、广州、桂林、上海等地从事教学与创作。著有诗集《旅心》（1927 年，上海创造社出版部）、《新的旅途》（1942 年，重庆文座出版社），散文集《秋日风景画》

（1934年，上海千秋出版社）、《平凡集》（1936年，上海新钟书局），专著《怎样学习诗歌》（1938年，重庆生活书店），译著《法国文学史》（1935年，上海世界书局）等。

《雪的回忆》发表于1934年3月《现代》第4卷第5期3月号。穆木天蛰居于黄浦江畔，凝视雾霏的雨雪，怀恋亡失的北国家园，情调低沉愁闷，"雪所笼罩着的平原，雪在上边飞飘着的大野，广漠地，寂静地，在展开着"，感情回到儿时叹美的雪的世界，"过去的一幕一幕，荡漾地，在我的眼前渡了过去"，松花江边的"远山，近树，平原，草舍，江南的农业试验场，都是盖着皑白的雪"。孤仁江城，"我呆对着残垣上的积雪，沉默着。心中感着无限的哀愁"，觉得"一缕一缕的烟，飘渺地，消散在天空里。也许那是运命的象征罢！"生活在被雪包围着的沉默中，感到心中极度的空虚，"如雪落在城上似地，泪是落在我的心上了"。心灵图画浸着沦陷的苦味，"天低着。四外，是空廓，寂寥。白色，铅色的线与面，构成了整个的水墨画一般的宇宙……江桥如长蛇似地跨在江上。像我们的血一天一天地被它吸去"。江北岸的满铁公所姿态高傲，"是战胜者在示威"。天主堂哀惋的钟声仿佛暗示古城的将死，"那种凄凉的暮色在我脑子里深深地印上了最后的雪的印象……包在雪中的古城，吐出来死的唏嘘了"。流离的苦痛使他浩叹"在故乡的大野里，在白雪的围抱中，我看见了到处是死亡，到处都是饥饿"，更在白雪上看到帝国的践踏，看到义勇军的抵抗。"白雪上流着猩红的血"，如一幅诗意的特写，产生强烈的视觉美感，也传达着沉毅、悲壮的心理情绪。

《秋日风景画》是穆木天在东北沦陷的沉暗日子里，对往昔生活的追怀，对历史印象的速记。内倾化的抒写方式，使作品更像一篇心灵日记。他的情感翅羽在流动的时空里飞动，在人生轨迹的闪回中，在民族向灾难的深渊一步步陷落的回望中，他默默含咀留在记忆里的幸福时光，并以积蕴的忧悒写出心曲的哀愁，渲染一种刺痛灵魂的情绪。他的生命季节绽放过心灵花朵，甜香的空气溢满温馨的梦境，飘闪明亮的秋光。朦胧的童年里，"风景，是我的故乡的野外"，"小河的边上的草，枯黄了。满山秋色。牧童在放着牲畜。出了学房，到了野外，使我感到无限的舒畅"，当愉畅的感觉像从心上吹过的风一样消失，他忧心地问"但是那种世界，现在那里去了？"他怀念少年时代"那给了我无限的憧憬"的天津卫，这里"不是海滨上的幻影的城池，而是沙漠中的一片尘烟扑地的街市"，他领略这座北方城市的气象，"一望无边的莽原，使我更感到茫茫禹域之广大……我想象着在这块平原上，将林立起工厂的烟囱。

烟囱里的烟直冲云霄，机器的响动轰震四野"，这理想中的现代城市风景更增添他的失落，"那一个世界是在怎样的条件下才能实现呢？"盛开樱花的岛国，让他在文学理想里做着青春之梦，"我们的话题总是'美化人生，情化自然'。从艺术讲到恋爱，从恋爱讲到艺术"，维特、拜伦闯入心扉，仿佛灵魂被美包围，"于是忧郁了。但不是幻灭。不能实现的热望，不住的憧憬，我那时觉得是美的。夜色朦胧，心地朦胧，一片诗意，随着，古寺中振响出来灰白色的钟声，在空气中荡漾着……心里永远是充满着爱的憧憬"。尽管诗意的理想象秋的薄风，微笑似的安慰着灵魂，可是冷酷的现实山一般地迫压过来，化作失意的愁苦，"我总是在这种忧郁气氛中生存着。这种心情现在是成为了云烟消散了"，怅怨又不可遏止地萦回在心底。岛国的伊东给他一个深可怀恋的追忆，"日本的少女，点缀在初秋的田园风景中，是如何地优美呀！"他仿佛依旧等待心灵的应答。他在伊东川的源头"读过维尼的诗篇"，在伊东桥畔"苍翠的树丛之中，赏玩了皎洁如练的河中的涟漪"，他遥忆静夜中的一湾碧海和闪烁的渔火，宛如在海上的涛声与山中的微风里聆听到伊人婉转的歌声，那个载着爱的忧郁的日子，永远无法从记忆里抹去，"那一天，是我最可怀念的。那种恋爱的幻灭，是可宝贵的，那种放浪的旅途是可宝贵的"，只是这些生命经验"现在，回忆起来，是另一个世界了"，无尽的惆怅袭来，泪水濡湿了纸上的字句。他"回到中国，由广州飘泊到燕京，由燕京又飘泊到天津"，在墙子河畔安身，"墙子河已现出凄凉的秋色了……惨澹的秋的田野，展开在河的两岸"，情绪化的怨怼化为理智的思考，"满目疮痍，到处矛盾，使我的忧郁的悲哀消散了。我脱开了那个环境。我知道我以往是住在空想的世界，虚构的世界。而今后现实的世界等待着我去踏进呢"，觉悟的潜流在周身疾淌，精神的根苗在内心滋长，终于能够感到笔上的力量。似乎一个命运的轮回，最后铺展在他眼前的秋景图，是家乡熟悉的山水，"初秋，树叶已是枯黄而欲坠了。登了北山，遥望松花江上，来往坐船的人已经稀少了。江南岸，已将满地是衰草了……四处是夕暮朦胧。各个山头上，笼罩着烟霭。在山道上，望远处眺望着，好像感到农村是要越发迅速地没落了"，这个九一八危亡之秋的前夜，残暴凶狠的日寇"天天在向中国民众示威"，而"民众武装起来，要作决死战了"，他发出战士的呼吼："这是新的开始，这是新的开始。"激奋的姿态、风发的意气，荡起情感的波澜。

　　穆木天的纯净哀艳的抒写里，暗伏着失国之子痛切的心愁，成为胸中的隐疾，并且渐渐汇入民众的主流意识与社会情绪中。在艺术表现上，他精心守护独立的心灵空间,倾情把幽秘的内心活动纳入一种"有意味的形式"里,拒绝艺术的炫耀性。忧伤的文字品格、浓郁的心理色彩、动感的主观情绪,营设出内倾式的文字状态,突显了创作的风格化特征,加深了作品的审美意义。诗人的艺术思维,使他轻易过渡到散文中诗性的叙述方式,突破传统书写固式,创造新的文体生命。时间顺序的单向结构,深层却是意绪的多线索交织。现势和往昔的叠错,中国与日本的各个场景的切换,依托空间形式完成心理的跨越,折射出心灵成长的轨迹与创作精神的落点。这种大幅度跳转,这种意绪流动,把生命循环的命意融入诗性的艺术表达,给抽象的意念赋予具体的情感形式。分节记述的叙事章法,回环咏叹的抒情调式,在严饬的体式结构中造成一种内在的和谐,应和着心灵的节奏。特定的历史时期,他在个人心理创痛、集体苦难磨折的诗意化转述中,创造出自我化体式特征的文学,在抗战作品求同思维的模式下,显示了突破群体心理主导的文学变异能力,标明个人艺术品质的独立性。

用美妙笔调抒写故乡记忆,又自然融入雅驯的文字品格与温静的学子性情,罗念生在故乡风景里寄予浪漫的文学理想。罗念生(1904—1990),四川威远人。原名罗懋德。1922年考入北京清华学校。1927年主编《朝报》副刊。1929年至1933年先后入美国俄亥俄大学、哥伦比亚大学、康奈尔大学攻读英美文学和古希腊文学。1933年冬转往希腊,就读雅典美国古典学院,研修古希腊建筑、雕刻、戏剧等课程。1934年回国,历任北京大学、四川大学、武汉大学、湖南大学、山东大学、清华大学等校外语系教授。1935年与梁宗岱合编天津《大公报》副刊《诗刊》。1938年3月在成都与朱光潜、何其芳、卞之琳等创办文艺半月刊《工作》。著有诗集《龙涎》(1936年,上海时代图书公司),散文集《芙蓉城》(1942年,重庆西南图书供应社)、《希腊漫话》(1943年,中国文化服务社重庆分社),译著《俄狄浦斯王》(1936年,商务印书馆)、《特罗亚妇女》(1944年,商务印书馆)等。

《芙蓉城》登载于1934年11月20日《人间世》第16期。罗念生在燕京的清宵里,给蜀中山水风物描绘了一幅梦似的画。蓉城的古迹、胜景、掌故、传说、人物,萃聚一体,成为珍贵的艺术元素,构成底蕴丰厚的古典美。虽是一篇缕述文字,却浸含对于故园的浓情,文调是柔软的,意韵是温暖的。他在北国静夜的孤灯下,用清畅的笔致把怀乡的情流汩汩地引到纸上,在追想中表露对根植于历史深层的古老文明的深深敬意。叙写之间也不免飘荡一缕才子的逸乐气调，故而切合论语派杂志《人间世》的文学主张。罗念生对成都是偏爱的，"燕京城像一个武士，虽是极尽雄壮与尊严，但不免有几分粗鲁与呆板；芙蓉城像一个文人，说不尽的温文，数不完的雅趣"。古琴台、昭觉寺、望江楼、武侯祠、百花潭、青羊宫的胜境可堪流连。后蜀帝孟昶携宠妃花蕊夫人游宴水畔，盘桓花下，微摇团扇，轻卷词笺，衣香、鬓影、钗光、眸波，一片雅意清兴。相如琴歌《凤求凰》，拨弦传情，文君绝唱《白头吟》，伤怨凄啼；一个当垆沽酒，一个临市涤器，千古爱恨的情感生命像满山梧桐一样青蔚不凋。薛涛的香魂，孔明的古柏，更有芦花小径那边的草堂寺，"充满了无边的诗意。石砌上的苔痕，垣墙外的野草，虬干的古梅，清幽的竹径，都是杜公从前的诗料……逢到四月十九'浣花节'，你可邀约良朋，泛舟到草堂，摆一台'浣花宴'，醉酒赋诗，极尽雅人雅事"，耽乐之余，是忧虑这自然美妙的芙蓉城"别给楼高车快的文明将你污秽了"，表明传统农业社会形态与西方工业文明的冲突带来的心理上的焦虑，暗示知识分子精神生存的新困境，而这一主题是含在熔炼古典与田园牧歌式的优雅描述中的。

真挚的恋乡情结，在《龙灯》（1927年12月24日作，1928年7月《文学周报》第6卷第2号）里也有流露，"太阳是红的，桃符是红的，女人的脸也是红的，这是新年的一般喜象……在乡下，穿着花花绿绿的新衣裳的村姑娘，这日更着上她新绣的花鞋，手上提着一篮'黄粑'和'茶食'，走过一块开满了金黄油菜花的土畔，又转过一方开遍了杂色豌豆花的田角，一直走到外婆家贺年，趁这机会好看龙灯……这新年的号声一响，大地立时回到了春天"，红火热闹的年景，喻示着乡人的希望。

《钓鱼》（1936年10月16日《宇宙风》第27期）同样是少年生活的追叙。乡间路上"金晃晃的朝暾照着苍黄的野草，草尖还有露珠滴垂，田边时时发散着鱼腥和稻草的野香"，才割完谷子的田间"一望全是淡赭，在朝阳里简直是一坝黄金，余下的稻根一丝一丝的发亮"，天真、烂漫、畅爽，永远温暖着游子的心。离别家乡的罗念生透过这种本能的情感，表现人与土地的深刻联系。幻灭的痛楚、失意的感伤、蹇涩的哀戚这些在青春文学中常见的社会情绪，远离他此期的作品，浮闪的是明朗、健康、悦乐、欢愉的色彩，也表现了乡间经验与性格形成的密切关系。

忆想初涉文学创作的清华岁月，罗念生很感激学友朱湘。1934年3月2日北平《晨报》的《诗与批评》副刊第16号发表他的《给子沅》一文，里面说："你时常劝我写点东西，我总是提不起笔；只有向你口述钓鱼打猎的儿童经历，使你听得入神。你说不能入诗，可以作散文，但我疑心散文不是最高的表现；你说好的散文同好的诗并美。我后来写了《芙蓉城》，你称赞我有一股奇气，文字写得很清丽。"① 朱湘的评价，道出了罗念生用在景物上的散文笔墨的基本特征。

使散文的韵致，漾着南方雨天那种温和的潮润，又因这温润，愈显柔婉恬静，是刘大杰的散文。刘大杰（1904—1977），湖南岳阳人。笔名绿蕉、修士、湘君。1922 年考入武昌高等师范学校中文系。1925 年与胡云翼等人组织艺林社，创办文学刊物《艺林》。1926 年受郁达夫资助赴日留学，次年考入早稻田大学研究科文学部，攻读欧洲文学。1930 年回国，任上海大东书局编辑，又先后任复旦大学、安徽大学、暨南大学、四川大学教授。著有短篇小说集《黄鹤楼头》（1925 年，武昌时中合作书社）、《长湖堤畔》（1925 年，武昌时中合作书社）、《渺茫的西南风》（1926 年，北新书局）、《支那儿女》（1928年，北新书局）、《昨日之花》（1929 年，北新书局），诗集《春波楼诗词》（1934 年，北新书局），散文集《山水小品集编》（1934 年，北新书局）、《明人小品集编》（1934 年，北新书局），话剧集《白蔷薇》（1928 年，上海东南书店），专著《托尔斯泰研究》（1928 年，商务印书馆）、《易卜生研究》（1928 年，商务印书馆）、《德国文学概论》（1928 年，北新书局）、《表现主义的文学》（1928 年，北新书局）、《东西文学评论》（1934 年，上海中华书局）、《魏晋思想论》（1939 年，上海中华书局）、《中国文学发展史》（1941年—1949 年，上海中华书局）、《中国文学批评史》（1949 年，上海古籍出版社）、《红楼梦的思想与人物》（1956 年，上海古典文学出版社）等。

《巴东三峡》这则入蜀散记，刊载于 1935 年 11 月 16 日《宇宙风》第 5期。在秋日的蓉城，刘大杰回味峡江上的游历，情思漾动，把对山水所感到的音乐旋律、图画色彩和诗歌意境，由妍媚流丽的语言符号粘连，成为一篇美文。

作品在流动的游程中穿插景观描写，气度悠然而雍容。他看山看水，从里面领受天地精神，获得内心的从容、平静、寥廓、远大。"在绿杨城郭桃杏林中的江南住惯了的人，一旦走到这种地方来，不知道要生出一种什么样的惊异的情感。好比我自己，两眼凝望着那些刀剑削成一般的山崖，怒吼着的江水，

---

① 钱光培：《现代诗人朱湘研究》，北京燕山出版社 1987 年版，第 73 页。

自然而然地生出来一种宗教的感情，只有赞叹，只有恐怖"，这是敬天畏地的传统情怀，由此更能以丰美的词华渲染对于风景的爱感。他欣赏黄陵庙的形胜与幽美，"前面枕江，三面围绕着几百株浓绿的树木，最难得的，是在三峡中绝不容易见到的几十株潇洒的竹子，石崖上还倒悬着不少的红色紫色的花。庙的颜色和形式，同那里的山水，非常调和，很浓厚的带着江南的风味，袅袅不断的青烟，悠悠的钟声，好像自己是在西湖或是在扬州的样子"，可是那里没有王昭君的香溪，巫峡"一段最奇险的最美丽的山水画"也不是钱塘或者广陵风光所能比方的，遑论那番雄阔的气韵。"江水的险，险在窄，险在急，险在曲折，险在多滩。山的好处，在不单调。这个峰很高，那个峰还要更高，前面有一排，后面还有一排，后面的后面，还有无数排，一层一层地你围着我，我围着你，你咬着我，我咬着你。前面无路，后面也无路。四面八方，都被悬崖阻住。船身得转湾抹角地从山缝里穿过去。两旁的高山，笔直地耸立着，好像是被一把快刀切成似的，那么整齐，那么险峻。仰着头，才望见峰顶，中间是一线蔚蓝的天空。偶尔看见一只黑色的鸟，拼命地飞，拼命地飞，总觉得它不容易飞过那高的峰顶。江水冲在山崖上，石滩上，发出一种横暴的怒吼，有时候可以卷起一两丈高的浪堆"，写意的叙述方式，仿佛在纸上纵情泼墨，意气豪壮。峡江两旁"悬崖绝壁的上面，倒悬着一些极小的红花，映着古褐苍苍的石岩，另有一种情趣"，瞿塘峡白帝城上"一道斜阳，照在庙前的松树上，那颜色很苍冷。远远地朝北望去，可以隐约地望见八阵图的遗迹。庙里的钟声，同夔府那边山上传来的角声，断断续续地唱和着，那情调颇有些凄凉。所谓英雄落泪游子思乡的情感，大概就在这种境界里产生的"，近似工笔的绘写虽则独有一味，仍是旧式才子襟抱，不免平常了，却也留下悠长余韵，仿佛船泊夔府江岸时，鲤鱼山的顶上放射的清寒月光，水似的浸在心上。刘大杰用多姿的笔墨绘制的三峡风光，可供展卷赏鉴。

《成都的春天》发表于 1936 年 5 月 1 日《宇宙风》第 16 期。春日里，刘大杰的心中充满生活的阳光，在梅花、玉兰、夹竹桃的缤纷光影中描画着成都的春色，从花光叶影间体味自然意趣，赢取心灵的和畅、宽舒、柔软、温暖。他以一个文学家的感情，在有限的外界体验中，让精神的翅膀朝着无限的想象世界远翔。精致词语、错变句式的调配，使文字清美，词彩朗润。语言内外的隽永意味，自然得仿佛从心底流出似的，让地域文化的描绘充满灵趣。

作品在景观中表现领略自然物候的意兴，态度亲切而和婉。他以华润的词致，状绘花色、花容、花姿，透过花，写活了成都的春光，并在城市文明的比较中显露这里独特的生活情趣与文化背景。他格外留意梅花，"在北平江南一带看不见的好梅花，成都有"，二三月间，"街头巷尾，院里墙间，无处不是梅花的颜色。绿梅以清淡胜，朱砂以娇艳胜，粉梅则品不高，然在无锡梅园苏州邓尉所看见的，则全是这种粉梅也……碧绿，雪白，粉红，朱红，各种各样的颜色，配合得适宜而又自然，真配得上'香雪海'那三个字"。花光、花彩映眼，宛如也吸入春日的花香。

　　他觉得成都的栽花种花、对酒品茗的悠闲情趣"有一点京派的风味"。赏花的眼睛转向成都的人。他们在"海棠玉兰桃杏梨李迎春各种花木争奇斗艳的时候"，迎着百花潭、浣花溪边悠悠飘动的杨柳和柔媚的长条漫步，还听着飞来飞去的鸟唱着歌。吊古的老诗人、游春的青年男女，让薛涛林公园充满春意，而吹箫唱曲、垂钓弹筝的情味"比起西湖上的风光，全是两样"。花朝的日子，看花之余，品味工部草堂的诗意更是特有的风雅，带篷顶的渡船载着你，"一潭水清得怪可爱，水浅地方的游鱼，望得清清楚楚"；贪坐的钓鱼人总会谈笑到黄昏，"堤边十几株大杨柳，垂着新绿的长条，尖子都拂在水面上，微风过去，在水面上摇动着美丽的波纹"。至于"郊外的茶馆，有的临江，有的在花木下面，你坐在那里，喝茶，吃花生米，可以悠悠地欣赏自然"，浮世之欢，美而多趣。轻松与悠闲，作为一种文化性格，滋养着成都人，又作为地域文明，弥漫在历史空气中。

　　花与人相映，一起担当了成都春景的主角。刘大杰的书写，也做了主物与主情的艺术融会。他把言词作为心灵符号，传达人间美好的价值。

　　"自我"是文章的中心，"闲适"是文章的笔调，以幽默为处世的妙谛，以性灵为艺术的圭臬，所以，无论绘写三峡雄险的景观，还是抒发对成都的恋情，都与论语派的文学观念契合，《宇宙风》当然会将其列入自家阵中；而圆熟的文士笔法，又把锋芒伏匿于自然风景深处，愈增曲折幽隐的韵致。

　　取过历史材料，稍加研磨，添入章节，顿然使文字生出趣味，并显出岁月旁观者横议的风姿，是钱歌川的笔墨。钱歌川（1903—1990），湖南湘潭人。原名慕祖，自号苦瓜散人、次遴。笔名歌川、味橄、秦戈船。1920 年 9 月东渡，入日本东京东亚预备学校补习日文等学科。1922 年 2 月考入东京高师英文科。1930 年由夏丏尊、丰子恺推荐进上海中华书局做编辑，后编辑《新中华》半月刊。1936 年 8 月在蔡元培的帮助下赴英国伦敦大学进修英国文学。1939 年 8 月到四川乐山，任武汉大学外文系教授。1942 年夏到重庆主编《世说》周刊，兼任东吴、沪江、之江联合大学教职。1947 年春前往台北创建文学院并任院长。1964 年赴新加坡义安学院、新加坡大学、南洋大学授课。1972 年底移居美国纽约。著有散文集《北平夜话》（1935 年，上海中华书局）、《詹詹集》（1935 年，上海中华书局）、《流外集》（1936 年，上海中华书局）、《观海集》（1937 年，上海中华书局）、《偷闲絮语》（1943 年，重庆中华书局）、《巴山随笔》（1944 年，重庆中华书局）、《游丝集》（1948 年，上海中华书局）等。

钱歌川在文字风格上表现着显明的个人特征，幽默散淡显示气度，渊深博雅显示学养，睿智明慧显示性灵，而一缕苦涩又流露着隐在语句后面的幽微的心绪。

其一，幽默散淡的气度。钱歌川的儒性决定他的平和心态，即便表达苦涩的心绪也出之以婉曲的字句。"钱歌川是一个性格内向而又不乏幽默感的人，内心世界极为丰富，感觉非常灵敏，看得透一切世相，富有同情心和正义感，鄙薄庸俗的不合理的社会现象，但他又不愿直面挑战，不愿冷嘲热讽，更不想做文字狱的主角，所以便往往用笑来面对人生，用笑来映照社会的痛苦。"① 1932 年，钱歌川从上海到北平参加学术会议，在游观故都中发现，日敌压城的危殆情势下，北平竟保持着特有的沉静，那种悠闲的态度表现在行人的步调间。中央公园里锻炼太极拳的人"也许是有感于时下国难日亟，欲借此复兴衰颓下去的民族吧"，"好听戏的还是照常上戏院，讲究吃的还是照常上馆子。太庙后面擎鸟笼的人并不因之减少"（《最初的印象》）。故都的人文风景，让初抵的他心绪复杂，然而笔端不显愤激，纸上不见严词，仍旧是平缓闲逸的散叙。他认为这种表现手法更能产生批评的力量。他相信阅读者的判断力。幽默的价值在于透过表层现象对文化根性的揭示，"中国的古物都荟集在北平，人民的风俗习惯亦浸浸乎入古"，保守性最著的北平人惯于在苍老的古树下"优游终日，真可自认为葛天氏之民，时间不足以限制他，危机不足以警惕他，甚至生活不足以威胁他，他的心境融化在清闲之中，浸润在苍古之内，可以超乎世俗，远隔嚣尘"；令人深忧的是，即使普通的北平人，骨子里也怀有强烈的优越感，"封建思想原不专在帝王家，而竟浸润到寻常百姓的行为举止间了"，以在外人面前"满足他们的精神胜利法"（《最初的印象》）。古城的气候也是

---

① 杜学忠：《〈钱歌川散文选集〉序言》，《钱歌川散文选集》，百花文艺出版社 2004 年版，第 13 页。

可以用作幽默材料的。平沪线上，田野间"树木都已抽芽，死去的黑枝上忽现出新绿的生命来，就是阡陌间的野草闲花，都带着几分春意了……路旁杨柳千丝，临风而舞，小桥流水，各自悠悠，澄清的空气不含一点尘埃，目穷千里地透出前面的水田千顷，远树重重"，而北方的春色却掩在弥天遍地的飞沙中，只笑北平人却可以把它当做家常茶饭，"正同日本人久不感到地震，就觉得寂寞似的。北平若没有了飞沙，我们一定要觉得有点不够味，缺乏一种构成这个故都的要素，而感着缺陷了"，并且飞沙灰尘已经成了市民的日常需要，发生一种亲密之感，"洋车夫和苦力拿它当爽汗的扑粉，安步当车的穷教授嗅到表现艺术的土香"，连坐在洋车上的摩登少女，也要抵御狂乱的飞沙损毁刻意修饰的妆容（《飞霞妆》）。街头的苦况，折射出优良市政的极度缺失，文字间隐约露出诘责执政者的锋芒。这种深藏意味的写法还运用在对故都景物的记叙上，"整个北平的名园胜地，全是爱新觉罗氏一家的私人庭院"，颐和园"虽说是用公帑建立的，实在就是慈禧个人的园地"，紫禁城的武英殿里的古董和珍宝"使我们平民一走进去就为之眼光缭乱，比刘姥姥进了大观园还要感到异常的惊奇……我们整个的心灵都将不分昼夜地被它占据了去"，"这些伟大的宫殿和城墙都是替一个人装声势，而作威作福的。有了这些排场，才能使老百姓知道皇帝的尊严……皇帝的威风既已震于四海，而四海的人力便集于皇帝的一身。整个的中国人都为这一个人效力"，荟聚一宫的珍奇器物等有形的东西连同旧礼教、劣根性、封建思想、帝王观念一并遗给北平，"这些东西都根深蒂固地盘据在国民的脑中，民国成立了二十几年，至今还不能彻底把它铲除"（《帝王遗物》），情绪的有效节制调适着语势，没有淋漓的宣泄，却暴露封建帝制的腐朽与荒谬，充满理性批判力。他把纷纭的世界看做多姿的舞台，"我们在世界这个大舞台上，为应付我们的环境，自然不得不有些做作，这就是演戏。演得好，也就是手腕不错，才能八面玲珑；演得不好，就要得罪人，或是把事情弄僵，发生破绽……中国人把这种人情世故的表演，叫做'戏'，大约是说人生作事，无非是逢场作戏，即是真的也不要看得太认真了。假作真时真亦假，世界上就是这末一回事，大家玩玩罢了"（《演戏之都》），用疏放的语气评说世相，洋溢幽默的理趣。对于长城这座中国古代的经典建筑，他表示了很好的见解："这样绵亘万里的长城，尚且能在这种悬崖绝壁之上，山峰起伏之间，建筑成功，垂千年而不朽。可惜这种造成的精神，不是自发的，而是被一个暴君所逼成的"，他希望国民都用建造京张铁路的詹天佑的奋斗精神去造万里长城，"那时候，人人都是詹天佑；而我们所造成的万里长城，自然坚牢无比，不仅日本的炮弹不能摧毁，而且在国防上可以永远地抵御一切胡人呢"（《北门锁钥》），用平静的态度叙说国民性的问题，透出雍容的评议气度。文化与传统的比较不仅限于古今，更向中西范围衍扩。他初走进伦敦的俱乐部，"就被一种奇异的气氛所包围，觉得那里面蕴藏着无限的神秘似的"，有一种梦幻的感觉。弥漫在这里的沉默空气体现着英国人的性格，"这种沉默不是一个人在孤独中的沉默，也不是在教堂中那种畏敬的沉默，也不是为死者致哀的沉默，甚至不是在独自沉思默想的沉默，而是一种特殊的沉默，一种精炼的沉默，一种在众人中保持孤高的沉默"，这种沉默是对个人心灵世界的守护；同样调养身心的，是寻获闲中佳趣，"领略闲中趣最好的地方，就是俱乐部"，而"我国社会中还没有这样的俱乐部"，因为中国人"到处可以悠闲度日，自然用不着要去找寻俱乐部一类的地方来休息，来享受闲中趣了。整个的社会似乎都很闲，一切的进展都是慢吞吞的。生活既不紧张，自然不需要再有闲静"（《伦敦的俱乐部》）。从日常事物中发掘精神意义，他的幽默散淡的气度实是内蕴着思想力度。

其二，渊深博雅的学养。钱歌川的创作常常在中国文化的历史视野下展开。他把物质和精神的遗存看做可资描述的对象，形象思维的路径也循此延伸，创造着文化感强烈的散文类型。他游天桥，看到的不是风景，而是"聚居在这地方的人和他们的社会组织"（《游牧遗风》），进而从民族史和文化史的角度研究天桥居民的生活状态。他从中国建筑的屋顶遥想游牧时代的帐篷。从地域分布上看，"中国的民族是由北方发展到南方来的，要看那些古风旧俗，或先世遗迹，当然是以北方为多……天桥便是这样一个还有几分游牧民族之遗风的地方"（《游牧遗风》）。茶社、戏院子前一片热闹，"这地方虽只是北平市的一角，然自成一个小社会，里面什么都有，从人生的三件大事——衣食住以至于娱乐，当然，它也和别的地方一样，吃东西的摊担，是一个最大的细胞"（《游牧遗风》）。日本东京银座的夜市味道，英国伦敦东区的贫民苦境，都成为鲜明的比况。他从那些以天桥为归宿的人身上发现似乎还未完全脱掉的游牧民族的根性，这种文化传统决定一种随遇而安的生活态度，并形成一种特定的群落形态，"在这部落中是没有多少文明影迹的。惯在北平王府井大街或东交民巷一带走动的人，他们是不会知道人间有地狱的。一朝走到天桥，也许他们要惊讶那是另外一个世界。殊不知那正是我们这个世界的基础，我们这个人间组织的最大的成分呢"（《游牧遗风》）。理性的文化判断源自深厚的学识和广博的见闻，即使叙写城南光景，也有别于一般的街头表达，而能在世情的观照中显示深刻。

　　钱歌川的知性眼光也用以观照异域风景。对于充满斗牛精神的西班牙人，他能够超越宗教、气候、语言的边界，断定"他们是最没有自卑感的民族"（《斗牛之国》），而这种关于民族根性的判断，需要世界性文化观念的承托。他选取的叙写对象，多是故都景物、古国风情。他有机地融会历史与记忆、现实和想象，在特定的风光映画中展开文学表现，呈示辽远的文化景深。在题材的驾驭上，他的书写姿态是自如的，内心把持是自信的，手中的笔大胆地伸向中西文化传统的纵深，使作品成为文明的记录，而记述的过程，则显示书写者自身的学问根基。

　　其三，睿智明慧的性灵。钱歌川有时也纵任情绪的发抒，让景物承托飞动的思绪，使多彩的景物描摹转化为明朗的心情语句。他欣赏颐和园的营造意韵，夸赞它"是北平一个规模最伟大，点缀最完美的名胜，园中有山有水，湖中有长桥卧波，孤岛危立，山上有铜亭佛阁，乱石穿云，凭栏眺望，湖光山色，全在眼底，所以有块地方名字叫做画中游，游人到此，便有一幅天然图画，自然呈现到眼中来。湖边有长廊，有小亭，有树木，有石桥，无处不可以徜徉。当夏日莲花开放，泛舟湖中，尤使人忘去人生的苦劳，而以为身在仙乡（Lotus land）了"（《闲中滋味》）。北海也为他所钟情：春天可以赏绯艳的桃花，眺鲜翠的柳色，听鸟语，嗅花香，或散步，或醉眠；夏天可以畅吸沁凉的荷风，或划船，或钓鱼；秋天可以游观如花的红叶，郊宴的闲乐也添一缕雅趣；冬天则可溜冰赏雪。即便一日之中，也有好的时刻，待到太阳的光焰减弱，"在斜阳一抹之中，最好是驾一叶扁舟，由五龙亭，穿过长桥，到菱荷深处，去临风歌唱。那时水面亭亭翠盖，船边流水潺潺，加之，清香扑鼻，环顾周遭，你真个要溶化在大自然之中了"（《闲中滋味》）。他的艺术灵气还流露在审美观念上面，影响着对于景物的态度。他喜欢毫无拘束地游览："我宁愿先看到一个好的地方，然后再去查询它的名字，不愿按图索骥地去访寻什么名胜，山川之美，固能有目共赏，但有时我竟能发见一些无名的胜地，为前人所未曾践踏过的，一般所谓名胜地方，大抵经过一番名人的修饰。好像城市女子之涂脂抹粉，已经失了天然的姿态，反不若乡下姑娘的本来面目好看。我爱天然，因为天然比人工更美。我爱无名的风景，因为它比名胜地方还要保持得更多的天然美。"（《游荡者的辩解》）这番话语表明他的真实性情。他善于借助有形的景致表达无形的心灵感觉。夏天午睡的惬意，是和绿杨堤上徐来的清风，树梢断续的蝉歌，潺潺的流水，身边的凉床、蒲扇和陶靖节的诗联系着的

（《冬天的情调》），心中无半点挂虑闲愁的怡然风度尽在品悟中。冬天早眠的乐趣，氤氲在暖阳下的梦境里。回归真实的生活，则感到"茫茫天地间，小小的人迹，是随时可以埋没的。我们若能大步踏去，倒也能得到一种飘然之感"（《冬天的情调》），就连冬夜的围炉，也有乐园般的舒适。衣食奔波中饱尝风霜的凌虐、工作的逐迫，至此会有炉火烤热冻馁的心，会在乐叙天伦中体悟妻儿的慰藉。他断言"深刻的冬天所给我们的指示，也许要算这个为最有意义的了"（《冬天的情调》）。世上的风刀霜剑，被温和的文字化作一缕亲情。他欣赏欧陆风景，也是用着中国式的眼光与情调。流连于意大利水城威尼斯，他说"我是一个最爱水的人，与其在崎岖山路上攀登，我宁在小桥流水边散步"；岛上人家"藏在绿荫深处，望去好似桃源仙境"；站在桥上"望见一些圆屋顶的教堂，侧影映在水上，时而有一叶弓它拉的画舫，轻轻地摇过来，那简直使你觉得好像是置身在画中。如在月夜，你便可听到从弓它拉小舟上，传来的情歌，配上轻的器乐，乘着水波送到你的耳里的时候，使你又觉得好像是沉迷在诗境。这种情景是任何一个游人都能得到的，只要他能欣赏诗情画意的话"（《水乡威尼斯》）。游至日内瓦，莱芒湖的风光让他想起西湖，碧冷冷的湖水、白皑皑的山顶、青湛湛的山脚酿成的色彩，比西湖更美，而洛桑附近的奥西，"很像我国太湖边的无锡"，在瑞士的鼋头渚，走进无限好的夕阳中，竟至留连忘返（《瑞士山水·日内瓦观光》）；安纳西湖的山水"看去实为一幅布局最好的山水画"，在幽静的湖畔眺望雪山颜色的变化，想起古诗"窗含西岭千秋雪"的意境，隐隐地品出中国五岳与南欧雪山的差别（《瑞士山水·安纳西看山》）。葡萄牙的国都里斯本背山临海，"后面那七座小山，可说完全在这都城之内。山上点缀着一些旧日的离宫，古老的教堂，和各色各样的别墅，构成一幅色彩的交响曲——有浅蓝，有淡赭，有艳紫，有鹅黄，还有桃红。色彩调和，十全十美，正好像古歌剧中一幅最完美的背景"，仿佛中国古诗人所吟咏的"十里青山半入城"的情形；而这里"一片浓绿和遍地花开的光景，有如我们的台湾，甚至使用牛的程度，也不弱于我们"（《欧洲的海上花园》）。东方式的古趣浸润多彩的视景，隐隐地显示内心的柔软。细腻的体物、深挚的感怀移到纸上，闲逸而不枯瘦，透显内心的灵慧。只是这般滋润的性灵文字被他有意识地收住，不肯过多地布放在作品里。

其四，苦涩幽微的心绪。洞察历史给钱歌川久阅沧桑的感觉，社会图景的黯淡、个人身世的飘零，使他的内心填塞苦涩的情绪，世忧未忘，成为无法卸去的心灵载荷，这些都难免在景物描写上有所流露。他临景山之巅而思忆明朝旧事，不禁伤咏，"登最高亭一望，一片金黄，故宫全景，瞭然在目。山的东麓为明思宗殉国处。真是人不如物，鼎革且再，至今那株古槐，还依旧健在，游人来到这里，怎样能不发生一种怀古之情呢！"（《闲中滋味》）到了葡萄牙里斯本以西的丽维拉风景区，日暮黄昏，听着海边响起"命运之歌"，"无端使人增加悲楚，柔肠寸断，而有故国之思。一曲甫终，又唱出一首别离歌（Saudade）来了……你在游罢这欧洲的海上花园，而整装赋归的时候，听了这一曲送别的歌，心中真有说不出的难过"（《欧洲的海上花园》），畅悦的游兴里添入一缕愁丝，意绪复杂而文味深长。

钱歌川作品的价值核心在于主观识见。他同风景保持一种既依附又游离的关系，一面运用比喻和联想，从自然风景中发现理性价值，一面运用富存的学养，从人文风景中开掘精神意义。他在取材上不舍涓埃，善于就非本质的表象阐释随感式的见解，使文思充满丰盈的智慧。虽然零碎不成系统，也不含有特别深刻的思想力量，又用着文化讲述般的语风叙写出来，但毕竟是在社会与时代的背景下产生的个人思考。因此，透过那些入眼景物在他的意识里引起的表显反应，能够洞见在温和、安静、闲雅的语调中显示的纯正的文化见解与历史认识。

以旅行记者的姿态，在人生采访中透视社会景象，传达生命真实感受，使行走中产生的文字刻绘出历史图景；报人的职业眼光常给文字带来新闻记录的力量，性质却是文学的，这样的品格属于萧乾的散文。萧乾（1910—1999），北京人。原名萧秉乾，笔名塔塔木林、佟荔。当过童工，在北新书局做学徒时，对文艺萌生兴趣。1935年从燕京大学新闻系毕业后，接替沈从文编辑《大公报》副刊《文艺》，兼任记者。1939年至1942年在英国伦敦大学东方学院任教，兼《大公报》驻英记者。1942年至1944年为剑桥大学英国文学系研究生。1944年之后，以战地记者身份亲临第二次世界大战欧洲战场采访。1946年回国，在上海、香港《大公报》社任职，曾任复旦大学教授。著有文论《书评研究》（1935年，上海商务印书馆）、《废邮存底》（与沈从文合著，1937年，上海文化生活出版社），短篇小说集《篱下集》（1936年，上海商务印书馆）、《栗子》（1936年，上海文化生活出版社）、《落日》（1937年，上海良友图书印刷公司）、《灰烬》（1939年，上海文化生活出版社）、《创作四试》（1948年，上海文化生活出版社），长篇小说《梦之谷》（1938年，上海文化生活出版社），散文集《小树叶》（1937年，上海商务印书馆）、《红毛长谈》（1948 年，上海观察社）、《珍珠米》（1948 年，上海晨光出版公司），通讯集《见闻》（1939 年，桂林烽火社）、《南德的暮秋》（1946 年，上海文化生活出版社）、《人生采访》（1947 年，上海文化生活出版社），特写《土地回老家》（1951 年，上海平明出版社）、《凤凰坡上》（1956 年，通俗读物出版社）等。

萧乾曾结合个人的奋斗途程说明自己的创作观："我最初走进文学这圈子既不是先天的赋与，也不曾因隔墙见了桃花枝子，被羡慕的心情诱进园门。我是被生活另一方面挤了出来，因而只好逃到这肯收容病态落伍者的世界里来。"（《我并非有意选择文学》）这种创作的自发状态体现了非功利的单纯的文学根性，创作精神的自主使他选择了平民化视角与大众式感情。

萧乾自幼生活穷苦，对北京的市井生活非常熟悉。成长期接受的平民影响是形成朴直的心理特征的直接因素，导发他的文学表现生动真实，有一种亲切的风味，创制出属于自己的北京印象。1932 年冬创作的《古城》，是在九一八事变发生的次年，在闷郁中为当时的北平画的一幅素描。精准的描述文字显示了故都的特征，"初冬的天，灰暗而且低垂……峭寒的北风将屋檐瓦角的雪屑一起卷到空中……残雪上面画着片片践踏的痕迹"。古城的冬景给心头添加阴郁的感觉，他还把认识引向深处，即这座老城的性格。在国危时艰的现势下，"阳光融化了城角的雪，一些残破的疤痕露出来了。那是历史的赐予！历史产生过建筑它的伟人，又差遣捣毁它的霸主。在几番变乱中，它替居民挨过刀砍，受过炮轰。面前它又面临怎样一份命运，没有人晓得"。在敌寇的飞机"展着笔直的翅膀，掠过苍老的树枝，掠过寂静的瓦房，掠过皇家的御湖，环绕灿烂的琉璃瓦，飞着，飞着"的傲慢凌辱下，"古城如一个臃肿的老人，盘着不能动弹的腿，眼睁睁守着这一切"，或者无奈地"低头微微喘息着，噙着泪守着膝下这群无辜的孩子"。城市的弱性，正透显了饱受"莫谈国事"社会教育导致的国民性格。如此写北京的笔墨，是他所倾心的"用热情的笔调鼓动弱者魄力"的文字，比起单纯着眼旧都风俗趣味的文字，自然显示出深刻的社会意义与现实精神。

萧乾秉持自由乐观的人生态度，"目前我犹不能把心钉在一方土上，我仍想用漂泊解脱不爽快现实的包围"，认为"漂泊生涯最富趣味"，所以许多作品记录着生命行走的印迹。他旨在以个人经验解释人生，"伟大的作品在实质上多是自传的。想象的工作只在修剪，弥补，调布，转换已有的材料，以解释人生的某方面"（《我并非有意选择文学》）。1934 年初夏，在燕京大学新闻系四年级半工半读的萧乾利用暑假,借平绥铁路货运员孟仰贤提供的便利,从西直门登车,沿平绥线到张家口、大同、集宁、卓资山、归绥、包头旅行。这次带有寻根意味的出行,使他领略塞北壮美秀丽的风光、草原淳厚朴质的民情,9月完成特写《平绥琐记》,发表在天津《国闻周报》上。人生采访的步伐向着创作远景坚定地迈进。

《过路人》作于1934年5月,反映青年学子对于帝国主义的经济和文化侵略本能的抗拒心态。轮船进港,滨江都市"两岸的楼房便无法制止地向上叠了。立体的,哥特式,矗立,尖锐……渐渐,我读到巍峨建筑上的字了:洋行,洋行,横滨的,纽约的,世界各地机警的商人全钻到这儿来了。好一条爬满了虮子的炕!"入眼的是穿水手装、用手指清脆地打了一个榧子的白种人,是街心伫立的络腮胡子的印度巡捕。陌生光景令他感叹"大都市的夜景啊,转得比走马灯还快,我只觉眩晕。高楼已为黑暗包裹起来了,各种广告灯却成了精灵。这么变,那么变,它只想捉住路人的视线。街上挤着妖冶装束的人,扭来摆去,用那对饥饿的眼睛寻找今夜同睡的人"。对于异化的都市景观的情感排斥,使他在内心深处怀念着家乡的原野。

《叹息的船》作于1936年5月,记录江船搁浅时陷入的艰窘境况,反映遭逢的自然力与异国歧视的双重欺侮。"船已如一倦兽,喘嘘着瘫卧在江边了","记得船过彭泽县址时,我还对着那两座蟹脚山风雅地默诵着陶渊明的诗。小孤山多么像一个大力士的臂肋啊。上面生满了蓬蓬的汗毛。那时我还悠闲地为它拍照呢,如今失去了自由,这趣味当然也不存在。迎面是一个毁灭的威胁"。他怜悯拥挤在黑黑过道里的一堆统舱客,"迎着舱口外的飓风,他们只是轻微地叹息着。船走,他们也享不到大餐间的福;沉了,就算结束了这不幸的生命"。美国兵舰竟擦肩而过,英国商船也驶得越来越远,景色含上了悲怆的色彩。"夜由两岸黑丛丛的莽林里扑来了,黑的水上仍龇着一排排的白牙。几只江鸥环着船身飞了一遭,拍动着它们雪白的羽翼,咦咦叫着。是安慰,还是嘲讽?"载满叹息的船也载满民族的屈辱。

《苦奈树》作于1936年秋,同样记叙旅途中的内心感受。他在风景中舒解灵魂的倦怠,站在海关的大钟下,"我的面前躺着庞大的轮船军舰,还有千百只舢板,然而我的心却越过了这些,奔到海那边一片绿的山丛去了,那是梦的岛啊",蔚蓝的天空里,"新升起的太阳正在海上撒下金沙般的闪光",那么沁凉的南国的风给他带来多少甜意,引得一颗年轻的心在浪迹的途程上波动。

萧乾对个人成长有清醒认识,"像我这什么也没有了的人正不应把自己糟蹐在太稳妥的生活里。我希望目前这点新闻的训练能予我以内地通讯员一类的资格，借旅行及职务扩展自己生命的天际线”（《我并非有意选择文学》）。1935 年春天，山东受旱；入夏，黄河上游连降大雨，酿成水灾。洪流在鲁西、苏北一带泛成泽国。逃离家园的难民遍布荒塍溃堤，饿殍载途。这年 6 月大学毕业、7 月到《大公报》社编辑副刊的萧乾被报馆派往灾区采访，同行的还有画家赵望云，历时约半年。1935 年秋至 1936 年初春写成的系列散文《流民图》，载文载图，随作随在《大公报》上发表。灾区中心城市山东济宁的水灾惨况，真实地映示灾民的苦难。站台上、铁轨旁、田塍间、坟堆边栖满难民。扶着拐杖阆目想念家园的苍老妇人，仰头对天叹息的老翁，脸上泪痕又沾满泥渍的灾童，这些特写式人物，形神如绘，哀戚的目光投向茫茫大水，也逼视着病态的社会。“可怜的流民，像一根拔了根的水藻，他茫然地在灾难中漂流”（《流民图·鲁西难民》）。济南城里“大明湖又荡漾起秀逸的秋色了，尖长的蒲叶迎风摇摆。翠盈盈的千佛山依然矗立在那里，只是湖畔失却了它往日的宁静。张公祠、铁公祠、汇泉寺，一切为文人雅士吟诗赏景的名胜，都密密匝匝地挤满了人”，湖色和远山的情影不能撩起这些逃荒者赏看的兴趣，“他们直瞪着饥饿的双眸，张着乞援的胳膊，争吞着才领到的黑馍馍，嚷着要御寒的衣裳”（《流民图·大明湖畔啼哭声》）。陇海线上，“轨道北面汪着无际的大水，水里斜卧着坍倒的草屋，漂着狼狈的小木筏。南面干土上却还有牛车满载着新割的禾束，上面坐着衔了烟袋的农夫，成为一幅水陆与悲喜的对照图”，眼底景象让他觉得“如果忘记当前的残迹，我本可以欣赏一下这大好的江北风光，河堤两岸蹒跚地游着芦鸭，伴了泊船的倒影，堤坡上坐着戴笠帽的老渔夫”，在山水平凡的江北，这样的境界美到如画了，“但几日来惨痛的景象使我不再为这自然界的美所诱惑了！……岸上踟蹰徘徊着的老人，在山水画家看来也许是可以用来点缀风景，但那老人却是在痛惜着他那淹没了的田园”，涟漪秋水、灿烂晚霞反使心绪愈加复杂（《流民图·宿羊山麓之哀鸿》）。夜宿中，“侧耳倾听着雪花落在茅屋顶上的细碎响声，回忆着昼间一张张的焦黄面孔”（《流民图·从兖州到济宁》），灾荒景象直接影响着采访途上的精神状态。深刻的社会写实充满沉痛感，也使作者的精神图景一片深暗。

《贵阳书简》作于 1938 年 6 月 6 日，述写自己在失业的困境中横跨西南三省时行经湘黔道上的旅行见闻，“八百里的荒山啊，什么你都看不见，满眼净是硗瘠、荒凉，陪伴着极端的贫穷……离开晃县没多远，湖南那种蓊郁的松岭不见了。出现在车窗外的，就只是山的瘦骨：土是惨黄的，山是秃的；偶然露出一片横断石面，就像秃瓢上长了块疮疤"。贫瘠的山野掩不尽黔省民力的伟大，"能征服这样险阻的高山，那股力量无论放在什么上面，也是不可轻视的了"；盘曲的山路让他赞叹"更英勇的是那看不见的千万只手，用勇敢、灵巧和坚忍铺成了这魔术般的路"。在抗战初期，这样的话语对民族精神具有特别的提振力。

萧乾通过对人生亲历的素描写生，积累了丰厚的生活经验，为提升创作水平夯筑了坚实基础。关注民间疾苦的创作情怀也符合他的文学理想与人生准则，"一个对人性，对现社会没有较深刻理解的人极难写出忠于时代的作品"，"健进着的文学者们却似正在将对自己那份尊重移到作品上去"（《我并非有意选择文学》）。他自觉地用滚烫的文字融化凝寒的土地，温暖普通的心灵。

《雁荡行》是发表于1937年5月20日至30日香港《大公报》上的一组山水游记，是萧乾在风景散文创作上的标志性成果。作品描写具体，观察入微，笔触细致。面对风景，他改变了描写北京市井生活的质朴笔调，诗画风格的文字表现了内心世界的温暖与柔美。他沉潜于感觉的记录，追求的不是朴素，而是精致。景观欣赏之外，也有深重的人世忧虑。"我们回到灵岩寺。僧人早在殿前放好躺椅，桌上盖碗里已泡好云雾茶，还有一碟碟瓜子。擦完一把滚热手巾，忽然，我发觉天柱峰和展旗峰峰顶之间系起一根绳，纤细隐约有如远天的风筝线……我才看到这耸拔峭岩的崖角，蠕动着几个人影，直像是一片片为风吹动摇撼着的树叶"，他不禁从采石斛的表演中流露充满人道感的义愤，"这是拿生命当把戏来耍啊！"望着骇人的表演，"我虽看不见那绳子颤动，却担心他会从半空中坠落下来摔个粉碎"，听着表演者在空中唱着似乎军歌一类的调子，"我即刻想到了葬歌，甚而赴刑场途中囚犯的狂歌，也是那么硬凭胆量表现出的一种镇定。他外表做得越是安闲豪迈，旁观者的痛苦也越加深重"，游山的心境立刻变得抑郁。灵峰道上，头顶是被层峦叠嶂遮得更晦暗、更低矮的天空，山雨将要扑下来，巨岩好像发了怒。只有流过山间的水映亮内心，"那么清澈，那么碧澄澄的水，清澈到看得见溪底石卵隙缝的水藻。两岸枫枝上晒着一束束金黄的麦梗。这时，一只竹排由上游浮来。顺流的水拖着小小竹排，排上的渔人闲怡地坐在一只小板凳上补着渔网，水上印出一幅流动的鲜明图画"。在他听来，"受过山洪冲刷的卵石在我们脚下挤出细碎笑声"，映现着非人间的桃源景象。罗带瀑"以一个震怒了的绝代美人的气派出现了……狂颠中却还隐不住忸怩、娉婷，一种女性的风度"，"梅雨潭的瀑布坠地时声音细碎如低吟，罗带瀑则隆隆如吼啸；为了谷势比较宽畅，西石梁飞瀑落地时嘹亮似雄壮的歌声，远听深沉得像由一只巨大喉咙里喊出的"，一个游览者必有的赏鉴素养，把人的思致、情感渗入风景，情景交融，物我合一。他留意风景里的人。臂上挎着一篮茶叶的白须老者，自夸饮他的茶叶"可吸取山川的灵气"，西石梁洞旁一座小屋里走出的道姑，"微笑地为我们搬来一条板凳"，守着冒起白色炊烟的三间瓦房的和善的老农，更有溪畔浣衣的几个穿了花格短袄的女人，赤脚在河滩上放羊，低唱俚俗小调的女孩，都是淳朴勤劳的山民，加上玉屏峰下挂着的几道银亮溪流，山谷里深黄葱绿的一片稻田远近映衬，使他觉得"虽是阴天，这却是个银亮亮的日子"。由山光转为水色，心境逐渐舒朗，色彩也从沉暗趋向明艳。绘山景，是粗犷的写意，摹水景，是细腻的工笔，更带柔情；而当他遇见刺痛内心的一幕，浏览的动势倏忽变为感思的凝滞，行文的平衡被打破，形成深刻的情绪震撼。彩轿里"那穿了宽松大红绣袍、胸前扎着纸花、头上顶了一具沉重冠盔的'俏人家'正大模大样地坐在轿里；前额一绺刘海儿下，滴溜着一对水汪汪的眼睛，望着隔岸的山丛呆呆出神。那里，谁为这个十八九岁的少女安排了一份命运，像那座远山一样朦胧渺茫，也一样不可挪移啊……今夜，她将躺在一个陌生男子的身边，吃他的饭，替他接续香烟，一年，十年，从此没个散。这人是谁呢？溪水不泄露，山石不泄露，她只好端坐在彩轿里，让头上那顶沉重家伙压着，纳闷着"，后来发现新郎是个"年纪不过十四五岁，羞怯、呆板，而且生成一对残疾的斜眼！"新娘完全丧失自主权利与自由意志，无奈地接受荒唐的拼凑，连一声对于不公命运的诅咒也发不出。浙南山乡的婚嫁习俗折射中国乡村社会的封建传统。现实的暗影遮覆着雁荡山水，游观的逸乐变为胸间的郁闷，景色带来的和悦变为人事的哀怨，心理上的质直和纯洁使作者产生深切的同情与忧恨，发出激愤的人性诘问："瑰丽的山水，晦暗的人间。"反差强烈的语句直刺社会的隐疾。感世的忧叹突显鲜明的思想主题，蕴涵一定的社会意义，透示现实批判精神。

　　在萧乾的创作思想中，一个艺术者应"一具清澄、健全的心以体解事物内在的魂质……艺术需要想象，需要情感是在创作那刹那，用以摹拟，重现意志所要的图画，而以心眼透视之"（《我并非有意选择文学》），如此，他才会摹绘清美的自然景致；"对于人事有浓厚的兴趣似是文学者一个有利的条件。因为好奇心是观察最初的原动力。一个艺术者的好奇心应比旁人更深一步——不是散漫地浏览，而是逼近的凝视。能为伟大而塞住呼吸，能为幽默而感到松释"（《我并非有意选择文学》），如此，他才会叙写感人的浮生悲欢。他用轻逸的笔调叙写赏景中的游兴变化，也用沉郁的文字反映观世的情绪起伏，后者更显出思想内涵和精神力度。

萧乾还有一类散文，着意强化叙事性，素描人物，设计情节，描画场景，营构环境，与小说意境最能接近。那个可怜无助，"退到大雨瓢泼的田野里"的苦命女人，撩触起深切的同情（《雨夕》，1934 年 9 月作）；那些有着粗黑而诚实脸庞、在地狱般的井下挣扎的矿工（《道旁》，1935 年 9 月作），讲叙着一个个浸血含泪的故事，述记着一个个底层人物的遭际。生活的艰辛、运命的苦楚，充满悲剧色彩。这些描写人间苦难的沉郁文字，同时表现着作者神经的搐缩、灵魂的隐痛，以及萦响于内心的无声的抽噎，从而改变了叙事者的旁观立场。作品透显出一种沉淀于心底的真挚的人性关怀，一种在冷酷社会中尚存的心灵温暖，一缕不肯熄灭的爱的光焰。为了营造人物的生存背景，渲染悲剧气氛，作品强调景物的辅助功能。在对现代都市文明的批判视野中，他以一个不见形迹的幽魂的独异眼光观察世相，真实地表现一个游荡于畸形都市社会中的零余人的微妙心理。他的态度是严肃的，思考是冷静的，连四围景物也"俯视着我孤单的影子，倾听我踟蹰的脚步"。他看到的是现代工业与原生自然的冲突带来的生态景观的变易，是幻感光影伪饰下的变形景物，阴郁的空气弥漫于荒谬的现实。在他的感觉里，"都市像一个疲倦的舞客"，嵌在原野西边的毛织厂"摩托转动如大地的心脏，高大的烟囱日夜冒着黑雾。它染暗了晨曦，染暗了晚霞，也染暗了人们的脸"，"朱红霞晖上面渲染着一层煤烟……那是大自然之美与工业文明的混合物"，神秘的秋天的星空下，"那细高的烟囱正向深蓝色天空吐着乌黑的气。是生存的郁闷之气啊！"（《道旁》）城外矿山的景物也是扭曲的，映示着工人内心的惶惑与焦虑，"我像进了一个古怪偏僻的国度，比非洲莽丛还奇异。矿工的脸似乎涂满了炭，上面滴着液体的黑珠。他们终日瞪着狰狞的眼，总像是天将坠下来那么紧张……为我们所习惯的文明从未吹到这里，他们似乎把文明和礼貌一并遗失在漆黑的矿井里了"。胸中郁结闷室的气，以致走近"一座西洋风景画里常见到的那种平屋"时，"室内过分的温暖却变成一股冷气扑向我来"，直至矿难的痛苦引起心理幻觉，"细长电杆上的灯光可昏暗多了，像哭肿了的眼睛"，心灵不能承受悲苦磨折的他，试图在景物中实现情感转移（《道旁》）。叙事状物中的比喻、移觉、衬托、摹绘、比拟、婉曲等辞格的运用，已经超出美化语言的修辞意义，成为表现内心情绪的艺术需要。

以激切的现实批判，赋予柔软的风景以坚硬的思想锋芒，又从中西人文的宽广视野出发，以开放的心态成功地显示文化精神的价值，是袁昌英散文引人注目的地方。袁昌英（1894—1973），湖南醴陵人。1916 年赴英国求学，考入苏格兰爱丁堡大学攻读英国文学，获文学硕士学位。1921 年回国，在北平女子高等师范学院任教。1929 年入法国巴黎大学，研修法国文学、欧美戏剧。两年后归国，在中国公学从事教学，又执教于武汉大学外文系、中文系。著有散文集《山居散墨》（1937 年，商务印书馆）、《行年四十》（1945 年，重庆商务印书馆），专著《法兰西文学》（1929 年，商务印书馆），剧本《孔雀东南飞及其他独幕剧》（1930 年，商务印书馆）、《饮马长城窟》（1947 年，正中书局）等。

袁昌英善于在景物里深情怀忆，纵意论说，具象的描写只是表层，深刻的心志在于抽象感思的艺术化表达，以至对景物形成具有现代气息的思想覆盖。

《再游新都的感想》作于 1934 年，是她六年前初游南京后所写《游新都后的感想》的续记。发表于 1928 年 4 月 21 日《现代评论》第 7 卷第 176 期的《游新都后的感想》，由建筑想到伟人胸襟，由大学校园想到教育建设。那时，青春意气还没有从她身上消失，指点中充溢勃勃的文化批判精神。待到写《再游新都的感想》时，东北沦陷的情势和国家的危弱，使她的精神锋芒直接刺向现存的社会秩序，郁愤的言辞表示着更加激烈的态度，"由陵园谭墓之美观，我竟牵想到社会国家组织的大问题"，并以在英法留学时经验到的阅历来审视政治现实。"经过六年满眼风沙的生活之后，又回到新都的新名胜，印象果真极佳了，陵园及谭墓的茂林修竹，暗柳明花在我干枯的心灵上，正如沙漠上的绿洲对于骆驼队一样的新鲜可爱"，然而在"尽情感觉其豪华富丽与轩昂的气概"时，"一种莫明其妙的不适惬不息地侵入我的心头"。她眼前的新都"却是一个没有灵魂的城池罢了"，因为它本身缺少一个伟大城市应有的"壮伟心魄"，全城居民"所结聚的一种精神"，以致沦为没有灵魂主宰的"空虚的躯壳"，"魂不附体的空建筑"。她痛苦地疾呼"新都，此岂非君之辱，君之耻吗？试问在这种散漫空虚的生活里，你如何能产生、营养，发挥一种固定的，有个性的、光荣的文化出来？你若没有这种文化，你的城格从何而来，从何而高尚？"这种忧愁，在外寇逼犯的现实背景下，更燃烧着民族情绪的烈焰。她"简直是激昂、愤厉，而又悲哀至于毁灭"，胸间积蕴着深郁沉愁，满是疮痍的心上，印着"为东四省热泪流枯的余迹"。心境凄怨，她像旧游时为秦淮河畔清瘦的垂杨与泣柳伤叹一样，又将金陵胜迹做了拟人化的形容，拉近心与景的距离，别后的挂念、重逢的感慨交集着，在永远流动的岁月中追求永远新鲜的情绪，"我站在台城上，面着枯槁的玄武湖——养活一条鱼的水都没有的玄武湖——憔悴的紫金山，瘠瘦的田野，我不禁怃然，不禁怆然而泣下了"。她心恋"伟大的祖土"，愿"共饮一觞苦泪，以示哀感"，为"人间的痛苦，江山的变迁"。如此率直的观点表白与热烈的情感发抒，使袁昌英在新文学的女性作家群中，显示出强烈的创作个性。湖湘文化传统中的心忧天下的政治情怀、经世致用的务实观念，成为作品重要的思想支撑。

以明快的笔调、灵慧的理趣显示学者散文的风范，文字间偶尔闪过风景的秀美姿影，是苏雪林在作品上深钤的艺术印记。苏雪林（1897—1999），原名苏梅，字雪林，笔名绿漪、灵芬、天婴。原籍安徽太平，生于浙江瑞安。1914年考入安庆安徽省立第一女子师范学校，1917年毕业后，留在母校附小教书，与庐隐共度短暂的教学生涯。1918年考入北平女子高等师范学校国文系，与庐隐、冯沅君、石评梅同窗。1921年考取由吴稚晖、李石曾在法国开办的海外中法学院，又转入里昂国立艺术学院学习美术和文学。1925回国。1928年任上海沪江大学教授。1929年任苏州东吴大学教授。1930年任安徽省立大学教授。1931年夏受聘执教于国立武汉大学，直至1949年3月。曾与凌叔华、袁昌英在珞珈山同度学师岁月。著有散文集《绿天》（1928年，上海北新书局）、《苏绿漪创作选》（1936年，上海新兴书店）、《青鸟集》（1938年，长沙商务印书馆）、《屠龙集》（1941年，重庆商务印书馆）、《苏绿漪佳作选》（1946年，上海新象书店）、《归鸿集》（1955年，台湾畅流半月刊社）、《欧游揽胜》（1958年，台中光启出版社）、《风雨鸡鸣》（1977年，台北源成文化公司），自传体小说《棘心》（1929年，上海北新书局），短篇历史小说集《蝉蜕集》（1945年，重庆商务印书馆），专著《李义山恋爱事迹考》（1927年，上海北新书局）、《蠹鱼生活》（1929年，上海真美善书店）、《唐诗概论》（1933年，上海商务印书馆）、《辽金元文学》（1934年，上海商务印书馆）、《中国文学史》（1956年，台中光启出版社）、《屈原与九歌》（1963年，台北广东出版社）、《天问正简》（1974年，台北广东出版社）、《楚骚新诂》（1978年，台湾国立编译馆）、《屈赋论丛》（1980年，台湾国立编译馆）等。

勃兴的新文化催发苏雪林的青春意气。时势所趋，她的心底燃烧着生命的火焰，闪耀着性灵的虹彩。她性格爽达，意气凌云，在自我实现中求得心灵的解放，却又难以排除先天而来的传统根性。"苏雪林经过五四新文化运动的洗礼，又到法国留学数年，她一方面接受了现代意识的影响；另一方面，头脑中又保留着某些传统观念、道德。这使她处于新与旧、理性与感性的矛盾冲突之中。"① 现代意识和传统观念的纠结，具有一种自我拯救的作用，使她的受过旧传统重压的寂寞心灵尝味到生命的艰辛与文学再现的满足，文字在清丽率真中特别蕴涵一种深沉的力量。

苏雪林的议理散文，创作于生命盛期。抗战初期和中期写出的《青鸟集》、《屠龙集》，站在生命的峰峦回望，把对人生的哲理性认识加以文学化表达，以记事、抒情、议论的融会区别于一般浮泛的议论。她厌弃浮而不实的作风，所作的晓理文字贴近人们的生活实感，所喻示的意义就很触心，"三十年代末，苏雪林已到不惑之年，她经历了人生的幼年、青年时代，并正过着中年时代的生活。她根据自己的生活体验和对别人的观察，写出了《青春》、《中年》、《老年》三篇文章，被称为'人生三部曲'"②，这是她对生命阶段的理性回眸，无疑具有人生启示意义。

《青春》的抒情意味是在风景化的比况中显露的。她的用意的根据是"但芳草夕阳，永为新鲜诗料，好譬喻又何嫌于重复呢？"她说"春是时哭时笑的。春是善于撒娇的"，处于生命幼稚期的人，多能会意而认可这话。在青年们闪动着希望的眼里，诱心的最是树枝间新透出的叶芽，是一片蓊然的绿云，一条缀满星星野花的绣毡，是如纱的轻烟，如酥的小雨。春光里，"远处，不知是画眉，还是百灵，或是黄莺，在试着新吭呢。强涩地，不自然地，一声一声变换着，像苦吟诗人在推敲他的诗句似的"。她听见"绿叶丛中紫罗兰的啜嚅，芳草里铃兰的耳语，流泉边迎春花的低笑"。她看见郊野展开的新鲜世界，"到处怒绽着红紫，到处隐现着虹光，到处悠扬着悦耳的鸟声，到处飘荡着迷人的香气，蔚蓝的天上，桃色的云，徐徐伸着懒腰，似乎春眠未足，还带着惺忪的睡态。流水却瞧不过这小姐腔，他泛着激潋的霓彩，唱着响亮的新歌，头也不回地奔赴巨川，奔赴大海"。她欣悦于"春的饱和，春的浩瀚，春的磅礴洋溢，春的澎湃如潮的活力与生意"。她认定"春不像夏的沉郁，秋的肃穆，冬的死寂，他是一味活泼，一味热狂，一味生长与发展，春是年青

① 蔡清富：《〈苏雪林散文选集〉序言》，《苏雪林散文选集》，百花文艺出版社 2004 年版，第 4 页。

② 同上书，第 21 页。

的"。注入了对于青春时光的无限留恋和深情怀忆，没有感伤岁月流逝的叹惋。在她的感觉世界里，健美青年总和冷峭的晓风、沁心的微凉、葱茏的佳色、初升的太阳、发源的长河、热情的化身、幻想的泉源相连，年轻容颜上的明亮双瞳、轻圆笑窝，总如"春花的娇，朝霞的艳"。她熔铸美的意象，表示对于青春的赞颂。她的生命观缤纷而浪漫，在《中年》里，她感情深沉地写道："踏进秋天园林，只见枝头累累，都是鲜红，深紫，或黄金色的果实，在秋阳里闪着异样的光。丰硕，圆满，清芬扑鼻，蜜汁欲流，让你尽情去采撷。"她给理性的言说以绚丽的色彩、曼妙的声响，为朴素的理性内容披上美丽的感性衣裳，巧妙地把意识的冲动转化为诗性的表达，使抽象的意念如画似歌，从而显示自己独特的议理姿态，冷静而又热烈，散发一种贴心的温暖。

直接进入风景书写时，苏雪林的文字同样产生感动心灵的暖意。1934 年 7 月，苏雪林从上海乘渡轮赴"欲界仙都"青岛歇夏，夫妇二人住在福山路山东大学教职员寄宿舍近一个月，观览海山胜景。据此番游历写出长篇游记《岛居漫兴》和《劳山二日游》，以细腻清丽之笔描写岛城社会情状，摹绘道教名山胜境，在海色山光中体现笔墨情趣与文化性格。

《岛居漫兴》以分列的章节构成整体，体现出游程的完整有序。写作艺术的造诣，又保证了在时空的规定性中实现精神之翼的自由飞翔。《在海船上》记述海行的印象。沪上的闷居换为海上的航行，蔚蓝色的片影浮显在忆想中，"海上常见跳跃着大鱼，银鳞映日，闪闪作光，并非飞鱼，也能跳离波面三四尺"，觉得"充满诗意和悠闲之趣"。《青岛的树》洋溢着浓烈的爱国情感。俯瞰这座海滨城市，"近处万瓦鳞鳞，金碧辉映，远处紫山拥抱，碧水萦回，青岛是个美丽的仙岛，也是我国黄海上一座雄关……只愿这一颗莹洁的明珠，永远镶嵌在我们可爱的中华民国冠冕上，放着万道光芒，照射着永不扬波的东海，辉映着五千年文明文物的光华！"在爱的视线里，叶叶布帆"在银灰色的天空和澄碧的海面之间，划下许多刚劲线条，倒也饶有诗情画意"。青岛"那苍翠欲滴的树色"和"那芳醇欲醉的叶香"以及"那清凉如水的爽意"，美化着感官。爱风景是她先天而来的根性，"我常自命是个自然的孩子，我血管里似流注有原始蛮人的血液，我最爱的自然物是树木，不是一株两株的，而是森然成林的"，以求得心灵和自然深深契合。视感上的美妙享受使描写充满画意，法国里昂的菩提树"润滑如玉，看在眼里令人极感怡悦……仰望顶上叶影，一派浓绿，杂以嫩青、浅碧、鹅黄，更抹着一层石绿，色调之富，只有对颜色有敏感力的画家才能辨认"，若是西画，则要带上深蓝、靛蓝、宝蓝、澄蓝、直到浅蓝的油彩，才能"摄取湖光的滉漾，树影的参差，和捕捉朝晖夕阴，风晨月夕光线的变幻"，而"我们中国画家写作山水，只以花青、藤黄、赭石三种为基本，偶尔加点石绿和朱标，调和一下，便以为可以对付过去"。她说到中西画论的差异，但共同的艺术原则是"大自然的'美'是无尽藏的，我们想替她写照也该准备充分的色彩才行"。默想中，她愿意在林下软绵绵的草地上坐下，"白色细碎的花朵，挟着清香，簌簌自枝间坠下，落在你的头发上，衣襟上。仲夏的风编织着树影、花香与芳草的气息，把你的灵魂，轻轻送入梦境，带你入于沉思之域。教你体味宇宙的奥妙和人生的庄严，于是你的思绪更似一缕篆烟，袅然上升寥廓而游于无垠之境"，并从菩提树上细品出哲学意味，"请看它挺然直上，姿态是那末的肃穆、沉思，叶痕间常泄漏着一痕愉悦而智慧的微笑"。自然的美境本可润化她回国后日觉枯燥的心灵，可是举目"郊野到处童山濯濯，城市更湫隘污秽，即说有几株树，也是黄萎葳蕤，索无生意"，不免大发"故国乔木"之叹。曾经都是乱石荒山的岛城，也是"德国人用了无数吨炸药，无数人工，轰去了乱石，从别处用车子运来数百万吨的泥土，又研究出与本地气候最相宜的洋槐，种下数十万株。土壤变化以后，别的树木也宜于生长，青岛才真的变成青岛了"。没有对国人的讪讥，也没有心理的自卑，鲜明的对比，愈加显出内心的矛盾和感情的痛苦。《汇泉海水浴场》里倾注对于青岛环境的深恋与赞赏，"青岛的海可爱，就因为她的绿，绿得那末娇艳，又那末庄严，那末灵幻，又那末深沉，我现在才认识海的女儿真相，她果然是个翛然出尘，仪态万方的美人！"西沉的夕照，变紫的晚山，澎湃的海浪，也被幽幽凉风扇进梦乡，"快乐的情调，泛滥在海面上，在林峦间，在变幻的光影里，在无边无际的空间"，醉人的气息从她的笔下飘出。《湛山精舍与水族馆》由"沿着海岸一带联绵的雉堞和中间那一座丹甍碧瓦的戍楼"与"高踞湛山之巅尚未完工的佛庙"而表现好为议论的清高个性，虽是谈建筑，睿智的见解却富含文化意味，"我国建筑采取西洋制度，其时代实为不久。据说清代圆明园便有几座宫馆带有西风了，直到于今还不能融会贯通，造成兼有中西之长的特殊型式，究属何故？中国文化果然像法国某艺术家所说不容易与别的文化融合呢？还是我国学术的胃消化力过于薄弱呢？"从苏雪林具有的中西文化学术背景的层面审度，从容的创作风度彰示着客观理性的科学观与本能的民族自尊。《中山公园》则以细腻温馨的态度体贴花情。池中的荷蕖盛开，"令人神清气爽的芬芳，弥漫于空气里"，称做"娇艳媚妩的日本女儿花"的樱花，燃烧着红焰焰的春之火的紫荆，让她觉得"纷披动摇，翻金弄

碧，分外有一种欣欣向荣的气象"，进而以女性的纤敏柔腻微感着花木的性
情，"树木是有树木的灵魂的，它们也有喜怒哀乐，它们也有相互间的友谊和
情爱，它们也会互相谈心，互相慰藉。当它们在轻风中细语，在晨曦中微笑，
在轰雷闪电，狂飙大雨中叫喊呼啸，有了气类相同的伴侣在一起，便觉得声威
更壮，也更显得快乐活泼"。她又能熔炼古典，以文王之囿、汉武帝上林苑、
王维辋川别业等旧迹的林木之盛、山水之真，印证"我国古代园林的制度正
和西洋暗合"的道理。《太平山顶》流露了一种悠闲的意趣，"石壁苍苔蒙密，
杂以深黄浅紫的野卉，如山灵张宴，铺设着一条条彩色斑斓的锦毡毯"，"整
个青岛是一个世外桃源，这条山路，更能给人以清幽寂静之趣。走到这里便觉
得应该抖落一襟凡尘，抱着完全宁谧纯洁的心情攀登绝顶，去与庄严雄丽的大
自然晤对"，竟至踞坐峰巅，俯览如画的海山，鳞次的人家，纵横的街道，奔
忙的车马。和风送来阵阵市嚣，她觉得"这容纳五十万人口的大城，我一定
要误当它不过是一座供人赏玩的案头清供。远处碧澄澄的大海映在夕阳光中，
好像是睡着了，不涌半点波澜"。浩荡天风里，她衣袂飘举，视线快速追着凌
波的白鸥，叹赏"你们是诗人所羡艳的最清闲的鸟"。《几作波臣》里仍是这
种逍遥情态，"我仰卧波面，微微睁眼，看见上面蔚蓝无际的天空，有几朵白
云，徐徐移动，完全想不起置身何境。几十年生命的痕迹泯灭无余，宇宙万物
虽客观地存在，与我也毫无干涉，这时的心灵整个成了空白"。静中的凝视让
思绪翩跹，《太平角之午》中，她坐在临海的崖石上，看见一轮旭日放射万里
皎洁的晴光，照着蓝色的天，蓝色的海，白色的云，白色的帆，异样的壮丽、
秀美、庄严、灿烂。一日的昏昼间，"气温、色彩、情调，是一组音节参差的
音阶……那树影摇碧、好鸟乱啼，空气滋润尚带夜凉的清晨，都是温柔的旋
律，为我们所乐于消受的"。午后，"时间的琴键所流出的调子，便重滞起来，
艰涩起来，应该用飞快的拍子，滑过这一段乐谱上的音符，直等到那晚峦酽
紫，青霭满林，凉风袅袅起于天末的薄暮，和那空气里织满乱飞的蝙蝠，夜色
愈酿愈浓的黄昏，乐调才又转为柔和了。等到虫声盈耳，繁星满天的良夜；或
罗扇轻挥，夜凉如水的清宵到来，才达到最美妙的阶段"，她的神思在艺境中
自由地飘飞，连同《海崖上的谜语》里那段太平公园的荷花"嫩白娇红的花
朵，掩映田田绿叶，眼前似展开一片连绵不断的云锦"的描写，交融着诗的
节奏、歌的旋律、画的颜色，词语华美，词彩浓艳，足见用情之深。《栈桥灯
影》描述了夜晚赏灯眺浪的心情，偏偏轻慢了月光。在乌云厚积的漆黑天色
里，驰骋情思，笔下虽然不见画境的美感，却富于颖异的想象，"这座栈

桥……笔直一条，伸入青岛湾，似一支银箭，射入碧茫茫的大海"，桥柱上安设的盏盏水月灯"圆圆的，正像一轮乍自东方升起淡黄色的月亮……现在月亮选取东海为床，将她的蛋一颗一颗自青天落到软如锦褥的碧波里。不知被谁将这些月蛋连缀在一起，成了两排明珠璎珞，献上海后的柔胸。海后晚卸残妆时，将璎珞随手向什么上一挂，无意间却挂在这枝银箭上了"。奇美的联想牵引着心情飞入奇妙的幻感中。欲望的浮尘被游赏的乐趣除去，心情在风景中平静下来。

《劳山二日游》是一组以游踪为主脉、夹叙夹议的作品。虽不像写海时文采飞扬，却另具一番沉静美。《北九水》写流泉"带着深山的冷翠，风林的凄咽"曲折地奔淌成一条幽涧，"水色却是鲜艳的澄蓝，映日闪光如宝石"。《千石谱》则阐释自己的画论，"我平生对于中国山水画，像倪云林一派的萧疏澹远之趣，并非不知领略。然于宋元人的大幅立轴，或岩壑盘旋，峰峦竞秀；或洪涛汹涌，山岛峥嵘；或老树千章，干如铁石者，尤为欣赏，好像胸中一段郁勃磅礴之气，非借此则发泄不尽似的。于自然界的风景，我之爱赏奇峰怪石，也胜于春草落花，平沙远渚"，劳山形势，正开阔了襟怀。《白云洞》用的是写意笔墨，有国画意韵。劳顶"突出群峰之上，乱石插空，颜色森润如鲜灵芝，玲珑剔透则似千叶莲瓣，斜日光中金碧灿烂，则疑为神仙所居之宝阙琳宫，五云缥缈，灵光明灭。时有白云数片，摇曳峰峦，恍然诸仙灵羽衣飘举，相率来朝此山主者。高山巨峰气象沉雄不难，难在如此的明丽，如此的空灵"；透过道院中竹影摇动的圆窗望山，"则更有悠然入画之致"，写出了秀异山容中深蕴的仙道风骨。《明霞洞》道出游山的感受，"自然界苍莽雄奇的气魄，一定要到深山大泽之中才能让你领略"，这是带着审美眼光了。《上清宫的银杏》里，她受着旧小说《香玉》的魅惑，想着绛雪绰约的影子，情绪又一跳转，说"我想这两株银杏可说是中华民族的象征"。《归途》里依然有灼见，"不过游览山水亦如阅历人生，经过饥寒颠沛，世路艰难者，领略人生意味自然比那一辈子足食丰衣、过着安乐岁月者，来得广阔而深刻"。苏雪林宣遣着岛居清兴、劳山游情。她的记叙、描写、议论、抒情，文言与白话及欧化语言相杂，融合成一种独有的风味。

苏雪林以中年的阅世经验，在山海概览中寄托单纯的生活理想，在美的风景里安顿浪漫的心灵。

记忆的风景中飞响烽火战歌，燃烧非常岁月的青春激情，白朗用女性纤细的艺术感觉编织美丽的彩梦，用浪漫的文笔渲染沉郁、凄恻、激越、昂奋相交织的时代情绪。白朗（1912—1994），辽宁沈阳人。原名刘东兰，又名刘肇春，笔名刘莉、弋白。1933 年在哈尔滨《国际协报》任记者，后任副刊编辑。长春《大同报》周刊《夜哨》停刊之后，在《国际协报》副刊创办《文艺》周刊，任主编。1935 年至 1937 年在上海从事专业创作。1942 年在延安任《解放日报》副刊编辑。1946 年任《东北日报》副刊部部长、东北文艺协会机关刊物《东北文艺》副主编。著有散文集《我们十四个》（1940 年，重庆上海杂志公司）、《西行散记》（1941 年，重庆商务印书馆）、《月夜到黎明》（1955年，作家出版社），报告文学集《一面光荣的旗帜》（1947 年，哈尔滨光华书店）、《锻炼》（1957 年，通俗文艺出版社），短篇小说集《伊瓦鲁河畔》（1948 年，上海文化生活出版社）、《牛四的故事》（1949 年，哈尔滨光华书店），中篇小说《老夫妻》（1940 年，重庆中国文化服务社）、《为了幸福的明天》（1951 年，人民文学出版社），长篇小说《在轨道上前进》（1955 年，解放军文艺出版社）等。

　　《沦陷前后》是白朗 1935 年逃亡到上海后写出的一篇深情追怀故乡的散文。特定的历史时刻与血色场景，反映着个人情感与重大历史事件的深刻关系，使私性空间充满社会意义。九一八事变爆发的晚上，她在哈尔滨凝视松花江的秋夜景色，眼前展开一幅优美的图卷："江水是那么沉静而幽深，仿佛沉思般地悄悄地流着。明朗的又似惨淡的秋月之光，满撒在广渺无涯的江面上，波纹起伏着，放着绚烂的光闪，相映着夜空中映眼的群星，构成了一幅美丽的夜景。风丝，回旋在空气里，不是冷，只是描写不出的醉人的清凉，好像饮了一杯葡萄酒似的，我陶醉了，我的心随着那缓缓东流的江水在漂泛着了"，安闲、平和的空气里，嗅不到血腥。在她迷醉的目光里，"夜空宛如一块庞大的深蓝色的天鹅绒，又仿佛一片无边无涯的雄伟的海"，她"张着被松花江畔美妙的秋夜所陶醉了的眼睛，眺望着南方，眺望着远天"，怀想着星光下的故乡，久不能从回忆里逝去。"然而，天晓得，就在那天夜里，我那美丽的、淳朴的故乡竟而沦陷，它首当其冲地被悍敌攫为囊中物了！"国家的艰危，惊破沉酣的悠恬梦境，快速的叙事节奏，表现急骤变化的意绪。身在异乡，能够更加深刻地认识家园，感受乡情。

　　《西行散记》是白朗于八一三沪上抗战后在武汉写出的，爱国情感愈加深沉悲壮。"天色渐渐地晦暗下来，火车在轨道上迂缓地爬行着。所有的林树、田野、小溪、荒原……已经模糊不清了"，低幽凄切的歌声中，酸心的流亡生活的回忆断续闪映，"心情也完全让离情别绪、悲愤与愁恨占有着"。她忆想逃出"帝国主义铁蹄践踏着的松花江畔"，含着辛酸的泪"开始向祖国流浪"的一刻，"湿润着惜别的泪眼，贪婪地望着眼前飞过的一切景物"，更添深了苦恨离愁。晚风吹着沉郁的夜空，别离之曲凄切、高亢、激昂，"一路上，车轮滚响着，我们和着这怒愤的音乐断续地唱着，没有交谈什么。是离情，是别绪，是悲愤与痛恨把我们围袭了"。逃亡的征途上，她剪不断无限的愁思，远走天涯，也念着"慈母的热泪与叮咛"，也念着"河山变色的故乡"。无尽长的迢遥的怀思伴她度着漫漫暗夜，渴盼和故乡"一瞬的相逢"，并摆脱惨痛回忆的纠缠，使"欣喜与兴奋温暖着凄怆的情绪"，让幻想闪耀起火样的希望。

《月夜到黎明》刊载于 1939 年 10 月 10 日《抗战文艺》第 4 卷第 5、6 期合刊。生命的途程上，也有温馨的凉夜，"飘着幽灵样的轻风，随着银色的月影"，让她享受风与月的温存。美丽的梦境、神奇的幻觉闪动在心上，"我踏过了一片青春的原野，又爬上了一座青春的峰峦，一座又一座，无数的峰峦庄严地向我投送着雄伟的注视……我拥抱着最高的山峦，用口水润了润不感疲倦的喉咙，向着环绕的山峰，向着原野，向着银色的月，也向着渺小的、藐视我的星星，吐出了我的歌声"。情绪化的抒写映射内心的光明，"庞大的海的欢呼，使我展开了朦胧的视线，原来这无边的海里正漂荡着数不清的小船，在我面前展开了青春的原野和黎明的春阳"，字句充满鼓舞的力量。

白朗的抒情诗化的写作，表现了苦难年代美妙情感与沉暗现实的深刻对峙，显示了艰难的命途挣扎中不甘寂寞的文学理想。心理和时间的跨越，憧憬与境遇的反差，不单凸显时代的深重矛盾，也收取心灵震撼的艺术效果与精神隐义的文学张力。

用着绵密的思致、细腻的笔触描画故园的山水草木，表现淳朴的民情、古老的村俗，白薇从家乡景物中获取温暖的感觉，就有了纸上的乡情。白薇（1894—1987），原名黄彰、黄鹂，别名黄素如。湖南资兴人。先后入衡阳第三女子师范学校、长沙第一女子师范学校读书。毕业后留学日本，考入东京女子高等师范学校，学习理科和历史、心理学。1925 年回国，任教于武昌中山大学。1927 年参加创造社。1931 年加入左联。1938 年赴桂林任《新华日报》特派记者。著有剧本《琳丽》（1925 年，商务印书馆）、《打出幽灵塔》（1928年，商务印书馆）、《街灯下》（1940 年，上海国风书店），长篇小说《炸弹与征鸟》（1929 年，北新书局）、《爱网》（1930 年，北新书局）、《少女之春》

（1931 年，现代书局），长篇自传《悲剧自传》（1931 年，生活书店），散文集《昨夜》（与杨骚合著，1933 年，上海南强书局）、《悲剧生涯》（1936 年，上海生活书店）等。

《我的家乡》刊载于 1937 年 4 月 5、20 日《中流》第 2 卷第 2、3 期。乡园山水映画似的永远叠印在白薇的心幕上。湘南的风景美是一种恒定的自然存在，随着人类活动和世事变易而浸染喜与悲、乐与哀的情绪色彩。白薇透过缤纷风物再现社会变迁的风云，勾画历史演进的轨迹，描述一个时代的个人记忆。

清美的风光中有白薇对童年生活深情的怀忆，有诗意的山水想象。芦洲，沙岸，散散的桃李，田地交错的平原，层叠而上的绿野、浅山，壁立的山岩，澄碧的深渊，飞溅白沫的瀑布，可种杂粮的倾坡，遍地的枣树，蔽天的松林，江滨的吊楼板房，祠前的水塘，是那个名为"秀流"的村子给她的遥远印象。她一面细细地摹画，一面把深深的爱恋水似的融合进去。她记得在码头挑水、洗菜、浣衣的村妇；记得湘南通往粤北的水路上喜唱山歌的挑脚夫，码头湾里的泊船一解缆，船老板就"打着桨，唱着歌，流水急滩奔驰地，瞬忽间，他们的船悠然漂逝了，在西面岩壁江折处，船转湾消向北方去"，一派古朴的道遥意态。家乡人活在花的色与香里，"在春夏，从隔江看我们的村落，好像一条锦带，因为全村，都掩蔽在江岸的桃花，梨花，竹柳，深绿的枣林，及鲜红热烈的榴花中"。在这个远年富庶的乡村，迎神嫁娶的礼俗也是有意味的人文景观。拜天地时"祭坛上香烛之外摆设巨大的猪头，羊，鹅，鸡，鲤鱼及无数盘的珍肴，美果，这些上面，都盖着大红纸剪的灵巧的图案模样"，红火喜庆中又含着一点庄重肃穆。每逢新年，舞彩龙、排花灯同样成为一种乡间仪式。唱大戏被乡下人看做"敬神最大的典礼"，也是"最高的娱乐"，"戏台建在旷野，是有浮雕有悬空的塑画的建筑物，塑画施以素雅的色彩，每幅一个富有诗意的故事，如李白醉酒，太公钓鱼……"看戏人散布于苍翠的树林，低低的草坪，倾坡高叠的田亩，远远近近对着戏台。立秋前后的吃枣子，是乡民情感互动的时候，"无数女人小孩的嘴，无数的话声交流，谈到各样琐事，风俗，人情，各样的性格，面目，表情"，快乐的社交，传承着久远的公序良俗。"待江"在小孩子眼里，"再没有比看到千万人欢悦鼓舞共捕鱼还快乐的事"。她说"这些，都是我童年的经历，留下的记忆永远都刻在脑里！我爱我的家乡，我庆幸我生长在这样一个可爱的村子，它，给我比别村的孩子更多的见识，更多的美的憧憬，狂热的情绪"，竟至影响着性格的塑造。

　　她的家建在美的环境中，虽不怎样堂皇，"但从风景的美丽、开朗说，我生平走过的地方，没有看到谁家的住宅，有这样好的风景，秀流风景的精华，集在我们的一家"。她用文字描画色彩饱满、线条飘逸的动态影像，为故园山水造型，使生动的景观形态产生强烈的视觉美感。靠着朝南面江的宅子，"透过密密的枣林，桃，梨，石榴，柚子树，可以看到澄碧的江水，江中的行船，船上的歌声送到我们门前，窗楼……大门正对过去的遥远处，是摩天的遥岗仙，那是大庾岭的一段，群峰耸翠，一峰依着一峰的肩怀，峰峰恬静地吻着碧霞横黛的天边。东面是火山统率的翠秀的群峰；西面是陡峭的山壁隔江紧迫着，春夏雨后，那飞溅的瀑布挂在眼前，瀑布声，鹧鸪声，交响在我们童年的耳里"。美景滋养她的情趣，她在晴朝独倚门墙，"看到墙外的梨花满树白，衬以远远正放的桃李，隔江黄金色的菜花无边际，我陶醉了；清明时，我看到西山满开着鲜红的杜鹃花，配以鹧鸪声不绝，我呆呆地看，听，到黄昏暮黑还不想回屋里；我爱或红或白，拖着孔雀尾毛的长尾鸟，出没在母亲卧房的屋角的石榴花树上，我爱它的灵巧，美丽，狂啼；也爱出没花间，又胖又大的五彩蝴蝶"。美景丰富她的爱感，"我爱我们的家，我家的环境太雄壮优美！我更爱最爱我的祖母，她是那末温柔，美丽，高贵像仙女。也爱我纯洁壮美的父亲，贤明能干的母亲。但我美育的涵养，从小就醉心自然美，从小就爱画花草，小动物，爱用纸剪花草生物，可以说是环境的赐我及祖母的肯教我"。绵长的记忆总被风景映亮，泉水深处几垄参天的竹林，林梢聚散的浓雾，绿幽幽的长路，"泉声瀑布声，千百娇啭的鸟声，嗡嗡的蜂声，微风轻吹树叶声，奏成伟大的天然交响曲，绿阴的美，配着竞开的各种奇花，当我儿时通过那里，仿佛做梦飞入了仙界"。她觉得"家乡，地带总是这般险阻，恬静平安仿佛天堂！"爱的描画，追求景物的清晰，色彩的明艳，营造理想的视觉效果，而惟有情感的支撑，方能赏叹男人耕田、犁土、挑担、划船，女人绩麻、纺纱、种菜、养猪、管家的安居乐业的日子，笔下的乡间民情才会如此原始朴质，村野光景才会如此翠媚清幽。

　　清美的风光中也有依稀的血痕。颠沛的人生遭际，使白薇的景物描写融会着时代风云。"可以只身远走无忧的太平世界"消失了，"因此，虽有岭南的梅花，娇红艳艳，开遍山阴平野；虽有高山云表的'大庾岭'惊奇的风光，峦山峻岭，每一个山腹山峰，全是蒙着盛开的洁白大朵的茶花，清香又美丽；虽有浓雾像乳白的河，一忽充塞在弯曲深邃的谷底，使绵长深邃的幽谷，俨然给牛奶盛满的河流，河上雾气腾卷，仿佛八月钱塘江的浪花，奶河分流交错极壮观，一忽又弥漫天际，使天和地隔离，往下看不见地的影子；虽有许多七色的虹彩，从我们天上行人的脚下，出现山的这边那边，向下伸到深不可测的谷底，半空，伸向灰白的重雾隔断天与地之间的云层云下去；虽然觉得人在天上走，发丝上凝着满头冰珠，鸢在下界飞，眼底是不可测的云层，雾层和幽谷，这些壮美少见的景色，总不能使我畅快无忧地走过，总怕山中的土匪出来吊羊（绑人去），把我绑去。这年头，已经不是往日的太平世界了"。至于家乡景色，"它的美丽的光华，随着我的童年，悠悠地逝去了"，"江岸再没有往日那些桃李梨花竞艳的春天，也再没有那些枣子，石榴，橘柚丰熟的秋夏了，据说再没有往日那漂亮的龙灯故事，也再不待江唱大戏了……像陶醉过我儿时的满树白的梨花，不知要到哪儿去吊它的艳魂？左右屋后的桃树，石榴树，和我幼时手植的名花异草芭蕉，连根都没有了，肥大的彩蝶绝少出现，长尾鸟也再不来唱歌了！"洪宪称帝，宣统复辟，军阀混战，使得"禾田种植，给铁蹄蹂躏了；苛捐杂税，刮尽了老百姓的膏血；居民一夕数惊，逃亡流离所致"，"北伐以来，灾祸如此越来越猛烈，再没有女人纺纱的轧轧机声，再没有少女敢只身孤行，村村少见鸡犬猪鸭，人人择着僻静处去躲身"，她惨声地呼号："唉，家乡！一切的一切，是另外的一切了！"而"又离开了我的家乡，带着少许的钱顺着秀水，耒水，湘水，流浪流浪，流到衡阳……流到长沙，汉口，武昌……碰着了东京的老认识，荐我进了革命军的总政治部，看了大革命的狂热"的白薇，更期盼败落的家乡"走上荣盛再造的道路"。她的文字间飘浮着山光水影，流荡着民风乡情，更映射一个内心波叠着乡情浪花，又灵敏地感应着时代神经的知识女性的心路历程。

　　迢迢长途上的漂泊，使白薇感叹命运的凄凉，低声唱出哀怨之调。她以景物作为艺术内容，诠释怀乡主题，也紧紧围绕个人情感展开。作品将自然山水和人生命途形成紧密胶结，单纯而饱满的个性意义，含蕴着创作品质上独异的自我意识。

　　浅显中寓深意，寻常中寄真情的中国式传统笔法，在李辉英追求深度感动的情绪流露中，得到现代证明。凝练的笔墨浸润的朴素情感，抚慰柔软的灵魂；丰富的同情心包蕴的精神内涵，充满人性的温暖。李辉英（1911—1991），吉林永吉人。原名李连萃，笔名东篱、南峰、西村、齐鲁、林山、季林、梁晋、叶知秋。1930年从上海上达学院高中毕业后考入中国公学。1931年开始文学创作。1932年在《北斗》第2卷第1期发表小说处女作《最后一课》。1933 年加入左联。1934 年在上海主编《漫画漫话》和《创作月刊》。1936 年春在北平主编《文艺周刊》。抗战后执教于长春大学、东北师范大学中文系。1950 年定居香港，先后任香港大学东方语言学院讲师，香港中文大学联合书院中文系讲师、系主任。此期曾主编《热风》、《文学天地》、《笔会》等文艺刊物。著有散文集《再生集》（1936 年，上海新钟书局）、《北运河上》（1938 年，汉口大众出版社）、《军民之间》（1938 年，汉口上海杂志公司）、《火花》（1940 年，商务印书馆）、《山谷野店》（1940 年，重庆独立出版社）、《中国名城游记》（1956 年，香港学文书店）、《中国游踪》（1956 年，香港文华出版社）、《星马纪行》（1961 年，星洲世界书局），短篇小说集《中学生小说》（1932 年，上海中学生书局）、《两兄弟》（1934 年，上海千秋出版社）、《丰年》（1933 年，中华书局）、《人间集》（1935 年，北新书局）、《山河集》（1937 年，上海新生书店）、《火花》（1940 年，商务印书馆）、《夜袭》（1940 年，重庆中国文化服务社），长篇小说《万宝山》（1933 年，上海湖风书店）、《松花江上》（1945 年，重庆建国书店）、《复恋的花果》（1946 年，重庆建国书店）、《雾都》（1948 年，上海怀正文化社），专著《中国现代文学史》（1970 年，香港东亚书局）、《中国小说史》（1970 年，香港东亚书局）等。

《故乡的山梨》是一篇深情的咏物小品。在李辉英的生命感觉里，故乡就是"一座山，一丛林，一条小溪，甚而是一些荒坟"，种种清切的影子印在游子的心上。故乡的物产并非都是名贵的东西，却格外令人关怀。他记得生长在故乡山上的一种梨，"由于这种山梨的生长，很可以推想到故乡偏僻落后的社会情形来"，虽未免苦涩，却不忍苛责于它，因而内心有一种甜蜜的宽容，甚至产生味深的联想，"我觉得故乡的山梨特别叫我不忘的地方就是它的酸和粗厚的皮"，它的"酸味是特别值人不忘的，正像你吃了它的酸味后一样，口中久久不散，而留在你的记忆里的酸味尤其是难得的"，实在是人生的贴切喻示和身世的自况，"因为我每每从它的酸味中，来比拟自身寒酸的境遇；是的，我的生活永远是在酸味中过着的，我没有一日属于甜味的生活！也许，我此后的日子还是要在酸味中过着的呢。所以，对于故乡的山梨就因此更给我不能忘记的深深的印象了"。在平凡的山梨上发掘人的品格、志趣，拟化中自有一种婉曲的风致。由个人哀怨衍及众生的苦况，更富于广博的人文情怀，"我爱故乡的山梨，但我更忘不掉比山梨还要酸上万倍的故乡人们诉苦无处的非人生活"。淡淡的乡味中蕴蓄深沉的感受力，微情妙趣里包含现实批判的力量，也反映了知识分子文化意识里担承的民生之重。

《故都沦陷前后杂记》则表现了抗战初期北平人民的共同感受，和一个有责任的作家的民族良知。作品真实地再现抗敌捷报带给市民的欢乐和鼓舞的场景，"七月廿八日，全个北平宛若着了火，人们如醉如狂的情形，喜形于色的愉快，全然是因为我们的军队获到了莫大的胜利"。随着翌日的时局逆转，人们乐观的情绪潮水般退落，心理遭受重创。日军行将入城的消息使"人人全是愁眉不展的，街头冷落了，胡同清净了，大家见面之后，纵是相熟朋友，也全然默默无语，那种漫然哀痛的神情，一如遭到了国丧。城死了，一无声息了……苦闷的种子在各处播散着，人们伤心地落出滚热的泪珠来。望着沉静的古城在频频的叹息摇头"。铁蹄下遭受奴役的现实，使世代在文明故都里平安度日的百姓蒙辱含愤，这篇短文的价值，在于以真实沉郁的笔墨录载下这种历史情绪。

在散文方面，显现着写实小说深沉朴素的笔风，用悲愤的心怀感受生命的惨痛，用含泪的文字发出无声的呐喊，在世间苦难的图景中刻画血色人生，台静农的沉郁情感是燃烧在纸上的。台静农（1903—1990年），安徽霍丘人。未名社成员。在汉口念中学未毕业即到北京大学文学系旁听，后转该校国学研究所半工半读。抗战前曾在北京辅仁大学、山东大学、厦门大学执教。抗战爆发后任四川白沙女子师范学院中文系主任。战后赴台北市，任台湾大学中文系教授兼主任。著有短篇小说集《地之子》（1927年，未名社）、《建塔者》（1928年，未名社），编选《关于鲁迅及其著作》（1927年，未名社）、《淮南民歌集》（1928年，未名社）等。

《春夜的幽灵》刊载于1930年《未名》半月刊合订本第1卷。浓挚的怀人情绪，在梦似的背景下流淌，是一篇献给亡友的悼词。在他的忆念中，浮闪着肮脏、倾斜、窄促的茅棚的影子，逝者的音容来到眼前，"仍旧是同平常一样的乐观的微笑"，让他"感觉了一种意外的欢欣"。他恨那毁灭生命的恐怖时代，"他们将这大的城中，布满了铁骑和鹰犬；他们预备了残暴的刑具和杀人机。在二十四小时的白昼和昏夜里，时时有人在残暴的刑具下忍受着痛苦，时时有人在杀人机下交给了毁灭。少男少女渐渐地绝迹了，这大的城中也充满了鲜血，幽灵。他们将这时期划成了一个血的时代，这时代将给后来的少男少女以永久的追思与努力！"北风怒啸之夜，遇难者为了理想果决地迎向刑场，慷慨高歌欢呼，直到最后的声音在夜空消逝。他"时常在清夜不能成寐的时候，凄然地描画着"痛心而暴虐的场面，"荒寒的夜里，无边的牧场上，一些好男儿的身躯，伟健地卧在冻结的血泊上"。他深情地赞服英灵，"你们一起将你们自己献给了人间，你们又一起将你们的血奠了人类的塔的基础。啊，你们永远同在！"风景仿佛印上淡淡的血痕，潜入梦境，"春天回来了，人间少了你！而你的幽灵却在这凄凉的春夜里，重新来到我的梦中了"。他用依然光鲜的背景衬着远行的逝者，画出犹如生时一样的境界，自己也被映上心幕的生命形象感召着，一同跨进新的道路。

在台静农的精心营构下，情感流向显示出清晰的贯穿性主脉，强大的辐射力凝铸一种精神的美，赋予文章以圣洁的艺术品质。他的一支婉丽多情的笔，触着人物依然热着的心，来温熨自己冰凉的泪眼，在抒情的幻想中使思念意味更来得亲切绵长。人与景、情与境、心与物，在现实与幻觉的交缠中，达到了艺术的和谐，而愈加深刻地表现了时代的悲剧性冲突，并使台静农的小说主题在散文形式下得到同一创作方向的形象阐释。

为风景写下珠玉般的漂亮字句，使山水浮出会心微笑，是丽尼赢得的文学荣誉，并且长留于个人创作史上。丽尼（1909—1968），原名郭安仁，湖北孝感人。1930年去福建，曾任《泉州日报》副刊编辑、晋江黎明高中英语教师，又赴武汉美术专科学校执教。1935年和巴金等人创办文化生活出版社。著有散文集《黄昏之献》（1935年，上海文化生活出版社）、《江之歌》（1935年，上海天马书店）、《鹰之歌》（1936年，上海文化生活出版社）、《白夜》（1937年，上海文化生活出版社），译著《贵族之家》（1937年，上海文化生活出版社）、《前夜》（1943年，上海文化生活出版社）等。

丽尼散文的抒情结构含纳了真实具体的生活内容，表现了题材上的现实性选择。他的三本散文集分别展示社会生活的侧影：《黄昏之献》反映知识分子颠沛流离的艰窘；《鹰之歌》关注工农的苦难境遇；《白夜》表现城市里小人物的凄惨命运。从作品的具体细分看，不同主题都凝聚于共通的情感核心。《黄昏之献》写爱的伤情，《秋夜》、《池畔》写生的苦情，《无业者》、《行列》写抗争的激情。他描绘农民悲苦的心，"夜的影子爬进了村庄来，远山是一堆无情的乌石块，人们望着它，想着，这世界是不成一个世界了；想着，用锄头狠命地掘吧，让那乌黑的石块迸出火花"，以惊破无声而忧郁地躺着的平原（《平原·平原》）。他形容农民愤怒的反抗，"是狂风扫过了大地，是怒马在作着驰驱"，"平原咆哮了起来，赤色的弧线布满了夜的空间"（《平原·夜》）。他勾勒家乡田野的荒芜景况，映衬破产农民的哀感，"在大池旁边，从来没有像这样荒凉过的。无论在山坡，或池畔，都看不见一个人影"，萎瘦而稀疏的青黄的麦苗，失去了蓬勃的生气，"阳光忽然变得阴惨了，松涛接着也悲切地呜咽了起来"，他这个"盼望着自己的家园的远道归来的儿子"，"惶惑地四面望着，四面好像已经布满了狰狞的鬼影，似乎我已经落在一个不知道应当向着什么地方走去的境界里了"(《池畔》)。他赞美劳动者的豪勇与乐观，不羁的小船挣扎在汹涌的江水上，"老人没有歌唱，只是无声地用力把着桨，往水里杀下去。浓雾隔住了天上的星斗，遮住了一切的光明"；江上的生涯，黑夜的航行，与逆流的斗争，构成人生的交响，年老的船夫"在前面奋力地打着桨，呼吸着康健的气息……而一种沉郁的原始的歌声就从水上涌出来了"，鼓舞的力量升腾着，"我们与一切皆在微明之中前进了"(《江之歌》)。丽尼的景物摹记，深蕴幽情。苦难年代的社会浊流，冲不尽他的心潭上的清漪。

青年男女的恋爱，构成丽尼早期散文的创作主题。他以哀歌苦吟的形式表现对于封建旧文化、旧道德、旧制度的强烈否定与深刻批判。爱是一种玄秘的、隐深的感情，年轻的丽尼在进行文学表达时，常常将其暗含于风景的意象里，酿制浓郁的诗情、深沉的意旨，设定一种幽美、深婉的情境，无法一眼看见清晰的逻辑关系，造成一种模糊的、多义的艺术欣赏效应，而丽尼内心漾动的幽情，也像他在作品里时常呈示的那么不确定："如同生命之中的朦胧的烟雾了"(《月季花之献》)，"一切的思想在我的心里朦胧起来了"(《池畔》)。精神的徘徊、内心的彷徨，正是特定时代知识分子真实的情绪状态。

加入左联是丽尼人生的分割线，也是艺术转型的开始。他的创作面貌发生深刻改变，从狭小的个人领域转向广阔的社会天地，尤其注重反映工人农民的现实苦难，更有反抗外敌侵略，争取民族光明的奋勇呼吼。

在艺术风格上，围绕"伤感啼血的爱情绝唱；愤怒不平的生活苦吟；追求解放的战斗呐喊"[①]的内容构成，丽尼坚持以熔铸情绪意象为终极艺术目的。鲜明的景物形象勾画，精美的情感意境设计，都增强了情绪渲染的力度。体式精粹、笔墨凝练的诗意小品，在景物的悠享中构建一个纯洁、沉郁、唯美、浪漫的抒情世界。

丽尼营构了经过诗意融入的生活景观。他的记忆的丝缕牵系着丰富的人生细节。少女的孤坟边，"荒原上已经没有人影了呀，只有她的羊儿是在鸣风之

---

① 吴欢章、张祖健：《〈丽尼散文选集〉序言》，《丽尼散文选集》，百花文艺出版社 2004 年版，第 8 页。

中哭泣着的啊！"（《悲风曲》）海夜上飘响少女凄厉的哀呼，"山道老是保持着这样的静默，然而，却是潜伏着了多少你的哭泣声的喧嚷啊！"（《海夜无题曲》）这些仿佛是唱给他的童年伙伴，那位早夭的外国女孩的伤愁之曲。草原在他的想象中旷远、幽奇，月亮冷冷地照着，骆驼凄切地号叫，月光之下，游牧姑娘的眼睛"是如何地明媚，使我完全迷惘了呀"（《拉丽山达》）。如梦的生命，如浮萍的行踪，让他的无定的心"越过了大海，山巅，和黑暗的森林，在寒冷的夜深"凝望天际的星星，盼望黎明与曙光到来（《飘流的心》）。生活前程中，"心向着黑暗沉落了，缓缓地，使我感觉了重累。我如同是在怅望着一个黑暗的郊野"（《傍晚》）。他的风景中涂染着抗争的血色，战斗的画面冷酷、惨烈：城楼里面躺着无数的死人，冰冷的血液填满着壕沟，"火光要焚烧着灰色的宫殿，赛过黎明之中的红霞"（《战之歌》）。让他抑止灵魂低弱的哽泣，而焕发战斗渴望与激情的，是黎明带来的光辉，是从太阳微温的怀抱里出现的春天，"我迷惘着，想寻出这由心之深处所发出来的战争的号角之声音"（《朝晨》）；"是在黎明以前的时候，我们的拳头又在血液之中挥举了"（《黎明》）。他的景观融入生命意义的理解，"原野是一个大的摇篮，又是一个古老的坟墓"，"原野里隐藏着无数的世纪"，"原野不是明媚的，而是一个沉重而黑暗的阴影"，在这里，他忍受生活的"芦苇梗和柳树条的抽打"，愈觉出原野的忧郁，而更深地陷入沉暗的精神困境（《原野》）。他怀恋乡土，思念亲切的故乡的语言，邻人仁慈的笑貌，"故乡的人们如今是在收获着么？收获的歌声是遍布着在寂静的田野么？金黄的穗和雪白的棉朵是在晚风之中飘荡着植物的芳香和土地之气息么？"（《闹市》）故乡的画景朦胧地浮映，"村前的流水依依地响，月光倾泻在平静的水面"（《乌夜啼》），这一瞬，他仿佛停止了思想，只有微风、流云、柔波的飞痕飘影，缠绵地进入感觉。他的记忆中，"平原是丰饶的，产生着谷米"，可是"饥饿燃烧着旷野，人们和牛们一同在田野喘息"；"湖水平静地躺着，溪流贯穿着平原，潺潺地流着，发出愉快的响声。人们的心却沉重下来，抱怨着天和地"（《平原·平原》），充满对农村荒颓现实的怨怼。敌寇的铁蹄践踏平原，"秋风在吹，溪流却停止了歌唱；湖波静止着，因为它是过于悲抑"（《平原·落日》）；"家园给蹂躏了，如同被污的处女；广大的田野；植满着大豆和高粱的，如今已经变成了异族人的产业……一滴辛酸的泪从心底里滴出来了。温暖的泪滴，随着细雨，溶解着旅人的心的愁绪。然而，是寂寞的呀。寂寞的，是旅人的脚步"（《合唱·孤独》）。沉雄的纤歌声里，流离的纤夫们在心里苦想着"在遥远的永远也不能望见的远方"

的家乡，只能痴眺着辽阔的平原，伸展的黄沙，如火的太阳，平静的流水，"在夕照下面，天边涌着云山，奇拔而且险峻。望望云层堆成的山景，想起了山里和水里的事情"（《歌声》），无奈地排解乡愁。战争的阴影下，"望望天，天是碧蓝的，没有一点云影。跷瘠的山冈呈现着暗紫色，显得那么苍老。几只苍鹰飞旋着，互相追逐着，给那碧蓝的天幕画出了许多淡黑色的弧线"（《噩梦》），这是逃难人泪眼中的光景。凄凉的夜，散乱如游丝的细雨，寂寞的江岸，烽火中的城市，"如今，这一切的声音全都死去，所余下的只有风雨和一个黑暗的夜"（《秋》）。他的深沉的记忆里浮映江南"那丰饶的和平的土地"，而强盗的火与炮使"一整生也不曾听见过枪声"的人们，离别了"遍地的翠绿和黄金"，"竹林里的祖先的坟场"，离别了故园的水色，家乡的湖光（《江南的记忆》），心头填满仇恨和悲伤。

　　丽尼熔铸了经过艺术提炼的情绪意象。在叙事里有细节设计，在抒情中有情感概括。他吟唱着感伤凄美的爱歌，痴望星和月，走进幻想的梦，"天上的星斗啊，你们是在唱着挽歌么？月亮呀，你也现出了如何仓惶的神态哟！我看着花开，又看着花谢，我看着月圆，又看着月缺，你哟，我看着你向人间走来，又看着你离开人间而去，我看着你在梦里欢跃，又看着你受到了梦的欺凌哟！"（《黄昏之献》）"月亮从云端冒了出来，清淡的光辉罩着那病院近边的坟场"，他的意绪披着白色的梦一般的衣裳，飘入南方的春雨之夜（《春夜之献》）。离失的痛楚折磨着心，他在梦里向远方呼唤，"南方的太阳温暖了你的心吧？海的波浪洗净了你的泪吧？还有，那不凋的青绿使你知道了青春的消息吧？"（《失去了的南方》）"我们爱惜着一滴露水，也爱惜着一朵鲜花"，他在心底诵唱着深挚的恋歌，"在四月的朝晨，月季花是盛开了。我们爱徘徊在那光荣的花丛，而互相献上彼此的呈献"；缤纷的花丛映着辛酸的清泪，怆痛的情感化做一阕凄美的歌，"花将如秋叶一样地凋落，而泪也会如夏雨一样地干掉的呀"（《月季花之献》），美艳的花容被风雨摧得凋零，鲜丽的花色，味香与娇姿逝去了，飘走了灵魂的幻影，比消殒的生命更为短促。他让景色映示心灵的沉重，"我只是如同倦旅的人背负着自己的重荷，在黑夜之中独自踯躅于一个荒凉的旷野，无心去细察前面的道路，或者在天空发现一颗星星"（《失去》）。他越过森林与大海，走在疲倦的途程上，坚忍地"偕行于这植满了哀愁与寂寞的道路了"（《长夜》）。他在"稚小的心里织着那些美丽的梦境"，然而却是血与泪制造的梦，梦里有"青春之幻想"（《残梦与怅惘》）。他寻觅美景，像追着光明理想，"我寻找着，在春的怀中，想得到一枝桃花；春是这般地美丽的"，遗忘的是幼时所沉醉的"苍古的庄园和废墟"（《春的心》）。他忆念遥远而美丽的江南，思绪中浮闪朦胧的幻象，"晚霞如同一片赤红的落叶坠到铺着黄尘的地上，斜阳之下的山冈变成了暗紫，好像是云海之中的礁石"，"有一轮红日沐浴着在大海之彼岸；有欢笑着的海水送着夕归的渔船"，"南方是有着榕树的地方，榕树永远是垂着长须，如同一个老人安静地站立，在夕暮之中作着冗长的低语，而将千百年的过去都埋在幻想里了"（《鹰之歌》），宁谧景色的静感，映衬着在赤红的天空中盘旋的苍鹰雄健的动势，它在寥廓天宇发出的歌唱短促而悠远，嘹唳而清脆，热情的奋飞，使他在凝望中见到了革命者脸面浮闪的"夕阳一般的霞彩"（《鹰之歌》）；悠长之旅中，"虽然你有时因为不能忍耐那肉体的煎熬而不自主地发出了凄厉而哀惨的啼号，但是，每一次当你叹息了以后，你总是在你的飞之旅程中又作出一步的跃进了"（《沉沦》）。火焰般炽烈的文字，塑造出一个光艳照人的抒情形象，讴歌了坚强、豪迈、勇毅的理想人格。

丽尼的青春往事，烙印着云光风影，充满命运感。他的梦中风景幽美、邈远，飘漾童话的奇妙，又含蕴宗教的庄严，表现了对于神圣自然力的敬畏。他描写的景物，浸润着温软、凄清、幽婉的阴柔美，较少刚厉、猛健、劲硬的气息，显示了人性的善良。在景物的设色上，或者以艳丽的油彩重笔晕染，营造浓烈的情感气氛，形成视觉震撼，或者以细毫轻抹风痕烟影，构制清淡的水墨风格。他的作品在社会意义的开掘上未必深刻，却具有一定的情感深度。

在新散文史上，丽尼是一位在创作中着意强化抒情艺术的作家。他的散文手法中的显与隐、直与曲、收与放、疏与密，呈现着艺术的辩证关系。有时直接抒情，有时婉曲寄意，而核心都是诗。他所追求的美学效果是，让情感在风景中获得间接形象，让风景因情感的注入拥有人文意义；情感元素渗入风景，风景包孕情感元素所产生的艺术互动效应，能够增加风景的蕴涵，最终丰富情感形象。这是他留给现代散文的艺术经验。

以劲健的笔风描摹潇湘风景，忠实地印下生命的记录；让葱翠山色闪映伤惨的血光，让湛碧水光浮动哀凄的泪滴，苦恨中激荡战斗的意气，是叶紫的散文。叶紫（1910—1939），原名余昭明，又名余鹤林。笔名叶子、阿紫、阿芷、阿止、杨镜英、陈芳、杨樱、柳七、黄德、辛卓佳。湖南益阳人。1916年入益阳兰溪镇南岳宫兰洲书院就读。1922年进长沙妙高峰中学念书。1925年毕业后入华中美术学校学习。1926年底离校，进中央军事政治学校武汉分校学习。1927年四一二政变后，他从武汉返乡，又于变故中出逃，在长江中下游城乡流浪。1928年到南京，给报社投稿以维持生计。1929年底到上海，体验过当兵、做工、讨饭的滋味，也做过小学教员和报馆编辑。1933年和陈企霞创办《无名文艺》旬刊、月刊。1933年6月加入左联。1934年4月至12月，任《中华日报》副刊《动向》助理编辑，为聂绀弩当副手。1937年8月13日沪战爆发，离开上海返回湖南老家。著有短篇小说集《丰收》（1935年，上海容光书局）、《山村一夜》（1937年，良友图书公司），中篇小说《星》（1936年，文化生活出版社），散文集《现代女子书信指导》（1935年，上海女子书店）等。

散文和小说的创作，在叶紫身上同时发生着，占有相近的分量。现代作家小说中的景物描写，通常呈现散文化的状态，叶紫亦无例外；而他的叙事体散文，穿插的湘中风物摹绘，格外显出一种动人的风致。

叶紫散文艺术的核心特色，在作品中有着鲜明而具体的表现。

第一，浸渍血泪的青春断片。叶紫的创作折映着惨痛的生命史，"因了自己全家浴血着一九二七年的大革命的缘故，在我的作品里，是无论如何都脱不了那个时候的影响和教训的。我用那时候以及沿着那时候演进下来的一些题材，写了许多悲愤的，回忆式的小品，散文和一部分的短篇小说"（《〈星〉后记》）。人生历程构成散文创作的核心内容，又多以记述的形式表现出来。《还乡杂记》、《行军掉队记》、《行军散记》、《南行杂记》、《夜雨飘流的回忆》等篇，真实地叙录短暂而丰富的生命经历，清晰地呈示青春演进的痕迹，交织着幻梦、流离、革命、文学的深切体验，而又用着清畅的话语说出明白的思想，不见娇柔、曲折之态，只有明爽的表白。正如他说自己的作品"是不能算为艺术品的，因为，我既毫无文学的修养，又不知道运用艺术的手法。我只是老老实实地想把我的浑身的创痛，和所见到的人类的不平，逐一地描画出来；想把我内心中的郁积统统发泄得干干净净……我所发表的几个短篇小说和一些散文，便都是这样，没有技巧，没有修词，没有合拍的艺术的手法，只不过是一些客观的，现实社会中不平的事实的堆积而已。然而，我毕竟是忍不住的了！因为我的对于客观现实的愤怒的火炉，已经快要把我的整个的灵魂燃烧殆毙了！"（《我怎样与文学发生关系》）他的血泪记忆化作悲愤的情绪渗透在文字间，散文视点聚焦于家庭境遇、军旅生涯、民众痛苦，浓重的感情色彩敷设在悲凉的人生图画上。发表于1934年7月27、28、30、31日《中华日报》副刊《动向》上的《还乡杂记》，写和表哥相见，"他一到我家里，便把我拖到外面：旷野，山中，小小的湖上……我们没有套言，没有顾忌，任性的谈到天，谈到地，谈到痛苦的飘流，然后又谈到故乡的破碎和兄弟们的消散。最后，他简直感愤得几乎痛哭失声了"，他同情因破产沦为赤贫的家乡人，也为洞庭湖区因社会压迫而陷入经济困境的景况愤激，"过度的悲伤，使我不愿意再在这一个破碎的故乡逗留了……我仰望着惨白的云天，流着豆大一点的忏悔的眼泪……孤独，感伤，在这人生的艰险的道路上，我不知道我将要怎样的去旅行啊！"切肤之痛，使他的思想感情紧紧地贴合着民众的哀乐。《行军掉队记》分别发表在 1934 年 10 月 5 日《新语林》半月刊第 5 期、1935 年 7 月 6 日至 12 日《时事新报》副刊《青光》上。荒山中行路，"我们的心中，谁都怀着一种莫大的恐怖……彷徨，焦灼……各种各色的感慨的因子，一齐麇集在我们的心头"，怅望前方，"山路是那样地崎岖，曲折，荒凉得令人心悸"，刻画出旧军队士兵的惶恐心态。反映相近主题的《行军散记》，发表于 1934 年 11 月 1 日《小说》第 11 期，旧式军队欺压百姓、涂炭民生的本性被形象地揭示出来，"沿桃花坪，快要到宝庆的一段路上，有好几个规模宏大的石榴园。阴历九月中旬，石榴已经长得烂熟；有的张开着一条一条的娇艳的小口，露出满腹宝珠似的水红色的子儿，逗引着过客们的涎沫"，而"园里的老农夫们带着惊惧的眼光望着我们发战"，口里干渴得冒出青烟的士兵"像一窝蜂似的，争先恐后地向园中扑了拢来"，"老农夫们乱哭乱叫着，跪着，喊天，叩头，拜菩萨……"他们无奈地睁着"凝着仇恨的，可怜的泪眼"，这是叫人惊悸的记实。他把亲历的见闻永远刻录在纸上，迸出血的滚烫、泪的冰冷，让情绪的温度熨着发痛的心。《夜雨飘流的回忆》由《天心阁的小客栈里》和《在南京》两篇组成，先后刊登于 1935 年 12 月 29 日、1936 年 1 月 8 日《时事新报》副刊《青光》上。泣诉般的文字是他的生命的阶段性记录。"十六年——一九二七——底冬初十月，因为父亲和姊姊的遭难，我单身从故乡流亡出来，到长沙天心阁侧面的一家小客栈中搭住了"，景物把心境的悲伤和愤慨衬托得愈加深重，"那屋子后面的窗门，靠着天心阁的城垣，终年不能望见一丝天空和日月。我一进去，就像埋在活的墓场中似的……窗外的雨点，从古旧的城墙砖上滴下来，均匀地敲打着。狂风呼啸着，盘旋着，不时从城墙的狭巷里偷偷地爬进来，使室内更加增加了阴森、寒冷的气息"。凄切的景象使他惊惧得难以成梦，跳闪的灯焰，隔壁的钟声，刺心的、阴寒的空气，加速了心的战栗。亲人临难时的悲惨情形浮现着，"窗外的狭巷中的风雨，趁着夜的沉静而更加疯狂起来。灯光从垂死的挣扎中摇晃着，放射着最后的一线光芒，而终于幻灭了!"暗夜中的叫卖声"夹杂于风雨声中,波传过来了。听着——那就像一种耐不住饥寒的凄苦的创痛的哀号一般"。各种夜声喧响着,令"黑暗的,阴森的空气,骤然紧张了起来",催生他的旧有的焦愁和悲愤,却也希望"迅速地提起向人生搏战的巨大的勇气——从这黑暗的长夜中冲锋出去",迎着一丝丝黎明的光亮,"去踏上父亲和姊姊们曾经走过的艰难底棘途,去追寻和开拓那新的光明的路道!"他从血泪中挺起不屈的胸膛,那些映示心迹的凄凉光景,见证了内心的强大。

他流浪到南京,自述"一九二八年十月八日,船泊下关,已经是晚上九点多钟了"。入眼的街景一派凄清,"马路上刮着一阵阵的旋风,细微的雨点扑打着街灯的黄黄的光线……路灯弯弯地没入在一团黑魆魆的树丛中",飞来的汽车溅得他满身泥秽,弯曲地,蹒跚地,惶惧地走着,浪迹的身影在狂风和大雨中战栗。"路灯从竹林的空隙中,斜透过雨丝来,微微闪映着",层层的影幻中,他诅咒黑暗的天空。自家的苦难、光明的前路,在心中交集,伴着凄楚的一夜,直到天边浮现"一线淡漠的黎明的光亮来时",透显出身处流亡苦境者的凄惶心绪。以景色衬托内心强烈的意绪,使抒情获取具象化的依托,从而实现更深隽的文学表现,真切地折映出叶紫精神流浪的印迹。

第二,情节化的乡间叙事。叶紫的散文在艺术表现上倾向小说性的人物刻画、细节描写、场景摹绘、环境气氛渲染。他写故乡山水,描述中心不在风物,却在普通百姓的苦难。山水的美丽与社会的丑恶产生深刻的对比。从胜景回到人间,心中激荡起更深的感喟,更大的迷惘。

《岳阳楼》刊登于1935年1月1日《文学》第4卷第1期。作品在游览的过程性叙述中,以人物口中的牢怨反衬优美的景色,在平静状态下呈示社会现状,映现内心矛盾。"湖,的确是太美丽了:淡绿微漪的秋水,辽阔的天际,再加上那远远竖立在水面的君山,一望简直可以连人们的俗气都洗个干净。小艇儿鸭子似的浮荡着,像没有主宰;楼下穿织着的渔船,远帆的隐没,处处都欲把人们吸入到图画里去似的",或做山林隐士,或做优游水上的渔民,安逸的生活成了向往的理想。可是明媚的湖山带不来快活,"吃的、穿的,天灾、水旱、兵,鱼和稻又卖不出钱,捐税又重!"洞庭湖失去了富庶的光景,还有"这岳阳楼的风水很多年前就坏了,现在已经不能够保佑岳州的人了,无论是种田,做生意,打鱼,开茶馆,……没有一个能够享福赚钱的。纯阳祖师也不来了,到处都是死路了。湖里的强盗一天一天加多,来往的客商都不敢从这儿经过,尤其是游君山和岳阳楼的,年来差不多快要绝踪"。他不禁"从隐士和渔民的幻梦里清醒过来",心在急遽地往下面沉落,"我低头再望望那根城楼上的横木,望望那些渔船,望望水,望望君山,我的眼睛会不知不觉地起着变化,变化得模里模糊起来,黑暗起来,美丽的湖山全部幻灭了。我不由的引起一种内心的惊悸!"20世纪30年代中国南方农村经济的衰退、民生的凋敝,在古来的胜境中真实地演绎。这样大胆、直截的写实性述记,突显了叶紫的笔墨作风,也表现了作品的思想意义。

《古渡头》发表于1935年1月1日《小说》半月刊第15期。作品以湖水为背景,在特定情境中塑造一个老船夫的形象,刻画其豪爽性格,赞叹苦难中炼就的力与意志,表示了对于理想性格的认同。

渡口的景色营设一种单纯、自然的氛围,"太阳渐渐地隐没到树林中去了,晚霞散射着一片凌乱的光辉,映到茫无际涯的淡绿的湖上,现出各种各样的彩色来。微风波动着皱纹似的浪头,轻轻地吻着沙岸",单纯、明净,与复杂的社会环境形成对峙。描绘的客观态度中潜含着艺术上的用意。那只横在枯杨下的破烂不堪的老渡船,那个戴着一顶尖头斗笠、弯腰洗刷船篷的老渡夫,把百姓生活的苦况清晰地映示在自然的背景上。"夜色苍茫地侵袭着我们的周围,浪头荡出了微微的合拍的呼啸",夜泊的幽谧宁恬,愈加衬出人物心理的波动。孤雁唳过寂静长空的声音,引起内心的涟漪,火柴一瞬的光亮里,渡夫"额角上,有一根一根的紫色的横筋在凸动。他把烟管和火柴向舱中一摔,周围即刻又黑暗起来",他的悲哀的述说逐渐变成了哭声,满浸着人生沧桑,"结冰,落雪,我得过湖;刮风,落雨,我得过湖……年成荒,捐重,湖里的匪多,过湖的人少,但是,我得找钱……"他痛恨"久延在这世界上受活磨!""可是,第二天,又是一般的微风,细雨",昼夜的迁转,仿佛生命的轮回。时间把苦难消解了,一切又回到习惯性的适应中。作品隐含的现实批判力,在不动声色里得到深刻的透示。他尽管没有描述一个完整的故事,但是老渡夫"搭上橹,扯起破碎风篷来……毫无表情地将着雪白的胡子,任情地高声地朗唱"的姿态,留下一个意味深长的结尾。他在艰窘的命运旋涡里挣扎、抗争,笔墨命意带着岁月的风霜。柔软的湖水,铁样的意志,作品主题便在环境与精神的对比中显示出来。原始、荒僻的乡野,虽是远离社会主流的一角,却蕴积着巨大的抗争力。叶紫在颠沛中意识到这一点,并且从中获得信心,鼓舞自己不断开始新的人生行进。

《南行杂记》刊载于1935年4月5、20日,5月5、20日《芒种》半月刊第3至6期。在景物色彩上飘逸乡土风,笔下的潇湘风物充溢地域特色;在描写效果上追求古朴的原始味，为人物活动设定一种情境限制。作品的艺术重心则在反映文明知识者与蛮性乡民的深层心理冲突，并对自我形象进行严肃的否定。近于小说的篇章结构，营造了相应的时间顺序，完整地突显了事件的过程性。他的心理踪迹在熊飞岭这条从衡州到祁阳去的要道上延伸着，"纵眼向山中望去，一片红得怪可爱的枫林，把我的视线遮拦了"，为平稳自己惊疑不定的心，在"愈走愈陡直，盘旋，曲折，而愈艰险"的山路上，他不抱恶意地向轿夫打诨，介绍他们去当警察，"可以不再在乡下受轿行老板和田主们的欺侮了"。这样，"在极其险峻的地方，因为在他们的面前显现有美妙的希望的花朵，爬起来也似乎并不怎样地感到苦痛"。待到"穿过很多石砌的牌坊"，平安地进了古旧的祁阳城，"我的心里沉重地感到不安。我把什么话来回答他们呢？"及至把轿夫们哄骗得"垂头丧气地走了"，"一种内心的谴责，沉重地慑住了我的灵魂，我觉得我这样过分地欺骗他们，是太不应该了"。心态的改变，折射出灵魂受着道德感煎熬的情绪困境。轿夫们虽然有一股绿林的野性，甚或带些农民式的狡黠，可是"人们的脸上，都能够看出来一种真诚，朴实，而又刚强的表情"。落后的社会，使"他们一向就死心塌地地信任着神明，他们把一切都归之于命运；无论是天灾，人祸，一直到他们的血肉被人们吮吸得干干净净"，而"这民性，终究会要变成一座大爆发的火山"。感慨间充满现实批评精神，也实现了主题意义的深度开掘。此外，浯溪胜迹消解着沉重心绪的困扰。在艺术功能上，如绘的景色既映衬视觉感受，又调和心理律动与描叙节奏。"湘河的水，从祁阳以上，就渐渐地清澈，湍急起来。九月的朝阳，温和地从两岸的树尖透到河上，散布着破碎的金光"，心随着小茅船轻飘地顺流浮动。明丽的风光，使心情豁然舒朗，暂离现实，沉入历史的风烟中去。

　　《长江轮上》登载于 1935 年 8 月 26 日至 28 日《申报》副刊《自由谈》。对不平世态的憎疾，对小人物的怜惜，表现着分明的恨与爱，以及人道精神。夜航的江轮被不安的空气包围，"江风呼啸着。天上的繁星穿钻着一片片的浓厚的乌云。浪涛疯狂地打到甲板上，拼命似地，随同泡沫的飞溅，发出一种沉锐的，创痛的呼号！"环境萦布着愁惨的气氛。一个受难的乡下妇人在幽幽的哭声中诉说悲切的身世；而"一个架着眼镜披睡衣的瘦削的账房先生站在中央，安闲地咬着烟卷，指挥着茶房们的拷问。大肚子女人弯着腰，战栗地缩成一团，从散披着的头发间晶晶地溢出血液"的情景，让他惊愕。"旁观者的搭客，大抵都像看着把戏似的，觉得颇为开心"，更活现了国民的劣根性。他只能转目从风景里寻获一丝解脱，"太阳已经从江左的山岸中爬上来一丈多高了。江风缓和地吹着，完全失掉了它那夜间的狂暴的力量。从遥远的江流的右岸的尖端，缓缓地爬过来了一条大城市的尾巴的轮廓"，江岸上移过九江的繁华街市，他却听见"浪花在船底哭泣着，翻腾着！——不知道从哪一个泡沫里，卷去了那一个无辜的，纤弱的灵魂！"痛楚的想象中，情节的片断、人物的面影，组合成一个旅途中的悲剧性故事。环境与感受的真实，不落虚构的痕迹。没有议论与抒情，凭借纯粹的写实，就透出深刻的社会批判的力量。

　　第三，地域风光的鲜明映衬。叶紫的人生旅程，多在湘中风物的背景下展开。他在风景中认识了社会的实状。苦命的母亲让他去寻找"那些不吃人的地方去"，他终于"悄悄地离开我的血肉未寒的爸爸"，一腔志气地出走了，可是怅惘地四望，"天，天是空的；水，水辽远得使人望不到它的涯际；故乡，故乡满地的血肉；自己，自己粉碎似的心灵！……于是，天涯，海角，只要有一线光明存在的地方，我到处闯！……""彷徨，浑身的创痛，无路可走！……"过眼的风景和他的生命感受始终伴随，"饥饿，寒冷！白天，白天的六月的太阳；夜晚，夜晚檐下的，树林中的风雪！……一切人类的白眼，一切人类的憎恶！……痛苦像毒蛇似的，永远地噬啮着我的心，……于是，我完全明白了：世界上没有不吃的地方，没有可以容许痛苦的人们生存的一个角落！"（《我怎样与文学发生关系》）这样的心理状态下，他的摹景，用冷静的笔墨描画惨酷的光景，真实、哀恸，不单勾勒画境，更折映心境。《还乡杂记》复现了真切的心灵体验，"太阳快要挤到晚霞中去了，只剩下半个淡红色的面孔，吐射出一线软弱的光芒，把我和我坐的一只小船轻轻的笼罩着。风微细得很，将淡绿色的湖水吹起一层皱纹似的波浪。四面毫无声息。船是走得太迟缓了，迟缓得几乎使人疑心它没有走。像停泊着在这四望无涯的湖心一样"，归乡路上，空茫的心境填满寂寞的情绪。熟悉的故园映入视野时，"我凝神地，细心地去观察这些孩提时候常到的地方。最初，我看不出来什么变动：好像仍旧还是这么可爱的，明媚的山水；真诚的，朴实的，安乐无忧的人物。我想把我孩提时代的心境重温过来，像小鸟一样地去赏玩那些自然界的美丽。可是，突然，我的眼睛不知道是怎样的一花，我面前的景物便完全变了：我看见的不是明媚的山水，而是一个阴气森森的，带着一种难堪的气味的地狱。村落，十个有九个是空空的，房屋很多都坍翻了，毁灭了，田园都荒芜了。人，血肉都像被什么东西吸光了，只剩下一张薄皮包着骨子，僵尸似的，在那里往来摇晃着，饥饿燃烧着他们，使他们不得不发出一种锐声哀叫"，感觉在触目的境况中向苦痛的深渊沉陷。染着血色的乡村风景使叶紫认识到

"自家生存的意义","青春的生命的烈火"升腾,"一种巨大的自信力"在内心跃动(《我为什么不多写》),描画的景色中,时常叠印着生命的浮影。

对政治现实和经济状况的血泪认识与生死感受,培养了叶紫的洞彻的眼光,使他把笔锋直接刺向社会本质,个人心灵激响的声音,扩衍为社会性冲击。因此,他的文字燃烧着战斗的火焰,显示出革命文学的鲜明特征。"叶紫的叙事抒情写景散文,从纵的方面考察,它们记录了叶紫坎坷崎岖的生命历程;从横的方面来看,它们留下了土地革命时期湖南乃至中国社会政治、经济、军事的横截面……在血与火的阶级搏斗中冲杀过来的叶紫,以其对时代的特有认识与感受,对劳动人民苦难感同身受般的同情,冲破30年代森严的文网,用他的笔真实地反映出时代的本质,与革命取同一步调。他牢牢把握社会的主要矛盾,着力描写素有'湖广熟,天下足'美誉的湖南农村凋敝的现状,探究陷农民于绝境的社会根源,肯定农民的觉醒与抗争,揭露反动统治的腐朽与残暴,客观上揭示了土地革命的阶级基础和正义性质。这是叶紫散文也是他全部创作的主旋律,在这主旋律中揉进都市人生的音符,形成一支完整的时代交响曲。这样的作品确乎不同凡响,它们焕发着时代光泽和战斗锋芒,丰富了左翼文学的战斗实绩。"[①] 在现代作家中,叶紫的生命经历和心灵体验是独特的,由此形成的文学风格硬朗而不软腻,沉郁而不飘浮,"这里面,只有火样的热情,血和泪的现实的堆砌"(《叶紫〈丰收〉自序》)。激切的基调、昂奋的气质、疾进的姿态,传统化的韵调悠悠的模山范水之作无法来作比方。他在散文中的写景,确实显现别一种艺术风貌。

用着乡野般朴素的笔墨描画素静的田园风光,是李广田散文呈示的艺术美。李广田(1906—1968),号洗岑,笔名黎地、曦晨。山东邹平人。1923年到济南,入省立第一师范学校读书,接受新文化思潮。1929年入北京大学外文系。1935年毕业,回济南任中学国文教员。1937年7月抗战爆发后,随校迁离济南至泰安,同年底又带学生徒步南下,辗转于河南、湖北、四川。1941年秋到昆明西南联合大学任教。抗战胜利后,到天津执教于南开大学,因遭通缉转徙北京,经朱自清介绍执教清华大学中文系。著有诗集《汉园集》(与何其芳、卞之琳合著,1936年,商务印书馆),散文集《画廊集》(1936年,商务印书馆)、《银狐集》(1936年,文化生活出版社)、《雀蓑集》(1939年,

---

① 叶雪芬:《〈叶紫散文选集〉序言》,《叶紫散文选集》,百花文艺出版社2004年版,第24页。

文化生活出版社）、《圈外》（1942 年，重庆国民图书出版社）、《回声》（1943
年，桂林春潮社）、《灌木集》（1944 年，开明书店）、《日边随笔》（1948 年，
文化生活出版社）、《西行记》（1949 年，文化工作社），短篇小说集《欢喜
团》（1943 年，桂林工作社）、《金坛子》（1946 年，文化生活出版社），长篇
小说《引力》（1947 年，上海晨光出版公司），专著《诗的艺术》（1943 年，
开明书店）、《文学枝叶》（1948 年，上海益智出版社）、《创作论》（1948 年，
开明书店）、《文艺书简》（1949 年，开明书店）、《论文学教育》（1950 年，
文化工作社）等。

　　李广田的生命印象中叠错着美丽的山水图景，他以大地歌者的姿态，通过
散文描述将景观形象转化为艺术形象，并做出自己的美学衡估，表示了对于风
景的体验和接受。"李广田散文创作的生活源泉，主要来自两个渠道：一是故
乡的农村，二是学校生活及城市见闻。青少年时代，作者生活在农村环境。故
乡的泥沙，浑浊的黄河，河岸的长堤，路旁的树林，芳香的果园，田野的禾
苗，以及生活在这里的勤劳人民，在他头脑中留下了深刻、美好的印象……故
乡生活经过作家长期孕育，终于像瓜熟蒂落那样，用彩笔绘出了琳琅满目的带
有乡土色彩的画廊。"① 凝聚着浓挚乡情、交融着命运感受的山水，使李广田
的景物描绘情真、意深、味永，而颠沛的运命又使他时常穿行于穷山荒水之
中，无法怀着悠闲心情赏玩风景，因而写景就带有沉郁、伤感、悲苦的色彩，
从而熔铸特定的美学品质。

　　李广田的风景书写，融合于叙事和抒情之中。风景在文学表现里发挥着重
要的艺术功用。

　　其一，构设生活情境。《投荒者》在记叙往事中寄托亲谊，乡间风景含着
童年欢趣。"我们的野外很可爱，软软的大道上，生着浅草，道旁，遍植了榆
柳或青杨。春天来，是满飞着桃花，夏天，到处是桃子的香气。那时，村里的
姑娘们多守在她们的桃园里作着针黹；男孩子们在草地上牧牛，或是携了柳筐
在田地里剜些野菜。当我同哥哥也牵了自家的母牛到这田野的草地来时，我每
是在路上跳着，跑着，在草地上打着滚身，或是放开嗓子唱着村歌"。哥哥也
在风景里想象未来，"展在面前的是广漠的绿野，在一列远树的后面垂下了淡
青色的天幕"，而境遇却完全异样，哥哥"是在一片无边的荒野里了，那里是

---

　　① 蔡清富：《〈李广田散文选集〉序言》，《李广田散文选集》，百花文艺出版社 2004 年版，第
28、29 页。

遍地林莽，风云异色"。当作者也"南北流转，过着浪人的日子"时，对于人世苦况的尝味就特别深切，"每当凄风苦雨，或是为寂寞所苦时"，眼前浮闪的是明媚与晦暗相错杂的景象。《扇子崖》写泰山风光，笔墨并未呈显雄奇之气，却把山民的生活情状描画得亲切有味。盘曲的山道上，排列着树木花草，"在这里也遇到了许多进香的乡下人，那是我们的地道的农民，他们都拄着粗重的木杖，背着柳条编织的筐篮。那筐篮里盛着纸马香馃，干粮水壶，而且每个筐篮里都放出酒香。他们是喜欢随时随地以磐石为几凳，以泉水煮清茶。虽然没有什么肴馔，而用以充饥的也不过是最普通的煎饼之类，然而酒是人人要喝的，而且人人都有相当的好酒量"，山途上的寻常光景，尤能酿出灵妙意趣。行于榛树下，"既极凉爽，又极清静"，走近村户人家，"则见豆棚瓜架，鸡鸣狗吠。男灌园，女织麻，小孩子都脱得赤条条的，拿了破葫芦，旧铲刀，在松树荫下弄泥土玩儿。虽然两边茅舍都不怎么整齐，但上有松柏桃李覆荫，下有红白杂花点衬，茅舍南面又有一片青翠姗姗的竹林，这地方实在是一个极可人的地方"，北方山居小景充溢的朴素田家风味，比起回首顾盼扇子崖，看"太阳刚刚射过山峰的背面，前面些许阴影，把扇面弄出一种青碧颜色，并有一种淡淡的青烟，在扇面周围缭绕……走得愈远，则那青碧颜色更显得深郁，而那一脉青烟也愈显得虚灵缥缈"的景致，能够领受别样的感觉，并且在记忆中浮闪美丽的映画。《山之子》也描绘了泰山的乡俗图景，"随处是小桥流水，破屋丛花，鸡鸣犬吠，人语相闻。山家妇女多做着针织在松柏树下打坐，孩子们常赤着结实的身子在草丛里睡眠"，泉水"在几树松柏荫下，由一处石崖下流出，注入一个小小的石潭，水极清冽，味亦颇甘，周有磐石，恰好作了他们的几筵"，饶富水墨画意。乡下人的朴实面孔，以土音讲说的乡下事情、山中故事，配着柳篮内送出来的好酒香，风味惟山间独有。青翠的天空下，"看东面山崖上的流泉，听活活泉声，看北面绝顶上的人影，又有白云从山后飞过，叫我们疑心山雨欲来。更看西面的一道深谷，看银雾从谷中升起，又把诸山缠绕。我们是为看山而来的，我们看山然而我们却忘记了是在看山"，体验着世代山民生存的天赋环境。《冷水河》复现了抗战期间的流荡光景。野水荒山中的艰难行旅，飞扬精神的旗帜，充溢美的向往。一个在烽火中辗转的知识者，荒冷僻远的山乡既构设具体的生存环境，又铺展精神游历的背景。他更深切地品味冷水河"从左边的山涧中流注汉江，河身甚窄，河水清浅，在碎石上潺潺流来，确有一些清冷之意"的画境，也从那些在暮色中飘着炊烟的房舍上领略河岸村户的生活场景，清楚自身的实际景遇。

　　其二，衬托心理活动。《记问渠君》浸着很深的怀人感情。在旧游之地，他陷入绵长的幽思里，虽然"山光水色，都无改于昔日的潇洒风韵"，而人事已非。他仍记得黄昏或者夜已苍茫时独自流连于那一列洋槐丛下，享受一个寂静的时辰，"记得洋槐的叶子已渐为霜露所染，微风掠过树杪木末时，便常有得秋独早的黄叶离枝落地"的秋晚，和友人的相见。"在沉默中，我们听到远远的火车压着地面奔来了……听了火车的汽笛而动乡愁"，恰触着游子敏感的神经。乱世中，"那里的泰山是并不因此失去它的庄严的，而济南佛山明湖，却变了颜色"，友人也"早已离开我们这个世界，到另外一个世界去了！"心情悲戚的他，当夜"住在泰山山腰一座古庙里，大概是大雨之后吧，山里的泉水，万马奔腾地向下驰去，发出吓人的声响，又加以松风呼啸，自己就像在海涛中夜行，草间萤火明灭，时有虫声如诉"，袭来的幻感，显示了知识者特有的心理反应，衬托着忧悒的心境。《老渡船》刻画了一个过着浮家泛宅生活的乡民形象。"这人与一只载重的老渡船无异，坚实、稳固，而又最能适应水面上一切颠颠簸簸，风风雨雨"，自然的风浪在"耐劳，耐苦，耐一切屈辱，而无一点怨尤"的老人眼里，掀卷不起心理的波澜，"他已经把他那份生活磨炼得熔进他的生命中去了"。《柳叶桃》画出了一个误入已经衰落了的富贵人家的女戏子，小院光景折射出怨女内心的隐忍与渴望，"柳叶桃开得正好了，红花衬着绿叶，满院子开得好不热闹"，爱花的她不惜劳，"肯在奴隶生活中照顾这些柳叶桃"，平素喜欢独自在花下坐，在花下徘徊，叹息，哭泣，苦笑，花景含着无边的凄凉感。《马蹄》充满浪漫的梦幻感，"我的马飞快地在山上升腾，马蹄铁霍霍地击着黑色岩石。随着霍霍的蹄声，乃有无数的金星飞迸"，缥缈的幻感清晰地映示畅爽的心游，更表现出乐观奋进的人生态度。《回声》表现一种音乐化的心理感觉。黄河大堤上响过的风声，宛如美妙的琴音，成为遐想的序曲，"我从那黄河发源地的深山，缘着琴弦，想到那黄河所倾注的大海。我猜想那山是青色的，山里有奇花异草，有珍禽怪兽；我猜想那海水是绿色的，海上满是小小白帆，水中满是翠藻银鳞。而我自己呢，仿佛觉得自己很轻，很轻，我就缘着那条琴弦飞行。我看见那条琴弦在月光中发着银光，我可以看到它的两端，却又觉得那琴弦长到无限"。田边水畔的旧日生活，在他的心间激起新的心理感觉，他温习着乡间甜梦，回到过去的岁月。

　　其三，表达内心情怀。《秋天》在物候的观察中流露中年人的生命感受。"夏天是最平常的季候，人看了那绿得黝黑的树林，甚至那红得像再嫁娘的嘴唇似的花朵，不是就要感到了生命之饱满吗？"飘坠的秋叶让他感叹"所有的梦境,所有的幻想,都是无用的了",他倾心真实的世界,"红的花已经变成了紫,紫的又变了灰,而灰的这就要飘零了,一只黄叶在枝头摇摆着,你会觉到它即刻就有堕下来的危机,而当你踽踽地踏着地下的枯叶,听到那簌簌的声息,忽而又有一只落叶轻轻地滑过你的肩背飞了下来时,你将感到了什么呢?"旷野的连天衰草,吹着单薄衣衫的凄冷西风,意味着某种生活的暗示,"春天曾给人以希望,而秋天所给的希望是更悠远些,而且秋天所给与的感应是安定而沉着",他从节候的变易中发现人生的绝对意义。《荷叶伞》浸含一种寓言意味。"我从一座边远的古城,旅行到一座摩天的峰顶",归途像来路一样遥远,"天原是晴朗的,正如我首途前来时的心情,明白而澄清",忽而天地黑暗、云雾迷濛,伞上的雨声作用于听觉,清美的山川草木淡出视觉,朦胧的意象中却产生清晰的意念,"我仿佛看见许多人在昏暗中冒雨前进……我希望我的伞能分做许多伞,如风雨中荷叶满江满湖",去遮蔽"如孩子们在急流中放出的芦叶船儿"一样的众生,把具有普世意义的泛爱情感形象地表露出来。《山水》"以一个平原之子的心情"表达缱绻的乡情。"我们那块平原上自然是无山无水,然而那块平原的子孙们是如何地喜欢一洼水,如何地喜欢一拳石啊……他们从流水的车辙想象长江大河,又从稍稍宽大的水潦想象海洋……有远远从水乡来卖鱼蟹的,他们就爱打听水乡的风物;有远远从山里来卖山果的,他们就爱探访山里有什么奇产",或是在梦里画出自己的山峦,或是望着远天变幻的奇云出神,"平原的子孙对于远方山水真有些好想象,而他们的寂寞也正如平原之无边",迁来这一方平原的远祖"在这块地面上种树木,种蔬菜,种各色花草,种一切谷类,他们用种种方法装点这块地面",文字幽婉,书写目的是寻找一种温暖的感情,并表达赤子之心。《来呀,大家一齐拉!》记录奔波中的真实经历和精神感受。作品先描述漂泊者所依存的艰险环境,"这里的江水越行越窄,而两岸山势也逐渐变得陡峭,青黑色的岩壁上,挂下无数的细流飞瀑,淅淅沥沥地流注江中,益显得这一带有一种峭苍幽邃之致",又以恶劣的自然险阻衬托人的抗争意志,前进的呼声"似一人长啸,又似万籁齐鸣。那是一种既壮烈而又悲凉的声音",继而表露内心的坚强,"我们的民族,也正如这大船一样,正在负载着几乎不可胜任的重荷,在山谷间,在逆流中,在极端困苦中,向前行进着。而这只大船,是需要我们自己的弟兄们,尤其是我们的劳苦弟兄们,来共同挽进"。迁转长程的困苦并未折断意志的铁翼,不屈的奋斗中,"山势渐渐平坦了,水流也渐渐宽阔了",迎来的终将是豁然开朗的前景。

其四，展示社会风俗。他善于从寻常场景中提炼富有表现力的细节，反映生活真实的一面。《野店》的描写，既朴素又深邃。乡村荒僻的小村落总能叫远途的旅人感到陌生又熟悉，倚门张望的女人发出柔缓的声音，"从山里来卖山果的，渡了河来卖鱼的，推车的、挑担子的、卖皮鞭的、卖泥人的、拿破绳子换洋火的"，以及街上的"水桶的声音，辘轳的声音……呼唤声、呵欠声、马蹄声"，都打破寂寞，流荡起乡间社会人情的温暖，也渗透对传统生活形态的文化评价。"在这些场合中，纵然一个老江湖，也不能不有些惘然之情吧……他们一时高兴了，忘情一切了，或是想起一切了，便会毫不计较地把真情流露了出来，于是你就会感到一种特别的人间味"，描摹的瞬间，心灵醉入古人的歌咏里去。

其五，渲染地域特色。刊载于1935年6月10日《水星》第2卷第3期的《桃园杂记》，以平实文字记叙鲁地乡土风光，凝含故园深情。"我的故乡在黄河与清河两流之间。县名齐东，济南府属。土质为白沙壤，宜五谷与棉及落花生等。无山，多树，凡道旁田畔间均广植榆柳。县西境方数十里一带，则胜产桃。间有杏，不过于桃树行里添插些隙空而已"，景色的佳美尤可入画，况且空气中还散溢着飘得很远的桃香。午夜至清晨响起的布谷的啼声，雨后半阴半晴的天空上移动的片片灰云，禾田上冒着的轻轻水汽，桃柳上如烟的湿雾，桃园里绩麻纺线的老人或姑娘，都把游子的心思带到故乡去。

风景成为李广田散文的重要艺术元素。缤纷的物象带着实在的体积感存在于他的文字间，而作品的艺术目的，则是凭借寻常的乡野风物表现高贵的精神追求。这不仅出于单纯的文化习性，更显现一个身处剧烈变化的大时代中的作家的责任意识与创作自觉。

在乡土写实小说沉挚的风调外，倏忽幻出一支灵妙的笔，笔端流淌浅浅的乡愁，是鲁彦的散文。鲁彦（1902—1944），原名王衡，浙江镇海人。1920年参加由李大钊、蔡元培等五四学人创办的工读互助团，到北京大学旁听，并且加入胡愈之等人创办的世界语学会，曾任俄国盲诗人爱罗先珂的世界语助教和翻译。1923年夏先后在湖南长沙平民大学、周南女学和第一师范学校任教。1927年到武汉任《民国日报》副刊编辑。1928年春在南京国民政府国际宣传部任世界语翻译。1930年到厦门任《民钟日报》副刊编辑。著有短篇小说集《柚子》（1926年，北新书局）、《童年的悲哀》（1931年，上海亚东图书馆）、《小小的心》（1933年，上海天马书店）、《屋顶下》

（1934 年，上海现代书局）、《雀鼠集》（1935 年，上海文化生活出版社）、《鲁彦短篇小说集》（1936 年，开明书店）、《河边》（1937 年，良友图书印刷公司）、《伤兵医院》（1938 年，汉口大路书店）、《桥上》（1940 年，上海三通书局）、《惠泽公公》（1941 年上海三通书局）、《我们的喇叭》（1942 年，重庆烽火社），中篇小说《乡土》（1936 年，上海文学出版社），长篇小说《野火》（1937 年，良友图书印刷公司），散文集《驴子和骡子》（1934 年，上海生活书店）、《鲁彦创作选》（筱梅编，1936 年，上海仿古书店）《旅人的心》（1937 年，上海文化生活出版社）、《随踪琐记》（1940 年，上海三通书局）、《鲁彦散文集》（1947 年，开明书店），译著《犹太小说集》（1926 年，开明书店）、《显克微支小说集》（1928 年，北新书局）、《世界短篇小说集》（1928 年，上海亚东图书馆）等。

鲁彦的风景散文，把乡村世界和城市景观纳入文化批判视野，形象地透视半封建半殖民地的中国社会的具体状态。

在情节化的乡间叙事中，鲁彦用浙东乡村景物表现生活环境，衬托心理感受和情感变化。刊载于 1933 年 3 月 1 日《东方杂志》第 30 卷第 5 号的《雪》，以飞舞的雪花代表起伏的怀乡思绪。精神的翅膀由城市飘往故乡，由温暖的怀忆转向冷寂的现实。场景迅速地跳跃、切换、闪回、叠印，意识不停地错综、梳理、流动、交汇，寄寓一个从古老乡村走出，接受现代文明的知识者的人道精神与社会理想，虽则浸含沉重的幻灭感和深浓的失落情绪。上海的雪花在他眼里"也才是花一样的美丽……像春天流蜜时期的蜜蜂……仿佛自有它自己的意志和目的"。飞雪让他似乎听见大海的汹涌的波涛声，森林的狂吼声，情人的切切的密语声，礼拜堂的平静的晚祷声，花园里的欢乐的鸟歌声，看见慈善的母亲，柔和的情人，活泼的孩子，微笑的花，温暖的太阳，静默的晚霞。这种联想固然是美的，却因艺术上的浪漫与象征而显出思想的成熟。只有躺在故乡冬天的雪野，才感觉"它像母亲似的在我身上盖下柔软的美丽的被窝"，飞雪和心灵融合了，焕发单纯的生命感，"我愿意雪就是我，我就是雪。我年轻。我有勇气。我有最宝贵的生命的力。我不知道忧虑，不知道苦恼和悲哀"，这是故乡的精神与情感的馈赠。刊载于 1934 年 3 月《青年界》第 5 卷第 3 号的《寂寞》，以斜坡上的小径、地上的沙砾、小河上的木桥、流水上的浮萍映衬精神的怅惘。寂寞的心死一般地静，只有流动的云给枝叶各种奇特的颜色，平静的水面响起小鱼的跳跃声，驱散抑郁的空气，"我的眼泪落到流水上，发出响亮的声音"，意识在憧憬的童话里沉睡，梦中显映流水、木桥、浮萍的影子，它们的每一根纤维牵系着感情的神经。在乡间记忆的述录上，写意笔墨也显出细腻入微的艺术感染力。刊载于 1935 年 5 月 1 日《文学》第 4 卷第 5 期"随笔"专栏的《故乡的杨梅》，借物产表现情绪波动。自然的感受总和乡恋交缠，在西北丝一样的细雨中，他忆念"故乡的雨，故乡的天，故乡的山河和田野……还有那蔚蓝中衬着整齐的金黄的菜花的春天，藤黄的稻穗带着可爱的气息的夏天，蟋蟀和纺织娘们在濡湿的草中唱着诗的秋天，小船吱吱地触着沉默的薄冰的冬天……还有那熟识的道路，还有那亲密的故居"。想到杨梅时节的故乡，心里叫杨梅娇艳的红嫩的光色生动地映亮，像染了朝霞的异彩。他能从乡景里寻找爱的暖意，把怀乡的深情转化为美的歌唱。刊载于 1935 年 6 月 1 日《文学》第 4 卷第 6 号的《清明》，在浙东清美的乡野景色中描写上坟的习俗。埠头边厗水的大船，水畔的锣声，阴沉天上缓移的云，山后的阳光，岸旁的绿草，静碧的河水，雾一样的雨，清晰地展示地方风物、民生环境、节俗方式，具有民俗学价值。刊载于 1936 年 3 月 1 日《文学》第 6 卷第 3 号的《钓鱼——故乡随笔》，写儿时垂钓的天真趣味。细细的笔触，淳淳的乡情，河边提着钓竿的快乐进入少时记忆，终于成为"咀嚼着过去的滋味"的材料，映含味永的乡间怀恋。刊载于 1936 年 10 月 20 日《中流》第 1 卷第 4 期的《旅人的心》，透过作者 17 岁那年春天离家去上海的夜航，抒写真纯的父子之情，触及心灵敏感处漾动的人类天性，深挚的文字充满感动的力量，成为久远的情感记忆。景物描写流荡一种朦胧美，"夜是美的。黑暗与沉寂的美"，鸟巢里喊喊的拍翅声，树枝上细碎的鸟语，显示着暗夜的气息。"河面上一片白茫茫的光微微波动着，船像在柔软轻漾的绸子上滑了过去。船头下低低地响着淙淙的波声，接着是咕呀咕呀的前桨声和有节奏的喊嚓喊嚓的后桨拨水声。清洌的水的气息，重浊的泥土的气息和复杂的草木的气息在河面上混合成了一种特殊的亲切的香气"，故乡气息在心上的感应，充满离别的惆怅与温暖。青山上迷漫的乳白色烟云，天空闪烁的明耀的光辉，都浸润着深沉的父爱，鼓舞他"第一次远离故乡跋涉山水，去探问另一个憧憬着的世界，勇往地肩起了'人'所应负的担子"，纵使"暴风雨卷着我的旅程"，也平静地迎向"一个光明的伟大的未来"。乡情、乡思、乡愁、乡恋是鲁彦的文学主题。家庭日常生活的记叙，地方风土人情的怀忆，故园习俗风尚的追想，个人思想情感的吐露，贫苦漂泊生涯的描述，境界虽然难以深广，格局也不易阔大，但对于他，却能在内心的寻找中拣拾失落的欢乐，在琐屑的挖掘里发现人生的意义，酿制出真挚、浓郁、绵邈、清隽的人间情味。

在城市印象的表述中，鲁彦传示由变化的景观空间带来的新鲜的心灵感受。刊载于 1933 年 5 月 1 日《文艺月刊》第 3 卷第 11 期的《我们的太平洋》，在南京玄武湖与杭州西湖的比较中，流露心底的忧伤并做出美感评价。人生经验使鲁彦倾近玄武湖的寂寞和悲凉，爱听湖上的浩歌与哀棹，体味潜伏在幸福背后的伤戚，而不再迷恋秀丽西湖"甜美的幻梦"，也做别"妩媚的桃红柳绿的映衬"的"黄金一般的迷梦"，裸秃的紫金山、废堞残垣的台城更能使人"味澈到人生的真谛"。玄武湖的荠儿菜与荷花散溢清鲜的香气，而一年四季露着汪洋一片水的地方，撩动翩然的向往，"仰望着空间的浮云，不复注意到时间的流动。我们把脚拖在太平洋里，听着默默的波声，呼吸着最清新的空气。我们暂时的静默了。我们已经和大自然融合在一起。还有什么比太平洋更可爱，更伟大呢？而我们是，每次每次在那里飘漾着，在那里梦想着未来，在那里观望着宇宙间的幻变，在那里倾听着地球的转动，在那里消磨它幸福的青春"，而光阴遽逝，风流云散，岁月使容颜苍老，更使感情忧郁，竟至让心灵憔悴。空间记忆的转换，映示了坎坷命途中性格情绪的变易，揭示了社会文化形态嬗变期知识群体的心理状态。刊载于 1934 年 2 月 1 日《中学生》第 42 号的《厦门印象记》调用写实笔墨，记述海滨城市的见闻。在布满苦恨的厦门，惟有自然界的春光能够点燃心中的爱。他喜欢海边常青的草木，花的季节里，流连于高大奇特的榕树和繁密的龙眼树下，或者站在重叠起伏的山峦上，谛听海浪的呼号与低吟，"晴朗的黄昏，坐着一只小舟，任它顺流荡去，默默地凝神在美丽的晚霞上，忘却了人间苦。狂风怒鸣的时候，张着帆，倾侧着小舟，让波浪汩汩地敲击着船边，让浪花飞溅在身上，引出内心的生的力来。黑暗的夜里，默数着对岸的星火，静静地前进着，仿佛驶向天空似的"，壮阔的海景把思绪带往理想的春天。刊载于 1936 年 1 月 1 日《文学》第 6 卷第 1 号的《西安印象记》，流露出对都会风物的失望感，潜含着文化批判意识。走进"被称为中华民族的文化发源地，和历代帝皇的建都所在，而现在又是所谓开发西北的最初的目标"的陪都西京，他"急切地需要细细领会这里的伟大，抱着满腔的热情"，可是呈示在眼前的却是凄凉的秋雨，泥泞的街道，稀少的行人，沉重呆笨的骡车，"一切显得清凉冷落"是他获取的第一观感。都市的生机、人的活力，被屋顶、树梢、地坪、阶石上麇集的乌鸦掩去了，鸦群"在静寂的天空中发出刷刷的拍翅声，盘旋地飞了过去"，黑云似的，"好像西安城中被地雷轰炸起了冲天的尘埃和碎片"，国民政府的陪都完全是乌鸦的领土。这个生疏的景仰的陪都给他朦胧的幻觉，"仿佛觉得自己又到了故都北平的禁城旁"。他"带着好梦未圆的惆怅的神情",在陕西省党部高大的墙门外见到横躺着褴褛的乞丐,在车站接受背着明晃晃枪刀的武装警察的检查,在挂着禁烟委员会徽章的地方也受到同样的礼遇。陪都也是苍蝇的世界。建设数年的陇海铁路由潼关西行几百里到了西安,"它带来了拥挤的旅客,山一样的货物。于是西安就突飞猛晋的变成了物质文明的都市……于是冬去春来春去夏来半年之中西安城里人满了。于是苍蝇也多了……飞进了窗子,飞进了门户",竟然占据着各个城堡,各个碉楼,各个山岗,各个战壕,随时向人袭来,全城陷入困苦的境况中。黄帝的苗裔已经难以记得祖上的事业和精神,尤其在"当今国难日急,版图变色,亡国灭种之祸迫于眉睫之时",尤其在"距离黄帝的陵寝,以及周秦汉唐历代圣文圣武皇帝的陵寝不远的所在,出产各色各样的古代的碑石铜器泥砖的文化发源地",只知用长期养成的忍耐性,淡视现今的痛苦。幽默的文字流露暗讽的意味,更深含内心的沉痛,锋芒刺向弊政,也触着国民性顽钝的一面。

在一般的游观文字中,鲁彦表现着山水感觉的纯粹性。刊载于1934年9月1日《中学生》第47期的《听潮的故事》,回忆了佛国小住的时光。世态的炎凉感中,仍然保持对于海景潮音的欣赏热情,作品写出了观察的灵敏和感受的细微。他刻意表现海的辽阔和静美:"大海上一片静寂。在我们的脚下,波浪轻轻地吻着岩石,睡眠了似的。在平静的深暗的海面上,月光辟了一条狭而且长的明亮的路,闪闪地颤动着,银鳞一般。"在幽静、和平、愉悦的氛围感染下,观览的心轻松、平静、宽怀,聆听夜海诗人一般的沉吟,"那声音像是朦胧的月光和玫瑰花间的晨雾那样的温柔,像是情人的蜜语那样的甜美。低低地,轻轻地,像微风拂过琴弦,像落花飘到水上"。他意在营造一个与现实对峙的理想世界,一切沉入睡乡,"无爱无憎,才能见到真正的美",显示了对于风景之形的鉴赏力,对于风景之神的领悟力。文字的思想意义虽嫌浅弱,却映射出明澈的慧心,透示一种合乎自然境界的单纯的美。刊载于1934年9月1日《中学生》第47期的《关中琐记》,以朴实的文字述录对于八百里秦川社会风俗的见闻,点染式的勾绘表露了对于豫陕风物细腻的心理感受。他眼前的潼关夜"冷静而且黑暗",喻示着社会的颓风,"原来鸦片的买卖,在这里是公开的",也就加深了第一印象,"古旧,冷落,衰败,这便是现在的潼关",以致旅程都显得"荒凉冷落,如在沙漠里一般"。他在景物里感受中华古老文明,伯夷叔齐饿死的首阳山,女娲长眠的风陵渡,伊尹、太妐、帝喾的墓地,让他远溯太古和唐虞夏商之世，而"街上开着许多卖大烟的店，一元钱可买二两多。据说每一家人家都有一二副烟具，自吸或招待客人"，透露西北地区穷苦落后的自然生活状态。送穷鬼、招魂、逐雀儿、老鼠嫁女等古老土俗，让他见识了关中民间的风情。虽然"陕西的春天是被冬天关住了的。风占据着整个的冬天，又压住了春天的逃遁……看不见花草，看不见春天……野草是没有的，偶然看见树木，也还未萌芽"，可是年年寒食前后，妇女们成群地打秋千，让他体验渭河平原乡村的欢乐。他欣悦地"从高坡上望去，绿色的夏阳一直延长到视线尽处。沿着黄河滩上南行，春天占据了半里宽十几里长的土地。三步一株五步一株的高大的柳树榆树，全发了芽，间夹着的杏花桃花已经落红满地。车路的西边还是干燥的灰白的粘土，车路的东边便是滋润的肥腴的黄土了。一切都是艺术的：那树木，那田地，那水沟，都非常的整齐而清洁。到处都非常幽静、新鲜。我仿佛回到了南方似的。一样一样的菜蔬都长得高大而肥美，像在福建所见的一样"，西北春光让他写得像诗里的江南。而笔锋一转，华山"最高的一个山峰像一朵半开的花"，一句话写活了山景。这样有韵味的文字，富含中国古典文学的笔墨精神。对比西安与北平的异同，态度直截硬朗，"北平有民众所酷嗜的雄壮的京调，长安有民众所酷嗜的凄厉激昂的秦腔"，在平静的记叙节奏中猛地宕开一笔，突显语风的奇崛。

身处抗战岁月的鲁彦，在散文里表达了坚强的民族意志。刊载于1939年5月5日《中学生》战时半月刊复刊号的《新的枝叶》，在诗化的散句中隐曲地抒发坚韧的情志。作品的光束凝集于惨遭劫火的野生植物上，"枯萎的叶子，焦黑的枝干。是曾经被猛烈的火焰燃烧过的"，面对"一堆瓦砾，一堆余烬未熄的木料，和这样一棵刚被燃烧过的树木"，人们叹息着，悲愤着，"一个失了血色的小小的脸庞躺在地上"，无声地控诉"魔手在这里抛下了恶毒的炸弹，戕害着这小小的生命！"由血痕斑斑的惨象转为激切的呼吼，"把仇恨记在心头吧"，反抗侵略的强音充满改换世界的民族自信。国难没有消泯生命精神，也没有使文学理想寂寞，反而在民族苦难的深切体味中，强势迸发雄劲的笔墨力量，并凭此实现家国与个人的自我捍卫。在烈火中蓬勃的枝叶，是具有象征意义的抒情形象。

鲁彦坚持为人生而艺术的现实主义创作，"他以诗一般的笔调，着重抒发自己心灵的感受，作品中洋溢着浓郁的抒情气息；他善于描写平凡的生活场景和事件，从中挖掘内在的含义，蕴蓄着一种朴素自然的美；新颖的立意，精巧的构思，灵活多变的艺术表现手法往往与朴实的描写相结合，文情如行云流水，而又姿态横生"①。他的早期散文错综着"直率的文笔，象征的手法，奇特的幻想，诗似的美句"，在冥想的文境中呈现浪漫色彩；中期"作品中热情的倾泄逐渐被冷静沉着的描写所取代"，但在孤独寂寞的奋斗的途程上，"有时在咀嚼着过去的滋味时，往往含有某种哀愁感伤，或者孤寂彷徨的情调；虽则憧憬着美好的未来，却又不知道未来在那里，遂不免低徊咏叹，在一些作品中笼罩着一层怅惘的色调"；晚期"作品中一扫过去常有的那种低沉忧伤黯淡的色彩，而代之以昂扬奋发明朗的情调……笔力豪纵，格调沉郁，个人感受也带有较为宽广和深刻的社会内容"②。从抒写梦的飘忽、心的幽秘、情的惝恍、神的惶惑，到勾绘人生的真实、描述现实的苦难、传响灵魂的声音、呼应社会的搏动，鲁彦的散文从倾诉个人衷曲、吟味小我哀乐，朝着显扬集体意志、歌赞大我境界的方向演化。现实关注主导着创作意旨，文字间炽燃着焚毁腐恶的热焰，漾洄着涤除污浊的漩流，乡土风物与都市景观扩衍为诗意的背景。

新散文家成为 20 世纪 30 年代书写风景的主体，历史记忆与现实感受依凭丰富的自然景观与宏阔的人文景观生动地展现；作品进射的明亮的精神原色和艳美的文学光芒，使他们像璀璨的星群升上文学的天空。丰赡的创作成果为现代风景散文境界的深化和视野的延扩拓展了新途。

---

① 沈斯亨：《〈鲁彦散文选集〉序言》，《鲁彦散文选集》，百花文艺出版社 1982 年版，第 21 页。
② 同上书，第 22 页。

附　录

本期风景散文集书目

1929 年

陶知行（陶行知）《知行书信》上海亚东图书馆

沐鸿《夜风》上海泰东图书局

徐国祯《临流》上海世界书局

丁丁《心灵片片》上海群众图书公司

杨钟健《去国的悲哀》北平平社出版部

一蝶《水泡》上海光华书局

张若谷《异国情调》上海世界书局

张若谷《新都巡礼》上海金屋书店

沈美镇《南居印象记》开明书店

枯萍《昨宵》上海大东书局

张慧剑《湖山味》上海世界书局

陈蔼麓《湖上》上海世界书局

叶鼎洛《他乡人语》北新书局

舒新城《蜀游心影》开明书店

马国亮《昨夜之歌》上海良友图书印刷公司

梁得所《得所随笔》上海良友图书印刷公司

邬庆时《九峰采兰记》自刊本

1930 年

郭兰馨《梅瓣杂记》上海乐华图书公司

蒋光慈《异邦与故国》上海现代书局

孙席珍《花环》上海亚细亚书局

周全平《箬船——故乡问灾记》上海光华书局

陈万里《闽南游记》开明书店

林影《流浪杂记》上海彩虹社

陈醉云《卖唱者》上海未央书店

安世《海上闲话》北新书局

于赓虞《孤灵》北新书局

陈思编《小品文甲选》上海听涛社

汤增扬《姊姊的残骸》上海草野社

今秋（宣侠父）《灰梦》北新书局

程先甲《游陇丛记》江宁程先甲千一斋

姚祝萱编《新游记汇刊续编》上海中华书局

钱文选《游滇纪事》出版单位不详

1931 年

杨文安《中学生游记》上海中学生书局

梁得所《未完集》上海良友图书印刷公司

邹枋《青春散记》上海联合书店

王志成《南洋风土见闻录》上海商务印书馆

倪锡英《曲阜泰山游记》上海中华书局

周冠英《落寞之笑》升华社

吴曙天、章衣萍合著《看月楼书信》开明书店

毛一波《樱花时节》上海新时代书局

胡愈之《莫斯科印象记》上海新生命书局

钱君匋《素描》春雨书店

1932 年

黄炎培《黄海环游记》上海生活书店

徐寿民编《往事》上海中学生书局

戴叔清编《模范日记文选》上海光明书局

唐锡如《从岳阳到萍乡》上海良友图书印刷公司

徐寿民编《故乡》上海中学生书局

马国亮《回忆》上海良友图书印刷公司

黄忏华《弱水》上海南京书局

刘宇《流星》上海女子书店

干因《电网》北平新朋友社出版部

解人《归心》北平大学出版社

顾执中《西行记》力行社

生活周刊社编《游踪》上海生活书店

杨钟健《西北的剖面》自刊本

谢慧霖《壬申南北漫游日记》重庆中西铅石印局

张慧《东海归来》上海星星出版部

1933 年

林荫南编《模范小品文读本》上海光华书局

陶行知《古庙敲钟录》上海儿童书局

陆晶清《流浪集》上海神州国光社

刘大白编《摹状文》上海世界书局

刘大白编《发抒文》上海世界书局

朱其华《一九二七年底回忆》上海新新出版社

赵家璧编《南国情调》上海良友图书印刷公司

郭子雄等《四年》上海良友图书印刷公司

万国安《东北英雄传》大华书局

张志和《峨眉游记》学艺出版社

生活书店编译所编《锦绣河山》上海生活书店

生活书店编译所编《游日鸟瞰》上海生活书店

梁得所《猎影记》上海良友图书印刷公司

张立英编《女作家随笔选》上海开华书局

张立英编《女作家小品选》上海开华书局

赵景深编《现代小品文选》北新书局

新绿文学社编《名家游记》上海文艺书局

陈光尧《西京之现况》文华美术图书公司

侍桁《胭脂》上海新中国书局

杭江铁路局编《浙东景物纪》杭江铁路局

沈仲文编《东方现代文选》（记叙文）上海东方文学社

徐仲年《陈迹》北新书局

1934 年

顾青海《劫后东北的一斑》上海商务印书馆

陈德风《旅中随笔》上海现代书局

李勖刚《野鸽的话》自刊本

易君左《闲话扬州》上海中华书局

舒新城《故乡》上海中华书局

姜亮夫编《现代游记选》北新书局

吴家骧编《儿童游记》上海大众书局

赵君豪《游尘琐记》琅玕精舍

芮麟《山左十日记》无锡太湖书店

老太婆（许兴凯）《泰山游记》北平读卖社

宗临《波动》北平北新书局

严梦《美丽的夏天》上海大中书局

露存《心文》上海商务印书馆

顾执中、陆诒《到青海去》上海商务印书馆

温志良《绀珠集》上海女子书店

孙季叔编《中国游记选》上海亚细亚书局

郁达夫等《半日游程》上海良友图书印刷

公司

陈友琴《川游漫记》南京正中书局

朱渭深《秋花集》上海天马书店

朱锦江《流砂集》上海兼村出版合作社

叶永蓁《浮生集》上海生活书店

明驼《河西见闻记》上海中华书局

葛绥成等《四川之行》上海中华书局

徐弋吾《新疆印象记》西安和记印书馆

刘大杰编《山水小品集》北新书局

邹韬奋《萍踪寄语》（初集）生活书店

邹韬奋《萍踪寄语》（二集）生活书店

马子华《坍塌的古城》上海现代书局

卢湘父《桂游鸿雪》广州培英印务公司

蒋叔南（蒋希召）《雁荡山一览》上海西泠印社

1935 年

刘海粟《欧游随笔》上海中华书局

王梅痕编《中华现代文学选》（第四册·抒情文）上海中华书局

姚乃麟编《现代创作散文选》上海中央书店

姚乃麟编《现代创作游记选》上海中央书店

小默（刘思慕）《欧游漫忆》上海生活书店

黑婴《异乡与故国》上海千秋出版社

王定九编《当代女作家随笔》上海中央书店

杨晋豪编《青年游记》上海北新书局

中学生社编《我的旅行记》开明书店

中学生社编《都市的风光》开明书店

郑逸梅《逸梅丛谈》上海校经山房书局

海之萍编《春风》长春益智书店

王抟今《海外杂笔》上海中华书局

罗白（赵德尊）《秋罗集》北平义成书店

田曙岚《广西旅行记》上海中华书局

江亢虎《台游追记》上海中华书局

蔡雨村《劳人草》自刊本

徐鸿涛《西南东北》杭州大风社

叶圣陶等《三种船》上海生活书店

倪锡英《洛阳游记》上海中华书局

戈公振《从东北到庶（苏）联》上海生活书店

周天籁《甜甜》上海文光书局

蒋维乔《因是之游记》上海商务印书馆

人间世社编《人间特写》上海良友图书印刷公司

金易《梦外集》中国民报社

孙席珍编《现代中国散文选》北平人文书店

邹韬奋《萍踪寄语》（三集）生活书店

赵君豪编《当代游记选》上海国光印书局

傅增湘《南岳游记》江安傅增湘藏园

田树藩《西山名胜记》云南中华书局

钱文选《天目山游记》杭州浙江正楷印书局

钱文选《天台方岩游记》出版单位不详

1936 年

陈友琴《萍踪偶记》上海北新书局

贾祖璋《生物素描》开明书店

沈从文编《现代小品文杰作选》上海东方文学社

唐宗辉编《分类小品文选》上海仿古书店

孙席珍《湖上》上海中国文化服务社

罗芳洲编《现代中国小品散文选》上海中国文化服务社

姚乃麟编《现代创作小品选》上海中央书店

俊生编《现代小品文选》上海仿古书店

俊生编《现代女作家小品选》上海仿古

书店

俊生编《现代女作家随笔选》上海仿古书店

钱公侠、施瑛编《日记与游记》上海启明书局

李健吾《意大利游简》开明书店

田曙岚《海南岛旅行记》上海中华书局

赵君豪《南游十记》上海中国旅行社

沈圣时《落花生船》自刊本

老向（王向辰）《黄土泥》上海人间书屋

滕固《征途访古述记》上海商务印书馆

王抟今《海外二笔》上海中华书局

柳抒《絮》北平芭蕉丛书室

黄炎培《蜀道》开明书店

倪锡英《南京》上海中华书局

倪锡英《杭州》上海中华书局

倪锡英《青岛》上海中华书局

倪锡英《济南》上海中华书局

倪锡英《广州》上海中华书局

倪锡英《西京》上海中华书局

倪锡英《北平》上海中华书局

茅盾编《中国的一日》上海生活书店

姚颖《京话》上海人间书屋

陈适《人间杂记》上海商务印书馆

蒋廷黼《人间随笔》杭州东南图书公司

奚如《在塘沽》万人出版社

彭成慧《怀旧集》上海北新书局

张学铭《南行印象记》北平实报出版部

张若谷《西游记》上海千秋出版社

应懿凝《欧游日记》上海中华书局

邓以蛰《西班牙游记》上海良友图书印刷公司

李慎言《燕都名山游记》北京燕都学社

长江《中国的西北角》天津大公报馆出版部

王春翠《竹叶集》天马书店

庄俞《我一游记》上海商务印书馆

笑我编《现代游记文选》上海启智书局

罗振常《洹洛访古游记》上虞罗振常蝉隐庐

田一羹《漫游纪略续集》成都维新印刷局

卢云青《陕豫苏浙闽桂粤七省游记》出版单位不详

李德贻《北草地旅行记》出版单位不详

1937 年

施蛰存《灯下集》开明书店

林微音《散文七辑》上海绿社出版部

张扬明《到西北来》上海商务印书馆

沙鸥《欧行观感录》上海中华书局

蒋屏风《芳草集》北平乐华书局

严梦《美丽的夏天》上海新光书局

向尚等《西南旅行印象杂写》上海中华书局

朱偰《汗漫集》上海正中书局

薛绍铭《黔滇川旅行记》上海中华书局

上海沪江大学西北考察团编《西北纪游》上海沪江大学西北考察团

庄泽宣《陇蜀之游》上海中华书局

谭惕吾《从国防前线归来》南京新民报馆

韬奋《萍踪忆语》上海生活书店

严文井《山寺暮》上海良友图书印刷公司

吴秋山《茶墅小品》北新书局

长江《塞上行》大公报馆

盛成《意国留踪记》上海中华书局

陶亢德编《欧美风雨》上海宇宙风社

郑子健《滇游一月记》上海中华书局

田军、靳以等《兴安岭的风雪》上海联华书局

胡怀琛《萨坡赛路杂记》上海广益书局

许杰《南洋漫笔》上海晨钟书局

梁穆《华北——魔手下的地狱》上海杂志公司

长江等《西线的血战》汉口上海杂志公司

长江等《西北线》汉口星星出版社

长江等《西线风云》上海大公报馆

华之国编《平汉前线》上海时代史料保存社

林克多《从陕北到晋北》上海大时代出版社

廉臣《从江西到四川行军记》汉口民生出版社

李自珍《梦幻的陶醉》北京文化学社

李词佣《椰阴散记》上海作者书社

赵文华编著《二万五千里长征记》上海大众出版社

李藜初编著《陕北印象记》延安解放社

孙肇圻《黄山游记》无锡孙氏箫心剑气楼

吕珮芬《湘轺日记》北平传信印书局

傅增湘《北岳游记》江安傅增湘藏园

1938 年

黄继厚《平津流亡归来》汉口华中图书公司

赵家欣《今日的厦门》厦门明明图书印刷公司

长江等《西北战云》大众出版社

长江等《沦亡的平津》生活书店

黄峰编《第八路军行军记·长征时代》上海光明书局

黄峰编《第八路军行军记·抗战时代》汉口光明书局

田丁编《在火线上——东南线》汉口大时代书店

田丁编《在火线上——西北线》汉口大时代书店

陈思明编《西战场速写》上海生活书店

海萍《津浦线抗战记》汉口华中图书公司

陆诒《前线巡礼》汉口大路书店

霍衣仙《动荡中的故都》广州抗战文学社

文载道、周木斋等《边风集》上海文汇报社

胡兰畦等《淞沪火线上》汉口生活书店

胡兰畦等《东线的撤退》生活书店

华之国编《东战场上》上海时代史料保存社

长江、罗平等《瞻回东战场》上海生活书店

彭启一《火线下的上海》广州晨光出版社

夏衍等《今日之上海》汉口现实出版社

郭兰馨《烽火下的萍踪》大公社出版部

长江、小方《从卢沟桥到漳河》汉口生活书店

徐盈《抗战中的西北》汉口生活书店

徐盈等《鲁闽风云》汉口生活书店

田影编《活跃的新西北》汉口自强出版社

天虚《行进在西线——从太原到临汾》汉口大众出版社

骆宾基《大上海的一日》上海文化生活出版社

碧野《北方的原野》汉口上海杂志公司

碧野《太行山边》汉口大众出版社

田涛《黄河北岸》汉口上海杂志公司

田涛《战地剪集》中国文艺社

田汉《战地巡历》上海战时出版社

周立波《战地日记》汉口上海杂志公司

周立波《晋察冀边区印象记》汉口读书生活出版社

舒群《西线随征记》汉口上海杂志公司

张天虚《征途上——从延安到太原》汉口上海杂志公司

张周《中华女儿》汉口上海杂志公司

曾克《在汤阴火线》汉口上海杂志公司

梅林《烟台烽火》汉口华中图书公司

陶亢德编《北平一顾》宇宙风社

石光《鲁北烟尘》汉口上海杂志公司

曼虹《东西南北》中国文化协社

卢冀野《炮火中流亡记》中国文艺社

谢冰莹、黄维特合著《第五战区巡礼》桂林生活书店

朱偰《入蜀记》长沙商务印书馆

朱民威《江南前线》中国文艺社

马骏《抗战中的陕北》汉口扬子江出版社

田汉等《战地归来》战时出版社

光人编《劫后的江南》战时出版社

张天翼等《战时的后方》战时出版社

长江等《名城要塞陷落记》战时出版社

汪铿等《活跃的西线》战时出版社

曹聚仁等《轰炸下的南中国》战时出版社

阿英等《铁蹄下的平津》战时出版社

张庆泰《在西战场》汉口上海杂志公司

无畏等《平汉前线》上海时代史料保存社

萧军《侧面》（我留在临汾）成都跋涉书店

下 编

延展期——凝眸第三个十年
(1939—1949)

第 十 章

现代风景散文的持续

第一节　个性书写与区域意识的融渗

在抗日战争和第三次国内革命战争接续时段的历史环境下，文学创作主体发生结构性调整。国统区、解放区、沦陷区等境域分隔的政治态势和社会格局，呈示中国文学版图的清晰轮廓与创作分布。每一区域内部的统治结构、社会系统、观念形态、文化背景、生活境况都表现为一种独立性的存在。这种现实状态深刻影响着不同区域作家的创作心理、精神姿态、价值立场，直接制约着题材选择、风格特征、审美取向，从而形成 40 年代的文学景观。

中国作家的共同性文化身份与群体性社会角色，使他们面对五四新文学模式经历的时代性变异，表现出担承民族解放重任的文学自觉，通过创作上的集体实践，在宽广的政治视野和历史范畴上反映抗日民族解放战争和第三次国内革命战争的共同主题，铸造中华民族的精神记忆。作家们迎着时代洪流，表明各自的创作立场。"这时时在激跳的文心，遇到了神圣的抗战便极自然的要证明它自己可以变作枪炮与炸弹，所谓文章下乡，文章入伍，就是这激跃的文心要在抗战中去多尽斗争的责任的自信与自励。"（老舍《文章下乡，文章入伍》，1941 年 7 月 25 日《中苏文化》第 9 卷第 1 期）满怀热情投身战斗生活，成为众多作家的时代选择。"在积极方面，却尚可望除旧更新，使文学作家一枝笔由打杂身份，进而为抱着个崇高理想，浸透人生经验，有计划的来将这个民族哀乐与历史得失加以表现。且在作品中铸造一种博大坚实富于生气的人格，使异世读者还可从作品中取得一点做人的信心和热忱的工作，使文学作品价值，从普通宣传品而变为民族百年立国的经典。"（沈从文《文学运动的重造》，1942 年 10 月 25 日《文艺先锋》第 1 卷第 2 期）坚守民族立场、凝聚民族精神、显现民族特征的作品，迅速而集中地产生，深刻而具体地反映变化的现实。"中国必须解放，中国的新文艺必须完成其所担负的部分使命，这是民族的铁的意志的发露，任何阻碍都是要把它贯穿的!"（郭沫若《新文艺的使命——纪念"文协"五周年》，1943年3月27日重庆《新华日报》）从这样的认识出发，作家们透视的角度愈益深入社会生活的各个层面，运用散文描述和对于风景的深度认识与理解以及大胆的更新性想象，修正了自然的原初形态，将散文化的山水转移到具体文本中，展示了生活和历史的全景。这种基于文化使命的责任意识与现实表达，使得作家们以更新的创作姿态进入现代文学视野，做出历史性贡献。

共同的现实背景下，分处于不同政治环境的作家，依从各自的实际处境做出具体的文学反应，构思模式呈现不同的艺术特征，使三个区域的创作形成差异化发展。解放区文学接受民族传统和民间文化的滋育，以乐观的精神、热情的态度讴歌新人物、抒写新生活、表现新题材，反映黄河岸边、太行山中广大军民的日常生活、思想感情、精神世界，民族性、大众性的题材表现，创造了朴素明朗的风格，显示了新文学对于时代需要的主动适应。国统区文学对于社会暗景的讽刺、暴露，突显了现象的荒诞与历史的谬误，显示了批判现实政治的锋芒。以1931年九一八事变后出现的东北沦陷区文学，1937年七七事变后出现的华北沦陷区文学，1937年11月上海陷落后租界中出现的孤岛文学，以及1941年12月太平洋战争爆发，孤岛文学时代终结而出现的上海沦陷区文学，反映了在苦难旋涡中挣扎的知识者的复杂心态，表现了大时代下个人精神生活的苦闷，展示了以人性美为核心的新的美学趣味，尤其与解放区的乡土文学形成反差强烈的审美境界。通过心理活动的透视，显映风景中不安的灵魂，深蕴着动荡的战争岁月的体验意义。社会领域对文学领域的作用表现得更加直接和深刻。

灰色地带中的灰色意识主导着国统区的创作景观，但在许多作家的内心，依然透闪出美的光辉。抗战进入战略相持阶段后，国内政治时局因皖南事变而发生遽转，社会思潮和民众心理陷入民族矛盾与阶级矛盾的旋涡中，焦灼、忧虑、抑郁、苦闷的情绪弥漫于国统区的知识界。心理迷茫、精神困惑直接体现在创作上。一些作家彷徨于失意的路上，从挥写外部世界的火热抗争返回个人内心，重新捡拾遗留在心灵角落的残梦，含咀自我的艺术趣味，将愁惨的现实转化成灵感世界中的艺术物象。

郭沫若坚持固有的抒写风格，深沉的感思中流溢单纯美丽的诗的激情。1942年5月23日写出的《银杏》充满抒情化色彩，明确的主观视角、浓郁的诗意情调，使传统的咏物笔致在新的时代基点上得到强化。银杏象征着中国精神，而在板荡的年代，国人价值观的更易使他忧心，"自然界中已经是不能有你的存在了，但你依然挺立着，在太空中高唱着人间胜利的凯歌……秋天到来，蝴蝶已经死了的时候，你的碧叶要翻成金黄，而且又会飞出满园的蝴蝶……当你解脱了一切，你那槎丫的枝干挺撑在太空中的时候，你对于寒风霜雪毫不辟易"。他不相信"在中国的领空中会永远听不着你赞美生命的欢歌"，因为在中国"总有能更加爱慕你的一天"。深情的吟唱，塑造出意志化的强韧的民族形象，在抗战的艰苦年月中愈显出狂飙突进的疾进英姿。

1942年10月25日夜写出的《飞雪崖》，充溢农事歌咏的恬美韵致。"向草间或番薯地段踏去，路随溪转，飞泉于瞬息之间已不可见。前面果然展开出一片极平静的水面，清洁可鉴，略泛涟漪，淡淡秋阳，爱抚其上……溪面复将屈折处，左右各控水碾一座，作业有声"，颇入画境的还有河心岩隙旁头蒙白花蓝布巾的妇人。"一片的笑语声在飞泉的伴奏中唱和着。路由田畴中经过，荞麦正开着花，青豆时见残株，农人们多在收获番薯"，清美明秀的田间风光，显现出远离战争危境的陪都郊野相对的和平安宁，"皓皓的秋阳使全身的脉络都透着新鲜的暖意了"，道出一群士女正酣的游兴，流露着战争岁月中深蕴于心底的诗意美。

1946年4月25日写出的《重庆值得留恋》，以诅咒之笔抒惜别之情，通过眼底景观展示山城魅力，赞颂艰苦抗战中熔铸的民族意志。重庆崎岖不平的坡路，让他慨叹"中国的都市里面还有像重庆这样，更能表示出人力的伟大吗？完全靠人力把一簇山陵铲成了一座相当近代化的都市。这首先就值得我们把来作为精神上的鼓励"。山城的雾景，让他感到更可厌憎的"恐怕还是精神上的雾罩得我们更厉害些……假使没有那种雾上的雾，重庆的雾实在有值得人赞美的地方。战时尽了消极防空的责任且不用说，你请在雾中看看四面的江山胜景吧。那实在是有形容不出的美妙。不是江南不是塞北，而是真真正正的重庆"。那些在时代黑雾和精神雾障遮掩下跳梁的"比老鼠更多的特种老鼠"尤其令人鄙夷，而对于"尚在重庆的战友们"愈加怀念，诗意地表现着战后的复杂心绪与情感上的爱憎。

发表于1946年8月15日《萌芽杂志》第1卷第2期的《梅园新村之行》，忧心于内战局势，关切民族的走向，"的确，我进南京城的第一个感觉，便是南京城还是一篇粗杂的草稿。别的什么扬子江水闸，钱塘江水闸，那些庞大的惊人的计划暂且不忙说，单为重观瞻起见，似乎这首都的建设是刻不容缓了。然而专爱讲体统的先生们却把所有的兴趣集中在内战的赌博上，而让这篇粗杂的草稿老是不成体统"，嘲讪的语气里充满对时政的讽刺。

1946 年 12 月 22 日写出的《峨眉山下》，深情地唱出一曲故乡恋歌。大渡河的"水流虽然比起上游来已经从群山之中解放了，但依然相当湍激，因此颇有放纵不羁之概"，他的豪迈性格，能够从这样的山水中找到自然的始源，尽管"旧时代的思乡情绪，在我是完全枯竭了"。他留恋乐山城的风物，凌云山上苏东坡的读书楼，是一个"骚人墨客所好游的名地"，乌尤山上郭舍人的尔雅台，清幽的山境和江上浮舟的清森的净趣"也很值得玩味"，文雅的情怀可以从这样的古迹里寻见久远的来处。在物化的景观里着意进行情感化的描摹，形成主观的融浸，表明进入人生中年期的郭沫若，笔力虽趋苍劲，文辞却不改清新华美的风格，创作气质仍然保持强烈的青春感。

沈从文在 30 年代末期至 40 年代的散文创作，笔墨虽则缠结于一堆人生具体事实，然而更深入无数抽象法则里面，原始的生命热情逐渐转化为沉潜的理性精神，并浸染抗战时代的色彩。他的经验世界里，闪烁大自然的光影，"四围是草木蒙茸枝叶交错的绿荫，强烈阳光从枝叶间滤过，洒在我身上和身前一片带白色的枯草间。松树和柏树作成一朵朵墨绿色，在十丈远近河堤边排成长长的行列……叶子细碎绿中还夹杂些鲜黄，阳光照及处都若纯粹透明"，映示心灵的纯净；面对"这个绿芜照眼的光景……手中一支笔，竟若丝毫无可为力……企图用充满历史霉斑的文字来写它时，竟是完全的徒劳"，流露出内心的伤感；他憧憬"人与自然完全趋于谐和，在谐和中又若还具有一分突出自然的明悟"的境界，他赞赏"无不本源于一种坚强而韧性的试验，在长时期挫折与选择中方能形成"的德性，并且检视"中年知识阶层倦于思索怯于怀疑的灵魂"（《绿魇》，1943 年 12 月 10 日重写）。战氛并未夺去他对于风景的感受力，以及由此生发的对于现实的认识力。他的经验世界里，萌生理想的芽梗，"各自想从生活中证实存在意义"，希冀让生命挣脱物欲控制，而"随理想发展"；他要"接受这个民族一种新的命运……一切重新起始，重新想，重新作，重新爱和恨，重新信仰和怀疑"，并且"从冷静星光中"看出"一种永恒，一点力量，一点意志"；他似乎攀住了"这个民族在忧患中受试验时一切活人素朴的心"，思忖"沉默中所保有的民族善良品性，如何适宜培养爱和恨的种子！"他感动于在强烈照眼阳光下铺展的广大绿原和泛闪银光的滇池，感动于"滇池上空一带如焚如烧的晚云，和镶嵌于明净天空中梳子形淡白新月"，表露"从星光虹影中取决方向的"生命愿望（《黑魇》，1943 年 12 月末

1 日作于云南呈贡）。在他的经验世界里，有从书本中得来的"接近两千年来人类为求发展争生存种种哀乐得失"，认为"当前的生活，一与过去未来连接时，生命便若重新获得一种意义"，仰观中"天还是那么蓝，深沉而安静，有灰白的云彩从树林尽头慢慢涌起，如有所企图的填去了那个明蓝的苍穹一角"，但是这安静终被战争打破，"我耳边有发动机在高空搏击空气的声响"，剧烈的炸响震动空气，一团火焰向下飘堕，"这世界各处美丽天空下，每一分钟内差不多都有这种火焰一朵朵在下堕……我的心，便好像被一粒子弹击中，从虚空倏然堕下，重新陷溺到更复杂人事景象中，完全失去方向了"（《白魇》，1944 年作于昆明）。战争的惨烈被诗意化，掀涌一股原始、浑朴的冲动力。这种敷设玄幻奇诡色彩的语境，依稀弥漫着湘西民间的巫觋空气，衍化出历史书写中有生命的文字。

《昆明冬景》（1939 年 2 月作）在寻常场景的描绘中映射民族精神的闪光。敞坪中的屠户朗声表示"我怕无常鬼，日本鬼子我不怕……我去打仗，保卫武汉三镇"，放眼四望"坪中一切寂静。远处什么地方有军队集合、下操场的喇叭声音，在润湿空气中振荡。静中有动"。这种淳朴无邪的民性，会让人"爱上了一片蓝天，一片土地，和一群忠厚老实人"，而且能够产生朴素的人生哲学："'美'字笔画并不多，可是似乎很不容易认识。'爱'字虽人人认识，可是真懂得它的意义的人却很少。"他在民众的精神土壤里找到情感的根基。

《云南看云》映显审美活动的心理表情。他觉得"傍晚时候，云的颜色，云的形状，云的风度，实在动人"，云南的云"特点是素朴，影响到人性情，也应当是挚厚而单纯"，"坐船在滇池中，看到这种云彩时，低下头来一定会轻轻的叹一口气。具体一点将发生'大好河山'感想，抽象一点将发生'逝者如斯'感想。心中可能会觉得有些痛苦"，从中领受的"一种无言之教，比目前政治家的文章，宣传家的讲演，杂感家的讽刺文都高明得多，深刻得多，同时还美丽得多。觉得痛苦原因或许也就在此"。"就在这么一个社会这么一种精神状态下"，他深忧"如果一种可怕的庸俗的实际主义正在这个社会各组织各阶层间普遍流行，腐蚀我们多数人做人的良心做人的理想，且在同时还像是正在把许多人有形无形市侩化，社会中优秀分子一部分所梦想所希望，也只是糊口混日子了事，毫无一种较高尚的情感，更缺少用这情感去追求一个美丽而伟大的道德原则的勇气时，我们这个民族应当怎么办？"欣赏自然变作审视社会。他向远景凝眸，如同瞻望国家的明天，"正因为这个民族是在求发展，求生存，战争已经三年，战争虽败北，虽死亡万千人民，牺牲无数财富，可并不气馁，相信坚持抗战必然翻身。就为的是这战争背后还有个壮严伟大的理想，使我们对于忧患之来，在任何情形下都能忍受”，美丽景物烘衬的宏大情志飘向天空悠远处。

《北平的印象和感想》（1946年8月9日作）既赞美历史文化的悠久，又怅叹社会空气的沉抑，对比自己二十五年前“初入百万市民大城的孤独心情”，更有一番沧海桑田的感慨。他暂别怀往的温情，选定文化批判的视角，冷眼审察过眼的旧物新景。十月间“一星期狂风，木叶尽脱，只树枝剩余一二红点子，挂枝柿子和海棠果，依稀还留下点秋意。随即是负煤的脏骆驼，成串从四城涌进”，见着“用来屠杀中国人的美国坦克……怕犯禁忌似的，步子一定快了一点，出月洞门转过南池子，它得上那个大图书馆卸煤！”在他的意识里，“历史的庄严伟大，在北平文物上，即使不曾保留全部，至少还保留了一部分。可是这些保留下来的，能不能激发一个中国年青人的生命热忱，或一种感印、思索，引起他对祖国过去和未来一点深刻的爱？能不能由于爱，此后即活得更勇敢些，坚实些，也合理些？若所保留下来的庄严伟大和美丽缺少对于活人的教育作用，只不过供游人赏玩，供党国军政要人宴客开会，北平的文物，作用也就有限”。关于这些，“北平有知识的人，教育人的人，实值得思索，值得重新思索”，“北平的明日真正对人民的教育，恐还需要寄托在一种新的文学运动上。文学运动将从一更新的观点起始，来着手，来开展”，这样的认识已不限于抒情幻想与梦，而是加进了深刻的现世成分。

《怀昆明》（1946年8月9日作完）从中日民族性的比较上，肯定中华民族的精神传统。日本人的“强韧坚实足与中国的湖广人相比，热忱明朗还不如。日本想侵略中国，必需特别谨慎小心。中国军事防线，南北两方面都极脆弱，加压力即容易摧毁。但近于天然的心理防线，头一道是山东河南的忠厚朴质，不易克服，次一道是湖南广东的热情僵持，更难处理”，根据这番他人的判断，沈从文认为“日本的侵略行为，在中国遭遇的最大阻碍，从长沙、常德、衡阳、宝庆的争夺战已得到极好教训……因为虽骄傲实谨慎的日本军人，一定记忆住那个警告，忧虑大东亚独霸的好梦，会在热情僵持的湖南人面前撞碎”；对于抗战后的国家未来则满怀忧虑，“国内局面既如此浑沌，正若随时随地均可恶化”。闻一多、李公朴的被害，使他只盼望“建设与进步，不至于依然是暴徒白昼杀人，或更大如苏北山西种种不幸！”表现了湖南人的刚勇气性和一个爱国作家的正义感。

　　冰心苦恋着北平，竟至僻居云南呈贡山下的寓楼——默庐，也要在晚霞、朝霭，在瓦檐上散落的雨脚清脆的繁音，在日上的初晨、月出的黄昏，遥忆着北平大觉寺的杏花、香山的红叶、故宫的金顶、北海的柔波、故都的笔墨笺纸、火神庙的轻烟、隆福寺的市声，而烧鸭子涮羊肉糖葫芦炒栗子的滋味，愈加牵动她的怀思。她宛如又看到晴空下的天安门前千百青年挥动的反日的旗帜，看到"日本的游历团一船一船一车一车的从神户横滨运来，挂着旗号的大汽车，在景山路东长安街横冲直撞的飞走。东兴楼、东来顺挂起日文的招牌，欢迎远客"，故宫北海颐和园，米市大街王府井大街上，穿长褂和西服的中国人不见了，都羞的藏起了，恨的溜走了。古城的美丽尊严在侵略者的蹂躏侮辱之下，也和大连沈阳一样，恹然地死去。思忆的衷情和忧苦的喟叹交融在她的这篇《默庐试笔》（1940年2月28日香港《大公报》）里。1942年11月24日，她在歌乐山中的潜庐为西南联大教授罗莘田的散文集《蜀道难》作的序里，流露出爱自然的纯真天性，艳羡"他研究了学术，赏玩了风景，采访了民俗，慰问了朋友。路见不平，他愤激而不颓丧；遇见了好山水人物，他又欣赏流连，乐而忘返"的真率放达的生活性情，尽管需要"历尽了抗战期中旅行的苦楚"。

　　叶圣陶把战争体验化作情绪光焰，喷射于纸面。1939年8月19日乐山遭受轰炸，他在1940年4月5日《中学生战时半月刊》第20期发表《乐山被炸》，控诉日寇暴行："我们寄居的乐山城毁了大半，有两千以上的人丧失了生命。我的寓所也毁了，从书籍衣服到筷子碗盏，都烧成了灰；我的一家人慌忙逃难，从已经烧着了的屋子里，从静寂得不见一个人只见倒地的死尸的小巷子里，从日本飞机的机枪扫射之下，赶到了岷江边，渡过了江，沿着岸滩向北跑，一直跑了六七里路……"他愤恨地想，"为什么要轰炸乐山呢？乐山有唐朝时候雕凿的大佛，有相传是蛮子所居实在是汉朝人的墓穴的许多蛮洞，有凌云乌尤两个古寺，有武汉大学，有将近十万居民，这些难道是轰炸的目标吗？打仗本来没有什么公定的规则，所谓不轰炸不设防城市，乃是从战斗的道德观念演绎出来的。光明的勇敢的战斗员都有这种道德观念"；敌人的淫威不能使人屈服，"轰炸改变了我的什么呢？到现在事隔半年了，在曾经是闹市区的瓦砾堆上，又筑起了白木土墙的房屋，各种店铺都开出来了。和被炸的别处地方以及沦为战区的各地一样，还是没有一个人显得颓唐，怨恨到抗战的国策；这是说给日本军人听也不会相信的"，他的内心洋溢着豪迈的民族气概。

　　《冲破那寂静》（1944年12月《中学生战时月刊》第81、82期合刊）以感性的奔放情绪、理性的沉郁哲思，唱响理想之歌。"一片可怕的寂静。寂静为什么可怕？因为寂静邻于死亡，有时候也许就是死亡"，然而"寂静不是死亡。那只是动物在蛰伏时期似的一种状态"，他期望"青年人在寂静了一阵子之后，旧的季节过去了，新的季节到来了，也就会冲破那寂静，起来飞翔，奔驰，跳跃"，尽管"冲破寂静的青年人将会遇到一阵寒冷，一阵风暴。人间的季节是比自然的季节更多变幻的。可是青年人并不顾虑这个，就是伤害等候在面前也不顾虑。因为青年人有所信。没有什么东西比'信'更坚强的。此时此地必须行我所信，那就刀锯汤镬有所不避"；时势变易，"老年的世界将要消亡了，青年的世界正在成长。凡与青年的世界相适应的，才是真正的青年人，精神上的青年人。真正的青年人啊！精神上的青年人啊！起来飞翔吧！奔驰吧！跳跃吧！"人类进化的意识化作激情，流贯文章首尾。在抗战胜利的曙光初现的前夕，无疑是一种精神的激励。

巴金的《南国的梦》作于1939年春天的上海。这篇忆述鼓浪屿之游的作品，依然保持六年前所写同名散文中的青春感。虽然他常在噩梦里"不断地挣扎"，"和一切束缚我的身体的东西战斗"，但是南国的梦景让他"喜欢这种南方的使人容易变为年轻的空气"。可恨敌人深入肥沃的闽南，"铁骑踏进了花与树、海水与阳光的土地，那个培养着我的南国的梦的地方在敌人的蹂躏下发出了呻吟"，他的心在痛，也点燃了沸腾的血，在沉痛的现实中融入战斗的激情。《静寂的园子》（1940年10月11日作于昆明，1940年11月25日《现代文艺》第2卷第2期）在突至的安静中感应到"灾祸的预兆"，竟至"在这个受着轰炸威胁的城市里我感到了寂寞"，流露出一个写作者在战时的不安心绪。《在泸县》（1940年12月24日在重庆追记，1941年1月14日《国民公报·文群》）描绘遭受劫火的城市惨状，"焦炙的黑印涂污了粉白墙，孤寂的梁柱带着伤痕向人诉说昔时的繁荣和今日的不幸"，"下落的太阳的余晖像一片血光，罩住了断墙"，"血涂在墙上，血也涂在我的心上"，他愤然地呼吼，在埋葬若干善良生命的瓦砾堆上，"一个中国的城市在废墟上活起来了，它不断地生长、发达。任何野蛮的力量都不能毁灭它"，反抗的决心火焰一般燃烧。《爱尔克的灯光》（1941年3月作于重庆，1941年4月19日《新蜀报·蜀道》）在往昔的忆念中透射出对于光明的渴望，"忽然在前面田野里一片绿的蚕豆和黄的菜花中间，我仿佛又看见了一线光，一个亮，这还是我常常看见的灯光……这一定是我的心灵的灯，它永远给我指示我应该走的路"，奔向广大的世界。艰难岁月里，他的创作明确坚持现实主义的文学精神。《雨》

（1941 年 7 月 20 日作）面对国家的危难，抒发涌动的激情："我常常吞下许多火种在肚里……有时火种在我的腹内燃烧起来……为了浇熄这心火，我常常光着头走入雨湿的街道，让冰凉的雨洗我的烧脸……我脸上眼睛看不见现实世界的时候，我的脚上却睁开了一双更亮的眼睛。"炽烈的民族情感在急雨中爆发。《废园外》（1941 年 8 月 16 日作于昆明，1942 年 1 月《西南文艺》第 2 期）伤悼在敌机轰炸下无辜逝去的少女的美好生命，"连这个安静的地方，连这个渺小的生命，也不为那些太阳旗的空中武士所宽容。两三颗炸弹带走了年轻人的渴望。炸弹毁坏了一切，甚至这个寂寞的生存中的微弱的希望。这样地逃出囚笼，这个少女是永远见不到园外的广大世界了"。但是废墟上的园子"已经从敌人的炸弹下复活了"，"那些带着旺盛生命的绿叶红花"闪映希望的颜色。《火》（1941 年 9 月 22 日从阳朔归来作于桂林，1941 年 11 月 13 日桂林《大公报·文艺》）充满民族的悲愤，"四年前上海沦陷的那一天，我曾经隔着河望过对岸的火景，我像在看燃烧的罗马城。房屋成了灰烬，生命遭受摧残，土地遭着蹂躏。在我的眼前沸腾着一片火海，我从没有见过这样大的火，火烧毁了一切：生命，心血，财富和希望"，家园被焚毁，同胞在受难，"这一个民族的理想正受着熬煎。我望着漫天的红光，我觉得有一把刀割着我的心"。重回罗马的激情在心中燃烧，发誓"一定要昂着头回到这个地方来。我们要在火场上辟出美丽的花园"。目光掠过船篷外静静横着的淡青色的漓江水和远处耸峙的墨汁绘就似的桂山影，他的精神没有沉睡，"我仿佛看见了火中新生的凤凰"。比起表现个人生存之痛的文字，贴近苦难中的土地和人民的作品，无疑具有深刻的社会意义。《长夜》（1941 年冬作于桂林，1942 年 1 月 15 日《文艺杂志》第 1 卷第 1 期）文字间的悲愤仿佛"一阵炙骨熬心的烈火"燃烧着，心中之箭穿透"坟场上似的静寂"和眼前的一片暗雾，"光明的呼声"里，"漫漫的长夜逼近它的尽头了"，渴望中升腾起黎明前的憧憬。《灯》（1942 年 2 月作于桂林，1942 年 3 月 15 日《文艺杂志》第 1 卷第 3 期）以心中的热力驱散"寒夜的空气"。几点灯光"给我扫淡了黑暗的颜色"，在心上会显得"更明亮，更温暖"，"我爱这样的灯光。几盏灯甚或一盏灯的微光固然不能照彻黑暗，可是它也会给寒夜里一些不眠的人带来一点勇气，一点温暖"。在增添了前行勇气的人看，"在这人间，灯光是不会灭的"。铿锵的语言如同一束光焰，烛照沉暗的时代氛围。《日》、《月》、《星》（1942 年《宇宙风》第 123 期，总题为《梦痕》）在象征性抒写中表明内心情怀。他的人生理想、艺术激情融合在"追求光和热"的途程上，"宁愿舍弃自己的生命"，固然"生命是可爱的。但寒冷的、寂寞的生，却不如轰轰烈烈的死"（《日》）。
严峻的现实也使他内心孤寂，"在海上，山间，园内，街中，有时在静夜里一
个人立在都市的高高露台上，我望着明月，总感到寒光冷气侵入我的身子"
（《月》），可是转眺"嵌在天幕上的几颗明星"，又像接受"赐予我一次祝
福"，凝视那些美丽的星光，觉得"在我的天空里，星星是不会坠落的"
（《星》）。自语式的内心剖白，袒露了战时一个知识分子的真实情怀。《别桂林
及其它》（1942 年 3 月 18 日作于河池，1942 年 9 月 16 日《宇宙风》第 127
期）记录途程上的感思。他在丹池公路殉职工友纪念塔前寄托一缕哀思，"这
不是什么伟大的雕刻，然而它抓住了我的心，它是伟大的牺牲精神的象征"，
作品以个人感受来激发全民族的抗敌意志。《筑渝道上》（1942 年 3 月 20 日作
于重庆，1942 年 12 月 15 日《宇宙风》第 129 期）在清美的乡野风光中颂唱
自然和生命的爱歌。他爱绿色山上长满新叶的树枝，"盛开的桃李把它们的红
白花朵，点缀在另一些长春的绿树中间。一泓溪水，一片山田，黄黄的一大片
菜花，和碧绿的一大块麦田。小鸟在枝头高叫，喜鹊从路上飞过。两三个乡下
人迎面走来，停在路边，望着车子微笑"，明媚的春光使他眼睛舒畅，呼吸畅
快，心灵舒展，热情地表白"我爱这春回大地的景象"，"在这群山中，在这
田野上，生命是多么丰富，多么美！"心底涌出爱的泉流。《贵阳短简》（1942
年 3 月 25 日作于贵阳，1942 年 12 月 15 日《宇宙风》第 129 期）以明畅的描
写渲染一幅西南城市的图景。他陶醉于"几个美丽的晴天"，无云的天空呈露
出淡青色，"阳光给树叶薄薄敷上一层金粉。大群苍鹰展开两翅在空中自由地
翻腾……桃花盛开，杨柳也在河畔发芽。我呼吸着春天的空气"，战时的紧张
心境稍感宽舒，精神在大自然中得到片刻的欢愉。《成渝路上》（1942 年 5 月
2 日作于成都，1942 年 11 月 15 日《抗战文艺》第 8 卷第 1、2 期合刊）通过
在资阳偶遇老友而抒发烽火岁月中聚散离合的悲感。朋友们"如今有的已经
离开这个世界，有的还陷在上海过着艰苦的生活，有的则在内地飘流、久无音
信了"，匆匆一晤，"我仿佛还在窗外树丛间看见他的笑容，我觉得心里暖得
很"，乱世真情，细腻美好。巴金的行走记录，反映了特殊时代一个爱国作家
的心路历程。

　　和处在非常岁月里的文人一样，老舍的游观行为与人生活动相关联，旅痕
清晰地映示着生命史的印迹。《滇行短记》连载于 1941 年 11 月 22 日至 1942
年 1 月 7 日《扫荡报》，在日常生活叙事中延续了对于云南山水的记忆。寓居
春城靛花巷，留下印象的是"昆明的街名，多半美雅"，近处的翠湖"没有北

平的三海那么大，那么富丽，可是，据我看：比什刹海要好一些。湖中有荷蒲；岸上有竹树，颇清秀"，猪耳菌成片地开着花，"花则粉中带蓝，无论在日光下，还是月光下，都明洁秀美"。昆明的建筑最似北平，而"花木则远胜北平"，并且影响着感情，"北平多树，但日久不雨，则叶色如灰，令人不快。昆明的树多且绿，而且树上时有松鼠跳动！入眼浓绿，使人心静"，产生的是一种有力的静美。四面山围着的万顷稻田"中间画着深绿的线……总看着像画图"。饭后院中赏月、唱曲，或者入涌泉寺嗅桂香、听溪韵、折秋葵插瓶，透显清雅意趣；登凤鸣山看遍野幽丽青松，或者倚楼窗远望西山，想象滇池的美丽，竟至临大观楼而赏湖上稻穗黄、芦花白，"天上白云，远处青山，眼前是一湖秋水，使人连诗也懒得作了。作诗要去思索，可是美景把人心融化在山水风花里"，灵魂漾动欣悦，昆明城里的幽闲光景同滇缅公路上的紧张战氛形成鲜明对照。大理因下关的风、上关的花、苍山的雪、洱海的月而美，但是老舍坚持自己的审美观，认为"洱海并不像我们想象的那么美"，它"缺乏幽远或苍茫之气；它像一条河，不像湖"，四面配着一些平平的山坡，"湖的气势立即消散，不能使人凝眸仁视——它不成为景！"月下泛舟的趣味也未得尝，"游了一回洱海，可惜不是月夜"一句，隐含憾意。语调那么徐缓、平和、安静，没有波澜，烽火气仿佛被隔得很远，透露的是从容应对战时生活的文化人的沉静心态。

《可爱的成都》发表于 1942 年 9 月 23 日《中央日报》，文字间浸润战时的身世之感，"齐大在济南的校舍现在已被敌人完全占据，我的朋友们的一切书籍器物已被劫一空，那么，今天又能在成都会见其患难的老友，是何等的快乐呢！"况且"还能各守岗位的去忍苦抗敌，这就值得共进一杯酒了！"他赞叹"我们民族的爱美性与创造力仍然存在"，他夸耀"中华民族在雕刻，图画，建筑，制铜，造瓷……上都有特殊的天才"，他鄙夷侵略成性的敌寇，"人类文化的明日，恐怕不是家家造大炮，户户有坦克车，而是要以真理代替武力，以善美代替横暴"。对于大后方城市的爱，是因友谊的不灭，是因中华文化的不灭。

《青蓉略记》登载于 1942 年 10 月 10 日《大公报》。身处战时大后方，老舍以平静的文化心境记写蜀中胜迹。从成都去灌县，路旁的浅渠流着清水，稻田埂上的薏米垂着绿珠，"近处的山峰碧绿，远处的山峰雪白，在晨光下，绿的变为明翠，白的略带些玫瑰色，使人想一下子飞到那高远的地方去"。他夸赞中国古代水利工程的伟大，默看滚滚的雪水从离堆流进来，又从鱼嘴分流而去，都江堰的一方水"遂使川西平原的十四五县成为最富庶的区域"。由治水的失败与成功，追古思今，他对国家的现实发出感叹，"看到都江堰的水利与竹索桥，我们知道我们的祖先确有不甘屈服而苦心焦虑的去克服困难的精神。可是，在今天，我们还时时听到看到各处不是闹旱便是闹水，甚至于一些蝗虫也能教我们去吃树皮草根。可怜，也可耻呀！我们连切身的衣食问题都不去设法解决，还谈什么文明与文化呢？"聊可解颐的是通向青城山道边溪岸上的野花"在树荫下幽闲的开着"，还有道家的逍遥风神，"上清宫在山头，可以东望平原，青碧千顷；山是青的，地也是青的，好像山上的滴翠慢慢流到人间去了的样子。在此，早晨可以看日出，晚间可以看圣灯；就是白天没有什么特景可观的时候，登高远眺，也足以使人心旷神怡"，满山竹叶掩去了山骨，浮动的嫩绿"使人心中轻快……使人吸到心中去的"，恬静中竟至觉得青城风景幽得太厉害了。弥天烽火不能消弭欣赏山水的兴趣，也丰富了特殊时期的旅行经验。

　　1945 年 12 月 28 日作于重庆北碚，发表于 1946 年 4 月 4 日至 5 月 16 日北平《新民报》上的《八方风雨》，"是在八年抗战中，我的生活的简单纪实"。这样一篇自传体文字"能给我自己留下一点生命旅程中的印迹"，他在文字里回到过去。离开青岛，流亡于济南、武汉、重庆、洛阳、西安、兰州、青海、绥远、川东、川西、昆明、大理等地的跨界旅途和生活记叙，时有山水风光的清赏，闲逸情趣充盈纸上。他说"虽然武昌的黄鹤楼是那么奇丑的东西，虽然武昌也没有多少美丽的地方，可是我到底还没完全忘记了它。在蛇山的梅林外吃茶，珞珈山下荡船，在华中大学的校园里散步，都使我感到舒适高兴"；他"很喜爱成都，因为它有许多地方像北平。不过，论天气，论风景，论建筑，昆明比成都还更好。我喜欢那比什刹海更美丽的翠湖，更喜欢昆明湖——那真是湖，不是小小的一汪水，像北平万寿山下的人造的那个。土是红的，松是绿的，天是蓝的，昆明的城外到处像油画"，语词里浸着家国深情；他"真喜爱青城山。它的翠绿的颜色直到如今还印在我的脑中。三峡，剑门，华山，终南，祁连山我都看过了，它们都有它们的特点，都有它们的奇伟处，可是我觉得它们都不如青城。我是喜安静的人，所以特别喜欢青城的幽寂"；未能登临峨眉山，他引为憾事，仍然由衷地叹赏："四川真伟大，有多少奇山异水可看呀！……就是在重庆那么乱的山城里，它到底有许多青峰，和两条清江可以作诗料呀！"看着案头的腊梅、杜鹃、茶花、水仙、菊花，"我想象着那山腰水滨的美丽，便有些乐不思'离'蜀矣！"烽火岁月中仍用情于赏心乐事，自然是一种态度，"中国人仿佛不会紧张。这也许就是日本人侵华失败的原因之一吧？日本人不懂得中国人的'从容不迫'的道理"。

老舍不能忘情于国家命运，他言词慷慨地昭示自己的反侵略精神和抗敌立场："我以为，在抗战中，我不仅应当是个作者，也应当是个最关心战争的国民；我是个国民，我就该尽力于抗敌；我不会放枪，好，让我用笔代替枪吧。"当创作成为一种生命的投入，文词就不只是地理意义上的记述，而是表现着与民族意志相一致的文化思想。

在西南联合大学任教的朱自清，择暇往来成渝之间。《重庆一瞥》（1941年3月14日作，1941年11月10日《抗战文艺》第7卷第4、5期合刊）既有战前氤氲于文学感觉中的画意，又有战时激发起的民族情绪。他从南岸隔长江望市区："清早江上雾濛濛的，雾中隐约着重庆市的影子。重庆市南北够狭的，东西却够长的，展开来像一幅扇面上淡墨轻描的山水画。"平静的描摹表现了纷乱世局下的内心宁静，舍不去的是文人情调。而经过多回轰炸的重庆，市景却震撼了他，"炸痕是有的，瓦砾场是有的，可是，我不得不吃惊了，整个的重庆市还是堂皇伟丽的！街上还是川流不息的车子和步行人，挤着挨着，一个垂头丧气的也没有……这些人的眼里都充满了安慰和希望。只要有安慰和希望，怎么轰炸重庆市的景象也不会惨的"。提振民族自信，坚定抗敌意志，是这番文人式感触的核心价值。

朱自清于1944年7月离昆明回成都度假，《外东消夏录》（1944年8月30日作，1944年9月2日至6日《新民报》晚刊）即是其间的杂记。他说在成都，"外东一词，指的是东门外，跟外西、外南，外北是姊妹花的词儿。成都住的人都懂，但是外省人却弄不明白。这好像是个翻译的名词，跟远东、近东、中东挨肩膀儿"（《外东消夏录·引子》，俨然在蓉言蓉的语气。这样自信，因为有对这座城市的了解。成都的妙处在于它的闲味儿，"北平也闲得可以的，但成都的闲是成都的闲，像而不像，非细辨不知"。他品着古木上的栖鸦绕屋的聒噪，明白"这正是'入暮'的声音和颜色"。他的记忆世界落着成都春天的毛毛雨，"而成都花多，爱花的人家也多，毛毛雨的春天倒正是养花天气。那时节真所谓'天街小雨润如酥'……缓缓的走着，呼吸着新鲜而润泽的空气，叫人闲到心里，骨头里。若是在庭园中踱着，时而看见一些落花，静静的飘在微尘里，贴在软地上，那更闲得没有影儿"，这种"承平风味"，他觉得"其实无伤于抗战；我们该嗟叹的恐怕是别有所在的。我倒是在想，这种'承平风味'战后还能'承'下去不能呢？在工业化的新中国里，成都这座大城该不能老是这么闲着罢"。漫谈中寄托光明的社会理想。

朱自清此次赴蓉,曾经路过重庆,停留四日,东游西走,将观览印象撮录为《重庆行记》(1944 年 9 月 7 日作,1944 年 9 月 10、17、23 日,10 月 1 日昆明《中央日报·星期增刊》)。通篇主要运用随笔的调子,借着入眼的景物谈自家的审美见解,始源还在艺术观上面。行船上论水,"海洋上见的往往是一片汪洋,水,水,水。当然有浪,但是浪小了无可看,大了无法看……海洋里看浪,也不如江湖里,海洋里只是水,只是浪,显不出那大气力。江湖里有的是遮遮碍碍的,山哪,城哪,什么的,倒容易见出一股劲儿"。说到"赞叹海的文学,描摹海的艺术",俯仰的视角,影响着作品质地的高下,"天空跟海一样,也大也单调。日月星的,云霞的文学和艺术似乎不少,都是下之视上,说到整个儿天空的却不多",而坐飞机翱翔于穹苍,"上之视下,似乎不只是苍苍而已,也有那翻腾的云海,也有那平铺的锦绣。这就够揣摩的"(《重庆行记·飞》),实是超越寻常的欣赏趣味而跃向审鉴的境界。坐着滑竿沿水岸走,穿短衣、摇扇子的人往来长坡上,以他的眼光看,嘉陵江畔的这番光景也饶有画意,"片段的颜色和片段的动作混成一幅斑驳陆离的画面,像出于后期印象派之手"(《重庆行记·热》),传达的是切身感觉。夹叙夹议的结构,灵活穿插的观点,展示了随笔体式的轻灵、自如、舒展,核心价值还在精彩的艺术性短论。

《我是扬州人》(1946 年 9 月 25 日作,1946 年 10 月 1 日《人物》第 1 卷第 10 期),传达出一座城市的性格、精神、作风,根系却缠在一个"情"字上。"扬州真像有些人说的,不折不扣是个有名的地方。不用远说,李斗《扬州画舫录》里的扬州就够羡慕的。可是现在衰落了,经济上是一日千丈的衰落了,只看那些没精打采的盐商家就知道",连年战事对于地方经济的巨大破坏,动摇着生存基础,哪怕在富庶的江南。他就格外留恋童年的单纯与温暖,怀忆无忧的时光,"儿时的一切都是有味的。这样看,在哪儿度过童年,就算哪儿是故乡,大概差不多罢?"乡情、乡思、乡恋,缱绻于心,个人情感也折射社会风云。

李金发的《国难旅行》(1943 年 3 月 20 日《文艺先锋》第 2 卷第 3 期)记他在抗战爆发五年多的时候,奉命从重庆到柳州的旅途见闻。他细述过巫峡,经三斗坪,临洞庭湖,抵长沙一路行走山水的点滴琐事,枝蔓芜杂,却自带生活的冷暖气息,触着中国乡村社会的实际境况,并从作品中听见振奋民族精神的坚强声音。他决定"从三斗坪往长沙转桂林"时,感慨中国人"居然能在敌人火线不远的地方，建立交通孔道，这就是我们民族的伟大处"；望见挑夫在九十度的斜坡上拼命地爬，赞叹"这里是两湖的滇缅路，恨不得访华团来此一游，更认识吾人艰苦卓绝的精神和民族性"。战时看景，奔波的惶遽消解了欣赏的闲趣，可是生活的自信使李金发保留了审美的兴致，并且反映到文字中。行途上，他"看新嫁娘、游山涧，几忘人间何世"，夜过巫峡，"从床上惊起，想细看这个名胜，可是月色朦胧，波涛汹涌，只觉两岸狭窄险要，不能看到全景"，此时，他特别称赞同船一个"星夜起来，仁立船舷去看巫峡胜景"的中年妇女，"平凡的妇人，有这种热情也就不平凡了"，话语里浸含深意。白帝城是一个文史符号，牵动感情，他"夜过白帝城，可惜没有看清楚，想起'朝辞白帝彩云间'的诗句，不禁惘然"。晨起"冒着夜寒到江边，下弦月无限凄凉，这个旅程，就是象征人之一生"的领悟，分明是荒江的景况触动了易感的神经。霜滩"水声闻数里之外，浪花高丈余……我若是诗人，真不知要做几十首诗来形容它的雄壮奇诡"，"兵书宝剑峡，牛肝马肺峡崎岖险夷，真是非笔墨所能形容，世界上这种山峡，恐怕没有第二个，恨不能用画笔或照相机把它留一个轮廓"，"昔日太史公游历名山大川，文思大进，我半生以来，游历不少世界奇山异水，怎么还不能下笔如有神呢？"则都是文学家本能的冲动。烽火岁月里，这种激情化为一种极端的表现，"有时登高山时作人猿泰山之狂啸，山谷为之震惊，聊当痛苦一场"。特殊社会状态下非正常的情绪表达，折射出文人的心灵怨艾，宣泄的情绪冲破理智的约束，消失在苍茫山水间；而"冷月当空，万籁俱寂，只听得水声潺潺，旅况凄清"，"客中遇佳节，倍觉国难伤情"和"湖雁不断在天空翱翔，多么有诗意，多么令人伤感"，都是特定的情感色彩与心理状态的文学化表达。

一些字句，全是写实，可以作为乡俗民风的透视。"一路经澧县、安乡、汉寿、沅江，看见岸上渔民家有芦草生的火……一望无际的芦苇，是他们取之无尽的财富"，足见物产的丰饶。山道旅行，过茶店子，"对江即日人之防地也。此地人民安居乐业，毫无恐慌之意"，"在茶亭有一乡下挑夫，大笛小吹！凄清入耳。他无识无知，比之吾人忧家忧国强多了，这是民间艺人"，"湘江浩瀚，有如长江，过包公庙，民众正在演大戏八天，用以酬神，抗战时还有这个闲情逸致"，足见求安自适的民性的顽韧。这些笔墨，表现了沿途乡民的真实生存环境、具体生活方式以及由此产生的生活态度。

记叙中夹入议论固可横生意趣，有时却徘徊于一己狭小的视阈，与战争气氛不协调，"湖中沙鸟成千上万，上下飞逐，若吾人能弃绝名利之念，在此与樵夫牧子终老，亦是幸事"，则偏近归隐的消极情绪了。指点中偶露的尖酸也带着谐谑的态度。他说山道上的挑夫"肩膀头都是红肿或落皮，真是可怜，可是国难财的算盘就在这里打的。一路挑夫前唱后和，闹成一片，一个吃斋挑夫，没气力，挑那重的行李，我非常怜悯他，这种出世的人，怎能与人争一日长短呢？"语含讥诮，缺少体恤的热情，何况是在战时苦行的窘境中。"沿途贫瘠不堪，过着原始时代的生活，几乎没有文化的影子"的落后景况，固然强化了读书人的清高品性，进而传导到作品里，但是低视的眼光消减了对于生命价值应有的尊重，则直接弱化了作品的人文意义。

　　钱歌川的散文随着阅世的丰富，在艺术表现上，散淡苦涩的风格趋于沉实圆融，愈见出感情的深厚与风格的成熟。入川之后，以抗战文学为创作核心，笔触更贴近社会真实，又能在取材具体的同时飞动美妙的想象。对于风景，改变了图画式摹绘的手法而更重视心灵感觉的传示。他爱润物的细雨，觉得"身边的雨是丝，远处的雨便成为雾了"；忆及少时游扶桑，琵琶湖中看岚山雨景"空濛得就像梦境一般"，在心中留下隐约的映像；镇江之游"也感到雨中有画，宜乎大米小米，要由此而创出一种画风。镇江的景色，宜秋宜月，尤其宜雨！"而且"雨不仅可看，而且可听。画家看雨，诗人听雨。雨打在芭蕉叶上，发出那种淅沥的声音，常常可以引起诗人的灵感。敲在窗上，也足够凄清，而能助长孤寂之思，发为千古绝唱。在山林或古刹中听雨，甚至可以使人有一些世外之感，居在深院中抱膝长吟的人，有时嫌过于岑寂，所以常爱留得那些残荷来听雨声"，竟至听出"池中之雨清彻，瓦上之雨沉重。倾盆大雨如怒号，霏霏细雨如鸣咽，一个是英雄气短，一个是儿女情长"（《巴山夜雨》），叙记的全是幽微的感觉，比起工笔或写意的直接描绘，别显一种韵致。雨声里浸着的人生滋味只有过来者方可听得出。最妙的境界是出于高贵友情的雨夜长谈，"于是乎雨不仅可看，可听，而又可话了"，中年心境尤其适于表达此种沉郁、恬静的情怀，只是流寓四川的他，被日本的炸弹从城里逐到乡下茅屋，赏雨的诗情画意全消，以致"对巴山夜雨素有好感的我，也就不敢再赞一词了"，况且室内泽国的困苦"使我从此和雨结了冤仇，永远不能和解了"；他感喟"当诗人描写渔翁，说他们斜风细雨不须归，似乎很可羡慕。你读这些诗句的时候，完全被诗人所支配，把那渔翁视为点缀品，赞美那诗中有画。决不会设身处地去为渔翁着想的。其实渔翁冒雨出去打鱼，在他本身并无诗情，也无画意，毋宁是一回不得已的苦事"（《巴山夜雨》）。失去光明的温暖，更能体味风雨的凄凉，平静的语气里隐含个人愤懑，也表明阶级差异带来的情感与立场的分别。从安静的书斋走向喧嚣的社会，从发抒孤清的个人趣味转入表现沉痛的大众感受，显示了创作理念的重要变化。

　　钱歌川流寓乐山，卜居竹公溪畔，择竹而作小品文。取材虽小，而细品语句后面的意思，又是系着天下的。"我之与竹公溪结上这一段姻缘，完全是由于日本的炸弹。这是在廿八年八月十九日乐山被炸以后，大家弃彩橡之居而就桑麻之野，我也就在嘉乐门外竹公溪畔结了一所茅庐，依山临流，风景倒是不恶"；他爱竹，"芙蓉城中三大名胜，除丞相祠以森森古柏著称而外，其余薛涛井、杜工部草堂遗址，都是修竹千竿，陪衬着斜阳古井，细雨残碑"，景色的幽韵令他"每日贪看丛竹的拂青交翠，临风起舞，也可以忘记客边生活的苦了"，又想到竹在中国文化上的重要性，是"以它本质的洁白，生长的迅速，作为造纸的原料，也能给予新文化以极大的贡献……现在它以最大的繁殖力，长满在所有的山边水涯，荒野土丘，只待造纸家来采取。一旦进入工厂与石灰合作之后，它便可负起文化的责任，发展它的专长，不仅在战时占一重要地位，将来战后也可与洋纸竞争于市场，或甚至逐出它们于中国的领土"（《四川之竹》）。小中求大、浅中见深、平中显奇的文字，旨趣不在赞咏竹溪六逸的散淡、岁寒三友的清绝，而是宣示一个爱国知识分子的文化眼光与道义责任。

　　钱歌川在战后又恢复了闲散的精神状态，悠然地品赏传统人文风景的韵味。战时敌机的轰炸更炼就从容的心态，在文字里做着情绪的发抒，"中国人之能够忍受痛苦，临大难而泰然自若的特性，当敌机在第二次来炸乐山的时候，已表现无遗……仿佛是在一个假日似的，人们都带着一颗平静的心出来逛街，面上虽没有一点笑容，也没有丝毫忧色。每个人的心，镇静得和池水一样"（《炸后巡礼》），好像忘了市上刚才的被炸。喜好欣赏风物的怡然态度里，潜含着随遇而安的国民性。钱歌川回忆自己"二十八年春入川，三十五年春出川"的七载光阴，旧游如梦而记忆常新，"甚至就是战时那些痛苦的生活，追忆起来，也都有余味可寻，何况抗战中那段时间，正是我生命史上最可宝贵的三十至四十年代，实在不应该让它毫无成绩地虚掷过去，至少也当留下一点文字上的痕迹，也当雪泥鸿爪"，这样的心境下，他会在文字间品赏重庆金黄圆润的广柑、生炒的微微带一点苦味的榨菜，还有久华源和小洞天一类道地川菜馆里的脆皮鸡或米烧鸡，或是怪味鸡和豆瓣鲫鱼，以及满街到处都有的醪糟蛋和小汤圆；登山站在黄桷树下，"清风徐来，俗尘尽涤，不仅重庆全城在目，你还可以遥望峨眉"，或在南山游憩，于林木阴翳下，听松风鸟语，枕泉漱石，"那时只消一张竹椅，一碗清茶，便足使你飘飘欲仙，而无一点俗尘了"；或可赏南温泉之美，在一带清流中"驾一叶小舟，经飞瀑的喷烟，穿夹岸的浓绿，荡漾而达南泉……便有武陵人入桃花源的感觉"（《战都零忆》）。南山之恋、温泉之欢，镌刻着抗战炮火洗礼的印迹，他的文字也蕴涵更深的意味。

鲁彦深挚的乡土之恋，也因战争的阴霾而渗入忧愤悲郁的时代情绪，幽闭的心灵幻映出明艳的乡野画境，"桃李该开满了山林吧？不正是遍地铺盖着绿油油的茵草的季节吗？是呵，嫩绿的柳条该低垂在岸边，清澈的溪水该在淙淙汨汨的歌唱了。那旁边，那垂柳低垂着的溪边，可展开着一片无穷尽的田野？绿油油的细柔的禾秧，在轻软地波漾着？是用新翻起的鲜洁的黄土做成的田塍，把那田野整齐地画成了一格格的棋盘吧？"欣悦的想望充满美好的生活理想，就愈加憎恨野蛮的侵略者，"你看见了那被敌人践踏着的土地吗？同胞的血涂满了地面了，我们的屋子，我们的道路，现在是谁在住着，谁在走着？谁牵去了我们青年的妇女，谁夺去了我们用血汗灌溉出来的谷米？"心底燃烧起抗争的烈火，"不，我不愿在这里徒然地述说那些控诉了，我要飞回去，从这灰暗的天空里飞回我的故乡，带着这些声音，和发亮的枪尖一起"（《从灰暗的天空里》，1942年5月25日作，1942年《现代文艺》第5卷第2期）。深沉的乡土恋歌，蓦然闪熠新的精神亮色与时代光影。

袁昌英在抗战时期随武汉大学内迁至四川，寓居乐山。动荡生活的间隙，游赏蜀中胜迹，并加以采录。"民国二十九年六月十日完稿于嘉定城郊警报声中"的《成都·灌县·青城山纪游》，仍怀着家国深情。"岷江两岸，一望无际的肥沃国土，经数十万同胞绣成的嫩绿田园，葱翠陇亩，万紫千红的树木，远山的蓝碧，近水的银漾"撩起和平光景的幻念。眉山三苏祠"清幽而洁净，浸在优美的环境里面"，添深她的雅兴。站在分水安澜的离堆，眺望灌县西北直达青海新疆的大山脉，感叹秦时蜀郡守李冰灌溉沃壤、造福农桑的功业，"何能不五体投地而三致敬意！"而在青城山道上，"默然收尽田野之绿，远山之碧，逶迤河流的银晖，实令人有忘乎形骸的羁绊，而与天地共欣荣的杳然之感"，意境和美悠恬，文字不染烽烟，战痕似乎暂时落不到心上。景物的评说透露出美学态度，"青城山远不及峨嵋之大之高之峻拔之雄奇。然而秀色如长虹般泛滥于半空，清幽迎面而来，大有引人直入琼瑶胜境之概"。寺宇的经营、园林的布置，风格清雅，表现着东方艺术特色，"我们在这里觉得造物已经画好一条生气蓬勃的龙，有趣的诗人恰好点上了睛，就是一条蜿蜒活跃的龙，飞入游人的性灵深处"，在"宇宙的美，山林的诗意，水泽的微情"中受着建筑形神的感动。成都的空袭，让她回到惨烈的现实，"转瞬间，只见烟火冲天，红光四射。我们当时一阵心酸，痛心同胞的苦难，以为去年八一九嘉定的我们所身受的惨剧，又遭遇到成都人身上了"，游山时"为雪莱的西风，济慈的夜莺，伤美的词意，动人的音节，悠悠的永远荡漾于人间"而萦响于心底的十四行美诗的音律，骤然消逝。她沉醉于劫后"一轮明月照天空，大地静得如梦样的甜蜜"的景致，以为空中上演的"简直是一幕壮丽奇美的战舞"。生活的现实感与文学的浪漫性融作一种苦斗中的自信、坚强与乐观的信念。这篇文字为中华民族的抗争精神提供历史的明证。

方令孺于 1939 年远渡山水入蜀，受聘为重庆国立剧专教授和国立编译馆译员，又和蒋碧微加入教育部的编委会，寓居北碚。她依然保持新月诗人多情善感的精神特征，尤其面对优美的乡园风景。登载于 1941 年 3 月 20 日《抗战文艺》第 7 卷第 2、3 期合刊的《忆江南》就有这样的表达。文字朴实亲切，不见以家学门楣自负的清傲之气。静美幽凉的月光照着清寂的广场，"山川都像是浮起来了"，思绪也飞向在劫难中呻吟的故乡，感情的牵念愈加深郁，"因为凡是美，都是诱人的。美景更增加人的寂寞，更引诱人的悲哀"。明秀的故园遭受敌寇的蹂躏，让她忧愤；最敬爱的老父逝去，"再也不会在藤萝萧瑟的庭院里看见父亲雍穆而儡然的风度，再也不会在寒夜的书斋里看见父亲白发苍苍在灯前垂首"，让她凄伤。家中的凌寒亭被敌兵拆毁，叫她追怀发生在亭前的往事，回味"无限的亲切，和一些甜蜜的感觉"；书画碑帖难逃劫火，叫她浮想父亲的慈颜和不屈的意志，"因为一般广大的丧亡，比起个人的损失又算得什么？可悲痛的有比这更大，更大的事"。传统的文化性格在作品所弘扬的民族精神、国家意志的阔大境界中得到升华，方令孺也开始有意识地为自己的后期散文构型。

沉樱在 1939 年的重庆北碚写出《春的声音》，细腻的灵思感应着多彩的风物。"如果说花是春的颜色，那么鸟应该是春的声音了"，清词丽句，折射着纤细的心理感受。内战时为避乱，愉快地奔走于一望无际的绿油油的田野里，"编柳枝采野花之外"，听播谷鸟叫，"像是对人说话，那么富于亲切活泼的意味"，而鹁鸪低沉缓慢的叫声"则像是一位沉思默想的老人"慢腾腾的自言自语，"立刻把那繁华蓬勃的春天笼上一片宁静、和平与悠闲，使人不知不觉沉入遐想，同时像对播谷似的悠然神往于缥缈的远方——一座人迹罕到的深山，或一片无边无际的幽林"，鸣春之鸟给记忆带来欢慰。抗战时入川，听见杜鹃的叫声，"一点没有轻快的意味，相反地竟十分凄厉……使人心中增添着难言的烦躁，焦灼和悲切"。月夜里，"那银色的月光像水一样淹没了无边的田野和山林，那么温柔寂静，好像大自然也正在安眠"，可是警报一吼，宁静的月夜转瞬变成"令人悚然的噤寂"，窒息似的恐怖中，"毫无温情的杜鹃的叫唤"混合着田里的蛙声一齐响起，喧闹着"繁花如锦的蜀国之春"。1949年，沉樱在台湾重写这篇作品时，四季如春的宝岛盛开着杜鹃花，"我的耳边似乎又响起杜鹃的'不如归去！'的叫唤"，啼血的"春的声音"在心间多了一种含义。1940年春日创作的《我们的海》，怀想着和梁宗岱结婚后游学东瀛的日子。在街市见到"通红的鱼配着碧绿的藻，在蓄满清水的缸内游来游去，和北平所卖的完全相同……这恍如遇见了乡物"。精心布置的鱼缸里，白净的细沙、鲜明的贝壳、细致的水藻配出"一幅美丽无比的画面——一个具体而微的辽阔的海滨"，而海葵"确是十足的像花，而比花还美；因为它有花的艳丽，同时又有着花所没有的光泽。它直立在浅水的沙滩上，颇像一朵仰天盛开的粉红色的小小的向日葵"。望呆板的山林，听单调的潮声，异国的日子静得像止水似的，这个人造的小风景让海外游子"消除了不少寂寞"。这种在战地之外抒发的女性知识分子的小情思、小感触，不属于深沉的寄慨，但在战争岁月，漾动的真情也能宣舒内心的苦闷情绪，温润心灵，为生活增添美好的光色，在题材表现上具有积极意义。

异邦的精神奴化和逆向思想的禁绝，给沦陷区作家的心理敷上暗影，本能的抗拒情绪转化为山水间的悠然意态，隐隐地含有对现实的逃避。心灵在风景中漫游，闲适只是一种表象的状态。以文化心境观照风景，在山水书写中表示对现实的态度，既有对社会实际近尺度的关注，也有在悠然的游赏中和政治生活保持距离的清姿。

北平的古老城墙沉沉地幽束着周作人淡漠的灵魂，顺着四合院的瓦檐滴沥的苦雨洇浸着他的文思。他在文章里长久保持着淳淳的学人风度，不染社会风烟，时代的风吹不皱古潭般幽沉的心。他的写景轻松、闲远、适意、冲淡，无意识的感官体验在文体上愈显出艺术的美丽，酿制为纯粹的名士小品而独存于主流视野边缘。以浙人之心游观姑苏，较少文化上的隔膜。吴越古风融合在日常景物里，随了光阴的推移，却可以不变，让周作人的兴致沉在里面。刊载于北平《艺文杂志》1944年5月第2卷第5期的《苏州的回忆》，追写一年前过访吴中的零星印象，仍旧用着悠缓的语调怀忆姑苏的烟水。"我特别感觉有趣味的，乃是在木渎下了汽车，走过两条街往石家饭店去时，看见那里的小河，小船，石桥，两岸枕河的人家，觉得和绍兴一样，这是江南的寻常景色，在我江东的人看了也同样的亲近，恍如身在故乡了"，赏味灵岩、虎丘所得印象极清美，"这都是路上风景好，比目的地还有意思，正与游兰亭的人是同一经验"。流光如梦，旧游的追叙中微含一缕生命的怅惋。怀乡总是愁的，内心纠结的情感，活动着一种纯洁的力量，小街上的一爿糕店，就让他"很表现出一种乡愁来"。俞曲园先生的春在堂令他徘徊良久，"都恍忽是曾经见过似的"；章太炎家宅后边讲学的地方"云为外国人所占用，尚未能收回，因此我们也不能进去一看，殊属遗憾"；而"俞章两先生是清末民初的国学大师，却都别有一种特色，俞先生以经师而留心新文学，为新文学运动之先河，章先生以儒家而兼治佛学，又倡道革命，承先启后，对于中国之学术与政治的改革至有影响"，由此感慨"唯若欲求多有文化的空气与环境者，大约无过苏州了吧"。周作人的消闲情调与享乐趣味，也受着文化的调适。"一国的历史与文化传得久远了，在生活上总会留下一点痕迹，或是华丽，或是清淡，却无不是精炼的，这并不想要夸耀什么，却是自然应有的表现"，所以对于吴苑茶社里精洁的茶食，没有洋派气味的简易布置，以及吃茶人"围着方桌，悠悠的享用"的做派取一种赞赏的态度，"性急的人要说，在战时这种态度行么？我想，此刻现在，这里的人这么做是并没有什么错的"。这种"苏州生活文化之一斑"让他耽入幸福遐想，"希望将来还有机缘再去，或者长住些时光，对于吴语文学的发源地更加以观察与认识也"。人文精神成为他的坚持，因为梳理岁月深处的文化脉络，是他倾心而为的事业。散漫的忆述流露着一种悠长的文化情感，显示了一个传统主义者的文化保守性。

周作人躲避社会烟火，闲居城中一隅，呼吸私属艺术空间的幽秘空气，吟味曾经过眼的风物。他于书斋的窗前灯下写着消磨光阴的随感，在用清淡的文字描画都市文化景观之际，让心灵盘桓在古雅的境界中。在他消沉的意识里，无力用自己的知识改造现实社会的苦恼逐渐消退，连战争的影子也淡得若无。愈加渴望放眼青山绿水的美妙感受替代了憧憬明天的理想实验，但是，这篇充满老年特有的沉潜气质的素描文字，毕竟意味着对于一座古老城市的文化敬意。

1944年8月处暑节写出的《雨的感想》，拈来一个话题，悠然地叙说浙东故园的旧事，略寄一缕乡怀。"秋季长雨的时候，睡在一间小楼上或是书房内，整夜的听雨声不绝，固然是一种喧嚣，却也可以说是一种萧寂，或者感觉好玩也无不可，总之不会得使人忧虑的"，况且在船只上，即便逢雨不能推开篷窗，眺赏山水村庄的景色，"但是闭窗坐听急雨打篷，如周濂溪所说，也未始不是有趣味的事"；还有船家，"他无论遇见如何的雨和雪，总只是一蓑一笠，站在后艄摇他的橹，这不要说什么诗味书趣，却是看去总毫不难看，只觉得辛劳质朴，没有车夫的那种拖泥带水之感"。一个久经世故的学界老人，只有在绵绵忆想中才能求得文化心境的丰盈润泽。

周作人的心里总是怀着一缕乡思："年来只在外面漂泊，家乡的事事物物，表面上似乎来得疏阔，但精神上却也分外地觉得亲近。"（《关于蝙蝠——草木虫鱼之七》）恋慕自然的脾性始终未改，文章里边久存着水的气息便是证明："我们本是水乡的居民，平常对于水不觉得怎么新奇，要去临流赏玩一番，可是生平与水太相习了，自有一种情分，仿佛觉得生活的美与悦乐之背景里都有水在。"（《北平的春天》）依赖江南水乡和故都风物夯就的精神基础，他能够冷对无尽往事化作岁月风尘，并创造诗意的风景。

身处上海的作家，笔墨表现着艰难时世的烙印和心灵的伤痕，思想依然闪耀人性的光芒。孔另境对于故园山水和亲人旧友，内心涌动着深挚的情感。在1940年9月25日完稿的《庸园劫灰录》里，他"偶尔在夜半梦回的时光，也不免要思念到存在记忆里的家乡，尤其是那一所残破的家园和幼小时种种的情景。在这种时候，自然会发生出一点迷恋，心情也就变得有些颓丧，仿佛从家乡里发出无数不可见的游丝，要把我这个流浪的心束缚回去，这时候我这铁石般的心被摇撼了，我再无法坚持了，我想顷刻飞回去一亲我的生长之地，抚摩一下游玩过的山石楼台。但这半梦幻的思念，顷刻间被另一种强有力的理智所惊破，难道忘记了敌人正给我们的家乡罩上一层耻辱的面网了么？难道忘记了自己设誓不向敌人低头的年月了么？因而忆恋就变成了盼待，但愿早日故土重光，洗雪去给敌人污辱过的痕迹，那时大踏步归去，整拾那残破的家园"，扑灭"会摧残世界上任何优美的梦幻的"敌人的毒焰。日寇的魔爪却突来攫夺了故乡，"以无情的火焰，焚烧全镇……把一条青镇精华的东街完全焚毁，我家适处东街，不获幸免，房屋全部焚去，庸园亦波及摧毁"。他格外怀念曾祖父"匠心培植，喜爱逾恒"，充满祖孙深情和家庭温馨的园圃，"想不到这一座百余年的庸园最后还是给敌人送了葬礼！"弥天的烽烟中，闪射着内心的人性光芒，怀忆的文字间燃烧着家国的愤焰。虽然在日伪恐怖性文化政策的重压下，无法痛快地直抒抗争情怀，但师陀的《上海手札》却借助如实的见闻，记述了沦陷的沪上的日常场景，间接地透视当时的都市众生相，暗含社会批判的力量。文载道幽居海上，赏景的情趣并未因事变消泯，而是让情调轻松的笔墨落在游苏道上，"最感到愉快的天已放起晴来，而且雨后的江南原野，又有一番柔润而明媚的色泽"；也有触景的感怀，走进拙政园，"在残道曲径间徘徊着的我们，对着一抹寒流，一穿落叶，便生出各种不同的感想来——有人为拙政园的荒凉而感叹。有人为拙政园的几度易主而消极。有为拙政园的凝静而起遁世之思。也有人把拙政园看作旧中国的废墟，而毅然地面对现实，走向宽敞的新中国之康庄"（《苏台散策记》），荒凉萧索之感、沧海桑田之叹，是随着历史的推移而产生的灵魂震动。在沪办刊的陶亢德，游历西湖，亲睹建在雷峰塔下的白云庵"塔毁庵亡，胜迹只能梦寻之了"，自感苦闷，而从湖心亭"荡舟归去，近断桥处遥见堤上一队童子军，忽觉得这般穿黄制服的儿童身上，照耀着国家前途的希望之光，胸襟为之一快"（《西湖二日游》，1944 年《大众》6 月号），国破河山黯，却仍然瞩望神州的前景。赵君豪在上海《申报》报馆被侵后，冒险离开敌境。西湖的壮丽荡除了孤岛的恐怖空气，"白堤和苏堤划分了整个湖面，四围的山色，淡绿的湖水于树木掩荫中再加上高下参差的亭台楼阁，真是一幅立体式的西湖全貌图"；苍翠的远峰"点缀着几簇淡淡的云。一路尽是溪水，从岗峦上流下来"，深秋的富阳乡间景色，对于"刚自黑暗中来的我们，几疑置身世外桃源，内心的愉快，是无法形容的"；报人的职业角色使作者"深深地体念到人生的意味，汉奸们在局促的租界中，朝夕奔竞，伺候敌人的颜色，真是何苦？如果叫他们到这里来旅行一次，或者会羞惭，后悔罢！然而这些没出息的东西何足以语此，让他们做时代的渣滓罢！"（《千山万水赋归来》，1944 年 6 月《旅行杂志》第 18 卷第 6 号）难忘经历的记实中，充满逃脱魔窟的解放感，洋溢着深挚的爱国情绪。赵景深战后游南京灵谷寺，心中萦绕悼亡的哀情，竟至以"奔丧到南京的女词人李清照"自况。他的神色肃穆，觉得阵亡将士堂"堂前的檐上水滴了下来，似为我们的英雄洒泪"，"我脱下了帽，向壮士们的英魂致敬"，死者的妻子父母儿女前来吊奠，他们之间的悲苦而又壮烈的故事"那该是多么的可歌可泣呵"！虽是小游，而"过着机械生活的我至今还把它萦回于脑际"（《灵谷寺》）。沉默的灵谷塔幻化为抗战英烈的躯影，在他的心目中渐渐高大。

苏沪之间，多印文人屐痕。同处一种文化风气中，创作意识多有交融。漫燃的烽火，并不能烧灭心中的风月雅趣。谢国桢秋游姑苏，简笔绘出虎丘小景，"到了山脚跟前，回头看山腰里一座半断的石桥，桥边有几棵倒垂杨柳，微风荡漾着，塔影照在水里。往上看去，黄金色的夕阳照着万绿丛中五色斑驳的虎丘塔上，愈显出宝塔无限的庄严和无限的静妙"（《三吴回忆录·阊门纪游》，1943 年 1 月《古今》第 15 期），幽闲的诗情和廓落的画境使景物的影像饱满起来。邹斑的游趣融渗在风雅的品赏上，颖异的见解显示悟性的灵慧与心思的机智："游山玩水，实在不过是山水给我们的一种试练"；"赏鉴艺术既要靠一点自己的幻想，那么游山玩水就更切忌'认真'。陶靖节的'采菊东篱下，悠然见南山'是何等写意！陶公决不会一本正经的'爬'南山，而他这样有意无意的'悠然'一'见'，却正成了南山的知己"；"我们做起事情来，常有所谓'过程'与'目的'之不同。但游山玩水与此不同，'过程'就是'目的'之一部"；游玩"最要紧的是'美'，是景致——而风景之美，却不一定就在名胜古迹！很可爱的地方，往往一出名就有人题咏铭镌，而一经品题之后，十之八九就俗不可耐了。这是千古山水一恨事"；抱着如此旅游观，方可获致风景妙谛，才能领受这般境界："坐小船最好。欸乃声中，群山渐渐退后了，天色渐渐黑下来，一座座桥旁渐见橙黄的灯光。这时，你自然就慢慢在船舱里举起了酒杯。"（《吴门雅游篇》，1947 年 3 月《旅行杂志》第 21 卷第 3 期）由理趣而生妙境，品鉴中包孕无穷兴味，逍遥意态仿佛隔着文字一隐一现。邹斑游木渎，"水上看灵岩，真觉得有一种青葱灵秀之气，迎面冉冉而来。若是暮春三月，水面上还常常看得见疏疏朗朗浮着的像睡莲那样的淡黄的小花，波纹过处，它们慢慢漾开，波纹平了，又慢慢回到旧处。山愈近，四周愈静了"（《吴门雅游篇》），特写式的描摹，使苏南之水的柔软，折射出流连光景时感觉的柔软。这样的文字趣味终究远离艰危的现实，只适于作者内心的玩味。

抗战时期，作为中心城市的上海，创作和出版界仍然表现出韧性的坚持。新创办的一些文化刊物，发表全国各地作家的作品，反映了上海文学突破局域而走向广域的基本面貌。

1935 年秋创办的《宇宙风》半月刊，出版长达六年，至 1941 年太平洋战事爆发而终刊。《宇宙风》不设主编，只由林语堂、陶亢德两人编辑。"《宇宙风》不再如《论语》和《人间世》之标榜幽默及小品，而是强调散文"①，为人所瞩目的成绩也多在散文上面，抗战主题得到应有的表现。

巴金的《黑土——回忆之一》（1939 年春作于上海，1939 年 6 月 16 日《宇宙风》第 80 期），在漫漫暗夜里唱着深沉的土地的恋歌，"对着黑土垂泪，

---

① 周劭：《〈午夜高楼——〈宇宙风〉萃编〉前言》，《午夜高楼——〈宇宙风〉萃编》，上海古籍出版社 1999 年版，第 6 页。

这不仅是普通怀乡病的表现，这里面应该含着深的悒郁和希望。我每次想起黑土的故事，我就仿佛看见："那黑土一粒一粒，一堆一堆地在眼前伸展出去，成了一片无垠的大原野，沉默的，坚忍的，连续不断的，孕育着一切的"；他的思绪又飞到南方，当重踏上阳光照耀的南国鲜艳的红土的时候，"我仿佛是一个游子又回到慈母的怀中来了"，"但是在那灿烂的红土上开始现出敌人铁骑的影子了。那许多年轻人会牺牲一切，保卫他们的可爱的土地的。我想象着那如火如荼的斗争"，把赤子情怀献给祖国的大地。

蕴蓄于民间的抗敌热情，触动着作家敏感的心灵。双玉的《绥江散记》（1939 年 7 月 16 日《宇宙风》第 82 期）描述从广州退到四会的行途上的见闻，看到绥江虽然"赌在这里是普遍的，村墟头尾，竹木林中，番摊排九，是随地可见……但绥江流域的人民，并不比别处两样。只要有人领导，他们也一样会怒吼起来的"，作者自称"在绥江住了大半年，踏遍了这条水的各个城市"，从中获得了真实的体验。

烽火岁月并未消弭对于秀丽山川的领受力，反而转化为文字的美感。罗洪的《夏在良丰》（1939 年 9 月 1 日《宇宙风》第 83 期）在严峻的情势下表现出心灵的轻松，"给炮火跟随着，给轰炸威胁着，在一个艰难困顿的行旅之后，到达这个安静幽美的胜地，我几乎疑心自己正作着梦呢！"行抵桂林，眼眸迎着美景，"这里有终年飘浮着的四季桂的幽香，有其他不知名的花草与果树，一幢幢房子，掩映在树丛里面。从屋子里望出去，总是一片绿油油的颜色。到月季、山茶、夹竹桃开放的时候，那种美丽样儿，我觉得文字不够形容它。尤其是初夏，简直满山是殷红的杜鹃，淡黄浅紫的野花，只要你喜欢，可以随手去采撷，插在花瓶里，挂在襟头，都十分相宜"，更为可贵的是"这僻静的乡村对于抗战的情绪相当高涨"，竟使作者产生这样的感觉，"在那条澄清的相思江里，划着一条小小的船，真有无穷乐趣；远远的山影，四周的花木屋舍，树梢上一轮鲜明的初升的圆月，衬着几抹晚霞，合凑成一幅亲切温雅的图画。我觉得在抗战中间得享受这种乐趣，实在有点过分的"。在山水甲天下的桂林，度过一个值得回忆的夏天，"现在回到孤岛……良丰，这个在我流亡途上给过我不少温情的美丽的良丰，它是常常在我记忆中浮沉的"，战时的风景感受愈加纯挚深沉。

卢福庠的《雨》（1939 年 9 月 16 日《宇宙风》第 84 期）盈动着象征寓意。作者迎着轻斜的雨丝展开想象，"雨濛濛时它有如一袭轻纱，笼罩了花木山水。然而它也能大踏步的进行，一如万马奔腾在辽远的一望无际的原野上，飞扬驱驰"，"然而雨究竟是好的。且不说雨过天晴时蔚蓝天空里的五彩虹霓如何的鲜妍，它底传说又如何的美丽，那些雨蛙又如何的活泼；只要一看一园萋萋的碧绿红紫，也会使一个垂毙的年老病人油然兴起生命留恋之感，觉得生活的可爱！"美好的自然情怀暂且排遣了因家乡苏州沦陷转徙西南联大的愁苦心绪，激扬着毅然走向抗战前线的豪情，而轻灵的语言仍不失温山软水孕育的人文特性。

宋汉濯的《蓉城小记》（1940 年 1 月 1 日《宇宙风》第 91 期）记叙了战争给锦江之畔的古城带来的劫难。历史上有名的蜀锦所以美，"是因为有条锦江（即今府河），江水澄澈，濯锦江中，所以特别艳丽。可是现在，江水澄澈依旧，而江边却看不到那濯锦人儿的倩影，只有滔滔的江水，不舍昼夜的滚流，这说明了蜀锦的命运是随江水日下了"。他更愤懑于成都惨遭日机轰炸，"西南城的几条街——多是手工业区——都变成了一片焦土，触目伤心。这给成都人们一个空前残酷的经验。于是多相率疏散出城了，工商铺店里也顿显冷落了……所以被炸后的成都，已是一个冷落的城市而已"，竟至成都人"崇尚文雅，好游乐，喜讽颂不事勤苦"的特有性情和习尚，虽不能芟除，却在战争中改变着。战事对于民性的影响，是一种深度的精神调整。

朱雯的《夜行记趣》（1940 年 6 月《宇宙风》第 100 期）是一篇战争年代的性灵之文。作者在上海公园里体味夜蹀的闲趣，"看长空明月，皎洁无垠；星斗满天，摇曳闪烁，我们便拖着自己的影子，悄悄地走去。穿过河滨，掠过花影，走的累了，便在密叶丛中找一条椅子坐了下来。无限的柔情雅趣，不觉油然而生……偶尔有几阵辘辘的车声，隐约地响过，听去仿佛是深谷中的钟磬，只衬出周遭的静寂和清幽"，晕染出一派清美的画境。个人纤敏幽微的感觉，与大时代的情绪有距离，却自然美妙，让人感怀和向往恬适的和平时光。

姚散生的《受难的地域》（1940 年 3 月作于衡阳，1940 年 7 月 16 日《宇宙风》第 102 期）在美景的被毁灭中流露强烈的愤恨。在作者的笔下，山城近郊的村庄"风景是美丽的；贤山巍峨的峙立在村子的左近；娟秀的浅流从它的背后悄悄地爬过。早晨，傍晚，或风清月白的午夜，独自倚着倾斜的柴扉，我爱听缓流的淙淙地声韵"，河岸一带低矮的树丛，月光下倒映在河里的树影，山尽处那一块平原上丛生的繁茂的修竹，充满诗情画意，但是"抗战的烽火，燃烧着受难的祖国，这一块幽美的土地，也同样的遭受着海盗的蹂躏。而一天四次的狂炸和屠杀，谁会忘怀过片时；在无数万人的心旌里，刻划着深陷的创痕",不禁"强抑着自己的情绪,默立在凉爽的晚风里。一阵阵煤熏的气味,投向我的鼻息来。我乃凄然回望着河畔,晚渡的舟棹冷落得像一座荒山的古刹;没有喧嚷的声音。桥下,河水平凡的,奏着伤感的调子,呜咽着淙淙地流着",而心底也发出愤怒的呼吼,敌机"只能炸毁我们的物质,毁灭不了我们抗战到底的精神!它虽则炸去我们一些古陈的建筑物,却正是给予我们一个创造新生的机会",表达了强烈的时代情绪。

丁谛的《江城》(1940年春作于上海,1940年8月16日《宇宙风》第103期)在景色描写中寄寓社会境况下的心理情绪。朝着长江做面向江南的行旅,"一路来饱受风霜,乱世道途所有的经历,虽说未曾备尝,但我们仿佛能想象到暮色苍茫里,急风卷起尘沙的昏黯与迷乱,失去一切方位,安详,和定力。濛濛的山岚背面,不成形的隐约的远山轮廓,罩上一层灰黯的颜色,破落,颓废,臃肿,蹒跚,像一个踽踽老人,在黄昏落雨的街上因疲倦而停步时的臃肿……他是那样疲恭地倚在一个人家的板墙上……诉说着他的命运呢——是愤怒,乞怜,还是歧路之徘徊?隔着远远的潜藏的印象,我在一幅灰暗的图画上领略了",勾勒出苦楚的意象。想象连接着现实,"那现实是狭小的鸟笼,人与人间的墙壁,欺骗,虚伪,人间诡怪的丑态……我眼前展开的,是一切可恨可怕可悲的世态,是无比的丑恶。然而我不得不投身于丑恶,当社会还未踏进学校已经脱离时,有几天悠闲的光阴让我享受这个恬静的秋月,在这有秋趣的山中",静悄的微寒,病色的斜阳,轻细的颤栗,疾怒的江流和暮色中愤怒的风铃声,成为心灵风景的元素。

云远的《我怀念着屯溪》(1940年9月16日《宇宙风》第105期)蕴涵对皖南小城单纯而真挚的感情,"我的怀念着的是那如画的峰峦,清冽的溪水,古老的大石桥和精致的小公园,还有那热情的知己,那浪漫的诗的生活……不禁有世外桃源之感",临溪"看流星在深蓝的天空飞舞,看渔船三五的灯火在河上摇晃",倚栏"听桥下淙淙的流水,看隐约在雾似的月光里的房屋,树林和小山,谈论着国家大事,风俗人情,或者诉说生活的苦辛和青年的憧憬",往事如烟,"多少有趣的美丽的事,真叫人不忍忆起!"遭逢战乱,这份纯情尤显珍贵。

江矢的《五月午雨》(1940年11月1日《宇宙风》第108期)展开风景的心灵化描述,"当一重白色的帏幕,在滇池上落下的时候,年迈的西山便好像支不住五月的闷热而溶入午睡;又像溽暑的晨梦的痕迹,消失在净白的窗纱上。湖上此时还剩有几片寥落的风帆,像窗纱上几个昨夜追求灯光的虫儿,背负着它们偶然未解答的生命的谜语，没有被曦光惊动，静静地憩息着"，轻盈如一阕散文诗。

孺心的《夜》（1941 年 1 月 1 日《宇宙风》第 112 期）则传达着理性的感知，"假使爱光明的人，嫌恶黑暗，光明对他只是奢侈。我不知道没有黑暗的永恒的光明，对于人们的口味是怎样的？于我，爱光明，所以也更爱漆黑……我爱黑色，虽然它得不到自私性的宠爱，而黑色却给我一种色彩上永恒的安慰"，"夜，给人们划出了另一个世界……这里有的是我自己，白天失去的自己；随意想到一片红叶，一湾小流，一丝笑意，一句会心的话——夜里，我找到了自己"，民族苦难的漫漫长夜里，这样的抒发，自会产生暗示的力量。

何瑞瑶的《陪都战时杂景》（1941 年 4 月 16 日《宇宙风》第 117 期）绘写重庆市井风貌，小茶馆、旧货市场等一一入文，见出平时光景，笔趣悠闲。

江矢的《雾拥云堆的小三峡》（1941 年 5 月 1 日《宇宙风》第 118 期）在讴歌山川形胜中赞美人力的壮勇。作者欣赏"小三峡有着秋冬嘉陵江的澄流"，从审美角度看，"三峡的小和西湖的瘦应含着同样的作用"。三峡骨健筋强，"永远是很严肃地站在嘉陵江中游上自己的岗位，一点也没有烟花三月的扬州味"。侧耳谛听观音、温塘、牛皮三峡中响彻的凿石声，"想是山古老的心也为着那无止的钻凿而振动的吧？再循着那丁丁的旋律，试着在脚下江水上的船儿，协节地激起一星星水花。更可以听到船夫们正唱着舞曲般的歌儿。歌儿是沉重的，抑郁的，累年积月的不平的抒唱。在江上，他们迎晨曦，送夕阳，没有一块沙洲曾有一天他们忘却莅临的"。更令人动情的是"江流是不会嫌你是远来的'下江人'，而对你冷淡。他的言语虽不是耳朵能够听到，你已足够懂他在为祖国，为大地，为你，为你远方的挚友，在作平安的祝祷"，蔚丽和庄严的峭壁，引起壮怀与雄心，望着"瘴雾里的田原"，忧念着"烽烟中的祖国"。情感深沉，意气豪迈。

蓝踪萍的《横跨喜马拉雅山》（1943 年 10 月 20 日《宇宙风》第 134 期）以特殊身份、特殊经历对战事记忆做出如实叙述。作者自称奉命担任远征军特务团第一营的营长，被美国的运输机"载到异邦去打仗"。"飞机升空了，下瞰祖国的河山，直如一幅精致的图案画，重叠的房屋化为斑斑的黑点，蔓延的江河变成长长的线条。偌大的一片土地由广袤而渐成纤小，由纤小而入于模糊，由模糊而终于在白云层里湮没了"。飞机冲过白茫茫的云雾，"山岳是披上一层的白雪，我在窗孔里俯视下方，似乎窥见了千百条的巨兽，横卧在大地上。说句老实话，我是没有看到喜马拉雅山的真面目，因为它是有无穷无尽的伟大呀！"离开祖国，"夕阳时候，斜晖照着异域的黄幕，野草奏着断续的别离歌"，对于家国的怀恋，更在心头添上一种"不可形容的滋味"，浸入"异邦的梦境"，愈觉肩负的使命沉重起来。亲历战争，使体验描述具有强烈的现场感。

冯明之的《劫后羊城》（1946 年 3 月 20 日《宇宙风》第 142 期）记录经受战争磨难的广州的情形。这座城市原本"有她不逝的春天"，然而"七年多的沦陷岁月，使她长期地为严寒所禁锢，霜深雪重，遍地是无声的冻馁与死亡。这一次从大后方抱着满腔热情归来的朋友，没有一个不感到余寒尚在，春讯难寻，身边仅有的一点热情，差不多就要为周遭的冰霜所冷却了"。战争毁坏了家园，也使社会上"道德意识荡然无存"，攘夺财金的作风"从上而下，从下而上，到处播传，有若风行草偃。结果，举目所见的无非是关金的跳舞，魑魅的昼行"，"社会上愈是没有出路，良心与道德也就愈加荡然，秩序与安宁也就愈加无从保证"，"这一切，使人痛感到今日的中国和今日的广州，的确需要一服严峻的药剂来加以治疗"。激切的言辞如峻急之水，冲荡着战后的现实。按照语意逻辑进行思考的延伸，依循情感链条展开想象的扩衍，内心积蕴起沉重的郁愤，加深了对于国家命运和前途的忧虑。

褚平的《骊歌——留给四川友人》（1947 年 5 月 10 日《宇宙风》第 150期）抒发战后离川返乡的复杂心绪，浸着舍别之情的景物，印在深久的记忆中，"涪江的水缓缓地流，流的是青色的忧郁；三台的古城头，不还抹着夕阳的残辉？雾笼罩嘉陵江上，我们也曾在墙角根追逐耗子；芙蓉城二度往来，望江楼，华西坝，找觅友谊；岷江畔，古老的大成殿，将永为回忆中的乐园。尤其居留得挺久的自流井，咸水，烟雾，天车，瓦斯，奇迹似的惹人遐想"，异乡人在这里感受着"过分的爱"，作者要"让这一切作为日后怀忆的凭藉罢！"一景一物，渗透着细腻的心理体验。

贾笑谊的《平沈道上——北归散记之一》（1947 年 6 月 15 日《宇宙风》第 151 期）在对战后现实的忧虑中，寄寓对和平的向往，复杂的情绪撞击着内心，"今天，我从远地回来北平，又从北平怀着一颗愉快的心情去沈阳，目迎送着铁路两侧的景物，在北方一望无际的原野上，农人正忙于放水，忙于锄草，到处的草原上，河边，林间牧童在逍遥的唱着牧歌，追逐作戏"，一派和乐的田园光景，然而"日本强盗虽然在不久的将来，随着押送侨俘工作的完成而完全滚回日本三岛，可是我想到中国人今后的生活时，便忽醒悟于幸福还太遥远，沿铁路两旁的碉堡很明确的给了我一个启示"。尽管兴城周遭有一簇簇的碧绿的树，有静卧的小小溪流，"这儿虽不如江南乡间竹篱茅舍，清溪板桥，富于自然恬静之美的情调也颇含幽邃风味"，但是作者意识到，锦州那些懒洋洋睡着的大烟囱，那些捣毁的窗门，"在和平之神未降临之前，它们不会更生，不会活起来的"，表露拳拳忧国之心。

上述风景书写，有的直接以抗战为旨趣，有的则做间接表现，有的与时代关切、社会焦点似相游离。本着《宇宙风》的发稿准则，"文字可以写无关于抗战，但事业胜败个人祸福却不能与抗战无关——战胜亦胜，战败亦败，国存与存，国亡与亡"①，那类云淡风轻式书写的价值意义在于，艰难时世中，更需要从自然山水中产生的美好歌咏，来滋润焦渴的心田。

1941 年 7 月，由万象书屋出版、中央书店发行的综合性文化月刊《万象》在上海创刊。先由陈蝶衣编辑，1943 年 7 月改由柯灵编辑。共出版 43 期，登载散文 300 余篇。正值"孤岛"后期，恐怖空气中透射出沦陷环境下的作家们心底的光亮。清隽静雅固然是《万象》选用作品的主要风格，但文字深处，依然隐含着沉重的情绪。"《万象》上揭载的散文，数量虽然不多，但颇具特色。题材广泛，视野开阔；笔触沉稳，舒展自如；言之有物，不乏真知灼见"，"大多数散文的风格趋向于自然、平静和蕴藉。怀着平常心写下来的是平常文。它没有亮丽的色彩，也缺乏内在的张力，自然而然，水到渠成。他们的散文既不同于鲁迅的峻急，周作人的枯涩，也有别于郁达夫的绮丽，朱自清的缜密，介于不温不火之间，具有亦庄亦谐之胜。记事不浮夸，抒情不做作，议论不教训，力求雅俗共赏。在语言运用上，文白相间，舒展自如。这里有慰藉，有赏玩，有时也不乏犀利。不论是随笔、小品，还是考证、游记，均能给人一种思想的启迪和艺术的享受"，更为可贵的是刊物"不与敌伪合作，敢于直面现实，发表贴切市民生活而情趣不俗的作品"的态度，体现了编者"向时代靠拢，向现实迁移"的方针②。现实的审视，人物的臧否，生命的咏叹，使刊物洋溢一种动人而温馨的气息。低眉人的《征途杂记》（1941 年 9 月《万象》第 1 年第 3 期），在沪上寓所忆述民国三十年春夏过金华的见闻，虽值战时，精短轻快的文字仍然显示一点闲适的心境。写桃花坞："遍地桃树，

---

① 陶亢德：《编辑者言》，1940 年 6 月《宇宙风》第 100 期。

② 赵福生：《〈无花的春天——〈万象〉萃编〉前言》，《无花的春天——〈万象〉萃编》，上海古籍出版社 1999 年版，第 4、5 页。

不知共几千几万枝，惟觉满眼都是，多不可数而已。金华人艳称之……置身桃林间，前后左右无非是桃树矣。可惜花尚在展瓣之初，未曾盛放，望近处一片红雾，远望则红雾太淡，若有若无，不得使余魄动魂驰为憾耳。"记双龙洞："幽广奇怪，游之如在梦中。冰壶洞悬瀑直灌，深下里许，游之如在壶中。朝真洞曲折行进，愈入愈险，游之如在冥中。"笔带明人小品情致。沈翔云的《桂林山水》（1943年2月《万象》第2年第8期）写远处西南角落里的桂林在战争中出现的变化，"自战事发生后，交通发达，人口骤增，商业繁盛，这座幽静淡雅的古城，一跃而变为新兴的都市了"，不禁躲开烽火而幽赏起桂林风景之美，"以桂林的风景比之杭州，杭州像浓妆艳抹的小姐，以艳丽动人；桂林却像朴素淡雅的村姑，清秀得可爱"，桂林的石山"岗峦起伏，绵延不绝；或挺拔云表，登造天阶；或半空开窍，冥搜莫测；或孤表直耸，顶平如阜；或洞门透迤，中天透光。石块砌成的桂城，就在巍峨的山峰包围中，城郊遍生桂树，深秋之际，灿烂的桂花怒放的时候，清香随风吹遍了全城。人们添上了秋装，无论是游山玩水，探径寻幽，都陶醉在大自然的怀抱里了"。漓江西岸明代靖江王城中的独秀峰，南北相峙的月牙山、普陀山，临流的伏波山、象鼻山，还有花桥、还珠洞、风洞山都一一着墨。风俗也要记略，"重阳节，秋高气爽，是游山玩水的佳日，城郊桂花怒放，清香四溢，山间丹枫如火，黄芦叶乱，诗人画家，接踵而至，或登高歌啸，或饮酒赋诗，往往为之流连忘返"，字句里有个人的景物感受，也折射出特殊年代部分国人的心态。季黄的《风沙寄语》（1943年7月《万象》第3年第1期）叙记北京印象，流露浓厚的历史文化感，"事实上，所谓名胜古迹所给予我的诱惑，远不如故都本身所赋有的那一种舒缓的基调……北国的风沙加上陈旧的历史重担，把这里的一切都给蒙上一层迟暮而大方的颜色，什么都显得慢条斯理的。我甚至于有过如此荒唐的念头，我想象那些在城墙脚下托钵行乞的老人们，并不是患着真正的饥饿，却只是为了替这所古老的城市着上更衰颓的一笔。黄昏的景色尤其具有一股浓重的感伤的情味，如果站在景山的顶上俯瞰全城，就可以看到那些宫殿的琉璃瓦在夕阳的余辉里交射着光芒，而古老的城墙则永远以它的容忍的气度接受着风沙的侵袭；大道上，负着重担的驴子拖着疲倦的步子，不时因鼻孔里的喘息而扬起一串小小的灰尘。暮霭渐渐升起，终于吞噬了所有的景物，只余西天还点染着绚烂的晚霞。这时充塞在胸间的是一腔无可言说的喜悦和悲哀"；在他眼里，"轻倩明媚"的北海"使人引起江南的联想"，"中央公园里的无数的古柏正如一群道貌岸然的老绅士，它们的躯干的高大遒劲和那枝叶的一片郁苍苍的颜色不由人不感到自己的渺小和脆弱，同时也感到一阵不易亲近的窒息。但北海却宛然是一个明朗健实的少女，她带着她的浅笑和她颊上的轻红站立在你的面前，使你衷心引起一种温暖和甜适的滋味。故都的一般的景物都具有气象奇皇的宫殿的气息，惟有北海却偏于一种柔软的江南的风格，前者在庄严之中蕴蓄着一股寒冷，因此便显得后者的温煦可亲了"，将生动的景物感受转化为味深的理性思索，使质感的描摹充满思想张力。施济美的《献祭·外一章》（1943 年 11 月《万象》第 3 年第 5 期）抒写动荡岁月里在凄冷墓园悼念逝者的伤怀，"杨柳青青，东风催开了早春的花朵，却又为凄凄的风雨所侵蚀了"；在所附的《风沙》一章里，作者于沉寂中静听窗外吹过的风沙，"谁说江南温柔呢？江南今年没有春天……告诉你，你也不相信江南的春天也会刮着风沙罢？可是，确曾有过这么一天，我永远不会忘记"，暗含深切的家国之忧。阳光的《湘中梦痕》（1944 年 4 月《万象》第 3 年第 10 期）怀忆"在二十九年的春天，我到长沙"后的生活。作者寄情于梦，"只有在梦中，我才得翱翔于寥阔的天地之间：天心阁，岳麓山……尤其长沙景物，湘地风光，历历如在目前。我于是更喜欢做梦了……我更将找寻梦中旧境！"可是心底依然闪过现实的影像，"长沙那时还是平静的。只是这古城，充塞了各地投奔来的流浪者"。他关注战时的文化事业在长沙的发展：易君左主编《国民日报》，程沧波编辑《中央日报》，力扬、常任侠、孙望、黎亮耕执笔为诗刊撰稿，穆木天、朱自清、丰子恺、张天翼、茅盾、郭鼎堂诸君"来往者殊夥"，还有开明书店、上海杂志公司、生活书店的易地设立，"在今日看来，也还是白头宫女口中的天宝遗事罢了"，感慨深长。吴娜的《闽赣边陲线上》（1944 年 4 月《万象》第 3 年第 10 期）在广阔的视野上开展行述。"战乱给人们带来一个大的变迁"，让作者见识了陌生而新鲜的风景，"江西有着多得无从计算的荒地，不，应该说是荒山，因为整个的赣东几乎就是在山上，在这里旅行逢着一个较热闹的市镇，无异是在沙漠里碰见一处绿洲一样，一离开市集，于是绵绵不断的荒山就在眼前广漠地展开了"。在一片灰黄色的冬天的野景中，上千上万的独轮车"绵延的在山背上爬动着，'伊呀伊呀'的声音就响彻了整个的荒野"，进而思索木质轮子在巨石上"辗出一条深的路来，在这上面将磨掉多少的木轮子呢！在这上面曾度过多少年代呢，中国的历史进程本来是作'牛步'的啊！"（《闽赣边陲线上·伊呀伊呀……》）在江西和闽北山地，不免"会惊叹于十年内战的灾难的遗迹之深且巨……只见碉堡一个个的耸立着，在平原上，在山巅上，在要道上"，"由于战乱的扩展，我们离开了江西，千里风尘的奔波在闽赣公路上，越过了耸天的武夷山。武夷山脉横跨在闽浙、闽赣的交界处。闽赣交界处的武夷山最高峰矗立着'分水关'。十年前，这里是内战最剧烈的战场，山顶上到处是碉堡的残骸，荒草没膝的凉亭上，一堵堵的破墙上如今还留着一些匆忙地写下来的标语……"（《闽赣边陲线上·越武夷山》）充满历史实感的描记，复原了鏖战现场。作者从崇安南下建阳、建瓯、沙县、延平（南平），终于来到镀金的都市，"但我将不会忘却那段自己用草鞋沾着血水走过来的酸辛的路程，而对那些成千成万胼手胝足活在山窝里的，活在苦难里的老俵们，老乡们，我是多么的怀念啊！"（《闽赣边陲线上·从崇安到延平》文字凝聚着共渡苦难的深情。

由邵洵美、林语堂创办，先后由郁达夫、林达祖、李青崖、林微音等人主持笔政，上海时代图书公司出版的文艺性半月刊《论语》，于1932年9月16日问世。出刊至第117期时，因全面抗战爆发，于1937年8月停刊。抗战胜利，于1946年12月复刊，直至1949年5月终刊。《论语》断续行世17年，尤其在复刊后，"虽然愈益流入俏皮油滑，而未能像部分同仁所希望的办成中间偏左的阵地，但由于针砭时弊的传统仍有所承袭"[1]，还是登载了一些具有社会意义的作品。吴祖光的《上海年景》（1947年1月1日《论语》第120期）通过十里洋场的一角街景，表现战后中国仍然深陷于半封建半殖民地的苦难中。他"从沪西到遥远的外滩上写字间去，一出家门便感到刺骨的清寒"。人行道上，枯树旁边匍匐一具婴尸，"一阵北风从地上卷将来"，让他"从心里感到凄凉，感到比外面身受更甚的寒冷"。一群警察正拿着棍子追逐一片拉着车子的黄包车夫，"它们说明了今天中国的真实"，不禁慨叹"在上海一年了，我经历了这一年的春夏秋冬四季，看尽了这四季的炎凉"。岁暮天寒，"又要过年了，黄浦江心停泊着密密层层的外国兵舰，大炮口向前伸，满江的威风杀气，点缀着这个百孔千疮、血泪滔滔的中华强国的年景"，讽刺的锋芒直指现势，淡化了该刊的"幽默"色彩，体现了一定的书写深度。

遭逢的国难对作家的灵魂产生了强烈刺激，愤慨的民族情绪滚荡在字句间，甚至改变了传统的地域风格，"苏州乎，汝果何罪而不容于天地？天地乎，苏州何罪而必使之身遭浩劫？此中眼泪，该有多少？将洒此眼泪于人间乎？人间固已漫天塞地洒满了眼泪，将洒之于何隙？不洒人间而洒之世外乎？

---

① 白丁：《〈钓台的春昼——〈论语〉萃编〉前言》，《钓台的春昼——〈论语〉萃编》，上海古籍出版社1999年版，第4页。

世外桃源何在？"（徐国桢《吊苏州》，1940 年《玫瑰》第 2 卷第 1 期）痛楚激愤的心声告别了旧式的吴侬软语，表现出刚硬的风骨。虽然以苏州为题，也能够见出上海文化圈的影响。但是在大时代主潮的边缘，也有固守内心清净的文人，悄默吟咏着清丽风光，久葆性情的温润。迎着晨昏的蒙蒙细雨或者满天晴光，散步到杭州西溪的花坞，"两边夹着青葱的林木，一抹山，远近地挂在前面与两旁，一簇簇竹林，一树树艳丽的花，杂立在绿树丛中，有一条丝带一样的溪流，偶然飘落了一两瓣花朵，让溪流拥着，奏着好听的音乐流下来了。原来这是留香溪"，清静的时日中，"眼见这涵容美丽的大自然，忘却了人间的名利"（储裕生《风·花·雪·月话西溪》，1948 年 1 月《旅行杂志》第 22 卷第 1 号），表现的虽是古旧的意蕴，但是东方君子的赏景趣味和操守坚持，仍然具有一定的审美性与道德感。

　　与国统区、沦陷区创作的分散化状态不同，解放区的创作呈现一定的组织化状态，创作主题更易得到集中和明确的表现。充满蓬勃朝气和战斗精神的文学景象，在投身解放区和参加抗日部队的作家笔下闪现明亮的光影。魏巍的战斗描述充满英雄主义激情，行军途中，山野景色唤起澎湃诗情，"正如柯仲平的诗：月有光，山有阴。我们像走进一幅浓墨画里。寒冷的月色，照着山谷的白沙与骨棱棱的山石，脚下的路更显得崎岖和大水后的荒漠"（《雁宿崖战斗小景》，1940 年 1 月 1 日《抗敌报》），战前的紧张气氛透过夜景幽微的光与色逼真地传导出来。陈学昭的作品同样具有战斗行记的特色。晋西北的风光给穿越封锁线的她增添一缕宽适感，暂且缓舒了战场的紧张气氛。她看到山居人家"到处在打场，我不是画家，却也被这幅辛勤、生动的景色所感动，使我联想起米兰的油画《秋收》"，坐在农家院里的荞麦秸上，"暖和的太阳照着，用铅笔随意的记下我的旅程"，获得短暂的心灵的宁静，她鼓励身边的乡亲盼望一个繁荣的新中国，过上一些快乐的日子；夜行军中，她觉得"四周是静寂的，只有马蹄得得的声音，单调地从地面上滑过"，队伍被瞌睡所困，她"却清醒地望着那闪烁在天空的北斗星，好像发光的眼睛"（《过同蒲路》）。作家的职业素养，使她保持灵慧的艺术感觉。"进入山西，敌人残杀我同胞的痕迹愈深刻地映入我的眼底"，日寇的虎狼行径在心头打上深深的烙印，她认识到在战斗中"一个革命者应有极高度的自我牺牲精神"，并且"对人类社会有热烈的爱和理想"（《进入新老解放区》，1945 年 12 月 28 日《解放日报》）。青年木刻家曹白，弘扬在聆听鲁迅教诲中领受的战斗精神与民族气节，于民族危亡之秋参加新四军，迎着抗日烽烟疾进。1940 年 2 月 20 日追述于岑村的《我的路》，用沉重的笔墨描画苦难岁月里的人生片影。严冬的苦雾里，他的心被西北风咬嚼着，烽火中的转徙，"船边是潺潺的水声，远方是荒凉的村庄，四野是寂寞的枯树，两岸是萎黄的衰草"，饥饿的平原透露着古国的颜色和声音，眼下显得更浓更浊了。沦陷的城池里，雪亮的刺刀闪着逼人的冷光，"一片太阳旗在北风里歌吟，嘶嘶嘶，似乎在鉴赏着，批评着，满意着这沉默的画景"，蹂躏和侮辱交流在寂静中，"灰色的城墙在我的眼里越发显得衰老了，它是那样的颓败和屈辱，简直没有一些生息的活气，是严寒的冬天；虽是市廛，但也禁不住那种古国的寂寞和苍黄，是暮年的景象"，心又陷入更深的悲凉。但是心情苦涩的他依然充满生的希望、美的追求，1941 年 1 月 3 日夜创作的《冬夜》，以跃动的节奏书写在险恶的战争环境下风一样夜行的情景：薄暮时分，昏黯的四野显出"树和树、屋和屋、岸和岸、村子和村子"模糊的影子，"在岸上走，脚边有枯草的叹息；坐船吧，船底有潺潺的音声。我们的头上，是冬夜的惨白的缺月，浮在黑蓝色的遥远的天空里，秘密的在看地上活动的一切……"穿过繁密的河道，"那冻得沉默的河水是这样的奇怪和明亮，它将一切照见：枯树、芦草、行人、破烂的桥，墨黑的影子，缺月和星星，浮荡的一点……夜的河水仿佛要想摄取人间"，急速的行进中，他觉得"一切都动乱：枯树在跑、芦草在弯、行人在曲、破烂的桥在断、墨黑的影子在摇摆、缺月和星星在飞进"，随着前行的脚步，他的心在跳荡，因为"我们渴求着新的生活，在这深和长的寒冷的冬夜里"。精神和意志支配着情感活动，在紧张与匆遽的战争气氛中，显示了革命英雄主义的美感。碧野的《奔流》（1945 年 6 月作，1945 年 7 月 1 日《大公报·文艺》），真实地抒发自己积极投身抗日文化活动的战斗情绪，风景描画中充满对于抗日队伍的象征性歌颂。"涧水快速度地从盘据的深山里冲激着奔流，它以生命的活力，淙淙地绕过阻拦的山崖，冲过莽林，荆丛，一直向山脚奔流"，尽管布满羁绊的岩石，却阻止不了溪流更快地奔流，"它们大声地笑着，跳着，跑着，去迎接新的涧流，新的力量"；千千万万涧流汇入大江，狂骤地奔泻，雄壮地叫啸，发出"大地的生命的音响"，"他们完全溶合成了一个巨大的不可屈服的生命"，以壮伟的气概冲崩山崖，孤傲顽固的山峰在冲扑激打中恐怖地战抖，"巍颤颤地就要倒塌下来"；当狂风夹带着骤急的暴风雨从深远的天边奔啸而来时，"江流昂起了头，浪花高高地掀起"，在闪电中、雷声中、风声雨声中，"江流哗哗地奔注入大海了……就开始参加海的严肃的战斗"，远方闪烁的灯塔"指示着黑夜即将消逝，黎明即将到来"。精致的拟人语境中，浮显着队伍前进的勇敢姿势；诗质文字组构的激越旋律，荡响一阕壮烈的战斗交响曲。作品洋溢的革命英雄主义和乐观的战斗精神，鼓舞全国军民迎接抗日民族解放战争的光明前途。周立波的《黄河》以新闻记实色彩浓厚的文字，展示壮阔的战争生活图景的局部，含储丰厚的情感底蕴。为保卫抗日民主根据地，部队离开陕甘宁边区，东渡黄河，深入敌后。大河汹涌，风光雄奇，象征中华民族的坚强意志和宽广胸怀。"在万道灿烂的阳光之下，黄河里面的无数冰雪的团块射出明亮的反光。这些冰雪的大块，浮泛在黄浊的水浪里，迅急地奔流"，渡河的船上，水手奋力荡桨，大声呼唤，"那是一种粗犷的吼声，声音那末大，竟至超越了风声和波浪冲激船头的声音……这是人和自然斗争的雄伟的场面"。凝望涌浪和峭壁，历代诗人最爱歌颂的黄河，在周立波的描述中，激荡起豪壮澎湃的时代强音。阿英的随感录式的风景小品，取材寻常，却因文化意趣的丰盈而没有成为无意义的小摆设主义的文字。作于1947年的《记"铜井"》，富于叙古的兴味，"在临沂公路西北一段上，有一个很重要沂水属的市镇，那就是以商业繁荣著称于全县的界湖。界湖，在军事上，不是战略的要点，为军事家注目的，却是界湖北十二里丛山中的，另一个地图上称作'铜井'，老百姓叫做'铜坑儿'的小集镇。在我经历的鲁中地区，这是比较足以使人留恋的地方。可这不是由于'军事'的原因，而是由于那在这一带难得的两道'清泉'，和可以与我的'考据癖'联系得起来的'碑碣'"，战争岁月中仍不失文化情怀，使记写显出特殊的意义。摹景笔墨亦简劲清苍，文字摇曳生姿，独抒性灵，有晚明小品的风味，在同期作品中自成一格。陆地发表于1947年12月20日哈尔滨《东北日报》副刊的《爬犁及其他——农村即景》，反映土地改革给黑龙江翻身农民带来的崭新精神气象，绘制出充满诗意的北方乡村风景画："柳树，梢林，柴垛，村落……全披上白幕了：一眼望去，那样平坦，那样辽阔，不定是一百里一千里，连到天边去了，尽是一色白的。大地成了雪的海洋。爬犁，疾速地奔驰，一台接着一台飞过……爬犁堆着满登登的麻袋。继续飞掠过雪的海洋；枣榴红的牲口，一会变成乌骓，一会又变成白马"，语言运用上的松花江流域风味，景物描写上的北大荒地方特色，使作品流溢自然淳朴的意韵。

时局动荡的岁月里，综览社会广域所呈示的散文景观，许多作品在风景书写中激涌着时代风云和内心波澜，国统区、沦陷区、解放区的创作，都表现出抗日战争、解放战争文学的总体特征。

有的描写行途中所见的自然景色，寄托舒朗情怀，"离开那盘踞在陡立的山顶上的红梯关，太阳已经攀上对面的山头，露出温暖的光耀的笑脸，好奇地凝视着从这山头向下移动的杂色的队伍。晚秋的澄清的天，像一望无际的平静的碧海；强烈的白光在空中跳动着，宛如海面泛起的微波，山脚下片片的高粱时时摇拽着丰满的穗头，好似波动着的红水，而衰黄了的叶片却给田野着上了凋敝的颜色"；视线拉近，干涸的河床"却连河砂都干得泛白了。它底当中，展延着一条暗黄的曲线；在这条线上，乱石深深地陷进了砂土，像经过人工修筑一般平坦——这是往来的行人们从没有路的地方践踏出来的路迹"；又放出目光，"两侧是毗连不断的重叠的石山，光秃秃地，不见一片高粱或是棒子底叶影，野草疏疏落落地点缀在山隙间。偶或有几株柿树，像隐遁的僧人一般，孤寂地站在荒凉的山麓！闪着耀眼的红光的成熟的果实，成堆的拥挤在浓密的深绿的叶荫中，似乎有意地诱惑着饥饿的人们"（以群《渡漳河》，1940 年 5 月 15 日《抗战文艺》第 6 卷第 2 期），远远近近的谛视中，领略北方山野气象的雄险与苍茫，抒发山河之恋。

有的记叙行程中的见闻，"碧玉澄澈的海洋，映着鱼肚白色的天空……那浪波重叠的生动美妙，真不是简单的捉住某一部分写景的画片所能描绘得尽的"，而战争的阴影使"家家灯火，在短期间暗淡如灭，把平时嵌满各色钻石的灿烂耀目的香岛夜景，变成死一般寂静"，乱世景况"把灵魂都窒塞到昏闷了"（许广平《旅行小感》，1940 年 7 月上海《燎原》文艺月刊第 1 期）。

有的歌颂轰炸中不屈的意志，"当炸弹雨点般扑下来时"，戴花袖章的防护团团员"一个人屹立在天穹下面，屹立在他的岗位上，正视着这残酷而狰狞的现实……像冷静的石碑……终于，他成为一个山岳般的巨人！"妄图倚仗炸弹、火焰、坦克、野蛮，毁灭一个国家的意志，烧死一个民族的心灵，冲碎一个文化的光荣，抹去一个历史的存在，是愚蠢的，"黄帝子孙要用弹片与火焰装饰他的灵魂，如果他确有一颗灵魂！"（无名氏《火烧的都门》，1940 年夏轰炸后作）

有的让年轻的心灵陷入哀怆的氛围，漂泊的命运如同处在微雪的寒夜里的"一盏光芒微弱的风灯"，在空旷、凄凉的包围下，意识从愁郁和悲抑中苏醒，"每次倚窗看秋天白云自天边飞驰，便不自觉有渴望的遐想……"然而生活的重轭仍无情地将生命拖入痛苦的深潭，"时代使我们不得不串演一下生死离别的人生小悲剧……真正的大苦恼却是连别离也没有的人呢！"（何为《江边》，1940 年 10 月 23 日《正言报·草原》）

有的在"离开了我的乡土，在当那里蒙受了耻辱与苦难以后"，思乡的情愫更为深沉，"纵然我的眼前是一株绿荫垂腰的榕树，而且金黄色的阳光也正在蒸发着田园的稻草香，然而我却嗅了那平原上衰瑟的晚秋的阔大的气息”，与乡土远隔，“在冰雪里，我记忆着已经荒芜了的故园的青青的茂草”（邹绿芷《故园草》，1941 年 3 月 10 日《文艺阵地》第 6 卷第 3 期）。

有的在战争的苦难岁月里，运用哲学眼光审视光明与黑暗的辩证关系，鼓舞人们的勇气，“光明不是单纯平静的，光明是斗争的表现，有光明的地方，就是有新旧的斗争，凡可以看见光明的地方，就有这两个斗争势力的存在……在光明里包含着永久的战斗。这里面有冲突，有扎砾，有痛苦……在任何光明里，总有着一些黑暗的成分，虽然这黑暗是终于要被消熔了的”（艾思奇《光明》，1941 年 5 月 20 日《中国文化》第 2 卷第 6 期）。

有的赞颂坚强的战斗精神，“无数的森林，巨人似地站在松软的黄土层里，守卫着辽阔的原野……河流歌唱着，森林歌唱着，美丽的音乐升起来了，风喜悦地作着伴奏……啊，中国，我们真值得为你战斗！”（田一文《原野》）

有的深情地礼赞土地和海洋。一面是“迎着海风深深呼吸的时候，眼前曾是令人忘我的万里云天。我怎么不心向海洋呢？”一面是“我站在这西北高原上向荒旷的黄土层寄意”，感觉古老的土地也要像海涛一样“沸腾起来，咆哮起来”（吴伯箫《向海洋》，1941 年 5 月 22 日作）。

有的在劫火中陷入恍惚的生命回溯。清美的画境浮闪着：江上清朗的圆月，波流闪烁的银色月光，横在岸畔的古老木船，水上吹来的清凉夜风，茅屋中漏出的灯火，伴随两岸虫声的灯光桨影，江心旋转的急涛声，山楼上凭窗奏弹的琴音，夜风里飘来的桂花香，映照在碧浪上的银辉，流荡着夜的韵律，“这美丽的嘉陵江上月，又使我把快要发霉的灵魂亮了一亮，照见我流水一般消逝的年华”；“生之厌倦”的心绪流露着：遗弃江中的枯枝“杂居在败絮烂草里浮来浮去”，强烈的心理象征含浸世路的忧思；流水的痕印上也幻出曼妙的诗意，“春天是梦的季节，美的季节，花的季节……我也曾有过梦的、美的、花的春天的，我的耳际，也有人唱过柔和的歌声，我的唇沿，也曾挂着芬芳的酒沥呢……在萧疏寥落的人生里，容许我重温冷却的炉火，在月夜的嘉陵江上，还能悄悄地捉住回忆往事的刹那，谁能说不是人生难得遇到的幸福呢！”幽幽梦感渗入“无限苍茫的情怀”，显映“回忆中的画，画一般的回忆”（王平陵《月下渡江》）。

有的在咏物中歌颂坚韧的生存意志，“踱过了一座桥，旅途便前进了一程”，这沉默的桥，“地上有比它更真实、更亲切的形体么？……又有谁来注意到桥的坚贞呢？有谁来注意在艰险的溪流上守住最后一刻的木桥的坚贞呢？

谁能想象到，那下着暴雨的夏晚，木桥怎样地和暴涨的洪流抗逆的最后一刻的情景呢?"（郭风《桥》，1941 年 8 月 25 日《现代文艺》第 3 卷第 5 期）

有的精神暂离现实，流露着传统文人的清雅趣味，"不禁想起了杭州西湖的满觉陇，那是以桂花与栗子著名的一个山谷……不知谁有那么值得赞美的理想，在那山谷中栽满了这两种植物，使我们同时享受色香味三种官能的幸福"（施蛰存《栗与柿》，1941 年秋作）。

有的在古迹面前抒发深含悲怆意味的沧桑感，"草地东北面是古长城。长城衰老了，沙土埋葬了它的躯干，使它只能伸出四五丈高的一个苍老的头；寒风剥去了它脸上的光彩，使它轮角都颓败，墙垣都残断不连……长城，这地理上的壮观已成为历史上的古名了"（庄启东《盐田行》，1941 年 9 月 5 日《解放日报》）。

有的在冬野里寄寓人生的伤怀，表露内心的暗泣。低回于矮坡上铺满的耐寒的雏菊间，"看见我的影子正好像在地面上蜷伏着。我也真的愿意把自己的身子卧倒下来了，这么一片孤寂宁馥的花朵，她们自然地成就了一张可爱的床铺，虽然在冬天，土地下也还是温暖的吧? 在远方，埋葬着我的亡失了的伴侣的那块土地上，在冬天，是不是不只披着衰草，也还生长着不知名的花朵，为她铺着一张花床呢?"（缪崇群《花床》，1941 年 12 月 10 日作）

有的流露在雾都重庆的知识者怅怀北方故乡的心绪。那拥裹着身子的皮裘和风帽，吐着熊熊的焰苗的炉火，窗外狂风的呼叫，还有"那覆盖着空旷的天，笼罩着安静的辽阔的平原的茫茫的冰雪"，都带着亲切而忧郁的色彩，染上"那些拖着哀伤的心灵"，"在雾里活着的"人眼前"只有雾，雾遮住了一切。遮住了春天"，作者把春天般明媚的思念和记忆写给"那些蜷伏在冰天雪地里的兄弟"（尹雪曼《春天之歌》，1942 年 4 月《文艺杂志》第 1 卷第 4 期），内心交织的忧苦与希望，化作一缕光亮闪烁在字句间。

有的表现冲破沦陷区的解放感，豪迈地宣抒心底的激情。穿行在"陡峻，曲折，像一条纠缠着什么的长蛇"似的路上，凝神回望，"那正遭受着残酷的践踏的土地——九龙新界的远影，还依稀地隐现在那迷蒙的烟雾中，在那模糊的远山的阴影下……那久经荒芜的田地，变成了瓦砾的村舍的旧迹，被砍伐了的树木的残根……还清晰地呈露在人们的眼底"，刚从死线上脱逃出来，"平安地转上了去向自己人的土地的路，摆脱了野兽的跟踪……那是多么的高兴呵! 向北望去，一片丰饶的田地展开在山下……绿得多么诱人啊! 就在那方向，寄托着我们的希望，我们的渴想，我们的漫漫长路的目的。微风轻拂着我们的发红的脸，阳光从云隙里伸展下来，温暖着我们，有如一条金色的被子。多么明朗的天气啊！我们多久不曾在这样明朗的天空下呼吸过了啊"，混合着战烟和阴雾的香港的天气远去了，"我们终于走出了那窒闷的空气的压迫！我们又得轻快地呼吸着清新的空气了！"崎岖山路上负载的行进"不再感觉到疲困，因为我们终于越过了那生和死的界山，踏进了自己人的地土！"（以群《歌声》，1942年4月25日《文化杂志》第2号）

有的怀着理想主义，赞佩为国家而奋斗的精神："而那些拼着自己的性命，干着扭转乾坤的伟业的人们，是更确信着：他们是会以自己的血，自己的汗，自己的白骨，自己的头颅，把那人类久已失掉了真正的笑，真正的自由与幸福，从暴虐者的魔手下夺回，交还给世界的。"（方殷《梦》，1942年8月1日《文风》第1卷第4期）

有的在民族苦难中神往丰收的朗亮日子，歌颂劳动者的舒畅心情："吹着麦笛，把我心中的欢喜吹出来，把劳动的艰苦的欢喜吹出米，我吹着麦笛的歌呵。吹着麦笛，把春麦的新鲜香味谱着音乐吹出来，把田野的露水和朝阳的香味，和肥料的香味谱着音乐从那小小的麦管里吹出来，把我们的劳动的心跳和希冀谱着音乐从那小小的麦管里吹出来吧！"（郭风《麦笛》，1942年8月18日《国民公报·文群》第445期）

有的在自然风景中寻求精神的放飞。行走于岗丘、松林、山峰、原野，壮实的树、发香发亮的谷粒、水塘边偃卧的牛群、游泳着的鸭鹅、唱儿歌的村童，使内心温暖，灵魂"进入到一种隆重的仪式里"，翩然地向那宽阔蔚蓝的天空飞升（彭燕郊《宽阔的蔚蓝》，1942年11月《现代文艺》第6卷第2期）。

有的在祖国河山中寄托人生理想。兰州城"在人们的记忆中，永远遗留着一个古老的残影，黄沙，尘土，秃山，枯木围绕着这个边城。幸亏有黄河缘着北城汹涌地流过，使黄土堆里添几分水意，然而只可看见它的汹涌澎湃，看不到帆船的倩影，渔人的晒网，这儿所显示的只是肃杀，凋零，荒寂，人间冷漠的缩影"，但是这里的朋友"总是在战斗中，他们在为人生开扩新路"，期望着"假使有一天我们能够看见山河的复归，我们必定长久握手致力于我们共同的事业"，西行路上留下的珍贵忆念感动心灵，觉得"边城的更鼓，响在稀星的天野，又清悦，又绵缠"（陈纪滢《边城一夜——西行散记之五》，1942年11月15日《创作月刊》第1卷第6期）。

有的文字激涌着希望的潮水："我们无时无刻不在渡着种种的难关……健

康的人们将在无边的风雪里诞生了一个又一个的光荣，但是那些短视的，曾经疯狂一时的暴徒们，便如同苍蝇一样地受不住季节的压迫，落到热汤里去唱自己的挽歌了。在北非，在顿河，在缅甸，在新中国广大的原野上，那连续传来的胜利在证明这原理。"（吴祖光《迎春》，1943 年 1 月 1 日作于重庆）

有的在山水的光影里抒写"乡愁一般的思念"，烽火中"每逢听到一个地方沦陷了，而那地方又曾经和我发生过一些关系，我便对那里的山水人物感到痛切的爱恋"，叹服"世界在变，社会在变"，那些普通的农夫、手工艺者、木匠、裁缝"都和山水树木一样，永久不失去自己的生的形式"（冯至《忆平乐》，1943 年作于昆明）。

有的感动于战时的艺术，"在这大时代里，琴如人一样，不能不加倍地努力，不能有片刻的休息"；在烽烟遍燃的中国，需要"高声地呼喊，高声地歌唱；喊出我们的心声，唱出我们的不平！"（熊佛西《不息的琴声——记曲江之游》，1944 年《当代文艺》第 1 卷第 5、6 期合刊）

有的在乡间小景中表现民众对卖国者的憎恶，"夕阳西斜的时候，这个古老的小镇便显得热闹起来了，一缕缕的淡淡的轻烟在古镇上边萦绕着，几只老鸦在巷里古槐上飞来飞去地叫着，一种正月里所特有的香火和鞭炮的气息散布在街巷里"，耍把戏的主儿调弄着诨号"汪精卫"的猴子，却仿佛觉得看客们"把他的汪精卫拉走了，拉到石桥边的人圈子里，'喀嚓'就是一刀"（青苗《生活风景线》，1944 年 3 月 1 日《文艺杂志》第 3 卷第 3 期）。

有的以象征精神的笔墨赞颂人民的创造力，"每当我经过那个开始建筑的地方，我必定驻足观看，我觉得好像站在整个人类的前面，好像站在整个历史的开端"，感受到"使我的两脚仿佛在那里生了根的那力量"，劳动者的力"并非消耗，乃是移注，移注入木中，石中，铁中，土地中"，这种力撑持起的建筑"是永久有一个向上的意向，仿佛它总在向上生长，仿佛那久已化成了泥土的工人们的力量永远在支持它，使它不断地向往那高大明朗的天空"（李广田《建筑》，1944 年 6 月 20 日作）。

有的在古迹前流露寂寞的心绪，更书写坚强的民族精神，"六百多年前，忠勇的王坚和张珏就在这里演出了守城战的一幕可歌可泣的故事。现在是无论如何也找寻不到昔日车水马龙那种盛况的痕迹了"，然而"院子里的保国民学校的学生，现在他们出来升旗了……很快便唱起国旗歌，一面国旗在浓厚的晨雾中上升"（黄蒙田《钓鱼城下》，1944 年冬作于合川）。

有的实记流离的凄苦景象，火车站上寡妇的呜咽、老者的啼泣、百姓的呻吟、孩子的叹息，真实地反映"一片民族的苦难"，也使人"咽下自己的眼泪……为一种理想所鼓舞勇敢地去参加奋斗追求真理的际会"，在烽火的岁月里奔赴战场，没有什么伤怀，"我们风雨同舟的忧郁的歌将换一个崭新的调子"（方敬《逃难短曲》，1944 年冬作于花溪）。

有的在凄迷的景物里默默含咀亡国之痛："桂林的暮春，细雨像微尘般地飘着，秀丽的山峰都把头蒙在湿云里面。湖水满了，湖边的杨柳像新浴出来的少女的头发，滴着晶莹的水珠，小鸟在海一般深的绿荫丛里跳跃……那位衣衫褴褛的广东人，又在湖边吹起了箎笛……也引起了不知多少的凄楚和乡愁……我一听见它，我就感到有亡了国般的沉痛。"（黄药眠《箎笛》）

抗战胜利后，人民的心灵获得暂时的宁静，有的向往和平无忧的日子，盼望乘上诺亚的小船"避去上帝予以人类的灾厄慢慢远去，往虹之国，云乡，雨榭……"离开"这个腌臜的世界"（林莽《雨》，1945 年 10 月 15 日上海《文汇报》副刊《世纪风》）。有的在旧游的梦痕里寄托凄清的感怀。狮子林"有画的情调，有诗的意境"，可是一爿偏院翠竹短篱间"秋风吹着落叶打在窗玻璃上，杀杀作响，似啜泣又似叹息！"寻访几易春秋的落英堆成的花冢，细听古琴的断弦声、沉吟声、欷歔声隐隐绕响，"只看见月光里竹影摇曳，我不禁感到人亡楼空的悲凄！"池塘里的残荷萎茎和飞去的水鸥，使"无限沧桑的涟漪，荡漾在生命的源泉里，我黯然了！"走进沦陷时期为敌伪的省政府址的拙政园，"或许因为它曾被一群狗的足迹玷辱过吧，我不太感到兴趣"，当听说寒山寺的古钟被日寇盗走，便"增加一腔愤懑"（赵清阁《小巧玲珑记苏州》，1946 年 11 月 28 日《申报》）。有的沉湎于温馨的怀想：欣赏一幅平原的晚照的图画，"咀嚼夕阳的金辉送来的温爱，由河水映过来的温爱，你的心灵便会得到胜过千万情人的慰藉了"（常君实《卫辉河畔的晚照》，1946 年 4 月 1 日南京《中央日报》副刊）；敌寇劫掠后的金陵胜迹，沦为"一片荒凉湖山"，在复兴意愿的鼓舞下，"我们对着这劫余的湖山，并不生愁，更不生厌，反而更坚定创造的决心，加强创造的勇气。我们更爱我们的湖山了"（常君实《战后的莫愁湖》，1946 年 4 月 18 日南京《中央日报》副刊），折射出乐观坚强的民族性格以及面对深重创毁显示出的强大自愈力。有的流露在艰苦岁月里和民众结下的深厚情谊，认为"这是人间最热切、最真挚、最高贵的接待。我享受了崇厚的同志的感情的温暖"，分别的时刻"山岗上吹着夏风，五月的阳光照耀着，我的情绪是欢愉而明快"（曾克《乡居生活》，1946 年 6 月 10 日作于邯郸）。有的借助大自然歌颂勇敢的抗日精神，在白洋淀"人和苇结合的是那么紧……每一片苇塘，都有英雄的传说。敌人的炮火，曾经摧残它们，它们无数次被火烧光，人民的血液保持了它们的清白"，烈士倒在芦苇丛生的冰上，"血冻结了，血是坚定的，死是刚强！"（孙犁《采蒲台的苇》，1946 年作）有的记叙青年学子投奔解放区的生命历程。一个踏上成长路程的女生，"那些对她的凶险的压力，只有逐渐地使她更加坚定地走上解放自己，走上一条更加宽阔的人生道路……仿佛我们的视线可以透过那崖壁和苇丛，看见载她的木船沿着曲折的江流向前航行……她将在为全体人民解放的战斗事业中过着幸福的日子"（郭风《江》，1947 年 1 月 14 日上海《大公报·文艺》）。有的描写新春里的山乡气象，通过家产的失而复得，表现翻身农民的喜悦，感叹"没有八路军给咱撑腰，别说驴了，你连根驴毛也摸不到"（萧也牧《黄昏》，1947 年 3 月 18 日夜作于阜平抬头湾）。有的真实描画战后殖民地的社会图景，在孤岛天堂的香港"逛逛马路，你将看见世界上最大的悠闲与自由……走在街上，人们似乎多带着微醉般的沉湎和轻松。这里确确实实已经过完了战时，再听不到炸弹大炮。香港人活得这样闲暇，他们就在想象上开花……但黑白社会又总在替他们制造出新鲜的新闻，文士们也经常在淡啃中给他们添些异样的盐味"（秦似《香港所感》，1947 年 11 月 4 日作于香港）。有的复现沉重的历史记忆。抗战岁月里，"无数的人头在旷野里波动。太阳从遥远的天际抛下了炎热，燃烧了每个人的血液……人们从战斗的热情里建造了一连串用水泥和砖石凝固起来的碉堡……那么骁勇地眺望着前方。它正等待着战斗，它要吞噬那些异族的铁骑与狂妄的侵略者"；在残酷的内战中，"中国农民用自己的血，建造了碉堡，修筑了碉堡，然后又用自己的生命的血，那么悲惨地涂抹在碉堡的身上"（范泉《沉默的碉堡》，1947 年 11 月《文艺丛刊》之二《呼唤》）。有的记述行途上的观感，浪迹的心境使看景的情绪浸满忧悒，荒冷的色调映示孤凄的内心，呈示的仍是精神的漂泊，"息在云阳下面的汪家沱，山峰耸立在黑暗中，山脚只有二三点灯火，景象非常荒凉"，瞿塘峡"两边山岭，全是石山，上面遍长着荆棘矮丛，疏疏的，一窝窝的，远看去，就像灰色的岩山上，生起无数苍黑的薜芥"（艾芜《旅途通信》，1947 年 12 月《文艺丛刊》之三《边地》）。有的叙写战争制造的悲惨景象，形象地展现具体的生活实状："灰色的沉重的云压在头上，压着这个大而贫困的城市，压着城外污浊的江和污秽的江岸……秋天了，这个城，充满了不断的悲苦和哭泣，是变得连欢笑的声音都很少了。"（刘北汜《江岸》，1948 年 6 月《文艺丛刊》之五《人间》）有的抒发战略反攻的激越情感："反攻的铁流，流出了太行，立刻就进入到冀南这辽阔的沙原地带了……矮松柏似的桑串柳（阴柳），替单调的沙原做起一列列天然的美丽的屏障。我们顺着屏障前进，偶尔又从屏障里穿过去，盛开着的红色的细碎的花，粉状的粘满了我们的军装，粘满了马鬃，也粘满了炮身。"（曾克《沙原上》，1947 年作）有的表达迎接解放的欢欣："从高原到低洼的谷地，阵阵的交响乐曲传来了。那是一种自然的大合奏，群山跃动，林莽呼啸，河流在唱歌，沃野裸露丰姿，让人民去抚爱，百鸟飞翔于空际，万物都在扬眉吐气……到处都在唱出迎春之曲，亚洲土地上人民的第一个春天来了……春天，用她矫健的步子，向阴暗的矿山，窒息的作坊，荒凉的乡村和不景气的城市走去，给这些地方送去阳光和欢乐；她走向每一个人民之家的门廊，给望穿秋水的人们带来青春和幸福。"（杜埃《春天的步声》，1949 年 2 月作）人民憧憬"度过这阴暗的暮春，叫魔鬼们知道，那发光的红棉花，将代替苍茫的白棘花，四面八方，漫山遍野，怒放在这盛夏的南方土壤"，确信"南方的土地，将得到彻底的解放，南方的海洋，也将掀起凯旋的波浪"，南方的山野"冈峦宁静，画眉鸟在舒展它美妙的歌喉。热情的鹧鸪，也在大声放胆啼唱……解放战争显示了无比威力，给大地的一切，带来了青春"，"人民的脸上，开放了希望的花朵"（杜埃《乡情曲》，1947 年《野草》月刊）。各个区域的创作群体，通过民族解放和人民新生的文学主题，担承起相同的时代使命。

　　此期，一些寓居境外的作家的创作表现也值得关注。郁达夫"为想把满身的战时尘滓暂时洗刷一下"，"飘飘然驶入了南海的热带圈内"，家国之忧仍缠绕不去，"但偶一转向，车驶入了平原，则又天空开展，水田里的稻秆青葱，田塍树影下，还有一二皮肤黝黑的农夫在默默地休息，这又像是在故国江南的旷野，正当五六月耕耘方起劲的时候"，感慨也就愈加深切，"我想起了三宝公到此地时的这周围的景象，我又想起了我们大陆国民不善经营海外殖民事业的缺憾；到现在被强邻压境，弄得半壁江山，尽染上腥污，大半原因，也就在这一点国民太无冒险心，国家太无深谋远虑的弱点之上"，赤子之心，跳荡在含情寄意的词语间。文末附识云："此稿系为《南洋学报》第一期而作的专稿，学报大约不久就可以印成了，先将底稿，在这里发表一下，聊以作介绍这学报的先声。"（《马六甲记游》，1940 年 6 月 7、8 日新加坡《星洲日报》副刊《晨星》）虽然远离抗战中的祖国，但是作为中国作家，在民族危殆之际，同样深寄一番共克时艰的真情。戴望舒于 1945 年 7 月 1 日接任《香岛日报·日曜文艺》编辑工作后，写出《山居杂缀》（1945 年 7 月 8 日《香岛日报》第 2 页)。这组由《山风》、《雨》、《树》、《失去的园子》四篇短章组成的系列散文,是对在香港的生活心境的真实抒写,个人身世融合中年心态,映示缠绵的情致和幽婉的韵味。《香岛日报》总编辑卢梦殊的作品结集,戴望舒评价"它不是一幅巨大的壁画,却是一幅幅水墨的小品"(《跋〈山城雨景〉》,1944 年 8 月 1 日《华侨日报》),这样的话正可用于他自己。他吟味着幽怨与愁绪,幻境般的景色使意识朦胧,不禁怅问山风"是否从我胸头感到了云的飘忽,花的寂寥,岩石的坚实,泥土的沉郁,泉流的活泼"(《山风》);檐下的滴雨让他遥梦故乡,觉得檐溜的声响"给梦拍着柔和的拍子,好像在江南的一只乌篷船中一样"(《雨》),又生出一缕浓浓的乡思;他凝望一棵寄托过梦想的合欢树,树的孤影伴着人生"空虚的路,寂寞的路",他理解树的性格,欣赏"在浮着云片的碧空的背景上,徒然地描画它的青翠之姿"(《树》);他怀恋"那一片由我亲手拓荒,耕耘,施肥,播种,灌溉,收获过的贫瘠的土地",那旧居中的小小的园子,继续着旧园的梦想(《失去的园子》)。诗的精魂化作文字的雨,浸润艳丽的艺术园地,幻映诗性文体的纤美的炫彩。

不同的人生经历、不同的生存环境,甚至思想意识与创作观念不尽一致的作家,在国家利益面前实现高度的精神融合。具有勇敢精神的书写,获得显明的公众效应,成为具有文学意义的国家记忆。

时代流变中的社会因素和区域意识浸润着作家的文体观念与政治情怀,直接反映于个人的书写形态并形成各异的写作现象。从整体观照,捍卫民族利益、关切国家命运的文化责任,并未将创作引向类型化的僵硬模式,共同性主题在个性化文本里呈现丰富生动的姿影。容纳崭新题材的作品,标志着风景散文的体式并未在历史的演变中断毁,清晰的属性体现表明,文体决定创作,创作丰富文体,风景散文在渐进的文体优化过程中,以更为成熟的姿态接受文学史的检视。

第二节　叙述风范的守常与趋变

沿着现实主义的路程前进的中国新文学,表现出显明的功利化的目的性。作为观览和书写的主体,身置解放区、国统区、沦陷区的现代散文家,都从集体愿望出发,自觉肩负起思想责任与文学道义,追求作品的精神含量和文化意义,在思维方式、行为习惯、心理图式的调适与完善中,构塑创作的前卫姿态与先锋气质，以文学的形式让山水诗意地存在。

共同的主题发掘反映了共同的时代内容，但是经验差异使叙述风范和胸襟气度显现宽窄之差、高低之分、深浅之别。这样的创作现实使伸向乡村与都市不同侧面的笔触，在示现主题的深邃的同时，在叙述风范上或者着意于袭旧，或者用力于趋新，在常与变的互动中，更加展露品类的丰妍。

检视此期散文创作的实际状态，首先，这一时期的报告体散文以强烈的写实精神成为创作主潮。单向性直叙的行记式散文显现着鲜明的写实主义，在艰辛的人生行走中，以文学的形式书写民族的精神档案。张恨水离开北平入川，写出《蓉行杂感》，娓娓述说成都光景；抗战胜利，又作《东行小简》，记出川道上经黔湘鄂各省所见，中国半壁河山的真实影图嵌入直感和印象。联系人生时势、世事沧桑，又具强烈的岁月感。巴金的《旅途杂记》是"在桂、筑、渝、蓉的旅寓中写成的"（《〈旅途杂记〉前记》），述写人生辗转的真实过程，描画广阔的社会图景，成为战争灾难的记录。李金发《国难旅行》、朱自清《重庆行记》等篇什，师陀《上海手札》、周俊元《宜渝道上》、程晓华《常沅十八滩》、钱能欣《西南三千五百里》、张天虚《运河的血流》、胡嘉《滇越游记》、林焕平《西北远征记》、王克道《从伪满归来》、钱君匋《战地行脚》、王若波《战地归来》、胡愈之《南行杂记》、黄仲苏《陈迹》、马展鸿《江淮战地随笔》、钱笑予《见闻一斑》、司马文森《粤北散记》、孙陵《从东北来》、李公朴《华北敌后——晋察冀》、方济生《鄂南随军记》、沙汀《随军散记》、田涛《大别山荒僻的一角》、王西彦《一段旅程》、卞之琳《第七七二团在太行山一带》、萧军《侧面》、沈有乾《西游回忆录》、杨纪《南战场之旅》、曾昭抡《缅边日记》、黄炎培《蜀南三种》、曹聚仁《大江南线》、陈纪滢《新疆鸟瞰》、韦燕章《回到第一次收复的名城》、李孤帆《西行杂记》、薛建吾《湘川道上》、汪永泽《川缅纪行》、以群《旅程记》、方国瑜《滇西边区考察记》、杨刚《东南行》、马宁《南洋风雨》、周开庆《西北剪影》、孔大充《大地人文》、费孝通《鸡足朝山记》、李昂《西北散记》、梁乙真《蜀道散记》、简又文《西北东南风》、邵力子《苏联归来》、端木露西《海外小笺》、吴铁城《马来西亚印象记》、朱云影《日本漫话》、云实诚《粤战场》、王德昭《中原归来》、岑颖《旅途游踪》、丁玲《我在霞村的时候》、汪宇平《东北素描》、文载道《风土小记》、卢冀野《冶城话旧》、王蓝《太行山上》、王云五《访英日记》、黄觉寺《欧游之什》、吴景洲《蜀西北纪行》、杨钟健《抗战中看河山》、冯玉祥《川西南记游》、汤增扬《上海之春》、陈国钧《蒙古风土人情》、赵超构《延安一月》、罗莘田《蜀道难》、简又文《金田之游及其他》、陈万里《川湘纪行》、谷斯范《上海风物画》、李鲁子《重庆内幕》、冯玉祥《蓉灌纪行》、刘炳藜《南行散记》、树梧《欧美风光》、覃子豪《东京回忆散记》、王斌《关洛纪行》、王礼安《上海风物画》、黄汲清《天山之麓》、舒新城《漫游日记》、黄炎培《延安归来》、黄澄《重庆型》、赵敏恒《伦敦归来》、石挥《天涯海角篇》、潘世徵《战时西南》、阎子敬《绥晋纪行》、刘白羽《延安生活》、周而复《晋察冀行》、郑燕《上海的秘密》、费孝通《访问美国》、徐盈《烽火十城》、马子华《滇南散记》、吴贤岳《京居一年记》、曾子敬《远征心影录》、刘白羽《环行东北》、周而复《东北横断面》、胡仲持《三十二国风土记》、萨空了《由香港到新疆》、戴咏修《凉山夷区去来》、陶菊隐《天亮前的孤岛》、周而复《松花江上的风云》、崔龙文《劫灰鸿爪录》、林畏之《山城杂记》、谦弟《暹罗纪行》、芮麟《中原旅行记》、朱少逸《拉萨见闻记》、余航《新疆之恋》、马寒冰《南征散记》、杨钟健《新眼界》、季音《南线散记》、云实诚《京沪平津行》、王成敏《川西北步行记》、徐钟佩《英伦归来》、周立波《南下记》、陈祖武《四十八天》、楚图南《旅尘余记》、方思《冀东行》、费孝通《乡土中国》、李树青《天竺游踪琐记》、胡叔异《战后西游记》、李先良《抗战回忆录》、易君左《战后江山》、丁玲《陕北风光》、杨定华《雪山草地行军记》、连士升《祖国纪行》、刘方矩《蔚蓝色的地中海》、储安平《英国采风录》、华山《踏破辽河千里雪》、王匡《跃进大别山》、刘白羽《光明照耀着沈阳》、刘宁一《欧游漫记》等著述，或直现行途人事，或缕述现代都市景观，或叙录战场实况，或书写战斗生活，或忆述海外见闻，这些复归记游传统的作品，幅域广，空间跨度大；见闻真，纪实色彩强。谈山论水的外象下，实存着深刻的社会内容。社会体验强于艺术体验的文本意识，合成趋实就俗的散文流向。取材多样而表现手法相类，特别是内在气质与创作心理的接近，可以看出关于民族形式问题的论争对于创作意识和文体观念的实际影响。

　　其次，历史变迁和时代进步为创作发展提供了契机。五四新文学所处的国际环境发生变化，文学空间的扩大消解了对世界文学的陌生性，而外国作品的大量引进也为现代文学在新的起点上实现新的跃升输入重要的精神资源。在文学叙事上具有比较价值的优秀文本，使中国作家强化了世界文学格局中重要的存在主体的意识，并且努力延续创作生命的过程。一些作家也在大量译介的国外作品影响下，传统民族心理走向开放。茅盾的风景散文代表作《如是我见我闻》、《风景谈》、《归途杂拾》、《白杨礼赞》、《新疆风物杂忆》等行走速写，勾绘真实的人文地理实景，具有社会意义和认识价值。作品既有细致的观察、翔实的摹记，也有情理的蕴藉、健朗的气韵，又在现代白话中成功融入欧化成分，创制一种具有典范价值的书面化文学语言，把民族性与世界性的艺术关系调谐到理想的高度。此外，宣博熹《初渡长江》、《瘦西湖的旧梦》、《西上运河》、《徐州一瞥》、《陇海路上》、《大别山下》、《湘行杂记》、《南岳的夜色》、《沅陵行》、《湘川道上》，黄裳《白门秋柳》、《过徐州》、《宝鸡——广元》、《成都散记》、《音尘》、《江上杂记》、《桂林杂记》、《贵阳杂记》、《海上书简》、《旅京随笔》、《鸡鸣寺》，陈凡《悲愤写广州》、《还乡记》、《广州春暮》、《岭南风候》，贺一凡《马鞍桥阵地》、《这不是去年的春天》、《西荆道上》、《风陵渡的两岸》，朱偰《巫山纪游》、《缙云游草》、《南泉建文峰纪游》、《川南纪行》、《锦城小记》、《玉垒纪行》、《蔗田千顷之内江》、《川中公路素描》、《自流井视察记》、《蜀之胜在嘉州》、《重游峨眉》、《蜀道看云》、《青渊硐大瀑布纪游》、《梁滩河大瀑布纪游》、《乐西公路沿线胜览》、《邛都胜览》、《邛海泛舟记》、《螺髻山探胜记》、《黔游日记》、《桂林纪游》、《阳朔纪游》、《湘游日记》、《越行散记》、《重游滇越》、《海防涂山记游》、《越南雄王访古》，潘酉辛《从南京到北平》、《故都岁寒》、《天津印象》、《关外书简》、《哈尔滨去来》、《蹑足大连》、《迷惘的东北》、《东辽灾区纪行》，马叙伦《钱江风月》、《东岳庙》、《云林寺僧》、《天竺寺僧》、《鸢飞鱼跃》、《西征随笔》，严辰《塞上村落见闻》等，也代表着游走散记的成绩。

再次，随笔小品以精短的体式、清隽的格调、悠深的意味、轻灵的文字和便捷的阅读，继五四初兴之后，又显示出流行的趋势。朱自清《外东消夏录》、《重庆一瞥》，师陀《苦柳》，夏衍《野草》、《宿草颂》，唐弢《路》、《窗》、《桥》、《城》、《飞》、《停棹小唱》、《心的故事》、《黎明之前》、《自春徂秋》、《拾得的梦》，王进珊《翁仲》，马国亮《冬树》，聂绀弩《月夜的故事》、《樱花节》、《水边》，殷乘兴《向着秋之天野》、《雾季》、《桂花香了》、《野火》、《荒村》、《行走在冬天黑夜的山林》、《星夜》、《风雪之夜》、《榴花红的时候》、《鸟的故乡》、《烟雨季节》、《春霜》、《故园草》、《客窗集》、《丘墟的凭吊》，鲁莽《潼关月》、《秦岭雪》、《柳暗花明》、《归路逢春》，向小韩《絮语湘西》、《滩》、《鹿角溪》、《芙蓉楼》、《溪声》、《闲云》、《牧笛》、《钓》、《樵歌》、《浣纱女》、《黄昏》、《野火》、《渡口》，彭燕郊《敲土者》、《家乡七草》、《田园之秋》，徐开垒《归去》、《无梦》，羊翚《告别乡土之歌》，吕宋《醒夜》，叶金《路》、《山径晚步》，刘北汜《生命》、《柏树林》、《曙前》、《人的道路》、《荒》、《告别》，谢冕《公园之秋》、《墓地》、《死域》，公刘《夜莺与圣像》，柳风《溪水》，鲁夫《暴风雨》，莫洛《晚霞——太阳》，山雨《太阳》，田野《牧童》，施淳《低唱》，孔祥震《大平原上的小村庄》，葛洲《故乡的海》，季诚性《重庆的雾季》，杨绍万《田园人物画》、《山桑和野雨》，无名氏《梦北平》、《雾》、《阳光》、《月下风景》、《翠堤春晓插曲断片》、《水之恋》，巴彦《乡土的怀恋》、《绿色的渴慕》、《旅程》、《水城的心影》、《山居散记》、《秋思》、《寄远方》、《忆寒梅》，陈廷瓒《秋风之歌》、《踏雪寻梅去》、《北海公园偷莲花》、《我俩都爱海棠花》、《画眉深浅入时无》、《我是云的理发师》、《一天烽火话离别》、《几片梦痕》、《遥寄安息在地下的云》，林蔚春《市声小品》、《乡村叫卖》、《农村的呼叫》、《林荫闻鸡》、《雨天散策》、《生活在途中》、《怀征人》，朝歌《三月之歌》、《夜——生命的音浪》、《秋光的飞翔》、《过海小景》、《朝庐梦》、《松口的怀恋》，黄茅《生命的火焰》、《春日随笔》、《岁暮书简》、《望江楼上》、《古屋》、《魂归》、《风雨夜》、《纤夫的葬仪》、《蜀道》、《涪水小拾》、《钓鱼城下》、《小城年景》、《遂州杂记》，陈荧《春天底梦》、《南方》、《夜雾》、《江的故事》、《相思草》，马各《战斗散唱》、《潭里云烟》、《秋山夜》、《雨残图》、《山寺》，欧阳青《花雨》、《春》、《夜来香》、《月儿》、《素烛》，徐仲年《却话巴山夜雨时》、《嘉陵江水碧于蓝》、《太湖之什》、《不尽长江滚滚来》、《独上高山调素琴》、《春风不愁不烂漫》、《终古垂杨有暮鸦》、《嫩蕊浓花满目斑》、《阳春一曲和皆难》、《直挂云帆济沧海》、《解释春风无限恨》，海岑《古城》、《天明》、《燃烧的梦》、《山径》、《倦旅》、《蔷薇之献》、《晨》、《影》、《窗前》，岑风《细雨声中黄叶飞》，方常瑞《沾衣欲湿杏花雨》，以及梁实秋《雅舍小品》等，咏物、抒情、寄慨，既是对明清小品风格的坚持，又表明对于西方随笔文体的借镜。特别是理趣的输入、议论的穿插，明显带有散文诗和杂文的文体特征。形制短小的作品融合了丰富的艺术元素，也就凭借思想意蕴和审美张力而愈显语深味远。其中，师陀作于1947年的《苦柳》，针砭战后一些困居城中的人物麻木的灵魂，充满战时孤岛日月里积蓄的悲情："唉，罪恶的城呵！你千年万世，只生长苦柳的城呵……我多希望这是梦啊！"流露的是现实社会的真实感受。在艺术手法上，拟化的梦境、寓言般的讲述，又闪烁着自己早期的诗性光影。王进珊的《翁仲》（1942年9月7日深夜作，1942年11月10日《文艺先锋》第1卷第3期）寓情志于物象，在抗战最艰苦的年代里，借古代帝王陵寝神道两旁侍立的翁仲，抒发家国的悲感。这些"已不是秦代戍守临洮的英雄，也不是咸阳城外的丈三铜像"的石雕，"当腥膻的敌军走近身边，文的已不能草檄，武的也不会拔剑……只有晓雾会为他们披上一身轻纱，落霞在袍甲上涂染几点斑烘，薜苔长上他们的额角，藤蔓绕着他们的头肩"，他们无声地伫立于荒烟蔓草里，枯对古道斜阳，"这会儿也该溅上一身鲜血了吧？可是，他们却有更深的寂寞，永远寂寞地望着寂寞的远天"，沉重的文字负载着沉重的情感。马国亮《冬树》的诗意象征，描画了苦寒年代里的国人对于春天的憧憬，"在暮霭里，在新月下，我看见了更美丽的湖山，因为我寻得了更美丽的树"，他喜爱袅娜的垂杨、滋润的浓荫，更赞颂湖畔木叶尽落的枝桠"如此飘逸，如此挺秀，虽然简朴，却如此傲岸……每一根细枝全充满了那么矫健的生命力……每一棵树都如此怡然自得，各自有它的最动人的美姿"，鲜明的抒情形象、浓烈的诗意氛围，充溢热烈的情怀。

最后，议论性散文以其或明晰或蕴藉的言说，将抽象的义理寄托于具象的景物中。袁昌英的《漫谈友谊》、《行年四十》、《爱美》，张爱玲的《公寓生活记趣》等，标志着此类作品的成绩。

延续中国传统文学的历史联系，又融合世界进步文艺因素的五四新文学，到了此期，民间旧形式的继承与国外新形式的移植，实际是在进行一次文学的现代性改造，直接成果是呈示中国文学的民族气派与文本样态。

审视此期作家的具体文本，可知在风景书写上，山情水韵依然滋养作家的灵感世界，只是心理感觉与情绪体验发生了深刻变化。

现代文学史上，张恨水的创作明显具有市场眼光，他能够适时调整自身的写作姿态，以满足受众的阅读期待。大胆改良中国旧章回小说以反映现代事物，表现了艺术勇气："我于小说的取材，是多方面的，意思就是多试一试。其间以社会为经，言情为纬者多，那是由于故事的构造，和文字组织便利的原故"，"关于改良方面，我自始就增加一部分风景的描写与心理的描写，有时也写些小动作，实不相瞒，这是得自西洋小说。所以章回小说的老套，我是一向取逐渐淘汰手法，那意思也是试试看。在近十年来，除了文法上的组织，我简直不用旧章回小说的套子了"（张恨水《总答谢——并自我检讨》）。这种民间语文的书写立场与平视生活的文学语态，使他的文字在描述民间社会、传达底层声音的过程中显示深刻的透力。

张恨水是一位熟练自如地创作文言散文和白话散文的作家。他在40年代写出的风景散文，仍然延续古体文和语体文并出的写作局面，文言和语体交复使用，语言和章法的变化丰富了艺术表现力，足见驾驭古今汉语书写风景的技能；又自然融会作家的艺术个性与新闻人的职业眼光，发挥报章体精短玲珑的文章特长，取材丰富，笔调轻松，借题发挥，自成一格。他的文体运用对于现代风景散文的意义，是使创作呈现多样化的局面。

《两都赋》凡 26 篇，是张恨水在重庆南温泉桃子沟寓所创作的，并在 1944 年 8 月 1 日至 1945 年 1 月 30 日的重庆《新民报》上刊载。作品反映的是他心目中的北京风物和南京胜概，深寄历史情怀和阅世的沧桑感。在语言工具的选择上，文前的几句介绍坦示了基本的语言意义："赋者，叙其事其景也，诗既可以语体，赋又何妨照方一试？这就是区区命题本意。"浅近的白话语体表现着平实、质朴、率易的家常本色，而藻丽的回目构制，精致工稳，有词境诗风。如"日暮过秦淮"、"翠拂行人首"、"秋意侵城北"、"顽萝幽古巷"、"乱苇隐寒塘"、"黄花梦旧庐"、"窥窗山是画"、"影树月成图"等，流溢纯正的古典意韵。创作风格由小说移至散文，愈见出辞章功力。这不是简单的符号表现，而是艺术感觉从心灵深处的流露。蛰居重庆，推窗眺览建文峰影，忆想南北两个故都的旧事，内心会产生异样的感动。他以一个南方文人的身份久住北平，对于京华风物有着贴心的体味，这种感受也带到幽淡的文字中。他写道："我在北平将近二十年，在南城几乎勾留一半的时间，每当人事烦扰的时候，常是一个人跑去陶然亭，在芦苇丛中，找一个野水浅塘，徘徊一小时，若遇到一棵半落黄叶的柳树，那更好，可以手攀枯条，看水里的青天。这里没有人，没有一切市声，虽无长处，洗涤繁华场中的烦恼，却是可能的。"（《两都赋·乱苇隐寒塘》）残阳斜照，翁仲拱立，旧宫的静影，凄切的鸦噪，都凝愁似的攫紧悠然的思感。充满性灵的描摹寄寓了深沉的现实情怀，而又延续了古典文学的抒情传统。文字渊雅蕴藉，在自我追寻中寄托文化理想。

《两都赋》流利的白话书写，配以略带章回小说风味的标题，特别具有一种形式上的装饰意味。写作时间正值抗战岁月，虽然没有直叙现实的苦难，但是在嘉陵江畔忆写北平和南京的旧事，在他看"悠然神往一下，倒也不失北马思乡之意"，故而状景、咏物、寄情、抒怀，笔墨深含一番思致。南北两座古都的历史文化、景物风情，也为他提供了丰实的写作资源。"到了阳历七月，重庆真有流火之感"，他格外怀想大四合院里碧油油的槐树送过的清凉，留恋院子里的"石榴盆景金鱼缸"，何况还有绿阴阴的纱窗下飘泛的瓶花香，"恰好胡同深处唱曲儿的，奏着胡琴弦子鼓板，悠悠而去"，在"残月疏星，风露满天"中，更添浓了北平的故都风味（《燕居夏亦佳》）；在他的经验里，"南京的山水风月，杨柳陪衬了它不少的姿态……甚至一代兴亡，都可以在杨柳上去体会"，放眼看去，"扬子江边的杨柳，大群配着江水芦洲，有一种浩荡的雄风，秦淮水上的杨柳两行，配着长堤板桥，有一种绵渺的幽思。而水郭渔村，不成行伍的杨柳，或聚或散，或多或少，远看像一堆翠峰，近看像无数绿障，鸡鸣犬吠，炊烟夕照，都在这里起落，随时随地是诗意"，池沼溪涧、平桥流水之间的杨柳，装点江南风景，季节的转换也见出它的意味，"杨柳自是点缀春天的植物，其实秋天里在西风下飘零着黄叶，冬天里在冰雪中摇撼枯条，也自有它的情思"（《白门之杨柳》）；秦淮河畔"穿着落红纱衫子，带着一阵浓厚的花香，笑着粉红的脸子"的，是南京的歌女，河岸两边高楼上传响的弦索鼓板声里，"一对对的男女出入，脸上涌出没有灵魂的笑，陶醉在温柔乡里"，可以见出部分中国城市人的生活情状（《日暮过秦淮》）；他玩味北平院子里的葡萄架和紫藤架，或是大柳与古槐"总会映着全院绿阴阴的"，秋蝉断续的鸣声，小贩的吆唤声，衬得初秋之午的深巷越发寂静，怀恋的情味也越发浓郁（《翠拂行人首》）；他想念北平，初秋的北海"水里的荷叶，就像平地拥起了一片翠堆"，"星光照着荷花世界，人在宁静幽远微香的境界里，飘过了一华里的水面，一路都听到竹篙碰着荷叶声"（《面水看银河》）；他从大小胡同里亮着的莲花灯上，细品"北平社会的趣味"（《奇趣乃时有》）；入紫金山中，"骑上小毛驴，踏着深草荒径……北仰高峰，南望平陵，鞭外的松涛，蹄下的草色，自然有一种苍苍莽莽的幽思"（《翁仲揖驴前》）；平整的街路两旁，排列着琉璃厂的纯东方色彩的建筑，"街上从容的走着人，没有前门外那些嘈杂的声浪，静悄悄的，平稳稳的，一阵不大的西风刮过，由店铺人家院子里吹来几片半枯焦的槐叶"，苍老的吆唤声响在路灯稀落的夜街，是印在他的记忆里的一幅画（《归路横星斗》）；北平的王府井、成都的春熙路、上海的霞飞路，他固然记得，而更对南京城北倾心，因为"它空旷而萧疏，生定了是合于秋意的"，细细望去，半黄半绿的树影，三三五五的房屋、竹林、野塘，不成片段的菜圃和草地，围抱了旧台城鸡鸣寺的一列城墙，一丛树林，一角鼓楼小影，一声奇钟的响声，钟山的高峰，金陵的景致，在他的印象世界里构成恒久的风景图式（《秋意侵城北》）；北平"胡同里的人家白粉墙上涂上了月光，先觉得身心上有一番轻松意味"，果子市飘溢的一片清芬和"不知是哪里送来几句洞箫声"，让月下的他感叹，"我心里有一首诗，但我捉不住她，她仿佛在半空中"，语句间荡起一片清妙（《风飘果市香》）；南京的冷巷让他欣赏"荒落、冷静、萧疏、古老、冲淡、纤小、悠闲"的趣味，"那些王谢燕子所迷恋的桃叶渡乌衣巷"间，"废基后面，兀立着一棵古槐，上面有三五只鸦雀噪叫着，更显得这里有点兴亡意味（《颓萝幽古巷》）；陶然亭天然的风景，装点着古老的京华，荒旷的苇塘子畔，一片野坟、低地、芦花，触动他的感觉，"坐在高坡栏杆边，看万株黄芦之中，三三两两，伸了几棵老柳。缺口处，有那浅水野塘，露着几块白影。在红尘十丈之外，却也不无一点意思"（《乱苇隐寒塘》）；他迎着如烟的重阳风雨，在明故宫前领略雨景，感到风丝雨片里的几棵小树，摇曳妩媚与洒落的姿态，"衬着这宫门并不单调。远处一片小林，半环高城，那又是一个令人迷恋的风光"（《入雾嗟明主》）；他品味北平，认为"就是故宫前后那些老鸦，也充分带着诗情画意"，他指点"北平深秋的太阳，不免带几分病态。若是夕阳西下，它那金紫色的光线，穿过寂无人声的宫殿，照着红墙绿瓦也好，照着这绿的老树林也好，照着飘零几片残荷的湖淡水也好，它的体态是萧疏的，宫鸦在这里，背着带病色的太阳，三三五五，飞来飞去，便是一个不懂诗不懂画的人，对了这景象，也会觉得衰败的象征"（《听鸦叹夕阳》）；松柴烤肉让他"对北平悠然神往……不但是尝那个味，还要领略那个意境"，只是"松火柴在炉灶上吐着红焰，带了缭绕的青烟，横过马路"的场景，"于今想来，是一场梦"，隔世之感衬出战时的忧愤心境（《风檐尝烤肉》）；同样，说起夫子庙畔的吃茶趣味，也不是排遣闲愁的清谈，"我不能再写了，多写只是添我伤感"（《碗底有沧桑》）；身居茅屋，青油灯的光焰下，他"在枕上回忆梦境，越想越有味"，北平旧庐中"秋季里玩菊花，却是我一年趣味的中心"，赏心乐事是"在菊花丛中，喝一壶清茶谈天……若逢到下过一场浓霜，隔着玻璃窗，看那院子里满地铺了槐叶，太阳将枯树影子，映在窗纱上，心中干净而轻松"（《黄花梦旧庐》）；战火不能烧尽心底的幽趣，文人的传统情调幻作纯净的心灵表白，他觉得"每当工作疲倦了，手里捧着一杯新的泡茶，靠着窗口站着，闲闲的远望，很可以轻松一阵，恢复精神的健康"，他歆慕南京清凉山北麓的小溪、菜园、竹林、鸟叫的境界，最妙的是人家"三面开窗，两面对远山，一面靠近山。近山的竹树和藤萝，把他们屋子都映绿了。远山却是不分晴雨，都隐约在面前树林上"，归隐的清趣、栖遁的逸致又在兵燹中消尽，不禁喟叹这清凉古道上的朋友之家，"窗外的远山呀！你现在是谁家的画"（《窥窗山是画》）；北平的生活情趣缱绻于心，雪夜里"整个院落是清寒，空洞，干净，洁白。最好还是那大树的影子，淡淡的，轻轻的，在雪地上构成了各种图案画……观赏着院子里的雪和月，真够人玩味"（《影树月成图》）；昔日南京的风味犹可含咀的，是在江边茶楼上临窗坐定，"泡一壶毛尖，来一碗干丝，摆上两碟五香花生米，隔了窗子，看看东西两头水天一色，北风吹着浪，一个个的掀起白头的浪花，却也眼界空阔得很"，神意萧散的他，还是"最喜欢荒江……当此冬日，水是浅了，处处露出赭色的芦洲。岸上的渔村，在那垂着千百条枯枝的老柳下，断断续续，支着竹篱茅舍。岸上三四只小渔舟，在风浪里摇撼着，高空撑出了鱼网，凄凉得真有点画意"，这当然是文人趣味，而"这渔村里人的生活，让我过半日也有点受不了，他们哪里知道什么画意？可是，我这里并不谈改善渔村人民的生活，只好忍心丢下不说"，一番感言流露出对于民生的眷注（《江冷楼前水》）；他的生活滋味还来于北方的煤炉，因为"煤炉不光是取暖，在冬天，真有个趣味"，屋外的风雪虽大，"屋子内会像暮春天气……书房照例是大小有些盆景，秋海棠，梅花，金菊，碧桃，晚菊，甚至夏天的各种草本花，颠倒四季，在案头或茶几上开着"，流寓重庆的他，呼唤"铁炉子呀！什么时候，你再回到我的书房一角落？"（《春生屋角炉》）字句浸悲；北平街上的年景牵着他的心，"廊房头条的绢灯铺，花儿市扎年花儿的，开始悬出他们的货。天津杨柳青出品的年画儿，也就有人整大批的运到北平来……全市纸张店里，悬出了红纸桃符，写春联的落拓文人，也在避风的街檐下，摆出了写字摊子。送灶的关东糖瓜大筐子陈列出来，跟着干果子铺、糕饼铺，在玻璃门里大篮、小篓陈列上中下三等的杂拌儿。打糖锣儿的，来得更起劲。他的担子上，换了适合小孩子抢着过年的口味，冲天子儿、炮打灯、麻雷子、空竹、花刀花枪，挑着四处串胡同"，过去的热闹撩起他的眷眷之情，是品味着那份生命意趣，"因之尽管忧患余生，冲淡不了我对北平年味的回忆"（《年味忆燕都》）；他漫踱在南京的清凉古道上，"两边都是菜圃和浅水池塘，夹着路的是小树，和短篱笆，十足的乡村风光"，思绪从这荒凉世界跳转到艰危的时局，"这次在抗战时期，南京遭受日寇的侵占与洗劫，也不知昔日繁华的南京，又有哪几条大街，变成清凉古道了"（《清凉古道》）；他怀想北平的冬雪，北海公园"五龙亭五座带桥的亭子，和小西天那一幢八角宫殿"牵着心绪，南岸临水的琼岛，亭阁高拥的白塔和雕梁画栋的漪澜堂，"又是素绢上画了一个古装美人，颜色格外鲜明"，岁月易老，而这景观却难以忘情（《冰雪北海》）；萦绕于心的，更有"北平小贩的吆唤声，复杂而和谐，无论其是昼是夜，是寒是暑，都能给予听者一种深刻的印象"，声调优美，"有的简直是一首歌谣"，幽默、凄凉、惨厉的种种情调含在里面，让人默品它的趣味之浓（《市声拾趣》）。张恨水对于两座故都做着深情忆写，记叙兼抒情，在个人趣味中隐伏社会风云，于谈天说地里包含世间烟雨。悠然的趣味、澄明的心境深处，潜含感时忧世的情致。在笔墨韵调上，疏放散淡，略带娓语风致。传统文人气韵的渗入，使习见的俗事透显别致的雅意。

　　1941 年 12 月 1 日起，张恨水在重庆《新民报》副刊开辟杂文随笔专栏《上下古今谈》，他说是"为了调剂篇幅上的情趣……于是我们决定卑之毋甚高论，只谈些不相干的事情，以增加读者兴趣为止，至于是否有关抗战，则读者有仁者，也有智者，随便您怎样说吧"（《〈上下古今谈〉开场白》）。表面看似闲谈文字，实则"观今宜鉴古"，自有它的深意。《蓉行杂感》凡 12 篇，登载于 1943 年 4 月至 5 月间《上下古今谈》专栏。这一组杂谈成都风物的白话散文，带有随笔风调，数百字就成一则，率性任情，风趣机智，以洗练文字表现幽默的文趣，平实之中见睿智，淡白之中显识见，代表了张恨水散文小品的另一番面貌。

　　写这组杂记，张恨水笔意纵横，从刘备的继承汉统，到唐明皇的避乱幸蜀，以至满清一代"尤其那班驻防旗人，他们扶老携幼，由北京南来，占了成都半个城，大大的给成都变了风气"，从史的方面印证他的感觉："这里的空气，有些北平味，那是不足为怪的"（《驻防旗人之功》）；在灌县离堆的李冰祠前，他看见竹丝笼子里的桐花凤，从这种鸟的遭遇，道出警语："有美丽的羽毛，又想吃蜜者，可以鉴诸"（《桐花凤》）；他因昭烈庙和武侯祠相表里而"觉得公道存在天地间。凭一时代的权威供着长生禄位牌，终于是会与草木同腐的"（《武侯祠夺了昭烈庙》）；他在成都地摊见到早被时代淘汰的旧式婴儿帽箍，"推想到川西坝子上，农人的如何富有，又如何不改保守性"（《夜市一瞥》）；从成都街口的茶馆，"我们可知蓉城人士之上茶馆，其需要有胜于油盐小菜与米和煤者"，摸准了成都人的生活脾性（《茶馆》）；从安乐宫想到"刘禅对司马炎的话，'此间乐，不思蜀矣'那个古典……于是，我们下个结论：'川地易引不安分之徒来割据，割据之后，就以国防安全感到自满。自满之后，就是不抵抗组织灭亡了'"，将讽刺意味落在现实上面（《安乐宫》）；对于入蜀称帝的王建，他断定此人"是彻头彻尾的一个不安分之徒……与其说是他八字好，毋宁说是四川地势便宜了他"，臧否人物，笔锋犀利，而从时政角度体味，又暗含诙谐的婉讽（《王建玉策》）；他由"遍成都找不出唐明皇留下的一点遗迹"，而推想"假使杨玉环跟着李三郎入蜀，那情形就当两样"，道理是"试看薛涛，不过是个名妓，还有着一个望江楼，开下好几个茶社……孟知祥之不如孟昶有名，就因为他没有花蕊夫人"，而女人的倾国"正适合成都人士风雅口味，其必有所点缀，自不待言了……明皇无宫，薛涛有井，此成都之所以为成都也"（《杨贵妃惜不入蜀》）；对于历史传说，他也取客观的态度，认为"李冰是四川人最崇拜的一个人，其功虽大，有时也许过神其说"，并有所引申，怀疑大禹治水的可信性（《由李冰想到大禹》）。张恨水以悠然的闲谈影射生活的实际，使这组关于一座城市的报章杂言，虽然体式短小，却能亲切有味而义趣幽微。

抗战山居，顷刻凝思中，闲记窗下风景。看似迷恋山水趣味，实则寄心中未泯的生活情调与精神感受，婉抒雅人深致。张恨水题作《山窗小品》的一组散文，表示的就是这个意愿。他在《序》里说："山窗，措大家事也，小品，则不复欲登大雅之堂。"而以景物入文，则使这组杂感类文章闪动秀美的灵光，也见出中国小品文的传统。此种体式玲珑的"木头竹屑小文"，在文化抗战的时代背景下诵读，更在心底增加温暖的感触与生活的自信。

《山窗小品》凡56篇，1944年8月1日至1945年1月10日在重庆《新民报》连载。文题不复词华藻丽，工致整饬，却自含意味在里边，如"涧溪"、"秋萤"、"晚情"、"月下谈秋"、"断桥残雪"、"除夕苦忆"等，饶有古雅的文字趣味。小品全用文言书写，"乃时就眼前小事物，随感随书"，作者善于从琐屑事物中发掘美的人性和生活滋味。对内心世界的发现与检视，折映了清贫的时代生存境况下产生的文化心理。作品凝合古代士人阶层、今世知识群体的文化认同，创制了包孕传统情趣与现代精神的文言小品，成为重要的散文成绩。

在困窘境遇里，张恨水仍"在乡采得野花，常纳水于瓶，供之笔砚丛中。花有时得娇艳者，在绿叶油油中，若作浅笑"，案头清供，为陋室平添风雅之气（《短案》）；他于廊前小景中体悟家常风味，"溪岸在茅檐下，有花草数十株。隔岸则为人家菜圃，立竹一丛。花竹夹峙下，涧溪中乱草丛生，深可二三尺……涧溪之情景如此，故主人邻溪而不常得溪之乐"，隐约现示忧苦心境（《涧溪》）；他却能够苦中寻趣，"涧溪对岸有竹一丛，正临吾窗……雨露之后，枝叶垂头愈深，余每慵书腕酸，昂首小憩，则风摇枝动，若对余盈盈下拜也。竹以枝叶盛多故，其下作浓阴"，以他的眼光看，"俨然一幅妙画"（《竹与鸡》）；他深居山谷中，"暮景苍茫，笼罩小树若无数古装美人，亭亭玉立。及月既来，上层树若投影画，嵌此灿烂之银碟"，心间盈漾一片幽趣（《泥里拔钉》）；他素喜栽花，曩居燕京时，"深红浅紫，春秋映带窗几间，颇足助人文思",敌寇侵逼,入渝而"犹饶此趣。寓楼三间,有花瓶七八具,亦足婆娑其间,藉遣客愁",退居山谷,"以是春秋佳日,常呼随行入蜀较长之一儿,负筐携剪相随,漫行山野间,随采野花入家供之。大抵春日可得山桃野杏,夏初可得杜鹃石榴,秋后则唯有金钱菊,可支持三月",花间趣味,表明乐观的生活态度(《野花插瓶》);生平爱盆景的他,"及居此山谷,于深秋之际,发见草庐前后,多红色小丛灌木,簇拥顽石蔓草中,颇以为奇",意甚暇而自得其乐(《珊瑚子》);他于盛暑之夜"每仰视繁星在天,满谷幽暗,与同屋二三穷措大,携竹椅坐桥上,闲谈天下事",意虽清旷而趣犹浓(《断桥》);他觉得重庆之雾"盖视季节环境而异其趣也",居幽谷中,"白雾之来也以晨,披衣启户,门前之青山忽失。十步之外,丛林小树,于薄雾中微露其梢。恍兮忽兮,得疏影横斜之致。更远则山家草屋,隐约露其一角",自然朴野的情味充溢纸面(《雾之美》);他"每当星月皎洁,风露微零"之际,细聆草间虫鸣,尤在秋雨之后,茅檐犹有点滴声,于菜油灯下读案上断简残篇,"时或窗外风吹竹动,蟋蟀一二头,唧唧然,铃铃然,在阶下石隙中偶弹其翅,若琵琶短弦,洞箫不调,倍觉增人愁思",内心的清幽、闲散、适意,借虫的微吟灵妙地表达(《虫声》);始于暮春、盛于仲夏的川东流萤,舞在深谷丰草野花中,"于草间突起,发其淡绿之光如豆火,低飞五六尺,闪烁数下,忽然不见,倍增鬼趣。间或村犬遥遥二三吠,其声凄惨沉闷,似若有所惊。独立涧涧断桥上,俯首徐思,觉吾尚在人境中乎?"流闪的萤火引动飘曳的思绪,凄情中不失自励志气,流露的是文人传统情怀(《秋萤》);他沉醉于山中野景,"对涧菜圃葵花数十株,如碧竿悬球,金灯列仗,饶有生趣。扁豆藤杂牵牛花蔓,簇涌人家竹篱上,亦油油然如青帷翠幛。昂首外视,游兴勃然。则掷笔出户,策杖闲行",纷披乱草半掩石崖,数朵紫色野菊"嫣然向人,小而绝媚",溪潭"倒映天上红霞有光……驻脚暇观,颇发幽思",所得心理感受是"游不必多,亦不必远,即此晚晴小步,亦有足低徊者"(《晚晴》);他纳自然于桌案,以金银花"作瓶供时,宜择枝老而叶稀者,剪取数寸蓄小瓶。每当疏帘高卷,山月清寒,案头数茎,夜散幽芬。泡苦茗一瓯,移椅案前,灭烛坐月光中,亦自有其情趣也",聊以点缀山家清梦(《金银花》);蕺菜"盖菜蔬中之贱品,朱门所不屑食之物也",但在川地,"村中人家,辟山坡而筑宅,得半弓坦地,各以植花草。秋来矣,西风白日下,见有草本花覆地滋蔓,圆朵密缀绿叶间。花作合瓣喇叭形,有白者,有浅紫者,有白缘而红心者,状似牵牛而小……则蕺也",也成有趣味可赏的乡野小景(《蕺菜花》);笔墨意趣相近的,是"山野间有小花，紫瓣黄蕊，似金钱菊而微小……一雨之后，花怒放，乱草丛中，花穿蓬蓬杂叶而出，带水珠以静植，幽丽绝伦……此花开尤盛，竹下溪边，得此花三五丛，辄多诗意"，于寻常幽微中体味身边的美，愈见出艺术的慧心（《小紫菊》）；他细品青苔静穆与清寒的意味，忆想儿时旧景，"黄梅时节，苦雨闷居……久雨之后，苔遍生阶上下，一半绿及粉墙"，和院中毛竹、枇杷互为掩映，"同作幽绿，点滴欲翠。与白粉墙相映，忽觉甚美"，深院自有一番清雅韵致（《苔前偶忆》）；而更让他怀恋的，是北平之寒中的四合院，"庭树权丫，略有微影。积雪铺地，深可尺许……当此之时，雪反射清光入室，柔和洞明。而室中火炉狂燃，暖如季春"，小斋光景，与生活境遇在内心融合，酿出一种悠然滋味（《对照情境》）；他对重庆的居处常抱感情，"渡涧溪回顾吾庐，屋草重湿如洗"，凝神小立，"虽拂面微风，深带冷意，而环顾群山作黄赭色，罩以淡烟，小柏孤松，青影团团。面前瘦竹一丛，枝叶纷披，独作浓翠。景色冲澹，冬意毕现"，季候的感应，引发情绪的流动，示现性灵之美（《冬晴》）；窗外峰峦"杜鹃花有高至丈许者，群红压枝，于松阴中临崖作半谢状，境至幽寂。然北望邱陵万叠，俯伏烟雾中，长江一线，隐约如匹练，令人有登泰山而小天下之感"，壮景开阔心胸，舒展情怀，又揣摩帝王之思，"时则长风忽起，拂松作海啸声。建文当年小住，恐亦难息其犹蓬之心也"，历史的怀想使字句的意味凝重而悠远（《建文峰》）；他遣秋兴入画意，淡月、秋芦、水岸、夕照、疏柳、月华、清霜、雁鸣、孤灯、荒草、笳鼓、河梁、场圃、窗牖、菱藕、茅庐、庭阴、明窗、芦花、轻蓑、秋草、荒园、寒蝉、池塘、枯荷、水草、红蓼、残月、朝曦、炉香、壶茗、琴榻、楼窗，景色萧疏旷阔，意象清婉幽美，一派古典韵致（《月下谈秋》）；尤当"月由建文峰踱过，茅檐上如敷轻霜薄雪"之时，邻人"相率立断桥两端，闲观四周山色。溪岸如洗，人影在地，兴感既生，各有所怀"，凉夜趣幽，他犹若绘出一幅文人雅赏图（《小月颂》）；此种旨趣，深植于他的人生记忆里，昔年出柴门"绕麦田负手闲步。麦中藏野雉，往往惊而突出，扑扑向后山飞去。每值此时，恒觉诗情画意，荡漾不止。麦田外有种荞麦油菜者，一片郁郁青青之中，略杂红黄一二亩，亦甚调和悦目"，乡间农事之乐也是一幅人间好画（《另一山窗》）；幽居寒谷，忆及西湖断桥残雪景致，而"川东得雪，朝起启户，山断续罩白纱，涧溪岸上，菜圃悉为雪掩，竹枝堆白绣球花无数，曲躬向人"，复见"谷中又飞雪花，浅淡真如柳絮，飞至面前即无。断桥卧寒风湿雾中，与一丛凋零老竹，两株小枯树相对照，满山冬草黄赭色，露柏秧如点墨，景极荒寒"，直似画出写意山景图（《断桥残雪》）；可是"当暮春时，建文峰上，遍开红杜鹃"的绚丽景象，他也清楚记得，使想象也添画意（《杜鹃花》）。山窗风物，承载着中国文人的古典精神和传统风度，情深于理，趣浓于理，寻常景致透示着内心漾动的生命感思。在结构上，虽然书写对象进行着时空转换，但是渗透于细腻观察中的深沉情感形成贯串的主线，显示了这组作品的整体性。

《当年此夜在南京》（1941 年 11 月《抗战文艺》第 7 卷第 4、5 期合刊）是张恨水在抗战进入第五个年头时所作，附识云"淡月如钩，银河清浅，山窗小坐，不期午夜。回忆当年，颇有所感，即燃烛草成此文"，透见当时复杂心境。真实的忆写中，再现抗战爆发的标志性事件。起初"一勾新月，斜挂在马路的槐树上，推开窗向楼下看去，水泥路面，像下了一层薄薄的霜……夜是分外的沉寂"，当北平的炮火也震响在南京民众的心头的一刻，"'起来，不愿作奴隶的人们！……'一阵风涌似的歌声，由珠江路响了起来……和日本全面抗战，凭什么？现在有了答复"，场景描写渲染着紧张昂奋的时代情绪，也将历史永远定格在难忘的一瞬。

八年抗战甫毕，张恨水离渝，经黔湘抵武昌，出川道途的见闻，多记入《东行小简》中。

《东行小简》计 24 题，发表于 1945 年 12 月 14 日至 1946 年 1 月 16 日重庆《新民报》上。张恨水在文前申明："此文因节省写作时间，用文言。正如予不爱用自来水笔，强改之耳。旅行中倚装草草，随忆随书，文不择词，读者谅之。"黔湘行记，桐梓、贵阳、黄平、镇远、晃县、榆树湾、雪峰山、宝庆、衡阳诸地风物，尽情收揽。他自认"恕不如往人游记，多描写死山水。此虽出于文言，尚系活的材料，至少可为欲东行者一助也"，明显带有实用的性质，而不以雅意足称。一段段写的虽是身历琐事，却能复现真实的人生场景，感受也极深切。"夜间雨雾弥漫，隔江望重庆灯火，恍然如梦。八年辛酸，万感交集……回忆七年来，奔海棠溪南温泉间……此处留纪念不少。今竟别矣"，黯然伤神，不胜依依（《别矣海棠溪》）；路上"张目望车外，山峰秀媚，亦无意赏鉴"（《夜宿綦江》）；却还绘下风光的画片，"车沿山崖小河，循绕登黔境。黔北，山峦渐高，灌木隆葱，虽鲜丛林，而巍峨奇伟，胜于重庆附近者良多"，多少消释一些"天涯手足，风尘小聚"的离愁（《由东溪到松坎》）；行路难也尽在他的腕底表现着，"车渐如险境。公路盘高山屈曲而上……其下草木青隐，深远无底……回视来路，全在云中。过独峰关娄山关，公路在两峰夹峙下，平底蜿蜒一丝，穿山越谷而过。生平所经嵯谷函关陆路之险，至此有小巫见大巫之别……所有各山，峰峦挺立，层层环抱，兼桂蜀两处山峦之长。予已不复晕车，驰目之余，得画意不少"（《桐梓之一瞥》）；而"路上时得平原，沿路植小柳，略有江南风味，惟四周山峰，均童童相开，间杂乌石"的感受，滋味近似（《乌江之养龙乡》）；对于各地风情物态，也作略述："此间依然是下江人世界，商廛巨贾，全属外籍。大小十字，以西药店最多，次属旅馆食肆。百货丛不若渝蓉之盛"（《筑市印象补》）；"由马场坪，经过平越锌山而达黄平。黄平县尤小，数十户冷落山家，于黯淡气氛中，沿公路为市……此时，适有苗族妇女三五，花衣布裙草履，裹腿，荷担而过市"（《黄平苦笑之悲喜剧》）；施秉一带，"由车窗外视，奇伟山峰，罗列左右，草木蓬蓬如乱发，不复童然……探首四顾，天风荡漾，乱草摇曳作声。峰天相见，渺不见人"（《黄昏经过鹅翅膀》）；行抵素有西南咽喉孔道之称的镇远古城，他于"晚餐后，手携木杖，独步街上，意甚自适……灯火寥落中，细雨如烟。除一二军车，张灯驰过外，街静欲睡，河水潺潺时有声来……依山人家，逐层而上，傍河人家，下有吊楼，酷似重庆"（《一线之城镇远》）；盘山"松柏苍翠，半杂红树，奇峰突立，云钻其腰，间有小谷，烟雾弥漫，半露赭叶。除浙西诸山，无此佳丽……时有涧水泠泠作响，环绕二三木架人家，于大树丛中独拥小谷，毫无荒凉气态。觉此等山水，不应有恶徒，情绪稍逸"，真切摹画出黔东南山容和小城光景（《盘山紧 玉屏松》）；"过玉屏之龙溪乡，即入湘境。该乡镇东口人家粉壁墙上，有三尺见方大字，题曰：'湘黔锁钥'，故一望皆为两省交界处矣。车愈东行，山谷树木愈为稠密，且村落相望，贵州之荒凉气象，不复存在"（《晃县吃大鱼》）；榆树湾之夜，"云雾雨止，新月如半镜，高挂大树梢上。小步公路，长河在右，水流渐渐。小山在左，秋树扶疏"（《滞留榆树湾》）；临雪峰山巅，"有较平之道一段，沿岭脊而行，但见浓云中丛林隐约模糊，由车窗外缓展而去。冻风扑面中，窥窗外来去车，均亮灯穿雾而行，觉渝川黔道上之华秋坪，乃较此坦多矣。雪峰岭上，犹有两三小镇，各拥七八户人家，其间一镇，尚临雨作傀儡戏"，字句间深浸桃源诗意（《过匪区雪峰山》）；而鏖战后的衡阳"原有九万户，为炮火洗劫殆尽，完好者仅几户而已。一路行来，堆墙残屋，触目皆是。车进城，辗转于瓦砾场外之小屋街上"，不禁心境凄凉（《衡阳今日市况》）。沿途山水景物，映衬社会实境，使述录立体而形象，也证明它的实用价值是在纯粹的文学趣味之上的。

　　统括观之，《山窗小品》和《东行小简》，均为文言散文，飘溢清香的文字营制出简雅的语境。在体式上，犹以明清山水性灵小品为摹写模本，不单表示张恨水对古代汉族书面语形式的价值肯定，更体现对古典文学的雅驯之美、朴茂之风的歆慕，又以清通而不奥涩的书写，表现新的社会内容与思想情绪。

张恨水的书写风格显示了报人的角色定位，同类的景物记述还可在陈其英的散文中看到。此种报道性文字，用朴质的文笔把平凡的事实叙述出来，反映实际生活情形，而非供人进行文学欣赏。《杭州探春记》（1946 年 4 月《旅行杂志》第 20 卷第 4 号）虽写美丽西湖，仍有战时的残虐遗影，"八年来在敌伪封锁下，灵隐、天竺、苏堤、白堤、江干、虎跑等处，均有敌人警戒线，不易通过；如贸然步入警戒线内，即遭枪杀"；"云林寺大殿仍如前时一般，惟梵香阁，伽蓝殿及寺屋数十间均遭敌军焚毁，成为一片瓦砾场"，"水乐洞前房屋全为敌军所毁"。漫步劫后湖山，游人凭吊岳坟，"望见岳湖北岸巍巍屹立着'碧血丹心'石牌坊，谁都肃然起敬"；凝视"尽忠报国"墓碑，"往往由欣赏湖山心思，转为敬仰忠烈热情"。作者把探寻到的胜利后的湖山春色，进行新闻化的艺术处理，如实转述给读者。陈其英的《我从湖上归来》（1947 年 4 月《旅行杂志》第 21 卷第 4 号）则从游人行动上"看出时代的转变"，感慨深长，"在抗战前在春假期间，集群结队来游的，多是各地学校的师生，或者各地的文人，画家们，有的作学术上的旅行，有的为艺术而旅行，每风景佳处有不少人在拈毫著色，作写生画；或者人各手执一枝笔在随地记录山水形胜；这些情况现时是看不见了！现时所谓游人者，多是西装笔挺，带着如花美眷，食的用的都是美式配备；他们所谈的，三句不离本行，大约不出上海市场上一般变动的内幕。各寺院的和尚以至旅馆、菜馆的老板们，都乐于曲意逢迎"，遂怅叹"真的时代长此进展下去，将来管领大好湖山的尽为新兴的豪富们，一般文人将完全被摈去了！"心绪游移于"追怀过去，环顾现在，憧憬将来"的矛盾心理中。给客观的讲叙浸染时评色彩，提升了作品的认识价值。品品的《西湖笔记》也在感性的实述里进行理性的评点。文章做于"春将老，夏未兴"的时节，并且表明做这些意游文字的旨趣："对于这琵琶形的西子湖，从来记载都是一番歌颂：我却选几段讽刺的在这里发表，敢与歌颂作对，未始称不上'别开生面'四个字？"作者借香泛进行思考，"陷敌时期，杭州不曾有过好好的香泛，所以杭州人苦了八年。八年的抗战真木佬佬长啊！现在胜利了，这伟大的节目——香泛——自然要回到杭州！"可是从灵隐寺香客的身影上，又生疑问，"只是我不明白，中国老百姓为什么今世过不到好日子？这似乎是个政治学上的问题了"，但在心灵麻木者那里，即使在博物馆，也"只在其中找带有迷信色彩的东西看"，悲感顿生，"迷信罩着每个人，中国要

科学化，所需要时间恐怕要一个孙行者翻筋斗的距离"；军人和舞女晃动的跳
舞场里，幽雅的"魂断蓝桥"悲怆的曲调"使人想起过去，那流了八年血的
过去"。又由饮冰室的"中美"名号产生新的忧虑，"抗战胜利是过美国生活？
药房里卖美国药，糖果店里卖美国罐头食品，衣料店里卖美国呢绒……这风气
由上海而杭州，一旦西康山谷里也充满了美国货，这时候中国不知将怎样？"
竟觉得"天堂的空气里颤动着地狱的哀号"。作者对社会剧变后混乱世相的无
忌横议，反映了抱守的传统民族立场，又流露出无奈情绪。

　　在白话书写兴盛的时代，典雅的文言风味不独为张恨水一人所擅。卢冀野
《冶城话旧》（1947 年 4 月《南京文献》第 4 号），述金陵胜景旧迹，风调囿
于故常，典雅悠适。朱偰《苏堤二月春如水》（1948 年 11 月《旅行杂志》第
22 卷第 11 号），记西湖十景，自得兴味。胡亚光《杭州拾翠》（1949 年 5 月
《旅行杂志》第 23 卷第 5 号）以画眼赏览西湖幽胜，文辞清俭，古美可诵。

　　师陀在抗战爆发后出版的《上海手札》，在都市意识的驱使下实记第二次
淞沪会战后，上海小市民的心理状态和生活情形。这种社会写真式的浮泛观
照，眼界受限，没有波澜壮阔的时代风云，也没有深刻激切的精神蕴涵，只关
注个人的表浅意趣，留心自我灵魂的痛痒，可是时空感强烈的记叙仍然折射出
战时普通市民的艰难处境。上海事变爆发前夕，他和旅伴的游履正踏着"浙
江南部的一个山寺中"，含咀秋山"孤峰入云，峭壁千尺，似凤，似帆，如双
笋，如合掌，如城堡，如大纛，像观音，像头陀"的妙趣，惊异于山峰的
"奇谲峭拔"，期盼"望见对面山坡上的第一片红叶"，又抱怨山峰的"峭拔是
孤立的，峭拔之外没有陪衬。总而言之，我们觉得它好像忽然从我们面前崛
起，没有历史色彩，没有和我们的精神调和，没有使劳碌的灵魂得以暂时休息
的人间空气"，所以感到夜色中的山影朦胧，山谷里唿哨的暴风雨凄惨，林麓
中暗响的钟声哀伤（《上海手札·倦游》），而这时，在遥远的北方，卢沟桥的
战事刚刚发生。江边码头的光景像心情一样阴沉，"昏暗的灯火，发光的薄
云，西沉的月，远山近水"，宛如浮在心头的半句旧诗，又仿佛一幅"月落乌
啼"的图画（《上海手札·鲁宾逊的风》）。战争造成的心理惶遽使杭州的
"那些山，那些水，那些林木寺宇，现在离开我们有不可想象的遥远"。外敌
侵凌的情势下，往深处思索，对于应天顺人、随遇而安的传统民族心理产生怀
疑，外国人"希望中国人最好能够永远在这种没有希望的所谓东方情调中生
活，永远不死不活的供他们'同情'"的企图尤其引起他的愤懑；钱塘江南岸
"混浊的泥水汇聚到街上，使街道变成小河。在这里你可以看见帝国主义者是

怎样宣示他们的和平"；那些先前从上海、苏州、无锡来吃虎跑茶，看一线天，上灵隐进香的客人，如今在警报声中"不再能够乐天知命……灵隐的罗汉现在和他们有什么关系？云栖的竹，灵岩的楠木，小瀛洲和放鹤亭又和他们有什么关系？"昔日风雅的游乐化作今日苦恨的逃难，"一片住满小资产阶级的乐土竟变成一座死城"，"对着黑黝黝的西湖的湖水的只有几条长凳，我们连船户都没有找到。一种寂寞，一种紧张中的静寂，我们不再想到灵峰寺下的荒径去走，也再不想到西泠桥去看我们的故居"（《上海手札·行旅》）。上海的红色屋顶和灰色烟囱入眼，"浦东和闸北正在打仗"，全城陷入一片紊乱，"上海的商人和富翁们就像乡下地主一样，假如空气可以出卖，他们会把空气也存到货栈里去的"（《上海手札·上海》）。岂止沪杭一带，"日本人正像毫无阻挡的蛇似的一直窜向河南平原"，而某些大都市里的小市民"生活是安逸的，他们无所牵挂；他们为什么要烦恼自己呢？炮声和死亡都离开他们这样遥远。他们沿了空阔起来的霞飞路走着，轻风吹着树木沙沙的发出响声"（《上海手札·方其乐》）。作为第一讲述人，师陀把现场的直觉反应和细腻体察转化成细密流动的叙述，像新闻报道一样真实，轻淡的文字浸含一缕沉痛感。

　　除了直接的山水书写，风景也以其强烈的艺术表现力成为重要的文学元素进入袁昌英的议论性散文，显示了她在言论空间的自由表达。"民国三十一年三月草于嘉定城郊"的《漫谈友谊》，就运用优美的景物描绘增强作品的感染力，"记得一个晚秋的午后，一轮偌大的金球斜挂在碧天如玉的迤西。我和一个女友坐在一片疏林下谈天，眼见着金球的一侧，屹然蜿蜒着一条金辉灿烂的万里长城，另一边则是峨山金顶美幻化的侧景，峥然嵘然而巍巍然；同时一股股又温渥又清新的金晖，如万里探照灯般，射过头上的枝叶，直透入我们愉快的心情……我们整个的生命，宛然浸透在这灼灼的光涛里，精神上每一丝灵弦都接受着金波的击荡，合奏着晴空万里的长歌"。在景色的映衬下，微笑就是语言，眼波就是说明，心上毫无挂虑。相似的感觉也带到在法兰西留学的日子里，美丽的巴黎郊外，"眼见风和日丽，蝴蝶飞舞在花间"，知了鼓噪在树梢，"微风送来的花香浑然与书里的诗世界打成了一片"，笑眼转向"法兰西柔媚的青翠田园"；"更记得那是在一座数千多尺的名山中。八面屹立着青青绿绿蓝蓝紫紫嵯峨峻嶒的山峰。我们三四人来到一个河面宽约三丈的瀑布的前面。瀑布是藏在藤萝交织，枝叶错综的葱蓊飘渺的神秘中，我们各个散立在河心各种圆滑的石头上，赏玩四面的美景，同时也想得一个适当的立脚点去探视一点瀑布的真面目"。景物中展开的心灵和谐、美好，她感到"一个深远玄妙的境界陡然洞开在我眼前，站在我前面的仿佛不是我平日所喜悦的朋友，而是希腊诗歌艺术光明之神阿波罗！"她把印象中的情景视作"一生中友谊所赐予我的种种欢忻，种种慰藉，种种启示"的最亲切的境界。她相信山水给予人类性灵的感应，"就以我自己的经验而论，试问，你若是我，当你在那晚秋的时节，与你的爱友坐在那充满着金晖的疏林下谈天，你的整个的性灵能会不在欢忻中游泳着和荡漾着吗？你的'自我'能会不脱颖而出，奔向你的爱友的面前，伴倚着他的'自我'，同时展翼而向晴空万里的宇宙中飞舞吗？"她形象地诠释了人际交往就是"性灵的探险"的意义，并且企望"像泰山牯岭和苏杭一带的名胜一样，愉快多而风波少"。友谊"淡如秋水，明若碧天，温暖似冬日的太阳，柔软似春天的杨柳"，美的情感和美的自然一样值得歌颂。1941年3月写成的《行年四十》（刊载于《星期评论》第19期）借风景咏赞特定的生命时段，她说四十以上的人心态趋于平衡，就如"'一泓秋水'，明静澄澈，一波不兴，幽闲自在的接受天地宇宙间一切事物，而加以淡化的反映，天光云影也好，绿杨飞鸟也好，水榭明山也好，它都给泛上一番清雅的色调，呈现在他清流里。这也许是一种近乎诗人式的心境"。她的写作目的，并非企图解释一般社会现象，而是超越风景自身的限定，展示内心的图像，在心灵的广域驰骋，并使客观景物显现精神参照的意义。

袁昌英也在风景里映现自我性格，"真纯、活泼、豪放不羁，感情热烈得有如一团烈火，而又能以坚强的理性自加克制"[1]，熔铸高贵品质和完美人格。

林语堂文字圆浑的记景作品，议论里显现中年人的世故和经验的老到。他在1941年1月作的《秋天的况味》，是在吞吐的烟气中以遥想的景致驱解秋天黄昏的寂寞感，"心头的情绪便跟着那蓝烟缭绕而上，一样的轻松，一样的自由……宛如偎红倚翠温香在抱情调"。他吟味"向来诗文上秋的含义"，联想起肃杀、凄凉、秋扇、红叶、荒林、萋草等味深而古雅的意象，领受"秋林古色之滋味"，比较"春天之明媚娇艳，夏日之茂密浓深"，尤以"其色淡，叶多黄，有古色苍茏之概，不单以葱翠争荣"为胜。对于秋，他觉得意味更深的不是晚秋，却是"暄气初消，月正圆，蟹正肥，桂花皎洁，也未陷入凛冽萧瑟气态"的温和的初秋。赏景的态度正和爱聊天、擅品菜、喜敬酒、乐烹调等名士清流的传统生活趣味相关，并能够从里面汲取艺术精神。《迷人的

---

①　苏雪林：《〈袁昌英文选〉序》，《飞回的孔雀——袁昌英》，人民文学出版社2002年版，第177、178页。

北平》也颇值得注意。他娓娓地讲述对于故都的印象，没有个人的生活细节融在里面，完全采取旁观的立场和不动声色的言说姿态。他从建筑形式透显北平的历史及城貌；从生活方式透显百姓的生存状态和精神境界；从平民举止透显底层现况与社会实际。他刻意在物质形态的基础上做着观念性的发掘，从"不是纯取崇巍而是采取静朗"看出"中国人所具建筑美术的概念"，从"蔚蓝的天空下，见到闪耀着金色瓦片的皇宫屋顶"，感受帝制的森严气象，从"在松树下面的竹椅上靠了或是斜依在藤榻里"的懒散样儿，以及夏天的午后，在"一半种田而半为荷池"的什刹海，欣赏"那些卖膏药的拳师和变戏法的手艺者"，得到平静、闲逸和安适的生活享受。如此勾勒的北平，是保留于他的观感与体验中的真实的存在。阅读者会透过浮表的一层，进入城市古老的、黄旧的内部，触摸精彩的细处，深入领略描述中展现的生动面影。

　　夏衍的咏物小品，寓言化的语境使短小的篇幅形成广度衍射，哲理性的思致具有强烈的现实精神。作于 1940 年的《野草》，把微屑的野草人格化，赞颂反抗强敌的民族力量，笔致隐曲而显出一种艺术张力。他说"世界上气力最大的，是植物的种子。一粒种子所可以显现出来的力，简直超越一切"；被压在瓦砾和石块下面的小草，"为着向往阳光，为着达成它的生之意志，不管上面的石块如何重，石块与石块之间如何狭，它必定要曲曲折折地，但是顽强不屈地透到地面上来……它的力量之大，的确是世界无比"，这种"生命开始的一瞬间就带了斗争来的草，才是坚韧的草"，它张扬着一种"长期抗战"的气概与韧性。作于 1942 年 12 月的《宿草颂》，唱出一曲大自然的颂歌，更喻示正义力量旺盛的生命力。他赞美野生的小草"那是只要有土地，一定要生长，一定要蔓延的，山羊吃不完，野火烧不尽"，在荒凉的沙漠里，在谷草枯索的时候，在未曾死绝的大地上点缀一点有生气的绿彩，造成一个绿洲，开出几朵奇花，使旅人感到欢欣；柔弱的野草也有铁的意志，也有不屈的精神，"野草是漫山遍野，生根在中国的大地上的，试问你有多少山羊，能吃尽全中国原野上的野草？"作品挣脱了悲观与绝望的心理桎梏，比喻和象征产生了巨大的艺术力量，冷厉的文字燃烧火样的激情。联系到作品的写作年代、发表的历史环境，愈加显示精神蕴涵的深刻。

　　创作意识的平民化和写作姿态的平视化，决定了文学语言的大众化与艺术表现的通俗化，这正是为适应社会进展所应有的调整。以"现实"确立创作基点的散文家，在空间意义上描写自然，在时间意义上描写历史，在自然中感受生命的恒常，在历史中领悟生活的变易。抽象的哲学思考和具体的文学表达，使他们把辩证思考后认同的创作定理纳入文学视野。对于旧有文学成果的传统印痕，没有因怀疑心态产生功利性的叛逆式反应，而是在主动接轨中从文体观念到语言技术与传播功能做出积极的艺术肯定。丰富纷繁的风景想象扩衍和更新了散文的叙述策略、书写样式与文体结构，显示出创作审美的现代性。新文化运动倡扬的科学精神，主导着作家们对于五四文学的理性品格的自觉坚持。

第三节　风景视图中人文元素的活跃

现实生活是文学的根基，忠实地记录社会前进的影迹，是作家群体面对的神圣命题，也是基于创作道德的心理愿望。战争时代的文学使命催生共同的创作主题，并在创作活动中完成对于文人灵魂的良性塑造。民族战争和国内战争的历练，给予作家真切的生命经验，他们不再满足于对风景的诗意诵读，而是在山水背景下更加深刻地反映变化的时代内容与社会现实，他们自觉地踏上行走的长途，了解具体的社会生活，反映现实状貌。肩负沉重的社会责任，笔下的人文旅记和自然游录减少了闲适的趣味。

主流创作把民族命运置于描写视野的前景，带动了文体观念的变革。作家们突破现实约束，沉心到文学世界中去，将苦难年代视作创作素材的富源，面向社会前途开掘，面向自我内心省思，显示出题材的复杂、内容的丰富和蕴涵的深隽。人文风景的纷繁视图突现着思想张力，和30年代后期的主题表现形成同一种模式。这种重复性的创作意识正表明历史的延续性和一致性。

作家的生命活动显示了强烈的抗争意识。寇氛日亟的时势下，文学和政治获得同步发展，两者对现实政治的抗争出现并行的态势。"抗战发生后，文化阵营里的斗士，在最困难的环境中，仍能坚决地守住自己的岗位"（黎烈文《我们的希望》）。屈节事仇、无颜附逆的文人，只是时代浪潮中泛起的渣滓。战争初起阶段，战前集中在全国文化中心上海的文化人先后分散到武汉、重庆、昆明、桂林、香港等地，为配合长期抗战，在广大内地担负起宣传民众、教育民众，激发抗战情绪、传播抗战知识的任务。战争转入持久局面，又将抗战工作和建国工作同时推进，把通俗宣传与培养学术能力并举。寻找社会病弱原因、为全民族的光明前途奋斗的知识分子，存着"推重车越泰山的雄心"（黎烈文《我们的希望》），激荡的时代风云与民族关切，使他们更迫切地认识到笔与人的关系，增强了具体的行动意识。一些作家的创作直接融入抗战实践。这类散文家包括在革命队伍中成长的曹白、周立波、范长江、杨朔等人，他们用手中的笔争取人民的理想世界，在转战的征途上，像战士一样对胜利充满渴望和自信：一面希望让战斗号角激发民族自豪感，一面力图用文学带来感性的激荡与理性的鼓舞，更要把在烽火中凝聚的中国精神向世界广泛传播。因此，他们的作品讴歌艰苦卓绝的民族解放战争，批判对民族利益的损毁和背叛，蔑视对艰苦斗争的怯懦与逃离，风景叙事中闪动广大军民坚强奋进的身影。他们的勇敢人生也在历史中留下真切清晰的印迹。吃素谈佛的丰子恺，在国破家亡、辗转流离之际成为文化抗日队伍中的一员，"虽然战火弥天，并且在逃难，丰先生也始终没有放下笔……因为他工作着，也就是战斗着"（柯灵《丰子恺在战火中》）。出版了《消长集》、《消长新集》的周木斋，寂寞地"和冷酷的社会战斗了一生"，"他并不躲避现实，他站在新世界和旧世界斗争的前线，近十年来不断发表数量可观的杂文，正是他驰突的痕迹；这些文字是尖锐的、进步的，它们说明他是一个勇猛的斗士"，"战前他在《大晚报》当编辑，上海沦陷，报纸被迫接受了敌人的检查……他冒着饥饿的危险，跟几个同事一起毅然退出了"（柯灵《伟大的寂寞——悼周木斋》）。心境宁静淡远的陆蠡，在沦陷期中的上海成为孤岛文学的顽强守卫者，"以后太平洋战争爆发，日本人进了租界，文化生活出版社被抄查……他有的是从容趋避的机会，可是为了负责，他自愿向捕房'投案'，而因此终于被引渡到了敌人手里……他的正直毕竟使他在苟活与成仁中选取了后一条艰难的路"（柯灵《永恒的微笑——纪念陆蠡》）。大时代中坚韧的文化战斗，彰显着强大的中华民族精神。

作家的魂灵浸透着深隽的生命感悟。这期间，都市生活在知识阶层的观察视界里得到描述性的再现，笔触伸向城市的战时风景。柯灵从上一个十年的《回到莽原》、《死城》、《长街》、《筵前》、《苏州拾梦记》、《窗下》、《行程》、《凭栏》、《在沪西"俱乐部"》、《雨街小景》、《逆旅》一直写到新十年的《浮尘》、《晦明》、《在西湖——抗战结束那一天》、《桐庐行》，在民族独立的神圣主题的延续性表现中体悟人生经验，文字由清丽愈趋沉郁。城乡间的转徙生活，促使学人精神的成熟，并且以擅长的寓情思于景物的手法表现内心。袁昌英把自我成长的感思融入时代的观照，"在这个困苦艰难，坚忍奋斗的抗战中默然渡过了这四十岁的重要关头"，人生旅途上的体验愈发深刻，面对美的风景，凭吊往古的风雅情怀和"必要将自己特别敏锐的性灵在名胜面前所感触的反响与活动，写成游记或动情的诗词，留作人类美味的精神食粮"的作风，都是时间向心灵传递的消息。思考的深度带来风景的人文厚度。战时的她依旧不能忘情"夜阑人静屋暖花香的氛围"，思绪却"正如开放了的都江堰，简直是波涛汹涌，只向外奔"（《行年四十》），意气未见消衰；她拓展观鉴的视野，抒发被烈火烽烟暂时遮蔽的浪漫情感，"自然美中，大者如高山之峻拔，巨川之洪流，常使我的性灵异样震撼：峻拔如给我以纬的提高，洪流如予我以经的扩大。小者如一朵娇艳鹅黄的蔷薇花，可以使我颠倒终日，如醉如梦的狂喜，仿佛宇宙的精华与美梦都结晶在它身上；一只伶俐活泼的翠鸟，相遇于溪畔枝头，可令我雀跃三丈，宛然它那翠得似在动颤的颜色与那再完美也没有的形体拽引了我性灵深处的一线灵机，使我浑然相与为乐，忘乎物我之异了"；在平素，兴奋的性灵"有如朝霞之灿烂"，慰藉的心身"有似晚天的温柔"，而才、情、貌均臻极峰的人物，那种美感直如"理想中之理想，梦寐中之妙境，花卉中之芬芳，晚霞中之金幔，午夜中之星月，萦于心，系于神，顷刻不能相忘"（《爱美》）。张爱玲呼吸着现代都会空气，又不能忘情于乡间生活的宁静，尤其临着战时光景，深感"厌倦了大都会的人们往往记挂着和平幽静的乡村"（《公寓生活记趣》），都市意识主导的审美视角超越城乡边界，扩衍了想象的外延。关露在夜的冷雨中和一个年轻乞者相遇，感到战乱使贫者陷入更深的困苦，怜惜的心流露共同的感情，虽然"害怕着风雨与黑暗"，却"希望看见一盏远远的明灯与明日的太阳"（《秋夜》），全民族共度时艰的特殊背景下，文字传达的不仅是单纯的人道主义精神。虚境和实境交合错叠，洋溢着一种明朗情绪。当焦虑忧悒的社会情绪弥漫于战争相持阶段的民众心理时，生命感悟的绚美表达，给生活添加了一抹希望的亮色。

　　人文关怀在战后的日常心理中延续。一些作家通过对社会现象的訾议表现对现势的审视。姚苏凤以苏州人的视角臧否苏州，揭示"天堂"的病征，"我们固没有人去过真正的天堂，亦可不问天堂究竟应该是怎样的地方；但至少总可以想一想，今日的苏州究竟有什么特殊的好处？今日的苏州究竟有什么可以傲视着世界上一般的大城市的精神或物质的优越性？"就"文名"来看，"你如果去调查一下今日苏州的文盲的数目以及失学儿童的数目，我相信，你将不难知道苏州的'文'其实是渐渐地落向人后了的"，扩衍开去，"今日的苏州的一切，都已在外来的影响下渐渐失去了（被迫放弃了）他们自己的原来的形态与性质"（《苏州闲论》，1947 年 7 月《人人周报》第 1 年第 21 期），运用文化眼光透视社会景况，引发关于文化自信力丧失的沉重思考，显示了文字的深刻。出于知识分子的悲悯情怀和道德认同，胡山源在西湖的清游中本能地对"占尽了湖山胜境的"行宫表示不满，"今之封建余孽，拼命搜刮、拼命抓住了地盘不肯放者，为什么还不醒醒!"而对船母和船女却含着感情，"这些善良的人们! 善良的西湖的子女! 我们很怀念他们"(《游杭随记》，1948年7月15日《茶话》)，湖中游程的精神收获，显示了这篇随感的意义。夏敦从"正闹着缺少东西，大家在马路上挤轧，张望，叹息……惶惶不可终日"的上海来到杭州，走入南山深处，"左右又约略有几家农户，鸡犬在望，童稚欢呼，固然不必说; 因为时正晌午，偶然却又看见几缕炊烟，袅袅地飘浮在空中。一种宁静、满足、安闲、明净的秋之景象，充满在这山村之中"，现代都市生活带来的精神紧张和意识迷乱，在田园景色中暂且舒解，而钱江大桥的工程，又让作者感到"中国需要无数像钱江大桥般的建设; 之后饭铺子里的一切困难，和大家等吃饭时的痛苦，才得解决"，这样的现实关切，比在烟霞洞的后山上啜茗兼品赏"胡适之的诗，梅兰芳的画，和马叙伦的联"更有意义(《沐在湖山的秋光中》，1948年11月《旅行杂志》第22卷第11号)，流露了一个知识分子的价值判断与社会思考。钮东从扬州淘书的经过中觉察战后生活的艰窘境况，"商务隔壁还有一家叫梅枝书店的，名字倒还古雅，似乎是百年老店，门面虽还不小，只是我看来总觉得显示着一种老年的悲哀在里头"，由此看出"扬地近来百业凋零，书业更是不堪设想"的社会苦状(《扬州书肆》，1946年4月24日上海《民国日报》)。洪为法的意绪萦绕于战争前后的扬州，连载于1946年9月18日至1948年4月7日《申报》的《扬州续梦》，关注普通人命运，文字的书写背景虽是乱世，却漾动一缕人间暖意。陈家烧饼店的主人曾经"做着美丽的好梦。他觉得自己每天做的烧饼，就同一方方的砖头一样，正在不断的铺着一条平坦的大道，终会送他到幸福的境地"，可是"抗战开始，战争的火焰，很快的就燃烧到这扬州古城"，战争结束了他"美丽的好梦，显露出一场惨烈的噩梦了"，"想来他现在做的烧饼该已有许多血泪点染在里面，可是谁又会尝到这异样的滋味呢!"(《扬州续梦·陈家烧饼》)凄凉的身世，映示时代之悲。那位站在北郭外的大虹桥畔"曳长了声调，向游客们吟诵诗歌"的人，"该是瘦西湖上惟一雅致而又饶有别趣的点缀。可惜在抗战的火焰还未燃烧起来时，这位诗人便死了"(《扬州续梦·桥畔诗人》)，湖山无恙，诵诗声断，愈添惆怅。绿杨村里的弹琴老妪，怀着"迟暮之感，沉沦之苦"，"弹着月琴，唱着过时的歌曲，犹之子夜的鹃啼，深秋的蝉鸣"，她温理着青春绮梦，终于被时光逼着"将残存的风韵消逝"，瘦西湖上"再也不见其踪影，该已抛撒湖山，长眠地下了!"(《扬州续梦·弹琴老妪》)富春茶社中"乡贤祠里的乡贤们，逐渐的新陈代谢，并且也逐渐的稀少下去。那里的茶客，似乎换了一批厌嚣避烦的人们，只想借这比较黑暗一些的地方，遗忘了眼前熙来攘往的现实，早没有往昔的风雅了"(《扬州续梦·富春茶社》)，深长的惋叹，增加了沧桑之感的浓度。"李斗的《扬州画舫录》中所写的过去扬州景物，早和春梦一样的消逝了"，玩耍诗牌的雅兴，也因为一二八国难的发生而淡去，人们"也就各怀苦闷，萍梗东西"(《扬州续梦·诗牌》)，心涌无限离情。战前的妙龄船娘"衬映在绿沉沉的草木之中，正是湖上不易见到的忘机鸥鹭，自很赏心悦目……在这边的柳阴中，在那边的芦苇旁，此起彼应的笑声，常是连缀成一串，然后慢慢的低微下去，终于沉没在湖风里。这真是湖上极美妙的点缀。可惜眉目娟秀的船娘，如今已不多见……这是战争带来的灾害，衰老的扬州，却再也经受不起这样灾害哩！"(《扬州续梦·船娘》)船娘轻盈的身影，引发的竟是如此沉重的情绪。广陵花社的腔曲"真会令人消遣世虑，仿佛置身于另一个高洁的宇宙里"，但是花社已歇闭，唱昆曲的、吹笛子的、弹琴的"便也风流云散，先后藏身于黄土垄中"(《扬州续梦·广陵花社》)，曲房里的管弦丝竹和雅好高歌的人们，都消隐与岁月风尘中，撩引一声愁叹。惜馀春主人信奉行乐哲学，"使自家的生活趣味化，可以在艰苦的境地中，依然能觅到趣味"(《扬州续梦·惜馀春续记》)，反映了多舛命途上务实的生活观。昔日的绿杨村"几乎全部笼罩在柳烟中"，河上"稀疏的钓竿衬映在绿水的上面，在垂钓者固有濠梁之乐，而在游客见之，亦觉风雅宜人"，可惜眼前"固是一派萧条景象……据云抗战以后，已经换了主人，或者新旧主人的心襟互异，这才使得绿杨村大异旧观"(《扬州续梦·绿杨村》)，风景改换映示山河变易，撩动怀旧的幽情。瘦西湖上的游人，在作者幼年、青年、中年的观感中各有分别，"似乎也随着时代巨轮叠有所变"，景是人非，"瘦西湖的湖水，一年年看去，似乎没有变，可是湖上游人，其类别固逐渐不同，其情调也显然的先后有别"(《扬州续梦·湖上游人》)，从瘦西湖的涟漪可以遥见淘尽千古风流人物的长江浪涛。终日出入茶社而终年不做一事的闲人甲和闲人乙，"在抗战前后，都已相继逝世，如还健在，处在如今更形衰落的扬州，不知还能闲得别致和典雅"(《扬州续梦·闲人》)，人事变异，印证城市的繁华与衰落，不禁兴嗟。作者曾"于春秋佳日在这长堤春柳间，时时作图画中人"，竟至"衣袖上也像点染上不少的绿意"，尘氛俗虑尽涤；闲坐绿荫下垂钓，"却尽是鉴赏着水中柳影的婆娑，以及落花的荡漾……可是此等情景，在笔者都已成为旧梦"(《扬州续梦·长堤春柳》)，不胜沧桑之感。平凡人物的命运折射一个城市的命运。以平视的眼光观鉴古城的今昔，殊觉亲近平易，更引起无限艳羡的情怀和不尽的怅惘。

易君左的《闲话扬州》思维开放，锋芒毕露，带有文化批判的色彩，偶发偏颇之论固然招致非议，而入世的人文观察仍使作品具有一定的社会认识价值。作者认定"这样一个又雅又俗的扬州，我们不必考察他的地理，只翻看他的历史，再看看他的现状，就可以估定扬州的真正价值"，而这个想法是从扬州人的日常生活中产生。"普通都是一些陈腐不堪的平房"反映扬州人的居住程度；"食的欲望的炽烈与食的环境的便利"反映扬州人的饮食程度；出入茶社、浴室的"上午皮包水，下午水包皮"习性反映扬州人的享乐程度。去公园和大舞台看戏而外，反映扬州人娱乐生活的，还有不正当的一方面，"古人说的'烟花三月下扬州'，全国的妓女好像是由扬州包办"，江都、仪征、高邮、宝应、泰县、东台、兴化都是出姑娘的地方，究其原因，"就我的直觉所及，大约不外三种：（一）经济的原因——即一般生活很苦，地低水患多，收入不饶；（二）历史的原因——即由于一种习惯和风俗，寖至并不以当娼妓为耻；（三）地理的原因——即近水者多杨花水性，扬州杨柳特多，几完全水乡，见不着山的影子，所以人性轻浮活动，女性尤然"；赌的恶习好像还少，"但是鸦片烟一项，就骇人听闻了！在街上踱来踱去的没精打采的人，在桥头放鸽子的人，在茶馆儿喝茶的人，十有九个是烟鬼。在扬州旅馆叫大烟吃极平常，到各住户一望很少没有烟具的。乌烟瘴气的扬州城！"扬州妇女"一般的都萎靡不振。扬州是繁华的落伍者，女子是繁华的追逐者，所以扬州尽管不繁华，女子则一味慕繁华"。上述观感涉及扬州人衣食住行娱乐的大概，"从这种现象里可以看出扬州人的性格至少是带有几分懒惰、浪漫、颓废的不景气！又从这种性格里可以看出扬州人的生产力不是薄弱而是放弃，所以陷于一般的贫苦"，基于此种认识，得出"人民之崇神敬佛好吃懒做，是社会破落之因"的结论。作者更认为"这次日寇侵沪，报载江北人做汉奸的事例甚多，真可痛心！"当年清兵在扬州屠城十日，"引导敌人残杀同胞蹂躏桑梓的就是扬州本地的土著！即此一端，可见扬州人心之坏……你能保这次汉奸的江北人中没有一个不是扬州人吗？"由扬州推演到全国，认为"假如湖南人沉毅一点，广东人安静一点，江浙人大方一点，中国还有不强的吗？"在衰颓的情势下，寄望于民族的复兴。虽为"闲话"，但是揭弊的言辞义愤甚至有过激之嫌，然而毕竟提供了一种从地域文化差异剖析社会现象的视角。

易君左品论清新、幽丽、柔和、纤细的扬州风景，同时进行人文角度的观照，既有"在夕阳斜晖中，在晚霞流丽中，在黯淡黄昏中……在杨花柳絮飘舞如雪的满湖中"赏看"一幅绝妙的山水横条"的心境，又有"游扬州瘦西湖感受柔美的程度比游西湖还胜，但是豪情壮志就容易在这些地方销磨"的感思，进而发掘扬州风景的历史价值、文化价值、社会价值。遥忆隋炀帝两幸江都，而慨叹随行后宫十六院的"艳骨芳魂幽怨遗体，飘零埋没在落红铺絮中者不知多少！"近思清乾隆帝下江南，"自城外以至蜀冈，亭台楼阁连络不断，丝歌弦管鼓乐沸天"，喟叹"这样的好景只可惜以皇帝一人为中心，皇帝去后便渐渐荒芜起来"，以致令人悲怀的遗迹"零星散漫，凄对斜晖，与流水呜咽而已！"观景溯史"不独对于扬州景物的变迁，历代政治的兴衰，有一种深刻的印象，即对于社会生活的形成，人群进化的径路，民族心理的背景，都可以得着不少的憧憬"。从风景与文化的关系审度，扬州的风景"因为在历史上有特殊的变迁，所以扬州的文化至少也带了一种特殊的性质，这种性质，就是'感伤'，一个诗人徘徊湖滨，望长堤垂柳，那能不想到隋宫当时呢？那能不忆及他的垂髫时代呢？"这样入微的体认，以感性的形式阐释理知，彰显了扬州风景的文化价值。至于扬州风景的社会价值，则在瘦西湖一带稻麦、杂粮、竹木、笋、蔬、芦柴、茭芡、菱藕、鱼、虾、蚌、螺、鸡、鸭、鹅、豕等物产的效用，以及农家渔户的生存状态，"竹林深处，杨柳桥边，两三茅屋，点缀其间，前面捕鱼，后面耕田，男的做工，女的烧饭。真是一幅天然图画！这幅图画里充分表现社会的生产力是如何的结实！"平民生计所靠的画舫，又要靠风景和船娘。"扬州画舫以女性为活动中心，而一切环湖平民生计又可以画舫为活动中心"，由此展开湖区社会生活的日常景象。探究现实背后的深层意义，态度由率直疏放趋近矜慎稳健，笔致由嘲讽调谑趋近深沉庄重，给文学化表达涂染社会评论的色彩。

纪庸《白门买书记》慨叹"金陵非文物之区，自经丧乱，更精华消尽；徒见诗人咏讽六朝，惓怀风雅，实则秦淮污浊，清凉废墟，莫愁寥落，玄武凋零！"访肆购得《甲寅周刊》合订本两册，共三十期，"归而与《鲁迅全集》合参之，竟不觉如置身民国十五六年间思想界活跃非常之时期焉"，流露对所面临的文化现状的不满。在《甲申购读琐记》（1945年1月《东南风》创刊号）中也有相近的表示，"不执笔为文，殆将两月，没有别的原因，实在感觉今日的岁月与现实，不是纸上谈兵可了，不论是报国抑清谈，大致都无法阻止米价上涨与生计的艰难，古人所说诗文因穷而后工的话，未免有点不正确，恐怕古人的生活到底还好解决罢？即如断齑画粥，现在也有些不易，巧妇难为无米之炊也……在这种心绪之下是不能读书与写文的"，语浸悲感。普通文人尝味人世间的困窘，反映在字面上，突显认识社会的眼光。

南京惨遭屠城的血泪记忆仍旧不能淡忘，成为民族永远的创痛。陆咏黄《丁丑劫后里门闻见录》（1947 年 3 月《南京文献》第 3 号）在纪实中追溯惊天事件，复原惨烈场景，"芦沟衅起，战幕揭开，倭寇挟其雷霆万钧之势，排山倒海而来……而战锋乃直指首都矣"。南京城陷，"金陵龙盘虎踞，形势天成，自建都以来，道路广辟，市廛宏开，其间公私建筑，不知费去若干亿万，蔚成大观，乃遭倭夷一炬，半成焦土"，作者"踯躅街头，一以凭吊伤心惨目之劫痕，一以作流水奔潮之记载"，悲叹"一泓淮水依然绿，两岸烧痕不断红"。从战争灾难的角度展开的沉痛追述，具有历史含量。

即使一些看似不染风烟的小品，也因其俗常意味而能体会到人文意义。张通之《白门食谱》（1947 年 2 月《南京文献》第 2 号）、龚乃保《冶城蔬谱》（1948 年 5 月《南京文献》第 17 号）、王孝烜《续冶城蔬谱》（1948 年 7 月《南京文献》第 19 号）等，记金陵吃食，颇浸情味，在反映江南饮食文化异常丰富的层面上，显示述录的人文价值。

景物视图中富含的人文意义与精神内蕴的开掘，愈加具有积极的现实价值，甚至超越了对于文学意义的追寻。

第十一章

主体作家概观

第一节　茅盾：风景的偶记

写实精神贯穿茅盾的文学道路。创作节奏和时代进程的一致性，艺术思维的现实强度和时间长度与空间广度的谐和性，使茅盾的散文展示个人多彩的生命风华和民族蕴藉丰深的历史景观。由于他的创作居于关键性位置，自然成为新文学的成功标范。

茅盾（1896—1981），浙江桐乡人。原名沈德鸿，字雁冰。1913 年考入北京大学预科。1916 年毕业后入上海商务印书馆编译所工作。1920 年 1 月主持《小说月报》的《小说新潮》栏，11 月下旬接编《小说月报》，并与周作人、朱希祖、耿济之、郑振铎、瞿世英、王统照、蒋百里、叶绍钧、郭绍虞、孙伏园、许地山发起组织文学研究会，在 1921 年 1 月革新后的《小说月报》第 1 期刊载文学研究会的宣言和简章。1923 年 1 月调离《小说月报》到商务印书馆国文部任职。1927 年 4 月任汉口《民国日报》主编。1928 年 7 月离沪赴日。1930 年 4 月返沪，加入中国左翼作家联盟。1937 年 8 月在上海参与创办《救亡日报》、《呐喊》，9 月与巴金创办主编《烽火》。1938 年 4 月在广州创办主编《文艺阵地》，并任香港《立报》副刊《言林》主编。1938 年 12 月应杜重远邀请赴新疆。1939 年 3 月在新疆学院任教，兼任新疆文化协会委员长。1940 年 5 月离新疆到延安，在鲁迅艺术学院短期讲学。1941 年 9 月在香港主编《笔谈》。1948 年 12 月由香港进入东北解放区，转赴北平。著有短篇小说集《野蔷薇》（1929 年，上海大江书铺）、《宿莽》（1931 年，上海大江书铺）、《春蚕》（1933 年，开明书店）、《泡沫》（1936 年，生活书店）、《烟云集》（1937 年，上海良友图书印刷公司）、《耶稣之死》（1943 年，重庆作家书屋）、《委屈》（1945 年，重庆建国书店），中篇小说《幻灭》（1928 年，商务印书馆)、《动摇》(1928 年，商务印书馆)、《追求》(1928 年，商务印书馆)、《三人行》(1931 年，开明书店)、《路》(1932 年，光华书局)、《多角关系》(1936 年，上海文学出版社)，长篇小说《虹》(1930 年，开明书店)、《子夜》(1933 年，开明书店)、《腐蚀》(1941 年，上海华夏书店)、《霜叶红似二月花》(1943 年，桂林华华书店)、《第一阶段的故事》(1945 年，重庆亚洲图书社)，散文集《茅盾散文集》(1933 年，上海天马书店)、《话匣子》(1934 年，上海良友图书印刷公司)、《人与书》(1934 年，生活书店)、《速写与随笔》(1935 年，开明书店)、《故乡杂记》(1936 年，上海今代书店)、《印象·感想·回忆》(1936 年，上海文化生活出版社)、《炮火的洗礼》(1939 年，上海烽火社)、《劫后拾遗》(1942 年，桂林学艺出版社)、《白杨礼赞》(1943 年，桂林柔草社)、《见闻杂记》(1943 年，桂林文光书店)、《茅盾随笔》(1943 年，桂林文人出版社)、《时间的记录》(1945 年，重庆良友复兴图书印刷公司)、《生活之一页》(1947 年，上海新群出版社)、《茅盾文集》(1948 年，上海春明书店)、《苏联见闻录》(1948 年，开明书店)、《杂谈苏联》(1949 年，上海致用书店)，剧本《清明前后》(1945 年，重庆开明书店)，专著《小说研究 ABC》(1928 年，上海世界书局)、《欧洲大战与文学》(1928 年，开明书店)、《中国神话研究 ABC》(1929 年，上海世界书局)、《骑士文学 ABC》(1929 年，上海世界书局)、《现代文艺杂论》(1929 年，上海世界书局)、《神话杂论》(1929 年，上海世界书局)、《西洋文学通论》(1930 年，上海世界书局)、《希腊文学 ABC》(1930 年，上海世界书局)、《北欧神话 ABC》(1930 年，上海世界书局)、《汉译西洋文学名著》(1935 年，上海中国文化服务社)、《世界文学名著讲话》(1936 年，开明书店)、《创作的准备》(1936 年，生活书店)、《文艺论文集》(1942 年，重庆群益出版社)、《青年与文艺》(1942 年，耕耘出版社)、《怎样练习写作》(1944 年，重庆文风书局)、《夜读偶记》(1958 年，百花文艺出版社)。

茅盾的风景散文创作，早期偏重内心体验的表露，抒情氛围浓郁。《卖豆腐的哨子》、《雾》、《虹》、《红叶》等篇，流露着大革命失败后，流亡日本的怅惘与失落情绪。清晨窗外卖豆腐的哨音"那低叹暗泣似的声调在诱发我的漂泊者的乡愁"，瞻望前程，"我只看见满天白茫茫的愁雾"(《卖豆腐的哨子》)。浓雾中的太阳"光是那样的淡弱。随后它也躲开，让白茫茫的浓雾吞噬了一切，包围了大地"，他"不堪沉闷的压迫"，急盼"疾风大雨"的来临(《雾》)。他幻想美丽的希望，又深感"虹一样的希望也太使人伤心"，灵魂沉陷于"新黑暗时代"（《虹》），浓烈的情绪深含现实关切。进入40年代，以叙述为主，偶有抒情。在文体特征上，擅长单向性、直叙型的结构设计，这种长篇记叙结构具有体量宏大与容载丰富的特点，在创作经验上显然受到长篇小说的思维习惯、语言模式和叙述方法的影响，也和沉雄宏大的描述对象保持了内容与形式的谐调。

基于革命活动家的重要身份，茅盾充满实录精神的创作，可以视作以文学途径反映社会现实，以文学方式对时代做出政治响应。他的游观记录在深广的历史背景下展开细致的经验描述，浓重的时代气息和强烈的社会情绪紧密交融，粗线条的时空跳转与人物的行为细节有机结合，清晰的行程描记重现亲历的一切，也就以硬调笔墨完成对于社会的微观透视，并且凭借文学阅读在相当程度上提供了观察、了解、研究中国社会状态演变的资讯。进入社会公共领域的作品，闪动着真实的现实投影，缩短了文学与社会焦点的距离，吸引了关注的视线。

系列社会景观的构塑是茅盾对于风景散文的创作贡献。他以抗战年代西部地区社会环境为背景，聚焦普通人的实际境遇。处于社会生活中心的人同样成为作品的中心，由此向社会广域发散，反映复杂的社会关系与生活现实，表现对于民族命运与国家前途的关注。

对大西北的系列性描述，浸着苍冷的基调。大量的民生细节作为构成要素进入描写，见闻的广博、素材的新奇、讲叙的平实、语风的朴素，都是在新的历史时期对文学研究会"为人生"的文学观念的坚持、发展和升华。艺术创作上思维系数的提增，强化了"人生派"奉为圭臬的现实主义精神。文学革命初兴期强调个人主体觉醒的思想文化启蒙，转变成捍卫国家主权的公民意识，才更加深切透彻地观照广野巨川间漫衍的贫弱与弊病，激发对光明前途的奋争与追寻的热情。文化使命的传续和接力提升了人文理想的高度。

《如是我见我闻》发表于1941年4月8日至5月16日《华商报·灯塔》，这是一组报告风格与通讯意味强烈的作品。散文创作中小说经验的运用，使他善于在行旅中发现创作吸引物。高度个人化的社会实录，使行记充满细节体验。记述行途杂事，素描普通人物，又闪现历史风情画意。依据时空延展的叙述脉络，折映战时生活片影，真实反映了战争环境下民众命运的危机，表现了战争对人类物质化生存的威胁，以及对心灵的残害，对自然的破坏。作者在西北、西南各地的生命迁转的精神痕迹也清晰浮现。纯实的记叙，所求不在思致的深邃，而在场景的真实与真切。细观默察，得出现实结论："战争和封锁，并没有影响到西北大后方兰州的洋货——不，他们的货物的来源，倒是愈'战'愈畅旺了！"（《如是我见我闻·兰州杂碎》）七百多公里的兰西公路上，越过险峻的六盘山，华家岭一带的光景或者"彤云密布，寒风刺骨，疏疏落落下着几点雨"，或者"四野茫茫，没有一个人影，只见鹅毛似的雪片，漫天飞舞"，岭上是凄迷风雪，岭下是炎炎烈日，让无数过客饱尝行路难的滋味（《如是我见我闻·风雪华家岭》）。空袭给西安笼罩惨烈气氛，情状如绘："繁盛的街市中，落弹数枚。炸飞了瓦面，震倒了墙壁和门窗的房屋，还没有着手清除，瓦砾堆中杂着衣服和用具；有一堵巍然独峙的断垣，还挑着一枝晾衣的竹竿，一件粉红色的女内衫尚在临风招展，但主人的存亡，已不可知"，勾绘出一幅视感强烈的静态画，具有强烈的情感震撼力；凉夜里，"天宇澄清，麦田里有些草虫在叫"，净蓝的天空下，躲避空袭的青年"两臂支起了半身，挽过一节麦秆来咬在口里，无意识地嚼着"，小说化的动作细节，增强了真实感；战氛中的人们说起只有闲适中才会想起的"没有什么人家，风景也许不差"的华山，仍不改对于生活固有的悠然气度（《如是我见我闻·西京插曲》）。破板桌前挂起一幅肮脏白布的测字摊，"大盘熟肉上面放着些鲜红的辣椒"，响着"汤勺敲着锅边的声音"的削面摊，出售"花布、牙刷、牙粉、肥皂、胭脂、雪花膏、鞋帽、手电筒"等洋杂货的铺户，叫卖"一折八扣的武侠神怪小说"的书摊，秦腔戏院前兜售草药的地摊，熙熙攘攘的民众市场，活显着浓厚的西北都市风情（《如是我见我闻·市场》）。旅行的社会记忆中，闪入视线的依然是人，从他们的举止、言谈和神情里看出时代特征与社会状貌。陌生而新鲜的气氛使作品流注一种"神秘温馨的感觉"。宝鸡的田野上耸立新式工厂的烟囱，"新的市区迅速地发展"，显示着与战时景况不相协调的异象，"群山环抱，而山坳里还有些点点的村落。棉花已经收获，现在土地是暂时闲着；也有几起青绿色，那是菜"，小小村户"房里都挂满了长串的包谷，麻布大袋里装着棉籽。院子里靠土墙立着几十把稻草，也有些还带着花的棉梗搁在那里晒"，又仿佛画出世外桃源的和平光景，但是保长抽丁之外，棉花按"官价"卖掉，麦子又充了军粮，农家的婴孩"只好成天躺在土炕上那一堆破絮里"御寒，"夫妇俩每天的食粮是包谷和咸菜辣椒末"，"人的脸色都像害了几年黄疸病似的"，受着盘剥的穷苦人"却成就了新市区的豪华奢侈"（《如是我见我闻·"战时景气"的宠儿——宝鸡》），繁荣表象下的生活苦况在细处显露出来。从宝鸡至广元，坐在拉拉车上，川陕道中的景色尽入眼底，对于一个处在战时的现代人，也会生发太平日子里的传统风雅，"颠簸之苦是没有的，倘风和日丽，拥被倚箱，一壶茶，一支烟，赏览山川壮丽，实在非常‘写意’”，然而车夫“弯腰屈背，脑袋几乎碰到地面，那种死力挣扎的情形，真觉得凄惨”（《如是我见我闻·"拉拉车"》），飘然的心又沉下去。1940年初冬，茅盾从延安到西安，又坐八路军的军车翻越秦岭，心境明朗，山景也染上舒畅的情绪色彩。岭上积雪，"层峦叠嶂像永无止境似的……月光非常晶莹，远望群山罗列，都在脚下……月光落在公路上，跟霜一般，天空是一片深蓝，眨眼的星星，亮得奇怪"（《如是我见我闻·秦岭之夜》），荒岭的行进，是一段温馨时光。而大后方镇上依旧开设有"赌窟妓寮"嫌疑的旅馆；"蓝布长衫"依旧走入茶馆，"悠然坐在矮竹椅上，长烟袋衔在嘴里"，延续摆龙门阵的风尚；为了生存竞争，神秘女性依旧章身文面，"晚间常常忽然出现于单身男客房中"（《如是我见我闻·某镇》），随时势而衍生的纷乱世相折射着国民心态。"'雾重庆'据说是有'朦胧美'的，朦胧之下，其实有丑"，趁国难而起的暴发户"成为'繁荣'雾重庆的一分子。酒楼、戏院、咖啡馆、百货商店、旧货拍卖行，赖他们而兴隆"，追逐私利的他们迷信"只要是商品，囤积了就一定发财"的妙谛；"政治上愁云重重，疑雾漫漫，但满街红男绿女，娱乐场所斗奇竞艳，商场之类应节新开，胜利年的呼声嘈嘈盈耳，宛然一片太平景象"；重庆市图书杂志审查会诸公"时时且为作家删改文章，其点窜之妙，能使鹿变为马，白转成黑……如此'精神劳动'，陪都文化界早已有口皆碑……'空室清野'的战略应用于文化……因其是重庆，故万事如堕五里雾中"；而"南温泉为名胜之区，虎啸尤为幽雅，主席与某院长别墅对峙于两峰之巅，万绿丛中，红楼一角，自是'不凡'"，衬得旁侧"无论山石水泉，都嫌纤巧不成格局"（《如是我见我闻·"雾重庆"拾零》），陪都众生，百态毕现。作品辛辣地讽刺大后方经济的畸态以及文化控制和思想禁锢的森严，更凸显国统区政局的昏乱与生活的奢靡。"在货车奔驰，黄尘如雾的路旁"，那些卖笑生活的女子"有的是从敌人的炮火下逃得了性命，千里流亡，被生活的鞭子赶上了这条路的；也有的未尝流亡，丈夫或哥哥正在前线流血，她们在后方却不得不牺牲皮肉从那些'为抗建服务'的幸运儿手里骗取一点衣食的资料"（《如是我见我闻·最漂亮的生意》），不屑的态度之外又充满人道的同情。渝黔道上司机风流成性，反映乱世中人们道德的缺失和精神的苦闷（《如是我见我闻·司机生活片断》），作品依衬社会背景，在琐细的日常行为中显出描写的意义。"经过了大轰炸以后的贵阳，出落得更加时髦了"，洋房门面的艺术化装修"在一个少见玻璃的重庆客人看来委实是炫耀夺目的"，可是在精神食粮方面，"三家新书店在一夜间被封了以后，文化市场的空气更形凄凉"；在"这西南山城里，苏浙沪气味之浓厚"令人惊异；还有"贵阳市上常见有苗民和彝民。多褶裙、赤脚、打裹腿的他们，和旗袍、高跟鞋出现在一条马路上，便叫人想起中国问题之复杂与广深"（《如是我见我闻·贵阳巡礼》），面对西南都会浸染现代文明的实状，茅盾以现代人的情绪体验和心理感受，构设激变时代的都市社会形象，表现转型期都市罪恶对乡村善良的消解，传统乡村文明与现代都市文明的对峙，生活理想与艰难时世的冲突。朴素平实的记录，是一种历史书写。笔下浓郁的生活气息、真实的场景和细节，没有理性化、概念化的空疏言说，只有生活化、情感化的细密叙述，讽刺与批判的旨趣则存在于文字之外的空间。

《新疆风土杂忆》约作于 1940 年冬或 1941 年初夏，发表于 1942 年 9 月《旅行杂志》第 16 卷第 9、10 期。关于此文的写作背景，茅盾说，"我于 1940 年 5 月出新疆，到延安住了几个月，于同年初冬到重庆。那时候，重庆的朋友们正担心着杜重远和赵丹等人的安全……纷纷向我探询新疆实况"，为消解"盛世才的欺诈行为对后方（指那时的重庆、成都、昆明等地）青年知识分子所起的欺骗作用"，并向民众提供一些新疆的背景材料，写了这篇杂记（《新疆风土杂忆·附记》）。作品在社会现状的深入述评和民俗元素的广泛收纳中，敷设思考逻辑与心理线索，延伸的主线蔓衍出纷繁的风情细节，使朴素的介绍性文字辐射新疆的政治环境、社会风尚、文化传统，给作品的现实指向增加了历史厚度。

茅盾在自然地理和人文地理的描述中设置跳跃性的时空秩序，动势的情思呈示明晰的时间流向，静态的理路显现宏阔的空间结构。从吐鲁番的石榴、葡萄等物产，到库车的龟兹音乐、歌舞等遗珍；从迪化的坚雪严霜，到哈密的湖湘子弟供奉的城隍；从蒙族喇嘛、汉族道士，到杨柳青籍的天津帮商人，种种来历与沿革均记叙详明。写景笔墨有文言风味，简练传神："博格达山半腰有湖（俗称海子），周围十余里，峭壁环绕，水甚清，甚冷"，焉耆境之天山北麓山谷"两岸峭壁千仞，中一夹道长数里，山泉潺潺，萦回马足；壁上了无草木，惟生石莲"。此种性灵文字在通篇朴素缕述中不多出现，故特焕神采。"在文艺美术方面，维族人具有天才，土风歌舞，颇具特色"，长颈琵琶、鼓、箫、琴的清亮乐音飘萦，以"牛乳、羊肉、馕、奶皮、酥油、水果、红茶"为主的日常饮食，更添滋味。而"娱乐之事，除各种晚会外，惟有电影与旧戏"，城内旧戏园上演的"主要是秦腔，亦有不很纯粹之皮黄"，略窥文化生活的一斑。

详悉的记述，把遥远神秘的新疆述说给抗战后方的民众，不止于文学的需要，更提供了认识天山南北的历史概况与现实状貌的可能性。

1943年2月作于重庆，发表于1943年10月1日《半月文萃》第2卷第3期的《归途杂拾》，是一篇关于流寓香港的文化人在东江游击队保护之下脱险到当时的后方桂林的行程杂记。清晰的主线贯穿，纵向的行历描叙，展现了沿途生动的社会情状。在九龙和新界，日寇和"烂仔"成了在居民头上作恶的主子，"青山道上，日本哨兵在前一段'检查'潮涌似的难民，'烂仔'们就在后一段施行同样的'检查'。这真是一个拳头大臂膊粗的世界"，"扯旗山头飘着太阳旗"的恐怖气氛弥漫港岛（《归途杂拾·九龙道上》）。敌人在华北的"三光政策"早就在东江实行，带来劫火中的苦难景况，"淡水一带，整个的村庄变成废墟，单看那些村里的平整的石板路，残存耸立的砖墙，几乎铺满了路面的断砖碎瓦，便可以推想到这一些从前都是怎样富庶的村庄。可是现在连一条野狗都没有了"，尤其在月夜里踏着墙壁颓坍的长街，听着脚下瓦砾的碎响，"心里的惨痛凄凉非言语所能名状"（《归途杂拾·东江乡村》）。兵戈的惨苦景象在火光中闪现，"广九铁路深圳至平湖段在太平洋战争爆发那时候，经常被游击队切断……山，和它的密茂的树林，成为敌人的眼中钉"，日寇和汉奸放火烧山，"天黑以后，远处山头会出现一条鲜明的红线，愈来愈长愈宽，而同时又向旁分支，终于成为纵横交叉的一个火网，熊熊然照亮了黑夜"（《归途杂拾·烧山》），敌寇的暴行激起人民武装更加坚决而英勇的抵抗。遭劫的城市，物资被掠夺，房子被滥烧，人民被滥杀，敌人发泄着凶残的兽性，而一度的失陷，又使物价飞涨，经济形势恶化（《归途杂拾·惠阳》）；"东江路上，时有土匪抢劫客商"（《归途杂拾·"韩江船"》）；无名小镇也在抗战以后暴发，"什么都有交易，除了死人"，酒馆和暗娼兴起，"在发财狂的'现实主义'的气氛中，食色两事的追求也是颇为原始性的了"，加上"车票捐客，到处活动，嗅觉特别灵"（《归途杂拾·老隆》），战氛弥漫的南方市镇迅速发生异化。刚刚从香港沦陷的阴影中走出的人们，又踩进内地苦难的泥淖。历程布满刺心的荆棘，灵魂覆盖浸泪的尘埃。借助社会背景的如实叙录，成为历史的写真。

单体抒情形象的熔铸是茅盾风景散文的又一重要成绩。1940年5月，茅盾从新疆迪化到延安，寓居在鲁迅艺术文学院所在地桥儿沟东山的窑洞里，时达四个月。这是激荡心灵，使他精神升华的重要时期。"西山那一排新开始的整整齐齐的窑洞以及那蜿蜒曲折而下，数百步的石级，实在美丽而雄壮"，"每一个艺术家运用他巧妙的匠心，从最简陋的物质条件中亲手将他们的住所（窑洞）布置得或清雅，或明艳，或雄壮而奇特。每当夕阳在山，红霞照眼……朗爽的清脆的甜蜜的各样笑声，被阵阵的和风，带到下边的山谷里，背驮着斜晖的牛羊从对面山坡上徐徐而下，而'鲁艺'的驴马群也许正在谷中绿草地上打滚嬉戏地追逐"，夏季的晚上，"月圆之夜，天空无半点云彩，仰视长空，万里深蓝，明星点点"，心灵醉入一幅诗意的画面，"月明之下，树影婆娑"，游廊的石级上"有人在低语谈心，有人在月光下看书，但也有人琮琮地弹着曼陀琳，有人在低声的和唱，如微风穿幽篁，悠然而又洒然……四周静的像入了云似的"（茅盾《记"鲁迅艺术文学院"》，1941 年 10 月 16 日、11 月 16 日《学习》第 5 卷第 2、4 期）。延安的革命环境给他以战斗的意志、浪漫的情怀，对于散文创作的直接影响是抒情的强化。

1940 年 12 月作于重庆枣子岚垭，刊载于 1941 年 1 月 10 日《文艺阵地》月刊第 6 卷第 1 期的《风景谈》，激情抒写黄土高原的雄浑景色，赞颂陕甘宁边区的明媚风景和革命者的精神世界，充满人文主义的诗意美。

在茅盾的散文观念里，"人依然是'风景'的构成者"，主导着客观景物。庄严妩媚的大自然"加上了人的活动，就完全改观……自然是伟大的，然而人类更伟大"。陕甘宁边区的军民映入画面，热烈、豪迈、壮阔的笔调散发着情感热力，风景燃烧着精神的光焰。"夕阳在山，干坼的黄土正吐出它在一天内所吸收的热，河水汤汤急流，似乎能把浅浅河床中的鹅卵石都冲走了似的"。沿河的山坳里走着生产归来的人，"用同一的音调，唱起雄壮的歌曲来了，他们的爽朗的笑声，落到水上，使得河水也似在笑"，这些青年美术家、音乐家、作家的眼前，是太阳余晖幻成的满天彩霞，是喧哗的河水跌在石上喷出的雪白泡沫，"在背山面水这样一个所在，静穆的自然和弥满着生命力的人，就织成了美妙的图画。在这里，蓝天明月，秃顶的山，单调的黄土，浅濑的水，似乎都是最恰当不过的背景，无可更换。自然是伟大的，人类是伟大的，然而充满了崇高精神的人类活动，乃是伟大中之尤其伟大者！"中国之大，有比这里美得多的风景，可是新中国的理想和光明承载于高原儿女的肩上，"因此，这里的'风景'也就值得留恋，人类的高贵精神的辐射，填补了自然界的贫乏，增添了景色，形式的和内容的。人创造了第二自然！"语句折射明朗心境，洋溢乐观情绪。壮阔的的背景下，革命的浪漫主义与审美精神，凝注于有着"挺直的胸膛和高高的眉棱"的小号兵"淡黑的侧影"上，从吹号的姿势上看出"严肃、坚决、勇敢,和高度的警觉";目光又转向朝霞染红的山峰上一位荷枪战士的剪影,他"面向着东方,严肃地站在那里,犹如雕像一般"。号兵和战士的形象充满象征力量,"晨风吹着喇叭的红绸子,只这是动的,战士枪尖的刺刀闪着寒光,在粉红的霞色中,只这是刚性的。我看得呆了,我仿佛看见了民族的精神化身而为他们两个"。英雄主义的激情,火焰一般在文字间燃烧。

发表于 1941 年 6 月 10 日《文艺阵地》月刊第 6 卷第 3 期的《白杨礼赞》,热情讴歌反侵略战争年代伟大的抗争精神,以高亢豪劲的笔调,完成了中华民族形象的塑造。"黄与绿主宰着,无边无垠,坦荡如砥"的黄土高原和"傲然地耸立,像哨兵似的"白杨树,构成鲜明的情感意象。在健笔勾勒的雄浑图景上,丰沛意绪的宣抒坦荡而直截:白杨树是"西北极普通的一种树,然而实在不是平凡的一种树!""这是虽在北方的风雪的压迫下却保持着倔强挺立的一种树!""它的朴质,严肃,坚强不屈,至少也象征了北方的农民",象征了在敌后的广大土地上"守卫他们家乡的哨兵","这样枝枝叶叶靠紧团结,力求上进的白杨树,宛然象征了今天在华北平原纵横决荡用血写出新中国历史的那种精神和意志"。茅盾因白杨树"有极强的生命力,磨折不了,压迫不倒"而感动:"我赞美白杨树,就因为它不但象征了北方的农民,尤其象征了今天我们民族解放斗争中所不可缺的朴质,坚强,以及力求上进的精神。"白杨树被人格化、意志化、精神化,生活形象到文学形象的转化,显示了能动地感受时代气息、体验民众情绪的心理能力和表达艺术,实现了大地山河与民族精神的深情礼赞。

茅盾的抒情体式散文,化抽象的议论为具象的表达,把外部体验内化为情绪感受,通过抒情昭示思想。物象、情感、哲思高度交融,使天人合一的传统文化观念获得新的彰显;又借助鲜明的色彩喻示高扬的心情,振发民族精神。醒豁率直的笔路、劲健刚硬的风骨与早期散文因特定的时代环境、命途遭际、心理情绪导致的伤感柔婉的调子相异,见证了风格的改变与艺术的进步。洋溢生活气息的山水景观,摆脱了公式主义的布景,透现出环境在文学上的深刻影响。带着时代烙印、社会因素并寄寓生命理想的士兵、白杨等抒情形象,凝铸为崭新的文学典型。

茅盾也有体式灵活的论说性随笔。作于 1941 年 2 月 16 日夜,发表于 1941 年 2 月 25 日《国讯》第 261 期的《雾中偶记》,在雾重庆的深夜,思绪飞向寒凝的大地,牵挂着"在广大的国土上,受冻挨饿的老百姓,没有棉衣吃黑豆的战士"，英勇和悲壮的气概证明"中华民族是在咆哮了"，虽然"中华民族解放的斗争，不可免的将是长期而矛盾而且残酷"，但是"最后胜利一定要来，而且是我们的"，"浓雾之后，朗天化日也跟着来……血不会是永远没有代价的!"在"温暖"的、芭蕉"绿的太惨"的重庆发出这样的议论，语意沉重。天间浓雾向心头浓雾的过渡，显现着理性与感性交融的心理过程。作于1941年8月19日的《大地山河》，流露对于江南水乡和西北高原不同地理风光的艺术化感受，抒发热爱祖国山河的深情。在文学表达上，注重从细小体验中生发阔大情怀，营造对比效果。午夜梦回，似听得缥缈的橹声，荡出一串绿色的音调；临着黄河堤岸，俯视几股细水，惊讶于大河顿失滔滔的寂寞，才知道"大凡在地图上有名有目的西北的河，到了冬季水浅，就是和江南的沟渠一样的东西"。一望平畴，麦浪起伏，一道连山，奔向天际，更有万丈断崖雄峙，组合成辽远的视景。站在黄土高原上，呼吸"清洁得好像滤过"的空气，"你真觉得心境清凉"。在抗战的艰苦年代，情感的内存支撑着慷慨的言说，艺术化的感受张扬着革命者旺盛的生命力，乐观精神飞扬于荒凉与贫瘠的土地，激励广大民众的斗争意志。西北的土地曾经以崛起的姿态证明大自然的创造力，而今又以现实的姿态接受怀抱崇高理想的人们的改造。词语间冲腾的澎湃激情，充溢的磅礴气韵，源自沧海桑田的伟力。

茅盾的创作表现出明确的时段性。进入中年，散文上的成绩日丰，把借助小说人物反映的严肃主题，改换为散文中直接的自我讲述。无论体裁的调换，或是描写方式的转变，在他的文学意识里，始终认定"文学是人生的反映"、"文学的背景是社会的"，"固然，文学也有超乎人生的，也有讲理想世界的，那种文学，有的确也很好，不过都不是社会的"（《文学与人生》）。

茅盾的风景散文反映着社会思潮与心理变迁，真切地透现历史与现实构成的环境氛围。在他的创作意识里，"一个时代有一个环境，就有那时代环境下的文学。环境本不是专限于物质的，当时的思想潮流，政治状况，风俗习惯，都是那时代的环境，著作家处处暗中受着他的环境的影响，决不能够脱离环境而独立……他的作品的思想一定和他的大环境有关"（《文学与人生》）。茅盾的创作正是从这种观点出发，他的散文所提供的思想与认识价值决定着作品的文学价值。

茅盾的风景散文体现着鲜明的时代精神，强调现实力度。在他的文学观念里，"时代精神支配着政治、哲学、文学、美术等等，犹影之与形。各时代的作家所以各有不同的面目，是时代精神的缘故；同一时代的作家所以必有共同一致的倾向，也是时代精神的缘故"（《文学与人生》）。不同创作期或同一创作期，茅盾在作品题材、体裁、内容、形式诸方面做出的调整，显示着精神转换的印迹和心理变易的脉理。

　　茅盾的风景散文映现着自我人格。在他的艺术理想里，"革命的人，一定做革命的文学，爱自然的，一定把自然融化在他的文学里"（《文学与人生》）。他的生命历程在作品中呈示着清晰的精神路向。

　　明确的文学观念主导着茅盾的创作活动。"茅盾是早就在从事写作的人，唯其阅世深了，所以行文每不忘社会。他的观察的周到，分析的清楚，是现代散文中最有实用的一种写法，然而抒情练句，妙语谈玄，不是他的所长。试把他前期所作的小品，和最近所作的切实的记载一比，就可以晓得他如何的在利用他的所长而遗弃他的所短。中国若要社会进步，若要使文章和实生活发生关系，则像茅盾那样的散文作家，多一个好一个；否则清谈误国，辞章极盛，国势未免要趋于衰颓。"① 基于现实主义立场，茅盾致力为社会、为人生的文学。他构建的自然和人文景象，直观地再现时代和社会的真实，充满历史叙事的诱惑，并在阅读者的经验世界中激发政治想象力和艺术感受力。他以辛勤的文学劳动，垦筑现代风景散文的艺术沃野与精神高地。

第二节　丰子恺：画外的笔墨

　　刻意于文字的朴讷、趣味的清淡，在原始的单纯里容纳现代的丰博，以慈悲心轻缓地调和艺术趣味，使文字俨然近乎一幅美的素描，是丰子恺的散文。

　　丰子恺（1898—1975），浙江崇德人。原名丰润、丰仁。1914 年入杭州浙江省立第一师范学校，从李叔同学习音乐和绘画。1919 年毕业后创办上海专科师范学校，任图画教师。1921 年赴日本学习绘画、音乐和外语。1922 年回国到浙江上虞春晖中学任教，讲授图画与音乐。1924 年在上海创办立达中学。1925 年创办有茅盾、陈望道、叶圣陶、郑振铎、胡愈之等人参加的立达学会。1929 年任开明书店编辑。1937 年抗战爆发，举家逃难于湖南、湖北等省，参加文化救亡活动。著有散文集《缘缘堂随笔》（1931 年，开明书店）、《子恺小品集》（1933 年，上海开华书局）、《随笔二十篇》（1934 年，上海天马书

---

　　① 郁达夫：《〈中国新文学大系·散文二集〉导言》，《中国新文学大系·散文二集》，上海良友图书印刷公司 1935 年版，第 18、19 页。

店）、《艺术趣味》（1934 年，开明书店）、《车厢社会》（1935 年，上海良友图书印刷公司）、《丰子恺创作选》（1936 年，上海仿古书店）、《缘缘堂再笔》（1937 年，开明书店）、《子恺近作散文集》（1941 年，成都普益图书馆）、《教师日记》（1944 年，重庆崇德书店）、《率真集》（1946 年，上海万叶书店）、《丰子恺杰作选》（1947 年，上海新象书店），专著《绘画与文学》（1934 年，开明书店）、《近代艺术纲要》（1934 年，上海中华书局）、《艺术丛话》（1935 年，上海良友图书印刷公司）、《艺术漫谈》（1936 年，上海人间书屋）、《甘美的回味》（1940 年，上海开华书局）、《艺术修养基础》（1941 年，桂林文化供应社）、《艺术与人生》（1944 年，桂林民友书店）、《教师日记》（1944 年，重庆万光书局），译著《苦闷的象征》（1925 年，商务印书馆）、《艺术概论》（1928 年，开明书店），画集《子恺漫画》（1926 年，开明书店）、《子恺画集》（1927 年，开明书店）等。

丰子恺的山水情缘，先在画里蕴涵着了。"我们都爱你的漫画有诗意；一幅幅的漫画，就如同一首首的小诗——带核儿的小诗。你将诗的世界东一鳞西一爪地揭露出来，我们这就像吃橄榄似的，老觉着那味儿。"① 在缘缘堂画笺上，丰子恺借南唐李煜《相见欢》词境所绘《无言独上西楼月如钩》，借北宋宋祁《锦缠道·春游》词境所绘《翠拂行人首》，借北宋欧阳修《阮郎归》词境所绘《秋千慵困解罗衣》，借北宋谢逸《千秋岁·夏景》词境所绘《人散后，一钩新月天如水》，借北宋秦少游《鹊桥仙》词境所绘《牵牛织女星》，借南宋蒋捷《一剪梅·舟过吴江》词境所绘《红了樱桃绿了芭蕉》，借南宋姜夔《扬州慢》词境所绘《二十四桥仍在》；据唐王维《杂诗》诗意所画《作客他乡又一年》，据唐李白《山中与幽人对酌》和《静夜思》诗意所画《我醉欲眠君且去》与《举头望明月，低头思故乡》，据唐杜甫《客至》和《奉济驿重送严公四韵》诗意所画《肯与邻翁相对饮……》与《江村独归去，寂寞养残生》，据唐贺知章《回乡偶书二首》诗意所画《儿童相见不相识》，据唐刘禹锡《西塞山怀古》诗意所画《人世几回伤往事……》，据唐于兰《城上吟》诗意所画《古冢密于草……》，据五代崔道融《鸡》诗意所画《晨鸡》，据北宋王安石《示长安君》和《登飞来峰》诗意所画《草草杯盘供笑语……》与《不畏浮云遮望眼……》，据南宋叶茵《山行》诗意所画《青山

---

① 　朱自清：《〈子恺漫画〉代序》，1925 年 11 月《语丝》第 54 期，《丰子恺散文漫画精选》，中国文联出版社 2001 年版，第 331 页。

不识我姓氏……》，据明园信《天目山居》诗意所画《青山个个伸头看……》，据明宗臣《卖花曲》诗意所画《长安买花者……》，据清龚自珍《己亥杂诗》诗意所画《落红不是无情物……》，据近代苏曼殊《过蒲田》诗意所画《满山红叶女郎樵》，据现代李叔同《春游歌》和《晚钟》诗意所画《游春人在画中行》与《大地沉沉落日眠》等，笔墨简淡朴拙，而得韵雅、境深、意远、味永之美。漫画里充溢的抒情性，源自亲近自然、热爱人生的心怀。爱的宗教在心中发荣滋长，圆融的心意化在文字里，使纸上常常浮漾微笑，自然、温暖，引领人们走向新的世界。

丰子恺的画意充溢在线条色块上，也活在文辞字句间，"所以浙西人的细腻深沉的风致，在他的散文里处处可以体会得出……人家只晓得他的漫画入神，殊不知他的散文，清幽玄妙，灵达处反远出在他的画笔之上"①。在他的一杆笔下，画与文自如调适，相得益彰。

1927年，丰子恺择自己三十岁生日从弘一法师（李叔同）皈依佛门，法名婴行。受着生活迷障的困惑，无力求得人生圆满的他，陷入宗教的罗网。"丰子恺这种咏叹人生的无常和世事的不可执着的态度，只要放在一九三五年前后充满灾难和斗争的中国社会的背景里，自然会给人一种十分刺目的不调和感。而且，和他本人同一时期的某些作品，也呈显出矛盾冲突。但很快地，抗日战争的熊熊烈火，燃烧到了他逃避现实的港湾；毁坏了他那建筑在故乡的三楹高楼'缘缘堂'。悠闲地冷观人世的作者，被逼离开他的'世外桃源'，走上奔波流离的道路。安缘守己的迷梦既已被打破，我们的作者不仅不得不面对民族的危亡和人民的困厄，而且自己也不得不'身入其中'，成为流亡队伍中的一个。"② 他不再沉酣于浮生之梦，在自己的内心世界，不单将释家的出世哲学变为儒家的入世精神，在笔墨风采上，也由雅室里的趣味之文变为流徙中的忧愤之文，在从隐遁到入世的创作途程上，用挣扎和抗争重塑自家散文的灵魂。

《辞缘缘堂》（1939年9月6日下午3时脱稿于广西思恩，1940年1月《文学集林》第3辑：创作特辑）是流徙途上的思乡遣怀之作，真实记录了时代困境中的生命挣扎。在"缘缘堂系列"（包括《还我缘缘堂》，1938年5月

---

① 郁达夫：《〈中国新文学大系·散文二集〉导言》，《中国新文学大系·散文二集》，上海良友图书印刷公司1935年版，第17页。

② 王西彦：《赤裸裸的自己》，《丰子恺散文选集》，上海文艺出版社1981年版，第13页。

1 日《文艺阵地》第 1 卷第 2 期；《告缘缘堂在天之灵》，1938 年 5 月 1 日
《宇宙风》第 67 期）中，这是所寄感情最沉痛，时势体验最深切的一篇。他
从自我视角出发，展现非常年代里对于斯世众生的内心慈爱；从文化心灵的观
照，体现佛义层面的公共关怀。这种宽宏博大的情怀和精深幽远的境界，属于
人类的基本价值形态。他在生命岁月的叙写中，护育自己的内心走向广大深
厚，也昭示一种文化精神。这种精神在国破家亡的艰难岁月里，融入民族的整
体抗争意志。

《辞缘缘堂》的记述主线是 1937 年 11 月 6 日石门湾被炸前后家乡的变化，
率眷逃难避寇的长途上，在文字间怀忆故乡，更觉温馨。这里有运河行船的趣
味，有四时气候适宜显现的天时之胜，有稻麦蔬果、桑树丝绵等物产呈示的各
殊的风味，"尝到一物的滋味，可以联想一季的风光，可以梦见往昔的情景"，
乡思也就有了自然之利的基础性依据。这个临海边、处平原的老镇，在他看，
最富诗趣画意："缘缘堂后面是市梢。市梢后面遍地桑麻，中间点缀着小桥、
流水、大树、长亭，便是我的游钓之地了。"父祖三代以来歌哭生聚的地方，
游众憧憬的桃源竟在劫火中变为焦土，"流亡以后，我每逢在报纸上看到了关
于石门湾的消息，晚上就梦见故国平居时的旧事"。百年老宅和乡间风物成了
梦的背景，他在梦里温习和平岁月的美好：夏天的傍晚，穿竹布衣的祖母
"坐在染坊店门口河岸上的栏杆边吃蟹酒"，安享四时佳兴的悠态；父亲在厅
上晚酌，"桌上照例是一壶酒，一盖碗热豆腐干，一盆麻酱油，和一只老猫"，
闲适的光景透露着浙北乡村的清趣。这是他经验的幸福时光。如今，烽火代替
了欢乐，暴力摧毁了安闲。家国变故，日子由温润转为粗糙，心灵由柔软转为
坚硬。他留恋缘缘堂构造上的中国式，形式上的近世风，堂额、对联、图书、
墨迹，以及天井里种植的芭蕉、樱桃和蔷薇，门外栽培的桃花，院内的葡萄
棚、秋千架、冬青和桂树构成的书香雅境，"适合我的胸怀，可以涵养孩子们
的好真、乐善、爱美的天性"；檐下燕子呢喃，窗前秋虫合奏，清幽、宁谧、
祥和，炭炉上飘起的普洱茶香，浸透安逸滋味。畅适生活转瞬就成追忆，炸弹
猖獗到石门湾，世居的朱楼粉墙顷刻化作灰烬，忍泪别古镇，举家踏上漫漫流
离之路，更憎恨日寇，"世间竟有以侵略为事，以杀人为业的暴徒，我很想剖
开他们的心来看看，是虎的，还是狼的？"不禁由一己之家放眼万众之国，胸
中荡起"一种伟大的力，把我的心渐渐地从故乡拉开了"，并且"恨不得有一
只大船，尽载了石门湾及世间一切众生，开到永远太平的地方"，由衷的语句
展露着慈悲心和宽宏的普世情怀。

《艺术的逃难》（1946 年 4 月 29 日作于重庆，1946 年 8 月 1 日《导报》月刊第 1 卷第 1 期）记 1939 年 9 月日军在广西南宁登陆，向北攻陷宾阳，浙江大学师生离宜山仓皇向贵州逃命，先到都匀，又抵遵义的行途感受。虽处颠沛困苦之境，然而艺术趣味未消，乘坐滑竿迤逦而西，晓行夜宿的生活竟有不浅的古风，"旧小说中所写的关山行旅之状，如今更能理解了"；在河池旅馆，"站在窗前怅望，南国的冬日，骄阳艳艳，青天漫漫，而予怀渺渺，后事茫茫，这一群老幼，流落道旁，如何是好呢？"寥寥数行文字，于愁恺中透出十足的文人意态。他怀着一颗沉重的心，吐露忧国忧民的情愫，竟至由乱世的生死想到佛谛的因缘，以求得苦恼的驱除、精神的宽解："人生的最高境界，只有宗教。所以我的逃难，与其说是'艺术的'，不如说是'宗教的'。人的一切生活，都可说是'宗教的'。"自我慰藉中隐含着一丝无奈。心境的消沉、颓唐，使旅途中绘出的墨画，也"笔笔没有意味"。现实使他直接感到战事对于艺术家灵魂的戕毁。

《沙坪的鹅》（1946 年 4 月 25 日作于重庆，1946 年 8 月 1 日《导报》月刊第 1 卷第 1 期）虽是咏物小品，用心却在寄意。抗战岁月，寓居山城，在沙坪坝庙湾自辟家常小景，"竹篱之内的院子，薄薄的泥层下面尽是岩石，只能种些番茄、蚕豆、芭蕉之类，却不能种树木。竹篱之外，坡岩起伏，尽是荒郊。因此这坐小屋赤裸裸的，孤零零的，毫无依蔽；远远望来，正像一个亭子。我长年坐守其中，就好比一个亭长。这地点离街约有里许，小径迂回，不易寻找，来客极稀"，而正是所养的鹅"那么庞大的身体，那么雪白的颜色，那么雄壮的叫声，那么轩昂的态度，那么高傲的脾气，和那么可笑的行为"，给在战时荒村中因岑寂而苦恼的丰子恺以"精神的贡献"，"凄风苦雨之日，手酸意倦之时，推窗一望，死气沉沉；惟有这伟大雪白的东西，高擎着琥珀色的喙，在雨中昂然独步，好像一个武装的守卫，使得这小屋有了保障，这院子有了主宰，这环境有了生气"。从佛义观照，"原来一切众生，本是同根，凡属血气，皆有共感。所以这禽鸟比这房屋更是牵惹人情，更能使人留恋"。非太平的岁月，文字间仍涌动泛爱的思情，体现了这篇小品的人文价值。

《沙坪的酒》（1947 年 2 月作于杭州，1947 年 3 月 31 日《天津民国日报》）抒写抗战胜利曙光初现时，在重庆郊外的篱下晚酌的滋味。逃难生涯中，广西的山花、贵州的茅台均不喜饮，"由贵州茅台酒的产地遵义迁居到重庆沙坪坝之后，我开始恢复晚酌，酌的是'渝酒'，即重庆人仿造的黄酒"。他觉得"沙坪的晚酌，回想起来颇有兴味"，微醺中见到儿女们的成长，"这好比饮酒赏春，眼看花草树木，欣欣向荣；自然的美，造物的用意，神的恩宠，我在晚酌中历历地感到了"，笔下充溢天伦之乐。更大的人生快意来自"八月十日夜日本的无条件投降。我的酒味越吃越美。我的酒量越吃越大……大家说我们的胜利是有史以来的一大奇迹。我的胜利的欢喜，是在沙坪小屋晚上吃酒吃出来的!"个人精神的舒畅和全民族的解放紧密相连，短章自显深意。

　　丰子恺于1946年秋回故乡凭吊劫后的缘缘堂，然后抵杭州，暂居里西湖畔招贤寺，1947年3月迁入静江路85号小平屋，此间作《桂林的山》，忆述因九江失守，从汉口返长沙，又应桂林师范学校之聘，于1938年6月24日携眷抵桂林的往事。这篇写给"山水甲天下"之地的作品，染着战火痕迹，记录时代片影。谈水的印象，"漓江的绿波，比西湖的水更绿，果然可爱。我初到桂林，心满意足，以为流离中能得这样山明水秀的一个地方来托庇，也是不幸中之大幸"。论山的感受，"汉口沦陷，广州失守之后，桂林也成了敌人空袭的目标"，防空洞"就在那拔地而起的山的脚下。由于逃警报，我对桂林的山愈加亲近了"。明秀的山水一洗战乱中的灰黯心境，作品也寄寓审美情趣，显示艺术精神。尤其在画家的眼光里，评点导向明显的个人化。他认识了桂林的山的性格，"渐渐觉得这些不是山，而是大石笋"，以致"渐渐地看厌了"，甚或认为"桂林的山在天下的风景中，决不是尽善尽美"，因为它"奇而不美"，所以难以入画。在风景中发现美的职业经验影响着艺术倾向，喜美不喜奇的欣赏心理，使他觉得桂林受不了"甲天下"的盛誉，以现代人的美学标准颠覆了关于桂林的传统评价。不附和定论的勇气，显示了可贵的创作个性。

　　《谢谢重庆》（1947年元旦作）是对山城的辞别，也是对一段岁月的告别。"不知道一种什么力，终于使我厌弃重庆，而心向杭州。不知道一种什么心理，使我决然地舍弃了沙坪坝的衽席之安，而走上东归的崎岖之路"，实则并无利害相关，"就是由感情、意气、趣味的要求，正是所谓'无益之事'。我幸有这一类的事，才能排遣我这'有涯之生'"，最难忘情的是临去秋波的一瞬。在山坡上静待归舟，"开窗俯瞰嘉陵江，对岸遥望海棠溪。水色山光，悦目赏心。晴朗的重庆，不复有警报的哭声，但闻'炒米糖开水'、'盐茶鸡蛋'的节奏的叫唱"，就在熟悉的景致里，他"不得不离开这清和四月的巴山而回到杭州去"，几笔人生小景的细腻描摹，把心神久留在这个对自己生命发生过影响的地方。

　　《胜利还乡记》（1947年5月10日作于杭州，1947年6月24日《天津民国日报》）是一篇"避寇西窜，流亡十年"后的回乡记事。品味真实的生活经验的同时，流露亦喜亦悲的复杂心情。"当我的小舟停泊到石门湾南皋桥塊的埠头上的时候，我举头一望，疑心是弄错了地方……因为十年以来，它不断地装着旧时的姿态而入我的客梦，而如今我所踏到的，并不是客梦中所惯见的故乡!"真实地传达出游子初归时瞬间的陌生感。物换星移，不禁慨叹自己也做了"儿童相见不相识，笑问客从何处来"这两句古诗中的主角。绕过茅屋和废墟，"走到了我家染坊店旁的木场桥。这原来是石桥。我生长在桥边，每块石板的形状和色彩我都熟悉。但如今已变成平平的木桥……桥塊一片荒草地，染坊店与缘缘堂不知去向了"。对于千里归客，故宅"如今只剩一片蔓草荒烟，只能招待我们站立片时而已!"平实的叙述，深蕴着内心的痛感；微细的心理波动，折映着时代的光影。

《湖畔夜饮》(1948 年 3 月 28 日夜作于湖畔小屋，1948 年 4 月 16 日《论语》第 151 期)记叙与郑振铎在杭州晤聚之事。宜在良辰美景下细品的人生滋味，浓于杯中老酒。写今，忆旧，意识自由地在转换的时空中流动，笔致轻灵、幽默，放逐心情，品味悠然，文章深处却是经受人世沧桑，特别是民族苦难后的一种达观、圆通、稳练的心境。所谓景美、情美、境美三者具。

景美："窗外有些微雨，月色朦胧，西湖不像昨夜的开颜发艳，却另有一种轻颦浅笑，温润静穆的姿态"，在灯下和老友共饮，胜过到湖边步月，因而赏景成了美味的酒肴。

情美："阔别十年，身经浩劫。他沦陷在孤岛上，我奔走于万山中。可惊可喜、可歌可泣的话，越谈越多。谈到酒酣耳热的时候，话声都变了呼号叫啸"，又忆想"二十余年前他在宝山路商务印书馆当编辑，我在江湾立达学园教课时的事"，岁月分隔，死生契阔，因而话旧成了美味的酒肴。

此情此景合成一种人生至境，丰子恺让这种深刻的美流贯于深情的叙晤和短暂的聚散中，显示了浓挚的生命真味。

在丰子恺的情感世界里，温暖与冰冷、慈爱与苦恨，尖锐地相峙，而到了文字间却表现得那么平和、安静、恬淡，归于纯一。微笑的表情映示着烽火后岑寂的广野，风暴后廓落的水天，而心焰在深处燃烧，情感在暗中激荡，特别显出精神境界的广远和艺术蕴涵的深邃。

丰子恺游走于自然和人文风景的疆域，经过苦难年代的磨砺，更熔铸出清朴的笔墨、纯真的文味。他借助语言功能和绘画手段，把山水光影转换成笔墨符号，又使笔墨符号闪现山水光影，由此产生了文和画组构的复合式艺术风景。

第三节　梁实秋:精神的远游

以儒雅雍容的气度做着情致悠闲的随笔,取材广博而见出人生的温情,格局小巧而见出生活的滋味。明清性灵小品的笔墨神趣常在梁实秋的雅舍闲谈中灵动地一闪。

梁实秋(1903—1987),原籍浙江杭县,生于北京。原名梁治华,字实秋。笔名秋郎、子佳。1915 年秋考入清华学校。1922 年秋担任《清华周刊》文艺编辑。1923 年 8 月毕业后由上海赴美国留学。1924 年夏从科罗拉多大学英文系毕业,进入哈佛大学研究所。1925 年秋转入纽约哥伦比亚大学。1926年夏回国在南京东南大学任教。1927 年在上海编辑《时事新报》副刊《青光》,同时与张禹九合编《苦茶》杂志,又任教于暨南大学。1928 年 3 月与叶公超、徐志摩等创办《新月》月刊。1930 年应杨振声之邀任青岛大学外文系主任兼图书馆馆长。1932 年在天津编辑《益世报》副刊《文学周刊》。1934年应聘任北京大学外文系研究教授兼外文系主任。1935 年创办《自由评论》,并主编《世界日报》副刊《学文》、《北平晨报》副刊《文艺》。1938 年在重庆编译馆主持翻译委员会工作,12 月接编重庆《中央日报》副刊《平明》。1946 年 8 月任北京师范大学英语系教授。1949 年 6 月移居台湾。1950 年夏任台湾省立师范学院英语系教授兼系主任。1955 年任台湾省立师范大学文学院院长。著有散文集《雅舍小品》(1949 年,上海中国书店)、《谈徐志摩》(1958 年,台湾远东图书公司)、《清华八年》(1962 年,台北重光文艺出版社)、《文学因缘》(1964 年,台湾文星书店)、《谈闻一多》(1967 年,台湾传记文学出版社)、《秋室杂忆》(1969 年,台湾传记文学出版社)、《西雅图杂记》(1972 年,台湾远东图书公司)、《雅舍小品续集》(1973 年,台北正中书局)、《看云集》(1974 年,台湾志文出版社)、《槐园梦忆》(1974 年,台湾远东图书公司)、《白猫王子及其他》(1980 年,台湾九歌出版社)、《雅舍谈吃》(1986 年,台湾九歌出版社),杂文集《骂人的艺术》(1927 年,新月书店)、《秋室杂文》(1963 年,台北文星书店)、《实秋杂文》(1970 年,台湾仙人掌出版社),评论集《冬夜草儿评论》(与闻一多合著,1922 年,清华文学社)、《浪漫的与古典的》(1927 年,新月书店)、《文学的纪律》(1928年,新月书店)、《偏见集》(1934 年,正中书局)、《约翰孙》(1934 年,商务印书馆),论著《略谈中西文化》(1970 年,台北进学书局)、《关于鲁迅》

（1970 年，台北爱眉出版社）、《梁实秋论文学》（1978 年，台北时报文化出版公司），专集《实秋自选集》（1954 年，台北胜利书局）、《梁实秋选集》（1961 年，台北新陆出版社）、《实秋文存》（1971 年，台湾蓝灯出版社）、《梁实秋自选集》（1975 年，台北黎明文化事业股份有限公司）、《梁实秋札记》（1978 年，台北时报文化出版公司），译著《阿伯拉与哀绿绮斯的情书》（1928 年，新月书店）、《威尼斯商人》（1936 年，商务印书馆）、《奥塞罗》（1936 年，商务印书馆）、《哈姆雷特》（1936 年，商务印书馆）、《情史》（1945 年，重庆黄河出版社）、《莎士比亚戏剧集 20 种》（1967 年，台北文星书店）、《莎士比亚全集》（1986 年，台湾远东图书公司）等。

　　1939 年秋，梁实秋与友人龚业雅合资购置重庆北碚的六间平屋，号为雅舍，清居其中以"写作自遣"。1940 年，他应刘英士之约，以子佳为笔名在《星期评论》陆续发表"随想随写，不拘篇章"的小品文。闲适，是雅舍小品的主要趣味，在一定程度上消解了文学的功利意义。这与抗战年代的政治环境、时代气氛与社会情绪不相协调。"要准确判断梁实秋的创作态度必须把握他一以贯之的文艺思想。梁实秋的文艺观有两个要点：一是反对以功利的眼光看待文学，二是认为文学应该表达亘古不变的人性……文学的价值仍应是表达永久的、普遍的人性——能永久，才不会为时间所磨损；能普遍，才不会被空间所局限。由此可见，梁实秋的文艺观与当时那种'文章下乡，文章入伍'的文艺观，分属于两种截然对立的文艺体系……在那样一种敌人的刺刀对准了我们民族胸膛的血与火的年代，爱国作家究竟是应该'拿笔杆代枪杆，寓文略于战略'呢，还是应该继续在恬淡闲适之中来寻求艺术的人生情趣呢？如果我们谈问题不脱离特定的历史条件，应该是不难作出正确判断的。"① 在梁实秋的文学观念中，"文学的基本任务是描写人性"（《纯文学》），他主张文学创作应远离功利性，求得一种人文意义上的恒久价值。这种文学观念主导的创作，决定了梁实秋"闲谈的艺术"的散文品质。但是他并非否认文学的社会作用，"纯文学不大可能成为长篇巨制，因为文学描写人性，势必牵涉到实际人生，也无法不关涉到道德价值的判断，所以文学作品很难作到十分纯的地步。西方所谓唯美主义，所谓'为艺术而艺术'，失之于偏狭，不能成为一代的巨流"（《纯文学》）。

---

① 陈漱渝：《〈雅舍小品〉现象——我观梁实秋的散文》，《梁实秋散文》，中国广播电视出版社 1989 年版，第 3、4 页。

雅舍静修和放步远游，构成梁实秋的生命形式。他的人生风景在文学创造中显现着全部生动。

闲适味。在雅舍静修中，梁实秋精心构建社会一隅的个人生命景观。从自我体验出发，让文字在民族的苦难中放射诗性的光焰，给凄冷的社会带来温暖，是他的"闲适"的真正品格。"在抗日战争时期，曾经产生大量爱国意识强烈、战斗激情澎湃的'怒吼的散文'，也曾大量产生描绘抗战艰辛、反映民众疾苦的'受难的散文'。由于历史条件的限制，这两类作品中的大部分篇什存在着不同程度的公式化、概念化倾向，尽管在当时产生了不可低估的鼓动作用和暴露作用，但时过境迁，已大多为读者淡忘。与此相反，以《雅舍小品》为代表的'闲适的散文'，却反倒愈来愈显示出它的艺术魅力。"① 这种幽处雅舍中，伴着苦淡的茶烟制作出来的小品，词语色彩不浓烈，情感发抒不狂激，笔致幽默、语风平和，这固然适宜雅舍主人的口味，却同危殆时势下大众的阅读需求与审美立场产生距离。然而梁实秋固守设定的艺术美学坐标，自铸清格，使作品在纵向的时间与横向的空间的交构中，保持形的圆润、质的晶莹，不致随着岁月流逝，也以丰实的创作成果证明闲适品格在现代小品审美范畴中具有的艺术价值。

景物是闲适情趣的承托体。梁实秋笔下的雅舍，一派清美："前面是阡陌螺旋的稻田。再远望过去是几抹葱翠的远山，旁边有高粱地，有竹林，有水池，有粪坑，后面是荒僻的榛莽未除的土山坡"；逢月夜，"清光从树间筛洒而下，地上阴影斑斓，此时尤为幽绝"；遇细雨，"推窗展望，俨然米氏章法，若云若雾，一片弥漫"（《雅舍》），清幽的景色映示内心的闲静。他自认缺乏"音乐的耳朵"，却也不闻枪炮的声音，幽幽绕响的是所谓天籁，"秋风起时，树叶飒飒的声音，一阵阵袭来，如潮涌，如急雨，如万马奔腾，如衔枚疾走；风定之后，细听还有枯干的树叶一声声地打在阶上。秋雨落时，初起如蚕食桑叶，窸窸嗦嗦，继而渐渐沥沥，打在蕉叶上清脆可听。风声雨声，再加上虫声鸟声，都是自然的音乐，都能使我发生好感，都能驱除我的寂寞"（《音乐》），调用艺术的笔趣绘声绘形，把感官刺激升华为听觉美与视觉美。这类闲适趣味的小品，为世间增加了情感温度。

简单味。在放步远游中，梁实秋卸去灵魂的负累，使精神清洁，"在尘世

---

① 陈漱渝：《〈雅舍小品〉现象——我观梁实秋的散文》，《梁实秋散文》，中国广播电视出版社1989年版，第5页。

旅行……我们要看朵朵的白云，但并不想在云隙里钻出钻进；我们要'横看成岭侧成峰，远近高低各不同'，但并不想把世界缩小成假山石一般玩物似的来欣赏"；"旅行是享受清福的时候"，游侣"能一声不响地陪着你看行云，听夜雨"是他最赏识的美境（《旅行》）。古来的雅人深致在意味的单纯而非形式的繁缛，"所以南浦唱支骊歌，灞桥折条杨柳，甚至在阳关敬一杯酒，都有意味。李白的船刚要启碇，汪伦老远的在岸上踏歌而来，那幅情景真是历历如在目前。其妙处在于纯朴真挚，出之以潇洒自然"（《送行》）。他希望在旅途上收获人性的本真，而不需任何装饰；他希望建立心灵与自然的直接联系，而不需任何媒介。他的灵魂融入山水，对"弈棋饮酒，投壶流觞，一个个的都是儒冠羽衣，意态萧然"的"辋川图"里的人物油然神往，"只觉得摩诘当年，千古风流"；对"凭吊浣花溪畔的工部草堂，遥想杜陵野老典衣易酒卜居茅茨之状，吟哦沧浪，主管风骚"（《诗人》），也极歆美，古代社会的原始风韵、纯质俗尚，引他耽忆。简单味是大自然的启示，滋润涵养性灵，改善创作品质。他笔下的物象单纯，不形成多体重叠；意象单纯，不添设复杂思绪。这种艺术处理，反而自显幽深淡远之致。情感隐曲的流露、心迹含蓄的表白、言辞婉转的陈述，不属于他的文字。

内心的开放，使梁实秋的眼光向广域辐射，细心观照文化视野中的风物，而又切当地做着艺术表现，在繁博的素材中研制简单的至味。他欣赏黎明时窗外的一片鸣啭，"简直是一派和谐的交响乐。不知有多少个春天的早晨，这样的鸟声把我从梦境唤起"；心牵恋鸟的飞影，"它像虹似的一下就消逝了，它留下的是无限的迷惘"，矫健的翎翅背衬着"黛青的山色和釉绿的梯田"。悦耳的鸣啭和翩然的飞姿撩动意绪，"我爱鸟的声音鸟的形体，这爱好是很单纯的，我对鸟并不存任何幻想"。初闻杜鹃"想到啼血，想到客愁，觉得有无限诗意"的感兴，他不以为然，"我想济慈的《夜莺》，雪莱的《云雀》，还不都是诗人自我的幻想，与鸟何干？"（《鸟》）一段随感，于细微事物中发掘丰沛的诗意，在自然景观中融注社会思考。

闲适和简单构成的文学表达，显现一种心理态度，一种欣赏格调。梁实秋的审美旨趣是以轻松的状态呈现出来的，平实、自然、随和、亲切，流水一般自由，这同他的将生活诗化的艺术主张形成默契，也在创作规律中找到文学理想的适应点。

梁实秋的散文将西方 Essay 的论说式（Formal Essay）的严肃笔调和絮语式（Familiar Essay）的轻松笔调相融合，整体风格却是有性灵的言情重于有智慧的述理，既含文人的清雅情味，又富学人的丰厚理趣，形成鲜明的艺术个性。这恰如他的心得："'雅舍'还是自有它的个性。有个性就可爱。"（《雅舍》）经过他的文学努力，心音与文调在体式玲珑的白话小品中发出和谐的清响。

梁实秋中年赴台后，散文创作日丰，在清淡的"雅舍"风调外，因心理渐入老境而添入怀忆的深韵。幽默的文味中透出笔法的圆熟，意趣更见苍茫。《秋室杂文》收录的《平山堂记》、《放风筝》、《跃马中条记》、《美国去来》，《秋室杂忆》里的《海啸》，《西雅图杂记》中的《山杜鹃》、《斯诺夸密瀑》、《华盛顿首府》、《国立美术陈列馆》、《白宫》、《到纽约去》、《自由神像》、《帝国大厦》、《大都会美术馆》、《尼加拉瀑布》、《福德故居》、《拔卓特花园》，《雅舍小品续集》里的《树》、《读画》、《观光》、《窗外》、《雪》、《滑竿》，《白猫王子及其他》中的《北碚旧游》，《雅舍散文》里的《东安市场》、《文房四宝》、《忆青岛》、《山》，《雅舍散文二集》中的《盆景》，《梁实秋读书札记》里的《虹》、《剑外》、《〈登幽州台歌〉》、《竹林七贤》、《寒梅着花未》等，均是广涉人文与自然景观的书写。"在梁实秋晚年的散文中，还有不少单纯思乡怀旧的文字，如《北平年景》、《酸梅汤与糖葫芦》、《故都乡情》、《北平的街道》等，深沉浓郁，感人至深。"[①] 他把饮食文化聊得生动多趣，《雅舍谈吃》里的《西施舌》、《醋溜鱼》、《烤羊肉》、《狮子头》、《炝青蛤》、《豆汁儿》，《雅舍小品三集》中的《腌猪肉》、《喜筵》、《喝茶》、《饮酒》、《烧饼油条》等篇，文味与滋味俱美，尝味佳肴如品读人生，足见兴趣的广泛和生活意兴的浓厚，更流露久阅沧桑的生命感觉。

"闲适是现代小品理论最重要的范畴之一。闲适是指创作主体的心闲意适，是一种悠然、从容、绵和、轻松、自由的心理状态，又指创作主体情感、思想的随意自由表达。小品闲适，就是表现作者的闲情逸致，是生活有余裕、有闲暇的文人雅士用闲笔表现悠闲、清闲的生活及思感。林语堂说：'小品文即在人生途上小憩谈天，意本闲适，故亦容易谈出人生味道来。'闲适是一种快乐的感情心态，作者以悠然闲逸的心境追求、体验、品赏生活中的乐趣和诗意的美。闲适小品是闲人于闲暇时写的闲文，表现的是闲情，有'悠然见南山'式的悠闲意味。闲适是一种人生态度，是一种人生观和生活观。周作人

① 陈漱渝：《〈雅舍小品〉现象——我观梁实秋的散文》，《梁实秋散文》，中国广播电视出版社1989年版，第9页。

说:'闲适是一种很难得的态度,不问苦乐贫富都可以如此,可是又并不是容易学得会的。'……闲适是一种悠然的心态,一种平和的情感,一种安闲快适的生存方式,是一种理想的人生境界。闲适的追求,本质上是寻找精神家园,寻找心灵上的归宿感,追求审美化的精神境界","现代小品理论追求的'闲适'境界,是一种人文理想,是对生活真谛、人生意义的独到见解,其文化意义不可忽视"①。以闲适为主要文体风格和内在特质的"雅舍风味",在绵长的历史时段与广远的岁月空间里,散溢一缕艺术的馨香。梁实秋的个性化写作,推进了现代小品的文体建设。

---

① 欧明俊:《现代小品理论研究》,上海三联书店 2005 年版,第 139、140、142 页。

第十二章

其他作家综论

第一节　人文风景中的生命寻求

一　废名：欢悦与感伤

在简淡的字句、冷涩的文味中展开一片纯美的乡风、隐逸的禅境，废名以奇僻的文体完成了对现代乡间社会的诗意化描述。

废名（1901—1967），湖北黄梅人。原名冯文炳，字蕴仲。1916 年在武昌湖北第一师范学校读书。1922 年考入北京大学预科，后入本科英文系。1929 年毕业，留校任教于国文系。1930 年和周作人等创办《骆驼草》。1937 年抗战爆发后返乡教书。1946 年回到北京大学任教。1952 年调至东北人民大学（今吉林大学）中文系任教。著有短篇小说集《竹林的故事》（1925 年，新潮出版社）、《桃园》（1928 年，开明书店）、《枣》（1931 年，开明书店），长篇小说《桥》（1932 年，开明书店）、《莫须有先生传》（1932 年，开明书店），诗集《水边》（1944 年，北平新民印书馆），诗文合集《招隐集》（1945 年，大楚报社），论著《谈新诗》（1944 年，北平新民印书馆）、《跟青年谈鲁迅》（1956 年，中国青年出版社）等。

废名的精神成长得益于家园美丽的自然环境，难以割舍的乡土情结使他始终没有纯粹的城市知识分子的气质。"我个人做小孩时的生活是很有趣味的，因为良辰美景独往独来耳闻目见而且还'默而识之'的经验，乃懂得陶渊明'怀良辰以孤往'这句话真是写得有怀抱。即是说'自然'是我做小孩时的好学校也"（《教训·多识于鸟兽草木之名》）；"因为我们的学校面对着城墙，城外又是一大绿洲，城上有草，绿洲又是最好的草地，那上面又都最显得有风了，所以我读书时是在那里描画风景"（《小时读书》），自然的教化使他从幼年起便滋育爱美之心。中国社会的动荡变乱、贫穷凋敝，毁灭了乡村世界原始性的宁恬静美，这在废名善感的天性中增添了忧郁的气质。他的阅读经验里，又有"读庾信文章，觉得中国文字真可以写好些美丽的东西"（《中国文章》）的心得，性情开始支配创作。他的诗里流漾着欢悦与哀伤相交融的心理情绪，意象清透、明净，呈示着一个心灵尚未完全融入城市环境的鄂地青年对于美妙风景的憧憬，对于乡土生活的依恋："我在女人的梦里写一个善字，／我在男人的梦里写一个美字，／厌世诗人我画一幅好看的山水，／小孩子我替他画一个世界"（《梦之使者》），折射出童心的纯真；"我倒喜欢雨天看世界，／当初我倒没有打把伞做月亮，／自在声音颜色中，／我催诗人画一幅画罢"（《画》），透明的遐思在色彩的河流中飘飞；"我立在池岸，／望那一朵好花，／亭亭玉立／出水妙善"（《海》），花影闪动在心的深处；他幻想"跑到桃花源岸攀手掐一瓣花儿"，让"一天好月照澈一溪哀意"（《掐花》），酿制出孤凄的清境；他的幻感里浮升着平旷的雪原，这"是宇宙的灵魂，／是雪夜一首诗"（《雪的原野》）；冬夜梦中，"满天的星，／颗颗说是永远的春花。／东墙上海棠花影，／簌簌说是永远的秋月"（《星》），闪闪的映像，朦胧、清幽、明丽，竟至"思想是一个美人，／是家，／是日，／是月，／是灯，／是炉火"（《十二月十九夜》），抽象与具象完成了灵妙的转换。诗也"犹如日，犹如月。／犹如午阴，／犹如无边落木萧萧下"（《寄之琳》），灵感的羽翼宛如一片绿叶轻轻地落在幻想的空间。他喜欢影像化的心灵表述，笔底就出现了风景描摹。诗感融入他的生命经验。

废名的小说也流荡诗意美。本色文字描绘的乡土画境，有一种简单的装饰意味。没有什么故事，只描一幅彩画，添几个人物在里面，而品那滋味却如领受醇浓的诗意，如他自己说过的，"好比徐志摩所佩服的英国哈代的小说，总觉得那些文章里写风景真是写得美丽，也格外的有乡土的色彩"（《中国文章》），自己的散文诗般的小说，大抵也有这样的风味。周作人编选《中国新文学大系·散文一集》时，把《桥》中的《洲》、《万寿宫》、《芭茅》、《送路灯》、《碑》、《茶铺》六则当作散文收录。依周氏的见解："废名所作本来是小说，但是我看这可以当小品散文读，不，不但是可以，或者这样更觉得有意味亦未可知。"① 在废名的经营下，作品具有散文化的小说或小说化的散文的双重审美意义。河坝脚下的竹林和茅屋旁，流水潺潺

① 周作人：《〈中国新文学大系·散文一集〉导言》，《中国新文学大系·散文一集》，上海良友图书印刷公司 1935 年版，第 13 页。

（《竹林的故事》）；梅雨连绵，河岸快叫河水漫平了（《河上柳》）；桃树之上明起来的月亮，那光让门闪闪在了屋子外（《桃园》）；河水沿着泥墙后的竹林打一个湾流走，"水草连着菖蒲，菖蒲长到坝脚，树荫遮得这一片草叫人无风自凉"（《菱荡》）；牛背山上堆满了黑石头，一只鹞鹰飞在天之间，"青青的天是远在山之上"（《桥·碑》）；河洲上的白鹭要展翅飞，迎着春朝的颜色与鸟的啼音（《桥·棕榈》）；开满映山红的花红山上，"两边草岸，一湾溪流"，桃李连枝而开花（《路上》）；"没有风，花似动，——花山是火山！"好看的一坡绿上，"一对燕子飞过坡来，做了草的声音……坡上的天斜到地上的麦，垅麦青青，两双眼睛管住它的剪子笔迳斜（《桥·茶铺》）；怀着"欣红而又悦绿"的心情望过去，"花红山似乎换了颜色，从来的诗思做了太阳照杜鹃花。——花红山是在那里夕阳西下了"（《桥·花红山》）；站在桥边望，"过去的灵魂愈望愈渺茫，当前的两幅后影也随着带远了。很像一个梦境。颜色还是桥上的颜色……这一下的印象真是深"，青空中飞旋一只鹞鹰，好景致把视线牵到天上去（《桥·桥》）；还插入接近画论的一笔，"高山之为远，全赖乎看山有远人，山其实没有那个浮云的意思，不改浓淡"（《八丈亭》）；画画人"把红的绿的几种颜料加入了意识"，湖里泛舟，"打起伞来一定好看，望之若水上莲花叶"（《桥·塔》）；桃园"十几亩地，七八间瓦屋，一湾小溪，此刻真是溪上碧桃多少了"（《桥·桃林》）。小河、竹林、溪岸、庙和塔，都在他家乡那里生了根，烘衬着故事里的人物。在笔法技巧上独沽一味，学唐人写绝句，使清瘦的文字显出丰盈的意韵。他得意于"无论是长篇或短篇我一律是没有多大的故事的"（《〈桥〉附记》）的章法。他欢欣于梁遇春散文"将有一树好花开"，是"我们新文学当中的六朝文……玲珑多态，繁华足媚"（《〈泪与笑〉序》），废名浑朴的散文虽未必有梁文的清艳，而小说却受得起这番夸赞。

废名本应把诗意带进散文，在散文中展开诗境，而受着岁月磨损的人生改变了创作心境，诗歌与小说间的浪漫情味减少了："如果要我写文章，我只能写散文，决不会再写小说。"（《散文》）"具散文的心情的人，不是从表现自己得快乐，他像一个教育家，循循善诱人，他说这句话并非他自己的意思非这句话不可，虽然这句话也就是他的意思。又如我前面所说的，具散文的心情的人，自己知道许多话说不出，也非不说出不可，其心情每见之于行事，行事与语言文字之表现不同，行事必及于人也。"（《关于派别》）这些就是他对于散文的态度，也显现着疏远隐晦的诗化表述而归于明晰的个人记事的清朴作风。

　　在诗与文的区辨上，废名以为"近人有以'隔'与'不隔'定诗之佳与不佳，此言论诗大约很有道理，若在散文恐不如此，散文之极致大约便是'隔'，这是一个自然的结果，学不到的，到此已不是一般文章的意义，人又乌从而有心去学乎？"（《关于派别》）废名作品的格调，诗风清奇超诣，文境蕴藉委曲，冲淡疏野大概适用于他的小说，这些均出于锦绣之心。在散文上，文字虽朴质，意味却愈幽深。语句的隐僻、文义的晦涩大约是他的辞章之美所需要的，却究竟与阅读相"隔"，虽则在他自己是贴着心写出的。

　　和小说与诗歌一样，废名散文也多以湖北黄梅一带的乡村做书写背景，勾绘平凡生活中的种种小人物，从浓郁风俗和简淡色彩上看出很强的地方性和乡间生活的纯粹状态。他同时用部分笔墨为自己的心灵写照，情感的波流在文字间缓慢地晃漾，映出对于这世界的爱与恨、悲与喜、惶惑与清醒、茫然与希望，浮现宁静的光景，以爱为本的生活理想水一样融渗。

　　废名清瘦的文字间充溢着沉实的生命意识，他有意收敛内心的艺术激情，把苍凉的命运感以缥缈的禅味流露出来，而且溶浸以诗酒自娱的魏晋名士风。笔墨的省俭、旨趣的隐曲、意境的朦胧，似乎想不着文字便在纸上留下深长意味。思维仿佛了无迹象，意绪飘忽，真情如幻，造成一定的阅读困阻，但在他自己的感觉里，却有另外的态度："有许多人说我的文章obscure，看不出我的意思。但我自己是怎样的用心，要把我的心幕逐渐展出来！我甚至于疑心太clear得厉害。"（《说梦》）他的艺术意识里，活跃着梦象、景片，并且构成特定的心理场景，包孕幽深的精神内涵。"我有一个时候非常之爱黄昏，黄昏时分常是一个人出去走路，尤其喜欢在深巷子里走……不知从什么时候起黄昏渐渐于我疏远了。"（《说梦》）他从自然景物的转换中看出意义，同时想到人生，把淡淡的哀伤也浸进去了。"创作的时候应该是'反刍'。这样才能成为一个梦。是梦，所以与当初的实生活隔了模糊的界。艺术的成功也就在这里。"（《说梦》）文学的诗与生活的梦水乳般浑融，是他固守的创作思维，也实现了绝句体小说与朦胧化散文的艺术建构。

　　废名能以艺术的态度看风景，清晰地建立形象认知。思想的圆满又使作品融会现实含义。

　　《五祖寺》（1946年11月17日《益世报·文学周刊》）追溯童年记忆，让风景的断片闪映于生命的过程，在肃穆的仪式感中证明世间和佛界的距离。

　　废名在《五祖寺》附记里说："民国二十八年秋季我在黄梅县小学教国语，那时交通隔绝，没有教科书，深感教材困难，同时社会上还是《古文观止》有势力，我个人简直奈他不何。于是我想自己写些文章给小孩们看……文章未必能如自己所理想的，我理想的是要小孩子喜欢读，容易读，内容则一定不差，有当作家训的意思。《五祖寺》这一篇是二十八年写的，希望以后写得好些，不要显得'庄严'相。"他暂且调整中年人的稳练心态，用平和的文字温暖小孩子的心，而在单纯语气的后面，又隐约地含着复杂意绪。平静的忆述中暗寓丰富的想象提示。眼扫纸面，触着的好像禅家语录。大人们到五祖寺进香，而我"竟是过门不入……也不觉得怅惘"，虽然"心里确是有点孤寂了"，可是"过门不入也是一个圆满，其圆满真仿佛是一个人间的圆满"，一点没有缺欠，真算得"是一个实在的感觉"，并且"这个忍耐之德，是我的好处"，这一点成熟的见识显示了生命的成长。他又以近禅的言语隐曲地表达精神的增益，"现在我总觉得到五祖寺进香是一个奇迹，仿佛昼与夜似的完全，一天门以上乃是我的夜之神秘了"。这些感知脱离了小孩子的内心，成为深厚的人生心得。纯真的童趣放射美丽的光影，使生活明亮。含在数目字里的佛家妙谛仿佛"一天的星，一春的花"，半山中的凉亭，归途上的木桥和沙子的路，都在记忆里映显。在故乡很深的山中教课的废名，把笔墨调制得清淡如水，物象与人心都极渺远似的，为多义性的领解预置了空间。

《树与柴火》（1946年12月29日《平明日报·星期艺文》第1期）浮现家乡映画似的景色，"我觉得春天没有冬日的树林那么的繁华，我仿佛一枚一枚的叶子都是一个一个的生命了。冬日的落叶，乃是生之跳舞。在春天里，我固然喜欢看树叶子，但在冬天里我才真是树叶子的情人似的。我又喜欢看乡下人在日落之时挑了一担'松毛'回家"，单纯的意象好像唐人绝句里有过的。思乡的情感水一样缓淌，流荡记忆之美；又从柴火上体味出生命经验，"春华秋实都到那里去了？所以我们看着火，应该是看春花，看夏叶，昨夜星辰，今朝露水，都是火之生平了"，重新检视过往生活，如同拣拾身后的遗落。人生行程充满轮回，似含浸禅悟的意味。

《关于"夜半钟声到客船"》（1947年1月5日《平明日报·星期艺文》第2期）仿佛一篇诗论，与苏州风景有关而核心却在诗上。"我个人只是喜欢'姑苏城外寒山寺，夜半钟声到客船'这两句诗好，其实就是句子写得好，将平常的事情写成一种诗韵的和谐似的，最见中国诗的长处"，游兴与诗心交融，直从绝句情境走到古人心里去。

《打锣的故事》（1947年2月2日《大公报·星期文艺》第16期），写儿时记忆中的鄂东乡俗。基本不描摹场景，只凭记述就显出情感的亲切与过程的生动。"我们乡人却总是打锣，无论有什么举动都敲起那一面锣来，等于办公看手表，上课听打钟"，而"小孩子死独不打锣了，一切仪式到此都无有了"，内心便甚是寂寞，甚或怨愤地发问，"我是喜欢看陈死人的坟的，春草年年绿，仿佛是清新庾开府的诗了，而小孩子的坟何以只是一堆土呢？像垃圾堆似的。而且我喜欢的声音呢？"亲熟的锣声永远消失于岁月的风中。他从自我出发，把乡村孩子的心理世界表现得忧伤而美丽。

《放猖》（1947 年 2 月 26 日《中国新报·文林》·第 370 期）在怀忆中流溢温暖的乡情。"故乡到处有五猖庙，其规模比土地庙还要小得多，土地庙好比是一乘轿子，与之比例则五猖庙等于一个火柴匣子而已。猖神一共五个，大约都是士兵阶级，在春秋佳日，常把他们放出去'猖'一下，所以驱疫也"，同时夺了小孩子的心神，成了满怀的欢喜。放猖的锣声和爆竹声里，"我则跟在后面喝采。其实是心里羡慕，这时是羡慕天地间唯一的自由似的"，觉得"我的世界热闹极了"，以致"收猖"到来时心里寂寞之至，"仿佛一朵花已经谢了"。轻细的言说中，抹不去心灵深处的一丝伤感。

无论诗歌、小说，或者散文，废名都把材料当做梦来写，文体的框架服从于创作上的打通意识。"文学不是实录，乃是一个梦：梦并不是醒生活的复写，然而离开了醒生活梦也就没有了材料，无论所做的是反应的或是满愿的梦。冯君所写多是乡村的儿女翁媪的事，这便因为他所见的人生是这一部分，——其实这一部分未始不足以代表全体。"[①] 闪映在他的乡村画景里的常"是老人，少女与小孩。这些人与其说是本然的，无宁说是当然的人物；这不是著者所见闻的实人世的，而是所梦想的幻景的写象……不论老的少的，村的俏的，都在这一种空气中行动，好像是在黄昏天气，在这时候朦胧暮色之中一切生物无生物都消失在里面，都觉得互相亲近，互相和解。在这一点上废名君的隐逸性似乎是很占了势力"[②]。在这类描叙中，废名把个人的欣悦与凄清糅进文字，在情绪的空气里漾动生命途程上的心理微波。

废名说梁遇春"文思如星珠串天，处处闪眼，然而没有一个线索，稍纵即逝"，这样的话用在他自己的散文上面也是合适的。跳闪的句式中显露曲折的意思，看似最无结构，实则独出机杼，用心是藏在文字后面了，也就形成文味涩，表达不逊清畅字句，语词俭，意思犹胜繁言的局面。机锋暗寓，又是文

①　周作人：《〈竹林的故事〉序》，《知堂序跋》，岳麓书社 1987 年版，第 299、300 页。

②　周作人：《〈桃园〉跋》，《知堂序跋》，岳麓书社 1987 年版，第 302、303 页。

趣神秘的地方。他的小说情节淡得若无，因为他认定"没有故事故无须结构"（《谈用典故》），没有结构更适宜驰骋想象，做出行云流水式的自由文章。隐与显、曲与直、淡与浓、浅与深、暗与明、收与放、疏与密、详与略的相对关系都调适得恰好。内隐式的表述，妙氛的烘染，增加了风景的厚度。"我的朋友中间有些人不比我老而文章已近乎道……废名君即其一。"① 推究文化性格，禅宗意识为其始源，或说宛曲地表露一种哲学。

在文学传统上，废名是新旧之间的作家。仅就写法上看，刻意以精简文字写独有之境，炼制文章之美，又喜僻风，好奇气，气韵远接魏晋六朝文章。性情不很社会化的他，只照着自家的行文习惯走，"冯君著作的独立精神也是我所佩服的一点。他三四年来专心创作，沿着一条路前进，发展他平淡朴讷的作风，这是很可喜的……冯君从中外文学里涵养他的趣味，一面独自走他的路，这虽然寂寞一点，却是最确实的走法，我希望他这样可以走到比此刻的更是独殊的他自己的艺术之大道上去"② 。强烈的文体意识渗入废名的创作，在新文学中具有标志意义。"近来创作不大讲究文章，也是新文学的一个缺陷。的确，文坛上也有做得流畅或华丽的文章的小说家，但废名君那样简炼的却很不多见……这是很特别的，简洁而有力的写法，虽然有时候会被人说是晦涩。"③ 现代白话文学园圃中，以含蓄的古典趣味为宗尚，从新的散文中间变化出一种新格式，自具它的文学价值。废名自称"高明的作者，遣词造句，总喜欢拣现成的用，而意思则多是自己的，新的"（《随笔》），他把自己放在文学发展的源流里，运行而不停滞，表明对于中国诗文的延承精神，清隐闲逸的气质则证明在骨子里总还偏向旧的一面。

二　曹聚仁：游思与史识

游骋文史之间，融合文笔之长，成一家之言，是曹聚仁的学识小品，显示了学人的一面；而采访途中素绘的文化风景，显示的则是报人的一面。无论是书斋内的稽古钩沉、考据检定，还是旅程上的探赜索隐、寻幽发微，都是游思与史识的交融。对江山胜境的热爱、对文化史迹的敬意，使流畅的速写化作心底的歌吟。

---

① 周作人：《〈莫须有先生传〉序》，《知堂序跋》，岳麓书社 1987 年版，第 308 页。
② 周作人：《〈竹林的故事〉序》，《知堂序跋》，岳麓书社 1987 年版，第 300 页。
③ 周作人：《〈桃园〉跋》，《知堂序跋》，岳麓书社 1987 年版，第 301、302 页。

曹聚仁（1900—1972），浙江浦江人。字挺岫，号听涛。1916 年考入浙江省立第一师范学校，受业于单不庵、朱自清、俞平伯、陈望道、夏丏尊、刘大白、李叔同等学师。1921 年夏毕业，到上海民国女子工艺学校任教。1922 年 4 月至 6 月，在上海为章太炎的讲学做记录，并整理为《国学概论》由上海泰东图书局出版。1923 年 5 月和柳亚子、邵力子、陈望道、胡朴安、叶楚伧发起组织新南社，同年被上海艺术科学院聘为国文教授，讲授国文及社会教育学，又在上海大学附中部、上海艺术大学讲授国文。1925 年 10 月任国立暨南大学商学院国文教授。1932 年主编《涛声》半月刊。1934 年协助陈望道编辑《太白》杂志。1935 年与徐懋庸创办《芒种》杂志。抗战时期，任中央通讯社战地特派员，采访淞沪战役、台儿庄战役。1941 年至 1943 年在赣南主编《正气日报》。1945 年在上海编辑《前线日报》。1950 年移居香港，任《星岛日报》编辑、新加坡《南洋商报》驻港特约记者，主办《学生日报》、《热风》，创办创垦出版社。1959 年任香港《循环日报》主笔，后继任《正午报》主笔。著有散文集《笔端》（1935 年，上海天马书店）、《文笔散策》（1936 年，商务印书馆）、《文思》（1937 年，上海北新书局）、《大江南线》（1941 年，上饶战时图书出版社）、《乱世哲学》（1952 年，创垦出版社）、《文坛三忆》（1954 年，创垦出版社）、《鱼龙集》（1954 年，香港激流书店）、《书林新话》（1954 年，香港远东图书公司）、《文坛五十年》（1954 年，香港新文化出版社）、《观变手记》（1955 年，创垦出版社）、《文坛五十年续集》（1955 年，香港世界出版社）、《山水·思想·人物》（1956 年，香港开源书店）、《人事新语》（1963 年，香港益群出版社）、《万里行记》（1966 年，香港三育图书文具公司）、《浮过了生命海》（1967 年，香港三育图书文具公司），报告文学集《采访外记》（1955 年，创垦出版社）、《采访二记》（1955 年，创垦出版社）、《采访三记》（1955 年，创垦出版社）、《采访新记》（1956 年，创垦出版社）、《采访本纪》（1957 年，创垦出版社）、《北行小语》（1957 年，香港三育图书文具公司）、《北行二语》（1960 年，香港三育图书文具公司）、《北行三语》（1960 年，香港三育图书文具公司），回忆录《蒋畈六十年》（1957 年，创垦出版社），传记《我与我的世界》（1972 年，香港三育图书文具公司），长篇小说《酒店》（1954 年，创垦出版社）、《秦淮感旧录》（1971 年—1972 年，香港三育图书文具公司），论著《国故学大纲》（1925 年，上海梁溪图书馆）、《一般社会学》（1925 年，上海民智书局）、《中国平民文学概论》（1926 年，上海梁溪图书馆）、《中国史学 ABC》（1930 年，世界书局）、

《国故零简》（1936 年，上海龙虎书店）、《现代文艺手册》（1952 年，香港现代书店）、《中国近百年史话》（1953 年，创垦出版社）、《新红学发微》（1955年，创垦出版社）、《中国文学概要》（1956 年，香港世界出版社）、《鲁迅评传》（1956 年，香港世界出版社）、《鲁迅年谱》（1967 年，香港三育图书文具公司）、《小说新语》（1964 年，香港南苑书店）、《中国学术思想史随笔》（1986 年，生活·读书·新知三联书店）等。

在文体观念上，曹聚仁以新闻人和文学家的复合眼光为新闻文艺定义："它，并不是纯文艺，乃是史笔；它的成分，要让'新闻'占得多，那艺术性的描写，只有加强对读者诱导的作用，并不能代替新闻的重要地位。换言之，不管用文艺手法描写得怎样高明，只要那新闻本身缺乏真实性，那篇通讯即失了意义。"（《新闻文艺论》）他通过英国记者勃脱兰《华北前线》楔子第二节仿佛屠格涅夫小说的秀美描写，表示"但这段描写所以有意义，并不在于他的秀美字句；他的主要目的，不在景物的描写而在下文所指出的象征意味……他所以那么夸张描写，正在说明日本社会内的矛盾"，运用杰出的写作手法，"这样，他有了极有价值的另一面的成就了；原来，他是身处在中日战事爆发的前夜，要从日本的民族性的根柢上来解释这侵略战的成因；这是一段好的新闻文艺，不仅是一段好的描写"，"我们要说勃脱兰《华北前线》那个新闻文艺集子的优点，先要说起他的透辟观察力，其次再说及他的井然的材料处置，再次方说及他的秀美描写，这是构成新闻文艺的几个基本条件"（《新闻文艺论》）。他以自己的新闻眼"学习着观察这个客观的社会和世界"，在心胸中"构成一个鸟瞰式的轮廓和波浪式的史的概念"（《新闻文艺论》），并且用特写的方式渲染，以期加强力量，提示读者。这番论说具有学理意义，也具有实践意义。《大江南线》即是在此种观念的作用下进行的文体尝试。

在写作态度上，曹聚仁秉持新闻人的职业操守，"我做战地新闻记者，算来已经三年了。这三年间，写了近百万字的新闻报道，战地杂感和人物志，积稿盈箧，一直不曾整理过……现在且把一些通讯稿整理起来，汇成一册，题名《大江南线》，起自前年（民国二十七年）夏间由洛南归，以迄今年（民国二十九年）春夏间的居赣，先后凡经二年……假使这些纸片上的记载，还有一些儿社会或时代的意义，就让我这样保留起来吧"（《大江南线·前记》），言语证明着作品和人生经历联系程度的紧密。虽然他称这本约 18 万字的书"以记叙战场实况、军事行程、军事家论断为多，战时社会经济及政治动态次之，至人情风物山川胜迹所载甚少"，但是依然可以看出文学上的作风，新闻素材得益于艺术的表现，才"可告无罪于社会了"（《大江南线·前记》）。他的文学笔调正是源自记者的职业责任，回眸历史的一刻，不禁心潮激荡："现在，抗战已经胜利了，战场旧事，都成陈迹，这本战事报告，似乎不必重新出版，可是重读旧作，感慨甚多，这份感铭，并不是属于个人的，而是家国之感使我不能已于言。抗战八年，是多么重大的变动、多么深刻的教训，环顾社群，蚩蚩者氓，对这教训究竟领会得到什么程度？覆辙不寻，将何以立身于世界？风雨如晦，鸡鸣不已，我还该嘶喊下去……记者个人也曾立愿，放下笔杆去捐枪炮，新的情势诱起我的希望，鼓起勇气在战场上奔走着。我看了前线的实情，研究了敌人的文件，使我永远对于抗战前途乐观下去。我所有报道，决没有夸张的成分；'时间'是最好的证明，直到今日，这本册子的真实性并未减低，这是我自问对得起社会之处。"（《大江南线·沪版前记》）职业精神之外，更可看出担承的国家与民族的责任。

　　在流览述闻上，曹聚仁以战地记者身份行走浙赣皖鄂湘闽，旅迹游痕印着山光水影，并且进入文学记录。《大江南线》实录抗日南战场的现况，反映民众的心理状态，也浮映战区的风景，并且融入战时特殊的精神感受与别样的情感体验，诗意地增加风景的意义含量，特别能够显示书写的深度。

　　《大江南线》采用直线型的记叙结构，结合景中寄情、史中寓理的错综笔路，在纵向延展的时空里，横向旁逸文理的经络，使战争记忆的描述真实而丰富。

　　景物与游观思致。具体的现场记录里虽然不免惶恐战氛的渲染，却也洋溢乐观的情绪，呈现一种复杂的精神状态。相关的描写段落穿插于全过程，辅衬着战事进展的主线，从容的战时心态产生动人的力量："一九三八年七月二十九日，记者由北战场南归，一夜之间，稳快的蓝钢皮车把记者从郑州送到武汉关内，相当于平时的旅行。沿途新黍抽穗，早禾澄黄，从庄稼人的笑容上泛出田野间的平和气象"；从汉口到长沙去的轮船上，"江流宁静；凭栏张椅高卧，迎朝霞，送落日，呼吸大地灏气，倒成为一个优游的游客，胸中所带的武汉的紧张空气，到此都化作晓烟野雾，付之茶余一笑"（《大江南线·大武汉的命运·杞人群中》）。战时也有身心放松的片刻，"记者决意离去南昌，离别的前一天，应几位朋友之约，在赣江上试泛小舟，碧云天，黄叶地，再渗上一点诀别的成分，远波映日，相视黯然，酸味中还带着苦味！……有的想起去年秋天的太原，有的追怀去冬在苏堤白堤上的踯躅，有的回念着安庆九江间的元宵夜月……家国兴亡之感，箭一般刺到每个人的心头"（《大江南线·赣东行住·

赣江暮云》），生命前景的黯淡与精神出路的迷失，使灵魂沉入忧悒中。

景物与历史意识。大地行走延扩了人文地理的视阈，曹聚仁的历史记忆中浮闪岁月的愁容，"就今后东南的军事政治来说，记者日前暂住的上饶，突然挤上了最重要的地位；其地在信江之北（旧广信府治），太平军剧战时，沈葆桢曾驻旌于此。由此往东南，入福建境，可达浦城；往东北，经玉山入浙江境，即达江山；西北经婺源至祁门，即为皖南；在黄山、仙霞岭、武夷山的环抱中，上饶正是一个中枢。当上饶人正在搓眼睛的时候，我们已经来到了他们的面前了！上饶县境，四境多崇峻的山岭；南北两方，尤多高山；北有浮竹岭、黄土岭、银岭及西岭关；西北有灵山，绵亘数十里；南有焦岭关、阳岭关、寮竹关及封景山，山峰高矗入云，都极险要……昨日傍晚，记者孑然地出北门，登城楼俯观全城，三面环山，一面临江，单就这城市的本身，也就险要得很！在万一的情况之下，这一带该可以固守经时。北门外小阜上有茶山古寺，为陆羽隐居之地，烽烟遍地，他却在此品茶度日，可惜我们同处类似的环境，却无此种闲情呢！"天色微明过金华，觉得它的面貌"若配上一个西湖，就变成十足的杭州城；街头偶步，目之所见，耳之所闻，全是苏小小的乡亲。楼外楼，天香楼，西泠饭店，颐香斋的招幌，格外使浙西人士引起乡思。南宋之际，汴都南迁，整个杭州，变成了开封风味，由今思之，眼前景物，与古无殊"（《大江南线·赣东行住·浙赣线》），战氛下忆史怀往，更显出精神的苦况。

景物与观览体验。行途中的观感折射心境。从向塘经莲塘入南昌城，"路边没有路灯，家家门窗给砖石堵住掉了，仿佛在丛冢中行，听不见一点人声……意外的在街的一端，有一家茶居，很热闹地在群芳会唱，弦急声高，在打破这满城的空寂"，森肃的戒严空气中，"由白槎沿河经张公渡至涂家埠，这百数十里的防地上，敌军总计不过二千余人，看来不会作南攻南昌的打算，修河水静波微，它也颇有点儿倦意了！宿于南昌。鸡鸣日出，阳光依旧照耀在这广大城市之上，我搓开睡眼，眼前的南昌还是旧时的南昌，战神停住它的脚步了！"（《大江南线·赣东行住·南昌重到》）战争并未消泯生活风趣，"前天，乘车到龙虎山上清宫去，足恭迎候的张天师安排迎贵这一套玩意是很熟练的，最后很诚意献赠一道很宝贵的神符……这时，每个军事家从身边掏出一张从敌人尸边得来的血渍的神符，大家相视大笑，弄得张天师很不好意思……日本军人的头脑和中国军人的头脑，在这儿看出了时代的分水线"（《大江南线·赣东行住·鹰潭——上清宫》），细节化的情景传导出战时的社会情绪。

"雨雪载途，记者跟着部队走向新的前线……由兰溪舟行，沿富春江往浙西"，"到了桐庐，小舟停靠在桐君山边过夜；这风味在记者的记忆上很是熟习，这一回，却感到十二分的异样。桐庐沿江岸的街市既全付浩劫，夜黑街死，我们仿佛落在深谷之中，与尘寰隔绝。渔舟灯火，偶尔一星二星在江上浮来浮去，若隐若现，颇似磷火。但这并不是远离尘寰的深谷，去此不远，就得和敌人的哨兵相接；这只小舟，再往前去，到了距桐庐三十五里的窄溪镇，便入了警戒线了"（《大江南线·浙皖新行程·富春江上》），古来的胜迹笼罩战争的阴云，令人难掩惶遽的神色。而战火中的百姓却显示了精神的坚韧，"去年一月间，江南战场的各线，风雨飘摇，无处不紧张恐惧，民众四处窜奔，皇皇不可终日。今年民众庆祝旧历元宵，处处龙灯锣鼓，一片升平景象。钱江南岸，余姚绍兴的繁荣热闹，且不去说，记者所目击的萧山瓦砾堆上，居然有相当热闹的市面，可说是对敌军的小讽刺……钱塘江上流，桐庐全城，五分之四已成焦土；就在焦土上搭起了茅草房子，茶馆、酒馆、京广货铺、杂货铺，照样在做买卖，有一家水果铺，货色也颇齐全；市民脸上，从容闲静；在警报中，并不张皇。由桐庐沿江而下，窄溪、场口、新登那几个市镇，都有相当市面，偶闻炮声而外，无所谓战事。又溯天目溪而上，分水，於潜、昌化更比桐庐安定繁荣，天目溪沿岸为前后方往来要道，道上行人，据当地人士说，已开古往未有的记录。由天目山转入皖南境，在江苏安徽接境的广德、郎溪、高淳、宣城，这都是几度落入魔手的城市，如今也都复苏过来。小镇小村，只要在光荣旗帜之下的，田园里落，都有新的气象"（《大江南线·浙皖新行程·焦土新枝》），真实的体验性述写，反映了南部战场人民的生活景况与精神状态，勾绘出留在自己心底的烙痕。

景物与文化思考。曹聚仁对人文地理探赜索隐，以史笔描绘文化版图。"仙霞岭堍那个村落——廿八都，历来是军事性的村落，数百年间戍军驻防，造成了一种丘八式的蓝青官话，那一带民众，早已理解军事意味是怎样一种意味"，"记者巡行沿海，适值沿海风云变幻，与军中友人谈及没有制海权，没有海口的海岸线，抚掌叹息不已"，并有兴趣"翻读顾栋高氏读史方舆纪要"（《大江南线·沿海风景线·一课战事地理》），记者的眼光里含着史家的见解。对于相习的民风土俗，也有考察的兴趣。过南平，能看出它的性格，"这个城市正象征着动乱大时代……可是旧的城市还是躺在山腰，懒倦得很似的……旧街市的市民用倦眼看人，好像对气喘的客人作冷眼的嘲讽。闽北富人多懒，生了儿女，就着人到山中去插树苗；女儿长大了，树木也成林了，就斫木运售作儿女一生的生活费；因此富家儿女，多抽烟度日，懒开倦眼的……有人说：
'闽人能懂得十年树木的道理，何以不能理会百年树人的道理？文化的惰性，
也真可怕'"（《大江南线·沿海风景线·醉人的闽江》），从过眼现象中发掘
文化的根性。把寻常的江南场景转化为有意味的文化风景，在于选择性的述
记，"记者刚从如画的信安江下来，又到迷醉心怀的闽江；夹岸高山耸翠，点
缀着火红的杜鹃花，一路送迎，俯仰可得诵友人黎烈文兄'国危愈觉江山美，
世乱从知骨肉亲'诗句，为之怆然"，又从画境跳转到历史和民性上来，"谈
者说到福州人士的苟安心理，这和天气的舒适，风物的秀丽有相当关系吧。轮
在闽江上行，心中不禁想起前年秋天的苏州，前年冬天的杭州来！……五代之
季，闽王王审知于戎马扰扰之际，奠定下近古中国文化的基础，这古典的文化
影片将重演于这个大时代中吗？"虽值战时，但"此间有四季不断的鲜花，有
甜腻美趣的新果，庭园是那么雅致，屋宇是那么宽敞，这个代表'静的美'
的艺术之城，实在太使人恋慕了！"他得以有闲雅的心情"在旧书店买了一部
黄山谷诗集，山谷的诗用事深密，精微要妙，开出江西诗派的格局。福州诗人
的风格，即从山谷"；他观览的眼睛里含着艺术趣味，"'精巧'二字，也可以
概括福州的一切艺术品，福州的居宅，小小院落，一泓清泉，几丛修竹，墙角
上牵萝挂藤杂以野花，雅致可爱。福州的女郎，不像其他大城市那样浓装艳
抹，白花有底的蓝布长袍，配以光光的头发显出清秀的自然风景。福州馆中菜
肴，以蚌蛤海错为上品，味鲜而不腻，喝茶让你慢慢地品尝，无所谓牛饮，酒
味醇而甜，没有浓烈刺激性。种种配合，这都是诗人的天地。记者曾从西湖后
路步行，经斗中路，茶亭路至南台，沿途鉴赏那些手工业的店铺。其间灯彩，
漆器，藤器，纸伞，篦梳，雕刻等日常用品，色彩花样的精美，都在一般水准
以上。福州有些地方颇有开封的风俗，也颇有苏杭的风格，山水明媚之乡，这
艺术产品的确非常相称。说到福州的艺术，不能不提到闽剧场布景以及平话
书场。闽剧的发展和南曲有密切的关系，而音乐，扮演唱白的风格，也和昆曲
一样，与大家院落相适应，闽剧的布景，可说集福州手工艺的大成，独步中
国，连上海的洋场布景，都非其敌手。记者看了这些布景，再去读黄山谷的
诗，觉得艺术表演醇化时，此中确有相通之点。到平话书场去听书，听的人卧
在藤椅上，清茶放在小几边，再配一具水烟袋，闭目凝听，偶尔张眼对那位若
有其事的平话人掠一下，又静静闭着自己的眼睛，这是欣赏静的艺术的标准态
度。记者在书场坐了一回，缅想古今，大概北宋的汴梁人，南宋的杭州人也是
这个态度吧！"（《大江南线·沿海风景线·醉人的闽江》）恋慕之情使他仿佛

忘记严酷的战氛而沉浸到静美的艺术之国。文化评断的意味渗入城市素绘中，"一般人对于新的战氛的心理反应，颇耐寻味。即如温州人士就有一种'直觉'的看法，说'敌人是不会来的'；……也有几种不同的动机，一种是反映'绝望'的心理，一种是反映'延挨'的心理，如待决之囚"，正如他所比方的那样，"所以这一本空城计，城头上的诸葛亮，城外马上的司马懿，和扫街老丁，他们三种心理不同得妙；而琴童，老丁与街上店伙，其心理不同更是微妙呢！"(《大江南线·沿海风景线·瓯海惊涛》)悠然闲静的话语，实是做着国民性的分析。文史视角的调用，为战时通讯增加了厚度。

　　景物与现实关注。浙东的风景幽胜之境，引发切近的感触，"村口临流小山，楼阁矗立，那便是和近十年中国政治相关联的文昌阁"，善变的汪精卫"在文昌阁中那几天，不知种下多少恶梦的因子……溪山有灵，也应移文申讨"；张学良"所住的雪窦寺边的中国旅行社，不戒于火，全部化为灰烬……雪窦寺边的重要人物，早已从国人记忆中消逝"；寺外的"千丈崖妙高台，景物秀美，自不待观，引起我们注意的却不是那悬崖飞雪之长谷虬松，也不是那惊人心魄的情死故事。知客指点我们看那妙高台居室中的什物，想见当年冠盖云集，政治巨头，促膝谈心，一语一动，都和中国政治息息相通；今日抗战的种种准备，也于此中运其筹算，秀美的景物，孕育谋国大计，新闻眼中，别有一种看法"(《大江南线·沿海风景线·溪口之行》)。对于民众心态，也有如实反映，"记者由浙归闽，友人问我浙东情况，即以'一片太平气象'相告；此次来甬，沿途所见，仍是一片太平气象：嘉禾黄熟，瓜果累累，四野农人，脸上都浮上浅笑，山中鸡鸣牛哞，男妇怡然自得，即不作生平感想亦不可得"，遂感慨"天佑中国，天时地利人和，随处皆呈复兴气象，敌人皱眉之处日多，即其去总崩溃之期不远，这也是记者所乐于报道的"(《大江南线·溪口之行·相量岗极目》)，自己的情感和大众融为一体，觉得"钱江怒潮，排山倒海而来，暗示种种力量的吸引推拒和掀动"，"杭州湾北岸，那是属于黑魔的世界；不过与其想象为暗无天日的沉渊，不如说那是一个力与力搏斗的场所"；他的触角伸向民性的深处，"杭嘉民众的日常生活，本来比较优裕；战后殷富的避难沪上，识智青年流亡四方，留下的含垢忍辱过着得过且过的日子，他们对于家国前途，觉得非常黯淡。这些无拳无勇的战士，每一家都准备着小船，这小船就和敌人的汽艇争一日之短长。久而久之，民众心头就坚强'目中无敌'的心理。羔羊相信，面前的虎狼快要灭亡，这是心理上最有力的转变"(《大江南线·溪口之行·杭州湾之北》)，硬朗笔墨透显情感的力度。

景物与书写精神。曹聚仁的战时采访，充满风发的意气和深沉的情感，抗战史中永远留存他的采写姿态。"我又开始新的战地行程了。这回结束了沿海的巡游，向西南西北两战场去，万里长途，在出发的今天，心头别有一番滋味。人总是土地的儿子，想起去年夏间，由北战场南归，一进了武胜关，呼吸便觉舒畅，你看东南水乡的人，和西北大漠多么无缘。但我们又是时代的儿子，必须变成土地的叛逆，既已整理行装，即当欣然就道"，沿途景象化作情感的丝缕浸入心绪，他感动于"富屯溪沿江，风物宜人，晚秋天气，有如江南早秋，山野浓绿成荫，映夕照作赭色"的景致，从"晚稻都已黄熟，农家忙于收割，男妇往来郊外，显得非常愉乐"的图景看出战时农人的泰然神气，断言"这愉乐的农村气象，暗示着新中国的前途"（《大江南线·抚河行进·战地旅行通信》）。这种精神，使他同旧的文化积习深存隔膜，"皖南、闽北、赣东一带，壮丁体格，普遍的低劣，这是建国上一个大弱点。戴孝愠将军曾发皖南有弱丁无壮丁之叹；宋明理学家的人生态度，偏向'文弱'，爱'静逸'生活，社会上流行的萎靡不振风尚，大都是理学家提倡出来的。现在要变换风尚，先得从反理学开场，不过'反理学'就得有勇气"（《大江南线·抚河行进·战地旅行通信》），不经意间透出史家之见。他从田野景色中获取审美心得与思考能量，"沿抚河下流向南昌近郊前进，愈接近第一线，乡村的外表愈堂皇富丽；由于物产富庶，每一村落都把他们的屋宇收拾得齐齐整整。尤其醉人的是抚河两岸的风物，记者宛若置身于杭富水乡，目送远帆，叶叶相安，低昂于斜阳和风之中，心神也就随之飞驰。山回水转，支流会合：沙洲上野雁千百成群，'岸岸'地相向而鸣；渔夫摇橹而过，群雁起飞在空中打旋，这都是王摩诘诗画中的景物。但记者下意识中必须时时警悟，这静闲的境地已在敌人炮火的射程之中，随时可以冲破这平静的空气"，精神上更受到一种鼓舞，"记者白昼和第一线的士兵相见，看不见一些儿战时气息。淞沪战场上的士兵，脸部表情，紧张而神经过敏，相信每一秒钟会有可能的意外变化；这一线的士兵，颇像当地庄稼人；他们从农村中来，为农村气氛所笼罩，不知不觉，又复返农民本色；记者想把这些观感，形之于诗歌；这不是陆放翁式的感伤，王摩诘式的淡远所能表现，必得如杜工部那有血有肉的错综叙述，还得去其消极的悲天悯人的情调。这真是产生大诗人的时代，也正是产生大诗篇的场面！"（《大江南线·抚河行进·战地旅行通信》）。令他动情的还有瑞金的明丽景象，"举目遥望，但见青山一碧，江水沦涟，静穆幽闲，全泯当年生死搏斗的痕迹。入雩都境，山陵起伏，道路愈崎岖，田农正在耕作，停锄看车，有若桃源洞中人之讶，武陵游客，在他们的素朴的脸庞上也看不出苦难的纹痕。瑞金境内，则田原广衍，贡水蜿蜒；这个为全世界人士所注目的‘赤都’，其风物比新安江还更秀丽；诗人骚客，且目之为最理想的遁隐之处。但是，这个理想的避世去地，记者心胸中永为别一观念所提醒，时时要找寻当年伟大场面的残迹”（《大江南线·赣湘之什·瑞金心影录》），优美的摹景、平静的述史之余，更有深情的咏怀、绵长的忆想，能够对现实产生直接的穿透力，对心灵形成强烈的震撼。

　　这部战地通讯，将诗人的激情、史家的渊深、记者的广博，交融于国家视野之下，锻造成坚硬的文学骨格。作品兼具人文地理随笔的韵致，语思的绵密改变了杂谈的疏放，狂激的诗情也偏离文人小品的纯正气质，正显出曹聚仁散文品质的另一面。这种融合新闻笔法与文史格调的作品，在他后期创作中占有很大比重。1953 年前后以在香港《星岛日报》连载的《采访外记》为开端的“采访”系列，为新加坡《南洋商报》所写《北行小语》为代表的“北行”系列，生动的即景报道复原了历史现场。1956 年写的《山水·思想·人物》，对江南人文地理的记述中跃动着灵妙的思致。1962 年为香港《循环日报》专栏写的《上海春秋》，以洋场杂话、报坛旧话、海上剧话、人物、寺庙、名园、茶楼、饭店、游乐场为题，娓娓缕述，呈示近现代上海的生活风貌。从风景中提炼文化内容，让博览视界容纳丰富内涵，折映出他活跃于报界、学界和文坛的多彩的人生侧面。

三　柯灵：孤岛上的文学坚守

　　沪上的浮华与艰困，在柯灵清隽的文字里产生一种美，然而充满悲郁的空气。

　　柯灵（1909—2000），原籍浙江绍兴，生于广州。原名高隆任，字季琳。笔名陈浮、芜村。1925 年在绍兴小学任教。1930 年任《儿童时报》编辑。1931 年冬进入上海天一影片公司，编写电影剧本。1933 年进入上海明星影片股份有限公司，撰写电影评论。1937 年后，主编《文汇报》副刊《世纪风》、《大美报》副刊《浅草》、《正言报》副刊《草原》、《大美晚报》副刊《文化街》和《万象》杂志。1946 年与唐弢合编《周报》。1948 年去香港，参与创办该地《文汇报》。1949 年回到上海，曾任《文汇报》副社长兼副总编辑、上海电影剧本创作所所长、上海电影艺术研究所所长、《大众电影》杂志主编。著有散文集《望春草》（1939 年，上海珠林书店）、《市楼独唱》（1940

年，上海北社）、《晦明》（1941年，上海文化生活出版社）、《遥夜集》（1956年，作家出版社）、《暖流》（1959年，上海文艺出版社）、《香雪海》（1980年，上海文艺出版社）、《长相思》（1981年，香港三联书店）、《煮字生涯》（1986年，山西人民出版社），随笔集《小朋友讲话》（1939年，新中国书店），短篇小说集《掠影集》（1939年，世界书局）、《同伴》（1956年，文化生活出版社），童话《蝴蝶的故事》（1933年，新中国书店），儿童诗《月亮姑娘》（1932年，上海儿童书局），话剧剧本《夜店》（与师陀合著，1946年，上海出版公司）、《恨海》（1947年，开明书店），电影文学剧本《腐蚀》（1950年，上海出版公司）、《不夜城》（1957年，中国电影出版社）、《春满人间》（1959年，上海文艺出版社）、《秋瑾传》（1979年，上海文艺出版社），论著《电影文学丛谈》（1979年，中国电影出版社）、《剧场偶记》（1983年，百花文艺出版社）等。

孤岛上的现实重压，锻造了柯灵的文学性格。他自感"甚至在这样的年代，我也还只能躲在'孤岛'上平凡猥琐地活着，说来又岂止惶愧！但对于人世，我也有欢喜，也有悲愁，也有激动和愤怒；因此有时也不免漏下一声赞叹，一丝感喟，或是一下低弱的叫喊……我期望着我创作上的春天，并以此迎接我们这民族的春天"（《〈望春草〉题记》）。内心充满冷冬中的蓬勃春意，而惨痛的社会景况又迫压他的神经，"血腥的刺激，生活的挤压，再加上一切不应有的畸形现象，的确是伟大的经验，一种不可想象的奴隶的经验"；他歆羡推动时代向前走的人，"镇定沉着，结实勇敢，有如狂澜中的舵手，掌握着个人的运命，民族的运命，狂风骤雨奈何不了他们，威胁凌辱折服不了他们……他们热情，然而冷静；顽强，然而从容。无论在怎样的场合，他们静静地工作，默默地战斗，把健康的心力献给真理，献给信仰……他们生命的本身就闪耀着民族的希望，人类的希望"；他要靠文学创作"支持精神的生存"，使自己"在灰颓里闪过一线挣扎的微光"；他宣泄郁积的情感，"以杂文的形式驱遣愤怒，而以散文的形式抒发忧郁"，这些作品反映着"产生的环境与心情"，"它不希冀欣赏，它的存在只是对生存的争取，对自然的抗议"（《供状——〈晦明〉代序》）。抗战的严峻现实使柯灵借助文学表现心理需求与情绪状态，孤岛特定的社会背景，又使他此期的散文表现出鲜明的创作特征。

他坚持柔情似水的凄美倾吐。柯灵承续中国散文的抒情传统，抒情性的确定化显示了创作状态的稳定感，证明艺术个性的成熟。

《苏州拾梦记》（1939年1月作）微浸着感旧伤今的忧悒调子，情辞哀切。在人生沧桑的简叙中，透显世事的兴替、时局的激变。寻找旧梦就是对多舛命运的温习，对艰蹇世路的回视。伤感的旅行使脆弱的情感经受又一次折磨。苏州城"已经飘着沾衣欲湿的微雨"，景色烘衬着访寻的情境与心境："春快要阑珊了！天气正愁人"，哪里去求得"柔情的丝缕"、"雾似的情调"，去换取"一声同情和温慰"？或者让霏霏的春雨把命途积累的痛苦洗涤干净？街巷是静的，留园和狮子林是冷落的，衰落的朱门是深闭的，"有多少无辜的人，在长久的岁月中度着悲剧生涯？"他牵念"在上海暴风雨的前夜"回到残破家乡的母亲，更忧虑"这场战争中一切母亲的命运"。一片哀感控制着心理情绪，字字苍凉，句句悲怆。

《窗下》(1939年3月17日作)在想象中拓展思维空间。他"仰卧草茵，枕着丛翠，凝望天宇，对自由阔大的人世，射出向往的箭"，"也曾对怒云疾驱，期待着暴风雨的袭来，效海燕的欢舞"，眼前却是"漆似的暗夜，无风，无星，无月"。猫头鹰诡秘而惨厉的鸣声，带来末世的忧惧，铁链如大乌蛇盘在黝暗的牢狱，"城市拔去祖国的徽帜，奴隶的恶运却使人们永远低头，不敢再仰望那晶明的苍穹。偶尔从窗下窥天的人，不禁也有囚徒似的哀戚了"。灿然如金的阳光下，"北国的宫殿巍峨，古城头有洁白的鸽子，在青空下扇动皎然的双翼，鸽铃撒下一把和平美妙的歌声。但如今满缀在这些光景上面的，是异族侵凌下屈辱的暗影"，表露出国人深重的郁悒。

《行程》(1939年4月30日作)流露出在河山陷落的凄境中，忍看苍生的磨难，又为乞灵于神鬼以求禳解灾殃的旧法痛心的情绪。他严肃地省察并发问："在这严酷的战争年月里，有多少人对运命睁开了眼？""为什么许多人还闭着双眼，把一切交托给虚无缥缈的神？"他褒赞那些"抛下锄头，荷起枪支"，"在敌人的后方，在前线的壕沟里"斗争的质朴的战士。

《凭栏》(1939年9月作)展示一幅幅弥漫愁惨空气的黄浦江畔的映画，"黑沉沉的苏州河在灯影下暗哑地流"，"望不到头的断墙残椽，在薄霭中起伏如岗峦。野草恣情地苗长，说明这烧焦的地下也不缺乏生气。腐朽的沙袋懒散地做着热闹的旧梦，瓦砾堆中还有壕堑的痕迹。虫声耐不住寂寞，独自凄凄切切地吟哦"；幽咽的苏州河流淌着"黑色的罪恶"与"红色的仇恨"。悄寂中扩散的沉痛感，窒息灵魂。

《在沪西"俱乐部"》(1939年7月3日作，1939年7月16日《宇宙风》第82期)真实地勾勒沦陷后的上海畸状的社会场景。对命运的搏斗场——俱乐部的描写，见证连天烽火并未烧退十里洋场的浮华之风。这座商业都市

"百业凋零，却使许多投机取巧的把戏在这罪恶的沃土上开花"，灯饰粲然的俱乐部"敞开怀抱，夜夜接待黄金梦里人"，红唇粉靥的魅影下，"空间缩小了，时间缩短了，这里显示了人生的另一面。大把金钱潮水似地倏忽而来，悠然而去，卷到这边又涌到那边，一点一滴算起来，得多少人的血汗，多少年的辛苦"。赌博的哲学顽固地在战火下制造人性的丑陋，"看看满座百脉偾兴的嘉宾，你无从悬揣那隐藏在背后的悲剧。各各带着奴隶的命运，生活的重负，用借贷的钱，典质的钱，点滴积聚的血汗，或者用种种不正当的方法得来的财物，放开手，向渺茫的胜利下网"。战时都会一隅的写照，反映了精神的浮靡和政治的昏乱。以讽刺的笔墨进行社会写实，流露作者深切的焦愁。

《雨街小景》（1939 年 7 月 11 日作）在自然景色中书写现实感受。在外敌奴役的城市，"我们所缺少的正是一滴足以润泽灵魂的甘泉，有如置身戈壁"，虽则"晚间，有撩人的月色，云鳞在幽蓝的天空上堆出疏落有致的图案"，却只在默视中倏忽一闪，战争使未成年人也受着生计的严重威胁，在崎岖多歧的人生路上"选取了最难走然而最近便的一条，一脚越过了生的王国，跨进了死的门阃。年轻的灵魂淹没在一片水里。——生命的怯弱呢，雨的残酷呢？"还有露宿街头的人，"多么残酷的生活的战争呵，可是人面对着战争。他们就是这样地活着，并且还要生存下去"。民族困厄的情势下流露人道的哀悯，忧愤深广的社会情绪奔涌在语句间。

《逆旅》（1939 年 12 月作）对华丽却冷酷的城市景观做出鲜活的艺术呈现。摩天崖壁似的豪华饭店开张，他从灯火闪耀的壮丽大厅看到"战火正红，怒吼的炮声改变了这都市的面貌"，他痛感"狼烟遍地，万里锦绣的河山先后失色，而'孤岛'的繁华却更像个太平的年代了。颓废的诗人把华屋看成荒丘，现在我们却眼看悲惨的地狱幻化成妖艳的天堂"。他没有在魅惑中迷失自己，而始终怀着胜利的希望。

《在西湖——抗战结束那一天》（1946 年 5 月 9 日夜作）抒发自由意识在民族解放来临时苏醒的欢欣。胜利的喜悦交织着悲苦的回忆，文字间有含泪的笑，平和舒缓的情调回到笔端。江南的春天里，他踱到西湖边，"清早看看晓风中的一堤杨柳，或者倦游之后，在湖心亭泅一杯龙井，看看暮霭中淡淡的远山"，战后的此刻"觉得我们祖国的河山真是可爱"。突然摆脱深重的苦难，心情竟然复杂起来，"当前的环境如此恬静，仿佛时间和空间同时凝固……这么惊天动地的大事变，就这么轻轻收场，全世界已经听不到枪声了吗？战争从此消亡，和平已经来到人间了吗？"满街的国旗、满空的鞭炮声"透露着明亮和喜悦。——似乎是人世从来没有过的明亮和喜悦",把民众实际的心理情绪和精神感受传达得格外生动真切。和畅的春风吹拂,西湖也从噩梦中苏醒,"雾还没有消散,整个西湖是浅蓝带乳白,远山像涂了几笔石青。如果西湖的好处是清和秀,这时候可算清逸秀丽到了极处",偶尔响起的鸟语打破堤上的静谧,夹道的杨柳飘卷如雾如烟的绿色,几树临水的桃花在堤边盛开,"这几点嫣红似乎就饱孕着满湖的春色。这才是西湖,才是春天!"昂扬而沉毅、激奋而清和、热烈而静婉的复合情绪深融在风景里。尤其是特定历史瞬间的公共体验和集体感受的强调与渲染,增强了作品的艺术张力。

他坚执刚直如铁的意志宣抒,保持孤岛正气。柯灵散文充满浓郁的情感氛围,而诗意色彩中又浸入强烈的时代意识。孤岛上的忧愤心情逐渐沉淀为坚毅沉实的抗争精神,个人内心的抗争情绪汇入民族的整体意志,发挥文学抵抗的现实功用。他在辽远的精神天地寄托时代感思,高扬"生之意志","运命降苦难于不幸的人群,但希望的种子还孕育于人心,苗长着新的生命。失去了光的,铁槛外还有春阳跳跃的大地;失去了爱的,人间也还有广阔无边的温暖",昂起头颅的他,"有鼎沸的思潮,沉重的心。——我梦想着一个狂欢的日子,盈城火炬,遍地歌声,满街扬着手臂,挺起胸脯的行人……"(《窗下》)胜利的渴望、光明的憧憬在心中浮升。凝望巍然矗立在苍茫中的四行仓库,他想起"窜天的黑烟,满空的红焰。在火海包围,弹雨横飞中,有我们的国徽迎风独立,猎猎地唱出自信和骄傲",布满弹痕的巨厦墙体"有如罗马城中繁华的遗迹"(《凭栏》)。激情文字彰显沥血岁月里的民族意志,笔墨凝重的描画显示强烈的精神性倾向。

《晦明》(1940 年 5 月 10 日作于上海,1940 年 6 月《宇宙风》第 100 期)以战时体验和现代都会意识抓取几个典型侧影,反映沦陷苦境下真实的上海现状。在这里"穷人被生活压扁,乘深夜跳江自杀,他们的生命里充满着使人悲愤的事实"(《晦明·灯下》);"街角和弄底闪烁着疲倦而憔悴的女人,在接待最后的主顾",背竹筐、挑担子的小贩"赶向黎明的菜市,批来一点经过重重盘剥的高价青菜萝卜,准备晨间去跟市民争争吵吵,博取蝇头微利";一群农民打扮的男女,背着简单的包袱和被卷,拖着带泥的双脚栖栖惶惶地走过漂亮的大建筑,他们"眉尖染着异地的风霜,乡土的怀恋",心中涌动一团希望,这些"沦陷区的庄稼人,避开烧和杀,逃出自己生根的土地,走向辽远的天涯"(《晦明·江边之晨》)。天亮前旷寂的街道,清冽得近乎冷峭的空气里,舞场门前娇艳的霓虹灯影下闪出早归的舞伴,"女的一手挟着皮包,一手拉着曳地的长裙，倚在男子身边，悄然地站着，那阑珊的神气仿佛正在诉说着寂寞"，似乎品味着春宵将尽时的离散，富贵梦醒、黄粱未熟时的"幻灭和无从捉摸的留恋"，以致"热闹像焚过的花纸，绚烂和繁华都不留半分痕迹，一撮灰扬到空中飞个干净"的场景，也含带"一点发自深心的怅惘"（《晦明·道场散了》）。一笔一笔勾画出荒年乱世中的逼真市景。

在中国历史的震动时刻做出积极的创作反映，在艰难的战争环境中做出韧性的文学坚持，"从梦乱中追求和谐，从灰颓中追求芬醇，从平凡中追求奇迹"（《浮尘·美丑》），柯灵的书写实践对于现代风景散文的意义，在于战斗品格的铸塑。他把抗战的现实内容和清隽的书写风致浑融一体，做出散文文体的成功尝试。

对于风景，柯灵秉持自己的美学观念："我爱水甚于爱山。山有它不可逼视的森严，面对着重叠的峰嶂，险巇峭拔之感往往使人屏息。而水却不然。烟波无际，天水相接，固然旷阔可观，一湾浅溪的明净，也使人感到宁静与亲切。"（《浮尘·秘密》）与风景亲近的天性，使他"偶然吃了一点马兰头"都会做出美丽的梦，梦里闪过"深凝的翠色"，飘过"略带苦涩的清香"，"想起绿遍天涯的田园风景，村姑在垄上剪取野菜时的歌声"（《浮尘·执着》）。残酷的战时环境下，他无心去写轻灵隽秀的山水文字，抗战胜利后，笔墨才开始转向这类题材，也强化了抒情风格。

《桐庐行》（1946年6月20日作）充溢清美风致，营造出情景式体验的艺术效果，隽丽的文字为风景留下光影的记忆。船行富春江上，层云飘忽的高空，一江粼粼的清流，一道屏风似的山影，"动人的是那色彩，浓蓝夹翠绿，深深浅浅，像用极细极细的工笔在淡青绢本上点出来的"，静听遥岸的人声，领受翠嶂青峰的深峻气象，自己也醉入画中了。战事方歇，沉潜的苦难记忆又从江山美景的清赏中复活，"我想起历史，想起战争，想起我们的河山如此之美，而祖国偏又如此多难。在这次抗日战争中，桐庐曾经几度沦陷，缅想敌人立马山头，面对如此山川，而它的主人却是一个坚忍的、不可征服的民族，我不知激动他的是一种怎样的情感"。议论的插入，包孕沉实的思想含量，营造了审美的悲慨气氛。

风景书写中，文学精神的介入、文学情怀的渗透、文学气质的蕴涵，是柯灵散文价值构成的核心。因此，文学化的山水才成为作品中最活跃的基础元素。他的呼应前进的时代的书写方式，才能提供一种散射历史温度的文学记录。

四　唐弢：探寻生命的诗意

在内心寻找生命意义，咏物的深情中，惆怅的意绪浸入唯美的感伤主义色彩，使它朦胧，而思想内涵闪动如春树上叶片的翠绿明光，映现着唐弢的人生静思。

唐弢（1913—1992），原名唐端毅，笔名风子、晦庵。浙江镇海人。初中辍学。1929年任上海邮政管理局邮务佐。1933年起在鲁迅影响下开始文学创作。抗日战争爆发后，留在上海坚持文化抗战。1938年在孤岛的险恶文化环境下参加《鲁迅全集》编校工作。主编《鲁迅风》周刊、《文艺界丛刊·丽芒湖上》。1946年与柯灵合编《周报》。解放后在上海邮政工会、全国文协上海分会、复旦大学等处工作。1953年任中国作家协会上海分会书记处书记，《文艺新地》、《文艺月报》副主编。1956年任上海市文化局副局长。1959年起任中国科学院文学研究所研究员。著有散文集《落帆集》（1948年，文化生活出版社）、《莫斯科抒情及其他》（1958年，作家出版社），杂文集《推背集》（1936年，上海天马书店）、《海天集》（1936年，上海新钟书局）、《投影集》（1940年，上海文化生活出版社）、《短长书》（1940年，上海北社）、《劳薪集》（1941年，福建改进出版社）、《识小录》（1947年，上海出版公司）、《唐弢杂文选》（1955年，人民文学出版社）、《学习与战斗》（1955年，上海新文艺出版社）、《繁弦集》（1958年，作家出版社），论著《文章修养》（1939年，上海文化生活出版社）、《上海新语》（1951年，上海文汇报馆）、《可爱的时代》（1951年，上海平明出版社）、《向鲁迅学习》（1954年，上海平明出版社）、《鲁迅杂文的艺术特征》（1957年，上海新文艺出版社）、《鲁迅在文学战线上》（1957年，中国青年出版社）、《燕雏集》（1962年，作家出版社）、《创作漫谈》（1962年，作家出版社）、《中国现代文学史》（1979—1980年，人民文学出版社）等。

含咀艰难时代中的生命经验，进行人生追问，是唐弢在风景里阐释的散文命题，描画着中国文人共同精神境遇的寓言。

《拾得的梦》（1939年1月8日作，1939年1月18日《鲁迅风》第2期）意象凄冷，拟化的手法倾露浓烈的主观意绪。幻感中飘泛的零碎意识的闪光，装点黎明边涯的残梦：冻云凝成的碎块，阴暗的冰谷，僵卧在小径上的花草、藤树萎悴狼藉，空漠、阴森、死寂的空气里，冰块像骷髅、骨骼在跳舞，在狞笑。然而和煦的春风带着更多的热意消解了这一切，朝暾使"冻云飞散了，冰谷里冒出奔腾的迷雾。风，温暖地吹着，澄波映着青天，那上面挂着一个白热的朝阳，金光染红了整个宇宙"。在孤岛的特定背景下，象征、比拟和暗喻中含蕴的意味，反映了现实社会中的病态生活，流露出深沉的悲哀和忧世的情怀，也包孕个人的生命志趣与民族的性格意志。

《心的故事》（1939 年 1 月 25 日作，1939 年 2 月 1 日《鲁迅风》第 4 期）飞翔着幻想的翅膀。心仿佛"一只绛红的小鸟"，承载执著的信念、炽热的情感、无限的恋念，飞越丛密的森林、幽深的山谷、浩荡的海波、曲折的江流、辽阔的原野、广远的沙漠，风霜和泥沙无法滞碍它的翔舞。"它不忘人间爱"，"它在一个战士的枪刺上面，展开羽翼，唱起激昂的歌来——仿佛是拔营的胡笳。仿佛是冲锋的呼号"。燃烧的爱"是一朵火，有光，也有热"。浪漫的诗意想象和沉实的生命感受，熔铸凝练的意象，塑造一颗纯真的灵魂。

《黎明之前》（1939 年 3 月 5 日作，1939 年 3 月 15 日《鲁迅风》第 9 期）给抽象的理念以形象的装饰。黎明前的希望像一只雄鸡似的和空虚搏斗，像一条斗鱼似的和黑暗搏斗。在"牢笼里，铁的围墙，石的栏栅"中，胜利伴着希望与光明来临。"在沃土里播种，在风雨里发芽，在血水里长大，开出了美丽的花朵：自由"，黎明终要在刀光血影中降世。他用激扬的文字发出摇撼心魄的号召。

《停棹小唱》（1940 年 6 月 1 日作，1940 年 10 月 25 日《现代文艺》第 2 卷第 1 期）把绚烂的想象化作内心的歌吟，"我哀伤，诅咒，却又以血和泪，增加了海的澎湃"，映示出恐怖岁月里的精神挣扎；"我停下船，面向浩茫，寂寞地长啸。海燕在我的声音里翱翔，奔舞上下，如黑的天使，如灰黯的旅人的夜梦，然而，它曳着黎明的曙光"（《停棹小唱·扁舟》），笔端飞涌时代情绪的激浪。命途上漫长的跋涉使他坚信"在我的世界里没有神"，他倾力守护心灵的家园，"我的心是泥土做成的。广阔，厚实，肥沃，有一股清幽的气息，心是田野"，以这样的情怀"追捕着生活的美梦"（《停棹小唱·我来自田野》），表露出戴着桎梏争取自由，沉入黑暗迎接光明的情怀。先人精神的砥砺下，他的心野"开放第一朵美丽的刺花：反抗"；异族的侵压下，"仇恨迸发忿怒"，"忧患煅炼坚韧"，"火把亮起来了，在祖国的疆域上……我欢欣，鼓舞，迎接这时代的烈焰"（《停棹小唱·收获》），纸上的呐喊成为孤岛上的民族强音。他不能像独坐的老僧"在寂寞的古刹里度着悠长的年月"，"像冬眠的爬虫一样，暗然无语"，"终于，我憬悟，我从人间的爱里复活过来"，"在暴风雨里，我经历了死的寂灭"（《停棹小唱·动静》），精神在炼狱中升华。激昂、深沉的生命情感做着诗性的流动。

《寻梦人》（1943年5月16日作）表现"即使逝去的日子并不怎样美丽，然而在贫弱的生命中也曾有过一次稍见丰腴的青春"的心灵安慰。他不留恋"壮丽的台阁"，却"向往于更深的世界"。在弥漫着恐怖空气的沦陷区，"对着这阴沉的发霉的环境又岂能毫无反应！"他要"为苦闷的心开辟了一个窗子"。个人心底的激流终要汇入民族解放的大潮，内心充满反抗意识的他，凝视"隐藏在这原野下面的一片大地"，感到"它是那么平静、朴厚、结实，默默地运转着运转着，然而包含在这地面底下，紧裹住地心的却是一团融融的火，一种亘古不变的热力"。在冷酷的、缺少温情孵育的背景下，他热盼一个"能翱翔也能搏斗"的活跃生命"扑一扑羽翼直冲破黑暗的云霄"，仿佛遥听"自然的来召，沉静中有原野的呼号"。文字间映示着一条曲折的逻辑主线，显现出意识的惶惑、精神的彷徨、内心的矛盾、灵魂的冲突。他虽然"凭着冷静的头脑向生活深处摸索"，但是"光阴里他徜徉于梦境……仿佛饮了白堕春醪，深深地为自己的幻想醉倒了"，可这毕竟是"在他心理活动中对自身的搏斗和鞭捶……向社会同时也向自己作着苦苦的挣扎，他撷取梦幻直奔向灵魂深处"，这一刻，强烈的阳光直泻而下，"那多年来为灰黑的羽翼所遮掩的青天"忽然现出"碧澄澄的一片"。在异寇的文化奴役下，中国文人幽暗的内心世界，闪现一线希望的曙色。理想的激情燃烧，驱散对未来预期的茫然。

《自春徂秋》（1943年8月20日作）在自然季节的轮转中体味生命意义。荡漾在杨柳枝头的绿雾，清晨飞来的莺声，细雨为荒坪涂上的青油油的颜色，"难道这不就是黯淡欲绝的人生里一线生机吗？"心头泛出一色春痕，一片茂绿，明日的自由和幸福，如"春意之烂漫"（《自春徂秋·绿》）。明丽的春景撩动情怀，"在春天里我爱繁枝密叶的垂柳"，溪边湖畔的新月，水面浮雾的银光里飘拂的柔条，仿佛向人细诉多少相思和一腔冤抑（《自春徂秋·垂柳与白杨》），透露物候迁变下纤敏的心灵感知。败垣颓壁下，"矗立于夕照之中"，凝望落寞平林，他觉得寂寞的命运染上"懒懒的病色的余辉"（《自春徂秋·残阳》），中年的感悟里浸上人生的惆怅。当"斜阳拉长西风里的影子"时，他看见披岸的衰草、舞着少叶枝条的蒲柳、桥边白头的芦苇，凄清的秋景里，见到孩子"手里高擎着一朵晚凋的野花"，仿佛拈住已从自己心里失去的"一个美丽的春天"（《自春徂秋·西风里》），温暖和冷清的物象，映射出心绪的折光。

《路》（1946年4月20日作）勾勒画境中的人物，浓郁的静思感显示人生思考的深沉与凝重。老年的哈代"站在道尔茄斯特城外他的住宅的楼窗前"，映衬雕像似的苍老剪影的是"莱茵河的风光，意大利的明媚的天气"，低低的喟叹意味着对于似水流年的深情追忆。"黄昏在林间徘徊。通过厚密的枝叶，依稀可以辨出林外的大路……这是一条很长的官道，和世上所有的路一样，说不出它有多么远，也许你从这儿可以一直走到天堂，也许地狱才是最后的尽头"，每一个生命的旅行者都会途经崎岖的小径、陡峭的山道、歧路的平原而抵达归宿。这是对哈代内心的悬揣，更是对自己意绪的透露，"行到荆榛的荒原上你喜欢找寻前人的足迹，孤往时你不需要一个同道吗？即使是古人也好。没有，那你就成为这一代的先驱者了，希望有后人来踏你的足迹"，尽管会"迷失在这些路上"，可是他坚信从眼里望出去的路"跨过山又架过水，它伸展到每一个角落，伸展到全世界，伸展到后一代的寻路者的脚下"。铿锵的励志言语，是对自己或者同代人艰难前行的共勉。

《窗》（1946年4月15日初稿，1947年3月23日改正）中"牢狱里的囚犯神往于壁上的窗洞，自由在窗的背后，而光明恰又从窗间传进来"，意味着沉暗现实和灿亮未来交替的节点上，作者内心交织着郁悒与激奋的情绪，不禁把思感寄托于现实之外。这时，同样出现了人物性的抒情意象。乖僻的恶魔诗人波特莱尔，"睁大令人战栗的眼睛，扶住手杖，缓缓地从街的这头走到那头去，仿佛一个上了年纪的老人"，静寂的夜街上，"诗人在每个窗前徘徊，替每个窗内人编造故事"，叹息声里，"街灯照上他的破旧的大衣，发出黯淡的光。他思索着"，他在为别人臆造的故事里陶醉，"他已在别人的身上生活过，担受过了"，因此获得创作的满足。这也真实地折射出作者的现实心境，显露着矛盾情感。不同时代环境、不同历史背景下游荡的不同文学灵魂，在作品里和谐相融。

《城》（1947年7月1日作）浸着历史散文的深沉韵味，咏怀飞将军李广而叹惋现实。登临黄昏的城头，"落日照大旗，风过处红绸飞舞，豁豁作响……小树在城砖的隙缝里生长，在风里摇曳"，望断云天，"暮色苍茫，北方的原野荒了，城，城也愈显得衰老"，抒情化的绘景增添了悲慨的气氛，也折映出战事频仍的国土上笼罩的愁绪。漫天盈雪的边野上，李广绕着女墙走，又在城垛前望向濠外，"雪，沉重地压住帐幕，沉重地压住一切生物"，而"他不再飞了。四十年行伍生活突然间使他疲倦，让青春和有为的岁月消磨在朔北的荒原上，如今已垂垂老去"。怀着相近生命感悟的作者，穿越岁月风烟，走入历史人物内心，和他在精神世界会合。

《桥》（1947 年 8 月 22 日作）里漫浸一派古典意味。过客的眺望里，小桥背负从山背爬过来的路"渡过横溪，接上对面的绿草岸，路，又远远的奔向天涯。这里杨柳飘绿，夕阳的余晖送走归鸦，沿着高岗，三三两两的是一些傍水的人家"，闲逸的诗词情境是一种艺术的烘衬，只为突显后续的思想的张力，"无论从风景或者实际的人事上着眼，我要说明的是一座桥的意义"，对于彷徨无地、痛哭穷途的行路人，"我说唤渡者的心底有个影子，那不是船"，而是桥。"桥，像一条远天的长虹出现在渴念者的心上"，伴他"渡过穷困，渡过灾难，渡过战争的悲惨和厄运"，"桥，代表了改变，象征着飞跃，是向前者愿望的化身！"字句间跳荡的情绪，见证着他的生命感受和时代体验。

《飞》、《舍》、《渡》等小品，在简单的故事性叙述里兼以精妙的议论，偶现杂文笔法，而笔墨重心仍在纯净的抒情气氛的渲染，以折映或激扬、或落寞的心境。"跟着悄然的西风以俱来的却是淡淡的夜，淡淡的秋。湖畔丛林，又平铺一地新黄，明净的小溪流着明净的月光"，艺术的描摹把心灵与世界隔开，在幻觉般的歌声里耽于美丽的仙境，那里有凉夜"轻纱似的薄雾"，弯曲的小径有肥硕的香蕈，"有晶莹的露珠撒上冷冷的夜苔"，蓝空飘下一片落叶，"寂寞又打丛林里伸过手来，抚摩着凄白的夜，抚摩着月光下向湖畔引展开去的无边的平畴"，盼到"春天从树枝滑下，掩过湖面，绿遍原野。肥壮的嫩芽向山地怒茁，不知名的小花这里那里开着，青草的香味洋溢在空气里，洋溢在孩子们的欢笑里"，"夜走完了黑暗的路程，曙光从远山的背后泛起"，一夜的幻梦终于消隐了。这个写给苦难年代"一个沉默苦闷的孩子"的故事，悲情中燃烧着希望的光焰（《飞》）。遥想的世界里，"被钉于水面峭壁之上"的普洛米修士"将在无尽的岁月里熬受苦难……却甘心情愿的肩起灾祸的枷子"，在精神的苦狱里，恍如望见"一群白衣的仙女随着歌声纷纷降落，飘动蝉翼似的长裙"如轻云掠过海面，栖止于史克斜山峰的雾气之上，他"取了奥令辟斯的火，用芦管输送到人间，一星之微遂灿然燎原了，盈缀成球，为寒冷输热向黑暗放光，幽陬阴谷间散播着红色的欢乐，似五月的石榴花飘向生命之树上"（《舍》），希腊神话里的光明之焰，驱散着战争阴影下的悲郁。苦斗的前驱"指望在这块土地里撒上自己的理想"，"相信人间胜似天国，因为战斗比静止更美"，引领为逃脱奴隶命运的人们用"沉重的脚步"踏过黑暗的夜，走向崎岖的通往自由的路，实现"从奴隶的命运渡到自由人"的转变，"摩西的意志"激励着暗夜中奋斗的人们（《渡》）。作品在历史传说中诠释经验和真理，高扬人类的精神旗帜。

《镜》、《枕》、《扇》、《帕》则倾情于古昔的怀思、旧物的伤咏。醉心于幽趣的涵泳、微情的缱绻，虽然远离战争的主调，却也丰富了艺术品格，并闪现作者心灵的侧影。或者从青色斑斓的铜镜上"怀恋着美人的丰姿它已独自黯去了"，玉树后庭花的古曲声从岁月的云烟深处飘来（《镜》）；或者倚着"天宝宫庭里的游仙枕"去"探索着人间的温情"，又在梦境里遥闻"暗夜栈道上的铃声"，为天上的玉妃伤情，并且感怀洛水烟波上冉冉升起的神女那翩若惊鸿的艳姿，"我惊异于一个小天地的深邃与阔大，从这里，人们企望到别一种生活，别一个世界"（《枕》）；或者在纨扇涂抹"一些衰老的记忆"，画出的古典美人"玉扇坠下柔长的流苏扬起紫色的忧郁"（《扇》）；或者由一方红绡帕想到香囊裹住的诗句和凄艳的爱情，思忖"我们生活在社会的定型里，倘不坚拒传统的影响，新的希望便无由生长"，"现实是灵魂的枷锁，在她自由的观念上必须摆脱"，才能在变换的旗帜下获得新生（《帕》）。视阈虽狭，反致窥世的深邃；格局虽小，反获造境的广远。

朦胧的境界、晦涩的意味、玄幻的感觉、隐僻的文字，合成唐弢写景的形式特征。抒述方式的多样性尝试，建立起符合审美特性的表达样态。闪跳的意识、动感的语言、疾徐的节奏、灵妙的构思、精粹的样式，都是诗歌要素的移用，恰能构制一种文体之美，而传达的正是思考的力量。他以散文诗的体式容纳风景，织造画境，担载感思，描写、抒情和议论具有很强的结构性，突显了作品的核心价值——思想之美。精神力量在风景中的生长，成为书写的终极指向。

第二节　社会版图中的女性视角

一　谢冰莹：清荷独秀

带着北伐的征尘走进抗战的烽火，谢冰莹用朗秀的文字记录自己的女兵人生，也映示生动的历史风景。

谢冰莹（1906—2000），原名谢鸣冈，字凤宝，又名谢彬。湖南新化人。1922 年秋考入长沙省立第一女子师范学校。1926 年冬考入武汉中央军事政治学校第六期女生部。1927 年 5 月参加北伐战争。1928 年 7 月，在孙伏园、钱杏邨帮助下，考入上海艺术大学中国文学系。1929 年考入国立北平女子师范大学中国文学系。1931 年 7 月从上海东渡日本，就读于早稻田大学文学研究院。1932 年 1 月回到上海，参加淞沪抗战救护工作，并编辑《妇女之光》杂志,又赴厦门,编辑《厦门日报》副刊《曙光》,和谢文炳、方玮德、郭莽西、游介眉创办《灯塔》文学月刊。1935年再度赴东京早稻田大学文学研究院攻读西洋文学。1936年4月身陷日本监狱。出狱后返回上海,又取道香港到桂林,编辑《广西妇女》周刊。1937年全面抗战开始,组织"湖南妇女战地服务团",奔赴抗敌前线,又到重庆编辑《新民报》副刊《血潮》。1940年应新中国文化书局聘请,赴西安主编《黄河》文艺月刊。1945年到汉口主编《和平日报》与《华中日报》副刊。1946年在北平主编复刊的《黄河》月刊。1948年应聘任台湾省立师范学院教授。著有散文集《从军日记》(1929年,上海春潮书局)、《青年书信》(1930年,北新书局)、《麓山集》(1932年,上海光明书局)、《我的学生生活》(1933年,光华书局)、《一个女兵的自传》(1936年,良友复兴图书印刷公司)、《湖南的风》(1937年,北新书局)、《军中随笔》(1938年,上海抗战出版部)、《在火线上》(1938年,汉口生活书店)、《第五战区巡礼》(1938年,中国文艺社)、《新从军日记》(1938年,汉口天马书店)、《在日本狱中》(1940年,上海远东图书公司)、《一个女性的奋斗》(1941年,香港世界文化出版社)、《抗战文选集》(1941年,西安建国书局)、《战士的手》(1941年,重庆独立出版社)、《写给青年作家的信》(1941年,西安大东书局)、《女兵十年》(1946年4月,汉口出版自刊本;8月,重庆红蓝出版社北平分社再版)、《生日》(1946年,北新书局)、《女兵自传》(1948年,上海晨光出版公司)、《绿窗寄语》(1955年,台湾力行书局)、《我的少年时代》(1955年,台北正中书局)、《冰莹游记》(1956年,台北上海书局)、《故乡》(1957年,台湾力行书局)、《马来亚游记》(1957年,台湾力行书局)、《我怎样写作》(1961年,台湾力行书局)、《梦里的微笑》(1967年,台湾光启出版社)、《作家印象记》(1967年,台湾三民书局)、《我的回忆》(1967年,台湾三民书局)、《海天漫游》(1968年,台湾三民书局)、《爱晚亭》(1969年,台湾三民书局)、《旧金山的雾》(1974年,台湾三民书局)、《生命的光辉》(1978年,台湾三民书局),短篇小说集《前路》(1930年,上海光明书局)、《血流》(1933年,光华书局)、《伟大的女性》(1933年,光华书局)、《梅子姑娘》(1940年,西安新中国文化出版社)、《姊妹》(1942年,西安建国书店)、《雾》(1955年,台北大方出版社),长篇小说《中学生小说》(1930年,上海中学生书局)、《红豆》(1954年,台湾虹桥出版社)、《碧瑶之恋》(1956年,台湾力行书局),中篇小说《女叛徒》(1946年,国际书局),中短篇小说集《空谷幽兰》(1963年,台北广文书局)、《在烽火中》(1968 年，台北中华文化复兴出版社) 等。

谢冰莹在风景中的情感表达，显现两种书写风格。

笔端燃烧火样的激情。抗战的民族意志熔铸她的文学风骨。她在《卢沟桥的狮子》里慨言："卢沟桥，中国抗战的发源地，是多么响亮而神圣的名词！"宛平城"在抗战的血史上，这也是个最可纪念的地方，当敌人用大炮轰击宛平时，不知牺牲了多少战士和民众"。追溯历史，她心中溢满自豪，"这是我国的伟大工程，也是燕京八大景之一；不但在中国，就是在世界也是有名的大石桥"，"直到民国二十六年的七月七日，敌人在卢沟桥畔的拱极城放了第一枪后，于是卢沟桥的名字，从此震撼了整个的世界。由它而引起的神圣抗战，在我国的革命史上写下了最光荣的一页！卢沟桥的光辉，如同日月一般灿烂！"站在桥头俯视黄浊而稍带深红色的流水，想到了战士们的鲜血，听着咆哮的急流声，想到了冲锋杀敌的呐喊，"卢沟桥，这响亮而神圣的名词，它永远地烙印在我的心里，永远地烙印在每个中华儿女的脑中"，淋漓的情感宣泄如江河直下，洋溢着强烈的爱国热忱和战斗精神，重现参加北伐革命和淞沪会战时的女兵风采。

《旧地重游》写于印着她的人生辙迹的武昌，逝去的烽火仿佛又在字句间弥漫。"我带着一颗凄凉的心走遍了我入伍的纪念地武昌城，爬上了耸立江滨的黄鹤楼头"，领略战后的凄凉滋味，"我的心中有说不尽的酸楚"，因为"它是出乎我意外的荒凉"。日本侵略者破坏的痕迹仍在，她呼吁"像这些敌人留下的污痕，早就应该消灭，为什么我们不能把那些非驴非马毫无意义的画都刷掉，写上几个有意义、有力量，使人一见就能振奋精神的标语呢？"经济重建"在不久的将来，一定会大放光明，恢复过去的繁荣"，语句中充满号召和鼓舞的力量。

1947 年春末夏初，谢冰莹游览济南，写下《济南散记》。战后的景况依然刺痛她的感情，"济南在抗战以前，是一个很热闹的都市，如今却变成了寂寞的孤岛。随便走到哪儿，处处表现着穷困，每个住在济南的人，都在咬着牙根过日子"，但是"他们都在艰苦中奋斗，不气馁，不灰心！"民族精神产生的心灵震撼，超过游赏大明湖、眺望千佛山带来的审美感受。

这些激奋的表述，把结实的词语垒进历史，进行着国家意志和民族信心的重建。

笔端流淌水样的柔情。谢冰莹在《北平之恋》(1947 年秋作) 中抒发对于古城的依依深情。她以外省游子的眼光看这座城市，把它比作"每个人的

恋人；又像是每个人的母亲"。她爱这里的胜迹，"故都的风景太美了！不但
颐和园、景山、太庙、中南海、北海、中山公园、故宫博物院、天坛、地
坛……这些历史上的古迹名胜又伟大又壮观，使每个游客心胸开朗，流连忘
返；而且整个的北平市，就像一所大公园，遍地有树，处处有花"。她爱这里
的四合院，简单而复杂的格局，幽静而古雅的风味，让她觉得"北平最适宜
住家"。她爱这里的淳朴民风，脚夫、车夫、警察，让人产生亲切的感觉。她
爱这里的风景，秋季的北平"没有风，没有雨，太阳整天暖融融地照着；苍
穹是那么高，那么澄清；浅灰的云，追逐着雪白的云，有时像在缓缓地散步，
有时又像在相互拥抱"；驾一叶扁舟漫游于太液池上，"微风轻摇着荷叶，发
出索索的响声，小鱼在碧绿的水里跳跃着；有时，小舟驶进了莲花丛里，人像
在图画中，多么绮丽的风景！"岸畔的游人对着绿波微笑，轻吟低唱，一派清
闲的态度和宁静的心境。还有东安市场水果摊上"一串串像水晶似的大白葡
萄；像玛瑙似的紫葡萄；粉红色的苹果；水泱泱的大蜜桃；二三十斤一个的大
西瓜；美丽的小沙果；新鲜的大红枣；又香又甜的良乡糖炒栗子……和冬天那
些又好看，又好吃，最受孩子们欢迎的冰糖葫芦"，以及景泰蓝、扣花、耳
环，更让人眼花缭乱。她爱这里的文化，"全国文物的精华都荟萃在这里……
北平图书馆里的书，也是全国首屈一指的"。从综合观感中，她看出北平城的
性格，形成一个总体印象与评价，这里"没有上海、南京一带的喧闹、繁华；
也没有青岛、苏杭一带的贵族化。在外表上，她是个落落大方，彬彬有礼的君
子；在内心里，她像一个娉婷少女，有着火一般的热情；但并不表现在外面。
她生来和蔼诚恳，忠实简朴"，感性的话语如同轻浅的吟唱，表露一种柔性的
力量。

《雾里过花秋坪》（1943 年 8 月 20 日《文艺先锋》第 3 卷第 2 期）的笔意
中浸润对祖国山河的恋情。"车子像一个在战场上冲锋陷阵的勇士，它终于很
快地爬上了花秋坪……这时的风景实在太美了"，雨丝斜飘，四周一片白茫
茫，"弯弯曲曲的白练，那就是夏天特有的瀑布奇观，但当你正在欣赏出神的
时候，忽然又被雾把天上人间笼罩着了，这时有些山峰从白雾里露出半个脸
来，你如果半闭上眼睛，凝神地望去，你仿佛看见那儿有许多披着洁白的绸衣
的男女仙童，赤着脚披着散发在那里携手跳舞"，描画出浪漫的幻境。

《再会吧，成都！》（1945 年 12 月 17 日别成都之前夕作）抒发战后的复杂
情感，"今天我要带着一颗充满了无限惜别、凄凉的心，匆匆地离开成都了！"
在这座城市居住的岁月里，"我受尽了一切公教人员在战时所受过的痛苦"，

但是"我爱成都，我留恋成都……呵，成都，你的一草一木，都在我的记忆里刻上了不可磨灭的印象"。惜别之情牵动远行的身影，流露出烽火岁月的人世情味。

《独秀峰》是一篇书信体散文，摹景清美婉丽，抒情亲切自然。她放出目光，桂山漓水处处是美："桂林的山是奇特的，水像海水一般碧绿，岩洞之曲折幽深，更有说不尽的奇美"，独秀峰"孤峭独立，奇秀森严……岩隙壁缝之间，草木丛生，青翠欲滴……悬岩像一座大山的倒影映入水中，俯瞰洞内，感到一种说不出的神秘之美"，濛濛烟雨中，四周的山"若隐若现。雨点落在漓江里，像珠玉从天空里散下一般……雨下的越大，远近的风景越显得美丽"，笔墨深有画意。

《龙隐岩》坚持她的才情和灵感，设境奇异浪漫，趣味曼妙幽远。一路渡漓江，过花桥，入龙隐洞，手指轻触着滑腻的石壁，"仔细看去，有好几块地方刻着隐隐约约的字，远看完全是鱼鳞，近看又非常清楚地现着一个一个的字"；"洞的后面是山，前面是蜿蜒曲折的溪水绕着。水是那么澄清，即使是一只小小的虾子，也可看见它的游态……静静地坐着，流水的声音与小鸟的歌唱，奏成一曲天然的音乐"，娴静的心境下才能欣赏饶具美感的近景与特写。"最后的晚霞，落在观音山上，照得满山金碧辉煌。微风吹送着古庙的炊烟，一缕缕地绕着树林缭绕，最后投入了云的怀抱中；由朝云洞发出来的一声声响彻云霄的晚钟，是那样凄清动人！幽静呵，这清幽美丽的仙境，是人间还是天上？"心灵语言导引魂魄陷入自我迷恋的抒情化。

《乳花洞》写景色变化引致的心理感受和情绪体验。仰观钟乳石壁上奔涌的"这么雄壮美丽的瀑布"，看到"这一处为我生平最爱欣赏的美景时，我竟喜欢得大叫起来了！"在风景面前袒露着纯真童心的一刻，感到"每一站到宏大雄伟的瀑布面前，就感觉自己的渺小，觉得我的生命，还不及一朵浪花的伟大"。走出幽暗深邃的溶洞，"一见到由洞外射进来的阳光，不觉都欢呼起来"，正在经受战争苦难煎熬的人，会从神异的景色里感受到一种强烈的情绪，从大自然中获得有深意的思考。

《珞珈之游》充溢生命的沧桑感。重访武汉大学，忆想"七年前的秋天，这儿该有多么热闹！一群群生龙活虎般的男女学生在操场上活动着，太阳照在屋顶上，发出灿烂的光辉。小鸟在树枝上歌唱，青年男女一对对在东湖里划船，在树丛里散步，他们像天上的安琪儿那么自由自在，那么甜美幸福……他们住在这个风景优美的地方，似乎忘记了此身还在人间。但是好景不长，这么恬静快乐的生活，竟被敌人的铁蹄摧残了"。如今"我呆呆地站在湖边看浪花滚在水草上，好像从来没有看见过似的那么感到新鲜而惊奇……静静地，只听到风吹芦苇发出萧萧的声音，和浪花与石头互相撞击的声音"，受过无限创伤的灵魂融入"那白茫茫一望无涯的湖水"。沉湎于伤感的旋涡，显映着柔丽凄婉的抒情风格。

景中寄情的笔法在《济南散记》里也运用着。"历下亭建于湖水中央……这是湖里的小孤岛，风景特别清幽，如果夏天荷花盛开的时候来游这里，一定别有一番风味"，含咀风物，实是寄托自己趋近散淡的中年情怀。

谢冰莹偶作《华山游记》这种纯粹的风景观览记。以游踪为主脉，串联见闻，穿插感兴，文笔平实，不炫技巧，记叙简净明畅，富于记游文体的传统风味。

谢冰莹在文学道路上进取的身影值得尊敬地凝视。"苦难磨砺了她的智慧，逆境迫使她登上胜利的坦途。谢冰莹从封建礼教笼罩的逆境中走来，在艰难困苦的生活和日本帝国主义的牢狱中熔炼，终于成长起来，坚强起来，成为著名的'女兵'作家。她在中国现代散文史上开拓'女兵'题材之早，坚持反帝反封建创作主题之长，深入抗日前线热情之高，以及作品数量之多，均属少有。"① 她的风景书写，飘闪着战争的血痕，炽燃着反抗的火焰，也流动着水一般柔软的深婉情愫。纯美的散文品性，透映精神的明亮。

二 关露：风雨伊人

迎着孤岛的风雨，在文学家园植下战斗的根苗，默默耕耘，殷殷守望，开出一树胜利的花来。黑暗尽处的曙光里闪映关露灿亮的笑影。

关露（1907—1982），原名胡寿楣，又名胡楣。原籍河北省宣化县，生于山西省右玉县。1917 年在太原师范附小读书。1927 年春进上海法科大学法律系读书。1928 年考入南京中央大学哲学系，后转文学系。1932 年春加入左联。1933 年任中国诗歌会创办的《新诗歌》月刊编辑。1934 年编辑诗歌副刊，在聂绀弩主编的《中华日报·动向》上刊出。1936 年 6 月加入中国文艺家协会，和沙千里、徐步编辑《生活知识》半月刊。1937 年夏参加上海文化界抗日救亡协会，8 月与王亚平创办诗刊《高射炮》，11 月上海沦陷，留在孤岛坚持文

---

① 傅德岷：《〈谢冰莹散文选集〉序言》，《谢冰莹散文选集》，百花文艺出版社 2004 年版，第 33 页。

化抗日。1939 年 9 月主持《文艺新潮》"国外新兴作家介绍"专栏。1942 年春任日本大使馆和海军报道部合办的《女声》月刊编辑。1945 年任《女声》月刊主编。1946 年在苏北建设大学文学系任教。1947 年秋随苏北建设大学迁到大连，在苏联新闻局做编译工作。1948 年任《关东日报》文艺副刊编辑。1949 年从大连到北京，在华北大学第三部文艺研究室任文学创作组组长，11月到中国铁路总工会，同碧野、杨朔组成三人创作组。1951 年春调文化部电影局剧本创作所工作。1964 年 1 月到商务印书馆工作。著有诗集《太平洋上的歌声》（1936 年，上海生活书店），长篇小说《新旧时代》（1940 年，上海光明书局）、《苹果园》（1951 年，工人出版社），散文集《都市的烦恼》（1986 年，百花文艺出版社）等。

关露在诗歌、小说和翻译诸方面展示自己的文学才华，"她的散文，如杂文和关于诗歌的探讨散见于当时的许多报刊上。如周扬主编的《文学月报》、沈兹九主编的《妇女园地》、社联的机关刊物《现象月刊》、《大晚报》的《火炬》以及当时进步的英文刊物《中国的呼声》上，题材大多数以当时社会问题和抗日斗争为主"①。她受党组织派遣，到太平洋出版印刷公司出版、实受日伪势力控制的《女声》月刊做编辑，"打算通过《女声》社社长佐藤俊子的左派朋友，找到日共的地下党员搞敌人的情报工作。《女声》社除了佐藤俊子外，有三个编辑，他们是凌大荣、赵蕴华和关露。关露当即表示我是学文学的，不会写政论文章，只能负责编剧本、小说、杂谈这类栏目。所以她在《女声》将自己扮演成一个专爱风花雪月的资产阶级的知识女性。但是她在《女声》上发表的文章，表面上并不涉及时事，都是谈些恋爱、婚姻、家庭问题，而实际上则是用无产阶级观点强烈地反对封建主义观点，如男权思想、男尊女卑、包办婚姻等……她又用'兰'的笔名写了大量的影评、剧评，特别是对话剧的评论最多"②，在《女声》社任职的三年里，她利用工作之便，将自己的一些散文发表在这份杂志上，通过阅读接受，发挥作品的传播功能。特殊的工作环境影响着创作心理，她既用文学审美的女性视角述录现实，又牢记地下党员的特殊使命，轻、飘、柔、媚的语言外象下始终潜隐着神圣的责任意识，表显的文字后蕴涵着深沉的情怀。

《端午节》（1942 年 6 月 15 日《女声》第 1 卷第 2 期）忆述童年往事，追

① 胡绣枫：《回忆我的姐姐关露》，《关露啊关露》，人民文学出版社 2001 年版，第 9 页。
② 同上书，第 12、13 页。

忆生命瞬间。命运浮沉中，她记住了外祖母"晚景的凄凉"和"常常有些晶莹的泪迹埋藏在她微笑的眼睛里"，家乡的端午节就是"门上的艾与菖蒲，堂屋里的粽子，房间里的客人"和雄黄酒。深挚的忆想中充溢乡间节俗的气氛，更浸入浓浓的亲情。

《仲夏夜之梦》（1942 年 7 月 15 日《女声》第 1 卷第 3 期）中明显活跃着情节化的叙事元素。青年男女，爱的梦影，"海边的太阳与树林里的树叶子香与海水混合的空气"，心底谱写的缠绵恋歌，关于诗、哲学和恋爱的浪漫憧憬，组合成美的情境。"在月光的引导下边，他们两个的明亮的眼睛接触了"，仲夏之夜完结了，爱的旅程刚刚开始，"他们两个的心里正像海浪一样在热烈的相爱着"，句句燃烧着浓挚的情焰。不意的变故更易了人物命运，也转换了作品的情绪走向，文字浸染着悲郁的色调。她想象"长江的岸与夏日的光波"，让"思想融和在泛着波光的江水里"。凭栏凝思中，"将落的夕阳映着江水，使波浪成了金色的鳞甲。江岸上的杨柳稠密地排着，像一顶绿色的帐子。看着这些江南的秀丽，人们立刻会掀起一种轻松和愉快的情绪，决不像北方的憔悴的山脉跟南方的惨淡无边的海面，给人一种悲哀与愁闷的感觉"，景致的印象式感受与美丽的渲染，显映着忧悒的心境。故事里的青年男女"在自由恋爱的意义下获得了感情上的结合，但是在一种商业资本主义的婚姻观念下他们演了悲剧"，并且影子一样缠绕着记忆，"因此我忆起当年的像梦一样的仲夏夜的海滨，与那个仲夏夜的海滨有关的人们的悲剧"，无限怅触。追叙的伤情、怀旧的哀感，融入单纯的叙事结构，完成了一段凄美人生的讲述。

《秋夜》（1942 年 11 月 15 日《女声》第 1 卷第 7 期）是一篇风景记事。在秋夜的冷雨中和一个年轻乞者的相遇，表现了心与心之间的距离、理想和现实的反差。"秋夜里有好的月亮，或者明亮的星星，有的时候，如果有一点微风的话，可以看见云彩追逐月亮"，这近于虚幻的梦境；而"天上没有月亮，也没有星星。空中飘展着微风，风当中夹着像羽毛一样的细雨。况且因为空中下着小雨，路上还有一点泞湿"，这是真实的现境。袭人的凄冷使"我愈觉得恐怖而畏怯，畏怯快要使我悲哀，我的眼睛快要流出眼泪，用眼泪表示我最后的软弱了"。冷湿的夜街上，"一个在黑夜与孤独中挣扎的人"向她行乞，在厌憎可鄙的寄生性之外，"我又有另一种感觉，我觉得他们都有些好的思想和灵魂，他们都有向上的心，只是由于一些阻止了我自己行为的力量阻止了他们"，在这样一个"寂寞而孤独的夜晚"，她希望相互提供一种真实的情感上的帮助，因为"我不觉着他是一个乞者，我觉着他是我的一个在风雨与黑夜中的同路人，我的伴侣"，"他虽然在黑暗的风雨里，但他有一个希望，他希望看见一盏远远的明灯与明日的太阳，所以他的脸上有微笑，他的眼睛里闪出安详的光"。道义上的同情感转为精神上的理解，使这段惨苦年代中萍水相逢的描叙，蕴蓄着思想意义与人文价值。

《一个可纪念的日子》（1943年10月25日《太平洋周报》第86期）虽不是直接写景的作品，却在景物中寄寓深情。心浸沉于怀念鲁迅的悲感中，"尤其是秋天，在青草变成黄色，落叶遮盖着街道，露水快要凝结成霜的时候，去追忆一个死者死去的日子，这是多么揪人烦恼、撩人惆怅的事啊！"这样的情与境，令人呼吸着伤逝的空气。"我们这位中国的文豪和我们青年们的导师鲁迅先生"劳瘁地死去，"展开在我们眼前的不是灰暗，而是光辉"。殡葬的日子里，浩荡的丧队"带着太阳去墓地，带着星光回来"，场景化的氛围点染心理环境，映亮"鲁迅的精神和灵魂"，彰显永不朽去的生命力。

《海的梦》（1944年11月15日《女声》第3卷第7期）在对大海的浪漫想象中寄寓深沉的生命感。北方山区的地理景观进入她的童年印象，"成年看见黄色的土山覆着灰沙的路"，干旱环境里飞出葱翠的遐思，"海水是蓝的，波浪是白的。从那时候起，我对海就发生了慕恋"，幻感中"当海在唱歌的时候，风就给它打拍子"，海行中遥遥地听见"像音乐一样的海的呼啸"，仿佛"倾聆海的故事"，心之湖上漾闪童话般的美的波纹。她从中采撷观念性的收获，"每一次航海，我都可以找到不相同的生活。这是我需要的"，她想望人生永远流闪"蓝色的海水和金色的海波"。青春的叙述与飘逸的抒情，营构出梦幻般的美境。

《都市的烦恼》（1945年7月15日《女声》第4卷第2期）在俗常市景的勾勒中反映普通市民的生存状态与社会心理。都市人的精神现象，即有睡寐的昏沉，也有寻幽的清美，"法国的林荫大道，罗马教堂的金顶，海面的夕阳"都会成为理想的诗料，"有闲心去欣赏头顶上的云彩和一抹晚霞"，能调适躁动的情绪，而"在一道围绕着栀子花和野蔷薇的围墙下用眼睛轻轻地斜扫一下，不好看的东西又出来了"，就在心头增加了烦恼。在都市生活题材的表现上，她善于从琐细的场景里进行精神的发掘，显示境界的清雅与卑俗。

关露在敌人的营垒中忆想乡野风景，流览都市景观，以宛曲的表现手法融合抗战的现实内容。她的内心始终潜涌着战斗者的激情。由于特殊环境和隐蔽身份，她在沦陷时期的上海所创作的散文，虽然少有火热抗日情绪的直接宣抒，多有个人柔软感思的轻缓流露，然而凄风冷雨中绽放的艳美花朵，却为抗战文学提供了一种具有异样价值的文本。

三 张爱玲：优雅与冷艳

都市人生映现张爱玲的生命风景，她的爱与恨化作女性灵慧睿智的论说，表现出对人性热烈的追求，对现实冷酷的疏离。

张爱玲（1920—1995），原籍河北丰润，生于上海。在北京、天津度过童年时光。1929年迁回上海。中学毕业后赴香港读书。1922年回到上海。1943年，她的小说处女作《沉香屑》被周瘦鹃发表在《紫罗兰》杂志上。作品多在《天地》、《万象》等刊物登载。1949年在上海《亦报》上发表小说。1952年移居香港。1955年旅居美国，曾在加州大学中文研究中心从事译著。著有散文集《流言》（1944年，上海五洲书报社），小说、散文合集《张看》（1976年，台北皇冠出版社），短篇小说集《传奇》（1944年，上海杂志社），中篇小说《秧歌》（1954年，香港天风出版社），长篇小说《十八春》（1951年，亦报社）、《赤地之恋》（1954年，香港天风出版社）、《怨女》（1966年，台北皇冠出版社）、《半生缘》（1969年，台北皇冠出版社），论著《红楼梦魇》（1977年，台北皇冠出版社）等。

生活经历影响着张爱玲的创作观，她认为自己"多少总受了点伤，可是不太严重，不够使我感到剧烈的憎恶，或是使我激越起来，超过这一切；只够使我生活得比较切实，有个写实的底子；使我对于眼前所有格外知道爱惜，使这世界显得更丰富"（《我看苏青》，1945年4月《天地》月刊第19期）。平顺的阅历使她的文字不剧烈，少激愤，而偏于冷艳、孤傲、隽逸、矜持，虽然是现代职业女性，却流露一种世宦门第高贵的气质，显示内心的清澈。她的文字充满距离感，有意识地跟生活保持适当尺度，使阅世的态度更超然从容，观察的眼光更客观冷静。

张爱玲常取俯察式的创作视角，藐视的神情里暗含刻骨的讽刺。上海滩的万种风情，有她引为笑骂的材料。能够从人人都熟悉，又容易忽略的现实存在中做着文学化的提纯，是她的艺术天才。她用自信的眼光扫描世相，检视经验与常识，对于生活的观察态度非常主观化、简纯化。她在憎恶与哀矜的复杂的感情交织中，玩味人间，做出含着现实敏感性的理性判断，让人呼吸着真实的社会空气。在她的写作里，生命本身经过文字表现，反而明白简单，映示着具有深刻理性的人生态度。

张爱玲的生命场景里，利欲的怪象云烟一般地过眼，她以冷观的态度在俗常生活中收获精神性财富。她的眼前闪过"声色犬马最初的一个印象",公寓"对门的逸园跑狗场,红灯绿灯,数不尽的一点一点,黑夜里,狗的吠声似沸,听得人心里乱乱地。街上过去一辆汽车,雪亮的车灯照到楼窗里来,黑房里家具的影子满房跳舞,直飞到房顶上"(《我看苏青》)。在香港的读书时光里,"于我有益的也许还是偷空的游山玩水,看人,谈天"(《我看苏青》)。她在人生旅途上,赏看过现代都市的缤纷光影,领受过自然山水的鲜活气息。装束上的一身旗袍穿出了都会女性的华丽与妖艳,处世上的一种精英自负情结显示了和时代相逆的思想走向。

发表于 1943 年 12 月《天地》月刊第 3 期的《公寓生活记趣》,流露出都市生活引起的心理情绪。"在战时香港吓细了胆子的我,初回上海的时候,每每为之魂飞魄散",街市的杂喧常使耳根不闲,平衡心绪的却是市声,"我是非得听见电车响才睡得着觉的。在香港山上,只有冬季里,北风彻夜吹着常青树,还有一点电车的韵味。长年住在闹市里的人大约非得出了城之后才知道他离不了一些什么。城里人的思想、背景是条纹布的幔子,淡淡的白条子便是行驰着的电车——平行的,匀净的,声响的河流,汨汨流入下意识里去",这种体悟充满现代都市的流动感,吟味起来和品赏旧式乡村风景完全是不同的艺术情调、相异的审美境界。幽处公寓的她,在城乡之间做着精神选择,"公寓是最合理想的逃世的地方。厌倦了大都会的人们往往记挂着和平幽静的乡村,心心念念盼望着有一天能够告老归田,养蜂种菜,享点清福",而这种意识的发生,又源于人生观念:"长的是磨难,短的是人生。"生命的虚无感使她的作品时时流露出忧悒的情味。

发表于 1943 年 11 月《古今》半月刊第 33 期的《洋人看京戏及其他》,以娱乐精神评说都市人的生活实态。审看的视角跳出传统的限圈,认为"用洋人看京戏的眼光来看看中国的一切,也不失为一桩有意味的事"。她思考"为什么京戏在中国是这样地根深蒂固与普及"的缘由,观罢疯魔全上海的《秋海棠》一剧,领悟到"中国人向来喜欢引经据典。美丽的,精警的断句,两千年前的老笑话,混在日常谈吐里自由使用着。这些看不见的纤维,组成了我们活生生的过去。传统的本身增加了力量……只有在中国,历史仍于日常生活中维持活跃的演出。(历史在这里是笼统地代表着公众的回忆。)假使我们从这个观点去检讨我们的口头禅,京戏和今日社会的关系也就带着口头禅的性质"。生活理想与社会现实梦魇般的冲突,使平静的观感陈述潜含犀利的批判锋芒,甚至接近一种朦胧的政治表达。她从《红鬃烈马》里看出京戏描写的

"浑朴含蓄处"，从《玉堂春》里悟出"现代的中国人放弃了许多积习相沿的理想"，从《乌盆记》里瞧出"灵魂所受的苦难"，从《新纺棉花》里觉出"中国人的幽默是无情的"，从《空城计》里品出"凄寂的况味"。她深感"历代传下来的老戏给我们许多感情的公式。把我们实际生活里复杂的情绪排入公式里，许多细节不能不被剔去，然而结果还是令人满意的。感情简单化之后，比较更为坚强，确定，添上了几千年的经验的分量"；她忧叹"京戏里的世界既不是目前的中国，也不是古中国在它的过程中的任何一阶段。它的美，它的狭小整洁的道德系统，都是离现实很远的"。另外，"台上或许只有一两个演员，但也造成一种拥挤的印象。拥挤是中国戏剧与中国生活里的要素之一"，"中国人在哪里也躲不了旁观者"，"京戏里的哀愁有着明朗、火炽的色彩"，"京戏里规律化的优美的动作，洋人称之为舞蹈，其实那就是一切礼仪的真髓"，"京戏的象征派表现技术极为彻底，具有初民的风格"诸句，用着憎嫌与嘲讪的语风，在艺术评价里渗入孤愤思想与忧世情怀，好像一旦失掉敷在字面上的调笑色彩，就立即显露出内心深处的伤感与苍凉，仿佛从喧阗的都市堕入荒寂的山林。这样的文字折射出世俗生活中作家独特的精神特质。在她的艺术观里，美妙的戏剧风景是对复杂的人生风景的高级形式的阐释。帷幕那面的光影世界融合了具体真实的现实境况。

发表于1944年1月《天地》月刊第4期的《道路以目》，在平静的记叙中浸入浓淡相宜的都市趣味。上小菜场去，"街上值得一看的正多着"：黄昏时候路旁歇着的人力车，"寒天清早，人行道上常有人蹲着生小火炉，扇出滚滚的白烟"，自行车轮上装了一盏红灯，骑行起来"但见红圈滚动，流丽之极"，霞飞路的橱窗里展陈街头艺术，"霓虹灯下，木美人的倾斜的脸，倾斜的帽子，帽子上斜吊着的羽毛"，刺激人们的购买欲。和松弛的空气对映的，是紧张的战氛，"深夜的橱窗上，铁栅栏枝枝交影，底下又现出防空的纸条，黄的，白的，透明的，在玻璃上糊成方格子，斜格子，重重叠叠，幽深如古代的窗槅与帘栊"。简笔勾勒的市景，流动着都会的空气，透映出沦陷环境下上海情势的大略。

发表于1944年7月《天地》月刊第10期的《私语》，充满对"可爱又可哀的年月"的忆想。"乱世的人，得过且过，没有真正的家"一句，唱出了浸含于心情往事中的哀怨调子。她的人生画面里映现的风景，似缥缈的梦，似闪烁的星，"我八岁那年到上海来，坐船经过黑水洋绿水洋，仿佛的确是黑的漆黑，绿的碧绿，虽然从来没有在书里看到海的礼赞，也有一种快心的感觉。睡在船舱里读着早已读过多次的《西游记》，《西游记》里只有高山与红热的尘沙"，而见了上海的石库门房子、红油板壁，心情好似"粉红地子的洋纱衫袴上飞着蓝蝴蝶"，使非常侉气的她产生"一种紧张的朱红的快乐"，感到"家里的一切我都认为是美的顶巅"，并且由"蓝椅套配着旧的玫瑰红地毯"天真地联想到英格兰"蓝天下的小红房子，而法兰西是微雨的青色"。画图、弹钢琴、学英文，她体验着洋式淑女的风度，内心"充满了优裕的感伤"。家居的环境浮闪着"轻柔的颜色"，影响着她的思想，渐渐生出"精神上与物质上的善，向来是打成一片的，不是像一般青年所想的那样灵肉对立，时时要起冲突，需要痛苦的牺牲"的认识。"光明与黑暗，善与恶，神与魔"组合成她的世界的两半。"父亲的房间里永远是下午，在那里坐久了便觉得沉下去，沉下去"，因为那里飘漾着"鸦片的云雾，雾一样的阳光"，这种纤敏细腻的感觉能够引起灵魂的战栗。"房屋里有我们家的太多的回忆，像重重叠叠复印的照片，整个的空气有点模糊。有太阳的地方使人瞌睡，阴暗的地方有古墓的清凉。房屋的青黑的心子里是清醒的，有它自己的一个怪异的世界。而在阴阳交界的边缘，看得见阳光，听得见电车的铃与大减价的布店里一遍一遍吹打着'苏三不要哭'，在那阳光里只有昏睡"，家景、市景成为心境的映画。沪战发生，"那时候的天是有声音的，因为满天的飞机"，苏州河边夜间的炮声使内心愈加凄惶，"我生在里面的这座房屋忽然变成生疏的了，像月光底下的，黑影中显出青白的粉墙，片面的，癫狂的"，半明半昧的关于狂人的诗句，让她"想到我们家楼板上的蓝色的月光，那静静的杀机"，神经疲累，以致觉得"数星期内我已经老了许多年"。在生活的窘境里经受着精神的折磨，"寄住在旧梦里，在旧梦里做着新的梦"的她，孤仃阳台凝望天上"毛毛的黄月亮"，思考自己的人生。独特的生命感觉里流动恍惚的意识，渗透既单纯又复杂的意绪。

张爱玲抒写现代都市生活，准确地传达知识女性微妙的心理活动与精神感受。夜灯下听见军营传来熟悉的调子，"几个简单的音阶，缓缓的上去又下来，在这鼎沸的大城市里难得有这样的简单的心"《夜营的喇叭》；走上街头，看见挤在伞沿下躲雨的人，头上淋得稀湿，悟到寓言的意味，"穷人结交富人，往往要赔本"（《雨伞下》）；秋阳下，立定了看"路上洋梧桐的落叶，极慢极慢地掉下一片来，那姿势从容得奇怪"，领受到"落时的爱"和"中年的漠然"，冬天里，"太阳煌煌的，然而空气里有一种清湿的气味，如同晾在竹竿上成阵的衣裳"，想到"蓝布的蓝，那是中国的'国色'。不过街上一般人穿的蓝布衫大都经过补缀，深深浅浅，都像雨洗出来的，青翠醒目。我们中国本来是补钉的国家，连天都是女娲补过的"（《中国的日夜》），话外的余音越传越远，字里的意味越品越浓。稍纵即逝的灵妙思致倏忽一闪，留下的是精神价值。

张爱玲谱断肠之曲，唱离愁之歌，人情是笔墨的中心，景物描摹也常常以其为根底。她在文章里流露与苏青的别意和对未来的惆怅，丝丝柔情渗入景色中，"她走了之后，我一个人在黄昏的阳台上，骤然看到远处的一个高楼，边缘上附着一大块胭脂红，还当是玻璃窗上落日的反光，再一看，却是元宵的月亮，红红地升起来了……晚烟里，上海的边疆微微起伏，虽没有山也像是层峦叠嶂"（《我看苏青》），便在怅望中涌起自伤、自怜的身世之感。把景物描写融入情感发抒之中，而不是单纯地摹制自然，表现了一种有意味的笔法。

张爱玲的鉴赏眼光里映射着个人化的艺术风景。从画上一个裸体躺在沙发上的夏威夷女人，转向"门外的玫瑰红的夕照里的春天，雾一般地往上喷，有升华的感觉"，隐隐感到"一种最原始的悲怆"，林风眠的安南、缅甸人像"是有着极圆熟的图案美的"，淡墨点染雨境中的女子，"在寒雨中更觉得人的温暖"是画意的深长处，对于普通男子，"有点特殊的感情……仿佛有一种微妙的牵挂……如同鸳鸯蝴蝶派的小说，感伤之中，不缺乏斯文扭捏的小趣味，可是并无恶意"（《忘不了的画》，1944 年 9 月《杂志》月刊第 13 卷第 6 期）；《野外风景》里的严妆贵妇是绝对写实的，"梦一样的荒原"浸含着深沉的意韵，《牧歌》中的一群男女，"白的肉与白的衣衫，音乐一般地流过去……转角上的一个双臂上伸，托住自己颈项的裸体女人，周身的肉都波动着，整个的画面有异光的容漾"；她自称在风景画里最喜欢的一幅是《破屋》，从哽噎的日色里悟到"这里并没有巍峨的过去，有的只是中产阶级的荒凉，更空虚的空虚"（《谈画》）。欣赏的主观情绪和画家的创作冲动相融，精妙的识见透示着审美过程中有意义的心理变迁。

生活在艺术精神里的张爱玲，以世家的高傲心性睥睨尘俗，对"一个一个中国人看见花落水流，于是临风洒泪，对月长吁，感到生命之短暂"的虚无精神，对"生活有绝对保障的仙人以冲淡的享乐，如下棋，饮酒，旅行，来消磨时间"（《中国人的宗教》，1944 年 8、9、10 月《天地》月刊第 11、12、13 期）的逍遥意态不尽以为然，"可是四周的实际情形与理想相差太远了"（《更衣记》，1943 年 12 月《古今》半月刊第 34 期），她只能在封闭的心灵天地创制一种拟化的自我世界，并情愿浸沉下去，在艺术里、人生里扮演一世的悲剧角色。敏锐的感觉、细腻的心理使她不能融入善恶、美丑残酷咬啮的现实，一半是生命的欢悦，一半是情感的忧苦，构成精神世界的两面。然而笔落纸面，她却是冷静的："我用的是参差的对照的写法，不喜欢采取善与恶，灵与肉的斩钉截铁的冲突那种古典的写法。"（《自己的文章》）她坦陈自己的创作观念："我不喜欢壮烈。我是喜欢悲壮，更喜欢苍凉。壮烈只有力，没有美，似乎缺少人性。悲壮则如大红大绿的配色，是一种强烈的对照。但它的刺激性还是大于启发性。苍凉之所以有更深长的回味，就因为它像葱绿配桃红，是一种参差的对照。"（《自己的文章》）她的散文里不萦响激扬的音调，不燃烧愤怒的火焰，而是婉曲的杂话，是幽默的琐谈，旨趣全在启发与回味。在这样的思想背景下，交织着"甜而怅惘"情绪的她，"初学写文章，我自以为历史小说也会写，普洛文学，新感觉派，以至于较通俗的'家庭伦理'，社会武侠，言情艳情，海阔天空，要怎样就怎样。越到后来越觉得拘束"，竟至连"无产阶级的故事"也不会写了（《写什么》，1944 年 8 月《杂志》月刊第 13 卷第 5 期）。她的"作品里没有战争，也没有革命"（《自己的文章》），倾近纠缠个人情感生活，沉吟女子日常趣味，表现内心幻生的浪漫理想，一些零零碎碎的感悟，洞开一扇生命的橱窗，让人窥视幽独的心怀。她的作品不是炽烈如焰的日光，而是冷静似水的月光。她低视自己少女时期创作的朝气，对于《理想中的理想村》，她说"我简直不能相信这是我写的，这里有我最不能忍耐的新文艺滥调：'在小山的顶上有一所精致的跳舞厅。晚饭后，乳白色的淡烟渐渐地褪了，露出明朗的南国的蓝天。你可以听见悠扬的音乐，像一幅桃色的网，从山顶上撒下来，笼罩着全山。……这里有的是活跃的青春，有的是热的火红的心……沿路上都是蓬勃的，甜笑着的野蔷薇，风来了，它们扭一扭腰，送一个明媚的眼波……清泉潺潺地从石缝里流，流，流，一直流到山下，聚成一片蓝光潋滟的池塘'"（《存稿》），健朗的笔调、清美的气息、流转的光影、明秀的风景，氤氲着葱茏的诗意，跳荡着一颗年轻的心，而随着心灵皱痕的添深，这样的文字已如芳菲凋零，却在凄伤的灵魂自抚中幽幽地开出鸳蝴派的花来。"人间的不幸，就是这样容易被天真烂漫的童心忘记，却苦了爱玲这个对生活过于敏感的人，人生的每一脉动都在她灵魂深处叩发出回声。"[①]受着这种精神的支配，她才做出"生命是一袭华美的袍，爬满了虱子"（《天才梦》）的譬喻。她游弋于文学主潮的边缘，在世味的孤清玩赏中获得精神自

---

① 辜正坤、赵宏：《张爱玲散文略论》，《张爱玲美文精粹》，作家出版社 1992 年版，第 7 页。

足。细腻婉丽的文字流露出黯淡内心深怀的隐衷，更映显自己的人生风景的底色。

四　林徽因：盈盈顾盼中的意象建构

以新月诗风做着柔美的风景吟唱，纸上流动着温婉恬静的生命气息，是林徽因的散文。

林徽因（1904—1955），原名林徽音，笔名灰因。原籍福建闽侯，生于浙江杭州。1916年就读于北京培华女子中学。1920年4月随父林长民游历欧洲。1923年参加新月社。1924年6月和梁思成同赴美攻读建筑学，1928年8月一起回国。1930年到沈阳东北大学建筑系执教。1931年九一八事变后迁居北平，受聘于中国营造学社。1937年后在昆明、四川等地居住。抗战胜利后返回北平。新中国成立后，任清华大学建筑系教授和中国建筑学会理事。著有诗集《林徽因诗集》（1985年，人民文学出版社），散文、诗歌合集《林徽因》（1992年，人民文学出版社、三联书店（香港）有限公司）等。

林徽因的文学生命里跳荡着诗的灵魂。她格外看重艺术感悟，刊登在《诗刊》、《新月》、《学文》、《新诗》和《大公报·文艺副刊》上的许多诗作，体现了像幻梦，像云影，像月光一般的美质。她具有奇妙的创作感觉："这感悟情趣的闪动——灵感的脚步——来得轻时，好比潺潺清水婉转流畅，自然的洗涤，浸润一切事物情感，倒影映月，梦残歌罢，美感的旋起一种超实际的权衡轻重，可抒成慷慨千行的长歌，可留下如幽咽微叹般的三两句诗词。愉悦的心声，轻灵的心画，常如啼鸟落花，轻风满月，夹杂着情绪的缤纷；泪痕巧笑，奔放轻盈，若有意若无意地遗留在各种言语文字上。"（《究竟怎么一回事》，1936年8月30日《大公报·文艺副刊》）她的风景诗显现着新月派纤柔绮丽的风格，意象清新纯美而少浮艳气。"催一阵急雨，抹一天云霞，月亮，/星光，日影，在在都是她的花样"（《"谁爱这不息的变幻"》）；"那一晚我的船推出了河心，/澄蓝的天上托着密密的星。/那一晚你的手牵着我的手，/迷惘的星夜封锁起重愁"（《那一晚》）；"我情愿化成一片落叶，/让风吹雨打到处飘零；/或流云一朵，在澄蓝天，/和大地再没有些牵连"（《情愿》）；"你舒展得像一湖水向着晴空里/白云，又像是一流冷涧，澄清/许我循着林岸穷究你的泉源"（《仍然》）；"桃花，/那一树的嫣红，/像是春说的一句话；/朵朵露凝的娇艳，/是一些/玲珑的字眼，/一瓣瓣的光致，/又是些/柔的匀的吐息；含着笑，/在有意无意间/生姿的顾盼"（《一首桃花》）；"虫鸣织成那一片静，寂寞/像垂下的帐幔；/仲夏山林在内中睡着，/幽香四下里浮散"（《山中一个夏夜》）；"这里那里，在这秋天，/斑彩错置到各处/山野，和枝叶中间，/像醉了的蝴蝶，或是/珊瑚珠翠，华贵的失散，/缤纷降落到地面上"（《秋天，这秋天》）；"我说你是人间的四月天，/笑响点亮了四面风；/轻灵/在春的光艳中交舞着变。/你是四月早天里的云烟，/黄昏吹着风的软，星子在/无意中闪，细雨点洒在花前"（《你是人间的四月天——一句爱的赞颂》）；"是你，是花，是梦，打这儿过，/此刻像风在摇动着我；/告诉日子重叠盘盘的山窝；清泉潺潺流动转狂放的河；/孤僻林里闲开着鲜妍花，/细香常伴着圆月静天里挂；/且有神仙纷纭的浮出紫烟，/衫裙飘忽映影在山溪前"（《灵感》）；"我爱这雨后天，/这平原的青草一片！/我的心没底止的跟着风吹，/风吹：吹远了草香，落叶，/吹远了一缕云，像烟——/像烟"（《雨后天》）；"断续的曲子，最美或最温柔的/夜，带着一天的星。/记忆的梗上，谁不有/两三朵娉婷，披着情绪的花/无名的展开/野荷的香馥，/每一瓣静处的月明"（《记忆》）；"记得那天/心同一条长河，/让黄昏来临，/月一片挂在胸襟。/如同这青黛山，/今天，/心是孤傲的屏障一面；/葱郁，/不忘却晚霞，/苍莽，/却听脚下风起，/来了夜"（《黄昏过泰山》）；"紫藤花开了/轻轻的放着香，/没有人知道。/楼不管，曲廊不做声，/蓝天里白云行去，/池子一脉静；/水面散着浮萍，/水底下挂着倒影"（《藤花前——独过静心斋》）；"梦在哪里，你的一缕笑，/一句话，在云浪中寻遍，/不知落到哪一处？流水已经/渐渐的清寒，载着落叶/穿过空的石桥，白栏杆，/叫人不忍再看，红叶去年/同踏过的脚迹火一般"（《红叶里的信念》）；"紫色山头抱住红叶，将自己影射在山前，/人在小石桥上走过，渺小的追一点子想念。/高峰外云深蓝天里镶白银色的光转，/用不着桥下黄叶，人在泉边，才记起夏天"（《山中》）；"一条枯枝影，青烟色的瘦细，/在午后的窗前拖过一笔画"（《静坐》）；"现在连秋云黄叶又已失落去/辽远里，剩下灰色的长空一片/透彻的寂寞，你忍听冷风独语"（《时间》）；"怪得这嫩灰色一片，带疑问的春天/要泥黄色风沙，顺着白洋灰街沿，/再低着头去寻觅那已失落了的浪漫/到蓝布棉帘子，万字栏杆，仍上老店铺门槛"（《古城春景》）；"不过是去年的春天，花香，/红白的相间着一条小曲径，/在今天这苍白的下午，再一次登山/回头看，小山前一片松风/就吹成长长的距离，在自己身旁"（《去春》）；"如果心头再旋转着熟识旧时的芳菲，/模糊如条小径越过无数道篱笆，/纷纭的花叶枝条，草看弄得人昏迷，/今日的脚步，再不甘重踏上前时的泥沙"（《除夕看花》）；"我想象我在轻轻的独语：/十一月的小村外是怎样个去处？/是这渺茫江边淡泊的天；/是这映红了的叶子疏疏隔着雾；/是乡愁，是这许多说不出的寂寞；/还是这条独自转折来去的山路"（《十一月的小村》）；"你树梢盘着飞鸟，每早云天/吻你额前，每晚你留下对话/正是西山最好的夕阳"（《对北门街园子》）；"你的红叶是亲切的牵绊，那零乱/每早必来缠住我的晨光"（《给秋天》）；"你是河流/我是条船，一片小白帆/我是个行旅者的时候，/你，田野，山林，峰峦"（《人生》）。无形可显的感觉、情绪、意念，附着景物的形状、色彩、线条得以形成立体的构画，抽象的形而上的种种，巧妙地发生物化性的转换，映示鲜明的内心图卷。浪漫的心绪含蕴在美丽的风景里，美丽的风景透显着浪漫的心绪。她的飘飞的感思特别能和诗歌这种精粹、灵动的文学体裁对应，产生一种和谐关系。

　　林徽因在 30 年代的诗歌创作，奠定了她的抒情诗人的地位。同期的散文，也时见风景光影的闪动，时见唯美气质的流溢。固定的视角、变换的物象，交织着一个现代城市人浮闪不定的心绪。片断零碎的生活印象在意识里连锁一片，在内心投射缤纷意象。《窗子以外》（1934 年 9 月 5 日《大公报·文艺副刊》）让思绪飘向辽远的天地，"所有的活动的颜色、声音、生的滋味，全在那里的……多少百里的平原土地，多少区域的起伏的山峦，昨天由窗子外映进你的眼帘，那是多少生命日夜在活动着的所在；每一根青的什么麦黍，都有人流过汗；每一粒黄的什么米粟，都有人吃去"，景物比起院里的"两树马樱、几棵丁香"和一大枝横出疯杈的榆叶梅自然丰富了许多。缺乏生气的城内和有自然空气的城外对比起来，长长的一条胡同，南瓜棚子底下缝缝做做的女人，磨坊边的一棵老槐、一丛杂花、一条引水的沟渠，保存着宋辽原物的古刹寺院，关帝庙里高巍巍地对着正殿的戏台，令她"诅咒着城市生活，不自然的城市生活"，感觉"健康的旅行既可以看看山水古刹的名胜，又可以知道点内地纯朴的人情风俗"，这样"你的窗子前面便展开了一张浪漫的图画，打动了你的好奇"。从家屋到街头，到乡野，观览生活的百态，加深对现实的认识。《蛛丝和梅花》（1936 年 2 月 2 日《大公报·文艺副刊》）细腻地摹绘色彩轻淡的静物，流露内心的柔情。那"一枝两枝，老枝细枝，横着，虬着，描着影子，喷着细香"的梅花，牵及爱情与人生。浪漫的情绪"风似地吹动，卷过，停留在惜花上面"，从嫣然不语的花容上"几乎热情地感到花的寂寞，开始怜花，把同情统统诗意地交给了花心！"沉浸在"解看花意"的氛围里，又觉得"惜花，解花太东方，亲昵自然，含着人性的细致是东方传统的情

绪"，意绪就带着古典的韵致。那细细的"迎着太阳发亮"，并且"有意无意
地斜着搭在梅花的枝梢上"的蛛丝，牵缠着花意，引动凝望、沉思与感慨，
"一根蛛丝！记忆也同一根蛛丝，搭在梅花上就由梅花枝上牵引出去，虽未织
成密网，这诗意的前后，也就是相隔十几年的情绪的联络"，感觉极细，显露
着体物的敏感性。文章情调也是恹恹的，和午后阳光斜照下阒然的庭院、离离
的疏影所浸含的冬日风味浑融，流露出温软宛媚的韵致。

　　林徽因40年代的散文仍然以情为中心，描述性语句潜含慧心，包孕灵智。
发表于1946年11月24日《大公报·文艺副刊》的《一片阳光》，在静思状态
中进行心与自然的交流。春初的太阳"那湛明的体质"，那"交织绚烂的色泽"，
那"不着痕迹的流动"映上书桌，"我感到桌面上平铺着一种恬静，一种精神上
的豪兴"，流荡闲逸的情趣，"漾开诗的气氛"。静谧之中仿佛听见玲琮的泉流、
断续的琴声、幽独的音调。"看到这同一片阳光射到地上时，我感到地面上花影
浮动，暗香吹拂左右，人随着响午的光霭花气在变幻，那种动，柔谐婉转有如
无声音乐，令人悠然轻快，不自觉地脱落伤愁"，觉得"玲珑暖煦的阳光照人面
前，那美的感人力量就不减于花"。画面的透明度映显心灵的透明度，抗战烽烟
飘逝，故都久蕴的雅意把她的心浸润得宁恬安静，才乐在画中景象里品味葱茏
的诗意。满室除了窗棂栏板几案笔砚在光霭中呈为静物图案，作了儒雅的托衬，
"再有红蕊细枝点缀几处，室内更是轻香浮溢，叫人俯仰全触到一种灵性"，这
种情绪的旅行，透现着心境的幽娴，流露出生命的喜悦。

　　阳光下的平和心绪让她保持灵魂的宁静，默思人与自然的审美关系，"宇
宙万物客观的本无所可珍惜，反映在人性上的山川草木禽兽才开始有了秀丽，
有了气质，有了灵犀。反映在人性上的人自己更不用说。没有人的感觉，人的
情感，即便有自然，也就没有自然的美，质或神方面更无所谓人的智慧，人的
创造，人的一切生活艺术的表现！"由此更可以清楚地看到，这样的审美观主
导下的创作意识，促使她在个人心灵空间实现了文学建造。

　　就林徽因的全部散文看，建筑学家的科学精神与文学家的艺术气质，如同
两个鲜活的精灵闪跳在作品的语句里，而她的笔墨转向风景，尤其具有柔性的
抒情魅力。此种清曲雅调般的文字，带着篱前的闲逸趣味，更体现纯粹的
诗质。

五　陈敬容：夜街低回，遥望一天星雨

　　在雾重庆愁悒的空气里吟唱忧世之曲，又让美丽的诗意的弧光朝星夜飞

闪，幻作一天缤纷花雨，是陈敬容的散文。

陈敬容（1917—1989），原籍四川乐山。1934 年前往北京，在北京大学、清华大学中文系旁听。1938 年在成都参加中华全国文艺界抗敌协会。1945 年在重庆做小学教师。1946 年参与创办《中国新诗》月刊。1949 年在华北大学学习。1956 年任《世界文学》编辑。著有散文集《星雨集》（1946 年，上海文化生活出版社），诗集《交响集》（1947 年，上海星群出版社）、《盈盈集》（1948 年，上海文化生活出版社）、《老去的是时间》（1983 年，黑龙江人民出版社），译著《安徒生童话》（1947 年，上海骆驼书店）、《太阳的宝库》（1947 年，三联书店）、《巴黎圣母院》（1948 年，上海骆驼书店）、《绞刑架下的报告》（1952 年，人民文学出版社）等。

《荒场之夜》（1939 年秋初作于成都）在愁闷的情绪下营构出凄迷的都市意象：梦感中浮动“荒冷的坟场，蝙蝠的翅膀织成无尽的黑夜；风底漠然的幽怨的低唱，使人想起一些失去的梦与梦中的哀乐”，一片隐约的笑声潜进朦胧的意识，“幽灵遁入我身后的墓陵。月亮自云帷后探出头来，照见我的行囊和我孤寂的影子”，甩不掉缠绕灵魂的忧悒，沉暗的心影令神志恍惚，“于是飞磷舞着，鸱枭歌着，沉重的睡眠压上我的倦眼，我重新靠着残碑，沉入一个迷茫的梦”。山城重庆的灯火，闪烁于她的忧虑的心境，幻感的语句浸着初秋的寒意，清晰地映显一颗孤寂凄惘的心。

《夜街》（1940 年春作于重庆）折射着年轻人心中潜涌的苦闷的时代情绪。雾霭飘浮的“温婉的四月夜”和“午夜的市街”构成特定的艺术时空，“梦与醒之间”的朦胧意识映示着灵魂的彷徨和方向的迷失。“三个人底步履飘摇地走过来，嘴里喃喃着什么；像是感叹又像是咒骂。他们都是那样的年青，年青而苦闷，破旧的衣服说着他们一向的颠连”，茫然中的呓语，带着游戏人间的苦涩。“看着躺在面前的自己的命运”，忧烦、焦灼然而无助，只能在月亮和街灯下拖着自己黑黑的影子“各自带回去一肩冷冷的月光与一个苍白的希望”，失意的情绪像山城的雾色一样笼罩在心头，幽幽地泛出黯淡的光色。

《尼庵外》中的意绪游移在尘世与梵界之间，喻示两种精神境界。“在暮色苍茫里我们走着，风飘舞起我底衣角，风紧贴上我移动着的腿胫，温暖而亲切地，使我有着飞行于云中的感觉”，表露的是凡尘的轻松心情；“一股沉重的香味从尼庵里透送过来……这香料没有一点宁静的意味，它是如此沉重而窒息”，显映的是庵中姊妹幽闭的灵魂。作品的基调透现出明朗的情绪，精心塑造美好的抒情形象，"我尽情地呼吸着大自然所能给我的一切。而生活，现实生活所能给我的一切呢，不论是苦难或是幸福，我都同样以衷心的感激去领受"，乐观的人生态度源于大自然的滋养，涤除了不利社会因素对心理的负面影响。暮霭迷蒙，心间浮映的却是"高高的棕榈，椰子树，芬芳的檬果，吉卜赛的歌声，蛇的舞蹈"构成的热带风光。片断意象形成美妙的连缀，流动的情绪显化为明秀的心灵图景。

《绿色和紫色》中闪映的明艳色彩，是从心灵飘出的，洋溢着青春的欢乐。林中独步的少女背衬"密密的竹枝，棕榈和青松"作成的绿色屏风，"送走那曾在她青春的门前徘徊过的凄苦的命运"，向未来凝视，"无际的绿色，即是青春的，即是她的无际的愿望"；而"为星光和灯光所辉耀的紫色的夜"让她感受到飘羽之重，咀嚼着回忆，又陷入幽深的悼伤，"她的思想里现在燃起一片紫色的火焰。紫色的，如像一切青春之梦，一切仲夏夜之梦：紫色的琴声和歌声，紫色的林子，紫色的云雾"，诗性的感觉浸含人生况味。"她徘徊在一个边缘上——从绿色通到紫色的边缘"，颜色的调换隐含着思想的过渡与情绪的迁变，显映着青年知识者的心理路径。

《昏眩交响乐》（1945年4月22日晨作）让战时情绪波流似的涌动，跃荡起摇神撼魄的音符。沉重的记忆、模糊的影像、凄怆的叹息中，怀忆与憧憬浮闪着美丽的沙岸、明媚的阳光、回翔的海鸥，炫惑的梦境"交溶了声音和颜色，微笑与轻叹，痛苦和欢乐"，高爽透明的蓝空展现着未来世界，"生命底早晨的土地，播散着一粒粒黑油油的坚实的种子"，内心燃烧的希望幻变成一阕悲怆的乐歌。

《黎明》是一首对光明充满焦灼渴意的咏叹调。"嘉陵江沉郁地静止着，江水在月光下微闪作银色……从窗上，我将看见玫瑰色的黎明"，夜与昼接续时分的江景，映入少女将摇落的美好的睡寐。苦盼黎明，"我已曾等待你于每一个黄昏，每一个长夜；我已曾等待你于一些比黑夜还暗黑的角落里"，绚丽曙色中叠映的"山峰，树木，房舍，都在烟雾中苏醒，大地在一度死亡后重又新生——大地永远年青"。深度的现实沉陷，使想象的翅膀朝着美丽的境界更有力地飞升。

《希望的花环》（1945年8月26日夜作）发出了抗战胜利后兴奋的呼吼，抒发了摆脱苦难的民众的共同心声。陷入战争的祖国是一座"幽而庞大的森林……忽然失掉了一切光，为无边的黑暗统制着了"，整整八年，只有在深沉的渊底采撷痛苦，来编织希望的花环。终于盼来启明星在暗黑的天空闪现，

"于是黎明来了，黑暗抖索着向四角躲藏"，旭日初升，"我底祖国呵，我祝福你用痛苦换来的新生，并愿你在充满希望的黎明里永莫忘长夜的痛苦"。横流的喜泪、仰天的悲慨，反映了一个和国家同命运的爱国知识分子的深挚情怀。

《火焰——燃烧和光荣》（1947年6月《人间世》复刊第4期）以散文诗的抒情色彩代替小品文的清畅趣味。激情的光焰灼灼迸闪，创造出雄浑的意境。太阳和火、美丽的赤子，组构人间壮丽的风景。在毁灭与生存的选择中，"已经有过最美丽最光荣的燃烧了"，唱响一曲火的颂歌。

陈敬容的精美抒写，交织着个人生命体验与社会景况观察，并将其凝定为象征意义强烈的文学符号。灵动的色彩、朦胧的意象显示着诗人的赋性，浮凸着她的标志性散文风格的影像。散射的思绪、跳跃的句式暗含诗章的结构性，而宛妙的词语节奏又传示心灵的脉动。她把风景的映画诗意地带进散文，纸面浮漾温润的光泽感。聪慧的文学设计、灵妙的意象联想，提供了创作美学的女性视界。

第三节　多维的艺术向度

战争烽火淬砺着众多作家强健的骨格，使他们在创作中表现出鲜明的现实情怀和民族立场，满怀激情地高扬怀抱的人文理想，昭示光明前景与解放主题。创作实践的历练又使他们的文学经验不断丰富，题材选择从知识领界转向民众视野，在成熟的文体范式上展示多样的风致。风景散文的创作也呈现活跃的态势。用赤诚的心灵感受自然景观，用严肃的理性思考人文风景，成为一种集体意识。做出的深度书写超越篇幅的限度，实现精神的自由。战地风貌的写生，苦难历程的追忆，壮美河山的描画，南北游历的述录，风俗世态的绘写，海外见闻的记叙，表现出随着变化的时代环境而俱生的精神世界的复杂性，使风景在描摹中产生新的意义，所构成的雄阔绚丽的文学景观，显示了丰厚的创作实绩。

任凭烽烟弥漫于清美的花间溪上，陈伯吹纯真的忆想依然浮映明丽的山光水影。陈伯吹（1906—1997），原名汝埙。笔名夏雷。江苏宝山人。1919年考入县立甲种师范讲习所。1930年底受聘于北新书局，主编《小学生》半月刊。1934年任儿童书局编辑部主任，编辑《儿童杂志》。抗战时期曾任职于国立编译馆。抗战胜利后任中华书局编审。解放后任教于华东师范大学、北京师范大学。著有小说《畸形的爱》（1929 年，上海芳草书店）、《火线上的孩子们》（1933 年，少年书局）、《华家的儿子》（1934 年，北新书局），长篇小说《永久的情书》（1934 年，北新书局），故事《学校生活记》（1927 年，商务印书馆）、《老虎的尾巴》（1947 年，上海华之书店）、《爱国姑娘》（1951 年，中华书局）、《小黑人笑了》（1952 年，中华书局）、《友爱的同学们》（1952 年，中华书局）、《吹口哨的孩子》（1953 年，中华书局），童话《阿丽思小姐》（1932 年，北新书局）、《波罗乔少爷》（1934 年，北新书局），散文集《从山岗上跑下来的小女孩》（1958 年，作家出版社），诗集《誓言》（1930 年，上海芳草书店）、《礼花》（1962 年，百花文艺出版社），论著《儿童故事研究》（1932 年，北新书局）、《儿童文学研究》（1935 年，北新书局），译著《神童伏象记》（1944 年，中华书局）、《蓝花园》（1944 年，中华书局）、《普希金童话诗》（1944 年，中华书局）等。

　　刊载于《旅行杂志》第 19 卷第 2 期的《花溪一日间》，体现了陈伯吹描写风景的抒情特色。1944 年 11 月下旬，身在重庆的陈伯吹从《新华日报》上得知日军已攻临贵州独山，贵阳危殆的消息。回想一年前流徙到大西南，从广西来到贵阳游览花溪的情景，"这旧梦：温暖，美丽，依然像珍珠一般的鲜明"，便在怀恋的心情中进行文字追述，在劫火燃烧前夕为花溪留影。往日游历美得如梦，他也专意抒写美的印象。早春的季节，充漾着微雨和阳光，"这是江南的一种养花天气"，把人的心绪撩得如细雨一样绵绵。花溪的美"只是在山，水，树木，花草，甚至于村舍和田野的均匀和配合，远在艺术的美感律上"，眼前映现的景致染着心灵的颜色，"山冈，田野，溪水，划子，丛林，草坪，花圃，曲桥，农场，村舍，亭阁，沙洲，石屿，假山，鱼塘，这一些，装点了花溪的静的美。风声，鸟声，笑语声溶化在淙淙的瀑声，潺潺的水流声中，配合上日丽山青，水绿，田碧，松苍，柏翠，桥栏红，浪花白，以及花香，蚕豆香，就只有这一些，交织成花溪的声色之美"，沉浸于牧歌式的情调中，优美、闲适、安恬、宁谧，几乎看不出战火烙在灵魂上的痕迹，然而这只是映在心底的梦影，他"闭上了心幕，珍藏着这鲜明的回忆"，使得一幅明秀映像更值得回味，一段美丽时光更值得留恋。作品显示了他对于景物细腻的艺术敏觉与灵动的抒写技巧。虽然身处战时岁月，却以审美心境领受山水风韵，在温馨的怀忆中表露对于破碎山河的忧心。

　　在体验式写作中融入对生活的激情，对自然的热爱，对心灵的真诚，构成靳以散文的艺术表征。靳以（1909—1959），原名章方叙。天津人。曾就读于天津南开中学，毕业于复旦大学国际贸易系。1934 年 1 月在北京与郑振铎创编《文学季刊》；10 月，与卞之琳、巴金、沈从文、李健吾、郑振铎创编《水星》月刊。1935 年在上海与巴金合编《文季月刊》，又创办《文丛》。1938 年 10 月在内迁至重庆的复旦大学任国文系教授，并编辑《国民公报》副刊《文群》。1941 年在福建南平师范专科学校任教，并编辑《现代文艺》、《奴隶的花果》、《最初的蜜》等刊物。1944 年回到重庆，继续在复旦大学任教。1946 年夏随校迁回上海，任国文系主任，并编辑《大公报》副刊《星期文艺》。1947 年 10 月与叶圣陶等创编《中国作家》季刊。1957 年与巴金共同主编《收获》文学双月刊。著有短篇小说集《圣型》（1933 年，现代书局）、《群鸦》（1934 年，新中国书局）、《青的花》（1934 年，生活书店）、《虫蚀》（1934 年，上海良友图书印刷公司）、《珠落集》（1935 年，文化生活出版社）、《残阳》（1936 年，开明书店）、《黄沙》（1936 年，文化生活出版社）、《远天的冰雪》（1937 年，文化生活出版社）、《靳以短篇小说集》（1937 年，开明书店）、《洪流》（1941 年，文化生活出版社）、《遥远的城》（1941 年，重庆烽火社）、《众神》（1944 年，文化生活出版社）、《黑影》（1947 年，上海博文书店）、《生存》（1948 年，文化生活出版社），中篇小说《秋花》（1936 年，文化生活出版社）、《春草》（1946 年，文化生活出版社），长篇小说《前夕》（1942 年—1947 年，文化生活出版社），散文集《猫与短简》（1937 年，开明书店）、《渡家》（1937 年，商务印书馆）、《雾及其他》（1940 年，上海文化生活出版社）、《火花》（1940 年，重庆烽火社）、《红烛》（1942 年，重庆文化生活出版社）、《江之歌》（1942 年，新生出版社）、《鸟树小集》（1943 年，福建南平国民出版社）、《人世百图》（1943 年，福建南平国民出版社）、《沉默的果实》（1945 年，重庆中华书局）、《血与火花》（1946 年，上海万叶书店）、《佛子岭的曙光》（1955 年，上海新文艺出版社）、《祖国，我的母亲》（1956 年，上海新文艺出版社）、《心的歌》（1957 年，上海新文艺出版社）、《江山万里》（1957 年，上海新文艺出版社），小说、散文合集《靳以散文小说集》（1953 年，上海平明出版社）、《过去的脚印》（1955 年，人民文学出版社）等。

　　靳以用激烈的宣抒方式，对都市现实进行情绪化的表现。《忆上海》（1939 年 12 月 9 日作于黄桷树，1940 年《良友》纪念号第 150 期）先对十里洋场存在的丑恶发出厌烦的诅咒："那些吃大雪茄红涨着脸的买办们，那些凶

恶相的流氓地痞们，那些专欺侮乡下人的邮局银行职员老爷们"，寄生在这个
"建基于金钱和罪恶的大城市中"，继而在燃烧的抗战烽火里，对这座城市发
出悲切的呼喊："但是它也和我们整个的民族有同一的命运，在三十个月以前
遭受无端的危险。虽然如今它包容了更多的居民，显露着畸形的繁荣；火曾在
它的四围烧着，飞机曾在上空盘旋，子弹像雨似地落下来，从四方向着四方，
掠过这个城的天空，飞滚着火红的炮弹。"他转而歌颂凝聚着抗敌精神的上
海："它却不曾毁灭，而今它还屹然地巍立着，它是群丑跳梁的场所；可是也
有正义的手在开拓光明的路，也有高亢的呼声，引导着百万的大众，为了这一
切它才更有力地引着我的眼睛和我的心，从不可见的远处望回去，从没有着落
的思念中向着它的那一面。"他明白变化中的上海"真是坚定地保持那不变的
原质的该是大多数人那一颗火热的心，那只是一颗心，一颗伟大的心"。他描
画抗战的壮美："我又看见过它，当着那一支孤军和那一面旗，最后地点缀着
蔚蓝的天空……当着节日，招展在天空的，门前的都是大大小小鲜红的国旗，
好像把自己的一颗热诚的心从胸膛里掏出，高高挑起来"，覆在旗帜下的"一
颗大心"是"一颗遥远的灿烂的星子，不，它是一个太阳"，民族的屈辱和悲
愤化作豪迈的抗争意志，内心涌流的是爱国激情。

　　靳以笔下的风景，充满了寓意的渗透性。《窗》（1942 年 2 月 2 日作）透
过"窗"走进宽广的精神天地。"窗应该是灵魂上辉耀的点缀"，是连接心灵
与世界的津梁。对于自我，"最使我喜悦的当然是能耸立在高高的山顶，极目
四望，那山啊河啊的无非是小丘和细流，一切都收入眼底；整个的心胸全都敞
开了，也还不能收容那广阔的天地"，而夜晚"静静地坐到窗前，看看远近的
山树，还有那日夜湍流的白花花的江水，若是一个无月夜呢，星星像智慧的种
子，每一颗都向我闪着，好像都要跃入我灵魂的深处"，清晨"推开当头的
窗……看到那被露水洗过的翠绿的叶子，还有那垂在叶尖的滚圆的水珠，鸣啭
的鸟雀不但穿碎了那片阳光，还把水珠撞击下来，纷纷如雨似地落下去呢！"
凭窗的一刻，"我却得着解放。迎着我的那窗口仿佛是一个自然的镜框，于是
我长长的喘了一口气，我的心又舒展开了。我的眼又明亮起来。我把窗外的景
物装在我自然的镜框中"。一片风景映入视界，调动起新鲜的艺术感觉：轻盈
的炊烟在黑暗的屋顶舞蹈，经霜的乌桕点缀幽绿的林丛，一抹梦幻般的云雾拦
腰围住呆板的大山，"江水碧了，正好这时候没有汽车驰，公路只是沉静地躺
在那里，夕阳又把这些景物罩上一层金光，使它更柔和，更幽美……我更看到
了，在那小桥的边上，还有一株早开的桃花，这还是冬天呢，想不到温暖的风

却吹绽了一树红桃"，灵秀的字句描摹的明丽映像，真切地传达新鲜的生命感觉，就挣脱蠢蠢人世的烦恼，并且"知道人类是怎样爱好自然，爱好自由的天地"。对于民族，艰苦岁月里的绚美憧憬，展示希望，勾绘前景。月夜，窗外的野火"烧在山顶上，却也映在水面。红茸茸的一团，高高地顶在峰尖……它是那个普洛米修士从大神宙斯那里偷来送给人间的，它是那把光明撒给大地的火"，它"好像点在岭巅的一排明灯，使黑暗的天地顿时辉耀起来了"，激奋的感召直抵民众精神的深处。

《鸟和树》的寓言式讲述，延续了这种精神暗示性，自我宣示的人格理想包孕着爱的旨趣。他感动于"把我从烦苦的梦境中抓回来"的鸣啭，清越、婉转、曲折、短促、哀怨、快乐、细碎，众鸟以不同的心和不同的声音丰富了这个世界；他感动于"沉默的大树伸出枝叶去，障住了阳光，也遮住风雨"，为飞鸟安巢，"它站在山边，站在水旁，给远行人留下最后的深刻的影子"。他发愿"要做一株高大粗壮的树，把我的顶际插入云端，把我的枝干伸向辽远"，让失巢的小鸟得到一分温暖。主题的永恒性使作品显现普世意义上的价值选择。主调背景下的摹写回响激越旋韵，诗意和哲思相融，理知和意绪互渗，交叠与复合的表达展呈无疆的心野。林下的低吟、清越的弦音、曼妙的心曲、诗意的律动，流宕深挚的人文情怀。

《萤》中充溢的象征意韵，使自然风景转换为人生背景，生物形象转换为精神写照。郁闷的无月夜，"那成千上万的萤火虫，却一直愉快地飘着，向上飞在高空中它的光显得细弱了，它还是落到地上来。落在树枝上，使人们看到肥大的绿叶间还有一丛丛的花朵，那香气该是它们发散出来的吧？"群星般闪烁的萤火虫"在黯黑的世界中穿行；当着太阳的光重复来到大地，它们就和天际的星星互道着辛苦隐下去了，等待黯夜复来的时候再为人类献出它们微弱的光辉"。拟人化的手法，赋予礼赞性的书写以新的角度，而视觉美感的营造，把抽象的意念诗化为隽美的意境。

靳以也有单纯的抒情，追求文字的美感效果。《江南春》里，北方友人书信中"寒意仍是浓的，还吹了雨天的狂风，卷来了戈壁的黄沙"的字眼在他的神经上揉搓，不禁落在江南早春的幻感与灵境里，"梦中的天地却飘着蒙蒙的春雨，记起了不知在哪里见到骑在牛背上披蓑衣吹横笛的牧童的画景，仿佛就展在眼前……夹在细雨里的是桃红，点破塘面的是多姿的垂柳，花的香气和土壤的香气足以使人沉醉，我像睡着了"，而街上却翩然飞舞着春雪。感受四季轮转、物候变迁，天象的错位引致意识的恍惚，折映不稳定的心理状态，虽则语句间流动着一泓清美的意绪。

《忆北平》（1946 年 7 月《中国文学》第 1 卷第 2 期）在时光幽深处追怀生命记忆，表现了对于风物的灵妙的感觉。清新的语言是跳跃在艺术神经上的音符，使文学表现产生强烈的阅读诱惑。视觉、嗅觉、听觉交构的感官体验，让他在色彩、气味、声音的世界里保留对于故都的印象。"绿叶和小小的花朵"就是夏，"满地残花败草"就是秋，雨中"飘来的槐花香气"就是春；而这究竟不能代表古城的全部，不能显示古城的性格，笔墨倏忽跳出唯美的氛围而激扬起慷慨之气。面对"那一脚踩得出油来的黑土地"被日人强占的危局，"有沸血在胸中翻撩的，不曾衰颓了半分"的年青的孩子们，"在大刀下逃出了性命，而又不死于秘密的处决，在一切恶势力之下，他们不曾露出半分的妥协，水龙的激流至多不过把他们冲倒在地上，可是他们能很快地站立起来，再朝前去"，怀着激愤冲进抗敌的烽烟，"我知道那些在斗争中长大的孩子们，已经把他们的脚印踏遍了全中国，和日人作殊死的周旋"。怀忆古城，实在是歌颂为国奋战的英勇青年，赞美火一样燃烧的民族精神。

《我是从群山中来的》（1946 年 7 月 21 日作）从古朴的乡村情怀出发，表现都市生活内容，流露出对于城市工业文明的隔膜、抵触，对于扭曲和荒诞的都会人性的厌憎、排斥，表示了针砭与批判的态度。第一人称的视角，消泯了阅读上的心理距离，而直截质朴的语言特色，又烘衬了主题。"这些年来，我一直就生活在山里，山是我的亲人，它日夜地望着我。如果我感到孤独和寂寞，我抬眼就可以望到矗立在远峰顶的一株老树。它的背弯着，驮着年月的重累，可是它不曾倒下去，在大风雨的摇撼下生长着……它就是那样站在高不可攀的峰顶上。如果我感到不能忍耐，大江在我脚下流过，它挟着千万年和千万里的不平和愤怒，吼叫着翻滚着流向远方"，恋山的他用朴实的眼光扫视城中困居的人，感叹他们"成天守在鸽笼一般的小房子里，望着那灰色的天，灰色的墙，还有那灰色的水！"刀锋似的目光穿透假象，"这里的偷是日夜进行的……偷到了就卖，有许多街巷是他们的市场。小偷大偷，小骗大骗，小卖大卖……造成了这个繁荣的市面"，喧闹的场景刺激感官，"到处是声音，到处是争执。到处是买卖"，一边展陈都市众生相，一边又用锐厉的言辞狠命一击。在这里，良心是商品，良心是不存在的，"让我们这些从山里来的人，更感到说不出的惶惑了"，于是"我还是怀恋我那山中的日月哟！……四围虽是群山，脚下却展开一片平原，那有四时不断的花草，晨午夕夜鸣啭的好鸟。更使我不能忘记的是那傍江的梧桐荫路，还有从小路走下去的江边。如果江水是安静的,又有月亮,天上是光,水上也是光,拢着膝头凝望着一去不返的水,听它低声的呜咽,好像诉说藏在深心中的情感。那是没有字的诉说,如同无音的美乐,只能用细微的心去领会。当着一个人,百般疲惫了——他正好在这里得到好休憩。他伸直了身子仰卧在软沙上,月光洗荡着他的心胸,他感到那样的恬适,好像睡在母亲的或是最爱最爱的人的怀里。可是现在我来到这个大城了,这里没有山,却有矗天的大楼,那楼上长满了眼睛,好像永远瞪着我,使我这个渺小的人更不知道怎样镇静自己了",活现出复杂的心态。运用心理刻画、情绪渲染的手法,把对于畸形都市生活的诅咒和对于乡土环境的忆念,表现得形象而真实。对于繁喧都市的陌生感觉、对于清幽山乡的怀恋情结,龃龉着,融渗着,达到了艺术上的深刻。

针砭黑暗现实,显示了靳以对掩藏于都市文明背后的丑陋角落的敏察眼力。《大城颂》(1946 年 9 月 1 日作)是一篇海上杂谈,映示出特定年代的都市心理。罪恶之花在毒氛中泛出恐怖的颜色,连笑声都会"使你发疯的,因为那不是笑,那是一根根的利爪在抓你的神经,使你的神经变成一团糟"。许多传统被颠覆了,许多事物都变形和扭曲,黑市场里喧沸着吵嚷声,交易所成了"一座扰攘的大臭坑",被投机家支使的人"一生都在那里,全部的理想,全部的情感也全在那里",激烈的竞争,演绎一场场残酷的生命搏杀。陷在这样的境域里,"想逃也逃不出去",混乱世态中的米粮"它没有情感,也没有生命,可是它支配人类的情感,主宰人类的生命。这许多年来,它不知道使多少人升上富有者的天堂,使多少人堕入贫贱者的地狱",物质的异化导致命运的浮沉。堪忧的是灵魂的沦落,"只要肯说一句真话,在中国,就是最值得敬重的。遍天都是谎话,美丽的,强项的,连自己都骗不过的"。战后甫返上海,黄浦江畔的景象给他如此感受,复杂情绪表现在文章里,就有了另类构思。名为"颂",却处处是"讽",文味混合着苦与辣。奇妙的篇章设计暗含机锋,嘲讪的语调使批判的锋芒产生另一种锐度。

靳以摹制的城乡景观,钤印着文化心理的图式。他在书写流程中渗入自己的体验与品味。眼观世相,他没有解释,而是从理性出发,直设断论,进行纰缪的否定,在纸面呈示风景的图记。这和他 30 年代的《造车的人》、《渡家》、《在车上》、《渔》、《冬晚》等在叙事中流溢对社会底层劳苦者温和的同情的作品相比,发生明显变化,感情愈见深沉,意趣愈见幽邃,笔锋愈见犀利。

激昂的战斗吟唱与热烈的光明礼赞,是草明在烽火岁月中的重要写作。草明（1913—2002），广东顺德人。原名吴绚文。笔名褚雅明、草明女士。1928年夏考入广东省立女子高中师范学校。1932年和欧阳山创办《广州文艺》。1933年9月和欧阳山逃亡上海，10月加入左联。1934年参与左联小说研究会的工作。1936年编辑左联机关刊物《现实文学》。1937年抗战全面爆发后返回广州，参与创立广东文学界救亡协会。1939年到重庆，参加中华全国文艺界抗敌协会。1941年到延安，任中央研究院文艺研究室特别研究员。1942年参加延安文艺座谈会。抗战胜利后到东北各地深入生活。1954年落户鞍钢。1964年10月到北京专事创作。著有短篇小说集《女人的故事》（1935年，天马书店）、《今天》（1947年，哈尔滨光华书店）、《遗失的笑》（1949年，文化工作社）、《新夫妇》（1950年，天下图书公司）、《孩子的控诉》（1952年，沈阳通俗文艺出版社）、《爱情》（1956年，工人出版社）、《草明短篇小说集》（1957年，作家出版社）、《延安人》（1957年，天津人民出版社）、《草明选集》（1959年，人民文学出版社），中篇小说《缫丝女失身记》（1934年，自印）、《绝地》（1937年，上海良友图书公司）、《原动力》（1948年，哈尔滨东北书店）、《小加的经历》（1957年，少年儿童出版社），长篇小说《火车头》（1950年，工人出版社）、《乘风破浪》（1959年，作家出版社），散文集《解放区散记》（1949年，哈尔滨东北书店）、《在和平的国家里》（1952年，东北青年出版社）、《南游记》（1958年，百花文艺出版社）等。

对现代产业的人文关注，成为草明描画工业风景的促因。在这些历史图景里，烙印着战争的痕迹；深沉的情感，使文字流溢苍雄的美感。《龙烟的三月》（1946年3月21日作于龙烟，1946年4月《晋察冀日报》）描写解放的土地上繁忙的生产景象，赞美火热的劳动热情，歌颂工人阶级崭新的精神面貌。解放区的明朗天地和国统区的黑暗现实形成鲜明对照。草明不着意强化文学想象的功能，报告体的书写风格，突显现场的记录感，为时代大潮中一个有意义的瞬间留影。

热烈的抒情使画面吹拂一股清新的风，"温暖的太阳升起来，驱散了春寒，驱散了朝雾；朦胧的龙烟脱去了睡衣，露出了她的壮丽、凝重的姿身"，厂区里的鼓风炉、水塔和大楼，曾经"吮吸过多少中国工人的血，葬送过多少生命"，现在"工人们辛勤地工作着……他们之间，只有一个信念：以集体的努力使龙烟区内每个高矗的方形的烟囱都冒出黑烟；以集体的努力把龙烟铁矿公司建设成新民主主义政权下的新的企业化工厂"。翻身的人们在自然的春天里迎来生命的春天，景色也变得格外明丽，"在远远的那边，围绕着龙烟，围绕着宣化市,有还铺缀着白雪的连绵不断的群山。它们在早晨,散发那种种迷人的浅紫、淡蓝,和乳色的水蒸气。有了它们,龙烟显得更美丽,可爱。这儿的空气是恬静的,清爽的,它随同民主的气息,让人们喜爱地呼吸着。太阳渐渐升高,整个龙烟浸润在温暖的三月的阳光里",优美的画面、丰沛的诗情,折映出明媚的心灵图景。

描绘革命征途上的闪光侧影,记录战争年代的人生片段,是草明担承的文学责任。《沙漠之夜——巨人的呼喊!》(1946 年 8 月 5 日作于哈尔滨,1946 年 8 月 5 日《东北日报》)是一篇充满激情的特写,洋溢着革命者的乐观精神和战斗情怀。艰苦的行军考验着意志,在百平方公里之内没有人家的沙漠上露营,"给浅蓝色的雄伟的夜幕笼罩下的无边无际的草原上,篝火到处燃烧起来了……顿使这死寂的沙漠像灌上了血液似地活了起来,而那带点腥气的草原的香味,和草原上特有的恬静,却叫人们胸怀变得宽畅,生活将更充实。在火光的映照里,每一张面孔都流露着一种不可遮掩的愉快,简直叫人不相信他们正处在那么疲乏、物质条件又那么困难的境地里";鲜红的月亮在视线中升起,这"是辽阔而荒漠的沙漠上的明灯;是恬静的天空里的跳跃的心脏;是这一群旅行者亲昵的伴侣"。歌声"在沙漠上盘旋,在草原上缭绕,那声调是那么健康,又那么热情;它曾经震动过辽阔的沙漠,感动过美丽的月亮",革命的英雄主义和浪漫主义激荡着心胸。战斗的人生提供了创作的生活基础,情境和心境交融,显示了真切的情感体验,昭示着不竭的精神源泉。

在文学人生中创造人生文学,表明草明对于写实主义的坚持。奋斗中确立的艺术根基,源源不断地把艺术营养向创作肌体输布,女性温婉的性灵世界绽放硬朗的散文花朵。

附　录

本期风景散文集书目

1939 年

房沧浪《倭营历险记》生活书店

胡兰畦编《战地一年》生活书店

丁玲《一年》重庆生活书店

朱作同、梅益编《上海一日》上海华美出版公司

杨刚《沸腾的梦》上海美商好华图书公司

杨朔《潼关之夜》重庆烽火出版社

周俊元《宜渝道上》华中图书公司

程晓华《常沅十八滩》战时文化出版社

钱能欣《西南三千五百里》长沙商务印书馆

张天虚《运河的血流》重庆读书生活出版社

白曙等《松涛集》上海世界书局

胡嘉《滇越游记》长沙商务印书馆

赵君豪编《西南印象》中国旅行社

江上青《万里风云》棠棣社

沈从文《昆明冬景》上海文化生活出版社

林焕平《西北远征记》香港民革出版社

姚雪垠《四月交响曲》桂林前线出版社

臧克家《随枣行》桂林前线出版社

王克道《从伪满归来》重庆独立出版社

钱君匋《战地行脚》重庆烽火社

徐仲年《流离集》重庆正中书局

雷宁《前夜》言行社

王若波《战地归来》人力出版社

1940 年

胡愈之《南行杂记》重庆生活书店

黄仲苏《陈迹》上海中华书局

吴天《怀祖国》上海文艺新潮社

马展鸿《江淮战地随笔》桂林前线出版社

庄瑞源《贝壳》上海文化生活出版社

林英强《麦地谣》上海文艺新潮社

许地山、丽尼、流金等《河山痛忆》浙江金华国民出版社

钱笑予《见闻一斑》上海新亚书店

司马文森《粤北散记》大地社

姜蕴刚《怀旧京及其他》成都国魂书店

刘思慕《樱花和梅雨》香港大时代书局

罗洪《流浪的一年》上海宇宙风社

孙陵《从东北来》桂林前线出版社

孙陵《红豆的故事》重庆烽火社

何为《青弋江》上海万叶书店

朱雯《百花洲畔》上海宇宙风社

李公朴《华北敌后——晋察冀》山西太行文化出版社

方济生《鄂南随军记》长沙中国抗战史料社

以群《生长在战斗中》中国文化服务社

刘漾然《拾掇之心》汉口大楚报社

沙汀《随军散记》上海知识出版社

田涛《大别山荒僻的一角》商务印书馆

王西彦《一段旅程》桂林石火出版社

艾青《土地集》微光出版社

萧宿《古屋》出版单位不详

卞之琳《第七七二团在太行山一带》（一年半战斗小史）昆明明日社

1941 年

萧军《侧面》（从临汾到延安）香港海燕书店

秦佩珩《椰子集》上海南强书屋

洪波、疯子《飘零集》新地书店

林淡秋《交响》香港海燕书店

沈有乾《西游回忆录》上海西风社

一文《向天野》重庆文化生活出版社

庄瑞源《乡岛祭》上海文艺新潮社

杨纪《南战场之旅》商务印书馆

司马文森《过客》桂林文献出版社

王尘无《浮世杂拾》上海长城书局

司徒《京俗集》朔风书店

曾昭抡《缅边日记》文化生活出版社

黄炎培《蜀南三种》重庆国讯书店

林语堂、老舍等《欧美印象》上海西风社

陈纪滢《新疆鸟瞰》重庆建中出版社

周黎庵《葑门集》庸林书屋

赵景深《海上集》上海北新书局

韦燕章《回到第一次收复的名城》桂林文化供应社

温世霖《昆仑旅行日记》出版单位不详

卢前（卢冀野）《黔游心影》贵阳文通书局

1942 年

方敬《雨景》上海文化生活出版社

田明凡《嘉陵集》西安西北书店

林如斯等《重庆风光》大公书店

李孤帆《西行杂记》桂林开明书店

薛建吾《湘川道上》重庆商务印书馆

黄肃秋《寻梦者》北京艺术与生活社

朱君允《灯光》重庆国民图书出版社

楼栖《窗》山城文艺社

碧野《远行集》重庆文化生活出版社

老舍等《北京城》开明图书公司

荆有麟《流星》桂林文献出版社

汪永泽《川缅纪行》重庆独立出版社

狂梦《童年彩色版》北京艺术与生活社

夏衍《长途》桂林集美书店

以群《旅程记》桂林集美书店

吴风《陌恋》山城文艺社

方国瑜《滇西边区考察记》国立云南大学西南文化研究室

1943 年

聂绀弩《婵娟》桂林文化供应社

杨刚《东南行》桂林文艺出版社

王守伟《日光之春》重庆今日出版社

茅盾等《西北行》桂林中国旅行社

马宁《南洋风雨》桂林椰风出版社

周开庆《西北剪影》成都中西书局

丁伯骝《东望集》重庆独立出版社

孔大充《大地人文》福建建阳战地图书出版社

费孝通《鸡足朝山记》昆明生活导报社

李昂《西北散记》成都胜利出版社四川分社

梁乙真《蜀道散记》商务印书馆

沈从文《云南看云集》重庆国民图书出版社

大华烈士（简又文）《西北东南风》桂林良友图书出版公司

邵力子《苏联归来》中国文化服务社

端木露西《海外小笺》湖南蓝田袖珍书店

尹雪曼《战争与春天》重庆商务印书馆

黎丁《故人》桂林今日文艺社

罗荪《最后的旗帜》重庆当今出版社

吴铁城《马来西亚印象记》重庆南洋问题
研究社

易君左等《川康游踪》桂林中国旅行社

朱云影《日本漫话》重庆天地出版社

石门新报社编《野草集》石门新报社

彭燕郊《浪子》桂林水平书店

云实诚《粤战场》大公报广东曲江分馆

王德昭《中原归来》重庆独立出版社

一文《怀土集》重庆文化生活出版社

林榕《远人集》北京新民印书馆

林珊《云雀集》天津志华书店

蒋遇圭《聚沙》新中印刷公司

殷乘兴《春底歌喉》立煌两间书屋

宣博熹《奔流散记》重庆商务印书馆

鲁莽《北国行》重庆文风书局

学艺编委会编《烛火》新中国报社

杨絮《落英集》新京（奉天）开明图书公司

1944 年

华嘉《海的遥望》桂林文献出版社

陈梦家《不开花的春天》桂林良友复兴图
书印刷公司

岑颖《旅途游踪》桂林文友书店

宇宙风社编《欧风美雨》桂林宇宙风社

丁玲《我在霞村的时候》远方书店

华东大学文学系编《初苗》华东文学会

纪果庵《两都集》上海太平书局

俞子夷《山村续梦》福建南平天行社

柳雨生（柳存仁）《怀乡记》上海太平书局

熊佛西《山水人物印象记》桂林当代文
艺社

汪宇平《东北素描》重庆时与潮书店

文载道《风土小记》上海太平书局

卢前（卢冀野）《冶城话旧》万象周刊社

王蓝《太行山上》重庆红蓝出版社

王云五《访英日记》重庆商务印书馆

尢其《留春集》上海人间出版社

吴缃《海外儿女》成都铁风出版社

风露《远简》西安启新印书馆

黄觉寺《欧游之什》出版单位不详

吴景洲《蜀西北纪行》重庆中华书局

杨钟健《抗战中看河山》重庆独立出版社

冯玉祥《川西南记游》桂林三户图书社

姜蕴刚《生命的歌颂》重庆商务印书馆

王鲁雨《北念草》重庆风月社

汤增扬《上海之春》重庆万象周刊社

陈国钧《蒙古风土人情》贵阳文通书局

陈烟帆《驿站》上海人间出版社

戈壁《离乡集》北京新民印书馆

赵超构《延安一月》重庆新民报社

罗莘田《蜀道难》重庆独立出版社

简又文《金田之游及其他》重庆商务印
书馆

陈万里《川湘纪行》重庆商务印书馆

谷斯范《上海风物画》章贡书局

于叙五编《北京城》大连广大书局

李鲁子《重庆内幕》江东出版社

冯玉祥《蓉灌纪行》桂林三户图书社

刘炳藜《南行散记》重庆拔提书店

张目寒《蜀中纪游》成都大风堂

1945 年

树梧《欧美风光》政治生活出版社

南星《松堂集》北京新民印书馆

马国亮《春天！春天!》重庆良友复兴图书
印刷公司

端木露西《露西散文集》重庆商务印书馆

覃子豪《东京回忆散记》南风出版社

王斌《关洛纪行》重庆商务印书馆

巴金等《名家随笔选》战时文化供应社

杨桦《浮浪绘》上海知行出版社

王礼安《上海风物画》重庆古今书屋

郭沫若等《巴山蜀水》重庆读者之友社

黄汲清《天山之麓》重庆独立出版社

舒新城《漫游日记》中华书局

卢葆华《飘零人自传》重庆说文社出版部

王平陵《祖国的黎明》重庆国民图书出

版社

凤子《八年》上海万叶书店

黄炎培《延安归来》国讯书店

郑伯奇《参差集》西安大陆图书杂志公司

黄澄《重庆型》重庆建国书店

1946 年

赵敏恒《伦敦归来》南京新民报出版社

范泉《绿的北国》上海永祥印书馆

石挥《天涯海角篇》上海春秋杂志社

潘世徵《战时西南》华夏文化事业社

阎子敬《绥晋纪行》北平新报社

隋树森《巴渝小集》商务印书馆

陈思编《小品文名著选》群众图书公司

蔡壬侯《苗歌》春草文艺社

徐迟《狂欢之夜》上海新群出版社

刘白羽《延安生活》现实出版社

刘白羽《环行东北》上海新华日报社

周而复《晋察冀行》阳光出版社

周而复《东北横断面》今日出版社

欧阳翠《无花的蔷薇》上海永祥印书馆

郑燕《上海的秘密》中国出版公司

陈达《浪迹十年》商务印书馆

费孝通《访问美国》上海生活书店

徐盈《烽火十城》北平文萃社

马子华《滇南散记》昆明新云南丛书社

吴贤岳《京居一年记》宁波新民学社

洛文（戈扬）《受难的人们》上海联益出

版社

曾子敬《远征心影录》香港南国杂志社

戴文赛《爱梦河畔》重庆文通书局

丁玲等《陕北杂记》希望书店

金沙等《同蒲前线》太岳新华书店

朱偰《越南受降日记》上海商务印书馆

华嘉《复员图》文生出版社

黄裳《锦帆集》中华书局

卢剑波《心字》上海文化生活出版社

胡仲持《三十二国风土记》开明书店

萨空了《由香港到新疆》新民主出版社

1947 年

王进珊《山居小品》正中书局

戴咏修《凉山夷区去来》成都今日新闻社

出版部

程育真《天籁》上海日新出版社

向小韩《锈剑》社会评论社

陶菊隐《天亮前的孤岛》上海中华书局

冯牧等《冲破紫荆关》华北新华书店

周而复《松花江上的风云》香港中国出版社

柏行编《低唱》杭州教学生活社

程铮《塔寺居》贵阳文通书局

崔龙文《劫灰鸿爪录》澄怀书屋

林畏之《山城杂记》学林出版社

孙犁《荷花淀》香港海洋书屋

黄大受《峨眉风光》上海中国文化服务社

杨绍万《趣味的短什》中国文化事业社

谦弟《暹罗纪行》成都今日新闻社出版部

芮麟《中原旅行记》青岛乾坤出版社

芮麟《青岛游记》青岛乾坤出版社

黎光《伙伴们》正中书局

王平陵《湖滨秋色》商务印书馆

杜若、芥子等《钩梦集》上海长城出版社

朱少逸《拉萨见闻记》上海商务印书馆

卜嘉《拟情书》真美善图书公司

谿谷《江之恋》上海人人出版社

郑逸梅《淞云闲话》上海日新出版社

余航《新疆之恋》独立出版社

昧尼《描在青空》未央社

马寒冰《南征散记》东北书店

罗莘田《苍洱之间》独立出版社

无名氏《火烧的都门》真美善图书出版
公司

杨钟健《新眼界》商务印书馆

老向《巴山夜语》南京新中国出版社

巴彦《珍珠花》上海日新出版社

季音《南线散记》山东新华书店

云实诚《京沪平津行》广州前锋报社

王建竹《痕》揭阳青年出版社

陈凡《革命者的乡土》广州时代社

陈廷瓒《俪影集》海棠丛书

王成敬《川西北步行记》贵阳文通书局

1948 年

徐钟佩《英伦归来》南京中央日报社

贺一凡《胜利前后》正风出版社

周立波《南下记》哈尔滨光华书店

陈祖武《四十八天》香港南洋书店

黄药眠《抒情小品》文生出版社

林蔚春《更夫集》自刊本

高寒（楚图南）《旅尘余记》上海文通书局

方思《冀东行》香港新生出版社

东北日报社编《蒋管区真相》东北书店

费孝通《乡土中国》上海观察社

李树青《天竺游踪琐记》上海商务印书馆

黄裳《锦帆集外》上海文化生活出版社

刘北汜《曙前》上海文化生活出版社

朝歌《烛光集》广州朝明出版社

胡叔异《战后西游记》上海正中书局

李先良《抗战回忆录》青岛乾坤出版社

朱偰《漂泊西南天地间》正中书局

洪文瀚、任震英《兴龙山》上海中华书局

易君左《战后江山》江南印书馆

潘酉辛《现实的揶揄》广州大光报社

黄茅《清明小简》香港人间书屋

陈荧《地狱》上海南极出版社

马各《野祭》上海南极出版社

林维仁《列车》上海南极出版社

欧阳青《絮语集》上海永祥文化出版社

徐仲年《旋磨蚁》正中书局

丁玲《陕北风光》东北书店

杨定华《雪山草地行军记》哈尔滨东北书店

连士升《祖国纪行》南洋报社有限公司

刘仁美《海滨寄语》上海南极出版社

一文《跫音》上海文化生活出版社

莫洛《生命树》上海海天出版社

刘方矩《蔚蓝色的地中海》上海文通书局

储安平《英国采风录》上海观察社

1949 年

海岑《秋叶集》上海文化生活出版社

单复《金色的翅膀》上海文化生活出版社

项鲁天《迎春花》红旗社

马叙伦《石屋续沈》上海建文书店

华山《踏破辽河千里雪》东北新华书店

刘白羽《时代的印象》香港新中国书局

刘白羽《光明照耀着沈阳》上海新华书店

周建人《田野的杂草》上海士林书店

王匡《跃进大别山》武汉人民艺术出版社

严辰《在城郊前哨》北京天下图书公司

刘宁一《欧游漫记》新华书店

曾克等《南征散记》苏北新华书店南通
分店

楼适夷《四明山杂记》香港求实出版社

顾颉刚《西北考察日记》上海合众图书馆

余 论

第十三章

风景元素的流衍与文学体式的嬗变

第一节　对现代小说的影响

　　新文学史上的风景散文，影响着中国现代小说的叙述形式；现代小说叙事艺术的成功为风景散文提供了游历记叙上的经验。文体间发生的影响，是一种艺术的互动，一种有机的对应，而非简单的主动关系与被动关系。作家内心的自我调谐，往往在山水中实现。作为小说家的郁达夫对此深有体会，他曾对友人寄语："青春结伴，自然正好出去漫游；我希望你回来之后，能有三十六峰似的劲笔，将俯视长江，横游云海，摘星斗，涉虬松，过阎王壁，进文殊洞的种种经历，都溶化入你的正在计划写的长篇小说中。我在斗室里，翻着前人的游记，指点着浙江安徽的地图，将一天一天，一步一步，想象你的进境，预祝你的成功。"（《送王余杞去黄山》）小说家进入山水描绘，完成了写景的基本训练和素材准备，是一种难能的文学经验。风景则提供了小说中人物生存的时代背景和具体的环境氛围，与情节设计有机结合。

　　由于在叙事中建立人物与环境的形象联系、情节与环境的逻辑联系，因此，开始了旧式小说注重人物外部活动描写向新小说注重人物内在活动刻画的转型。静态性的景物摹写挑战传统的动作性叙事。大量的景物描绘、环境渲染在小说创作中做出成功的叙事表现。

　　风景散文的写作，为小说家提供了技术训练，并给小说中的景物描写奠定了艺术础石，以至有些小说里的摹景段落，具有散文的艺术美感。现代早期小说带有明显的散文痕迹，竟至侵越体式边际，造成文体界限的模糊，风景描写的相互浸渗成为一个重要促因。景物的艺术张力成为小说叙事功能的辅翼。可以在两方面观照其艺术效用。

　　其一，散文化风景构建人物心理图式，塑造情感形象。

严敦易的散文《绿波》（1922 年 12 月 10 日《小说月报》第 13 卷第 12 期）在游景中寄托内心的虚无感，细腻的笔触、柔质的描摹，刻画出彷徨无定的情感状态："船慢慢地前进。柔媚而微绉的绿水，被白鱼式的船，两边刺开，成很长的波纹，散了开去。船唇同水接吻，时时发生拍拍底声音。溅起白色的珠沫……我忍不住将手放在水里，像鳍一般浮着，又去掬水向后，把手当桨使用；冷软的流质激荡着，心中起了莫名的爽快。"意识中交混着视觉中的色彩和线条，触觉中的温度与质感。临流鉴形，更临流思忖生命意义，觉得水底的砂砾石块"日夜不断被水冲激，本来的形质剥削尽了！唉！——人们就是社会的砂砾……"虚无感主宰了意识，感到"船在很快的走着，两岸的树，映在水里，我们是在树梢的空隙里呢！前面桥形，倒在我们船上，柔媚的水，颜色分外绿了"。流颤的光感，折射心绪的迷茫，人生哲学蕴涵的思想意义，消融于美景的意境里。实际已进入深层心理的刻绘，倾近自我视角的小说笔法。

散文《到河西去》（1925 年 2 月 10 日《小说月报》第 16 卷第 2 期）更表明对主观化描叙手法的熟谙，用景物摹画烘衬心理活动的手法已臻自如的境地。全篇由描景段落构成，穿插感思，成功地强化了情感浓度："秋深了。真的，在人间秋是深了，寒飔凉露，清寂明净的天，干老着的柯叶，和微谢的黄华，以至含有爽沉意味的朝暮；这一切的景色的接触中，就使我们忘记了时令的顺序，也自会感觉出的。"语言隽秀，意境清新明丽，全为表现自我情绪。"虽然在每个人的心中，或都似渗进一点点为'秋'挟来的霜样的颗粒，将兴烈的心意渐趋化于藏弛，有些困于那黯寥的味道，吟着'漠漠的秋呀'，满充塞了萧燥与无聊之想。——我当然不是例外——但这黯寥清飒的景况，实也不尽是漠漠然的味道，而另涵着一种爽越的风华；澄凝廓远，不可言说，踏眺'秋'的郊原，便可深深体略得到，感接着明快的思悦。不过这重认识终是生疏淡薄罢了！"镇日处在家间的他"在这种凄寂之天"，觉得郊原是最愉适的去处。心理意绪的折射，细腻感受的发抒，显示了以情为原点的造境艺术，景物之美才有了结实的依托，游览和描画才充满灵动的美感。他看见长巷外河水"滟滟的青绿的颜色，依伴着间稠的赭灰样的肆市"，点篙船抵彼岸，"我们相并地缓缓的走着，太阳的金黄色的光氛，薄薄的似笼覆着四远，照缅着颊眼，温煦可亲。对岸的肆市，已渐渐成为模糊的浓影。眼前是蜿折而坦实的土路，和泥草所筑的村舍，更逐步的开旷了，显现着方垆连续绵延的田；田里大都很疏净的，刚锄松过的土块，时发出一种干性的特异的气味来，短的麦苗，微绿地铺贴在地上，和着土色看去，是沉静而苍老。连接着潦泽的荒地，觇劲的杂草生着，枯悴至作血紫般的暗红，艳黯地似可引起稍稍的不快之感。远远的树和舍，疏朗地，隐约地，摄着视觉，展着苍、青、赭的混和的一片，连到薄的缕般的云。而在这邈沉寥默的野景中，更有点染着其中腰的静美幽曼的枫、柏诸树的红叶，三两株的散列着，绰现着，如春花，如榴瓣，如漫游着的桃色的云，如霞彩的蒸吐；眺望间，愈感到这秋光的幽深与妙丽"，凝思而含笑的表情、雅秀而和婉的容颜，呈露着心灵与景物浑谐的情调。"我尽傍着她舒散的走，这动人的沉伟的景色，展示在面前，心头已有如迷醉一般的默化与畅越，而不能嗫持"，面庞浮着怡慰的笑，"回看那浅曲的小溪流。薄寒中有清淑恬灵的气的瘟痕相悠颤。在这欢语的慢的闲行间，忽的日光隐了下去，渐渐的扬起了飘飒的风，旷野里显得是疾迅而凄冷！"繁密的词语连接、浓稠的情感流动，将绵绵思致纳入主观心理模式。"我注视那鸦阵的飞旋和鸣噪，在叶影里寻看黑色的巢"，一时间的妙默与静恬中，"萧瑟的风，像是稍稍地弱止了。弯转了路，苍郁的矮的疏林移落后面，淡的日影又有若无地隐现起来。遥望平野，朗直而清晰……一种怪特激刺的音嘶，约略地在空气中传荡着……纤云笼着天垠，四围都压抖着犷悍的动人的恐惧"，惶惑主导了心理感觉。"归路上，太阳已将落了；弱的光彩，眩着附近的薄云，而大部分则已全笼着丝丝的暮霭。衬着苍青的田苗与远树，轻暗漾着，远明映着，空邈而静幽，丰致是澄爽而无余滓。村舍的浓影上，更袅浮着新的炊烟，乌柏等显得深绛渗和在黄昏的灰绀的痕缕里"，走上板桥，"听着流水的漾喋和潺潺，苍茫中延仁了一会"，待到撑行中流，"从来的无尽的野原的影线，渐混入浓阴中；篙尾刺曳着水，闪荡着微明，耀眩在活泼泼的波上"，细腻的风景描写充满变化，折射着情感的起伏。时间之流和空间之场组合的心理图景，构成与现实平行的世界。摹景笔墨的逐渐纯熟，表明景物描写同样发挥塑造人物、推展情节的艺术功能，明显具有叙事学的意义。这就在创作实践上更新了传统的文体意识，为小说中铺设自然与心理环境、表现情感与思维活动等方面，奠实了艺术基础。

王以仁在文学观念上坚持文学研究会为人生而艺术的创作主张，在艺术风格上倾近创造社的浪漫主义精神。他的富有散文气质的小说，把风景色彩敷上个人生活经验。设置的景物迷宫，甚至造成视觉障碍，阻截顺畅的叙事推进，却正因此而形成巨大的情感流，通过阅读者的心理共性产生影响。自我中心的视角，便于幽恨情绪的宣抒，折射内心的真实。"明月已高挂在中天了。人在绿树影边行着时，更找不出自己的影子。夜气沉寂得如死去了的一样。行人走着的沙沙的声响，也没传到耳边了。只有树叶打战着的声音，惊破了无限的岑寂……他觉得眼底的景物，电影一般的向前推移；水磨一般的在空中旋转"，都市落魄者的孤独感受与绝望心理，使他对景物产生怪异的幻感，"仰眼看着天空。他看见明月在一层层的红光之中，向他作惨淡的微笑；他又看见满天布着的灿烂的繁星，一颗颗垂着红色的长尾，走近他的身旁"（《神游病者》），变形的景物烘衬着沉沦的心。春倦里的人，被"喧噪的雀声"震醒，"一腔幽怨的情绪，在她的脑里氤氲着，随着窗外的阳光，渐渐明晰起来"，意态恹恹，"已是暮春天气了。纸窗上漫映着的树影，比冬日菁密了许多。微风过处，绿叶在窗上摇动起来，令人神智油然。麻雀的喧声，夹着树叶上溜过去的风声，清脆得和琮琤的流水一样"，细腻的笔触摹绘出幽静的妙境，反映了人物心智的绵密；"如雪的酴醾，映着灿烂的阳光，呈露出处女一般的娇态……微薄的春寒随着轻风四布。枝头的小鸟，依稀是唱着送春的歌曲。粉蝶和酴醾，有令人淡然若忘的样子"，花畔细诉幽怨，寂寞的空气里，"飘飘然的一片轻云，浮过了红日的下面，姗姗的树影和花影便消失了。四周的空气，若没有几声翠鸟的清音，差不多沉静到深山中的空气一样"，无神的扫视，显露内心的柔软与苍白；幻梦如青烟，"她满腔的怨思，一缕缕的向着雪白的酴醾……一轮红日，却被淡淡的浮云，絮被一般的轻盖着了"（《暮春时节》），人物的情绪始终在春景中流动。如果抽除景物，则会减损情感内容的表现效果。

　　王以仁的书函体小说，照例以景物包容灵动的人物心绪，演绎微妙的心理活动。这源于他的创作体验，"每当深秋傍晚，独自出没于芦苇丛中的时候；每当更深人静独自在悄无人声的小斋中观书，隐隐的听见了隔墙楼上的少妇在哭她新丧的丈夫的时候；每当冬日晶莹，独自在溪畔的枯柳荫中闲行，偶尔听见隔溪传过来几声捣衣的杵声的时候；每当夏日亭午，沉静的院中，半点人声都没有听见，只听见微风扫过檐前铁马在叮冬的响着的时候；每当月明之夜，独自在旷野之中徘徊，飘飘幻想，仿佛要飞上了半天，而远处的笛声，悠悠扬扬的吹入耳鼓，两眼中的热泪，不期然而然的滴满了衣襟的时候；每当黑夜在阡陌之中蹀躞，脚下的泥块阻住了脚步，眼前在闪烁着星光万点的萤火，远村又隐隐的传过了几声犬吠的时候；每当雪月交辉的静夜，独自踏雪夜游，俯看着地面的水涡的积水，在渐渐的结成芭蕉叶孔雀尾的形状的时候；每当独自一人，携着老酒，走上了死人的墓土，——尤其是少女的墓上，一面狂饮，一面感着人生的飘忽，自己的生命不久也要和地下的死人一样的长眠不醒，而放声高歌痛哭的时候"（《孤雁·我的供状》），都可体味到孤独生活包含的丰富诗趣。航行中的览景，愈加增添爱自然的情怀与生命的感触，"四围的小岛在苍茫的晓色中，失去了本来的面目。只一片白茫茫的令人心醉的景色笼罩着，分不出天和水的界限，层层叠起的浪花，在船身的附近露出微微的银白色的光线。我不辨方向的呆站了十几分钟，遥看着一层金色的光芒突起，片片的浮云，也映成了紫罗兰一样的色彩；我才知道那紫色彩云所在的方向是日出的东方。娇羞的太阳蒙着一层薄纱似的晓雾，渐渐从那一碧无际的天海之交上升，海水反映着，变成一片黄金似的颜色。船在微微地晕动着，我茫然的情绪被海风吹织成一缕缕的愁丝，和灿烂的阳光一样的向周围四射。那海中风飘浪击的孤岛，隐约的印入了我眼球，使我想到了我所处地位正和它一样的飘摇在风雨之中，感伤的情调，又重在我的心头涌起"；落日景象也使心情如夕暮一般黯然，"金黄色的夕阳，射在四围岛上，显出新秋的情调；层层叠叠的微波，接二连三的涌起，反映着夕阳的光线，一幅灿烂的裙裾似的在飘洒着显现出深浅不同的彩色。遥望那西方海天交接的地方，呈露出淡黄而凄清的情调，令人想到了这是上帝在愁苦之中的景象。偶然有一只水鸟迎着船头飞来，留下一片黯淡的薄影，便翩然的努力向后方退去；那一声凄其的哀音却不住的在我的脑里旋绕"，"啊！啊！像我现在要过着这样飘流的生活，哪里还有一线的希望呢！我正如那西下的夕阳，一切热烈的情绪都被四周的空气侵夺得没有一丝毅力了"（《孤雁·孤雁》），散文化的描绘，显现了青年人苦闷情绪中瞬间的精神激奋与更深重的忧怀。凄厉的心音表示内心的寒凉，飘流生活中灵魂的沉落，黑暗风浪里命运的挣扎，一个人的遭际具有群体的代表性，"触景伤怀，本是人类的常情；何况于过着这样飘流生活的我呢！更何况于我独自一人在异乡过这重阳节呢！"他咀嚼一片黄落的叶子，感到"那干燥带苦的气味使我想到我生活的味道，也正如这飘下来的黄叶一样的凄楚"，"心绪真是纠乱万分；千头万绪的悲思直纷扰得和乱丝一样的整理不清。我仰观着苍的碧天，严厉的颜色直和死神一样的幽冷；瑟瑟的西风吹过，好像利刃刺入了我的胸膛，又如恶鬼的声音在呼啸着叫我永远随他为伴。我又想我死后的灵魂若能不灭，我将在静夜中穿着玄如夜幕的舞衣，曳着淡霞一般的长裙，戴着流萤和繁星组成的冠冕，在这一片广漠无边的旷野中跳舞，西风在为我奏起音乐，秋虫在为我唱着和歌，那时我将长忘我一生所受的苦恼，我的苦恼已随我的尸骸沉沉的埋葬在沙土之下"，运命的塞滞，使心境惨淡凄怆，"啊！我的沉痛建筑在悲惨的命运之上"（《孤雁·落魄》），重阳节写于沪南贫民窟中的这个短篇，让无尽的悲苦浸在凄迷的秋色中。便是到了杭州城里，也觉得"缓缓的在路上走着和在黑雾中迷行着的一样"，初冬的晚景里，"在灰尘中进行着的阳光投射在路旁的墙上，使我想到了我灰色的命运"，"领受到暮年垂死的悲哀"；飘曳不宁的灵魂游荡到湖滨公园，"太阳血盆似的陷入了西南角的山凹上，湖水也放出垂死时候的回光一样的惨红的颜色。湖中的小艇受了水波的冲动发出沉吟的声音。树上的归鸦噪着好像是嘲笑我没有归宿的命运，又像是在哀吊我飘泊无依的苦楚"；漫踱于秀丽的西子湖头，"我每天在枯树下凭吊那纷飞的落叶，这些充满诗意的地方却一丝也减不了我满腔的悲怀，有时竟会引动我，使我凄然的堕泪"；从岳坟跑到葛岭的山脚，"道旁的树影凄清的在月下和电灯光下婆娑的舞着，使我在静夜中觉得有无限的阴森森的鬼气"，岭上"骤然的有一种幽咽的声音把我的灵魂捉去了。我疑心那种幽咽的声音是风扫败叶的声音，或是山中的女鬼在月下发出悲叹的嘘气。那声音的微妙直和在月下飘忽着的游丝一样的轻盈"，他心里吐着悲酸的苦气，追想着孤山亭内的梦境，不堪幻感的欺诳，含恨地说"世界上一切的爱和美都建筑在金钱的上面的"；西湖美景在眼前飘幻，撩起一缕浸着愁绪的凄感，"萧萧的西风吹着庭前的枯木，树上的黄叶在微弱的阳光中吊下了几片惨淡的影子。太空几朵薄薄的浮云在漫无目的的飘流着。苍天的影子投映在微波荡漾的湖面露出匀称的皱纹。白公堤的上面有几乘来往的车子在那边走着，令人疑心这疏旷的野景是一幅淡墨的古画"（《孤雁·流浪》），个人的命运感受，被他不厌地吟味，敏慧灵妙，也最易刺着心灵的痛处。"我因为要消遣自己满腹的悲愁，时常跑到附近的荒郊去散步"，入眼的景色和私衷产生情绪对应。眼前展开一片铺满绿麦的田野，"几株枯落的古树像老人一般的站在路旁向行人鞠躬致敬。我沿着那条小溪向上流直走上去，可以看见赤城山的余脉盘在溪底露出赭色的岩石。赤城山的颜色犹如天半飞下来的一堆朱霞，在水落木枯的残冬，山色却格外流露出一种妩媚的色彩……无意中看见了树叶反映着阳光的颜色，自己不觉被伟大的自然镇慑住了。要我写我怎么也描写不出这一段天然的画境，假如我向南朝着日光射过来的方向看过去，那树叶的叶面反射出晶莹的光亮，令人的眼光眩耀得几乎要流出泪水来；若朝向北面转看过去，又是另外不同的一番情调，那微弱的阳光，那绿而带黄的叶背，那鱼鳞似的斑驳了的树皮，那叶背垂在空中翻跹飘动的情形，那树后衬托着的一座高丘，那说不尽的一切都使人感触着暮年的悲哀"，觉得南北两面相异的景色"便是我一生两截不同生活的写真……使我划然的分成了两种不同的境遇"（《孤雁·还乡》），写景寄慨，成为情节进展中的重要段落。景色对于感官的刺激、对于心灵的触动，进入刻画性格的过程，丰满着人物心理形象，"阴沉的天空好像故意作出一副惨淡的形色来作为我们的背景似的，在清晨的时候愁云竟是笼罩得这般惨淡而怕人。树叶战栗的发出呻吟的声音似在为我们不幸的命运而叹息！"同酌的朦胧感觉里，"四周的景物都沉醉在悲哀的环境之中，就是清脆的鸟声也带着许多颓丧的情调"（《孤雁·沉湎》），字句浸透生命殂落的哀感。胸脯中堆阻着苦闷，景物的形态和色彩，赋予人物形象以深沉的情感意味。

王以仁的自叙传体小说，在青年男女朦胧爱感的渲染中，借用景物编织富于社会色彩的心理情节，进行自我意识的建立与自我世界的构筑。少年对世界新鲜而单纯的感觉，在一片花鸟的声色中表现得清晰而真实，"院子里的花草，静静的站着。阳光从棉花似的淡云里洒射下来，花草沉醉无语，一阵微微的轻风飘过时，便不住的随风向着四周的物件点头。竹林中的小鸟，在啁啾的喧叫。仲夏的竹叶显出分外的绿意；竹叶菁密的遮蔽着，只能听出小鸟啁啾的歌声，却看不见小鸟在跳跃的踪迹；微微的一阵轻风掠过，在分披开来的竹梢上，才能看见红嘴的小鸟在尽情的仰头歌唱。清脆的声音，正如静夜中从旷野中飘来的洞箫的风韵"（《幻灭》），宁静和美的环境又透出几分寂寞与伤感，"无限的失望，无限的忧愁，无限的疲倦，夹攻着他的身体。他立起来走着。眉头不住的蹙着，脸上交织着忧郁的晦暗的神色。竹林里面的鸟声，似乎增加了他的厌恶"，他"悲痛自己的孤苦的生命"，心内烙印着悲叹的遗痕，觉得世界"变成垂殁的黯淡"（《幻灭》），感觉化的景色烘衬内心世界，视觉化的影像浮显情感活动，并且助推故事的进展。"秋雨潇潇的下着。白昼虽然还有可畏的余热，早晚却要披上了夹衣了。院中的竹叶，沐浴在蒙蒙的雨丝中，叶面时常有珠子一般的水点，沉沉的洒在地上。花草战胜了夏日的太阳以后，自己也露出颓败不堪的样子，垂头丧气的在秋雨中饮泣。阶下栽着的凤仙花，已经只有几株花茎在雨中颤抖着。竹叶的绿色素，似乎也褪淡了许多。萧瑟的雨声，仿佛天地也在叹息"（《幻灭》），静态的景物在人类情绪的作用下充满生命感，把无形流动的情绪，凝定为有形固化的样态，成为作品的艺术支撑。"浮云轻纱似的铺在天空。银河已转过了初秋的方向，斜挂在屋角上面。星眼在淡云当中闪动着；月光从朵朵的浮云中映下，分外的美丽，分外的幽娴。对面的屋脊，一只白色的小猫，蹲在月下，不住的用后脚搔着头颅"，他神思飞越，期冀"在社会上树着胜利的旗帜"（《幻灭》），运命的途程上，灵魂暂且安歇，恬美的摹景，相衬着放缓的叙事节奏。"一叶扁舟，在小港中行着，船尾的舟子，两手扳着桨在一来一去的摇动。南面的岸，展开了一片沙滩；远远的有几缕炊烟，在阵阵的透起。北面的岸上，却斜着一座矮的山；山沿有一条曲折的小径，逶迤的盘着；山上杂生着无名的草木，杜鹃花红红的点缀在斜急的山坡上，山脚丛生着水草，草的叶尖，随微风而点着水面。水鸟在水边的草干上站着唧啾的在相互对语。在山坡的杂树丛中，有一株梨树枝头还点缀着几片残花，颓唐的在风前摆动。流水清晰的碎声，和轻风伴奏成悠然的逸韵，咿呀的橹声，是在按着节拍"（《幻灭》），清婉的语词描画出清远的景色，映显出清洁的内心，也暂且驱散了旅途的单调寂寞。深锁在脑里的万千幽恨，一点一点渗入安谧的景色中，"沉沉的脸孔，仰对着青天，青天的天色，没有他那样忧虑；俯看着碧水，碧水也不似他那样的沉沉，两岸的山坡，两岸的沙滩，两岸的长堤，两岸的村庄，一刻不停的在他的眼前变换，他的脸色，却没有一刻的变更；虽然他的心事，一波一波的和溪中流水似的向前流动消逝"，人生况味纠缠着不宁的心，"他心上充满着孤独的悲哀"，交错着烦杂的心绪，坐在"载着人类的命运似的小船，终究随着流逝的水力，随着摇动的橹声"，做着生命的漂泊（《幻灭》）。

其二，散文化风景容纳和映示人生哲理与社会思考。王以仁的小说里，心头郁积无限苦闷的人物，面对豕鹿麇聚着的世界，顿生异常的厌恶，时常宣泄内心的幽叹："生命不过是一片广漠的废墟而已！在废墟中虽然有时也可以长着嫩绿的草丛，也可以长着交荫的深林；有时也可以喷出温暖的甘泉；但是又有什么益处呢？至多至多，不过在废墟中多留几许创痕罢了！"（《幻灭》）"流水尽管潺潺的流逝，人生尽管营营的奔波，却一样的没有归宿。但是流水还可以在石上歌唱，还有鲜红的花落在他的面上，和他作伴的流着；人生呢，只有流水一般的流逝，没有流水一般的幸福；人生只是像飘零的落叶，堆在地面和泥土同腐罢了！"（《幻灭》）冷观黑暗的政治现实，他时常陷入痛苦的凝想，又用视觉语言加以形象化表现。他痛感中国国民性的弱点——精神的麻痹性，觉得眼底景色也发生某种对应："星光悄悄在路上照耀着。空气是死默一般的沉寂。高高的房屋，笼罩在广漠无边的夜气之中，仿佛是沉入了睡梦中的一样。"（《幻灭》）从性格塑造的意义上审视，上引的段落，表明了不良的社会生态导致的颓唐情绪和变异人格，表明了在惨淡人生的历练下心智的成熟。笔触虽然浸含苦闷与痛感，格调偏于凄婉与忧戚，却具有暴露黑暗现实、激励社会改革的积极意义。具体的人生感悟，则显示了生命的成长，丰满了人物性格，设置了具有时代特征的精神结构。

其三，散文化风景体现了小说的审美价值。叙事简纯，摹景繁密，构成王以仁小说的美学特征。他写乡情，离不了景物："他独立在塔顶，眼前的世界，异常的空阔，是别有天地一般的空阔。他的神思，飘飘然的在天际摇动。从他的故乡流下来的溪水，在英山山脚的城外奔流着；流水的颜色，已经失去了故乡流水那样的清晰，远远的望去，只泛着一片混浊的夹着泥渣的污流。如卧狮一样的，他狂啸了一声，空气随着荡漾起来。几叶小舟的白帆，远远的就如大鸟张着翅膀。他朝着西北望去，重重的高山，连绵的耸立天空；青天圆盖似的罩着；他的故乡就在这万山遮断的西北角上。他和父母的遗骸，已隔着云山万叠了！——一缕愁思，又从故乡飘到了心头。"（《幻灭》）他写田园情结，离不了景物："初夏的朝晨，农人都散在田中割麦；村歌的声音，在阡陌间悠扬的应和着。几亩割过了的田垄，麦根一丛一丛的留在田中，有几处已经锄过了的，麦根和泥土一块块的斜插着。没有割过的田垄，麦穗竖着金黄的颜色；一阵和风吹来，田间在翻起黄云似的麦浪；麦穗映着阳光，黄金似的灿烂。农夫俯身在割着，发出有音节的和牛羊啮草似的声音。地畈上的绿草，生意葱茏的在随风飘动着，表示出洋洋得意的神色。经过了春风扫荡过了的柏梓，也抽出嫩芽来了，远近的树上，总有许多不知名的小鸟在喧闹着。不时有几只鸦鹊，从树枝飞向田间，又从田间飞上了树枝。也有几只布谷，在远远的深林中尽情的啼叫。农夫在田间工作，牧童也牵着牛犊，在草坦上，看着牛在啮草……溪流的岸旁，丛生着无数的芦苇。每当秋高气爽的时候，芦秆上开着奇异的芦花。初夏的天气，芦苇的芦衣，已渐渐的长了起来；坐在芦衣深处，差不多找不见人的头颅。芦苇的外面，横障着一道长堤；堤畔满栽着倒垂的绿柳；没有随风飘尽的柳絮，到初夏时，还点点白漫漫的在空间飞舞。柳叶渐渐的肥大起来；柳荫菁密的地方，时有黄莺藏在枝头娇啭，柳影也不时在地面摇摆。"（《幻灭》）尽管世路上"悲酸的泪，从心底直逼了出来"，感到"我的故乡，是那天边的浮云，是那青草丛生着的枯冢！我们别了以后，我的灵魂，怕要逐天边的浮云而飘泊，我的骸骨，怕也只有还向荒凉的枯冢了！"以致自认"我们是被幸福遗弃的人，我们都是在悲苦中偷生着的"（《幻灭》），面对人生的苦难，他始终保持对于美好景物的敏感，不让心灵粗鄙化。即使表现精神的痛楚，笔下也是那样明秀隽美。从自然风景中感受到的温润气息与人际世间体验到的冷漠的滋味，形成深刻的对比，加强了作品的现实批判力。

其四，散文化风景表现人物活动时间的变易和空间的转换，使时空概念具有感觉化特征与物质化色彩，也隐含生命感受。在王以仁的小说里，便有这样的例子："流水似的向前逝去的光阴，全不顾惜人类的青春，尽管不声不响的催人老去。万家爆竹的新正仿佛如在目前，却已经匆匆的过了杜鹃遍野的清明，到了樱花照眼的初夏了！人生的飘忽正如一缕飘忽的青烟的痕迹一样。"（《孤雁·沉湎》）又如："我在滩上的柳树丛中徘徊，那些刚才领略着初春风味的柳树，也和没有生意的我一样的呈现着灰败而衰退的气象。在这一片沙滩之上若到了深秋的时候，便有漫天飞雪似的芦花在空中婆娑起舞。我想我在中学的时候也曾和飞鸟一样的在芦苇丛中钻行。我曾经在更深人静之后，和友人挽手在皎如严霜的月下到这里来听夜雁的孤鸣，秋虫的哀音和着雁声的凄厉，至今重想起来还要令人落泪。"（《孤雁·沉湎》）满眼旧时的痕迹，满心诗意的旧情，心头在重温的年华丝丝如梦。又如："萧杀的秋风，吹谢了天半飘香的桂子，吹红了遍野的枫叶，吹飞了漫天的芦花，吹开了篱畔的黄菊。地面的秋容，露出衰老的状态了。"（《幻灭》）虚构的故事，实化的背景，物候节令上的笔墨显示了艺术的功用。

徐志摩的短篇小说《春痕》画出青年男女梦里的心影，浓艳的色彩、凄美的情调中含漾朦胧的爱感。四季景物不但烘衬人物心境，还具有结构故事的作用。缤纷花景映示人生运命，构思精巧，蕴涵幽深。中国留学生逸和日本姑娘春痕的感情关系，呈现一条跳跃性的发展线索，四个情节段落分别以"瑞香花——春"、"红玫瑰——夏"、"茉莉花——秋"、"桃花李花处处开——十年后春"为题，形式上的切分，并未断开情感的主脉，而另有意韵的组合。

人物心理氛围的营构，也在花色中展开。逸"望着精焰斑斓的晚霞里，望着出岫倦展的春云里，望着层晶叠翠的秋天里，插翅飞去，飞上云端，飞出天外，去听云雀的欢歌，听天河的水乐，看群星的联舞，看宇宙的奇光，从此加入神仙班籍，凭着九天的白的玉阑干，于天朗气清的晨夕，俯看下界的烦恼尘俗，微笑地生怜，怜悯地微笑"，春光里的浪漫幻想插着"一对洁白蛴嫩的羽翮"，表现主人公"天赋的才调生活风姿"。画上的红玫瑰，让逸觉得"真是一枝浓艳露凝香，一瓣有一瓣的精神，充满了画者的情感，仿佛是多情的杜鹃，在月下将心窝抵入荆刺沥出的鲜红心血，点染而成，几百阕的情词哀曲，凝化此中"，晕染出充满色彩感的夏日。逸"到了一条河边。沿河有一列柳树，已感受秋运，枝条的翠色，渐转苍黄，此时仿佛不胜秋雨的重量，凝定地俯看流水，粒粒的泪珠，连着先凋的叶片，不时掉入波心悠然浮去。时已薄暮，河畔的颜色声音，只是凄凉的秋意，只是增添惆怅人的惆怅。天上锦般的云似乎提议来裹埋他心底的愁思，草里断续的虫吟，也似轻嘲他无聊的意绪",满襟的秋雨让"他的思想依旧缠绵在恋爱老死的意义",香幽色淡的茉莉,是对飘零季节的一种象征,也是对凄迷心理的一种暗示,悄默地点缀落寞的清秋。风雨沧桑,岁月把衰容给了当年的人,"那时桑抱山峰依旧沉浸在艳日的光流中,满谷的樱花桃李,依旧竞赛妖艳的颜色,逸的心中,依旧涵葆着春痕当年可爱的影像。但这心影,只似梦里的紫丝灰线所组成,只似远山的轻霭薄雾所形成,淡极了,微妙极了",追忆青春年华,伤叹韶光流逝,哀感填溢胸间。相爱的欢恋、失意的伤怀等等人生的复杂情感,含浸其中。花开花落,几度枯荣,映显了人类共有情感的生与灭。被美好情愫撩得神魂迷荡的作者和他的人物,走向心性的诗化。

在这类以主观感觉取代故事情节的散文体小说中,景物描写的主要目的不是构置外部活动的典型环境,而是着意布设人物心理场景。文字化的视觉影像,扩大了观察界阈的宽度,拓进了心灵世界的景深。

30 年代的海派小说作家,强化风景元素在情节发展,特别在心理活动中的作用,催产了白话小说的现代主义流派——新感觉派,成为都市文学的重要一翼。该创作群体"不愿意单纯描写外部现实,而是强调直觉,强调主观感受,力图把主观的感觉印象投进客体中去,以创造对事物的新的感受方法"[1]。遵循"风景即心情"的创作公式,在人物意识中跳闪的印象式景物,旨在表现一种心理过程,而非直接呈示社会的外部现实。外界景物含浸浓烈的主观意识,成为隐秘心迹的映射。景物的色彩、光线、轮廓、影像构成心理活动的背景;错觉、幻觉、潜意识、隐意识的叠加交织,淡化了自然主义或现实主义的色彩。不可视的心理波动得以显影化、质感化,体现着作家的理想感觉。新奇的感觉印象折射出人物内心深处的情绪,使描写的风景具有新的艺术生命。由于"这个流派的主要艺术特色,是将人的主观感觉、主观印象渗透溶合到客体的描写中去。他们那些具有流派特点的作品,既不是外部现实的单纯模写和再现,也不是内心活动的细腻追踪和展示,而是要将感觉外化,创造和表现那种有强烈主观色彩的所谓'新现实'"[2],因此缤纷的景观在小说家笔下获得另类的表现。充满艺术勇气的借鉴与实验,背离传统写实主义的探索精神,掩盖了内容的贫弱与情节的轻淡。景物的穿插、烘衬,"丰富了心理小说的表现手

---

① 严家炎:《〈新感觉派小说选〉前言》,《新感觉派小说选》,人民文学出版社 1985 年版,第 2 页。

② 同上书,第 21 页。

段，增强了心理分析的深刻程度和细密程度"①，给阅读感受带来新鲜的文艺味。

刘呐鸥的《热情之骨》（1928 年 12 月《熔炉》创刊号）表现青年的带有幻感意味的忧郁心理，眼前景物随着浮荡的心，产生变形的夸张效果。"午后的街头是被闲静浸透了的，只有秋阳的金色的鳞光在那树影横斜的铺道上跳跃着。从泊拉达那斯的疏叶间漏过来的蓝青色的澄空，掠将颊边过去的和暖的气流，和这气流里的不知从何处带来的烂熟的栗子的甜的芳香，都使显赫比也尔熏醉在一种兴奋的快感中，早把出门时的忧郁赶回家里去了"，"玻璃的近旁弥漫着色彩和香味。玻璃的里面是一些润湿而新鲜的生命在歌唱着。玫瑰花和翠菊，满身披着柔软的阳光正在那儿谈笑"。在人物的感觉里，视觉、嗅觉、味觉、听觉诸官能交混地作用着心神，使一切充满可触的质感。《两个时间的不感症者》写午后天气的燥热，充满怪异感，"游倦了的白云两大片，流着光闪闪的汗珠，停留在对面高层建筑物造成的连山的头上"；"尘埃，嘴沫，暗泪和马粪的臭气发散在郁悴的天空里，而跟人们的决意，紧张，失望，落胆，意外，欢喜造成一个饱和状态的氛围气"。赛马场的狂赌造成的都市人畸形、癫狂的心态和紧张情绪，形成特殊的都市社会景观，而异形的景观把情绪的体验、心理的漾动显现得格外生动。

穆时英的《公墓》（1932 年 5 月《现代》创刊号）以人物感觉为本位，让风景带出内心情绪。"郊外，南方来的风，吹着暮春的气息。这儿有晴朗的太阳，蔚蓝的天空；每一朵小野花都含着笑。这儿没有爵士音乐，没有立体的建筑，跟经理调情的女书记。田野是广阔的，路是长的，空气是静的，广告牌上的绅士是不会说话，只会抽烟的"，有了深挚的母爱，春光里的心情纯洁而愉快，不见墓地的死寂、阴沉。邂逅一个法国姑娘，"她的笑劲儿里边有地中海旁葡萄园的香味"，"在她的视线上面，在她的笑劲儿上面，像蒙了一层薄雾似的，暗示着一种温暖的感觉"，他和她"听着那寂寂的落花"，细品着"枯花的凄凉味"，她的"明媚的语调和梦似的微笑"带着感染力四溢，心灵受着柔软的暖化。摹景语言化作情绪的丝缕伸向感觉世界。《上海的狐步舞》（1932 年 11 月《现代》第 2 卷第 1 期）用灰暗的影调勾绘出"造在地狱上面的天堂"。"沪西，大月亮爬在天边，照着大原野。浅灰的原野，铺上银灰的

---

① 严家炎：《〈新感觉派小说选〉前言》，《新感觉派小说选》，人民文学出版社 1985 年版，第 26 页。

月光,再嵌着深灰的树影和村庄的一大堆一大堆的影子。原野上,铁轨画着弧线,沿着天空直伸到那边儿的水平线下去",冷静的几何图形,对都市空间展开异形切割,并且映示凄冷的心境。"跑马厅屋顶上,风针上的金马向着红月亮撒开了四蹄。在那片大草地的四周泛滥着光的海,罪恶的海浪,慕尔堂浸在黑暗里,跪着,在替这些下地狱的男女祈祷,大世界的塔尖拒绝了忏悔,骄傲地瞧着这位迁教师,放射着一圈圈的灯光。蔚蓝的黄昏笼罩着全场……当中那片光滑的地板上,飘动的裙子,飘动的袍角,精致的鞋跟,鞋跟,鞋跟,鞋跟,鞋跟……舞着:华尔滋的旋律绕着他们的腿,他们的脚站在华尔滋旋律上飘飘地,飘飘地",狂热的舞侣沉溺于迷乱的幻景、快速的节奏中。光影闪闪,音响阵阵,强烈地诱惑着感官,刺激着神经。《夜》同样展开一幅都市迷醉者的昏乱场景,表现一种畸态的心理感觉,"哀愁也没有,欢喜也没有——情绪的真空……江水哗啦哗啦地往岸上撞,撞得一嘴白沫子的回去了。夜空是暗蓝的,月亮是大的,江心里的黄月亮是弯曲的,多角形的。从浦东到浦西,在江面上,月光直照几里远,把大月亮拖在船尾上,一只小舢板在月光下驶过来了,摇船的生着银发";舞场里"酒精的刺激味,侧着肩膀顿着脚的水手的舞步,大鼓嘭嘭的敲着炎热南方的情调,翻在地上的酒杯和酒瓶,黄澄澄的酒,浓冽的色情",酒味"像五月的夜那么地醉人",既是真切的实境,又是变形的幻境,平直的情感流线变作曲状的心理褶皱。《夜总会里的五个人》(1933 年 2 月《现代》第 2 卷第 4 期)描写街景,"红的街,绿的街,蓝的街,紫的街,……强烈的色调化装着的都市啊!霓虹灯跳跃着——五色的光潮,变化着的光潮,没有色的光潮——泛滥着光潮的天空,天空中有了酒,有了烟,有了高跟儿鞋,也有了钟……"纸上光影闪烁变幻,一派光怪陆离的都市风景,"写出形体、声音、光线、色彩诸种可感因素的交互作用,加上幻觉和想象,就克服了平面感,产生了如临其境的感觉,使人感受到殖民地、半殖民地都市的畸形繁华与紧张跃动的气氛,加深了读者的印象"[①]。《街景》(1933 年 4 月《现代》第 2 卷第 6 期)虽是一些片断场景和零碎意念的组接,生活背景却显示了描述的选择性,"这是浮着轻快的秋意的街,一条给黄昏的霭光浸透了的薄暮的秋街",水一样的意识在明洁的意象中流动,现实场景实是内心情绪的外化。

---

① 严家炎:《〈新感觉派小说选〉前言》,《新感觉派小说选》,人民文学出版社 1985 年版,第 22 页。

施蛰存的《魔道》（1931 年 9 月《小说月报》第 22 卷第 9 号）以迷荡感的视觉映像传示社会病者微妙的心理波动。"种种颜色在我眼前晃动着。落日的光芒真是不可逼视的，我看见朱红的棺材和金黄的链，辽远地陈列在地平线上"，远天的夕阳霞色使他的神魂陷入迷幻。《春阳》里对于太阳光的感受，化作一片可视的光影，"眼前一切都呈着明亮和活跃的气象。每一辆汽车刷过一道崭新的喷漆的光，每一扇玻璃橱上闪耀着各方面投射来的晶莹的光，远处摩天大厦底圆瓴形或方形的屋顶上辉煌着金碧的光，只有那先施公司对面的点心店，好像被阳光忘记了似的，呈现着一种抑郁的烟煤的颜色"，春天的太阳在城市建筑上游荡，魅惑着人的眼，朦胧的感观引触心理波动。

叶灵凤的《朱古律的回忆》让景色烘衬心头的忧郁。在叙述者眼里，冬夜"冷得像水晶一样透明"，"广阔无垠的漆黑的天空上，遥遥的只嵌着一颗银色的星，一颗和她的心一样冷静的星"。年轻的情怀里，微愁的心绪也带着浪漫意味，"在春的新鲜的气息里，我将整个年轻的心，放到每一朵花的花瓣上，每一只蝴蝶的翅子上，祝福着一切，希望她能够像春水一样的荡漾起来"，意绪因形象化而诗味悠远。

半殖民地都市的病态生活内容，通过灵妙的感觉、跳闪的印象和特异的景物描摹，构成情感蕴涵与心理内容的影像书写，显示着别样的语言力量与艺术效果。

中国现代乡土小说家的创作文本中，显映着田野景色、民俗风情、历史传统、文化习性对作家精神状态、心理意识、风格追求产生的影响。相近的创作趋向，使他们在文化资源的发掘、文化主题的阐释、文化意韵的表现上，凝合起艺术共性，而各个创作群体又表现出鲜明的地域差异性。

以鲁迅、鲁彦、许杰、许钦文、潘漠华、王任叔、魏金枝、王西彦、柔石等为代表的浙江乡土小说作家群，描画出两浙山海风光及其渗透的农村社会的文化氛围，展示了人物活动的特定场景。许杰的乡土小说"有赖于作者对浙东山地丘陵地区独特的地理景象和山野风气的形象描绘。比如，常用一定的地域名称，如'枫溪镇'，常常描绘清涧水库、溪滩山野、柳林芦苇、枫叶古庙等天台山一带近山傍水的自然景致，而在这些优美清丽的风光里，闪现着一个个野蛮丑陋的镜头"[1]，清寥荒寂的生存环境，影响着人物心理、脾性、情绪的形成，而人物性格的塑造，也正是依凭一定的"风景场"与"文化区"完

---

① 贾剑秋：《文化与中国现代小说》，巴蜀书社 2003 年版，第 115 页。

成的。王任叔乡土小说的地域文化特点，"表现在作品对浙东奉化农村环境的描写，比如采用作者故乡大堰村实有的一些地名——诗谷坪、后门山、金沙畈、尚书闾门等；描绘故乡山村的田畈、松竹、形如菜刀的瓦屋，青翠的山屏溪流等等"①，旷莽的景色养成民众"受情刚直，任气尚义"的秉性，在具体情节的推进中，成为熔铸人物形象的生活依据。"潘漠华的乡土小说勾勒着浙中山区陡峭的山崖，茂密的草木。在山高林深，阴郁晦暗的闭塞山村的地域背景下，刻画着山乡小民——火叱司、梅英、哑巴、拐手们身上存留的国民性弱点，反映他们与阿Q、闰土、七斤、祥林嫂一样的精神世界、心理意识，展示了浙中农民背负传统文化积淀而形成的精神创伤"②，近现代文化转型期，农村衰败、民生凋敝导致的乡间自然经济的破产，对传统的农耕意识产生深刻的冲击，也改变了乡村旧式生活结构。冷酷的社会现实强力颠覆了农民的固有观念，再造着贫困群体。小说创作酝酿出的新农民形象，鲜明地置于山乡的前景。

以王统照、徐玉诺、芦焚（师陀）、关永吉等为代表的中原乡土小说作家群，表现着华夏文明核心地带——黄河区域的农村现实。文化变迁给农耕文明带来的阵痛，直接荡击农民的个体心理，产生新的精神面貌。芦焚把深沉的乡土之爱浸润于景物中，"他的乡土小说里，那些废墟、弃园、荒村，演示着荒唐、丑恶、乖谬的人事。这一切中又交织着作者怀乡的忧郁，命运的伤感，在对故乡爱憎相交的情愫中芦焚完成了对乡土文化的审视和批判"，"而他所怀念的'原野'，是在夕阳斜晖里，'一面的村庄是苍蓝，一面的村庄是晕红，茅屋的顶上升起炊烟'充满了静寂、温馨，散发着中原浑朴土地气息的田园……于是他在作品里怀念着中原土地上挺拔的白杨，垂首的向日葵，高空上的苍鹰，田野中的牛犊，傍晚的残照，犁过的田野，大路尽头腾起的尘烟像浸在牛奶里的晨雾等等……尤其是《果园城记》里的作品，在一派恬静、闲适、与世无争的氛围里，有'累累的果实映了肥厚的绿油油的叶子，耀眼的像无数小小的粉脸，向阳的一部分看起来比搽了胭脂还要娇艳'的花红树，有蟋蟀清脆的鸣叫，有静寂地伫立的葡萄架，还有妆台上的老座钟，绘着'富贵'纹的茶杯，'进士第'的旧匾等等。在这样一幅淡远、安适的自然风景画上，

---

① 贾剑秋：《文化与中国现代小说》，巴蜀书社2003年版，第121页。
② 同上书，第123页。

乡土沉浸在慵倦无为中，文化又随着时代的步子悄悄地变迁着"①，乡村景物的深挚描绘，深含他的一缕乡恋，有对往昔田园情调的追怀，有对现今生活状态的思考。"关永吉笔下的乡土，处于子牙河与大清河交叉灌溉的三角淀地带……春天过了，洼淀退水变成一望无际的原野，风网船、水淀子、子牙河、火烧云、到处飘散的田禾的香雾、庄稼、菜园，在洼心里敲'铣'引诱鱼的捕捞习俗等等，构成了关永吉乡土小说特有的冀中地域风情"②，土地承载着小说人物的命运、理想、情感，细腻的描摹渗透着真挚的生命感。

　　以彭家煌、废名、黎锦明、沈从文、叶紫、蒋牧良等为代表的荆楚乡土小说作家群，运用奇诡、幽秘、灵动的笔触，渲染幻美、玄妙、神异的氛围，表现由"强烈的民族意识和尚武精神"，"忠君、爱国、念祖的情感倾向"，"富于幻想和浪漫的文学审美传统"，"信鬼神、多祭祀的风俗习惯"，"崇情尚性、追求人格自由的文化心态"，"崇尚健康自然的人生形式"③ 等构成的地域文化传统。浪漫飘逸的情调既同荆蛮之野的玄异空气相融，又寄寓沉重的现实内容。湘楚文化浸润于小说家的创作意识和审美情怀，在集体特征中又表现出个体风格。彭家煌"在感悟了自己所寓居的现代都市生活与故土乡村生活之间的强烈反差，感受到文明与愚昧的强烈冲突后，开始对本土文化作历史的反观和反思。于是作者的笔触深入到故土乡民的日常生活、心理状态、行为习惯、民间风习等方面，表现乡民们的愚昧麻木，揭示农民们具有普遍性的文化劣根性"④，使艺术化呈示的楚地风物带有文化批判的色彩。黎锦明的小说表现乡间生活，"则在激越诡异的传奇里，反映了楚文化的精神特质，再现了古楚文化主观意识的深厚传统"，"湘中农村生活风情以及楚地山乡优美秀丽的自然景致，极富湘楚地域生活情趣，在美学风格上尽显楚风遗痕"⑤，他的小说里浮闪"舞动的轻烟，玲珑的山色"；飘响"相往返的歌声"，"有野卉杂莲花的清香，有山鹬的低唱，有翡翠的飞窜和陡然一条鱼跳出水面的微响"，"浮满紫叶的菱塘"两面"全是碧绿的松岭，松岭上有莽莽白云飞舞，松岭里有山鸦的啼号"（《出阁》，1925 年 9 月 19 日作），"以风趣、清新的笔调描绘了一幅江南山村的婚俗画……绘成

---

① 贾剑秋：《文化与中国现代小说》，巴蜀书社 2003 年版，第 134、138、139 页。
② 同上书，第 140 页。
③ 同上书，第 143 页。
④ 同上书，第 145 页。
⑤ 同上书，第 147、149 页。

一幅山川景物、风习人情交相掩映的民俗画卷"①。沈从文"在对故土风俗、风情、风景的描摹中，抒写恋乡情怀，倾吐自由、健康、质朴的生活理想"②，在乡村与城市的二元对立状态中构建憧憬的乡土社会。他的湘西系列小说"最富楚人神韵，最具楚文化精神与楚文学品格"，"混织着浓郁的古楚文化和苗、土家族文化色彩，演绎了湘西的历史文化之美、自然人文之美"，"饱浸着沅湘楚水的文化品格"，"闪动着清明如水、柔韧似水、灵动浪漫如水的个性与气质。写进他小说里的哀乐人事都湿淋淋地泛着水光、溢着水气。他写得最美最成功的乡土小说《边城》、《长河》，都是写沅水流域的人事景致、文化氛围、文化群落。水在沈从文的创作中构建了一个具体的物态的文化世界——沅水流域的历史与现实；又象征了一种抽象的精神的文化境界——澄明、美丽、自然如水的生命形式和人格理想"③，映现于纸上的船筏、吊脚楼、水码头、碾坊、橘园、店铺、山寨，组接成充满野气的风情长卷，展示沅水流域风光景物，更透现长河沿岸原始、古远、浑朴的生存形式，单纯、善良、明澈的纯美人性。与世共进的创作观念决定文学体式的更新。"沈从文概括地说明了具有诗意游记散文体小说的主要艺术特征：'揉小说故事散文游记而为一的试验以外，自成一个新的型式'；'笔有情感，有光彩，而又特别宜于乡村抒情'；'半叙景物，半涉人事，安置人事爱憎取予，于特具鲜明性格景物习惯背景中，让它从两相对照中形成一种特别空气，必然容易产生动人效果。'沈从文还认为：'揉游记散文和小说故事而为一，无疑将成为现代中国小说一格。'这一种新的小说形式，便于作家抒发主观的情感，可以自由地描写大自然的风光，借景抒怀；另一方面通过对人事的描写，讲述有趣的故事，这样又可以照顾到小说的特点。"④这一实践经验证明现代小说对于风景元素的依赖，并借此强调了抒情、叙事之外现代小说的另一构成要素——写景的重要意义。叶紫的乡土小说"更具楚文化的浪漫风采。如《偷莲》、《菱》这类作品，漂动着湖光月色，荡漾着莲影歌韵。洞庭湖的渔家生活，采莲船、偷莲人，男女老少的戏嬉笑骂，歌

①　唐咏秋：《〈黎锦明小说选〉后记》，《黎锦明小说选》，人民文学出版社1983年版，第305、306页。

②　贾剑秋：《文化与中国现代小说》，巴蜀书社2003年版，第144页。

③　同上书，第149、150、151页。

④　车镇宪：《中国现代散文诗的产生发展及其对小说文体的影响》，作家出版社1999年版，第157、158页。

咏劳作，痴情人的爱情追逐等等，组成了一幅洞庭莲荷图，编成了一曲水乡古乐府，散发着湘楚地域的朴实粗野之气"①，左翼作家的文化身份，使作品具有鲜明的政治倾向，又保留了浓郁的地域色彩。废名的乡土小说"是充满了一切农村寂静的美。差不多每篇都可以看得到一个我们所熟悉的农民，在一个我们所生长的乡村，如我们同样生活过来那样活到那片土地上。不但那农村少女动人清朗的笑声，那聪明的姿态，小小的一条河，一株孤零零的长在菜园一角的葵树，我们可以从作品中接近，就是那略带牛粪气味与略带稻草气味的乡村空气，也是仿佛把书拿来就可以嗅出的"，他"用淡淡文字，画出一切风物姿态轮廓"，身处京城，心仍恋着湖北黄梅的故土山水，小说"所采取的背景也仍然是那类小乡村方面。譬如小溪河，破庙，塔，老人，小孩，这些那些，是不会在中国东部的江浙与北部的河北山东出现的"②，他的文化根基坚实地凭附在地方性上，使作品充溢楚地的艺术特征；"他用心灵的牧笛吹着古典的悠远的牧歌，笛音中流淌着宁静与闲逸，有着李商隐似的婉丽和伤感，也有陶渊明似的淡泊与清雅……对自然与人性的推崇，是废名乡土小说的灵魂。在他最具田园牧歌情调的乡土小说里，他以最大的热情描绘着荆楚乡村那清新明丽的自然之景和温馨和谐的人情之美。《菱荡》的自然景色被废名绘得如一幅着色明丽的水粉画，村舍古塔，枫树竹林，菜园菱荡，还有一个朴实善良的陈聋子，一个仁爱宽厚的二老爹，再有三两个浣衣挑水的农妇村姑；人人心中不设防，真诚地用爱心和善心拥抱生活。是古朴的农居图，是美丽的山水诗，更是一篇篇恬静、古雅的现代《桃花源记》"③，爱悦山水、崇尚自然的楚人风致，融入他的精神境界。孤独、隐逸的心理情态造成冷涩、雅淡的美学气质，超离性的艺术视角下展现的宁静幻美的画境、清瘦简约的文味、飘忽闪跳的节奏，在审美意趣上同写实精神强烈的乡土小说主流存在着间隔。

以萧红、萧军、端木蕻良、李辉英等为代表的关东乡土小说作家群，在雄关内外的行吟途上，于白山黑水的雄峭背景下寄托对土地深沉的爱恋。特别在东北沦陷的情势下，亡国之悲、失乡之苦，摧折着灵魂，"当他们回首北望家

---

① 贾剑秋：《文化与中国现代小说》，巴蜀书社2003年版，第160页。
② 沈从文：《论冯文炳》，《沈从文文集》第11卷，花城出版社、生活·读书·新知三联书店香港分店1984年版，第97、98页。
③ 贾剑秋：《文化与中国现代小说》，巴蜀书社2003年版，第161页。

园时，山河破碎的现实勾起他们对往昔完整山河的忆想，他们将思念寄托到故土的原野、莽林、菜园子、高粱地、茂草蝈蝈、茅屋炊烟上"①，在创作界卷荡起一股狂疾、雄强、豪健的东北风。萧红取材于东北农村生活的小说"不仅用忧郁而凄婉的眼光去发现故里人间的世相百态，还用多情细腻的笔触，描绘乡土朴野的乡风民情，勾画关东大地的风景素描；用关东方言俗语连缀起一串乡土的音符，吟唱起沉郁凄婉的关东民谣。在《生死场》里有关东广阔的原野一年四季不同色彩的风土画……萧红的文化视野，收揽了关东文化的原生态，她的笔下随处可见关东俗文化的种种存在"②，夏天的高粱地、麦田，倭瓜、土豆、西红柿装点的菜圃；秋天的高粱穗、大豆秧；春天融雪的山野，自然生态系统带着纯粹的品质进入她的文学世界，表现美好的人生理想。萧军《八月的乡村》燃烧着抗日英雄的炽烈心焰，义勇斗士的豪侠血性，人物身上"流淌着关东人强劲不羁、粗犷雄健的热血。在血肉横飞、战马嘶鸣的拼杀战场；在篝火点点、悲歌低咽的露宿营地；在崇山峻岭密林山野的行军途中，这些关东好汉肩负着抗日保土杀敌救国的历史重任，在共产党领导下浴血奋斗，经历着战争的磨难，也经历着自身灵魂的涅槃"③，革命的、激昂的战斗风采，民族的、反抗的解放主题，赋予流亡文学以鲜明的左翼色彩。端木蕻良的"作品反映了他对关东地区文化形态的密切关注和深刻思考。他的乡土小说生成于对关东农牧文化的审视与反思中，总是联系着农牧文化的主体——土地和农民。他的创作全身心地浸入关东土地的气息、泥土的芬芳和关东农民的生活情感中"④，在《科尔沁旗草原》、《大地的海》、《鹭鸶湖的忧郁》、《浑河的急流》、《遥远的风砂》等小说里，关东农民剽悍的处世性情、坚忍的生存意志、刚烈的反抗精神，"与关东山野草原的壮阔景致、悠远丰富的人文遗产以及沉郁、粗豪的风土习俗浑然一体，以净化了的东北方言俗语，为我们勾画出动荡时期关东地域的生命形态、文化形态"⑤，作家的人格品性与塑造的人物实现了精神的契合。

以沙汀、马子华、罗淑、蹇先艾等为代表的西南乡土小说作家群，反映巴蜀滇黔边地上艰辛蔽塞的民生状态、荒僻旷莽的生存环境、奇异浓郁的风土乡

---

① 贾剑秋：《文化与中国现代小说》，巴蜀书社 2003 年版，第 169 页。
② 同上书，第 174 页。
③ 同上书，第 176 页。
④ 同上书，第 179 页。
⑤ 同上书，第 183 页。

俗，提升了长久受蛮夷风气浸染的西南民族的乡土文化意义。马子华的"乡土小说将人们不熟悉的南国边陲的生活画面、人们不了解的少数民族同胞的悲剧命运和粗犷野性的生命强力作了真实的描绘"，"展现了边疆少数民族地区特异的乡土风貌和民族习俗……将少数民族地区既封闭又多彩的俗文化世界展现得无比生动，包含了丰富的文化元素"①，而且具有民俗学的价值。蹇先艾通过小说艺术，在归乡叙事中形象地揭示地方陋俗的社会意义。地理环境构成人类生存方式的物质形态，"贵州全境皆山地，高崖峭壁，陡路窄径，淫雨连绵，其自然条件和生存环境较为恶劣。而且土地硗瘠，出产很少，矿蓄虽丰，未得开发，其经济文化落后之状为各省之首。为解决财政费用，获取军饷，民国时期贵州历届政府都重视易获暴利的鸦片经济"，"《在贵州道上》是将这一陋习实录形象化、深刻化，以小说形式演绎了鸦片使人灵魂堕落、人性扭曲的过程"，"人们在吞云吐雾中，消耗了生命，消损了自尊，消释了生活的痛苦，消沉了奋起的意志，也消泯了人的正常情感，变得精神委顿，心灵麻木"②。罗淑的小说，将蜀地的自然环境作为人文心理和性格特征形成的重要因素，据此揭示人物的价值观念与行为个性。"蜀地周边多高山，道路险阻，王风难沐。因而较少礼法规范的约束，养成了蜀民自由任性、自傲自尊的性格和叛逆不羁的人文精神。而且蜀地僻处西南，蜀民个性刚烈、强悍，有粗犷之风。同时蜀地自然条件优越，物产丰饶，山川秀美，民风淳朴；丘陵山地耕作艰苦，僻陋闭滞，民众又兼吃苦耐劳、促狭狡黠之性。所以蜀民的性格特征和人文心理具有鲜明的蜀地风气特色"，"罗淑在刻画人物时，注意揭示他们身上明晰的地方特色以及异于他方民众的普遍性格，使这些人物在蜀地的旷野山坳熠熠生辉，带给作品深厚的文化底蕴"③。她的小说依循特定的地域背景，凭借情节发展、细节描写、心理刻画和人物塑造，力图表现蜀民的精神共性，证明自然环境对于他们文化心理的影响。"罗淑小说又宛如一幅幅蜀地民间风俗画。每个画面都艺术地再现了蜀地人文风情景象：炊烟与凝滞的雾搅在一起，天空灰蒙蒙，少有的阳光清冷而阴沉；田畴与山脚相接或与砂石河岸相连；青草、橘树、竹林、青冈点缀在山野路侧；草屋、板门、纺车、牛肋巴窗子构成蜀地农耕文化的民居特征；山野坡脊盐井林立，乌烟缭绕。生活的气氛平淡、枯燥

---

① 贾剑秋：《文化与中国现代小说》，巴蜀书社 2003 年版，第 206、208 页。
② 同上书，第 210、211、212 页。
③ 同上书，第 219、221、222 页。

乃至寂寞，表面平静的偏僻山坳里一个独特的文化群落不屈地生活在吃'咸水饭'的氛围中"①，她的反映农村盐井生活的小说，透出蜀地乡民的刚直气性，真实地反映当地的历史传统与文化现实。沙汀反映 20 世纪前期四川文化变迁过程的乡土小说，"场景往往摄及农村文化的聚集处——茶馆。描写茶馆在农村社会中的地位、人们在茶俗中表现出的性格习惯，成为其小说乡土特色的一大源泉。茶馆为小说人物生活的酸甜苦辣提供了丰富的表现场景，为农村人生的悲喜剧提供了展示的舞台"②。沙汀的创作态度也表现出蜀地的"盆地意识"，他执著地发掘所熟悉的川西北农村生活的文学意义，建构自己的小说世界。自然和人文风景中蕴涵了浓郁的乡土风味，显示了相应的文化深度。

风景元素给中国现代小说布构了生动的自然背景，敷设了浓重的主观色彩、突显了鲜明的抒情倾向，直接带来小说传统局面的革新。小说的景观化，对于以吐露个人心迹为创作始因的作品，特别来得适切，是创造能力在文学叙事上的具象性显现。它将艺术视角对准自我世界，聚焦心灵天地，创立主观抒情的现代小说理念；将反映社会外部现实和发抒个人内心情感相调谐，在新文体建设中，突显抒情叙事的特征。富于创造性的文学实验，为新小说书写模式增添鲜活的内容，丰富了现代叙述结构。在文学叙事的语言策略上，"新文体的叙事语言区别于传统文体的一个重要标志，就是叙事者往往以主体感知的叙述，改变了传统文体中'说书人'——第三人称无所不知、无所不至的万能地位，使新文本以主体感知的方式，展示叙事的自然过程，使新文体能够充分地展现出生活和心理的本真状态"③，现代作家准确把握了风景元素运用的尺度，确定了摹景语言对小说意义的构筑。自然景物大量进入小说结构，使叙事更富有情致和意韵。风景散文引致小说创作观念的丕变，在新文学运动初期已经显示出同步衍生的迹象。

第二节　对现代诗歌的影响

现代诗歌抒情艺术的成功，为风景散文提供了情感表达上的经验。风景散文的艺术经验又丰富了诗歌的创作。现代作家多是在各种文体间展露文学才华

---

① 贾剑秋：《文化与中国现代小说》，巴蜀书社 2003 年版，第 225 页。
② 同上书，第 228 页。
③ 黄健：《"两浙"作家与中国新文学》，浙江大学出版社 2008 年版，第 324 页。

的，形成一种综合艺术能力。

观察现代作家的创作表现，风景元素对于他们的文体意识产生有机的艺术融渗。在从事诗文两种体裁创作的作家那里，常常表现为两种情形：一种是写景散文直接增强咏景诗的艺术浓度；咏景诗又为写景散文供输抒情内质，诗歌和散文之间发生深度关联。王统照、徐志摩的创作具有说明意义。一种是写景散文保持常规性的记叙姿态，浓郁的抒情性只是咏景诗里的纯粹存在，诗歌和散文之间看似不发生表层关联，却作用于作家的潜意识。戴望舒、李金发的创作具有说明意义。

王统照在诗歌和散文上明显地表现着抒情特质。他的诗歌中活跃着风景元素，在风景中塑造诗意的灵魂。诗集《童心》中的《初冬京奉道中》、《紫藤花下》、《秋天的一夜》、《春梦的灵魂》、《急雨》、《河岸》、《海的余光》、《微雨中的山游》、《童时的游踪》、《梦里的花痕》、《大雪中》、《落英》、《我行野中》、《津浦道中》、《夜行》、《在松阴的园中》、《花影》、《在山径中》、《湖心》、《晨游》、《独行的歌者》、《夜泛平湖秋月》、《游西湖泊舟于丁家山下》、《金山寺塔之最上层》、《理安寺外》、《从图画中》、《海滨的雨后》、《秋夕的触感》、《明湖夜游》、《泰山下宾馆中之一夜》、《日观峰上的夕照》、《在薄虹色的网中》，诗集《这时代》中的《绿海》、《大野中的明月》、《山中月夜》、《夜声》、《长城之巅》、《烈风雷雨》、《芦之湖中》、《宫之下的石桥飞瀑》、《夜行道中》、《石堆前的幻梦》、《内蒙古沙漠的风》，诗集《夜行集》中的《花球与鞭影》、《峭寒》、《独木舟》、《旅梦》、《开罗纪游》、《水城》、《水都又花都》、《街心的舞蹈》、《雪莱墓上》、《九月风》、《星空下》、《枯草》、《融冰》、《失了影的镜子》、《夜行》、《回声》、《苔语》，诗集《横吹集》中的《上海战歌》、《徐家汇所见》、《忆金丝娘桥》，诗集《江南曲》中的《热风曲》、《五月夜的星星》、《初夏的朝雾》、《展一片绿野铺入青徐》、《夜风掠过》、《江南天阔》、《正是江南好风景》、《又一度听见秋虫》、《吊今战场》、《莲花峰顶放歌》等吟咏，清晰的画面、浓淡的色彩，造成明显的视感冲击，意识潜入语句，如在画中游。

"丝丝的阳光，透出了清冷的空气，/回望烟雾迷濛中，却隐藏着一个古旧，奇诡，神秘，污秽的都市"，流露出对现实朦胧的隔膜感，他渴盼"但待到熙乐的春来，/有润泽的风雨，/有可爱的花树，/便点缀的眼前万物，都布满了美妙，惠爱，愉快，壮丽！"（《初冬京奉道中》）"暖软的春风，/一阵阵吹人如醉。/热烈的花香，/散布在晴空中，仿佛催睡。/她的柔发纷披了双肩，/斜倚在紫藤花下，/微微的细锁眉痕，表现出她的心弦凄涩！"（《紫藤花下》）和美的春意中轻渗着愁绪，酿制着古词婉约的韵致。"秃尽了疏林，/落尽了黄叶，/碧空的红波，/褐色的山峦，/中映出傲霜的丹枫，叶儿红灼。/这是我空想中的秋色，/北京城里，依然是空气恶浊"（《秋天的一夜》），用意想的秋景冲淡对现实的厌鄙情绪，表现出精神的逃离。"春梦的灵魂，/被晚来的细雨，打碎成几千百片。//生命的意识，随着点滴的声音消去。//幻彩的灯光，/微微摇颤。/是在别一个世界里吗？/凄感啊！/纷思啊！幽玄的音波，到底是触着了我的那条心弦。//玄妙微声中，已经将无尽的世界打穿。/我柔弱的心痕，那禁得这样的打击啊！/春晚的细雨，/我恋你的柔音，/便打碎了我的灵魂，我也心愿！/我更愿你将宇宙的一切灵魂，都打碎了！/使他们，都随着你的微波消散！"（《春梦的灵魂》）惆怅的心绪如凋残的花瓣在风中落尽，渲染着人生的无奈。"这是我回忆的景物；/与回忆的感思。//夕阳下平静的海光，/由层垒的波浪中，返射出无边的美丽。/只是美丽啊！/更想不到有什么神奇"（《海的余光》），幻感中的遥想，获致心灵的解放。"漫空中如画成的奇丽的景色，/越显得出自然的微妙。/斜飞翲翼的燕子，斜飞地从雨中掠过。/他们也知道春去了吗？"（《微雨中的山游》）寄意飞鸟，被风景感动的心也生出翅膀。"拂映着飘动的花痕，/从我梦里失去。/是二月的破晓之前：/晓莺正在湖滨的柳上啼着，/柔脆的娇音嘱我说：/'花痕是永远咀嚼在诗人的心里，/你要向何处觅到？/一瞥之润美的花痕，/正是人们之灵魂的安慰者！'"（《梦里的花痕》）用纯美的思致表现瞬间感受的诗句还有"遥空蒙翠幕，/碧水漾柔波。/风在短芦中吹笛，/蝉在绿阴深处倦歌"（《湖心》），把思绪表现得风一般轻飘。"晨日之光，鲜润地罩在满地的凤尾草上，/柳阴中的鸟儿争鸣，/架上的藤叶微笑，/我却无聊地走在干了的荷池边。/好一片苍翠与空爽的风景呵！"（《晨游》）景物把怅惘的心衬托得愈加沉重。"一个明镜高映在平湖上；/一个全湖全映在镜里。/一堆银光全聚在舟前处。/我心平平地——精神的悠往，全在水与月的中间渗融住。/荡呵，荡呵，/湖畔的人声在隐约中了，/堤上的树影却在水面上显出参差的影子"（《夜泛平湖秋月》），这首以山水胜景为题材的吟咏，在轻缓的调子中含寓情感意韵和精神寄托，语深、境清、意远。"满野的稻田，/碧濛濛似笼着绿色的面幕。/方畦中夹开的荷花，/似正在垂颈低语。/这是潇洒风景的片影呵！/一只水鸥斜飞去；/一线斜阳映射去；/一瞬的眼光流过去。/田边井上的踏歌声里，/从图画中，又送我返回故乡去"（《从图画中》），清纯的乡景咏叹中，渗透对家山的恋情。又如"一夜的急雨,/万山都被绿色染上了眉痕。/北望海中,/片片白帆下的渔舟,/饱吸了多少雨后之晨的清雾?"(《海滨的雨后》)"如艳装的月亮,/将她的清光向全湖中流泻,/芦荻在唱着,/水声在船头船尾流出轻妙的响,/清风微动,/从披垂的柳丝下掠过"(《明湖夜游》),恬静的思绪化作一阕轻柔的小夜曲。"在苍茫的荒山径中,/作倦怠的行旅"(《在山径中》),优游的意态,不染世途的风尘。"是夕阳之幻光?/是晚霞之返照?/不能名状的绛、緅、蔚、蓝……交射互耀","我立在天风浪里心头震战,/而从人间带来的归心,/飘渺飘渺,/似在层层幻色的云中丢了!……"(《日观峰上的夕照》)出尘之想,流露出对大自然的精神依恋。"荡荡地推卷开那一片阴霾,/云彩,皎空中闪出她素影的纤娟。/深夜中灏气将大野润遍,静无声,独有山凹处的明星闪闪"(《大野中的明月》);"淡银色的明明;遥青色的冥冥,/更有在西方微笑的一颗明星。/射一道幽秘辉光——/只渗化了夜来时的密梦"(《山中月夜》),月色的浮光、星辉的闪影,撩动水一样流淌的生命感思。美妙轻巧的灵思在诗行中曼延:"翠环安在碧玉盘中,/白烟腾上繁阴的树顶。/倒浸着山影——掠过舟横,/微风荡破了森森的静境"(《芦之湖中》);"悄悄的风阵掀起幻美的海波映映,/将暗中的柔光递与那空河畔的游星。/轻软夜幕静罩住山林,幽草,与僻道/上的明灯,用迷荡的情思织成了人间辛苦的夏夜浮梦"(《石堆前的幻梦》);"琉璃般的光明哟,/秋水般的澄清哟,/仙乐般的妙响哟,/云露般的灿烂哟,/一切——一切幻的美与音,/只不过多添了我心上一丝丝的灰线的印痕"(《昨夜》);"当我们正下山来,/槭槭的树声,已在静中响了,/迷濛如飞丝的细雨,也织在淡云之下"(《微雨中的山游》),心底的清音、微耀的慧光,在摇荡的神意、浮幻的妙景中颤响、闪熠。"是战士的血迹殷斑?是'英雄'的雄心陶铸?/天风猎猎,吹起了你的裳衣、我的裳衣。/倾一杯金色的酒汁向苍茫奠意,/看,阴云腾飞;听,壑中回响,——在空堡上独立"(《长城之巅》),意气风发,心怀浩阔,激荡的情感循着历史和现实的轨迹平行前涌。同一风格的歌吟还有"无尽的沙田中多少黄柱卷动,/遮盖住,混凝住这初春的晴空。/古旧绢画中的柳枝淡映,/朦胧,线条的天空铁音争鸣"(《内蒙古沙漠的风》),深沉的历史感怀主宰着浪漫的抒情。"展一片绿野铺入青,徐,/抖几道飞波跃入河,汉。/那一处不是——你想,你看——/我们的中原?那一个人民/不为古老的祖国流过血,汗?/你就忍得过,——这美丽,这灿烂,/永远的山,河,原野,全涂上腥膻?/是有血有肉的生命凭人踏践?"(《展一片绿野铺入青徐》)伫立自由的山川,对家国之爱做着壮烈的渲染。"正是江南好风景：/几千里的绿芜铺成血茵，/流火飞弹消毁了柔梦般村镇，/耻恨印记烙在每个男女的面纹，/春风，吹散开多少流亡哀讯？"（《正是江南好风景》）民族危机下唤起的反抗意志，凝铸成铁一般坚硬的诗句。清婉与雄劲的诗咏飘响在景物中，仿佛有自然界的物理光泽映落于视网膜上，激活大脑皮层的神经纤维，沿着视觉通路直抵心灵。体内激生的生物化学反应，瞬间输布周身，引起情感的波浪式漾动，最终转化成光芒四射的文学语言。映像世界里频次密集地闪动景物映像，增加了情感浓度，实现了成功的抒情表现。

上海"孤岛"时期，王统照忍受着外敌的精神欺凌。严酷的政治环境使他采取非直接的形式进行文学反抗。1938 年至 1941 年，他以乐府体翻译西方诗人的民族战歌，诗中贯穿解放、独立、自由、光明的基调。1941 年 3 月"幸得陆蠡先生在印刷校对上予以极大助力"（王统照《〈题石集〉后记》），一部英美译诗集以毛边线装本的形式自费刊印，名为《题石集》，"收汤姆司摩尔诗十六首，亥丝曼夫人诗十首，勃雷扬特诗六首，凯拉苏塞挪司基诗一首。这部书出版于 1941 年的上海，其时上海已沦为'孤岛'，译者在扉页印上韩非子的话：'悲夫，宝玉而题之以石，贞士而名之以诳，此吾所以悲也。'大概这就是《题石集》命名的由来，也很足以看出剑三在蛰居中的所谓此时此地的心情"①。译诗集借他人的酒杯浇自己心中的块垒，间接发抒潜抑在心底的愁闷、伤怨和孤凄，发出内心的愤然的呼号。

被王统照寄寓深刻幽思的，是勃雷扬特那首《秋林漫步》。"琥珀光阳晖斜落/丛林里秋色流丹：/向四围美景眺望，/我眼中泪痕点点"，恬静的夕照，烘衬内心的凄美；"金色枝条倾披样，/冷飔中紫菀花摇颭，/这冷飔来自战场，/由坟地吹来一种芬芳"，诗绪浪漫飘游，缤纷吹颭；"行径上美丽的风物遮盈/看霜痕点点放光莹；/那白花散缀在丰草丘陵，/织一片深紫，金黄与绛红"，袭来的忧伤暗云般笼罩着灵魂；"我重回到那片丛林，/金松枝上高悬出/野葡萄的军旗血色红殷，/我见时全身颤震"，纯洁的心感应着物候，闪动一抹亮色；"多少树叶儿自枝柯摇落；/枝柯上可富有新生芽蘖，/在其间叠抱着簇叶，花萼，/待温和气候时萌发蓬勃"，中西诗人虽隔着时空的距离，却感受到彼此心灵的温度。王统照在译诗附记中写道："勃兰扬特乃美国第一个著名的诗人……勃兰扬特在新大陆开辟诗之国土，以其天资学力形诸歌咏，遂

① 唐弢：《线装诗集》，《晦庵书话》，生活·读书·新知三联书店 1980 年版，第 143、144 页。

有'阿美利坚诗歌之父'的荣称……当南北美为解放奴隶开战的期间，他的诗作很少，前后不过数首，而《秋林漫步》便是那数首中之一。这首诗止就艺术看，在他的全集中不算最高之作，但文字的简练，热情的丰富，以及希望寄托的深沉，悲悯心怀与维持正义的诗人心境，借秋晚风物层层表出；敦厚温柔，感人真切！……如萧索深秋，肃杀为心，然仍待春归再度，风光重新，否极泰来，生机萌发，这才是诗人的一片悱恻笃厚的怀望……勃兰扬特这首诗的佳处即在此点：既不颓靡，也非怯懦，正义之念结积胸中，而触物增感，每一节都透出哀矜期望的深意。这类作品不是仅仅要激动他人的热情，而在读者的低回寻思中，要保留着更深沉更远大的希冀!"这段评语流露了独有会心的领悟，凄婉的意绪能够和他的散文《秋林晚步》（1925年9月5日《自由周刊》第1卷第6号，与《夜游》、《笑逢》合题作《海滨小品》收入《片云集》）产生情绪上的呼应。在《秋林晚步》这篇直接从景物获取题材与气概、情感浓度甚高的作品中，文学表现愈显得隐晦、幽奥、艰涩，恰与用中国旧诗体式翻译西方诗歌的清雅古趣相合，但是对于自然景物细腻的感受和深邃的领悟，却是颖异与灵妙的，并且和谐地同抒写内心幽微的冥想相交融。"清脱的峰峦，澄明的潭水，或者一只远飞的孤雁，一片坠地的红叶"，都会轻轻撩引着他伤秋的感喟，"抚赏怨情的滋味，充满心头"；飞蓬、疏枝、霜叶、秃枯的林木、秋虫的凄鸣，"分外有诗意，有异感"；景物的变化牵动微妙的感觉，他独向淡赭色的峰峦、陂陀的斜径、萧疏的林木、矫立的松柏、落叶的杉树、待髡的秋柳倾情，也就愈加耽溺乱石清流边独自在林下徘徊的清境。秋晚时分，"天色是淡黄的，为落日斜映，现出凄迷朦胧的景色"，一颗易感的灵魂，"对此疏林中的暝色，便又在冥茫之下生出惆怅的心思。在这时所有的生动，激愤、忧切，合成一个密点的网子，融化在这秋晚的憧憬的景物之中。拾不起的，剪不断的，丢不下的，只有凄凄地微感……这微感却正是诗人心中的灵明的火焰!"清寥的暮色，寂寞的黄昏，枯寂的心境，喻示着现实困压下精神的彷徨与怅惘，感情的悲恨与焦炙，使他沉溺于空耽冥思的精神状态，令他暂别现实忧虑而走向平静，轻易不再从文字中透露自己的情感。隐言曲喻中自含一种幽婉之美。散文化摹景影响着诗化咏景，清新超逸的散文笔意，为诗咏走向更深邃的境界提供了新的可能。风景意象的建构中，王统照把散文的繁复、诗歌的精湛、散文诗的清妙，做着艺术的融谐。诗歌的跳跃和省略、散文的细腻与充畅得到恰当的处理，在情感的扬厉与节制之间建立一种抒情形式，调制一种审美境界，显示内心深沉的把持。

　　徐志摩的抒情诗歌溢动浪漫的性灵，清幽、柔丽、明爽、秀雅的新月诗风融渗于自然吟咏中，透露出微妙的灵魂的秘密，倾泻着郁结的情绪的潜流。在追求新诗规范化的前期新月派诗人中，他的思致不如闻一多那样精密，诗绪也不如他那样冷静，"他是跳着溅着不舍昼夜的一道生命水。他尝试的体制最多，也译诗；最讲究用比喻——他让你觉着世上一切都是活泼的，鲜明的。陈西滢氏评他的诗，所谓不是平常的欧化，按说就是这个。又说他的诗的音调多近羯鼓铙钹，很少提琴洞箫等抑扬缠绵的风趣，那正是他老在跳着溅着的缘故"①。他在诗歌《康桥再会罢》（1922 年 8 月 10 日作）里怀恋"扶桑风色，檀香山芭蕉况味，/平波大海，开拓我心胸神意，/如今都变了梦里的山河"，歌赞"清风明月夜，当照见我情热/狂溢的旧痕，尚留草底桥边，/明年燕子归来，当记我幽叹/音节，歌吟声息，缦烂的云纹/霞彩，应反映我的思想情感"；记忆中刻印着牧地夜嚼的倦牛，水草间的鱼虫，黛薄荼青的茂林，春阳晚照，寺塔钟楼，长垣短堞，白水青田，凝寂的远树，轻柔的暝色……对于"精神依恋之乡"的永怀，建构在珠玉般的美景意象上。《再别康桥》（1928年 12 月《新月》第 1 卷第 10 期）同样把依恋的柔情化作幻美的意象："那河畔的金柳，/是夕阳中的新娘；/波光里的艳影，/在我的心头荡漾。//软泥上的青荇，/油油的在水底招摇；/在康河的柔波里，/我甘心做一条水草！"心魂载着彩虹似的梦，在斑斓的星辉里放歌。"在审美意象的择取上，徐志摩总是善于择取那些空灵清澈、柔美细腻的形象来加以艺术的提炼。大凡星辰明月、云霞彩虹、白莲梅花、飞萤流泉、杜鹃黄鹂……都成为他择取的对象。这些来自大自然的清新形象，作为柔婉、柔美的艺术元素，经过他的审美提炼，都是以新鲜、浪漫、潇洒、飘逸、柔美、活泼的青春形象出现在白话新诗史上的，成功地提升了白话新诗的审美意境。"② 这种神秘、邈远、清奇、流丽、秀婉、幻美的情调，在他的散文《我所知道的康桥》里仍旧如梦如烟地轻笼着。在诗歌和散文之间，徐志摩的态度是"我常以为文字无论韵散的圈点并非绝对的必要。我们口里说笔上写得清利晓畅的时候，段落语气自然分明，何必多添枝叶去加点画……我想你们应该知道英国的小说家 George Choow 你们要看过他的名著《Krook Kerith》就知道散文的新定义新趣味新音节。还有一

---

　　① 朱自清：《〈中国新文学大系·诗集〉导言》，《中国新文学大系·诗集》，上海良友图书印刷公司 1935 年版，第 7 页。

　　② 黄健：《"两浙"作家与中国新文学》，浙江大学出版社 2008 年版，第 250 页。

位爱尔兰人叫做 James Joyce……独创体裁，在散文里开了一个新纪元……他书后最后一百页（全书共七百几十页）那真是纯料的'prose'，像牛酪一样润滑，像教堂里石坛一样光澄，非但大写字母没有，连，。……?：——；——！（）""等可厌的符号一齐灭迹，也不分章句篇节，只有一大股清丽浩瀚的文章排簦而前，像一大匹白罗披泻，一大卷瀑布倒挂，丝毫不露痕迹，真大手笔！"（《康桥西野暮色》，1923 年 7 月 7 日《时事新报·学灯》）他激赏文体形式的勇敢革新，显示出创作上的风发意气。纯情的、激扬的主体情调，充漾在徐志摩的诗歌里。他高蹈人道主义理想之路，扬厉人类之爱的精神，守护自由平等的信条，诅咒人间的罪恶与现实的污浊，以狂放热烈的抒情气质铸就浪漫的诗品。他突破固成的语境规约，建立新的抒情风范，让炫奇的语言放大着思想的张力。他以前卫的姿态，跨越横亘于文体边界的藩篱，创作出《泰山日出》、《常州天宁寺闻礼忏声》那样散文化的风景诗歌，诗歌化的风景散文。闪跃的灵感、飞动的想象、燃烧的情焰、多彩的修辞、充畅的气韵，熔铸着诗艺的激情结构。

徐志摩的诗歌化的风景里有悲凉阴郁的意绪寄寓："是谁家的歌声，/和悲缓的琴音，/星茫下，松影间，/有我独步静听。//音波，颤震的音波，/穿破昏夜的凄清，/幽冥，草尖的鲜露，/动荡了我的灵府"（《月夜听琴》）；"片片鹅绒眼前纷舞，/疑是梅心蝶骨醉春风；/一阵阵残琴碎箫鼓，/依稀山风催瀑弄青松"（《清风吹断春朝梦》）；"秋雨在一流清冷的秋水池，/一棵憔悴的秋柳里，/一条怯懦的秋枝上，/一片将黄未黄的秋叶上，/听他亲亲切切喁喁唼唼，/私语三秋的情思情事，情语情节"（《私语》）；"去罢，青年，去罢！/与幽谷的香草同埋；/去罢，青年，去罢！/悲哀付与暮天的群鸦"（《去罢》）；"白云一饼饼的飞升，/化入了辽远的无垠；/但在我逼仄的心头，/啊，却凝敛着惨雾与愁云！"（《一星弱火》）"这是冬夜的山坡，/坡下一座冷落的僧庐，/庐内一个孤独的梦魂：/在忏悔中祈祷，在绝望中沉沦"（《夜半松风》）；"我来扬子江边买一把莲蓬；/手剥一层层莲衣，/看江鸥在眼前飞，/忍含着一眼悲泪——/我想着你，我想着你，啊小龙！"（《我来扬子江边买一把莲蓬》）"又被它从睡梦中惊醒，深夜里的琵琶！/是谁的悲思，/是谁的手指，/像一阵凄风，像一阵惨雨，像一阵落花，/在这夜深深时，/在这睡昏昏时，/挑动着紧促的弦索，乱弹着宫商角徵，/和着这深夜，荒街，/柳梢头有残月挂"（《半夜深巷琵琶》）；"再没有雷峰；雷峰从此掩埋在人的记忆中：/像曾经的幻梦，曾经的爱宠；/像曾经的幻梦，曾经的爱宠，/再没有雷峰；雷峰从此掩埋在人的记忆中"（《再不见雷峰》）；"我捡起一枝肥圆的芦梗，/在这秋月下的芦田；/我试一试芦笛的新声，/在月下的秋雪庵前"，"我记起了我生平的惆怅，/中怀不禁一阵的凄迷，/笛韵中也听出了新来凄凉——/近水间有断续的蛙啼"（《西伯利亚道中忆西湖秋雪庵芦色作歌》）；"窗外的风雨报告残春的运命，/丧钟似的音响在黑夜里叮咛"（《残春》）；"我不知道风/是在哪一个方向吹——/我是在梦中，黯淡是梦里的光辉"（《"我不知道风是在哪一个方向吹"》）；"到如今已有千百年的光景，/可怜她被镇压在雷峰塔底，——/一座残败的古塔，凄凉地，/庄严地，独自在南屏的晚钟声里！"（《雷峰塔》）"看一回凝静的桥影，/数一数螺细的波纹，/我倚暖了石栏的青苔，/青苔凉透了我的心坎"（《月下待杜鹃不来》）；"白杨在西风里无语，摇曳，/孤魂在墓窟的凄凉里寻味"（《冢中的岁月》）；"沉思的踯躅，在深夜，在山中，/在雾里，/我想着世界，我的身世，懊怅，/凄迷，灭绝的希冀，又在我的心里/惊悸，摇曳，像雾里的草须：她/在那里？"（《那一点神明的火焰》）"啊明月！你不减旧时的光辉——/这橄榄林中泛滥着夜莺的欢畅；/啊明月！我也不减旧时的伤悲——/你来照我枕边的泪痕清露似的滋长！"（《诗句》）"红蕉烂死紫薇病，/秋雨横斜秋风紧。/山前山后乱鸣泉，/有人独立怅空溟"（《秋风秋雨》）。有清新深沉的自然感怀："河水在夕阳里缓流，/暮霞胶抹树干树头；/蚱蜢飞，蚱蜢戏吻草光光，/我在春草里看看走走"（《春》）；"假如我是一朵雪花，/翩翩的在半空里潇洒，/我一定认清我的方向——/飞飏，飞飏，飞飏，——/这地面上有我的方向"（《雪花的快乐》）；"一卷烟，一片山，几点云影，/一道水，一条桥，一支橹声，/一林松，一丛竹，红叶纷纷"（《沪杭车中》）；"呖呖的清音，缭绕着村舍的静谧，/仿佛是幽谷里的小鸟，欢噪着清晨，/驱散了昏夜的晦塞，开始无限光明"（《天国的消息》）；"小舟在垂柳荫间缓泛——/一阵阵初秋的凉风，/吹生了水面的漪绒，/吹来两岸乡村里的音籁"（《乡村里的音籁》）；"不可摇撼的神奇，/不容注视的威严，/这笋峙，这横蟠，/这不可攀缘的峻险！/看！那巉岩缺处/透露着天，窈远的苍天，/在无限广博的怀抱间，/这磅礴的伟象显现！"（《五老峰》）"这岂是偶然，小玲珑的野花！/你轻含着鲜露颗颗，/怦动的像是慕光明的花蛾，/在黑暗里想念焰彩，晴霞"（《朝雾里的小草花》）；"我们的小园庭，有时荡漾着无限温柔：/善笑的藤娘，祖酥怀任团团的柿掌绸缪，/百尺的槐翁，在微风中俯身将棠姑抱搂，/黄狗在篱边，守候睡熟的珀儿，它的小友，/小雀儿新制求婚的艳曲，在媚唱无休——/我们的小园庭，有时荡漾着无限温柔"（《石虎胡同七号》）；"我是天空里的一片云，/偶尔投影在你的波心——/你不必讶异，/更无须欢喜——/在转瞬间消灭了踪影"（《偶然》）；"但今天，我面对这异样的风光——/不是荒原，这春夏间的西伯利亚，/更不见严冬时的坚冰，枯枝，寒鸦；/在这乌拉尔东来的草田，茂旺，葱秀，/牛马的乐园，几千里无际的绿洲，/更有那重叠的森林，赤松与白杨，/灌属的小丛林，手挽手的滋长；/那赤皮松，像巨万赭衣的战士，/森森的，悄悄的，等待冲锋的号示，/那白杨，婀娜的多姿，最是那树皮，/白如霜，依稀林中仙女们的轻衣；/就这天——这天也不是寻常的开朗：/看，蓝空中往来的是轻快的仙航，——那不是云彩，那是天神们的微笑，/琼花似的幻化在这圆穹的周遭……"（《西伯利亚》）"那天你翩翩的在空际云游，/自在，轻盈，你本不想停留/在天的那方或地的那角，/你的愉快是无拦阻的逍遥"（《献词》）；"我仰望群山的苍老，/他们不说一句话。/阳光描出我的渺小，/小草在我的脚下"（《渺小》）；"阔的海空的天我不需要，/我也不想放一只巨大的纸鹞/上天去捉弄四面八方的风"（《阔的海》）；"山！你的阔大的巉岩，/像是绝海的惊涛，/忽地飞来，/凌空/不动，/在沉默的承受/日月与云霞拥戴的光豪：/更有万千星斗/错落/在你的胸怀，/向诉说/隐奥/蕴藏在/岩石核心与崔嵬的天外！"（《泰山》）"我不能不赞美/这向晚的五月天；/怀抱着云和树/那些玲珑的水田"（《车眺》）；"晓风轻摇着树尖：/掉了，早秋的红艳"（《深夜》）；"在夏荫深处，仰望着流云/飞蛾似围绕亮月的明灯，/星光疏散如海滨的渔火，/甜美的夜在露湛里休憩"（《杜鹃》）；"等候它唱，我们静着望，/怕惊了它。但它一展翅，/冲破浓密，化一朵彩云；/它飞了，不见了，没了——像是春光，火焰，像是热情"（《黄鹂》）；"看它，一轮腴满的妩媚，/从乌黑得如同暴徒一般的/云堆里升起——/看得格外的亮，分外的圆。/它展开在道路上，/它飘闪在水面上，/它沉浸在/水草盘结得如同忧愁般的/水底"（《秋月》）；"我想攀附月色，/化一阵清风，/吹醒群松春醉，/去山中浮动"（《山中》）；"我最爱那银涛的汹涌，/浪花里有音乐的银钟；/就那些马尾似的白沫，/也比得珠宝经过雕琢。/一轮完美的明月，/又况是永不残缺！"（《两个月亮》）"雁儿们在云空里飞，/晚霞在她们身上，/晚霞在她们身上，/有时候银辉，/有时候金芒。//雁儿们在云空里飞，/听她们的歌唱！听她们的歌唱！/有时候伤悲，/有时候欢畅"（《雁儿们》）；"一闪光艳，你已纵过了水；/脚点地时那轻，一身的笑，/像柳丝，腰哪在俏丽的摇；/水波里满是鲤鳞的霞绮！"（《鲤跳》）"那是杜鹃！她绣一条锦带，/迤逦着那青山的青麓；/啊，那碧波里亦有她的芳躅，/碧波里掩映着她桃蕊似的娇怯——沙扬娜拉！"（《沙扬娜拉十八首·十二》）"我是一只幽谷里的夜蝶：/在草丛间成形，在黑暗里飞行，/我献致我翅羽上美丽的金粉，/我爱恋万万里外闪亮的明星——/沙扬娜拉！"（《沙扬娜拉十八首·十六》）"这一瞬息的展雾——/是山雾/是台幕/这一转瞬的沉闷，/是云蒸，/是人生？"（《山中大雾看景》）"北方的冬天是冬天！/满眼黄沙茫茫的地与天；/田里一只呆顿的黄牛，/西天边画出几线的悲鸣雁"（《北方的冬天是冬天》）；"天空里幻出长虹一带，/在碧玉的天空镶嵌，/一端挽住昆仑的山坳，/一端围绕在喜马拉雅之巉岩"（《幻想》）。有意挚味纯的情爱咏叹："我袒露我的坦白的胸襟，/献爱与一天的明星；/任凭人生是幻是真，/地球存在或是消泯——/大空中永远有不昧的明星！"（《我有一个恋爱》）"我送你一个雷峰塔影，/满天稠密的黑云与白云；/我送你一个雷峰塔顶，/明月泻影在眠熟的波心"（《月下雷峰影片》）；"白云在蓝天里飞行：/我欲把恼人的年岁，/我欲把恼人的情爱，/托付与无涯的空灵——消泯；/回复我纯朴的，美丽的童心：/像山谷里的冷泉一勺，/像晓风里的白头乳鹊，/像池畔的草花，自然的鲜明"（《乡村里的音籁》）；"在那天朝上，在雾茫茫的山道旁，/新生的小蓝花在草丛里睥睨，/我目送她远去，与她从此分离——/在青草间飘拂，她那洁白的裙衣！"（《在那山道旁》）"今晚天上有半轮的下弦月；/我想携着她的手，/往明月多处走——一样是清光，我说，圆满或残缺"（《客中》）；"他俩初起的日子，/像春风吹着春花。/花对风说'我要'，/风不回话：他给！"（《季候》）缤纷的风景走进他的诗歌，并诗意地融入他的散文。诗与文保持着格调的同一性，表现了文学理念上的坚持。

唯美的艺术韵致主导着戴望舒的创作。"戴望舒氏也取法象征派。他译过这一派的诗。他也注重整齐的音节，但不是铿锵的而是轻清的；也找一点朦胧的气氛，但让人可以看得懂；也有颜色，但不像冯乃超氏那样浓。他是要把捉那幽微的精妙的去处。"[①] 这种灵妙诗感的获得，离不开人与风景的高度融合。"从杭州走出来的现代著名诗人戴望舒的诗歌创作，也是呈现出一种'柔婉'特征的美学风格。在诗人的记忆中，雨巷寂影则构成了他心目中的杭州印象，因为那忧伤、悠长而寂寥的雨巷，正好对应了一群觉醒了，但又找不到理想出

[①]　朱自清：《〈中国新文学大系·诗集〉导言》，《中国新文学大系·诗集》，上海良友图书印刷公司 1935 年版，第 8 页。

路的现代知识分子那寂寞、忧愁、苦闷的心灵世界……雨巷的意象是阴性的、柔婉的、凄清的,女郎彷徨的身影,也是忧伤的、冷漠的、惆怅的。它不同于人们熟悉的古都杭城那种妩媚、秀婉、明丽的倩影,也有别于西湖一池春水的清澈、柔情、碧波荡漾,而是突显出烟雨迷离的江南古城、寂寥雨巷的细腻、绵长、柔美、凄婉的精神气质。诗中透露出来的那太息般的感叹、凄清寂寞的身影、梦一般的'凄婉迷茫',展现出了现代知识分子面对着沉重的精神负荷和激烈的冲突所形成的困惑、孱弱、沉重的心理境况,以及在风起云涌的时代浪潮前,惮于前驱却又不甘于滞后、梦醒了却又无路可走的犹疑、矛盾、痛苦的心态。同时,在诗人将杭州、西湖浓墨重彩的风景转化为朦胧迷离、依稀可见的雨巷和哀怨又彷徨的寂寞姑娘的身影当中,柔婉的艺术展现,则消散了笼罩在江南古城的静谧、持重、典雅,冲淡了传统的江南山水的经典之秀美、古典之雅趣,使人只能在悠长、寂寥、狭小的雨巷,在如丝如缕而凄清、缠绵的细雨中,去追寻孤独,咀嚼苦难,品尝寂寞,让彷徨的身影消失在朦胧的雨巷里,最终化为虚空、化为乌有。因此,结着愁怨,像丁香一样的姑娘,也只能成为梦幻中的影子,成为漂泊、流浪,以及怀着乡愁的冲动到处寻找家园的象征。"① 在古典的、画意的景色中寄寓幽怨的诗情,一条寂寞的雨巷,是对艰难世路的象征。

　　唯美的诗绪得益于对风景养分的充分吸收。戴望舒的抒情诗里,《雨巷》的凄艳与哀愁被景物的光影包装,悄默地在他的诗间流漫:"晚云在暮天上散锦,/溪水在残日里流金,/我瘦长的影子飘在地上,/像山间古树底寂寞的幽灵。//远山啼哭得紫了,/哀悼着白日底长终;/落叶却飞舞欢迎/幽夜底衣角,那一片清风"(《夕阳下》);"残月是已死的美人,/在山头哭泣嘤嘤,/哭她细弱的魂灵"(《流浪人的夜歌》);"像侵晓蔷薇底蓓蕾/含着晶耀的香露,/你盈盈地低泣,低着头,/你在我心头开了烦忧路"(《静夜》);"见了你朝霞的颜色,/便感到我落月的沉哀,/却似晓天的云片,/烦怨飘上我心来。//可是不听你啼鸟的娇音,/我就要像流水地呜咽,/却似凝露的山花,/我不禁地泪珠盈睫。//我们伫行在微茫的山径,/让梦香吹上了征衣,/和那朝霞,和那啼鸟,/和你不尽的缠绵意"(《山行》);"寂寞的古园中,/明月照幽素,/一枝凄艳的残花/对着蝴蝶泣诉"(《残花的泪》);"林梢闪着的颓唐的残阳,/它轻轻地敛去了/跟着脸上浅浅的微笑"(《印象》);"迢遥的牧女的羊铃/摇

---

① 黄健:《"两浙"作家与中国新文学》,浙江大学出版社 2008 年版,第 251、252 页。

落了轻的树叶。//秋天的梦是轻的，/那是窈窕的牧女之恋"(《秋天的梦》)；
"春天已在野菊的头上逡巡着了，/春天已在斑鸠的羽上逡巡着了，/春天已在
青溪的藻上逡巡着了，/绿荫的林遂成为恋的众香国"(《二月》)；"海上微风
起来的时候，/暗水上开遍青色的蔷薇。——游子的家园呢?"(《游子谣》)
"是簪花的老人呢，/灰暗的篱笆披着茑萝；//旧曲在颤动的枝叶间死了，/新
蜕的蝉用单调的生命赓续"(《少年行》)；"栈石星饭的岁月，/骤山骤水的行
程：/只有寂静中的促织声，/给旅人尝一点家乡的风味"(《旅思》)；"我躺
在这里/咀嚼着太阳的香味；/在什么别的天地，/云雀在青空中高飞"(《致萤
火》)；"新阳推开了阴霾了，/溪水在温风中晕皱，/看山间移动的暗绿——/
云的脚迹——它也在闲游"(《在天晴了的时候》)；"在一个寂寂的黄昏里，/
我看见一切的流水，/在同一个方向中，/奔流到太阳的家乡去"(《流水》)。
抒情意象的建立，在戴望舒的写景散文里却消失了，只用着朴素的实述笔路。
艺术手法上的反差，却厘定了文体边际。从戴望舒的文艺理念上审度，风景诗
歌与风景散文之间是贯穿着一种基本态度的，正如他说过的："音乐：以音和
时间来表现的情绪的和谐。绘画：以线条和色彩来表现的情绪的和谐。舞蹈：
以动作来表现的情绪的和谐。诗：以文字来表现的情绪的和谐。对于我，音
乐，绘画，舞蹈等等，都是同义字，因为它们所要表现的是同一的东西。"
(《诗论零札》，1944 年 2 月 6 日香港《华侨日报》"文艺"周刊第 2 期)阐释
艺术定理，他是以表现内心情绪为根本的，否定了形式决定论。"新诗重
'义'的表现艺术体系至戴望舒乃见其大成，新诗运动发展到 30 年代，诗的
审美重心终于由形式转向了内容，现代人的诗感也终于由形式感转向了意象
感。诗就是抒情的想象，诗即感情与意象的契合，这种现代人的美学观念，决
定了新诗创作的意象化原则。从此，诗的现代派美基本上得以定形，诗的现代
化借现代派而找到了自己恰当的形式，以后的发展就主要在内容，即在于表现
诗人的社会美理想。"① 精致的意象技巧，来源于表现社会感受、人生况味的
心理要求，"以诗的形式来思索命运，以意象的形态来寄托心境，在幻象中编
织理想，在诗境里倾诉苦闷"②，他冲激着理想的破灭感与现实的困惑感，创
制出崭新的抒情风貌与讴歌姿态。改造格律体而向散文美过渡，建构意象化抒
情体系，标示着从显性的形式向隐性的内容的转换，从传统向现代的位移。他

① 张德厚、张富贵、章亚昕：《中国现代诗歌史论》，吉林教育出版社 1995 年版，第 428 页。
② 同上书，第 431 页。

的咏景诗歌和写景散文，实现了艺术目的的一致性。

李金发的风景诗，把山水转换为心灵和情绪的意象，完成人格化、对象化的过程，而景物也将无形的意识与情绪转化为具体的、可感的形态。"留法的李金发氏又是一支异军……他要表现的是'对于生命欲揶揄的神秘及悲哀的美丽'。讲究用比喻，有'诗怪'之称；但不将那些比喻放在明白的间架里。他的诗没有寻常的章法，一部分一部分可以懂，合起来却没有意思。他要表现的不是意思而是感觉或情感；仿佛大大小小红红绿绿一串珠子，他却藏起那串儿，你得自己穿着瞧。这就是法国象征诗人的手法；李氏是第一个介绍它到中国诗里。许多人抱怨看不懂，许多人却在模仿着。他的诗不缺乏想象力，但不知是创造新语言的心太切，还是母舌太生疏，句法过分欧化，教人像读着翻译；又夹杂着些文言里的叹词语助词，更加不像——虽然也可说是自由诗体制。"① 山光水影也如缤纷的珠玉，闪熠在他的诗里。

《微雨》集里的一些作品表现了上述创作特征，尤其对于风景的吟唱，呈现一派纯净透明的诗风。"靠一根草儿，与上帝之灵往返在空谷里，/我的哀戚惟游蜂之脑能深印着；/或与山泉长泻在悬崖，/然后随红叶而俱去"（《弃妇》），轻细的野草、飞流的山泉、飘摇的红叶，负载着缕缕情思；"露不出日光的天空，/白云正摇荡着，/我的期望将太阳般露出来"（《琴的哀》），阳光般热烈的思绪，辉映着心底的光明；"憩息的游人和枝头的暗影，无意地与/池里的波光掩映了：野鸭的追逐，/扰乱水底的清澈"（《小乡村》），绘画般的乡景，明澈如同清朗的心境；而"幽怨，/深沉着心窝，/待流萤来照耀"（《月夜》），又透出心底的苦闷；枝上的春莺啼醒妩媚的风光，吸引注视的目光，"野榆的新枝如女郎般微笑，/斜阳在枝头留恋，/喷泉在池里鸣咽，/一二阵不及数的游人，/统治在蔚蓝天之下"，如此心恋春景，是因为它能"温我们冰冷的心/与既污损如污泥之灵魂"（《下午》）；幻想醉着心，他的意识自由飞翔，"长林后的静寂，/惟日光斜照着/现出谐和。野鸥又再来，/如同清晨红霞的摇曳/无意的罢"（《幻想》），这一刻，他在诗意的风景里找到了抚慰；"落日到了山后，/晚霞如同队伍般齐集。/地面上除既谢的海棠外，/万物都喜跃地受温爱的鲜红。/草茎上的雨珠，/经了折光，变成闪耀，/惟不如紫萝兰般/散漫地摇曳在风前。/我不知为什么，/总是凝望"（《景》），艺术生

---

① 朱自清：《〈中国新文学大系·诗集〉导言》，《中国新文学大系·诗集》，上海良友图书印刷公司 1935 年版，第 7、8 页。

命在痴望中悄悄生长，他传达着这种纤细的感觉；"记取晨光未散时，/——日光含羞在山后，/我们拉手疾跳着，/践过浅草与溪流，/耳语我不可信之忠告。/和风的七月天/红叶含泪，/新秋徐步在浅渚之荇藻，/沿岸的矮林——蛮野之女客/长留我们之足音"（《故乡》），萦怀的乡情给他铭心的温馨感，漂泊生涯的无依，化作海外学子一声思归的暗泣；"任春天在平原上嬉笑，/张手向着你狂奔，/冷冬在四围哭泣，/永不得栖息之所。//夏天来了，你依旧/在日光下蠕动。/黄叶与鸣虫管不住/之秋，赤裸裸地来往"（《戏言》），季节的拟人化，宣泄了自己躁动的情绪；无聊赖之际，他想象"伤春之野雀在晴空里歌唱"，情爱的漩流里，他让"热烈之音乐"摇荡"已往之哀戚"，并且衬以"黄昏之舞蹈"，在睡梦的温柔呼吸里，他低语"你莫忘记，我们是广漠之野，万里黄沙之/海岸，寂静中之歌者，朦胧之夜色。/地面满布深蓝之暗影，淡白之光平射着"（《无题》），幽暗之景，衬托着恍惚的意绪，充满暗示性的隐喻；他的梦魇里闪回绰约的魅影，"我听到你的足音，/我望见你的裙影，/——一种往昔之风味，/如女神出没在云里，/叹息在海波之上蓝色里，/细小之衣褶，如此其袅娜"，他的耳畔"一切心灵之回声，/震荡所有之生命"（《远方》），怪异的诗风，深化着风景的神秘性；"在蓝色之广大空间里，/月儿半升了，银色之面孔，/超绝之'美满'在空中摆动，/星光在毛发上灼闪，一如神话里之表现"（《她》），幽渺、清旷的情调，添浓了诡谲的气氛；静止的空间里，他望见"残月逃隐在云底，/失去寻常的速度"，"风在竹枝儿作响，/白羽膀的无名鸟，/摆动在急滩上，/水草全低着头！"他渴望"东方之光，饰以鲜花之水岸，/在'金色'之斜阳下，/无名英雄彳亍而悲叹"（《朕之秋》），又像孤独地弹奏一阕月下的哀歌；他迎着微风和晨雾，让游走的意识勾画着染色的图案，"江里的绿水，永不会浮着死尸？"（《意识散漫的疑问》）沉郁的情绪，弥荡于黯淡的画面；他也把明媚的光景接到心间，"你明澈的笑来往在微风里，/并灿烂在园里的花枝上。/记取你所爱之裙裾般的草色，/现为忠实之春天的呼唤而憔悴了"，他叹惋终于消失于黄沙之漠上的"如春泉般"的"命运的流"，和"池边绿水的反照，/如容颜一样消散，/随流的落花，还不能一刻勾留"，他留恋长夏庭院里"蜜蜂的闹声"与"蔷薇的香气"，他吟味"萧索的秋"和"冰冷的冬"，他自恨"我奏尽音乐之声，/无以悦你耳；/染了一切颜色，/无以描你的美丽"（《温柔》），语词变作音符，合成一首深婉的爱歌；缱绻的乡恋，血液一般流淌在熟悉的风景里，"我的故乡，远出南海一百里，/有天末的热气和海里的凉风，/藤荆碍路，用落叶谐和/一切静寂，松荫遮断溪流"（《故乡》），他温习童年的记忆，亲切含咀家乡的清馨；他不以做作的姿态硬要在自然里发现意义，"就这湖光山色里，/我们能找寻什么，/你凋谢的眼里，/全布着自然傲气之影"（《游 Posedam》），纯粹的风光吟味，毫无挂虑；思绪在时空穿梭，他听见"在苍古的松边，/遇着金秋之痛哭"，他望见"黄沙，浅渚，行客之足迹，/和闲散之愁鸥，/——失掉了侣伴的云，/我们对之神往，呵，神往！"（《过去与现在》）不禁对历史发出呼喊；他在情感体验中，把景物对象化，让山水以文学的方式存在，"我的灵魂是荒野的寺钟，/明白春之踪迹，/和金秋痛哭的原故，/草地上少女的私语；/行星反照在浅波上，/他们商量各自的美丽，/更有云儿傲慢地走过"（《我的……》），将自我融化在风景的影像中。

《食客与凶年》集里，依然以跳跃的词句，表现思维的弹性。"你在走步时，/呢喃些什么？/轻盈的夏，/何以为红叶催去，/他们是因为歌唱而来么？"（《"过秦楼"》）微细的感悟中，心灵跳动季节的旋律；游荡的心情波漾一样流淌，"沉思在水里，/眺望在天际，关什么伤感？"凝定的一瞬，仿佛看见"花枝皱了眉，/羞报的哭着"（《你当然晓得……》），他排解愁情，做着无声的抒怀；凝视中"雨儿狂舞，/风儿散着发"，诗思来袭的一刻，他"欲在静的海水里，/眺望蓝天的反照"，一阵阵夜音飘响，"他们的叫声，/多像湿腻的轻纱。/在夜的开始里，黄昏潜步遁去，/微星带着笑脸而来，/破裂的远钟，/催赶我们深睡"（《诗人凝视……》），心的沉潜，使想象消隐于夜的安静；他独自描画如歌的好景，幻想"游玩那河流，山谷，平坂，高丘，/睡眠在深林之苔里，/眼底载重那金色之梦，/或留存麝鹿之香在轻裾上"（《我该羞愧……》）；景物的躯体上布满神经，让他的心灵悸动，"夜鸦染了我眼的深黑，/所以飞去了；/玫瑰染了你唇里的朱红，所以随风/谢了。我们到小径隐藏了去，看衰草/在松根下痛哭。你呼吸在风里，我眺望在远处，他们/都欲朝黑夜之面而狂奔了"（《晨》），色调灰暗的风景里，流泻着感情的潮汐；他在寂寞中伸展苍白的记忆，"我欲稳睡在裸体的新月之旁，/偏怕星儿如晨鸡般呼唤"（《在淡死的灰里……》），脆弱的心承载不了命运的击打，只愿把自己遮蔽在星月的光影下；清冷的秋景像他落寞的心情，入眼的一切都失去光鲜，"到我枯瘦的园里来，/树荫遮断了溪流，/长翅的蜻蜓点着水，/如剑的苍蒲在清泉之前路"（《秋》），斜阳落叶，浅草清泪，天边的雁阵，牧童的呓声，点缀心中的秋，他竟至吟味出装饰的意趣；这种思致同样移借给了春，"轻微的风吹过生命之门限，/带点染衣的春色，/无限温和，这挟些慰藉的情绪，/我欢乐的季候舒展而开始了"(《春思》)；他想望"我愿你的掌心/变了船儿/使我遍游名胜与远海/追你臂膀稍曲，/我又在你的心房里。//我愿在你眼里/寻找诗人情爱的舍弃，/长林中狂风的微笑，/夕阳与晚霞掩映的色彩。/轻清之夜气，/带到秋虫的鸣声，/但你给我的只有眼泪"(《心愿》)，深沉的情感低诉，像一缕拂过灵魂的风；他借着风光做着生命的忧叹，"Soir heureux!/纵青山带了紫黛之冠，/稻花之香/薰醉游人之手足，/晨雨的风对微星作笑，/因我们的生命是孤冷"(《Soir heureux!》)，恬静的黄昏里，他默默体味内心的幸福；他的商籁体的歌吟，让思绪披上风景的衣裳，"绿色之河里黄沙之坂平站着。/呵，我们童年盛宴之乡，/蓼花白似你的裙裾，/惟有长松明白这秘密"(《Sonnet》)；他愿意自己的灵魂乘着皎洁的日月之光，"荡漾在苍波之反照里，/细视风与雨的微笑"(《北方》)；他赞美"浪的跳荡有多么妩媚，/他伸手在你怀里!"(《浪的跳荡……》)他神往"飞跑的春夏，/凝滞的秋冬"(《你爱日光……》)；他叫花色招引着，感叹"青铜色之尊，/带了诱惑给我们"(《花》)；跳动的音符表现着浪漫的心游，"听呀，她游行在静寂的落叶里，遇了小枝，/遂稍微变了点腔调：用此比初夏的蝉鸣，似乎还要悠扬些；/比秋深的急雨，似乎又紧张些。//不是岭外的松涛，竹枝儿的咿呀，因游行的歌声，/全发在跳荡的指头儿"(《琴声》)，音籁代表一种深情的倾诉；他把内心的爱感画意化，"我愿你孤立在斜阳里，/望见远海的变色，/用日的微光/抵抗夜色之侵伐"(《爱憎》)，一切都幻化在缤纷的光影里，闪烁不定；走入绿色的林间，在苍苔与山蕨交错的影子间，他听见"叶底生野之黄鹂一声叫，/离乱了我情爱生长之种子"(《长林》)；他的深情是向着家山而寄的，"你平淡的微波，/如女人赏心的游戏，/轻风欲问你的行程，/沙鸥欲倩你同睡。/故国三千里，/你卷带我一切去"(《流水》)；他的思情中，"你眼儿凝视，/恨波光增了飞鸟倒影，/远处的画阁里，/有少妇怕春在人间长住"(《初春》)，春色带来的愁绪，如同秋；流逝的光阴，也让他产生哀感，"风与雨在海洋里，/野鹿死在我心里。/看，秋梦展翼去了，/空存这萎靡之魂"(《时之表现》)；空茫的景色撩动他的诗情，"呵，辽远之港湾，/我羡慕你落日之黄金，/野鸥与微波游戏，/礁石向急潮狂呼"(《断句》)；他感动于花期的盛艳，"春从墙头窥视月季之嬉笑，/山茶无处躲此羞怯。/我的心如晨鸡般起立，/远听临风之 faune 的呻吟"(《"锦缠道"》)；他对于风景的感受，永远新鲜，"杖儿打着沙泥，/又被湖光诱惑来了，/每欲对长松细语，/奈枯瘦的苍苔环视着。//远山遮断飞帆，/他们来了重去，/鲜艳的日光，/对着林木之阴森长叹"（《游 Wannsce》），歌咏中，他自认成了湖光山色的主人；风景是诗的无尽的泉源，"看，这不是歌德之故乡！/牧童扶杖而歌，/山泉泛出白雾如海啸之浮沫，/给诗人多少兴感！"（《赠 Br……女士》）他因而特别品味着自然的微细的地方，找到和心灵感觉的对应，"远处的风唤起橡林之呻吟，/枯涸之泉滴的单调。/但此地日光，嬉笑着在平原，/如老妇谈说远地的风光，/低声带着羡慕。/我妒忌香花长林了，/更怕新月依池塘深睡"（《迟我行道》）。纤敏的感觉，淙淙地流淌在诗歌的原野上，开放着美的花朵。

《为幸福而歌》集内的作品，色调从黯淡转向明朗，气氛由幽冷趋于热烈，表现了青春阶段的生命情绪。如他所说；"这集多半是情诗，及个人牢骚之言。情诗的'卿卿我我'或有许多阅者看得不耐烦，但这种公开的谈心，或能补救中国人两性间的冷淡；至于个人的牢骚，谅阅者必许我以权利的。"（《〈为幸福而歌〉弁言》）在浅紫轻红的光影中，"我如一切游人之情绪，/对着风光长叹，/你初识鸟声芦苇的人，/无使大自然之金矢射着心"（《款步 Promenade》），诗句承载着一声轻悄的叹息；"当我走过你的故居，我愿听你的歌唱，/但无心扰你深睡"（《心期》），屏息凝神的他，只怕惊破一帘幽梦；春的气息感染他的情绪，"燕羽剪断春愁，/联袂到原野去，/临风的小草战抖着，/山茶，野菊和罂粟，/有意芬香我们之静寂"（《燕羽剪断春愁》），心情的纵意放飞，使他在风景中呼吸着自由的空气；即使愁绪如缕，他的心律也合着自然的节拍，"更远的长林，/罩着一片紫黛，/浅淡的新黄，/看去多么薄弱似的，/每欲到松梢狂啸之阴处小憩，/但我仍是散着步"（《Tristesse》），表现的又是中国式的逍遥意态；他"正消融心头之宿怨；/况裙裾之褶的迷离，/给微风多少翩翩之舞"，希望的光亮中，他的心魄远翔，"你指点远处的流萤，/用星光比我们之生命，/但云儿向不认识之空处飞跑，/如我们青春之无定的飘荡"，他珍重"无估价的生命之泉"，他"留恋着花草之华"，并且宣示"我的心厌倦了一切荣誉，/赏赐，追求，羡慕，与虚伪，/惟愿你冰冷之手，/在我掌心里片刻变成温暖；/炎夏里向海潮洗刷哀怨，/金秋里爱柳梢之鸣蝉"（《高原夜语》），真实而沉重的生命孤独感，渐渐在景物里消解；他遂觉得一切那样的自然与安适，"小草无意低眠，/行云随兴排列，/回首沉思：/安得长与松风萧瑟"（《松下》）；春日里，黄鹂的啼啭撩动吟兴，他"且希望一切是明了清白与超脱，/生命带点欢爱之影子，/大自然给我们季候的警告，/火焰之光导我们远去，/两个形体溶合在一个曲线里，/更何论什么色彩"（《叮咛》）；原本"天空站着残照，/行云鳞散，/山涧泪流，/牧童的歌儿/也仅给人兴叹，/蛙儿噪了一二次/更是伤情"，而在自适的心境下，"海潮能自调音韵，/夜枭伫看月儿西去，/晨光的温暖，/修养诗人多情之眼。/麦浪的农田里，/日光眩人视线/游鸥在远处呼人"（《前后》），他在景物里体味着宽适、安恬、宁和；他在悠闲的小景中寻找幽趣，"芦花欲进水底去找清凉，/奈沙凫偏要与他们絮语"（《盛夏》）；他在静思中品味入微的感觉，"荇藻纠绕到你肌上，/小鱼回旋冰肤之后，/吁万物同此爱美之心"（《海浴》）；他浸入恬美的梦境，"往日梦魂里，/有心在浪头跳跃，/风随静寂休憩，/轻新之手，/许折花朵以投赠。//今日梦魂里，/有低语在纱窗下，/落日略上帘钩，/归燕随风唧唧：情爱须爱眼泪的洗礼"（《远地的歌》）；"穿过浓厚之林里，/赞美春来之花草站立着"（《夜归凭栏二首》），是他款款的心曲；"你有黄金色的背，/像斜阳在那里/留恋而入梦"（《预言》），语味绵长，寄意幽深；"海潮从远地回来了，/他们有疾徐的唱，/闲懒的动作，/惜带来舟子之幽怨/为远山之紫黛收去了"（《海潮》），浪花在他的内心叠卷澎湃的心潮；他自感"耳儿仍清澈，/眼儿仍流丽"，幻想"手儿攀折枝条，/欲痛饮花心之露"，希冀"盛年的初春，/我的灵起居在老旧的故宫里"（《耳儿……》）；他低吟"如忧戚不使我衰黄，/欢乐便勾留在我心深处"，他"愿把一切幽怨/附给四月的春草茎上"（《小诗》），从伤情的忆想中走出，精神就充满青春想象；因而他"寄语篱边的清水，/长睡到春笑回来"（《冬》）；他的面庞浮着"明澈的一阵微笑"，"伫望天空晴和与明丽"（《多少疾苦的呻吟……》），用诗行鸣奏内心的谐音；他细心体会"思想与欢乐之谐和，/光明与黑暗的消长"（《风》），如同品读一篇生命的寓言；淅沥的雨声，让他产生命运的联想，"轻盈而亲密的颤响，/是雨点打着死叶的事实；/你从天涯逃向此处，/做点音乐在我耳鼓里。//这种连续的呻吟，/沉在我心头的哭泣，/我愿死向这连续的呻吟里，/不用诗笔再写神秘"（《雨》）；与生命有关的记忆涌来，风景幻作内心的投影，"像塘边的垂杨，初见秋来便皱了眉头"，"像啼血的杜鹃，他看见春去重来，没得到/多少乐趣，又落红满径了"，"像傍晚的浮云，也不留心斜阳送来几点红，更无心与夜儿作战，只望海涛之狂叫"（《我的轮回》），隐含着命运变迁的怅叹；他用风景暗示精神的困境，"全是欧西的湖浪，/疲乏我的桨儿；/更有山川认识的可怕，/青春留存在面颊，/衰老埋伏在心里"（《投赠》）；他也在清景里舒解心情，"流泉与明月的清澈，/游行着给诗人歌咏，/何以细弱的光影与微音，/都给我们心灵一笔账"（《在我诗句以外》）；他的爱的诗意画，充满想象性，甚或是一种主观幻觉，"相思的时光，/是四月醉人的天气，/修条的荫下/浅草唤儿女席坐着"（《故乡的梁下》）；他的吟唱又似温婉的独语，"杨柳与槐无裙裾地/临风喜跃，/月儿将怪我/性好飘流，/复逃归故土了。/可是我有话对他说：/你只要交付我/浅绿的平浦，/忠实的溪流，/低唱重逢之曲"（《偶然的 Home—sick》）；处在感时和恨别的情绪状态中，他也溅泪与惊心，"在静寂的园里，/蜂蝶在花间挤拥。/一片孱弱的闹声，/引得我春心流泪"（《园中》）；他坚持用诗性的文字探索风景，解释内心，"俊俏的诗句撞闯着我欲破的心房，/他羡慕和风的/五月天，/蛮野的歌声/哄嚷在长林里，哄嚷在海浪归来处；/这春色呼唤出来的远海，/亲密了葡萄之新蕊，/麦苗之秀，野鸟歌声之夜以继日"（《调寄海西头》）。直觉或者幻觉中，事物的声音和颜色的交叠，感官知觉与精神体验的移借，隐曲地传达了内心微妙的情绪。

在李金发的象征主义诗歌里，象征与暗示手法的运用，使习见、寻常、平淡的生活环境美观化、诗意化，提炼出丰富多义的新的艺术形象。经过对自然的重新组合，对现实的艺术再造，勾画内心真实，满足自我体验。山水是抽象意念的具体形式，是承载主观情感的客体，是一种生动的形象、符号、标识、印记，从而在可见的景物与不可见的精神之间建立艺术联系，在外景和内心之间构设情绪的契合与对应。隐蔽的内心情感与抽象的人生精神构成基本的艺术内核，隐晦、黯淡、玄奥、幽奇的意境，孤凄、沉郁、忧悒、颓靡的情调，造成极端个人化的创作品质与独异性的传播效应，却以非常态的艺术样式表现一个离乡游子真实的情怀，演绎他的心理挣扎的路径。"李氏主要的三部诗集都作于留学的法国。那几年间，他生活清贫，学习雕塑刻苦，毫无享受乐趣。离乡背井，常有不断的乡愁；漂流异国，难免寄人篱下的孤独；恋爱的失败，令他心头受伤；加之所见法国等资本主义国家红灯绿酒阴影下弥漫的冷漠与腐朽气氛，自然使他这样一位搞艺术而富敏感的留学青年对生活及人生产生感伤、虚无、颓唐乃至绝望的情绪。而身居'象征主义'诗派的故乡法国，那类诗作的灰色情调必然与他此时的心境拍合，使之提笔赋诗伊始便走上效仿之路，借诗笔宣泄胸中的郁闷。"① 从人性的视角探察他的创作背景，可以客观地求证李诗的历史认识价值和诗歌美学追求。

风景诗的兴盛，渗透了作家对于景物新的感受、领悟与理解。题材领域的

---

① 张德厚、张富贵、章亚昕：《中国现代诗歌史论》，吉林教育出版社 1995 年版，第 265、266页。

拓展引发表现手法的变革，改变了中国诗歌创作的传统格局，为现代诗史带来新的气象。

第三节　结语

综观风景视野中的现代小说与诗歌的流变，有助于从新的角度对现代文学史的演进路径进行理性的逻辑推导和感性的形象演绎，有助于理解跨界写作对于缔构风景散文的文体形态的能动意义，并且做出肯定性的结论——作为中国文学现象的现代风景散文创作，已经成为文学史的永久性部分。充满人文情怀的作家群体，以前卫性的创造姿态进行构式探索和内涵开掘，完成了中国当代风景散文的历史性奠基。

本书参考书目

1.《中国现代文学总书目》，贾植芳、俞元桂主编，福建教育出版社 1993 年 12 月第 1 版。

2.《中国新文学大系·散文杂文集》（1937—1949），田仲济、蒋心焕主编，中国文联出版公司 1996 年 6 月第 1 版。

3.《中国新文学大系·理论史料集》（1937—1949），徐迺翔主编，中国文联出版公司 1998 年 11 月第 1 版。

4.《中国近代文学大系第 3 集·第 10 卷·散文集一》，任访秋主编，上海书店 1991 年 10 月第 1 版。

5.《中国近代文学大系第 3 集·第 11 卷·散文集二》，任访秋主编，上海书店 1992

年 6 月第 1 版。

6.《中国近代文学大系第 3 集·第 12 卷·散文集三》，任访秋主编，上海书店 1992 年 12 月第 1 版。

7.《中国近代文学大系第 3 集·第 13 卷·散文集四》，任访秋主编，上海书店 1993 年 8 月第 1 版。

8.《黑龙江文学通史·第二卷》，彭放主编，铁锋著，北方文艺出版社 2002 年 12 月第 1 版。

9.《近代上海散文系年初编》，胡晓明主编，程华平编著，上海教育出版社 2003 年 7 月第 1 版。